兴于《诗》

儒家诗教传统与华夏诗化生存

By *The Book of Songs* that the Mind is Aroused

On the Tradition of Confucian Poetic Teaching and Chinese Poetic Existence

上 册

黄子洵　著

中国社会科学出版社

图书在版编目（CIP）数据

兴于《诗》 ：儒家诗教传统与华夏诗化生存 ：全二册 / 黄子洵著. -- 北京 ：中国社会科学出版社，2024. 5. -- ISBN 978-7-5227-3757-7

Ⅰ. I207.222

中国国家版本馆 CIP 数据核字第 20246LM423 号

出 版 人　赵剑英
责任编辑　郝玉明
责任校对　谢　静
责任印制　王　超

出　　版　中国社会科学出版社
社　　址　北京鼓楼西大街甲 158 号
邮　　编　100720
网　　址　http://www.csspw.cn
发 行 部　010－84083685
门 市 部　010－84029450
经　　销　新华书店及其他书店

印　　刷　北京君升印刷有限公司
装　　订　廊坊市广阳区广增装订厂
版　　次　2024 年 5 月第 1 版
印　　次　2024 年 5 月第 1 次印刷

开　　本　710×1000　1/16
印　　张　61
字　　数　853 千字
定　　价　328.00 元(全二册)

凡购买中国社会科学出版社图书，如有质量问题请与本社营销中心联系调换
电话：010－84083683

出版说明

为进一步加大对哲学社会科学领域青年人才扶持力度，促进优秀青年学者更快更好成长，国家社科基金2019年起设立博士论文出版项目，重点资助学术基础扎实、具有创新意识和发展潜力的青年学者。每年评选一次。2022年经组织申报、专家评审、社会公示，评选出第四批博士论文项目。按照“统一标识、统一封面、统一版式、统一标准”的总体要求，现予出版，以飨读者。

全国哲学社会科学工作办公室

2023年

序

木铎徇路孟春里，瞽矇弦歌万巷间。
笔落有憾惊麟虞，思凝无邪动天地。
主文谲谏自风始，情礼濡沫存正气。
雅鉴皦皦昭废兴，颂德巍巍宣神明。
温柔敦厚鸿教广，移风易俗圣化沾。
兴观群怨事远迩，知人论世逆志意。
陈蔡不舍讬生死，齐梁未遇悲赤子。
秦火一炬烧不尽，汉霖泽被润又生。
口耳绵延残章聚，学官方兴利禄启。
三脉嶙峋同伐异，家师泾渭失也拘。
阴阳曲违声迹匿，韩氏衣钵孑然立。
伟哉毛传秉六义，壮兮郑笺汇三礼。
玄肃竦峙南北据，冲远正义天下一。
伯玉涕下文道蔽，香山长庆元统续。
永叔排古逞己意，疑字当头浮慕起。
东莱承业凋敝时，尊序未达身先死。
文公玨心蹊径辟，辙悍柏狂郑声儿。
青黍萋离心忧甚，黄鸟咨嗟百其身。
芑薇尽采归期杳，杕杜遍睆戎征遥。
雎鸠关关文王殁，鹿鸣呦呦忠魂消。

古今文胆两相照，奈何讽诵日渐少？
束之高阁空悲切，故里他乡实难辨。
卷蒙尘蠹曷忍言，斫本竭源运祚悬。
周召不识同草芥，捐夏投夷愧煞颜。
彼苍公理今何在，任重道远待开来。

黄子洵
癸卯年霜降书于金陵
是时，岁晚照阶徐，飘风忽发之

摘　　要

“诗教”概念的真实成立，其前提在于论证“教”能否以及如何从《诗》中内在地生发，而非凭借外缘的产物。

从根本上而言，《诗》是在生存论意义上着眼于文明共同体及其成员的在世存在。此形上关切与旨趣渗入《诗》的结构布局、内容呈现进路及言说方式的方方面面。三者并非与思想内容无涉的纯粹形式，而是作为意义的载体，以一整套理解世界的根本性观念体系为其支撑。

论及《诗》之结构，从《风》到《颂》，《诗》从切近处的人伦日用拓展到君臣、夷夏等政事领域，再到共同体纵向的历史进程，乃至神人、天人关系，以纵深性的意义结构承载着共同体及其成员的在世关系的总和。《诗》之“志”涵摄上述关系维度，是对生活世界以及在世关系的整体性愿景。论及内容的呈现进路，《诗》把关系总和及其整体性愿景（“志”）寓于具体而当下的生存情态（“情”）之中，并通过人之情和万物之情的往来互动将其体现出来。论及《诗》的言说方式，赋、比、兴的诗性言说及其承载着的“诗—兴”思维，并不是把人情和物情看作日常经验层面零碎而孤立的片段，而是启一举体，从个别上升至普遍，在有限的人事中开启意蕴无穷的意义世界。

综合以上三方面，《诗》持存着理解世界的整全性视角，与此同时又观照存在境况的具体和差异，并且又不是在对特殊性的执滞中僵化，而是通过“诗—兴”思维与诗性言说从特殊上升到普遍。而整全地理解世界，并尊重其中的具体性和差异性，这也是教化活动所关注的基本问题。因此，《诗》内在具有教的意义面向。这构成《诗》可以为“教”的前提。

《风》《雅》《颂》整体性的意义结构所囊括的生存经验，让读者超出所处时代的感受与经验的局限，看向文明共同体历史—文化维度下的各种存在境况，由此，《诗》可以“观”；《诗》的生存经验以“诗—兴”思维与诗性言说为载体，在人情与物情交融而生的意义世界中得以呈现，这使读者对《诗》之“观”有别于主体对客体的旁观，而是被带入此意义世界，于其间感发兴起，与诗中人“同其情”，由此，《诗》可以“兴”；伴随着感发兴起的过程，吾人得以从整体之一员的视角理解自身与万有的关系，复归于一体之仁，由此实现了由“兴”而“仁”。由“观”而“兴”、由“兴”而“仁”的过程，并非外在地改变人的认知结构或行为模式，而是实现了由内而外的更新与化育。此过程归本于“兴”。

“兴于《诗》”不是道德主体自身的内修，而是以他者规定自身的中介性过程。这个“他者”，是吾人所身处的整体性生活世界以及在世关系的总和，是作为大全的“无限”。“兴于《诗》”在存在论的层面表明，在世过程的各个可能性面向和关系维度得以被激发与兴起，由此实现为每一时刻开向无限的诗化生存。这与成就自身的完满人格是同一个过程，但这不是人本主义和个人主义层面的成人，而是以文明共同体的移风易俗为背景。而共同体的成俗又被置于天人和神人关系这一根本框架中。

正因“兴于《诗》”的成人过程以作为意义关联整体的世界来兴发自身，这决定了“兴”不只具有单一的维度，而是内在支撑起丰富且立体的意义面向。诗教作为一个历史地展开的意义系统，遍及在世生存的基本关系维度，涵摄人与自我、与共同体、与历史文化、与超越性存在的关系面向。由此，昔人全方位且立体化的诗化生存得以开显。

就人与自我的关系而言，《诗》作为一声闻之学，将言之法度

“形见”于诗韵之“和”，通过持人辞气来“持人情性”，以实现性情之中和圆满、复归天所命予人之“中”为其理想愿景；就人与共同体的关系而言，《诗》成就了文明共同体独特的言说习惯与交流模式。“雅言”和“乐语”等言说智慧的造就，有助于实现对共同体伦常秩序的引导与规范，进而影响共同体理解世界的观念结构，并改变其与世界打交道的基本方式。就人与历史文化的关系而言，《诗》历史地建立起一个民族的精神世界，塑造了超越古今的身份认同。《诗》中古今一贯的道统与政统对当今时代具有持久的规范性与导向性。就人与超越性存在的关系而言，《诗》帮助我们增进对天人、神人关系的思考。《诗》通乎幽明，究天人之际，揭示出超越与此在的往来互动为存在于世的一切关系赋予了意义，是在世活动得以开展的前提。

总的来说，“为己”“理群”“通古今之变”以及“究天人之际”，既作为诗教传统的四个基本维度，同时也构成昔人诗化生存的四大基本面向。此四者呈现出《诗》化入昔人生命、落实为其诗化生存的鲜活过程，使人不断体认己身与群体、与社会、与文明的纵向性生命乃至与超越性存在的关联，并在此关联整体中兴发对于在世生存之终极意义的思考。实质上，历史—文化维度下的诗教实践与昔人开显的诗化生存，与《诗》本身并非截然二分，而是《诗》内在生发出“教”的意义面向并落实于现实世界的必然结果。“诗教”概念的内在环节由此得以历史地展开，这同时也是诗教的最终实现。

关键词：《诗》；诗教；诗化生存；兴；“诗—兴”思维；意义关联整体

Abstract

The establishment of the concept of "poetic teaching" is based on the question whether and how "poetic teaching" can arise internally from *The Book of Songs*, rather than from external conditions.

In the ontological perspective, *The Book of Songs* is fundamentally about the civilized community and the individual's being-in-the-world as a member of the community. This metaphysical concern and interest are seen in the structural layout of the book, the presentation of content and the way of narration. These three aspects are not general pure forms that have nothing to do with the content and the thought, but a carrier of meaning supported by a fundamental conceptual system for understanding the world.

The structure of *The Book of Songs*, from book "Feng" to "Song", follows a progressive and deep meaning structure in order to summarize all relations of the community and all relations of individual as a member. The "will" mentioned in *The Book of Songs* radiates to all relationships above and is a holistic vision of the world of life and the relationships of being-in-the-world. As to the presentation of the content of the book, *The Book of Songs* embeds the sum of relationship and the aspirations of relationships in the daily concrcte emotions of people, such as happiness, anger, sorrow, and joy. The sum of relationship is also reflected through the interaction between human feelings and the feelings of all beings (other than human). In terms of narration, the poetic language of "Fu", "Bi" and "Xing", and the thought of "Shi-Xing" do not regard human feelings and the feelings of other beings as isolated fragments, but as interdependent. It speculates on the universal meaning of individuals and opens up a world of infinite meaning in a limited personal life.

Combining the three aspects, *The Book of Songs* maintains a holistic perspective of understanding the world while recognizing the specificity and difference of existence of different individuals. However, it doesn't stagnate in the obsession with particularity, but moves forwards to distill universal meanings from particularity through the thought of "Shi-Xing" and its poetic language of narration. Tounderstand the world as a unitary while respecting the specificity and differences, is just the basic issue of teaching activity. Therefore, *The Book of Songs* has an inherent meaning of teaching which constitutes the premise that poetry can be used to teach.

The experience of living contained in the holistic structure of meaning in "Feng", "Ya" and "Song" allows readers to go beyond the limitations of their time and to see the various conditions of existence of the civilized community in a historical-cultural dimension. As a result, *The Book of Songs* can bc "viewed" (Guan). The experience of living in *The Book of Songs*, with the help of the thought of "Shi-Xing" and its unique narration way as carrier, is presented in the world of meaning generated by the interaction of human feelings and feelings of other beings. This makes the reader's "view" (Guan) different from the view of the subject on the object. Readers are brought into the world of meaning, their minds aroused and they sympathize with the person in the poem. Therefore, *The Book of Songs* can arouse the mind. Along with the process of "Xing" (the arousal of mind), we take the holistic perspective to understand the relationship between ourselves and the world as a member, and return to the "Ren". And thus "Xing" (arousal of the mind) leads to "Ren". This process is not an external way to change a person's cognitive structure or behavior pattern, but a way of renewal and transformation of life from the inside out. This effect is attributed to arousal of the mind (Xing) .

Arousal of the mind (Xing) is not the internal cultivation of the moral subject himself, but an intermediary process in which the "subject" uses the others to define himself. The "others" are the whole world of life where we live and the sum of the relationships of being-in-the-world, and it is the "infinity" as a whole. Arousal of the mind (Xing), in the ontological level, means all possible aspects and relationship dimensions in the world are stimulated and raised, and are aroused, thus achieving a poetic existence that opens every moment to infinity. This is the same process as we achieve our own perfect personality. But it is not the achievement of personality in the humanist and individualist perspective, but an achievement based on the background of changing customs of the civilized community. Particularly, the secularization of the community is placed in the fundamental framework of the relationship between heaven and human beings.

Because the process of achievement of personality from *The Book of Songs* is to develop oneself in the world by connecting the meaning to the whole world, it determines that "Xing" (arousal of the mind) is not only a single dimension, but internally rich and multi-dimensions, in terms of meaning. As a historically unfolding meaning system, poetic teaching refers to all basic relationships dimension of human's being-in-the-world, including the relationship dimension of the individual and himself, individual and community, individual and history and culture, and individual and transcendenceof being. Therefore, the comprehensive and three-dimensional poetic existence of the ancestors is revealed.

Concerning one's relationship with oneself, *The Book of Songs* as a learning of sound and hearing, embodies the laws of words in the "harmony" of rhyme and holds one's temperature through holding words and tones, aiming to reach a moderate temperament and consummation and to return to the "golden mean" given by heaven in its ideal vision. In terms of the relationship between one and the community, *The Book of Songs* has created a unique narration habits and modes of communication for the civilized community. Its wisdom of narration such as "Ya Yan" and "Yue Yu" helps to guide and regulate of the order and ethics of the civilized community, fundamentally affects the conception of community's understanding of the world and thus changes its basic way of dealing with the world. As to the relationship between people and history and culture, *The Book of Songs* has historically established a nation's spiritual world and shaped its identity beyond ancient and modern times. The consistency of doctrine and political system in terms of time is a set of lasting norms and guidance to the current era. As to the relationship between man and transcendence, *The Book of Songs* strengths our thinking about the relationship between man and heaven. It reveals the interaction between transcendence and the living. Therefore, it gives meaning to all relationships that exist in the world, which is the prerequisite for the living in the world.

In general, the above four dimensions of meaning not only serve as the four basic dimensions of the tradition of Confucian poetic education, but also constitute the four basic aspects of the poetic existence of the ancients. The four dimensions of meaning mentioned above represent the process how *The Book of Songs* being vividly transformed into the lives of the ancients and implemented in their poetic exsitence, that allows the ancients to continuously realize the relationships between themselves and the group, the society, the civilization and even transcendence. In this association, ancients develop their thinking about the meaning of one's own life and the relationship between one and all beings. In the historical-cultural dimension, the ancients' theories of poetic teaching and practical activities of poetic teaching, as well as their poetic existence, are not divorced from *The Book of Songs* itself, but an inevitable result of the meaning of "teaching" naturally originated and implemented in the real world. Consequently, the inner link of the concept of poetic teaching can be historically displayed, as well as the ultimate realization of poetic teaching.

Key Words: *The Book of Songs*; Poetic Teaching; Poetic Existence; Xing; Thought of "Shi-Xing"; The Whole of interdependent Meanings

总 目 录

下编　诗教的基本维度与华夏诗化生存的开显

Contents

目　录

（上　册）

Contents

(Volume 1)

绪　论

《诗》是吾国思想文化发展进程中殊为重要的一部经典，在很大程度上塑造了先民的精神世界与民族心灵。对此，唐君毅先生评述道："吾人于《诗经》，只须平心讽诵其《大雅》与《颂》，由其文句构造之典重整秩，味其肃肃穆穆之气象；更讽诵《国风》《小雅》，由其文字之回环往复，味其温柔敦厚之心情；则可略想见此周代人之生命精神状态，乃充实而雍容，亦有余而不尽者。"① 揆诸先秦时期，通晓《诗》是人之为人所应具备的基本素养与教养。《诗》不仅作为重要的思想资源，参与到人们的观念表达与思想建构之中，从广义上言，《诗》还全方位渗入古人生活世界的各个面向（典礼仪式、政治外交、文化教育、言说交流等），已然成为吾国文化传统中不可剥离的有机成分。

从先秦思想界到现当代学界，关于《诗》的注释评点及研究著作可谓汗牛充栋。尽管在每一历史时期，学者探究《诗》所立足的时代语境、所基于的研究范式、建构起来的话语体系以及对《诗》的定位可能存在差异，彼此间甚至因为争鸣与攻讦未能达成定论，但对《诗》的重视则从古时一直延续到当下。

---

① 唐君毅：《导论下：孔子所承中国人文之道》，载《中国哲学原论·原道篇》，中国社会科学出版社2006年版，第39页。

第一节 旷日持久的争论：以文说《诗》和以经说《诗》

放眼近世学界，关于《诗经》的研究进路纷繁多样，主要包括经学史①、文学、语言学②、文字学③、哲学④、美学⑤、民俗学与人类文化学⑥等进路，其中最具影响力的则是“以文说《诗》”和“以经说《诗》”。

一 以文说《诗》

从严格意义上讲，“以文说《诗》”之名并不肇端于近世诗经学界，而是古已有之。只不过在前现代语境中，“文”的概念颇为不同。据章太炎先生考释：“凡文理、文字、文辞皆言文。”⑦ 此外，

---

① 通治整个诗经学史的代表性著作，包括洪湛侯的《诗经学史》（中华书局2002年版）、张启成与付星星合著的《诗经研究史论稿新编》（贵州人民出版社2011年版）、林叶连的《中国历代诗经学》（台北：台湾学生书局1993年版）、夏传才的《诗经研究史概要》（增注本）（清华大学出版社2007年版）等。此外，也有着眼于某一历史时期《诗经》研究的著作，如谭德兴的《汉代〈诗〉学研究》（贵州人民出版社2003年版）、刘毓庆与郭万金合著的《从文学到经学——先秦两汉诗经学史论》（华东师范大学出版社2009年版）等。

② 如向熹的《〈诗经〉语文论集》（四川人民出版社2002年版）、夏传才的《诗经语言艺术新编》（语文出版社1998年版）等。

③ 如蒋文的《先秦秦汉出土文献与〈诗经〉文本的校勘和解读》（中西书局2019年版）等。

④ 如张丰乾的《〈诗经〉与先秦哲学》（北京大学出版社2009年版）、王国雨的《早期儒家〈诗〉论及其哲学意义》（人民出版社2017年版）和孟庆楠的《哲学史视域下的先秦儒家〈诗〉学研究》（北京大学出版社2019年版）等。

⑤ 如贺卫东的《先秦儒家“诗教”美育思想研究》（科学出版社2017年版）等。

⑥ 如葛兰言的《古代中国的节庆与歌谣》（赵丙祥、张宏明译，广西师范大学出版社2005年版）等。

⑦ 章太炎撰，庞俊、郭诚永疏证：《国故论衡疏证》，中华书局2018年版，第277页。

“文”作为一个所涉范围甚广的概念，还涵容着文章、人文经典、文化乃至文明等意义面向。“文学”一义只不过是“文”这一概念诸多意义面向中的一种而已。

“文学”之名，始见于《论语·先进》所言“文学：子游，子夏”。据皇侃引范宁之见，此处所谓“文学”意指“善先王典文”①，细究其内在规定，也是基于上述广义的“文”的概念而产生，所谓“纵尽时间，横尽空间，其藉以传万物之形象，作万事之记号，结万理之契约者，文学也”②。考诸此原初语境，“文学”一名涵盖范围甚广，“几乎经、史、子、集无所不涉”③。究其作用与意义，依黄人之见解，文学“自广义观之，则实为代表文明之要具，达审美之目的，而并以达求诚明善之目的者也”④，其本旨在于“文以载道”，诚如刘咸炘所言：“盖道者，一切事、理、情之总名也，文能道一切事、理、情，即是载道矣。”⑤ 就此而论，在前现代语境中，“经”与“文”实则在概念层面存在交融之处。一方面，文者，“经、史、子、集无所不涉”；另一方面，“经”中亦有“文”，所谓“五经之含文也”⑥。进一步来说，鉴于昔人对“经以载道”⑦ 可达成一定共识，而“文以载道”亦作为往昔语境中一通行观念，故而“经”与“文”在“载道”这一根本目的上具有共同的追求。

由此，无论是刘勰、钟嵘、陈子昂等诗人文士，抑或朱子、船

---

① （南朝梁）皇侃撰，高尚榘校点：《论语义疏》，中华书局2013年版，第267页。

② 黄人著，杨旭辉点校：《中国文学史》，苏州大学出版社2015年版，第2页。

③ 付建舟、黄念然、刘再华：《近现代中国文论的转型》，上海古籍出版社2015年版，第79页。

④ 黄人著，杨旭辉点校：《中国文学史》，第2页。

⑤ 刘咸炘著，黄曙辉编校：《刘咸炘学术论集》文学讲义编，广西师范大学出版社2007年版，第14页。

⑥ （南朝梁）刘勰著，范文澜注：《文心雕龙注》，人民文学出版社1958年版，第23页。

⑦ “经所以载道也，诵其言辞，解其训诂，而不及道，乃无用之糟粕耳。”（宋）程颢、程颐著，王孝鱼点校：《与方元寀手帖》，载《二程集》，中华书局2004年版，第671页。

山等鸿儒硕学，在基于文章技法、文辞造诣等角度探究《诗》高超的表现艺术，以揭示《诗》在情采、意境、辞藻等方面的独到之处时，都以承认《诗》之为“经”这一根本性的意义规定为前提（尽管宋人的解《诗》著作多存微词，这也多针对汉儒的论《诗》进路与话语体系，而非解构《诗》之为“经”的思想传统与诗教观念）。这意味着，在前现代语境中，以文说《诗》与以经说《诗》并非对立互斥的关系。

与之相较，流行于近世的“以文说《诗》”之论，特指以“文学”论《诗》。且此处所论“文学”，亦有别于前现代语境中那种广义的“文学”概念，而是专指在19世纪末20世纪初，随着西方现代文论辗转译介到国内而产生的“纯文学”概念。[①] 黄霖指出：“促使杂文学观念从根本上开始瓦解，新的纯文学观念因此而建立的是，由于梁启超、王国维、蒋智由、金天翮、黄人、徐念慈、周树人、周作人、管达如、吕思勉、齐如山、黄远生、冯叔鸾等连续不断地从不同角度、不同方面引进和宣传了西方的纯文学思想和美学观念。”[②] 这表明，现代语境下的“以文说《诗》”，特指把《诗》看作在个人层面表情达意的文学作品，如后来的楚辞汉赋、唐诗宋词元曲般。此语境下的以文说《诗》，业已预设“文学”与其他“非文学”立场间的对立，突出表现为以文说《诗》与以经说《诗》的对立。持以文说《诗》立场的研究者（如顾颉刚、闻一多、胡适、周作人、朱自清、俞平伯等）就此达成了共识：《诗经》不是“经”，而应归入文学的范畴。《诗经》研究的当务之急在于解构文化传统中《诗》作为经的根本性地位，“恢复《诗经》的文学真面目”[③]，即

---

① 王国维在1905年发表了《论哲学家与美术家之天职》一文，其中明确提出了“纯文学”概念。

② 黄霖著，王运熙、顾易生主编：《中国文学批评通史——近代卷》，上海古籍出版社1996年版，第9页。

③ 刘毓庆：《百年来〈诗经〉研究的偏失》，载中国诗经学会、河北师范大学合办《诗经研究丛刊》（第三十辑），学苑出版社2018年版，第316页。

《诗》在文学意义上是中国“最古的一部诗歌选集”①，“是从这个文学的价值与地位都尚不稳定的时代流传下来的第一部文学作品”②。

将《诗》界定为文学作品的一大依据在于，《诗》符合“纯文学”概念对于文学作品的一般性规定，具有文学作品的基本特征，如使用文学化的表达方式塑造艺术形象，以表现人的情感以及反映社会生活，尤其强调“用美妙的形式，将作者独特的思想和感情传达出来，使看的人能因而得到愉快”③。这意味着，以文说《诗》者多在“情感—表现”的意义层面使用“文学”这一概念。

（一）“情感—表现”主义及其观念基础

实际上，鉴于西方文化中的“文学”概念本身是历史地生长起来的，具有相当程度的流动性与复杂性，在漫长的历史时期内经历了各种立场与派别的碰撞与交融，其情况之复杂远非某个单一立场可以概括。以文说《诗》者所主张的“情感—表现”论，也以一定的历史文化背景作为此立场创生与兴起的前提。因此，“情感—表现”论也仅仅是西方文学观念诸多样态中的一重面向而已，远非其全部。据此而言，以文说《诗》者抛开文学观念的其他维度与面向，仅择取“情感—表现”主义立说，以其对文学作品的规定为准绳来评判《诗》，进而把《诗》归入“文学”范畴，此做法的正当性与合理性值得商榷。

论及“情感—表现”主义，自然不能不谈到西方19世纪文学观念的变革。这主要表现为，伴随着“把所有文字著述（小说、戏剧除外）都称为‘文学’的大‘文学’观念解体，‘文学’与其他的文字著述分离，专属于表现人生情感的虚构想象作品，从而也成为

---

① 夏传才：《诗经研究史概要》（增注本），清华大学出版社2007年版，第2页。

② ［日］吉川幸次郎：《中国诗史》，章培恒、骆玉明等译，复旦大学出版社2012年版，第19页。

③ 周作人：《中国新文学的源流》，华东师范大学出版社1995年版，第2页。

独立的人文学科”[①]。对人生情感的关注同样体现于该时期的诗学之中。

在现代语境中，诗学作为文学的重要组成部分，也以“情感—表现”主义为其主流立场。厄尔·迈纳（Earl Miner）用“情感—表现的”（affective-expressive）这一术语来指称以抒情诗为基础的诗学，即“诗人受到经验或外物的触发，用语言把自己的情感表达出来就是诗，而且正是这种表现感染着读者或听众”[②]。他指出，之所以用“情感—表现的”来形容以抒情诗为基础的诗学，其一大目的在于“找到一个颇为准确的术语以与‘摹仿论’抗衡”[③]，进而指出，西方诗学多由亚里士多德的摹仿论奠基，在此之外，“‘情感—表现’的诗学以或此或彼的形式，成为西方之外所有诗学体系的特征”[④]。

细审“情感—表现”之名，“表现”一词之所以成立，其前提

---

① 袁进：《中国文学的近代变革》，广西师范大学出版社 2006 年版，绪论第 7 页。这种对人类现实生活及人生情感的高度关注，在苏联文学理论中表现得尤为明显。“苏联文学的基础首先是新的社会主义生活”，其“不可或缺的特点应当是人民性”。［苏］季莫菲耶夫：《苏联文学史》，水夫译，作家出版社 1956 年版，第 6—10 页。中华人民共和国成立以来，国内文艺理论的基本观念多受苏联影响。西方文论也多经苏联知识界辗转译介而进入国内学界。苏联文学理论浓郁的人类中心色彩与人道主义情怀，也随之传入我国并产生了持久而深入的影响。钱谷融提出：“高尔基把文学叫作‘人学’，就不但说明了文学的对象是什么，而且，还把文学的对象和它的性质、特点，和它的任务、作用等等相统一起来了。我觉得，在今天，对于高尔基把文学叫作‘人学’的意见，是有特别加以强调的必要的。”钱谷融：《论“文学是人学”——钱谷融文艺论文选》，山东文艺出版社 2021 年版，第 7 页。

② ［美］厄尔·迈纳：《比较诗学——文学理论的跨文化研究札记》，王宇根、宋伟杰等译，中央编译出版社 1998 年版，第 33 页。

③ ［美］厄尔·迈纳：《比较诗学——文学理论的跨文化研究札记》，王宇根、宋伟杰等译，第 10 页。

④ ［美］厄尔·迈纳：《比较诗学——文学理论的跨文化研究札记》，王宇根、宋伟杰等译，中文版前言第 3 页。厄尔·迈纳认为：“中国的诗学是在《诗大序》的基础上产生的。”［美］厄尔·迈纳：《比较诗学——文学理论的跨文化研究札记》，王宇根、宋伟杰等译，第 32 页。而《诗大序》的根本性质是“情感—表现”诗学。此观点及其论证详见《比较诗学——文学理论的跨文化研究札记》第二、三章。

在于存在一个须被表现的对象。这说明,“情感—表现”论以情感主体之设立作为其立论的逻辑条件,并以对主体内在体验的表现作为诗的根本目的与意义所在。而实际上,自西方文学和诗学观念诞生以来,直至经历了相当长历史时期的发展,其一大焦点并非“表现”,而是“再现”。据西方文化语境,“诗”(poiētikē)是由动词“poiein”(制作)派生而来。诗人相当于制作者,诗则是某种被造出来的东西,即自然状态下并不具有,而是通过技艺创造出来的产物。这种制作并非凭空进行,而是对事物的摹仿与再现(在亚里士多德看来,这成为诗的本质与目的)。也就是说,并不是将作为主体的作者及其“独立自主”的经验与体验凸显出来,而是以形而上的关怀作为文学、诗学之根本意义的内在规定①,关注的中心问题在于什么是真正的真实,现象的真实抑或理念的真实?诗能否在一定程度上把握终极的真实?诗所言说的是不是真理?

据此而论,相比起诗与主体自身情感的关系,诗与真理的关系问题构成了人们论诗的中心,就此催生了昔人对于诗或接受或拒斥的不同态度。在《理想国》中,柏拉图因为诗只是对事物本质的模仿而扬言将诗人逐出城邦:“模拟这件事,它只是一种戏弄而并不是什么可以当真的、严肃认真的事,而所有那些不论是以扬波格的诗律或是以史诗的语言来创作悲剧诗作的人,他们全都是,尽其力之所及,专事模拟的人。……诗既是如此性质的事物,我们前面力求把它逐出我们的城邦是做对了的。”② 而普罗提诺则认为,诗作为艺术的重要组成部分,同样是在表达美和善的理念,故而对诗持赞成态度:“艺术作品并非简单地复制看得见的东西,而是

---

① 在柏拉图和亚里士多德之前,已有许多诗人和剧作家就“诗”的概念进行过讨论。众多见解大大丰富了“诗”之概念的内在环节,如“诗产生魅力”“诗要求天才”等。尽管如此,论诗的集大成者还是柏拉图和亚里士多德,其一大原因很可能在于,二人是基于形而上的意义来理解诗的本质与功能。

② [古希腊]柏拉图:《理想国》,顾寿观译,吴天岳校注,岳麓书社2010年版,第469—477页。

回到自然所由产生的那些理念；再者，艺术作品中的很大一部分是纯粹的自身，是美的所在，补充自然的不足。”①

总的来说，诗能否真切地再现事物的本质，能否把握现象界背后的那个真实而永恒的理念世界？以上发问都源于存在论层面的根本关切。而“再现”之所以作为一个重要议题突显出来，其背后则暗含着现象界与理念界的二分与悬隔。这种二元性也构成了西方学界论诗的理论前提与基本出发点。余宝琳（Pauline Yu）指出，“模仿”之所以可能，其前提与基础便在于此种二元性：“模仿……以一种根本的本体论层面的二元论为其根据。它假定有一种更为确实的真实性超越于我们身处的具体历史领域之上，并且两者的关系在创造性活动与手工艺品中得到复现。”②

哪怕直到17世纪晚期至18世纪，古典主义逐渐向浪漫主义过渡，诗不再被定位为对自然和真理的模仿（直接转抄），而是必须实现对自然的超越与升华。尽管如此，在此阶段，诗仍把真理作为其言说目标，而非仅着眼于某一经验主体的内在体验。渥兹渥斯（William Wordsworth）提出：“诗的目的是在真理，不是个别的和局部的真理，而是普遍的和有效的真理。”③ 在创作过程中，尽管诗人的主观情感也被强调，但情感本身并不足以成为诗之为诗的终极根据。情感（激情）的意义在于将普遍的真理带入心灵，即“真理不是以外在的证据作依靠，而是凭借热情深入人心”④。

---

① ［古罗马］普罗提诺：《九章集》，转引自［英］拉曼·塞尔登编《文学批评理论——从柏拉图到现在》，刘象愚、陈永国等译，北京大学出版社2000年版，第16页。

② Pauline Yu, *Reading of Imagery in the Chinese Poetic Tradition*, p. 5. 转引自 Haun Saussy, *The Problem of a Chinese Aesthetic*, Stanford: Stanford University Press, 1993, pp. 24 - 25.

③ ［英］渥兹渥斯：《抒情歌谣集·序言》，载刘若端编《十九世纪英国诗人论诗》，曹葆华、刘若端、缪灵珠译，人民文学出版社1984年版，第15页。

④ ［英］渥兹渥斯：《抒情歌谣集·序言》，载刘若端编《十九世纪英国诗人论诗》，曹葆华、刘若端、缪灵珠译，第15页。

综上所言，在详审西方文学与诗学观念的演变进程时，理应关注不同历史语境下发生的多重转向，如人们关注的焦点从诗与真理的关系移向诗与作者这一主体的关系，诗的本质与目的经历了从“对真理的再现”到“对主体情感的表现”的转变……凡此诸种不应归结为不同时期文学观与诗学观的差异，而是存在论层面的问题域与思维方式所发生的根本转向在文学和诗学层面的体现，毕竟“在西方思想传统中，本体论与文学理论之间的关联是完整的”①。

倘若吾人并非以“抽刀断水”式的视角孤立地看待以上转向，而是将其置于西方文学观念整体性的演变进程中，便应注意到“情感—表现”主义这一立场的兴起作为冰山一角，反映的是人类文明发展进程中更为深层的精神取向的变化，即近代主体性原则的确立。人被抽象为以自我意识为规定的主体，自我、他人乃至世界都成为与主体相对的客体。将主体与客体相联系的纽带在于其意识活动。拉曼·塞尔登（Raman Selden）在介绍“情感—表现”主义流派时，便将其收录于“主体性”主题之内。②“情感—表现”主义，顾名思义，意指作品表现的是作者高度个体化、内在化的精神状态与情感体验。在此语境下，诗成为诗人这一个体的附属品。“作者自己的情感是他的靠山和支柱”③，而这种情感是“诗人所思考和感受”④之所得，是高度个体化的产物。这一个体则是埃利亚斯（Norbert Elias）笔下“‘内心’完全独立自主的、与其他人相隔绝的‘封闭的个性’”⑤。

---

① Haun Saussy, *The Problem of a Chinese Aesthetic*, p. 24.

② 参见 Raman Selden, *The Theory of Criticism from Plato to the Present*, New York: Longman, 1988, pp. 164 – 185.

③［英］渥兹渥斯：《抒情歌谣集·序言》，载刘若端编《十九世纪英国诗人论诗》，曹葆华、刘若端、缪灵珠译，第 23 页。

④ Raman Selden, *The Theory of Criticism from Plato to the Present*, p. 166.

⑤［德］诺贝特·埃利亚斯：《文明的进程：文明的社会起源和心理起源的研究》，王佩莉、袁志英译，译文出版社 2009 年版，序言第 25—26 页。

（二）“情感—表现”主义与形式主义对“以文说《诗》”的影响

19 世纪末 20 世纪初，随着西方近现代文学理论辗转译介入我国，“情感—表现”主义流派在国内学界产生了很大影响。若说“以文说《诗》”的形成与西方近现代文学、诗学观念息息相关，那么这指的也是其中的“情感—表现”主义流派，而非更为原初的再现论。

“情感—表现”主义认为，情感作为主体的一种内感觉和意识活动，是主体受外在事物影响和感发之后的产物。外物对内心的感发作用被称作“兴”。既然外物使主体的内心有所感动，那么主体就有将感情表达出来的需求。“表达”与“表现”的过程与进路即为“言”。吾国传统诗学的关键性文本（如《尚书·舜典》所论“《诗》言志”与《诗大序》所论“情动于中而形于言”）在近世多被冠以“情感—表现”主义之名。例如，海外学者余宝琳便将《诗大序》视为“盛行于亚洲文学理论中的有关诗歌表现—情感性概念的经典论述”①。又如朱光潜先生提出，“诗言志”之“志”就“含有近代语所谓‘情感’，所谓‘言’就是近代语所谓‘表现’”②，“人生来就有情感，情感天然需要表现，而表现情感最适当的方式是诗歌，因为语言节奏与内在节奏相契合”③，由此得出的结论为，“‘诗歌是表现情感的’。这句话也是中国历代论诗者的共同信条”④。此论在近世学界颇为风行，如叶嘉莹先生将“《诗》言志”解作“作诗的目的是为了表现自己内心的感情和志意”⑤。高秉江将“诗”

---

① Pauline Yu, *Reading of Imagery in the Chinese Poetic Tradition*. 转引自 Haun Saussy, *The Problem of a Chinese Aesthetic*, p. 25. 此立场也被其他海外汉学家所持有，如厄尔·迈纳。

② 朱光潜：《诗论》，广西师范大学出版社 2021 年版，第 4 页。

③ 朱光潜：《诗论》，第 5 页。

④ 朱光潜：《诗论》，第 4 页。

⑤ 叶嘉莹：《好诗共欣赏：陶渊明、杜甫、李商隐三家诗讲录》，生活·读书·新知三联书店 2016 年版，第 4 页。

理解为“言说主体的志趣和意象”，其论曰：“诗在很大程度上不是在言说对象，而是在言说言说者自身，在言说言说者的心象、感悟和志趣，所谓诗以言志。”①

除了从具体内容出发，把《诗》界定为表现个人情感的抒情诗，以文说《诗》的关注焦点还在于《诗》的言说形式。这又与19世纪末20世纪初西方文论步入现代主义文论阶段时，以“形式主义”作为其突出特质密切关联。“形式主义”，顾名思义，意味着文学关注的重心从对现实、社会、自然、道德等问题转向了文学内部，更看重对于文学的形式、体系、结构等方面的探究。后者隶属于雅各布森（Roman Jakobson）提出的“文学性”概念。此处所谓“文学性”意指“文学之所以成为文学的决定性因素，而这些决定性因素则来自形式、技巧和语言的运用”②。让形式从内容中解放出来，使文艺成为一门形式的艺术，有其必要意义。对此，什克洛夫斯基（Viktor Shklovsky）创发了一个更为极端的表述——“文学即技巧”。③

综观西方文论的历史变革，若说“情感—表现”主义是西方文学观念经历了从关注超越性维度到主体自身的内在化转向之后的产物，那么，形式主义的出现，则标志着文学观念从关注文学与世界的关系转向了对于文本内部的关注。此焦点向内回转的倾向，又以预设了内容与形式的二分为其前提。申言之，文学作品的形式被视为与其内容无涉的一般意义上的“纯粹形式”，具有独立于历史—文化维度的稳定性，故可作为独立的研究对象，用于探究古今中外共通的文学原理和美学原则。跨文化的比较诗学研究多基于此立场而展开。比较文学领域的研究者就此可达成共识：虽然主题与内容有所不同，但从形式上看，《诗》与其他文明共同体中的诗歌作品同归

① 高秉江：《诗与象》，《杭州师范大学学报》（社会科学版）2008年第5期。

② ［英］拉曼·塞尔登编：《文学批评理论——从柏拉图到现在》，刘象愚、陈永国等译，北京大学出版社2000年版，译序第14页。

③ ［英］拉曼·塞尔登编：《文学批评理论——从柏拉图到现在》，刘象愚、陈永国等译，译序第14页。

于诗歌之列，均可从句式、修辞、韵律、结构等语言艺术与文学形式的角度加以探究。

进一步来说，《诗》的内容和主题往往牵涉价值的取向与判断，而其形式本身则与价值无关。以文说《诗》，应落实为一种为文学而文学、为艺术而艺术的纯文学探究，研究过程最忌讳的就是把价值判断带入其中。如果在探究《诗》的形式及美感时掺入了研究者的价值判断，那么此探究便不再“纯粹”。职是之故，以文说《诗》者对传统诗论以仁义道德解《诗》的做法多有诟病，主张另起炉灶，以一套新的诠释方法与解释体系取而代之，将昔人的性命道德之说从新时期的《诗经》诠释中剔除出去。

（三）论近世“以文说《诗》”的潜在问题

实际上，不论是“情感—表现”主义，还是形式主义，都并非个别而孤立的存在物，而是与时人理解世界的一整套根本性的观念体系相适应，都深植于其整体性的观念背景。后者或隐或显地作为时人界定文学与诗学意义与功能的出发点，决定了某一历史阶段文学理论最为基本的意义取向。就此而言，在进行比较诗学研究时，吾人不能轻忽对于不同文明共同体各个历史阶段整体性观念体系及其结构的考索，不应只是从中孤立地摘取某些文学理论，在似是而非的表象之间进行跨文化的比较研究。

若要深入某一文学理论所植根的整体性观念背景，那么无论是再现论所体现的理念界与现象界的二分，还是“情感—表现”主义所反映出的主体性原则，抑或形式主义所预设的作品内容及其形式之间的二分，这些立场对于千载之前孕育《诗》的华夏文明而言都是陌生的。无论是在 305 首诗自产生到汇编成集的数百年间，还是在《诗》广泛影响到各阶层人士直至被定为一尊的经典化时期，上述立场都不作为支撑起吾国先民整体性生活世界的基本观念模式。

对于先秦时人来说，世界并不是由不同层面构成：有的层面虚幻不实，流动不居；有的层面则具有最坚实的确定性。求知便是超越变动而虚妄的现象，去寻求现象之上那个最真实的确定性。实际上，在先秦时人普遍持有的观念中，世界是整全的“一”。“道”并不是超越于现实之上的某一实体，而是渗入宇宙大化生生不息的过程中。关于道本一贯、道通为一的表述习见于典籍文献之中。职是之故，比较文学研究应深入文论的背后，看到不同文明在世界观层面的差异。余宝琳就此指出，中国古代文学理论中的某些设想，初看上去虽与西方文论相似，但若往内深究，不难发现，二者所依赖的世界观完全不同：

> 在对宇宙的理解上，从根本上而言，中国本有的哲学传统认同的是一元的立场……真正的现实不是超凡脱俗的，而是此时此在的，并且就在这个世界当中。①

据此而论，研究者引入西方文论来解读《诗》，建立起“情感—表现”或“形式主义”的“中国模式”，此做法其实轻忽了不同文明在不同历史时期理解世界的根本性观念体系方面的差异。而后者作为各大文明共同体的精神内核，正是这些文学观念与理论赖以维系的基石。

进一步来说，若细论以文说《诗》的具体进路，不难发现，研究者们多把关注范围限定在《国风》内部，并假西方文论对风诗加以研究。一个典例是，在《管锥编》一书中，钱锺书征引了大量西方诗学理论来解读《毛诗》。其中论《毛诗正义》的条目共六十则。除去论《诗谱序》的一则，在其余五十九则中，论及《国风》的条目多达四十七则，而论及《雅》的条目仅有十二则，没有一则条目论及《颂》。② 以风诗为主，忽视《雅》《颂》的治学倾向，也出现在20世纪初以文说《诗》的其他代表性人物及学派那里。对于闻一

---

① Pauline Yu, *Reading of Imagery in the Chinese Poetic Tradition*, pp. 32 – 33. 转引自 Haun Saussy, *The Problem of a Chinese Aesthetic*, p. 25.

② 参见钱锺书《钱锺书集：管锥编》（一），生活·读书·新知三联书店 2011 年版，第 3—8 页。

多和古史辨派的《诗经》研究成果，陈成国作出的评价是，二者的贡献多在于《国风》，而“于《雅》《颂》实无多大发明”[①]。这反映出，“五四”以来的学界对《风》《雅》《颂》的重视程度并不一致，整体上呈现出向《国风》倾斜的一边倒态势，对《雅》《颂》的内在理路则缺乏深入探究。[②]

《雅》《颂》受到轻忽的境况，业已被部分研究者指出。黄松毅看到，“五四以后，随着《诗经》研究中经学思想逐渐被打破，《大雅》的研究在一定程度上趋于冷落”[③]，多围绕“史诗”问题与政治讽谏诗两个重点来展开，此研究态势存在一定的不充分性与不全面性。姚小鸥亦云：“数十年来三《颂》研究的基本状况却不如人意……60 年代，《中华文史论丛》刊登之《周颂考释》，乃高亨先生 40 年代旧稿，除此以外，仅有零星论著涉及《颂》诗的若干问题。学者中能倾注全力研究三《颂》者寥若晨星。”[④]

总的来说，研究旨趣向《国风》倾移的做法也影响到学界对于《诗》之三体的定位与评价。余冠英指出：“《诗经》的精华部分是《国风》和《小雅》，特别是其中的民歌民谣。”[⑤] 郭沫若则把《国

① “古史辨讨论《诗经》的最大贡献，就是恢复了《国风》大部分诗歌的民风面目，而于《雅》《颂》实无多大发明。近代解说《诗经》多有发明的闻一多，其贡献亦大多在《国风》。”陈成国：《诗经刍议》，岳麓书社 1997 年版，第 135 页。

② 洪湛侯指出：“《诗经》鉴赏可以说是近二十年来涌现出来的新形势，是《诗经》文学研究发展到一定阶段的产物。……1986 年人民文学出版社从各种报刊中选出《诗经》鉴赏文章五十五篇，编成《诗经鉴赏集》一书。……所收的论文，篇目遍及《国风》《二雅》《三颂》，而《国风》所占比重最多，约占全书的五分之四。”洪湛侯：《诗经学史》，中华书局 2002 年版，第 763—765 页。如此不均的择选比例，也反映出近世学界对《国风》的偏重。

③ 黄松毅：《仪式与歌诗：〈诗经·大雅〉研究》，中国传媒大学出版社 2010 年版，第 1 页。

④ 姚小鸥：《诗经三颂与先秦礼乐文化》，北京广播学院出版社 2000 年版，自序第 1 页。

⑤ 余冠英选注：《诗经选》，中华书局 2012 年版，前言第 28 页。余冠英选编《诗经选》的目的在于，“把《诗经》里优秀的作品择要推荐给一般文艺爱好者”。《诗经选》收录了 106 首诗。其中，《国风》诸诗多达 78 首，《小雅》诸诗有 23 首，《大雅》诸诗有 3 首，颂诗只有两首。可见，《诗经选》所收录诗篇也是以《国风》与《小雅》为主导。

风》的重要性进一步突显出来："最有文学价值的是《国风》……《风》的价值高于《雅》，《雅》高于《颂》。"① 傅修延亦云："《诗经》各部分的思想性与艺术性孰为高低，文学史家已有定评，这就是《国风》居上，《小雅》稍次，《大雅》又次之，《颂》为最下。"② 进一步来说，研究者多以《国风》的内容与表达风格为标准来衡量《雅》《颂》之短长。这主要体现在艺术形象的塑造与兴句的使用方面。例如，程俊英、蒋见元先生在《诗经注析》（下文简称为程、蒋注本）一书中对《大雅》和《颂》中的诸多篇目颇有微词，认为其中大多数诗在艺术上无足取。究其原因，"一方面是由于内容限制"③，《大雅》和《颂》作为庙堂祭祀乐歌，其"总的格调是庄严肃穆有余，灵秀清丽不足"④，多是"缺乏形象的说教"⑤，"所以达不到《国风》的清新和《小雅》的典丽；另一方面也由于《诗经》还处于诗歌萌芽时期"⑥，与之相比，等"发展到《国风》时代，兴句的运用已经十分流利纯熟，创造的艺术形象也更优美了"⑦。从此番褒贬短长中亦可窥见二人对于风诗的偏好。

然值得深思之处在于，被近世学界轻忽与低看的《雅》《颂》，在先秦时期的影响力却殊为深远。不管是春秋时期外交场合的赋《诗》言志，还是典籍史册、诸子学派引《诗》证言，所涉诗篇中《雅》《颂》占比很大。据马银琴统计，《国语》引诗共 23 次，其中《雅》《颂》共计 19 次。《左传》引诗共 129 句，其中《雅》《颂》

---

① 郭沫若：《简单地谈谈〈诗经〉》，载《郭沫若古典文学论文集》，上海古籍出版社 1985 年版，第 72—74 页。

② 傅修延：《先秦叙事研究：关于中国叙事传统的形成》，东方出版社 1999 年版，第 108 页。

③ 程俊英、蒋见元：《诗经注析》，中华书局 1991 年版，第 772 页。

④ 程俊英、蒋见元：《诗经注析》，第 745 页。

⑤ 程俊英、蒋见元：《诗经注析》，第 746 页。

⑥ 程俊英、蒋见元：《诗经注析》，第 772 页。

⑦ 程俊英、蒋见元：《诗经注析》，第 769 页。

共计105次。[①] 甚或有学者指出，“古代文献中，《雅》《颂》部分总体来说要比《国风》更为广泛地得到征引，且其中某些诗篇出现的频率尤高”，并以郭店楚简、马王堆帛书所引《雅》《颂》为例，以说明颂诗中的《板》《抑》和《长发》、雅诗中的《巧言》《小明》和《文王》所引频度均远远高于其他篇章。[②]

这些细节给吾人以如下提醒：治学重心往《国风》偏移，其实并不符合《诗》在先秦文化传统中的真实存在样态，也未能揭橥《风》《雅》《颂》三者在此传统中所发挥的真实作用，故而对于吾国近世以来《国风》独大的研究趋势，尚有值得检视之处。而以《国风》为主导的研究态势，正是以西方文论中的“情感—表现”主义来论《诗》的一大结果。对此，或许应该追问的是，倘若以“情感—表现”主义论《诗》的做法能够成立，那么此立场应对《诗》之三体都予以合宜的解释，而非专意围绕《国风》立论，对《雅》《颂》则鲜有涉及。对此，一种可能的解释是，《国风》更符合“情感—表现”主义对《诗》之内容与表达特质的设定。

《国风》言语切近，多以第一人称、以“有形或无形的我”来言说喜怒哀乐，能够让读者清晰辨认出言说者的内在情感体验，大体上更接近后世表情达意的抒情诗。[③] 相比之下，《雅》（尤其是

---

① 参见马银琴《周秦时代〈诗〉的传播史》，社会科学文献出版社2011年版，第51页。

② 参见［美］柯马丁著，郭西安编《表演与阐释：早期中国诗学研究》，杨治宜等译，生活·读书·新知三联书店2023年版，第105页。

③ 傅斯年指出：“《风》之为纯粹的抒情诗（这也是就大体论）。”傅斯年：《〈诗经〉讲义稿》，上海古籍出版社2012年版，第67页。吉川幸次郎指出：“就《国风》而言，其内容有歌唱已婚或未婚男女间爱情的欢乐与悲哀的歌，有歌唱以农耕为中心的劳动的欢乐与悲哀的歌，有那些农民当兵时唱的歌，有歌颂或讥讽统治者的行为与措施的歌，还有歌唱友谊的快乐与谴责对友谊的背叛行为的歌，等等，全都是抒发自己感情的抒情诗。像古希腊诗歌中所能见到的那种叙事诗，只有《大雅》中有一部分。若要在《国风》中寻找类似叙事诗的作品，那么只能找出叙述卫文公重建国都的《定之方中》这一首。把标准再放宽一些，找一下歌唱一个事件始末的作品，那么也只能举出叙述不幸婚姻经过的《谷风》与《氓》这两首。除此以外，都是歌唱瞬间感受的抒情诗，这是后来中国诗一直以这种抒情诗为主流的开端。”［日］吉川幸次郎：《中国诗史》，章培恒、骆玉明等译，第19—20页。

《大雅》)、《颂》的诸多诗篇，非但缺少个人层面情感的抒发①，其中还有关于典礼情境的大量描述。礼器、仪则之名不胜枚举，但凡礼学基础稍欠，都扞格难入。顾颉刚儿时初次读《诗》的心得体会，可谓十分贴近今人的读《诗》境况。他曾如此回忆，《国风》“虽是减少了历史的趣味，但句子的轻妙，态度的温柔，这种美感也深深地打入了心坎”②。至《小雅》便觉困难，“堆砌和严重的字句多了，文学的情感减少了，便很有些儿怕念。读到《大雅》和《颂》时，句子更难念了，意义愈不能懂得了。我想不出我为什么要读它，读书的兴味实在一点也没有了”③。揆诸其读《诗》体验，《颂》之所以难读，其原因很可能在于，部分颂诗甚至连第一人称的视角都消失了，叙述者隐退到了幕后，仿若一“全知全能的隐身人”④。吾人无法确证言说主体是谁，唯有一片颂声德容弥漫在字里行间。然而，在很大程度上，叙述者的缺位是现代诗论无法接受与承认的。热奈特（Gérard Genette）指出：“绝对纯粹的再现是不存在的，所以任何再现都必须经过某种‘叙述’。”⑤ 他区分了“叙述”（narrative）和“话语”（discourse），并进一步阐释道：“一般认为，narrative 指那种没有任何人说话的纯叙事，而 discourse 则指那种读者可以清楚地意识到谁在说话的叙事。”但实际上，“根本不存在没有一点‘主观’色彩的纯叙事，无论这叙事是何等透明，何等直接，不经过富有判断力的头脑作中介是不可能的”⑥。

---

① “西周前期用于祭祀和其他重要仪式的诗歌。它们均收入《周颂》和《雅》——特别是《大雅》——中。由于这些诗歌是要在一定场合使用的，自然要指派专人，按照其特定的目的来创作；换言之，无论创作者是否受到感动，都非写出来不可。所以，除了个别特殊情况以外，这些诗歌一般缺乏感情。”章培恒、骆玉明主编：《中国文学史新著》（增订本），复旦大学出版社 2011 年版，第 53—54 页。

② 顾颉刚：《古史辨自序》，河北教育出版社 2003 年版，第 20 页。

③ 顾颉刚：《古史辨自序》，第 20 页。

④ 傅修延：《先秦叙事研究：关于中国叙事传统的形成》，第 124 页。

⑤ 转引自［英］拉曼·塞尔登编《文学批评理论——从柏拉图到现在》，刘象愚、陈永国等译，译序第 20 页。

⑥ 转引自［英］拉曼·塞尔登编《文学批评理论——从柏拉图到现在》，刘象愚、陈永国等译，译序第 20 页。

但若把目光回转到《诗》本身，若说主观色彩较浓的叙述口吻在风诗中还比较显明，那么从《风》到《颂》的过渡，则逐渐实现了从“有我”之言到“无我”之言的转化与提升。毋庸置疑，颂诗的确成于具体诗人之手，他们的确是在时空背景中有血有肉、有死的个体，有着个人意识与主观体验，但这并不妨碍诗作营构出参乎天地的言说效验。主观叙述的口吻与视角的隐遁，使诗作突破了“自我观之”的有限视角，从而得以徜徉于“自道观之”的无穷域。

这意味着，《风》《雅》《颂》的呈现方式与行文风格并非均质化的，并非高度同一的。无论是从内容还是从表达形式上看，三者都存在着明显的差异。据学者统计，《毛传》标“兴”的篇目，以《国风》和《小雅》居多，“分别有72篇和38篇；《大雅》和《颂》中较少，分别只有4篇和2篇”①。可见，《国风》以兴为主，兼有赋、比，而《雅》《颂》多赋、比，偶或夹杂着兴辞。这说明，表达方式并非一般意义上的纯粹形式，而是与《诗》之三体的具体内容相契合。甚至可以说，表达方式参与构成了《诗》的思想内容，成为深入理解《诗》不可或缺的重要环节。《风》《雅》《颂》呈现出如此差异，很可能暗示出，三者具有不同的定位与功能，所关涉的问题域也处在不同层面，诚如惠周惕《诗说》所言：“名不可乱，故《雅》《颂》各有其所。”②

若说以文说《诗》在解读《国风》时还“差强人意”，那么它对于礼文繁复的《雅》则难得其门径，对于叙述者隐退到幕后的多数颂诗，更是无措其手足。问题在于，《风》《雅》《颂》呈现出差异化而非均一化的格局，三部分互相配合，彼此为羽翼，以立体化而非平面化的样态持存着《诗》完整的精神世界。由此可知，《风》

---

① 李世萍：《郑玄〈毛诗笺〉研究》，知识产权出版社2010年版，第183页。

② （清）惠周惕撰：《诗说》卷上，《砚溪先生集》，载顾廷龙主编，《续修四库全书》编纂委员会编《续修四库全书·集部·别集类》第1421册，上海古籍出版社2002年版，第124页。

《雅》《颂》三者缺一不可。任何一部分不可能也不应该被其他部分取代。成熟完备的解《诗》进路，应全面而充分地观照《诗》之三体的差异与统一，而非片面地择取某一部分来立说。试问，如果一种理论进路无法诠释《雅》《颂》的内涵，那么它又能对《国风》的精神领略几分？

反观前现代语境中最具代表性的解《诗》文献，如《孔子诗论》与《诗大序》，二者的共通之处在于，均从整体性的视角出发，将《风》《雅》《颂》视为环环相扣的意义系统，进而推敲《诗》之微言大义。在对具体诗篇择要评点之后，《诗论》对《风》《雅》《颂》的性质与关系作了一番总评。此种通观《诗》之三体意义关联的做法亦见于《诗大序》。《诗大序》将《风》《小雅》《大雅》《颂》列为《诗》之"四始"，从政教沾溉范围与王化程度等方面阐释四者之别，进而将四者视为首尾浑然的意义统一体，由《风》到《颂》的发展脉络折射出修齐治平、功告神明的愿景。

与此相比，以文说《诗》的一个显著特点便是，对整部《诗》的理解越来越碎片化，具体表现为以下三方面：其一，研究者多将《风》《雅》《颂》视为彼此独立的部分，仅择取某一局部进行研究（往往以《国风》为主），对其余篇章则未能予以足够的重视；其二，哪怕是对于风诗的研究，学者也多带有主观偏好，有选择性地研究其中的一部分诗歌，未能对十五《国风》进行全方位的整体性观照，如法国学者葛兰言（Marcel Granet）在《古代中国的节庆与歌谣》一书中多择取《国风》中的情诗分析立说①，又如在《中国的恋歌：从〈诗经〉到李商隐》一书中，川合康三择选了《狡童》

---

① "在这里，我准备研究《诗经》中的某些诗歌。这些诗歌主要是从《诗经》的第一部分即《国风》中挑选出来的。它们都是情歌，素朴率直，毫不晦涩。"［法］葛兰言：《古代中国的节庆与歌谣》，赵丙祥、张宏明译，广西师范大学出版社 2005 年版，第 1 页。

《静女》《大车》三首风诗来探究中国古典文学中的恋爱要素①；其三，上述以离析见长的治学立场也被贯彻到对于单首诗的解读之中。有学者倾向在一首诗内部作切分与肢解，使其成为由不同诗作重组而成的“复合物”。例如，日本学者青木正儿从章句风格与押韵等角度出发，认为《周南·关雎》《葛覃》《卷耳》等篇均由复数诗篇的片段“组合”而成。② 综上所述，此日趋碎片化的解《诗》取向，仅将《诗》作为博杂零碎的质料，以此填补研究者各自的研究范式和理论目标，从根本上而言，缺乏一种以《诗》为本位、把《诗》作为一通贯整体的研究关怀，致使《诗》之定位游离不定，长期以来随着学者的研究立场与旨趣为转移。

二　以经说《诗》

“五四”以降，尽管以文说《诗》呈现出压倒性态势——其“一大成果是把《诗经》从历代经师的解释中还原为‘我国第一部诗歌总集’，在不太长的时间里，很多人就以为除中国语言文学系的师生以外，其他‘专业’的人士都可以不理会《诗经》了”③ ——但仍有学者看到此立场的局限所在，即割裂了《诗》与周代礼乐制度的联系，抽离了《诗》在历史文化传统中的角色与身份，未能阐

① 参见［日］川合康三《中国的恋歌：从〈诗经〉到李商隐》，郭晏如译，复旦大学出版社 2017 年版，第 1—21 页。

② 青木正儿认为，《关雎》是由复数诗篇的片段合而为一：“前者为叙述君子难以得到作为配偶的淑女时的烦闷之情的诗作，后者为歌咏终于得到淑女后琴瑟相和的喜悦之情的诗作”。［日］青木正儿：《青木正儿全集》第二卷，春秋社 1970 年版，第 397—398 页。转引自［日］家井真《〈诗经〉原意研究》，陆越译，江苏人民出版社 2012 年版，第 305 页。家井真提出，“虽然《葛覃》第一章和第二章看上去具有相同的句法结构，但是第一章前三句以草为兴词，后三句以鸟为兴词，是将两篇不同的诗作兴词缀合而成的。而且、第一章和第二章的作为兴词的前三句虽是共通的，押韵法却各不相同，可以断言它们本来是两首不同的诗作。而第三章没有兴词，押韵法也与第一、二章相异”。转引自［日］家井真《〈诗经〉原意研究》，陆越译，第 316 页。

③ 张丰乾：《〈诗经〉与先秦哲学》，北京大学出版社 2009 年版，第 89 页。

释出《诗》作为传统思想之根柢的中华元典，如何参与建构了吾国的思想文化传统，如何塑造了民族的文化记忆及独特的价值观。有鉴于此，刘毓庆先生在承认20世纪以文说《诗》所取得的成果的同时，也指出其存在的极大偏失，轻忽了《诗经》对于建构中国文化乃至东方文化的意义，“忽略了《诗经》在两千多年的中国历史上作为经学存在的意义。更不思《诗经》所承载的承传及营造中国文化的使命，决非一部以文学身份出现的‘诗歌总集’所能承担”，遂提出“今读《诗经》，在欣赏其诗韵之美的同时，决不可忽略其作为‘经’的意义”①。同时期的学者（如林耀潾②、周春健③、马银琴④等）也试图对以文说《诗》作出修正，重申以经说《诗》的重要意义。

---

① 刘毓庆：《诗经二南汇通》，中华书局2017年版，第2页。

② 林耀潾指出：“（诗经研究）百花齐放、蔚为大观，但若有以伦理教化之立场研究者，则群起而嗤之，以为科学文明之世，犹固守德教之说，乃落后之举；以是文学之《诗经》大行其道，学者遂不敢以伦理教化研《诗经》矣。故不辞鲁钝，感于文学之《诗经》独盛，思有以拯其偏颇，故作斯研究，欲于举世披靡之时，使知尚有一经学之《诗经》也。”林耀潾：《先秦儒家诗教研究》，台北：花木兰文化出版社2008年版，第169—170页。

③ 周春健指出：“‘五四’一代学者消解《诗经》的‘经学’地位，以‘文艺’的眼光看待《诗经》是可以理解的。他们对于传统的批判，亦是那一代思想者在当时积极探寻中华民族出路的一种方式。然而今日之情势，与当年大不相同。……今日社会之古典学养普遍淡薄，因此更需要尊重传统，尚友古人，涵泳经典，进德修业！惟其如此，方可真正理解《诗经》一书之经学本质；惟其如此，方可由《诗经》等经典进而真正理解作为我们精神思想源泉的中国古典社会。”周春健：《诗经讲义稿》，中国社会科学出版社2019年版，第7页。

④ 马银琴提出，应从厘清《诗经》文本性质的角度出发，来反省以文说《诗》的研究立场：“在周代社会出现的诗文本，无论从编定目的、编辑方式还是从文本性质、传播方式上来看，与后世的诗文总集如《文选》《玉台新咏》《乐府诗集》等都不同，它原本就不是被作为文学作品记录和保存下来的。因此，以纯文学的眼光来研究《诗经》，只能让研究工作与历史事实的距离越来越远，永远不可能认清在当时社会《诗经》产生、存在的真实状况。错误地理解《诗经》的文本性质是导致近几十年来《诗经》研究进入误区的主因。”马银琴：《两周诗史》，社会科学文献出版社2006年版，第4—5页。

从总体上看，古代东亚各国，都围绕着《诗》建构了自身的文化系统与民族文化记忆。此作用绝非一部以文学身份面世的“诗歌总集”所能承担，而是与《诗》之为经的地位与功能息息相关。尽管“五四”以来，《诗》之为经的社会及现实意义日渐式微，甚或被解构殆尽，吾人也不能据此否认如下历史事实：《诗》之为经，确为《诗》在华夏文明漫长的发展进程中真实的存在样态。《诗》作为重要的文化载体，与各个历史时期先民的精神生活、各大历史阶段思想文化的变迁，乃至与整个民族思维、心理、气质、精神、性格等维度密切相关，故今读《诗经》，在承认其文学性质的同时，也决不可轻忽其作为经的意义，否则，“《诗经》对于东亚文化建构的意义便会丧失殆尽，东亚国家的文化史与学术史，都需要重新改写了”①。

承上所述，以经说《诗》者认为，《诗》尊立为经，是我国思想文化传统发展进程中的重要文化现象。对此历史事实，吾人必须予以尊重，且亟须对此文化现象及其影响进行客观公正的梳理与研究。因此，《诗》的历史文化背景、社会角色与功能以及《诗》在文化传统中的意义与使命，便成了以经说《诗》者关注的重要面向。以礼制为纲纪的西周至春秋中期社会，是孕育《诗》的温床。作为礼乐文明的结晶，《诗》从属于礼乐造士的文化传统。《诗》作为经，肩负着承传礼乐文化，构建精神家园的伟大使命。据此而论，以经说《诗》又与“以礼说《诗》”② 密切相关，即“用礼仪礼制解释《诗经》中相关的篇什”③，进而阐明《诗》蕴含的礼乐精神，同时还应对传统的《诗经》研究予以重视，看一代又一代人的诗学阐释如何“不断丰富

---

① 刘毓庆：《百年来〈诗经〉研究的偏失》，载中国诗经学会、河北师范大学合办《诗经研究丛刊》（第三十辑），学苑出版社 2018 年版，第 318 页。在此文中，刘毓庆对以《经》说诗的重要性进行了全面阐明。

② “以礼说《诗》”是陈戍国在《诗经刍议》一书中的提法。参见陈戍国《诗经刍议》，第 115 页。

③ 陈戍国：《诗经刍议》，第 116 页。

着以‘礼乐文明’为核心的文化思想体系”①。

从研究方法上看，以经说《诗》，着眼于梳理并考证《诗》成其为经的历史发生过程，归纳与整合历代《诗》学理论，进而比较其异同。可以肯定的是，此类研究多基于扎实的文献学功底，对《诗》的经典化过程及其思想史影响、诗经学史各家各派理论作了翔实的梳理与整合，但总的来说，其研究多从历史事实及文化现象的层面来理解“经”，未关注“经”在先秦思想文化传统中已作为一重要概念出现。尽管先秦时期并未在经验事实层面滋生“六经”之名号或立为学官的社会建制，但诸多先秦文献，如《诗》《孟子》《荀子》《左传》等都已把“经”作为思想概念使用，且对于“经”在概念层面的内涵、规定与意义已有基本界定。这在思想发展史上产生了深远影响，使得吾国哲学传统在“经，常也”的问题上能够达成基本共识。“经，常也”这一界定具有高度思辨性，关注的是抽象的超越问题，反映出时人已对“常—变”问题与“常—变”关系有着高度觉知，使吾国哲学传统的基本面向归本为关注超越与此在的天人之学，由此展开为对于天道之“常”的探索以及“守常以通变”的实践态度。据此反观以经说《诗》的致思进路，由于此立场尚未重视“经”作为思想概念的意义面向，故而其论“经”之时，也未能触及此概念高度思辨性的意义内核，仅把《诗》之为“经”归结为《诗》确立“经”之名号的历史过程与文化现象，在研究方法上侧重于对此事实与现象进行描述性研究，缺乏对《诗》成为“经”的深层原因的考索，因而未能说明，在前现代语境中，言说常道之“经”缘何成为《诗》最为根本的意义规定。毕竟该问题指涉的是《诗》之为经的内在根据，须深入《诗》与“经”两个概念的内核进行义理层面的探究，而非停留于对《诗》的经典化过程及其影响的描述与梳理。

① 刘毓庆：《百年来〈诗经〉研究的偏失》，载中国诗经学会、河北师范大学合办《诗经研究丛刊》（第三十辑），第323页。

三 深层问题：《诗》之为"经"与《诗》之"原意"的二分

初看上去，以文说《诗》与以经说《诗》大相径庭，其关注点与研究旨趣有较大差异，彼此间互不妥协退让，但二者就以下方面或可达成一致，即承认《诗》之为"经"的意义面向有别于《诗》的原初意义。[①] 日本学者家井真曾将二者的区分表述为："在研究《诗经》时，诗歌本身所具有的原意和作为经学典籍的《诗经》，即经学范畴内的《诗经》学，它们的解释是截然不同的，必须加以明确区分。"[②] 申言之，《诗》之为"经"的意义面向，是在一定的社会文化传统中人为地建立起来，而非《诗》自身本具。此基本观点也渗入近世学界的诸多论述当中，例如，"后儒秉承孔子之志，将礼乐文明作为一种社会理想，融入到《诗经》的诠释之中"[③]，又如，"历代经学家将对生活世界的深刻见解，带入到了对《诗经》的解释与论说之中"，使《诗经》被赋予了"关乎生活世界基本法则的义理、思想"[④]。

区别在于，对于《诗》之为"经"这一外铄之身份与文化现象，以文说《诗》者与以经说《诗》者所持的态度和评价有所不同。

很明显，以文说《诗》者对此持强烈的批判态度，提倡一种去"经"化的研究立场：其一，既然"经"的意义面向乃是自外所附，纯属一外铄之名，而非内在于《诗》中，这难免戕害了《诗》的本

---

① 刘毓庆在谈论《毛诗序》时，就明确把《诗》的原初意义与《诗》之为"经"的意义面向区分，认为《毛诗序》的观点"带有显明的'政教'色彩，是对《诗经》作为经典其所应该承载的文化意义与伦理道德意义的一种强调方式，其更多突显的是'二南'作为'经'应具备的意义，而不是'二南'的原初意义"。刘毓庆：《二南十四说》，载《诗经二南汇通》，第3页。

② ［日］家井真：《〈诗经〉原意研究》，陆越译，第6页。

③ 刘毓庆：《百年来〈诗经〉研究的偏失》，载中国诗经学会、河北师范大学合办《诗经研究丛刊》（第三十辑），第323页。

④ 孟庆楠：《哲学史视域下的先秦儒家〈诗〉学研究》，北京大学出版社2019年版，第9页。

真样态，“自从被捧上儒家经典的宝座之后，诗旨遭经师的歪曲，每首诗都被套上‘思无邪’的灵光圈，打上‘温柔敦厚’的标记，成为‘经夫妇，成孝敬，厚人伦，美教化，移风俗’的金科玉律和辅成王道的‘谏书’”①；其二，《诗》尊立为“经”的文化现象，依托于过去时代的历史条件与文化背景，具有与其历史背景相适应的相对性。随着学界对《诗》之“原意”的提倡，《诗》之为“经”的合法性与正当性逐渐被消解。近代以前尊《诗》为“经”的传统研究路数与陈旧的研究范式，早已不能满足新时代《诗经》研究的诉求，吾辈亟须将《诗》从“经”的枷锁中解放出来，须“弹却《毛序》蒙上的灰尘，揩清后世各时代追加的油彩”②，如此才能“恢复《诗经》的客观存在和本来面目”③。

以经说《诗》者认为，《诗》之为“经”虽依附于圣人或统治者的权威外在地建立，但此“外在性”不应成为《诗》之为“经”的身份被轻忽或背负骂名的理由，也并不构成此身份被解构的直接原因。毕竟，切实地在历史上发挥着建构华夏文化价值取向的乃是《诗》之为经的身份和意义，而非《诗》的原初意义。就此而言，《诗》之为“经”的意义面向仍应作为新时期《诗经》研究的重要领域。

只不过以经说《诗》者并未像以文说《诗》者那般持有如此非此即彼的立场，而是承认以文说《诗》在一定范围内也有其正当性，主张在探究《诗》之“经”义的同时，兼顾对其文学性质的探究。例如，在《诗经二南汇通》一书中，刘毓庆用相当多的篇幅论述了《诗》之“经”说，同时也为以文说《诗》保留了空间，从“诗”的角度对《诗》的基本内容、情感表达及艺术表现形式进行了阐发。④

---

① 程俊英、蒋见元：《诗经注析》，序第1页。

② 程俊英、蒋见元：《诗经注析》，序第1页。

③ 程俊英、蒋见元：《诗经注析》，序第1页。

④ 参见刘毓庆《诗经二南汇通》，第40—46页。

总体而言，以经说《诗》者有更为包容的视角，促成了两种研究立场的调和主义：两种进路的侧重点虽有不同，但并非彼此排斥或对立，而是各有其价值与意义，不妨各安其位，各司其职。初看上去，此种调和主义似乎解决了以文说《诗》和以经说《诗》旷日持久的冲突。然而不可否认的是，此做法只是通过悬置根本问题营造出一团和气的假象，但实际上仍未使《诗》摆脱在“原意”与“经”义的分裂态势中泥足深陷的窘境。

（一）对“原意”概念的检视

认为《诗》具有区别于《诗》之“经”义的“原意”，此立场并非发轫于近世学界。有宋以降，很多学者认为，读《诗》贵在直驱《诗》之原意（本义）。这又可细析为，《诗》之原意究竟是什么，以及如何才能求得此原意。为凸显此治学立场，不少《诗经》研究著作的命名多与“原意”相关，常涉及“本”“原”“故”等概念，如欧阳修的《诗本义》、方玉润的《诗经原始》、叶燮的《原诗》、家井真的《〈诗经〉原意研究》、朱东润的《诗三百篇探故》等。

笔者认为，对于追求“原意”的研究立场，首先可从以下两方面进行检视：其一，此立场的基本预设是：《诗》自产生以来，便作为一独立而静态的文本面世，与周遭人文世界关联甚微，直至与后世读者照面，作为客体之《诗》才算得上与发掘其原意的“伯乐”欣然相遇。在此视角下，《诗》之“原意”往往被视为自足的、个别的、无须与周围世界互动的既定观念。无论是作者的措意，还是《诗》的内容，都如孤立的原子那般，与周遭世界及历史活动毫无关系。然而问题在于，此封闭自足的、无须与周围世界互动的“原意”概念是否真实成立？以此“自足”的“原意”概念来理解《诗》是否合宜？是否存在一部“置身事外”的、不与文明共同体的历史—文化维度发生关系的《诗》？其二，学者以追求原意为出发点，认为《诗》的本来面目是唯一的，存在关于《诗》之原意的定解，但吊诡之处在于，虽然诸家都以寻求唯一原意为目的，但最终求得的原意却难以统一。[①] 这难免使"原意"概念的客观普遍性受到质疑。

凡此种种均喻示，在使用"原意"概念以及思考如何求得"原意"之前，一个不可或缺的步骤在于，须对"原意"概念本身进行反思。初看上去，《诗》之"原意"似乎是最原始而纯粹的观念，似乎可作为一逻辑起点，其他观念都是在此"原意"的基础上衍生而来。比如，《诗》之"原意"产生时间在先，《诗》之"经"义产生时间在后。又如，《诗》之"原意"经过了儒家思想的改造，才产生了后世奉扬的"诗教"观念。实际上，正是这看似最原初而纯粹、可作为逻辑起点的"原意"概念，也有赖于诸多前提条件才得以成立，如学者的研究视角及立场、学者如何看待《诗》之"原意"等。这表明，《诗》之"原意"并非一个具备客观普遍性的静态事实，毋宁说是研究者建构出来的"观念性存在"。易言之，相比起《诗》之"原意"，还存在一个更为原初的前提，那便是研究者的立场与视角。研究者的认知结构与思维模式，潜藏在《诗》之"原意"这一观念背后，构成了"原意"概念得以建构的前提条件。基于不同的研究立场与视角，学者建构出《诗》之"原意"的不同形态。这可以在一定程度上解释，为何同是追求《诗》之"原意"，不同研究者的所思所得会大有不同。

其次，值得检视的是，寻求《诗》之"原意"这一提法本身的正当性。这又可细析为下述问题，即这一提法意味着什么，能够反映出何种深层的观念与思维方式？当吾人试图寻求《诗》之"原意"时，其前提条件在于承认《诗》之"原意"业已存在。如若不然，寻求"原意"的行为便失去了意义。在此情况下，《诗》之"原意"往往被设想为一个静态的既定标准、一个固化了的客体，自

---

① 例如，"山西大学岳泓通过文化人类学的研究，认为鹿作为阴性类比物是婚姻与爱情的象征，而《鹿鸣》描写的就是一场君王与神妓求子的通灵幽会"。李若晖：《中国哲学与古典政制》，商务印书馆 2020 年版，第 167 页。又如，家井真从宗教歌曲的角度来理解《诗》之原意，而葛兰言则认为《诗》记录了上古的宗教习俗与信仰，此为《诗》之原意。

诗篇创制之日起便已设定完成。后人读《诗》，其目的在于无限地趋近此静态标准，最大限度地达至“原意”这一客观对象。这意味着，寻求《诗》之原意的行动植根于符合论的认知模式，即主体自身的认知是否符合以及如何符合那个不变的客体。在这种模式的主导下，《诗》（或者说，广义上的经典）往往被看作一个外在于主体的客观认知对象。

对此，王国雨指出，寻求“原意”的研究立场背后，其实是“把经典推出去作为一个认知对象”的经典意识。此即是说，解释者与经典之间形成了主—客相对的关系模式，而非一体共在与相互对话的参与式关系。然而，此主—客相对的关系模式在早期儒家的治学观念中是不存在的，“回头看早期儒家，我们发现其从未将‘六经’看做‘认知对象’，不曾有求取经典文本‘原义’的行动，对他们而言，经典不是对象性的存在物，而是‘在场’的”[①]。早期儒者往往将对《诗》的解读与自己的感悟熔为一炉，“眷注的乃是如何通过对《诗》之内容和意义的诠释，从中发掘出对当下的意义和启示”[②]。综上所论，符合唯一客体的释经模式在早期儒家那里并不存在。这为吾人反思“原意”概念的合理性与正当性提供了又一有力证据。

（二）《诗》之为“经”：外铄的意义面向？

承上所述，以文说《诗》和以经说《诗》，这两种进路虽经历了旷日持久的冲突，但究其根本，在承认《诗》之“原意”与《诗》之“经”义互为对立这方面，两家却可达成一致。然而，《诗》之“原意”与“非原初”的“经”义，二者之间看似对立，实际上则作为一组互相规定的概念而存在，即双方均以对方作为自身得以存在的前提条件。如果吾人承认“经”之名号乃由外铄，那么势必会引发如下追问，即在《诗》尊立为“经”之前，《诗》以

① 王国雨：《早期儒家〈诗〉论及其哲学意义》，人民出版社2017年版，第3页。
② 王国雨：《早期儒家〈诗〉论及其哲学意义》，第5页。

何种样态呈现？这便预设了《诗》之“原意”的确立。而一旦论及《诗》之“原意”，其实也就相当于承认，《诗》在此“原意”之外，还具有其他的意义面向。因此，单就“原意”概念本身进行检视还远远不够，吾人还必须进一步探究，将《诗》之“经”义外在化的做法，是否具有合理性与正当性？

那么，《诗》之为“经”的身份及其意义，究竟由何者附加，即“‘《诗》三百’何以成为‘经学’的源头，而不仅仅是‘文学’的源头，无疑是一个饶有兴趣的话题”①。对此论题，研究者们见仁见智。刘毓庆认为，《诗》之为“经”的文化角色主要是由“社会与历史赋予”②。也有学者认为，《诗》成为“经”，乃是儒家学派代表人物或著名经师所为。其中，皮锡瑞等今文经学家认为，六经的立定应归功于孔子。皮氏声称：“孔子出而有经之名。”③ 又曰：“惟《诗》《书》《礼》《乐》《易》《春秋》六艺乃孔子所手定，得称为经。”④ 章太炎亦云：“六经之名，定于孔子也。”⑤ 此立场延续至今。张丰乾先生作了如此重申：《诗》成为“经”，“孔子的诗论和《诗》教无疑在其中扮演了无可替代的角色”，是“孔子后来的地位影响到了‘《诗》三百’的地位，孔子先前的解释扩大了‘《诗》三百’的影响，孔子作为大教育家和大哲学家，他和他的弟子们对于‘《诗》三百’的断章取义，是‘《诗》三百’成为‘经’的重要原因”。⑥ 除了将《诗》成为“经”归于孔子的作为，还有学者注意到毛郑诗学对于塑造《诗》之“经”义的重要作用。家井真在《〈诗经〉原意研究》一书中论证到，（《诗经》的）“原义与毛亨带有特

---

① 张丰乾：《〈诗经〉与先秦哲学》，第 89 页。

② 刘毓庆：《百年来〈诗经〉研究的偏失》，载中国诗经学会、河北师范大学合办《诗经研究丛刊》（第三十辑），第 317 页。

③ （清）皮锡瑞著，周予同注释：《经学历史》，中华书局 2008 年版，第 38 页。

④ （清）皮锡瑞著，周予同注释：《经学历史》，第 67 页。

⑤ 章太炎讲演，诸祖耿、王謇、王乘六等记录：《章太炎国学讲演录》，中华书局 2013 年版，第 144 页。

⑥ 张丰乾：《〈诗经〉与先秦哲学》，第 89 页。

定价值观的解释之间存在的差异，正是《诗经》原义与给予《诗经》新的解释和价值的经学的《毛诗》学之间的差异”①。李若晖先生指出：“要深入理解《诗经》与传统文化主脉的血肉关联，依然要立足毛、郑，把握传统经学中《诗》之主旨如何被解读出来的过程比追究《诗》的原意更为重要。”② 相比之下，更为保守的看法则是，汉初《诗》尊立为学官，标志着《诗》之为“经”的正式确立，如宋儒黄震曾提出“‘六经’之名始于汉”③。

诚然，对于《诗》何以成为“经”，研究者说法不一，但很明显，诸家的一致之处在于，多把《诗》之为“经”作为吾国思想发展进程中的文化现象，且“经”多被视为《诗》在经典化过程中自外所附的身份、地位与殊荣。这使《诗》与“经”往往停留于外在的关系。这说明，在长期以来的思想观念中，《诗》之为“经”，并非因其具有成为“经”的内在根据，而只是被人为赋予了“经”这一外铄之名。

既然《诗》之为“经”多在历史事实的层面被讨论，那么，《诗》成为“经”的过程，也多在发生学的视域中被理解，即多被归结为创生于一定历史时期的人为建制。出于儒学学派立说或统治者建立官方意识形态的需要，《诗》在经典化过程中逐渐被赋予了一定的权威。直至汉代，《诗》被正式确立为官学，由此定于一尊。据洪湛侯考证，在战国初期，《诗》尚未与《易》《书》等典籍组合在一起统称为“六经”。④ 孟庆楠指出，在整个先秦时期，《诗》都未被冠以“经”之名号：“先秦典籍中只称《诗》或《诗三百》，而未

---

① ［日］家井真：《〈诗经〉原意研究》，陆越译，第329页。

② 李若晖：《中国哲学与古典政制》，第167页。

③ “‘六经’之名始于汉，而《庄子》之书称‘六经’，意《庄子》之书亦未必尽出于庄子。”（宋）黄震撰：《黄氏日抄》卷五十五，载（清）纪昀等编《景印文渊阁四库全书·子部·儒家类》第708册，台北：台湾商务印书馆1986年版，第401页。

④ 洪湛侯提出，“战国末期《诗三百篇》始称为经”，其论曰：“到了战国末期，荀子的门人……把荀子称《诗》《书》为‘经’者扩大到皆称为‘经’，于是《六经》之名与数皆备。‘经学’的形式，到这时于是就宣告完成了。”洪湛侯：《诗经学史》，第105页。

有‘经’名。……仅从名上看，先秦恐无经学。”①

鉴于《诗》在不同历史时期存在形态与指称方式的差异，学界产生了“前经学”与“经学”、“前经学时代”与“经学时代”两组范畴的区分。后一组范畴又常被称作“诸子时代”与“经学时代”。武内义雄在《中国思想简史》一书的绪论中便使用了这组称谓。诸子时代“是以孔子的诞生为始，老、庄、杨、墨、孟、荀、韩非等诸子百家陆续地产生，各自成一家言”，经学时代“是自前汉武帝于即位之初用名儒董仲舒的话，尊崇儒教，压抑诸子以来……儒教的经典（即五经）之研究又似成了学问的全部”②。冯友兰先生则把“前经学时代”称为“子学时代”，由此区分出了“子学时代”和“经学时代”③（其实，不论是“前经学时代”“诸子时代”抑或“子学时代”，在很大程度上仅是指称有所不同，具体所指则并无二致）。若说在经学时代，《诗》被立为学官，《诗》之为“经”的身份自此深入人心。历代经师儒士的阐发与注疏形成了相当严密的义理系统，在很大程度上遮蔽了《诗》之原意，使其隐晦不彰。那么，至少在前经学时代，《诗》之“原意”还保持着相当程度的生命力。因此，对于以文说《诗》者而言，经学时代相当于整个《诗经》学史上暗无天日的“中世纪”。新时期《诗经》研究的要求在于，抛开经典化过程中儒家学派对《诗》的种种解读以及经学时代浩如烟海的训诂注疏，单就《诗》的文辞本身进行探究。

由是可知，仅把《诗》之为“经”作为一经验事实，并认为《诗》之“经”义乃是由外界所附，此立场本身便已包含一定程度的逻辑疏漏，即业已预设《诗》之“原意”的存在，进而自设悬隔，强化了《诗》之为“经”与《诗》之“原意”的二分，这样一来，《诗》之“经”义往往具备了某种负面的色彩，多被看成达

① 孟庆楠：《哲学史视域下的先秦儒家〈诗〉学研究》，第9—10页。

② ［日］武内义雄：《中国思想简史》，汪馥泉译，北京联合出版公司2018年版，绪论第1页。

③ 参见冯友兰《中国哲学史》，北京大学出版社2015年版。

致《诗》之“原意”的障碍。

（三）《诗》之为“经”何以可能？

承上所述，若仅把《诗》成为“经”作为一经验事实或文化现象，难免强化《诗》之“经”义与《诗》之“原意”的分殊。行文至此，吾人便须深入考索下列问题，即《诗》成为“经”何以可能？此问题是否仅仅停留于经验事实层面，还是可以在更丰富的视域中来探究？

1.“经”：先秦思想语境中的重要概念

尽管在先秦语境中，“六经”之名尚未明确出现在典籍文献之中，也没有哪部经典像在汉代那般被尊立为中央官学，并辟以专门的博士官进行传授。一言以蔽之，“经”并未在经验事实层面通过种种建制确立其权威性，但这并不意味着先秦思想文化语境完全是去“经”化的。实际情况是，在诸多先秦文献中，“经”已作为一重要概念出现：

> 《小雅·小旻》云：“匪大犹是经。”
> 《左传·昭公十三年》云：“事则不经。”①
> 《孟子·尽心下》云：“君子反经而已矣”。
> 《荀子·成相》云：“听之经。”
> 《韩非子·主道》云：“此之谓贤主之经也。”
> 《吕氏春秋·当染》云：“得其经也。”

揆诸引文，在很多时候，“经”往往作为一个重要的思想概念被提出，并参与到诸子义理与观念的建构之中，且先秦思想界对于“经”在概念层面的内涵、规定及意义已有基本界定。以《孟子·尽心下》

① （周）左丘明传，（晋）杜预注，（唐）孔颖达正义：《春秋左传正义》，载《十三经注疏》整理委员会整理《十三经注疏》，北京大学出版社2000年版，第1524页。

“君子反经而已矣”为例。孟子区分出了“狂狷之士”与“乡愿”，并强调要明辨“似是而非”者，把真正意义上的大中至正之道与行假道德的好好先生区分开来，其落脚点在于对“反经”的提倡，旨在告诫诸生复归于“万世不易之常道”。此处所论“经”恰恰是作为一个思想概念被提出。后人为此句作注时，也是在概念层面阐释“经”之意涵，如朱子把“经”解作“常也”，并将其申明为“万世不易之常道也”①。其实，训“经”为“常”并非朱子一人之独见，亦非发轫于有宋时期，而是古已有之。

(1)“经”之为“常”

从广义上言，在前现代语境中，训“经”为“常”其实颇为风行。兹取以下文献为证：

> 《小雅·小旻》云：“匪大犹是经。”《毛传》云：“经，常。”②
>
> 《左传·昭公十三年》云：“事则不经。”《孔疏》云：“不经者，经训常也。”③
>
> 《左传·昭公二十五年》载子大叔之言曰：“夫礼，天之经也，地之义也，民之行也。”杜预注曰：“经者，道之常。”④
>
> 《荀子·成相》云：“听之经。”王先谦注曰：“经，道也。”⑤

---

① （宋）朱熹撰：《四书章句集注》，中华书局1983年版，第376页。

② （汉）毛亨传，（汉）郑玄笺，（唐）孔颖达疏，（唐）陆德明音释，朱杰人、李慧玲整理：《毛诗注疏》，上海古籍出版社2013年版，第1059页。

③ （周）左丘明传，（晋）杜预注，（唐）孔颖达正义：《春秋左传正义》，载《十三经注疏》整理委员会整理《十三经注疏》，第1525页。

④ （周）左丘明传，（晋）杜预注，（唐）孔颖达正义：《春秋左传正义》，载《十三经注疏》整理委员会整理《十三经注疏》，第1666页。

⑤ （清）王先谦撰，沈啸寰、王星贤点校：《荀子集解》，中华书局1988年版，第471页。

《吕氏春秋·当染》云：“得其经也。”高诱：“经，道。”①

《韩非子·主道》云：“此之谓贤主之经也。”王先慎集解：“经，常法也。”②

《孝经序》邢昺疏引皇侃之言云：“经者，常也、法也。”③

《白虎通德论·五经》云：“经，常也。”④

郑玄《孝经注序》云：“经者，不易之称。”⑤

刘勰云：“经也者，恒久之至道，不刊之鸿教也。”⑥

阳明曰：“经，常道也。”⑦

直至近世，“经”之为“常”的意义面向仍受重视。熊十力先生云，“经之为言，常道也”⑧，又云，“经者，常道也。夫常道者，包天地，通古今，无时而不然也。无地而可易也。以其恒常，不可变改，故曰常道”⑨。顾随先生亦云：“‘经’者，常也，不变也，近于‘真理’之意，不为时间和空间所限。”⑩

除了“经者，常也”的古训，《四库全书总目·经部总叙》所言“盖经者非他，即天下之公理而已”⑪，可视为“经”这一概念的

---

① 许维遹撰，梁运华整理：《吕氏春秋集释》，中华书局2009年版，第52页。

② （清）王先慎撰，钟哲点校：《韩非子集解》，中华书局1998年版，第28页。

③ （唐）李隆基注，（宋）邢昺疏，金良年整理：《孝经注疏》，上海古籍出版社2009年版，第1页。

④ （清）陈立撰，吴则虞点校：《白虎通疏证》，中华书局1994年版，第447页。

⑤ （清）皮锡瑞撰，吴仰湘点校：《郑氏序》，载《孝经郑注疏》，中华书局2016年版，第1页。

⑥ （南朝梁）刘勰著，范文澜注：《文心雕龙注》，第21页。

⑦ （明）王守仁撰，吴光、钱明、董平、姚延福编校：《稽山书院尊经阁记》，载《王阳明全集》，上海古籍出版社2011年版，第283页。

⑧ 熊十力：《读经示要》，中国人民大学出版社2006年版，第4页。

⑨ 熊十力：《读经示要》，第9页。

⑩ 叶嘉莹、刘在昭笔记，高献红、顾之京整理：《顾随讲〈诗经〉》，河北教育出版社2018年版，第9页。

⑪ （清）永瑢等撰：《经部总叙》，载《四库全书总目》卷一，中华书局1965年版，第1页。

另一代表性界定。但究其根本，“盖经者非他，即天下之公理而已”这一界定，其实也深植于“经”之为“常”的思想语境。考诸“天下之公理”这一表述，“公理”之“公”，与“私”相对。这意味着，经所言说之理并非少数人群或某家某派所持之私理，而是具有普遍性的“公理”。“公”首先喻示着此理在横向上跨越了地域之别与区划之限，故而“公理”这一概念又缀以“天下”一名进行修饰。其次，此理的正确性与适用性并非只局限于某一特定的历史时期。并不是在某一短暂的历史阶段，此理被人为地高举为“天下之公理”而已。“公”还蕴含着贯通古今的纵深性意义面向，意指经所载之理具有超越时空、通乎古今的不朽性与永恒性，可谓“无时可离，无地可离，无人可离”。而在如上所述“经者，常也”的训释中，“常”即有“恒常”“不变”之意。据此可知，“经者，常也”与“盖经者非他，即天下之公理而已”两个训释，实则构成互相诠释、互为指涉的意义关联。

综上所言，以“经”为“常”的观念在吾国思想发展进程上产生了深远影响，使得整个哲学传统在“经，常也”这一看法上能够达成基本共识。进一步来说，“经，常也”这一界定所具之思辨性不容小觑。这反映出时人对于“常—变”问题、对于不朽与可朽、无限与有限的张力与联结已有高度觉知与深入思考，并不懈地去追问与探寻变中是否蕴含不变，是否有不朽与永恒驻持于变动不居、流转不息的存在境况当中，正所谓“变与不变，奇与不奇，事理之大疑义也。一切思起于是，一切说归于是”①。这使得吾国哲学传统的基本面向可归本为关注超越与此在二者关系的天人之学，并从中衍生对于“道之常”与“事之变”二者张力与关联的探究，旨在于万变之中见其常道，践行“守常以通变”的生存态度。“守常以通变”又可进一步落实为“明天道，正人伦，致至治”。三者构成“经”

① 刘咸炘：《内书二·恒常》，载《推十书·甲辑》第2册，上海科学技术文献出版社2009年版，第711页。

这一思想概念的基本意义维度。《汉书·儒林传》云："六艺者，王教之典籍，先圣所以明天道，正人伦，致至治之成法也。"① 此论正是从内在根据的层面（明天道，正人伦，致至治）界定六经之所是，而非仅仅着眼于《诗》《书》等经典自汉代被尊立为官学之经的历史事实与文化现象。申言之，六经具有成为"经"的内在根据，合乎"明天道，正人伦，致至治"的基本意义面向。这是六经成为"经"的真正根源。

（2）"经"之为"理其绪而分之"

承前所述，在"经者，常也"与"盖经者非他，即天下之公理而已"两处文本中，"经"均作为名词使用。除此之外，"经"在前现代语境中还多用作动词。孔颖达《礼记正义序》有言，"夫礼者，经天纬地"②，疏《曲礼》又云，"夫礼者，经天地，理人伦。本其所起，在天地未分之前"③。又如，《礼记·乡饮酒义》云："古之制礼也，经之以天地，纪之以日月，参之以三光，政教之本也。"④ 其中，"经天纬地""经天地""经之以天地"三种说法辞异而义同，其所论之"经"均用作动词。此外，"经"用作动词的语境还见于《周易·屯》所载"经纶天下""体国经野""经纶宇内""君子以经纶"，以及《周官·天官·太宰》所载"以经邦国"等表述。

上文已述，"经"之本义指织物之纵线，如《说文·糸部》所言："经，织也。"⑤ 织布的一般过程是，以数根纵线作为依托，而后横向地进行编织。数根纵线即为经线，其作用在于为横向的纬线提供附着点，使其能以经线为纲维逐渐累积。段玉裁《说文解字注》

① （汉）班固撰，（唐）颜师古注：《汉书》，中华书局 1962 年版，第 3589 页。

② （汉）郑玄注，（唐）孔颖达正义，吕友仁整理：《礼记正义》，上海古籍出版社 2008 年版，第 1 页。

③ （汉）郑玄注，（唐）孔颖达正义，吕友仁整理：《礼记正义》，第 1 页。

④ （汉）郑玄注，（唐）孔颖达正义，吕友仁整理：《礼记正义》，第 2299 页。

⑤ （汉）许慎撰，（宋）徐铉校定：《说文解字》，中华书局 1963 年版，第 271 页。

将“经—纬”关系表达为“织之从丝谓之经，必先有经而后有纬”①。段氏所言“先有经而后有纬”，此处所论“先后”并非单就时间意义而言，而是借此强调经线的始基性地位，即以经线作为始基与前提，作为“操作之基准”，附于其上，纬线才能实现其应有作用，发挥其应尽功能。同样，要毁掉一匹织物，缺乏经验的人往往乱剪一通，然而愈是这样，愈是事繁而功少。有经验的人则专门挑经线入手，一旦把经线抽离，附于其上的线绳纤维自然会分崩离析。

进一步来说，“经”之为“织之从（纵）丝”，属于经验层面可见可触之具象物。然须留意，昔人论“经”，虽始于“织之从（纵）丝”义，但却不拘囿于此，而是凭借寓抽象于具象的思维方式，使“经”这一概念实现了意义的扩充与升华，跃迁至超经验层面之“根据”义，即“因织布必先固定直线，以为操作之基准，遂乃渐次引申为恒常不变之义，所谓‘经者，常也’”②。据此而论，当“经”用作动词时，乃是意指寻求根据与始基的动态化行动，如此方能以简驭繁，以常通变，提纲挈领地把握某一对象，正所谓“举一纲而万目张”，不致迷失于繁芜丛杂之中，陷入群龙无首、分而无统的状态。《中庸》曰：“唯天下至诚，为能经纶天下之大经。”朱子将“经纶”之“经”解为“理其绪而分之”③。“绪”有纲维、头绪之义。某事物之纲维、头绪，亦即此事物之根本、根据，即此物是其所是的关键所在。因此，“理其绪”，即为厘清其纲维与头绪，辨明其根据所在。这表明，“经”用作动词时，意指寻求根据的动态化行动。从广义上论，因“经纶”之“经”与“经天纬地”“经天地”“经之以天地”之“经”在语境上有相通之处，故而“经天纬地”等文辞之“经”也可释为“理其绪而分之”，乃喻示着一种厘

① （汉）许慎撰，（清）段玉裁注：《说文解字注》，上海古籍出版社 1988 年版，第 644 页。

② 陈明恩：《诠释与建构：董仲舒春秋学的形成与开展》，台北：秀威资讯科技股份有限公司 2011 年版，第 164 页。

③ （宋）朱熹撰：《四书章句集注》，第 38 页。

清纲维头绪、辨明根据的规范性行动。

更进一步地，考诸“经天纬地”“经天地”“经之以天地”三处文辞，“经”这一动词着眼于“天地”，即所“经”者乃是“天地”。需要注意的是，此处所谓“天地”不应等同于触目可见的天空与大地，而是同样渗入了寓抽象于具象的言说方式。《中庸》言：“今夫天，斯昭昭之多，及其无穷也，日月星辰系焉，万物覆焉。今夫地，一撮土之多，及其广厚，载华岳而不重，振河海而不泄，万物载焉。”① 初看上去，此处文辞凸显的是天地在空间意义上的无穷无尽。天地其大无外，故能无所不覆，无所不载。但实际上，空间之无穷无尽作为“大全”这一抽象概念的具象化表征，使得具象之“天地”名乃可用于指称存在之整全。这可以解释，何以在昔人语境中，“天地”又常与“无限”义相通。据此而论，昔人语境中“经天纬地”“经天地”“经之以天地”等论辞，意味着存在之整全并非呈纷然淆乱、一盘散沙状，而是有其纲维与秩序可循、有其根据与法度可依，正所谓“天生烝民，有物有则”。以此为基础，“经天地”则意指把握存在整全之纲维、根据与法度的规范性行动和动态化过程。

（3）“经”之为“常典”

把握存在之整全的纲维、根据与法度，此过程的思想成果见诸文字，书于竹帛，结为典册，此智慧结晶亦以“经”相称，由此便从“经”之为“理其绪而分之”之义过渡至“经”之为“常典”义。“经”作为“常典”，以言说“常道”为其基本意义维度。熊十力先生有言：“夫经之所明者，常道也。”② 此论着眼于“经”之为“常典”，其与“常道”的关系，故而昔人又多有“经以载道”的提法。正因作为“常典”之“经”，以言说“常道”为其本旨，故可

① （宋）朱熹撰：《四书章句集注》，第35页。

② 熊十力：《读经示要》，第15页。

久用而不废。刘熙《释名·释典艺》云："经，径也，常典也，如径路无所不通，可常用也。"[①]《孝经序》邢昺疏云："'经'者常行之典。"[②] 以上二说均点明，"经"作为"常典"，可"常用"也。

由上可知，"经"之为"常典"义与"经"之为"常道"义亦有相贯通之处。昔人训"经"为"常"，昭示出作为常道之"经"所具有的普遍性，无时不然，无地不然，是人类社会一切建制的根据与基础，且人类社会的兴衰更嬗，并未使此根据增减一分。一方面，作为常道之"经"自在自为，是至高的"一"。另一方面，此"一"并非一个抽象的形式，而是渗入万有的纷繁特殊与生长消息之中。故而"一"与"多"并非对立矛盾，而是共享着同一个世界，体现为天地万有生生不息的和谐。既然作为常道之"经"，是熔铸于特殊之中的普遍性，那么，求道与"反经"的过程便不离伦常日用，而是端赖人在居处静默、动作周旋、日用践履等各个生存时刻的体贴、求索与追问。此过程悉无止境，伴随着人类文明兴起与发展的终始，须世代前赴后继，求之不已。据此而论，求道必然是一跨越时空的集体性行动与动态化过程，而非单靠某一个人或某一代人的努力便可达至。往圣先贤穷其一生对于常道的理解与发掘，对于后人而言具有重要的借鉴意义。"法先王"早在先秦时期已被《荀子》提出。往圣先王之思想结晶作为载道之言，字字珠玑，凝结着先人仰观天文、俯察地理、览尽历史兴亡之后，对人类社会根本问题的反思，故而具有相当程度的权威性甚至是神圣性。"经"既训为"常"（"常道"），又训为"常典"，此双重意义维度均摄入"经"这一概念之中，旨在强调典籍所载之常道具有某种超越时空的普适性，故可尊为"常典"，"可常用也"。这提醒吾人，无论世事如何变迁，后人均须取法于作为"常典"之"经"，均须守"常"以通"变"。

---

① （汉）刘熙撰：《释名：附音序、笔画索引》，中华书局2016年版，第91页。

② （唐）李隆基注，（宋）邢昺疏，金良年整理：《孝经注疏》，第1页。

综上所述，关于“经”的三个意义维度（“经”之为“常”、“经”之为“理其绪而分之”以及“经”之为“常典”），不应只在语义学层面目为“经”在不同文献中的不同训诂结果，而应视为“经”这一概念自发地展开为一个层次丰富的意义系统。上述三重意义面向实则环环相扣、互为羽翼，共同支撑起“经”这一概念博大而深邃的义理间架。鉴于“经”乃是作为一层次丰富的概念而出现，而非单纯作为一语词或指称[①]，因此，对于《诗》《书》等经典何以成为“经”，便不应仅在历史事实的层面回溯其经典化过程，还须在义理层面考索其成为“经”的内在根据，即六经就其思想层面而言是否符合以及如何符合“经”这一思想概念的意义面向。而关注《诗》《书》《礼》《乐》成为“经”的内在根据，正是先秦时人治学的重要面向。

2. 从内在根据论“经”：先秦时期的治经取向

虽然大体而言，汉儒、清儒治经以训诂考据为重（这甚至也成为今人对经学研究的一大印象），但这并不意味着探求群经之思想根据的研究维度在我国思想文化传统中是缺失的。若追溯至先秦时期，《荀子·劝学》《儒效》《庄子·天下》已对《诗》《书》《礼》《乐》《春秋》所蕴之要义有过关注，且直趋群经成为“经”的内在根据，即此五者如何内在地符合“经”这一概念所具备的价值规定和意义面向。

> 圣人也者，道之管也。天下之道管是矣，百王之道一是矣，故《诗》《书》《礼》《乐》之归是矣。《诗》言是，其志也；《书》言是，其事也；《礼》言是，其行也；《乐》言是，其和也；《春秋》言是，其微也。(《荀子·儒效》)

---

① 据周予同先生的梳理与总结，历代儒者对于“经”之定义有四种代表性观点，分别为“五常说”“专名说”“通名说”以及“文言说”。参见周予同著，朱维铮编校《周予同经学史论》，上海人民出版社2010年版，第585—586页。

在引文中，《荀子》分别用“志”“事”“行”“和”“微”来论述《诗》《书》《礼》《乐》《春秋》的特质。而在分述群经特质之前，《荀子》先总论了圣人与道的关系。道无法自显于世，而是端赖人之弘道。对此，杨倞注曰：“管，枢要也。”① 圣人作为道之枢要，尤其是在世衰道微之际，圣人弘道则更显关键。此处很重要的一点是，《荀子》是在圣人弘道的根本语境中来阐述经之特质，此之为“《诗》《书》《礼》《乐》之归”。申言之，《诗》《书》《礼》《乐》之本旨在于弘道。这也喻示，圣人弘道的基本进路在于《诗》《书》《礼》《乐》，诚如《文镜秘府论》所言：“《诗》《书》《礼》《乐》，圣人遗旨，探赜索隐。”② 可见，《荀子》论经，其首要关注点在于总论群经之旨归，即从通观群经的宏阔视域出发，去追问群经作为一个整体，其终极目标何在。以此为基础，《荀子》开始分析每部经的特质：

> 《诗》言是，其志也；《书》言是，其事也；《礼》言是，其行也；《乐》言是，其和也；《春秋》言是，其微也。（《荀子·儒效》）

引文的结构甚为讲究，其中，“言是”共出现了五次。这里的“是”作为指示代词，用以指代此前文本所论圣人弘道。所谓“书之重，辞之复。呜呼！不可不察也”，“是”重现了五次，旨在突显出《诗》《书》《礼》《乐》《春秋》五者的同一性。但《荀子》在强调群经之同一性的同时，也注目于每部经的特质和差异，并以一精练的概念来提点其独特之处，即以“志”论《诗》，以“事”论《书》，以“行”论《礼》，以“和”论《乐》，以“微”论《春

① （清）王先谦撰，沈啸寰、王星贤点校：《荀子集解》，第133页。

② ［日］遍照金刚撰，卢盛江校考：《文镜秘府论汇校汇考》（修订本），中华书局2015年版，第201页。

秋》。须注意的是，并不是《荀子》对《诗》《书》等经典一无所知到词穷的地步，只能想出一个字来指称每一部经，而是《荀子》对群经都形成了透彻的把握，故能由博返约，入乎其内，又出乎其外，精准地拿捏每一部经的要义。总的来说，《荀子》论经之时，既重视对群经特质的揭示，又把群经作为一个整体来把握。这反映出群经之间实则构成兼具差异性与同一性的关系。

用一个概念来评述诸经之要义，这不仅出现于《荀子·儒效》，在《庄子·天下》亦有体现："《诗》以道志，《书》以道事，《礼》以道行，《乐》以道和，《易》以道阴阳，《春秋》以道名分。"其中，以"志"论《诗》、以"事"论《书》、以"行"论《礼》、以"和"论《乐》的文辞也见于《荀子》，可见如此评点并非《庄子》个别性的立场，而是在一定历史时期内跨越学派之别的共识。进一步来说，用某一概念来评述一部经的要义与特质，这恰恰以通贯一经之义作为前提。申言之，一部经往往存在诸多篇目，不同篇目在内容上各有差异，而用某一概念来概括一部经，恰恰要求学者超越局部之间的差异，以简驭繁，对全局形成整全而通贯的把握。这说明，先秦时人论经，正以求义理之通贯为其目的，而非止步于疏通字词、考证名物等。

更进一步地，除了在义理层面把群经视为有差异的统一体，《荀子·劝学》还非常重视群经间的互补关系："《礼》之敬文也，《乐》之中和也，《诗》《书》之博也，《春秋》之微也。"在以"志"论《诗》、以"事"论《书》、以"行"论《礼》、以"和"论《乐》的基础上，《荀子·劝学》还用"敬文"与"中和""博"与"微"对《礼》与《乐》、《诗》与《书》作了进一步的界定。具体来说，"敬文"与"中和"、"博"与"微"并非对群经内容的概括与归纳，而是对"经"之内在意义与神髓的说明。鉴于"敬文"与"中和"相对，"博"与"微"相对，因此，这两组"对概念"的应用还表明《荀子》关注群经间所具有的张力。《荀子》所言"《礼》之敬文，《乐》之中和"，其实谈的就是礼和乐的张力问题：礼主序，正上下之分；乐统同，通上下之情。又如《荀子》所言“《诗》《书》之博也，《春秋》之微也”，其中“博”与“微”的对比，表明《诗》《书》与《春秋》之间也存在一定程度的张力。然需注意的是，虽然《荀子》认为群经各有侧重，甚或存在张力，但这并不意味着《荀子》将群经视为对立矛盾、此消彼长的斗争关系。

从广义上讲，《荀子》的这一立场与前现代语境中的诸多文献存在相当程度的共通之处。诸家似乎都能就此达成共识：六经的义理架构并未呈现出明显的冲突或对立，而是在富有一定张力的前提下，实现了彼此辅翼、互为规定、相互成就的协同关系。各美其美，美美与共。《淮南子·泰族训》云：“六艺异科而皆同道。”① 陈骙亦云：“六经之道，既曰同归，六经之文，容无异体。”② 有鉴于此，昔人语境虽有单论一部经的文辞，但在多数情况下往往将群经并提。兹取以下文献为证：

《荀子·劝学》曰：“《礼》《乐》法而不说，《诗》《书》故而不切，《春秋》约而不速。”

《春秋繁露·玉杯》曰：“《诗》《书》序其志，《礼》《乐》纯其美，《易》《春秋》明其知。六学皆大，而各有所长。《诗》道志，故长于质。《礼》制节，故长于文。《乐》咏德，故长于风。《书》著功，故长于事。《易》本天地，故长于数。《春秋》正是非，故长于治人。”③

《淮南子·泰族训》：“温惠柔良者，《诗》之风也；淳庞敦厚者，《书》之教也；清明条达者，《易》之义也；恭俭尊让者，礼之为也；宽裕简易者，乐之化也；刺几辩义者，《春秋》之靡也。”④

---

① 何宁撰：《淮南子集释》，第1392页。

② （宋）陈骙著，王利器校点：《文则》，人民文学出版社1960年版，第5页。

③ （清）苏舆撰，钟哲点校：《春秋繁露义证》，中华书局1992年版，第35—36页。

④ 何宁撰：《淮南子集释》，第1392—1393页。

《法言·寡见》曰："说天者莫辩乎《易》，说事者莫辩乎《书》，说体者莫辩乎《礼》，说志者莫辩乎《诗》，说理者莫辩乎《春秋》。"①

《史记·滑稽列传》载孔子之言曰："《礼》以节人，《乐》以发和，《书》以道事，《诗》以达意，《易》以神化，《春秋》以义。"②

《中说·魏相》曰："《书》以辩事，《诗》以正性，《礼》以制行，《乐》以和德，《春秋》《元经》以举往，《易》以知来，先王之蕴尽矣。"③

进一步来说，传世文献除了将六经视为一个整体，对这一有差异的同一性意义结构予以关注，还留意到群经两两之间构成的内在关联。比如，《春秋》和《周易》的关联、《诗》与《书》的关联④、礼和乐的关联、《诗》与《春秋》的关联⑤、《诗》和乐的关联⑥、《诗》和《易》的关联等。同时，多部经的内在关联，亦在昔人的探索之列。一个典例便是《诗》、礼、乐的内在关联，如清人钱澄之所言："先王以六经垂教，惟《诗》、礼、乐之用最切。《诗》、礼、乐虽分三者，其用则一。"⑦ 据此而论，在六经这一整体性的意义结构中，每部经因其侧重点的不同，彼此间可进行自由的互动往来，并形成

① 汪荣宝撰，陈仲夫点校：《法言义疏》，中华书局 1987 年版，第 215 页。

② （汉）司马迁撰：《史记》，中华书局 1982 年版，第 3197 页。

③ 张沛撰：《中说校注》，中华书局 2013 年版，第 204 页。

④ 苏源熙指出，《诗经》与《尚书》存在相互指涉的关系。参见 Haun Saussy, *The Problem of a Chinese Aesthetic*, p. 23.

⑤ "《春秋》与《诗》相表里……史家学《春秋》者，必深于《诗》。"（清）章学诚撰，叶瑛校注：《校雠通义校注》，载《文史通义校注》，中华书局 2014 年版，第 1193 页。

⑥ "《诗》部又当互通于乐。"（清）章学诚撰，叶瑛校注：《校雠通义校注》，载《文史通义校注》，第 1193 页。

⑦ （清）钱澄之撰，朱一清校点：《钱澄之全集·田间诗学·诗总论》，黄山书社 2005 年版，第 11 页。

更深层的相互规定，由此激发出自身更为丰富的意涵。

除传世文献以外，不少出土文献也存在着将群经并提的现象。阎步克先生指出："帛书《要》篇，已经把《易》与《诗》《书》《礼》《乐》合列并称。又帛书《缪和》在解《易》时也提及了《书》《春秋》《诗》。"① 此均为汇通群经以解一经之思路的体现。群经并提的语境也在《性自命出》《六德》等出土文献中出现：

> 《性自命出》："《诗》《书》《礼》《乐》，其始出皆生于人。《诗》，有为为之也。《书》，有为言之也。《礼》《乐》，有为举之也。"②
>
> 《六德》："故夫夫，妇妇，父父，子子，君君，臣臣，六者各行其职，而谗谄无由作也。观诸《诗》《书》则亦在矣，观诸《礼》《乐》则亦在矣，观诸《易》《春秋》则亦在矣。"③
>
> 《语丛一》："《易》，所以会天道人道也。《诗》，所以会古今之恃也者。《春秋》，所以会古今之事也。《礼》，交之行述也。《乐》，或生或教者也。"④

上述引文既点明每部经所侧重之处，又看到群经虽各有千秋，但其差异并非彼此相伤，而是构成了和而不同、彼此助益、互为依存的共生关系。这与《荀子》的基本立场有一贯之处：既立足于整体性的视域来探究群经各自的独特性所在，又留意于群经之特质如何内在勾连为一完整的意义域，在此有差异的同一关系中如

---

① 阎步克：《乐师与史官：传统政治文化与政治制度论集》，生活·读书·新知三联书店 2001 年版，第 99 页。

② 荆门市博物馆编：《郭店楚墓竹简·性自命出》，文物出版社 2003 年版，第 69 页。

③ 荆门市博物馆编：《郭店楚墓竹简·六德》，第 49 页。

④ 荆门市博物馆编：《郭店楚墓竹简·语丛一》，第 18—22 页。

何尽天道人事之理。[①]《史记·滑稽列传》载孔子之语云："六艺于治一也。"[②] 群经"和而不同"的整体性语境，实则构成"六艺于治一也"的前提，故而此"六者，圣人兼用而财制之"[③]。

群经的整体性语境在《荀子·劝学》中亦有强调："《礼》之敬文也，《乐》之中和也，《诗》《书》之博也，《春秋》之微也，在天地之间者毕矣。"在论及《礼》与《乐》、《诗》与《书》的张力关系之后，《荀子》以"在天地之间者毕矣"作结。"毕"字强调的是群经作为一个整全而通贯的共同体而存在。就其内容而言，群经包罗万象，广大悉备，以穷尽宇宙人事之理并对其进行通贯的把握作为愿景。与《劝学》所言"在天地之间者毕矣"存在意义关联的文本，亦见于《荀子·儒效》。《儒效》依次论述了《诗》《书》《礼》《乐》《春秋》之特质，接着以"天下之道毕是矣"一句作结。继"在天地之间者毕矣"之后，"天下之道毕是矣"一句再次出现了"毕"字。"毕"字具有完备、整全之义，其多次出现表明，

---

① 承正文所述，诸家多点明六经各有所长，如《史记·太史公自序》所言："《易》著天地、阴阳、四时、五行，故长于变；《礼》经纪人伦，故长于行；《书》记先王之事，故长于政；《诗》记山川、溪谷、禽兽、草木、牝牡、雌雄，故长于风；《乐》乐所以立，故长于和；《春秋》辩是非，故长于治人。"（汉）司马迁撰：《史记》，第3297页。而六经各有所长，也喻示着六者各有所偏，各有其不足之处。仅执滞于某一部经的单一面向，而忽视其他五经，其结果很可能有违大中至正之道。因此，《礼记·经解》又提醒后人："《诗》之失愚，《书》之失诬，《乐》之失奢，《易》之失贼，《礼》之失烦，《春秋》之失乱。"《淮南子·泰族训》亦云："故《易》之失，鬼；乐之失，淫；《诗》之失，愚；《书》之失，拘；礼之失，忮；《春秋》之失，訾。"何宁撰：《淮南子集释》，中华书局1998年版，第1393页。这再次说明，六经并非彼此孤立，而恰恰处于紧密的依存关系之中。借助彼此间的相互规定，六经才能弥合各自的偏颇，从而得其中道。六经如此，六经之教亦是如此。《礼记·经解》在阐述六经之教的特质时，也很看重六者所形成的互为辅翼的意义共同体："其为人也，温柔敦厚，《诗》教也；疏通知远，《书》教也；广博易良，《乐》教也；洁静精微，《易》教也；恭俭庄敬，《礼》教也；属辞比事，《春秋》教也。"（汉）郑玄注，（唐）孔颖达正义，吕友仁整理：《礼记正义》，第1903页。

② （汉）司马迁撰：《史记》，第3197页。

③ 何宁撰：《淮南子集释》，第1393页。

在《荀子》看来，群经所涉之义理靡所不包，业已成为一个“学术与知识的完整统一的体系”①。群经义理的完备性，在《庄子·天下》中同样得以强调：“古之所谓道术者，果恶乎在？曰：‘无乎不在。’”此种“无乎不在”的完备性与整全性，可从昔人所传习之群经中得以体现。因此，《天下》篇历数《诗》《书》《礼》《乐》《易》《春秋》来言说“古人之备”：

> 古之人其备乎！配神明，醇天地，育万物，和天下，泽及百姓，明于本数，系于末度，六通四辟，小大精粗，其运无乎不在。其明而在数度者，旧法世传之史尚多有之。其在于《诗》《书》《礼》《乐》者，邹鲁之士、搢绅先生多能明之。《诗》以道志，《书》以道事，《礼》以道行，《乐》以道和，《易》以道阴阳，《春秋》以道名分。其数散于天下而设于中国者，百家之学时或称而道之。（《庄子·天下》）

从广义上言，吾国思想文化传统以六经究万有之原。昔人论经时，往往群经并重，而非偏恃某一部经，诚如章实斋所言，“夫六艺并重，非可止守一经也”②。这喻示着，世界的复杂性、义理应具有的完备性，在先秦时期业已得到充分察识。所求之至理无法被归约为简要的命题或理论，也无法一步到位，以一部著作解决所有问题，而须多管齐下，以群经间互补的关系结构来切入对于世界之完整性与统一性的思考，借此体认义理之无定在、无止境。申言之，群经各有其看待问题的独特视角与切入点。然而各有所长，便喻示着各有所短，故须依靠彼此间构成一个互补的整体，勾连为一个完整的意义结构，以达至取长补短之效。整全而通贯地体象常道，仰仗的

---

① 马银琴：《周秦时代〈诗〉的传播史》，第238页。

② （清）章学诚撰，叶瑛校注：《文史通义校注》，中华书局2014年版，第161页。

正是群经间协同而互补的动态结构，端赖群经间交互往来的灵动关系。职是之故，古人论经，往往不会孤立地谈论某一部经，而是倚重于群经间的关系结构，在群经汇通的关联性语境中来发掘每部经的深义。通一经与通群经，实则相须并进。

至此，吾人可作一番总结：以上所论《荀子·劝学》《儒效》《庄子·天下》等文本均喻示先秦时人更为原初而纯粹的治经取向，即以群经的义理诠释为导向，对《诗》《书》《礼》《乐》《春秋》等常典成为“经”的内在根据予以了充分的重视。在此治学取向的主导下，《荀子》《庄子》等文献均把群经视为兼具差异性与同一性的关系结构，既关注每部经呈现义理的独特进路，又重视群经之间的相互关联。

但从严格意义上讲，《荀子》《庄子》所处时代并不属于真正意义上的“经学时代”。当时，《诗》《书》《易》《春秋》等经典尚未被冠以“经”之名号，尚未被官方尊为正统，立为官学博士，尚未具有在经学时代被外界赋予的合法性、权威性甚至是神圣性。据此，有学者提出，先秦时期并无真正意义上的经学。然而不可否认的是，在这个尚不能称为“经学时代”的历史时期内，《诗》《书》《礼》《乐》等典籍成为“经”的内在根据已被重视，且业已得到探究和阐释。这提醒吾人，须对以下两个层面作出区分：其一是《诗》《书》《易》《春秋》等经典在一定历史条件和时代背景下确立“经”之名号的历史过程和标志性事件；其二是此类经典如何内在地符合“经”这一思想概念所应具备的价值规定和意义面向。以上两个层面并不必然存在着直接的对应关系，甚至可以说在很大程度上二者相互独立。易言之，一部经典契合“经”这一思想概念内在的种种意义规定，未必意味着此经典在同一时期内便能在经验事实层面确立“经”之名号与殊荣。不应把两个层面混淆起来，更不应该用对经典化过程的梳理与考证，取代对常典成为“经”的内在根据的探究。

在此，回到本节开篇所提“《诗》之为‘经’何以可能”的问题，如果吾人是从思想概念的层面来论“经”，那么《诗》成为“经”与《诗》尊立为官学之“经”的历史过程并不存在绝对的依附关系。《诗》成为“经”，其根本依据并不在于《诗》在历史长河中经历了一番经典化过程，最终被尊立为官学之经，且依据《诗》设立了官学博士，而是在于《诗》合乎作为思想概念之“经”的意义取向与价值规定。这表明，《诗》与“经”具有内在关联，而非止步于外缘关系。易言之，应从义理层面探寻《诗》之为“经”的内在根据，此为《诗》之为“经”的根本所在。据此而论，孟庆楠先生提出的“从思想根源上论经”殊为中肯，即“对经学源起的考察显然不应只局限于经学之名”，而是应“于孔子之前更久远的历史时期内追寻经学萌生、创立的思想根源”。①

3. “经”与“教”的内在关联以及“诗教”对于证成《诗》之“经”义的重要性

进一步来说，《诗》之所以能成为具有规范性意义的“经”，“教”的维度甚为关键。“经”与“教”的关系，究其根本，并不是发生在经验事实层面，不是在位者以尊立为官学的六经为基点，自上而下地开展政教活动，而是指，“经”与“教”在概念层面互相涵摄，在一种交互关系中规定了彼此。先秦古人从“常道”的角度来理解“经”，同时又从“修道”的角度来理解“教”，如《中庸》所言“修道之谓教”。“经”与“教”在概念层面的密切关联，在《文心雕龙·宗经》中得到了精辟的阐发：“经也者，恒久之至道，不刊之鸿教也。”② 唐君毅先生也曾发掘“道”与“教”在内涵上的相关性：“修道之道，固原是道，而凡对人说道，亦皆是教。”③

---

① 孟庆楠：《哲学史视域下的先秦儒家〈诗〉学研究》，第 10 页。

② （南朝梁）刘勰著，范文澜注：《文心雕龙注》，第 21 页。

③ 唐君毅：《中国哲学原论·原教篇》，中国社会科学出版社 2006 年版，第 1 页。

经所言说的是恒久之至道，故能垂范千古，立为不刊之鸿教。以经为教，其愿景在于修治“恒久之至道”。据此而论，《诗》之为“经”，并不在于《荀子·劝学》《儒效》将《诗》《书》《礼》《乐》《春秋》并提，并称其为“经”[①] 或是汉代依照五经而设立官学博士等经验现象，而在于《诗》契合“经”这一概念内在的种种意义规定——言说至道，立为鸿教。就此而言，先人为《诗》冠以“经”之名号，不应视为一个单纯的命名事件。将《诗》称为《诗经》，其实是基于“经”这一概念的内在规定，实现了对《诗》与“经”二者间意义关联的确证，与此同时，也发生着对于《诗》应有之意义、应尽之效验的期许。周春健指出：“《诗经》书名中的‘经’字不是随意加的，‘经’字背后体现出的是‘恒久之至道，不刊之鸿教’的经学信仰。”[②] 将《诗》冠以“经”之名，意在告诫后人，《诗》所言者在于常道，故而可作为万世通行之常典。哪怕时移世易，取法于《诗经》，聆教于《诗经》，仍有其必要性。据此而论，倘若吾人承认“经”乃是一个具有严格意义规定的思想概念，且其不可轻忽的意义面向在于言说至道、立为鸿教。那么，从《诗》之为“经”自然可以导向《诗》之为“教”。由此，“诗教”这一主题的重要意义便得以突显，即“诗教”在一定程度上解释了《诗》何以在言说常道的意义上成为“经”，故而理应成为今人理解《诗》之所是的枢纽。

---

① 《荀子·劝学》云：“学恶乎始？恶乎终？曰：其数则始乎诵经，终乎读《礼》。”杨倞注：“经谓《诗》《书》。”洪湛侯依据《荀子·劝学》的整体性语境指出：“杨注颇得其旨。根据这则书例，荀子已把《诗》《书》说成‘经’。”洪湛侯：《诗经学史》，第 105 页。杨宽指出：“荀子提倡‘诵经’，所谓‘经’就是《礼》《乐》《诗》《书》《春秋》。……荀子这样推崇《诗》《书》《礼》《乐》《春秋》，开始称之为‘经’，对后世影响深远。”杨宽：《西周史》，上海人民出版社 2016 年版，第 6—7 页。

② 周春健：《诗经讲义稿》，第 5 页。

第二节　诗教的隐遁：近世诗教研究的基本概况

对于华夏文明而言，在相当长的历史时期内，诗教的重要意义和根本性地位不言而喻，不证自明。清人刘开云："经之垂为恒教者有三，以《诗》为冠。"① 不管是西周时期的国子教育②，还是王官之学解体后民间的私相授受，《诗》对于教化而言都是不可或缺的，正所谓"不读《诗》，则不能立教"③。综观"五四"以前的诗经学史，尽管不同历史时期的诗学理论存在差异，历代学者对诸多问题的看法仍未形成定论，彼此间甚或因为争鸣与攻讦形成难以调和的局面（如汉宋之争），但以《诗》设教的前提从未发生过根本的动摇，自古流传的诗教传统也从未被颠覆与解构。④ 直至20世纪初期，马一浮先生还提出"六艺之教，莫先于《诗》"⑤。然而，与此形成巨大反差的是，在近世学界，"诗教"往往处于极为边缘的位置，湮没在林林总总的研究主题之中，其受关注的程度远不及"《诗》中

---

① （清）刘开撰：《读诗说上》，《孟涂文集》卷一，载顾廷龙主编，《续修四库全书》编纂委员会编《续修四库全书·集部·别集类》第1510册，上海古籍出版社2002年版，第323页。

② 《礼记·王制》云："乐正崇四术，立四教，顺先王《诗》《书》《礼》《乐》以造士：春秋教以《礼》《乐》，冬夏教以《诗》《书》。王大子，王子，群后之大子，卿、大夫、元士之适子，国之俊选，皆造焉。"（汉）郑玄注，（唐）孔颖达正义，吕友仁整理：《礼记正义》，第546页。

③ ［日］伊藤仁斋撰：《语孟字义》，转引自王晓平《日本诗经学史》，第174页。

④ 关于此点，柯小刚所提如下观点颇为中肯："宋人所谓疑经，仍然是要发扬经典教化……宋代经学、晚清今文学之疑毛诗，初衷实出尊经之意"，又见"读朱子《诗集传》序可知，朱子读《诗》之旨首在诗教，王柏亦如之。故朱、王之攻毛，实非顾、郑之攻毛。朱、王之攻毛，乃为弘扬诗教；顾、郑之攻毛，则欲破坏诗教。"柯小刚：《诗之为诗：〈诗经〉大义发微》卷一，华夏出版社2020年版，第27—28页。

⑤ 马一浮著，吴光编：《马一浮卷》，第169页。

的爱情观”“《诗》的修辞艺术”等论题。

在这样的趋势下，“诗教”逐渐成为一个满是尘蠹与腐朽气息的负面语汇，给人的直观印象是：腐儒为完善学派理论的穿凿附会；经师喋喋不休的训导与讽谏；统治者出于维系纲常和巩固政权的考虑，把官方意识形态灌输给民众的政教①；儒生用诸如“父慈子孝”“兄友弟恭”之类的道德训诫与行为规范，激发道德情感、涵养道德品质的修身过程。“诗教”这个词充满着为艺术而艺术、为文学而文学的志士们满腔的义愤填膺，以致新时代诗经学的要务便是，肃清“诗教”观念对于《诗》的负面影响，恢复《诗》的原初面貌。正如闻一多先生指出的：“在今天要看到《诗经》的真面目，是颇不容易的，尤其那圣人或‘圣人们’赐给它的点化，最是我们的障碍。”②

一 作为历史事实的诗教

综观近世与诗教相关的研究著作，一个主流进路是将诗教研究还原为对历史事实的考察，即以归纳分析先秦时期关于采《诗》、献《诗》、赋《诗》等活动的历史文献为基础，通过考证《诗》的时代背景及经典化过程来探究诗教。相关研究有林耀潾的《先秦儒家诗教研究》、曾勤良的《左传引诗赋诗之诗教研究》、张素卿的《左传称诗研究》、马银琴的《周秦时代〈诗〉的传播史》等著作。

在《先秦儒家诗教研究》一书的首章首节中，林耀潾从《诗经》的成书经过来阐明《诗》之为教的意涵，从《左传》《尚书大传》《礼记》《周礼》《公羊传》《汉书》《国语》等文献中梳理出与采《诗》、献《诗》编《诗》相关的历史记载，旨在说明“《诗经》

① 洪湛侯认为：“提倡温柔敦厚的‘诗教’，对于维护和巩固封建统治非常有利，因此‘诗教’受到历代封建王朝的支持。”洪湛侯：《诗经学史》，第76页。

② 闻一多：《匡斋尺牍》，载朱自清、郭沫若、吴晗、叶圣陶编《闻一多全集》第1册，上海人民出版社2020年版，第346页。

由采、献而来，成书之始即寓教化之义”[①]。兹取其论为例：

> 《诗经》乃经由采、献而来，复经太史、孔子予以整理编定而成也。然其为何而有采诗、献诗之举？曰：或补察其政，或官师相规，或以观风俗，或辨祆祥，此王者不出户牖而尽知天下所苦乐，不下堂而知四方风教之大业也。而太史、孔子之所以整理刊定，其目的亦不外以求合韶武雅颂之音，以使礼乐可得而述，以备王道，以成六艺……盖《诗经》之成书，诗教之意义存焉。[②]

在此论的基础上，该书第二章基于《诗》在周代的运用情况来探究诗教。林氏详细考察了《诗经》《仪礼》《左传》《国语》等文献，整理归纳出“典礼用诗”“献诗陈志”“赋诗言志”与“言语引诗”四个方面的用诗情况，接着阐释了四者与诗教的关联，就此得出“观夫周代《诗》之运用，已关乎教化矣”。只不过前两者属于“《诗经》本身之运用”，后两者则为“《诗经》引申之运用”。进一步来说，典礼用诗，属于礼乐意义之诗教。献诗陈志与言语引诗，属于义理意义之诗教。赋诗言志，则兼具礼乐用途与义理用途。[③]

马银琴在《周秦时代〈诗〉的传播史》一书的首章中考索了周代礼乐制度下《诗》的传授系统，就此梳理出两条诗教主线：其一为注重《诗》之“声”的瞽矇之教，即“声教”；其二为注重《诗》之“言语”和“德义”的国子之教，即“义教”，进而将诗教从西周到春秋战国时期的发展阶段判分为以“声教”为主导的西周时代，“声教”与“义教”并重的春秋时代以及“声教”衰落、“义教”独行的战国时代，通过探究《诗》的礼乐本质、结集过程

---

① 林耀潾：《先秦儒家诗教研究》，第169页。

② 林耀潾：《先秦儒家诗教研究》，第9—10页。

③ 参见林耀潾《先秦儒家诗教研究》，第80页。

与传播历史，来说明《诗》并非“文学的”《诗》，而是制度的《诗》、礼乐的《诗》。①

诚然，在先秦文献中，与采《诗》、献《诗》、赋《诗》、用《诗》相关的文本和史迹班班可考，但从历史事实的角度来探究诗教的做法，仍有可能会面临以下几种反驳。

其一，学者同样可以从史料考证的角度来否定诗教的历史存在，以此消解《诗经》的诗教维度。关于此点，一个典例便是，崔述在《读风偶识》一书中提出了下述质疑，如“克商以后，下逮陈灵，近五百余年，何以前三百年所采殊少，后二百年所采甚多”，又如“周之诸侯千八百国，何以独此九国有风可采，而其余皆无之”②等，以此推断，采《诗》之说纯系后人臆造，力诋此说之不足信。实际上，把诗教研究还原为考证与《诗》相关的历史事实与文化现象，此立场与崔氏的做法具有一致的逻辑理路：二者多以历史事实为本位，并且均将诗教还原为历史事实层面的存在。只不过前者是从正面入手，通过考证采《诗》、献《诗》制度的具体实施情况以证成《诗》的诗教意义，而后者是从反面入手，通过否定采诗制度，来解构与此制度相关的诗教意涵。

其二，尊重《诗》的历史语境与文化背景，此做法的合理性自不待言。然而，即便吾人承认关于采《诗》、献《诗》的文本和史迹是可信的，并据此论证诗教确实是长期存在于先秦时期的不刊事实，也不能由此直接证成诗教的合理性与正当性。毕竟，论证诗教在历史事实层面确然发生，这与阐明诗教的合理性与重要性并非同一层面的问题。易言之，承认诗教的经验性存在，并不足以说明诗教是理解《诗》的必然进路。同时，描述与考证诗教活动的经验性存在，也不足以证成诗教具有通乎古今的恒久意义。对此，一个可

① 参见马银琴《周秦时代〈诗〉的传播史》，第4页。

② （清）崔述撰：《读风偶识》卷二，载顾廷龙主编，《续修四库全书》编纂委员会编《续修四库全书·经部·诗类》第64册，上海古籍出版社2002年版，第255页。

以想见的反驳，也许来自历史相对主义的治学立场：每一时代都有其特殊的文化背景。处于礼乐造士背景中的古人从诗教的视角来解读《诗经》，自然无可厚非。而今时移代隔，昔人以《诗》设教的生命样态成了已逝之陈迹。脱离此文化背景的现代读者自然可以用当下最时兴的方式来研读《诗经》。

综上所言，如果吾人仅从史实探究的角度出发，将诗教还原为对于历史事件的一般性考察，并从经验层面来论证诗教活动的合理性，将难以对上述反驳作出周备的回应。可见，对于"'诗教'一名何以成立""诗教何以可能"等问题，仅仅说明以《诗》设教的经验事实远远不够。

毋庸置疑，诗教的确曾以历史活动、历史实践的形式呈现，如春秋时期的赋引之风①，又如孔子及其门人相与论《诗》等。这些诗教活动的经验事实给人的直观印象是，似乎是先有了赋《诗》用《诗》、以《诗》设教的历史活动，据此才能归纳整理出有关诗教的理论说明；似乎是先秦时期的诗教实践在前，系统性的诗教理论（如《诗大序》）在后。

职是之故，区分出"诗教"观念与作为历史事实的诗教活动殊为必要。把诗教视为历史事实和实践活动，这的确是对于诗教的常见定位。然而，诗教本身以历史活动、历史实践的形式呈现，这并不意味着作为历史事实的"诗教"足以构成"诗教"一名的所有意义面向，也并不意味着"诗教"是后人基于对历史活动的经验观察归纳总结出的成果，也就是说，并非基于以《诗》设教的实践，吾人才归纳出"诗教"之名。从根本上而言，诗教乃是一种观念性的存在。这是诗教的经验性存在不可或缺的前提条件。不论是先秦士人赋《诗》言志，还是孔子以《诗》设教，抑或诸子以《诗》证言，此类生存样态均渗入了他们对于"诗教"观念的基本理解。

---

① 关于对先秦士人赋《诗》言志活动的分析，可参见林思妤《〈诗经〉、〈诗序〉、〈左传〉关联问题研究》，台北：花木兰文化出版社 2011 年版。

因此，将诗教研究还原为史实探究的做法，将难以从根本上阐释诗教的重要意义。毕竟真正意义上的诗教研究，其着眼点并不在于考证诗教活动的经验形态，而在于从义理层面解释以《诗》设教何以可能，由此才能说明诗教的恒久意义。

二 作为礼乐内在环节的诗教

除将诗教研究还原为史实探究以外，近世学界的另一常见思路是基于《诗》、礼、乐三者的关系来理解诗教。据此，诗教多被视作礼乐活动的内在环节，服务于礼乐造士的根本目的。陈戍国的《诗经刍议》、陈桐生的《礼化诗学：诗教理论的生成轨迹》等著作多持此论。

可以肯定的是，此进路同样基于扎实的文献基础与史实根据。典籍文献多出现将《诗》与礼或《诗》、礼、乐并提的文本。例如，王安石曾言："乃如某之学，则惟《诗》《礼》足以相解，以其理同故也。"① 此外，也有文献提供了关于《诗》、礼、乐三者紧密配合的史实记载。这表明《诗》作为仪式歌奏的唱词，曾广泛应用于典礼场合。据此，有学者多从"仪式歌奏"的角度来解释《诗》的创制缘由，并界定《诗》的文本性质、存在形态及传承方式。马银琴指出："从本质上来讲，《诗》文本的根本属性是礼乐的，它是在周代礼乐制度下、根据周代音乐的结构编辑而成的仪式乐歌文本。从最初的来源和性质来讲，它是一个歌辞本。"② 据此，《诗》的存在形态与传播方式得到了进一步的阐释：

> 《诗》的文本性质和存在形态是礼乐化的，主要通过乐官在仪式上的弦、歌、舞、诵而传承流播。可以说，附属于仪式的

---

① （宋）王安石：《答吴孝宗书》，《临川先生文集》卷七十四，载王水照主编《王安石全集》，复旦大学出版社 2017 年版，第 1326 页。

② 李辉、林甸甸、马银琴：《仪式与文本之间——论〈诗经〉的经典化及相关问题》，《温州大学学报》（社会科学版）2020 年第 1 期。

礼乐化属性，从本质上决定了《诗》在周代社会仪式性、礼乐性的存在状态与传承方式。也就是说，在周代礼乐制度维持运行的西周至春秋时代，听从乐官之长大师的指挥、职掌着“九德六诗之歌”的瞽矇，在各种仪式场合弦、歌、讽、诵，是《诗》在春秋末期之前最为典型的传承方式。①

据引文所示，《诗》的文本性质、存在形态和传承方式均具有“附属于仪式的礼乐化属性”。而探究《诗》与礼仪的紧密关联，构成了《诗经刍议》一书的主旨。在此书中，陈戍国辟出一章专论“以礼说《诗》”：《诗》“反映了西周至春秋时期的礼制”②，这不仅表现为《诗》中屡现明言“礼”“仪”或“礼仪”字眼的诗句③，还体现为《诗》的诸多篇目描述了典礼仪式的具体过程，与礼书所载基本吻合，因而可以“用产生《诗经》的那个时代的礼仪礼制解释《诗经》中言礼之诗”④。陈氏还梳理出分别与吉、凶、宾、军、嘉五礼相对应的诗篇⑤，因为“不把有关礼制说清楚，那是无法理解

① 李辉、林甸甸、马银琴：《仪式与文本之间——论〈诗经〉的经典化及相关问题》，《温州大学学报》（社会科学版）2020 年第 1 期。

② 陈戍国：《诗经刍议》，第 121 页。

③ 参见陈戍国《诗经刍议》，第 124—125 页。

④ 陈戍国：《诗经刍议》，第 116 页。

⑤ 参见陈戍国《诗经刍议》，第 126—127 页。从《诗》中找出与各项礼制相对应的篇章，以《诗》所载仪式与礼书记录基本吻合来证明《诗》与礼乐的密切关联，此做法在近世学界颇为常见。例如，王秀臣指出：“祭祀与《诗经》祭祀诗，丧礼与《诗经》悼亡诗，军礼与《诗经》战争诗，宾礼与《诗经》朝聘诗，冠礼、婚礼与《诗经》婚俗诗，乡饮酒礼与《诗经》宴饮诗，籍田礼与《诗经》农事诗等等均可以找到对应关系。”王秀臣：《“三礼”的文学价值及其文学史意义》，《文学评论》2006 年第 6 期。又如，在《诗经〈吉礼〉研究》中，季旭昇主要围绕吉礼中的郊礼、雩礼和宗庙时享礼来探讨《诗》与礼的关系，“于每一礼仪皆先探其源流，然后罗列有关诗篇于后，以期《诗》礼相成、彼此发明”。季旭昇：《〈诗经〉吉礼研究》，台北：花木兰文化出版社 2010 年版，第 7 页。此书的要旨有以下两点：“借《诗经》之资料以补充探讨周代文化之重心——礼，此其一；借礼学之探讨以帮助研究周代最宝贵之文学遗产——《诗经》，此其二。”季旭昇：《〈诗经〉吉礼研究》，第 1 页。

全诗大旨的"①。

若说在陈戍国那里，"以礼说诗"之"礼"侧重于指礼仪礼制，那么陈桐生提倡的"以礼说诗"，则偏重于礼义层面，而非礼仪："所谓诗教，实质上是指诗歌所包含的礼义之教，礼义始终是诗教的灵魂。"② 这可以在一定程度上解释，为何西周礼制虽在春秋战国之际崩溃，但诗教却并未随之消亡。正是因为《诗》以礼义为本，所以当诗教"不再与钟鼓管磬、羽籥干戚之类的乐器以及屈伸俯仰、缀兆舒疾的乐舞相配合，也不再与升降上下、周旋裼袭的礼仪动作相协调"时，也仍可以通过阅读、理解、认知等方式"发掘《诗三百》文本所蕴涵的礼义"③。在《礼化诗学》一书中，陈桐生围绕诗教思想发展历程上的一系列重要概念、命题和范畴（如"言志""美刺""乐而不淫，哀而不伤""兴观群怨""性情""六诗""六义""正变"等）分章设节进行梳理与探究，以说明"诗教的发生发展过程，实际上是如何将礼学融会到诗学的过程，或者说是一个如何将诗学礼化的过程"④。

总体而言，诸家持论的确基于对先秦礼乐制度与文明传统的深入钩稽，持之有故，言之有据，但值得思考的是，对于陈戍国而言，从《诗》、礼、乐的关系出发来界定诗教，能否仅仅建基于如下论证，即《诗》中所载礼仪，与礼书中的种种记录基本吻合？倘若吾人只是把《诗》与礼乐的关系目为《诗》是礼乐活动的记录者，同时《诗》与乐相互融合，构成典礼仪式的一部分，那么，此探究仍旧停留于对《诗》、礼、乐在历史事实层面的关系形态所作的经验性描述。

既然从礼仪礼制的角度来理解《诗》与礼乐的关系，难免出现上述难题，那么陈桐生从礼义（而非礼仪）的立场来论诗教，恰恰

① 陈戍国：《诗经刍议》，第 129 页。

② 陈桐生：《礼化诗学：诗教理论的生成轨迹》，学苑出版社 2009 年版，第 9 页。

③ 陈桐生：《礼化诗学：诗教理论的生成轨迹》，第 9 页。

④ 陈桐生：《礼化诗学：诗教理论的生成轨迹》，第 3 页。

是在义理层面将诗教的精神实质阐释为“诗歌所涵容的礼义之教”，这不就很好地解决了上述的理论难题吗？然而细审陈氏之论，在其看来，儒家诗教理论的实质是“以礼义为精髓的礼化诗学”——“最初孕育于制礼作乐过程之中，此后又在践行周礼的过程中得到传播和发扬”①。这表明，礼义才是《诗》的实际内容。易言之，《诗》只是一个纯形式，是记录礼的一般性文献材料②，如王博先生所言：“《诗》是阐明礼制或礼学的材料。《诗》只是一个皮囊，而礼才是实际的内容。”③《诗》作为礼乐的附庸，本身缺乏独立而完整的意义。诗教的目的在于，借用《诗》的形式来言说礼义，相当于用新瓶装旧酒。如此理解《诗》、礼关系，往往使诗教被限定在以礼说《诗》的范畴之内。《诗》被礼所规定，以致诗教内化为礼教的一个环节。以《诗》设教，相当于换种形式来实践礼教。由此，《诗》与诗教难免丧失了独立的价值与意义。

值得明辨的是，先秦文献虽多将《诗》、礼、乐并提，却不意味着昔人把三者视为同等的为教进路，或是在三者间判定了主从之序，甚或提倡以礼代《诗》、以乐代《诗》，而是看到，三者在进路与作用方面各有侧重、各具特色。《诗》、礼、乐的合一，乃是有差异的统一，而非无差别的同一。对此，很好的例证是，对《诗》、礼、乐三者特质与差异的描述，亦习见于典籍文献，如孔子以“兴”言《诗》，以“立”言礼，以“成”言乐，可见《诗》、礼、乐的效验存在明显的差异。这反映出，昔人是在充分观照《诗》、礼、乐特质的基础上，再将三者融贯为一。而陈桐生把诗教界定为“将诗学礼

---

① 陈桐生：《礼化诗学：诗教理论的生成轨迹》，第3页。

② 此弊端之所以会出现，与将《诗》之形式与内容二分的立场不无关联。而实际上，《诗》的形式也应视为其思想内容的显现，是诗教的独特性能够保全的必要前提。对《诗》与诗教整全性意义的观照，必然要求我们超越当下将《诗》之形式与内容割裂开来的视角。

③ 王博：《〈中庸〉与荀学、〈诗〉学之关系》，载袁行霈主编《国学研究》（第三卷），北京大学出版社1995年版，第69页。

化的过程”，实则是将《诗》与礼设定为无差异的同一关系，并且似在二者内部判定了一主从之序，即以礼为主导，以礼统《诗》，故而未能对《诗》之特质以及围绕此特质展开的诗教问题作出深入阐发。然而，诗教的独特性问题，理应成为探究诗教的过程无法绕开的基本问题，即就为教进路而言，诗教具有哪些无法被礼教和乐教替代的优势与特质，使得为教必然得以《诗》作为其基本进路？

三　论诗教作用的代表性立场

若说上述以诗教作为礼乐之内在环节的相关观点，探究的是诗教的基本性质，以便对诗教所处的层面进行定位，那么下文所论则着眼于近世学界对诗教意义及功能的阐释。

（一）以某一人物、学派或历史时期的诗教观为本位

大体而言，近人往往先对所探究对象及文本范围作出界定，而后根据所划定的文本范围与研究对象梳理出其诗教观念，进而得出关于诗教之意义与作用的种种说明。

学者对研究对象及范围的界定，通常可细析为以下三种情况：

其一，总论某一学派（集中于儒家学派）的诗教观，如张国庆的《论儒家诗教的思想性质》①、严寿澂的《论儒家诗教》②、李旭的《君子之道的仁义抱负与文教起点——试论介于质教与文教之间的儒家诗教》③ 等；其二，专论某一历史时期的诗教思想，如彭维杰的《汉代诗教思想探微》④、康晓城的《先秦儒家诗教思想研究》⑤、

---

① 参见张国庆《论儒家诗教的思想性质》，《思想战线》1992 年第 5 期。

② 载严寿澂撰《诗道与文心》，华东师范大学出版社 2009 年版，第 6 页。

③ 参见李旭《君子之道的仁义抱负与文教起点——试论介于质教与文教之间的儒家诗教》，《海南大学学报》（人文社会科学版）2015 年第 1 期。

④ 参见彭维杰《汉代诗教思想探微》，台北：花木兰文化出版社 2010 年版。

⑤ 参见康晓城《先秦儒家诗教思想研究》，台北：文史哲出版社 1988 年版。

贺卫东的《先秦儒家“诗教”美育思想研究》[①]、刘宁的《唐宋诗学与诗教》[②] 等；其三，以某一人物或某一著作为单位，就其诗教观进行梳理与探究，如彭维杰的《朱子诗教思想研究》[③]、曾守仁的《王夫之诗学理论重构：思文/幽明/天人之际的儒门诗教观》[④]、王倩的《朱熹诗教思想研究》[⑤] 等。彭维杰在《朱子诗教思想研究》一书的开篇对其研究范围与方法作了如下说明：“研究范围包括朱子所有诗经学之著作，主要为早期遵守《诗序》而作的旧本《诗集传》，此本亡佚，但部分为同时代的吕祖谦收存在《吕氏家塾读诗记》中；及中期为反《序》驳《序》而作的《诗序辩说》；与晚年修订的《诗集传》。以上著作皆各成章立节详为分析探讨，以比较、分析，后综合归纳之方式，将朱子《诗经学》的代表性著作设章立节一一加以探讨诠释其诗教思想之内涵。”[⑥] 具体来说，《朱子诗教思想研究》的第二章、三章分别围绕《诗序辩说》《诗集传》来阐释其诗教内涵。第四章钩稽出《诗集传》及《朱子语类》中有关“淫诗”的说法，结合朱子对“思无邪”的阐释，推断朱子对“淫诗”所持的观点与态度。第五章归纳并分析《语类》中朱子指导弟子读《诗》的重要步骤，建构其“循序致精”的读《诗》过程。第六章是对上述章节的综合阐释，结合朱子与《诗经》学相关的所有著作，梳理出朱子诗教思想的义理架构。

就论文而言，专论某一人物（如孔子、孟子、朱子、马一浮等）或某部文献（如《孔子诗论》《诗大序》）的诗教观念的文章同样不

---

① 参见贺卫东《先秦儒家“诗教”美育思想研究》，科学出版社 2017 年版。

② 参见刘宁《唐宋诗学与诗教》，中国社会科学出版社 2012 年版。

③ 参见彭维杰《朱子诗教思想研究》，台北：花木兰文化出版社 2009 年版。

④ 参见曾守仁《王夫之诗学理论重构：思文/幽明/天人之际的儒门诗教观》，台北：台湾大学出版中心 2011 年版。

⑤ 参见王倩《朱熹诗教思想研究》，北京大学出版社 2009 年版。

⑥ 彭维杰：《朱子诗教思想研究》，第 4 页。

胜枚举，如陈桐生的《上博简〈孔子诗论〉对诗教学说的理论贡献》①、黄克剑的《孔子“诗教”论略》②、李振纲与芦莎莎的《孔子诗教与礼乐观发凡》③、刘季冬的《孔子“多识于鸟兽草木之名”的文化意涵——兼论〈论语·阳货〉篇孔子诗教的思想旨归》④、李阿慧的《礼防与王化——论〈汉广〉〈汝坟〉诗教之旨》⑤、陈霞的《〈论语〉“思无邪”与孔子的诗教思想》⑥、王倩的《朱熹“〈诗〉教”思想的发展历程》⑦、李虎群的《马一浮的儒家诗教思想发微》⑧ 等。除专论某一人物或文献的诗教思想之外，也有学者在此基础上对两个或多个人物的诗教思想进行比较并探寻其内在关联，如彭维杰的《孔子与朱子的诗教思想比较——兼及对现代诗歌教育的启示》⑨、周恩荣的《〈孔子诗论〉的思维方式与孔子诗教的政治伦理功能》⑩ 等。

初看上去，上述三种情况主题范围大小不一，但前两种情况采取的多为“以点代面”的探究方式，究其实质是对第三种情况的延续。

就第一种情况（总论儒家的诗教观）而言，张国庆的《论儒家诗教的思想性质》一文虽冠之以“儒家诗教”之名，但此文主要围

---

① 参见陈桐生《上博简〈孔子诗论〉对诗教学说的理论贡献》，《陕西师范大学学报》（哲学社会科学版）2006 年第 4 期。

② 参见黄克剑《孔子“诗教”论略》，《哲学动态》2013 年第 8 期。

③ 参见李振纲、芦莎莎《孔子诗教与礼乐观发凡》，《现代哲学》2016 年第5 期。

④ 参见刘季冬《孔子“多识于鸟兽草木之名”的文化意涵——兼论〈论语·阳货〉篇孔子诗教的思想旨归》，《现代哲学》2010 年第 6 期。

⑤ 参见李阿慧《礼防与王化——论〈汉广〉〈汝坟〉诗教之旨》，《孔子研究》2017 年第 3 期。

⑥ 参见陈霞《〈论语〉“思无邪”与孔子的诗教思想》，《管子学刊》2005 年第 4 期。

⑦ 参见王倩《朱熹“〈诗〉教”思想的发展历程》，《教育学报》2007 年第 1 期。

⑧ 参见李虎群《马一浮的儒家诗教思想发微》，《中国文化研究》2012 年第 2 期。

⑨ 载彭维杰《朱子诗教思想研究》，台北：花木兰文化出版社 2009 年版。

⑩ 参见周恩荣《〈孔子诗论〉的思维方式与孔子诗教的政治伦理功能》，《河南大学学报》（社会科学版）2004 年第 2 期。

绕孔子与汉儒论《诗》的差异展开论述，所依据的文本除《论语》《毛诗》之外，多集中于《礼记》《春秋繁露》等汉儒的代表性文献，其他涉及儒家诗教传统的重要文献并未囊括在内，因而未能对儒家思想传统围绕《诗经》展开的诗教问题进行系统的梳理与探究。又如严寿澂先生在《论儒家诗教》一文中，对《论语·泰伯》所载“兴于《诗》，立于礼，成于乐”一语的施教次序展开追问，围绕孔门立教缘何以《诗》为先这一问题，结合对儒家诗学传统重要文献的分析与阐释来思考儒家哲学的特点。[①] 严寿澂在很大程度上继承了马一浮“《诗》以识仁”的主张，认为诗教之旨归在于达至仁的境界。孔子立教以《诗》为先，原因在于《诗》以感发、调适与疏导人情为其特质。唯有通人我之情、通天下之情，才能实现与他人并为仁的境界。与张国庆相比，严氏所探讨的文献范围的确更广，对朱子、船山、程廷祚、焦循等人论《诗》的观点都进行了分析和阐释，但总体看来，严氏还是以孔子论《诗》的文本为中心与主线来组织论述，因而其所论“儒家诗教”实质上仍限定于“孔门诗教”的层面。

就第二种情况（专论某一历史时期的诗教思想）而言，研究者多把对此时期诗教思想的考察落实于该时期的代表人物及其相关文献中，具体表现为先逐一对个别人物的诗教理论进行探究，再依循时间先后之序将此类“个案”连贯起来。例如，林耀潾《先秦儒家诗教研究》的第三章至第五章分别阐释了孔子、孟子、荀子的诗教观。类似的处理方法也见于康晓城的专著《先秦儒家诗教思想研究》。这仍旧是“以点代面”立场的反映。

总的来说，以上三种情况具有共同的立场，均以某一人物或某部著作为主，将诗教思想与观念视为该人物或该著作的附属物。研究多围绕此人物及其著作提出的诗教观点展开，而在此范围之外的文本和观点则未予以过多关注。

但实际上，古人关于《诗》与诗教的论述散见于各类文献，可

---

① 参见严寿澂撰《诗道与文心》，第6页。

谓甚为庞杂，且相当一部分未归入儒家学派名下，如《管子·内业》所论“止怒莫若《诗》”[①]、《史记·太史公自序》所论“《诗》记山川、溪谷、禽兽、草木、牝牡、雌雄，故长于风”[②] 等。然无可否认的是，此类文本对理解吾国诗教传统而言也颇具启发意义，故而也需纳入吾人考索的大范围内。与此同时，就儒家学派内部而言，不同人物的诗教思想其实也可互相发明。若把视域局限于某一人物或时期的诗教理论，难免失于狭隘。

据此而论，进行一番视角的倒置很有必要。申言之，并非以某一思想家为本位，而是以“诗教”概念为本位，将“诗教”作为一个意义系统来理解。不同历史时期的思想家就“诗教”所作的阐发可视为“诗教”这一意义系统的内在环节，是“诗教”概念历史地展开它自身丰富而立体的维度与面向的成果。这要求吾人将散布在典籍文献中的关于《诗》与诗教的诸多文本综合起来分析与切入，见其全体，而非守于一曲，摸索出一以贯之的逻辑脉络，让这些看似不相关的庞杂条目自发地结合为一个意义关联整体。

（二）将诗教作用归于伦理道德或政教范畴

关于诗教作用的代表性立场，主要可分为以下两类。

其一，侧重于从伦理道德层面把诗教的作用理解为导养性情，即兴发人的道德志意与道德情感，其旨归在于完善德性修养，提升生命境界。[③] 此观点多建基于对《诗》、礼、乐三教合一的造士传统所作的诠释，如林叶连先生在《中国历代诗经学》一书的首章结合

---

① 黎翔凤撰，梁运华整理：《管子校注》全三册，中华书局2004年版，第947页。

② （汉）司马迁撰：《史记》，第3297页。

③ 哪怕是对“诗教”持反对态度的学者，也多从伦理道德领域来界定诗教的作用。葛兰言认为：“《诗经》最初在那些孔门嫡系弟子的学派中使用：在有见识的人中间探讨政治理论、道德训诫和仪式规则。……这些未来的政府官员和仪式主持者，将《诗经》作为道德反省的主题，从而终有一天，对该《诗经》文本的传统注释被固定下来。”［法］葛兰言：《古代中国的节庆与歌谣》，赵丙祥、张宏明译，第2页。

对《尚书》《周礼》《礼记》的诠释指出："上古时代之教育，诗教、礼教、乐教息息相关，一言以蔽之，曰：'以道德为根本。'"① 同时，此观点的形成也源于学者对儒家代表性论《诗》文献的分析与阐释，其中又以对孔子论《诗》相关文本的解读居多。孔子对诗教意义和作用的理解对传统诗经学界影响甚为深远，塑造了后人对于诗教的根本性看法，因而学者多以孔子论《诗》与孔门诗教为切入点来探究诗教的意义与作用。《论语》所言"兴于《诗》""思无邪""乐而不淫，哀而不伤"等条目，与《礼记·经解》中脍炙人口的"温柔敦厚，《诗》教也"往往成为学者立论的依据。在《读〈诗经〉》一文中，钱穆先生对孔子论《诗》的诸多文本进行了分析并指出："孔子之于《诗》，重视其对于私人道德心性之修养，乃更重于其在政治上之实际使用。……故《诗》至于孔门，遂成为教育工具，而非政治工具。至少其教育的意义与价值更超于政治的意义与价值之上。"② 洪湛侯先生在《诗经学史》中专辟一节来论述孔子的诗教观，并指出，孔子用《诗》教育弟子的一大目的在于"用《诗》培养品德、情操"③。

其二，关注《诗》在政治社会领域所发挥的效用④，把诗教界定为政教。先秦时期赋《诗》言志、以《诗》谏君等现象，均为此立场提供了史料依据。孔子以"观""群""怨""事父""事君"论《诗》，并且还提出"不学《诗》，无以言"，似乎也为上述立场提供了理论说明。陆晓光在《中国政教文学之起源》一书中整合了以上诸说，在分析西周政治生活的基础上，指出《诗》的编定乃是出于社会政教的需要。接着，他梳理了周代贵族引《诗》、赋《诗》

① 林叶连：《中国历代诗经学》，台北：台湾学生书局 1993 年版，第 6 页。

② 钱穆：《中国学术思想史论丛》（一），生活·读书·新知三联书店 2009 年版，第 147 页。

③ 洪湛侯：《诗经学史》，第 71 页。

④ 增强在外交场合的应答能力，也同样被视为《诗》的一大作用。此作用也可归结为《诗》在政治社会领域所发挥的效用。

的活动，以此说明《诗》为周代政治服务，并结合对孔子所言《诗》“可以观，可以群，可以怨”的分析来阐释孔子诗教中的政教意蕴，就孟荀引《诗》的情况来探讨《诗》与孟荀政治思想之间的关系，以此论证“《诗》在中国历史上，首先是赖其政教性质与功能而被推崇与承传的”①。若说先秦时期的史实与文献已为诗教政教观提供了立论的依据，那么《诗大序》浓重的政教色彩更是为诗教政教观张本。据《诗大序》，诗教之为政教，可细化为两个面向，即“上以《风》化下”和“下以《风》刺上”。② 具体来说，统治者用《诗》施以五教，移风易俗；在下位者用《诗》讽谏君上，辅弼时政。大体而言，近世学界中的诗教政教观，可作为《诗大序》立场的延续与完成。③

初看上去，上述两种立场的侧重点确有不同，前者关注的是伦理道德层面个人的内修过程，偏向于内；后者则关注《诗》在政治社会层面的功用，偏向于外。但二者并非对立互斥、无法调和。一方面，这可能源于儒家思想传统将“内圣外王”作为成人与成德的最高理想。个人的成德与文明共同体政治秩序、风俗教化的实现是统一的，而非割裂二分的。另一方面，无论是在义理阐发还是在诗教的实践活动层面都对后世起到典范性意义的孔子，其论诗教的文本其实也是内外并重，而非仅择取一端。以孔子所言“兴”“观”“群”“怨”为例。四者难以全然归入向内或是向外的某个单一维度。毋宁说，这是孔子对诗教所蕴含的整全意义的全方位阐释，诚

---

① 陆晓光：《中国政教文学之起源：先秦诗说论考》，华东师范大学出版社 1994 年版，第 2 页。

② 《孔疏》云：“《诗》皆人臣作之以谏君，然后人君用之以化下。”（汉）毛亨传，（汉）郑玄笺，（唐）孔颖达疏，（唐）陆德明音释，朱杰人、李慧玲整理：《毛诗注疏》，第 16 页。

③ 陆晓光指出：“《诗三百》的产生、编订直至其被尊奉为‘义之府’的过程，就是西周与春秋时代因政治需要而使之日益政教化的过程。”陆晓光：《中国政教文学之起源：先秦诗说论考》，第 2 页。

如陈澧所言：“《诗》兼四科。”[①]

因此，学者在界定诗教的意义和作用时，大多对以上两个立场兼而采之，如洪湛侯[②]、俞志慧[③]等。部分学者还会进一步阐释诗教内外维度之间的关联与过渡，关注的是，从《诗》对于个人内修的助益，如何推扩至《诗》在政治社会层面的功效。例如，陈桐生在《礼化诗学》中将诗教界定为“道德品性教育”[④]。具体来说，诗教要求受众“自觉地用道德礼义培养性情”，“培养和亲、和敬、和同的伦理情感”。此过程同时也“消解了不利于统治秩序的种种自然欲望和品性”，使人们成为“合乎伦理道德规范的顺民”[⑤]。由此，诗教中“道德品性教育”的意义面向，自然导向了《诗》在社会政治领域的作用，即诗的政教功效。[⑥] 又如，张巍指出：“孔子以诗为教，来改善人伦关系和社会状况，但‘诗教’的根基在于个人道德品格的完善，这个自我修养的过程被概括为‘兴于诗，立于礼，成于乐’，所谓‘兴于《诗》’旨在把非道德的情感转化为道德意向和

① 陈澧：“圣门重诗教。子夏言《诗》，固为文学之科，然‘思无邪’，则德行之事也；达于政而能言，则政事、言语之材也。是诗教兼四科也。”（清）陈澧著，钱锺书主编，朱维铮执行主编，杨志刚编校：《东塾读书记（外一种）》，生活·读书·新知三联书店 1998 年版，第 17 页。

② 洪湛侯一方面强调《诗》在个人德性与修为增进方面起到的重要作用，如“诗是感情的兴发，诵诗可以培养纯正的感情，所以德性方面的修养，宜先诵习《诗经》”；另一方面，他也指出：“学《诗》应该有益于政事，能够适应朝会聘问时的‘应对’。”洪湛侯：《诗经学史》，第 70—72 页。

③ “教诗是为了健全习诗者的心志、培养他们良好的道德情操、树立远大的政治抱负。”俞志慧：《君子儒与诗教：先秦儒家文学思想考论》，生活·读书·新知三联书店 2005 年版，第 247 页。“孔子则将诗歌阅读看成一种指向君子儒的人格完成、才智开发的尽性之道。”俞志慧：《君子儒与诗教：先秦儒家文学思想考论》，第 251 页。

④ “诗教是指以诉诸人们感性的诗歌音乐艺术为媒介的道德品性教育。”陈桐生：《礼化诗学：诗教理论的生成轨迹》，第 1 页。又言：“诗教是一种诉诸心灵的道德教育。”陈桐生：《礼化诗学：诗教理论的生成轨迹》，第 58 页。

⑤ 陈桐生：《礼化诗学：诗教理论的生成轨迹》，第 2 页。

⑥ 《诗》要求统治者“以教育宫廷后妃为起点，用诗歌艺术风化天下而正夫妇，培养人民温柔敦厚的性情，创造淳朴柔顺的民风习俗”。陈桐生：《礼化诗学：诗教理论的生成轨迹》，第 2 页。

情怀，也就是‘涵养性情’，诗于是成为陶冶受众性情的工具，而诗的教化作用最终归结为政治和社会功用。”[①] 据此，诗教的内外维度被统合为一。两个维度遂成为互为支撑的统一体。

综上所言，不管是侧重于对内还是对外来论述诗教的作用，抑或是内外维度并重，三者其实具有共同的立场，对诗教性质的理解也存在共通之处，均将“诗教”概念离析为以下三方面的因素：其一是施教者，即以《诗》设教的主体；其二是受众，即以《诗》设教的对象；其三便是此过程使用的方法、工具或手段，即《诗》。据此，《诗》被视为外在于施教者与受众的具有意义规定性与导向性的对象，其身份和角色常被界定为“培养政治能力和提高文化、道德素养的教材”[②]、“教育弟子的教材”[③]、“社会伦理教科书、文学和语言课本”[④]、“陶冶受众性情的工具”[⑤]、“年轻人专用的伦理手册”[⑥] 等。

进一步来说，诗教活动的最终目的由施教者来决定。在儒家学派那里，诗教旨在完善个人的道德修养，造就君子人格[⑦]；在统治者那里，诗教的根本目的在于教化百姓，维系纲常；在大臣那里，诗教的目的在于委婉讽谏，晓谕君王的过失；在赋《诗》言志的使臣那里，诗教的目的在于“使于四方，可以专对”……一言以蔽之，

① 张巍：《希腊古风诗教考论》，北京大学出版社 2018 年版，前言第 1 页。

② “《诗经》成书以后便成了对贵族培养政治能力和提高文化、道德素养的教材。”章培恒、骆玉明主编：《中国文学史新著》（增订本），第 47 页。

③ 洪湛侯指出：“孔子曾用《诗三百篇》作为教育弟子的教材。”洪湛侯：《诗经学史》，第 70 页。萧兵的立场与此相近。他提出：“《诗》是他（孔子）的基本教材。”萧兵：《孔子诗论的文化推绎》，湖北人民出版社 2006 年版，第 112 页。

④ “（儒家）把《诗经》当作社会伦理教科书，又当作文学和语言课本。”夏传才：《诗经语言艺术新编》，语文出版社 1998 年版，第 1 页。

⑤ “《诗》于是成为陶冶受众性情的工具。”张巍：《希腊古风诗教考论》，前言第 1 页。

⑥ “《诗经》成了一本教科书，属于年轻人专用的伦理手册一类。”［法］葛兰言：《古代中国的节庆与歌谣》，赵丙祥、张宏明译，第 4 页。

⑦ 吉川幸次郎认为：“在孔子的态度里也包含着这样的成分：使《诗经》为其所主张的意识形态效劳。”［日］吉川幸次郎：《中国诗史》，章培恒、骆玉明等译，第 6 页。

“教”的意义面向并不是从《诗》自身的结构和内容中内在孕育的，而是以施教者的立场和意旨为转移。从根本上而言，诗教是不同身份的施教者以《诗》为手段和工具去实现自身目的的过程。在此立场的主导下，发生了《诗》与诗教的二分与割裂。人们如何用《诗》，如何以《诗》设教，完全是主观层面的个人发挥，和《诗》本身是两码事。

由此，研究者大多绕开《诗》的具体篇目，直接就后世论《诗》用《诗》的文本作进一步的理论阐发，如围绕“兴”“观”“群”“怨”“思无邪”等概念来探讨孔子的诗教观，又如基于“知人论世”“以意逆志”阐释《孟子》诗学与诗教观，就《诗广传》来梳理船山的诗教理论等。除非诸家论《诗》的文本涉及《诗经》的某一具体篇目或征引了某句诗，研究者才会将其纳入探讨的范围。例如，学界不乏探讨孔子诗学与诗教的研究著作，但总的来说，对孔子诗教的研究常与对《诗经》整体性语境的深入解读相脱离。在阐释孔子的诗学思想时，部分学者最多只是把孔子征引的诗句作一番解读，以便理解孔子和弟子对此诗句所作的义理阐发。例如在阐释“绘事后素”与“礼后乎”时，常联系《卫风·硕人》的“巧笑倩兮，美目盼兮”；在阐释“贫而无谄，富而无骄”和“贫而乐，富而好礼”时，常联系《卫风·淇奥》的“如切如磋，如琢如磨”。而对于那些并未涉及具体诗句的论《诗》文本，学者多从概念分析的角度阐释其义理，比如，对于《论语》耳熟能详的“兴观群怨”章，下述解释进路较为常见：

> 张栻曰：“兴谓兴己之善，观谓观人之志，和平而无邪，故可以群；亲切而不伤，故可以怨。温柔敦厚，深笃乎人伦之际，故迩可以事父，远可以事君。”①

---

①（宋）张栻撰：《癸巳论语解》卷九，载（清）纪昀等编《景印文渊阁四库全书·经部·四书类》第199册，台北：台湾商务印书馆1986年版，第303页。

> 蔡节曰："诗吟咏情性，善感发人，使易直子谅之心易以生，故可以兴；知古今治乱得失之故，尽人情物态之微，故可以观；心平气和，于物无竞，故可以群；优游不迫，虽怨而不怒也，无鄙倍心，故可以怨。人伦之道，《诗》无不备，迩之事父，远之事君，举其重者言也。"①

以上阐释的确对疏通"兴观群怨"章的义理有所帮助，然需注意的是，此番解读仍有疏失之处。以"兴""观""群""怨"论《诗》，是孔子对《诗》熟读深思、自得于心后所作的阐发。据此而论，若仅关注孔子论《诗》的诸多概念，而忽视了对《诗》本身的细致研读，其所得难免失于空洞。吾人需要推敲《诗》之文义及所蕴深意，去考索《诗》究竟如何兴、如何观、如何群、如何怨，如此方能更好地理解孔子对《诗》的评点。从广义上看，后人论《诗》之说其实都源于对《诗》的玩味涵泳，故而不应与《诗》截然二分。古人对《诗》与诗教的阐发，应一次次把我们带回《诗》本身，将人导向切实的读《诗》活动，而不是让人与《诗》日渐疏离，仅仅就后世的诗学与诗教理论进行纯学理的探讨。

这反映出，近世以来，在研究诗教与研究《诗》之间，存在着一定程度的脱节和断裂。探究诗教思想的学者，多将历代论《诗》之说作为不言自明的结论，直接将其用作理论探究的逻辑前提。但实质上，此做法轻忽了一个亟须证明的逻辑环节，即历代论《诗》之说与诗教思想能否以及如何从《诗》自身内在地生发出来？也就是说，对古人而言，《诗》缘何具有"教"的意义面向？这其实构成探究昔人诗教思想的逻辑前提。

《诗》是否涵容"教"的意义面向，对此问题，林耀潾在其专

---

① （宋）蔡节撰：《论语集说》卷九，载（清）纪昀等编《景印文渊阁四库全书·经部·四书类》第200册，台北：台湾商务印书馆1986年版，第692页。

著《先秦儒家诗教研究》第一章第二节中有过初步探讨。此节标题取为“由《诗经》之内容论诗教”，这说明林氏意识到，应从《诗》的内容本身来说明诗教的根据与意义。他将《风》《雅》《颂》的内容归纳为六端，分别为“重视夫妻之际，教导伦常大节”，“赞颂农桑事功，告诫稼穑艰难”，“祭天配以先祖，训诲慎远情操”，“追述祖先历史，则效开拓精神”，“内华夏外夷狄，蕴含春秋大义”，以及“天神信仰式微，人文思想肇兴”[1]，以此得出《诗经》内容“莫不有教化之义存焉”，其论曰：“《雅》《颂》多祭祀宴飨、讽喻颂美之什，其教化之义，不辩自明，即多言情之风诗，亦未始无教谕之旨。”[2]

但问题在于，上述六项内容的提出基本上源于归纳概括法。而此方法最大的毛病在于其随意性。归纳概括的视角均以研究者的主观立场为转移。作者并未告诉吾人，如此归纳概括的原因与依据何在，何以不是概括成五条、七条或八条，而只是这六条？另外，对于这六项内容逻辑层面的内在关联，该书仍付之阙如。同时，《诗经》的内容与儒家巨擘的诗教理论，对于这两者的关系，该书仍采用陈旧的二分立场（先秦原儒对《诗》的阐发与《诗》之本意无关），即“孔、孟、荀之诗教，乃为义理用途之诗教，而其引诗以说但求合于立说之需，不必顾诗之本旨”[3]。

可见，林氏虽看到从《诗经》内容来探究诗教根据的必要性，但终未说明《诗》之内容何以能自然生发出“教”的意义面向。故而《诗》之为教何以可能，此逻辑前提仍有待检核。而在此情况下，便开始探究历代诗教学说，难免面临如下攻讦，即后世的诗教理论及其实践活动纯属主观层面的个人发挥，与《诗》本身

---

① 林耀潾：《先秦儒家诗教研究》，第10—26页。

② 林耀潾：《先秦儒家诗教研究》，第169页。

③ 林耀潾：《先秦儒家诗教研究》，第172页。

是两码事。[①] 这可以解释，为何相当一部分研究者（尤其是以文说《诗》者）对此持激烈的批判态度，并将其归为实用主义[②]，在具体的研究进路方面，则多将后世种种论《诗》之说一律视为“断章取义”，对其鲜有论及，提倡直趋《诗》之“原意”，单就《诗》的文本本身进行文法分析与艺术鉴赏。

行文至此，不难发现，近世诗教研究仍面临着以文说《诗》与以经说《诗》所遭遇的二分态势。只不过该困境在这里具体表现为《诗》之原意与以《诗》设教的二分。在此情况下，“‘诗教’之名是否具有正当性?”“诗教何以可能?”等问题，始终悬而未决。

第三节 对本书主题的一般阐明

一 论“诗教传统”与“诗化生存”的基本关系

本书的副标题“儒家诗教传统与华夏诗化生存”，作为对主标题“兴于《诗》”的进一步阐释，其中所出现的两个名词，即“诗教传统”与“诗化生存”，作为贯穿本书终始的两大关键词，共同支撑起本书意欲探讨的主要论题。故而在开篇处，很有必要对二者及其关系作一番简要交代。

---

① 对此，余冠英的观点很有代表性：“孔门重诗学，孔子以后的儒者也都讽诵和弦歌‘诗三百’，他们谈道说理也常常引诗为证。对于诗的解释也有所传授。他们用诗说诗也和赋诗一样，是断章取义的，他们对于诗义的了解并不完全正确。”余冠英选注：《诗经选》，前言第6页。

② 近世学界多认为，此实用主义的需求常常与政治目的挂钩。这对解读《诗》之原意是极大的妨碍。夏传才指出：“旧时对三百篇的章句训诂，尤其是诗义的题解，大多是不可靠的。周代贵族阶级以及孔子及其门人，由于他们的阶级偏见和政治需要而利用这些诗篇，他们不可能对人民群众的民歌创作和大量的政治讽刺诗作出正确的解释。”夏传才：《诗经研究史概要》（增注本），第4页。

首先须澄清的是，副标题所言“诗教传统”一名虽缀以“儒家”一词，但这并不意味着笔者仅将《诗》与诗教归入儒学范畴。只是考虑到后世与习《诗》传《诗》相关的诸多文献与案例确为儒士所为，故而如此命名。但实际上，本书所认同者在于，《诗》之创生、传播与结集过程，乃发轫于“中国哲学的本根时代”①。《诗》作为先秦诸子共同的思想资源与学术背景，而非儒家专职之典。诚如章实斋所言：“六艺非孔氏之书，乃周官之旧典也。《易》掌太卜，《书》藏外史，《礼》在宗伯，《乐》隶司乐，《诗》领于太师，《春秋》存乎国史。……三代盛时，《礼》以宗伯为师，《乐》以司乐为师，《诗》以太师为师，《书》以外史为师；三《易》《春秋》，亦若是则已矣。”②

其次，参诸本书的脉络结构，“诗教传统”与“诗化生存”两词并非如字面所示，呈现为双峰并峙或二水分流的并列关系，亦非各有其独立的叙述线索。毋宁说，诗教传统是根基，而诗化生存则作为诗教传统的基本效验得以呈露。申言之，本书着眼于从生存论的层面来理解《诗》与诗教活动。此即是说，《诗》并非外在于人的某一认知对象或客体。诗教的过程也并不是作为认知主体或审美主体的个人在与某一客体打交道。诗教的一大效验在于，《诗》的生存经验化入了人的在世过程，熔铸为昔人的“诗—兴”思维与诗性言说，开显为吾民族“物引而道存”、开向无限并游乎无穷的精神境界与诗化生存。据此，本书的脉络结构可简述为：从对诗教传统的探索与阐释，延展至对于早期华夏文明共同体诗化生存的考索，即论述作为根基的诗教传统在先，而后过渡至阐释昔人的诗化生存，试图观见围绕着《诗》与诗教传统，昔人的诗化生存如何得以展开，又开显出何种面向、维度与境界。

---

① 对于《诗》如何作为先秦诸子共同的学术资源而存在，张丰乾先生阐释尤详，兹不赘。参见张丰乾《可与言〈诗〉：中国哲学的本根时代》，商务印书馆 2020 年版。

② （清）章学诚撰，叶瑛校注：《校雠通义校注》，载《文史通义校注》，第 1108—1109 页。

进一步来说，鉴于“诗化生存”乃是围绕着“诗教传统”开显的，而对诗教传统的探索，其最要者不在于从历史事实层面梳理既往的诗教理论及实践活动，而在于追问“诗教”之名是否成立以及缘何成立，故而后者便成为本书亟须回应的关键问题以及全书脉络结构的起点。以此为基础，方可继续追问此诗教传统开显为怎样的诗化生存。

二　“诗教”之名何以成立？

本书以为，“诗教”概念的真实成立，其前提在于论证“教”的意义面向能否以及如何从《诗》的结构、内容及表达方式中内在地生发出来，而非依附于圣人或统治者的权威得以建立，以便实现外在于《诗》的种种目的。因此，本书的探究非但不能绕开《诗》，反而必须建基于对《诗》本身的精研与考索。依据对《诗》谋篇布局、主题内容、言说方式等方面的探究，本书尝试对《诗》的基本性质作出一番界定①，但这并不意味着本书将步以文说《诗》者的后尘，全然不顾历史—文化维度下后人关于诗教的论说及其实践活动。

承前所述，本书是在概念层面（而非经验事实层面）来探讨“诗教”。这意味着，“诗教”并非一抽象名词抑或对某一文化现象的简单指称，而是一个可以历史地开启其意义空间之无穷可能性的重要概念，其内核中种种隐而未彰的面向仍有待被激发出来。据此而论，后世关于“诗教”的诸多阐发、诗教活动的具体样态，均为“诗教”概念历史地展开、呈现与实现自身的成果与结晶。凡此诸种均作为有机的内在环节被摄入“诗教”概念的意义系统中，使其成为涵盖面广阔，同时又圆融自洽的意义统一体。

---

①　就此而言，柯小刚论诗教的立场可谓切中肯綮。诗教研究应作为一种“大义发微的解释学”，“要通过具体《诗》篇的解读，看这些意思如何体现在古人的物象和叙事之中，以及如何在今天的生活实践中重新焕发光彩”。详见柯小刚《诗之为诗：〈诗经〉大义发微》卷一，第1—4页。

由此可见，对后世诗说、诗教活动的探究同样殊为必要。吾人须切实考索“诗与教两者之间复杂关系的历史展开”①。但难处在于，当我们真实面对历代《诗》说及诗教理论时，所获悉的并非维度单一、线索明晰的既有定论，毋宁说，曩昔诸说呈露出一曲纷繁绚烂的复调：发轫于不同时代、繁复驳杂的论辞，散见于经、史、子、集各部。汗漫磅礴、细琐零碎、不成体系，可能是这些条目给人的直观印象。令人欣喜之处在于，诸多条目构筑起“诗教”观念无比广阔且丰沛的意义域，然而与此同时，随之而来的一道道障碍亦横亘于吾人眼前：古人论《诗》的诸多意义维度，无法与现代语境中“诗”的观念一一对应，有些意义面向早已在当今语境中隐遁，更有甚者，一些意义维度还与近世盛行的观念及常识相抵牾。

或许此时，吾人可对苦苦考索古希腊“教化”观念的耶格尔（Werner Jaeger）所遇之难题感同身受。他曾申明，古希腊原初语境下的“教化”一词着实难以定义：

> 与其他许多外延广阔、内涵丰富的概念一样（比如哲学或文化），它不受某个抽象公式的限制。只有当我们阅读其历史并追寻其实现自身之努力时，才能对其完整的内容了然于胸。……诸如“文明”“文化”“传统”“文学”或“教育”这些现代表达方式……没有一个能真正涵盖希腊人所说的教化（paideia）的意思；它们每一个都局限于其中的一个方面：除非我们一起使用这些概念，否则它们就不可能像希腊的教化一样涵盖相同的领域。然而，学术和学术活动的精髓正在于所有这些方面的原初统一——在于希腊的词语所表达的那种原初统一性，而不在于由其现代发展所强调和完成的那种多样性。②

---

① 陈向春：《吟诵与诗教》，东北师范大学出版社2015年版，第2页。

② ［德］韦尔纳·耶格尔：《教化：古希腊文化的理想》，陈文庆译，华东师范大学出版社2021年版，卷首语第1—2页。

同样，吾国思想文化传统中《诗》与诗教的观念也具有此种难以定义性。而这恰恰喻示着，《诗》与“诗教”观念包孕着无可比拟的“原初统一性”与超越当今语境的丰富内涵。有鉴于此，本书对后世诗说与诗教活动的探究，将有别于以知识主义的进路梳理出历代各家诗教观念的异同或是从史实层面考证各类诗教活动的轨迹，而是有赖于伽达默尔（Hans-Georg Gadamer）所谓“概念思维”① 的应用。在探究《诗》之结构与内容的基础上，用“积极的切入和展开的思维”，把后世对诗教的阐释与诗教的相关实践活动等方方面面综合在一起，作一番整全性的领会与把握，见其全体，而非守于一曲，试图超越以往诗教研究所通行的断代式、散点式的描述性研究进路，摸索出一以贯之的逻辑脉络，让这些看似不相关的零碎文本自发地结合成一个结构井然有致的意义关联整体，勾连为一个圆融自洽的意义域。

三 《诗》与“教”的内在关联

论及对《诗》基本性质的界定，从根本上而言，《诗》是在生存论的意义上着眼于文明共同体及其成员的在世存在。这种形而上的关切和旨趣渗入《诗》的结构布局、内容呈现进路以及言说方式的方方面面。这三方面并不是与思想内容无涉的一般意义上的纯粹形式，而是作为意义的载体，背后有一整套理解世界的根本性观念体系为其支撑。

其一，就《诗》的结构而言，《诗》由《风》《雅》《颂》三部分构成。作为一个长期被近世学界忽略或绕过的基本事实，《风》《雅》《颂》的结构布局，并不是编诗者出于其主观需要，外在地把《诗》收编为三个单元的技术性操作，而是 305 首诗承载的生存经验

① 本书借用了伽达默尔“概念思维”的术语。“概念思维”的特质在于，“把事物置于一处，对其进行整体性的把握”。参见 Hans-Georg Gadamer, “The Beginning and the End of Philosophy”, Edited with an Introduction by Christopher Macann, *Martin Heidegger: Critical Assessments*, London and New York: Routledge, 1992, p. 20.

按其内在逻辑渐次展开与呈现自身的结果。就此而论，《诗》在各大文明共同体早期的诗歌经典中可谓极为独特的一部作品。305 首诗并不是作为彼此孤立的个体杂乱而松散地收编成册[①]，也不是按作者生卒年代的先后顺序或诗作体裁与主题的不同而分门别类，而是《诗》所持存的生存经验将自身流动而有序地展开为一系列有差异的内在环节，使得《诗》必然以《风》《雅》《颂》为其结构样态而呈现。

这意味着，《诗》之三体并非均质化、平面化的关系，无论是就主题内容，还是表达形式而言，三者之间的差异不可小觑，但总的来说，有差异的三个部分在《诗》整体性的意义结构中各安其位，保持着高度的统一性。[②] 申言之，《风》关涉的是人存在于世切近的关系维度，如夫妇、父子、长幼、朋友、宗族等室家离合、伦常日用之事，《小雅》则把视野推扩至君臣、朝野、夷夏等政事领域，《大雅》进一步把共同体置于纵深性的历史视域之中，从古今一贯的

---

① 孟庆楠对一般意义上总集的特点作了如下概括："结集仅依据于两条基本的原则：其一，这些作品具有大致相同的文体属性，如诗歌特有的音韵或章句结构等；其二，这些作品是同类作品中具有代表性的精粹之作。对于拣选而出的素材，虽然会依循于某些条理进行分类、组织，但诗篇之间并不具有连贯、严谨的逻辑结构，编辑者也不会从整体上做出意义的塑造。因此，总集类著作在整体的意义联结上是比较松散的，其中的篇章较之一般著作中的组成部分，具有更为独立的意涵。"他进一步指出："今人对《诗经》的定位较为接近于'总集'的性质。"孟庆楠：《哲学史视域下的先秦儒家〈诗〉学研究》，第 35 页。将《诗》定位为一般意义上的诗歌"总集"，此做法未能观照《诗》内在的意义结构所发挥的重要作用。

② 尽管也有学者承认《诗》具有一定程度的"统一性"，但这种"统一性"是《诗》在经典化过程中被人为地赋予，而不是 305 首诗内在具有的统一性。孟庆楠指出："西周以来创作的众多诗篇，虽然最初并不具有统一的主旨，但是经由后续的拣选与编辑，最终收入《诗》中的诗篇已经具有了整体性的意义。305 首诗篇以不同的方式凝聚、呈现着周礼的精神。"孟庆楠：《哲学史视域下的先秦儒家〈诗〉学研究》，第 45 页。又言："首先需要明确的是，《诗》的整体性的建构并不是一蹴而就的。……《诗》的文本与意义的建构，绝不仅仅是积累、汇聚诗篇。这期间更重要的工作是在不断积累的诗篇素材中凝练出一个统一的主旨，并根据这一主旨对诗篇进行拣选与编辑。……这些由上层贵族官吏创作的诗篇在本质上共同指向着周礼的规范与精神。"孟庆楠：《哲学史视域下的先秦儒家〈诗〉学研究》，第 43 页。

道统与政统来看待当下的文明境况与政治局势。若说《风》《雅》二部以人事为主，那么《颂》则把焦点从人类社会转向了超越性存在，思考的是天人关系和神人关系。总而言之，《诗》之三体虽各有侧重，但又相互结合，互为羽翼，流动地展开了生存于世的诸多关系维度，即人与自我、与他人、与社会、与天地万物、与历史文化，乃至与超越性存在的关系。就广度而言，《诗》穷尽了存在于世的各类关系。

进一步来说，《诗》并不是平面地历数上述面向，而是以层层深入的纵深性视角对各类关系进行剖析，并将其有机地统贯为一。若说“从诗意的隐喻转向理论的抽象被默认为一种贫困”①，那么，《诗》便是以超越理论的方式寄寓了对这些维度彼此间逻辑关系与发展脉络的思考。具体来说，从《风》到《颂》，是由近及远、由人到天的动态过程，如《中庸》所言“君子之道，造端乎夫妇；及其至也，察乎天地”②，而后再从永恒的天道反观王政人事之变局。《风》之日用平常与《颂》之高明精微，并非悬隔二分，而是融贯为一。对于此逻辑脉络，我们很难作出断言，认定《诗》必然始于《风》，终于《颂》，或从天道反观人事的角度认为《诗》始于《颂》，终于《风》。毋宁说，从《风》到《颂》，并非一单向的线性进程，而是超越与此在处于持续往复的对话与互动之中。这既表现为，《诗》从天道之恒常来看待文明的演进、人事的变迁以及吉凶祸福的无常（这使人事百态从超越之天处被赋予了“守常以通变”的意义规定），同时又表现为，人存在于世的过程，应在生活世界中尽其本分，其终极旨归在于尽其天命。

其二，是《诗》之内容的呈现进路。若要探究文明共同体的在世存在，具体进路可谓多种多样，但《诗》并不是通过概念分析、逻辑推演的方式，把一系列命题、义理甚或一个成熟完备的

---

① 鲍永玲：《德国早期教化观念史研究》，上海人民出版社2018年版，第42页。

② （宋）朱熹撰：《四书章句集注》，第23页。

理论体系呈现在吾人面前，也不是像先秦诸子那般惯于采用格言、寓言、对话体或是论说文的形式。《诗》呈现的是历史—文化维度下文明共同体复杂多样的生存经验，穷尽了人存在于世的各种可能性境况。据一般理解，经验是尚待加工的“初级质料”。而《诗》的深刻之处正在于，并不是把经验仅作为经验来处理（否则，《诗》充其量只能算作日常经验层面毫不相干的生活片段的随机拼凑与集合），而是在存在论层面从这些“杂多”探入人之为人生存结构的内核，借此彰显人整全性生存结构的各种可能性面向。

进一步来说，《诗》中的生存经验并非以中立而齐一的方式呈现，而是寓于喜、怒、哀、乐等生存情态具体而当下的丰富性与差异性之中，并通过人之情与物之情的互动表现出来。[①] 揆诸先秦经典，没有哪一部像《诗》这般赋予了存在情态如此重要的地位。这表明，《诗》对在世生存的差异和特殊有着高度的觉知与体认，并对此予以了充分的尊重。天地万有的在世生存，无法被还原、被抽绎为清一色的干瘪事实。人之弘道，有赖于对每一时刻生存情态的体贴。并且，从《诗》对物情、物态的重视可看出，《诗》并不是以人类为中心的视角来呈现在世过程的种种情态，而恰恰是把人的生存情态置于天地万有的情态之中来观照。《诗》中有人情，有物情。人情与物情在交互关系中呈现彼此，欣于所遇，暂得于己，实现了人物之间的“同其情”。这意味着，在《诗》的观念世界中，人与物并非处于主—客对立二分的关系样态，而是实现了人情与物情的一体性与共在感。

其三，为《诗》的言说方式。赋、比、兴的诗性言说，不应归入写作技法、修辞方式等术的范畴，而是涉及更深层的关切，是诗

① 慨叹遇人不淑（人之情），《王风·中谷有蓷》从“中谷有蓷，暵其干矣”（物之情）说起；感叹贤不肖皆失其位，《郑风·山有扶苏》从“山有扶苏，隰有荷华”（物之情）说起；怨刺国中苛政，《曹风·下泉》从“冽彼下泉，浸彼苞稂”（物之情）说起……

人对“事难显陈，理难言罄”的根本困境及直接性论说的局限有着深入洞察之后，对“以事类推，以理义求”的日常言说的超越。一方面，相比起直陈式论说，诗性言说可最大限度地持存天地万有在世生存的鲜活与丰富、差异与特殊；另一方面，《诗》并不满足于把此类差异和特殊仅仅视为个别而有限的“一”，使其在对个别性的执滞中僵化，而是通过“诗—兴”思维与诗性言说启一举体，超越以之为题材的有限人事，实现由“一”到“体”的神妙一跃，从个别上升到普遍，变有限为无限。肇端于质实，而渐入哲思，“寓玄远于平庸，托神奇于浅近”①，从日用平常中见高明精微，于切近显易处见幽深玄远。

由明于第一方面，可知《诗》整全地看待人存在于世的各个关系维度。通过由《风》到《颂》的渐次展开，《诗》寄寓了对此类关系维度逻辑脉络的思考，且自始至终都以天人关系作为此关系整体中各个环节得以展开的前提与基础。②

由明于第二方面，可知《诗》不仅注目于生存关系各维度的整全性与统一性，同时还留意于在世过程的具体性与特殊性。《诗》是众多具体而当下的存在情态的定格与驻持，故而能充分体贴人在历史—文化维度下具体而有差异的生存规定。这说明，存在情态伴随着在世过程的始终，决定着我们对周遭人事的理解模式和相处方式，作为人自知、知人与知世的前提条件发挥着重要作用。

由明于第三方面，可知《诗》的言说方式对其意义的呈现关系尤大。赋、比、兴作为诗人及其所处时代、所置身的文明传统深层的审美旨趣、精神特质在表达方式上的反映，体现了《诗》对事物

---

① （清）廖平著，蒙默、蒙怀敬编：《廖平卷》，中国人民大学出版社 2015 年版，第 566 页。

② 对以《国风》为主导的研究现状进行反思很有必要，否则《雅》《颂》的重视程度将难以得到提升。理想的研究进路在于，充分观照三者差异的同时，又看到其中持存着的高度的统一性。

内在意义及世界整体性图景的通贯理解。进一步来说，诗性言说所承载着的“诗—兴”思维，是《诗》整全地把握世界的一种尝试，同时也是《诗》对“义理无定在，无穷尽”有着透彻了悟之后，所生发出来的独特的致思进路。

综合以上三方面，《诗》昭示着文明源头处更为健康的整全性思维习惯与心灵生活。从更宽泛的意义上讲，诗作为所有民族历史上“最初的或最原始的表达方式”，萌芽于“民族最初创始人的那种心灵状态，浑身是强烈的感觉力和广阔的想象力”①，其所呈现的不是生活外围的点缀，不是瞬间即逝的浮光掠影，而是共同体及其成员在世历程中最内在、最本质的东西。“诗—兴”思维、诗性智慧及其言说昭示着，世界是有机而圆融的活泼泼的整体，而非处于非此即彼的分裂状态。情与理、局部与全体、有限与无限、特殊与普遍、平常与高明并不是隔绝的两端，而是在相与规定的互动过程中成就了彼此。情之合宜处，天理在矣。《诗》合“情”“理”为一，彰显的是情之理，理之情，故能动人、能化人。

《诗》以富于温情、充满美感的言说方式，不着痕迹地持存着理解世界的整全性视角，与种种将世界二分的肢解力默然对抗，试图克服世界的分裂以及身处其间的人的分裂，将人导向对于世界之整全性与人格之完满性的照察与体贴。而如何对自身生命和大千世界形成整体性的理解与认识，同时又能充分观照在世生存的特殊性、具体性和差异性；如何既体贴特殊性，同时又不执滞于此，而是能入乎其内，又出乎其外，从特殊人事上升到普遍之理，使有限的此在境况“开向无限”，这也是人类自古以来教化活动所关注的根本问题。由此可见，《诗》内在涵容着“教”所关注的基本问题。在对上述问题的理解上，《诗》与“教”存在着一贯之处，并且具有共同的追求与愿景。

---

① ［意］维柯：《新科学》（上下册），朱光潜译，商务印书馆 1989 年版，第 8 页。

四 论诗教的特质

根据对《诗》之意义结构、内容呈现进路和言说方式的阐释，对《诗》的基本性质作出界定，以证明“教”的意义面向能够从《诗》中内在地孕育与生发。进行到这一步仍显不够。毕竟这还不足以解释《诗》之为教的独特性。倘若诗教与其他为教进路的效果相差无几，那么诗教的特殊性与必要性将难以证成。因此，本书面对的另一问题在于，诗教是否具有某些独特的作用，为其他教育方式所不及，以至于吾人舍去诗教，就别无他途？

（一）《诗》之兴：以他者（世界）规定自身的中介性过程

《诗》持存了文明共同体复杂而多样的生存经验，展现了人之为人总体性生存结构中的各种可能性面向。并且，《诗》中的生存经验，有别于日常叙事层面的“实录式呈现”，而是经由“诗—兴”思维与诗性言说被寓于具体而当下的存在情态之中，在人情与物情彼此渗透、互动往来而生成的意义世界中最大限度地持存其鲜活性与生命力。职是之故，读《诗》的过程，并不是读者在知识主义的层面实现了对前言往行的认知与积累，而是被天地万有的存在情态（人之情与物之情）所感所化，实现了对《诗》中人情物态的“理解之同情”，体认到有一条无形的纽带将古与今、虚与实联结——我们与诗中之人共享了存在于世的关系维度与生存情态，并且怀有对世界的共同愿景。随着《诗》中生存经验各个环节的流动与展开，《诗》将读者的视域从切近处的人伦关系延伸至宗族、朝野、夷夏等领域，再拓展至文明共同体绵延不息的历史生命，乃至天人、神人关系的层面，让读者的在世生存得以“开向”上述生存经验构成的意义关联整体。

诚如狄尔泰所言：“我们只有在设定一个世界时才能设定一个自我。”① 以《诗》设教，便是以“世界”这一意义关联整体为中介规

① Michael Ermarth, *Wilhelm Dilthey*: *The Critique of Historical Reason*, p. 254. 转引自张汝伦《二十世纪德国哲学》，人民出版社 2008 年版，第 58 页。

定自身的过程。这使人有可能从近世主体主义语境下孤立的“主体”状态中拔崛而出，尝试以整体中之一员的视角来理解自我与他者的内在关联，进而复归于一体之仁。据此或可理解，何以昔人多将诗教的独特性归结为“兴”。诗教之枢纽在于“兴”，这是以他者（世界）规定自身的中介性过程，而非道德主体自身的内修。从《诗》中感发兴起的，并不仅仅是伦理道德层面的道德志意或情感。“兴于《诗》”意指在生存论的意义上超越主体主义语境，向世界这一意义关联整体的各个关系维度敞开其自身。伴随此过程的展开，在世生存的可能性面向逐渐被激发与兴起。这也是人不断成就其完满人格的成人过程。进一步来说，“兴于《诗》”的成人过程，并不是在个体主义的语境内来进行的，而是处于共同体的存续与完善这一宏大背景之中。《诗》之所化者，并不限于个别的人，而是作为整体的群黎众庶，其所成就者亦非个人的私德，而是整个文明共同体“温柔敦厚”的精神风貌与民族气质。此所谓“化民成俗”。

（二）诗性言说与诗化生存的全方位性

昔人论教，往往以《诗》为先。孔子所言“兴于《诗》，立于礼，成于乐”便是始于“兴于《诗》”。[①] 叶适《黄文叔诗说序》云：“自文字以来，《诗》最先立教，而文、武、周公用之尤详。”[②] 对此，廖平曾言，“经学四教，以《诗》为宗。孔子先作《诗》，故《诗》统群经。孔子教人亦重《诗》”[③]，又云，“孔子作六经及教人，皆以《诗》为首”[④]，可谓对《诗》与诗教穷极赞美之辞。直至近世，马一浮先生仍提出：“圣人始教，以《诗》为先。”[⑤] 那么，

---

① 对于孔门之教以《诗》为始，《孔丛子·杂训》有过如此阐述：“夫子之教，必始于《诗》《书》，而终于礼乐，杂说不与焉。”

② （宋）叶适著，刘公纯、王孝鱼、李哲夫点校：《叶适集》，中华书局 1961 年版，第 215 页。

③ （清）廖平著，蒙默、蒙怀敬编：《廖平卷》，第 86 页。

④ （清）廖平：《尊经书院日课题目》，民国二十四年井研廖氏刻本，转引自（清）廖平著，潘林校注《诗说》，华东师范大学出版社 2017 年版，校注前言第 1 页。

⑤ 马一浮著，吴光编：《马一浮卷》，第 103 页。

六经之教，为何以《诗》为先？有研究者把原因归为《诗》之内容浅近易读：“总之，一《诗》《书》，二《礼》《乐》，三《易》《春秋》，它们的排列是完全依照程度的深浅而定。”① 但若吾人不满足于将先后之序与难易程度简单等同，那么不难发现，“教”以《诗》为先，实际上为思考诗教的特质提供了宝贵的契机。值得追问的是，诗教究竟有何特质，使“教”须以《诗》为先？

《诗》的呈现方式是言。诗教遂基于言说活动展开。诗教的实现也落实于“言”，如《论语·季氏》载孔子之言曰：“不学《诗》，无以言。”初看上去，言说活动遍及在世生存的方方面面，可谓再寻常不过的经验事实。从赞美讴歌到谩骂诅咒，从高雅的艺术品评鉴赏到充斥市侩气息的叫卖吆喝，一切美好与卑污、圣洁与丑陋都可“形于言”。上至古圣先贤、王侯将相，下到愚夫愚妇、贩夫走卒，自古至今，人类各个身份群体日常生活的基本活动都离不开言说。言说活动，人人皆具，然而，正是这看似再简单不过的张口即来的言说活动，却是人与他者、与世界建立关系的必经之途，是人处理与自我、与他人、与共同体、与历史文化乃至与超越性存在等诸多关系维度的基本进路，为人超越日常思维，更全面而深入地理解自身及共同体的在世存在提供了可能。

《诗》最先立教，其一大原因在于《诗》恰恰是从弥纶世俗生活、“百姓日用而不知”的言说活动入手，最贴合人日常性的生活面向。因为切近，所以易入。诗教使人从日常思维与日常言说中超拔而出，过渡并提升至“诗—兴”思维与诗性言说。而“诗—兴”思维与诗性言说是开启在世生存各个关系维度本真样态的钥匙。无论是人与自我的关系（“止怒莫若《诗》”），还是人与他人的关系（“《诗》迩之事父，远之事君”）、人与天地苍生的关系（“多识于鸟兽草木之名”），抑或是人与共同体的关系（“《诗》可以群”）、人与纵深性文明进程的关系（《诗》以“言”记史），乃至人与超越

---

① 周予同著，朱维铮编校：《周予同经学史论》，第5页。

性存在的关系（部分颂诗作为祝嘏辞应用于祭祀仪式，其效验在于“通幽明之际”），“诗—兴”思维与诗性言说全方位的渗透与渐渍，使以上关系维度呈现出有别于以日常言说为主导时的样态。由此，在世生存的诸多关系面向能够免于以往的沉沦，而是被唤醒、被兴起，人的诗化生存遂得以开显，此之谓“兴于《诗》”①。据此而论，“兴于《诗》”并非仅关涉某个单一维度，而是将共同体及其成员在世生存的诸多面向都网罗在内，无怪乎明人陈献章谈论《诗》之特质时，将人与自我、与他者、与万物，乃至与超越性存在的关系都包孕其间：“夫诗，小用之则小，大用之则大。可以动天地，可以感鬼神，可以和上下，可以格鸟兽；四时行焉，百物生焉；皇王帝霸之褒贬，雪月风花之品题，一而已矣，小技云乎哉！”②

“兴于《诗》”的成人过程，并非迂阔难行，而是着眼于人皆有之的言说活动，紧密贴合日常生活的各个环节，故切近而易入。这喻示着，“兴于《诗》”并非一个空洞的承诺、口号或教条，而是落实于每一存在时刻鲜活的言说活动当中，从易被常人轻忽的微渺瞬间，支撑起在世生存立体而丰富的关系维度。

（三）诗教对当今时代的意义

本书把诗教视为一个概念而非经验事实，因而在研究进路方面，将有别于对诗教的历史文化现象所作的史实探究，而是在义理层面考索诗教何以可能及其独特意义，意欲说明诗教的意义并不限于先秦时期或“五四”以前的诗经学界，而是具有超越古今的恒久性。如此一来，对于诗教古今共通的意义问题，其中必然涵容的一大面向在于，说明诗教对于当今时代的意义。

在《诗》与“教”分离日久的时代语境下，一方面，“教”日

---

① 此处所述诗教的两大特质——《诗》之“兴”与诗教着眼并落实于言说活动（特指诗性言说）——息息相关，由此可知，诗教的各个特质之间实则相辅相成，互相支撑。

② （明）陈献章撰，黎业明编校：《陈献章全集》，上海古籍出版社 2019 年版，第 6—7 页。

益成为直陈道理式的说教与规训。受教的过程，即主体以知识主义为导向，积累作为客体的知识或是掌握实用性的技能。进一步来说，此“《诗》—教”相分的趋势又深植于“情—理”二分的思维模式。清人刘开曾言：“古之教者，始于人情，故论平而行之有效。后之教者，纯以天理，故论高而行之无功。古之为教，使人乐之；后世为教，使人苦之。”① 此处所论“始于人情”，不应简单地等同为纯任人情，而是指向“情—理”相参、“情—理”交融的理想境界。昔人看到，当说教者以咄咄逼人的姿态强行介入他人的生命处境时，如此之教不独“使人苦之”，对成德的进程也无甚裨益。而实际上，真正意义上的为教进路，应如春风化雨般润物无声，其真谛在于感化人，而非训导人；在于令人感发兴起，由“一”及“体”，将人导向作为存在的整全，而非知识或教条的直接灌输。另一方面，由于缺乏形而上的关切，《诗》从“明天道，正人伦，致至治”的六经之列退居为一般意义上的诗歌总集，其中心问题从如何言说常道转变为如何表达主体的心理活动与情感体验，从真、善、美合一的视域②降至与真理无涉的为艺术而艺术的纯粹审美领域。实际上，审美经验富有广义上的道德意涵，对于人之成人和文明共同体之成俗具有不可替代的作用。诗性言说也不应归入文学技法的范畴，仅服务于文人墨客表达个人情感的需要，而是实现了对日常思维所主导的日常言说的超越，可启人思悟，在有限的事物中开启无限的意义世界。

综上所言，《诗》与“教”合则两利，分则两伤。对“诗教”的探究，有助于在“诗”与“教”分离日久的思想文化语境中，激活二者隐而未彰的内在关系，恢复二者之间的相互规定性，在“诗”

---

① （清）刘开撰：《读诗说上》，《孟涂文集》卷一，载顾廷龙主编，《续修四库全书》编纂委员会编《续修四库全书·集部·别集类》第1510册，第323页。

② “常言之动静、是非、善恶是相对的，而诗之最高境界是绝对的，真、善、美三位一体。”顾随讲，叶嘉莹笔记，顾之京整理：《顾随诗词讲记》，中国人民大学出版社2006年版，第139页。

与“教”合一的视域中，摆正对于诗教意义与使命的理解。进一步来说，将“诗”与“教”合一的努力，还有助于吾人突破将“情”“理”二分的思维窠臼。《诗》寓普遍于特殊，合“情”“理”为一，彰显的是理之情和情之理。这既突破了以心说情的主观化倾向，在存在论层面恢复了“情”作为天地万有之存在情态这一意义维度。同时，“理”这一概念也因注入了具体而当下的存在情态为其内在环节而重获生机与活力，免于沦为一种空洞而抽象的死理。这意味着，具体性和特殊性是在世生存的必然面向。并且，此二者实际上乃是与普遍之理处于汇通而非对立的状态。正是在具体而当下的特殊性之中，普遍之理才得以彰显。这有助于克服当今语境中或隐或显的种种二分趋势，使人得以在对世界整全而通贯的理解过程中造就真正意义上的完满人格。

第四节　本书基本思路与篇章结构介绍

承上所述，“诗教”之名是否成立，取决于以《诗》为教在义理层面是否可能以及如何可能。作为意欲证成的基本问题，这一追问贯串了本书的始末，成为推动章节脉络发展的内在动力，使得本书有别于对诗教在经验事实层面的种种表现样态及其在华夏文明传统中扮演的社会文化角色所作的描述性探究，而试图从义理层面考索《诗》与教两个概念的内在关联。

综观对《诗》与教内在关联的考察，其逻辑环节可细析为以下几步。首先是对《诗》的基本性质作出界定，具体包括对《诗》所关注的基本领域、根本问题以及《诗》的意义取向进行探究。这成为本书上编的主要内容。在此基础上，本书中编将进一步探究“教”的意义面向如何从《诗》中内在地孕育与生发；《诗》的性质如何影响了诗教的性质，使诗教具有其他为教进路所不及的特质。后者即为诗教的独特性问题。而诗教的独特性问题又可进一步分为诗教进路之独特与诗教作用之独特，如此才能证明诗教之必要性。本书下编是对上编与中编的深入与展开，旨在从人与自我、与政治共同体、与历史文化、与超越性存在四大关系维度深化对诗教之作用与意义的理解，并说明昔人的诗化生存如何围绕诗教的这四大基本维度得以开显。总的来说，上述四大关系维度，构成了“兴于《诗》”的四个意义层面，同时也成为昔人诗化生存的四大面向。

下面逐次对各章内容进行介绍。

上编“原《诗》”旨在对《诗》之性质作出界定，意欲从《诗》的结构安排、内容呈现进路和言说方式三个方面切入，分别与上编三章相对应。上编第一章旨在阐明，由《风》到《颂》的纵深性意义结构，是《诗》生存经验的各个关系维度按其内在逻辑展开与呈现自身的结果。生存经验的整全性，使《风》《雅》《颂》成为具有内在差异的统一体，也使305首诗超越了纯粹的个体性①而贯通为一。《诗》所言之志，既具有与每首诗的人事背景相适应的特殊性，又不受限于个别而特殊的经验因素，而是作为整体性结构的内在环节保持其统一性。志之统一性，渗入《诗》生存经验的各个关系维度，并通过具体而特殊的在世环节得以彰显，是对生活世界的整体性愿景，近至人伦日用之和睦，远及朝野夷夏之安定，上达天人、神人之合一。第二章指出，《诗》将共同体及其成员的生存经验以及诗人对生活世界的整体性愿景（“志”）寓于具体而当下的生存情态（“情”）之中。更为重要之处在于，《诗》并不是在“情”“理”二分的思维模式中把“情”归为主体自身的情感体验，而是

① 近世学界多将305首诗视为独立的个体。此之为《诗》经历整编过程前的最初样态。“诗作者可能广泛地来自于王畿及诸侯各国之中。这些诗歌大多是作者在面对日常生活中的人、事之时所抒发的情感或表达的志愿，诗文内容和意义是十分驳杂的。由于这些诗歌的存在，《诗》在创作之初恐怕并不具有统一的归旨。诗作者为每一首诗篇赋予了最初的意义。仅从今本《诗经》的内容来看，305首诗篇在创作之初即具有独立而多样的内涵。虽然在我们的分析中可以看出，某些诗篇呈现出了相对集中的主题，但305篇在整体上并不具有统一的主旨。”孟庆楠：《哲学史视域下的先秦儒家〈诗〉学研究》，第42—43页。

合“情”“理”为一，克服了“舍理之情”的个体化倾向与“去情之理”的抽象而空洞的普遍性。“情理”概念中，“情”在“理”先。这喻示，“理”之普遍，乃是透过“情”之特殊而彰显。此为《诗》感人、动人、化人的根据。第三章指出，《诗》以“诗—兴”思维与“赋”“比”“兴”的诗性言说作为载体，使人与物的存在情态在往来互动的过程中交融为一，实现了人与物“同其情”，并经由“启一举体”的“诗—兴”思维的运作，在具体而有限的事物中生成了意蕴无穷的意义世界。

中编“《诗》与教”共由两章构成。其中，第四章“以《诗》为教的生发进路及其特质”与上编“原《诗》”的叙述脉络构成了承接关系。承上编所论，《风》《雅》《颂》整体性的意义结构所囊括的生存经验，使人超出其所处时代的感受与经验的局限，得以观见文明共同体历史—文化维度下的各种存在境况，由此，《诗》可以观；《诗》的生存经验及其情态以“诗—兴”思维和诗性言说为载体，在人情与物情交融而生的意义世界中得以呈现，这使读者对《诗》之“观”有别于主体对客体的旁观，而是被带入此意义世界，于其间感发兴起，体认到自身便是世界中之一员，与诗中之人“同其情”遂得以可能，据此，《诗》可以“兴”；伴随着感发兴起的过程，吾人被引向生存经验所归属的意义关联整体，并以整体中之一员的视角来理解自身与天地万有的关系，进而复归于一体之仁，由此实现了由“兴”而“仁”。总的来说，由“观”而“兴”、由“兴”而“仁”的诗教进路，并不是外在地去改变人的认知结构或行为模式，而是实现了生命自内向外的更新与化育。仁德仁心存主于中，温柔敦厚的生命气象自然发显于外。更进一步地，诗教并非植根于个体主义的语境来完善个人之私德，而是将成人成德的进程置于文明共同体的存续与完善这一大背景中，其本旨在于化民成俗。

从方法论上看，在阐释由“观”而“兴”，由“兴”而“仁”的诗教进路时，第四章虽借助了“兴”“观”等孔子论《诗》的概念，却未直接导入孔子关于诗教的具体论说，而是顺着从“诗”到

“诗教”的内在脉络，去探究“《诗》可以观”“可以兴”何以能从《诗》自身生发出来，以此回应将《诗》与孔子论《诗》截然二分的立场。由此可证，孔子论《诗》的诸多概念并非穿凿附会，而是孔子对《诗》的特质与精神高度领会之后的思想结晶，故其所论自然与《诗》深深契合，能显明《诗》隐而未彰之要义。职是之故，本书以孔门诗教作为儒家诗教传统的典范。至此，中编实现了从第四章到第五章的过渡。

若说上编三章与中编的第四章都围绕着《诗》中篇目及相关注释进行探究并立论，那么，从中编第五章“孔门诗教：儒家诗教传统的典范”开始，本书分析的文本范围有所扩大，将孔子论《诗》的观点及其诗教活动也囊括在内。此种安排的目的在于，证成孔子论《诗》的观点与方法、以《诗》设教的实践活动，并不是妨碍吾人直面《诗》的“圣人的点化”①，而是“诗教”概念内在的意义系统历史地生发与展开自身的必然呈现，是诗教自身包孕着的无穷可能的最终落实。

具体来说，第五章拟从以下三方面展开对孔子诗教的论述。其一，孔门诗教的根本向度是为己之学、生命之学。《诗》并非外在于认识主体的某一客体或对象性存在。读《诗》用《诗》的过程应是吾人在世生存的切实展开与生命样态的真实流露。因此，孔门诗教的一大效验在于，让《诗》化入人的在世过程，以实现人的诗化生存为旨归。哪怕是厄于陈蔡、朝不保夕之时，夫子依旧触处点评，无非《诗》也，可谓其诗化生存的绝佳彰显。孔子达至了人《诗》合一的生命境界，这也成为孔门诗教作为后世典范的一大原因。其二，孔门诗教以“兴”为本，着眼于在义理层面转相发明、往复抽绎，以至于无穷。这与《诗》寓普遍于特殊，变有限为无限的言说

---

① 近世学者提出，孔子对《诗》所作的义理阐释乃是外在于《诗》的。刘伯骥认为：“《诗》本为声歌之用，但孔子教弟子专发明《诗》的义理，即所谓诗教，论乐也是如此。故理学家的义理主张，是根据孔子编《诗》以后而立论。”刘伯骥：《六艺通论》，台北：中华书局 2017 年版，第 117 页。

特质相契合。正因诗性言说以开向无限的“诗—兴”思维作为其观念基础，故能实现“游无穷”的读《诗》效验。据此而论，“兴”并不是处于审美体验或伦理道德层面的行动，而是在存在论的意义上“启一举体”，使日常经验中看似孤立而有限的片段，经由引申触类，通达至普遍之理，进而在作为“大全”（存在之整全）的“体”的层面融贯为一。其三，孔子是在《诗》、礼、乐三教合一的整体性视域中理解诗教的意义与旨归。三者相互配合，不仅整全地看待生活世界的各个层面与维度，同时还充分体贴个体生命内部的整全性，其愿景在于造就人文意义上的完满人格。

承上所述，本书中编“《诗》与教”侧重于说明诗教的生成轨迹、进路及其典范，且在论述孔门诗教的典范性意义时，通过阐释孔门诗教作为“为己”之学、生命之学，以说明孔子读《诗》的一大效验在于，将《诗》化入其在世生存的点滴过程，实现了人《诗》合一的生命境界与诗化生存。行文至此，中编初步实现了从论述诗教传统到论述昔人诗化生存的过渡，在此基础上，下编将全方位地展现出昔人诗化生存的诸多面向，追问的是，围绕着诗教传统的基本维度，昔人诗化生存的立体化结构如何得以展开。

具体来说，下编“诗教的基本维度与华夏诗化生存的开显”由四章内容构成。第六章“《诗》以化己”关注的是诗化生存的“为己”面向，意欲探讨《诗》如何协调人与自我的关系。《诗》作为一声闻之学，通过持人辞气来持人情性，以实现性情之中和圆满、复归天所命予人之“中”为其愿景。第七章“《诗》以理群”关注的是诗化生存的公共性面向，拟从化成天下、移风易俗的维度探究诗教，意欲探讨《诗》如何协调人与他人、与社会的关系。《诗》成就了文明共同体独特的言说习惯与交流模式。“雅言”和“乐语”等言说智慧的造就，有助于实现对共同体秩序与伦常的引导与规范，从根本上影响了共同体及其成员理解世界的观念结构，进而改变其与世界打交道的基本方式。第八章“《诗》以通古今之变”关注的是诗化生存的历史性面向，探究的是《诗》在历史—文化维度下对文明共同体自身的传承与更新所起到的作用。《诗》历史地建立起吾民族的精神世界，塑造了超越古今的身份认同。《诗》中古今一贯的道统与政统，对当今时代具有持久的规范性与导向性。第九章“《诗》以究天人之际”关注的是诗化生存的超越性面向，探究的是《诗》如何有助于增进对天人关系的思考。超越与此在的往来互动为存在于世的一切关系赋予了意义，是昔人在世生存得以开展的前提。总的来说，“为己”“理群”“通古今之变”以及“究天人之际”，既作为诗教传统的四个基本维度，同时也构成昔人诗化生存的四大基本面向。

下编之所以按如此顺序安排上述四章的主题内容（从“化己”到“理群”，再到“通古今之变”，乃至“究天人之际”），实则与上编所言存在着对应关系。《诗》通过整体性的意义结构承载的生存经验，其内在环节依循由近及远、由人而天之序渐次展开。具体来说，《风》从人伦切近处出发，逐渐拓展至《小雅》所关注的君臣、朝野、夷夏等王政领域，再到《大雅》所论共同体纵深性的历史进程，乃至颂诗所言天人、神人关系。这可视为《诗》之生存经验自身的展开与完成，同时也与吾人从《诗》中感发兴起的过程相契合。这意味着，《诗》之意义结构的展开就是人在世生存的深入与展开，是人不断理解自己、文明不断反思与完善自身的过程。此亦即诗化生存得以全方位开显的表征。

就所分析的文本而言，相比起上编与中编，下编所关涉的文本范围从《诗经》及其相关文献，推扩至历代诗论、文论以及《左传》《国语》《战国策》《吕氏春秋》《史记》《汉书》《韩诗外传》《竹书纪年》《旧唐书》等典籍所载的历史—文化维度下的诗教活动与诗化生存。初看上去，此类文献所提供的不外乎些许蛛丝马迹，然而，正是这些看似无甚关联的细小环节，实际上暗含着勾连昔人诗化生存之立体结构的宝贵线索，可真切地再现《诗》熔铸于昔人生命、参与其在世生存的过程，让人不断体认己身与群体、与社会、与文明纵深性的历史进程，乃至与超越性存在的密切关联，并在此意义关联整体中兴发对一己生命与天地万有之内在关系及其意义的思考。

下编四章以如此的形式来营构与安排，旨在突破《诗》之“原意”与《诗》之为“教”的二分。后人读《诗》用《诗》的生命情态、华夏文明呈现出的独特言说习惯与精神面貌，与《诗》本身并非截然二分，而是《诗》内在地生发出“教”的意义面向并落实于现实世界的结果。由此或可推知，古希腊人深信不疑的信念——“教育或文化不是一种形式的艺术或者一种抽象的理论，它与该民族精神生活的客观历史构造无可分离”① ——对于吾国的诗教传统而言也同样成立。也就是说，历史—文化维度下的诗教实践、华夏文明共同体所实现的震烁古今的诗化生存，均为“诗教”观念体系的种种可能性面向与内在环节的展开，同时也是诗教的最终实现。

① ［德］韦尔纳·耶格尔：《教化：古希腊文化的理想》，陈文庆译，卷首语第2页。

上　编

原《诗》[①]：论《诗》的意义结构、内容呈现进路及言说方式

① 关于引注方式的说明：对于文中所引《诗经》《论语》《孟子》《荀子》《老子》《庄子》《孔丛子》《淮南子》《春秋繁露》等先秦两汉基本文献，则按照一般惯例，随文标注书名与篇目。

在现代语境中，《诗》多被看作一部文学作品，被赋予了与当今时代整体性观念体系相适应的新的意义面向。据此，如果尚未明辨“诗”在概念层面的古今流变，便基于以西释中、以今度古的视角，将与之相类的时兴见解挪用于解读从历史语境中生长起来的《诗经》，很可能会遮蔽其在昔人生活世界中的本真样态与所具意义。有鉴于此，本书拟以“原《诗》”开篇。依据古注，“原”可作动词使用，有“推原”①、“寻其本”② 之意。“原《诗》”者，意谓探究《诗》之根本。不过此处所谓“原《诗》”的行动，并非把《诗》作为一个从历史—文化维度中抽离而出的静态而封闭的文本，进而探究305首诗之“原意”③，而是根据对《诗》具体内容及真实语境的探讨，意欲辨明《诗》所关涉的基本领域、关注的根本问题，以及《诗》的意义取向。这又离不开对《诗》所处时代完整的生活世界以及时人理解世界的基本观念模式的整体性观照，如此方能对《诗》在古代思想文化传统中的地位与意义作出一番清晰界定。上述方面均构成考索“教”的意义面向能否从《诗》本身内在地生发而出的理论基础。基于如上考虑，上编拟从《诗》的意义结构、内容呈现进路，以及言说方式三方面来切入，分别与编内三章相对应。

---

① 原，即“推原也”。参见（元）黄公绍、熊忠著，甯忌浮整理《古今韵会举要》，中华书局2000年版，第109页。“原者，推原其理也。”熊十力：《体用论》，上海书店出版社2009年版，第15页。

② 《汉书·薛宣朱博传》云：“原心定罪。”颜师古注曰：“原谓寻其本也。”（汉）班固撰，（唐）颜师古注：《汉书》，第3395—3396页。

③ 对于“原意”这一提法潜在的问题，本书绪论已作阐释，此不赘述。

第一章

《诗》之“志”与《风》《雅》《颂》的意义结构

《礼记·学记》云：“《记》曰：‘凡学，官先事，士先志。’”郑玄注云：“官，居官者也。士，学士也。”① 可见，“志”对于为学的重要性，向来被昔人看重。若论及与“志”关联密切的典籍，无论如何都绕不开《诗》。《尚书·舜典》所论“《诗》言志”②，对吾国诗学传统产生了深远影响。后世论《诗》在相当程度上延续了此进路，如《庄子·天下》所论“《诗》以道志”、《法言·寡见》所言“说志者莫辩乎《诗》”等文辞，都聚焦于《诗》与“志”的内在关联。对于“《诗》言志”的具体内涵，《伪孔传》和《孔疏》分别解作“谓《诗》言志以导之”与“教之《诗》、乐，所以然者，《诗》言人之志意”。③ 两解不同之处在于，《伪孔传》着眼于以《诗》言志所具有的独特作用，即“导志”。言下之意是，用其他方式“言志”，很可能达不到“导志”之效。《孔

① （汉）郑玄注，（唐）孔颖达正义，吕友仁整理：《礼记正义》，第1430页。

② 《史记·五帝本纪》写作“诗言意”。参见（汉）司马迁撰《史记》，第39页。

③ 参见《尚书正义·舜典》“诗言志”之《孔疏》。（汉）孔安国传，（唐）孔颖达正义，黄怀信整理：《尚书正义》，上海古籍出版社2007年版，第106页。

疏》则关注“志”这一概念本身，把“志”解作“志意”。这有可能源于从许慎处得到的启发。毕竟在《说文·心部》中，“志”与“意”就构成了互训关系，即“志，意也”与“意，志也。从心察言而知意也”①。不过对于“志意”的具体内涵，《孔疏》仍付之阙如。

对于“志”的意涵，《荀子·儒效》给出过较为宽泛的解释：“圣人也者，道之管也。天下之道管是矣，百王之道一是矣。故《诗》《书》《礼》《乐》之归是矣。《诗》言是，其志也。”此处，《荀子》立足于“圣人也者，道之管也”的语境，来理解《诗》之旨归与《诗》之志。而杨倞则将“《诗》言是，其志也”释为“是儒之志”②。《荀子》和杨倞论《诗》的落脚点分别是圣人与儒者。虽然圣人和儒者，其境界有着高下的差异，但不可否认的是，以此二者来论说《诗》之志，意味着“志”已具备了一定程度的意义规定性，而非某个有待规定的意向或意愿。

与此相比，近世学界逐渐抛去圣人与儒者的光环，多从个人的内心活动、情感志趣等角度来理解《诗》之“志”。这与主体主义、心理主义等时兴语境不无关联。陈桐生指出：“先秦两汉时期不少人将‘诗言志’的‘志’解释为志意③；晋人挚虞和唐代孔颖达力图牵合‘志’与‘情’两个概念，以为诗‘以情志为本’，‘情志一也’；近人则想方设法证明‘志’中包含情感内容，说明‘诗言志’就是‘诗言情’。”④

那么，吾人该如何来看待上述论“志”之说？且先回到“《诗》言志”本身。此语的难解性或可归因于以下两个方面。

---

① （汉）许慎撰，（宋）徐铉校定：《说文解字》，第217页。

② （清）王先谦撰，沈啸寰、王星贤点校：《荀子集解》，第133页。

③ 尽管我们可以在字义学的层面为“志意说”找到文本依据，如《说文解字》以“志”训“意”，又以“意”训“志”，但这并不足以说明“《诗》言志”之“志”可以直接等同于“志意”这一语辞。

④ 陈桐生：《礼化诗学：诗教理论的生成轨迹》，第53页。

其一，相比起古希腊人对于“什么是诗的起源？什么是它的目的？它如何对人产生影响？什么是它的对象？它的意义何在”等论题已作了相当程度的论述，“《诗》言志”一语仅著三字，其简奥程度颇似高僧随宜点拨之偈语，难免留下诸多发问空间。且对于“志”的确切内涵，《尚书·舜典》也未予以明示。对此，有学者指出：“从根本上来说，这是一个内涵相当含混的表述，我们不能判断这里所谓‘志’的性质。”① 其二，细审《诗》之文辞，并未出现过“志”字，故而单从《诗》的文本内容上看，以“志”论《诗》似乎成为一外铄之论。因缺乏直接性文本证据的支撑，在《诗》与“志”之间建立关联，是否只是《尚书》的一厢情愿或是生搬硬套？

至此，值得思考的是，是否因为《诗》是“言志”的唯一方法，《尚书》才以“志”论《诗》？鉴于《论语》也曾出现关于“言志”的文本，可见并非只有《诗》才能言志，其他方式同样足以言志。既然如此，《尚书》缘何单单申明“《诗》言志”？可推想的原因有二：第一，《诗》所言之志具有独特性，为其他经典所不备；第二，以《诗》言志，有其独特的方式及效验，为其他方式所不及。二者分别与下述追问相对应，其一，《诗》所言之志的具体内涵为何？其二，以《诗》言志的独特方式与效验何在？

第一节 “志”：一个有待展开的复合概念

一 “志”的通行解法及其理论困境

大体而言，学界对于“《诗》言志”的探讨，多聚焦于前一问

① 马银琴：《周秦时代〈诗〉的传播史》，第189页。

题。一种代表性解释是把“志”解为诗人个人性的志向、心志，进而基于表现主义的视角，把“《诗》言志”解作“《诗》在表达言说主体的心志”①。据此，“志”多被视为纯粹个体层面的产物：诗人的际遇、观察和感受有其特殊性，由此塑造了诗人独特的志趣。诗人用诗性言说将其感受和志趣表达出来，这是一个带有强烈个人色彩的主观化过程。

对此，有学者提出了质疑：鉴于《诗》经历了漫长而复杂的经典化过程，从文本形成到整理汇编，直至最终的流传与讽诵，前后纵贯数百年的历史长河，《诗》自然有别于现代出版学意义上严格对应于单一作者的专著，而是有不计其数的作者、编者参与其中。既然《诗》是集体智慧的结晶②，《诗》之志必然具有多重意义维度，而不应单纯以“作者志意说”作解。清人龚橙云：“《诗》有作《诗》之谊，有读《诗》之谊，有太师采《诗》、瞽矇讽诵之谊，有周公用为乐章之谊，有孔子定《诗》建始之谊，有赋《诗》引《诗》、节取章句之谊，有赋《诗》寄托之谊，有引《诗》以就己说之谊。”③ 包括朱自清④、

① 持此论者有高秉江、叶嘉莹等，其主要立场在本书绪论处已作阐释。此不赘述。

② 洪湛侯指出：“《诗三百篇》的来源，有民间采集、士大夫献诗、作诗配乐等形式和途径，这些采来或献来的诗歌，往往形式、字句、声韵都不一样，若不经过一番认真的整理，很难设想能够有今天的面貌。”洪湛侯：《诗经学史》，第16—17页。郭沫若指出：“《风》《雅》《颂》的年代绵延了五六百年。《国风》所采的国家有十五国，主要是黄河流域，但也远及于长江流域。在这样长的年代里面，在这样宽的区域里面，而表现在诗里面的变异性却很小。形式主要是用四言，而尤其值得注意的，是音韵差不多一律。音韵的一律就在今天都很难办到，南北东西有各地的方言，音韵有时相差甚远。但在《诗经》里面却呈现着一个统一性。这正说明《诗经》是经过一道加工。”郭沫若：《简单地谈谈〈诗经〉》，载《郭沫若古典文学论文集》，第73页。

③ （清）龚橙撰：《诗本谊序》，载顾廷龙主编，《续修四库全书》编纂委员会编《续修四库全书·经部·诗类》第73册，上海古籍出版社2002年版，第275页。

④ 朱自清在《诗言志辨》中分析出“《诗》言志”的四个意义维度，分别是“献诗陈志”“赋诗言志”“教诗明志”以及“作诗言志”。参见朱自清《诗言志辨 经典常谈》，商务印书馆2011年版，第10—50页。

马银琴①、俞志慧②在内的现当代学者同样看到“《诗》言志”的多重维度。

这样一来，问题便变为：在“志”的多重维度中，哪一重维度最能代表《诗》之志？若以维特根斯坦将“概念”比作“家族”的观念作为追问的起点，便能发现上述提法的不妥之处。“每一个家庭都是许多个家庭的集合（包括男系与女系），概念也是一样。在古老的时代，一个寻求被任命为骑士的候选人，总免不了‘通报其家族的家族’的老套”，因此，当哲学家试图去界定“一个用意广泛的概念之时，他似乎也该尽到相同的义务”。③ 对我们而言，《诗》之“志”正是这样一个“用意广泛”、由若干维度集合而成的复合型概念。“任何真实的定义都必须考虑到它们全体”④，即必须将这些维度全部考虑在内。据此而论，“志”不应简化为多重维度中的任何一种。如若从中拈出某一维度，将其视作“志”的全部，难免轻忽了其他维度对于“志”的重要意义，此为其一。

其二，初看上去，把“志”剖析出多重维度，看似更契合《诗》的经典化过程，但究其实质，“多重志意说”只是“作者志意说”的扩展版罢了。申言之，“多重志意说”势必会面临如下追问，即这多重志意彼此形成了怎样的关系，是互不关涉，还是具有内在的统一性？对此，龚橙语焉不详。倘若多重志意彼此独立，其间缺

---

① “‘诗言志’之‘志’，实质上是一个相当宽泛的概念，它既可指作诗人之志，亦可指用诗人之志，还可以指读诗人之志。”马银琴：《周秦时代〈诗〉的传播史》，第190页。

② “如被称为中国诗学开山纲领的‘诗言志’，离开文本和语境，理解为作者之志亦可，理解为读者之意亦可；理解为修齐治平之抱负亦可，理解为缱绻缠绵之情愫亦未尝不可，争论无有已时，尽管许多相互冲突的说法都不难在浩如烟海的文献中觅得足够的材料作为佐证，但其结果仍不免徒增纷扰而已！”俞志慧：《君子儒与诗教：先秦儒家文学思想考论》，第108页。

③ ［波兰］瓦迪斯瓦夫·塔塔尔凯维奇：《西方六大美学观念史》，刘文潭译，上海译文出版社2013年版，第41—43页。

④ ［波兰］瓦迪斯瓦夫·塔塔尔凯维奇：《西方六大美学观念史》，刘文潭译，第43页。

乏内在关联，那么，这305首诗不过是在偶然的历史条件下，在众人之志的主导下，经多人之手辗转而成的一部结构松散的总集。据此，有学者认为，《诗》是由各自独立的篇章收编而成，如章太炎区分出“著作之文”与“独行之文”，并将《诗》归为后者。在章氏看来，《诗》各篇均具有其独立性：“著作之文云者，一书首尾各篇互有关系者也；独行之文云者，一书每篇各自独立，不生关系者也。……孔子删诗，如后世之总集，惟商初、周初诸篇偶有关系，然各篇不相接者多……盖书本各人各作，不相系联。孔子删而集之，亦犹夫诗矣。”① 这意味着，多重志意中的每一重维度，仍被理解为纯粹个体性的产物，彼此只有外在的关系。易言之，诸多个体之志，经由偶然的历史因素被归并到一起，其间缺乏内在的调和。因此，“多重志意说”很可能导致“志”的内在环节彼此割裂。

除了把“志”视为纯粹个体性的产物，研究者还多以直接而抽象的方式论“志”，从字词训释的角度出发，把“志”解作“心志”“情志”“志向”等。诚然，将“志”训为“情志”“志意”，的确符合语义学层面的事实，但我们对“志”的理解也将止步于此，所面对的“志”始终是一个抽象、空洞而宽泛的概念。黑格尔曾借助“亚历山大征服了波斯帝国”的表述，来说明“征服”一词的局限性：“用‘征服’这个词来表达的许多具体的征服事实却总结为一个毫无形象的抽象概念，并没有能使我们把亚历山大的实际成就的本质和现象都看得一目了然”②，也就是说，“所了解到的东西是苍白暗淡的，从个别对象来看，是不明确的、抽象的”③。对“志”直接作出语义训释，此做法其实犯了与上述语例相同的错误，将“志”有待展开的丰富意义归约为“毫无形象的抽象概念”。实际上，“志”并非独立于《诗》而存在的某一语辞或指称，而是顺着《风》

① 章太炎讲演，诸祖耿、王謇、王乘六等记录：《章太炎国学讲演录》，第284页。

② ［德］黑格尔：《美学》第三卷下册，朱光潜译，商务印书馆1981年版，第58页。

③ ［德］黑格尔：《美学》第三卷下册，朱光潜译，第58页。

《雅》《颂》的结构展开其自身，使其内在的丰富意蕴得以澄明。这说明，对“志”的理解，有赖于对《诗》基本结构的考索。脱离《诗》之结构，径直对“志”作一番字词训释，相当于在“志”的内涵伴随着读《诗》过程得以展开与澄明之前，就强行以外在训释的方式使其停留于闭合状态。

克实而论，将“志”视为纯粹个体性的产物与以直接而抽象的方式来论“志”，这两种进路看似迥异，实则具有相同的立场，即将普遍性与特殊性视为对立。前者为保全特殊性，而舍弃了普遍性；后者为了保全普遍性，而不顾其特殊性。二者各执一端，均失于片面。

二 论《诗》之“志”的正当方式

那么，追问《诗》之志的正当方式究竟是怎样的？对此，《孔子诗论》（下文简称《诗论》）论“志”之说颇具启发意味。据李学勤先生的分章与考释，《诗论》第十二章为“孔子曰：诗亡隐志，乐亡隐情，文亡隐意”①。《诗论》同样论及“志”，却不是对“《诗》无隐志”之“志”作一番直接训释，而是一步步去察究每首诗的特殊之处，从《诗》具体内容的展开过程，去体会《诗》如何实现“无隐志”。

据统计，《诗论》所涉诗篇多达六十首②，所涵盖的篇目数量约占整部《诗》的五分之一。其中，既有对某首诗提纲挈领的评点，如《诗论》第一章所言“《关雎》之改，《樛木》之时，《汉广》之知，《鹊巢》之归，《甘棠》之保（报），《绿衣》之思，《燕燕》之情”，又有对某诗之意旨所作的详细阐释，如《诗论》第二章所言

---

① 本书所引《孔子诗论》，其简文训释均参考李学勤《上海博物馆藏竹书〈诗论〉分章释文》，《国际简帛研究通讯》第2卷第2期，2002年1月，转引自刘信芳《孔子诗论述学》，安徽大学出版社2003年版，第280页。

② 此处采用的是马银琴的统计结果。参见马银琴《周秦时代〈诗〉的传播史》，第159页。

“吾以《甘棠》得宗庙之敬。民性固然，甚贵其人，必敬其位”①。据此而论，《诗论》论志，可谓点面结合，多管齐下，既“逐篇讲解诗篇之义”，“具体而详细地阐释了诗的显志”②，使“其隐志必有以谕”③，又有对诗作之旨的总体概括。

这意味着，《诗论》看到，每首诗之“志”熔铸于其遣词造句、布局谋篇中，而非作为一抽象而空洞的概念独立于《诗》之外。《诗论》尊重每首诗的特殊性，将其视为一个独立完整的世界，以考索诗辞的每一细节为依托来探索《诗》之志，而非脱离《诗》径直对“志”作出训释。然须留意，每首诗虽富有不可替代的特殊性，但却不意味着此诗作为一孤立个体而存在。在逐一揭橥诗作之特质后，《诗论》第八章“又对《颂》《大雅》《小雅》《邦风》之功能及特点进行了综合的评价”④，申明四者各有其内在同一性：

> 颂，平德也，多言后，其乐安而迟，其歌绅而易，其思深而远，至矣！大夏（雅），盛德也。多言……也。多言难而怨怼者也，衰矣！小矣！邦风，其内物也博，观人俗焉，大敛材焉。其言文，其声善。⑤

据引文所示，《诗论》此章变换了行文风格，不是继续针对单篇诗作进行或详或略的评点，而是对《颂》《大雅》《小雅》《邦风》的特质进行一番总评。也就是说，此章并非孤立地看待每一首诗，将其

---

① 李学勤：《上海博物馆藏竹书〈诗论〉分章释文》，转引自刘信芳《孔子诗论述学》，第278页。

② 马银琴：《周秦时代〈诗〉的传播史》，第157页。

③ 马银琴：《周秦时代〈诗〉的传播史》，第157页。

④ 马银琴：《周秦时代〈诗〉的传播史》，第158页。

⑤ 李学勤：《上海博物馆藏竹书〈诗论〉分章释文》，转引自刘信芳《孔子诗论述学》，第280页。

作为彼此分离的篇章，而是将每首诗视为《邦风》《小雅》《大雅》《颂》有机的内在环节，由此，每首诗之志并不是呈现为个别而孤立的特殊性，而是在更广阔的意义整体中被规定。① 如此一来，每首诗之志，也就有别于诗人个体层面内心活动的抒发，而是因其作为整体之内在环节的角色，而实现了新的意义。

据此不妨对以上所论“作者志意说”进行一番检视。此立场认为，既然诗作成于某一诗人之手，而诗人又无法脱离所处的特殊境遇，那么，此诗必然受限于个别而特殊的经验因素，纯属诗人个体性的产物。初看上去，此立场似乎能在文献中找到立论的依据。兹取《燕燕》之《孔疏》为例：“庄姜养其子，与之相善，故越礼远送于野，作此诗以见庄姜之志也。”②《孔疏》在“志”之前缀以庄姜之名，似乎同样把“志”归为庄姜个体性的产物。

毋庸置疑，《诗》的确离不开诗人独特的感受方式与叙述视角，有赖于诗人的匠心独运，但若据此便认为《诗》之志受限于诸多主观因素，难免轻忽了“志”本身的规定性。而将“志”等同于诗人的主观意愿，忽视了“志”须以一定的规定性为其意义面向，成为当今学界论“志”的代表性进路。

关于此点，“心之所之谓之志”③ 的提法可谓滥觞。对于这句文本可能存在的误导，熊十力先生进行过如下分析。他一方面承认，“心之所之”凸显出个人内心层面的向往与愿景，而“向往”义的确是“志”的基本面向。在此，不妨回顾《论语》中“言志”的相关文本：

---

① 《孔子诗论》第八章依次阐释了《颂》《大雅》《小雅》与《风》的差异。随着这四个部分得以动态地展开与呈现，四者的差异也逐渐被扬弃。四者最终得以作为整体中有差异的内在环节持存于《诗》整体性的意义结构之中，由此营造出《诗三百》精神世界内在的纵深感与层次感，共同支撑起《诗》丰富而灵动的意义面向。

② （汉）毛亨传，（汉）郑玄笺，（唐）孔颖达疏，（唐）陆德明音释，朱杰人、李慧玲整理：《毛诗注疏》，第 165 页。

③ （宋）朱熹撰：《四书章句集注》，第 54 页。

> 颜渊、季路侍。子曰："盍各言尔志？"子路曰："愿车马、衣轻裘，与朋友共。敝之而无憾。"颜渊曰："愿无伐善，无施劳。"子路曰："愿闻子之志。"子曰："老者安之，朋友信之，少者怀之。"①

在各言己志的过程中，子路和颜回所用的句式均为"愿……"。"愿"有希望、愿望之意。"愿"之所以可能，在于预设了当下的某种不完满。所愿者正是现实生活所缺失的或暂未实现的，否则"愿"便失去了意义，由此足见"志"的确涵容了"向往"义。

但另一方面，假使论"志"时过于倚重人的主观意愿，缺乏对所向往者应具之规定性的诠释，但凡"心之所之"皆可谓"志"，那么，"志"与"欲"之间的界限何在？对此，一个显著的语例便是《孔子诗论》"好色之愿"的提法②，很明显，此处所论"愿"更偏向于"欲"，而非"志"：

> 凡人闻说志字，便若其意义甚显，不待索解。然试诘之，则又茫然莫知所对。每见少年，妄自标举。其意念中，或欲高居人上，大抵欲得名利权势，高出乎人。其较胜者，欲求学问知识，高出乎人。……夫或欲建立某种事业，而不悟一切事业，皆人生职分所当为。若本自私自利之意作出，则不成事业矣。……如是而自谓有志，实则此等意念，正是无志者迷妄之情。私欲之炽然窃发而不自觉耳。……彼以为心之有所向往，便谓志。如是，则向于自私，向于狂惑，向于污下，无不可谓之志。③

---

① （宋）朱熹撰：《四书章句集注》，第 82 页。

② 《诗论》首章云："《关雎》以色喻于礼……其四章则喻矣。以琴瑟之悦，拟好色之愿，以钟鼓之乐……反内于礼，不亦能改乎？"李学勤：《上海博物馆藏竹书〈诗论〉分章释文》，转引自刘信芳《孔子诗论述学》，第 278 页。

③ 熊十力：《读经示要》，第 102—103 页。

若单方面强调“向往”义，那么“志”不仅受制于个体的主观欲求，很可能还会混入卑污之私意。据此，熊十力尤其强调“志”所蕴之规定性，即“存主义”，并将其申明为：“志者，存主义。心有存主，即自力生。”① “存主义”作为“志”的根本规定，应视为“志”成其为“志”的关键，所谓“志者，中有所存而不放逸之谓”②。“不放逸”之所以可能，前提在于“中有所存”。

熊氏对“志”之规定性的申明，实则与孔子所论“志于道”“志于仁”“志于学”一脉相承。孔子志在“道”“仁”“学”，而非主观层面的某一欲求、意愿或偏好。可见，孔子论“志”，亦强调其基本的规定性。据此可知，“志”并非在具体内容或价值意味方面有待规定的意向或愿望，不能简单地等同于英文语境中的“will”或“intention”。进一步来说，在船山“心有所存主名志”的基础上③，熊氏用“存主”义来修正“向往”义，以便扭转“心之所之谓之志”可能造成的误导，其论曰：“志字固有向往义……志亦与识同。识，记也。引申之为存。船山《读四书大全说》云：‘心有所存主名志。’”④ 若仅取“志”之“向往”义，其可能导致的结果在于“则志者，非内自立，乃依他而起”⑤，由此，“志”之“存主”义便显出其必要性来：“夫中有存主，其向高明，自不容已。譬如参天之古木，其根甚深，故挺然植立，以向穹苍，而成参天之势矣。人之有志，盖亦如是。其存主愈纯固者，其向往必高明。”⑥ 由是观

① 熊十力：《读经示要》，第 105 页。

② 熊十力：《论六经 · 中国历史讲话》，中国人民大学出版社 2006 年版，第 86 页。

③ 闻一多将“志”解为“从止从心，本义是停止在心上。停在心上亦可说是藏在心里”。闻氏以深藏于心论“志”，与船山以“存主”义来论“志”亦相合。参见闻一多《歌与诗》，《中央日报》昆明版《平明》副刊 1939 年版，转引自朱自清《诗言志辨 经典常谈》，第 11 页。

④ 熊十力：《读经示要》，第 103 页。

⑤ 熊十力：《读经示要》，第 103 页。

⑥ 熊十力：《读经示要》，第 104 页。

之，“志”之二义（“存主”与“向往”）并非对立矛盾，“二者实亦相资”①。从根本上而言，“存主”所涵摄的规定性，恰恰能摆正“向往”之趋向。“存主”之纯固，构成“向往”之高明的前提。

以“存主”义论“志”，对于理解“《诗》言志”的意涵具有以下两方面的帮助：一方面，这强调了《诗》之“志”具有不受制于经验因素的规定性，另一方面，这也说明“志”所具之规定性并非抽象而空洞的，不是从细节之中抽绎而出，并与细节相分离的，而是渗入诗人生存经验的每一环节，全方位地影响着诗人对周遭世界的观察、感受与表达。这使诗人对生存经验的抒写有别于私人情绪的抒发，而是一种将普遍的规定性纳入自身的创造性活动。“志”的规定性，对诗人的在世生存产生着旷日持久的影响。“志”，一朝立之，终身不废。“志”的“持久性”和“存主性”，透过诗人每一个鲜活而饱满的生命瞬间得以彰显。

综上所述，依据从《孔子诗论》处所得之启发，吾人在追问《诗》之志时须有以下两点考虑。

一方面，鉴于《诗》之志熔铸于每首诗的独特表达之中，吾人便不应把对“志”的探究还原为语义学层面的训释，而是应从每首诗的布局谋篇入手，品味此诗如何独立而完整地呈现出与此情境相适应之志。易言之，应透过每首诗独特的表达方式去推敲诗人的感受与体验，去探索诗人如何在一个个特殊的生命情境中言志。另一方面，诗人既保持着观察与感受的敏锐与活力，去充分体验生活的每一细节，同时又不受制于具体的经验要素，入乎其内，又出乎其外。因此，《诗》之志也就有别于纯粹个体性的抒发，不是以零碎偶然的样态呈现，而是将普遍规定性渗入己身，成为一宏大整体（《风》《小雅》《大雅》《颂》）的内在环节。因此，吾人不应基于孤立的视域，将 305 首诗视作彼此无关的个体，而应顺着《风》《雅》《颂》的整体性结构，去体认每首诗之志如何不受限于特殊的

① 熊十力：《读经示要》，第 104 页。

经验因素，而是作为整体的内在环节持存了一定程度的同一性，进而察究如此纷繁多样之志如何顺着《诗》之结构实现了“志”之统一。

据此而论，《诗》之志既有其特殊性，又有普遍的统一性。二者并非矛盾对立，而是浑然一体，实现了特殊与普遍的统一。普遍性的实现，并不是通过最大限度地摒除特殊性，提纯出抽象的一般性而达到。同时，特殊性的保全，也不是通过舍弃普遍统一性而实现。统一性实则寓于特殊性之内，并凭借具体而特殊的环节得以彰显。

第二节 《风》《雅》《颂》：由近及远、由人而天的意义结构

承上所述，《诗》之志顺着《风》《雅》《颂》的整体结构逐渐展开。意欲探究《诗》之志的统一性，有赖于对《诗》的基本结构进行分析。《风》《雅》《颂》的结构，并非脱离《诗》之内容而独存的形式，并非一个纯粹而中立的框架，而应被视为《诗》之内容的重要组成部分，为吾人进入《诗》的精神世界提供了诸多线索与暗示。

一 论《风》《雅》《颂》的一体性

然而，在近世学界，若要论及《风》《雅》《颂》的一体性，则会遇到一定的理论阻碍。毕竟三者之异与各自的独立性，在近世引发的关注更胜一筹。约括而言，近人多从文体、写作技法等角度来评判三者差异。比如，郭绍虞将《诗》之三体分别类比为西方文学体裁中的抒情诗、叙事诗和戏曲，其论曰：“雅似近于史诗，风可以当抒情诗，而颂字训容，又相当于剧诗。”① 缪钺则从写作技法的角

① 郭绍虞：《照隅室语言文字论集》，上海古籍出版社2009年版，第15页。

度来评述三者的高下："就技术论，《周颂》多抽象语，多教训语，最为质朴。大小《雅》体局开拓，然尚多直陈之法，偶用比兴，皆以意象引起情趣，其能情景交融，特成境界，如'昔我往矣，杨柳依依，今我来思，雨雪霏霏'者，殊不多覯。二《南》、《国风》，托体较轻灵，言情更委婉，然尚缺乏丰伟之想像，华美之渲染，及超现实之空灵幽渺境界。"①

但问题在于，上述两说虽然对《风》《雅》《颂》之别给出了一定的解释，然须商榷的是，其一，两说多把三者之异归入"术"的范畴，其二，两说只是单方面地关注差异本身，未能将此差异纳入一整体性格局中考量，故而此类探究往往止步于对三者差异的描述，仅是就零散而琐碎的差异在其现象层面进行概述与总结，未能进一步追问此类差异是否蕴含更为深刻的意义指向。

此外，还有学者植根于《诗》乐关系来阐释《风》《雅》《颂》之别。其实，将三者的区分系于音乐，此说古已有之。朱子云："《风》《雅》《颂》乃是乐章之腔调。"② 宋人程大昌在《诗论》一书中，将二《南》从《风》中单辟出来作为一独立部分，使之与《风》《雅》《颂》并列，并将此四者总称为《诗》之四体。如此划分，其原因在于《南》《雅》《颂》均为乐歌之名，而风诗"声不入乐"，可见此论同样以乐歌作为判别四体之依据。揆诸近世学界，其对四体命名之义的阐发亦多源于此。具体来说，"风字之义似即声调，国风即土调之意"③，如"《郑风》就是郑国调，《卫风》就是卫国调"④。而南、雅、颂同为乐器之名，后来意义均扩展为音乐之

---

① 缪钺：《中国文学史讲演录（唐以前）》，载缪元朗、景蜀慧编校《缪钺全集》第六卷，河北教育出版社2004年版，第31页。

② （宋）黎靖德编，王星贤点校：《朱子语类》，中华书局1986年版，第2067页。

③ 缪钺：《中国文学史讲演录（唐以前）》，载缪元朗、景蜀慧编校《缪钺全集》第六卷，第15页。

④ 张西堂：《诗经六论》，上海商务印书馆1957年版，第108页。

名。由此，《南》《风》《雅》《颂》“分别对应于四种政治伦理地位各不相同的乐歌类型：‘南’为东周王室乐歌，‘风’为诸侯国风诗，‘雅’为西周纪祖颂功、朝会燕享之歌，‘颂’则指象征着成功与王权的天子郊庙祭祀之歌”，且“这种分类是以乐歌的政治伦理地位为标准形成的”。[①] 若说上文所述郭氏之论偏向于援引西方文论来阐释《风》《雅》《颂》之异，那么此处所述将三者之异系于乐章腔调的立场，则是从古已有之的诗学理论中找寻《诗经》三体（四体）命名的依据。但从总体上看，此种从乐章角度所作的区分，仍可归本于对《风》《雅》《颂》采取的“去意义化”解释，故而其探究也多归属于描述性研究的层面，未能留意《诗经》各部分以如此方式存在的观念基础。

进一步来说，对于《诗》之三体，近世倾向于从发生学的层面，依循时间的先后顺序考索《风》《雅》《颂》的创制过程。就此而论，《雅》《颂》与《国风》之间存在一条清晰的分界线。大体上看，《雅》《颂》的创制时间早于《国风》：

> 《诗经》三百篇，实际上在《风》与《雅》《颂》之间，存在着一个历史性的分界线：大体与西周王朝相始终的《雅》《颂》篇章，集中体现的是作为历史主宰的历史意志和文化精神，或者说是一种“西部精神”；而与东周王朝建立同时兴起的《国风》文学，则表征的是一种与“西部精神”迥然异趣的“东方情调”的重新崛起，而真正能够代表这种变迁历史价值的正是这些郑卫之地充满野性气息的婚恋之歌。[②]

在此基础上，学界多按照历时性顺序，严格考索《风》《雅》《颂》各部分作品的断代依据：

---

① 马银琴：《两周诗史》，第 32 页。

② 李山：《诗经的文化精神》，第 119 页。

> 三百篇的创作，大致经历了从西周初期到春秋中叶约五百年的时间，这是学术界目前普遍承认的结论。……第一个时期，是从周武王至周康王数朝，时间约五六十年，其篇章为《周颂》中的若干首诗。……第二时期是从周昭王至周恭王三朝，此期时间较周初为长，而穆、恭两朝又是此期诗篇创作的鼎盛年代，《周颂》及《大雅》主要篇章都问世于此时。……第三个时期为西周晚期及东周早期，历经厉、宣、幽、平四朝，其中又以宣王朝及夹在东、西周两个时代之间为时十余年的“二王并立”时期为此期诗篇创作两个相对集中的时间段落。……第四个时期是《国风》时期。《国风》创作，是从东、西周交替之际走向自己的高涨期，这是从诗篇内容中可以得到印证的，也是前人研究定论性的结果。①

引文所论，《诗》之创制，大致持续了从西周初期到春秋中叶约五百年的时间，此即为《诗》的经典化过程。若依托此历史背景理解《风》《雅》《颂》的结构，难免将其视为在经典化过程中依凭外缘的产物。申言之，尽管305首诗各有其作者，《诗》的创生也不应简单等同于诗人文士个人层面的创作，也不应类比为散落在民间、人们自发吟诵的歌谣，亦不同于后世所流行的《乐府诗集》《玉台新咏》等诗文总集。编集雅化、附乐歌奏的过程，使这305首诗成为具有内在关联的统一体。众诗以自身为中心的独立性隐遁了，取而代之的是，置身于一个整体之中，服务于礼乐造士的文化传统。

而这遗留的问题是，既然《风》《雅》《颂》的结构安排是在编集雅化的过程中被人为赋予的，那便外在于这305首诗。这意味着，305首诗彼此独立、无甚关联，才是其最本真而纯粹的原初面貌。结构的“外在性”，同样会使“志”之统一消解于无形。因此，对于原初状态下的《诗》而言，“志”之统一已然成为一个虚妄的

① 李山：《诗经的文化精神》，第134—135页。

概念。

在此，区分出外在整体性与内在整体性殊为必要。在经验事实层面，《诗》的确经历了漫长的编集雅化过程，由此，《诗》之结构的外在整体性得以建立。但与此同时，亟须追问的是，此外在的整体性之所以应运而生，其内在根据何在？[①] 对此，一种可能的回答是，其“根据”在于编诗者的主观偏好或统治者下达的命令。但此番基于经验事实层面的回答，无法从真正意义上解释《诗》以此种结构显现自身的观念基础，即《诗》缘何非得由这三部分构成，缘何会呈现出此结构样态，而非其他。

如此独特的篇章顺序，或可为吾人进入《诗》的精神世界打开更为广阔的问题域：为何《诗》由《风》《雅》《颂》三部分构成？为何是《风》在先，《雅》在后，《颂》处于末尾？为何十五《国风》以《周南》《召南》为嚆矢？何以《王风》位于《国风》之列？何以《豳风》位于《国风》之末，处于《国风》与《小雅》之间？……上述问题的确都可归为编纂者的主观意图，但这却无法回答《诗》之结构的必然性问题，即《诗》缘何必然以此结构样态来呈现自身，而非其他样态。

在此，进行一番视角的倒置或许更有帮助：并非以编诗者为本位，去探究整编雅化的过程如何开展，而是回归于《诗》本身，去考索《风》《雅》《颂》这一结构及其所涵摄的诗作，能否内在生发出某种连贯性与统一性，呈现为一个环环相扣的意义系统。易言之，《风》《雅》《颂》是否具有内在的整体性？此为“志”之统一得以成立的前提。

据此反观昔人语境中较有代表性的解《诗》文献，如《孔子诗

---

① 钱穆指出，《诗》在经典化过程中曾经历编集与雅化：“窃谓诗本以入乐，故太师乐官即是掌诗之人。当春秋时，列国各有乐师，彼辈固当保存西周王室传统以来之雅、颂。而当时列国竞造新诗，播之弦乐，亦必互相传递，一如列国史官之各自传递其本国大事之例。故诗之结集，即结集于此辈乐师之手。”钱穆：《中国学术思想史论丛》（一），第 138 页。

论》与《诗大序》，均将《风》《雅》《颂》视为环环相扣的整体性意义系统。[①] 申言之，《诗论》第八章在对《诗》具体篇目择要评点之后，继之以对《风》《雅》《颂》三者性质与关系的总评："《颂》，平德也，多言后，其乐安而迟，其歌绅而葛，其思深而远，至矣！大雅，盛德也，多言……也，多言难而怨怼者也，衰矣！小矣！邦风，其内物也博，观人俗焉，大敛材焉。其言文，其声善。"[②] 而《诗大序》则用"四始"解释《诗》的结构体制：将《风》《小雅》《大雅》《颂》目为《诗》之"四始"，通过政教范围与王化程度来阐释四者之别，其落脚点在于说明四者最终勾连为首尾一贯的意义域。由《风》到《颂》的发展脉络，实则折射出修齐治平、功告神明的愿景。

从广义上言，以"四始"来评定《诗》之结构体制，不为《诗大序》所独有，亦见载于《史记·孔子世家》："《关雎》之乱以为《风》始，《鹿鸣》为《小雅》始，《文王》为《大雅》始，《清庙》为《颂》始。"[③] 且据马银琴的考证，"鲁、韩、毛三家在以'四始'划分《诗经》篇章结构的问题上表现了大致相同的看法：《诗

---

① 与之相比，后世多从文体与风格的角度来理解《风》《雅》《颂》的差异。例如，钟嵘将《国风》和《小雅》视为不同作诗风格的代表，并以此作为自汉至齐梁时期众诗艺术风格的源头。钟氏将古诗的风格评价为："其体源出于《国风》。……文温以丽，意悲而远。惊心动魄，可谓几乎一字千金！"（南朝梁）钟嵘著，陈延杰注：《诗品注》，人民文学出版社1961年版，第17页。将阮籍之诗评价为："其源出于《小雅》。无雕虫之功。而咏怀之作，可以陶性情，发幽思。言在耳目之内，情寄八荒之表。"（南朝梁）钟嵘著，陈延杰注：《诗品注》，第23页。章学诚在《文史通义》一书中论及"诗教"，但他也多从文体的角度论述《风》《雅》《颂》对后世文学创作的影响。"盖至战国而文章之变尽，至战国而著述之事专，至战国而后世之文体备；故论文于战国，而升降盛衰之故可知也。战国之文，奇邪错出，而裂于道，人知之；其源皆出于六艺，人不知也。后世之文，其体皆备于战国，人不知；其源多出于《诗》教，人愈不知也。"详见（清）章学诚撰，叶瑛校注《文史通义校注》，第71页。

② 李学勤：《上海博物馆藏竹书〈诗论〉分章释文》，转引自刘信芳《孔子诗论述学》，第280页。

③ （汉）司马迁撰：《史记》，第1936页。

经》篇章由《风》《小雅》《大雅》《颂》四类作品组成”[①]。可见，“四始”说乃是汉人治《诗》所采用的通行观念。对于《诗》之“四始”如何勾连为一个完整的意义域，《诗大序》所论甚详：

> 上以《风》化下，下以《风》刺上，主文而谲谏，言之者无罪，闻之者足以戒，故曰《风》。至于王道衰，礼义废，政教失，国异政，家殊俗，而变《风》、变《雅》作矣……故变《风》发乎情，止乎礼义。发乎情，民之性也。止乎礼义，先王之泽也。是以一国之事，系一人之本，谓之《风》。言天下之事，形四方之风，谓之《雅》。《雅》者，正也，言王政之所由废兴也。政有小大，故有《小雅》焉，有《大雅》焉。《颂》者，美盛德之形容，以其成功，告于神明者也。是谓四始，《诗》之至也。[②]

据引文的叙述脉络，平天下的愿景不可能一蹴而就，须由身及家，由家及国，由国及天下，其立足点不离人之成德。以“一国之事，系一人之本”，是“言天下之事，形四方之风”的前提。国中人人皆正，一国之风化才能实现。一国之风化得以实现，四方之风、天下之化才有可能成就。人文化成、天下太平之后，君王方可作乐，以歌美先祖神祇。因此，在《风》《雅》二部之后，《诗》以三《颂》为终。具体来说，《国风》以室家离合与宗族命运为出发点，诗人的哀乐多系于邦国政教和民生疾苦，其内在脉络为由正夫妇推扩至正室家，再到正邦国。与此相较，《雅》所言乃是天下之事，视野已由夫妇、室家等人伦切近处拓展至君臣、朝野乃至夷夏关系，意在正君臣，正朝野，乃至正天下。《颂》作为“四始”之终，其

---

① 马银琴：《两周诗史》，第 20 页。

② （汉）毛亨传，（汉）郑玄笺，（唐）孔颖达疏，（唐）陆德明音释，朱杰人、李慧玲整理：《毛诗注疏》，第 16—23 页。

所言在于王化大成，泽及四海。王者功成，故须作乐，须以其成功，告于神明。

综上所论，虽有研究者指出《孔子诗论》与《诗大序》的不同（比如，对于诗篇次序、《国风》诸诗的功用等问题，二者持论存在差异[①]），但总的来说，《孔子诗论》的评说模式与《诗大序》颇为相类。其一，均基于整体性视域，将《风》《雅》《颂》看作差异化与统一性兼备的整体；其二，均从意义的层面（而非文体或写法技法的层面）来发掘《风》《雅》《颂》之异。这对本书的探讨颇有借鉴意义。[②]

二　论《风》《雅》《颂》的结构与功能

（一）论《风》

《国风》以二《南》开篇，以《豳风》作结。其间，《邶风》《鄘风》《卫风》《王风》《郑风》等篇章纷至沓来，流动地展开了群黎众庶的在世生存，恍若一幅徐徐开启的人生画卷，呈现出历史—文化维度下昔人生存的各个可能性维度以及人在现实中的诸多可能性遭遇。可以说，生命的众多情境都被涵摄于《诗》之内。每首诗的生存经验均为诗人生命华章的显现，都具有不可替代的温度与力度。在那些特殊的生命时刻里，诗人曾认真地生活、感受与思考，曾如此真切地观照在此瞬间留下的生命轨迹，并深入地检视内心，去追问在有限的岁月里，如何才能实现真正的生存。

1. 论风诗的叙述视角及其特点

《风》将形形色色的人物展现在读者面前：《邶风·北门》里仕而不得志的忠臣；《鄘风·载驰》中闵宗国颠覆的许穆夫人；《卫

① 参见刘信芳《孔子诗论述学》，第 292 页。

② 当然，本书并不认为毛诗的诠释体系无可指摘。相反，对于毛诗的价值立场与诠释方法，后文在相当程度上试图进行一番反思与批判。但平心而论，《诗大序》从整体性的视角出发，以《诗》之“四始”通观《风》《雅》《颂》整体性意义结构的诠释理路，颇有值得借鉴之处。

风·竹竿》里“适异国而不见答”的女子；《王风·君子于役》里思念征夫的妇人；《王风·扬之水》里戍边的兵卒……他们来自不同的时期，有着各样的遭遇。诗中所写，可能源于诗人的亲身经历，也可能是诗人耳闻目睹的他人之事。在诸多篇章中，诗中人物常作为无辜者，承受了种种不幸。此处所谓“不幸”，主要是就伦常关系而言。在多数情况下，风诗道出了伦常日用的缺憾与伤痛。女子年老色衰，被丈夫弃置；男子长年服役，与亲人天各一方，如阴阳两隔；士子患难时孤身一人，无亲友在侧，唯有呼天愬之；女子嫁往异国，心怀对故国的思念；忠臣被谗言所害，被君主疏远；更有甚者，君臣、朋友之间反目相向……茫茫人海中，多少人擦肩而过，音容杳然；多少人走着走着，背影便如惊起的鸥鹭四散，终无聚首之日；又有多少人兜兜转转，来而复去，去而复返，在变动不居的流转事态中消磨着有限的生命。人情世态的变化无常、伦常关系的未尽人意，成为多数风诗共同揭示的困境。与此同时，人伦关系的多变、遗憾和悖谬，使诗中之人对世界怀有某些质朴而美好的愿景，如盼望亲友团聚、男有分、女有归、国泰民安等。

既然多数风诗的共同之处在于，诗中之人或是作为无辜者承受了种种苦难，或是作为见证者目睹了神人共愤的恶行恶事，那么《国风》的一大关切便可归结为人事之变以及如何应变。这又可表述为存在于世的苦难问题以及人们对苦难问题的回应：面对人生的种种变数，在各种困境、苦难和不幸中泥足深陷之时，又该如何守常以通变，居易以俟命？

行文至此，风诗又展现出一个引人注目的叙述特点。一般情况下，若论及居易俟命、守死善道，或许很多人脑海中闪现的是那些光耀千古的往圣先贤。而在风诗独特的叙述视角中，支撑起这一光辉主题的恰恰是无数个未曾青史留名的“无名氏”一生中的平凡瞬间。

风诗中的绝大多数篇目，不论是作者，还是诗中的具体人物，大多都无从考证。诸多篇章还注目于那些身份卑微的无名氏，那些默默无闻的征夫、兵卒、小吏、妇人……诚如傅修延所言："在《国风》中充当行动主体的，绝大部分是怨女弃妇、征夫戍卒、旷男思女、贾客胥吏和流浪行人，以及采桑伐木耜田射猎的劳动者，再还包括一些破落贵族与隐逸之士。"① 他们无权、无位、无势，身为在古老的华夏大地上肩担日月、朴实诚挚的生民百姓，所扮演的角色是平凡得不能再平凡的父亲、母亲、丈夫、妻子、兄长、胞弟，终其一生无非是在黄土地上背负青天、耕耘隐忍、忧劳叹息。不像文王那般三分天下而有其二，也未像周公那般制礼作乐，抑或如孔子那般担荷道脉，教化苍生。这些无名氏并未立下丰功伟业，也未能留取丹心照汗青。一个单纯以事功和成败论英雄的时代，可能无法理解为何风诗会用那么多篇幅来呈现芸芸众生的生命历程。若真如梁任公所痛斥的那般"《二十四史》非史也，二十四姓之家谱而已"②，那么风诗对细民琐事的关注，不啻理解吾国思想文化传统的丰富面向打开了一扇窗：昔人关注的不仅仅是帝王将相的声音，还伫目于平凡人生的平凡时刻。这看似断片状的微渺瞬间连缀为一曲永恒的生命赞歌。借此，风诗向后人发出了热忱的邀约，引人一齐体验生命的恩典。

诚然，在一些情况下，"私人叙事"（private narrative）作为"一种居于弱势地位的信息传播，它常常受到居于正统地位并拥有传播优势的'宏大叙事'（grand narrative）的侵犯"③。而《诗》以《风》为先，使关注平凡人生的"私人叙事"处于在先的地位，这正反映出《诗》"对于私人叙事的包容与礼让"，亦可窥见其所潜藏的思想观念：并不存在抽象空洞的宏大叙事。宏大叙事恰恰是由常人易轻忽的细民琐事支撑起来的。任何以牺牲私人叙事为代价建构起来的宏大叙事，难免沦为空中楼阁。由此或可理解，何以《诗》

① 傅修延：《先秦叙事研究：关于中国叙事传统的形成》，第 110 页。

② 梁启超：《中国之旧史学》，载梁启超著，夏晓虹、陆胤校《新史学》，商务印书馆 2014 年版，第 85 页。

③ 傅修延：《先秦叙事研究：关于中国叙事传统的形成》，第 108 页。

超过一半的篇幅所关注的都是群黎众庶平凡的生活瞬间。

当然，有学者对近世盛行的“《国风》出自民间说”[①] 提出了质疑。[②] 例如，钱穆先生认为，《诗》很大程度上仰仗于贵族人士的雅化：“此三百首诗句之所以能平易明白如此，则正为有文字之雅化……若不经文字雅化工夫，各地民歌，即限于各地之地方性，何能臻此平易明白”[③]，以至于“文学作品，则必仗雅化之文字为媒介、为工具，断无即凭语言可以直接成为文学之事”[④]。即便如此，吾人同样可以追问，倘若编集雅化者均为贵族群体，那么他们完全可以把目光收归于贵族生活圈与精英文化内部，但实际上，《诗经》诸多篇章（尤其是风诗）为群黎众庶的生命轨迹留存了相当程度的书写空间，正如朗照惠然，不遗一人，亦不遗一物。这也暗示出，纵使当时的社会存在贵族与庶民的分殊，但这并未导致不同身份群体的判然两隔。至少从《诗》编集雅化的取向可看出，尚有部分精英和贵族人士并非以高高在上的傲慢姿态自居自恃，而是试图去照察、理解与体贴庶民的生活与心声，以期实现不同身份群体在世生存的一体性与共在感。这或可视为一种不断尝试着的努力，试图在某种程度上让“损不足以奉有余”的人道，复归于“损有余而补不足”的天道。

与此同时，也有学者指出，十五《国风》如清水出芙蓉般浑然天成，不着人为之迹：“十五国风，妙绝古今，正以妇人女子矢口而成，使学士大夫操笔为之，反不能尔。以人籁易为，天

---

① 郭绍虞：“诗的来源，出于民歌。”郭绍虞：《照隅室古典文学论集》，上海古籍出版社 2009 年版，第 363 页。又云：“汉宋儒家都局于孔丘诗教的问题，所以越说越远。从民歌来看问题，那么来龙去脉就一清二楚了。”郭绍虞：《照隅室古典文学论集》，第 406 页。

② 参见朱东润《国风出于民间论质疑》，载《诗三百篇探故》，云南人民出版社 2007 年版，第 1—45 页。

③ 钱穆：《中国学术思想史论丛》（一），第 158 页。

④ 钱穆：《中国学术思想史论丛》（一），第 158 页。

籁难学也。”[①] 然而，此论难免轻忽了风诗曾经历的“雅化”过程，同时也未看到，讬妇人女子之口而作诗者，未必系妇人女子本人。对此，缪钺曾言：“《国风》作者主名虽不可知，然大部分仍为士大夫之辞，或民间歌谣而经士大夫润色修饰者，其与朝政与时事有关者……固一望可知为士大夫之作，即咏民间风俗，男女哀怨，如《谷风》《氓》诸篇之沉绵凄惋，盖亦士大夫代为发抒，未必匹夫匹妇所自道。”[②] 而这“代为发抒”的行动背后，实则潜藏着体贴匹夫匹妇劳苦、并与之“同其情”的仁心仁德，诚如《老子》第二十七章所言：“常善救人，故无弃人；常善救物，故无弃物。”风诗不吝重墨，默默照拂着那些贫穷的、被侮辱与被伤害的群黎苍生，如此正能体现《诗经》是一部卓荦、深刻与伟大的华夏元典，亦能彰显出编集雅化者胸襟与格局之深宏阔大——并非用权财功名等外在标准来衡量何为有意义的人生。

风诗中的无名氏，未曾扬名千古，也未曾立下显赫事功。普通而平凡的他们，终其一生所践行的，无非是为人父母、身为人夫、身为人妻所应尽之责，然而不可否认的是，他们都曾认真而诚挚地存在过，生活过，在世上恒久忍耐，素位而行，委致其身，尽在世之本分，因而同样令人尊敬。诚如维克多·雨果所言：“高尚隐秘的胜利，是任何肉眼所不见，任何名誉所不被，任何鼓乐所不歌颂的。生活、苦难、孤独、遗弃、贫苦，这些都是战场，都有它们的英雄。无名英雄，有时比显赫的英雄更伟大。”[③] 风诗传唱的正是这些无名的英雄。

据《左传·襄公二十四年》所言“豹闻之：‘大上有立德，其

---

① 黄遵宪：《山歌题记》，载龙扬志编《黄遵宪集》，广东人民出版社 2018 年版，第 65 页。

② 缪钺：《中国文学史讲演录（唐以前）》，载缪元朗、景蜀慧编校《缪钺全集》第六卷，第 26 页。

③ ［法］雨果：《悲惨世界》，李丹、方于译，人民文学出版社 2003 年版，第 682 页。

次有立功，其次有立言。’虽久不废，此之谓不朽”①，昔人把“不朽”的最高境界归为“立德”。若说“功”与“言”都有一定的载体，化为建制或书于竹帛，使其可跨越时空而流传后世，那么所立之德很大程度上无形无迹、不可固化，而是渗入人伦日用的每一微渺瞬间、每一句话和每一个行动当中，“取决于日常的生活方式、生命的每一瞬间以及灵魂的每一次冲动”②。这是一种平凡的伟大、一种无人纪念的高尚和不断克己的大勇。风诗关注并尊重芸芸苍生平凡的生活瞬间，正传递了与此相同的理念。人生在世，最要者并非所立之功、所立之言，而是终其一生所立之德。所立之德并非一个空洞不实的指称，而是渗透在立身处世的每一环节，取决于是否真诚地去生存，去尽自己活着的本分。这意味着，在《诗》的精神世界中，人并非孤立的自我，而是在世界中的存在。若往细处说，在世存在的一个重要面向便是人所置身的伦常关系。

据此或可理解，何以风诗往往是把个人生命放在其所身处的关系网络中去理解与看待。诸诗鲜活而有力度的生存经验多透过尔—我对话的格局得以呈露。诗人的对话者，可以是明确道出的“子”“尔”或“君子”，如《郑风・遵大路》所云“遵大路兮，掺执子之祛兮”，《秦风・无衣》所云“岂曰无衣？与子同袍”，以及《王风・大车》所云“岂不尔思，畏子不敢”等。此外，还广泛存在的情况是，出于个中缘由，对话者和受述人“难以为他人道也”。然须留意，诗人虽未将对话者明确道出，甚或多用“人”来泛指，但此对话者实则一直潜伏于幕后，尔—我对话的格局始终都在，如《王风・采葛》所云“一日不见，如三月兮”，《鄘风・相鼠》所云“人而无仪，不死何为”，以及《齐风・甫田》所云“无思远人，劳心忉忉”等。

---

① （周）左丘明传，（晋）杜预注，（唐）孔颖达正义：《春秋左传正义》，载《十三经注疏》整理委员会整理《十三经注疏》，第1152—1153页。

② ［德］卡尔・雅斯贝尔斯：《什么是教育》，童可依译，生活・读书・新知三联书店2021年版，第2页。

风诗借此暗示出，孤立的自我其实并不存在。个体的存在，只有在所置身的历史—文化共同体中，在所处的社会背景中，在与他人的关系中才能生发出更为丰沛的意义。也只有通过关系网络中角色与身份的彼此承认，人才能不断加深对于生命意义的认识。

不独《诗经》如此，从广义上言，六经悉皆如此。《六德》云："故夫夫，妇妇，父父，子子，君君，臣臣，六者各行其职，而谗谄无由作也。观诸《诗》《书》则亦在矣，观诸《礼》《乐》则亦在矣，观诸《易》《春秋》则亦在矣。"① 这表明，对夫妇、父子、君臣之道的重视，贯穿于六经之终始。姜广辉先生指出："'六经'重视的是人与人的关系。人不是纯粹的自我，是人与他人的关系。"②申言之，在古代社会，个性和自我往往由人际关系来界定。对于"我是谁"这个问题，一个很常见的回答是，我是我父亲的儿子。这时，我是在用我和父亲的关系来界定自己。此外，我们还可以说，我是我儿子的父亲，我是我妻子的丈夫，我是国家的大臣，等等。凡此诸种都是在用伦常关系来界定"我"这个人，即"多重角色的综合体"，即"责任自我"③。每一重角色都对应着相应的责任。他进一步指出："《诗经》中的诗全是自我和他人的关系。"④

其独特之处在于，风诗字面上并未出现"关系"这一概念。这表明，风诗对伦常关系的思考，并不是以理论反思的方式来进行，而是通过诗人在不同情境中的形象化表达得以喻示。诗人扎根于特殊的人事情境，以此为背景与底幕，展开对人伦日用的观察与思考，

---

① 荆门市博物馆编：《郭店楚墓竹简·六德》，文物出版社 2003 年版，第 49 页。

② 姜广辉主讲，肖永贵、唐陈鹏录音整理：《新经学讲演录》，中国社会科学出版社 2020 年版，第 47 页。

③ 姜广辉主讲，肖永贵、唐陈鹏录音整理：《新经学讲演录》，第 46 页。

④ 姜广辉主讲，肖永贵、唐陈鹏录音整理：《新经学讲演录》，第 46 页。对于"《诗经》中的诗全是自我和他人的关系"这一观点，笔者认为存在可商榷之处。风诗的确以自我和他人的关系为主，但《雅》《颂》的问题域不仅局限于自我与他人的关系层面，还涉及自我与共同体、与天地万物、与人文历史、与先祖、与超越之天等多重关系维度。

进而丰富对一己生命的理解与认识。

进一步来说，对于人伦关系的多重维度，如亲子、朋友、长幼关系等，《国风》并非不分轻重缓急地一概而论，而是以男女、夫妻、婚姻关系为重，而后从夫妻之伦延伸至亲子、长幼、君臣、朋友之伦。值得注意的是，在呈现以夫妻之伦为根本的五伦关系时，风诗对女性叙述视角与口吻予以了相当程度的重视，这在以男性为书写主体与对象的古代典籍中其实颇为少见。

对此，一种常见的解读是，风诗中诸多拟代思妇弃妇的比兴之言，其真实作者也多为男性，比如，诗人多用爱侣关系来譬况君臣关系。一个典型例子是，《郑风·狡童》所言“彼狡童兮，不与我言兮”，实则为祭仲对郑国国君所说。但如此一来，所萌生的疑问便是：既然作者本身为男性，为何他不直接以其真实的性别角色来展开叙述，而偏偏要假手于女性视角？为何女性的叙述视角，对于诗人表达其本真感受而言，不失为一必要进路？这种拟代现象层出不穷，使风诗把处于男女、夫妻关系各种可能性维度中的女性，对大千世界的感受、理解及体认展现得淋漓尽致，以至于在《诗》的精神世界中，女性的叙述视角与经验世界的方式，成为呈现世界之丰富性、整全性与复杂性不可或缺的重要途径。

女性叙述视角之所以被《诗》看重，是否在于女性在伦常关系中所承担的角色以及女性的身心在此过程中切实的体验或是永久的伤痕，均为男性视角在叙述与表达人与世界的终极关系时所难以呈现的？然而，当久已存在的习俗和规则将一代代女性驯化为男性的附庸、奴仆、财产以及娱乐生活长盛不衰的点缀时，人类文明其实也永久地失去了女性叙述视角这一探寻世界之丰富性、完整性与复杂性的必要进路。

夫妻结为一体的过程，使女性的肉身亲历了一种切实的承受感与承载性。这是以信任与爱为基础的对另一个生命全然的敞开。然而，伴随着这种敞开，此过程也发生着他者对女性身体某种程度的入侵，甚或极为野蛮的冲撞。这种入侵可能导致生命完整性与独一性的破裂、此种破裂不可避免带来的羞耻感与身心的不完整感以及女性在此之后其心境可能发生的变化，若说这是女性在夫妻关系中所感受到的他者对于自身之入，那么，与之相对的便是成为人母时一个崭新的生命从自身之出，而这将带来身体的另一次撕扯与破裂。这次破裂可能会随之而来令人生怖的痛苦，甚至生命在此过程中将经历一种若即若离——即将诞生的小生命虽与自己一体，又终将和自己分离。那么在这种以分离为结局的一体性当中，女性该如何摆正对自己角色、责任和作用的认知？这毫无疑问又是对女性的另一考验。

由此，女性的身体遭遇着一次次撕扯与破裂，也留下了一道道需要掩饰与遮盖的伤口和裂痕。年华与生命的色泽从其间悄然溢出。原本青春饱满的胴体被索取、被榨干，日益枯槁干瘪。个中滋味是男性终其一生所无法感受、经历与体认的，但这却构成古代社会的女性最为重要的两大角色（人妻和人母）在身心层面所经验的基本事实，也是无数女性在其平凡的一生中用柔弱的血肉之躯一次次去面对与承受的，尽管这样的痛苦与奉献从未青史留名，在青天白日下鲜被提及与传唱。破碎与新生，实乃二而一的整体。女性用生命的华章，以百姓日用而不知的隐晦方式，抒写着这一切。

若真如诗人吟唱的那般“万物皆有裂痕，那是光照进来的地方”，那么，女性正是用身体一次次的破裂以及这布满裂痕的身心来完成她作为人妻、作为人母的角色——对于他者生命的承载，以此实现了对新生命的孕育与造就。而在成为人妻与人母之后，女性自身该如何修复这一道道裂痕与破口，才能活出“苟日新，日日新，又日新”的生命光景，却始终是一悬而未决的难题。

2. 风诗中的“人道”：以夫妻之伦为中心

承上所述，男女、夫妻、婚姻关系，构成了风诗的叙述重心。然而，从广义上言，重视夫妻关系并非风诗的独创。将夫妻之伦视为五伦之首，其实是前现代语境中时人的一大共识。对男女之别、夫妻之伦的重视在典册史籍中屡见不鲜：

> 《国语·鲁语上》云：“男女之别，国之大节也，不可无也。”①
>
> 《汉书》载匡衡之言云：“妃匹之际，生民之始，万福之原。”②

夫妻之伦被视为“生民之始”，此处所谓“始”，并非时间意义上的开始，而是根据层面的始基，即夫妻关系构成一切人伦关系的基础。若缺失了夫妇之伦，将难以在温馨和谐的家庭氛围中孕育出下一代，亲子、长幼关系将难以得到良性的引导。家庭伦常不完整、不健全，对外的君臣、朋友之伦难免受到影响。就此而言，夫妻关系是一切人伦关系的始基。与此同时，在昔人的观念中，夫妇之伦其实还兼有其他四伦的内涵。《公羊传·庄公二十四年》何休注云：“妻事夫有四义：鸡鸣，縰笄而朝，君臣之礼也；三年恻隐，父子之恩也；图安危可否，兄弟之义也；枢机之内，寝席之上，朋友之道。”③ 如此多重而复杂的维度与面向均涵摄于夫妻之伦当中，势必会加剧夫妻关系的内在张力，同时也表明，夫妻关系的处理并非易事。由此可以理解，为何帝尧对舜的首轮考验，便是“以二女妻舜”，观其能否协调夫妻关系：

> 于是尧乃以二女妻舜以观其内，使九男与处以观其外。舜居妫汭，内行弥谨。尧二女不敢以贵骄事舜亲戚，甚有妇道。尧九男皆益笃。舜耕历山，历山之人皆让畔；渔雷泽，雷泽上

---

① 徐元诰撰，王树民、沈长云点校：《国语集解》（修订本），中华书局 2002 年版，第147 页。

② （汉）班固撰，（唐）颜师古注：《汉书》，第 3342 页。

③ （汉）何休解诂，（唐）徐彦疏，刁小龙整理：《春秋公羊传注疏》，上海古籍出版社 2014 年版，第 304 页。

> 人皆让居；陶河滨，河滨器皆不苦窳。一年而所居成聚，二年成邑，三年成都。[①]

细审上述引文，其前后部分的衔接与过渡颇有深意可寻。在讲完舜能协调夫妻关系，使二女“甚有妇道”之后，引文紧接着开始叙述，舜如何在历山化育百姓，使当地百姓结成了礼让和谐、团结兴旺的共同体。这再次表明，夫妻关系的处理，是协调其他人伦关系的前提与基石。然而，据一般理解，处理夫妻关系与治理一方百姓，二者明显不属于同一范畴。那么，尧在选接班人时，为何不优先考察舜的从政能力，而要从协调男女、夫妻关系的能力与智慧入手？此问题又可表述为，处理男女、夫妻关系有何困难之处，使风诗也以此作为关注的重心？

（1）“好色之愿”引发的人伦困境

古人深知，男女之事不学而能，不令而行，此乃人之常情，深植于生民之性。《淮南子·泰族训》云：“民有好色之性。”[②] 但凡具有血气心知，等成长到一定阶段，莫不滋生求偶的自然倾向，且如《韩非子·备内》所言“丈夫年五十而好色未解”[③]，无怪乎夫子“吾未见好德如好色者也”的慨叹，在《论语》中复现了两次，所谓“书之重，辞之复。呜呼！不可不察也”[④]。此外，《孔子诗论》同样论及人有“好色之愿”。又如，告子以为“食色，性也”，将“食”与“色”视为常人贪恋的两大事物。尽管孟子视告子为论敌，但在面对人之“好色”的问题上，似乎可与告子达成一致，如《孟子·万章上》也提出了“好色，人之所欲”的论断。

凡此诸语均表明，古人对与生俱来的本能倾向并未怀揣盲目乐观且不切实际的幻想，而是洞悉，“不学而能”的“好色”冲动对

① （汉）司马迁撰：《史记》，第33—34页。

② 何宁撰：《淮南子集释》，第1386页。

③ （清）王先慎撰，钟哲点校：《韩非子集解》，第115页。

④ （清）苏舆撰，钟哲点校：《春秋繁露义证》，第442页。

人具有强大的控制力与驱动力。此“好色”冲动缺乏价值层面的规定性，极易失于中节，引发流弊。典籍文献遂频频出现关于“好色”之弊的论述，可视为对世人的长久警示：

《春秋繁露·天道施》：“好色而无礼则流。”①

《大戴礼记·哀公问于孔子》：“好色无厌，淫德不倦。”②

《列女传·节义》：“好色淫泆，是污行也，污行不义。”③

《文子·上礼》：“流而不反，淫而好色。”④

《淮南子·要略》：“好色无辩。”⑤

《吴越春秋·勾践阴谋外传第九》：“淫而好色，惑乱沉湎，不领政事。”⑥

揆诸引文，“好色”之弊多与“发而无中节”相关。这通过“流”“无厌”“淫泆”“无辩”“无极”“沉湎”等文辞体现出来。《诗大序》称赞“《关雎》乐得淑女，以配君子，忧在进贤，不淫其色”（在往昔语境中，“淫”有“沉湎”“过度”之意），这也从侧面反映出人之常情难免淫于其色。沉湎于色，失于中节，恐生祸端。《诗大序》此论的落脚点在于“不淫其色”，正是对吾人的提醒与告诫。古人对淫泆无节如此警惕，恰恰在于洞悉，“凡人之有患祸者，生于淫泆暴慢”⑦。而“好色之愿”往往是淫逸的肇端，其程度之强烈，

---

① （清）苏舆撰，钟哲点校：《春秋繁露义证》，第469页。

② （清）王聘珍撰，王文锦点校：《大戴礼记解诂》，中华书局1983年版，第13页。

③ （汉）刘向著，绿净译注：《古列女传译注》，北京联合出版公司2015年版，第220页。

④ 王利器撰：《文子疏义》，中华书局2009年版，第514页。

⑤ 何宁撰：《淮南子集释》，第1460页。

⑥ （汉）赵晔撰，周生春辑校汇考：《吴越春秋辑校汇考》，中华书局2019年版，第139页。

⑦ （汉）刘向撰，向宗鲁校证：《说苑校证》，中华书局1987年版，第507页。

一如烈火般贪婪、热烈和狂野，易引发“男女之间突如其来、奇迹般的亲密关系”。其摄人心魄的魔力，但凡初坠情网的男女都有所体会。这一方面与性吸引力相关，另一方面，从根本上看，也源于内心深层的“成为整体的希冀和追求”①，源自植根于人心的“人与人相爱的欲望”，“它要恢复原始的整一状态，把两个人合成一个，治好从前剖开的伤痛”②。

此种“恢复原始的整一状态”的渴望，在“好色之愿”的驱动下，难免催生人对异性的强烈渴求，这在风诗中也多有体现。据《鄘风·桑中序》所言，“卫之公室淫乱，男女相奔”③，其诗曰：“云谁之思？美孟姜矣。期我乎桑中，要我乎上宫，送我乎淇之上矣。”又见《郑风·溱洧》所言，男女相约合会于溱、洧之上，其诗曰：“维士与女，伊其相谑，赠之以勺药。”

但昔人洞悉，单纯由“好色之愿”维系的两性结合，本身绝不可能持久。此点在中外文学史的诸多人物形象中表露无遗，其中颇具代表性的便是约翰·克利斯朵夫的红尘际遇。上苍在赋予克利斯朵夫傲人的音乐天赋时，似乎也赐予了他一生的情缘。克利斯朵夫虽命途多舛，但从小就不乏佳人在侧。自幼年起，他便与富家千金弥娜互吐情愫，暗许终身。待年岁稍长，在路边与阿达偶遇后，便与她缠绵数日。而后对少妇萨皮纳一见倾心。可惜娇人儿因病早逝，二人未成正果。待他作曲小露锋芒后，又与红极一时的女演员弗朗索瓦丝相互吸引，生出一段露水情缘，后来甚至还爱上了朋友的妻子，令其红杏出墙，自己也险些因良心蒙愧而轻生。

克利斯朵夫的红尘际遇让人惶惑。如果爱像燎原野火，那么为何在罗曼·罗兰笔下，这些女子的倩影竟如昙花一现，缘尽后便永

---

① ［古希腊］柏拉图：《柏拉图对话集》，王太庆译，商务印书馆2004年版，第313页。

② ［古希腊］柏拉图：《柏拉图对话集》，王太庆译，第312页。

③ （汉）毛亨传，（汉）郑玄笺，（唐）孔颖达疏，（唐）陆德明音释，朱杰人、李慧玲整理：《毛诗注疏》，第261页。

远从克利斯朵夫的生命中消逝？似乎热度一过，这位曾经的痴情种的心中，竟不再对往事泛起一丝涟漪。倘若这不是爱情，为何会有几番云雨？倘若这是爱情，是人类最崇高的情感之一，为何会在双方肉体的交融达到极致后不了了之，化为泡影？罗曼·罗兰草草收手，吝惜到不让这些开过的花儿在克利斯朵夫漫长的生命轨迹上占有一席之地，是否只是为了证明爱情的脆弱与人性的健忘？

或许从始至终，那些炽热的肉体、忘情的亲吻都从未真正打动过克利斯朵夫，当然也不会触动万千读者：

> 人们混淆了“坠入情网”（falling in love）的初始体验同“身在爱中”（being in love 或者使用更准确的词：standing in love）的持久状态这两者的区别。假如，有两个迄今为止同我们一样相互陌生的路人，当使他俩隔开的那堵高墙突然拆除，相互接近，相许对方，融为一体时，他们俩合二为一的一刹那就成为最美妙、最心醉神迷的经历。……这种男女之间突如其来的情感奇迹之所以发生，往往与性的吸引力以及媾合紧密结合在一起，或者直白地说，正是它们促成的。但这种爱情就其本性来说不可能持久。①

或许这种如胶似漆、缠绵到令人头脑发昏的，只是男女双方的性吸引力，是昔人频频警惕的“好色之愿”，归根结底还是源于一己之私，而非“恒久忍耐，又有恩慈”的舍己之爱。深植于一己之私的“好色”冲动，只停留在生物性层面，故来也匆匆，去也匆匆。由此或可明白，何以在克利斯朵夫的际遇中，竟是那张隔着地铁窗户模糊的、苍白而瘦削的面庞——罗曼·罗兰最用心描写的女子安多纳德（据说此人物的原型是作者的母亲）——让我们流泪。她对克利

---

① ［美］弗罗姆：《爱的艺术》，赵正国译，国际文化出版公司 2004 年版，第 6—7 页。

斯朵夫的爱，从相识到离世都静如止水。初次谋面，她便被克利斯朵夫的才华与锐气所折服，自此在暗地里为之祷告，默默地为他祝福，在雨夜为他谱写一首首永远不会寄出的赞美诗。罗曼·罗兰从未用撩人情愫的言语来描写这份深沉如大海、润物细无声的爱，而是一反从前，"发乎情，止乎礼"。从始至终，克利斯朵夫与安多纳德共同的回忆寥寥无几：被人群冲散而失败的拥抱，因列车开动尚未看清的模糊背影，还有一个令人悸动的秘密：他尚未得知她深爱着自己，她便已悄然离世……

"好色之愿"的不稳定与难持久，在克利斯朵夫的露水情缘中展露无遗。纵使如漫天焰火绚烂一时，终究为无根之物，逃不过枯萎的宿命，抑或湮没在市井闾巷柴米油盐的吆喝叫卖声中。尽管就克利斯朵夫的文学形象而言，"好色之愿"的弊病似乎仅止于其身，但吾国古人则考虑得更为深远。"好色之愿"的无规定性与无节制性，难免引发犯分越礼、违背纲常的淫奔之举，导致男女关系不得其时，亦不得其正，对于维持共同体的人伦秩序而言存在着诸多不利因素，轻则毁身亡家，重则覆灭邦国。

> 《论衡·言毒》："好色惑心。"①
> 《大戴礼记·四代》："好色失志，妨于政。"②
> 《六韬·发启》："好色无极。此亡国之征也。"③

引文所言"惑心""失志"恰恰表明，"好色之愿"的弊端并非止于其身，而是由身及国，引发"妨于政""亡国"等诸多乱象。这并非昔人在理论层面的设想与分析，而是的确见诸史实。考诸史籍典册，春秋战国时期，男女不正之事、乱伦淫奔之行不胜枚举。《鄘

① （汉）王充撰：《论衡》，上海人民出版社 1974 年版，第 352 页。

② （清）王聘珍撰，王文锦点校：《大戴礼记解诂》，第 172 页。

③ 徐培根注译：《太公六韬今注今译》，台北：台湾商务印书馆 1984 年版，第 79 页。

风·墙有茨》所云“所可道也，言之丑也”，在暗暗影射卫公子顽烝于宣姜之事。《齐风·南山》所云“鲁道有荡，齐子由归。既曰归止，曷又怀止”，则与齐襄公通于文姜之事有关。除此之外，公子朝通于襄公夫人宣姜、鲁公子庆父通于哀姜、鲁叔孙侨如通于穆姜、晋献公烝于齐姜、齐庄公通于东郭姜等事件，均见载于《左传》。男女、夫妻关系不正，其情况之复杂，以至于《左传》要将其细析为“烝”“报”“通”三类。[①]《小尔雅·广义》将其释为：“男女不以礼交谓之淫。上淫曰烝。下淫曰报。旁淫曰通。”[②]“上”“下”“旁”等前缀词喻示，若好色而无节，连亲子、长幼之伦也将受到破坏，必然导致亲子、长幼、君臣关系不正。《孟子·滕文公下》云：“世衰道微，邪说暴行有作，臣弑其君者有之，子弑其父者有之。”世衰道微，追根究底，与夫妻之伦不正不无关联。

（2）婚姻之礼：导“好色之愿”于“男女之别”与“两姓之好”

昔人深谙，若缺乏规范力与导向性，“好色之愿”往往会流缅失度。因此，如何规范与引导“好色之愿”，便显得尤为重要且必要。这构成婚礼得以创制的重要原因。《史记·礼书》云：“缘人情而制礼，依人性而作仪，其所由来尚矣。”[③] 正因礼仪乃是依缘人之情性而制，若单就婚礼而言，此礼则着眼于人皆有之的好色之性，故《淮南子·泰族训》云：“民有好色之性，故有大婚之礼。”[④] 既然“好色之性”难免沉湎无度，易引发“男女无别”的乱象，那么婚

---

① 如《左传·桓公十六年》所载“初，卫宣公烝于夷姜”，《左传·庄公二十八年》所载“晋献公娶于贾，无子。烝于齐姜，生秦穆夫人及太子申生”，《左传·宣公三年》所载“文公报郑子之妃曰陈妫，生子华、子臧”，《左传·桓公十八年》所载“公会齐侯于泺，遂及文姜如齐。齐侯通焉，公谪之，以告”，以及《左传·闵公二年》所载“共仲通于哀姜，哀姜欲立之”等。

② （清）胡承珙撰，石云孙校点：《小尔雅义证》，黄山书社 2011 年版，第 87—88 页。

③ （汉）司马迁撰：《史记》，第 1157 页。

④ 何宁撰：《淮南子集释》，第 1386 页。

姻之礼的一大本旨便在于“男女有别”。揆诸昔人语境，“男女之别”多被视为婚礼的一大效验。《淮南子·泰族训》云：“因其好色而制婚姻之礼，故男女有别。”① 又如，《礼记·昏义》云：“敬慎重正，而后亲之，礼之大体，而所以成男女之别，而立夫妇之义也。”② 而“男女之别”作为起始点，又可进一步导向“夫妇之义”“父子之亲”及“君臣之正”。这一脉络被《礼记·昏义》描述为：“男女有别，而后夫妇有义；夫妇有义，而后父子有亲；父子有亲，而后君臣有正。”③ 正因古人洞悉男女有别、夫妇有义的重要性，故而与冠、丧、祭、射、乡等礼仪相比，婚礼被目为“礼之本”。《礼记·昏义》云：“昏礼者，礼之本也。”④ 又云：“夫礼，始于冠，本于昏。”⑤《汉书》则把婚礼之重要意义表述为：“婚姻之礼正，然后品物遂而天命全。”⑥

由此或可理解，为何关涉婚礼与夫妻关系的诗篇尤多见于《国风》。据张西堂统计，《国风》关涉夫妻关系的诗多达70余篇，超过了风诗三分之一的篇幅⑦，诚如《孔疏》所言：“阴阳为重，所以《诗》之为体，多序男女之事。”⑧ 清人崔述亦云：“五伦始于夫妇，故十五《国风》中，男女、夫妇之言尤多。”⑨《国风》对夫妻关系

---

① 何宁撰：《淮南子集释》，第1386页。

② （汉）郑玄注，（唐）孔颖达正义，吕友仁整理：《礼记正义》，第2276—2277页。

③ （汉）郑玄注，（唐）孔颖达正义，吕友仁整理：《礼记正义》，第2277页。

④ （汉）郑玄注，（唐）孔颖达正义，吕友仁整理：《礼记正义》，第2277页。

⑤ （汉）郑玄注，（唐）孔颖达正义，吕友仁整理：《礼记正义》，第2277页。

⑥ （汉）班固撰，（唐）颜师古注：《汉书》，第3342页。

⑦ 张西堂指出：“在风诗中，即便我们严格一点计算，关于恋爱婚姻的诗要占三分之一以上。”张西堂：《诗经六论》，第27页。张氏将《国风》中关于恋爱婚姻的诗分为十类，总数达七十二首之多。正因关涉夫妻关系、婚姻生活的风诗如此之多，以致不少学者将婚恋诗单辟出来研究。

⑧ （汉）毛亨传，（汉）郑玄笺，（唐）孔颖达疏，（唐）陆德明音释，朱杰人、李慧玲整理：《毛诗注疏》，第5页。

⑨ （清）崔述撰：《读风偶识》卷一，载顾廷龙主编，《续修四库全书》编纂委员会编《续修四库全书·经部·诗类》第64册，上海古籍出版社2002年版，第240页。

的重视，也从侧面反映出夫妻之伦对于个人及社会的重要性。由此，夫妻相处之道，自然成为研读《国风》无法绕开的一大主题。

进一步来说，昔人不仅从男女双方的个体层面出发来看待二人结为夫妻的意义。《礼记・昏义》云：“昏礼者，将合二姓之好，上以事宗庙，而下以继后世也。”[①] “合二姓之好”，喻示婚姻之礼不仅与结为夫妇的两个个体相关，还关涉男女双方身处的族群。这又必须置于西周独特的文化语境（同姓不婚，异姓通婚）中来看待。此亦即《礼记・郊特牲》所言“夫昏礼，万世之始也。取于异姓，所以附远厚别也”[②]。随着西周分封的推行，事实上实现了“大文化圈内族群间关系的重组合”，而非“异民族间的征服与被征服”[③]，由此姬姓族群与异族之间发生了更为频繁的文化碰撞，催生更为广泛且深入的接触与交流，原先只发生于姬、姜两姓之间的婚制被打破。姬姓族群与异族之间缔结婚姻关系，逐渐成为周代婚制的重要面向。与之相伴而生的便是媵嫁制度。《公羊传・庄公十九年》云：“媵者何？诸侯娶一国，则二国往媵之，以侄、娣从。侄者何？兄之子也。娣者何？弟也。”[④] 具体来说，“二国往媵”，即需要同姓诸国中有“侄娣”辈分的女子陪嫁（这只适用于姬姓女子往嫁异姓之国的情况）。从总体上看，同姓不婚、“二国往媵”的婚制，逐渐冲破了姬姓族群与异族间血缘关系的壁垒以及双方不相往来、易生隔阂的状态，促成了二者间的联通与混融。

据《太平御览》卷五四〇所引《外传》曰“古者谓婚姻为兄弟，因成兄弟之义也”[⑤]，李山进一步指出：“所谓的婚姻‘合二姓

① （汉）郑玄注，（唐）孔颖达正义，吕友仁整理：《礼记正义》，第 2274 页。

② （汉）郑玄注，（唐）孔颖达正义，吕友仁整理：《礼记正义》，第 1091—1092 页。

③ 许倬云：《西周史：增补二版》，生活・读书・新知三联书店 2018 年版，第 163 页。

④ （汉）何休解诂，（唐）徐彦疏，刁小龙整理：《春秋公羊传注疏》，第289 页。

⑤ （宋）李昉等撰：《太平御览》第 6 册，上海古籍出版社 2008 年版，第 125 页。

之好'，正落实在这'婚姻为兄弟'上。"① 若说"同母为兄弟""同姓为兄弟"的血缘联结，多取决于命运的抛掷，不以人的意志为转移，那么，"婚姻为兄弟"则可归为经由后天努力缔结而成的伦常关系。由此，周制有别于殷人那般"用强迫性手段与其他人群建构生硬的服从关系"（其结果在于殷商自称大邑，却无"华夏"的观念②），而是通过缔结婚姻"从一个侧面完成着建立在互相承认基础上的多族人群的统一"③。通过"合二姓之好"的婚姻，异族不断被纳入更为广阔的伦常关系共同体。各族以自身为中心、一己独大、彼此割裂的独一性逐渐被舍弃，凡此均为建立整全而统一的文明形态与天下秩序提供了基础，并且"在这个秩序的基础上凝结了一个强烈的'自群'意识"④。据此而论，"取于异姓"，乃是"用夏变夷"的一大进路，其意义绝不限于一种新制度、一个新王朝的创立，而是昭示着统一化文明进程的开端。"后世的华夏观念，当由周初族群结合而开其端倪"⑤，由此"诞生了一个统一的人类文明，即所谓的中原文明。以后的中国历史，从本质上说，只是这个统一文明实体的生长变化的历程"⑥。

值得注意的是，尽管《诗》重视"因其好色而制婚姻之礼"，且肯认周代婚制"合二姓之好"的重要意义，但《诗》就此呈现出的并非一曲颂美高歌的单音。"同姓不婚"与"二国往媵"可能导致的伦常困境，也同样在诗人俯仰顾盼之列。诗人看到，与媵妾制度相伴而生的嫡媵关系难免潜伏着冲突与摩擦，故而在《召南·江有汜》中，受嫡妻排挤的媵妾唯有暗自嗟叹，自陈其苦楚为"始则

① 李山：《诗经的文化精神》，第 22 页。
② 参见许倬云《西周史：增补二版》，第 138 页。
③ 李山：《诗经的文化精神》，第 23 页。
④ 许倬云：《西周史：增补二版》，第 158 页。
⑤ 许倬云：《西周史：增补二版》，第 158 页。
⑥ 李山：《诗经的文化精神》，第 28 页。

不以备数，继则不与偕行，终且望其庐舍而不之过”①。与此同时，远嫁异国的姬姓女子，除了饱受思念故国之苦，还将面临如何融入当地民俗、如何与夫家相处等问题，故而在《卫风·竹竿》中，远嫁异国却不受夫家礼遇的女子只能“驾言出游，以写我忧”。此外，王室、诸侯嫁女，“非有大故不得反”。此点亦见于《穀梁传·庄公五年》所论“妇人既嫁不逾竟，逾竟，非礼也”②。正因王室诸侯嫁女喻示着亲子之间的长久离别，故而《礼记·曾子问》载孔子之言曰：“嫁女之家，三夜不息烛，思相离也。”③ 这表明，“之子于归，宜其室家”“之子于归，百两成之”的美好氛围，其实是以骨肉至亲的永世分离为代价。婚礼“合二姓之好”固然可喜，乃是“因人心所善而为之制”，但就此缔结而成的夫妻之伦，却与女方的亲子之伦相抵牾。异国相离，女子无法尽孝于双亲之前，不可不谓一极大的遗憾，同时也有其残酷之处。亲子、夫妻之伦难以两全的苦楚，只能由远嫁的女子暗自消化。哪怕正值宗国颠覆之际，嫁往别国的女子也无法归唁，只能作诗遥寄哀思，于是便诞生了《鄘风·载驰》“大夫跋涉，我心则忧”的绝唱。

凡此均喻示，《诗》温情脉脉地照拂着婚制下的人世百态，注目其间可能萌生的苦难与困境、群黎众庶真实的婚姻样态与生存情境，并借此寄托对于婚制的反思：当婚姻更多地与政事因素相挂钩，甚至只是单向度地服务于异姓交好、“附远厚别”等目的，如此之婚制是否还能本真地缘人情而生并贴合人情，是否会反过来对人情造成一定的戕害？《诗》并非钳制人之口舌，而是容许“岂其取妻，必齐之姜？岂其取妻，必宋之子？”的质疑声存在，哪怕这的确会给“同姓不婚”“二国往媵”的合理性带来一定的冲击。同时，《诗》也呈露出大千世界中人情与婚制的张力以及伴随着“取于异姓”

---

① （清）方玉润撰，李先耕点校：《诗经原始》，中华书局1986年版，第112页。

② （晋）范甯集解，（唐）杨士勋疏：《春秋穀梁传注疏》，载《十三经注疏》整理委员会整理《十三经注疏》，北京大学出版社2000年版，第81页。

③ （汉）郑玄注，（唐）孔颖达正义，吕友仁整理：《礼记正义》，第771页。

"二国往媵"的婚制而萌生的苦恼。《诗》并未将此类"异样"的声音一笔抹杀，而是将其如实地持存并呈现——或许这正是《诗》的不凡之处——但与此同时，《诗》也并未对此给出明确的回应或答案，而是始终"犹抱琵琶半遮面"，似乎把这个无尽的难题永远敞开给一代代读者。其间或许暗含着《诗》对于婚姻制度的复杂态度：一方面，鉴于"好色之愿"引发的人伦困境，婚姻之礼自然有其存在的必要性与重要性；另一方面，由于婚制不可避免地带上了政事外交、异姓融合、"附远厚别"等因素的考量，又难免引发人情与礼制的张力。这使婚姻之礼虽以"男女有别""合二姓之好"为其愿景，但现实情况往往是，哪怕双方经由婚姻之礼缔结了夫妻之伦，二人关系终究难逃从"至亲"到"至疏"的转变。诗人李冶在《八至》中写道"至亲至疏夫妻"①，短短六字，以极其冷峻的口吻，将夫妻关系的亲疏张力收摄其间，给人以巨大冲击。

（3）"至亲至疏夫妻"：夫妻之伦的诸多困境

若说哪个人物形象将夫妻关系从至亲到至疏的跌宕起落展现得淋漓尽致，那么则无法绕开《约翰·克利斯朵夫》中的奥里维和雅葛丽纳。二人经历的婚姻悲剧，可谓现实生活不幸婚姻的缩影：

> 奥里维不放在心上的东西正多着呢！他可以不需要艺术，不需要克利斯朵夫。那时他只想着雅葛丽纳，他们只知有爱情，不知有其他；这种自私的心理在他们周围造成一片空虚，毫无远见地把将来的退路都给断绝了。在初婚的醉意中，两颗交融的生命专心一意地只想彼此吸收……肉体与心灵的每个部分都在互相接触，玩味，想彼此参透。仅仅是他们两人就构成了一个没有规则的宇宙，一片混沌的爱，一切交融的成分简直不知道彼此有什么区别，只管很贪馋地你吞我，我吞你。对方身上

① （唐）李冶撰：《李冶诗集》，载（清）纪昀等编《景印文渊阁四库全书·集部·总集类》第1332册，台北：台湾商务印书馆1986年版，第355页。

的一切都使他们销魂荡魄。世界对他们有什么相干？有如古代的两性人在和谐美妙的梦里酣睡一般，他们对世界闭着眼睛，整个的世界都在他们身上。……他们差不多谢绝宾客，对什么都不关心。等到不得不出去拜客的时候，他们毫无顾忌地对人很冷淡，使有些人不快，使有些人微笑。……哪怕在众人面前，他们也是我行我素。人们常常会发现他们一边说话一边眉目传情。他们用不着彼此瞧望就能看到对方。两人微微笑着，知道彼此同时想着同样的念头。等到从应酬场中出来，他们简直快活得直叫直嚷，做出种种痴儿女的狂态，仿佛只有八岁。①

初婚时期，两人眼中只有彼此，再难容下其他的人和事。但遗憾的是，这种狂热未能持续太久：

他们尝到了安乐的烦闷，需要刺激的感觉越来越不知餍足。甜蜜的光阴减低了速度，变得软弱无力，像没有水分的花一般黯然失色了。天空老是那么蓝，可已经没有清晨那种轻快的空气。一切静止；大地缄默。他们孤独了，正如他们所愿望的那样。——可是他们不胜悲伤。②

几年之后，二人的相处情景每况愈下：

最糟的是他们一连好几天不说话。令人窒息、骇怖的沉默，连最温和的人也受不住而要为之发狂的；有时你还感到一种想作恶、叫喊、使别人叫喊的欲望。静默，漆黑一片的静默，爱情会在静默中分解，人会像星球般各走各的，湮没在黑暗中

① ［法］罗曼·罗兰：《约翰·克利斯朵夫》，傅雷译，天津人民出版社2017年版，第970—971页。

② ［法］罗曼·罗兰：《约翰·克利斯朵夫》，傅雷译，第973页。

> 去……他们甚至会到一个阶段，使一切的行为，即使目的是求互相接近，结果都促成他们的分离。双方的生活变得没法忍受了。①

不难想见，照此情势发展，这段婚姻难免以悲剧收场：奥里维后来与雅葛丽纳的女友塞西尔成了红颜知己，在交往过程中逐渐倾心。雅葛丽纳得知此事后，从最初的气愤、怨恨转变为红杏出墙。二人从初婚阶段的如胶似漆转至数年后的形同陌路，甚至双方最终都移情于他人，如此的开端与结局恍若天上地下，不可不谓形成了极其鲜明的对比。其实，早在新婚初期，当奥里维夫妇亲昵得忘乎所以，把自身圈限在二人世界中时，此种过于亲狎的态度早已给双方关系埋下了一颗定时炸弹。古人洞悉，建基于“好色”冲动的亲狎之举必难久长，甚至会妨碍婚姻之礼对男女之别、夫妻之伦的引导。过于亲狎，致使夫妇无别，其实是对夫妻之伦的戕害。由此或可理解，为何《国风》以《关雎》为始，而《关雎》以“关关雎鸠，在河之洲”起兴，意在以雎鸠“挚而有别”提醒世人：“雌雄挚而有别，终日并游，人未尝见其乘居而匹处。雌雄不相戏狎，若朋友然。”②

那么，为何夫妻关系会从起初的至亲至近，沦落为至疏至远甚或反目相谮？这可谓各大文明群体中的婚姻生活共存之困境。除了好色冲动的不稳定性以及过于亲昵对夫妻关系的伤害，昔人还看到，从至亲到至疏的转变，还源于夫妻相处过程中潜伏着的种种复杂因素。夫妻关系因其至亲至近，往往会揭橥深层心理的隐秘面向，如嫉妒、虚荣、占有欲等。凡此均为己所独知而难以为他人道来的幽微意念，在浅层次的社交活动中难以揭示。

与亲子、朋友、手足之伦不同，夫妻关系往往对“独一性”有着高度要求。人会在意自己在爱人眼中的形象及评价，渴望从爱人

---

① ［法］罗曼·罗兰：《约翰·克利斯朵夫》，傅雷译，第1029页。

② （清）屈大均撰：《广东新语》，中华书局1985年版，第513页。

对自己的肯定、关注与赞许中获得满足感和愉悦感，同时还会寻求这种肯定与赞许的独一性——只为自己而设，绝不能与他人共享。自己在爱人心目中是否独一无二、不可替代，是否会有一个他者削弱自己原本的地位？对假想敌的猜疑很可能让人忐忑不安、心神劳顿。此时，失落、醋意、嫉妒、愤怒、痛苦往往会接踵而来……这可以解释，为何在涉及夫妻关系的文学作品中，无数的人物形象竟以理智丧尽、自戕或戕人的惨状收场，如欧里庇得斯笔下的美狄亚、《埃涅阿斯纪》中的狄多、莎翁笔下的奥赛罗等，诚如《卫风·氓》所言：“女之耽兮，不可说也。”朱子注曰：“说，解也。”[①]“不可说”表明，在相处过程中，夫妻双方深层心理的种种隐秘意念，对人之心智具有反噬作用。其程度之强烈，往往使人受制于此，难以从中超拔与解脱。夫妻关系引发的嫉妒心与独占欲，在妲己那里表现得尤为明显：

> 昔纣好色，九侯闻之，乃献厥女。纣则大喜，以为天下之丽莫若此也，以问妲己，妲己惧进御而夺己爱也，乃伪俯而泣曰：“君王年即耆邪？明既衰邪？何貌恶之若此而覆谓之好也？”纣于是渝而以为恶。妲己恐天下之愈进美女者，因白：“九侯之不道也，乃欲以此惑君王也。王而弗诛，何以革后？”纣则大怒，遂脯厥女而烹九侯。[②]

为迎合纣王的“好色之愿”，九侯不惜将女儿献出。九侯女的美色使妲己产生了莫大的威胁感。最终，妲己竟通过进谗言、害人命的方式，来保全纣王之爱的独一性。相似的情况与手段，在古代社会的王公贵族那里屡屡发生。尤其是在女子以色事人的情势下，所面对

① （宋）朱熹集撰，赵长征点校：《诗集传》，中华书局2017年版，第58页。

② （汉）王符著，（清）汪继培笺，彭铎校正：《潜夫论笺校正》，中华书局2014年版，第130—131页。

的是“丈夫年五十而好色未解也，妇人年三十而美色衰矣”的困境。“以衰美之妇人事好色之丈夫”[①]，难免色衰而爱驰，诚如《战国策·楚策一》所言：“以色交者，华落而爱渝。”[②] 又见《汉书·外戚传》所论：“夫以色事人者，色衰而爱弛，爱弛则恩绝。”[③] 斗转星移，白发换青丝。昔日的白月光与朱砂痣，悉皆变作衣服上的一粒饭黏子与墙上的一抹蚊子血。往昔爱人的赞美与欣赏，顷刻间均被收回。当女子以美色迎合男方的好色之愿，以保全自身地位的独一性之时，实质上是把存在意义的评价标准完全系于他人，这反而使自己陷入“有待”的状态。若说“夫妻不再是两个人，乃是一体的了”，此处所谓“一体”，并非基于一方对另一方的依附，尤其不是对另一方“好色之愿”的满足与迎合。

《白虎通德论·嫁娶》云：“妻者，齐也，与夫齐体。自天子下至庶人，其义一也。”[④] 训“妻”为“齐”，亦见于《释名·释亲属》：“妻，齐也。夫贱不足以尊称，故齐等言也。”[⑤]“妻”字以“齐”为训，从中反映出古人对于夫妻之伦的愿景，但遗憾的是，上文所言夫妻双方在相处过程中萌生的复杂意念，易使“妻者，齐也”的愿景化作泡影。究其缘由，“好色之愿”常将夫妻导向过于亲昵的相处方式。此过程往往暴露出双方深层心理的诸多隐秘面向，与此同时，却未能济之以合宜妥帖的应对方式，难免使双方关系出现抵牾、摩擦与冲突。据此而论，夫妻相处的过程，可谓对人的修为、境界及智慧的极大考验。若连最切近的夫妻关系都无法妥善处理，那么人在面对夹杂更多是非利害的君臣关系时，又如何能游刃有余？夫妻关系不正，其他人伦关系必然难以摆正。病态社会的一大表征便是，男女、夫妻关系不得其正（此点在变

① （清）王先慎撰，钟哲点校：《韩非子集解》，第 115 页。
② 何建章注释：《战国策注释》，中华书局 2019 年版，第 537 页。
③ （汉）班固撰，（唐）颜师古注：《汉书》，第 3952 页。
④ （清）陈立撰，吴则虞点校：《白虎通疏证》，第 490 页。
⑤ （汉）刘熙撰：《释名：附音序、笔画索引》，第 45 页。

《风》中尤为显豁)。有鉴于此，对男女之情进行引导与规范便显得尤其关键。要使生理本能层面的男女之情升华为夫妻之伦，这绝非自然而然就能实现，而要经过漫长的教化与修为。如何正夫妻之伦，是摆在每个人面前的难题，也成了风诗的一大关切。

(4) 论风诗中的夫妻之伦

独特之处在于，风诗并不是从理论层面晓谕夫妻之伦的应然样态，而是透过前人的生存经验动态地展开了婚姻关系的可能性维度。

《周南·关雎》的前半部分（从一章“关关雎鸠”到三章“辗转反侧”)，展现出君子爱慕并追求淑女这一过程的内心世界。人成长到了一定年龄，无不会对异性萌生爱慕之情。求而不得，难免催生道不尽的相思之苦。诚然，《关雎》之忧，发端于时空之序下某一有血有肉的个人，但此“求之不得”的忧思愁绪却并非为该诗作者所独有，毋宁说是人之为人普遍性的生存境况。《关雎》的主人公，可能是过去、现在或未来某个情境中的我们。可见，风诗并不是让人静“观”诗人之忧乐，而是使人经由诗人鲜活的生存经验复返于自身的生存世界与存在实感。

已到适婚年龄的恋人，最期盼的事情莫过于及时完成嫁娶之礼。《小序》所言“《摽有梅》，男女及时也”①，道出了先民长久以来的朴素心愿——“男女以正，婚姻以时”②。在《召南·摽有梅》一诗中，“其实七兮”“其实三兮”“顷筐塈之”以不同时期梅花凋零的境况，营造出大化匆匆、时光荏苒的流逝感。日复一日，女子的婚事也迫在眉睫。此诗连用三句“求我庶士”，回环复沓。女子对心上人的呼唤如临耳畔，每一声呼唤都满载着及时完婚的心愿。

将《关雎》与《摽有梅》合观，足见《诗》中爱侣经历了漫长的等待与盼望。由此，《周南·桃夭》所言新婚时期的美满和乐，便

---

① （汉）毛亨传，（汉）郑玄笺，（唐）孔颖达疏，（唐）陆德明音释，朱杰人、李慧玲整理：《毛诗注疏》，第121页。

② （宋）朱熹集撰，赵长征点校：《诗集传》，第7页。

多了一番苦尽甜来的深意。诗人以“桃之夭夭，灼灼其华”发语，如此明艳的色泽、轻快愉悦的叙述口吻在风诗中可谓寥若晨星。据《周礼·地官·媒氏》所言，“中春之月，令会男女”①。春天是桃花盛放的时节，也是男女婚配之佳期。诗中繁盛的花景与新婚的喜庆场面相得益彰，与《摽有梅》中“婚姻以时”的愿景正相膺承。《桃夭》随即把着眼点从桃花转至新婚妇人。“之子于归，宜其室家”一句对妇人致以了美好的祝福。朱注曰：“宜者，和顺之意。”②凡此描述均表明，女子的到来使室家和睦美满。《桃夭》并未就此戛然而止，而是继之以如下叙述：

桃之夭夭，有蕡其实。之子于归，宜其家室。
桃之夭夭，其叶蓁蓁。之子于归，宜其家人。

据先民观察，桃树开花先于生叶，最后才结出果实。花景虽美，但就桃树整体性的生命进程而言只是一个开端，远未臻于完满，直至结出果实，桃树的生命周期才画上了圆满的句号。女子出嫁亦是如此。新婚的喜庆氛围作为美好的开端，预示着婚后的新生活拉开了帷幕。夫妻的生活并非恒久定格于新婚时刻。故而在纪念此幸福瞬间的同时，《桃夭》把目光投向了女子的婚后时光，并对其寄予了美好的期许。马银琴将《易林·否之随》“春桃生花，季女宜家。受福多年，男为邦君”与《困之观》“桃夭少华，婚悦宜家。君子乐胥，长利止居”二语合观，得出“《桃夭》歌咏的应是一位德貌兼备的王室女子出嫁之事”③。但《桃夭》行文的一大特性在于，最大限度地压缩与具体人事严格对应的信息与指称（这一点，其实《诗》的诸多篇目都具备）。这生发出的效验是，《桃夭》的诗旨和

① （汉）郑玄注，（唐）贾公彦疏，彭林整理：《周礼注疏》，上海古籍出版社2010年版，第511页。

② （宋）朱熹集撰，赵长征点校：《诗集传》，第7页。

③ 马银琴：《两周诗史》，第266页。

意蕴并不受限于诗中人物个别性的经验遭遇，毋宁说，“之子于归，宜其室家”可视为人皆可言、人皆可愿的普适性祝福。

然而，令人始料未及的是，就在《桃夭》奏出幸福和乐的最强音之后，关于婚后生活的风诗似乎急转直下，呈现出另一副光景——哀多于喜，讲述的多是生离死别、见异思迁。

讲述夫妻阴阳两隔的风诗莫过于《鄘风·柏舟》。这是《国风》中唯一的悼念亡夫之诗。此诗以“泛彼柏舟，在彼中河”发语。此处的“在彼中河”，所言“为中流自在之舟，以喻人心之定也”[①]。小舟定于河上，表征着共姜已立定心志，在丈夫共伯去世之后，誓不改嫁他人。而“髧彼两髦，实维我仪”与“髧彼两髦，实维我特”二句，则用以追忆亡夫的音容笑貌。深情款款，自不待言。若说篇首“汎彼柏舟，在彼中河”一句，是共姜在委婉地寄寓心志，那么诗首章、二章末句所言“母也天只，不谅人只”，则是共姜对其心志的直接吐露，起誓绝不改嫁，至死不渝。

除了夫妻间生死两隔的永别，风诗还留心于另一种分离——连年征伐使无数夫妻分隔两地。征夫思归，妻子怀夫，在《风》中比比皆是。《周南·卷耳》《汝坟》《召南·草虫》《卫风·伯兮》《王风·君子于役》等诗均从不同侧面讲述了夫妻被生离之苦所折磨。

在《汝坟》一诗中，“遵彼汝坟，伐其条枚”与“遵彼汝坟，伐其条肄”仅易一字。据朱注，“斩而复生曰肄”[②]，又曰，“伐其枚而又伐其肄，则逾年矣”[③]。诗句由“枚”到“肄”的变换，营造出时间上的纵深感，喻示着妇人再次砍伐时，枝条已历经新一轮的生长繁育。在妇人那里，由“枚”到“肄”的过渡，不仅昭示着一般意义上植物的生长时间，还富有独特的意义指向——新的一年已到，远行的丈夫却仍未归来。由“枚”到“肄”的变化，喻示着幼枝内

---

① （清）方玉润撰，李先耕点校：《诗经原始》，第155页。

② （宋）朱熹集撰，赵长征点校：《诗集传》，第10页。

③ （宋）朱熹集撰，赵长征点校：《诗集传》，第10页。

蕴之生命力在时间之流中不断展开与涌现。但自从丈夫离开后，妇人的在世生存却停留于“未见君子”的状态。由此，诗首章末句所言“惄如调饥”便具备了可理解性。

与《汝坟》相近，《召南·草虫》在行文上也凸显出时间的流逝感。只不过在前者那里，大化匆匆是通过枝条斫而复生来呈现，而在后者那里，则通过物候之更嬗体现出来。从“喓喓草虫，趯趯阜螽”过渡至“陟彼南山，言采其蕨”，暗藏着时令的推移变换。草虫阜螽跳跃嬉戏，是秋天的景致。而蕨类则在春天生长。故方玉润评曰：“一章秋景如绘。二、三章由秋而春。”[①]“时变”的维度在朱注中也被强调。朱子注首章云，“诸侯大夫行役在外，其妻独居，感时物之变，而思其君子如此”[②]，注二章时亦云，“蕨，鳖也，初生无叶时可食。亦感时物之变也”[③]。“时物之变”，并非只具有纯粹的时间意涵，实则构成妻子思念愈加深切的缘由。思妇的“不幸在时间的推移里不断堆积而扩大”[④]，可谓“历时愈久，思念愈切”[⑤]。

诗三章末两句云：“未见君子，我心伤悲。亦既见止，亦既觏止，我心则夷。”从“未见君子”到“既见君子”的全过程，妇人的心境从未臻于平稳，其哀乐取决于能否与君子重逢。在《诗广传》中，船山将《草虫》视作“心系于外”的典例：“《草虫》之忧乐也疾矣！合离贸于一旦，而忧乐即迁，是则耳目持权，而心无恒也。”[⑥] 但不得不承认，“我心伤悲”与“我心则夷”两句悉皆妇人心境的真实写照，同时也为人之常情，尤其是在丈夫离家逾年、生死未卜的情况下。

---

① （清）方玉润撰，李先耕点校：《诗经原始》，第 99 页。

② （宋）朱熹集撰，赵长征点校：《诗集传》，第 14 页。

③ （宋）朱熹集撰，赵长征点校：《诗集传》，第 14 页。

④ ［日］吉川幸次郎：《推移的悲伤——古诗十九首的主题（上）》，郑清茂译，《中外文学》1977 年第 4 期。

⑤ （清）方玉润撰，李先耕点校：《诗经原始》，第 99 页。

⑥ （明）王夫之撰：《诗经稗疏·诗广传》，岳麓书社 2011 年版，第 309 页。

综上所言，风诗中的“生离”，多指夫妻因某种突降的不幸天各一方。此外，《国风》还注目于更为常见的另一种分离，即夫妻双方在情感上的疏离。揆诸风诗中的夫妻百态，即便双方尚未经历生死离别，也多以关系不和收场。《桃夭》所期许的“之子于归，宜其室家”，似乎成为可遇而不可求的奢望。

《卫风·竹竿》道出了婚后女子的普遍境况——妻子“不见答于夫”。据《小序》，“卫女思归也。适一国而不见答，思而能以礼者也”①。《郑笺》将女子之苦况申明为“我岂不思与君子为室家乎？君子疏远己，己无由致此道”②，又云：“伤己今不得夫妇之礼。”③国君未能以夫妻之礼对待佳偶，但女子仍以妇礼策励自省。整首诗都被淡淡的忧伤所裹挟。与《竹竿序》相类，《邶风·日月序》同样对“庄姜不见答”予以关注：“卫庄姜伤己也。遭州吁之难，伤己不见答于先君，以至困穷之诗也。”④ 朱注云：“庄姜不见答于庄公，故呼日月而诉之。”⑤ 又曰：“不得于夫，而叹父母养我之不终。”⑥ 对此，方玉润评曰：“盖君虽报我以无礼，我不敢以无礼咎君，我惟以古夫妇之道相处而已。”⑦ 从“不见答于庄公”“不得于夫”及“君报我以无礼”等措辞可看出，对于丈夫未能以礼对待妻子，历代注家多持批评态度。

“不见答于夫”的极致，便是丈夫见异思迁，抛弃原配。《邶

① （汉）毛亨传，（汉）郑玄笺，（唐）孔颖达疏，（唐）陆德明音释，朱杰人、李慧玲整理：《毛诗注疏》，第 320 页。

② （汉）毛亨传，（汉）郑玄笺，（唐）孔颖达疏，（唐）陆德明音释，朱杰人、李慧玲整理：《毛诗注疏》，第 320 页。

③ （汉）毛亨传，（汉）郑玄笺，（唐）孔颖达疏，（唐）陆德明音释，朱杰人、李慧玲整理：《毛诗注疏》，第 321 页。

④ （汉）毛亨传，（汉）郑玄笺，（唐）孔颖达疏，（唐）陆德明音释，朱杰人、李慧玲整理：《毛诗注疏》，第 168 页。

⑤ （宋）朱熹集撰，赵长征点校：《诗集传》，第 26 页。

⑥ （宋）朱熹集撰，赵长征点校：《诗集传》，第 27 页。

⑦ （清）方玉润撰，李先耕点校：《诗经原始》，第 127 页。

风·谷风》与《卫风·氓》均从弃妇视角道尽婚变之苦。《氓序》所言“华落色衰，复相弃背”，揭示出婚变的根本原因——色衰爱弛。此外，《国风》还揭示出夫妻关系的另一悲剧——丈夫宠爱小妾，正室虚有其位。兹取《邶风·绿衣》为例。据《绿衣序》所示：“卫庄姜伤己也。妾上僭，夫人失位，而作是诗也。”① 尊贵的黄色收敛在内。绿色作为卑贱之色，反而招摇于外。这暗示尊卑失序，君夫人名存实亡。朱注云：“庄公惑于嬖妾，夫人庄姜贤而失位，故作此诗。言绿衣黄里，以比贱妾尊显而正嫡幽微，使我忧之不能自已也。”②

除此以外，男女关系未得其正的世俗百态，也多在风诗的针砭之列。国君或君夫人不仅未能以夫妻之礼对待配偶，还与他人长期保持不正当的关系，尤为诗人所痛斥：

> 《鄘风·墙有茨序》：“卫人刺其上也。公子顽通乎君母，国人疾之而不可道也。”③
>
> 《鄘风·鹑之奔奔序》：“刺卫宣姜也。卫人以为，宣姜，鹑鹊之不若也。”④
>
> 《齐风·南山序》：“刺襄公也。鸟兽之行，淫乎其妹。大夫遇是恶，作诗而去之。”⑤

综上所述，风诗反映出男女之情、夫妻关系的现实百态，揭櫫了婚

---

① （汉）毛亨传，（汉）郑玄笺，（唐）孔颖达疏，（唐）陆德明音释，朱杰人、李慧玲整理：《毛诗注疏》，第159页。

② （宋）朱熹集撰，赵长征点校：《诗集传》，第25页。

③ （汉）毛亨传，（汉）郑玄笺，（唐）孔颖达疏，（唐）陆德明音释，朱杰人、李慧玲整理：《毛诗注疏》，第250页。

④ （汉）毛亨传，（汉）郑玄笺，（唐）孔颖达疏，（唐）陆德明音释，朱杰人、李慧玲整理：《毛诗注疏》，第264页。

⑤ （汉）毛亨传，（汉）郑玄笺，（唐）孔颖达疏，（唐）陆德明音释，朱杰人、李慧玲整理：《毛诗注疏》，第477页。

姻关系的种种不稳定因素，其复杂性与多变性不言而喻。即便没有天灾人祸横亘于其间，酿成生离死别的悲剧，夫妻之间也常滋生内患，轻则貌合神离，彼此冷落，重则“淫于新婚而弃其旧室”，甚至行淫于外。且昔人深谙，此乱象之流弊，绝不仅是荼毒夫妻之伦本身，还将酿成亡家灭国的恶果。此点潜藏于《邶风》《鄘风》《卫风》的叙述脉络之中。

揆诸十五《国风》，《邶》《鄘》《卫》的历史人文因素尤为独特。邶、鄘、卫作为商朝王畿故地，在武王翦商之后，分别受封于武庚、管叔与蔡叔。而在平定三监之乱后，周公又将该地封予康叔，以“卫”为号。鉴于卫地复杂的历史人文因素，长期以来又作为牵涉异族关系的敏感地域，因此也备受周天子关注。“殷八师”便驻扎于此，其主要使命，除控制殷商遗民而外，还要提防东夷入侵。由上可知，《邶》《鄘》《卫》在篇目上虽析为三，但实质上却享有血浓于水的密切关联。三者收录的均为卫诗，从季札观乐将其总称为“卫风”① 可见一斑。卫诗共计 39 首，居各国风诗之首。进一步来说，若细究《邶》《鄘》《卫》的叙述脉络，亦不难发掘其一致性所在：多以公室婚姻之诗作为组织一国之诗的线索，围绕庄姜、宣公、宣姜等中心人物来展开叙述，以说明公室夫妻之伦如何与一国的命运与走向紧密相连。

《邶风》共收录了 19 首诗，与庄姜直接相关的多达 4 首，加上《卫风·硕人》一诗，共 5 首。此外，在《邶风》中，还有数首诗也将以庄姜为中心辐射开来的伦常关系收摄于其中。值得思考的是，诗人缘何以此方式组织《邶风》的结构？庄姜的遭遇与命运反映出何种信息，这与卫国的盛衰又有何关联？

《卫风·硕人》以他叙的视角再现了庄姜嫁至卫国时的盛况。关

① 《左传·襄公二十九年》云：“为之歌《邶》《鄘》《卫》。曰：‘美哉渊乎！忧而不困者也。吾闻卫康叔、武公之德如是，是其《卫风》乎！’”（周）左丘明传，（晋）杜预注，（唐）孔颖达正义：《春秋左传正义》，载《十三经注疏》整理委员会整理《十三经注疏》，第 1260—1261 页。

于此诗的背景，《左传·隐公三年》申明为："卫庄公娶于齐东宫得臣之妹，曰庄姜。美而无子，卫人所为赋《硕人》也。"[①] 此诗一章突显"阀阅之尊，外戚之贵"；二章写"仪容之美"；三章写"车服之盛"；四章写"邦国之富，妾媵之多"[②]。全诗"不露一贤字，而贤字自在言外"[③]。庄姜来嫁之盛况，好似《桃夭》所述新婚场景的重现。《硕人》一诗凸显出礼仪之隆重、佳偶之美好。照理来说，这一切都预示着美满婚姻的开始。然而，《邶风》诸诗却宣告着"之子于归，宜其室家"的愿景在庄姜身上化为泡影。

参诸《诗序》，《邶风》与庄姜相关的诗多为"庄姜伤己"而作。从《邶风·绿衣》《燕燕》再到《日月》《终风》，庄姜自叙婚后生活的种种不幸。这种不幸以卫公室的夫妻之伦为中心，延伸至嫡庶、父子、兄弟等伦常关系。由此，《邶风》以庄姜为起点，一步步引出隐于幕后的庄公、戴妫、公子完、公子州吁等人物的生命轨迹。

上文已述，《日月》所言为庄姜"不见答于庄公"，只能呼天而愬。庄公宠爱妾室，未能以夫妻之礼对待庄姜，导致嫡庶尊卑失序，君夫人之位名存实亡。百无聊赖的庄姜，只能在《绿衣》中细诉妾室上僭的委屈与痛苦。《燕燕》是庄姜送别戴妫之诗。戴妫去卫，是因为其子桓公即位不久便被公子州吁所弑。关于公子州吁，《左传·隐公三年》有如此记载："（卫庄公）又娶于陈，曰厉妫。生孝伯，早死。其娣戴妫，生桓公，庄姜以为己子。公子州吁，嬖人之子也。有宠而好兵。公弗禁，庄姜恶之。"[④] 州吁乖张跋扈、性情暴戾，究其实质，仍是庄公嫡庶关系处理不当、过于宠爱"嬖人之子"所致。

---

① （周）左丘明传，（晋）杜预注，（唐）孔颖达正义：《春秋左传正义》，载《十三经注疏》整理委员会整理《十三经注疏》，第90—91页。

② （清）方玉润撰，李先耕点校：《诗经原始》，第177页。

③ （清）方玉润撰，李先耕点校：《诗经原始》，第177页。

④ （周）左丘明传，（晋）杜预注，（唐）孔颖达正义：《春秋左传正义》，载《十三经注疏》整理委员会整理《十三经注疏》，第91—92页。

据此而论，上述诸诗字里行间虽未出现严厉激烈的措辞，但隐隐显出的蛛丝马迹均指向了蛰居幕后的庄公。作为丈夫，庄公宠爱妾室，冷落正妻，未尽为夫之道。作为父亲，庄公宠溺爱妾之子州吁，一再纵容其作乱，未能“教之以义方，弗纳于邪”，未尽为父之道，以致州吁日后犯下弑桓公、兴兵伐郑（《击鼓》一诗的背景）的大错。嫡庶尊卑失衡、新君被弑、州吁用兵暴乱、郑卫交恶等悲剧接踵而至，使卫国的动荡与危机久久未已。而《绿衣》《燕燕》《日月》《终风》《击鼓》一以贯之的行文脉络，都将祸患的根源归咎于夫妻之伦不得其正，即庄公未能以礼对待君夫人，故而朱子《诗集传》引杨氏之言评之曰：“州吁之暴，桓公之死，戴妫之去，皆夫人失位，不见答于先君所致也。”①

与《邶风》相类，《鄘风》把目光投向了卫公室的另一位国君及君夫人——卫宣公和宣姜。宣公去世之后，宣姜与公子顽旋即孳生不正当的男女关系。国人遂以《墙有茨》《鹑之贲贲》《君子偕老》讥刺二人。除《卫风·硕人》之外，《鄘风·君子偕老》可谓风诗中关于婚礼的另一笔浓墨重彩，但与《硕人》不同之处在于，诗人极力摹写宣姜服饰的华美，却是为了营造“金玉其外，败絮其中”的巨大反差——“子之不淑，云如之何?”同样，《墙有茨》《鹑之贲贲》二诗都把讥刺的矛头直指宣姜。参诸后世评点，宣姜似乎成了众矢之的：

> 方玉润曰：“卫宫淫乱，未必即止宣姜，而宣姜为尤甚。其始既失节于宣公，而有《静女》《新台》之诮，其继又失身于公子顽，而为《墙茨》《偕老》之羞，其‘中冓之言’，尚可道哉?”②
>
> 范氏曰：“宣姜之恶，不可胜道也。国人疾而刺之，或远言

① （宋）朱熹集撰，赵长征点校：《诗集传》，第 26 页。

② （清）方玉润撰，李先耕点校：《诗经原始》，第 156 页。

焉，或切言焉。远言之者，《君子偕老》是也。切言之者，《鹑之奔奔》是也。”[①]

在对宣姜的讥讽斥责声中，《诗》提醒读者把目光回转到《邶风·新台》一诗：宣姜日后之所以会成为淫乱公室的毒妇，其根源在于宣公“纳伋之妻，作新台于河上而要之”。

耐人寻味的是，《新台》所塑造的宣姜形象与《鄘风》诸诗有所不同。在《新台》中，宣姜尚未被刻画成一个负面的形象。让人难以置信的是，此处楚楚动人、温婉美丽的女子，与那个被《鄘风》诸诗讥讽的毒妇竟会是同一个人？从《新台》“燕婉之求，得此戚施”一句可知，诗人对宣姜表示同情和惋惜。一场盛大的婚礼，盼来的却是啼笑皆非的荒唐结局——“得此戚施”。与庄姜一样，求而不得的宣姜也成了不幸婚姻的受害者。两位君夫人均未实现《桃夭》“之子于归，宜其室家”的美好祝福。然而行文至此，我们如何能够料到，作为受害者的宣姜，不久之后却转变成了作恶者，竟摇身变为秽乱后宫的一大毒妇?!

与《新台》一诗中宣姜纯良温婉的形象相比，宣公倒是被塑造得滑稽可笑，这从“籧篨”和“戚施”二词可见一斑。朱注云，“籧篨，不能俯，疾之丑者也”[②]，又云，“戚施，不能仰，亦丑疾也”[③]。很明显，诗人乃是借外形之丑陋来暗示宣公德行之败坏，“言齐女本求与伋为燕婉之好，而反得宣公丑恶之人也”[④]。若往深处察究，诗人借此曲笔喻示，宣公犯分越礼，迎娶齐女，已为日后的祸患埋下伏笔。这段开启后宫淫乱丑闻的婚姻，源于宣公立身不正。从其宠爱宣姜，竟不惜设计将储君置于死地，也可看出宣公着实昏庸到了极致。说《诗》者多认为，储君卫伋与宣姜之子寿争相

① 转引自（宋）朱熹集撰，赵长征点校《诗集传》，第47页。

② （宋）朱熹集撰，赵长征点校：《诗集传》，第40页。

③ （宋）朱熹集撰，赵长征点校：《诗集传》，第40页。

④ （宋）朱熹集撰，赵长征点校：《诗集传》，第40页。

赴死之事，成为《邶风·二子乘舟》的写作背景。其诗云：“二子乘舟，泛泛其景。二子乘舟，泛泛其逝。”① 全诗含蓄蕴藉，未曾明言两个无辜生命的夭逝，但此诗清幽冷寂、寒意沁心的氛围无疑在暗暗控诉卫公室的滔天罪恶，从侧面反映出宣公是非不分、德行败坏，已到无以复加的地步，竟连亲生儿子、一国储君都惨遭其毒手。

据此反观《墙有茨》《君子偕老》《鹑之贲贲》三诗对宣姜的讽刺，诚然，卫公室的淫乱与宣姜难脱干系，但宣公对此确有不可推卸的责任。宣公身为一国之君，却惑于美色，夺子之妻，未尽为父之道；溺于情爱，未能用夫妻之礼引导宣姜归于正途，未尽为夫之道；听信宣姜谗言，设下圈套将长子伋杀害，于为父之道有损；即位前，烝于庄公妾室夷姜，于为子之道亦有损。综览上述恶行，宣公可谓丧尽人伦的无道之君。可见，宣姜淫乱后宫、卫国被夷狄所灭等悲剧并非毫无来由，而是与宣公立身不正、行事无道有直接关联，故齐桓公所言“卫之亡也，以无道”，实乃切中肯綮之语。

据此，编诗者将刺宣公之诗置于《鄘风·定之方中》一诗之前，其用意颇深，意在以卫灭于夷狄之手警戒后世：

> 范氏曰：“卫诗至此，而人道尽，天理灭矣。中国无以异于夷狄，人类无以异于禽兽，而国随以亡矣。”②
>
> 胡氏曰：“杨时有言，《诗》载此篇，以见卫为狄所灭之因也，故在《定之方中》之前。因以是说考于历代，凡淫乱者，未有不至于杀身败国而亡其家者。然后知古诗垂戒之大。”③

卫地受礼乐文明浸染已久，但此地以周初三监之乱拉开历史帷幕，发端颇为不利，可以说在异族关系、兄弟之伦等方面满目疮痍。而

---

① （汉）毛亨传，（汉）郑玄笺，（唐）孔颖达疏，（唐）陆德明音释，朱杰人、李慧玲整理：《毛诗注疏》，第320页。

② 转引自（宋）朱熹集撰，赵长征点校《诗集传》，第47页。

③ 转引自（宋）朱熹集撰，赵长征点校《诗集传》，第47页。

后宣公淫乱公室，不行君道，又可谓开亡国之祸源，诚如缪钺所论："卫以王室懿亲，立国于殷之故都，其人久进于文明，故春秋时人称'卫多君子'，而末俗则渐失于淫靡，多男女相悦之诗。"① 无怪乎在典籍史册中，"卫音"也多蒙诟病。"郑卫之音"成为淫音乱声的代称：

> 《荀子·乐论》："姚冶之容，郑、卫之音，使人之心淫。"
> 《礼记·乐记》："郑、卫之音，乱世之音也，比于慢矣。"②
> 《说苑·修文》："郑卫之声动人，而淫气应之。"③

揆诸《诗》的叙述线索，卫国一切乱象的根源都可归于公室夫妻之伦不得其正。职是之故，夫妻之伦，可不慎乎？《礼记·昏义》在阐述婚姻之礼、夫妻之道时，尽"敬慎重正"之能事，可谓对于后世长久的劝诫与提醒。

（5）《关雎》："以琴瑟之悦，拟好色之愿"

对于《国风》纷繁多样的婚恋形态，李山大体上将其归为两种不同的文化意涵。具体来说，"一种是与周礼相关的诗篇：或为婚姻典礼上的祝祷，或为对妇道原则的礼赞，或为妇女在其合法家庭关系恶化、破裂时对周礼所规定的夫妻正道的渴望。另外一种则与渊源古老的民间习俗相关，显现出强烈的野性色彩，率性而泼辣是其显著的特征"④，且多从时间先后之序（即发生学的意义）来看待这两类诗篇的创生。此即是说，两种文化意义上的婚恋诗篇，并不处于同一历史平面："歌唱着周礼的婚恋诗篇，它们的问世，标志的是一种文化过程的结果；而野性的婚恋诗篇的大量出现，则表明的是

① 缪钺：《中国文学史讲演录（唐以前）》，载缪元朗、景蜀慧编校《缪钺全集》第六卷，第23页。

② （汉）郑玄注，（唐）孔颖达正义，吕友仁整理：《礼记正义》，第1457页。

③ （汉）刘向撰，向宗鲁校证：《说苑校证》，中华书局1987年版，第508页。

④ 李山：《诗经的文化精神》，第113页。

一种历史运动的开端。”[①] 据此解读，对于不同历史时期的婚恋现象，风诗仅止步于“镜像反应”的层面，易言之，只是对婚恋现象作一番描述，而不具备任何规范性意味。

实质上，对于男女、夫妻关系的诸多乱象及其流弊，风诗并非停留于冷眼旁观，亦非以相对主义的态度收尾，而是回婉地将夫妻之道所蕴之规范性娓娓道来。此立场早已渗入作为“《国风》之始”的《关雎》中：

参差荇菜，左右流之。窈窕淑女，寤寐求之。
求之不得，寤寐思服。悠哉悠哉，辗转反侧。

讲述君子“求之不得”时，诗人以“参差荇菜，左右流之”发语。“参差”与“左右”都用以摹状荇菜的情态。“荇”又称为“接余”，根生水底，其叶多漂浮于水面。根叶之间，纯然系于细茎之柔软。荇虽扎根水底，却未能于其间拔掘出“任尔东西南北风”的定力，而是叶面常随水势流转，其生存情态遂蒙上飘然游弋、左右难定的意味。朱注云：“参差，长短不齐之貌。”又云：“或左或右，言无方也。”[②] 可见，“参差”用以摹写荇菜长势之不齐，喻示的是蓬勃恣肆的生长势头；“左右”用以形容河水流向之不定，或以摹状时间的流逝感。二者都深植于变动不居、游移未定的整体氛围，恰如以轮转地，行而不滞，无不与荇菜摇曳于水间的神采与情态相应和。

此种充满不确定性的晃动感，遂与男子“求之不得”的情境若合符节。诗人将此描述为“悠哉悠哉，辗转反侧”。朱子释之曰：“悠，长也。辗者，转之半。转者，辗之周。反者，辗之过。侧者，

① 李山：《诗经的文化精神》，第 116 页。
② （宋）朱熹集撰，赵长征点校：《诗集传》，第 3 页。

转之留。"① 可见，"辗""转""反""侧"的内涵，均通过四者间的意义关联不断得以充实与规定。上述四个动词构成了一个意义互相渗透的集合，凸显出男子百爪挠心、难以安卧的心境。男子心之难定，也可归为一种广义上的"无定"。前句中的"参差"与"左右"，摹拟出荇菜在纵深性空间中来回往复、辗转游弋的无定感，或可作为男子内在世界（"求之不得，寤寐思服"）的外延与征象。

据上可知，《关雎》之哀，并非以激越的方式奔涌而出，席卷一切。"寤寐思服"与"辗转反侧"，恰恰寓于"参差"和"左右"之中，经由低回婉曲之诗脉、节制隐忍之辞气，拟象此"哀"之百转千回。此外，《关雎》之哀的缠绵悱恻，在很大程度上也源于该诗"旁观者"的叙述视角："它说的不是哪一个'君子'的'寤寐''辗转'，而是借这种一般情态来倡扬'君子'对'淑女'的应有情分。"② 这个"旁观者"可能是君子本人的假托，是君子"分身"而出的"一个旁观的自己"，也可能是君子之外的他人。但无论如何，从某种程度上讲，这种旁观者的视角，使叙述者与诗中"辗转反侧"的君子保持了一定的"距离"。其效验在于，对于君子之哀，全诗营构出一种对象化的观照，使叙述本身免于被具体而当下的哀思裹挟。

在此，萧驰先生对于《古诗十九首》的评点，用于此处亦颇为契合：

> 此谓诗体自一内在的情旨之承递连贯，复又摇曳变化而成。情旨本单纯，因涵泳而极尽波诡云谲、千回百折之妙趣。或为全诗句意的循循相生，其间一气相承不断；或为文势的复沓回环。总之，与诗中人生活世界中愁思哀伤的绵延与辗转互为表里。若套用明人陆时雍的话，则是"落落语致，绵绵情绪"八个字。惟以此情其来于于，其去徐徐，而有语致落落。二者均

① （宋）朱熹集撰，赵长征点校：《诗集传》，第3页。

② 李山：《诗经的文化精神》，第121—122页。

> 表明这些诗作中的情感是一种温厚平和，不迫不露，而又深婉低徊，缠绵不尽的情感。①

孔子以“哀而不伤”来评价《关雎》之哀，可谓一语道破其神髓。君子之哀“温厚平和、不迫不露，而又深婉低徊、缠绵不尽”，故可达至“不伤”之效。以此中正平和的生存情态为底色，《关雎》展开了对君子“求而得之”的叙述。“哀而不伤”，故能“乐而不淫”。“不伤”之“哀”与“不淫”之“乐”，实则互相补益：

> 参差荇菜，左右采之。窈窕淑女，琴瑟友之。
> 参差荇菜，左右芼之。窈窕淑女，钟鼓乐之。

与前章所言“左右流之”相比，末两章的“左右采之”“左右芼之”仅易一字，其意蕴却生发出斗转星移般的变迁。“采，取而择之也。芼，熟而荐之也。”② 在充满不确定性的底幕中，“采”与“芼”似以千钧之力截断了奔腾不息的水流，诗中之人随即锚定了准的，安定了心神。可以说，“采”与“芼”两个动词，将潜藏于“左右”二字中的无定与游离荡涤无遗。荇菜采而已得，似乎也暗示出君子已佳偶在侧。于是，诗人将“琴瑟友之”“钟鼓乐之”一一道来。值得追问的是，夫妻间的相处活动多种多样，为何此处只提及演奏琴瑟钟鼓？《荀子·乐论》云：“君子以钟鼓道志，以琴瑟乐心。”据此可知，钟鼓琴瑟的演奏者是君子。演奏的目的在于“道志”和“乐心”。这意味着，“琴瑟友之”“钟鼓乐之”不同于一般意义上以娱乐消遣为目的的奏乐活动。在先秦时期，琴瑟钟鼓多用于庄重肃穆的典礼场合，其所演奏的多为雅乐。且据周代礼乐制度，钟鼓是

---

① 萧驰：《中国思想与抒情传统 第一卷 玄智与诗兴》，台北：联经出版事业股份有限公司2011年版，第55—56页。

② （宋）朱熹集撰，赵长征点校：《诗集传》，第3页。

天子之乐的标志。据《小雅·鹿鸣》所言“我有嘉宾，鼓瑟鼓琴”，琴瑟钟鼓都出现于天子所行飨燕之礼的盛大场合。典礼仪式奏琴瑟、钟鼓之乐，旨在表达天子对群臣嘉宾的体恤、尊重与礼遇。

《关雎》用飨燕之礼所奏琴瑟钟鼓之乐来讲述夫妻间的相处活动，暗暗寄寓了对夫妻间相处模式的期许——以礼相待，相敬如宾。无论是在公共场合，还是在私下里的相处，夫妻双方都应庄重其身，净修其心，以礼相待。

综观《关雎》的前后脉络，从“求之不得，寤寐思服”“悠哉悠哉，辗转反侧”转变为“琴瑟友之，钟鼓乐之”，君子对待淑女的方式发生了相当程度的改变，即从生理本能层面对意中人的强烈渴慕，升华为相敬如宾、以礼相待。《孔子诗论》首章以“改”字来评点《关雎》，殊为贴切。其论曰：“《关雎》以色喻于礼……其四章则喻矣。以琴瑟之悦，拟好色之愿，以钟鼓之乐……反内于礼，不亦能改乎？……《关雎》之改，则其思益矣。”[①] 刘信芳云：“改者，更也。”[②] 君子将“好色之愿”纳入礼之规范。《诗论》对此予以了充分的肯定：“反内于礼，不亦能改乎？”并且，《诗论》所言“以琴瑟之悦，拟好色之愿”一句再次论及“琴瑟”。据《风俗通义·声音》所示，琴能禁人之邪念：“故琴之为言禁也，雅之为言正也，言君子守正以自禁也。夫以正雅之声，动感正意，故善心胜，邪恶禁。”[③] 对于纠正相处过程的种种偏颇，将伴随本能冲动的男女之情升华为夫妻之伦，琴发挥着重要作用。《关雎》申明，君子奏琴瑟以友之。这再次强调，君子应不断用正音规正身心，并以礼之正道来对待佳偶。《关雎》与《孔子诗论》都将君子视为婚配行动的发起人与责任的主要承担者。从总体上看，风诗的叙述视角与此一

---

① 李学勤：《上海博物馆藏竹书〈诗论〉分章释文》，转引自刘信芳《孔子诗论述学》，第278页。

② 刘信芳：《孔子诗论述学》，第172页。

③ （汉）应劭撰，王利器校注：《风俗通义校注》，中华书局2010年版，第293页。

脉相承，虽然也有讽刺妻子行为不当的诗篇，但多把矛头指向立身不正的丈夫。

《论语·八佾》载孔子之言曰：“《关雎》，乐而不淫，哀而不伤。”哀乐均不失中正，无过亦无不及。这说明，诗中男子并未因“好色之愿”而陷入流缅无度、心驰神荡的状态，而是持守住了“好色而不淫”的中正之态。《国风》以男女关系、夫妻之伦为其首要关切，而《国风》又始于《关雎》，恰恰说明乐之“不淫”与哀之“不伤”对于维系夫妻之伦而言是何等重要。“好色而不淫”，乃是夫妇伦常得以中正的前提。若说在诸多伦常关系中，男女之情和夫妻之伦，二者难免受到“好色之愿”的侵扰，而如前所述，“好色”的一大弊病便是“淫”，那么，如何才能“不淫其色”，如何实现“好色”而“不淫”，可谓人所同遇之难题。此生存困境，若不循礼而行，则无从改变。综观历代文献，昔人虽多用“好色”来评点《国风》(如《荀子·大略》所云“《国风》之好色也”)，但又往往在“好色”之后，缀以“不淫”的提法（如史迁所言“《国风》好色而不淫”①)，从中可略窥风诗在夫妻之伦上的根本立场：“好色之愿”须以“不淫”作结。

风诗以《关雎》为首，以二《南》为其标的。历代说《诗》者多以“正”来评点二《南》。毛诗将其称作“正《风》”。欧阳修亦云：“《周》《召》二《南》至正之诗也。”② 近人缪钺将二《南》之“正”解释为“男女之情之正”：

> 南土盖多古国孑遗，或诸夏之旧，其文化程度本高，自周定南国，周人之文化与南土之文化相结合，故二《南》诗所表现者遂有其特异之点。二《南》诸诗，不似尽发抒庶民哀乐，

---

① （汉）司马迁撰：《史记》，第2482页。

② （宋）欧阳修著，洪本健校笺：《王国风解》，载《欧阳修诗文集校笺》，上海古籍出版社2009年版，第1602页。

> 《樛木》《螽斯》为祝福之词，《桃夭》《鹊巢》为送嫁之词，不类其他《国风》之咏歌情意，无关礼乐。《小雅》之礼乐在燕飨祭祀，乃天子所用，二《南》之礼乐在婚嫁颂祝，乃诸侯士大夫所用，大小虽殊，礼乐则一，《南》《雅》并称，殆以此欤。二《南》中情诗，除少数之一两篇外（如《野有死麕》），其言情皆有节制，与《郑》《卫》《陈》诸《风》之流宕忘返者不同。中国人贵中道，以二《南》诸诗最得男女之情之正，故孔子称《关雎》"乐而不淫，哀而不伤"。二《南》之诗优美恬淡，有日丽风和之景象，此其所以卓也。①

引文所谓"男女之情之正"者，正是着眼于男女之情"发而皆中节"，而非陷溺于沉湎无极的状态。"二《南》诸诗最得男女之情之正"，可谓"好色而不淫"的彰显。由此或可理解，何以夫子以"正墙面而立"作为"人而不为《周南》《召南》"的后果。面壁而立时，人无一物可见。夫子以此灵动传神的比拟，暗示出常人往往拘囿于狭隘的人生光景，在世生存难以自如地展开。那么，为何"不为《周南》《召南》"，其后果竟致于此？上文已述，夫妇之伦作为人伦的起始点，夫妇有别，才可能实现父子有亲，君臣有义。诚如《周易·序卦》所云："有男女然后有夫妇，有夫妇然后有父子，有父子然后有君臣，有君臣然后有上下，有上下然后礼义有所错。"② 倘若消解了夫妇之伦，建基于其上的一切关系维度都将无从谈起。而二《南》正是以正男女之情、正夫妇之伦为其本旨，故而《毛诗序》称其为"正始之道，王化之基"。不读二《南》，不识夫妇之伦的重要性，同时也未能以礼规正夫妻之伦，难免陷入"正墙面而立"的状态。

---

① 缪钺：《中国文学史讲演录（唐以前）》，载缪元朗、景蜀慧编校《缪钺全集》第六卷，第22页。

② （魏）王弼、（晋）韩康伯注，（唐）孔颖达正义：《周易正义》，载《十三经注疏》整理委员会整理《十三经注疏》，北京大学出版社2000年版，第396页。

3. 风诗中的“地道”

承上所述，风诗透过先民真实的生存经验，展现出男女之情与夫妻之伦的种种可能性维度。然须注意的是，对于婚恋形态的离合聚散，风诗并非停留于作一番客观而中立的记录，而是早已把对夫妻之伦的思考寓于诗篇的遣词造句之中。也就是说，风诗对夫妻关系的思考，不是通过理论的抽象演绎得出，而是通过昔人的生存经验和生命样态来展现，以回婉曲折的方式晓谕夫妻之伦的应然样态。不独是夫妻之伦，伦常日用的各种可能性维度，如父子、兄弟、朋友等关系面向，在风诗中均有呈现。《国风》以先民具体而鲜活的生存经验喻示，人的在世生存如何一步步展开，自我与他人的关系如何紧密地交织为一。

进一步来说，风诗对人伦之道的告诫，并非一曲枯燥乏味的单音。在风诗所呈现的广阔世界中，先民的生活图景并非向内闭合，而是包孕于山河大地之间，被花草藤木所环绕，与芸芸众生同生长、同繁息。可以说，风诗并不仅仅跌宕着人伦日用的纷纭起伏。诗人的目光还捕捉到弥纶于两间的庶物苍生，将天地万有灵动鲜活的生存经验都涵容在内。《诗》之名物覆盖范围甚广，以至于单论《诗经》博物学，都足以成为一门独立的学问。绝大多数风诗都以动植名物发语，所涉草木鸟兽等小物微名的比重远多于《雅》《颂》二部。称风诗为容物之言、纳物之言，毫不为过。

（1）风诗“纳物也博”

《孔子诗论》第八章云：“《邦风》，其内物也博，观人俗焉，大敛材焉。”[①] 此处用“内（纳）物也博”来形容风诗，殊为贴切。实际上，点明风诗（乃至整部《诗经》）对世间万物的包孕，并非《诗论》一家之独见，而是习见于典籍文献之中。兹取以下条目为证：

---

① 李学勤：《上海博物馆藏竹书〈诗论〉分章释文》，转引自刘信芳《孔子诗论述学》，第280页。

《论语·阳货》：“（《诗》）多识于鸟兽草木之名。”

《管子·山权数》：“《诗》者，所以记物也。”①

《史记·太史公自序》：“《诗》记山川、溪谷、禽兽、草木、牝牡、雌雄。”②

从广义上言，对天地万物的识记、包孕、承载与贮藏，在六经的整体性语境中都可归入“地道”的范畴。《周易》以坤卦拟象地道，并将其申明为“地势坤，君子以厚德载物”（《周易·坤·象传》）。《周礼·地官司徒》郑注引《郑目录》云“地者载养万物”③，或可作为对“载物”之说的阐释。凡此诸说都喻示，地道广厚而深沉，富有对苍生万有的承载性与包纳性。

揆诸上述文本，在对于地道的申明方面，《诗经》与《周易》《周礼》实则存在着互为确证的意义关联。从中或可推断，在此互相参指的意义关联中，天—人关系并不是直接性的天人同一，而是须迂回曲折地经由地道的作用而显露，亦即《素问·气交变大论》所引《上经》之言曰：“夫道者，上知天文，下知地理，中知人事，可以长久。”④“知天文”“知地理”“知人事”三者缺一不可，由此，天—地—人构成一个彼此关涉的完整意义域。这可以解释，为何《老子》第二十五章尤其强调“地”的中介作用，其论曰：“人法地，地法天。”据此可知，对于天人关系而言，地道以及“人法地”的中间环节实则非常重要。这喻示，须在人道与地道的交互作用中来体会天道以及“道不远人”。

《周易·系辞下》曰：“古者包犠氏之王天下也，仰则观象

---

① 黎翔凤撰，梁运华整理：《管子校注》全三册，第1310页。

② （汉）司马迁撰：《史记》，第3297页。

③ （汉）郑玄注，（唐）贾公彦疏，彭林整理：《周礼注疏》，第305页。

④ 南京中医药大学编著：《黄帝内经素问译释》，上海科学技术出版社2009年版，第629页。

于天，俯则观法于地，观鸟兽之文，与地之宜，近取诸身，远取诸物，于是始作八卦，以通神明之德，以类万物之情。”①

若说引文以直陈义理的方式把“观象于天，观法于地”的重要性点明出来，并将其细目析为“观鸟兽之文，与地之宜，近取诸身，远取诸物”，那么《周礼》则经由判分“地事”、厘定官属来实现“观法于地”，进而取法于地道。据《周礼》所列“天”“地”“春”“夏”“秋”“冬”六官之序，其在“天官”之后，旋即继以“地官”。对于“地官”之属的意义与功能，《郑目录》释曰：“象地所立之官。司徒主众徒。地者载养万物，天子立司徒掌邦教，亦所以安扰万民。”②《郑注》将其申明为：“既言象地所立，则此六十官皆法地，与天官言象天义异矣。”③ 二语均标举出“象地”与“法地”的重要性。

与此相较，《诗》为“观法于地”、取法地道提供了另一独特进路：《周易》所言“俯则观法于地，观鸟兽之文与地之宜”，乃“形见”④ 于《诗》中。风诗为庶物苍生的形容与样态留存了尤多空间，写景状物时不吝重墨，对其在天地间的存在意义予以了充分的尊重，“其观于天地，日月晦明，山川流峙，四时所以运行，万物所以化生，无非在我之极，而思握其枢机、端其衔绥，行乎日用事物之中，

① （魏）王弼、（晋）韩康伯注，（唐）孔颖达正义：《周易正义》，载《十三经注疏》整理委员会整理《十三经注疏》，第350—351页。

② （汉）郑玄注，（唐）贾公彦疏，彭林整理：《周礼注疏》，第305页。

③ （汉）郑玄注，（唐）贾公彦疏，彭林整理：《周礼注疏》，第305页。

④ “形见”的概念出现于《礼记·乐记》：“是故先王本之情性，稽之度数，制之礼义，合生气之和，道五常之行，使之阳而不散，阴而不密，刚气不怒，柔气不慑，四畅交于中而发作于外，皆安其位而不相夺也。然后立之学等，广其节奏，省其文采，以绳德厚，律小大之称，比终始之序，以象事行，使亲疏、贵贱、长幼、男女之理皆形见于乐，故曰‘乐观其深矣’。”（汉）郑玄注，（唐）孔颖达正义，吕友仁整理：《礼记正义》，第1501—1502页。

以与之无穷"①，进而实现对"载养万物"之地道的取法与践行。"载养万物"的一个基本前提在于爱物和惜物。在诗人眼中，芸芸苍生中的每一个体都是独一的，且每一个体具体而当下的生存情态都是独特的，是流动的，不可复制，不可再现。在这"现时存在"与"独特在场"之中，存在之美得以绽放。"美恰恰与瞬间的独特性有关"，"有了独特性才开始有美的可能：每个生命……不是众多形象中的某个无名形象了"。② "《邦风》纳物也博"，对生命个体的独一性及生存情态的独特性都抱有敬畏之心。

进一步来说，风诗之"纳物"，并非毫无章法的收纳与堆砌，亦有别于机械的罗列与铺陈。毋宁说，风诗凭借拟诸天地万物之形容，"体认着对一种特定的宇宙秩序的信念"。芸芸庶物在山河大地间生长繁息。先民的生活世界深植于其间，与万有的生存轨迹非但两不相伤，反而紧密交织为一，承日月之光辉，受雨露之润泽。人文世界与万物的生灭长育、亭毒养覆，具有共同的节律。诚如《大雅·烝民》所言："天生烝民，有物有则。"朱子训"则"为"法"，并将此句释为："言天生众民，有是物必有是则。盖自百骸、九窍、五藏，而达之君臣、父子、夫妇、长幼、朋友，无非物也，而莫不有法焉。"③ 在此普适性的秩序中，华夏文明共同体的民族心灵与文化性格逐渐得以孕育。由此，《诗》将整体性的世界图景徐徐展现：天—地—人都遵循统一和谐的秩序而运作。天地万有同气连枝，悉皆一体，各畅其性，各得其所。这不是以理论演绎的进路来呈现，而是以"拟诸其形容"的方式娓娓道来。

1.1 风诗中的山水

若论及风诗拟诸天地万物之形容，自然无法绕开屡现于风诗中的山与水。有学者看到，在《诗》的场景构建中，山、水均为重要

---

① （明）陈献章撰，黎业明编校：《陈献章全集》，第14页。

② ［法］程抱一：《美的五次沉思》，朱静、牛竞凡译，人民文学出版社2012年版，第17页。

③ （宋）朱熹集撰，赵长征点校：《诗集传》，第324页。

的地理要素。据统计，《诗经》（其中风诗居多）约有50余篇提到了山，其涵摄范围之广，将陕甘、齐鲁、汉淮流域的诸多山脉（如终南山、泰山、徂徕山、首阳山、岐山、旱山、景山、敖山、蒙山、猫山等）都包容其中。此外，风诗中还多次出现了旄丘、顿丘、阿丘、宛丘等名。细究论山的诸多诗句，既有利落扼要的概称，如《召南·殷其雷》所云“殷其雷，在南山之阳”，《鄘风·定之方中》所云“望楚与堂，景山与京”，也有对众山景致风貌的细致刻画，如《秦风·终南》所云“终南何有？有条有梅”，“终南何有？有纪有堂”，《曹风·候人》所云“荟兮蔚兮，南山朝隮”，同时诗文还呈现出先民在群山之间的生存图景与长久积酿而出的深厚情结，如《召南·草虫》所云“陟彼南山，言采其蕨”，《唐风·采苓》所云“采苓采苓，首阳之巅”。山之广大，“草木生之，禽兽居之，宝藏兴焉”，为先民在毫无遮拦的天地间提供了生长繁息的庇护之所，提供了觅食、采集、捕猎的可贵资源。高山，不仅作为先民的衣食之源，与求取温饱的生存活动相关，还常作为先民祭祀先祖、追忆文明源头的场域，与精神层面的意义指向紧密相连。同样，水在《诗》中也屡屡见载，所涉及的著名河流有黄河、淮河、溱河、洧河、淇水、汉水、汾水、渭水、汶水等。同样，风诗对流水的描摹，其形式也多种多样，既有一笔带过的提点，如《卫风·淇奥》所言“瞻彼淇奥，绿竹猗猗”，《王风·葛藟》所言“绵绵葛藟，在河之浒”，也有对水之形态的细致勾勒，如《卫风·硕人》所言“河水洋洋，北流活活”，写出了黄河浩荡奔腾的声势；《郑风·溱洧》所言“溱与洧，方涣涣兮”，“溱与洧，浏其清矣”，写出了溱、洧的柔美清丽。又如《小雅·鼓钟》用“汤汤”“湝湝”写出了淮水流动不居、东逝不已，但总体而言，这或略或详的摹状，并非仅将流水视为某一实用性或审美性对象，而是在先民与流水亲密相依的生存世界里，凭借水之流动不定、柔美婉转、浩浩汤汤，迂回曲折地表现诗人的生存经验与存在实感。

风诗多以山水之辞发语，由此，变动不居的世态人事，在相对恒定的山水空间中徐徐展开。甚或可以说，山水参与并见证了先民的人伦日用、日常践履与悲欢离合，构筑起天—地—人之间浑融和谐、生机盎然的生存家园。当诗人吟出“山有榛，隰有苓”，“我徂东山，慆慆不归”，“汶水汤汤，行人彭彭”，抑或“至于海邦，淮夷来同”之时，这并非附庸风雅所致。山河原隰等地理要素，并非诗人缀饰文辞的语料或素材，故而不应仅从创作技法的层面来理解，也不应将其置于近世机械主义自然观的世界图景之中。

在风诗的观念世界里，山与水不是某一时空秩序中相对恒定的自然物，亦非与诗人相对的某一客体或对象，诚如况周颐《蕙风词话》所言：“吾听风雨，吾览江山，常觉风雨江山外有万不得已者在。”[①] 兴许正是这“风雨江山外”的“万不得已者”，让张若虚在临江对月之时，发掘出更为迥绝的宇宙意识：“一个更深沉、更寥廓、更宁静的境界！在神奇的永恒前面，作者只有错愕，没有憧憬，没有悲伤。……只张若虚这态度不亢不卑，冲融和易才是最纯正的，‘有限’与‘无限’，‘有情’与‘无情’——诗人与‘永恒’猝然相遇，一见如故。”[②] 立于江山之间，似得江山之助。由此，诗人体象的是“风景之中阐说的宗教和哲学信念和直感到的宇宙结构秩序以及主宰它的力量或法则”[③]，是山水万物之中涵容着的“动态的宇宙秩序感或宇宙节奏感”[④]。

《国语·周语下》载灵王二十二年太子晋谏言曰：“夫山，土之聚也。薮，物之归也。川，气之导也。泽，水之钟也。夫天地成而

---

① （清）况周颐著，王幼安校订：《蕙风词话》，人民文学出版社 1960 年版，第 10 页。

② 闻一多著，蒙木编：《闻一多说唐诗》，北京出版社 2015 年版，第 25 页。

③ Chris Fitter, *Poetry, Space, Landscape: Toward A New Theory*, Cambridge: Cambridge University Press, 1995, pp. 15 – 19. 转引自萧驰《中国思想与抒情传统　第一卷　玄智与诗兴》，第 109 页。

④ 萧驰：《中国思想与抒情传统　第一卷　玄智与诗兴》，第 111 页。

聚于高，归物于下。疏为川谷，以导其气。……是故聚不陁崩，而物有所归。气不沉滞，而亦不散越。”① 太子晋所言，乃是将山与水视为“聚”与“导”、“归”与“散”的表征。两者看似互相对抗、互存张力，实则互相辅翼，互为规定。在山水交织的象征性图景中，“聚”与“导”、“归”与“散”实现了一定程度的制衡，使“气不沉滞，而亦不散越”，由此得以持守天地之“中”，使观览江山者“各设中于乃心”。

> 山岭把生命提升到高处，大地之气和天上之气可以在那里更好地交换。源泉从山岭内部喷发出来，泉水往下流，变宽成了河。从此，山和河就很好地体现了阴阳两种生命原则。江河流动，灌溉了肥沃的平原；它也象征了时间的流动，它似乎是直线的，一去不复返，其实这只是表面的，它是循环的，而不是线性的。河水在流动的同时也在蒸发，水汽升到天上，变成云，又变成雨水降落到山上，形成源泉注入河流中。于是，在“从土地到土地”的流动之上，又以单一的方向，形成了地和天之间的循环运动。山岭呼唤大海，大海回应山岭，在这种生命法则中就有一种美……②

据引文所示，今人程抱一先生（Francois Cheng）同样关注山水所承载的形上意蕴，故而其所言“山水”，也不应坐实来解：山岭并非由大地运动偶然形成的地貌，同样，河流也不是降水“汇集在地势低洼处，在重力作用下经常地或周期地沿流水本身造成的洼地流动”。毋宁说，此处所论山、水，乃是以“象”的方式存在，作为提示性

① 徐元诰撰，王树民、沈长云点校：《国语集解》（修订本），第93页。
② ［法］程抱一：《美的五次沉思》，朱静、牛竞凡译，第40—41页。

极强的隐言与暗语，导向了一形上意蕴与境界，即用山水循环流转拟象阴阳翕辟——“须看龙见水归壑，又识雨降云蒸山。阴阳翕辟本无间，俗儒但作死生观”①。正如八卦之中，取象于山、水的艮卦和坎卦，并非止步于物质层面的具象山水，而是跃迁至“止”“陷”等宇宙生化之理。当诗人伫目于山水间时，或许已然神游于山水之“象”所表征的恢宏浩大、节奏井然的宇宙秩序中——一种彼此间呼唤回应、循循不已、生生不息的宇宙秩序。据此而论，风诗中的山水之辞不可平平读过，而是应步步留心，如同行走于充满机关陷阱的克里特迷宫，经由潜伏于其中的暗语和隐言，方可开启更为广阔的意义世界。

若说“山与河流暗示着永恒与变化”，而在昔人的观念中，“所谓天者，非是苍苍之气之谓天也，所谓地者，非是膞膞之土之谓地也”②，“所谓天地者，非谓此所戴之苍然，所履之块然也……虚而运动合化者为天，实而凝定分别者为地”③，那么，水之变化与山之永恒，是否可以作为天之为“虚而运动合化者”与地之为“实而凝定分别者”的另一呈露与表征？由此，山水之间，实则构成定与动、实与虚的张力与关联。关注山水的形上意蕴，这并非为风诗所独有，也深植于昔人广袤的观念世界中，习见于典籍文献之列。

《论语·雍也》载孔子之言曰：“知者乐水，仁者乐山；知者动，仁者静；知者乐，仁者寿。”夫子以水与山的张力来表征“知”与“仁”、“动”与“静”、“乐”与“寿”的差异。“知者乐水，仁者乐山”之语，开启了后人考索山水之“象”所蕴特质的先河。昔

---

① （宋）魏了翁撰，张全明校点：《张永平鐯作亭于渠河之右予请名以观而通守江君埙赋古诗二十有二韵以落之用韵和答》，《鹤山先生大全文集》卷五，载北京大学《儒藏》编纂与研究中心编《儒藏·精华编·集部》第242册，北京大学出版社2022年版，第60页。

② 黄怀信撰：《鹖冠子》，中华书局2014年版，第134页。

③ 刘咸炘：《内书二·天地》，载《推十书·甲辑》第2册，上海科学技术文献出版社2009年版，第705页。

人所乐之处，不仅在于山、水的具象形态，还在于二者所表征的“仁”与“知”、“静”与“动”、“寿”与“乐”之理：

> 夫智者何以乐水也？曰：泉源溃溃，不释昼夜，其似力者。循理而行，不遗小间，其似持平者。动而下之，其似有礼者。赴千仞之壑而不疑，其似勇者。障防而清，其似知命者。不清以入，鲜洁而出，其似善化者。众人取乎品类，以正万物，得之则生，失之则死，其似有德者。淑淑渊渊，深不可测，其似圣者。通润天地之间，国家以成。是知之所以乐水也。①
>
> 夫水者缘理而行，不遗小间，似有智者。动而之下，似有礼者。蹈深不疑，似有勇者。障防而清，似知命者。历险致远，卒成不毁，似有德者。天地以成，群物以生，国家以平，品物以正。此智者所以乐于水也。②
>
> 夫仁者何以乐山也？曰：夫山巃嵸嶑嵲，万民之所观仰。草木生焉，众物立焉，飞禽萃焉，走兽休焉，宝藏殖焉，奇夫息焉，育群物而不倦焉，四方并取而不限焉。出云风，通气于天地之间，国家以成。是仁者之所以乐山也。③

据引文语境，水之“动”，不应在物理意义上索解，而应视为“缘理而行”。昔人从中体象出水“似力者”“似持平者”“似有礼者”“似勇者”“似知命者”“似善化者”“似圣者”“似有智者”。凡此诸种均可作为水之德的丰富面向。而凝定巍峨，亦作为山之德的表征。从细处来说，山之德在于“育群物而不倦焉，四方并取而不限焉”，故足以为万民所观仰。民所观瞻者，不仅在于山物理意义上的

① （汉）刘向撰，向宗鲁校证：《说苑校证》，第435页。

② （汉）韩婴撰，许维遹校释：《韩诗外传集释》，中华书局2020年版，第104页。

③ （汉）刘向撰，向宗鲁校证：《说苑校证》，第435—436页。

高度，更在于其巍峨凝定之德。

在山、水之“象”所表征的实与虚、定与动的张力与制衡之间，展开了先民“人法地，地法天”的生存世界。揆诸风诗语境，与水相涉的诗句多与流动不定、变动不居的生存经验相关，其中颇具代表性的意象是，茅草在水流中飘荡以及流水冲刷白石，如《王风·扬之水》所云“扬之水，不流束薪”，“扬之水，不流束蒲”，《郑风·扬之水》所云“扬之水，不流束楚”，又如《唐风·扬之水》所云“扬之水，白石凿凿”，“扬之水，白石皓皓”。持续不断的荡涤，看似是日复一日的线性重复，但昨日之流水毕竟不同于今日之流水。春水向东，乃是永不复返的往逝，正如孔子所慨叹的“逝者如斯夫！不舍昼夜”。职是之故，“不流束薪”与“白石凿凿”，这两个看似重复的行动，其底层实则潜伏着一种伤逝之绪，是对人之有死与年辰之有限的一再确证。故而《王风·扬之水》随即从“扬之水，不流束薪”过渡至“彼其之子，不与我戍申。怀哉怀哉，曷月予还归哉”。有限的年辰、易逝的岁月与无尽的戍守，其间所形成的巨大冲击与张力，在诗人那里催生极为强烈的紧迫感，使其忍不住追问今夕何夕，归期何期。

此外，风诗还反复出现一叶扁舟浮于河上的意象，如《邶风·柏舟》所云“泛彼柏舟，亦泛其流”，《鄘风·柏舟》所云“泛彼柏舟，在彼中河”，“泛彼柏舟，在彼中侧”，《邶风·二子乘舟》所云“二子乘舟，泛泛其景”，“二子乘舟，泛泛其逝”。小舟浮于河上，又多与“流”“游”“泛”等富于流动意蕴的动词相连。若说“扬之水，不流束薪”凸显的是人之有死与年辰之有限，那么，一叶扁舟浮于河上，则无疑突出了在世生存的不确定性。不管处于何种角色、身份与位置，似乎总逃不过命运之手的抛掷。生命的一叶扁舟会在乾坤运化的洪流中沉浮几许，未来又会漂荡向何方？这么多流转与消逝的背后，群黎众庶是否依然纯粹真挚如初，谁又能未卜先知？渺小的自我被无常之命数所裹挟时的晃动感与无定性，均寓于扁舟浮于河上的征象之中。此征象不独见于风诗，而是作为昔人共通的观念语境出现。《论语·公冶长》载孔子之言曰：“道不行，乘桴浮于海。”《庄子·逍遥游》亦出现以五石之瓠为大樽而浮乎江湖的寓言。直至后世，苏东坡在《赤壁赋》中仍有“纵一苇之所如，凌万顷之茫然”的感慨。倘若“河上漂着一叶小舟，意味着人类生命的短暂与无常”①，那么昔人更为关注的是，此倏忽无常的飘荡如何才不致沦为随波逐流，不致像水中浮萍般悉无定准，而能实现“纵浪大化中，不喜亦不惧”的定力与超然？易言之，如何才能守常以通变，而非恒随变动之世态流转，这是摆在每个人面前的生存考验。

由此或可理解，水之灵动周流，虽令智者欣悦，但群山之巍峨凝定，才真正令万民观仰。揆诸《诗》对山的刻画，多着眼于其高耸庄严，岿然不移，如《小雅·小弁》所云“莫高匪山，莫浚匪泉”，《大雅·崧高》所云“崧高维岳，骏极于天”，《周颂·天作》所云“天作高山，大王荒之”，《鲁颂·閟宫》所云“泰山岩岩，鲁邦所詹”。而山之巍峨凝定，可作为恒常不易的征象，故而《诗》又多以“寿”言“山”，如《小雅·天保》所云“如南山之寿，不骞不崩”。任凭沧海桑田，高山巍然屹立，永不改易。

对于先民而言，山并非只是与主体相对的某一经验对象或客体。山之巍峨凝定、恒常不易，最终化作先民“高山仰止”的深层情结与实践态度。《诗》频频出现对于高山的“瞻”与“陟”，如《大雅·旱麓》所云“瞻彼旱麓，榛楛济济”，《周南·卷耳》所云“陟彼高冈，我马玄黄”，《召南·草虫》所云“陟彼南山，言采其蕨”，《小雅·杕杜》所云“陟彼北山，言采其杞”。“瞻”与“陟”都与“高”相关。“瞻”是对高远之处的远眺，而“陟”则是登高的行动。“瞻”的行动，预设了观者与所瞻之高处的距离。此过程乃是经由高低之差距，使人感受巍巍高山对于己身之威临。“陟”则是人对于高处的亲临，冲破云翳的包围，直面风雨的吹荡。伴随着这一亲

① ［美］艾兰：《水之道与德之端：中国早期哲学思想的本喻》，张海晏译，上海人民出版社2002年版，第62页。

临的过程，攀登者借巍峨山端的崇高感来净化己身，让纯洁的大气“洗涤心灵的秽浊”，实现更自由而有力的呼吸。在那里，人们“将感到更迫近永恒。以后，他们再回到人生的广原，心中充满了日常战斗的勇气”①。总的来说，无论是通过“瞻彼旱麓”实现对于崇高者的顶礼与仰望，还是通过“陟彼南山”亲临高处，从根本上看，都是先民“乐山”情结的体现，都是在用山之凝定与恒常来提升自身的生存境界。从广义上言，“乐水”与“乐山”的生存情结，在风诗（乃至整部《诗》）中都有所体现。山与水相须并济，喻示着先民对于水之灵动无滞的欣悦，并非导向毫无原则的与世沉浮，而应有所持守，岿然不移如巍峨高山，其最要者乃在于守常以通变。

1.2　风诗中的草木虫鱼鸟兽

以山、水为根本框架，草、木、鸟、兽、虫、鱼生长蕃息于其间，在生生不息、循循不已的宇宙秩序中，在虚与实、动与定的张力与关联中，点缀着绚烂多姿的大千世界。单论《诗》中的植物，据丘濂统计，全书涉及草木之名的诗篇共有156首，占据了《诗》近一半的篇幅，且所写植物多达138种，“包括木本、草本、蕨类和着生地衣等不同的类别”②。风诗中引述最多的植物，如桑、黍、栗、棘、麦、葛等，都与先民的衣食住行密切相关，满载着昔人深沉而质朴的生存情感。《诗》所关涉的草木之名已如此之多，更遑论与鸟、兽、虫、鱼相关的篇章，足见先民的生活世界被生灵万物紧密环绕，与其相伴相依，处处渗入了泥土的气息、草叶的馨香及虫鸟的和鸣。对于鸟、兽、草、木，诗人并非清一色地冠以“物”的名号，而是将其作为特殊的个体来感受与对待。经由对天地万物的细致观察，先民切实地体贴着物性之不同，进而理解“夫物之不齐，物之情也”（《孟子·滕文公上》）。如若不然，则无法解释何以诗人

---

① ［法］罗曼·罗兰：《名人传》，傅雷译，长江文艺出版社2018年版，第191页。

② 丘濂等：《诗经地理》（修订本），生活·读书·新知三联书店2022年版，第178页。

能对数百种动植物各具差异的习性与情态都了如指掌。在诗人充满温情的笔触下，一草一木都如此富有美感、灵性与生机。以“绥绥”拟诸狐行之貌，以“差池其羽”“颉之颃之”“下上其音”摹状燕飞之姿，以“喈喈”“胶胶”比拟鸡鸣之声……此类形神兼备的描摹在风诗中不胜枚举。凡此均可视为《诗》“观法于地，观鸟兽之文，与地之宜，近取诸身，远取诸物”的体现。

进一步来说，草、木、虫、鱼、鸟、兽，实则与先民的生存经验紧密交织，缔结为先民人文世界的有机成分。据此而论，对草木鸟兽的察识与了解，实质上便是先民不断深入其所置身的生活世界，不断编织起一个整体性世界图景的过程。了解与体贴生灵万物，相当于照察自身在世生存的点滴轨迹，由此，先民得以更深入地理解自身，并洞彻宇宙大化的嬗代迁变。此间流露而出的独特观念是：人理解自我、人类理解作为类存在的自身，并非一直接性的过程，而是有赖于“中介”才能实现。先民所置身的整体性世界图景，便扮演着此种“中介”的角色。山、水、草、木、虫、鱼均构成此整体性世界图景不可或缺的内在部分。因此，探索草木虫鱼的进程看似向外，实则与昔人向内探寻自我的历程正相吻合。与生灵万物打交道的生存经验，实质上是与世界建立深入关系的前提，由此实现了超越物种之限、内外兼通的宏大格局，内则成己，外则成物。成己与成物，二者相须并进。

此超越物种之限、内外兼通的格局，在《豳风・七月》有着很好的体现。《七月》以时令之促、生计之艰开篇：“七月流火，九月授衣。一之日觱发，二之日栗烈。”“七月流火”乃是昔人“观象于天”之所得，由此积累起对于时令与寒暑之分的察识。诗人将“七月”“九月”“一之日（一阳之月）”“二之日（二阳之月）”等时令之名接连道陈，以短促齐整的语势一贯而下，足见时令推移之迅速，似乎一眨眼便从七月瞬移至九月。而“下火”“觱发”“栗烈”数词则呈现出物候之巨变，“觱发”之为“风寒”，“栗烈”之为“气寒”。风气渐寒，对先民的生存而言，可谓极大的挑战，故而诗人有了如下诘问——“无衣无褐，何以卒岁？”而“九月授衣”之所以可能，又可追溯至诗二章所言春日采桑、三章所言蚕绩、四章所言制裘之事。虽然授衣御寒乃是九月之事，但养蚕缫丝的过程实则始于岁首，由此可见先民法四时之序、勿夺农时的劳动节律与未雨绸缪的实践智慧。

一方面，全诗虽着眼于刻画昔人治农桑之谨慎细致，“不待督责而自相警戒”，可谓“极忧勤艰难之意”。诚如《诗序》所言，此诗乃是“陈后稷、先公风化之所由，致王业之艰难也”①。此论同样着眼于“王业之艰难”。但另一方面，先民劳作之艰，却并未就此导向一种苍生失怙、不乐其生、不虑来事的绝望与悲凉。同样，《七月》虽勾勒出时令之推移嬗变、物候之更替变化，但并未就此加剧周遭世界的陌生感与不确定性，也并未就此消解先民世代笃信的既定价值，甚或孳生价值虚无感。一言以蔽之，《七月》的生存世界，并非被全然失控的晃动感笼罩。全诗的氛围不是沉郁压抑的。毋宁说，基于敬授天时、布行耕桑之事，全诗洋溢着稳定而安详、富足而和乐的氛围，先民欢欣鼓舞地迎接四时之序与物候之变。耕织诸事都是在富有朝气、希望与憧憬的基调当中来进行的。星日霜露之变、昆虫草木之化，所营构的并非一个陌生可怖、生存面临极大威胁、惶惶不可终日的世界图景。相反，当诗人吟唱“七月流火，八月萑苇”，“七月鸣鵙，八月载绩”，“四月秀葽，五月鸣蜩。八月其获，十月陨萚”时，宇内大化与四时之序，对诗人而言是一个亲切熟悉、温情脉脉的生存家园，呈现出天道、地道与人道相贯为一的立体化生存结构。

进一步来说，《七月》所展现的是物候与人事紧密交织的生活世界。此诗对女功之事的叙述可为其证。诗中多次出现与“桑”相关的意象，如“爰求柔桑”“蚕月条桑”“猗彼女桑”等。采桑养蚕，

① （汉）毛亨传，（汉）郑玄笺，（唐）孔颖达疏，（唐）陆德明音释，朱杰人、李慧玲整理：《毛诗注疏》，第702页。

缫丝制衣，在古代社会均被视为女子德言妇功的重要部分，也作为女子在世职分的重要体现。围绕着“蚕月条桑”“为公子裳”，女子展开了她的家庭乃至宗族生活，足见桑树与女子一生的生命轨迹形影相随，以至于诗人常用“女桑”“柔桑”等女性气息浓重的词语来指称桑树。

不独桑树如此，从广义上言，随时令变化的物候，在诗人那里积酿而成亲密无间的生存情感。在人与物所缔结的一体性与共在感中，先民得以一次次在古老的大地上锚定在世的足迹，寻觅到心灵的归属，而不致成为在异乡漂泊的流浪者。据《七月》所示，豳地百姓根据时令之序安排了不同的农事。世代积累承传的生存经验与实践智慧，使诗人对四时更替熟稔到可将其嬗变之序脱口而出，并且还根据昆虫随时节而变化的习性，为之取了不同的名字：“五月斯螽动股，六月莎鸡振羽。七月在野，八月在宇，九月在户。十月蟋蟀，入我床下。”其中，“斯螽”“莎鸡”“蟋蟀”三者同物而异名，乃是先民“随其时令不同而变换名称”。对此，方玉润评曰：“而自五月以至十月，一气说下，朴直之至。然其体物微妙，又何精致乃尔！”①

风气之寒，的确给先民增添了授衣御寒的紧迫感，但此生存劳作之艰并非不可预知、不可把握，而是可以通过知天时、授民事及时预备。诗首章将衣食之事并提，而二至五章所言均为如何顺应天时、制衣御寒，可视为对于首章“无衣无褐，何以卒岁”的答复，而六至八章所言均为勤于耕稼的成果，可视为首章“三之日于耜，四之日举趾。同我妇子，馌彼南亩，田畯至喜”的效验。揆诸全诗语境，备衣与耕稼之事错综杂沓。诗人对于耕稼的叙述，是农功之事（首章）在前，其效验（六至八章）在后，言农事略，言效验详；而对于制衣御寒之事，则是言效验（首章）在前，女功之事（二至五章）在后，言效验略，言女功之事详。如此之营构，双管齐

---

① （清）方玉润撰，李先耕点校：《诗经原始》，第307页。

下，互为辅翼。

与此同时，值得注意的是，诗人并未明言参与农事之人。全诗与人相关的指称，如“妇子”“农夫”“女”“我”等，其实都作为泛指之名。这意味着，《七月》所言并非某一个体的经验，而是泛化为整个共同体集体性的生存经验。诗人注目于豳地百姓之全体（我们），而非一个个孤立的“我”的日常生活。顾随曾言：“写‘集团’，难的是调和，在团体中找出共同性。”① 有意思的是，在《七月》所呈现的生存世界中，纷繁复杂之耕桑事宜，并未导致个人与室家之间的矛盾与纷争。看似“平平常常、痴痴钝钝”之事，实则洋溢着“充悦和厚”“典则古雅”之意蕴。顾随也看到：“（《七月》中）每年每月都有事，而他们总是高高兴兴的。”② 可见，先民终年的劳作与收成，最终达至人伦和睦有亲的美好愿景。围绕着丰饶年成而开展的饮食、祭祀、燕乐诸事，可以“供老疾，奉宾祭”，呈现的是“父父子子，夫夫妇妇，养老而慈幼，食力而助弱。其祭祀也时，其燕飨也节”③ 的生活世界。

初看上去，《七月》似乎只是从四时之序中随意拾掇起些许剪影与瞬间，并将一系列劳作时刻连缀起来而已，但实际上，此番营构却足以由点及面，将一年四时的耕桑情境囊括于短短诗行之间。诚如清人牛运震《诗志》所言，《七月》诸多片段“分之则清清楚楚，合之则浑然无迹、天衣无缝”④，“一诗中藏数小诗”，由诸多平凡瞬间汇成一“绝大结构”⑤，借此沉淀为豳地人民质朴而厚重的生存情感，营构出地道与人道相贯为一的立体化生存结构，而这又深植于观乎天文、敬授天时的根本秩序之中，能够把人们“带回广阔的田野之上，去面对农人所面对的天地自然，去领会真正的农人所体会

① 顾随讲，叶嘉莹笔记，顾之京整理：《顾随诗词讲记》，第148页。
② 顾随讲，叶嘉莹笔记，顾之京整理：《顾随诗词讲记》，第149页。
③ （宋）朱熹集撰，赵长征点校：《诗集传》，第145页。
④ 顾随讲，叶嘉莹笔记，顾之京整理：《顾随诗词讲记》，第149页。
⑤ 顾随讲，叶嘉莹笔记，顾之京整理：《顾随诗词讲记》，第149页。

到的世界节律，去感受农人们在几百年农耕实践中对人与天地自然关系所获得的认同与理解”①，并从“天、人之际的根源处审视人与世界深刻的亲密关系”②。

（2）风、俗与一国之政：以国为别，见俗之异

《豳风·七月》中地道与人道相贯为一的立体化生存结构，不独见载于《诗》，而是作为一个颇为典型的结构模式在昔人的观念世界中屡屡出现。兹取《周礼·地官司徒》所载大司徒之职作一番对参互诠：

> 大司徒之职，掌建邦之土地之图与其人民之数，以佐王安扰邦国。以天下土地之图，周知九州之地域广轮之数，辨其山林川泽丘陵坟衍原隰之名物。而辨其邦国都鄙之数，制其畿疆而沟封之，设其社稷之壝而树之田主，各以其野之所宜木，遂以名其社与其野。以土会之法辨五地之物生。一曰山林，其动物宜毛物，其植物宜皁物。其民毛而方。二曰川泽，其动物宜鳞物，其植物宜膏物，其民黑而津。三曰丘陵，其动物宜羽物，其植物宜核物，其民专而长。四曰坟衍，其动物宜介物，其植物宜荚物，其民皙而瘠。五曰原隰，其动物宜裸物，其植物宜丛物，其民丰肉而庳。③

不难发现，上述引文有一以贯之的叙述脉络：以描摹五地之貌作为开端，继之以对动植物习性的分析，再到论说“民之所常生之处”。三者构成了《贾疏》所论之“常法”：“上经云五地之物生，动植及民生处不同，是其常法。”④ 有意思之处在于，以“常法”为前提与背景，施之于民的“十二教”遂得以创生，故经文有云：“因此五

① 李山：《诗经的文化精神》，第56页。
② 李山：《诗经的文化精神》，第62页。
③ （汉）郑玄注，（唐）贾公彦疏，彭林整理：《周礼注疏》，第333—337页。
④ （汉）郑玄注，（唐）贾公彦疏，彭林整理：《周礼注疏》，第340页。

物者民之常，而施十有二教焉。"[①] 此处所谓"因"，正标举出顺"民之常"而施教的膺承性。这说明，"教"非由外铄，而恰恰是从体贴"民之常"的过程中内在地生发而来。《贾疏》也点明了教的膺承性："今此十二教，亦因民之所常生之处施之，故云因此五物者之常而施十二教也。"[②]

> 一旦以祀礼教敬，则民不苟；二曰以阳礼教让，则民不争；三曰以阴礼教亲，则民不怨；四曰以乐礼教和，则民不乖；五曰以仪辨等，则民不越；六曰以俗教安，则民不愉；七曰以刑教中，则民不虣；八曰以誓教恤，则民不怠；九曰以度教节，则民知足；十曰以世事教能，则民不失职；十有一曰以贤制爵，则民慎德；十有二曰以庸制禄，则民兴功。以土宜之法辨十有二土之名物，以相民宅，而知其利害，以阜人民，以蕃鸟兽，以毓草木，以任土事。[③]

细究此十二教的条目，"其六曰以俗教安，则民不愉"。《贾疏》释之云："俗，谓人之生处习学不同。若变其旧俗，则民不安，而为苟且。若依其旧俗化之，则民安其业，不为苟且。"[④] 由此可知，《周礼》将一地之自然地理、动植物性、民之生处习学（俗）与人文政教紧密结合。一地之政事、政教深植于该地的民俗，并于其间内在地孕育与生长，而后又还返于对民俗民情的治理与规正。"俗"与"政"密切结合的人文观念，有助于解释为何风诗以"国"为别。

---

① （汉）郑玄注，（唐）贾公彦疏，彭林整理：《周礼注疏》，第 339 页。
② （汉）郑玄注，（唐）贾公彦疏，彭林整理：《周礼注疏》，第 340 页。
③ （汉）郑玄注，（唐）贾公彦疏，彭林整理：《周礼注疏》，第 339—343 页。
④ （汉）郑玄注，（唐）贾公彦疏，彭林整理：《周礼注疏》，第 341 页。

风诗以国别为单位编纂而成，如《孔疏》所言：“言《国风》者，国是风化之界，《诗》以当国为别，故谓之《国风》。”① 这体现出，自然地理、民生民俗与人文政事，实则处于一体共生的内在关联。《国风》以“国”为别，其内在层次与章法又可细析为以下两方面：其一，每首诗是一个独立完整的世界；其二，诗与诗之间并非彼此孤立，而是浑融为一个新的整体。同一国别的诗作为新的统一体，与别国之诗呈现出明显差异，即“以国别之风诗，各因其境地之不同，自成一单位”②。先秦时人除单独赏玩某首诗之外，还常以国为单位品评一国之风的特色。兹举季札观乐为例：

> 吴公子札来聘……请观于周乐。使工为之歌《周南》《召南》。曰：“美哉！始基之矣，犹未也，然勤而不怨矣。”为之歌《邶》《鄘》《卫》。曰：“美哉渊乎！忧而不困者也。吾闻卫康叔、武公之德如是，是其《卫风》乎！”为之歌《王》。曰：“美哉！思而不惧，其周之东乎！”为之歌《郑》。曰：“美哉！其细已甚，民弗堪也，是其先亡乎！”为之歌《齐》。曰：“美哉！泱泱乎，大风也哉！表东海者，其大公乎！国未可量也。”为之歌《豳》。曰：“美哉，荡乎！乐而不淫，其周公之东乎！”为之歌《秦》。曰：“此之谓夏声。夫能夏则大，大之至也，其周之旧乎！”为之歌《魏》。曰：“美哉，沨沨乎！大而婉，险而易行，以德辅此，则明主也。”为之歌《唐》。曰：“思深哉！其有陶唐氏之遗民乎！不然，何忧之远也？非令德之后，谁能若是？”为之歌《陈》。曰：“国无主，其能久乎！”自《郐》以下，无讥焉！③

---

① （汉）毛亨传，（汉）郑玄笺，（唐）孔颖达疏，（唐）陆德明音释，朱杰人、李慧玲整理：《毛诗注疏》，第2页。

② 蒋天枢撰：《论学杂著》，中州古籍出版社1985年版，第67页。

③ （周）左丘明传，（晋）杜预注，（唐）孔颖达正义：《春秋左传正义》，载《十三经注疏》整理委员会整理《十三经注疏》，第1258—1265页。

除了《曹风》，季札对其余风诗都一一作了评点，其间还引入了“民俗”的维度。季札透过风诗的差异，观见不同邦国民俗之特质。可见，季札并非单纯地就《诗》说《诗》，也不是纯粹地在欣赏乐音，而是把风诗作为一国精神风貌的集中体现，诚如《文心雕龙·乐府》所言：“好乐无荒，晋风所以称远；伊其相谑，郑国所以云亡。故知季札观辞，不直听声而已。”① 那么，值得追问的是，“风”与“俗”如何建立起内在关联？十五《国风》又如何体现各国各地的精神风貌？

《汉书·地理志》云：“凡民函五常之性，而其刚柔缓急，音声不同，系水土之风气，故谓之风；好恶取舍，动静亡常，随君上之情欲，故谓之俗。”② 此处所论“风”，着眼的是“风”之为“水土之风气”的意义面向。这时，“风”乃是作为一个自然地理性的概念而出现。“风”的这一意义维度，亦见于风诗之中。且在此情况下，“风”字常与方名连用，如《邶风·凯风》云“凯风自南，吹彼棘心”（“南风谓之凯风，长养万物者也”③），《邶风·谷风》云“习习谷风，以阴以雨”（“东风谓之谷风，阴阳和而谷风至”④），《邶风·北风》云“北风其凉，雨雪其雱”（“北风，寒凉之风也”⑤）等。进一步来说，“风”多与方名连用，乃是深植于昔人“八风”之说的观念背景中。《吕氏春秋·有始览》云：“何谓八风？东北曰炎风，东方曰滔风，东南曰熏风，南方曰巨风，西南曰凄风，西方曰飂风，西北曰厉风，北方曰寒风。”⑥ 且此观念背景又孕育出“听风声以知时气”、“省土风以纪农事”、以八音拟象八风、“省风

① （南朝梁）刘勰著，范文澜注：《文心雕龙注》，第102页。

② （汉）班固撰，（唐）颜师古注：《汉书》，第1640页。

③ （宋）朱熹集撰，赵长征点校：《诗集传》，第29页。

④ （汉）毛亨传，（汉）郑玄笺，（唐）孔颖达疏，（唐）陆德明音释，朱杰人、李慧玲整理：《毛诗注疏》，第198页。

⑤ （宋）朱熹集撰，赵长征点校：《诗集传》，第39页。

⑥ 许维遹撰，梁运华整理：《吕氏春秋集释》，第280—281页。

以作乐”的文化现象。

“以音律省土风”，旨在达至“风气和则土气养”之效。一方水土养一方人，某地水土之风气，势必会影响此地百姓的生息繁育。水土之风气化入民众的性情之中，使民风民俗呈现出刚柔缓急等差异。故而郑玄作《诗谱》时，对各地“水土之风气”颇为关注：“欲知源流清浊之所处，则循其上下而省之；欲知风化芳臭气泽之所及，则傍行而观之。此《诗》之大纲也。”① “水土之风气”对“民之生处习学”（俗）的影响，成为历代说《诗》者关注的一大线索。朱子点评《卫风》时，首先便讲述了卫俗如何深受当地自然风土的影响：

> 《诗集传》载张子之言曰：“卫国地滨大河，其地土薄，故其人气轻浮；其地平下，故其人质柔弱；其地肥饶，不费耕耨，故其人心怠惰。其人情性如此，则其声音亦淫靡。故闻其乐，使人懈慢而有邪僻之心也。”②

水土之风气浸渍于一方百姓，积酿而成饶有特色的民风民俗。具体来说，“郑卫之地是平原，民风就浪漫而奔放；周人和秦人居住在高地，风格就保守而理性。对应到各个国家的诗篇中，也如此”③。朱子将“秦人之俗”申明为：“大抵尚气概，先勇力，忘生轻死，故其见于《诗》如此。然本其初而论之，岐丰之地，文王用之以兴；二《南》之化，如彼其忠且厚也。秦人用之未几，而一变其俗至于如此，则已悍然有招八州而朝同列之气矣。”④ 这时，“风”已超越纯粹的自然性意涵，而与人文性相结合，成为熔铸自然性与人文性

---

① （汉）毛亨传，（汉）郑玄笺，（唐）孔颖达疏，（唐）陆德明音释，朱杰人、李慧玲整理：《毛诗注疏·诗谱序》，第 10 页。

② （宋）朱熹集撰，赵长征点校：《诗集传》，第 63 页。

③ 转引自丘濂等《诗经地理》（修订本），第 2 页。

④ （宋）朱熹集撰，赵长征点校：《诗集传》，第 120—121 页。

于一身、外延广阔且内涵丰富的复合型概念。对此，刘咸炘进一步区分出“土风”与“时风”两大意义面向。二者在风诗中均有体现。“土风”指横向上各国风俗世态的差异；“时风”指纵向上各国嬗代变革的历史进程。其论曰，“一切皆有风气”①，即“风之小者，止一事，如装饰之变是也。风之大者兼众事，如治术之缓急，士气之刚柔是也。凡一事有一风”②。又曰：“或为一朝之风，或为一代之风，大则古今之变，小则仪物之象……大包小，小见大。”③ 有主有从，或重或轻，要在通观。又言纵为时风，横为土风。“一代有一代之时风，一方有一方之土俗，一纵一横，各具面目”④，“一时风中有数土风之别，土风有因时风而变者，时风且有由土风而成者”⑤，彼此影响，互为因果。

刘氏把土风与时风的形成和发展，视为互相影响、彼此交融的动态过程。二者都处于流变之中，由此申明了“察势观风”的重要性。“察势观风”，又称作“察变观风”。或曰“风势”“大势”，或曰“风气”“风俗”，或曰“观变”“论世”。通观一代风势，要在能明当时大势，而亦不遗细小。这对启寤风诗的精神世界颇有助益。

综观后世论《风》诸说，无论是《诗大序》所言“变《风》”“变《雅》”⑥，还是朱子所论“参之列国以尽其变”⑦，都凸显出“变”的因素。“风”与“俗”在流变过程中难免出现偏差与流弊，诚如章实斋所论：“人心风俗，不能历久而无弊……因其弊而施补救……风气之弊，非偏重则偏轻也。重轻过不及之偏，非因其极而

---

① 刘咸炘：《治史绪论》，载《推十书·己辑》第1册，上海科学技术文献出版社2009年版，第241页。

② 刘咸炘：《治史绪论》，载《推十书·己辑》第1册，第241页。

③ 刘咸炘：《治史绪论》，载《推十书·己辑》第1册，第247页。

④ 刘咸炘：《治史绪论》，载《推十书·己辑》第1册，第242页。

⑤ 刘咸炘：《治史绪论》，载《推十书·己辑》第1册，第241页。

⑥ 《诗大序》从历史时间的高度来看待《国风》之“正”“变”，其所论“变《风》”“变《雅》”与刘咸炘提出的“时风”概念可形成对参互诠的态势。

⑦ （宋）朱熹集撰，赵长征点校：《诗集传序》，载《诗集传》，第2页。

反之，不能得中正之宜也。”① 风气之弊，端赖在位者因势利导，使其复归于正。据此而论，“风”“俗”又与“政”关联甚密。《孔疏》便是在论“风”“俗”的基础上，引入了对“政”的思考，“风为本，俗为末，皆谓民情好恶也。缓急系水土之气，急则失于躁，缓则失于慢。王者为政，当移之使缓急调和，刚柔得中也”，且又引《汉书·地理志》之言曰：“孔子曰：‘移风易俗，莫善于乐。’言圣王在上，统理人伦，必移其本，而易其末，然后王教成。”②

因风而治，因俗施教，是“一国之事”的重要面向。以“风”为邦国之诗命名，恰恰表明，编诗者体认到“俗”对于一国政事的重要性。“为政之要，辩风正俗，最其上也。”③ 倘若对一地的自然风土、人文风俗缺乏了解，将难以承衰救弊，无法及时纠正民风之偏颇④，诚如廖平所言：“王者之化，首在移风易俗，至必闻政。孔子周游，原以觇俗观风，以为移易之本，故诸风中必详其地士俗。”⑤

综上所言，不同地域在水土风气上各有差异，使民性缓急亦有不同。一国之政教据此得以实施，在潜移默化中塑造了此邦国独特的风土人情与精神风貌，直接或间接地影响着诗人的生存经验与感

---

① （清）章学诚撰，叶瑛校注：《文史通义校注》，第363页。

② （汉）毛亨传，（汉）郑玄笺，（唐）孔颖达疏，（唐）陆德明音释，朱杰人、李慧玲整理：《毛诗注疏》，第12页。

③ （汉）应劭撰，王利器校注：《风俗通义校注》，第8页。

④ 刘咸炘还点明“俗”对于政教的重要性，其论曰：“子思曰：‘天命之谓性，率性之谓道，修道之谓教’，此言一而同也。吾欲释之曰：化质之谓性，化见之谓道，化俗之谓教。盖不知质之异，则无以调之而复其本性；不知见之异，则无以正之而达大道；不知俗之异，则无以修之而成至教。”刘咸炘：《中书二·同异》，载《推十书·甲辑》第1册，上海科学技术文献出版社2009年版，第64页。综观《史记》世家部分，史迁评点各国的政治功绩时，也把化民成俗作为一国政事的重要部分，如《齐太公世家》末载太史公之言曰：“吾适齐，自泰山属之琅邪，北被于海，膏壤二千里，其民阔达多匿知，其天性也。以太公之圣，建国本，桓公之盛，修善政，以为诸侯会盟，称伯，不亦宜乎？洋洋哉，固大国之风也！”（汉）司马迁撰：《史记》，第1513页。

⑤ （清）廖平著，蒙默、蒙怀敬编：《廖平卷》，第321页。

受方式。十五《国风》便是各国的自然风气、民性缓急与政教境况杂糅交融、孕育而成的结晶。这成为各国风诗在表达方面各具特色的重要原因。

在风诗的观念世界中，每一邦国的历史人文进程都有其不可替代性。风诗重视地域性与国别性，并以国别为基本单位进行组织和编次，对各国自然风土、人文历史的差异与特殊均予以了充分的尊重。十五《国风》独特的行文风格与表达方式，都脱胎于各国历史人文的特质。透过此种差异，吾人可探究各国的自然风土、历史进程与政教境况，如何积酿而成该国独特的风俗民情，一国的历史人文进程又如何影响了诗人感受、经验和言说世界的方式。诗人作为国势的见证者，缔造了亘古流传的诗作，创造了属于这一邦国的共同记忆。①

（二）论《雅》

《诗经》现存篇目共305首，其中风诗多达160篇，占了《诗》近二分之一的篇幅。从篇数上看，风诗已经提供了诸多生存经验，呈现出夫妻、父子、兄弟等人伦切近处的诸多关系样态，那么，值得追问的是，为何《诗经》不止步于风诗，而是必须继之以《雅》？对于《诗》完整的意义结构而言，《雅》为何是必要的？进一步来说，由《风》如何过渡到《雅》，其间是否存有一以贯之的脉络？

1. 从《风》到《雅》：由“一国之事”到“天下之事”

对于《风》《雅》之别，《诗大序》指出：“是以一国之事，系一人之本，谓之《风》。言天下之事，形四方之风，谓之《雅》。”②

---

① “司马迁《史记·货殖列传》讲山川地理、经济区域，也讲各地风俗民情；稍后还有记载显示王朝派人到各地考察民风民俗乃至方言土语，于是有《汉书·地理志》对各地民风的描述，又有扬雄《方言》对各地不同语汇的记录。……这都应该追溯到《诗经》的风诗。”丘濂等：《诗经地理》（修订本），第8—9页。

② （汉）毛亨传，（汉）郑玄笺，（唐）孔颖达疏，（唐）陆德明音释，朱杰人、李慧玲整理：《毛诗注疏》，第20页。

《风》与《雅》所言说的分别是“一国之事”与“天下之事”，分别与“国”和“天下”相对应。从《风》到《雅》，是从“一国之事”过渡至“天下之事”，从“国”的概念过渡至“天下”的概念。《孔疏》云：“其《雅》则天子之事，政教刑于四海，不须言国也。”[①] 为解释“天下”概念何以可能，《孔疏》特别申明了《风》《雅》之异：

> 诗人览一国之意以为己心，故一国之事，系此一人，使言之也。但所言者直是诸侯之政，行风化于一国，故谓之《风》。以其狭故也。言天下之事亦谓一人言之，诗人总天下之心，四方风俗，以为己意，而咏歌王政，故作诗道说天下之事，发见四方之风，所言者乃是天子之政，施齐正于天下，故谓之《雅》，以其广故也。[②]

《孔疏》用“狭”“广”描述《风》《雅》之别。据《文心雕龙·颂赞》所言“夫化偃一国谓之风，风正四方谓之雅”[③]，《风》《雅》之异在于“化偃一国”与“风正四方”。此论实质上是《孔疏》以“狭”“广”论《风》《雅》之别的延续。《孔疏》以为，“谓之《雅》”，其原因在于“以其广”。那么，此处所谓“广”又该如何作解，是共同体地理面积的扩张，抑或所言之事数量上的增加？海德格尔曾分析一所学校的“在”。“学校”并不是校园内某一栋建筑物的名称，也不是校园里所有建筑物的总和。即使我们把某所学校走遍，也无法找到“学校”本身，无法经由此方式全然观照学校之“在”。由此可知，“学校”一名，不同于经验事实层面某人对某一

① （汉）毛亨传，（汉）郑玄笺，（唐）孔颖达疏，（唐）陆德明音释，朱杰人、李慧玲整理：《毛诗注疏》，第2页。

② （汉）毛亨传，（汉）郑玄笺，（唐）孔颖达疏，（唐）陆德明音释，朱杰人、李慧玲整理：《毛诗注疏》，第20—21页。

③ （南朝梁）刘勰著，范文澜注：《文心雕龙注》，第157页。

实存之物的指称，而是应从意义之综合体的层面来理解。[①]“天下”概念也同样如此。“天下”并不是中原地区所有国家的总和。“天下”之“广”，强调的并不是邦国数量上的累积。“天下”指的既不是某一国家，也不是所有国家的总和，而是一个意义共同体。《孔疏》用“广”评价《雅》，其最要者在于，点明“天下”这一意义共同体的深广博大。

这时，需要思考的是，对于各邦国而言，“天下”这一意义共同体意味着什么？所罗门（Robert C. Solomon）指出：“我们之间的关系是多种多样的——爱、恨、依赖、恐惧、爱慕、妒忌、同喜同悲、亲属、父母……。这些关系中的每一种都需要具体分析和理解。但一般来说，我们可以把我们的关系概念分成更明朗的两类：一种是‘我们（或我）对他们’（us versus them），另一种是‘我们’（we）。前者假定我们与他们之间存在着一些根本性的差异甚至是对抗，后者则以一种共享的身份为前提”[②]，进而又论及一个吊诡的现象：“我们语言中关于‘关系’的大部分内容都呈现给我们这样一幅令人难堪的图景，即两个孤独的灵魂试图相互‘理解’，彼此‘沟通’或者‘打破壁垒’。”[③] 因此，当吾人思考“关系”这一概念时，常以两个存在者的分离状态为前提，而不是先从双方的结合开始思考。但实际上，“我们所有人都业已被一种无所不包的精神联系了起来。……正是我们之间的距离而非亲密才是偏离常规的东西”[④]。因此，哪怕是看似最显著的差异与隔阂，若究其内里，往往也共享着某种联系，乃是置身于一个统一体中。

揆诸上文所言，《国风》在横向的土风层面各有差异，在纵向的

---

① 参见［德］海德格尔《形而上学导论》，熊伟、王庆节译，商务印书馆 1996 年版，第 33—34 页。

② ［美］罗伯特·所罗门：《大问题：简明哲学导论》，张卜天译，广西师范大学出版社 2004 年版，第 229 页。

③ ［美］罗伯特·所罗门：《大问题：简明哲学导论》，张卜天译，第 74—75 页。

④ ［美］罗伯特·所罗门：《大问题：简明哲学导论》，张卜天译，第 75 页。

时风层面也有流变。但问题在于，若仅突出差异与流变，那么，各邦国形形色色的生活世界，将缺乏向心力而难以凝聚为统一体。刘咸炘指出“明异”与“知同”的辩证关系：

> 盖不知质之异，则无以调之而复本性；不知见之异，则无以正之而达大道；不知俗之异，则无以修之而成至教……是故欲知同者，必先明异。不明异而欲明同，则其于同也必偏而不周，浅而不深。①

据引文可知，若仅求其“同”而不明其“异”，那么所求之“同”难免失于片面。反之，若仅明其“异”而不求其“同”，所得之论仍有失中正。风诗侧重于呈现邦风之“异”，接着便过渡到“求其同”的阶段，即十五《国风》之“异”如何生发出统一性与共在感，使其不致陷入各自为政的一盘散沙状态。

克实而论，“求其同”并非昔人所作的理论设想，而是华夏文明发展进程中的基本诉求，在《礼记·礼运》所论“以天下为一家，以中国为一人”②、《公羊传·隐公元年》所言“大一统”③ 中均得以体现。李零先生指出，中国“大一统”格局的形成，最直接的铺垫源于两件大事，其一便是西周封建，合夏、商、周之领土为“天下”，使夏、商、周三分之局势归于一统。④ 同样，在《诗》的精神世界中，如何“一天下”、如何使各具差异的十五《国风》形成一个统一体，也作为一重要问题推动着《诗》的脉络朝前发展。若说风诗多关注切近处的伦常关系，那么，论及雅诗，其气象与规模则提升至更为深远而开阔的层面。从《风》到《雅》的过程犹如登

---

① 刘咸炘：《中书二·同异》，载《推十书·甲辑》第1册，第64页。

② （汉）郑玄注，（唐）孔颖达正义，吕友仁整理：《礼记正义》，第914页。

③ （汉）何休解诂，（唐）徐彦疏，刁小龙整理：《春秋公羊传注疏》，第12页。

④ 参见李零《茫茫禹迹：中国的两次大一统》，载《我们的中国》，生活·读书·新知三联书店2016年版，第17页。

山，在山脚时，目力所及不过身旁草木，及至半山腰，云霞雕色、山川旖旎尽收眼底。目极千里，胸中渐渐升腾起吞吐河山之势，正如朱子对《雅》的评点："正之于《雅》以大其规。"① "大其规"也是就雅诗的格局而言。《小雅》的生存经验从切近处的人伦日用拓展至君臣、宗族、夷夏等领域，气象恢宏，辞劲雄浑：论征伐，则风骨铿锵，义气凛然；记燕飨，则仪文彬彬，格调雅致……与此相较，《大雅》进一步放眼于共同体纵深性的历史进程，"追述先业，以诏后人，纪德称功，庄严有则"②。其最要者在于，在大小《雅》中，无论是"叙往烈述祖德"的诗篇抑或宴飨之乐歌，在氛围上或有肃敬齐庄与欢欣和悦之分，但其本旨均为"述大群之情感，非言一己之哀乐"③。

由《风》到《雅》，《诗》缓缓揭开了风诗丰富多样的生活世界背后的幕布。十五《国风》虽有差异，但都从属于"天下"这一更为深远博大的生存世界。此时，诗人是以天下之民的新身份出现的，其视野也就不像风诗那般拘囿于夫妇、室家等伦常日用处，而是推扩至君臣、朝野、夷夏等政事领域。

揆诸昔人论《雅》语境，多点明"雅"与"政"的内在关联。《诗大序》把《雅》界定为"言王政之所由废兴"，且以"政"之大小，作为大小《雅》之分野。尽管昔人语境中的"政"，与近世"政治"之名并不能完全等同，但这无碍于近人多将雅诗归入政治范畴，如陈子展所云"《雅》是政治诗"④，缪钺所论"《诗》与政治

① （宋）朱熹集撰，赵长征点校：《诗集传序》，载《诗集传》，第 2 页。

② 缪钺：《中国文学史讲演录（唐以前）》，载缪元朗、景蜀慧编校《缪钺全集》第六卷，第 18 页。

③ 缪钺：《中国文学史讲演录（唐以前）》，载缪元朗、景蜀慧编校《缪钺全集》第六卷，第 18 页。

④ 陈子展：《关于〈诗经〉（代序）》，载陈子展著，徐志啸编《诗经直解》，复旦大学出版社 2015 年版，第 20 页。

关系之密切，尤为中国诗之特色”[①]，又如吉川幸次郎所言，《诗经》有着“对政治的关心。最明显的关心，见于《小雅》《大雅》部分”[②]。且对于“政”的关注，不仅显明于雅诗的文本内容。值得注意的是，数篇雅诗的作者，本身就是秉中正之政道、行赫赫之事功的政治家。

> 《雅》中有尹吉甫所作之诗两首，而据《国语》及《吕氏春秋》，又有周公所作之诗两首，周公与尹吉甫皆西周大政治家，而同时兼为诗人，此亦奠定中国诗中一种传统，如唐之张九龄，宋之欧阳修、王安石，皆以政治家兼为诗人也。尹吉甫作诗明见诗中本文，尤为确无可疑之事。吉甫之诗，骨格遒，着笔高，工于锻炼，于用韵显其拗折，于下字见其深肆，扬子《法言》称“正考父尝晞尹吉甫”，其影响之大可知矣。[③]

诗人兼政治家的独特身份，对于思及《诗》与“政”的深层关联颇有助益。对于昔人而言，诗并非与己相对的某一客体或对象，而是完整的生存世界得以展开与呈露的基本方式。昔人的政治生活及其对王政王事的评议，毋宁说都是高度诗化的，由此呈现出诗化政事的特质。考诸《小雅》行文，其中反复出现“王事”一名[④]：

> 王事靡盬，我心伤悲。(《小雅·四牡》)

---

① 缪钺：《中国文学史讲演录（唐以前）》，载缪元朗、景蜀慧编校《缪钺全集》第六卷，第31页。

② ［日］吉川幸次郎：《中国诗史》，章培恒、骆玉明等译，第20页。

③ 缪钺：《中国文学史讲演录（唐以前）》，载缪元朗、景蜀慧编校《缪钺全集》第六卷，第21页。

④ “王事”这一说法在《风》中也曾出现，只不过其出现频次不及《雅》，如《邶风·北门》所言“王事适我，政事一埤益我”，《唐风·鸨羽》所言“王事靡盬，不能蓺稷黍。父母何怙？”

王事靡盬，不遑启处。（《小雅·采薇》）
王事多难，维其棘矣。（《小雅·出车》）
王事靡盬，继嗣我日。（《小雅·杕杜》）
王事靡盬，忧我父母。（《小雅·北山》）
或栖迟偃仰，或王事鞅掌。（《小雅·北山》）

倘若雅诗对“王事”的描写仅限于此，那么可以说，“王事”只是作为一抽象概念出现的，其内涵极为贫乏且不明确。而诗之为诗的特质正在于其“制造形象的功能，因为它带到我们眼前的不是抽象概念而是具体的现实事物”①。这意味着，在《小雅》中，王事的开展、王政的兴衰继替，并不是以抽象说理的方式来呈现，而是经由不同身份人群的生存经验娓娓道来。也就是说，并不存在抽象而空洞的“王事”。实际上，“王事”与每个人的在世生存都生发着具体而特殊的关联，由此，“天下”这一生存世界也切实地与群黎众庶息息相关。《小雅》塑造了身份各异的人物形象，从无名的征夫、使臣，到地位显赫的将帅。透过人物的遭遇，雅诗试图说明，王事渗入昔人在世生存的方方面面，对不同身份角色的人群均产生了深远的影响。

《四牡》是从使臣的角度自陈心志：“王事靡盬，不遑将父。王事靡盬，不遑将母。”使臣终年为王事奔波劳苦，无暇照顾年迈的双亲。尽管诗人思亲心切，但并未因此疏于政事。《皇皇者华》同样从使臣的视角出发，但更侧重于写使臣如何尽忠职守，如何把君命谨记于心，为圆满完成使命，“广询博访，以补其不及而尽其职也”②。《采薇》的主人公是征途中的士兵。出征数年，战事仍未止息，归乡团聚之日遥遥无期。征夫思念亲人，却无从探听家人消息。不能赡养双亲和照顾妻儿，忧思重重，难以排解。尽管遭遇如此愁苦，征

---

① ［德］黑格尔：《美学》第三卷下册，朱光潜译，第57页。

② （宋）朱熹集撰，赵长征点校：《诗集传》，第159页。

夫仍未萌生退却逃避之心，而是日夜警守军事防线，不敢忘却保家卫国的责任。若说《采薇》全然从士兵的视角展开叙述，那么《出车》一诗则是将帅和仆夫的视角兼备。所处身份与所负职责不同，征伐玁狁之王事对其的影响也有所不同：“将帅方以责大任重为忧，而仆夫亦为之恐惧而憔悴耳。”①

小到征夫，大到将帅，其心声均非个人主观性的产物，而是“总天下之心，四方风俗，以为己意”②。如前所述，风诗的创制乃是“览一国之意以为己心”。对于雅诗，《孔疏》同样强调“诗人总天下之心以为己意”的维度。“天下之心”并非以抽象的说理直接呈现，而是寓于万千子民不可复制的生存经验之中。这再次印证，“在诗里，凡是普遍性的理性的东西并不表现为抽象的普遍性，也不是用哲学证明和通过知解力来领会的各因素之间的联系，而是一种有生气的、现出形象”③ 的方式。可见，在《风》《雅》二部，诗人之言并不纯然是个体层面的言语辞令。“一国之意”和“天下之心”熔铸于诗人对每一生命时刻的感受与表达之中。此即是说，诗人的“己意”乃是普遍性和特殊性的合一。

2. 雅诗中的“人道”：以君臣之伦为中心

《雅》关注的是“天下”这一意义共同体，着眼于“王事”在昔人在世过程中的体现，由此，君臣关系遂成为雅诗关注的中心，即“《小雅》明君臣之相合”④。《雅》始于《鹿鸣》，意在正君臣之伦。从总体上看，“正《雅》”大致由两类诗构成：其一是宴饮诗，如《鹿鸣》《南有嘉鱼》《蓼萧》《鱼丽》等。⑤ 据统计，《小雅》共

---

① （宋）朱熹集撰，赵长征点校：《诗集传》，第 167 页。

② （汉）毛亨传，（汉）郑玄笺，（唐）孔颖达疏，（唐）陆德明音释，朱杰人、李慧玲整理：《毛诗注疏》，第 20—21 页。

③ ［德］黑格尔：《美学》第三卷下册，朱光潜译，第 21 页。

④ 黄德海：《诗经消息》，作家出版社 2018 年版，第 208 页。

⑤ 据洪湛侯统计，《小雅》中的《鹿鸣》《常棣》《伐木》《鱼丽》《南有嘉鱼》《蓼萧》《湛露》《彤弓》《桑扈》《頍弁》《宾之初筵》《瓠叶》均为宴饮诗。参见洪湛侯《诗经学史》，第 665—666 页。

74 首。其中，宴饮诗多达 12 首，占据了《小雅》近六分之一的篇幅[①]；其二是讲述臣子为王事尽忠之诗，如《四牡》《皇皇者华》《出车》《采薇》《采芑》等。

在宴饮诗中，“我有嘉宾”之辞屡见不鲜，如《小雅·鹿鸣》所云“我有嘉宾，鼓瑟吹笙”，《小雅·南有嘉鱼》所云“君子有酒，嘉宾式燕以乐”，以及《小雅·彤弓》所云“我有嘉宾，中心贶之”。细审其文辞，宴饮诗不称“臣”而称“宾”，其缘由在于“夫嘉宾即群臣，以名分言曰臣，以礼意言曰宾”[②]。李若晖先生亦云：“在上古政治制度中，‘宾’与‘臣’地位迥然不同。……宾客地位高于群臣。”[③] 称“臣”为“宾”，乃是“君使臣以礼”的体现。这喻示着，虽贵为天子，亦须谦退自守，礼贤下士。对此，朱注云：“故先王因其饮食聚会，而制为燕飨之礼，以通上下之情。而其乐歌又以鹿鸣起兴，而言其礼意之厚如此，庶乎人之好我，而示我以大道也。”[④] 燕飨之礼的本旨在于礼贤下士，体恤臣下。马瑞辰《毛诗传笺通释》云：“（《鹿鸣》）诗三章，文法参差而义实相承。首章前六句言我之敬宾，后二句言宾之善我，二章前六句即承首章‘人之好我’言，后二句乃言我之乐宾，三章前六句即接言宾之乐，后二句又申言我之乐宾，以明宾之乐实我有以致之也。”[⑤] 此论颇合《鹿鸣》之旨。

---

① “《小雅》所收诗作，以忧伤怨叹、飨宴嘉会之歌居多，其次是与徭役有关的歌，祭祀之作属少数。”参见［日］赤冢忠《诗经全释》，东京：汲古书院 1984 年版，第 397—380 页，转引自［日］家井真《〈诗经〉原意研究》，陆越译，第 102 页。

② （清）方玉润撰，李先耕点校：《诗经原始》，第 328 页。

③ 他以《白虎通德论》与《史记》的相关记载来说明此点。《白虎通德论·王者不臣》：“不臣二王之后者，尊先王，通天下之三统也。《诗》云‘有客有客，亦白其马’，谓微子朝周也。《尚书》曰‘虞宾在位’，不臣丹朱也。”据《史记》卷八十《乐毅列传》乐毅《报燕惠王书》：“先王过举，厕之宾客之中，立之群臣之上。”参见李若晖《中国哲学与古典政制》，第 177 页。

④ （宋）朱熹集撰，赵长征点校：《诗集传》，第 156 页。

⑤ （清）马瑞辰撰，陈金生点校：《毛诗传笺通释》，中华书局 1989 年版，第 493 页。

> 故飨饮之礼，先爵于卑贱，而后贵者始羞，殽膳下浃而乐人始奏。觞不下遍，君不尝羞；殽不下浃，上不举乐。故礼者，所以恤下也……上少投之，则下以躯偿矣；弗敢谓报，愿长以为好。古之蓄其下者，其施报如此。①

天子对群臣的尊重与敬意，不仅体现在称“臣”为“宾”这一点上，还融贯于燕飨之礼的仪则细节中。参诸上述引文对于燕飨之礼的叙述，饮食之序均为宾在先，君在后。此先后之序也反映出天子对于宾客的礼遇。君王以礼相待，群臣自然用忠心来回报，所谓“臣事君以忠”（《论语·八佾》）。《天保》作为《鹿鸣》之应，所诠释的正是“君能下下以成其政，臣能归美以报其上焉”②，同样反映出君臣间使之以礼与事之以忠的关系。《鹿鸣》和《天保》的诗旨分别是上以礼恤下和下以忠事上。二者之间遂构成酬答对应的模式。酬答对应，故君臣主宾之情可通。缪钺将此申明为：“燕飨之诗，多施于君臣朋友兄弟之间，欢欣和悦，以通人已之情，可见周人重人伦之心。”③ 君臣主宾间酬答对应的模式，在《小雅》中颇具代表性。林甸甸指出：“传统诗论经常有某一首诗报、答某一首诗的说法，如说《天保》报《伐木》，《鸳鸯》答《桑扈》。……传统诗论以一者为主，一者为客，一者为问，一者为答，其实就是从诗歌宾主关系及语气所做的判断，其有可取之处。”④ 除了《鹿鸣》《天保》二诗，《瞻彼洛矣》和《裳裳者华》、《桑扈》和《鸳鸯》、《鱼藻》和《采菽》也构成了应对酬答的关系：

---

① （汉）贾谊撰，阎振益、钟夏校注：《新书校注》，中华书局 2000 年版，第 215 页。

② （汉）毛亨传，（汉）郑玄笺，（唐）孔颖达疏，（唐）陆德明音释，朱杰人、李慧玲整理：《毛诗注疏》，第 828 页。

③ 缪钺：《中国文学史讲演录（唐以前）》，载缪元朗、景蜀慧编校《缪钺全集》第六卷，第 18 页。

④ 李辉、林甸甸、马银琴：《仪式与文本之间：论〈诗经〉的经典化及相关问题》，《温州大学学报》（社会科学版）2020 年第 1 期。

朱子评《瞻彼洛矣》曰：“此天子会诸侯于东都，以讲武事，而诸侯美天子之诗。”①

朱子评《裳裳者华》曰：“此天子美诸侯之辞，盖以答《瞻彼洛矣》也。”②

方玉润评《裳裳者华》曰：“此诗与前篇互相酬答。”③

朱子评《桑扈》曰：“此亦天子燕诸侯之诗。”④

朱子评《鸳鸯》曰：“此诸侯所以答《桑扈》也。”⑤

朱子评《鱼藻》曰：“此天子燕诸侯，而诸侯美天子之诗也。”⑥

朱子评《采菽》曰：“此天子所以答《鱼藻》也。”⑦

诗人看到，君臣尊卑之分不容僭越，但严守君臣之礼的同时，容易导致上下之情碍而不通。据引文所示，上述几组诗呈现出酬答呼应的态势，恰恰说明，严守君臣之分与通君臣上下之情，二者不可偏废。君王以礼宴请群臣，感念群臣尽忠职守。群臣为回报知遇之恩，自然更加忠于王事。面对尽忠之臣，君王更是要以礼相待。这构成一个良性循环。

正《雅》透过不同人物的生存经验展示出“臣事君以忠”。《四牡》在行文上呈现出“私恩”与“公义”的张力，即“怀归”，私恩也；王事，公义也。尽管使臣思亲心切，但既身为臣子，便应恪尽职守，“不以私恩害公义”⑧。此维度也被历代诗论所强调。金圣叹如此评点道：“在说破父母缺养后，反加鞭策马，骎骎前进，以示

① （宋）朱熹集撰，赵长征点校：《诗集传》，第245页。

② （宋）朱熹集撰，赵长征点校：《诗集传》，第245页。

③ （清）方玉润撰，李先耕点校：《诗经原始》，第441页。

④ （宋）朱熹集撰，赵长征点校：《诗集传》，第247页。

⑤ （宋）朱熹集撰，赵长征点校：《诗集传》，第248页。

⑥ （宋）朱熹集撰，赵长征点校：《诗集传》，第254页。

⑦ （宋）朱熹集撰，赵长征点校：《诗集传》，第255页。

⑧ （汉）班固撰，（唐）颜师古注：《汉书》，第3340页。

终不敢以人子之私情，而废人臣之公义。虽然，臣之身则去，臣之心实苦，是用作歌，将乌鸟恩私，上告吾君。”① 除《四牡》以外，《小雅》还有数首诗都从臣子的视角出发，自述其不辞劳苦，委致其身，完成分内之职。这与君王以礼待臣是分不开的：

> 夫君之使臣，臣之事君，礼也。故为臣者奔走于王事，特以尽其职分之所当为而已，何敢自以为劳哉？然君之心则不敢以是而自安也，故燕飨之际，叙其情以闵其劳。言驾此四牡而出使于外，其道路之回远如此。当是时，岂不思归乎？特以王事不可以不坚固，不敢徇私以废公，是以内顾而伤悲也。臣劳于事而不自言，君探其情而代之言。上下之间，可谓各尽其道矣。②

综上所述，从《风》到《雅》，其侧重点由室家推及朝政，而朝政则以君臣关系为核心。不过，《小雅》并不是对君臣关系进行一番理论性阐释，而是借助君臣间鲜活的生存经验，阐明君臣关系的理想样态。进一步来说，雅诗两两酬答对应的情势，可视为君臣双向性伦理要求的“感性显现”。这表明，尽管君臣各有其应尽之责，但《小雅》明显把君置于表率者的位置。君王应身先士卒，不仅应在言行上做好表率，行事为人中正不阿，还应主动体恤和慰劳臣下。

《四牡》《采薇》《杕杜》三诗的主人公都是为王事奔走劳苦的臣子，将其尽忠之心表露无遗，而历代说《诗》者却看向了更深处，揭示出三诗其实蕴含天子体恤臣下的用心。先看三诗之《序》：

---

① （清）金圣叹著，陆林辑校整理：《唱经堂释小雅》，载《金圣叹全集》一，凤凰出版社 2016 年版，第 9 页。

② （宋）朱熹集撰，赵长征点校：《诗集传》，第 157 页。

《四牡序》："劳使臣之来也。"①

《采薇序》："遣戍役也。"②

《杕杜序》："劳还役也。"③

"劳使臣之来也""遣戍役也"及"劳还役也"均缺少主语。据历代说《诗》者所述，此处缺省的主语指的并非臣下本人，而是天子，实质上，相当于"（天子）劳使臣之来也"，"（天子）遣戍役也"，以及"（天子）劳还役也"。由此推断，三诗并不是使臣在自述劳苦，而是天子"代叙"臣子之劳苦。这成为历代诗论的基本出发点：

金圣叹曰："故'四牡騑騑'，非使臣之所敢歌也。歌'四牡'者，君劳使臣，代叙愁苦。夫为君之臣，而复作是歌，则不得为臣矣。君实劳苦其臣，而不代之作是歌，则不得为君矣。"④

刘咸炘曰："《四牡》，不得已而使之，悯其不能养父母而曲其情以慰其意。……《采薇》，此劳戍卒之诗，揣其情而表其忠，劝慰其劳瘁焉。……《杕杜》，此劳还役而探其未还之思以慰之。"⑤

天子"代叙"臣子之劳苦，这意味着，还未等臣子把苦处一一道陈，天子对此已了然于心，这更能体现天子对于臣下的体恤之情。

---

① （汉）毛亨传，（汉）郑玄笺，（唐）孔颖达疏，（唐）陆德明音释，朱杰人、李慧玲整理：《毛诗注疏》，第796页。

② （汉）毛亨传，（汉）郑玄笺，（唐）孔颖达疏，（唐）陆德明音释，朱杰人、李慧玲整理：《毛诗注疏》，第834页。

③ （汉）毛亨传，（汉）郑玄笺，（唐）孔颖达疏，（唐）陆德明音释，朱杰人、李慧玲整理：《毛诗注疏》，第855页。

④ （清）金圣叹著，陆林辑校整理：《唱经堂释小雅》，载《金圣叹全集》一，第8页。

⑤ 刘咸炘著，黄曙辉编校：《刘咸炘学术论集》子学编下，广西师范大学出版社2007年版，第374—375页。

3. 雅诗的内在张力：王政之实然与王政之应然的反差

承上所述，雅诗不是对君臣之伦进行一番抽象的理论阐释，而是将君臣相处之道寓于对前人生存经验的诗性言说之中。雅诗深谙君臣关系的应然样态，同时也对现实层面君臣关系的诸多乱象洞若观火。君臣关系不正，必将导致王政陷入衰颓。现实层面王政的颓势与其应然样态之间的差距，使雅诗在营构布局上呈现出极大的张力。

（1）盛世之诗与衰世之诗的对比

综观《小雅》的谋篇布局，歌颂盛世与哀叹衰世的诗篇同在，二者呈现出冰火两重天的态势，“上半由治而乱，详周之所以亡，下半拨乱反治，明诗之所以作”①。此治乱之反差亦被史华兹（Benjamin I. Schwartz）指出：“我们读到了一篇又一篇的对于那田园牧歌般的、令人钦佩时代的描写，在那个时代里，国王、官员、封建贵族与‘天’的意志亲密无间而又和谐，这与衰落时代的腐败与混乱形成了鲜明的对比。”② 具体来说，《小雅》前部分，如《天保》《鱼丽》《南有嘉鱼》《南山有台》等诗描写的是君臣宴乐，上下同心，呈现出一派欣欣向荣之景。此类诗统合于《鹿鸣》，诚如方玉润所言，《鹿鸣》一诗“至其音节，一片和平，尽善尽美，与《关雎》同列四诗之始，殆无贻议云”③。从《节南山》起，氛围陡然一变，继之以《正月》，天昏地暗，乱世之风大行，正应了船山对《诗》的评点：“治乱之际，《诗》以占之。”④ 所言治乱不同，诗的意境和气局也各有差异：“前期之诗多骨，后期之诗多韵；多骨故遒劲，多韵故绵渺；前期之诗意境和蔼而气局宏壮，后期之诗，意境幽郁而

---

① （清）廖平著，蒙默、蒙怀敬编：《廖平卷》，第 324 页。

② ［美］本杰明·史华兹：《古代中国的思想世界》，程钢译，江苏人民出版社 2004 年版，第 54 页。

③ （清）方玉润撰，李先耕点校：《诗经原始》，第 328 页。

④ （明）王夫之撰：《诗经稗疏·诗广传》，第 458 页。

气局迫隘。”①

兹举《小雅·正月》为例作一番说明。《正月》作于周宗室濒临覆灭的飘摇岁月。诗人不是将宗室式微看作与己无关的政治事件或社会现象，也并非作为置身事外的看客冷静地评点天下大势或是论说执政之道。王政衰微是诗人的切肤之痛。此诗开篇便点出了诗人之忧，且“首章用三‘忧’字，‘我心忧伤’‘忧心京京’‘癙忧以痒’”②。随着诗脉的推进，诗人之忧及其言忧的方式也在不断转换。除首章所言“京京”之外，余下篇章还用“愈愈”“惸惸”“惨惨”“如或结之”等语辞写忧，所忧者在于“有侮”“念我无禄”“念国之为虐”及“念我独兮”。相比之下，《采薇》《出车》《杕杜》等诗虽言及诗人之“忧”，但《正月》以如此多样的方式写出“忧”之百转千回与缱绻悱恻，此忧之强烈，是《采薇》诸诗所不及的。

从总体上看，乱世之诗凝聚了各个群体的心声，展现出天下兴衰如何与群黎众庶的在世生存息息相关，如何牵动着诗人的喜怒哀乐。《十月之交》《何人斯》《巧言》《巷伯》《菀柳》讲述的均是忠臣良将被佞臣压迫，被谗言离间。《十月之交》出自被权臣压迫的大夫之手。皇父与佞臣相互勾结，权倾朝野。尽忠职守的臣子反遭疏远与迫害。诗人经历了种种不公，仍不愿退而与恶人为伍，一再用先王之道策励自警。除了讲述士大夫的遭遇，雅诗还透过平民百姓的悲惨生活反映出王政的衰微。变《雅》诸诗所言多为生民之苦。百姓终年疲于奔命，仍无法维持生计，赡养父母。《小雅》以《苕之华》和《何草不黄》作结。二诗痛陈生灵之苦况，把生民失怙的乱世之象永远敞开给后世读者，与此同时，“乐土乐土，爰得我所”的慨叹也久久地与之相伴。

（2）衰世之诗与思古之诗的对比

值得注意的是，在衰世之诗的中间出现了数首风格迥异的诗，

---

① 蒋天枢撰：《论学杂著》，中州古籍出版社1985年版，第66—67页。

② 顾随讲，叶嘉莹笔记，顾之京整理：《顾随诗词讲记》，第151页。

如《小雅·楚茨》《信南山》《甫田》《大田》《瞻彼洛矣》等篇。就其行文而言，诸诗或叙祭祀，或庆丰收，或言嘉礼。诗境繁盛美好，一扫衰世之诗萧条肃杀的氛围，使人恍若重回西周盛世。对此布局谋篇之缘由，一种代表性的解释是，诗人身居乱世，苦闷无法排解，只能通过追忆前朝盛世聊以宽慰。例如，《荀子·大略》云：“《小雅》不以于污上，自引而居下，疾今之政，以思往者，其言有文焉，其声有哀焉。”《荀子》指出，雅诗具有“疾今之政，以思往者”的意义维度，与诸诗之《序》点明诗人“思古”或存互为参证之处。兹取以下文本为例：

《楚茨序》：“刺幽王也。政烦赋重，田莱多荒，饥馑降丧，民卒流亡，祭祀不飨，故君子思古焉。”①

《信南山序》：“刺幽王也。不能修成王之业，疆理天下，以奉禹功，故君子思古焉。”②

《甫田序》：“刺幽王也。君子伤今而思古焉。”③

《瞻彼洛矣序》：“刺幽王也。思古明王能爵命诸侯，赏善罚恶焉。”④

《鸳鸯序》：“刺幽王也。思古明王交于万物有道，自奉养有节焉。”⑤

---

① （汉）毛亨传，（汉）郑玄笺，（唐）孔颖达疏，（唐）陆德明音释，朱杰人、李慧玲整理：《毛诗注疏》，第1164页。

② （汉）毛亨传，（汉）郑玄笺，（唐）孔颖达疏，（唐）陆德明音释，朱杰人、李慧玲整理：《毛诗注疏》，第1182页。

③ （汉）毛亨传，（汉）郑玄笺，（唐）孔颖达疏，（唐）陆德明音释，朱杰人、李慧玲整理：《毛诗注疏》，第1197页。

④ （汉）毛亨传，（汉）郑玄笺，（唐）孔颖达疏，（唐）陆德明音释，朱杰人、李慧玲整理：《毛诗注疏》，第1225页。

⑤ （汉）毛亨传，（汉）郑玄笺，（唐）孔颖达疏，（唐）陆德明音释，朱杰人、李慧玲整理：《毛诗注疏》，第1237页。

揆诸引文，诸诗之《序》的落脚点均在于“思古”。具体来说，《楚茨序》与《信南山序》单单标明了“思古”，《甫田序》则将“思古”与“伤今”对举，而《瞻彼洛矣序》与《鸳鸯序》均点明“思古”所着眼者乃是古之明王。然而不可否认的是，上述五诗的共同之处在于，诗中出现的美好情境——如《楚茨》所言“尔殽既将，莫怨具庆。既醉既饱，小大稽首”，《甫田》所言“曾孙来止，以其妇子，馌彼南亩”等——并未在现实世界中真实发生，而是出自诗人对西周盛世的遥想与追忆。此释读立场并不为《小序》所独有，在当今学界也同样存在，如刘毓庆和李蹊把《鼓钟》释为“一首怀念周王朝音乐盛大即礼乐文明美好的诗”①，把《鱼藻》释为“这首诗赞美周王在镐京饮酒、优游自得之乐”②，把《瞻彼洛矣》释为“这是赞美周王到洛水之滨检阅防范猃狁南侵驻军的诗”③。

与《小雅》中的乱世诗相比，思古诗的独特性在于暗含古今之别的维度。诗人意识到王政存在着巨大的古今差异。更确切地说，这并非现实层面的王政在不同时期显出的差异，而是王政之实然与王政之应然的差距，即“在人事领域中实然与应然之间存在着惊人的隔绝”④。先王缔造的西周盛世与礼乐文明，作为可供后世效法的典范，昭示着王政之应然。民生凋敝，今不如昔。诗人把王政的衰微看作此生的遗憾，对时局的失望与不满，唯有通过遥想古时盛世、缅怀古昔圣王来抒发。

初看上去，诗人发思古之幽情，或许会被解读为遁世和逃避，甚或是懦弱。对时局深恶痛绝的诗人被失望与落寞四下驱赶，不得不遁入由想象与记忆构筑的意义空间里，蜷缩其间，默默追忆着黄金世代的种种情境。那么，这种短暂的逃避，是否会像念着魔咒般一遍遍强化着今不如昔、“天地闭，贤人隐”的残酷事实？先公先王

① 刘毓庆、李蹊译注：《诗经》，中华书局2011年版，第565页。
② 刘毓庆、李蹊译注：《诗经》，第608页。
③ 刘毓庆、李蹊译注：《诗经》，第585页。
④ ［美］本杰明·史华兹：《古代中国的思想世界》，程钢译，第52页。

筚路蓝缕，以启山林的峥嵘岁月、成康之际“刑错四十余年不用”的承平之世，似乎如云烟般在天地间散去，无痕无际，似乎从未降临到这个依旧轮转不息的世界。如此一来，每当诗人神游于想象之域，遥想与追忆往昔盛世之时，是否恍若大口吞下幻灭的鸩酒，待一回过神，是否会被无边的痛苦与虚无所反噬？如此这般游走于现实与往昔两个截然不同的世界，在不同状态间往复切换，是否会让诗人产生近乎分裂的奇异感觉？

或许诗人最真实且压抑的痛苦，唯有靠不断尝试的创造性行动才能予以化解与突破。就此而言，思古诗可谓诗人创造性行动的一大体现。借此，冥冥中似乎有双大手，不断把诗人揽入穿越古今的心灵奇旅中，并使诗人与此绵延千载的文化洪流产生和谐而恒久的共鸣。共同体的文明历程“不止于生命那一瞬间，当时生活过的要以语言去寻求，去重新体验。用本真的言说才能给生活以光照和意义，生命真正的奥秘和趣味才能全面地显现出来”①。渐渐地，诗人的遥想与遁入，便不再会是痛苦一次次席卷而来时的逃避，而成为一种游乎无穷般的重历，似乎是与共同体纵深性的“大我”境界悄然立下的秘密约定，不用担心被任何外力所干预和破坏。

在思古诗中，诗人通过记忆与想象的语言无数次地去重温、重历与重构，如《小雅·小宛》所言“我心忧伤，念昔先人。明发不寐，有怀二人”，《小雅·鼓钟》所言“淑人君子，怀允不忘”。诗人对先人之“念”、对古昔君子之“怀”，并不是对现实世界消极的逃遁，而是颇具积极意义的抗衡，借此得以在乱世进行更为有力的呼吸与生存，使短暂的在世经验遭遇一种丰富与扩充、再历与升华。哪怕黑暗的时局让诗人深陷于此，哪怕由于种种原因，诗人形躯的自由在时空之序中大大受限，在现实中被种种困境所摧折，无论是因受排挤而被贬黜，如《大雅·召旻》所言“兢兢业业，孔填不

---

① ［法］程抱一：《天一言》，杨年熙译，人民文学出版社 2009 年版，自序第 2 页。

宁，我位孔贬”，还是遭逢如《小雅·苕之华》所言“知我如此，不如无生”般的痛苦与凄怆，然而不可否认的是，可供诗人徜徉于其间的无穷域将永不受限。

诗人凭借记忆与想象的诗性言说，实现了对于往昔盛世的重历。这种“重历”不能说是一种“有”，当然也不能说是一种“无”，而是介于有无、虚实之间的难以把捉与不可名状。随之而来的不是让人脑门发热的狂喜，而是始终被或淡或浓的忧伤缠绕（由此或可理解，为何在变《雅》中，诗人所言最多的是己之忧），正如三四月间淅沥绵密的小雨沾湿了头发与衣裳，凉意在乍暖还寒之际攒聚于皮肤的纹路和肌理间，星星点点，而后趁其不备冷不丁地突破这层屏障猛地攫住了诗人的心。初春的清冽之冷能让人清醒——这种清冷不是扑灭心火的彻骨寒，因而不会导人坠入绝望之境，而是让人因着对春之生物的盼望与信念有所启寤与觉醒——使得这种重历的效验比任何一种当下的体验都更为真切，更能实现与灵魂的冥契合一，毋宁说，它与诗人已融为一体而不可被剥夺，超出时空之限而更为纯粹永恒。文明共同体那些一去不复返的美好世代，亟待被再次“活”过，唯有如此，才能抵住时光长河的大浪淘沙，才能凝结并沉淀为最本真的民族记忆。

若落实到诗人自身，通过记忆与想象的诗性言说不断重历的“思古”行动，也让诗人的在世生存得以升华，经由不断重历而创辟出别样的人生光景，从诗性言说中不断流溢出温情、美意与勇气，“从此不要在这块土地上乞求”，而是去“做一个收纳一切的人，包括不可思议的东西。把所有收到的保存到底，让在你身上寻找安慰的人能够继续生存下去”①。如此一来，诗人的“思古”，就不只是在表达对王政之应然样态的渴慕而已，同时也生发出对所遇苦难的净化和对黑暗现实的抗衡，并落实为用王政之应然规范王政之实然的行动。

---

① ［法］程抱一：《天一言》，杨年熙译，第169页。

职是之故，王政之应然与实然间的鸿沟，导向的并不是出世的人生态度——不是像《王风·兔爰》所言“我生之后，逢此百罹，尚寐无吪”般颓丧与消沉，不是像《邶风·北风》所言“惠而好我，携手同归”般逃离与避世，亦非《魏风·硕鼠》“乐土乐土，爰得我所”的哀叹——而是由心底升腾而出的深度渴求，诚如史华兹在《大雅·荡》中发现的“对于无所不包的规范性社会政治秩序（在其中，国王与统治阶级必须为沟通这一隔绝负起基本的责任）的需要”①，由此，诗人生发出让应然照亮现实的勇气与决心，以及“虽千万人吾往矣”的勇毅与笃定，此即《小雅·小明》所言“嗟尔君子，无恒安息。靖共尔位，好是正直”，《大雅·云汉》所言“大夫君子，昭假无赢。大命近止，无弃尔成。何求为我，以戾庶正”。《淮南子·诠言训》云：“《诗》之失僻。”对此，高诱注云：“《诗》者，衰世之风也，故邪而以之正。”② 此处所谓“邪而以之正”，所强调的也是诗具有使不正归于正道的规范性意义。

（3）《诗》之升降：从《雅》降而为《风》的《王风》

除了上述两组对比（盛世之诗与衰世之诗的对比，衰世之诗与思古之诗的对比），《诗》还以另一方式委婉地寄寓对衰世王政的反思，即根据王政状况判定周王室诗位于《雅》还是《风》。十五《国风》之中，位居第六的是《王风》。朱子曰：“王，谓周东都洛邑王城畿内方六百里之地。”③ 照理说，周王室诗应该归入《雅》部，但实际上却被降为了《风》。对此，诸家的解释是：

> 郑玄《王城谱》云：“于是王室之尊与诸侯无异，其诗不能复《雅》，故贬之谓之王国之变《风》。”④《孔疏》云：“王

① ［美］本杰明·史华兹：《古代中国的思想世界》，程钢译，第52页。

② 何宁撰：《淮南子集释》，第1036页。

③ （宋）朱熹集撰，赵长征点校：《诗集传》，第65页。

④ （汉）毛亨传，（汉）郑玄笺，（唐）孔颖达疏，（唐）陆德明音释，朱杰人、李慧玲整理：《毛诗注疏》，第342页。

爵虽在，政教才行于畿内，化之所及，与诸侯相似……《风》、《雅》系政广狭，故王爵虽尊，犹以政狭入《风》也。”①

朱子：“于是王室遂卑，与诸侯无异，故其诗不为《雅》而为《风》。”②

钱穆：“若王政能推及于诸侯，是王朝之诗能雅矣。若王政不下逮，仅与诸侯相似，则虽王朝之诗，亦谓之风，故曰不能雅也。”③

对于王室之诗降入《风》部的原因，《郑笺》和朱注均从周王室与诸侯尊卑无别的角度作解，这较为笼统。而对于周王室与诸侯尊卑无别的表征，《孔疏》则以为，周王室名义上虽然存在，但实际上王化仅限于畿内，未能沾溉天下，所以不能归入雅诗之列。

据钱穆“王朝之诗能雅矣”的提法，可知“雅”在这里用作一个动态概念。鉴于王政被视为由天子推行于诸侯的规范性行动，那么，王室之诗归入《雅》还是《风》，便取决于王政能否化及天下。如果天子能将此规范性行动推及诸侯，王室之诗便可称作“雅”。倘若不能，王室之诗将降格为《风》。王政无法推及诸侯的情况，又被《孟子》称作“王者之迹熄”。

其实，《孟子·离娄下》所言“王者之迹熄而《诗》亡，《诗》亡然后《春秋》作”，不妨与王室之诗降而为《风》对参作解。钱穆指出，“王者之迹熄而《诗》亡”中的“《诗》”，所指并非《诗》的全部，而是特指《雅》《颂》二部，故而“孟子之所谓《诗》亡，即指《雅》亡言”④。《国风》兴起时，王迹已全熄。周王室名义上

---

① （汉）毛亨传，（汉）郑玄笺，（唐）孔颖达疏，（唐）陆德明音释，朱杰人、李慧玲整理：《毛诗注疏》，第343页。

② （宋）朱熹集撰，赵长征点校：《诗集传》，第65页。

③ 钱穆：《中国学术思想史论丛》（一），第133页。

④ 钱穆指出：“使诗犹能雅，即是王政尚存，孔子何得作《春秋》以自居于王者之事乎？故知朱子之注，远承前儒，确不可破。……《公羊传》说《春秋》功德云：拨乱世反诸正，莫近于《春秋》。反诸正，即谓反之《诗》之雅颂之正耳。故周公之《诗》兴于治平，孔子之《春秋》兴于衰乱。时代不同，所以为著作者亦不同；实则相反而相成。”钱穆：《中国学术思想史论丛》（一），第133—134页。

虽然存在，但实则无法像在鼎盛时期那般统领诸侯，纲纪天下。在西周礼乐文明的观念背景中，王政的终极旨归不仅在于解决百姓的生计问题，更在于合上下“成一道德之团体”，使“人类生活内容实超越形限而为全体性……决非如草木之拘碍于蕞尔之顽形”①。圣人化及天下，故而周民不仅自视为某一邦国的百姓，更是将自己看作“天下”这一意义共同体中的一员。而当天下秩序日渐瓦解，王室之诗的地位自然会受影响。这说明，周王室诗从《雅》降而为《风》，并不单纯是名称上的变化，而是暗示出王政之实然与应然之间的巨大反差。

4. 雅、政与正

承上所述，雅诗内部包含着多重对比并呈现出多重张力。尽管张力的表现形式有所不同，但都导向对现实王政的反思与批判。这意味着，雅诗暗含对现实王政的规范力与导向性。这在“雅”这一指称中也有体现。综观诸家之论，“雅”并非一普通的语汇或指称，而是一个包含着价值规范性的概念：

> 《诗大序》云：“《雅》者，正也。”②
>
> 《玉篇·隹部》云：“雅，正也。”③
>
> 《郑笺》云：“雅，正也。”④
>
> 《论语·述而》“子所雅言”句下孔安国注云：“雅言，正言也。”⑤

---

① 熊十力：《读经示要》，第29页。

② （汉）毛亨传，（汉）郑玄笺，（唐）孔颖达疏，（唐）陆德明音释，朱杰人、李慧玲整理：《毛诗注疏》，第21页。

③ （南朝梁）顾野王：《大广益会玉篇》，中华书局1987年版，第115页。

④ （汉）毛亨传，（汉）郑玄笺，（唐）孔颖达疏，（唐）陆德明音释，朱杰人、李慧玲整理：《毛诗注疏》，第1161页。

⑤ （魏）何晏注，（宋）邢昺疏：《论语注疏》，载《十三经注疏》整理委员会整理《十三经注疏》，北京大学出版社2000年版，第101页。

诸家均训“雅”为“正”。此处所谓“正”，既可用作形容词，又可用作动词，即“使……规正”。此之为富有规范意义的行动，即让某物或某事重归正道。揆诸典籍文献，“雅”原为一乐器名，如《小雅·鼓钟》所云“以雅以南，以籥不僭”。据《周礼·春官·笙师》郑注云：“雅，状如漆筩而弇口，大二围，长五尺六寸，以羊韦鞔之，有两纽，疏画。”[①]《礼记·乐记》将“雅”器的功效描述为“讯疾以雅”，《孔疏》将此申明为“舞者讯疾，奏此雅器以节之”[②]。盖迅疾之舞步，非柔谐慢易之乐器可节，故须“奏此雅器以节之”。雅器铿锵有力，劲道充沛，专门用于规范舞者的步伐。可见，“奏此雅器以节之”，本就是一个具有规范性的行动。揆诸“雅”字的语义发展脉络，从作为乐器的专名，再到以“正”为训，恰恰实现了从具象之名到抽象意义的过渡，充分彰显了寓抽象于具象的言说艺术与特质。

进一步来说，以“雅”之名统领《诗经》第二部分的诗歌，其实是在间接地表达对王政的期许。正如雅器能齐整迅疾之舞步，周王室也应纲纪天下，规正万邦。在先秦语境中，“政”与“正”在概念层面有密切关联。“正”被视为政治活动的内在规定与宗旨。《论语·颜渊》载孔子之语云：“政者，正也。”除文辞训诂之外，“政”之为“正”，也通过其字形结构反映出来。“政”字，从攴从正。[③]“攴”作为象形字，象以手持杖或执鞭之形，其字义见于《说文解字·攴部》，即“攴，小击也”[④]。而“小击”的行动，或可视为以正纠不正，使不正归于正的一种尝试。可见，“政”字的字形结构及其内涵均喻示，政治活动的本旨在于举直错诸枉，以正纠不正，乃是人类社会不可或缺的富有规范性的活动。

既然偏颇不正的人事难以自行归于正道，那么，以正纠不正的

---

① （汉）郑玄注，（唐）贾公彦疏，彭林整理：《周礼注疏》，第 902 页。

② （汉）郑玄注，（唐）孔颖达正义，吕友仁整理：《礼记正义》，第 1522 页。

③ 参见（汉）许慎撰，（宋）徐铉校定《说文解字》，第 67 页。

④ （汉）许慎撰，（宋）徐铉校定：《说文解字》，第 67 页。

规范力源于何处？来自上级颁布的规范政令或是基于民众对于刑罚的恐惧？也许以上办法能够在一定程度上遏制不正的社会现象，但难以从根本上扭转人心之不正。尽管百姓因畏惧受刑而表面上顺从，但内心层面很可能充斥着诸多不正的念头。一旦时机成熟，种种不正的念头仍会外化并落实于行动层面。因此，“以正纠不正”所着眼的，不能仅仅是行为层面的不正，而应首要关注内在的恶念。

《论语·为政》载孔子之语曰：“道之以政，齐之以刑，民免而无耻。”“免而无耻”指的便是，民众虽在行为层面勉强从正，但其想法仍未趋于正道。朱注云：“免而无耻，谓苟免刑罚，而无所羞愧，盖虽不敢为恶，而为恶之心未尝忘也。”[①] 孔子看到，恶念的净化与消除，有赖于“道之以德，齐之以礼”。此过程需要执政者以身作则，以正道立身行事，在伦常日用的每一环节做好臣子民众的表率。

综观《小雅》中的乱世之诗，王政式微大多源于周天子立身不正。因此，《雨无正》《节南山》《十月之交》《民劳》《板》《荡》诸篇多把矛头直指君王。诚如《诗论》第四章所言：“《雨无正》《节南山》皆言上之衰也，王公耻之。……《祈父》之责，亦有以也。”[②] 诗人讽谏君王、匡救时政的用心，也多次被《诗序》点明。兹取如下五诗之《序》为例：

> 《白驹序》：“大夫刺宣王也。”[③]
> 《我行其野序》：“刺宣王也。”[④]

---

① （宋）朱熹撰：《四书章句集注》，第54页。

② 李学勤：《上海博物馆藏竹书〈诗论〉分章释文》，转引自刘信芳《孔子诗论述学》，第279页。

③ （汉）毛亨传，（汉）郑玄笺，（唐）孔颖达疏，（唐）陆德明音释，朱杰人、李慧玲整理：《毛诗注疏》，第963页。

④ （汉）毛亨传，（汉）郑玄笺，（唐）孔颖达疏，（唐）陆德明音释，朱杰人、李慧玲整理：《毛诗注疏》，第974页。

《正月序》："大夫刺幽王也。"①

《北山序》："大夫刺幽王也。役使不均，己劳于从事，而不得养其父母焉。"②

《小弁序》："刺幽王也。大子之傅作焉。"③

除了"刺某王"的提法，雅诗之《序》还多次出现"怨某王""戒某王"的语辞。此类诗多被《诗大序》归入"变《雅》"的范畴。"变《雅》"之作，其原因在于"王道衰，礼义废，政教失，国异政，家殊俗"④。对于怨刺之诗作于世衰道微之际，诸家也多有论及。《淮南子·氾论训》云："王道缺而《诗》作。"⑤《汉书·礼乐志》亦云："周道始缺，怨刺之诗起。"⑥ 变《雅》之创制，其用意在于"政教初失，尚可匡而革之，追而复之"⑦。这说明，在昔人的文化语境中，讽谏时王，匡扶王政，构成《诗》的一大意义面向。这也屡屡为后世所道。《淮南子·氾论训》高诱注云："《诗》所以刺王道。"⑧ 成伯玙《毛诗指说》引《诗纬·含神雾》亦云："讽刺之道，可以扶持邦家者也。"⑨

怨刺之意虽出现在"变《风》"之中，且同样在变《风》之

---

① （汉）毛亨传，（汉）郑玄笺，（唐）孔颖达疏，（唐）陆德明音释，朱杰人、李慧玲整理：《毛诗注疏》，第1014页。

② （汉）毛亨传，（汉）郑玄笺，（唐）孔颖达疏，（唐）陆德明音释，朱杰人、李慧玲整理：《毛诗注疏》，第1140页。

③ （汉）毛亨传，（汉）郑玄笺，（唐）孔颖达疏，（唐）陆德明音释，朱杰人、李慧玲整理：《毛诗注疏》，第1073页。

④ （汉）毛亨传，（汉）郑玄笺，（唐）孔颖达疏，（唐）陆德明音释，朱杰人、李慧玲整理：《毛诗注疏》，第17页。

⑤ 何宁撰：《淮南子集释》，第922页。

⑥ （汉）班固撰，（唐）颜师古注：《汉书》，第1042页。

⑦ （汉）毛亨传，（汉）郑玄笺，（唐）孔颖达疏，（唐）陆德明音释，朱杰人、李慧玲整理：《毛诗注疏》，第17—18页。

⑧ 何宁撰：《淮南子集释》，第922页。

⑨ （唐）成伯玙撰：《毛诗指说》，载（清）纪昀等编《景印文渊阁四库全书·经部·诗类》第70册，台北：台湾商务印书馆1986年版，第171页。

《序》里有着直白显易的体现。但论及诗文本身，风诗大多从草、木、鸟、兽、虫、鱼起兴，迂回婉曲，颇有“千呼万唤始出来”之感。与之相比，变《雅》中兴辞的比重小了许多，其怨怼之言多以直陈方式一一道来，甚或直接点明其讽谏意图，诚如《孔子诗论》第八章所云：“多言难而怨怼者也，衰矣！小矣！”① 兹取以下诗句为例：

《小雅·节南山》：“家父作诵，以究王讻。”
《小雅·何人斯》：“作此好歌，以极反侧。”
《大雅·板》：“犹之未远，是用大谏。”
《大雅·民劳》：“王欲玉女，是用大谏。”

将变《风》、变《雅》对观，《风》主文而谲谏，美刺不溢于言表，而《雅》则多直陈其美刺之意。参诸历代诗说，诸家论《雅》的共同点多在指明其“直”：

张载曰：“《诗》亦有《雅》，亦正言而直歌之，无隐讽谲谏之巧也。”②

船山曰：“正《雅》直言功德，变《雅》正言得失，异于《风》之隐谲，故谓之《雅》，与乐器之雅同义。”③

严华谷曰：“明白正大，直言其事者，《雅》之体。纯乎《雅》之体者，为《雅》之大；杂乎《风》之体者，为《雅》之小。”④

---

① 李学勤：《上海博物馆藏竹书〈诗论〉分章释文》，转引自刘信芳《孔子诗论述学》，第280页。

② （宋）张载著，章锡琛点校：《张载集》，中华书局1978年版，第55页。

③ （清）王夫之：《张子正蒙注》，中华书局1975年版，第280页。

④ 转引自胡朴安《诗经学》，岳麓书社2010年版，第28页。

国君不行正道，流弊大多殃及一国。天子统领四海，若立身不正，轻则辱没尊威，失却民心，重则颠覆社稷，使先祖积行累功所致之王业毁于一旦。西周末期，民风浇薄，道德败坏，在很大程度上源于在位者未能及时以正道引导民众。鉴于天子言行的影响力，古之君王行必随史。君过必书，意在防微杜渐，扼恶于未彰。

5. 论雅诗通乎古今的历史性语境

综上所述，昔人训“雅”为“正”，而“政”字亦训为“正”。既然王政作为具有规范性意味的行动，那么，如何导民入于正途，便构成雅诗的一大本旨。因此，接下来需要追问的是，在《诗》的观念世界中，王政之规范性源于何处？

（1）尊夏攘夷：诗人述先公之政的取择标准

揆诸雅诗，诗人并非仅仅注目于现世王政的兴衰境况，而是把时局置于古今相通的历史性语境中。一种纵深性而非平面化的视域，把雅诗贯穿为以古鉴今、借古讽今的意义关联整体。近人缪钺将雅诗的历史性视域表述为：

> 《雅》中有纪事之诗，如《大雅·生民》叙周始祖后稷之事，《公刘》叙公刘之事，《绵》纪太王迁岐后建制以及文王服昆夷受命之事，《文王》纪文王之德，故能受命代商，《大明》纪王季、文王及武王克商之事，《皇矣》纪太王、太伯、王季之德以及文王伐密伐崇之事，此外如《思齐》《灵台》《下武》《文王有声》亦均记文、武之事。此诸诗盖周初人述先德、记往迹，以贻后人，等于一种以韵语作成之历史。①

不难发现，《大雅》有一条显性的叙述线索：诗人追忆先公先王如何

① 缪钺：《中国文学史讲演录（唐以前）》，载缪元朗、景蜀慧编校《缪钺全集》第六卷，第18页。

积行累功，如何在种种变局中积善集义，逐渐奠定周王业的根基。浓重的历史感或可作为雅诗给人的强烈印象。诗人深谙，“我们之所以是我们，乃是由于我们有历史……构成我们现在的，那个有共同性和永久性的成分，与我们的历史性也是不可分离地结合着的”[①]。进一步来说，诗人的“追忆”有别于史家订立谱系、全然依循先后继替之序的考索行为，而是渗入了一定的取择标准。刘源指出：“《诗经》中除了《大雅·绵》《生民》《公刘》等篇中追述后稷、公刘、公亶父的事迹外，基本不见周人颂扬先公的话。”[②] 由此可知，雅诗在历代先公之列进行了一番有选择性的歌颂，而非着眼于记录完整的传承嬗代之序。具体来说，《大雅·后稷》歌颂的是始祖弃的稼穑之业。《公刘》赞颂的是公刘居豳之后逐渐壮大，“周道之兴自此始”。其间却略过了弃子不窋与不窋之子鞠陶，径直转向四世公刘“复修后稷之业，民以富实。乃相土地之宜，而立国于豳之谷焉”[③]。在公刘之后，《诗》又直转而至十世太王徙而居岐山之阳，其事见载于《绵》。而从公刘到太王，其间的世代传承并未有诗篇明言，直到十二世而文王始受天命，十三世而武王遂为天子，对于文、武二王的歌颂，遂成为诸诗的叙述重心，如《大雅·大明》《皇矣》等。相较而言，对于十一世季历的作为，除《大雅·大明》以“乃及王季，维德之行”略着一笔外，《大雅·皇矣》也有数句用以称颂季历，其诗曰：“维此王季，帝度其心。貊其德音，其德克明。克明克类，克长克君。王此大邦，克顺克比。”但约括而言，在对于季历的颂赞方面，《诗》的确未像歌颂后稷、公刘、太王、文王那般专辟一诗。

若说对于不窋与鞠陶二人，《诗》未着一字，其原因很可能在

---

① ［德］黑格尔：《哲学史讲演录》第一卷，贺麟、王太庆译，商务印书馆 1959 年版，第 7—8 页。

② 刘源：《商周祭祖礼研究》，商务印书馆 2004 年版，第 283 页。

③ （宋）朱熹集撰，赵长征点校：《诗集传》，第 141 页。

于“不窋末年，夏后氏政衰，去稷不务，不窋以失其官而奔戎狄之间”[①]。朱子将不窋失其职守表述为“弃子不窋失其官守，而自窜于戎狄之间”[②]。可知，“去稷不务”，乃是一颇具负面意义的行动，即“不窋领导下的周人放弃了原有的农业，改采戎狄的生活方式”[③]。而夷夏之大防，向来为先民所重。考诸昔人语境，其心之所系多在于用夏变夷，而最为戒惧警惕者则在“变于夷”。《论语·八佾》载孔子之言曰：“夷狄之有君，不如诸夏之亡也。”此论将夷狄、诸夏判然两分，不相混同。且据《论语·宪问》所示，孔子对管仲持高度的评价，正在于“管仲相桓公，霸诸侯，一匡天下”，在严守夷夏之大防方面尤为得力。在《孟子·滕文公上》，严夷夏之防被表述为“吾闻用夏变夷者，未闻变于夷者也”。且“异内外”作为《春秋公羊传》“三科”之一，其内涵在《公羊传·成公十五年》中被申明为“内其国而外诸夏，内诸夏而外夷狄”[④]。降及后世，韩愈《原道》仍论及孔子对夷夏之防的重视，并将其申明为：“孔子之作《春秋》也，诸侯用夷礼则夷之，进于中国则中国之。《经》曰：‘夷狄之有君，不如诸夏之亡。’《诗》曰：‘戎狄是膺，荆舒是惩。’”[⑤] 由此可知，尊夏攘夷，向来被视为吾民族平天下进程中的一个根本原则。对此，缪钺作了一番精到的评述：

> 吾华夏为一极富于民族思想之民族，而其对于民族之区分，夷夏之判别，则以文化为标准，非仅基于狭隘之血统观念，故一方面主张“裔不谋夏，夷不乱华”，“非我族类，其心必异”，而另一方面又主张“夷狄而进于中国则中国之”。此两种观念互

① （汉）司马迁撰：《史记》，第112页。

② （宋）朱熹集撰，赵长征点校：《诗集传》，第141页。

③ 许倬云：《西周史：增补二版》，第51页。

④ （汉）何休解诂，（唐）徐彦疏，刁小龙整理：《春秋公羊传注疏》，第758页。

⑤ （唐）韩愈著，孙昌武选注：《原道》，载《韩愈选集》，上海古籍出版社2013年版，第259页。

相为用，故当微弱艰危之时，则能忠勇奋发，坚贞踔厉，抗御外侮，以保民族之生存，而当昌隆盛大之际，则不仅以武力征服外族，而又能以文化同化之，有宽大之襟怀、高远之理想。故中国民族立国以来，扩土万里，同化诸族，虽亦屡遭外侮，然终能弱而复振，亡而复兴，数千馀载，永存于天地之间，皆赖此种极强之民族思想深中于人心，潜持默运，其力至伟也。中国古人之民族思想，固常发挥于哲学历史等著述之中，而尤多表现于文学作品。①

尊夏攘夷的理念，在《诗》中也得到了充分的体现。征伐诗在雅诗中屡屡见载，如《小雅·采薇》《出车》《杕杜》《六月》《采芑》诸篇、《大雅·江汉》《常武》诸篇，所言多为征伐戍役之事。玁狁进犯，已然成为对华夏人文化成之业的一大威胁，故而诗人多言“靡室靡家，玁狁之故。不遑启居，玁狁之故”“玁狁孔炽，我是用急”“王事多难，不遑启居”，从中亦可观见昔人护持人文化成之业的艰难，绝非“尊夏攘夷”一个口号那么轻巧，而是以将帅士卒浴血牺牲的每一场战役作为支撑，背后又潜藏着千万个家庭生离死别的辛酸故事。深植于严夷夏之防的观念背景，我们可以理解，为何“失其官守，而自窜于戎狄之间”的不窋，其声名在《诗》中几已绝迹。与不窋与鞠陶相比，公刘之所以备受诗人推崇，恰恰在于，公刘虽在戎狄之间，却不被戎狄之行所浸染，而是“复修后稷之业，务耕种，行地宜，自漆、沮度渭，取材用，行者有资，居者有畜积，民赖其庆。百姓怀之，多徙而保归焉。周道之兴自此始，故诗人歌乐思其德”②。此处“复修后稷之业”一语甚为关键，说明在公刘时期，周人“又由戎狄的生活，再变到农业生产的文化”③，自此从

---

① 缪钺：《中国文学史讲演录（唐以前）》，载缪元朗、景蜀慧编校《缪钺全集》第六卷，第183—184页。

② （汉）司马迁撰：《史记》，第112页。

③ 许倬云：《西周史：增补二版》，第51页。

“夏变于夷”的歧路中回转过来。若说《诗》对于不窋与公刘的态度多与夷夏关系相关，那么令人心生疑惑的是，太王之子季历的作为亦多在于攘夷，且其功绩见载于《竹书纪年》，为何在《诗》中却身影寥寥，远不及《公刘》《绵》等诗对于公刘与太王的赞颂？

> 武乙三十四年，周公季历来朝，王赐地三十里，玉十珏，马十匹。
>
> 三十五年，周公季历伐西落鬼戎。王畋于河、渭，暴雷震死。
>
> 文丁二年，周公季历伐燕京之戎，败绩。
>
> 四年，周公季历伐余无之戎，克之，命为牧师。
>
> 七年，周公季历伐始呼之戎，克之。
>
> 十一年，周公季历伐翳徒之戎，获其三大夫，来献捷。
>
> 王杀季历。①

据引文所示，季历在严夷夏之防方面武功卓著，可谓周族一有为之君，与其先祖不窋“自窜于戎狄之间”形成了鲜明对比。据《后汉书·西羌传》注所引《竹书纪年》所示，季历在武乙和文丁时代，曾伐西落鬼戎、燕京之戎、无余之戎、始呼之戎、翳徒之戎，可见其开拓疆域的雄心。② 然而，季历作为与殷商同仇敌忾、征伐蛮夷的功臣，却未能善终。据《竹书纪年》载，文丁十一年，王杀季历，究其缘由，或在于商王“未尝不可能已感觉周人有坐大之势，而采预防之策”③。从“大邑商”对“小邦周”壮大之局势的打击中，亦可窥见周族发展过程之曲折艰辛。首领战功赫赫，却落得个“狡兔

① 王国维撰，黄永年校点：《今本竹书纪年疏证》，辽宁教育出版社 1997 年版，第 72—73 页。

② 参见屈万里《西周史事概述》，载中华书局编辑部编《“中研院”历史语言研究所集刊论文类编·历史编·先秦卷》第 2 册，中华书局 2009 年版，第 1231 页。

③ 许倬云：《西周史：增补二版》，第 84 页。

死，走狗烹”的结局，是否作为周人心中久久未已之伤痛，故而难以为外人道来?

或许是深谙本族兴起与发展之不易，《诗》不吝重墨，历数先公带领族人在古老大地上留下的迁徙轨迹。始祖弃受封于邰，而后不窋失其官守，直至四世，公刘于豳地壮大祖业。可惜好景不长，太王及其族人又遭狄人驱逐，遂由豳迁岐，另起炉灶，由此才结束周族崎岖山陕数百年的坎坷历程。然而，待周人逐渐兴起之时，王季又为文丁所杀。“小邦周”被“大邑商”以霸道压制，从中足以观见周族绵延发展之艰。追溯周人在古老的华夏大地上辗转迁徙的漫长历程，恍若一只蜗牛在地上慢慢爬着，用柔软的身躯与粗糙的大地相磨合、相对抗，包容砂石，吞吐瓦砾，好不容易才留下一道道印记。就这样，羞涩胆小的蜗牛慢慢地与足下土地相亲近，建立起它与周遭人事紧密相连的意义共同体。然而，从邰到豳，从豳到岐，五次三番，周折辗转，先人草创之基业出于种种原因一再被连根拔起，似乎总有双大手将周人集世代之力留下的一道道痕迹揩抹殆尽，总有一柄大铲把好不容易才焐热的土壤刓除。有些时刻，蜗牛爬累了，想停下来歇口气，想回首凝望过往的足迹，以此重温它从哪儿来，想通过默念它的往昔，找寻那个曾给它支持的、它无比熟悉的生活世界，但它放眼望去，身后却仍是白茫茫一片的陌生大地。由此或可理解，何以追忆祖业之诗对于周人而言如此重要且必要。诗人乃是通过记忆与想象的语言来缅怀与祭奠先人在世间留下的、同时不断被外力无情揩抹的痕迹。若说周人从邰迁豳，再从豳到岐，正如水中浮萍、风中飘絮般悉无定准，那么太王迁岐，或可视为周族长居久安的开端。周人自岐发展壮大，自此不再重蹈先人辗转流离的覆辙，故而《雅》《颂》二部频频流露出浓重的岐山情结。《大雅·绵》用简明扼要之语追忆了太王迁岐的历程：“古公亶父，来朝走马。率西水浒，至于岐下。”岐山，不仅为周人提供了安居乐业的栖息地，还凝结着周族厚重的民族记忆。作为周族王业的发源地，岐山见证了周族如何一步步走向兴盛，故而昔人语境多将岐山与太王之功业、周族之兴起相关联。例如，《国语·周语上》载内史过之言曰："周之兴也，鸑鷟鸣于岐山。"① 此点亦见于《诗》，如《周颂·天作》云："天作高山，大王荒之。彼作矣，文王康之。彼徂矣，岐有夷之行，子孙保之。"《鲁颂·閟宫》亦云："后稷之孙，实维大王。居岐之阳，实始翦商。"这喻示，"在周人子孙的眼里，古公亶父立国岐下是周人发达的起端"②。周人祭祀先公先王时，往往会言及岐山，并且也将岐山归入祭祀对象之列，由此可见周族对"报本反始"的重视。

（2）文德与功烈：文、武二王的形象与评价

从《生民》到《公刘》，再到《绵》，诗人将周族兴起与发展的不朽历程娓娓道来。自虞、夏之际，弃为后稷而封于邰，绵延而至十二世，文王始受天命，直至十三世，武王始为天子。曾作为殷商附庸的蕞尔小邦，何以能"三分天下而有其二"，何以能伐纣翦商，或许诗人的思索早已凝结为《大雅·绵》所言"绵绵瓜瓞"一语。周之受命并非某一个人或某一代人毕其功于一役所能造就，而是端赖先祖深积厚蓄，由此或可理解，尽管时至十三世而武王伐纣，始为天子，但诗人的眼光并未仅仅顾盼流连于此荣耀时刻。诚然，周人牧野之战所向披靡的英姿，在《大雅·大明》中确有叙述："保右命尔，燮伐大商。殷商之旅，其会如林。矢于牧野，维予侯兴。上帝临女，无贰尔心。牧野洋洋，檀车煌煌，驷騵彭彭。维师尚父，时维鹰扬，凉彼武王。肆伐大商，会朝清明。"但从总体上看，相比起《生民》《公刘》《绵》着眼于追溯小邦周如何兴起以及如何走向强盛，诗人对翦商之战的刻画似乎只是一个"弱强调"。傅修延也发现："《诗经》叙事中有一个明显的空白或薄弱区，这就是牧野之战。武王伐商是周族命运的重大转折点，是改朝换代的大事，按理说官方舆论与民间传播一定会对这场决战作出热烈而具体的反映，

① 徐元诰撰，王树民、沈长云点校：《国语集解》（修订本），第29页。

② 许倬云：《西周史：增补二版》，第92页。

然而牧野之战在《大明》中只获得14行篇幅，在其他篇章中也是一掠而过。”① 进一步来说，若论及文、武二王在《诗》中的形象及其所占比重，不论是与文王相关的诗篇数量，还是诸诗对文王的赞美讴歌，明显均较武王为胜。凡此均暗示出，诗人并未被夺取商祚的狂喜冲昏了头脑，遮蔽了眼目，而是自始至终都持以深沉而冷静的态度与视角。

若细论雅诗对文、武二王的态度，除《大雅·大明》《皇矣》《文王有声》同论文、武二王之外，《大雅·文王》《思齐》《灵台》均为通篇赞颂文王之诗，其中《文王》一诗专门称美“文王受命作周”，其诗所言“文王在上，於昭于天”，“穆穆文王，於缉熙敬止”，可谓极尽赞颂之能事。且颂诗屡见祀文王之乐歌，如《周颂·清庙》《我将》之《小序》均明言“祀文王也”，《周颂·维天之命序》则明言“大平告文王也”②。此外，颂诗亦多见称颂文王之言，如《周颂·清庙》所云“济济多士，秉文之德”，《周颂·维天之命》所云“骏惠我文王，曾孙笃之”。更进一步地，诸诗还多次论及文王对于后世的典范性意义。《大雅·文王》云：“仪刑文王，万邦作孚。”《周颂·我将》云：“仪式刑文王之典。”《郑笺》释之云：“我仪则式象法行文王之常道。”③ 今人姚小鸥指出，郑玄以“‘仪则’‘式象’‘法行’三词释仪、式、型三字，所释正确。‘仪式刑’三字同义并称”④，皆有效法之意。

而文王之所以成为后世效法的典范，关键在于其德昭著。除《周颂·维天之命》明确称颂“於乎不显，文王之德之纯”之外，还有多篇论及“文王之典”，如《周颂·维清》所言“维清缉熙，

① 傅修延：《先秦叙事研究：关于中国叙事传统的形成》，第107页。

② （汉）毛亨传，（汉）郑玄笺，（唐）孔颖达疏，（唐）陆德明音释，朱杰人、李慧玲整理：《毛诗注疏》，第1886页。

③ （汉）毛亨传，（汉）郑玄笺，（唐）孔颖达疏，（唐）陆德明音释，朱杰人、李慧玲整理：《毛诗注疏》，第1915页。

④ 姚小鸥：《诗经三颂与先秦礼乐文化》，第64页。

文王之典”，《周颂·我将》所言“仪式刑文王之典”。据考证，两句所言之“典”亦可训为“德”，故而“文王之典”亦即“文王之德”。若说文王以德显，而武王以力胜，那么，在文王之文德与武王之功烈二者之间，《诗》明显更推崇前者。尽管《周颂·执竞》《烈文》等诗对武烈与戎功多有颂赞，但哪怕是在歌颂武王之功烈的篇章，其叙述脉络也重在说明，武王之戎功得以开显，其前提恰恰在于文王之德。这在《周颂·武》的叙述脉络中有着集中体现，其诗曰：“於皇武王，无竞维烈。允文文王，克开厥后。嗣武受之，胜殷遏刘，耆定尔功。”姚小鸥指出，“竞”为形容武王勇猛之词，“烈”为美赞武王功业之词，与“皇”“昭”等相近。[①] 然须注意，《武》并未把叙述的重点落脚于武王之功烈，所凸显的也不是武王的勇猛威武。略言武王之功烈后，诗脉随即过渡至“允文文王，克开厥后”。《郑笺》云：“信有文德哉文王也，能开启子孙之基绪。”[②] 可见，诗人的着眼点从武王之武功转向了文王之文德，是在申明文、武二王内在关联的基础上来评价武王克商之功。此即是说，武王之功烈以文王之文德为其前提，乃是继嗣文王之基业而孕育。据此，“克开厥后”与“嗣武受之”二句形成承膺呼应的关系。此点也渗入朱子的注释脉络中：“言武王无竞之功，实文王开之，而武王嗣而受之，胜殷止杀，以致定其功也。”[③]

诗人在文德与功烈之间区分出了本末之序。其对文德的尊崇，与《左传·襄公二十四年》所言“豹闻之：‘大上有立德，其次有立功，其次有立言。’虽久不废，此之谓不朽”或可达成一致。从广义上言，《诗》更推崇文德而非武功，其实也与伯夷、叔齐因武王“以暴易暴”而不食周粟，以及孔子评《韶》乐为“尽美矣，又尽

---

① 参见姚小鸥《诗经三颂与先秦礼乐文化》，第 69 页。

② （汉）毛亨传，（汉）郑玄笺，（唐）孔颖达疏，（唐）陆德明音释，朱杰人、李慧玲整理：《毛诗注疏》，第 1974 页。

③ （宋）朱熹集撰，赵长征点校：《诗集传》，第 351 页。

善也”，评《武》乐为“尽美矣，未尽善也”① 等事例存有隐隐的默契。而这也囊括于祭公谋父所言“先王耀德不观兵”的总评之中：

> 穆王将征犬戎，祭公谋父谏曰：“不可。先王耀德不观兵。夫兵戢而时动，动则威，观则玩，玩则无震。是故周文公之《颂》曰：‘载戢干戈，载櫜弓矢。我求懿德，肆于时夏，允王保之。’先王之于民也，懋正其德而厚其性，阜其财求而利其器用，明利害之乡，以文修之，使务时而避害，怀德而畏威，故能保世以滋大。”②

祭公谋父所引之诗源于《周颂·时迈》，其所言“载戢干戈，载櫜弓矢”意指将干戈弓箭收入囊中，此即是息武之意。同时，祭公谋父以“耀德不观兵”作为对先王的总论，从侧面反映出直至穆王之世，时人就先公先王尊文德先于武功方面仍可达成一致。且引文多处都在言“德”，而非武功，如“我求懿德”与“懋正其德”，这也可视为先王以文德为本的理念沾溉后世的结果。

毋庸置疑，部分雅诗同样言及文王征伐之事。《大雅·文王有声》云：“文王受命，有此武功。既伐于崇，作邑于丰。文王烝哉！”文王的“武功”在《大雅·皇矣》得到了更为详尽的叙述，诗五、六章言伐密，七、八章言伐崇。并且，《左传·襄公三十一年》明确出现“文王之功”的提法：“文王之功，天下诵而歌舞之，可谓则之。”③ 然须注意的是，上述文本虽言及“文王之功”，但所凸显的并非杀伐之势。揆诸《皇矣》的叙述脉络，文王伐密乃是因为“密人不恭，敢违其命，而擅兴师旅以侵阮，而往至于共”④，伐

① （宋）朱熹撰：《四书章句集注》，第68页。

② 徐元诰撰，王树民、沈长云点校：《国语集解》（修订本），第1—3页。

③ （周）左丘明传，（晋）杜预注，（唐）孔颖达正义：《春秋左传正义》，载《十三经注疏》整理委员会整理《十三经注疏》，第1306页。

④ （宋）朱熹集撰，赵长征点校：《诗集传》，第283页。

崇乃是因为崇伯虎谮文王于纣。因此，文王征伐之武功，并非出于开疆辟土的称霸宏愿，而恰恰是平狱讼、正曲直的体现。这何尝不是文王之德的又一彰显？

（3）武王之忧与周公救乱

兴许是源自民族心性中对于“祸患常积于忽微”的敏感与警醒，以及对“以暴易暴”所致不良后果的觉察，在克商前后，武王之忧始终未解。《史记·周本纪》与《逸周书·度邑解》均记载了武王“升汾之阜，以望商邑”而后“具明不寝”[①]之事，可见其忧思甚深。作为忧患者的武王形象跃然纸上：

> 叔旦亟奔即王。曰：“久忧劳，问周不寝。”曰：“安，予告汝。”王曰：“呜呼！旦，惟天不享于殷，发之未生，至于今六十年，夷羊在牧，飞鸿过野。天自幽，不享于殷，乃今有成。维天建殷，厥征天民名三百六十夫。弗顾，亦不宾成，用戾于今。呜呼！于忧兹难，近饱于卹，辰是不室。我来所定天保，何寝能欲？”（《逸周书·度邑解》）[②]

武王之忧并非杞人忧天般的过虑，据《尚书·金縢》所载，“武王既丧，管叔及其群弟乃流言于国”[③]。西周初年危机四伏的情势，从《诗》中亦可见一斑。这可以解释，何以相比起对于伐纣翦商的描写，《诗》反倒是对灭商后继之而起的三监之乱更为关注。多篇诗作都直接或间接地关涉周公东征平乱之事。若注意到雅诗与风诗在内

---

① 此句出自《逸周书·度邑解》。该句在《史记·周本纪》中则写作“登豳之阜，以望商邑”。参见（汉）司马迁撰《史记》，第128页。

② 黄怀信、张懋镕、田旭东撰，黄怀信修订，李学勤审定：《逸周书汇校集注》（修订本），上海古籍出版社2007年版，第468—471页。

③（汉）孔安国传，（唐）孔颖达正义，黄怀信整理：《尚书正义》，第499页。

容上的互相参指性，那么《豳风》与周初王政的境况可谓关联甚密。《豳风·鸱鸮序》明言，此篇乃“周公救乱也”①。

《尚书·金縢》言，“于后，公乃为诗以贻王，名之曰《鸱鸮》。王亦未敢诮公”，由此足见《豳风·鸱鸮》与《金縢》的意义参指关系。此外，马银琴还点明《鸱鸮》与《尚书·大诰》之间的意义互诠性：“所谓‘既取我子’，指管叔、蔡叔为王室嫡亲而与殷人相与为乱，‘无毁我室’则就其欲覆周室而言。‘今女下民，或敢侮予’即《尚书·大诰》‘殷小腆，诞敢纪其叙’；‘予手拮据，予所捋荼，予所蓄租，予口卒瘏，曰予未有室家。予羽谯谯，予尾翛翛，予室翘翘，风雨所漂摇’，集中描述了三监为乱时时势的艰难，与《大诰》周公东征之前面对庶邦君、庶士、御事‘艰大，民不静，亦惟在王宫、邦君室。越予小子考翼。不可征，王害，不违卜’的畏难之语时所云‘予造天役遗大，投艰于朕身’等语之意完全相同。”②

《鸱鸮》首章曰：“鸱鸮鸱鸮！既取我子，无毁我室。”《毛传》云：“兴也。鸱鸮无能毁我室者，攻坚之故也。宁亡二子，不可以毁我周室。”《郑笺》亦云：“重言‘鸱鸮’者，将述其意之所欲言，丁宁之也。”③ 毛、郑指明诗以“鸱鸮”起兴，但未明示此意象的褒贬意涵。相比之下，后世说《诗》者多将“鸱鸮”释为“恶鸟”，如朱子《诗集传》有言：“鸱鸮，鸺鹠，恶鸟，攫鸟子而食者也。”④ 且说《诗》者多认为，“鸱鸮”是在暗指散布流言的武庚。元代刘瑾《诗传通释》引彭氏之言曰：“鸱鸮以比武庚，子以比群叔，室以比王室。”⑤ 清人马瑞辰《毛诗传笺通释》亦云：“《诗》以子喻

① （汉）毛亨传，（汉）郑玄笺，（唐）孔颖达疏，（唐）陆德明音释，朱杰人、李慧玲整理：《毛诗注疏》，第732页。

② 马银琴：《两周诗史》，第135页。

③ （汉）毛亨传，（汉）郑玄笺，（唐）孔颖达疏，（唐）陆德明音释，朱杰人、李慧玲整理：《毛诗注疏》，第733页。

④ （宋）朱熹集撰，赵长征点校：《诗集传》，第146页。

⑤ 李山主编：《诗传通释》，北京师范大学出版社2013年版，第349页。

管、蔡，以鸱鸮喻武庚，以鸱鸮取子喻武庚之诱管、蔡。”①

诗三章云：“予手拮据，予所捋荼，予所蓄租，予口卒瘏，曰予未有室家。”本章连用五个“予”字，营造出整饬铿锵之节奏、急切紧迫之语势。此番内外交困的严峻局势与劳苦憔悴的形容状貌，似乎是诗人咬紧牙关勉力道来。诗四章云：“予羽谯谯，予尾翛翛。予室翘翘，风雨所漂摇。予维音哓哓。”除了沿用诗三章以“予”字连缀诸句的结构，此章在音韵方面也多有匠心独运之处。郭绍虞指出：“这几句所用的重言连语，其声义也相近。《毛传》于‘谯谯’训‘杀’，‘翛翛’训‘敝’，‘翘翘’训‘危’，‘哓哓’训‘惧’，都与连语‘漂摇’之声义相近。此类声义相同或相近的字连缀一起，自然诵读时也觉有‘予维音哓哓’的情形了。刘师培《正名隅论》谓‘侯类、幽类、宵类之字均含诘屈捲束之义’，而此诗所用，却正是这些含有曲义的字。”② 诗人连用声义相近、“含诘屈捲束义”的字，更能突显心力交瘁、难以维系的苦况。在风雨飘摇、朝不保夕之际，诗人力挽狂澜，为安定室家摩顶放踵，不得安息。“谯谯”“翛翛”“翘翘”“哓哓”四词构成了音义互为关联的意义群，极力摹写出诗人形容枯槁，劳瘁不堪。

若说《豳风·鸱鸮序》所言“周公救乱也”，其叙述重心在于周公鞠躬尽瘁，扶危渡厄，那么《豳风·东山》则喻示，周公的“救乱”之举，其实是以无数士卒的劳苦东征作为支撑。为平定三监之乱，不计其数的室家被牵扯了进来。周公“一年救乱，二年克殷，三年践奄”，此过程化作群黎众庶的悲欢离合与生离死别。《东山》一诗中，“我徂东山，慆慆不归。我来自东，零雨其濛”一语复现了四次，用以形容兵卒往来之劳，在外之久。朱子注云：“慆慆，言久也。”③ 首章所言在途颠沛之事、归途遇雨之劳，与二章所言室庐荒

---

① （清）马瑞辰撰，陈金生点校：《毛诗传笺通释》，中华书局1989年版，第471页。

② 郭绍虞：《照隅室语言文字论集》，第136—137页。

③ （宋）朱熹集撰，赵长征点校：《诗集传》，第147页。

废之景，悉皆化作三章所言“妇叹于室”。而诗四章以室家团圆、男女及时婚配的美好结局告终，喻示周公东征，最终平叛止乱。西周初期风雨飘摇、危机四伏的局面遂得以安定。诚如《易林·坤之遯》所论：“《鸱鸮》《破斧》，邦人危殆。赖旦忠德，转祸为福，倾危复立。”①

将以上数诗合观，可看出周公对于周初天下秩序的重要性以及时人对周公的尊崇。周公作为《豳风》的关键人物，七首豳诗都直接或间接地与之相关。钱穆指出：“豳诗七篇，皆当属之周公。”②孔《疏》云：“(《七月》) 陈豳公之政。”③ 诚然，《七月》并未直接道出周公如何执政，而是通过豳地百姓的生存经验，迂回婉曲地反映出周公励精图治，将豳地治理得井井有条。《破斧》《伐柯》《九罭》《狼跋》四诗之《序》都明确道出“美周公”之辞。且多篇都将周公所处的艰难境遇一一道陈，如“远则四国流言，近则王不知”。诸诗之所以“美周公”，或在于周公不惧时局之艰，在动荡之际挺身而出，力挑大任，待时局稳定后，功遂身退，还政于成王，“吊二叔之不咸，故封建亲戚以藩屏周”“令康侯鄙于卫”，封微子于宋以续殷祀，且制礼作乐，“房皇周浃，曲（直）得其次序”④，“其制度、文物与其立制之本意，乃出于万世治安之大计，其心术与规摹，迥非后世帝王所能梦见也”⑤。而周公如此伟大的创制，却浸透着常人难以想象的悲戚与艰辛。周公虽贵为“文王之子，武王之弟，成王之叔父”，虽与管叔、蔡叔有兄弟手足之情，但却遭遇“管叔及其群弟流言于国”的困境，甚至成王亦惑于流言，对其心生疏

① （汉）焦延寿著，（元）无名氏注，马新钦点校：《易林》，凤凰出版社 2017 年版，第 27 页。

② 钱穆：《中国学术思想史论丛》（一），第 124 页。

③ （汉）毛亨传，（汉）郑玄笺，（唐）孔颖达疏，（唐）陆德明音释，朱杰人、李慧玲整理：《毛诗注疏》，第 723 页。

④ （汉）司马迁撰：《史记》，第 1173 页。

⑤ 王国维：《殷周制度论》，《观堂集林》卷十，载谢维扬、房鑫亮主编《王国维全集》第 8 卷，浙江教育出版社 2010 年版，第 303 页。

离，故而《豳风·伐柯》《九罭》《狼跋》三诗均着眼于“美周公”，刺朝廷惑于流言而不知。而后“管、蔡、武庚率淮夷而反”，“周公兴师东伐，遂诛管叔，杀武庚，放蔡叔”。叛乱虽得以平复，但毕竟以手刃兄弟收场，不可不谓一大人伦悲剧。手足兄弟，本为同根所生，为何最终互操干戈，彼此对峙？因此，苏轼《上梅直讲书》点明周公实则“不遇”：“轼每读《诗》至《鸱枭》，读《书》至《君奭》，常窃悲周公之不遇……乃今知周公之富贵，有不如夫子之贫贱。夫以召公之贤，以管、蔡之亲而不知其心，则周公谁与乐其富贵？”①

若说周公“仰而思之，夜以继日，幸而得之，坐以待旦”的创制，为成康之世打下了坚实的基础，使得“成康之际，天下安宁，刑错四十余年不用”，那么令人始料未及的是，在《风》《雅》对参互证的融通格局中，“燮伐大商”体现出的摧枯拉朽之势、激扬雄阔之姿，与《王风·黍离》中萧瑟荒凉的场景，前后二者之比照不可谓不鲜明。先公积善集义，使蕞尔小邦终成天命所归、人心所向。历经周公救乱，制礼作乐，周王朝终于成就了成康之际的太平盛世。怎料这匡扶天下的化成之业竟以幽厉之虐政收场？昭如日月的辉煌功绩最终归于无有。昔日宗庙宫室之所在，悉皆化作一片萋萋禾黍。周大夫途经故地，触目萧然，难免生发“彼黍离离，彼稷之苗。行迈靡靡，中心摇摇”的慨叹。从天命所归到王室衰微，再到失却国祚，变迁之世事浸渍着“伤心秦汉经行处，宫阙万间都做了土”的悲凉，而征伐嬗代的金戈铁马声书写的无不是“兴，百姓苦；亡，百姓苦”。王政衰微，苍生失怙，其无尽的苦楚在变《雅》中有着淋漓的呈现，如《小雅·苕之华》所言“知我如此，不如无生”，“人可以食，鲜可以饱”，《大雅·召旻》所云“瘨我饥馑，民卒流亡。我居圉卒荒”。在《诗》通乎古今之视域的运作下，上述画面

① （宋）苏轼：《上梅直讲书》，载舒大刚、曾枣庄主编《苏东坡全集》第4册，中华书局2021年版，第1784—1785页。

自然而然地连缀为一，哪怕不过多着墨，也能生发出震撼人心、发人深省的无穷力量。《诗》照察古今的历史性维度积淀而成的厚重感以及入往极致的苍凉，哪怕辗转千载，仍使吾人借此窥见物壮则老、盛极而衰的长育亭毒之道，并从中体会持守国祚之难，故须“好自护持，毋令断绝”。《诗》用洞彻世事、览尽兴衰的冷眼，照察并求索：一治一乱，何时太平？乐土乐土，爰得我所？“国祚若旒，谁任其责！”① 在那个饥馑困乏、一治一乱的动荡时代，谁是赢家，谁又是输家，抑或无人真正赢过？多少有血有肉的生灵被巨浪扬卷到高处，而后拍打碾碎在尘土里，撕裂表皮，抽脊去髓。血肉被生生地从骨骼上剔净，化作一具风干的枯骨，而后锉骨扬灰。就这样，一个个原本有名有姓的人降生于世走一遭，最终成为在故里与他乡之间辗转漂泊的过客，成为湮没在史卷与诗篇中的无名氏。由此或可理解，何以征伐行役之诗在雅诗中占据着较大比重，诗人不惜重墨，将无名士兵的劳苦一一道陈，如《小雅·绵蛮》所言“道之云远，我劳如何”，《小雅·渐渐之石》所言“武人东征，不皇出矣”，以及《小雅·何草不黄》所言“哀我征夫，朝夕不暇”。《诗》就这样说着诉着，把目睹和经历的一切娓娓道来，如此平静，波澜不惊，像个世纪老人般，又像一株长不出叶、开不出花、结不出实、无人纪念的老树，飘零在风中，嗟叹于暗处，与无情的岁月和健忘的人潮抗衡，用余光缓缓照亮华夏文明绵延的历程。

（三）论《颂》

《颂》位列《诗》之末尾，且篇幅最少，但其重要性却不可估量。倘若缺少这一部分，《诗》完整的意义世界与发展脉络将被破坏。如前所述，《雅》多着眼于王政，通过芸芸众生的生存经验将王政兴衰下的世间百态回婉道陈。那么，从《雅》到《颂》的过渡是如何可能的？既然王政是带有规范性作用的政治活动，旨在以正纠

① （宋）陈亮：《上光宗皇帝鉴成箴》，载《陈亮集》，中华书局 1974 年版，第 106 页。

不正，那么问题在于，此规范性的来源是什么？以正纠不正的终极根据何在？王政的正义性又如何得以保证？这些问题推动着《诗》的内在脉络朝前发展，由《雅》过渡至《颂》。

1. 由《雅》及《颂》：以天人关系作为王政的根本框架

《风》《雅》二部多从人类社会内部看待国事兴衰与世事离合，讲述的是人事之变与古今更迭。及至《颂》，诗人的对话者倏然间变成皇天上帝与作为神祇的先祖。这意味着，《颂》把王政人事置于更为深远的关系背景中：其一是人类社会与天地大化的关系；其二是现世人类与作为神祇之先祖的关系。由《雅》及《颂》，恍若沿山腰跋涉至顶峰。屹立于群山之巅，俯瞰山河大地，“登东山而小鲁，登泰山而小天下”的条达畅快激荡于胸。

在颂诗的观念世界中，人类社会并不是一个独立的系统，而是天地大化的内在环节，对人类群体之外的存在有着深度的依赖。从直接显白的方面看，这种依存关系首先体现于物质供给层面。天乃人类衣食之源。人类社会的农业生产在很大程度上仰仗于天时地利、风调雨顺。《颂》中收编了数首祈祷之诗：

> 《周颂·噫嘻序》：“春夏祈谷于上帝也。”①
> 《周颂·载芟序》：“春籍田而祈社稷也。”②
> 《周颂·丰年序》：“秋冬报也。”③

据《小序》所言，三首诗都表达了对天地化育万物的敬畏与感念。更为重要之处在于，颂诗不仅把天视为自然之天，更是将其看作

① （汉）毛亨传，（汉）郑玄笺，（唐）孔颖达疏，（唐）陆德明音释，朱杰人、李慧玲整理：《毛诗注疏》，第1935页。

② （汉）毛亨传，（汉）郑玄笺，（唐）孔颖达疏，（唐）陆德明音释，朱杰人、李慧玲整理：《毛诗注疏》，第1997页。

③ （汉）毛亨传，（汉）郑玄笺，（唐）孔颖达疏，（唐）陆德明音释，朱杰人、李慧玲整理：《毛诗注疏》，第1953页。

为人类社会一切活动提供取法依据的超越性根源。《周颂·敬之》云：“无曰高高在上，陟降厥士，日监在兹。”朱子注曰：“天道甚明，其命不易保也。无谓其高而不吾察，当知其聪明明畏，常若陟降于吾之所为，而无日不临监于此者，不可以不敬也。”① 据此可知，诗人将天视为社会秩序的终极根据，冥冥中照察人间政教的真理法目，亦为主宰祸福消长、善恶还报的必然力量，以及公道人心的寄托。

正因人类社会与天地大化处于一体同构的关系，职是之故，王政的理念与运行规则，并非取决于统治者主观的意志偏好，抑或社会某一时期的需求及发展目标，而应秉承天道，取法于天，以超越之天为准的反省自身德行。敬天保命，遂成为颂诗的一大意义面向。《周颂·昊天有成命》曰：“昊天有成命，二后受之。成王不敢康，夙夜基命宥密。”若说此句旨在告诫君王毋因位高而生骄奢荒怠之心，而应敬畏天道，修德不辍，法天行政。那么，《昊天有成命》后半部分则呈现出从“敬天”到“保命”的过渡：“於缉熙，单厥心，肆其靖之。”朱子将“敬天”与“保命”的意义关联阐释为：“成王继之，又能不敢康宁，而其夙夜积德以承藉天命者，又宏深而静密。是能继续光明文武之业，而尽其心。故今能安静天下，而保其所受之命也。”② 可见，敬天之命，乃是“保其所受之命”的必然前提。由此或可推知，颂诗对于“保命”的强调——《周颂·我将》所言“我其夙夜，畏天之威，于时保之”与《时迈》所言“允王保之”——均以敬天之命为其条件。

正因敬天与保命具有不可分割的有机关联，故而人类社会王权的更嬗并非一个纯粹偶然的事件，亦非纯任武力或权力的博弈，而是被纳入天德与人德相贯通的统一秩序中。《尚书·蔡仲之命》云：“皇天无亲，惟德是辅。”③ 决定天命所归的关键因素是“德”。文王

① （宋）朱熹集撰，赵长征点校：《诗集传》，第353页。

② （宋）朱熹集撰，赵长征点校：《诗集传》，第341页。

③ （汉）孔安国传，（唐）孔颖达正义，黄怀信整理：《尚书正义》，第662页。

作为受命之君，作为《周颂》中出现频率最高的先王，作为贯通《诗》之“四始”的重要人物（李光地曰：“《关雎》《鹿鸣》《文王》《清庙》，都是说文王，所谓‘四始’也。”①），其最为诗人所推崇之处亦是其德。《周颂·清庙》云：“济济多士，秉文之德。”《周颂·维天之命》云：“於乎不显，文王之德之纯。”然须注意的是，此处所言“文王之德”，有别于人文主义、人道主义之德。颂诗多以皇天上帝与文王的持久互动为背景来谈文王之德“与天无间”、与天相配，如《维天之命》所言：“维天之命，於穆不已。於乎不显，文王之德之纯。”从根本上看，诗人对文王之德的阐发，遵循的是从言天命到言文王之德的内在脉络，意在强调，文王敬天之命，才有此纯而不杂之德，其背后亦潜藏着“法天”的维度。究其本源与根据，文王之明德乃是上承于天而来。有鉴于此，文王德业之大成，不应归为文王个人层面的荣耀，而应视为与天同功，为天地之大德增辉，在更广阔的层面充实并成就了天之功业。由此或可解释，何以诗人屡屡将文王与“天”“帝”同言，如《大雅·文王》所言“文王在上，於昭于天”，又言“文王陟降，在帝左右”。除文王外，诗句所明言的“配天”者，还有《周颂·思文》中的“思文后稷，克配彼天”。

先祖与天相配的维度，也使其成为对现世政教产生重要影响的一大力量。颂诗多深植于上承先祖遗训，下启万世法度的叙述视角。具体来说，诗人的视域超越了受限的时空之序，将历代受命之君视为一德业承膺的整体。此处所言整体性，不单是指先祖的血脉通过生育代代相传，更侧重于指王业、德教的整体性。当今王政的规模和业绩并非一蹴而就，而是先祖倾力操持的结晶。先祖功业既成，福泽流于后世，生民至今受其遗化沾溉。《颂》对先祖之功业无不推崇备至：《鲁颂》四篇均从不同侧面称颂僖公之功业，可谓“善述

① （清）李光地撰，陈祖武点校：《榕村语录·诗》卷十三，载《榕村语录 榕村续语录》，福建人民出版社2021年版，第291页。

其事者也”。《思文》推后稷配天，诚如《孝经·圣治》所云：“孝莫大于严父，严父莫大于配天。”① 后王治理社稷，不是为个人的尊荣与美名，而是继先祖之大业，承先祖之大志，正如《大雅·烝民》所云：“缵戎祖考，王躬是保。”先祖之德成为超越时空、维系代际教化的纽带，使“法先王”得以可能。考诸颂诗语境，诗人多强调对祖德的效法。《周颂·烈文》云：“不显维德，百辟其刑之。”《我将》云：“仪式刑文王之典，日靖四方。”两处诗句均提及对先祖之“刑”。“刑”训为“法”，即效法之意。

然须注意，在颂诗的语境中，所效法的先祖，因其与天相配的意义维度，便已有别于历史事实层面某一有血有肉的个人，而已化作一洁净精微的形象，此即屡见于昔人语境中的“神明”。《诗大序》将《颂》解为“《颂》者，美盛德之形容，以其成功，告于神明者也”。此处所言“神明”，便是颂诗中所习见的化作神祇的先祖。职是之故，颂诗虽屡屡谈及先祖与后嗣的内在关联，但却不是基于古今相通的历史性语境看待二者的关系。此处所言先祖，侧重于先祖作为神祇的意义面向，故而人与先祖的关系不再是不同时空背景中昔人与今人的关系，而是已升华为神人关系。

总的来说，上文论及对当今社会产生影响的两种规范性力量，分别是天与作为神祇的先祖，由此展开的两大关系维度为天人关系与神人关系。② 初看上去，这两大关系维度似乎作为两条独立的支线，并行不悖，互不相涉。但若往深处察究，二者实则同出一源。先祖达至德以配天的高度，可作为万世瞻仰之神祇，归根结底在于，先祖取法于天，行天之命。因此，效法先祖的行为，实际上效法的仍旧是天。这再次印证出，天是人类社会价值与行动的终极根源。

2. 神人不杂，天人有分

张汝伦师指出：“因为斯时古人已非常自觉地意识到了超越的意

---

① （唐）李隆基注，（宋）邢昺疏，金良年整理：《孝经注疏》，第43页。

② 关于这两大关系维度的进一步论述，详见本书第九章，此处不赘。

义和极端重要性。虽然中国古代没有出现超越这个概念，但想象一个高出人之上，就像天在地之上，与人完全不同的超越者——上帝，却是人都会有的想法。人对自己有限性的自觉，使得他不能不在自身之外，即在超越的领域寻找自己存在的根源和原因，这是人类自我理解最重要的一环。"①

一方面，作为有限的存在，人必须对自身的有限性有着清醒的认识，否则很可能僭越一己之职分，自视为绝对的主宰者。阮籍《乐论》云："《雅》《颂》有分，故人神不杂。"② 这种"人神分途的思想在《诗经》的篇章结构中也得到了确认。《诗》分风、雅、颂。颂的目标是神。而风与雅则只言天下之事和王政兴废。《诗》分四部，其形上目的却是为明确'人神不杂'的原则"③。在《雅》之后，《诗》继之以《颂》，而《颂》的中心内容便是神人关系与天人关系。此布局谋篇正是为了说明，伦常日用与王政兴替，并不足以构成昔人理解自身的全部维度。倘若缺乏天人、神人关系的意义面向，人的自我理解将失之偏颇。只有明确己身之有限，不断澄明超越性存在在人的生存结构中的重要意义，进而"开向"超越，"开向"永恒，并以此为根据规正在世过程，才可能实现真正意义上的在世生存。郭店楚简《穷达以时》云："有天有人，天人有分。察天人之分，而知所行矣。"④ 此文本同样强调，体察天人之分，是人的在世行动得以有序展开的前提条件。

另一方面，虽然人是有限的存在，但却并非与超越之天判然两隔。人独特而可贵之处在于，其生存结构具有开向无限的可能性以及对超越之天进行追问的动力。人终其一生，不过短短数十年光阴，

① 张汝伦：《绝地天通与天人合一》，《河北学刊》2019 年第 6 期。

② （魏）阮籍著，陈伯君校注：《乐论》，载《阮籍集校注》，中华书局 2012 年版，第 86 页。

③ 张汝伦：《绝地天通与天人合一》，《河北学刊》2019 年第 6 期。

④ 荆门市博物馆编：《郭店楚墓竹简·穷达以时、忠信之道》，文物出版社 2002 年版，第25 页。

相较于天地大化而言不过沧海一粟。然而，肉体生命有限，修德进程无尽。以超越之天规范自身，人的在世生存才可能突破形气之私的障蔽。

承上所论，鉴于超越性存在对于在世生存的重要意义，以人与超越之天的关系为焦点的颂诗，其地位与作用自然不可小觑。某一事件的意义，在很大程度上取决于我们看待此事的视角以及我们所身处的格局。《文心雕龙·颂赞》云：“《风》《雅》序人，事兼变正；《颂》主告神，义必纯美。”①《风》《雅》多记人事流变，善恶正邪，靡所不包，总体上采取自人事观人事的视角。与此相比，《颂》则尝试从永恒来看待当下，从超越的天道来理解人间政治的兴替更迭。此为自天道观人事的视角。《风》《雅》二部虽多以人事观人事，看似与告神之颂词不相吻合，但实质上，《风》《雅》之正变与颂诗之纯美并不抵牾。这恰恰是《诗》不断切换其叙事角度所致，旨在提醒吾人“自人事观人事”与“自天道观人事”的差异。至此，需要追问的是，为何颂诗要采取“自天道观人事”的视角？纯任《风》《雅》二部“以人事观人事”的视角，这是否可行？自天道观人事，其独特之处在于，实现了对常识思维的超越。一般情况下，常识思维往往局限于具体的时空背景，故而只能生发出有限的意义空间。如果只屈从于常识思维，仅从人类社会内部来解读世事变迁和王政兴衰，世人看到的很可能只是流变。世事无常，悉无定准，这或许会让人沦为相对主义者。

由此可以理解，为何颂诗篇幅虽少，但其重要性却不可估量。《诗》以《颂》作为《风》《雅》的底幕，此编排结构隐隐暗示出，自天道观人事，实际上构成以人事观人事的根本背景。这表现为，有限之人“开向”超越之天的进程，成为《风》《雅》二部人事变迁、世事更迭的底色。超越之天是世人立身行事的终极根据。有限之人与超越之天的关系，成为在世生存须面对与回应的根本关系。

---

① （南朝梁）刘勰著，范文澜注：《文心雕龙注》，第157页。

进一步来说，透过此迂回婉曲的方式，《诗》喻示无常世事不能颠覆天道之“常”。相反，天道之常构成一切人事之变的终极秩序。甚至可以说，人事之变无逃于恒常之天道。诗人借此提醒我们，天道之恒常，应成为有限之人安身立命的根本。由此，有限的人生才可能超越一己之利害得失，守死善道，造次必于是，颠沛必于是，正如熊十力先生所言：“尤须从事超知之学，以于万变中而见常道。人生如不闻常道，则其生活纯为流转，绝无可据之实。其行事恒随利害易向，而不以公正为权衡。”①

更进一步地，颂诗对天道之“常”的倚重，与颂诗多与祭祀相关，这两者实际上也构成对参互证的关系。具体来说，祭祀仪式的一大特性在于其重复性。祭祀仪式代代相传，子孙后代通过不断重复此仪式，可无数次地再现往昔的某一情境。祭祀仪式本身的重复性，可视为后人通过人为重复的行动建构而来的“恒常性”。此处所论人为之“复”，在祭祀诗的《小序》中亦有强调。苏源熙（Haun Saussy）指出，《小序》在论《颂》时，采用的形式颇为不同：“并不是告诉读者这首诗去赞美或讥刺某个人或某一现象，而是晓喻读者吟唱该诗的典礼。”② 典礼的一大特质在于“重复”。典礼仪式通过人为之“复”建构起来的“恒常性”，可视为一种“人为的恒常性”，究其根据乃在于一种自在自为的恒常性，即天道之“常”。可以说，祭祀作为人为之“常”，其实质是对天道之“常”的模仿。这再次印证，颂诗的叙述重心是对天道之“常”的强调。

综观颂诗语境，世态人心的丑陋与败坏从诗人的视域中消泯了。众诗沉浸在庄重肃穆、光明美好的氛围中：

沈德潜曰：“美盛德之形容，故曰‘颂’。其词浑浑尔、

① 熊十力：《读经示要》，第98页。

② Haun Saussy, *The Problem of a Chinese Aesthetic*, p. 66.

穆穆尔，不同‘雅’音之切响也。《记》曰：‘《清庙》之瑟，朱弦而疏越，一唱而三叹，有遗音者矣。’故可以感格鬼神。”①

季札观乐，将《颂》评价为：“至矣哉！直而不倨，曲而不屈，迩而不偪，远而不携，迁而不淫，复而不厌，哀而不愁，乐而不荒，用而不匮，广而不宣，施而不费，取而不贪，处而不底，行而不流。五声和，八风平，节有度，守有序，盛德之所同也。”②

《孔子诗论》第八章云：“颂，平德也，多言后，其乐安而迟，其歌绅而蓠，其思深而远，至矣！”③

据引文可知，诸家论《颂》都穷尽美善之辞。《风》《雅》所言人事之变、世运之艰，无论是各国公室争权夺利，经历小宗代大宗的变局，还是奸臣当道，君臣相离，男女夫妻之伦不得其正，诸多乱象如过眼烟云般消弭于颂诗的一派祥和之中。《风》《雅》二部骇人听闻的黑暗与罪恶被神圣的德容驱散，被祭祀仪式中全身心的敬拜净化，在开向无限的祭祀空间中被洗练。《周颂·清庙》云：“於穆清庙，肃雍显相。”在神圣的祭祀空间中，雍雍穆穆之乐音仿佛从渺远的云端传来，犹如冬日清晨的第一缕阳光，撇去亿万光年远途的尘埃，映照着助祭者的眼，如朝阳初启般，用惠然之朗照日复一日晓谕着宇宙大化最为恒久的事实以及生命最为崇高而隐秘的真相：人是有性灵的活物，可开向无限而永恒之境。而“越是想往高处和亮处升上去，它的根就越发强有力地拼命伸往地里，伸向下面，伸进

---

① （清）沈德潜著，霍松林校注：《说诗晬语》，人民文学出版社 1979 年版，第 195 页。

② （周）左丘明传，（晋）杜预注，（唐）孔颖达正义：《春秋左传正义》，载《十三经注疏》整理委员会整理《十三经注疏》，第 1268 页。

③ 李学勤：《上海博物馆藏竹书〈诗论〉分章释文》，转引自刘信芳《孔子诗论述学》，第 280 页。

黑暗里，伸进深处——伸进罪恶”①，正如静静地伫立于天地间的一棵大树，用遒劲的身躯连通着天宇之灼烁与大地之幽暗。由此，《风》《雅》所言人事之变、王政兴衰和古今嬗代，最终与恒常之天道勾连为一完整的意义域。世事更迭与苍生之苦，在开向无限的过程中逐渐被洗涤、被净化，正如朝阳用温暖和煦的“辅物”之照，用默然无声的恩慈之爱为苍生注入安然而无畏的生之韧性。光明与黑暗的边界不断推移变换，空气中沉寂已久的蜉蝣尘埃被点燃了热情，以息相吹，以欢相持，成为歌颂天地之大美的舞动着的精灵。在颂诗所构筑的神圣的光照之境，美丑泯绝，众生欢呼，大地沸腾，共同迎接着这新生的一天！

第三节　寓“志”于《诗》之意义结构

一　由近及远，由人而天：总论《诗》之意义结构

就写成时间而言，《周颂》与《雅》（以《大雅》为主）早于《国风》，但在编排顺序上，《诗》反而以写成时间较为晚近的《风》为首，继之以《雅》，终之于《颂》。很明显，此结构布局并非依循时间先后之序。综观历代诗论，说《诗》者多从意义结构的角度阐释《诗》之三体。② 一个典型的例子是，《毛诗序》把《风》《雅》《颂》视作首尾浑然的意义系统。“以一国之事系一人之本”，乃是“言天下之事”“形四方之风”的前提。唯有国中人人皆正，一国之

---

① ［德］尼采：《查拉图斯特拉如是说》（译注本），钱春绮译，生活·读书·新知三联书店2014年版，第41页。

② 在近世学界，仍有部分研究者从内在意义的层面来理解《诗》之三体的关联。常森指出：“就现存完整的汉代《毛诗》学的材料来看，作为《诗经》的三大构成部分即《风》《雅》《颂》，其称名即意味着三种不同层次的政教伦理价值，‘颂’最高，‘雅’次之，‘风’又次之。”常森：《〈诗经〉学误读二题》，载《简帛〈诗论〉〈五行〉疏证》，北京大学出版社2019年版，第300页。

风化方可实现。一国之风化成，四方之风方可兴，天下之化方可成。至此，王者方可作乐，以歌美先祖，故而《诗》以三《颂》收尾，与《大学》“修齐治平”之旨实出一揆。

与此相较，清人黄以周则依据“得其人”之义阐释由《风》到《雅》、由《雅》到《颂》的结构安排：“家国天下之休咎，觇诸用人，得其人者昌，失其人者亡，六经无殊恉。《诗》于四始，尤注意焉。《风》始《关雎》，重在求淑女，淑女得则闺门和而家理矣。《小雅》始《鹿鸣》，重在乐嘉宾，嘉宾得则民人服而国治矣。《大雅》始《文王》，重在思多士，多士得则疏附先后奔奏，御侮有其人而天下平矣。于以治功成而颂声作，《颂》始《清庙》，其所以对越天无射人者，归美于秉文德之显相，四始之重得人也如此，其自《风》而《小雅》而《大雅》者，自家而国而天下也。”①

近年来，与《诗》有关的文献相继出土。《诗经》原始文本的出现，在学界引发了探讨《诗经》文本性质的热潮。有学者指出，《诗》最初的来源与性质应是歌辞本，并且“《诗》文本其实是一个十分开放、多样、复杂的形态”②。

既然《诗》的文本性质经过了一番重新认定，那么昔人从意义系统的角度理解《诗》之结构的做法便备受质疑。毕竟若要论及文本的意义结构，其前提在于，此文本处于“高度稳定、自足、圆融”的状态。③如果《诗》的原初形态根本就不是一个稳定的文本，而

---

① （清）黄以周撰：《论诗四始》，载《群经说》卷二，转引自刘咸炘著，黄曙辉编校《刘咸炘学术论集》子学编下，第382页。

② 李辉、林甸甸、马银琴：《仪式与文本之间：论〈诗经〉的经典化及相关问题》，《温州大学学报》（社会科学版）2020年第1期。

③ 李辉指出：“在经学视角下，《诗经》这样一本书，作为经书，它是各部分高度完足的一个整体，如说包括《风》《雅》《颂》的卷什，卷什内部各诗篇的篇次，以及这些诗篇的作者、内部的篇章结构、章次，还有修辞等。在经学的视角当中，它都是经过有意的编排、删减或是修饰，都寄托了贤人君子的微言大义，所以在经学视野当中，《诗经》是一个高度稳定、自足、圆融的一个文本，这种文本形态与经学阐释所建构的诗歌意旨一样，都具有高度的稳定性和权威性。”李辉、林甸甸、马银琴：《仪式与文本之间：论〈诗经〉的经典化及相关问题》，《温州大学学报》（社会科学版）2020年第1期。

是存在“很多看似不整齐的、有棱角的文本现象”①，这不就意味着围绕一个“虚假”的稳定文本所作的阐释都如同痴人呓语？对此，一个亟须解答的问题是，是否从意义的层面对《诗》之结构所作的任何探讨都显得多余且无必要？

承上所述，若深究其内在根据，那么，《风》《雅》《颂》的结构安排，便不应在经验事实的层面视为编集雅化的结果——《诗》在成书和经典化过程中经过了“有意的编排、删减或是修饰，都寄托了贤人君子的微言大义”②——而是昔人感受和理解世界的精神习惯与观念体系的“感性显现”与外在表征。由《风》到《颂》的意义结构，是以生存经验各个维度的逻辑先后之序为支撑，如实展现出共同体及其成员在世经验的层层深入与推进，体现了其在世生存的动态过程。从根本上而言，此逻辑脉络并不取决于编诗者的主观意愿或偏好，也并不依附于儒生经师的治学立场和理论取向，而是与文明共同体的基本生存结构息息相关，是由共同体深层的精神习惯所决定。此精神习惯以《诗》的成书和经典化过程为中介，在一定的历史条件下落实为此结构安排。

那么，以《风》为首，继之以《雅》，终之于《颂》的编排顺序，反映出何种逻辑脉络？此结构布局展现出昔人在世生存的何种动态过程？

《论语·子张》载子夏之言曰：“切问而近思。”苏氏将其解释为：“泛问远思，则劳而无功。”③ 古人看到，为学的过程应贴合生命最切己的问题，始于真实而切近的生存经验，而非舍近求远，素隐行怪。那么，人生在世最初始而切近的生存经验是什么？室家是襁褓之婴身处的首个环境，也成为大多数人生存经验的发端处。《论

① 李辉、林甸甸、马银琴：《仪式与文本之间：论〈诗经〉的经典化及相关问题》，《温州大学学报》（社会科学版）2020 年第 1 期。

② 李辉、林甸甸、马银琴：《仪式与文本之间：论〈诗经〉的经典化及相关问题》，《温州大学学报》（社会科学版）2020 年第 1 期。

③ （宋）朱熹撰：《四书章句集注》，第 189 页。

语·阳货》载孔子之言曰："子生三年，然后免于父母之怀。"亲子、长幼之伦，是人成长过程中必不可少的伦常关系。亲子关系得以可能，其前提在于夫妻之伦的建立。夫妇之伦正，进而有亲子之恩、昆弟之情。子事父以孝，弟事兄以悌，而后由室家推及宗族、朝廷，故有君臣之义。《孝经·广扬名》云："君子之事亲孝，故忠可移于君；事兄悌，故顺可移于长；居家理，故治可移于官。"[①] 以室家伦常为支点延伸开来的社会关系，支撑起每一个体在世生存的丰富面向。《诗》始于《风》，着眼于日用伦常的生存经验，与人降生于世的自然起点相吻合。《汉书》载匡衡之言曰："始乎《国风》，原情性而明人伦也。"[②] 此论也强调了《国风》对人伦维度的重视。

由《风》及《雅》，《诗》呈现的生存经验不断向更广阔的范围、更复杂的层次展开。李光地指出："《小雅》分明以五伦排起。"[③] 他将此论申明为："《四牡》，父母也；《皇华》，君臣也；《常棣》，兄弟也；《伐木》，朋友也；《杕杜》，夫妇也。"[④] 这一方面喻示，《国风》和《小雅》存在着自然的衔接，但另一方面，《小雅》虽"以五伦排起"，却不限于五伦内部，而是由室家拓展至王政、夷夏与朝野。到此阶段，《诗》的生存经验已不限于室家伦常的交织与碰撞，而是提升至天下秩序的高度。由《雅》到《颂》，生存经验往更深层推进，从人伦日用、邦国朝野等显性层面探入处于隐性层面的天人关系。《诗》借此暗示出，天人关系渗入人伦日用的方方面面，是昔人理解室家关系、朝野秩序，乃至思考一切人生问题的前提条件，同时也是吾人进入《诗》之精神世界的密钥。《诗》以《风》为首，终之于《颂》，与《中庸》所言"君子之道，造端

---

① （唐）李隆基注，（宋）邢昺疏，金良年整理：《孝经注疏》，第69页。

② （汉）班固撰，（唐）颜师古注：《汉书》，第3340页。

③ （清）李光地撰，陈祖武点校：《榕村语录·诗》卷十三，载《榕村语录　榕村续语录》，第291页。

④ （清）李光地撰，陈祖武点校：《榕村语录·诗》卷十三，载《榕村语录　榕村续语录》，第291页。

乎夫妇；及其至也，察乎天地”如出一辙。其中，《雅》作为过渡环节，实现了《风》与《颂》的沟通与联结。廖平曾言：“《诗》分三体，作用全在于雅。《史记》曰：《雅》以治人。盖《风》者民俗，《颂》者成功，所以化民成俗、功成作颂者，《雅》之力也。《雅》一也，而以大小分者，《大雅》配三《颂》，王者成功，《小雅》配《风》，平治初阶。”①

从总体上看，《风》《雅》《颂》的展开过程极具章法：由近及远，由人而天。具体来说，“二《南》从齐家起，《雅》则治国平天下，《颂》则天地位，万物育，郊焉而天神格，庙焉而人鬼享”②。刘咸炘在阐释《诗》之结构大义时，所遵循的也是由人而天的进路：“《关雎》之始，父子兄弟夫妇之义也。……《鹿鸣》之始，君臣朋友之义也。礼之大义，养生送死，事鬼神，人伦之至，所以事天也。大德受命，宗庙享之，故文王在上，缉熙敬止，於穆清庙，对越在天，事天之义也。”③《诗》以三《颂》作结，以此喻示，天道是人类社会的终极根据。人事更迭变迁，而天道亘古不变——“人事之变，不能逃天道”④。

反观近人论《诗》，往往是在对比商周文明的语境中来进行，且多囿于非此即彼的视角（商文明所长，即为周文明所短），以致对《诗》的界定难免存在偏颇不全之处：

> 商人气质，倾向艺术，富于宗教玄想，彝器之制，精美绝伦，而好饮酒，好田猎，好崇祀鬼神，均其超现实之证。周人乃质朴重耕稼之民族，故其气质偏重现实，后虽承袭商人优美

---

① （清）廖平著，蒙默、蒙怀敬编：《廖平卷》，第324页。

② （清）李光地撰，陈祖武点校：《榕村语录·诗》卷十三，载《榕村语录　榕村续语录》，第278页。

③ 刘咸炘著，黄曙辉编校：《刘咸炘学术论集》子学编下，第382页。

④ 刘咸炘著，黄曙辉编校：《刘咸炘学术论集》哲学编上，广西师范大学出版社2010年版，第47页。

> 之文化，进于文质彬彬，而仍保存其民族之特性，治生勤苦，鲜有暇豫，尚力行，少玄思，重政治与伦理，而淡于宗教，故其表现于诗歌者，亦偏于实际之人生，虽平实浑厚，而乏超玄之想像、灵渺之境界。①

辨析殷周之别，自然无可厚非，但若依据商人重玄想，周人重实际，便遽下定论曰“《诗经》道理，不出齐家、治国、平天下”②，又曰“然其理不外于修身、齐家，大指如此”③，抑或认为周人之诗“多取材于实际之人生，尤与政治人伦道德有关，乏宗教之玄思及自然美之欣赏，故少空灵幽渺之境”④，未免失之偏颇。其问题在于，忽视了《风》《雅》《颂》所勾连的完整意义域。诚然，《诗》的确立足于现实人生，众庶黎民的伦常日用屡屡见载于其中，但《诗》之可贵，恰恰在于，其立场与视角未随变动不居的世态人事流转游移，而是能持守住开向超越与永恒的定力。

独特的是，在说明《诗》之三体的完整意义域时，《诗》摆在我们面前的不是成体系的概念、命题或说教，而是让昔人生存经验的诸多环节真实而鲜活地展开。此动态过程不是人为营构的结果，而是昔人的生存经验顺其内在脉络自然而然地展开，如抽丝剥茧般层层深入。这实现为由《风》及《雅》、由《雅》及《颂》的意义结构。生存经验每发展到一个环节，总会内在地迸发出动力，将自身推向下一环节。而到达下一环节之后，读者竟会发现此环节乃是构成上一环节可理解性的前提与基础。这可以解释，为何《颂》在

---

① 缪钺：《中国文学史讲演录（唐以前）》，载缪元朗、景蜀慧编校《缪钺全集》第六卷，第9页。

② （清）李光地撰，陈祖武点校：《榕村语录·诗》卷十三，载《榕村语录 榕村续语录》，第278页。

③ （清）李光地撰，陈祖武点校：《榕村语录·诗》卷十三，载《榕村语录 榕村续语录》，第278页。

④ 缪钺：《中国文学史讲演录（唐以前）》，载缪元朗、景蜀慧编校《缪钺全集》第六卷，第31页。

谋篇布局上虽位列最后，但其关注的天人、神人关系在逻辑序列上实则在先。

据此而论，《风》《雅》《颂》构成一个互相支撑、环环相扣的解释系统。离了《雅》《颂》二部，则无法深入地理解《风》之内涵，反之亦然。十五《国风》的确可以作为个别而孤立的单元来读，但是不熟悉《雅》《颂》的读者很可能会与其中丰富的意蕴失之交臂，甚或觉得风诗篇目繁多，内容支离散漫。进一步来说，若缺失了《风》《雅》《颂》的任一部分，都会影响《诗》之生存经验与精神世界的完整性与统一性。此处须留意的是，《诗》的整体性并不是静态的，而是在时间之流中逐一展开，正如对乐曲的欣赏，需要听众按照乐章缓缓流动的顺序来进行。若说创作于后世的《古诗十九首》“篇不可句摘，句不可字求”的特质多被诸家所辨识，并被赞许为“一气转旋”“气象混沌”“无所不肇”，那么发轫于西周初期、见证了周文明兴衰更嬗的《诗》，其由近及远、由人而天的意义结构，何尝不具备一种浑然一体性？从《风》到《颂》的进程，也蕴含一股浑沦磅礴的元气，一贯而下，气势如虹。读者的确可择选部分篇章赏析玩味，但不可或缺的进路在于，对《诗》之意义结构进行整全而通贯的观照。

职是之故，意欲探究《诗》之志，势必离不开对《诗》整体性意义结构的动态把握。遗憾之处在于，开篇所述的“作者志意说”与“多重志意说”均未看到《诗》之意义结构对于理解“《诗》言志”的重要意义。“作者志意说”将“志”作为诗人主观性的产物。“志”隶属于每一首个别而独立的诗，与其独特的生存经验相对应。此论未能体察，305 首诗的生存经验实际上处于紧密关联的整体之中，从属于人类普遍性的生存结构。每首诗的生存经验的确有其不可替代的独特性，但却并非受限于诗人主观而偶然的意识活动，而是“览一国之心以为己心”，“总天下之心以为己意”。此情况下的“一人之言”，已然超越了日常生活中纯然特殊的个体化言论，其本旨在于，揭示人之为人普遍性生存经验中的必然面向。相比之下，

“多重志意说”虽关注“志”的不同维度，但却将此类维度视为彼此孤立，杂而无统，未能基于《诗》意义结构的统一性来理解多重志意的统一性及其内在关联。

总的来说，《风》《雅》《颂》呈现的生存经验广大悉备，囊括了人与自我、与他人、与家国天下、与历史文化乃至与超越性存在之间的多重关系，“上陈天道，下悉人情，中稽物理，旁引广譬，具纲兼罗”①，承载着文明共同体及其成员在世关系的总和。《诗》之“志”也相应地辐射到上述关系维度，是对完整的生活世界与在世生存的整体性愿景，近至人伦日用之和睦（夫妇有别，父子有亲，长幼有序，朋友有信），远及朝野夷夏之安定（君臣有义），上达天人、神人之合一。在以天人关系为根本框架的意义关联整体之中，诸多关系维度各美其美，美美与共，营构出互为支撑、和谐共生的关系形态。

二 《诗》之生存经验：特殊性与普遍性的结合

行文至此，便出现了一个新的问题：既然诗人的生存经验是具体而特殊的，必然以一定的历史时期为依托，富有鲜明的个体性烙印，那么，个人独特的生存经验如何生发出关涉人类生存的普遍性问题？《诗》如何将此二者熔为一炉？例如，《卫风·竹竿》与《邶风·日月》均从不同侧面反映出夫妻间未能以礼相待的困境，然而风诗并非将其视为历史—文化维度下的某一个案，而是从具有特殊性的案例上升为对普遍问题的思考，借此反思夫妻之伦该何去何从。那么，值得追问的是，寓普遍于特殊的诗性言说何以可能？

（一）以“一国之事”“天下之事”系“一人之本”

《诗大序》有言：“是以一国之事，系一人之本，谓之《风》。

① （明）胡应麟撰：《诗薮·内编》卷一，载顾廷龙主编，《续修四库全书》编纂委员会编《续修四库全书·集部·诗文评类》第1696册，上海古籍出版社2002年版，第60页。

言天下之事，形四方之风，谓之《雅》。”据此语境，“一国之事”与“天下之事”，并非与民众生活相脱离的抽象指称，而是深植于国计民生、伦常日用之中，或隐或显地与王侯百官、平民百姓的生命轨迹发生碰撞。具体来说，国事与王事不可能自行完成，而是必然贯彻于一系列传达与执行的过程之中。其传达与执行者均为有血有肉的人，均在纷繁复杂的社会关系中承担了多重角色与身份。据此而论，《诗大序》“以一国之事，系一人之本”的说法非常到位。风诗未曾泛泛地谈“一国之事”，而是将其寓于各类人物的生存经验之中，上至国君、君夫人、武将、权臣，下到苟全性命于乱世的小吏、征夫、农妇。风诗多伫目于“百姓日用而不知”的平凡瞬间，以个人悲喜、室家离合、宗族命运为叙述对象。肇端浅近，意旨遥深。同样，《雅》所言天下之事，也并非止步于一番空洞的道陈，而是将其寓于士卒、使臣、将帅尽忠职守的生存经验之中，从其忠于王事的在世生存观见王政的兴衰废替。

职是之故，各类人物日常践履的每一细节、每一重关系样态，都足以折射出“一国之事”与“天下之事”的盛衰消长，如朱子《诗集传》引伊尹之言曰：“故读《诗》者，于一物失所，而知王政之恶；一女见弃，而知人民之困。”[①] 以风诗为例。《邶风》多次出现对宣公和宣姜的讥刺。这看似与一国之事无关，实则无不反映出国势的颓败。由此可见，诗人虽以其独特的生存经验为线索展开叙述，且此经验的确具有不可复制的独一性，融入了诗人独到的观察、思索与独具匠心的表达，但却并非受限于其主观层面。《孔疏》将其申明为：“一人者，作诗之人。其作诗者道己一人之心耳。要所言一人之心，乃是一国之心。诗人览一国之意以为己心，故一国之事，系此一人，使言之也。”又云：“言天下之事亦谓一人言之，诗人总天下之心，四方风俗，以为己意，而咏歌王政，故作诗道说天下之

① （宋）朱熹集撰，赵长征点校：《诗集传》，第70页。

事，发见四方之风，所言者乃是天子之政，施齐正于天下。”① 据一般理解，“一人之心”与“一国之心”“天下之心”分属不同范畴：前者是个体主观层面的意识活动，后者作为超越个体意识的群体共识，多在普遍性的层面被思及。日常思维惯于将普遍与特殊视为对立的两端。但凡是个体层面的主观意识，便难以具备普遍性。而那些具有普遍性的共识，则是抽离了特殊因素的产物。

对于“一人之心”与“一国之心”、“一人之心”与“天下之心”的关系，《孔疏》明显超越了非此即彼的对立视角，其所言“（诗人）览一国之意以为己心”与“总天下之心，四方风俗，以为己意”二语，喻示诗篇的创作乃是在特殊中显现普遍，而非诗人个体层面的主观意识与情感的表达。诗人把“广阔的世界及其纷纭万象吸收到他的自我里去，对它们起同情共鸣，深入体验，使它们深刻化和明朗化”②。伴随着将广阔世界与天地万有的点点滴滴纳入自我的过程，诗人将深刻的生存经验转化为其创作经验，使“一人之言”超越了日常意义上的纯然特殊的个体化言论，上升至普遍性意蕴的高度。

据此而论，诗人在其关系网络中生发的种种生存经验，实则与邦国乃至天下秩序的盛衰嬗变有着千丝万缕的关联。诗人之哀乐，并非源于个人的利害得失，而是民生境况透过此生存情态得以体现。“诗人览一国之意以为己心”，“总天下之心，四方风俗，以为己意”，以回婉曲折的方式寄托了对社稷民生的种种思考。对此，徐复观先生指出：“诗人先经历了一个把‘一国之意’‘天下之心’，内在化而形成自己的心，形成自己的个性的历程，于是诗人的心、诗人的个性，不是以个人为中心的心，不是纯主观的个性，而是经过提炼升华后的社会的心。”③ 这再次说明了，诗篇虽出于诗人一己之

---

① （汉）毛亨传，（汉）郑玄笺，（唐）孔颖达疏，（唐）陆德明音释，朱杰人、李慧玲整理：《毛诗注疏》，第20—21页。

② ［德］黑格尔：《美学》第三卷下册，朱光潜译，第54页。

③ 徐复观：《中国文学精神》，上海书店出版社2004年版，第2页。

言，却不限于个人层面，而是以一人之悲欢道出千万家之悲欢。

（二）针对“一般性状态”而非“事件性情境”

承前所述，每首诗都脱胎于一定的时空背景，源于特殊而具体的人事际遇，但若以“求真”或“实证”的视角来判定《诗》，不难发现，绝大多数诗篇都被“一种微妙的模糊气氛”所笼罩。据缪钺考证：“《国风》诸诗作者主名之可考者，只有《鄘风·载驰》乃许穆夫人作，见于《左传》闵公二年，确凿可信。”[①] 此论不独适用于《国风》。就整部《诗》而言，“诸诗作者主名之可考者”同样寥寥无几。且诸多诗篇都极大地压缩了关于人事背景的叙述，并未说明“大致的时间和地点、人物的名字、平生的遭遇、性格”，而是将“有关个人外在参指的信息尽量滤去”。诚如萧驰所论：“这样的作品真是无法以‘知人论世’来诠释，其以无题无名形式出现，更难以发明本事的方式作诠释。”[②] 无怪乎郭晋稀曾感叹解《诗》之难：“今所传《诗三百》，上下数百年，作之何世？作者何人？其人身世云何？所咏何事？所抒何志？解之者仅赖揣摩《诗》之文字而考之，而必以为能尽《诗》之意，岂能令人相信？”[③] 由此，难免出现一道横亘于文辞与真意之间的鸿沟：既然单凭文辞难以把握《诗》之真意，那么，诗篇的时代背景、所涉事件及作者生平便成为解《诗》之关捩，尤其是当面对如此简质古奥的文辞之时。这在一定程度上可为《诗序》的做法提供合理性说明，也成为马端临论证《诗序》之重要意义的依据：

> 《书序》可废，而《诗序》不可废；就《诗》而论之，《雅》《颂》之《序》可废，而十五《国风》之《序》不可

---

① 缪钺：《中国文学史讲演录（唐以前）》，载缪元朗、景蜀慧编校《缪钺全集》第六卷，第26页。

② 萧驰：《中国思想与抒情传统　第一卷　玄智与诗兴》，第47—48页。

③ 郭晋稀：《郭君重（晋稀）先生序》，载陈成国《诗经刍议》，第1页。

> 废……盖《风》之为体，比兴之辞多于叙述，风谕之意浮于指斥，盖有反覆咏叹，联章累句，而无一言叙作之之意者。而《序》者乃一言以蔽之曰“为某事也”，苟非其传授之有源，探索之无舛，则孰能臆料当时指意之所归，以示千载乎？……则诗之难读者多矣，岂直《郑》《卫》诸篇哉！夫《芣苢》之《序》，以妇人乐有子，为后妃之美也，而其诗语不过形容采掇芣苢之情状而已；《黍离》之《序》，以为闵周室宫庙之颠覆也，而其诗语不过慨叹禾黍之苗穗而已。此《诗》之不言所作之意，而赖《序》以明者也。若舍《序》以求之，则其所以采掇者为何事，而慨叹者为何说乎？《叔于田》之二诗，《序》以为刺郑庄公也，而其诗语则郑人爱叔段之辞耳；《扬之水》《椒聊》二诗，《序》以为刺晋昭公，而其诗语则晋人爱桓叔之辞耳。此《诗》之序其事以讽，初不言刺之之意，而赖《序》以明者也。……《鸨羽》《陟岵》之诗，见于《变风序》，以为征役者不堪命而作也；《四牡》《采薇》之诗，见于《正雅序》，以为劳使臣遣戍役而作也。而深味四诗之旨，则叹行役之劳苦，叙饥渴之情状，忧孝养之不遂，悼归休之无期，其辞语一耳。此《诗》之辞同意异，而赖《序》以明者也。①

直至近世，仍有学者延续《诗序》的思路，参诸传世典籍与出土文献，力求考证出每首诗歌的年代与所涉人事。诚然，这对了解《诗》的历史背景颇有助益，然不可否认，此做法轻忽了的意义面向在于，《诗》有意制造出“模糊的氛围”，其良苦用心何在？

诗人将所经历的特殊人事充分“压缩”。此种“压缩”反而极大地提升了全诗的意义伸缩度，使该诗得以与具体而当下的特殊人事背景解绑，由此“概括而凝为人生的咏叹”，创辟出一个极富弹性的意义空间，足以沾溉后人的生存境况及其内在心境。据此而论，

① （元）马端临撰：《文献通考》，中华书局1986年版，第1539—1540页。

《诗》着力所明示的，并非与某一特殊情境紧紧捆绑的人事，而恰恰是“个体与个体生命之中，某些片刻中情感体验的可重复性”①。而“某些片刻中情感体验的可重复性”，并不是非得重历与诗人一模一样的境遇才能孳生，才能与该诗产生共鸣，而是恰如船山所言，“能俾人随触而皆可”②，“令读者可以其所感之端委为端委”③。

究其本旨，诗人乃是“针对一般性的状态（stative）而非事件性（eventive）的情境发言。不妨说这里有当下的自我和‘昏昏’世人、包括以往自我的对话”④。诗人凭借此番对话，试图从“世人昭昭”的狂狷人流中，从“视而不见，听而不闻，食而不知其味”的日常状态中，奋争出可供喘息的些许片刻，以便与衰乱之世事相抗衡。在当政者“好乐无荒”“取禾三百囷”的无道之世，在世事多艰、苍生失怙的大势下，诗人还能发出“其仪一兮，心如结兮”“我心匪石，不可转也”的自誓，静默无声，却又如此暗流汹涌，深沉而有力。诗人的心灵蕴含洗涤与净化苦难的能力，使其虽身处世衰道微之际，却仍能吐露出流溢温情与光明的文辞。或许真实的痛苦需要不断尝试的创造性行动才能予以化解和突破，由此才能迎来一次次重生。

经由诗人的营构，其所置身的不可复现的生存境况创辟出一普适性（而非囿于诗人个体性）的意义空间，其中蕴藏着开向无限与永恒的可能。这个意义空间并非内在闭合，并非只对诗人开启，相反，它具有极大的包容性与对外开通性，可谓一超越时空、绵延千载的“无限域”，可将后人独特的生存经验纳入其中，由此生发出一种“游无穷”的体验。据此而论，《诗》相当于一无端崖之场域、

① 萧驰：《中国思想与抒情传统　第一卷　玄智与诗兴》，第48页。

② （清）王夫之著，戴鸿森笺注：《姜斋诗话笺注》，上海古籍出版社2012年版，第42页。

③ （明）王夫之：《古诗评选》卷五，载船山全书编辑委员会编校《船山全书》第14册，岳麓书社2011年版，第775页。

④ 萧驰：《中国思想与抒情传统　第一卷　玄智与诗兴》，第49页。

一广袤无垠之沃土，让不同世代、不同人群的在世生存有了寄托与依傍。在《诗》所创辟的“无限域”中，后人的生存经验及其情态得以连缀起来，甚至可无限地连缀下去，诚如船山所言：“作者用一致之思，读者各以其情而自得……人情之游也无涯，而各以其情遇，斯所贵于有诗。”①

---

① （清）王夫之著，戴鸿森笺注：《姜斋诗话笺注》，第5页。

第二章

《诗》之“情”：“情—理”合一、“人—物”同其情的观念世界

承上所述，《诗》寓“志”于《风》《雅》《颂》的意义结构：由《风》到《颂》的谋篇布局，远非一平铺开来的静态框架，而是由近及远，由人而天，动态地展开了共同体及其成员生存经验的各个面向，从室家宗族的夫妇、亲子、长幼、朋友之伦推扩至君臣、朝野、夷夏等关系领域，还将共同体的历史人文进程乃至天人、神人关系一并摄入此完整的意义域中。

广义而言，若论及探究生存关系及其整体性愿景（“志”）的典籍，当然不止《诗》这一部。随便拈出一例，比如，《孟子·滕文公上》所言“父子有亲，君臣有义，夫妇有别，长幼有序，朋友有信”，何尝不能算作对伦常关系及其愿景的一种设想。又如《礼记·大学》所言“八条目”，其中，修身、齐家、治国、平天下，也遵循了由近及远的动态之序，与《诗》之意义结构或存相类之处。然而古往今来，鲜有人从感人、动人、化人的角度来评价上述经典，而这却构成诸家论《诗》之关捩，或可目为“《诗》言志”的一大特质。朱子言：“（《诗》）感人又易入。”[①] 刘开曰：

---

① （宋）朱熹撰：《四书章句集注》，第104页。

“王道必起自近也，夫教亦多术矣，而感人之速，化人之深，无如《诗》之显且易也。”① 二人均指出，《诗》感人、化人之深切，为其他经典所难及。

这并不是在理论层面的一番设想与说明。关于《诗》感人而涕下的事例，历代典籍的确多有记载：周磐“居贫养母，俭薄不充。尝诵《诗》至《汝坟》之卒章，慨然而叹”②。刘陶“尝诵《诗》，至于鸿雁于野之劳，哀勤百堵之事，每喟尔长怀，中篇而叹”③。张楷“丧亲哀毁，每读《诗》见《素冠》《棘人》，未尝不掩泗焉”④。又如，在面对“诵至《渭阳》未耶?”的发问时，杨愔便号泣感咽。⑤ 再如，宋人严粲评《小雅·蓼莪》云：“呜呼！读此诗而不感动者，非人子也。”⑥ 清人王士祯自道其“六七岁，始入乡塾受《诗》，诵至《燕燕》《绿衣》等篇，便觉枨触欲涕，亦不自知其所以然”⑦。清人陈澧评《唐风·葛生》曰：“此诗甚悲，读之使人泪下。”⑧ 行文至此，值得追问的是，同样在讲论伦常日用，同样与在世生存及其愿景（“志”）相关，若停留于理论层面，听众很可能漠然无感，而自古及今，被《诗》中夫妻、父子、君臣之伦感动落涕的不在少数，那么，缘何会出现此般差异?

---

① （清）刘开撰：《读诗说上》，《孟涂文集》卷一，载顾廷龙主编，《续修四库全书》编纂委员会编《续修四库全书·集部·别集类》第1510册，第323页。

② （南朝宋）范晔撰，（唐）李贤等注：《后汉书》，中华书局1965年版，第1311页。

③ （南朝宋）范晔撰，（唐）李贤等注：《后汉书》，第1847页。

④ （宋）李昉等撰：《太平御览》第6册，第630页。

⑤ 参见（宋）李昉等撰《太平御览》第6册，第626页。

⑥ （宋）严粲撰：《诗缉》卷二十二，载（清）纪昀等编《景印文渊阁四库全书·经部·诗类》第75册，台北：台湾商务印书馆1986年版，第291页。

⑦ （清）王士禛著，文益人校点：《诵诗》，载《池北偶谈》，齐鲁书社2007年版，第318页。

⑧ （清）陈澧撰：《陈东塾先生读诗日录》，载上海书店出版社编《丛书集成续编·经部》第7册，上海书店出版社1994年版，第60页。

第一节　“情”：“性情”与“情理”

关于《诗》“感人而易入”的缘由，诸家多将其归为“情”的作用：

> 陆机云：“诗缘情而绮靡。”①
>
> 《初学记》引刘歆《七略》云：“《诗》以言情，情者性之符。”②
>
> 白居易云：“人之文《六经》首之。就《六经》言，《诗》又首之。何者？圣人感人心而天下和平。感人心者莫先乎情，莫始乎言，莫切乎声，莫深乎义。《诗》者，根情，苗言，华声，实义。”③
>
> 船山云：“诗以道情，道之为言路也。情之所至，诗无不至；诗之所至，情以之至。”④

以“情”论《诗》，在《诗大序》中已见端倪：“《诗》者，志之所之也，在心为志，发言为《诗》，情动于中而形于言。”“形于言”的前提在于“情动于中”。《诗》并不是以生硬刻板的方式来说教，而是以情动人，故感人而易入。“情”贯穿于从未言到已言的整个过程。遗憾的是，《诗大序》虽论及“情”的重要性，但对其具体内

---

① （晋）陆机：《文赋》，（南朝梁）萧统编，（唐）李善注：《文选》第2册，上海古籍出版社1986年版，第766页。

② （唐）徐坚等辑，韩放主校点：《初学记》下卷，京华出版社2000年版，第173页。

③ （唐）白居易著，谢思炜校注：《与元九书》，载《白居易文集校注》，中华书局2011年版，第322页。

④ （明）王夫之：《古诗评选》卷四，载船山全书编辑委员会编校《船山全书》第14册，第654页。

涵仍付之阙如。而这理应成为本节探讨的关键问题。

一 情—性—理

（一）“性”由“情”显：昔人论“情”的观念背景与原初语境

基于对古文字的钩稽考证，欧阳祯人指出：“‘青’就是‘情’的本字。……‘青’字，首见于西周金文，从生，井声。本义为草之青色。……值得注意的是，‘生’的本义是草生于地，‘青’则为‘生’（所生植物的颜色）之显现。从‘生’与‘青’的本义来讲，从形体到意涵，我们都可以看到，这本来是一对孪生的姐妹，‘生’是‘青’的本体，‘青’是‘生’的表现形式；青为生质，生由青显，生、青互证。”①

“生—青”关系，源于昔人对触目可见之具象物的观察，即草（健康状态下的草）必然显现出青葱之色。然而，昔人的深刻之处在于，在言说具象物的同时，又不执滞于具象层面，入乎其内，又出乎其外，借此思考“性—情”关系这一抽象论题。据此而论，“生”必然透过“青”来彰显，此点虽在经验层面有其反映（长势良好的草必然是青色的），但却不完全限于日常经验层面，而是在内在逻辑的层面喻示着，“生”是“青”之本，“青”是“生”存在的基本形式与样态。这意味着，“青”并非处于暂时性的不稳定状态，并不是在“生”的某一阶段产生，在某一阶段又慢慢消失，而是伴随着“生”之始终。进一步来说，“生—青”关系并不是后天形成的，而是与生俱来，处于先在的状态。“生”之为“生”，注定了它将以“青”的方式显现自己。草只要存在，就自然会在颜色方面有所显现。且此种显现能体现该物的特质，是它作为一个独特的存在者的标志与规定，以至于凭借这一显现，我们能识别出这是它。顺此脉

① 欧阳祯人：《先秦儒家性情思想研究》，武汉大学出版社 2005 年版，第 85—86 页。

络，从“生—青”关系延伸至“性—情”关系，不难发现，“情”并不是外在于“性”的一个他者、一个独立的存在物，而是“性”如何“在”的方式与状态。此即是说，“性”并非悬空而设，而是必须经由某一种“在”的方式显现自身。

由上推断，昔人论“情”，始终以“性—情”二者的相互关系为其思想背景，且将“性”之显现作为“情”的基本规定。在理想状况下，“性”由“情”显的渠道条达顺畅，也就是说，通过“情”，“性”得到了本真且全然的呈现与绽放。“性”能通过“情”完全展现自身，此过程即为“情”的真实无伪。这可以解释，何以“情”在先秦语境中多有“情实”之意①，“‘情伪’犹言‘真伪’”②。

“情”的应然样态在于真实无伪，其效验足以“贯金石，动鬼神”。梨洲将其申明为：“情者，可以贯金石，动鬼神。古之人情，与物相游而不能相舍，不但忠臣之事其君，孝子之事其亲，思妇劳人，结不可解，即风云月露，草木虫鱼，无一非真意之流通，故无溢言曼辞以入章句，无谄笑柔色以资应酬，唯其有之，是以似之。”③ 船山将真实无伪之情称作“白情”。此处所谓“白”，并非单纯对于颜色的指称，而是作为一概念使用。《周易·贲卦》上九卦辞为“白贲，无咎”。王弼注云：“处饰之终，饰终反素，故任其质素，不劳文饰而‘无咎’也。”④ 由是可知，“白”有“质朴”“质素”之义。“白情”即指“性”显现出了其最质朴、最本真的情态。

据此或可推想，以“真实无伪”论“情”，也是就“性—情”

① 《左传·哀公八年》云：“鲁有名而无情，伐之必得志焉。”杜预注：“有大国名，无情实。”（周）左丘明传，（晋）杜预注，（唐）孔颖达正义：《春秋左传正义》，载《十三经注疏》整理委员会整理《十三经注疏》，北京大学出版社 2000 年版，第 1895 页。

② 陈桐生：《礼化诗学：诗教理论的生成轨迹》，第 143 页。

③ （清）黄宗羲：《黄孚先诗序》，载陈乃乾编《黄梨洲文集》，中华书局 2009 年版，第 343 页。

④ （魏）王弼、（晋）韩康伯注，（唐）孔颖达正义：《周易正义》，载《十三经注疏》整理委员会整理《十三经注疏》，第 127 页。

关系而言，而不是对一个与“性”脱离了相互关系的、孤立的“情”所作的阐释。也就是说，并不是在“性”之外，“情”作为一个自在自为的独立本体或主体，以“真实无伪”作为其状态或属性，而是“性”显现为“情”：在理想状态下，通过“情”，“性”的本真样态得以彰显，其意义得到了最为充分的展现与澄明。此过程即为“真实无伪”，即为“诚”，故朱子云：“诚者，真实无妄之谓。”①

钱穆将“真实无妄”视为宇宙万有最大意义与价值之所在，而事象真实无妄之存在的必然表现即为物之性：“若就宇宙一切事象而论其意义，则真实无妄即为一切事象最大之意义。若论价值，则真实无妄亦即一切事象最高之价值。……既属真实无妄，则莫不有其各自之意义与价值。……宇宙间一切物，一切事象，苟有其真实无妄之存在，将必然有所表现，而与世以共见，此即物之性。”② 而“性”的显示与展现，则构成“情”的重要意义面向。

综上所述，昔人始终以“性—情”关系为观念背景来论“情”，考索的是宇宙万有真实无妄之存在及其表现。

（二）以“心”说“情”的谬误

相比之下，近世逐渐将“情”归入主观范畴。“情”被限定为个体化的心理体验或个人层面的主观感情。此以“心”说“情”的通行语境蒙上了主体主义和心理主义的浓重色彩：情感作为主体的一种内感觉与意识活动，是主体受外在事物感发之后的产物。

以“心”说“情”，在很大程度上源于对“情”字字形结构的释读。郭店楚简中“情”字的写法发生了一定变化，即在本字“青”的基础上增添了“心”，形成了“上青下心”的字形结构。据此，将情归入主观意识活动的做法得以孳生：“很明显，这个情字是

① （宋）朱熹撰：《四书章句集注》，第31页。

② 钱穆：《中国学术思想史论丛》（二），生活·读书·新知三联书店2009年版，第44—46页。

发展到后来的、比较规范化后的造型。从郭店竹简到马王堆帛书，这个字大致差不多，都是从青从心，上青下心，很富于直观性。这个上下结构的原始造型，使我们一眼就看出，这是一个表示心理情绪的字，其本义就是由内心直接显明、表现出来的情绪、情感。"[①]

这样一来，"情动于中而形于言"之"情"也多被解作"情感"义。"形于言"，即为一富有"情感—表现"（affective-expressive）特质的言说过程。《诗》"感人而易入"，其根本原因在于《诗》发端于人的情感。[②] 问题在于，虽然人皆有喜、怒、哀、乐的情感表现形式，但每个人喜怒哀乐的触发点各有不同。例如，乐虽人人共有，但某人因某事而乐，另一个人未必会就此事萌生相同的感受。可见，经验主体情感的触发带有较为明显的个体性差异。这在一定程度上影响着个体之间情感的传递与共鸣，例如，A 因某事而乐，B 对此事缺乏体认，并未就此产生愉悦感。那么，A 之乐将很难从根本上感染 B。除非 A 之乐所建基之处超越了个体层面，而上升到普遍性的维度。

据此可知，《诗》"感人而易入"，其不可或缺的一大维度是，《诗》之情在诗人与读者之间存在着某种共通性。若将"情"解为主体的内感觉和意识活动，未必能够对《诗》深入人心的感发作用给出圆满的解释。毕竟《诗》生于情感是一回事，某种情感能感发人，则是另一回事。《诗》生于情感，并不意味着此情必定能感人化人。上述两阶段之间存有相当程度的逻辑空白，中间横亘着的问题

---

① 欧阳祯人：《先秦儒家性情思想研究》，第 87 页。

② 与此同时，学者也多把"发乎情，止乎礼义"之"情"解作"情感"，由此展开对"人情"与"礼义"之关系的探讨：情感合宜地抒发，这并非与生俱来、自然而然的过程，而是需要礼义来引导。先儒认识到情感的局限性，但他们与后儒不同之处在于，不是视"情"为阻碍成德的消极因素，而是把情感视为一种积极的力量。《礼运》以"礼义"为器，以"人情为田"。这是一个影响力很大的譬喻：礼义作为耕耘"人情之田"的工具。诗的目的是以礼义引导人情，前提是因之，而非革之。诗教的基础正是在于重视情感潜在的创生性与积极性。这样一来，诗教被视为用礼义来引导情感的教化过程。

是，“情”之共通何以可能？

昔人看到，若只从一般意识和自我意识的层面出发，把“情”等同于人的情感活动和情感意识，凸显的将是其主观感受与个人体验，难免导致“情”受限于个体性与差异性。熊十力指出：“情者，缘个体而发，其发有系，便成不善。”① 此处所论“有系”意指“滞于个体”②，简言之，即“缘情而有差别”③。这表明，主观之“情”难免滋生“偏私”之弊，往往囿于个体感受的差异而难以在群体层面生发出共通感。④

据此，或可对以“心”说“情”的进路作出反思。且此种反思须置于对古今立场转向的考量中进行。昔人以“性—情”关系作为观念背景，“性”由“情”显，遂构成往昔语境中“情”的根本规定。相比之下，以“心”说“情”，虽依据情字“从青从心”的字形结构，但实质上放大了“心”部对于“情”之内涵的影响，甚或使其成为规定“情”全部意义维度的唯一要素，致使“性—情”的内在关联日渐淡化。“性”之本然显现，不再作为“情”的根本规定，取而代之的是将“情”视为主体意识的表现形态，是客体作用于主体之后，主体内部萌发的意识活动。

从主体意识活动的角度解“情”，从根本上而言，乃是深受近代以来主体性原则的影响。“‘主体性原则’，就是把人抽象化为一般意识和自我意识，人的一切具体规定都被剥除，成为一个抽象的自

---

① 熊十力：《论六经·中国历史讲话》，第 67 页。

② 熊十力：《论六经·中国历史讲话》，第 67 页。

③ 熊十力：《读经示要》，第 34 页。

④ 英国诗人艾略特也提出过类似的观点，即主张情感的“非个人化”“非经历性”和“有意义”：“诗歌不是感情的放纵，而是感情的脱离；诗歌不是个性的表现，而是个性的脱离。……许多人都欣赏表达真诚感情的诗体，还有少数人能够欣赏技巧的卓越。但很少有人理解诗歌是有意义的感情的表现，这种感情只活在诗里，而不存在于诗人的经历中。艺术的感情是非个人的。诗人不可能达到这个非个人的境界，除非他把自己完全献给应该做的工作。”［英］托·斯·艾略特：《艾略特文学论文集》，李赋宁译，百花洲文艺出版社 2010 年版，第 11—12 页。

我或主体，这个自我或主体的唯一规定就是一般意识和自我意识。与之相对的是客体，这客体包括自然界和人类社会的一切，他人甚至自我。客体虽然是主体意识和思维的对象，但却与主体有明确的距离。”① 据此，“情”被解读为抽象了的一般意识的表现形态，而缺乏历史—文化维度下一切具体而特殊的规定。这充其量只能称作在主体性原则的主导下建构而来的关于“情”的研究范式和话语系统，对于理解往昔语境中“情”的复杂性而言收效甚微。这印证出，回返至昔人论“情”的本真语境，对于考索“情”之内涵甚为重要且必要：

> 今人亦何情之有？情随事转，事因世变，干啼湿哭，总为肤受，即其父母兄弟，亦若败梗飞絮，适相遭于江湖之上。劳苦倦极，未尝不呼天也；疾痛惨怛，未尝不呼父母也。然而习心幻洁，俄顷销亡，其发于心著于声者，未可便谓之情也。由此论之，今人之诗，非不出于性情也，以无性情之可出也。②

梨洲“今人亦何情之有”的论辞颇有深意可寻。若仅在日常经验层面论“情”，将“情”视为经验主体的内心活动与心理体验，那么上至王侯将相，下至贩夫走卒，悉皆有“情”，此点何须多言？但如此一来，“今人亦何情之有”便说不通了。也许有读者会指出，引文同样把干啼湿哭、呼天呼亲等随事流转之“情”称作“情”。这说明，“情”作为个人心理体验的维度也被梨洲考虑在内，但与此同时，“今人亦何情之有”的提法又提醒我们，应超越视“情”为心理体验的定论，去探究“情”更为本源、更为全面的意义取向。

（三）本“性”以称“情”

揆诸昔人论“情”的语境，不管是“情”以其本字（“青”）出现，还是发展到后期较为规范的字形（从“青”从“心”），其共

---

① 张汝伦：《二十世纪德国哲学》，第7页。

② （清）黄宗羲：《黄孚先诗序》，载陈乃乾编《黄梨洲文集》，第343页。

通之处在于，“情”乃是深植于“性—情”关系而得以界定。为克服“缘情而有差别”的困境，古人论《诗》多将“性”“情”合称，在“情”字之前缀一“性”字作为规定。此即为熊十力所言“本性以称情”①：

钟嵘曰：“气之动物，物之感人，故摇荡性情，行诸舞咏。”②

《孔疏》云：“是以《诗》者歌其性情。”③

张栻曰：“学者学夫《诗》，则有以识夫性情之正矣。”④

阳明曰：“《诗》也者，志吾心之歌咏性情者也。”⑤

薛雪曰：“夫诗以道性情，感志意，关风教，通鬼神；伦常物理，无不毕具。”⑥

程廷祚《论语说》引李塨语云：“《诗》有六义，本于性情。”⑦

沈德潜曰：“诗之为道，可以理性情、善伦物、感鬼神、设教邦国、应对诸侯，用如此其重也。”⑧

廖平曰：“《诗》之言性情者。”⑨

---

① 熊十力：《读经示要》，第34页。

② （南朝梁）钟嵘著，陈延杰注：《诗品注》，第1页。

③ （汉）毛亨传，（汉）郑玄笺，（唐）孔颖达疏，（唐）陆德明音释，朱杰人、李慧玲整理：《毛诗注疏》，第5页。

④ （宋）张栻撰：《癸巳论语解》卷一，载（清）纪昀等编《景印文渊阁四库全书·经部·四书类》第199册，第196页。

⑤ （明）王守仁撰，吴光、钱明、董平、姚延福编校：《稽山书院尊经阁记》，载《王阳明全集》，第284页。

⑥ （清）薛雪著，杜维沫校注：《一瓢诗话》，人民文学出版社1979年版，第90页。

⑦ （清）程廷祚撰：《论语说》，转引自（清）刘宝楠撰，高流水点校《论语正义：全二册》，中华书局1990年版，第298页。

⑧ （清）沈德潜著，霍松林校注：《说诗晬语》，第186页。

⑨ （清）廖平著，蒙默、蒙怀敬编：《廖平卷》，第199—200页。

何乔新曰："夫《诗》者，人之性情也。"①

揆诸"性情"之名，"性"在"情"先，这不能简单归结为文辞语法上的先后之序，而是深植于"性由情显"的观念背景，旨在从超越个体的层面赋予"情"以普遍的规定性，借此以"性"统理"情"。此点在船山"性之情"的说法中也有所体现：

《诗》以道性情，道性之情也。性中尽有天德、王道、事功、节义、礼乐、文章，却分派与《易》《书》《礼》《春秋》去，彼不能代《诗》而言性之情，《诗》亦不能代彼也。②

将"性情"合言，喻示着此"情"乃是"性之情"，是从普遍之"性"那里获得基本规定之"情"。契嵩《原教》一文将此申明为"情固因于性"③。廖平亦云："言'性'以赅'情'也。"④凡此诸论均可与船山"性之情"的提法互为印证。进一步来说，对于"性之情"与"非'性之情'"的区分，船山作了严格界定：

浪子之情，无当《诗》情。⑤

古之善用其民者，定其志而无浮情。⑥

---

① （明）何乔新撰：《唐律群玉序》，《椒邱文集》卷九，载（清）纪昀等编《景印文渊阁四库全书·集部·别集类》第1249册，台北：台湾商务印书馆1986年版，第144页。

② （明）王夫之：《明诗评选》卷五，载船山全书编辑委员会编校《船山全书》第14册，第1440—1441页。

③ （宋）释契嵩著，林仲湘、邱小毛校注：《原教》，载《镡津文集校注》，巴蜀书社2014年版，第1页。

④ （清）廖平著，蒙默、蒙怀敬编：《廖平卷》，第199页。

⑤ （明）王夫之：《古诗评选》卷五，载船山全书编辑委员会编校《船山全书》第14册，第753页。

⑥ （明）王夫之撰：《诗经稗疏·诗广传》，第363页。

> 无余者，沾滞之情也。①

显然，船山所述“浪子之情”“浮情”及“沾滞之情”，均作为“性之情”的对立面而存在。三者均缺乏内在规定性与意义导向性，故而多局限于个体层面，无法产生感人化人之效。这喻示，唯有“情”在超越个体的层面被赋予了规定性与意义导向性，即“情”业已经历“本性以称情”的过程，《诗》之情才有可能“感人而易入”。申言之，《诗》之喜怒哀悲如此牵动人心，正在于此种悲喜具备了一定的规定性。此规定性并不基于个人层面的意识活动与情感活动，而是以“性”为依托。兹取叶嘉莹先生凭吊叶赫古城时所发之慨叹为例，以说明此点：

> 九月正是收获的季节，叶赫东城的遗址上长满了茂密的玉米，风吹过来哗哗作响。在这里我们隔河向西遥望，远远的还有一个高高的土堆，那应该就是西城的遗址了。此时正是黄昏时分，叶赫西城遗址在落日的余晖下给人一种禾黍苍凉的感觉。我此时此刻的心情，真的跟《诗经·黍离》说的一样，有无限沧桑之感。②

在凭吊叶赫城遗址时，叶嘉莹先生对《黍离》一诗的“无限沧桑之感”感同身受。试问，《黍离》成诗于如此邈远的世代，缘何能让千载之后的叶先生感动至此？从广义上言，也许《黍离》的众多读者并未经历王朝嬗代、国祚易主，那么为何仍会被“行迈靡靡，中心如噎”感动得涕泪涔涔？易言之，《黍离》之忧何以能生发不受时限的感动之效？

---

① （明）王夫之撰：《诗经稗疏·诗广传》，第301页。

② 叶嘉莹口述，张候萍撰写：《红蕖留梦：叶嘉莹谈诗忆往》，生活·读书·新知三联书店2013年版，第28页。

《黍离》共分三章。将每章开头贯串起来，读者将看到黍离茁壮生长的画面——从探出小苗，再到长叶抽穗，终至结出殷硕果实。禾黍生长的繁盛画面映衬出旧殿遗址的衰颓。斗转星移，昔日里富丽堂皇的宫殿不复存在，旧址湮没在一望无垠的黍田之中。问题在于，既然“变”是芸芸众生的常态，从“彼稷之苗”到“彼稷之穗”再到“彼稷之实”的转变，悉皆自然，不假他为，那么社会人事的纷纭变幻，岂非再正常不过？如果诗人被大运斡转的宇内之变所说服，并在此自然之变中释然，那么《黍离》的复杂心绪——“行迈靡靡，中心摇摇。行迈靡靡，中心如醉。行迈靡靡，中心如噎”——将丧失可理解性。《黍离》的脉络结构暗示出，诗人途经此地至少三次，否则将无法目睹黍苗从抽芽到结实的全过程。但遗憾的是，时间的流逝并未平复诗人的悲伤，反使这份忧愁愈加深重：

> 元城刘氏曰：“常人之情，于忧乐之事，初遇之则其心变焉，次遇之则其变少衰，三遇之则其心如常矣。至于君子忠厚之情则不然。其行役往来，固非一见也。初见稷之苗矣，又见稷之穗矣，又见穗之实矣，而所感之心终始如一，不少变而愈深，此则诗人之意也。”①

可见，虽同样是“变”，自然之“变”与社会人事之“变”在诗人心中的地位与意义却迥然不同，故而诗人难以从禾黍长势之变中获得遭遇人事巨变时的安慰。此为其一。其二，诗人观察的视角、注目的细节加剧了两种“变”的反差。在写自然之变时，诗人聚焦的是麦苗从幼小到成熟，最终结出果实的过程，其诗曰，“彼黍离离，彼稷之苗”，“彼黍离离，彼稷之穗”，“彼黍离离，彼稷之实”。从长苗到抽穗，再到结实的过程，意味着禾黍趋于完满。相比之下，西周享国数百年，圣王先贤呕心沥血，励精图治，王朝最终却归于无有。若

① 转引自（宋）朱熹集撰，赵长征点校《诗集传》，第66页。

非经由诗人的叙说，后人将无从得知这片黍地曾是辉煌宫殿的建基之处。若无史书记载，吾人甚至都不知曾经出现过这样一个伟大的王朝，恰如《圣经·传道书》所言：“一代过去，一代又来，地却永远长存。……已过的世代，无人记念；将来的世代，后来的人也不记念。”

当然，诗人并未参与西周初期的创业垂统。那个筚路蓝缕，以启山林的时代，他并未经历。同时，他也并未见证西周最鼎盛辉煌的光景。他或许出生于王朝由盛转衰的乱世。这一切都无从得知。观其文辞，《黍离》并未透露诗人的身份信息。很明显，诗人并不是那个把王朝送上绝路的刽子手。否则，诗三章的末节就不会将同样的追问重沓三遍——“悠悠苍天，此何人哉！”历代说《诗》者多将“何人”解释为导致西周覆灭的人。可见，诗人的痛苦与忧愁并不源于是他本人亲手断送了西周国祚。

《小序》对此诗的写作背景作了说明：“《黍离》，闵宗周也。周大夫行役至于宗周，过故宗庙，宫室尽为禾黍。闵周室之颠覆，彷徨不忍去，而作是诗也。”[①] 据此，诗人之忧常被归结为对周王室的追思与怀念、对其惨遭覆灭的痛心疾首等。而宇文所安（Stephen Owen）看到了更深层的东西。他认为，诗人胸中的不安与激情源于“诗人邂逅相遇的遗址，人类的失落与大自然的周而复始之间的对比”[②]。与此相比，宇文所安在《追忆》中的另一观点更具启发性：“（我们）应当深入到这首诗的内部，不仅要看它表面的东西，而且要看它内在的东西——不是一个人走过一片黍地这种外在现象，而是它所说的‘中心’，是面对遗迹而产生的、对往事的忧思，这种往事埋藏在表面的、给人以假象的黍子之下。这是一种透过给人以幻象的表面而深入到隐藏在它下面的复杂事象的能力……欣赏所有的

① （汉）毛亨传，（汉）郑玄笺，（唐）孔颖达疏，（唐）陆德明音释，朱杰人、李慧玲整理：《毛诗注疏》，第344页。

② ［美］宇文所安：《追忆：中国古典文学中的往事再现》，郑学勤译，生活·读书·新知三联书店2014年版，第26页。

古诗都需要这种能力。”①

据《黍离序》，诗人所经之地是一片遗址。触发他写这首诗的具体事件很可能是王朝的覆灭，但此诗的内核所承载的厚重感与深度却远远超过了亡天下之痛，而是直指一个普遍性的存在困境——人类作为的脆弱与易逝。

在《黍离》中，人类作为的脆弱与易逝、在世痕迹的易揩抹性，集中表现为文明的凋陨和王朝的覆灭。综观世间百态，人类作为的脆弱易逝还有其他形形色色的表现，不管是在民族、国家层面，还是在个人层面。《圣经·传道书》云：“我察看我手所经营的一切事和我劳碌所成的功，谁知都是虚空，都是捕风，在日光之下毫无益处。”我们不知《传道书》的作者经历过什么，也许是由富转贫、好友断交、突遭大病、国家覆灭等。以上种种毕竟都发生在人生的幕布之上。相比之下，真正让此生的一切作为显得虚空的是死亡本身。由富转贫、突遭大病等变故，无不带有个人境遇的特殊性。而死亡却是普遍的。死亡是每个人都逃不过的“归于无有”。

人从降生的那一刻起就在不断走向死亡。不管此生多么辉煌，在多少场合曾是胜利者，这一切终究会被带到死亡面前。死亡终究会让胜利者与他尊享的一切相隔绝。既然在死亡面前，个人的一切作为终成虚空。这势必会把思考者推向风口浪尖——如果一切作为终将归于无有，那么我们此生的意义是否也终是虚无？人与其他动物的一大不同在于，虽然人的在世生存亦有时限，但却能开向无限，开向永恒。因此，人难以容忍生命意义竟无从着落。意义的虚无，会让人痛苦异常。由此，《黍离》之忧获得了可理解性。

王朝覆灭，作为人类易逝在某一情境中的特殊表现，可能会直接地引发诗人之忧。但诗人之忧并不拘囿于此，否则将难以解释，为何那些并未经历过亡国之痛的人，同样会被《黍离》所震慑与触

① ［美］宇文所安：《追忆：中国古典文学中的往事再现》，郑学勤译，第27—28页。

动。从根本上看，《黍离》之忧，源于对人类作为终将归于虚无而产生的对于生命意义之归属的追问。后者深深扎根于人性之中，乃是人之为人所共有。《黍离》之忧动人化人，不在于此忧的表现程度或方式（含蓄蕴藉或简明直白），而在于此忧深植于“性”中，乃是缘“性”而发，乃是“性之情”。

从广义上言，不独《黍离》如此，《诗》中的绝大多数篇章均实现了“本性以称情”，而非矫其情以蔽其性，故而《诗》之情绝非经验层面司空见惯的“浮情”“浪子之情”与“沾滞之情”。进一步来说，唯有“本性以称情”，使“情”缘“性”而发，所发之“情”才是“性之情”，如此之“情”才能真实无伪，才能真挚，才能感人、化人。由此或可理解，为何学者多以“真”作为“情”之准的，且评《诗》时多以“性情之真挚”为说：“（杜诗）巍然为诗坛之宗主，千载而下，终不敢置一辞者，此则其性情之真挚，为独得《诗》三百五篇之遗则故也。”① 后世文人学士还辟出“真诗”一说，以《诗》三百“性情之真挚”作为典范，试图规正“诗道沦胥，浮伪并作”之风。钱谦益曰：“人之情真，人交斯伪。有真好色，有真怨诽，而天下始有真诗。”② 李振裕亦云：“夫诗所以为真者，何也？曰：情也。诗以道性情。夫子称《关雎》，以哀乐二端尽之，盖诗之真者能以其情移人之情。”③

（四）从“性情”到“情理”

梨洲用“万古之性情”与“一时之性情”来称述“性之情”与“非‘性之情’”的差别：

---

① 参见朱东润《诗三百篇探故》，绪言第 11—12 页。

② （清）钱谦益著，（清）钱曾笺注，钱仲联标校：《季沧苇诗序》，载《牧斋有学集》，上海古籍出版社 1996 年版，第 759 页。

③ （清）李振裕撰：《善鸣集序》，《白石山房文稿》卷十四，载《清代诗文集汇编》编纂委员会编《清代诗文集汇编》第 159 册，上海古籍出版社 2010 年版，第 213 页。

> 盖有一时之性情，有万古之性情。夫吴歈越唱，怨女逐臣，触景感物，言乎其所不得不言，此一时之性情也。孔子删之，以合乎兴、观、群、怨、思无邪之旨，此万古之性情也。吾人诵法孔子，苟其言诗，亦必当以孔子之性情为性情，如徒逐逐于怨女逐臣，逮其天机之自露，则一偏一曲，其为性情亦末矣，故言诗者，不可以不知性。①

“吴歈越唱”“怨女逐臣”，均源于“触景感物”，心中有所触动而形于言。但在梨洲看来，此“情”只是“一时之性情”。“一时”喻示这种情感体验是暂时的。物现而生，物逝而散，变动不居，恒无定准。同时，“一时之性情”带有极强的主观色彩，系于个人层面的意识活动。此情感体验往往囿于自身而缺乏普遍性，很可能只是当事人强烈的当下感受，未必能够持久，也未必能让他人有所触动。而且即便是同一个人，在不同情境下被同一事物激发出来的体验也很可能存在不同。出于以上原因，梨洲认为，“一时之性情”只是“一偏一曲”，位列性情之末。相比之下，“万古之性情”虽同样源于感物而动，但梨洲名之为“万古”，旨在标举出，此“性情”业已超越经验层面的个体性，并非某一经验主体一时一地的主观产物，而体现了一定的普遍性。作为人类共通之“性情”，“万古之性情”的开显与效验稳定而持久。此情感体验虽由具体事物触发，但不会随物之逝去而消殒。即使时过境迁，“万古之性情”也不会减损半分。

更为重要的是，梨洲用“合乎兴、观、群、怨、思无邪之旨”来讲论“万古之性情”，意味着“万古之性情”在其意义内核方面具有严格的规定性。相比之下，一时之性情则是“天机之自露”，尚待启导与提升，难免囿于“一片一曲”，要么在表达方面过或不及，要么在意义层面不“合乎兴、观、群、怨、思无邪之旨”。

① （清）黄宗羲：《马雪航诗序》，载陈乃乾编《黄梨洲文集》，第363—364页。

需要注意的是，梨洲从是否“合乎兴、观、群、怨、思无邪之旨”来论“性情”，很明显，这已然涉及“理”的层面。此即是说，与“一时之性情”相比，“万古之性情”还具有“理”的意义面向。此理不是某一经验个体的主观产物，亦非某一个体所认同的情理，而是超越了个人好恶、具有普适性意义的情理。此普适之情理，不是某人据其主观标准所定之私理，而是人所同然、人所共循之公理。

那么，理如何渗入性情之中？《中庸》云：“天命之谓性。”性乃是自天所赋，其所赋者乃为至理。对此，朱子已作阐释：“天以阴阳五行化生万物，气以成形，而理亦赋焉，犹命令也。于是人物之生，因各得其所赋之理，以为健顺五常之德，所谓性也。”① “理”赋于“性”中，也就是说，普遍之“理”并非高悬着的，而是寓于此分殊之“性”中，并与此分殊之“性”浑融为一。陈澧论《诗》时，提出“性理”概念：“盖性理之学，政治之学，皆出于《诗》《书》。”② 由“性”作为沟通，经由“本性以称情”与“性由情显”的过程，“性”中之“理”自然得以从“性之情”中流露与彰显。此语境中的“理”不是空洞抽象的死理，而是贴合人情的、有温度的情理。

综上所述，《诗》之情经历了“本性以称情”的过程，是具有意义规定的“性之情”。性情中自有理在。经由性的沟通，“情”与“理”交融为一。叶燮将此申明为：“夫情必依乎理；情得然后理真。”③ 这使《诗》之情超越了日常生活层面的种种“非‘性之情’”。《诗》“感人而易入”遂得以可能。

二 《诗》以“情理”动人

（一）“情”“理”对立的思维模式及其弊端

把《诗》看作“情”的表达，并以“情感”义解释“情”之

① （宋）朱熹撰：《四书章句集注》，第17页。

② （清）陈澧著，钱锺书主编，朱维铮执行主编，杨志刚编校：《东塾读书记（外一种）》，第47页。

③ （清）叶燮著，霍松林校注：《原诗》，人民文学出版社1979年版，第32页。

内涵，成为近世解《诗》的通行进路。进一步来说，在对“情”的理解上，有学者基于“情”“理”对立的思维模式，将“情”与“理”视为一对互斥的概念：“情与理不仅是文学创作中的一对矛盾，同时也是诗学思想上最不能分离又最易冲突的一对范畴。”①

克实而论，“情”“理”二分的思维方式并非发轫于近世。朱子在对六经进行分类时，便是以论“理”或言“情”作为其判分标准：“圣人有法度之言，如《春秋》《书》《礼》是也，一字皆有理。”② 若说《春秋》《书》《礼》长于论“理”，那么《诗》则长于言“情”。考虑到情和理是此消彼长的关系，以理为主的经典，情的维度难免稍欠；以情为主的经典，论理的维度自然有所欠缺。因此，二者的读法也大相径庭。对于《春秋》《书》《礼》等“有法度之言”，须“逐字将理去读”③。而对于言“情”之《诗》，自然不能用讲理的方式去读。朱子指出：“如《诗》亦要逐字将理去读，便都碍了。”④ 又云：“看《诗》，不要死杀看了，见得无所不包。”⑤

在“情”与“理”的关系问题上，焦循也持同样立场：“夫《诗》，温柔敦厚者也，不质直言之，而比兴言之。不言理，而言情。不务胜人，而务感人。”⑥ 又如王敬美所云：“诗有妙悟，非关理也。”⑦ 相近的论辞，还见于《沧浪诗话·诗辨》所言：“诗有别趣，非关理也。”⑧ 凡此诸论均将“情”“理”视为对立关系。

将“情”“理”二分的思维模式，不仅见于上述对《诗》的评

---

① 苏文菁：《华兹华斯诗学》，社会科学文献出版社2006年版，第67页。

② （宋）黎靖德编，王星贤点校：《朱子语类》，第2082页。

③ （宋）黎靖德编，王星贤点校：《朱子语类》，第2082页。

④ （宋）黎靖德编，王星贤点校：《朱子语类》，第2082页。

⑤ （宋）黎靖德编，王星贤点校：《朱子语类》，第2084页。

⑥ （清）焦循撰：《毛诗补疏叙》，载顾廷龙主编，《续修四库全书》编纂委员会编《续修四库全书·经部·诗类》第65册，上海古籍出版社2002年版，第395页。

⑦ 转引自（清）王夫之著，戴鸿森笺注《姜斋诗话笺注》，第31页。

⑧ （宋）严羽著，郭绍虞校释：《沧浪诗话校释》，人民文学出版社1983年版，第26页。

价，还习见于昔人语录。清人刘开认为：“古之教者，始于人情，故论平而行之有效。后之教者，纯以天理，故论高而行之无功。古之为教，使人乐之；后世为教，使人苦之。”① 很明显，在此语境中，刘开将“人情”和“天理”看作一组对立的概念，并且对此“天理”持批判态度，认为此“天理”乃是一种不顾人情之理。② 但若往深处察究，“天理”之所以会沦为不顾人情之死理，与“情”“理”二分的立场不无关联。这表明，“情”“理”对立二分的思维模式，无形之中重塑着人们对于“情”和“理”的理解。理多被视为一个客观的范畴，而情则渐渐被归入主观领域。理是客观之理，情是主观之情。主观之情活泼而灵动。与之相反，客观之理生硬而刻板。

对于《诗》言“情”，昔人往往能达成共识。但若说《诗》中有“理”，难免引发质疑。兹取叶燮弟子的发问为例：

> 或曰：“先生发挥理事情三言，可谓详且至矣……而语于诗，则情之一言，义固不易；而理与事，似于诗之义，未为切要也……诗之至处，妙在含蓄无垠，思致微渺，其寄托在可言不可言之间，其指归在可解不可解之会，言在此而意在彼，泯端倪而离形象，绝议论而穷思维，引人于冥漠恍惚之境，所以为至也。若一切以理概之，理者，一定之衡，则能实而不能虚，为执而不为化，非板则腐。如学究之说书，闾师之读律，又如禅家之参死句、不参活句，窃恐有乖于风人之旨。以言乎事：天下固有有其理，而不可见诸事者；若夫诗，则理尚不可执，又焉能一一征之实事者乎！而先生断断焉必以

① （清）刘开撰：《读诗说上》，《孟涂文集》卷一，载顾廷龙主编，《续修四库全书》编纂委员会编《续修四库全书·集部·别集类》第1510册，第323页。

② 此处所论刘开对于“理”的理解，脱胎于其所身处的独特思想背景，即清人对宋儒说“理”弊病的反思。但总的来说，不论是批判“理”，肯定“情”，还是反过来批判“情”，肯定“理”，都植根于“情”“理”对立的思维模式。

> 理事二者与情同律乎诗，不使有毫发之或离，愚窃惑焉！此何也？”①

由引文可知，叶燮的弟子把“理”视为僵化刻板的既定规条，且“理”往往与“情”无涉。相比之下，诗的妙处正是在于虚而灵动。既然“理”的特质与诗之妙处相悖，若以“理”说诗，很可能把诗说死了。对此，叶燮的回答甚为巧妙，既肯定了弟子对诗之特质的阐释，又指出了其偏颇所在。弟子把“理”解为“一定之衡”，乃是从“可执之理”的角度言“理”。但“可执之理”并未穷尽“理”的所有意义面向。对此，叶氏指出：“然子但知可言可执之理之为理，而抑知名言所绝之理之为至理乎？子但知有是事之为事，而抑知无是事之为凡事之所出乎？可言之理，人人能言之，又安在诗人之言之！可征之事，人人能述之，又安在诗人之述之！必有不可言之理，不可述之事，遇之于默会意象之表，而理与事无不灿然于前者也。”② 在叶燮看来，学生轻忽了诗之“理”的维度，其原因在于，他对“理”的看法过于狭隘，只关注“可言之理”和“可执之理”，未能明了在“可言之理”“可执之理”之上，还有“不可言之理”。正因诗虚而灵动，具有其他文体所不及的优势，故而能对“不可言之理”进行更为充分的参悟与把握。③

遗憾的是，弟子对“理”的种种误解，仍留有一点未得到纠正，

---

① （清）叶燮著，霍松林校注：《原诗》，第29—30页。

② （清）叶燮著，霍松林校注：《原诗》，第30页。

③ 阳明将“理”之灵动广远阐发得甚为到位：“义理无定在，无穷尽，吾与子言，不可以少有所得，而遂谓止此也，再言之十年、二十年、五十年，未有止也。”（明）王阳明撰，邓艾民注：《传习录注疏》，第27页。阳明用“无穷尽”来形容“理”，指出了理在深度与广度上的无限性。师生切磋问学，不应满足于得到关于“理”的某一“终极答案”，而须沉潜往复，求之不已。同时，阳明还指出义理“无定在”，旨在强调“理”本身的活动性。“理”周流无滞，无固定之所在，而非刻板僵化的规条。阳明所述“理”的两个特质，对于领会“理”之“不可言”“不可执”颇有帮助。

即“非板则腐”。“腐”通常用于形容生命衰败、缺乏生气的状态。“腐理”一词表明，在弟子看来，“理”业已沦为高度僵化的教条，已与事物具体而当下的特殊性相分离，仅作为抽象而空洞的普遍性存在。弟子对“理”形成如此误解，正是因为其深植于主客对立的视角，认为“理”既然作为客观之基准，乃是剥离了一切具体的特殊性之后的产物。如此之理必然缺乏生气，流于僵化。

综上所言，“情”“理”对立的视角会对“情”“理”之内涵产生反向的重塑作用，使得无论是论“情”还是论“理”，都将有所偏差。“舍理之情”将逐渐拘囿于个人主观的情感层面，缺乏普遍规定性的意义维度；“舍情之理”难免演变为空洞死板的规条，甚或酿成“以理杀人”的悲剧。

（二）“情理”：合“情”“理”为一

若想考索《诗》之“情”的深意，势必要突破“情”“理”二分的思维模式。如前所述，“性情”中自有“理”在。本章以“情”论《诗》，也是从“情理”的角度进行的。《诗》中有“情”，此情乃是“情理”之“情”。同样，《诗》中亦有“理”，只不过此“理”乃是“情理”之“理”。此处所谓“情理”，指的并不是“情”与“理”仍作为两个异质物同时出现在《诗》中。倘若如此，那么还是“情”归“情”，“理”归“理”。“情”与“理”仍不相干，恰如宋人戴溪所云：“学者读《诗》，最是识人情、物理。”① 宋人张栻亦云：“人情、事理皆具于三百篇之中。”② 观上述语境，二人所指“人情”“物理”（“事理”）仍处于外在的关系。人情是一码事，物理、事理则是另一码事。只不过《诗》涵容万千，所以二者都在《诗》中有所体现。与此不同，本节所论“情理”，意欲申

---

① （宋）戴溪撰：《石鼓论语答问》卷下，载（清）纪昀等编《景印文渊阁四库全书·经部·四书类》第199册，台北：台湾商务印书馆1986年版，第69页。

② （宋）张栻撰：《癸巳论语解》卷七，载（清）纪昀等编《景印文渊阁四库全书·经部·四书类》第199册，第272页。

明，“情”与“理”均以对方作为规定自身的内在环节，由此超越了“舍理之情”和“去情之理”两种状态。

一般而言，若论及“理”，人们多从普遍性的维度来思考这一概念。为突出“理”的普遍性，戴震将“理”与“意见”相区分：“心之所同然始谓之理，谓之义；则未至于同然，存乎其人之意见，非理也，非义也。”① “情理”一名，通过将“理”收摄于其中，保留了理之普遍性的意义维度。与此同时，“理”经由“性”的沟通，渗入个体的情感表现之中。据此，“情理”一名，又通过把“情”涵摄于“理”之内，使此“理”具有了温度与生机，有别于“舍情之理”那种剥离了具体内容的抽象的普遍性。易言之，在“情理”概念中，特殊性与普遍性并不是非此即彼的对立关系，而是普遍性透过特殊性得以彰显。戴震以为，在古人那里，“理”中必定涵容着“情”之宜：“理也者，情之不爽失也；未有情不得而理得者也。”②又言：“无过情无不及情之谓理。”③ 此点在“情理”概念的构成方式上也有所体现。“情理”一名，以“情”字为先，强调的正是“理”蕴于“情”中，并经由“情”得以彰显。

兹举《小雅·谷风》《蓼莪》《雨无正》《何人斯》《常棣》五诗来阐明此点。

1. 以《谷风》观夫妻之伦④

《小雅·谷风》形式至为规整。每章都以“习习谷风”发语，首句尤耐人寻味：“习习谷风，维风及雨”，“习习谷风，维风及

---

① （清）戴震著，何文光整理：《孟子字义疏证》，中华书局 1982 年版，第 3 页。

② （清）戴震著，何文光整理：《孟子字义疏证》，第 1 页。

③ （清）戴震著，何文光整理：《孟子字义疏证》，第 2 页。

④ 《毛传》《郑笺》以及朱子的《诗集传》均将《谷风》视为怨朋友之诗。本书采用的是程、蒋注本的解法。其引《后汉书·阴皇后纪》为证，说明《谷风》为弃妇之诗：“光武诏书云：‘吾微贱之时，娶于阴氏。因将兵征伐，遂各别离，幸得安全，俱脱虎口。“将恐将惧，维予与女。将安将乐，女转弃予。”风人之戒，可不慎乎！’汉代距古较近，光武以《谷风》为弃妇词，当可信。”程俊英、蒋见元：《诗经注析》，第 622—623 页。

颓”，“习习谷风，维山崔嵬”。三章首句仅数字之差，却颇有深意可寻。“习习”者，指连续不断貌。“谷风”，即来自山谷的大风。狂风呼啸，间或夹杂着大雨。暴风骤雨引发了人的“恐”与“惧”。诗首章二句曰：“将恐将惧，维予与女。”灾难将至，别无依傍，唯有与爱人相依为命。进一步来说，首章一句“维风及雨”与二句“维予与女”则具有内外之辨的意味。若说“风雨”作为不可预知且不可干预之外力的表征，喻示着外界对诗人的残酷压迫，使其无逃于天地之间，那么“予”与“女”则具有一定程度的“一体性”，且基于“予”“女”一体的共在感，诗人获得了与外界抗衡的勇气与力量。

诗过渡至第二章，“维风及雨”变成了“维风及颓”。“颓”，即从空中直下的旋风，其破坏力与可怕程度更甚。“将恐将惧，置予于怀”，喻示着灾祸愈深，爱人的庇护愈加周到。爱人把自己小心翼翼地护在怀中，使自己免受外界搅扰，足见其怜爱之至。到了第三章，风雨肆虐到无以复加的地步，其诗曰：“习习谷风，维山崔嵬。”大风卷地百草折，以致“无草不死，无木不萎”。此时，唯有巍峨高山才能抵挡狂风的摧残，可见诗人所遇之患难已臻于极致。从总体上看，诗三章首句在内容上层层递进。外界风雨交加，以致摧草折木，尽管如此，爱人仍旧不离不弃。二人相濡以沫，共度时艰。将“维予与女”“置予于怀”二句合观，可看出，外界局势愈加严峻，诗人与伴侣的关系反而愈加亲厚。患难的深重并未影响二人的夫妻情分。

《谷风》的诗脉推进至此，原本昭示着一美好的结局。虽逢灾祸，但仍有一知心人相濡以沫，已是万幸。故而虽身逢祸患，诗人却并未流露出怨天尤人的语气，可见夫妻之伦作为精神支柱，使诗人感到安定且有力量。然而，令人始料未及的是，诗人笔锋突转——“将安将乐，女转弃予！”至此，全诗呈现出一番戏剧性的突变。在守得云开见月明之际，谁又能料到，昔日风雨相依的爱人竟转相背弃，以致诗人如猛遭一击般产生了前所未有的惊愕——“女转弃予！”

“女转弃予”一句，以极具力量感的言说，表明“予”“女”一体的共在感的破裂。易言之，“予”“女”一体变为“予”“女”对立。由此，诗人遭受着断人肝肠的被剥夺感，从与爱人休戚与共的“一体性”，瞬间变为被爱人弃置的“独一性”。

综上所言，《谷风》篇幅虽短小，其间却聚焦了多重对比：诗人所处局势前危后安，此为第一重对比；外界局势愈险峻，夫妻感情反而愈加深厚，此为第二重对比；局势转危为安，爱人却离自己而去，此为第三重对比。多重对比巧妙地凝于数行诗句之中，使人览尽人生的高峰低谷与至悲至喜。

诗首章末两句云：“将恐将惧，维予与女。将安将乐，女转弃予！”如此整齐的句式明显是诗人有意为之。一般而言，句式越规整，越能营造出前后诗句的一体性与文脉的一贯性。然而，此形式上的“一贯性”其实是种假象。若说从“将恐将惧”到“将安将乐”是可喜的转变，那么令人难以置信的是，在发生此可喜转变的同时，诗人却遭逢爱人的背弃。由此可知，此处齐整的句式、形式的一贯，实则用以反衬夫妻关系的颠覆性转变。苦尽甘来的欣慰荡然无存，取而代之的是无限的错愕与诧异。于是，诗二章末两句写道：“将恐将惧，置予于怀。将安将乐，弃予如遗！”朱注云：“如遗，忘去而不复存省也。”① 与首章末两句相比，二章末两句所言“置予于怀”与“弃予如遗”的对比更是令人痛心。诗人将“置予于怀”和“弃予如遗”连缀为一章。二者关系急转而下，没有任何铺垫与征兆，更增添了世事无常的荒谬感。也许诗人试图用此独特的笔法让读者感到突然和意外，且此种出乎意料其实也是诗人的切身体会。人生无常，福祸难料，又有什么可以长久拥有，并且可以笃信不疑？一帆风顺的境遇，抑或相敬如宾的伴侣？或许相比起福祸未知的人生处境，更难预测的是人心。

① （宋）朱熹集撰，赵长征点校：《诗集传》，第226页。

《孔子诗论》第五章曰：“《谷风》悲。”①《诗论》用一“悲”字评点《谷风》。从较为浅近的层面而言，“悲”用以形容诗人的遭遇，先是经历祸患，而后被爱人抛弃。但若看向更深处，“悲”启示我们思考的是人类社会夫妻关系、婚姻制度可能导致的问题与所面临的困境。放眼望去，《诗》呈现出夫妻关系的诸多样态，其中实现琴瑟和谐的少之又少。绝大多数都以悲剧和遗憾告终，道出了人性的复杂、夫妻关系的无常以及群黎苍生的人情百态。值得追问的是，为何《诗》并不避讳夫妻关系所呈现的不完美之处，而要将充斥于其间的误解、破裂、龃龉和冲突展现在吾人面前？也许在《诗》看来，最要者并非传授教条和规范，而是揭橥现实问题的复杂性，并启人思悟：“之子于归，宜其室家”的愿景为何会沦为“将安将乐，女转弃予”的悲剧？为何这一悲剧不是个别的，而是如此广泛地存在于人类社会的各个时代？我们能否以及如何跳脱这一再重复的“魔咒”？

2. 以《蓼莪》观父子之伦

关于《蓼莪》一诗的首句“蓼蓼者莪，匪莪伊蒿”，《郑笺》解作“莪已蓼蓼长大，貌视之以为非莪，故谓之蒿”②。朱子亦云：“言昔谓之莪，而今非莪也，特蒿而已。”③ 二解都着眼于诗人今昔视角的转变。莪是美菜，而蒿则是人人厌恶的贱草。此处产生的疑问是，既然诗人所见均为莪草，《蓼莪》首句从“莪”到“蒿”的认知转变是如何发生的？同为莪草，诗人却作出了由美转恶的评定，其原因何在？细审其义可知，“蓼蓼者莪，匪莪伊蒿”一句，初看是

---

① 关于此句，本书采用的是李学勤先生的释读。详见李学勤《上海博物馆藏竹书〈诗论〉分章释文》，转引自刘信芳《孔子诗论述学》，第 279 页。对于此处的“悲”字，李零先生提出了不同的释读方案，将“悲”读作“负”：“《小雅・谷风》诉弃妇之怨，‘弃予’‘忘我’不绝于口，故曰‘负’。”详见李零《上博楚简三篇校读记》，中国人民大学出版社 2007 年版，第 24 页。

② （汉）毛亨传，（汉）郑玄笺，（唐）孔颖达疏，（唐）陆德明音释，朱杰人、李慧玲整理：《毛诗注疏》，第 1115 页。

③ （宋）朱熹集撰，赵长征点校：《诗集传》，第 226 页。

在写莪，实际上是诗人的自比。把莪当作蒿，实则是诗人将自我评价投射于外物所作之比况罢了。诗人自轻自贱至此地步，不惜以贱草自比，竟否定了生存于世的全部意义，读来令人痛心。至此，《蓼莪》留下一悬念，为何诗人会自我否定到如此地步？

诗首章末句“哀哀父母，生我劬劳”与二章末句“哀哀父母，生我劳瘁”，二句仅一字之差。“劬劳”和“劳瘁”强调的均为双亲育儿之劳苦。对此，诗四章作了一番追忆：“父兮生我，母兮鞠我。拊我畜我，长我育我，顾我复我，出入腹我。欲报之德，昊天罔极。”在此，诗人遴选了九个精准的单音节动词，即“生”“鞠”“拊”“畜”“长”“育”“顾”“复”“腹”。鉴于“单音节动词在汉语中是动作性更强的动词，是汉语述宾结构的主要承担者”①，九个单音节动词连用的效果在于，把双亲此生的艰辛岁月浓缩于短短数行诗之中，仿佛一个长镜头，将含辛茹苦的点滴往事连缀为一，其中的每一环节又可触发无数个感人的画面。进一步来说，“生我”“鞠我”“拊我畜我”“长我育我”等语辞都以“我”作结，乃是诗人故意为之，旨在强调父母如此劳苦，全是为了养育自己。从音节上看，每一小节均以“我”作结，句式规整，一韵到底，营造出一气呵成的整体性，其间又蕴有微妙变化。就诗四章首句“父兮生我，母兮鞠我”而言，前后两短句均只出现了一个“我”字，语势尚且从容和缓。到了四章二句“拊我畜我，长我育我，顾我复我，出入腹我”，不仅短句数量变多，且每句的“我”字也多了一倍，使诗句节奏加快，语势也越发急切迫促，显出诗人的情感越发强烈。此番言语似是痛哭流涕道来。

以诗四章前两句作为铺垫，吾人对双亲之“劬劳”便有了更真切的体会。如此深重的养育之恩如江海般无竭，不知何以为报，故而诗四章以“欲报之德，昊天罔极”作结。而现实的残酷在于，诗

① 萧驰：《诗与它的山河：中古山水美感的生长》，生活·读书·新知三联书店2018年版，第42页。

人因在外服役，未能赡养父母，致使双亲在弥留之际，也未能见孩子最后一面。尽管如此，《诗论》仍旧肯定了诗人的“孝志”，其言曰：“《蓼莪》有孝志。”[①]《孔丛子·记义》将此“孝志”申明为：“于《蓼莪》，见孝子之思养也。”[②] 马银琴亦云：“《蓼莪》之人欲养亲而父母亡，故痛思之情切。”[③] 但对于诗人来说，有孝志却再无机会尽孝，只会徒增悔恨与悲伤。据此反观前两章（“哀哀父母，生我劬劳”，“哀哀父母，生我劳瘁”），此处所谓“哀哀”既指双亲无人赡养之哀，更指身为人子，因不能报答双亲而抱憾终生之哀。由此，诗首章的自轻自贱遂实现了可理解性。诗人为孤独终老感到悲哀，更为自己无法尽孝而悲哀。哀之深重恳切，也感动了无数读者。晋人王裒“读《诗》至‘哀哀父母，生我劬劳’，未尝不三复流涕，门人受业者并废《蓼莪》之篇”[④]。南朝人顾欢授书，每讲论至“哀哀父母，生我劬劳”，便悲恸不能禁。[⑤]

诗三章首句曰：“瓶之罄矣，维罍之耻。”在以蒿蒿自比后，诗人又思及瓶、罍。二者均为盛酒器皿。瓶小而罍大，故瓶所盛之酒远少于罍。而现今情况却是，容积小的瓶子空空如也，容积大的罍却盈满如初，可谓极大的讽刺。既然罍中之酒如此之多，分一些到瓶中又有何妨？双亲年老体衰，不能自理，而年富力强的诗人却无法赡养双亲，这正如酒水充盈的罍不愿接济空空如也的瓶那般。

诗三章二句曰：“鲜民之生，不如死之久矣。”诗人茕茕孑立，无父无母，遂发出生不如死的慨叹。“鲜民之生，不如死之久矣”一句，一改前后四言的句式。在整齐短小的吟诵间突然来一句长叹，

---

① 《蓼莪》“是哀悼父母之诗，故曰‘有孝志’”。参见李零《上博楚简三篇校读记》，第 24 页。

② 傅亚庶撰：《孔丛子校释》，中华书局 2011 年版，第 54 页。

③ 马银琴：《两周诗史》，第 253 页。

④ （唐）房玄龄等撰：《晋书》，中华书局 2011 年版，第 2278 页。

⑤ 参见（南朝梁）沈约撰《齐纪》，转引自（宋）李昉等撰《太平御览》第 6 册，第 626 页。

更能展现诗人悲痛欲绝的强烈情感。由此或可推知，诗人至今仍未走出双亲亡故的阴影，其生命仿佛定格在了那一时刻。此痛不欲生的情感，非爱亲敬亲到极致不能领会于万一。接着诗脉过渡至第三章的后半部分，“无父何怙？无母何恃？出则衔恤，入则靡至。”《郑笺》将其申明为：“孝子之心，怙恃父母，依依然以为不可斯须无也。”① 双亲亡故后，诗人感到此生不再完整。朱子训“恤”为“忧”。② 诗人刻画此忧，所用动词为“衔”，意味着此忧一直镌刻于心，从未放下。

综上所论，此诗虽未从理论层面讲述亲子关系的重要性，但诗之未言却胜过已言。《蓼莪》篇幅不长，却蕴积了万千情思于其中，穷尽了双亲亡故后，人子可能具有的各种情感：自责乃至自轻自贱、懊悔、思念、孤独、对父母的怜恤、希望随父母而去等。若非把亲子之伦铭刻于生命的最深处，《蓼莪》又如何能有如此丰富且强烈的情感表现？

3. 以《雨无正》观君臣之伦

《雨无正》以一番乱象开篇。天灾频发，民不聊生，万民饥馑困顿。诗首章云：“浩浩昊天，不骏其德。降丧饥馑，斩伐四国。”初看上去，诗人似在指控上苍的无情：“故推本而言，昊天不大其惠，降此饥馑，而杀伐四国之人。如何昊天，曾不思虑图谋，而遽为此乎？”③ 上天是否真的赏罚无度，荼毒无辜？若联系下文，不难发现，诗人的落脚点在于揭橥天灾背后的真正原因，即周王赏惩不正，徇私枉法，这集中体现于诗首章末二句：“舍彼有罪，既伏其辜。若此无罪，沦胥以铺。”就此句而言，历代说《诗》者多把天灾的矛头指向行事不正的周王，正合诗之本旨。王引之《经义述闻》云：“凡戮有罪者当声其罪而诛之，今王之舍彼有罪也，则既隐藏其罪而

---

① （汉）毛亨传，（汉）郑玄笺，（唐）孔颖达疏，（唐）陆德明音释，朱杰人、李慧玲整理：《毛诗注疏》，第 1117 页。

② 参见（宋）朱熹集撰，赵长征点校《诗集传》，第 226 页。

③ （宋）朱熹集撰，赵长征点校：《诗集传》，第 208 页。

不之发矣，盖惟其欲舍有罪之人，是以匿其罪状耳。”① 由诗首章可知，天子言行有失中正，对天下诸国乃至夷夏关系均会产生负面影响。从广义上言，这也与“雅者，正也”的语境存在内在关联。编诗者以“雅”命名，其原因或在于告诫在位者为政以正。而这也是《雨无正》一诗的目的。诗首章以一幅直观而真切的图景呈现出周王为政不正的恶果，恰恰起到了警示后人的作用。其诗二章首句云：“周宗既灭，靡所止戾。”上行下效，周天子的德性言行对宗族子弟的影响不容小觑，其德行败坏，足以葬送整个宗室的命脉。诗人敏锐地洞察到，周王室正处于风雨飘摇之际，将遭逢易姓换代之祸患。天子的昏庸暴虐、王室的衰落也直接影响到臣子的忠诚，故而诗二章继之曰：“正大夫离居，莫知我勩。三事大夫，莫肯夙夜。”或许是对周王室心灰意冷，抑或是出于避祸容身的需要，也可能是王政荒废日久，不得不另谋生路，朝廷大臣竞相远离王都，四散在各处，就连股肱之臣也怠于政事。诗人寥寥数语，勾勒出君臣潦倒窘迫、昏昏度日的情态。君不行君道，臣不行臣道。君臣上下均不得其正。此诗以“雨无正”命名，但全篇却不见“雨无正”三字。对于如何理解诗篇之名，蒋文指出：“历代经儒均未作出合理解释。刘钊、季旭昇、张玉金先后将甲骨卜辞中‘雨正’‘雨正年’‘有正雨’‘雨不正辰’等联系起来，指出‘正’当训为‘合适’‘适当’‘正当’，此诗用雨下得不适当来起兴，比喻统治者施政不当。此说甚是。”② 周王室背离正道，已到无以复加的地步。朝野是否还剩下头脑清醒的人振臂高呼，叫醒世人？

诗三章首二句曰：“如何昊天，辟言不信。如彼行迈，则靡所臻。”诗人的无奈与愤慨臻于极致，不由得愬之于天。据《诗论》

---

① （清）王引之撰，虞思徵、马涛、徐炜君校点：《经义述闻》，上海古籍出版社2018年版，第351页。

② 蒋文：《先秦秦汉出土文献与〈诗经〉文本的校勘和解读》，中西书局2019年版，第152页。

第四章所言“《雨无正》言上之衰也，王公耻之”① 可知，《诗论》将大臣离散的原因归咎于君王。“正大夫离居，莫知我勚。三事大夫，莫肯夙夜”，很可能是“王公耻之”的具体表现。既然臣子离心离德有其原因可寻（乃是天子失德所致），如此一来，需要追问的是，倘若君主无德，臣子是否还应恪守臣道？诗人劝勉同僚尽忠职守，是否属于无原则的愚忠？或许是诗人错了，另谋逃死之所，才更具备合理性。由此，诗三章从首二句过渡至末二句：“凡百君子，各敬尔身。胡不相畏，不畏于天？”其中，“各敬尔身”四字，语虽简洁，却铿锵有力，直指人心。身为人臣，应尽忠职守。这并非出于外界的压力或胁迫，而是源于“各敬己身”的内心诉求。朱子将此申明为：“然凡百君子，岂可以王之为恶而不敬其身哉！”② 归根结底，“各敬尔身”又源于对超越之天的敬畏。在此，诗人试图为人事追溯一个超越性的根源——天。君臣不行正道，言行举止毫无原则和章法可言，究其根本，乃在于“不畏于天”。相比之下，诗人如此义愤填膺，并对当下的乱象保持警惕，正在于诗人心系君臣关系的应然样态，而这都源于对天的敬畏。

诗四章首二句为“戎成不退，饥成不遂。曾我暬御，憯憯日瘁”。朝野上下只剩下诗人独自为国运而担忧焦心。方玉润评点道：“乃自表己心，独深忧虑，愈见国之无人也。举朝如是，为之奈何！”③ 以直陈理论的方式晓谕君臣之道，此做法在经典中屡见不鲜，如《荀子·君道》《臣道》所论。相比之下，《雨无正》并非以说理的方式论述君臣应当如何行事，而是向读者呈现出，君臣之道的沦丧在诗人那里激起了何等巨大的波澜与回响，展现出王室一败涂地、无力回天的颓势给诗人带来的泣血椎心之痛。此即诗四章首句所言“憯憯日瘁”。

---

① 简文参见李学勤《上海博物馆藏竹书〈诗论〉分章释文》，转引自刘信芳《孔子诗论述学》，第 279 页。

② （宋）朱熹集撰，赵长征点校：《诗集传》，第 209 页。

③ （清）方玉润撰，李先耕点校：《诗经原始》，第 400 页。

然须留意,《雨无正》并非止步于直陈己之痛处。诗人并非一味地呼天怨之抑或陷溺于哀叹,而是自视为末世牛虻,大声疾呼,试图唤醒世人。诗人虽指出了天子的过失,但作为大臣,他更多时候仍是站在臣子的角度思考臣如何尽臣道,并规劝同僚忠心于王事,结果却不尽人意。在此情势下,诗人在四章末二句自陈其不利境况:“凡百君子,莫肯用讯。听言则答,谮言则退。”诗人正直敢言,劝谏同僚。然而,这非但未能改革朝内风气,反倒让自己深陷窘境。

诗五章曰:“哀哉不能言,匪舌是出,维躬是瘁。哿矣能言,巧言如流,俾躬处休!”此章中,“瘁”字再次出现,足见诗人劳累疲敝已臻极致。相反,巧舌如簧的谄媚小人却福运亨通。诗人的万千心绪化作《雨无正》第六章:“维曰予仕,孔棘且殆。云不可使,得罪于天子。亦云可使,怨及朋友。”对周王室誓死效忠、为王朝命运担忧不已的大臣,却未能得到君王的礼遇,也未能得到同僚的认可。凡此遭遇使诗人对出仕的感触凝结为“孔棘且殆”四字,可谓满纸辛酸泪。

《雨无正》的作者是孤独的。通观全篇,诗人除怨之于天或自言自语之外,再无其他的对话者。诗人没有知己,没有朋友,甚至也未提及亲人和伴侣,从始至终都是诗人独自一人在奋力疾呼。而他得到的全部回应只是冷漠、不屑与敌视。或许唯一的清醒者注定是痛苦的。诗人无力挽回周王室败落的颓势,只能一点点目送它坠入毁灭的深渊。诗人全部的信念与行动在浩荡的时代大势前都落空了,只落得个“鼠思泣血,无言不疾”的结局。

4. 以《何人斯》观朋友之伦

《何人斯》开首三章均以“彼何人斯”的提问发语,其诗分别为“彼何人斯?其心孔艰”,“彼何人斯?胡逝我陈”,以及“彼何人斯?其为飘风”。其中,关于“何人”的追问一再重复。对此,朱注云:“何人,亦若不知其姓名也。”①“彼何人斯”,意谓此人究

① (宋)朱熹集撰,赵长征点校:《诗集传》,第222页。

竟是谁？他究竟是怎样的一个人？若单独看去，此番发问再正常不过，但若将此问题与全诗的整体脉络相联系，便不难发现重重疑点。诗首章前二句云："彼何人斯？其心孔艰。胡逝我梁，不入我门？"问题在于，倘若诗人与此人并不相识，又为何会产生"逝我梁""入我门"的期待？毕竟盼着萍水相逢的路人来探望自己，总归有些不近人情。因此，对于"彼何人斯"一句，须进一步追问的是，诗人与此人是否真的不相识，还是明明熟识，却把熟识当作"不识"？若是后一情况，又是何种原因所致？

"胡逝我梁，不入我门"的问题盘桓于诗人心中，却从未问出口，只能暗自思忖、自言自语。如果此人有意疏远，何必要到诗人家中的鱼梁处；如果仍想维系友谊，为何到了鱼梁，却不进门探望？如此怪异的行为让诗人不得其解，因此，诗人用"孔艰"形容此人"心深而甚难察"①。

那么，此人行为何以如此怪异？诗首章末句给出了答案："伊谁云从？维暴之云。"一向亲近和善的友人缘何会突然疏远自己，暴公乃是罪魁祸首。暴公散播谣言，构陷诗人，离间了诗人与故友的关系。此句中，诗人的确把矛头直指暴公——"维暴之云"。但是，仅凭单方面的谣言，还不足以造成友情的破裂。另一重要原因在于友人对自己的不信任：宁愿相信巧舌如簧的暴公，也不愿相信曾与其朝夕相处的诗人。

至此，不妨重温诗首章首句的发问——"彼何人斯？"程、蒋注本指出："何人，诗人故作设问之词。"② 诗人笃信不疑的友情竟经不起岁月和人事的考验，转而成为陌路。有如大梦初醒，诗人到头来才意识到原先所谓的"熟识"是何等的片面与肤浅，如今才算认清了此人的真面目。称作"不识"，又有何不妥？"彼何人斯"一语，短短四字，透着寒彻骨的心酸与悲凉，似乎既在问，又在叹。

---

① （清）王先谦撰，吴格点校：《诗三家义集疏》，中华书局1987年版，第710页。

② 程俊英、蒋见元：《诗经注析》，第613页。

此番发问与慨叹重沓反复，想必这一问题已盘旋在诗人心头多日，久久难平。

诗二章首句云：“二人从行，谁为此祸？”此章所谓“祸”字，意味着暴公谗言的流弊，远不止离间朋友关系那么简单，更导致诗人被周王斥责，可见诗人的君臣、朋友之伦均受到暴公谗言的负面影响。此句所言“二人”指暴公及诗人的故友，表明平素与自己交往甚密的友人，如今已成为暴公的同伙。“从行”刻画出二人甚为亲密状。更令人痛心的是，友人不仅听信了暴公的谗言，二人还一同在周王面前污蔑自己。这或可作为友人虽至鱼梁却不登门慰问的一大原因。

在诗二章末二句中，友人又重复了首章中令人困惑的举动，明明到了诗人家中的鱼梁处，却不登门慰问，只是远远观望罢了。其诗曰：“胡逝我梁，不入唁我？始者不如今，云不我可。”对此怪异之举，《孔疏》将其原因阐释为“疑其谗己而内惭”[①]，把友人可能具有的内疚心理阐释得颇为到位。

诗三章首句曰：“彼何人斯？胡逝我陈？”朱子注云：“陈，堂涂也，堂下至门之径也。”[②] 上章言“胡逝我梁”，此章言“胡逝我陈”，可见友人的脚步在渐渐逼近，其声闻恍在耳畔，所谓“我闻其声，不见其身”。胡承珙云：“‘声’不必专指言语声音，凡通问皆可谓之‘声’。……盖其人至此，通问而去，故虽声息相闻，而面目不接。”[③] 可知友人的短暂来访，无非是走个过场罢了，并非真心实意地慰问。尽管如此，此番毫无诚意的“来访”依旧在诗人心中激起了波澜，久未平静，这在诗四章有着详细刻画：“彼何人斯？其为飘风。胡不自北？胡不自南？胡逝我梁，祇搅我心？”寥寥数语将诗

---

① （汉）毛亨传，（汉）郑玄笺，（唐）孔颖达疏，（唐）陆德明音释，朱杰人、李慧玲整理：《毛诗注疏》，第 1092 页。

② （宋）朱熹集撰，赵长征点校：《诗集传》，第 222 页。

③ （清）胡承珙撰，郭全芝校点：《毛诗后笺》，黄山书社 1999 年版，第 1016—1017 页。

人的真性情展露无遗。哪怕已遭友人背叛甚至陷入大祸，面对友人的来访，诗人还是无法视若无睹、横眉冷对，可见其何等重情重义。此章所言“祇搅我心”开启了下章的叙述脉络。友人来而不见，激起了诗人更为复杂的心绪，故而余下数章都在展现诗人如何被友人的“来访”所搅扰。

诗五章云：“尔之安行，亦不遑舍。尔之亟行，遑脂尔车。壹者之来，云何其盱？”诗人反复思忖友人来而不见的种种原因——难道是突逢急事，所以才不得不快速离开？但这一理由随即被诗人推翻了。朱子将其释为：“尔平时徐行犹不暇息，而况亟行，则何暇脂其车哉？今脂其车，则非亟也，乃托以亟行而不入见我，则非其情矣。”① 据平素对友人的了解，哪怕时间充裕之时，友人都没有停车休息的习惯，更别提遭逢急事之时。而友人到达门径后，却在漫不经心地为车上油。可见其突逢急事的托词是假，无心拜访是真。

再来看“壹者之来，云何其盱”一句。壹者，曩日也，指往日、从前。这说明，友人先到鱼梁、再至门径早已是过往之事，但诗人从未把此事忘怀，而是终日对此牵肠挂肚，活在猜测臆想之中。“尔之安行，亦不遑舍。尔之亟行，遑脂尔车”一句，便是作者反复猜测、心神不定的体现。这也表明，上一章中“胡逝我梁，祇搅我心”所言非虚。此番搅扰持续时日之久，以致诗人竟忧思成疾。诚如胡承珙所言：“曰‘忧’曰‘病’，皆承上文‘搅我心’而言。”②

诗脉行至第六章，友人来而不访的搅扰仍在继续：“尔还而入，我心易也。还而不入，否难知也。壹者之来，俾我祇也。”此时，诗人又作了一番设想：假设故友坦坦荡荡步入诗人家门，这自然能够打消其疑虑，至少说明友人并未在周王处构陷于我，故而问心无愧，不致畏首畏尾。但真实情况却是，友人还而不入，遮遮掩掩，迟迟

① （宋）朱熹集撰，赵长征点校：《诗集传》，第222页。
② （清）胡承珙撰，郭全芝校点：《毛诗后笺》，第1018页。

不肯迈入诗人家门。这难免加重了诗人的疑虑。凡此均导向诗七章首句之慨叹：“伯氏吹埙，仲氏吹篪。”“伯”“仲”均为对兄弟的称呼。一人吹埙，一人吹篪。乐声相互应和，喻示着二人心意相通，互为知音，亲如兄弟。《郑笺》云：“伯仲喻兄弟也。我与女恩如兄弟，其相应和如埙篪。以言俱为王臣，宜相亲爱。”① 这兴许源于诗人对昔日光景的追忆，抑或是在表达对于朋友之伦理想样态的设想。接着，诗人作了一个比喻：“及尔如贯，谅不我知。”朱子注曰：“如贯，如绳之贯物也，言相连属也。”② 诗人待故友以真心诚意，视之为手足知音。友人却听信谗言，疏远甚至背叛自己，可见故友与“知己”一名实难相称。因此，诗人作出了“谅不我知”的断言。倘若友人与自己心意相通，又怎会被谗言所迷惑？经过长时间的思量猜测与自问自答，诗人的情感继续酝酿，其愤恨在诗七章末句到达了顶峰——“出此三物，以诅尔斯”。此前，诗人吐露的多是痛心、不解和埋怨。行文至此，诗人痛恨自己遭逢背叛，此情已达极致，以致竟对故友口出诅咒之言。

如前所述，“彼何人斯”在诗中多次出现。标题取为《何人斯》，与诗脉的发展相应和。实际上，“彼何人斯”的发问，正是推动行文脉络的一大动力。综观全诗，诗人都在试图认清友人的真面目。终于，到了全诗末章，对于“彼何人斯”的问题，诗人不再猜测迟疑，不再像三到六章那般喃喃自语，而是作出了斩钉截铁的回答：“为鬼为蜮，则不可得。有靦面目，视人罔极。”蜮是传说中的一种短狐，常在水中含沙喷射人的影子，致人生病。鬼、蜮均为害人之物，行踪变化无常，且多在暗处害人，让人防不胜防。故友并非鬼蜮，而是有形可睹之人，但为何其心思意念、言行举止却如同无形鬼蜮般反复无常，竟在背地里构陷于我？可见，故友枉有人的

① （汉）毛亨传，（汉）郑玄笺，（唐）孔颖达疏，（唐）陆德明音释，朱杰人、李慧玲整理：《毛诗注疏》，第 1095 页。

② （宋）朱熹集撰，赵长征点校：《诗集传》，第 223 页。

面貌，实则与鬼蜮并无二致。

至此，诗人对故友的谴责展露无遗："作此好歌，以极反侧。"前章频频出现"以诅尔斯""视人罔极"等诅咒之语，但临到末了，诗人却自称其诗为"好歌"。《郑笺》云："好犹善也。"[①] 值得追问的是，若为此诗冠以"好歌"之名，是否名不副实？朱子释之曰："不著其谮也，示以所疑而已。既绝之矣，而犹告以'壹者之来，俾我祇也'。盖君子之处己也忠，其遇人也恕，使其由此悔悟，更以善意从我，固所愿也。虽其不能如此，我固不为已甚。岂若小丈夫哉？一与人绝，则丑诋固拒，惟恐其复合也。"[②] 尽管前章出现过较为激烈的言辞，但从总体上看，全诗语势还是以和缓为主。且论及人之常情，诗人遭逢背叛与构陷，又怎能无怒无怨？相比起《巷伯》所言"取彼谮人，投畀豺虎"，《何人斯》的怨怼之辞确实温和节制得多。《诗论》第三章曰："仲氏君子。"[③] 刘信芳指出："窃意以为'仲氏'乃《何人斯》之'仲氏'……所述苏公所处君子之道，与《诗论》所评'仲氏君子'若合符节。"[④] 诗人对故友坦诚相待，遭其背叛后虽有怨诉，却一直隐忍克制，宁可暗自思忖嗟叹，也不愿当面口出恶言，可谓"以直报怨"的典范。

5. 以《常棣》观兄弟之伦

《常棣》以描摹花开灼灼的兴辞发语——"常棣之华，鄂不韡韡"。花的品类成百上千，为何诗人独钟情于常棣？原因或在于，常棣花绽放之时，两三朵彼此依偎，恰如手足兄弟互相扶持，其情谊之深厚，他人怎可相较？由此，诗首章从"常棣之华，鄂不韡韡"过渡至"凡今之人，莫如兄弟"。

---

① （汉）毛亨传，（汉）郑玄笺，（唐）孔颖达疏，（唐）陆德明音释，朱杰人、李慧玲整理：《毛诗注疏》，第 1097 页。

② （宋）朱熹集撰，赵长征点校：《诗集传》，第 223 页。

③ 李学勤：《上海博物馆藏竹书〈诗论〉分章释文》，转引自刘信芳《孔子诗论述学》，第 278 页。

④ 刘信芳：《孔子诗论述学》，第 249—250 页。

诗二章云：“死丧之威，兄弟孔怀。原隰裒矣，兄弟求矣。”为说明兄弟之情坚固不可撼动，诗人专以死丧之祸为说。在生死存亡之际，唯有兄弟会伸出援手，此时连朋友都爱莫能助。诗三章云：“脊令在原，兄弟急难。每有良朋，况也永叹。”在勾勒常棣之物情后，诗人又谈及脊令这种水鸟。脊令择水而栖，常在水边觅食昆虫，而今却在原野上飞翔啼鸣。若非遭遇变故，脊令断不会改变其常居之所。《郑笺》云：“（脊令）而今在原，失其常处，则飞则鸣，求其类，天性也。犹兄弟之于急难。”[①] 脊令彼此呼求，恰如兄弟间相互救助。诗四章云：“兄弟阋于墙，外御其务。每有良朋，烝也无戎。”外敌入侵之时，即使兄弟间龃龉不合，也会放下恩怨，共御外侮。读至此处，可知诗人阅历颇丰，对人情世故有着透彻了悟。诗人历数死丧之祸、危难之际，只为说明，雪中送炭的情谊，唯有手足至亲才具备。借此，诗人点明了兄弟之伦与朋友之谊的亲疏之分。吕祖谦曰：“此诗反复言朋友之不如兄弟，盖示之以亲疏之分，使之反循其本也。本心既得，则由亲及疏，秩然有序。兄弟之亲既笃，而朋友之义亦敦矣，初非薄于朋友也。”[②]

接着，《常棣》呈现出与上半部分截然不同的画面：“丧乱既平，既安且宁。虽有兄弟，不如友生。”诗在前四章道尽死丧祸患等变故，值此危难之际，兄弟仍同心协力，不离不弃。然而，待到苦尽甘来，兄弟却被抛诸脑后，朋友竟成了座上宾。“虽有兄弟，不如友生”，此句看似只是平淡道来，实则一字千钧，落笔极为沉痛。难道兄弟只能共度患难，不能同享福乐？此处，祸福变迁与人情冷暖被刻画得入木三分，非饱览世事、历经沧桑者不可为。

对于世态炎凉，倘若《常棣》仅停留于感伤与嗟叹，那么将逊色太多。因此，从诗的前五章过渡至第六章时，诗的画面与基调又

---

① （汉）毛亨传，（汉）郑玄笺，（唐）孔颖达疏，（唐）陆德明音释，朱杰人、李慧玲整理：《毛诗注疏》，第 810—811 页。

② （宋）吕祖谦著，梁运华点校：《吕氏家塾读诗记》，载《吕祖谦全集》第 9 册，浙江古籍出版社 2017 年版，第 302—303 页。

发生了一番转变，描绘的是燕饮仪式兄弟和乐的场景："傧尔笾豆，饮酒之饫。兄弟既具，和乐且孺。"初读上去，从第五章"虽有兄弟，不如友生"转至第六章"傧尔笾豆，饮酒之饫"略显突兀。程、蒋注本将第五章释为"承上起下之词"，即"此章言丧乱既平之后兄弟不如朋友者，愈以见兄弟之当亲。丧乱既平，既安且宁，即行燕兄弟内相亲之礼，以下三章皆是也"[①]。揆诸第六章到第八章的行文，诗人对兄弟之伦寄寓了美好的期许。族人之间相继举行燕饮之礼，借此表达对兄弟的感谢与思念。怡怡和顺之乐充满了整个宴会。诗末两章云："妻子好合，如鼓瑟琴。兄弟既翕，和乐且湛。宜尔室家，乐尔妻帑，是究是图，亶其然乎！"在对比朋友、兄弟之伦的亲疏远近之后，诗人在第七章又引入了夫妻关系。夫妻之伦作为五伦之首，自然应当重视，但兄弟之伦也不能轻忽。《常棣》一诗本用以讲论手足之情，但诗末还专门提及夫妻之伦，自然别有一番深意，唯恐世人嫁娶后一味关注夫妻之伦而忽视了兄弟之伦。实际上，唯有二者并重，才可能实现末章所言"宜尔室家，乐尔妻帑"。

与前四诗相比，《常棣》的风格颇为不同。《谷风》《蓼莪》《何人斯》《雨无正》多聚焦于某一种人伦关系所遇之变故，通过呈现值此变故之际的诗人复杂的生存情态，彰显出此伦常关系对其在世生存的巨大影响。《蓼莪》的作者因未能赡养双亲而自责懊悔，以致不愿存活于世；《何人斯》的作者痛恨友人的背叛，口吐咒诅之辞；《雨无正》的作者因君臣关系不正而激愤不已，呼天懃之……相比之下，《常棣》并不是以某一次人生变故作为叙述重心，也不急于表达满腔的情感。诗人好似一个饱经世事的长者，深谙人性的复杂与弱点，将兄弟之伦的冷暖百态悉数道来——患难时兄弟相助，安乐时转相背弃。此外，以上四诗只是专论某一人伦关系，如《谷风》专论夫妻，《蓼莪》专论亲子，《雨无正》专论君臣。而《常棣》除论兄弟之伦外，还谈及朋友与夫妻之伦，并揭櫫了伦常关系彼此间的

① 程俊英、蒋见元：《诗经注析》，第451页。

内在张力。朋友、夫妻之伦对兄弟之伦可能存在着一定冲击。如果处理不当，有所偏倚，难免导致人伦关系的不和睦。

（三）“情理”：何以“情”在“理”先？

行文至此，且将上述五诗与《孟子·滕文公上》的文本作一番对比，意在探讨，虽同样关乎人伦，上述五诗与《孟子》所言在表达方式及其效果方面有何不同？

> 人之有道也，饱食、煖衣、逸居而无教，则近于禽兽。圣人有忧之，使契为司徒，教以人伦：父子有亲，君臣有义，夫妇有别，长幼有序，朋友有信。

由引文可知，孟子不仅是在追溯历史事实的层面论及圣人“使契为司徒，教以人伦”。“教以人伦”，并非作为一个经验性事件出现，而是被视为通乎古今的普适性道理，为每一伦理角色提供了一应然标准，同时也预设了人伦和睦相亲的美好愿景。只不过在孟子的此番讲论中，“父子有亲，君臣有义，夫妇有别，长幼有序，朋友有信”是作为一个一般性的道理传递给听众的。然而，现实层面的每一重伦常关系都是个别而特殊的，均处于无法复制或再现的独特处境中。据此而论，一般性的道理与特殊的生存情境之间实则存在着相当程度的隔阂。若一再宣称“父子有亲，君臣有义，夫妇有别，长幼有序，朋友有信”，继之而来的一个后果很可能是，此理被生硬地灌输给某一个体，而非从具体而当下的存在情态与境况中生发而出，因而未免失于抽象与空洞，势必难以对现实生活的伦常关系进行切实的引导。

那么，如何让一般性的道理与每一则个别而特殊的人伦关系相贴合？对此，《诗》的思考是：同样是谈五伦，《蓼莪》《谷风》《何人斯》《雨无正》《常棣》五诗呈现的均为某一段个别的人伦关系。诗人的身份是某人的儿子、妻子、兄弟、朋友或大臣。尽管五诗所反映的伦常困境并非个案——双亲离世、被丈夫抛弃、朋友断交、兄弟反目、君臣离心等悲剧世所常见——然不可否认，此段遭遇对诗人而言独一无二，其意义不可替代，在诗人那里激起的情感体验如此复杂而真切，以至于不吐不快，定要将怨、怒、悔、恨等生存情态一一道来。诗人隐于其后的良苦用心在于，借此提醒我们，毋使“父子有亲，君臣有义，夫妇有别，长幼有序，朋友有信”停留在抽象义理的说教层面，而须在具体的人伦关系中体贴此理，并将其践行出来。

诗人洞悉，在抽象层面讲论“父子有亲，君臣有义，夫妇有别”，并以此方式心系抽象的“人类”，并非难为之事，而真正困难的往往是合宜地展开一段具体的人伦关系。因此，现实中频频发生的是，一方面对生命之差异与特殊充耳不闻，未能用心体贴特殊而具体的人伦关系，另一方面却豪言壮语，大谈心系苍生的福祉。诗人看到，发一通关爱苍生的宏愿，或许是件很光鲜的事。相比之下，与具体的人相处、在平日生活中持守人伦之道，则往往是平凡的，渗透于伦常日用的每一瞬间、每一句话和每一个行动中，但这才是一种平凡的伟大、一种无人纪念的高尚、一种克己与舍己的大勇。

进一步来说，照察具体而特殊的人伦关系（而非专研抽象的人伦之理），并于细微处体贴人情之曲折回婉，此心灵习性也随着周人对《诗》的重视，潜藏于周文明深层的精神世界。“深于情”，不单是就切近处的民生日用而言。“情”的维度，在邦国政事、体国经野层面也同样被重视。揆诸与王事相关的雅诗，亦多根植于“情”的视域看待君臣、朝野关系。更为重要之处在于，作为周初王政心膂股肱的周公，本身就是“文情之至深者”。唐文治先生曾言，周公乃是“至情之人”，并引唐人李汉序《韩昌黎集》所云“周情孔思，日光玉洁”为证。其中“周情”所言便是周公：

> 自古文情之至深者，其惟我周公乎？《常棣》之诗，每章言兄弟，末曰“是究是图，亶其然乎”，何其婉也。《七月》之诗，陈民事也，则曰：“女心伤悲，殆及公子同归。”《鸱鸮》

> 之诗，明素心也，则曰：“恩斯勤斯，鬻子之闵斯。”《东山》之诗，慰师旅也，则曰：“之子于归，皇驳其马。”“其新孔嘉，其旧如之何。”以圣哲神相之著作，无异于劳人思妇之离忧。至于《闵予小子》《小毖》诸篇，深情若揭，孝哉我周公！忠哉我周公！文情之至深者，亦惟我周公。天下惟至情之人，乃能感天地、泣鬼神而定天下之大业。周家八百年之基统，根于情而已矣。①

揆诸昔人对圣人特质的界定，其一大着眼点便是善度人情：“己恶饥寒焉，则知天下之欲衣食也。己恶劳苦焉，则知天下之欲安佚也。己恶衰乏焉，则知天下之欲富足也。”② 正因圣人善度人情，故而“尧、舜、三王之治”，“必本于人情，不立异以为高，不逆情以干誉”③。伊藤仁斋亦云：“圣人之为政也，本于人伦，切于人情。”④具体来说，正因周公是“文情之至深者”，故能对芸芸众生之情体贴甚深，故能“缘人情而制礼，依人性而作仪”（《史记·礼书》），且其所制经礼三百，仪礼三千，“房皇周浃，曲（直）得其次序”⑤，深得“情深而文明”（《礼记·乐论》）之旨。观此“情深而文明”一语，“文明”乃是建基于“情深”之上，而非矫伪之虚文或造作之空文。

上文侧重于阐释“情”这一维度的重要性，以此说明，昔人辟出“情理”一词，旨在凸显“情”在“理”先的优先之序。下文要说明的是，尽管“情”在“理”先，但此“情”并非以排斥“理”

---

① 唐文治著，邓国光辑释，欧阳艳华、何洁莹辑校：《唐文治经学论著集》，上海古籍出版社 2019 年版，第 86—87 页。

② （汉）韩婴撰，许维遹校释：《韩诗外传集释》，第 120 页。

③ （宋）欧阳修著，洪本健校笺：《纵囚论》，载《欧阳修诗文集校笺》，第 563 页。

④ ［日］伊藤仁斋撰：《语孟字义》，转引自王晓平《日本诗经学史》，第 175 页。

⑤ （汉）司马迁撰：《史记》，第 1173 页。

的形态而存在。诚然，“父子有亲，君臣有义，夫妇有别”等道理并未在上述五诗中显陈，甚至从总体上言，《诗》也极少显露出道理层面的讲论，但吾人不应遽下定论，认为《诗》完全与“理”无涉。倘若《蓼莪》的作者对亲子之伦毫不在意，不知晓事亲之道，又怎会在双亲亡故时悲痛悔恨到不愿苟活？倘若《雨无正》的作者不看重君臣之义，不明白君臣相处之道，又怎会在王政衰颓时百折不回、苦苦劝谏？

与《孟子·滕文公上》所示劝导不同，诗人并未以教导者的姿态晓谕一系列规范准则，而是将对人伦之理的体认寓于在世生存的过程及其情态之中。据此可知，《诗》并非无“理”。且揆诸典籍文献，亦多存有以“理”论《诗》的语境。《关雎》一诗之《孔疏》云：“《诗》理深广，此为篇端。”[①] 徐祯卿言：“诗理宏渊，谈何容易……盖以之可以格天地，感鬼神，畅风教，通庶情。”[②] 何乔新云：“夫《诗》者，人之性情也……读者因其辞索其理，而反之身心焉，则可兴、可观、可群、可怨，而有裨于风化者。”[③] 何氏之论既以“性情”言诗，又论及“因其辞索其理”。可见，《诗》之“理”的意义维度早已被昔人看重。钱澄之还指出，对于学《诗》（从广义上言，所有诗歌作品）而言，“理”的维度不可或缺：“然非博学深思，穷理达变者，不可以语诗。……学诗者既已贯通经史，穷极天人之故，而于二氏百家之书无有不窥，其理无有不研，然后悉置之，而一本吾之性情以为言。……是故博学穷理之事，乃所以辅吾之性情，而裕诗之源者也。”[④]

---

① （汉）毛亨传，（汉）郑玄笺，（唐）孔颖达疏，（唐）陆德明音释，朱杰人、李慧玲整理：《毛诗注疏》，第 5 页。

② （明）徐祯卿撰：《谈艺录》，载（清）纪昀等编《景印文渊阁四库全书·集部·别集类》第 1268 册，台北：台湾商务印书馆 1986 年版，第 777 页。

③ （明）何乔新撰：《唐律群玉序》，《椒邱文集》卷九，载（清）纪昀等编《景印文渊阁四库全书·集部·别集类》第 1249 册，第 144 页。

④ （清）钱澄之撰，彭君华校点，何庆善审订：《钱澄之全集·田间文集》，黄山书社 1998 年版，第 256 页。

只不过须留意的是，以上所论《诗》之“理”，乃是“情理”之“理”，即情理融浑，“理”自“情”出。“情理”一名以“情”字为先，而非离了“情”，发一通“蹈空”之理，诚如陈白沙所言：“（作诗）须将道理就自己性情上发出，不可作议论说去；离了诗之本体，便是宋头巾也。”① 船山亦云：“经生之理，不关诗理。”② 凡此诸论均喻示《诗》之理的高妙之处：展示出“父子有亲，君臣有义，夫妇有别，长幼有序，朋友有信”如何扎根于诗人的在世生存，并从其间生长而出，如何渗入诗人对每一遭遇的处理与回应之中，进而与诗人之情交融为一。

所谓“情理”，喻示的是情中有理，理中有情，情理交至而为一。据此反观“情”“理”二分的日常思维，容易引发下列问题：倘若有情而无理，此情多半停留于主观而偶然的个人意识层面，难以突破个体性而让他人有所感发；倘若有理而无情，此理将被固化为生硬刻板之空理，易与人的在世过程产生隔膜。并且，如此说理还将导致以理凌人，抑或《孟子·离娄下》所言“以善服人”，即“自居于道德优越地位而教训他人”③，究其用心在于“欲以取胜于人”④。有鉴于此，在《诗》中，“理”须经“情”之渗透而呈现。“诗中说理，不是哲学论文的说理”，而是“必须使哲理、诗情打成一片。不但是调和，而且是成为一”⑤。此即是说，《诗》的独特力量恰恰在于将“永恒的意义”与“直接的感染力”统而为一，使其既“超越了哲学思想，又超越了实际生活”。而在通常情况下，“直接的感染力”与“普遍的意义”往往处于隔阂不通的状态：

---

① （明）陈献章撰，黎业明编校：《陈献章全集》，第 97 页。

② （明）王夫之：《古诗评选》卷四，载船山全书编辑委员会编校《船山全书》第 14 册，第 753 页。

③ 严寿澂撰：《诗道与文心》，第 7 页。

④ （宋）朱熹撰：《四书章句集注》，第 293 页。

⑤ 顾随讲，叶嘉莹笔记，顾之京整理：《顾随诗词讲记》，第 29 页。

> 实际生活有直接感染力，但生活中的事件缺乏普遍意义：它们充满了太多的偶然性因素，以至于无法造就一种真正深刻而持久的灵魂烙印。哲学和抽象的思想确实达到了普遍意义的水准：它们处理事物的本质；不过，除了对那些能够用个体生命中生动而强烈的切身体验激活它们的人之外，它们影响不了任何人。因此，诗对抽象理性的普遍教导和个体经验的偶然事件而言，都具有优越性。诗比生活哲学化，但同时又比哲学生活化，因为它聚精会神于精神的现实存在。①

职是之故，说理亦可区分出不同境界。其中，以理规训人是说理的次等境界。从根本上讲，“说理也绝不可是征服。以力服人非心服也，以理服人也非心服。说理不该是征服，该是感化、感动，是理而理中要有情。……情理兼至，必是心悦诚服。……说理应是感动”②。经由哲理与诗情、“直接的感染力”与“普遍的意义”浑融为一，《诗》将以情理感人、动人和化人表现至极致，故而能实现说理的至高境界——感化。顾随曾感慨“说理”之难：“天下岂有无理之事、无理之诗？不过说理真难。”③ 说理之难，其一大缘由或在于，常人说理，易陷入以理凌人的意气之争，难免显露出咄咄逼人的态势。而一旦被血气之勇与意气之争裹挟，便与真理渐行渐远。

据此反观黄德海论“《诗》而为经”，多落实于“训导”的意义面向，未免使《诗》之作用失于刻板生硬，其论曰：“中国传统经学教育，毫无疑问是在提供某种训导”，进而以《文心雕龙·论说》所言“圣哲彝训曰经”为证，“既称为经，训导便是题中应有之义，诗而为经，也正与训导有关”④。诚然，儒士经师以《诗》劝谏君王、训导学生的事例的确习见于史籍，但若沉潜于《诗》中，不难

---

① ［德］韦尔纳·耶格尔：《教化：古希腊文化的理想》，陈文庆译，第51页。

② 顾随讲，叶嘉莹笔记，顾之京整理：《顾随诗词讲记》，第36页。

③ 顾随讲，叶嘉莹笔记，顾之京整理：《顾随诗词讲记》，第36页。

④ 黄德海：《诗经消息》，第9页。

发现，《诗》的超绝之处正在于以“情理”感人化人，而非以“理”凌人。后者作为生硬的规训，或许具有一定程度的威慑力，但难以使人萌发由内而外的新生。揆诸后世经典，训导之言常有，而以情理感人、化人却不常有。这也是《诗》弥足珍贵之处。对此，清人劳孝舆的评点颇为中肯：“盖尝私揣诸经，有邃于理者，有严于法者，有束于事者，惟《诗》独深于情。当其情之深也，止有一往，不自知为理、为法、为事之所在，而理与法与事，固已悠扬曲折，一一具于其中。”① 遗憾的是，后世思潮多以“情”“理”二分为其基本模式。诗文多言浮慕的“浪子之情”，而“理”则变为去“情”之空理和死理。言“理”，重在规训与督导，而不重感人、化人，以致常与在世生存及其情态相脱离，沦为一种无感之学、矫伪之论。凭空识记外铄之义理，缴绕文字发空文、立空论，而不求此理与生存情态相合，亦不求“理义之悦我心”的闻道之乐，故难实现于我心有戚戚焉的情理浑融，甚至会酿成“以理杀人”的悲剧，致使知、情、意三者卒难调和，而造就一完全人格之人文教化理想，最终化为泡影。

第二节 “情”：天地万有之“生存情态”

承上所述，“情”与“理”并非截然对立。“情”中之“理”的维度有助于突破主体主义、心理主义语境下以“心”论“情”的立场，超越近世对“情”的主观化诠释，重申“情”原初语境中的生存论意涵。申言之，情乃是作为万有之“性”的显现，而非经验主体意识活动的某种表现形态。遗憾的是，“情”的存在论意义在相当长的时间内处于被人轻视甚至是遗忘的状态。无独有偶，在西方

① （清）劳孝舆撰，毛庆耆点校：《春秋诗话》，广东高等教育出版社1996年版，第66页。

思想发展的进程中，情感与情绪也经历了从存在论层面降为心理学研究对象的处境。

> 斯多葛学派也曾对情绪作出阐释，这种阐释又通过教父神学和经院神学传至近代，这些情况众所周知。然而人们仍未注意到，自亚里士多德以来，对一般情绪的原则性的存在论阐释几乎不曾能够取得任何值得称道的进步。情况刚刚相反：种种情绪和感情作为课题被划归到心理现象之下，它们通常与表象和意志并列作为心理现象的第三等级来起作用。它们降格为副现象了。①

据引文所示，海德格尔对视情感和情绪为心理体验的立场进行了反思，指出应从事物如何存在的层面来看待情绪与情感，而非仅将其视为意识主体内部的心理体验及活动。据通常理解，情绪的产生多被视为在心理体验层面从“无”到“有”的生发过程，即人遇到了某件不如意的诗，才会产生某种糟糕的情绪。而情绪的平复则相反，是让情绪从“有”复归于“无”的过程。这体现在一系列常见的论辞当中，如排解、疏导、释放情绪等，意指把主体从坏情绪的控制中解脱出来。而海德格尔看到了情绪对存在而言的源始性与先在性：“人往往无法控制情绪，我们无法决定自己有什么情绪，倒是情绪决定事物如何向我们呈现和我们如何对待事物。情绪不是伴随现象，而是预先决定彼此共在的东西……情绪不是流动的内心心理经验，而是我们存在的条件，是我们沉浸在其中的环境。”② 据此，对于理解“情”而言，视角的翻转殊为必要。并不是日常生活中的人事让某种情绪产生或消失，而是情绪决定了此在意义的敞开或遮蔽。“情”首先作为基本的生存论现象而存在，由此展现的是某一存在者

---

① ［德］海德格尔：《存在与时间》（修订译本），陈嘉映、王庆节译，生活·读书·新知三联书店 2012 年版，第 162 页。

② 张汝伦：《〈存在与时间〉释义》，上海人民出版社 2012 年版，第 394—395 页。

的基本生存论规定，而非高度个体化的心理状态，故而海德格尔用“生存情态”指称“情”①。

初看上去，上文对海德格尔论“情”的相关介绍显得过于迂远，似乎与本书主题无甚关联，实则不然。辨明古人在何种意义上论“情”，是立足于心理活动的层面，还是基于存在论的意涵，决定了吾人在何种意义上对《诗》之情“感人而易入”作出界定，是在经验事实层面将《诗》的作用理解为对人内心体验的影响，还是在存在论的层面看待《诗》对生存情态进行的深度规定。

一 “情”在“性”先：论《诗》对生存情态的重视

（一）生存情态，众生皆具

揆诸昔人语境，“情”不仅用于指称人类自身，还用于指称天地万物。《大戴礼记·易本命》云：“夫易以生人、禽兽、万物、昆虫，各有以生。或奇或偶，或飞或行，而莫知其情，惟达道德者，能原本之矣。”② 据此文本可知，人、禽兽、万物、昆虫等芸芸众生无不有“情”。故而此处所谓“情”，乃是泛指众生万有之情，又可细析为人之情、物之情等多重维度。

具体来说，以“情”论人（这是今人最熟悉的用法），也出现在昔人语境中，如《荀子·荣辱》所言：“人之情，食欲有刍豢，衣欲有文绣，行欲有舆马，又欲夫余财蓄积之富也；然而穷年累世不知不足，是人之情也。”此处所谓“情”，专指“人之情”。在泛指一切物时，昔人也会使用“情”的概念，如《孟子·滕文公上》云“夫物之不齐，物之情也”，《周易·咸·彖传》云“天地万物之情可见矣”③，《周易·系辞下》云“（包犠氏）于是始作八卦，以

---

① 张汝伦：《〈存在与时间〉释义》，第394—395页。

② （清）王聘珍撰，王文锦点校：《大戴礼记解诂》，第256页。

③ （魏）王弼、（晋）韩康伯注，（唐）孔颖达正义：《周易正义》，载《十三经注疏》整理委员会整理《十三经注疏》，第164页。

通神明之德，以类万物之情”①。此外，“情”还用以描写动物，如《国语·周语下》韦昭注云：“鸡畏其宗庙之用，故自断其尾，此诚六畜之情，不与人同也。”② 甚至在指称超越性存在时，昔人也会使用“情”这一概念，如《周易·系辞上》所言“是故知鬼神之情状”③。

对此语言现象及其形成原理，近世多释为“移情”：昔人习惯性地将自身情感投射到外物上，以增强情感的表达程度。究其实质，芸芸众生之情，乃是人主观感情的外延。如若上述观点真实成立，那么往昔语境应以论“人情”为主，而后才逐渐向“物情”拓展。但实际情况却是，先秦文献所论多为万物之情，而非先论人情（并且论人情之处居多），而后才过渡至对于物情的论述。下至清代，“情”仍用于论说天地万物。叶燮曾言：“惟理、事、情三语，无处不然。”又言：“曰理、曰事、曰情三语，大而乾坤以之定位，日月以之运行，以至一草一木一飞一走，三者缺一，则不成物。”④

据此，用“移情”解释古人以“情”论物的言说现象，难免存在逻辑起点的颠倒。这给我们的启发是：或许应对将“情”主观化的解读进行一番检视。是否存在如下情况，即“情”在先秦古人的观念体系里并不是作为指称人类的专门概念而出现，其根本意涵也并不限于人的主观感情。船山有言：“君子之心，有与天地同情者，有与禽鱼草木同情者，有与女子小人同情者，有与道同情者，唯君子悉知之。”⑤ 据此语境，不独女子小人有“情”，小到禽鱼草木，大到天地，均有“情”的维度，甚至道亦有“情”。如果仍从人的意识

---

① （魏）王弼、（晋）韩康伯注，（唐）孔颖达正义：《周易正义》，载《十三经注疏》整理委员会整理《十三经注疏》，第351页。

② 徐元诰撰，王树民、沈长云点校：《国语集解》（修订本），第129页。

③ （魏）王弼、（晋）韩康伯注，（唐）孔颖达正义：《周易正义》，载《十三经注疏》整理委员会整理《十三经注疏》，第313页。

④ （清）叶燮著，霍松林校注：《原诗》，第21页。

⑤ （明）王夫之撰：《诗经稗疏·诗广传》，第310页。

活动与情感层面解“情”，那么“女子小人之情”尚且解释得通，但“禽鱼草木之情”“天地之情”以及“道之情”又该如何作解？也许有人会如此辩护，禽、鱼、草、木仍旧是有意识的生命体，对光照、温度、湿度等环境因素均具备一定程度的感知力。若从这一角度出发，我们尚且能把“禽鱼草木之情”说通。但天地与道并不像禽鱼草木那般具备一定的意识能力，其存在样态与女子小人、禽鱼草木有很大差异，那么，“天地之情”与“道之情”又该如何理解？

由是可知，“情”不应在心理主义层面理解为人的意识活动或情绪状态，也不应在“情感—表现”的意义上解为一般性的情感或是道德情感，而应在生存论的层面理解为万有之生存情态。叶燮论“情”，也着眼于天地万有生存情态的呈现：“曰理、曰事、曰情，此三言者足以穷尽万有之变态。凡形形色色，音声状貌，举不能越乎此。”①

（二）论“情性”：“情”在“性”先的观念基础及其意旨

揆诸先秦文化语境，没有哪一部经典像《诗》这般把天地万有的生存情态置于如此重要的地位，以至于将“情”（人情与物情）的呈现作为全书的主要内容与基本形式。因此，在“性情”概念之外，说《诗》者又拈出“情性”一名来界定《诗》的特质。这表明，生存情态对于《诗》的重要意义早已被昔人察知：

《汉书·翼奉传》载翼奉之言曰：“故《诗》之为学，<u>情性</u>而已。”②

刘勰云：“盖《风》《雅》之兴，志思蓄愤，而吟咏<u>情性</u>，以讽其上，此为情而造文也。”③

王通云：“子曰：诗者，民之<u>情性</u>也。<u>情性</u>能亡乎？”④

---

① （清）叶燮著，霍松林校注：《原诗》，第23页。

② （汉）班固撰，（唐）颜师古注：《汉书》，第3170页。

③ （南朝梁）刘勰著，范文澜注：《文心雕龙注》，第538页。

④ 张沛撰：《中说校注》，第248页。

白居易云："上可裨教化，舒之济万民。下可理情性，卷之善一身。"①

黄庭坚云：诗者，人之情性也。②

朱子《论语集注》云："《诗》以理情性。"③

朱子《建宁府建阳县学藏书记》云："《诗》以导情性之正。"④

严羽云："诗者，吟咏情性也。"⑤

蔡节云："三百篇之诗，虽有美刺之不同，然皆出乎情性之正也。"⑥

伊藤仁斋云："《诗》以道情性。"⑦

黄侃云："（《诗》）本之情性，协之声音，振之以文采，齐之以法度而已矣。"⑧

据引文可知，除申明"性情""性之情"外，昔人语境还辟出了"情性"之名。此即是说，"性"在"情"先，"情"在"性"先，这两种提法在典籍文献中兼备。初看上去，"情性"一名卑之无甚高论，无非是把"性""情"二字调换了顺序而已，实则不然。吾人

① （唐）白居易：《读张籍古乐府》，载（清）彭定求等编《全唐诗》卷四百二十四，中华书局1960年版，第4654页。

② （宋）黄庭坚：《书王知载朐山杂咏后》，载刘琳、李勇先、王蓉贵点校《黄庭坚全集》，中华书局2021年版，第600页。

③ （宋）朱熹撰：《四书章句集注》，第97页。

④ （宋）朱熹撰，朱杰人、严佐之、刘永翔主编：《建宁府建阳县学藏书记》，载《朱子全书》第24册，上海古籍出版社、安徽教育出版社2010年版，第3745页。

⑤ （宋）严羽著，郭绍虞校释：《沧浪诗话校释》，第26页。

⑥ （宋）蔡节撰：《论语集说》卷一，载（清）纪昀等编《景印文渊阁四库全书·经部·四书类》第199册，第564页。

⑦ ［日］伊藤仁斋撰：《童子问》，转引自王晓平《日本诗经学史》，学苑出版社2009年版，第175页。

⑧ 黄侃著，吴方点校：《文心雕龙札记》，中国人民大学出版社2004年版，第23页。

应深入考索"性情"与"情性"各自得以成立的观念基础及其所寓理念。[①]"情"在"性"先，并非文字顺序之先，而是以"性—情"关系为背景，强调了"情"作为"性"之显现渠道的重要身份。"性"不能自显，而是必然由"情"得以开显。而"情"作为"性"的显现进路，实质上展现出"性"或澄明或遮蔽的存在境况。廖平据《论语》"性不可得闻"一语得出"《诗》学深邃"[②]之论。性不可得而闻，情却时时显现，故须由"情"以达"性"，所谓"审好恶，理情性，而王道毕矣"[③]。《诗》以言"情"见长，此为《诗》"由情以达性"的独特方式。

进一步来说，若论及生存情态，一个不可或缺的重要维度便是"情"之特殊和差异。申言之，人之为人，是在历史—文化维度下具体而鲜活地存在着的人，而不应还原为抽象的一般意识。同样，若论物情，鸢飞鱼跃、燕燕于飞等灵动周流的生存情态亦不可复现。有鉴于此，《诗》从未像道学家那般"干巴巴、死板板"[④]地谈性、谈情、谈天理，也并未使用命题、定义或其他理论分析的进路，而是以温情与力度兼备的方式照察生存情态的丰富与差异。

诗人深谙，具体而当下的生存情态是天地万有展开其在世生存的必然进路。"情"伴随着庶物苍生在世过程之终始。吾人如何理解与应对因缘际会之种种、如何与变迁的世事打交道，均与在世过程

① 前文侧重于论说"情"的内在规定性与意义取向，旨在申明"本性而称情"的重要性，因此在行文上多使用"性情"概念。但需要注意的是，前文所论"性情"概念与本节中的"情性"概念并不处于矛盾对立的关系，而是恰恰构成互相辅翼、互为补充的内在关联。之所以辟出"性情"与"情性"二名，乃是由于论述的侧重点与所关注的问题面向有所不同所致。

② （清）廖平著，蒙默、蒙怀敬编：《廖平卷》，第199页。

③ 转引自（清）廖平著，蒙默、蒙怀敬编《廖平卷》，第199页。

④ "干巴巴、死板板"是顾随对道学家的批评，其论曰："道学家自命传圣贤之道，其实完全不了解圣贤之道，完全是干巴巴、死板板地谈'性'、谈'天'。"叶嘉莹、刘在昭笔记，高献红、顾之京整理：《顾随讲〈诗经〉》，第10页。

的生存情态息息相关。由此，“情”深入地影响着吾人对事物意义的理解以及与周遭世界的关系。就《诗》而言，并不存在一个齐一的、纯粹而中立的生存经验。生存经验总是经由一定的存在情态得以呈现。若细析之，就人—物关系而言，周遭事物总是在一定的生存情态中与诗人发生联结；就人类社会内部的关系而言，人存在于世的关系维度与各种活动也无法剥离生存情态而独存。

二　人情—物情往来互动的整体性图景

承上所述，《诗》对“情”之维度尤其看重，且以言“情”见长，借此辟出“由情以达性”的回婉进路。进一步来说，在《诗》中，众生的存在情态并不是以直接性的方式呈现，而是借人情与物情往来互动、交织浑融的动态过程而呈露。其中，物情以人情为中介，人情又因物情而升华。在人情与物情紧密交织的整体性世界图景中，《诗》展开了有声有色的世间百态。

（一）论《诗》之人情

《诗》呈现出诗人们在各种境况下的喜怒哀乐。在多数情况下，诗人们并未留下自己的真实姓名与生卒年代。我们只能从《诗》编集时间的漫长跨度与涵盖内容的广博，推测出诗人们来自不同的时代、邦国和阶层，其遭遇与经历也不尽相同。某首诗所承载的生存经验，充其量只是诗人在世生存的一个剪影或片段，一如汪洋大海中的水滴那般。若从日常经验的层面来看，《诗》（尤其是《国风》）似乎是由细琐散乱的众多片段随机拼凑而成，无怪乎荻生徂徕曾用“零碎猥杂”① 来评价“《诗》之事”。在这个零碎庞杂的集合中，两首诗虽前后相继，但其所呈露之“情”很可能全然不同，且其生存经验在现实层面也不存在直接的人事关联。例如，上一首诗言说的是女子“适异国而不见答”的忧

① 参见［日］赖惟勤校注《徂徕学派》，东京：岩波书店1972年版。转引自王晓平《日本诗经学史》，第154页。

思（《邶风·泉水》），下一首诗抒发的便是臣子不受君主重用、不受家人尊重的苦闷（《邶风·北门》）。如此独特的形式不禁让读者困惑：《诗》将众多不相干的片段拼凑在一起，其措意何在？

诚然，初看上去，《诗》不外乎一系列杂多剪影的集合，零碎、驳杂且不成体系。但实质上这些源自无名诗人的喜、怒、哀、乐、怨、恶并非庞杂琐碎、缺乏相关性的“质料”，而恰恰呈现出生存情态的所有可能性面向。这些面向均为存在意义的总体结构不可或缺的环节。因此，诗人身份信息的缺失，并不会对后人的读《诗》过程产生过多影响，毕竟《诗》着眼于存在论意义上的生存情态，而非日常经验层面个人化的情感与情绪。

由是可知，《诗》是众多具体而当下的生存情态的定格与驻持，诚如伊藤仁斋所言：“盖人情尽乎《诗》。”[①] 所谓“人情尽乎《诗》”，并不是《诗》作为人情的“镜像反应”，在事实层面记录与复写了不同历史时期、不同地域邦国的诗人们多样化的情绪体验，而应理解为，《诗》穷尽了人的在世过程所具生存情态的诸多可能性，且最大程度地展现出生存情态的复杂性与多变性。具体来说，首先，哪怕有着相似的遭遇，诗人们的生存情态往往千秋各异，比如同样是被丈夫抛弃，《邶风·谷风》《卫风·氓》与《王风·中谷有蓷》呈现出的生存情态就颇为不同；其次，对于那些初看上去呈露出相同生存情态的诗（如同样写忧或同样写乐），若细审其诗义，也能发现些许不同之处，如《卫风·有狐》之忧、《王风·黍离》之忧和《秦风·晨风》之忧就极为不同；最后，哪怕在同一首诗中，诗人的生存情态也非常多样化，前后章之间甚或出现了极大的反差，如《召南·草虫》从“未见君子，忧心忡忡”顷刻间转为“亦既见止，亦既觏止，我心则降”，又如《卫风·氓》从“不见复关，泣涕涟涟”蓦然变作“既见复关，载笑载言”。两诗均以大开大合、

① ［日］伊藤仁斋撰：《语孟字义》，转引自王晓平《日本诗经学史》，第174页。

大起大落为其特色：仿佛前一秒还渐渍于忧伤之中，下一秒就立即转忧为喜。正因《诗》着力表现“情”之多样与复杂，伊藤仁斋曾作出如下评述：“天下之人虽众，古今之生虽无穷，而原其所以为情者，则无出于三百篇之外者。”[①]

（二）物情以人情为中介

《诗》虽注目于世态人情，却不拘囿于以人类为中心的狭隘视域。草、木、鸟、兽、虫、鱼等庶物众生，无不在诗人目光的顾盼流连之列，由此，《诗》真切地揭橥了芸芸众生丰富而鲜活的存在情态。《史记·太史公自序》将其申明为“《诗》记山川、溪谷、禽兽、草木、牝牡、雌雄，故长于风”[②]。《诗》广泛描摹了天地间的芸芸众生，将大千世界多姿多彩的物情纳于其中。对此，《管子·山权数》亦云：“《诗》者，所以记物也。”[③] 然须辨明的是，《诗》之“记”物，不应视为对自然现象所作的“实录”，而是对万物存在情态的呈露。孔子所论“（《诗》）多识于鸟兽草木之名”也是就此意义而言。所谓“识”，并非积累关于草木鸟兽的知识，而是体贴其存在的情态。

进一步来说，在《诗》整体性的世界图景中，万物的生存情态（物情）并非独立于人情而存在，而是以诗人的生存经验与生存情态为中介得以呈现。此处所论“物情以人情为中介”，有别于人以主体姿态去审视客体（物）的立场。而后者不啻写景状物诗的常态。对于主客相对的写作视角所产生的负面效果，王国维称之为“隔”：“白石写景之作，如‘二十四桥仍在，波心荡、冷月无声’，‘数峰清苦，商略黄昏雨’，‘高峰晚蝉，说西风消息’，虽格韵高绝，然如雾里看花，终隔一层。梅溪、梦窗诸家写景之

---

① ［日］伊藤仁斋撰：《童子问》，转引自王晓平《日本诗经学史》，第175页。

② （汉）司马迁撰：《史记》，中华书局1982年版，第3297页。

③ 黎翔凤撰，梁运华整理：《管子校注》全三册，第1310页。

病，皆在一‘隔’字。”[1] 诚然，《诗》多以诗人的生存经验为线索展开叙述。写作方式有千万种，某诗以如此这般的方式呈现，离不开诗人在此情境下的观察与感受，脱胎于其独特的叙述口吻和言说方式。但这些看似个体性的因素，充其量只是让物情得以呈现的管道和中介，可贵的是“辅物之自然”，利物而不争，而非以己观物，以一己立场割裁万物。

兹取《周南・关雎》来说明此点。《关雎》以“关关雎鸠，在河之洲”发语。《毛传》把“关关”释为“和声”。[2]《尔雅・释诂》郭璞注亦云：“关关噰噰，音声和也。皆鸟鸣相和。”[3] “和”的前提在于，承认并尊重彼此的差异。这暗示出，此处雎鸠的数量肯定不只是一。换言之，诗人借“关关”一词表明，其对雎鸠的描写乃是以关系群体为单位，而非仅着眼于某一只雎鸠。[4] 朱子特别点明了雎鸠之间的关系，“关关，雌雄相应之和声也”[5]，即彼此应答的两只雎鸠是配偶关系。

诗在开首处只描绘了雌雄二鸟在河中小洲的相和之声，并未对雎鸠的具体形貌作进一步的描摹，继而便转为叙述看似与洲上雎鸠无关的人事情境——“窈窕淑女，君子好逑”。从总体上看，首章前

---

① 王国维著，徐调孚注，王幼安校订:《人间词话》，人民文学出版社 1960 年版，第 210 页。

② 参见（汉）毛亨传，（汉）郑玄笺，（唐）孔颖达疏，（唐）陆德明音释，朱杰人、李慧玲整理《毛诗注疏》，第 27 页。

③ （晋）郭璞注，（宋）邢昺疏，王世伟整理:《尔雅注疏》，上海古籍出版社 2010 年版，第 43 页。

④ 未形其物，先闻其声的叙述方式，同样见于《小雅・鹿鸣》。《鹿鸣》开首即是“呦呦鹿鸣，食野之苹”。朱熹将“呦呦”释为“声之和也”。参见（宋）朱熹集撰，赵长征点校《诗集传》，第 156 页。正如《关雎》所言“关关”一词，《鹿鸣》借“呦呦”暗示出鹿同样处在关系群体之中。只不过在此诗的语境里，鹿的关系群体不仅局限于鹿的配偶，而是延伸至其同伴。《毛传》进一步解释了鹿鸣的原因：鹿寻得苹草，并非自己独食，而是“呦呦然鸣而相呼”，邀同伴一齐来享用美味，“鹿得苹，呦呦然鸣而相呼，恳诚发乎中”。（汉）毛亨传，（汉）郑玄笺，（唐）孔颖达疏，（唐）陆德明音释，朱杰人、李慧玲整理:《毛诗注疏》，第 792 页。

⑤ （宋）朱熹集撰，赵长征点校:《诗集传》，第 2 页。

后二句并非毫无关联。雌雄以音相呼，乃是为了求偶。同样，君子到了适婚年龄，也希望寻得佳偶及时婚配。

在此，对比下述两则描述：其一是“关关雎鸠，在河之洲”；其二是“关关雎鸠，在河之洲。窈窕淑女，君子好逑”。前者只是在写关雎，缺少对诗人生存经验的描写。后者先写关雎，而后描述了君子求佳偶的具体情境。进一步来说，后者乃是以君子求佳偶的生存经验为背景来描绘雎鸠相和的样态。也许诗人正是那位渴望寻得佳偶的君子，也可能是诗人曾听闻君子求佳偶的故事，抑或诗人渴望世间君子都能寻得佳偶。不论君子求佳偶这一生存经验的具体内容究竟为何，此经验本身起到了中介的作用，使雎鸠雌雄相和获得了有别于与其他人事经验相连缀时所具有的意义面向。

假设情境有所变化，不再是君子求佳偶，而是捕鱼人或采藕人月下归返的生存经验，那么，以此人事经验为背景来言说“关关雎鸠，在河之洲”，雎鸠相和之声可能会“开启”另一番意义。可见，“关关雎鸠，在河之洲”与“窈窕淑女，君子好逑”，二者并非截然分立、毫无关联。“君子求佳偶”恰恰作为揭橥“关关雎鸠”的存在情态的前提。有鉴于此，历代说《诗》者对“雎鸠”的解释并不止步于“关关”之声，而是由雌雄二鸟相应和之声，延伸至对于雎鸠性情的思考，诚如《毛传》所言：“雎鸠，王雎也，鸟挚而有别。”① 朱子将其申明为：“生有定偶而不相乱，偶常并游而不相狎，故《毛传》以为‘挚而有别’。”②

若论习性，雎鸠区别于其他鸟类之处还有很多。但注家不提别的方面，而只着眼于雌雄二鸟的相处之道，即“生有定偶而不相乱，偶常并游而不相狎”。此带有选择性的叙述视角，或与诗人所持生存经验存在一定关联，使雎鸠存在情态中与君子求佳偶的人事经验存

① （汉）毛亨传，（汉）郑玄笺，（唐）孔颖达疏，（唐）陆德明音释，朱杰人、李慧玲整理：《毛诗注疏》，第27页。

② （宋）朱熹集撰，赵长征点校：《诗集传》，第2页。

有意义相关性的部分得到了揭示，且以如此别具一格的方式得以呈现。雎鸠“生有定偶而不相乱，偶常并游而不相狎”，这并非出自注释家的杜撰，而是基于先民对雎鸠习性的长期观察。宋人王銍《默记》一书所记之事，对于理解雎鸠“挚而有别”颇有帮助：“李公弼字仲修，登科初，任大名府同县尉。因检验村落，见所谓鱼鹰者飞翔水际，问小吏，曰：‘此关雎也。’因言：‘此禽有异，每栖宿一窠中二室。’仲修令探取其窠，观之，皆一窠二室，盖雄雌各异居也。”[①] 雌雄二鸟“一窠二室”，据此习性，古人常用“和而别”[②]形容关雎。由此可见，对于雎鸠的生存情态而言，“挚而有别”是一种事实性陈述。

然而，若把目光转至人类社会的夫妻关系，不难发现，“挚”和“有别”之间很难两全。夫妻情谊深厚之时，往往很难“有别”，而等到“有别”之时，双方情谊就未必那么深厚了。因此，同样是“挚而有别”，对于人类而言，却作为有待实现的规范性陈述与美好愿望而提出。夫妻双方须经历一番修身工夫，才能将“挚”与“有别”统合为一。

“挚而有别”，在雌雄二鸟那里作为一个事实性陈述，而对于夫妻之伦而言，却相当于一个规范性陈述。前后二者形成了一定程度的张力，这使《关雎》首章前后两部分（“关关雎鸠，在河之洲”和“窈窕淑女，君子好逑”）产生了更为紧密的意义关联：雌雄二鸟“挚而有别”，对人类社会的夫妇之伦而言具有典范性意义。从意义相关性的角度看，雎鸠“雌雄相和”与君子淑女的婚配之道，前后二者形成了意义层面彼此渗透的同构关系，而不仅仅是“线性的开端与承接”[③] 关系。申言之，“关关雎鸠，在河之洲”和“窈窕淑

---

① （宋）王銍撰：《默记》，中华书局 1991 年版，转引自刘毓庆《诗经二南汇通》，中华书局 2017 年版，第 4 页。

② “仲修且叹村落犹呼关雎，而和而别，则学者不复辨矣。”（宋）王銍撰：《默记》，转引自刘毓庆《诗经二南汇通》，第 4 页。

③ 傅修延：《先秦叙事研究：关于中国叙事传统的形成》，第 128 页。

女，君子好逑”之间发生着意义层面的共振，形成了超越线性次序的“意象和弦”。“‘关关雎鸠’引导‘君子好逑’，‘君子好逑’又回应‘关关雎鸠’，读者心目中由意象激发的两幅画面既先后映现又并呈叠加，犹如电影艺术中两个镜头的叠印。”① 此“叠印”的效果在于，以君子求佳偶的生存经验为中介，使诗人对关雎的存在情态生发出更为丰富的洞见。与此同时，关雎的存在情态（“挚而有别”）又为君子和淑女的相处方式提供了典范。

诗所余下两章均随“君子好逑”铺陈开去：“窈窕淑女，寤寐求之。求之不得，寤寐思服。悠哉悠哉，辗转反侧。”“寤寐思服”“辗转反侧”二语，道出了君子绵延不尽的深情与忧思，由此足见君子之“挚”。不过昔人看到，仅仅是“挚”，对于维系夫妻之伦而言尚且不够。“求之不得”时的倾心与渴慕，终究难以长久，那么，在婚配之后，如何把“悠哉悠哉，辗转反侧”之“挚”升华为稳固的夫妻之伦？《关雎》并非通过抽象的教义来回答此问题，而是将君子与佳偶的相处场景娓娓道来：“窈窕淑女，琴瑟友之”，“窈窕淑女，钟鼓乐之”。在通常情况下，新婚夫妇亲狎嬉游是再常见不过的事，如《郑风·溱洧》所言男女相约于溱、洧之上，其诗曰：“女曰观乎？士曰既且。”耐人寻味之处在于，《关雎》不提别的相处活动，而是一再强调君子演奏雅乐“友之”“乐之”，借此晓谕夫妻关系的应然样态——以礼相待，相敬如宾。礼的特质在于“别”。夫妇守礼，以礼相待，有助于实现“夫妇之别”。《孟子·滕文公上》论及五伦的理想状态，即“父子有亲，君臣有义，夫妇有别，长幼有序，朋友有信”，其对于夫妻相处之道的讲陈，也正突出了“有别”的重要性。《关雎》用“琴瑟友之”“钟鼓乐之”来刻画君子与佳偶的相处活动，实则寄寓了对夫妻关系之规范性的思考，表达出诗人对夫妻之伦的理想愿景——以礼相待，以实现夫妇之别。

---

① 傅修延：《先秦叙事研究：关于中国叙事传统的形成》，第130页。

如前所述，《关雎》以对雎鸠的描写开篇，继之以君子求佳偶的生存经验。此独特的人事经验，使诗人得以从意义相关性的视角反思雎鸠的存在情态，这使“关关雎鸠”的意义与关雎在其他情境中可能实现的意义有所不同。对于雎鸠存在情态的揭示，诗人的生存经验扮演着不可或缺的中介作用。君子求佳偶的生存经验，使雎鸠与此相关的存在情态得以凸显。

对于雌雄二鸟的相处之道，《毛传》与朱子分别解作“挚而有别”① 和“生有定偶而不相乱，偶常并游而不相狎”②。初看上去，朱子的说法似乎是对《毛传》的进一步说明，即“生有定偶”与“偶常并游”解释了“挚”，而“不相乱”和“不相狎”解释了“有别”。但实际上，《毛传》和朱子是从不同层面对雌雄二鸟的相处之道作出解释。具体来说，朱注形象地呈现出雌雄二鸟的相处样态，其中融入了对雎鸠生活细节与习性的刻画，如“偶常并游”。与此相比，《毛传》所论“挚而有别”则超越了单纯的特殊性。“偶常并游”等涉及雎鸠生活情境的元素退居到了幕后。基于对雌雄两鸟相处样态的进一步提炼，《毛传》从中反思出更具普遍性的相处之道。有意思的是，对后人而言，朱注反倒更具可理解性，而《毛传》则多蒙诟病。方玉润认为，“有别”是对夫妻之伦的说明，《毛传》将其强加于雎鸠，乃是一厢情愿的附会，其论曰：“释鸠性，只《集传》‘生有定偶而不相乱，偶常并游而不相狎’二语足已，而又必牵引《毛传》及《列女传》，以致姚氏辩论不休，此训诂家恶习也。本不足录，然存之，亦足见笺疏之多附会云。”③

那么，吾人该如何看待《毛传》对雎鸠存在情态的阐释以及后人对《毛传》的批评？《毛传》经由对雎鸠生存情态的观察与诠释，

① （汉）毛亨传，（汉）郑玄笺，（唐）孔颖达疏，（唐）陆德明音释，朱杰人、李慧玲整理：《毛诗注疏》，第 27 页。

② （宋）朱熹集撰，赵长征点校：《诗集传》，第 2 页。

③ （清）方玉润撰，李先耕点校：《诗经原始》，第 74 页。

试图推求出普遍性的道理。[①] 此种从特殊瞬间窥见普遍之理的生存行动，有赖于对“生活的每一细节都作详尽的考察，对呈现于其面前的一切事物都作哲学的思考”，才有可能“创造出一种渗透于事物之中的普遍性”[②]。《毛传》的致思理路难以被后人理解，或在于后世习以为常的思维方式及观念背景发生了一定程度的变化，即“能找到现成的抽象形式”，并“掌握和吸取这种形式，可以说只是不假中介地将内在的东西外化出来并隔离地将普遍的东西（共相）制造出来，而不是从具体事物中和现实存在的形形色色之中把内在和普遍的东西产生出来”[③]。

揆诸后世对《毛传》的赞同或批评，吾人不应遽下孰是孰非的定论。问题的症结很可能在于不同时代思维方式与观念背景的差异。也许更值得探究的是，这种差异对我们而言意味着什么。如前所述，笔者将《关雎》视作一个整体，基于前后文的内在脉络来阐释雎鸠的存在情态。雌雄二鸟的相处之道与君子求佳偶的生存经验，二者合为一体的枢纽正在于二者间的意义相关性。那么，从雎鸠的存在样态如何开启此种意义相关性，使其可自然过渡至“窈窕淑女，君子好逑”？这正是《毛传》所着力之处。

可以说，“挚而有别”是对雎鸠的存在情态所作的事实性陈述，但与此同时，“挚而有别”一语又超越了此维度，作为更具普遍性的夫妇相处之道而存在。就后一情况而言，“挚而有别”作为一规范性陈述，构成了《关雎》前后章相衔接的重要线索。从雎鸠的存在情态反思出更具普遍性的意义维度，这并不是《毛传》凭空而设的见

---

① 熊十力先生也曾提出类似观点：“大哲学家之思辨，由实感发神解。神解必是悟其全，而犹不以傥来之一悟为足也，必于仰观俯察、近取诸身、远取诸物之际，触处体认、触处思维与辨析，然后左右逢源，即证实其初所神悟者。至此，若表之理论以喻人，固亦是知识，而实则其所自得者是超知的，但不妨说为知识耳。”熊十力：《十力语要初续》，上海书店出版社 2007 年版，第 32 页。

② ［德］黑格尔：《精神现象学》上卷，贺麟、王玖兴译，商务印书馆 1979 年版，第 24 页。

③ ［德］黑格尔：《精神现象学》上卷，贺麟、王玖兴译，第 24—25 页。

解，而是内蕴于《关雎》的脉络结构之中。为理解“关关雎鸠，在河之洲。窈窕淑女，君子好逑”的整体性，我们势必要顺着此诗的内在结构逆推而上，从“琴瑟友之”“钟鼓乐之”追溯至雌雄二鸟“挚而有别”，由此不难发现，寓普遍于特殊的致思理路业已潜伏于《关雎》的诗脉之中，否则吾人难以把《关雎》看似迥异的前后部分理解为一个整体。可见，《毛传》对雎鸠存在情态中普遍性维度的提炼，并非生硬地附加于“雎鸠”之上，而是基于对《关雎》的内在结构和脉络的理解展开的。

三 与物同其情：“情动于中”何以可能？

承上所述，天地万有丰富多彩的存在情态，并非以某种质直的方式呈现，而是以诗人的生存经验为中介得以展开。诗人通过自身的感受、体验与营构，将万物的存在情态摄入群黎众庶在世生存的点滴过程。

据此反观日常生活，实用性的视角和对利害得失的权衡，往往构成人—物关系的底色。人们惯于追问，某物是否有用，是否对当下的生活有利？而在此“物质的境界”之上，还存在一审美境界：“美之为物，不关于吾人之利害者也。吾人观美时，亦不知有一己之利害。”① 此时，人视外物，并非突显出己身与他物的利害关系，而是将其视为某种“纯粹”之物。此审美境界能使人暂时超越对利害关系的考量，洗练并提升至无欲之境。

与此二者相比，很明显，《诗》所呈现的人—物关系，当然不能算作人对物的占有和利用。当诗人咏叹“鳲鸠在桑，其子七兮”或“南有嘉鱼，烝然罩罩”之时，“鳲鸠”“鱼”等物象并不是作为满足诗人欲望的对象而存在。诗人并非把物作为自身的附属品，出于对一己利害得失的考量来审视它们。同样，《诗》中的人—物关系，

---

① 王国维：《孔子之美育主义》，载清华大学国学研究院主编，方麟选编《王国维文存》，江苏人民出版社 2014 年版，第 99 页。

也不应仅从审美的角度归为欣赏者与被欣赏者的关系。毕竟审美视角的成立，其前提在于区分被观赏的对象与观赏者的意识。这又深植于人、物之间主客二分的观念背景。此即是说，欣赏者乃是将审美对象视为自身之外的他者与对象。然而，揆诸《诗》的观念世界，无数的细节均喻示，《诗》中的人和物，实质上乃是置身于一种休戚与共的关系，彼此间分享着某种一体性与共在感。《小雅·鸿雁》云："鸿雁于飞，哀鸣嗷嗷。维此哲人，谓我劬劳。维彼愚人，谓我宣骄。"寒冬将至，鸿雁南飞，寻觅栖息之所。诗人摹状出鸿雁飞翔之形容与哀鸣之声，这有别于以纯粹的欣赏者身份进行的审美活动。实际上，诗人仿佛从南飞的鸿雁中看到了另一个自己。朱注曰："之子，流民自相谓也。"又言："流民以鸿雁哀鸣自比。"① 此时此刻，流民与鸿雁都处于居无定所的状态。相同的存在困境，仿若纽带般将流民与鸿雁无限拉进，使人对鸿雁顿生惺惺相惜之情。

又见《小雅·绵蛮》所云："绵蛮黄鸟，止于丘阿。道之云远，我劳如何！饮之食之，教之诲之。命彼后车，谓之载之。"对诗人而言，"绵蛮黄鸟，止于丘阿"，并非现于眼前、外于己身的自然物象。朱注云："此微贱劳苦而思有所托者为鸟言以自比也。盖曰：绵蛮之黄鸟，自言止于丘阿而不能前，盖道远而劳甚矣。"② 小鸟疲惫不堪，停在路旁无力高飞。诗人对小鸟的处境感同身受，已然超越了形躯之隔与物种之限，经历着与小鸟的"同在"。这种"同是天涯沦落人"的存在实感，使诗人心灵深处涌动起难以名状的慰藉：并不只是一个孤单的"我"，在如此劳苦的生存境况中辗转流浪，而是"我们"。"飘飘何所似，天地一沙鸥"的孤零感，逐渐被物—我之间"活生生的相互依存关系"③ 所消解。苍生间超越形躯之限、难以言表的感通力，对诗人正在经历着的苦难无形中生发出一种净化

① （宋）朱熹集撰，赵长征点校：《诗集传》，第187页。

② （宋）朱熹集撰，赵长征点校：《诗集传》，第265页。

③ ［德］奥斯瓦尔德·斯宾格勒：《西方的没落》第1卷，吴琼译，四川人民出版社2020年版，第125页。

的作用。当诗人歌吟“绵绵葛藟，在河之浒”或“鴥彼晨风，郁彼北林”之时，哪怕所面对的只是一草、一木、一花，只是就这样默默地看着它们摇曳在熹微的晨光中，如此安然，如此恬静，包藏着美善与雄奇，亦可从中略窥天地之仁与造化之恩。这些看似微不足道的细小环节，足以让生命的柔软触角扎根于其间，无不与灵魂的深层渴求紧紧咬合。生灵之间的感通与扶持超越了物种、超越了言语，渗透着脉脉温情，足以给人心带来长久的抚慰。在《诗》的观念世界中，物情与人情交叠共融、浑然为一，喻示着诗人与庶物苍生处于紧密交织的关系网络之中。甚至可以说，生灵万物作为诗人整体性生活图景的重要部分，是诗人活出“苟日新，日日新，又日新”的生命境界的重要力量。

进一步来说，在此万物相感的整体性关联中，人—物关系的另一重要维度在于对物之报，且对于物的回报作为祀事的必备环节而存在。《礼记·郊特牲》云：“蜡之祭也，主先啬而祭司啬也，祭百种以报啬也。飨农及邮表畷、禽兽，仁之至，义之尽也。古之君子，使之必报之。迎猫，为其食田鼠也。迎虎，为其食田豕也。迎而祭之也。祭访与水庸，事也。”① 而《周颂·良耜》《小雅·楚茨》《信南山》《大田》等农事诗，正与《礼记·郊特牲》所言报祭之事相关。农人所回报者范围甚广，不仅限于天地神明，还囊括了与农事相关的禽兽与设施。猫、虎乃至邮表畷、沟渠等农田设施，都处于所报者之列。这反映出，昔人深谙“万事互相效力”的生存智慧。任何一类事功，都不可能单凭人的在世作为就能达成，而是端赖周遭事物的共同参与。《诗》以天地万物为一体的世界图景，不仅反映出“农人所固有的淳朴与良善”，还体现着“农事生活中的人在宗教理念的表象形式下，与大自然众多生灵、事物所缔结的友善关系。在农人的眼中，方神灵物不是可怖的异己势力，而

① （汉）郑玄注，（唐）孔颖达正义，吕友仁整理：《礼记正义》，第 1071—1072 页。

像是共处的益友。对神、物的回报，显示着农人对自己与世界关系的独特情感”①。

《诗》内蕴的“报物”情结，意味着诗人并未以人类为中心的主宰者姿态凌驾于万物之上，并未以实用主义的态度去利用物。无论是物为己用的日常思维，还是物—我相对的审美视角，《诗》都对此进行了一番超越：不是把物作为与己相对的客体，而是与物处于一种“同位”的关系。人与物“同其情”，其观念基础在于承认人情与物情之间具有一定程度的内在相关性。

据此反观近世对古代文明诗歌传统的诠释，多少存在着将表达情感与描述事物进行二分（己情与外物二分化）的解读趋向。对于古希腊诗学传统，塔塔尔凯维奇（Władysław Tatarkiewicz）提出，“希腊人早期的‘歌舞’具有抒情的性质”，并将此处的“抒情”申明为“表达情感而不是描述事物，它是身体的动作而非静心的观照”，以此实现“弱化和缓和情感”之效，“用当时的话说，叫净化灵魂。希腊人把这种净化称为‘katharsis’”②。己情与外物的二分趋势，亦见于近人对吾国诗学传统的解读。在此语境下，人情与外物的“联结”，多被归为人主观的联想能力所致：

> 深情必达之以深入之文字。深入即是多一层联想。若单纯平直，则辞俭于情矣。方人之情有所会、感有所触也，往往将内在情感之颜色涂染于外在事物之表，增益其鲜明或加重其黯晦。更往往凭依己身情感之悲愉，重视或漠视与情感趋向有关涉或无关涉之事物。……情感之发展与浸淫，只是一派联想，文学原为凭依情感之触发而生，自然颇重联想工夫。或有阙失，

① 李山：《诗经的文化精神》，第46页。

② ［波兰］塔塔尔凯维奇：《西方美学史　古代美学》，理然译，广西人民出版社1990年版，第7页。

则不足以达情感之真蕴也。[①]

由引文可知，诗人对外物的摹写，以及在人情与外物之间建立的关联，究其根本，乃在于以抒情为本位生发出的己情向外物的“延伸”。此“移情”过程之所以可能，人主观的联想能力发挥着重要作用，而其观念基础则在于人—物二分、以己情为中心的思维模式。然而，此种横亘于己情与外物之间的鸿沟，在《诗经》的叙述模式中是模糊的。对诗人而言，芸芸众生并非单纯的自然物，并非作为自身认知对象的某一客体。在人与物一体共在的世界图景中，所发生的并非外物作为己情的延伸与扩充，毋宁说，反倒是己情须在“人—物”一体的关系网络中得以确证。与周遭事物的密切关系，是诗人表达自我、理解世界与人生的重要方式。对诗人来说，天地万物犹如并肩齐步的伙伴和友人，面对着相同的在世处境，分享着同样的生存情态。诗人与物象之间，或许已达成某种只可意会不可言传的默契与温存，实现了超越形躯之隔的一体与共在。在物情与人情的浑融中，己情并非通过某种直接的、单向度的方式来呈现，而是经由摹状外物之形容来展现己情，并借此实现对己情的净化。此即是说，在与物同其情的过程中，诗人之己情得以提纯与升华，由此融入参乎天地、开向无限的不朽进程。

船山用“同情”来阐释此种关系：“君子之心，有与天地同情者，有与禽鱼草木同情者，有与女子小人同情者，有与道同情者，唯君子悉知之。”[②] 以此反观《诗大序》所论“情动于中”，其所指并非主体主义语境下个人情感得以萌发的内在化过程。“情”之所以“动于中”，其前提在于船山所言“同情”过程的发生，即作为大全中的一员与自身之外的他者“同情”的过程，亦即上文所引“有与

① 傅庚生：《中国文学欣赏举隅》，生活·读书·新知三联书店 2018 年版，第 55 页。

② （明）王夫之撰：《诗经稗疏·诗广传》，第 310 页。

天地同情者，有与禽鱼草木同情者，有与女子小人同情者，有与道同情者”。申言之，芸芸众生的存在情态与人的存在情态交织互感，如此一来，“情动于中”才得以可能。

而“情动于中”的一大效验便是“形于言”。《诗》是诗人“与天地同情”“与禽鱼草木同情”“与女子小人同情”乃至“与道同情”之后“形于言”的产物。大部分风诗“仍为士大夫之辞，或民间歌谣而经士大夫润色修饰者”①，但哪怕是看似与朝政时事无关的讽诵——如《王风·中谷有蓷》所言“有女仳离，条其啸矣”等讽咏男女怨旷、室家相弃之辞——也多由“士大夫代为发抒，未必匹夫匹妇所自道”②。代匹夫匹妇发抒，恰恰体现出士大夫与他人“同情”的能力，或可作为诗人“与女子小人同情”的表征。若说“与女子小人同情”的提法和语境还局限于人类社会内部，那么，诗人“与天地同情，与禽鱼草木同情”，其前提在于，把视域与胸襟推扩至宇内苍生的一体化图景，凭借诗性言说创辟出一无限域，实现了“参乎天地”的“大我”境界，展现出人道、地道与天道的交织合一，可谓“上与造物者游，而下与外死生无终始者为友”（《庄子·天下》），故《孔子诗论》第八章用“内（纳）物也博”来评点风诗。其实，“内（纳）物也博”对整部《诗》而言同样成立。《诗》之言是“纳物”之言：《诗》对芸芸众生在世界中的在场，都予以高度的尊重且富有脉脉温情。“纳物”之“物”涵容范围甚广，花、草、虫、鱼、鸟、兽、山、川、天、地无不包孕于其中，正如太史公所言：“《诗》记山川、溪谷、禽兽、草木、牝牡、雌雄。”③ 诗人

① 缪钺：《中国文学史讲演录（唐以前）》，载缪元朗、景蜀慧编校《缪钺全集》第六卷，第26页。

② 缪钺：《中国文学史讲演录（唐以前）》，载缪元朗、景蜀慧编校《缪钺全集》第六卷，第26页。

③ （汉）司马迁撰：《史记》，第3297页。

扎根于天地之间，“尽人情物态之微”①，以虚己的姿态拥抱天地万有。这喻示，“与道同情”的过程，并非直接性的同一关系，而是回婉曲折的具有中介性的过程，须深入并拥抱广阔的生活世界。此即是说，“与天地同情，与禽鱼草木同情，与女子小人同情”等面向，共同支撑起“与道同情”的意义维度。

诗人之情并非拘囿于狭隘的个体意识之中，而是实现了“与天地同情，与禽鱼草木同情，与女子小人同情，与道同情”。因此，“情动于中而形于言”的过程，其所谓“言”并非主体主义语境下个体层面的独白或自陈。《诗》之“言”并不限于人类群体内部的沟通和交流，而是经由与物同其情的过程，在人—物之间流溢出静默无声却深沉而有力的对话。这种别具一格的“对话”超越了物种，不仅发生在人群内部，还遍布于人物之间。诗人的对话者可以是自己，如《卫风·考槃》所云“独寐寤言，永矢弗谖”，《卫风·竹竿》所言“驾言出游，以写我忧”；可以是他人，如《王风·扬之水》所言“彼其之子，不与我戍申”，《郑风·缁衣》所言“适子之馆兮，还，予授子之粲兮”；还可以是日、月、鸟、兽、草、木等天地万物，似得天地江山之助，如《邶风·日月》所言“日居月诸，照临下土”，《邶风·旄丘》所云“旄丘之葛兮，何诞之节兮”，以及《卫风·氓》所言“于嗟鸠兮，无食桑葚”。诗人的对话者还可以是已逝之先祖，如《小雅·小宛》所云“我心忧伤，念昔先人。明发不寐，有怀二人”，《大雅·云汉》所言“父母先祖，胡宁忍予”，以及《周颂·有瞽》所云“喤喤厥声，肃雍和鸣，先祖是听”。《诗》之言甚至还可以与超越性存在“沟通”，达至“通乎幽明”的效验，如《王风·黍离》所言“悠悠苍天，此何人哉”，《唐风·鸨羽》所言“悠悠苍天，曷其有所”，《周颂·思文》所言“贻我来牟，帝命率育”，以及《周颂·臣工》所云“明昭上帝，迄用

① （宋）蔡节撰：《论语集说》卷九，载（清）纪昀等编《景印文渊阁四库全书·经部·四书类》第200册，第692页。

康年”。

诗人凭借诗性言说与他人、与天地万有、与先祖神祇、与皇天上帝展开对话，可谓“欣于所遇，暂得于己”的奇妙历程。人情与物情的交织共鸣，使诗性言说闪耀而出的光芒，成为一束束在至暗时刻从灵魂的隐秘处绽放出的人性之光，是诗人面对悖乱错谬的现实秩序时的无声对抗，是从屈辱与幻灭的深渊中升腾而起的荣光与理想，是永不枯竭、永不言弃的探寻与仰望。其中自有天地之至理，自有天地之大美，诚如《庄子·知北游》所云：“天地有大美而不言，四时有明法而不议，万物有成理而不说。圣人者，原天地之美而达万物之理。”与物同其情的诗性言说，正是诗人“原天地之美而达万物之理”的独特方式。在借此创造出的生命情调里，“生命世界的时时在在无不是诗，亦无不是哲理了”①。

综上所言，《诗》之“情”既是情与理的浑融，又是人情与物情的交织共鸣，故而《诗》之情能感人、动人与化人。此“情”并非心理主义语境中的个人之情，而是人与物“同其情”之“情”。人情与物情交感相应的过程迸发而出的生命之光，内蕴着足以驱散黑暗、融化坚冰的温情和力量，如冬日暖阳般和煦可亲，在深沉如大海般的静默中积蓄点滴之力，以唤醒世人那蛰居心底已久的暗流与生机。观者洗练了心灵、澡雪了精神，被邀请着共赴庄严而神圣的生命之约，去体贴生命之间休戚与共的联通与同在。

① 萧驰：《中国思想与抒情传统　第一卷　玄智与诗兴》，第v页。

第三章

"赋""比""兴"与《诗》的意义世界

上章基于对"情理"概念的发掘与阐释，旨在突破"情""理"二分的思维模式，将"情"从人的主观意识活动层面提升至芸芸众生之生存情态的高度，申明《诗》之"情"不仅指人之情，还指物之情。物情与人情交织并存，是《诗》之"情"的一大特质。诗人往往能"与物同其情"，而不是把外物视为满足实用目的或审美需要的外在对象。进一步来说，"与物同其情"，而后才能实现"情动于中"；"情动于中"之后，才有可能"形于言"。《诗》正是"情动于中而形于言"的结晶。

然而，当吾人真实面对《诗》的文字内容时，不难发现，"与物同其情"的提法或有其棘手之处。综观《诗》的常见结构，每章多以写景状物发语，而后过渡至对人情世态的叙述，如《鄘风·鹑之奔奔》首章所言："鹑之奔奔，鹊之彊彊。人之无良，我以为兄。"从字面上看，诗并未显露出"与物同其情"的明显痕迹，且从物情一跃而至人情，亦颇为突兀。物情与人情的一体关联性，并未在字里行间有直接交代，让人一目了然的或许只是二者文字内容的接续关系，而非文脉的连贯，以致早在宋代，已有学者认为，《诗》中的物情与人情彼此独立。咏物之辞仅是虚着一笔，有声无义。明人徐渭亦称：“诗之兴体，起句绝无意味。”① 而在近世自然与人文两相独立的观念体系中，诗人“与物同其情”愈发失去了可理解性。由此，如下问题始终悬而未解：既然诗作前后部分（物情与人情）的文脉看似不相连贯，那么，“与物同其情”是否可能？倘若可能，“与物同其情”该如何实现？进一步来说，“情动于中”之后，诗人通过何种方式将其“形于言”？上述问题将作为本章探寻的关键。

第一节　“赋”“比”“兴”：“情动于中”而“形于言”的切实进路

一　人情与物情：一贯抑或相隔？

先以《周南·樛木》为例作一番阐释。此诗分为三章。每章均为先言物情，再言人情。首章云“南有樛木，葛藟累之。乐只君子，福履绥之”，初看上去，此句似乎呈现出两幅彼此独立的图景：其一是葛藟攀援樛木向上生长；其二是君子得享福禄。二者的意义关联未曾明现于字里行间，不禁令人疑惑：从“南有樛木”如何过渡到“乐只君子”？此种安排是出于二者的内在关联，还是音韵上的考虑，抑或仅为随意的拼凑？据《孔子诗论》首章所言“《樛木》之时，则以其禄也”②，倘若此诗的本旨在于君子得享福禄，那么诗句对樛木的叙说未免显得多余，值得追问的是，诗人缘何舍去直白晓畅的表达，偏要迂回婉曲地以樛木发语？朱注云：“木下曲曰樛。”③ “下

① （明）徐渭撰：《奉师季先生书》，《青藤书屋文集》卷十七，载台北新文丰出版公司编辑部编《丛书集成新编·文学类》第68册，台北：新文丰出版股份有限公司1985年版，第186页。

② 李学勤：《上海博物馆藏竹书〈诗论〉分章释文》，转引自刘信芳《孔子诗论述学》，第278页。

③ （宋）朱熹集撰，赵长征点校：《诗集传》，第6页。

曲”刻画了树木独特的生长形态：枝条并非向上伸展，而是向下蜿蜒盘曲。这显然与木之本性相悖——“木体阳气，其本性该是不管不顾地往上长，《诗经》里矫矫不群的乔木，才显得是木的本来面目……按之《毛传》，‘木下曲曰樛’，似乎有违木的本性，隐约有那么点不够进取的意思”①。

若以木之本性为准的，那么樛木可谓庄子笔下的“不材之木”。而有意思的是，这不材之木恰恰成就了一番无用之用——“葛藟累之”。樛木“下曲”之态造福了葛藟，成为其藤条攀爬蔓延的依托。郑玄将此申明为：“木枝以下垂之故，故葛也、藟也，得累而蔓之，而上下俱盛。”② 此处所谓“下”本是一方位词，在《樛木》首句中特指树木的枝干在空间中的延伸方向。③ 而“下”作为指事字，具

① 黄德海：《诗经消息》，第4页。

② （汉）毛亨传，（汉）郑玄笺，（唐）孔颖达疏，（唐）陆德明音释，朱杰人、李慧玲整理：《毛诗注疏》，第53页。

③ 在《说文解字》中，“下”字被归为指事字：“指事者，视而可识，察而可见，‘上’‘下’是也。”参见（汉）许慎撰，（宋）徐铉校定《说文解字》，第314页。指事字“视而可识”，使用的多是形符，在很大程度上分享了象形字的具象特征。更确切地说，大多数指事字是在象形字的基础上添加、减少笔画或符号而形成的。然而，指事类型所用的形符又有别于象形字的形符。“象形者，画成其物，随体诘诎”，说明象形的原理在于用文字的线条或笔画，把要表达物体的外形特征具体地勾画出来。相比之下，指事字的形符则是一种“抽象的形符”（此处借用裘锡圭先生的术语）。申言之，指事字要表达的意思无法完全用具体的形象画出，只能转而借助抽象的符号。初看上去，“抽象的形符”这一表达近似于“方的圆”。既然是形符，为何又会“抽象”；既然是抽象的，为何又会有形？这恰恰是指事法的高明之处。我们不能完全将其理解为抽象，当然，它又不完全停留于具象，而是将抽象与具象熔于一炉。裘锡圭先生曾对“象形”与“指事”作出一番区分：“前者所用的字符象物之形，所代表的词就是所象之物的名称。后者用的是抽象的形符，所代表的词不是‘物体’的名称，而是‘事’的名称。”裘锡圭：《文字学概要》，商务印书馆1988年版，第98页。段玉裁将“物”与“事”的不同阐释为：“指事之别于象形者，形谓一物，事晐众物，专博斯分，故一举日、月，一举上、下。上、下所晐之物多，日、月只一物。学者知此，可以得指事、象形之分矣。”（汉）许慎撰，（清）段玉裁注：《说文解字注》，第755页。“形谓一物”说明，象形之法受限于个别物之特殊性，即一个象形字只能指称所对应的某一特殊物。而“指事”采用的是寓抽象于具象的方式，可以超越某物的特殊性，上达所蕴之普遍事理。段玉裁所说的“事晐众物”，正点明了“事”所具有的普遍性意义维度。可以说，指事字寓抽象于具象的特质，使其在表意功能方面具有远超象形字的丰富性。

有寓抽象于具象的特点。这也使“下”有可能在义理层面成为一个寓普遍于特殊的概念。无怪乎《诗序》能从“下”中发掘更多奥秘：“《樛木》，后妃逮下也。言能逮下，而无嫉妒之心焉。”据其所论，“下”不仅作为物理空间意义上的方位词使用，还具有丰富的人文意蕴。“逮下”之德成为《诗序》的称颂对象。在此语境中，“逮下”之“下”指的是身份地位不如自己的人群。面对身份地位甚至是品德都不如自己的人，仍能谦卑相待，这实在难能可贵。

关于“逮下”与君子得享福禄之间的关系，《樛木序》并未作出说明。在此，不妨进行一番推求：君子之所以得享福禄，恰恰在于其能“逮下”，而非故作姿态，傲视一方。进一步来说，“逮下”，作为君子与樛木共享的特质，也成为二者同其情之处。樛木向下蔓延，为葛藟攀缘而上提供了附着点。同样，君子虽在高位，却能谦卑待下，恩泽下民。就此而言，“南有樛木，葛藟累之”一句并非可有可无的点缀，而是为“乐只君子，福履绥之”提供了必要的铺垫。“逮下”作为樛木和君子同具之美德，把《樛木》前后看似无关的两部分关联为一个整体。

樛木下曲，葛藟借此攀援而上。《郑笺》将此评点为“上下俱盛”。葛藟依附外物攀援而上，故其长势繁茂壮盛，这倒不难理解。可下曲之木违背了向阳生长的本性，又如何能“盛”？可见，此处所谓“盛”是就上下关系而言，暗示出“上”之盛亦有赖于下。从表面上看，樛木牺牲了自己，成就了葛藟。但实际上，葛藟也反过来成就了樛木。这意味着上与下实则互相成就。上下俱盛，源于上下相通。在此，诗人又启发我们思考，上下相通的前提何在？樛木主动向下延伸，葛藟才有可能蔓延而上。同样，在上位者须放低姿态，以礼待人，民众才会感念其德泽，为其呈上祝福，才有可能实现三章末句所言“乐只君子，福履绥之”，“乐只君子，福履将之”以及“乐只君子，福履成之”。

樛木与君子均能“逮下”，这成为“上下俱盛”的一大前提。“上下俱盛”，不仅是诗人对“南有樛木，葛藟累之”这一物情的描绘，还是诗人饱览历史兴衰变迁之后，对社会伦常怀有的期许与愿景。君子唯有与樛木同其情，甘愿逮下，惠泽下民，人伦世界才能像自然世界那般实现上下相通、上下俱盛的理想状态。

再来看《秦风·晨风》。此诗共三章。各章同样先言物情，再及人情。除首章以“鴥彼晨风，郁彼北林”发语之外，后两章均以“山有……，隰有……”的句式开篇。初看上去，此句只是交代了草木生长的不同位置，与“未见君子，忧心钦钦”在内容上八竿子打不着，充其量只是无实意之前缀。

对于二章首句“山有苞栎，隰有六駮”，朱子解为：“山则有苞栎矣，隰则有六駮矣。”① 此解与诗文内容较为一致，算是对诗句内容的复述。相比之下，《郑笺》所言“山之栎，隰之駮，皆其所宜有也”②，则表达出了朱子未尽之意。“宜”有应当、合宜之意。《郑笺》突出的是不同植物生长地域的合宜性。若论各自的生长习性，苞栎应当长在山上，而駮应当长在隰中。现实情况的确是山有苞栎，隰有六駮，即栎和駮都长对了地方，各得其宜。

将朱注与《郑笺》相较，再反观“山有苞栎，隰有六駮”一句，不难发现，此句虽言语简约，却营造出极具伸缩性的表达，在有限的字句间撑开了丰富的意义空间，既介绍了栎与駮的生长位置，同时又说明了二者各合其宜，各得其所。物之情各得其宜。那么人之情自然也应各得其宜。贤者在位，能者在职，如《郑笺》所言：“山之栎，隰之駮，皆其所宜有也，以言贤者亦国家所宜有之。”③ 然而，现实层面屡屡发生的却是，贤者的实际遭遇与其本应尊享的礼遇不相符。由此，《晨风》第二章从“山有苞栎，隰有六駮”过

① （宋）朱熹集撰，赵长征点校：《诗集传》，第120页。

② （汉）毛亨传，（汉）郑玄笺，（唐）孔颖达疏，（唐）陆德明音释，朱杰人、李慧玲整理：《毛诗注疏》，第612页。

③ （汉）毛亨传，（汉）郑玄笺，（唐）孔颖达疏，（唐）陆德明音释，朱杰人、李慧玲整理：《毛诗注疏》，第612页。

渡到了后二句，即“未见君子，忧心靡乐。如何如何，忘我实多！”无论是对于物情，还是对于人情而言，各得其宜都是再理想不过的愿景。据此而论，此诗的人情与物情同样有其相通之处。这使《晨风》的前后文具有了内容上的连贯性。栎和駮尚且各得其所，而君子却不受上级重用，遭受了不公正的待遇。此处，物情的合宜恰恰反衬出人类社会的种种遗憾，以至于诗人再三嗟叹——“忧心钦钦”“忧心靡乐”“忧心如醉”。实然与应然之间的巨大反差，使诗人之忧具备了可理解性。

再看《邶风·绿衣》：

> 绿兮衣兮，绿衣黄里。心之忧矣，曷维其已。
> 绿兮衣兮，绿衣黄裳。心之忧矣，曷维其亡。
> 绿兮丝兮，女所治兮。我思古人，俾无訧兮。
> 絺兮绤兮，凄其以风。我思古人，实获我心。

《绿衣》以“绿兮衣兮，绿衣黄里”发语，讲的是不同颜色的衣服的穿着位置。外衣是绿色的，穿在里面的衣服是黄色的。那么，服饰的搭配又如何与“心之忧矣，曷维其已”相关？朱子注云：“绿，苍胜黄之间色。黄，中央土之正色。间色贱而以为衣，正色贵而以为里，言皆失其所也。”① 此处，黄与绿不仅作为颜色的指称出现，还承载着丰富的人文意涵。黄色为尊，绿色为卑。同样，外与内也不仅是就物理空间而言。外与尊相对应，是尊者应居之位；内与卑相对应，是卑者所处之位。

据此反观“绿衣黄里”一语，不难发现，此衣着搭配违背了当时的礼制规定，故朱子评之为“皆失其所”。黄色是正色，应穿着于外；绿色是间色，应穿着于内，然而“今椽衣反以黄为里，非其礼

① （宋）朱熹集撰，赵长征点校：《诗集传》，第25页。

制也”①。次章首句分享了同样的结构。“绿兮衣兮，绿衣黄裳”，意指穿在上面的衣服是绿色的，下面的衣裳是黄色的。同样，此处所论“上”“下”不仅作为物理空间上的方位词使用，还代表身份地位的高低之分。黄作为正色，理应处于尊贵的上位，但在《绿衣》中反倒处于下位。可见，无论是“绿衣黄里”，还是“绿衣黄裳”都意味着尊卑失序。

进一步来说，尊卑失序不仅经由物情得以体现，还同样是诗人所遭逢的困境，即妾上僭，正室虚有其位。据《绿衣序》：“卫庄姜伤己也。妾上僭，夫人失位，而作是诗也。”② 庄姜身为正妻，却被妾室欺凌。尊卑不正，故忧思难解。这构成人与物同其情之处，使“绿兮衣兮，绿衣黄里”与“心之忧矣，曷维其已”实现了文脉的一贯。

再来看《周南·桃夭》一诗。各章首句所言（即“灼灼其华”“有蕡其实”“其叶蓁蓁”），在时间维度中勾勒出桃树动态的生长轨迹。这看似与本诗主题缺乏直接关联。据此，若将《桃夭》删减为“之子于归，宜其室家。之子于归，宜其家室。之子于归，宜其家人”，简化后的版本要精练扼要得多，更能凸显“宜其室家”的旨意。相比之下，诗人将对室家的展望穿插于桃树的生长过程中，稍显画蛇添足。那么，为何诗人还要如此为之？

> 花朵开放的时候花蕾消逝，人们会说花蕾是被花朵否定了的；同样地，当结果的时候花朵又被解释为植物的一种虚假的存在形式，而果实是作为植物的真实形式出现而代替花朵的。这些形式不但彼此不同，并且互相排斥、互不相容。但是，它们的流动性却使它们同时成为有机统一体的环节，它们在有机

---

① （汉）毛亨传，（汉）郑玄笺，（唐）孔颖达疏，（唐）陆德明音释，朱杰人、李慧玲整理：《毛诗注疏》，第160页。

② （汉）毛亨传，（汉）郑玄笺，（唐）孔颖达疏，（唐）陆德明音释，朱杰人、李慧玲整理：《毛诗注疏》，第159页。

> 统一体中不但不互相抵触，而且彼此都同样是必要的；而正是这种同样的必要性才构成整体的生命。①

据引文可知，就桃树完整的生长过程而言，开花、长叶、结实三者之间，并非后者取代前者的关系，而是共同构成桃树完整生长过程的内在环节。此过程可视为有机统一性在桃树生长方面的具象化体现。诗人从拟诸物象之形容，跃迁至把握人事之理。这构成《桃夭》各章前后部分的贯通之处。出嫁到夫家，乃是女子生命过程的一个重要环节，由此，女子获得了一个新的身份，即为人之妇，其在世生存开启了新的阶段。《桃夭》的诗脉，并非停留于女子嫁往夫家那一刻，而是立足于其完整的生命历程来统观出嫁之事。这从"室家""家室"及"家人"的发展脉络中可见一斑。朱注云："室，谓夫妇所居。家，谓一门之内。"② 在先秦语境中，"室家"与"家室"多与夫妇之伦有关。《左传·桓公十八年》载申繻之言云："女有家，男有室，无相渎也，谓之有礼。"③ 对于"家""室"之别，《孔疏》引沈氏之言申明为："男子一家之主，职主内外，故曰家；妇人主闺内之事，故为室也。"④"宜其室家"与"宜其家室"二语，均为对夫妻关系的期许。而从"室家"到"家人"的推进与转变，暗示出女子的在世过程又发展至新的环节，涉及夫妻之外更广阔的人伦关系，即"家人，一家之人也"⑤。所谓"家人"，不再特指夫妇二人，而是"夫妇和则室家成，室家成而继嗣生"⑥。方玉润的猜想是，此

---

① ［德］黑格尔：《精神现象学》上卷，贺麟、王玖兴译，第2页。

② （宋）朱熹集撰，赵长征点校：《诗集传》，第7页。

③ （周）左丘明传，（晋）杜预注，（唐）孔颖达正义：《春秋左传正义》，载《十三经注疏》整理委员会整理《十三经注疏》，第243页。

④ （周）左丘明传，（晋）杜预注，（唐）孔颖达正义：《春秋左传正义》，载《十三经注疏》整理委员会整理《十三经注疏》，第244页。

⑤ （宋）朱熹集撰，赵长征点校：《诗集传》，第7页。

⑥ （汉）毛亨传，（汉）郑玄笺，（唐）孔颖达疏，（唐）陆德明音释，朱杰人、李慧玲整理：《毛诗注疏》，第198页。

处暗指女子已孕育子嗣：“二、三章意尽首章，‘叶’‘实’则于归后事，如‘绿叶成阴子满枝’，亦以见妇人贵有子也。”① 黄荣华也看到，从“室家”到“家室”再到“家人”的序列具有层递性，即出嫁，有家，有孕，有儿有女。②

在诗人看来，妇人生子，是其生命过程中的另一重要环节。自此，女子被带入夫妻关系之外的另一种关系，即母子关系。正如桃树开花、长叶、结实的系列过程，女子出嫁、从夫、生子等紧密相连的环节同样构成了一个内在统一体，使女子的在世生存不断得以丰富与充实。可见，花开灼灼与女子出嫁，二者存在着互相发明的意义关联，一以贯之的是诗人对处于时间之流中的生命环节内在统一性的思考。

与《桃夭》相类，《卫风·淇奥》同样基于竹子不同生长阶段的统一性与完满性来看待君子的成德过程。先看此诗关于物情的论述：“瞻彼淇奥，绿竹猗猗”，“瞻彼淇奥，绿竹青青”，“瞻彼淇奥，绿竹如箦”。上述三章句式相仿，仅有六字发生变换，却极具章法与层次感，标举出竹子在不同生长阶段的特质。朱子将“猗猗”“青青”“如箦”解作“始生柔弱而美盛也”③，“坚刚茂盛之貌”以及“箦，栈也。竹之密比似之，则盛之至也”④。从“猗猗”到“青青”，再到“如箦”，诗人勾勒出竹子完整的生长轨迹。竹子自幼弱至茂密，端赖日夜积渐，未有片刻间断。直至绿竹如箦，其生长态势臻于完满，如朱子所言“盛之至也”。竹子的生长尚且如此，更遑论君子修德成人的过程？由此，《淇奥》从物情过渡至对人情的描写。兹取关于人情的三章作一番说明：

---

① （清）方玉润撰，李先耕点校：《诗经原始》，第 83 页。

② 参见黄荣华《诗自远方来：〈诗经〉二十六讲》，广西师范大学出版社 2018 年版，第 86—87 页。

③ （宋）朱熹集撰，赵长征点校：《诗集传》，第 53 页。

④ （宋）朱熹集撰，赵长征点校：《诗集传》，第 54 页。

有匪君子，如切如磋，如琢如磨。
瑟兮僩兮，赫兮咺兮。有匪君子，终不可谖兮。（一章）
有匪君子，充耳琇莹，会弁如星。
瑟兮僩兮，赫兮咺兮。有匪君子，终不可谖兮。（二章）
有匪君子，如金如锡，如圭如璧。
宽兮绰兮，猗重较兮。善戏谑兮，不为虐兮。（三章）

以上三章呈现出的君子气象各不相同。第一、二章所言“瑟兮僩兮”，突显出君子的庄重威严。朱注云：“瑟，矜庄貌。僩，威严貌。”① 此仪容气象并非与生俱来，而是经过长时间的修为才能养成。这与首章所言“如切如磋，如琢如磨”正相照应。在此语境下，“如切如磋，如琢如磨”一句，借用雕琢玉石的过程来形容君子的自修工夫②，是对“瑟兮僩兮，赫兮咺兮”的解释与说明。君子呈现出超越常人的威严气象，这并非一蹴而就，而是有赖于平日的切磋琢磨。

日夜不息的自修工夫使君子之德提升至新的高度。由此，诗脉推进至第二章“有匪君子，充耳琇莹，会弁如星”。此处，诗人关注的是君子所着服饰。“充耳琇莹，会弁如星”，有别于对服饰的款式、色泽及材质的一般叙述，而是通过描写服饰的珍贵饰物以凸显其精致华美。《毛传》曰：“琇莹，美石也。”③ 缀以美石的华服不仅具有审美方面的意义，同时还在时刻提醒穿衣者，其德行必须配得上如此贵重的华服，如此才是德服相称。可见，诗人以服饰之华美为切

① （宋）朱熹集撰，赵长征点校：《诗集传》，第53页。

② 《礼记·大学》也用此诗讲论修身过程：“‘如切如磋’者，道学也。‘如琢如磨’者，自修也。‘瑟兮僩兮’者，恂慄也。‘赫兮喧兮’者，威仪也。‘有斐君子，终不可諠兮’者，道盛德至善，民之不能忘也。”（汉）郑玄注，（唐）孔颖达正义，吕友仁整理：《礼记正义》，第2238页。

③ （汉）毛亨传，（汉）郑玄笺，（唐）孔颖达疏，（唐）陆德明音释，朱杰人、李慧玲整理：《毛诗注疏》，第296页。

入点，其所着眼者乃在于君子之德，正所谓以“服饰之尊严”，“见其德之称也”。[①]

到了第三章，君子的气象又提升至一新境界。方玉润将其申明为：“（三章）写仪容又变。”[②] 足以看出，切磋琢磨的修身工夫渗入君子成长的每一阶段。诗末章用“宽兮绰兮”描写君子。朱子注曰：“宽，宏裕也。绰，开大也。”[③] 值得思考的是，从前两章的“瑟兮僩兮”到末章的“宽兮绰兮”，此变化反映了什么？诗人看到，君子矜庄威严的气象，虽远胜于散漫庸惰的“常人”状态，但仍未臻于大成。毕竟矜庄威严反映出一定程度的紧张感。君子其实在用严饬的态度提醒自己毋逾越规矩。一旦稍微放松，恶念又会卷土重来。这意味着，过于矜庄其实也失于一偏，必然导致在宽舒安泰方面有所欠缺。

随着君子修德工夫渐长，其气象逐渐从“瑟兮僩兮”提升至“宽兮绰兮”。此时，君子业已超越以严饬的仪态策励自省的阶段，已实现“从心所欲，不逾矩”。这具体表现为，宽广而不失其度，和易而不失节制，“其动容周旋之间，无适而非礼”[④]。“如金如锡”与“如圭如璧”二语，是对君子德业大成的具象化描写。“金”“锡”与“圭”“璧”分别被朱子释为“言其锻炼之精纯”与“言其生质之温润”[⑤]，均用于形容君子和风庆云般的气象。正如竹子由初生到茂盛再到臻于大成，《淇奥》在描写君子气象时，也呈现出层层递进的样态。从起初的“瑟兮僩兮”，到后来的“宽兮绰兮”，可见，切磋琢磨的修德工夫让君子的气象日日新，又日新。

在诗人看来，“绿竹青青”“绿竹猗猗”等生长阶段并非彼此独立，也不是前一阶段被后一阶段取代。毋宁说，前一生长阶段内在

---

① （宋）朱熹集撰，赵长征点校：《诗集传》，第54页。
② （清）方玉润撰，李先耕点校：《诗经原始》，第173页。
③ （宋）朱熹集撰，赵长征点校：《诗集传》，第54页。
④ （宋）朱熹集撰，赵长征点校：《诗集传》，第54页。
⑤ （宋）朱熹集撰，赵长征点校：《诗集传》，第54页。

涵摄于竹子生长过程的整体性之中，并推动其朝下一阶段发展。同样，就君子的成德进程而言，“瑟兮僩兮”与“宽兮绰兮”等气象也并非彼此孤立，而是从属于进德修业全过程的内在统一性之中。据此而论，《淇奥》的物情与人情也存在着共通之处。这构成诗人将竹子的生长阶段与君子的成德进程融贯为一的前提。

二　论物情对于诗的必要性

承上所述，《诗》中看似缺乏关联的物情与人情，实则具有脉络的一贯之处，“与物同其情”并未因字面上的断层而受影响。但是，追问并不止步于此。毕竟笔者仅仅论证了物情与人情的关联，即每章如何从物情过渡到人情，但尚未说明物情对于一首诗的必要性。就《周南·樛木》而言，虽然上文解释了诗中物情与人情的相关性，但尚未探究此诗为何如此回婉萦绕。既然意欲赞美君子惠泽下民的美德，缘何不直接写成“贤哉君子，惠及下民。乐只君子，福履成之”，而是非得始于对樛木的描绘？同样，既然《邶风·绿衣》忧心于实然与应然的巨大反差，那么何不直接写成“妻尊妾卑，心之忧矣，曷维其已”，而偏偏迂回地以“绿兮衣兮，绿衣黄里”发语？

克实而论，物情之于诗的必要性问题殊为关键。倘若物情可有可无，那么上文所论物情与人情的关联也就再无意义。毕竟哪怕物情缺失，也完全不影响人情之呈露。故而须追问的是，单有人情，能否足以成为一首诗？比如将“南山有台，北山有莱。乐只君子，邦家之基”径自改作“乐只君子，邦家之基”是否可行？又如“交交桑扈，有莺其羽。君子乐胥，受天之祜”可否删减为“君子乐胥，受天之祜”？其实，此种将人情与物情分离，主张删削物情的做法，在后世确实存在。宋人张戒《岁寒堂诗话》云：“咏物特诗人之余事。”① 其将“咏物”视为“诗人之余事”，便是深植于人情与物情

① （宋）张戒撰，陈应鸾校笺：《岁寒堂诗话校笺》，巴蜀书社2000年版，第1页。

彼此独立的观念模式。进一步来说，在人情与物情中区分出先后本末之序，其效验在于，人情作为诗人的着力点，自然须多着笔墨。“咏物”作为“诗人之余事”，这意味着，诗人在道尽人情且心有余裕的情况下，才有“咏物”的必要。并且是否“咏物”，对于言说人情没有实质的影响。有鉴于此，廖平将《诗》之物情评价为“不过传闻之细事”①。且由于时移代隔，古今异名，《诗》所言物情往往孳生“古时童子知之，至今则老师宿儒犹不能通者”的难题，故费时多而成效少，“初学最忌从此用功”②，否则将碍于为学之正道。对此，廖氏甚至提出删削鸟兽草木之言的主张：

> 孔子教小子以多识鸟兽草木之名，就当时目见以示初学，宜无不解。如即今之目睹之飞走动植以教童蒙，其名号既所素习，其形象又为所就见，何有不知。至于《诗》之所言，则方隅不同，北有或南无，即有而或形体变异，名号纷歧，一难也。又或古今异致，古有是物，今乃无之，今有是名，乃非古物者，名实参差，沿变不一，二难也。今欲考究，又不能据目见，全凭古书，若专据一书，犹易为力，乃书多言殊，苟欲考清一草一木，无论是与不是，非用数日之力不能；且以尊经考课之事说之，如课题雎鸠、荇菜，以数百人三四日之心力，课试已毕，试问果为何物，皆不能明。故予谓学不宜从此用工，以其枉劳心力，如欲求便易之法，则请专信一书……今欲明此小事，遂致陷没终身，岂非目见飞尘不睹泰山之大，况即使专心致志皓首于此，亦终无是处。故初学忌从此用功，苟将此工夫用之于兴观群怨，其有益身心为何如！鸟兽草木不过传闻之细事，经学总以有益身心为大纲，舍大循细不可也。程子所谓玩物丧志者，盖谓此矣……前人皆望而生畏，今为后学一笔删之，以惜

① （清）廖平著，蒙默、蒙怀敬编：《廖平卷》，第225页。
② （清）廖平著，蒙默、蒙怀敬编：《廖平卷》，第225页。

精力为别事之用，可谓便切矣。①

若廖氏的删削主张是可行的，或许我们遗忘了诗之特质正在于诗人以言立象的能力，而“不满足于把对象仅按照它在思考中或记忆中的那种无形象的普遍概念的样式带到意识里来”②。由此，“诗带到我们面前的不是抽象概念而是具体的现实事物”③。诗人把天地万有的存在情态纳入自身的存在经验，经由其想象与营构，让物情在诗中得以呈现。物情作为诗人生存经验的内在部分、作为诗人观念的产物，势必有别于某一自然物在经验界的客观存在。苏源熙也注意到，《诗》展开的自然物象与自然物本身存在着差别，即《诗》所呈露的自然物象“并不是原初的，并不是纯粹描述性的”④。《文心雕龙·物色》云：“灼灼状桃花之鲜，依依尽杨柳之貌，杲杲为出日之容，瀌瀌拟雨雪之状，喈喈逐黄鸟之声，喓喓学草虫之韵。”⑤ 凡此均有别于对现实世界的实录，而是以诗人的想象与营构为中介所取之象。桃花的盛开片刻即逝，而作为物情存在于《诗》中的“桃之夭夭，灼灼其华”却恒久不败而意蕴深远，由此实现了《诗》赋予它的真实性。

梨洲曾言：“月露风云花鸟之在天地间，俄顷灭没，而诗人能结之不散。”⑥“结之不散”一说甚为精妙，所强调者在于，唯有诗人的想象与营构才能让物情长久且真实地持存于诗中。对此，顾随亦云：“平常所谓真实多为由见而来，见亦由肉眼，所见非真正真实，是浮浅的见。……世上都是无常，都是灭，而诗是不

① （清）廖平著，蒙默、蒙怀敬编：《廖平卷》，第225页。
② ［德］黑格尔：《美学》第三卷下册，朱光潜译，第58页。
③ ［德］黑格尔：《美学》第三卷下册，朱光潜译，第57页。
④ Haun Saussy, *The Problem of a Chinese Aesthetic*, pp. 125－126.
⑤ （南朝梁）刘勰著，范文澜注：《文心雕龙注》，第693—694页。
⑥ （清）黄宗羲：《景州诗集序》，载陈乃乾编《黄梨洲文集》，第338页。

灭，能与天地造化争一日之短长。万物皆有坏，而诗是不坏。”①因此，“诗中真实才是真正真实”。诗的力量在于“转‘无常’成‘不灭’”②。

倘若诗人仅仅道出“心之忧矣，曷维其已”，“乐只君子，邦家之基”，如此之“忧”“乐”均停留于抽象而空洞的层面。实际上，“感情是幽暗漂荡、无从把握的东西。感情的发抒，即是感情由幽暗而趋于明朗，由漂荡而归于凝定。要达到这一步，最好不要诉之于概念性的陈述”，而是要“将感情形象化”③。唯有以天地万有之情态为中介，诗人的生存经验才能得到一番形象化、明朗化的表达。易言之，透过众生的存在情态，人之情“始得其形相”，故《文镜秘府论》云：“《毛诗》，假物成焉。”④“假物”一语再次强调了物情对于诗的重要意义。

就此而言，历代诗论均认为物情与人情互为支撑，不可离析为二。对于一首诗的完整性来说，二者不可或缺。物情与人情互为规定的内在关联，也多被昔人表述为情景关系或意景关系：

> 范晞文曰：“固知景无情不发，情无景不生。”⑤
>
> 姜夔曰：“意中有景，景中有意。”⑥
>
> 船山曰：“夫景以情合，情以景生，初不相离，唯意所适。截分两橛，则情不足兴，而景非其景。”⑦

---

① 顾随讲，叶嘉莹笔记，顾之京整理：《顾随诗词讲记》，第8页。

② 顾随讲，叶嘉莹笔记，顾之京整理：《顾随诗词讲记》，第8页。

③ 徐复观：《中国文学精神》，第67页。

④ ［日］遍照金刚撰，卢盛江校考：《文镜秘府论汇校汇考》（修订本），第1216页。

⑤ （宋）范晞文撰：《对床夜语》卷二，载（清）纪昀等编《景印文渊阁四库全书·集部·诗文评类》第1481册，台北：台湾商务印书馆1986年版，第862—863页。

⑥ （宋）姜夔撰：《白石道人诗说》，载徐中玉主编《传世藏书·集库·文艺论评》第1册，海南国际新闻出版中心1996年版，第761页。

⑦ （清）王夫之著，戴鸿森笺注：《姜斋诗话笺注》，第76页。

进一步来说，诗中的物情与人情并非机械地拼凑在一起，或是零散地安排于一处。以《樛木》为例。诗中，木下曲的生长情态、葛藟攀援而上的势头、君子受民爱戴、君民同乐的情境，并非现实世界中零星而孤立的片段，而是有着密切的内在关联。诗人摆脱了“日常意识对于琐屑的偶然现象的顽强执着”①，察究事物的内在联系，进而触及物情与人情的相通之处。这在《樛木》一诗中表现为，樛木与君子同具“逮下”之德，于是才成就了上下俱盛的理想情境。更进一步地，人情与物情的交融一贯，不仅留存于诗人的观念层面，还有赖于诗人将其“形于言”，如此才能称其为一首诗。因此，接下来须追问的是，诗人如何将物情与人情的相关性表达出来？对此，成伯玙提出：“赋、比、兴是诗人制作之情。”② 若试图对以上问题作出回应，势必绕不开对“赋”“比”“兴”的探究。

第二节　“赋”“比”“兴”的历史争论与观念基础

一　由“兴”引发的汉宋之争

综观历代《诗经》注释，若论起重视物情与人情的相关性，并对此进行着力阐释的著作，必定无法绕开《毛传》与《郑笺》。毛、郑把开首物情之效验归为“兴”，《孔疏》将此申明为“诗文诸举草木鸟兽以见意者，皆兴辞也”③。“兴”被视为贯通物情与人情的枢纽。兴辞所潜藏的“规则”被魏理（Arthur Waley）表述为：“对一系列自然现象、树木、鸟儿等等的描述，与对人事情境的陈述之间

---

① ［德］黑格尔：《美学》第三卷下册，朱光潜译，第 25 页。

② （唐）成伯玙撰：《毛诗指说》，载（清）纪昀等编《景印文渊阁四库全书·经部·诗类》第 70 册，台北：台湾商务印书馆 1986 年版，第 173 页。

③ （汉）毛亨传，（汉）郑玄笺，（唐）孔颖达疏，（唐）陆德明音释，朱杰人、李慧玲整理：《毛诗注疏》，第 14 页。

存在着关联。”①

（一）毛、郑论“兴”

《毛传》多在首章标“兴”。据朱自清统计，《毛传》注明“兴也”的诗作共116篇，占据整部《诗经》的38%。② 其中，将“兴也”标在首章次句下的多达102篇。③ 兹举数则《毛传》为例：

> 《邶风·绿衣》：“绿兮衣兮，绿衣黄里。”《毛传》云：“兴也。绿，间色。黄，正色。”④
>
> 《鄘风·墙有茨》：“墙有茨，不可扫也。”《毛传》云：“兴也。墙所以防非常。茨，蒺藜也。欲埽去之，反伤墙也。”⑤
>
> 《卫风·淇奥》：“瞻彼淇奥，绿竹猗猗。”《毛传》云：“兴也。奥，隈也。绿，王刍也。竹，萹竹也。猗猗，美盛貌。武公质美德胜，有康叔之余烈。”⑥

据引文所示，《毛传》多在首章标“兴”，但对于所兴者为何、“兴”指涉的是什么等问题则语焉不详。相比之下，《郑笺》则更进一步。兹取《唐风·椒聊》为例，对《毛传》《郑笺》作一番对比分析：

---

① Arthur Waley，“Book of Changes”，p. 128，转引自 Haun Saussy，*The Problem of a Chinese Aesthetic*，p. 231.

② 参见朱自清《诗言志辨 经典常谈》，第52页。

③ “于首章首句下（标兴）的有《江有汜》《月出》《芄兰》3篇，于首章三句下（标兴）的有《葛覃》《行露》《采葛》《东方之日》《鸱鸮》《采芑》《小雅·黄鸟》和《绵》8篇，于首章四句下（标兴）的有《汉广》《桑柔》2篇。”李世萍：《郑玄〈毛诗笺〉研究》，第183页。

④ （汉）毛亨传，（汉）郑玄笺，（唐）孔颖达疏，（唐）陆德明音释，朱杰人、李慧玲整理：《毛诗注疏》，第160页。

⑤ （汉）毛亨传，（汉）郑玄笺，（唐）孔颖达疏，（唐）陆德明音释，朱杰人、李慧玲整理：《毛诗注疏》，第251页。

⑥ （汉）毛亨传，（汉）郑玄笺，（唐）孔颖达疏，（唐）陆德明音释，朱杰人、李慧玲整理：《毛诗注疏》，第294页。

> 《唐风·椒聊》首句云："椒聊之实，蕃衍盈升。"《毛传》云："兴也。椒聊，椒也。"《郑笺》云："椒之性芬香而少实，今一捄之实，蕃衍满升，非其常也。兴者，喻桓叔晋君之支别耳，今其子孙众多，将日以盛也。"①

揆诸上述引文，《毛传》显得粗糙而简略，仅标明"兴"，却未说明"兴"的具体内容，而《郑笺》则先解释了《诗》之物象，而后说明了"兴"在此句中如何发挥作用。从《郑笺》所言"兴者，喻桓叔，晋君之支别耳"可看出，《椒聊》首章次句所涉人事"彼其之子，硕大无朋"被看作本体（这里的"本体"是在与"喻体"相对的意义上使用），首章的物情则作为喻体。椒果实繁茂，以喻桓叔大权在握，足以倾覆公室。这构成了首句"椒聊之实，蕃衍盈升"与次句"彼其之子，硕大无朋"的意义相关性。"兴"的功能，在于实现椒之果实繁茂（喻体）与桓叔权盛倾国（本体）的联结。

"兴者……喻……"是《郑笺》的惯用体例。此外，《郑笺》还常将"兴"与"喻"替换使用，常在诗首章标"兴"，在后章则多标"喻"。② 对此，《孔疏》云："《传》言'兴也'，《笺》言'兴者喻'，言《传》所兴者，欲以喻此事也。兴、喻名异而实同。"③"兴者……喻……"的训释结构，表明《郑笺》多从譬喻角度解

---

① （汉）毛亨传，（汉）郑玄笺，（唐）孔颖达疏，（唐）陆德明音释，朱杰人、李慧玲整理：《毛诗注疏》，第547页。

② 且以《王风·采葛》为例。诗首章云："彼采葛兮，一日不见，如三月兮！"《郑笺》云："兴者，以采葛喻臣，以小事使出。"此为首章标"兴"。诗二章云："彼采萧兮，一日不见，如三秋兮！"《郑笺》云："彼采萧兮，喻臣以大事使出"。此为次章标"喻"。诗三章云："彼采艾兮，一日不见，如三岁兮！"《郑笺》云："彼采艾者，喻臣以急事使出。"此为末章标"喻"。参见（汉）毛亨传，（汉）郑玄笺，（唐）孔颖达疏，（唐）陆德明音释，朱杰人、李慧玲整理《毛诗注疏》，第365—366页。

③ （汉）毛亨传，（汉）郑玄笺，（唐）孔颖达疏，（唐）陆德明音释，朱杰人、李慧玲整理：《毛诗注疏》，第56页。

“兴”。对此，《孔疏》云：“郑云喻者，喻犹晓也。取事比方以晓人，故谓之为喻也。”① 由此，《诗》之物情与人情遂成为喻体与本体的关系：“零露湑兮”用以比喻圣王沾溉四海，而非仅仅用于描述露水润泽万物；“维风及雨”用以比喻朋友志同道合，而非用以指涉风雨调和；“相鼠有皮”用以讽刺在位之人犯分越礼，而非仅指鼠皮光鲜……总体而言，《郑笺》先对物情之特性予以说明，进而在此物情与人伦政教之间建立起意义关联，其本旨在于申明社会人事的伦理纲常。

（二）后世对毛郑诗学的批评

尽管毛郑诗学试图建立起一套自洽的解诗理论，但其学说依旧多蒙后世诟病。有宋以降，毛郑多被批评为牵合“兴”意解诗，多存牵强附会之论。横渠以为：“夫《诗》之志至平易，不必为艰险求之，今以艰险求《诗》，则已丧其本心，何由见诗人之志！”② “艰险求之”之辞，在暗暗影射毛郑以“兴”附会物态人情之意义关联的做法。此附会之举，被郑樵批评为“不知兴”：“汉儒之言《诗》者，既不论声，又不知兴，故鸟兽草木之学废……”③ 为解构汉儒基于附会所臆造的意义关联，宋人的首要任务便是重新界定兴辞的作用与功能，将前人强加于“兴”的种种深远幽微之意通通剥离。朱子提出：“《诗》之‘兴’，全无巴鼻，后人诗犹有此体。”④ 那么，其所论“兴，全无巴鼻”有何具体表现？

> 朱子曰：“兴者，先言他物，以引起所咏之词也。”⑤

---

① （汉）毛亨传，（汉）郑玄笺，（唐）孔颖达疏，（唐）陆德明音释，朱杰人、李慧玲整理：《毛诗注疏》，第56页。

② （宋）张载著，章锡琛点校：《张载集》，第256页。

③ （宋）郑樵撰：《昆虫草木略序》，《通志》卷七十五，载世界书局编辑部编《景印摛藻堂四库全书荟要·史部·别史类》第215册，台北：世界书局1988年版，第59页。

④ （宋）黎靖德编，王星贤点校：《朱子语类》，第2070页。

⑤ （宋）朱熹集撰，赵长征点校：《诗集传》，第2页。

朱子曰："兴是借彼一物以引起此事，而其事常在下句。"①

朱子曰："盖兴是以一个物事贴一个物事说，上文兴而起，下文便接说实事。"②

对于"引起所咏之词"，朱子解作"本要言其事，而虚用两句钓起，因而接续去者"③。据此而论，兴辞纯属"虚用两句"。"虚"字意味着兴辞实质意义的缺失。易言之，兴辞不参与整首诗的意义构成，其作用只是在文本结构层面实现前后部分的过渡。于连（François Jullien）指出，朱子是从"导引"的角度（"前项对后项的关系"）理解兴辞的作用④，即"在纯粹结构的范围内分析诗歌话语"⑤。

细察朱子对于物情与人情的指称，常把物情称作"他物""彼一物"以及"一个物事"，而将人情称作"所咏之辞""此事"以及"实事"。对于朱子所论"先言他物"，李方作了如此解释："'先言他物'就是先找一个话题做开头，然后引入正题；而不是单刀直入，一下子就端出诗人所要说的内容来，从而让听者有个心理准备。"⑥进一步来说，"彼"与"此"⑦的提法表明，朱子乃是外在地看待兴辞与人事的关系。兹举《鄘风·鹑之奔奔》首章为例。"鹑之奔奔，鹊之彊彊"是对物象的刻画，而"人之无良，我以为兄"抒写的是人类社会的世态人情。既然自然界与人类社会分属不同的运行系统，

① （宋）黎靖德编，王星贤点校：《朱子语类》，第2069页。

② （宋）黎靖德编，王星贤点校：《朱子语类》，第2069页。

③ （宋）黎靖德编，王星贤点校：《朱子语类》，第2067页。

④ 参见［法］弗朗索瓦·于连《迂回与进入》，杜小真译，生活·读书·新知三联书店1998年版，第147页。

⑤ ［法］弗朗索瓦·于连：《迂回与进入》，杜小真译，第148页。

⑥ 李方：《诗词曲格律新释》，中国社会科学出版社2009年版，第14页。

⑦ "此"与"彼"这对指称早在白居易那里即已出现："风雪花草之物，《三百篇》中岂舍之乎？顾所用何如耳。设如'北风其凉'，假风以刺威虐也。'雨雪霏霏'，因雪以愍征役也。'棠棣之华'，感华以讽兄弟也。'采采芣苢'，美草以乐有子也。皆兴发于此，而义归于彼。"（唐）白居易著，谢思炜校注：《与元九书》，载《白居易文集校注》，第323页。

又如何可能相关？毛、郑借“兴”强为之说，将本来无关的两部分黏合在一起，把不能相比的东西勉强安排于一处，人为建立起二者之间的关联。这充其量只是诠释者的主观联想，并不具备客观普遍性。

既然物情与人情的关联纯属人为建立，是凭借外缘的产物，自然也能被人为地解构。对“兴”另作别解，进而否定物情与人情的意义相关性，成为宋人和“五四”以来学界的主流立场。学者多把兴辞的存在解为音韵上的需要，即“‘起兴’的句子与下文常是意义不相属，即是没有论理的联系，却在音韵上相关连着”①。兹举顾颉刚对《关雎》的解释为例：“作这诗的人原只要说‘窈窕淑女，君子好逑’，但嫌太单调了，太率直了，所以先说一句‘关关雎鸠，在河之洲’。它的最重要的意义，只在‘洲’与‘逑’的协韵。至于雎鸠的情挚而有别，淑女与君子的和乐而恭敬，原是作诗的人所绝没有想到的。”② 若说上述立场尚且从音韵的角度说明兴辞存在的缘由，相比之下，钱锺书的看法更为极端，认为兴辞与后世儿童随性而起的唱喝无异。③ 对此，徐复观先生曾提出如下质疑：

> 诗人把与主题全不相干的东西拿来协韵，这完全是才穷气尽，拉蚂蚁凑兵的方法。若兴的本质即是如此，则兴在诗中，简直是处于附赘悬疣、可有可无的地位，事实上，真正是这样

---

① 朱自清将其原因归结为“初民心理简单，不重思想的联系而重感觉的联系”。详见朱自清《关于兴诗的意见》，载顾颉刚编著《古史辨》第3册，上海书店1931年版，第684页。

② 顾颉刚：《起兴》，载顾颉刚编著《古史辨》第3册，第676页。

③ 钱锺书回忆道：“余童时乡居尚熟聆之。闻寓楼庭院中六七岁小儿聚戏歌云：‘一二一，一二一，香蕉苹果大鸭梨，我吃苹果你吃梨’；又歌云：‘汽车汽车我不怕，电话打到姥姥家。姥姥没有牙，请她啃水疙瘩！哈哈！哈哈！’；偶睹西报载纽约民众示威大呼云：‘一二三四，战争停止！五六七八，政府倒塌！’。‘汽车，电话’以及‘一二一’若‘一二三四’等，作用无异‘妖女’‘池蒲’‘上邪’，功同跳板，殆六义之‘兴’矣。”钱锺书：《钱锺书集：管锥编》（一），第112—113页。

简单吗？由这一简单观点，能说明“兴却意较深远”的原因吗？或者能否定“兴却义深长也”的许多诗的实例吗？①

尽管如此，徐氏的质疑声仍旧湮没在近世对于兴辞“去意义化”的各类新诠之中。综上所言，宋人与近世学者对“兴”作了不同程度的解构，进而消解了物情与人情的意义相关性。此立场实则折射出更深层的问题，即对一首诗内在整体性的全盘否定。依前节所论，物情与人情作为一首诗不可或缺的两个部分，倘若其意义关联被否定，无异于将诗的灵魂与神髓抽离而出。这样一来，诗还能成其为诗么？

（三）关于“兴”的汉宋之争：以朱、陈之异议为线索

有宋以还，赞同毛、郑论“兴”的学者屈指可数。清人陈启源位列其中，仍重申物象与美刺之间的意义关联：“诗人兴体，假象于物，寓意良深，凡托兴在是，则或美或刺，皆见于兴中。”②

从表面上看，朱子与陈氏对待毛、郑诗学的立场全然不同，二人对“兴”的解释也存在差异。然若往深处察究，不管是将“兴”解作文本上的接续关系，还是视为意义层面的关联，二人看待“兴”的立场实出一揆：均将“兴”视为主观的写作技法，且认为物情与人情的意义关联乃是经由人为而建立，如“露”与圣王德泽的关联、硕鼠和贪官的关联等。只不过二人对此关联所持态度不同。朱子对此持否定态度，而陈氏则予以肯认。那么，我们又该如何看待二人论“兴”的态度与立场？朱子对人情与物情意义关联的否定是否具有合法性？陈氏对毛、郑论“兴”的拥护能否真正回应朱子的质疑？

朱子提出，“兴”是借彼一物以引起此事。彼物和此事缺乏意义层面的关联，只存在文本上的接续关系。然而，一个不可轻忽的问题在于，哪怕是文本上的接续关系，也并非像朱子所认为的那么纯

① 徐复观：《中国文学精神》，第20页。

② （清）陈启源撰：《毛诗稽古编》，山东友谊书社1991年版，第848页。

粹。我们同样需要追问，文本上的接续关系何以可能？而这同样涉及对于“相关性”的追问。毕竟文本上的接续关系，也是一种相关性。如此一来，生发的问题便是，何以彼物可引起此事？为何彼物与此事的文本接续关系是可能的，且具有可理解性？兹举《鄘风·相鼠》为例，动物有很多种，何以诗人不以兔子、猫咪或其他动物引起“所咏之辞”，而偏偏选中老鼠，以“相鼠有皮，人而无仪”起兴？倘若这纯属诗人一时兴起，随性所致，那么文本的接续关系便是极其随意而偶然的。这样一来，令人困惑的是，此即兴而为的产物，为何会具有如此广泛而深远的感染力，为何会引起无数读者的共鸣？

至此，应该追问的是，以某物引起所咏之辞的文本接续关系，能否任凭己意强行建立？打个比方，倘若在香蕉和思乡之间建立关联，恐怕较为困难，且此种“关连”也难以引起他人共鸣。因此，哪怕单论文本的接续关系，诗中物情与人情的连缀与结合也并非毫无章法。换言之，并不是从自然物象中随意拈出一种，就可以和任何一件人事相接续并契合为一首诗。

试想，若把“关关雎鸠，在河之洲”的“关雎”换为“鸱鸮”，把“维鹊有巢，维鸠居之”的“鹊”改成其他动物，比如“鼠”，势必会抹杀原诗的意蕴，此为其一；其二，虽为同一物象，在不同诗作的兴辞中，其称名也多有变换，即《诗》常出现同为一物而称名不同的现象：“在《诗经》传统中，‘仓庚’与‘黄鸟’都是‘莺鸟’的不同的名称。……对‘莺鸟’名称的不同叫法，都会影响诗歌的基本意义。‘仓庚’看来是强化诸如婚礼仪式一类的愉悦幸福时刻的‘名词主题’。……而‘黄鸟’则用于引起悲叹之情的诗歌。”① 这表明，同一意象其实包孕着较为稳定的意蕴。魏源《诗古微》曾申明“析薪”与“取妻”的意义相关性：“三百篇言取妻者，

① 王靖献：《钟与鼓——〈诗经〉的套语及其创作方式》，谢濂译，四川人民出版社 1990 年版，第 140 页。

皆以析薪起兴。盖古者嫁娶必以燎炬为烛，故《南山》之析薪，《车舝》之析柞，《绸缪》之束薪，《豳风》之伐柯，皆与此错薪、刈楚同兴。秣马、秣驹，即昏礼亲迎御轮之礼。”① 与此同时，《诗经》的方名亦有其稳定内涵，“盖欲于四方之中举一面以包其三面，则莫如言‘南’”②，如“南有樛木”“南有乔木”“南有嘉鱼”等。又如，《诗经》“言‘北’者义系妇人”③，如“陟彼北山，言采其薇”，“举男子所常见者，则宜言‘南’”。④ 以上均是就《诗经》方名的意义相关性而言。又如，在《诗经》中，“鸟”的意象出现了三十多种，但其意义常固定不变，“如鸠比女子，鹊比男子，野鸡比好人，猫头鹰比坏人，鹡鸰比兄弟，凤凰比国王等，全书都是一致”⑤。《诗经》在言说物象之意图方面，亦有其线索可循，如“黄鸟”常喻示着分离，“桑叶”常用以喻示女性，“采桑”又多与女子的“德言容功”相关。从广义上讲，在中国诗学中，桑梓从指代父母，再到指代家乡及父老乡亲，遂成为言说乡愁的一大符号。

诗辞所根植的意义相关性为于连所发掘。他以中国古典诗中的形容词为例，指出此类语辞的“意义约定俗成”，其运作过程具有一定“原则”：“在中国古典诗中，形容词不是描述性的，更不是描绘风景的。……‘白云’或‘绿树’并非要向读者描绘物的颜色，而

---

① （清）魏源撰：《周南答问》，《诗古微》中编之一，载顾廷龙主编，《续修四库全书》编纂委员会编《续修四库全书・经部・诗类》第77册，上海古籍出版社2002年版，第145页。

② （清）俞樾撰：《达斋诗说》，转引自郭绍虞《照隅室语言文字论集》，第115页。

③ （清）俞樾撰：《达斋诗说》，转引自郭绍虞《照隅室语言文字论集》，第115页。

④ （清）俞樾撰：《达斋诗说》，转引自郭绍虞《照隅室语言文字论集》，第115页。

⑤ 张海珊：《中华民族是善于形象思维的民族——诗国奥秘之一》，《天津师范大学学报》（社会科学版）1989年第6期。

是一种内涵，是制造意境的。因为它们的意义约定俗成，而且与广阔的联想网络融合为一体（联系颜色、空间、季节……），它们的作用就是以其运作原则打开它们显征的东西并且展开其宇宙维度。”①此论提醒我们，诗辞不可平平读过，须深入考察其意义相关性所处在的“联想网络”与所展开的“宇宙维度”。

据此反观《诗》之兴辞，其所涉物象不应视为对动植之名的罗列或举陈，而是如以石击水后泛起圈圈涟漪般，在人、物之间生发出活泼泼的意义相关性，诚如《周易·系辞下》所言：“其称名也小，其取类也大。其旨远，其辞文，其言曲而中。其事肆而隐。”②《礼记·学记》云：“不学博依，不能安《诗》。”③“博依”之法，其效验正在于体贴人、物之间广博悠远、其味无尽的意义相关性，由此才能达至“触物圆览”的生命境界，此即《文心雕龙·比兴》所言“物虽胡越，合则肝胆”④。“正须以其胡越之异，才能见到肝胆之合，正须这样的离，这样的合，才能不即不离，恰恰搔着痒处”⑤，由此方能“安《诗》”。相反，若只把物象与人事视为单纯的文本接续关系，则是对此“博依”之法的极大抹杀，“安《诗》”又何以可能？

再看陈启源对毛郑论“兴”的肯定。陈氏承认彼物与此事的意义关联。既然如此，一个不能绕开的问题是，此意义关联缘何建立，其根据何在？这又可细析为下述问题：以《郑风·风雨》为例，首先，在听闻鸡鸣之声与思君子之间建立意义关联为何可行？其次，如果建立意义关联是可行的，何以偏偏以此方式建立关联，而非采取别种方式？复次，物有无数种，为何偏偏在听闻鸡鸣之声与思君

---

① ［法］弗朗索瓦·于连：《迂回与进入》，杜小真译，第161页。

② （魏）王弼、（晋）韩康伯注，（唐）孔颖达正义：《周易正义》，载《十三经注疏》整理委员会整理《十三经注疏》，第367页。

③ （汉）郑玄注，（唐）孔颖达正义，吕友仁整理：《礼记正义》，第1432页。

④ （南朝梁）刘勰著，范文澜注：《文心雕龙注》，第603页。

⑤ 郭绍虞：《照隅室语言文字论集》，第146页。

子之间能形成意义关联，而不是别的物象？

综上所述，吾人需要做的并非选择己方阵营，如像陈氏那般赞成毛郑或像朱子那般批判毛郑，而应看到，截然不同的态度均无法回避一更为根本的问题，即在何种意义上，人情与物情可以被理解为相关的？

陈氏需要说明，物情与人情存在意义关联，其根据何在。而朱子则要回答，如果物情与人情在意义上不相关，为何以此方式缀连前后文本，仍旧具备可理解性。遗憾的是，陈氏为毛郑所作的辩护，尚未触及对意义关联之根据的探讨，因而未能真正回应朱子的质疑。而朱子也并未解释文本的接续关系何以可能。

克实而论，不管是把人情与物情理解为意义上的关联还是单纯的文本接续关系，都离不开对“相关性”这一概念的检视。具体来说，人、物之间的相关性并非处于静止而固定的状态，而是具有极大伸缩性，与个人、民族乃至某一时代感受和理解世界的整体性观念体系相适应。后者也间接构成了人情与物情之相关性的根据。就此而言，《相鼠》以“相鼠有皮”引发“人而无仪”诸论，是诗人所置身的文化传统感受与理解世界的特定方式。换言之，老鼠与“人而无仪”的相关性，并不是个别诗人任凭己意强行建立的意义关联，而是深植于更为广阔的历史人文世界。

“兴”承载着诗人生于斯长于斯的文化传统所感受、经验与理解世界的独特方式，折射出吾民族深层的审美旨趣、精神特质与心灵习惯。“兴”作为传递此精神特质的表达方式，为吾人回归《诗》完整的生活世界提供了可能。余宝琳便从昔人理解世界的方式出发来诠释“兴”的内涵：

> 意义并不是外在而随意地附加于意象之上，而是在逻辑上依循如此之事实，即传统上相信对象与情境属于一个或多个不互斥的、先验的及自然的类属……古代思想家们对此坚信不疑，由于不同情境之间明确的相关性，准则不仅通过意象有所“反

映”，实际上也在意象中有着具体体现。①

若只把“兴”作为一写作技法，很可能将错失诗人透过“兴”想传达的重要讯息。相较于从写作技法层面，直接对“兴”加以肯定或否定，更有意义的做法或在于，回归“兴”所承载的感受方式与精神特质，去思考诗人如此感受与表达的深层动因。为何在诗人所处时代，“与物同其情”的感受与表达具有如此广泛的效力，而这在后人那里却逐渐失去了可理解性？据此而论，在面对后世对毛郑的批评时，不应停留于评判孰是孰非，而应透过此古今之争发掘其深层问题，即不同时代在感受与理解世界的方式上存在差异，正如艾略特（T. S. Eliot）指出的：“人们并非只是在不同的地方才以不同的方式感受世界，在不同的时代，他们的感受方式也不相同。”② 倘若感受与经验世界的方式发生了流转迁变，那么在昔人观念中唇齿相依的两个事物在后世很可能全无关联。

宋儒将诗人“与物同其情”的意义关联解读为单纯的文本接续关系，并反对毛郑借助“兴”来阐释此意义关联，究其原因，很可能在于宋儒理解世界万物的观念范式发生了一定变化，并在“有意无意之间，往往依其自身所遭际之时代，所居处之环境，所薰染之学说，以推测解释古人之意志”③，故而未能如实地观照诗人所处时代及其文化传统感受与理解世界的独特方式。

（四）对《郑笺》的检视：以“喻”解“兴”的错谬

综上所言，“兴”不单纯作为一写作技巧、修辞手法，其背后存在一整套与之相适应的感受、理解世界的观念体系。当吾人面对后世对毛郑的批评时，不应简单归结为谁对谁错，而应触及背后的深

---

① Pauline Yu, *Reading of Imagery in the Chinese Poetic Tradition*, pp. 42 – 43. 转引自 Haun Saussy, *The Problem of a Chinese Aesthetic*, pp. 30 – 31.

② 《艾略特诗学文集》，王恩衷编译，樊心民校，国际文化出版公司 1989 年版，第 243 页。

③ 陈寅恪：《金明馆丛稿二编》，台北：里仁书局 1981 年版，第 247 页。

层问题，即不同时代感受与理解世界的观念体系的差异。因此，采取非此即彼的立场把毛、郑二人骂倒有失妥当，我们应从二人感受和理解世界的观念体系出发去看待其训释原则，才可能明白他们为何以此方式说明事物的相关性。当然，这并不意味着笔者已归入毛郑阵营，在为毛郑作辩护。以上陈述只是为了说明同情之理解是反思与批判的必要前提。

本节拟回到《毛传》《郑笺》，检视二者说明事物相关性的方式。

多数时候，《毛传》采用提点式训诂，含而不露，仅点明了“兴”，却未明示“兴”的落实之处及其确切内容。而《郑笺》则事无巨细都作了交代。倘若《郑笺》如此翔实的申述是必要的，那么《毛传》缘何惜墨如金？这是否因为《毛传》的洞见不及《郑笺》？

承前所述，“兴者……喻”的解释体例，表明《郑笺》从譬喻的角度来解“兴”。这在《周礼·春官·大司乐》之《郑注》亦有体现：

> 《周礼·春官·大司乐》云：“以乐语教国子：兴、道、讽、诵、言、语。”郑玄注：“兴者，以善物喻善事。”①

郑玄以“喻”解“兴”，也被近世学界发掘。徐复观指出：“（郑玄）通常用一个‘喻’字来说明兴的意义。”② 李世萍亦云：“郑玄已经不再看重兴的发端义，却以譬喻义为主。”③ 由此，物情与人情的关系被解读为直接的摹拟：诗人以浅近的具象物为喻体，旨在阐明深赜之事理。从总体上看，解“兴”作“喻”的训释模式对后世影响颇深。陆德明《经典释文》云：“兴是譬谕之名，意有不尽，故题

---

① （汉）郑玄注，（唐）贾公彦疏，彭林整理：《周礼注疏》，第833页。

② 徐复观：《中国文学精神》，第18页。

③ 李世萍：《郑玄〈毛诗笺〉研究》，第188页。

曰兴。”[①] 方玉润《诗经原始》亦持相同立场：“借柏舟以喻国事，其汎汎靡所底极之形自见。”[②] 以“兴”作“喻”，一直延续到现当代学界[③]，成为解“兴”的主流之见。然而，此训释模式能否恰如其分地呈现诗性言说的本旨，此问题长期以来仍付之阙如。

为检视解“兴”为“喻”合理与否，首先须探究譬喻关系得以可能的前提，进而考索此前提是否与“兴”原初语境的思想意涵相符合。

譬喻关系之所以可能，首先在于预设了本体和喻体的不同。如果二者全然一致，那么譬喻手法也就失去了意义（如以月亮喻月亮）。易言之，喻体是本体之外的一个他者。其次，作为本体和喻体的两个事物须具备可比性。而可比性的前提又在于，二者在内容上已具有相对稳定的规定。倘若一事物完全缺乏规定，它将是“空”，将无法作为本体或喻体。同样，一个内涵丰富到无法被规定的存在，如无限和大全，也很难作为本体或喻体来使用。就此而言，本体和喻体都只能是有限物。若以有限物譬况“无限”，根本毫无意义。毕竟无限者与有限者并不具备可比性。因此，用喻体譬况本体的过程，相当于从可比性的维度出发，从一有限物转至另一有限物。鉴于二者同为可被规定、内涵稳定的有限者，以喻体况本体是一平面化的进程，并未实现层次上的升华与突破。

进一步来说，近世往往将“喻”系于作为经验主体的个人心理层面的联合作用：“这即因譬喻格在心理上的基础，是出于心理上的

① （唐）陆德明撰：《毛诗音义》，载（唐）陆德明撰，陈东辉主编《经典释文》，浙江大学出版社 2022 年版，第 214 页。

② （清）方玉润撰，李先耕点校：《诗经原始》，第 122 页。

③ 潘石禅同样把“兴”归于“喻”的范畴：“解经家说的比显而兴隐，即是说，诗人所兴起的事情，是隐藏在诗词中；修辞家说兴是隐喻，即是说，诗人的情事是用暗示的方法使人明白。”参见潘石禅《诗经兴义的新观察》，《孔孟月刊》1973 年第 12 期，转引自林叶连《中国历代诗经学》，第 122 页。林叶连赞成把兴解释为隐喻。“古人所谓‘兴’，乃隐喻之义；今人将隐喻归入‘比’类，另将‘联想式’‘戴帽式’取名为兴，难免鹊巢鸠占之嫌。”林叶连：《中国历代诗经学》，第 131 页。

联合作用。心理学上所称联合作用，普通只指观念的联合，实则联合是精神现象中普遍的法则，不仅观念是这样，即感情、意志等一切精神现象也可以作如是观。诗人文人最富于想象，也最善于联想，利用心理上联合作用中之类似联合以应用于文辞，那就成为修辞上的譬喻格了。"[①] 据此而论，以"兴"为"喻"，其一大结果在于兴辞蒙上了心理主义的色彩，被看作个人心理联合作用的产物。

那么，"兴"的内涵能否完全等同于"喻"？且兴辞是否纯然系于人的心理联合作用？吾人须溯源至"兴"的原初语境作一番考索。《说文·舁部》云："兴者，起也。"[②]《释名》云："起，启也。启一举体也。"[③] 二解环环相扣，可供对参互诠。《说文》解"兴"为"起"。对此，胡晓明指出："《说文》与《尔雅》所训之'起'义，更须深究。"[④]《释名》训"起"为"启"，并将其解作"启一举体"。据此可知，尽管"起"的结果未被预先设定，但此行动本身并非毫无原则与方向，其本旨在于"举体"，即由一隅兴起全体。只有着眼于"举体"，"起"这一行动才实现其应有之意义。故而上述问题又可表述为"启一举体"能否等同于"喻"？这有赖于对"体"与"一"之特质与关系的探讨。

其一，"体"作为整全性的存在，其大无外，绝无边表。《庄子》用"莫得其偶"来形容"体"之整全性。在此"大全"之外，不复有另一个整全来规定它。同时，"体"也不可能被它的局部（在它之内的各个部分）所限定。否则，体也就不成其为整全了。据此而论，不存在与"体"构成平行化譬喻关系的另一他者。其二，"一"并非外在于"体"的某个他者，而是自身便收摄于"体"之中。

① 郭绍虞：《照隅室语言文字论集》，第 138 页。

② （汉）许慎撰，（宋）徐铉校定：《说文解字》，第 59 页。

③ （汉）刘熙撰：《释名：附音序、笔画索引》，第 53 页。

④ 胡晓明：《中国诗学之精神》，江西人民出版社 2001 年版，第 5 页。只不过胡晓明在肯认"兴"之"喻"义的基础上深究兴之"起"义。而本节主张，应以原初语境中"兴"之"起"义来检验以"兴"作"喻"是否具有正当性。

“一”作为“体”的局部，并无资格与“体”构成譬喻关系。也就是说，“一”不足以喻“体”。相反，“一”的意义必须经由“体”之整全才得以理解与彰显。

据此可知，《郑笺》解“兴”为“喻”，与“兴”之原初语境存在着较大差距，未能揭示此本源语境所包孕的形上关怀。① 且以“兴”为“喻”在近世所蒙上的心理主义色彩，又将“兴”拘囿于经验主体的心理层面，更是与“兴”之为“启一举体”的形上语境南辕北辙。启一举体的过程，并不像譬喻般从一个内涵封闭的有限者平面类推至另一有限者，而是以有限之“一”为起点和跳板开向无限，实现向宏阔的意义关联整体（“体”）的敞开，往复抽绎，以至于无穷。由此而论，《毛传》的“止于言”可谓高明之举。诚然，《毛传》的部分训释与《郑笺》立场一致，即从譬喻角度解《诗》之“兴”②，然不可否认，《毛传》总体上很讲究训释的分寸与节制。这表明，《毛传》深谙“言意之辨”，即“要知古人之意，有不在言者；古人之言，有藏于不见者；古人之字句，有侧见者，有反见者”③。《毛传》标“兴”，或许是在提醒吾人“意在言外”，此处不可平平看去，应透过看似寻常之言，去推求其幽深隐微之意。《毛传》如此“知止”，恰恰说明了它的高明与不凡。无怪乎清人陈澧对《毛传》多有赞扬：“毛公说《诗》之大义，既著于续序中矣，其在传内者亦不少。如《关雎》传云：‘夫妇有别，则父子亲。父子亲，则君臣敬。君臣敬，则朝廷正。朝廷正，则王化成。’《鹿鸣》传云：‘夫不能致其乐，则不能得其志；不能得其志，则嘉宾不能竭其力。’

---

① 本节在《周易·系辞上》所论“形而上者谓之道”的意义上使用“形上”一语。兴辞所植根的思想语境并未将道器、道物相割裂，而是由物以通道，此迂回婉曲的进路可归本为“形上”的思想关怀。

② 如《卫风·竹竿》首句《毛传》曰：“兴也。籊籊，长而杀也。钓以得鱼，如妇人待礼以成为室家。”（汉）毛亨传，（汉）郑玄笺，（唐）孔颖达疏，（唐）陆德明音释，朱杰人、李慧玲整理：《毛诗注疏》，第320页。

③ （清）叶燮著，霍松林校注：《原诗》，第76页。

如此类者，不可以其易解而忽之也。”①

若说《毛传》的“知止”映衬出《郑笺》的“多言”，那么值得注意的不仅是《郑笺》解“兴”为“喻”的训释模式，还在于其如此为之的缘由，即郑玄基于何种立场解“兴”为“喻”。《周礼·春官·大师》“教六诗：曰风，曰赋，曰比，曰兴”句下郑注云：“兴，见今之美，嫌于媚谀，取善事以喻劝之。”②详考其语境，郑氏所谓“喻”并非一般意义上的譬喻，而是“喻劝”。很明显，诗人喻劝的对象乃是君主。这意味着，兴辞多用于讽谏君主的政治场合。诗人以物情作譬，宛然进谏，也许是鉴于君臣尊卑有别，或是“由于有所顾忌而不敢明白道出，遂改用含蓄委婉之隐喻法，以抒发内心丰沛之感触”③，“否则恐有不测之灾”④。可见，郑玄解“兴”为“喻”，是以讽谏为其观念背景。出于劝喻的需要，以“譬喻”为特征的兴辞才应运而生。据此而论，在“兴”这一概念的多个意义面向中，其“譬喻”意实际上服务于“喻劝”意。不直言人情，而是以物情委婉譬况，是出于避祸容身、辅弼政教的现实考虑：“为了委婉一些，以不说明为说明，于是所用譬喻遂更有暗示的作用。这即是《诗大序》所谓‘主文而谲谏，言之者无罪，闻之者足以戒’的意思。”⑤

从广义上看，政教观也成为郑氏解释“赋”“比”的一贯立场。《周礼·春官·大师》郑注云：“赋之言铺，直铺陈今之政教善恶。比，见今之失，不敢斥言，取比类以言之。”⑥由此可知，“赋”“比”“兴”均被“圈禁”于政事领域。作为劝谏君主的不同方式，

---

① （清）陈澧著，钱锺书主编，朱维铮执行主编，杨志刚编校：《东塾读书记（外一种）》，第105—106页。

② （汉）郑玄注，（唐）贾公彦疏，彭林整理：《周礼注疏》，第880页。

③ 林叶连：《中国历代诗经学》，第16页。

④ 林叶连：《中国历代诗经学》，第15页。

⑤ 郭绍虞：《照隅室语言文字论集》，第147页。

⑥ （汉）郑玄注，（唐）贾公彦疏，彭林整理：《周礼注疏》，第880页。

三者最终都隶属于政教。这对后世影响甚深，如章培恒、骆玉明所论：“‘赋’‘比’‘兴’实是三种具体的写作手法……这在《诗经》时代是专用来表现政治内容的。”①

若说解“兴”为“喻”的做法难免致使“兴”之意涵狭隘化，那么深植于政教语境作出此解，可谓一个方向性的错误。据此可知，《郑笺》所论物情与人情的意义关联，并非深入《诗》的精神世界、对诗人所处时代的感受与表达方式进行体会后的所思所得，而是源于一外铄的政教目的，可以说，政教观贯穿了《郑笺》之终始。“兴”作为劝喻君主的有力手段，其产生缘由、存在方式及功能意义均依附于政教而存在。如此之“兴”早已不是诗人及其所处时代的感受方式的承载，已从“诗—兴”思维开向无限而创辟出的“无穷域”降至急于求用的世俗领域。

关于此点，宋人指出《郑笺》所建立的意义关联乃是驰逐于外，以违背《诗》之本义为代价，自然也无可厚非。然而，为驳斥此政教立场，宋人矫枉过正，遂趋于另一极端，将物情与人情的意义关联都一并否认，认为兴辞是将本来无关的二者强行黏合为一，人为建立起物象与人事的关联，纯属诠释者的主观臆想，并不具备客观普遍性。宋人用“去意义化”的兴辞“新诠”，不遗余力地瓦解外铄之意义关联，使原本前后一贯的诗脉变得支离破碎。

克实而论，真正有建树的批判，并不是在言语层面各逞意气，以己之是攻彼之非，而在于由表及里，反思前人的立论前提与观念基础。此过程既须平心静气，又端赖专默精诚之功，如此方能跳脱已有的发问方式与思维窠臼，在扬弃前人话语体系与论说模式的基础上作出一番日新日进之探寻。

反观宋人对汉儒的激烈批评，其实是从反面印证了汉儒对其影响之深远。综观其论诗语录，宋人广泛关注与争论的往往是《诗序》

① 章培恒、骆玉明主编：《中国文学史新著》（增订本），第48页。

的作者[①]及真伪、《风》《雅》的正变美刺、“赋”“比”“兴”的手法等问题。凡此诸种，无不出自汉儒所建构的研究范式与理论系统。可见，宋儒的视野很大程度上被他们的批判对象所拘囿。郑振铎曾言：“朱熹是一个攻击《毛诗序》最力的而且是第一个敢把《毛诗序》从《诗经》里分别出来的人，而实际上除了把《国风》的‘风’字解作‘风谣’，认为《郑风》是淫诗，与《诗序》大相违背外，其余许多见解，仍然是被《诗序》所范围。”[②] 据此而论，在对《诗》的诠释方面，宋儒实际上并未超越前人的发问方式与话语体系，未能真正领会《诗》透过赋、比、兴呈现出的历史人文世界及其理解世间万物的观念体系。尽管宋人批判郑说不遗余力，但郑玄论“兴”的症结却未能得到纠正。

二 论“赋”“比”“兴”的观念基础

（一）“兴”：启“一”举“体”

在政教观的主导下，郑玄解“兴”为“喻”，其片面性自不待言。宋人矫枉过正，为驳斥郑说，彻底否定了物象与人情的意义关联，同样不可取。那么，既然“兴”不应在方法论层面解作“喻”，那究竟该作何解？“兴”承载了怎样的感受方式、心灵习惯与精神特质，传达出《诗》之精神世界的何种讯息？

上文已述，据“兴”的原初语境（“兴”之为“起”，“起”之为“启一举体”），“兴”实质上被视为一个关系型概念，着眼于“一”与“体”的关联。“一”与“体”并非相同性质与类别之物。二者并不对等。“一”乃是在“体”之中，“体”涵容着“一”。因此，“兴”有别于从某一有限者类推至另一有限者的平面化行动，而

---

① 关于《诗序》作者的争议，洪湛侯将各个历史阶段有代表性的意见进行了一番梳理与总结。详见洪湛侯《诗经学史》，第157—163页。

② 郑振铎：《读毛诗序》，《小说月报》十四卷一号，转引自洪湛侯《诗经学史》，第636—637页。

是实现了层次上的升华与跳跃。这是神妙的一跃。

1. 道之难言

那么，从“一”到“体”的这一跃，其神妙之处何在？郑樵《六经奥论》云：“凡兴者，所见在此，所得在彼，不可以事类推，不可以理义求也。”① 此说颇具神秘意味，喻示着“兴”揭橥了一种颇为独特的意义相关性。其所论“所见”与“所得”并非处于某种直接等同的关系，申言之，并非“所见”与“所得”均在于此，而是“所见在此，所得在彼”。“所见”属于诗字面上明言者，处于显的层面；而“所得”之彼则是字面上未言者。由“所见”之“此”到“所得”之“彼”，是由显及隐、探幽取赜的过程。然需注意的是，此过程的终点也并不在于“彼”。毋宁说，“所得”之彼在合适的契机下又变为一个新的起点，变为又一个“此”，可据此进行新一轮由“此”及“彼”的行动，展开为一个具有无穷开放性的过程。可见，由“此”及“彼”作为“开向无限”的启寤性行动，将人不断导向一个更为广阔的意义关联整体，此即“启一举体”之“体”。“体”作为存在之整全，其大无外。只能无限趋近，而不可被穷尽。“启一举体”的过程实则由无数个由此及彼的行动支撑而来。更进一步地，据郑樵之见，由此及彼的行动，其独特性在于超越了事类与理义层面的推求。“以事类推”与“以理义求”作为经验生活中应用得最为广泛的思维方式，却在启一举体的过程中难以施展，不免令人费解。由此，问题便进一步变为，何以由一到体的过程，不可“以事类推，以理义求”？由一到体，是否非得发生这奇妙的一跃不可？

叶燮与沈德潜均看到“以事类推”“以理义求”的局限性。这从根本上源于至理之“不可言”：

① （宋）郑樵撰：《六经奥论》，载（清）纪昀等编《景印文渊阁四库全书·经部·五经总义类》第184册，台北：台湾商务印书馆1986年版，第12—13页。

> 沈德潜曰："事难显陈，理难言罄。"①
>
> 叶燮曰："可言之理，人人能言之，又安在诗人之言之！可征之事，人人能述之，又安在诗人之述之！必有不可言之理，不可述之事，遇之于默会意象之表，而理与事无不灿然于前者也。"②

对于"可言之理"与"可征之事"，的确可以"按事类推""按理义求"，凭借以论说、判断与命题为导向的言说方式来切入。但是，此类方式在面对"不可言之理"和"不可征之事"时难免捉襟见肘。阳明用"无穷尽"与"无定在"形容"理"，既指出理在深度与广度上的无限性，又拟诸其周流无滞、活泼灵动之形容。对于"无穷尽""无定在"之理，一落言筌，则难免生出限定与执滞，所谓"一落语言文字，而早已与道不相肖"③。此为道之难言的困境。而道之难言，从根本上看，源于道的丰富性与不可测透性。但是，深谙言说之局限，并不等同于因噎废食，保持绝对的"无言"。道之无限，迫使昔人不断反思言道的方式：如何才能最大程度地彰显道周流无滞的特性，使言说与时偕行？

"诗—兴"思维所启瘏的诗性言说，是《诗》对此难题所作的回应。与以论说、判断与命题为导向的直陈式叙述相比，《诗》言近旨远，由此及彼，经由"一"迂徐回婉地切入对"体"的思考，依据于"言"的同时又不拘执于有限之言，而能游于言外，领会其未尽之意。

2. 物通乎道

行文至此，尚需追问的是，既然"兴"之本旨在于"启一举体"，那么，启一举体的行动何以可能？

---

① （清）沈德潜著，霍松林校注：《说诗晬语》，第186页。

② （清）叶燮著，霍松林校注：《原诗》，第30页。

③ （清）王夫之著，王孝鱼点校：《老子衍　庄子通　庄子解》，中华书局2009年版，第320页。

“启一”之所以能够“举体”，暗含着一重要前提，即“一”与“体”存在密切关联，而不是一归一，体归体。倘若“一”与“体”无甚关联，那么“启一举体”的行动也就失去了意义。更进一步地，“体”所指并非某一具体的技能、知识或道理，而是作为万物关系总和的整体，即道。据此而论，《诗》之物情也可视为“举体”之“一”。道作为万物存在的根据，虽超越于万物，却并非与万物相隔，如契嵩所言：“道也者，出万物也，入万物也。”①

诗人放眼天地间，大至日月山川，小至蜉蝣飘絮，莫不从道这一意义全体中秉承一己之德（“德”者，“得”也，乃是由“道”而“得”），因而无不为道之彰显。清人屈大均云：“盖知道者，见道而不见物。不知道者，见物而不见道。道之生生化化，其妙皆在于物。物外无道。”② 屈氏对于道物关系的揭示颇有见地。万物作为“一”，与道之整体存在着紧密的内在关联。唯有在与道的相互关联中，万物才能是其所是。“没有什么东西是真正独立的，一切显得偶然的东西都要还原到太一和绝对，都要在太一和绝对中找到它们的不变的中心和完备的形式。”③ 正因物通乎道，所以昔人未尝离物以观道，离事以求道。熊十力先生指出：“《论语》‘博学于文’，‘文’不谓书册也。凡自然现象皆谓之‘文’。……《易·系传》言：‘仰观于天，俯察于地，近取诸身，远取诸物。’皆博文之谓，皆学之谓也。”④ 对于观道和求道而言，芸芸众生之德不失为一宝贵的契机。“远取诸物”，作为观道求道的重要进路，在《诗》中有着明确的体现，如钱穆所言：“盖观于物，始有兴。诗人有作，皆观于物而起兴。”⑤ 诗人对天地大化有着独特的观察与感受，将周遭物情纳入自

① （宋）释契嵩著，林仲湘、邱小毛校注：《中庸解第三》，载《镡津文集校注》，第76页。

② （清）屈大均撰：《广东新语》，第347页。

③ ［德］黑格尔：《美学》第三卷下册，朱光潜译，第27页。

④ 熊十力：《十力语要》，上海书店出版社2007年版，第2—3页。

⑤ 钱穆：《中国学术思想史论丛》（一），第152页。

身的生存经验之中，对其进行细致入微的体贴与描摹，以诗性言说立象造境（此点详见下节的论述），可谓“远取诸物”的践行与体现。由此，在《诗》的精神世界中，言—物关系、道—物关系、物—我关系以及道—我关系得以交织为一。

对诗人而言，雎鸠、羔羊、桃花、鸱鸮等动植之名所指并非意识中呈现的偶然而个别的现象。当诗人歌咏“瞻彼淇奥，绿竹猗猗”或“菁菁者莪，在彼中阿”时，亦非将其视为孤立的有限物，而是通过洞彻事物内在的意义，实现对世间万有内在关系融贯一致的理解。

兹取《郑风·风雨》来申明此点。诗各章的首句分别为“风雨凄凄，鸡鸣喈喈”，“风雨潇潇，鸡鸣胶胶”及“风雨如晦，鸡鸣不已”。三句在意象安排上都别具匠心。凄风苦雨，天地昏晦。在黑暗少光的环境下，人的视觉难免大大受限，因而诗人选取的并不是调动视觉效果的意象，而是以振聋发聩的鸡鸣之声起兴，“如冷水浇背，陡然一惊”①。在现代语境中，鸡作为禽类的一种，是供给人类优质蛋白的食物来源。然而，若以此“去意义化”的视角理解世间万物，所生成的无非是狄更斯在《艰难时世》中所嘲讽的物—我关系：

> “毕周，”汤玛士·葛擂梗说道，“说说你对于马的定义。”“四足动物，草食，四十颗牙齿，也就是二十四颗臼齿，四颗犬齿，十二颗门牙。在春季脱毛，在沼泽之处会换蹄。蹄子很硬，但还需钉上铁掌。通过嘴能够看出年纪。”毕周就这样地说着（甚至还说了更多）。“那么，第二十号女学生，”葛擂梗先生说，“你清楚什么是马了吧？”②

---

① （明）徐渭撰：《答许北口》，《青藤书屋文集》卷十七，载台北新文丰出版公司编辑部编《丛书集成新编·文学类》第68册，台北：新文丰出版股份有限公司1985年版，第184页。

② ［英］查尔斯·狄更斯：《艰难时世》（英汉对照），盛世教育西方名著翻译委员会译，上海世界图书出版公司2012年版，第6页。

同样，若以此视角切入《风雨》一诗，那么“风雨凄凄，鸡鸣喈喈”的兴辞很可能只起到有声无义的叶韵作用。至此，亟须追问的是，在诗人的生存经验与感受方式中，鸡具有怎样不同的意义？

《毛传》云：“潇潇，暴疾也。”① 程、蒋注本亦云：“潇潇，风雨猛急貌。”② 从“风雨凄凄”到“风雨潇潇”，外界环境愈加恶劣，直至“风雨如晦”。“晦，昏也。”③ 风雨肆虐，乃至天昏地暗。由“晦”这一亮度上的压抑，催生人心理层面的强烈压迫感。在历史上无数个至暗时刻，人们都选择成为沉默的大多数。而这时，一声嘹亮清脆的啼鸣划破了暮色沉沉的死寂——“鸡鸣喈喈”。据《毛传》所言“风且雨，凄凄然，鸡犹守时而鸣，喈喈然”④ 可知，《毛传》注目于雄鸡“守时而鸣”。雄鸡并未因环境的变化而改变啼鸣的节律。环境的恶劣程度不断加剧，而啼鸣却仍继续。诗三章的首句均强化了这一对比，即风雨愈演愈烈的势头与雄鸡不懈的啼鸣声之间的比照。《郑笺》将其申明为：“已，止也。鸡不为如晦而止不鸣。”⑤ 可贵的恰恰在于这“不已”，一如天道之可贵也正在于天道之“不已”。若说“鸡鸣喈喈”与“鸡鸣胶胶”侧重于从响度与亮度上来描写雄鸡之鸣声，那么“不已”标举的则是啼鸣的持续与恒久。

依照现代语境，雄鸡啼鸣，纯属生物学意义上的行为，是其与生俱来的生理本能，而诗人从中发掘出“守时而鸣”的意义维度。

---

① （汉）毛亨传，（汉）郑玄笺，（唐）孔颖达疏，（唐）陆德明音释，朱杰人、李慧玲整理：《毛诗注疏》，第434页。

② 程俊英、蒋见元：《诗经注析》，第252页。

③ （汉）毛亨传，（汉）郑玄笺，（唐）孔颖达疏，（唐）陆德明音释，朱杰人、李慧玲整理：《毛诗注疏》，第434页。

④ （汉）毛亨传，（汉）郑玄笺，（唐）孔颖达疏，（唐）陆德明音释，朱杰人、李慧玲整理：《毛诗注疏》，第434页。

⑤ （汉）毛亨传，（汉）郑玄笺，（唐）孔颖达疏，（唐）陆德明音释，朱杰人、李慧玲整理：《毛诗注疏》，第434页。

“守时”业已超越生物学的意义，而赋予了“德”之辉泽。《韩诗外传》卷二所载文本或有助于说明此独特的感受方式：

> 田饶曰：“君独不见夫鸡乎？头戴冠者文也，足傅距者武也，敌在前敢斗者勇也，见食相呼者仁也，守夜不失时者信也。”①

对田饶而言，雄鸡的外形特征、生活习性及进食细节，并非生物学层面零碎而孤立的现象，而是作为其内在意义的显现，流溢出感发人之志意的美善。鸡“守夜不失时”，这被田饶称为“信也”。有意思的是，“信”作为五常（“仁”“义”“礼”“智”“信”）之一，多用以称述君子之德，而在引文中，田饶却用“信”指称雄鸡“守夜不失时”，进而称鸡“有此五德”，可见田氏乃是在人与物同其情的观念模式中，认为五常之德，乃是人、物皆备，而非为人所独有。借此反观《风雨》一诗中雄鸡守时而鸣、不改其度的形象，这并非出自诗人个体层面的主观臆想，而是反映了昔人普遍持有的对事物的感受与理解模式。

天地变色，雄鸡尚且守时而鸣，那么，身处乱世之人又该如何自持？由此，诗人思及自己与同胞。相应地，诗脉亦从“风雨凄凄，鸡鸣喈喈”过渡至“既见君子，云胡不夷”。《毛传》云：“夷，说也。”②“夷”形容的是发自内心深处的愉怿。诗人连用三个语气强烈的反问句——“既见君子，云胡不夷？”“云胡不瘳？”“云胡不喜？”——来表达其欣喜之情。从“夷”到“瘳”，再到“喜”，虽仅易三字，足以将诗人愈渐强烈的喜悦之情展露无遗。为何见到君子，诗人会喜悦至此？对此，《孔疏》释云：“今日时世无复有此

---

① （汉）韩婴撰，许维遹校释：《韩诗外传集释》，第57页。

② （汉）毛亨传，（汉）郑玄笺，（唐）孔颖达疏，（唐）陆德明音释，朱杰人、李慧玲整理：《毛诗注疏》，第434页。

人，若既得见此不改其度之君子，云何而得不悦。”① “既见君子”作为一条件句，表明见到君子纯属诗人之臆想，故而此处所言“云胡不喜”实则夹杂着无奈、酸楚和苦涩。这喻示，守节不改之人在太平盛世尚且还存在，而在风雨飘摇的乱世，真君子几已绝迹。

在此诗语境中，君子与雄鸡同其情之处在于，不论外界环境如何，二者都不改其度。如晦的暮色中，唯有鸡鸣之声清晰可辨。其他的声音与图景都湮没在无边的黑暗之中。同样，在错谬艰险的乱世，唯有不改其度的君子方能屹立不倒，真正被历史铭记。《风雨》通篇聚焦于鸡鸣与君子，并未提及二者之外的物情与人情。但透过此番营构安排，诗人的未提却有已提之效。他者的生存样态与精神面貌早已不言自现——随波逐流，与世沉浮，成为无面目、无灵魂的大多数，面孔模糊到不足以辨认，唯剩一片混沌。

再看《召南·羔羊》。此诗并未出现对人物的正面描写，通篇聚焦于日常生活的琐碎细节，如诗中之人的服饰穿着、衣服的材质、缝制的纹路与式样以及人们行走时的仪容姿态等。不禁令人疑惑，此类零散片段的排列组合竟能称为一首诗？诗短短数行，“羔羊”一词却出现了三次——“羔羊之皮”“羔羊之革”“羔羊之缝”。如果诗人想说明诗中人身着羔羊裘，点明一次即可，何必一再重沓？另外，羔羊裘有何特殊之处，以至于诗人不惜重墨，再三举陈？对此，《孔疏》作了一番发问：“衣服多矣，何以独言羔羊裘？”②

对此问题，《羔羊序》提供了一则线索，其言曰：“召南之国，化文王之政，在位皆节俭正直，德如羔羊也。”③ 由此可知，诗人对羔羊裘的强调，旨在喻示诗中人“德如羔羊”。然而，此论很可能引

① （汉）毛亨传，（汉）郑玄笺，（唐）孔颖达疏，（唐）陆德明音释，朱杰人、李慧玲整理：《毛诗注疏》，第 434 页。

② （汉）毛亨传，（汉）郑玄笺，（唐）孔颖达疏，（唐）陆德明音释，朱杰人、李慧玲整理：《毛诗注疏》，第 111 页。

③ （汉）毛亨传，（汉）郑玄笺，（唐）孔颖达疏，（唐）陆德明音释，朱杰人、李慧玲整理：《毛诗注疏》，第 110 页。

发更多的疑惑。若说德如某人（如“德如尧舜”），这尚可理解，但《诗序》所言却是“德如羔羊”。那么，序文为何会把人与禽兽相提并论？此外，令人费解之处或许还在于，羊作为禽兽，又如何会有“德”？退而言之，倘若承认禽兽亦有其德，那么，禽兽之“德”对于人类而言，又有何借鉴意义？

在此，《孔疏》征引了数则古注，如《宗伯》注云“羔，取其群而不失其类”，《士相见》注云“取其群而不党”，《春秋公羊传》何休注云“羔，取其贽之不鸣，杀之不号，乳必跪而受之，死义生礼者”①，从中可观见羔羊在昔人观念世界中的意义。与古人对鸡的观察和理解如出一辙，羔羊的行动与姿态，如“群而不失其类”“贽之不鸣，杀之不号，乳必跪而受之”等，也都被赋予了意义化的解读，带上了德性的光辉。“群不失类，行不阿党，死义生礼”，此为羔羊之德。诗中“委蛇委蛇”一句回环复沓，旨在吟咏宽舒安泰、从容自得之貌。“委蛇委蛇”用以况人，自然合宜，用以拟诸羔羊柔和舒泰的生存情态，又有何不可？或许在诗人的观念世界中，羔羊之德（“群不失类，行不阿党，死义生礼”）与羔羊之貌（“委蛇委蛇”），已然构成内外表里的一体化关系。

进一步来说，诗人能对羔羊之德貌进行如此细致深详的照察，究其缘由，或在于诗人与羔羊之间，早已建立起某种超越物种之分和言语之限的密切关联。在那个生机勃勃、以万物为一体的生活世界里，人与天地苍生紧密相连。对羔羊之德貌进行如此精妙的描摹，是否源于诗人与羔羊“同其情”的视听言动？

或许诗人曾不止一次被这样的情境所打动：羔羊的头微微扬起，洁白而细密的短毛在阳光下闪烁着柔亮的色泽，狭长而柔软的耳朵耷拉着，羊角有些倔强地直指青天。乳白色的睫毛微微遮掩住它们黄褐色的眼珠——像是饱览世事的老人眯缝着眼在打量着新生的日

---

① 转引自（汉）毛亨传，（汉）郑玄笺，（唐）孔颖达疏，（唐）陆德明音释，朱杰人、李慧玲整理《毛诗注疏》，第111页。

子——这为它们本已宽厚的面庞更增添了几分温婉祥和的神色。

据此反观吾辈的生存情态，在以机械主义自然观及因果律为主导的世界图景中，四体不勤、五谷不分的现代人，与天地万物相疏离，其日已久，似乎只是蜷缩在极度匮乏的生存经验中，经由日趋繁复的概念与理论，迂回而间接地去理解复杂多样而又变动不居的世界。连近距离见到活生生的羔羊的机会都屈指可数，遑论对羔羊如此细致入微的照察，遑论与羔羊“同其情”的存在经验与生存实感？拘囿于自然与人文割裂为二的时代语境之中，我们的双足是否曾切实地踏入并踩实这片广袤而古老的大地？

倘若吾人因人类与自然的显著分裂而倍感痛苦与撕扯，那么《诗经》的精神世界无疑能让人呼吸到一丝丝鲜活且独特的气息：宇宙大化与人类社会、物情与人情之间呈露出“一种活生生的相互依存性”。尚冠文、杜润德指出：“在《诗经》的诗句中，将人与自然视为‘一个巨大且不可分离之整体’的哲学观念并不是那么的显而易见。”① 也就是说，天人合一的观念世界并非以直陈哲理的方式明白道出，但这无碍于吾人“从中辨别出一个与我们此前描绘的图景并不遥远的世界。在这个世界中，人类与自然之间没有显著的分裂”②。

而当天与人浑融合一的观念业已化作真实的生存经验，且在昔人的生活世界蓦然降临时，哪怕只是羔羊投来的一道目光，便足以直击诗人的心灵。羔羊的目光是否曾照进了诗人的灵魂？它们一动不动地注视着诗人，像在打量一个似曾相识却经久未见的故人，就这样静静地凝视着，目光中似乎充满着对这个陌生来客的信任。而立于近处的诗人，很难用言语解释的是，在这一刻，他的心灵似乎被这两道驯良温顺的目光净化了。不知为何，哪怕只是站在它们的

① Steven Shankman, Stephen Durrant, *The Siren and the Sage: Knowledge and Wisdom in Ancient Greece and China*, London and New York: Cassell, 2000, p. 51.

② Steven Shankman, Stephen Durrant, *The Siren and the Sage: Knowledge and Wisdom in Ancient Greece and China*, p. 51.

身边，向外驰逐的心居然能逐渐安静下来——尘世的喧嚷、竞逐和浮华悉皆遁去——甚至还涌动出一种莫名的感动，不禁感叹于上苍的神妙作为。造化甚为奇妙，也甚为可畏！哪怕是一只羔羊，都能流溢出安然与无畏。此从容自得的委蛇之态，无须任何言语方面的营构，便能直达诗人内心。或许诗人曾被羔羊纯洁柔和的目光、和婉安舒的仪态所深深打动，才能生发出如此慨叹——唯有“在位皆节俭正直”的卿大夫，才有资格称作“德如羔羊”！

正因羔羊是有德之兽，羊皮所制之衣，也唯独有德之士才配穿着，如此才是“德称其服”。这意味着，服饰并不是一套外在的穿戴，而是对穿衣者的立身行事和为人处世形成了长久的警示与拷问，即一己之德，能否与服饰相称？职是之故，《羔羊》对诗中人所着服饰曲尽摹写之能事，除了强调服饰源自羔羊皮，诗人还反复论及羔羊裘的缝制样式：“素丝五紽”（首章）、“素丝五緎”（二章）、“素丝五总”（末章）。“素丝”即白丝，意指皮裘的结合处均由白丝缝制而成。针眼齐整，交织细密，缝合得大小适宜。连服饰的每一针眼都不放过，可见诗人对细节的关注。皮裘缝合得宜，贴合身形，喻示着人与服饰更深层的相称，即诗中人“德如羔羊”，可谓德称其服。从总体上看，《羔羊》字里行间虽未明言诗中人的德性和品行，通篇所述所陈，无非现之于外的诸多细节，如服饰材质、缝制样式及人物的走路姿态等。然而，这些看似纯然外在的因素，无不指向诗中人的内在品德，已然暗示出此人内外得宜，行服相称，而这些均以羔羊之德为源头衍生而来。

若基于现代生物学的视角，将雄鸡与羔羊的行为解读为禽兽的生理习性，而未能体贴雄鸡、羔羊之德的内在意义，那么将难以体会诗人缘何以此二物起兴。这再次印证，“兴”并不单纯作为一写作技法。以何物起兴、从何种角度起兴以及所兴起者为何等问题，均涉及更为深层的观念，均反映出诗人及其所处时代、所置身的文化传统感受事物、理解世界的观念体系，深植于时人对道—物关系的理解。若说被西方人奉为心灵家园的《荷马史诗》，乃是“深植于一种希腊式、而非仅仅荷马式心灵的习性之中”①，或许吾人也可以从《诗经》更为广阔的生活世界、更为深邃的心灵习性，以及更为内在的思维习惯中发掘“兴”之深义。

对此，船山作过一番精辟的论述：“凡天下之物接于吾身者，皆可求其得失顺逆之则，以寓吾善恶邪正之几，故有象可见，有形可据，有原委始终之可考，无不尽吾心以求格。”② 据此可知，不论是《周易·系辞下》所言“远取诸物”，还是孔子所言“多识于鸟兽草木之名”（《论语·阳货》），“取”与“识”并非在知识主义层面把万物作为客观知识去积累研究，而是指洞彻万物所具之德，从其内在意义“求其得失顺逆之则”，继而反求诸己，“寓吾善恶邪正之几”。具体来说，“天下之物接于吾身者”乃是“有象可见，有形可据”的“形而下者”，而“得失顺逆之则”与“善恶邪正之几”则是无形可据的“形而上者”。船山此论喻示，在昔人的观念世界中，形下与形上两个维度之间并无明显的断裂与鸿沟。在此彻上彻下、上下该贯的整体性世界图景中，诚如斯宾格勒所论：“每个现象事实上都隐含着一个形而上学之谜：那些现象出现的时间绝不是不相干的；一直以来有待我们去发现的是，在世界图象中存在着何种活生生的相互依存关系（与无机的、自然律的相互依存关系全然不同），从整体的人而不仅仅是（如康德所认为的）从人的认知部分辐射出来的是什么；一种现象，不论是宗教或艺术的最高创造，抑或仅仅是平凡的日常生活，不仅是一个需要理解的事实，而且是精神的一种表现，不仅是一个对象，而且也是一个象征——所有这一切，从哲学上看，全都是新的东西。”③ 对于形下与形上的沟通与联结，对于“世界图象中存在着的活生生的相互依存关系”，“诗—兴”思维无

① ［英］基托：《希腊人》，徐卫翔、黄韬译，上海人民出版社 2006 年版，第 40 页。

② （明）王夫之：《四书训义》，载船山全书编辑委员会编校《船山全书》第 7 册，岳麓书社 2011 年版，第 48 页。

③ ［德］奥斯瓦尔德·斯宾格勒：《西方的没落》第 1 卷，吴琼译，第 125 页。

疑具有相当敏锐的洞察与把捉，并经由兴辞将“此心此理之微，生生化化之妙”化入“物引而道存，言近而指远”① 的诗性言说，由此彰显《诗》之妙用。陈献章将此评点为：“天道不言，四时行、百物生，焉往而非诗之妙用？会而通之，一真自如。故能枢机造化，开阖万象，不离乎人伦日用而见鸢飞鱼跃之机。”② 据此而论，钱穆先生从“国人心智所蕴之妙趣”及其“甚深之根柢”的角度来看待“兴”，实为切中肯綮之论：

> 凡后人所谓万物一体、天人相应、民胞物与诸观念，为儒家所郑重阐发者，其实在古诗人之比兴中，早已透露其端倪矣。故《中庸》曰：“鸢飞戾天，鱼跃于渊，君子之道察乎天地。”此见人心广大，俯仰皆是。诗情即哲理之所本，人心即天意之所在。《论语》孔子曰：知者乐水，仁者乐山。此已明白开示艺术与道德、人文与自然最高合一之妙趣矣。下至佛家禅宗亦云：青青翠竹，郁郁黄花，尽见佛性；是亦此种心情之一脉相承而来者。而在古代思想中，道家有庄周，儒家有《易》，其所陈精义，尤多从观物比兴来。故知《诗三百》之多用比兴，正见中国人心智中蕴此妙趣，有其甚深之根柢。故凡周情孔思，见为深切之至而又自然之至者；凡其所陈，亦可谓皆从观物比兴来。……故赋、比、兴三者，实不仅是作诗之方法，而乃诗人本领之根源所在也。此三者中，尤以兴为要。③

钱穆主张从兴辞中发掘其观念基础，寻求兴辞中所潜藏着的“国人心智所蕴之妙趣”，而非仅将兴辞归入言说技艺的范畴。这与中村元氏所言从一民族习见之言说方式考索该民族共通之思维方式的理路

---

① （明）湛若水撰，宁新昌整理：《重刻诗教解序》，《白沙先生诗教解》，载黄明同主编《湛若水全集》第15册，上海古籍出版社2020年版，第113页。

② （明）陈献章撰，黎业明编校：《陈献章全集》，第13页。

③ 钱穆：《中国学术思想史论丛》（一），第150—152页。

暗合。

3. 论习见于先秦典籍的“诗—兴”思维

中村元氏指出语言对于研究一个民族思维形式的重要性：“将一个民族的思维形式乃至思维方法作为研究问题时，提供最初的研究线索者是其语言。语言对于民族，是本质的东西。”① 诚然，伟大的哲学家往往都能创辟出别具一格的思维形式与言说方式，然而不可否认的是，“一个民族所产生的许多哲学家们的思维方法乃至思维形态”，在某种程度上仍展现出一些可供考索的共同倾向，而这往往可作为研究的依凭，以察究民族所共通的思维方式。同时，为一般民众、一个民族所共同爱好的谚语、格言、口碑，也不可轻忽，也应作为求索一民族普遍的思维方式与形态的重要资源。②

依循此种由言说形态考索思维形态的理路，中村元氏借鉴了葛兰言对汉语特性的研究成果以说明汉字之具象性，并将其结论引述如下：

> 中国人所抱持的概念，显著的有具体的性格。几乎一切的单语，都是表示个别的观念，表示在特殊而可能的一个局面之下所知觉的存在样式。这个语汇，不是满足分类、抽象、概括的观念之必要……相反的，完全是满足特殊化、个别化的东西的支配性要求的必要。③

而葛兰言上述研究所依据的文献主要来自《诗经》语汇，其论曰：

---

① ［日］中村元氏：《中国人之思维方法》，徐复观译，九州出版社 2014 年版，第 12 页。

② 参见［日］中村元氏《中国人之思维方法》，徐复观译，第 19 页。

③ M. Granet, *Quelques Particularités de la langue et de la pensée Chinoises*, Revue Philosophique, 1920, pp. 103 – 104. 转引自［日］中村元氏《中国人之思维方法》，徐复观译，第 69 页。

> 《诗经》使用了三千以上的字，各字对比于所传达的观念之数的少，字数实在是太多了。这些字，是对应于综合的表象，复合的特殊观念像的。在法语，为表示附加一个或一个以上的形容词语于一个 Montagne（山）字之上而加以表现的这类观念，在《诗经》中便有十八字。同样的，《诗经》中表示马的字有二十三个。但是相反的，在这许多字中，相当于西洋语言为表示一般的抽象的观念所用的字，一个也没有。汉语的单语，因其为综合的、特殊的性格的缘故，较之西洋语言中的普通名词更接近固有名词（试参照含有河川意味的河、江等字的各个单语的便可明白）。《诗经》等五经的文字，至现代为止，还是以同样的规模使用着的，所以这种性格，至现代还存续着。①

依据葛兰言对汉字之具象性的研究，中村元氏推想出，汉字内蕴的思维形态在于，偏重具象事物而忽视抽象概念的表达，“中国人表现概念的方法是具象的，所以不爱抽象的表现概念。总是想具体加以例示”，“中国人的精神特性之一，是向感觉的信赖。对于超感觉的存在，反不像这样的信赖”②，又言“（中国人）虽重视个别的东西，却忽视普遍，所以不容易看出形成多数个别事物间之秩序的法则”③。诚然，葛兰言对汉字语汇之具象性的阐释确属事实，但是，中村元氏据语汇的具象性推出其思维形态与抽象观念无涉，可谓跌入了一个方向性的谬误。究其实质，此论仍陷入将具象与抽象、感觉与超感觉、个别与普遍相割裂的思维窠臼之中。

中村元氏指出，应依据习见的言说形态推导出此民族的思维形式乃至思维方法。此实为一切中肯綮之论。那么，吾人从中得到

---

① M. Granet, *Quelques Particularités de la Langue et de la Pensée Chinoises*, pp. 103－104. 转引自［日］中村元氏《中国人之思维方法》，徐复观译，第69页。

② ［日］中村元氏：《中国人之思维方法》，徐复观译，第71页。

③ ［日］中村元氏：《中国人之思维方法》，徐复观译，第86页。

的借鉴在于，考索兴辞所潜藏着的观念基础以及“无意识所具现的思维方法之特征”①。此即是说，应从兴辞窥见其中潜藏着的“诗—兴”思维。但遗憾的是，中村元氏所得之结论——例如，“抽象的观念，仅由中国民族传统思维能力恐怕无法达到”②，“中国人不很善于作抽象的思维”③——恰恰未能看到，汉语语汇的具象性特质实则蕴含“诗—兴”思维的运作力量。倘若执滞于具象与抽象二分的思维窠臼，就此认为但凡是具象之名即为对抽象的排斥，反之亦然，那么，此具象之名难免在个别性与特殊性中停滞与僵化。而兴辞所蕴含的“诗—兴”思维，其力量与作用恰恰在于，沟通具象与抽象，打通形下与形上，依汉语语汇的具象性，“以思及其抽象而在形之外或形之上之意义，而和融此抽象意义与具象之形以为一。后之中国思想中即器见道之精神，亦盖即最先由此而养成”④。

若说日常思维倾向于把物象看作彼此无关、零星而孤立的个体，阻碍吾人考索事物的内在意义，以致难以体贴“一”与“体”的紧密关联，那么，“诗—兴”思维的使命则在于“摆脱日常意识对于琐屑的偶然现象的顽强执着”⑤，不受拘束地把事物的内在意义以及天地万有一体共在的整体性图景呈现在吾人面前。郑樵曾言：“鸟兽草木乃发兴之本。”⑥《孔子家语·好生》载孔子之言曰：“小辩害义，小言破道。《关雎》兴于鸟，而君子美之，取其雄、雌之有别。《鹿鸣》兴于兽，而君子大之，取其得食而相呼。若以鸟兽之名嫌

① ［日］中村元氏：《中国人之思维方法》，徐复观译，第18页。

② ［日］中村元氏：《中国人之思维方法》，徐复观译，第70页。

③ ［日］中村元氏：《中国人之思维方法》，徐复观译，第85页。

④ 唐君毅：《导论下：孔子所承中国人文之道》，载《中国哲学原论·原道篇》，第31页。

⑤ ［德］黑格尔：《美学》第三卷下册，朱光潜译，第25页。

⑥ （宋）郑樵撰：《昆虫草木略序》，《通志》卷七十五，载世界书局编辑部编《景印摛藻堂四库全书荟要·史部·别史类》第215册，第59页。

之，固不可行也。”[①] 这提醒我们，《诗》中的鸟兽之名不可平平看去。通过“诗—兴”思维的运作，《诗》所言“雎鸠”“樛木”“鸱鸮”等鸟兽草木，已有别于自然界中的某一真实个体，而是诗人把芸芸众生之情纳入自身的生存经验，并经由想象与营构持存于《诗》中之“象”。进一步来说，如此之“象”已“不是客观世界中具体的个别的物象，而是取之于物象，再经过抽象和概括而具有普遍性的意象。只有这种具有普遍性的意象，才能作为哲学思维活动的形式和符号”[②]。经由广阔而灵动的取象，诗人启发吾人超越日常思维，去体认“兴”这一诗性言说所承载的丰富而深邃的感受方式与观念体系——一种更为本源、更能切入事物的内在意义，进而把世界视为一意义关联整体的感受、理解与表达。

值得注意的是，“诗—兴”思维的运作力量不单在《诗》中有所体现，还广泛出现在先秦典籍之中。章实斋以对六经的分析为切入点，指出“象”的覆盖范围甚广：

> 象之所包广矣，非徒《易》而已，六艺莫不兼之；盖道体之将形而未显者也。雎鸠之于好逑，樛木之于贞淑，甚而熊蛇之于男女，象之通于《诗》也。五行之征五事，箕毕之验雨风，甚而傅岩之人梦赉，象之通于《书》也。古官之纪云鸟，《周官》之法天地四时，以至龙翟章衣，熊虎志射，象之通于《礼》也；歌协阴阳，舞分文武，以至磬念封疆，鼓思将帅，象之通于《乐》也；笔削不废灾异，《左氏》遂广妖祥，象之通于《春秋》也。[③]

据引文所示，立象见意，寓理于象（而非纯任以抽象之名言）的独

① （清）陈士珂辑，崔涛点校：《孔子家语疏证》，凤凰出版社 2017 年版，第 76 页。

② 刘文英：《中国传统哲学的名象交融》，《哲学研究》1999 年第 6 期。

③ （清）章学诚撰，叶瑛校注：《文史通义校注》，第 22 页。

特进路，不独拘囿于《诗》，而是“六艺莫不兼之”。刘文英将此归为诗教的影响。诗教的过程，使“以诗说道”的方式化入民族心性深处，其论曰，“诗者，以象见意，意在象中也”，并将其申明为：“由于中国文化富有诗教的传统，中国哲学家几乎同时都是文学家，因而他们思考哲学问题和阐明哲学道理都不喜欢纯粹由名到名，那样会机械死板、枯燥无味。试看《老子》五千言，就是一部哲理诗。《论语》所记孔子的言论，也是一部散文集。”①

先来看《老子》。《老子》多次出现“水”“婴儿”“赤子”等意象，如第八章所言：“上善若水。水善利万物而不争，处众人之所恶，故几于道。”此处正是以水之意象言道之深邃。吾人还可看到，《老子》多章均流露出重“本”的理论倾向，如《老子》第二十六章所言：“重为轻根，静为躁君……轻则失本，躁则失君。”“本”的概念喻示着，《老子》已区分出不同的存在层次与类型，即作为“本”的存在类型与作为非“本”之物的存在类型。万物并非自在自为，无待于外，而是端赖一定的存在根据才足以规定自身。在《老子》看来，“本”并不是某个外在于万物的他者，而是规定了万有之所是，从而使万有可被理解的存在根据。奇妙之处在于，《老子》并非诉诸一抽象概念来言说“本”，而是不断变换与“本”相关的具象之名，以突显出“本”的重要性。例如，“玄牝之门，是谓天地根”（第六章），“各复归其根”（第十六章），“重为轻根”（第二十六章），以及“深根固柢”（第五十九章），四处均以“根”和“柢”言“本”；“渊兮似万物之宗”（第四章）以“宗”言“本”；“见素抱朴”（第十九章）与“复归于朴”（第二十八章），均以“朴”言“本”；“而贵食母”（第二十章），“周行而不殆，可以为天下母”（第二十五章），以及“复守其母”（第五十二章），三处均以“母”言“本”。具体来说，母、根、柢、朴、宗的本义都与有形可察的具象事物相关，如根、柢的本义都指树木的根部。又

① 刘文英：《中国传统哲学的名象交融》，《哲学研究》1999 年第 6 期。

如朴字，据《说文·木部》所言“朴，木素也”[①]可知，朴的本义是未加工成器的木料。又如宗字的本义是祖庙。其共通之处在于，此类事物均关涉生命的由来与孕育，同时也与事物原初而真粹的存在情态相关（如“朴”字）。而万有的存在根据作为一超经验的抽象概念，并不能与经验界某一实存物直接对应。诸章以母、根、柢、朴等具象事物之名来指称万有之存在根据，可能在于《老子》经由广义上“诗—兴”思维的运作，觉察到此类具象事物与抽象的存在根据之间具有意义的同构关系，由此，寓抽象于具象的诗性言说才得以可能。

再来看《庄子》。《庄子》一书出现了诸多至大、至远、至古、至久之域。论至大、至远，则有“北溟”“南溟”之地，二者皆“取其溟漠无涯”“窅冥无极”，加之“三千里”“九万里”等具象化的叙述，均凸显出其广远无尽的特质。此外，《庄子》还用“远而无所至极”的苍苍之天、在寰海之外的姑射山、“无何有之乡”“广莫之野”“圹埌之野”等具象之名来言说至大至远之域；若论至古至久，则有上古之大椿、楚南之冥灵、“先天地生”“长于上古”等叙述……此类指称的共同点在于，均超越了时空之限，表征的是成玄英所言之“无限域”，亦即《庄子》所言之“无穷”。有意思的是，《庄子》并未直接冠以某一抽象指称，而是借助上述具象化的诗意描摹，迂回间接地呈露出“无穷”的观念。又如《庄子》所创辟的“卮言”一名。历代注释多将“卮”解释为酒器。作为酒器之卮，是经验界的一种具象物，故而“卮言”一名乃是庄子将具象物（卮）与抽象概念（言）合而为一的产物。然须留意，“卮言”一名，虽始于“卮”这一具象酒器，却并未停留于经验层面的酒器本身，故而“卮言”的内涵不应等同于具象酒器给人带来的直接经验或感受，不应解作“卮酒相欢言之”[②]，“酒徒的自语”[③]或“酒后

---

① （汉）许慎撰，（宋）徐铉校定：《说文解字》，第119页。

② （宋）罗勉道撰，李波点校：《南华真经循本》，中华书局2016年版，第305页。

③ 王葆玹：《黄老与老庄》，中国人民大学出版社2012年版，第212页。

之语”（“酒后的话少了算计，直接从心里发出，所以多了些真实，少了些虚伪”①）。“卮言”一名将具象物（卮）与抽象概念（言）熔为一炉，恰恰彰显了“诗—兴”思维汇通具象与抽象的运作力量。《庄子》借此开辟出一个广阔的意义域，从“卮”与“言”的意义相关性中生发出对于本真言说的体认。职是之故，前现代语境中关于“卮言”的注释，往往从“卮”之酒器义出发，着眼于阐释具象之“卮”与抽象之“言”的意义关联：

> 夫卮，满则倾，空则仰，非持故也。况之于言，因物随变，唯彼之从。②
>
> 夫卮满则倾，卮空则仰，故以卮器以况至言。③
>
> 夫卮器，满则倾，空则仰，随物而变，非持一守故者也；施之于言，而随人从变，已无常主者也。④

引文的训释脉络具有一致性，均先说明卮“满则倾，空则仰”的现象，并在此基础上引申触类。卮随酒俯仰，是可见可感的经验现象。注家从此现象中提纯出随物而变的普遍之理，以此为枢纽实现了从“卮”到“言”的意义衔接与过渡。“随物而变”之理，并不受限于卮“满则倾，空则仰”的具体现象，而是以更自由的状态出入于万物，因此可以“况之于言”“施之于言”。从广义上看，《庄子》虽尽物态之微，但却不是固着于具象的有限物本身，并未像日常言说那般因为“执于物”而陷入僵化状态，而是以在常识思维看来孤立而有限、局部而细琐的个别物为起点有所兴、有所起。这同样可作为广义上“诗—兴”思维的体现。由此，物得以从日常状态中振拔而起，在卮言的运作力量下参与营构了可供自由驰骋的无穷域。

① 王博：《庄子哲学》，北京大学出版社 2004 年版，第 19 页。

② （清）郭庆藩撰，王孝鱼点校：《庄子集释》，中华书局 1961 年版，第 947 页。

③ （清）郭庆藩撰，王孝鱼点校：《庄子集释》，第 1100 页。

④ （清）郭庆藩撰，王孝鱼点校：《庄子集释》，第 948 页。

由此可见，兴辞所承载的感受方式与观念体系、所潜藏的“诗—兴”思维，不独为某一诗人所惯用，亦不独见载于《诗》，而是广泛渗入先秦经典的精神世界之中。如上所述，“以诗说道”的方式、以“诗—兴”思维沟通具象与抽象的做法，实则在《老子》《庄子》等经典中比比皆是。又如，《论语》“其文情之妙者，亦莫不用比兴。即如岁寒然后知松柏之后凋；子在川上，曰：逝者如斯夫，不舍昼夜；此亦用比兴，故皆有诗意”①。再如，《易经》中“鸿渐于陆，夫征不复”（《渐·九三》）和“明夷于飞，垂其翼；君子于行，三日不食”（《明夷·初九》）也属“兴”的萌芽。②“诗—兴”思维凝结而外显为习见于先秦典籍的诗性言说，从根本上看，其旨归在于，如何尝试性地去理解与把握不可见、不可闻之道：

> 对于形而上学不可言、不可名的对象，冯友兰发现，中国古代哲学家善用一种诗意的方式来表达，“以可感觉者表显不可感觉、只可思议者，以及不可感觉、亦不可思议者”。金岳霖主张寻求一种“非命题或超命题的方式”，他找到了文学上的“活的语言”，尤其是古典诗歌中的“意象的组合”。汤用彤亦注意到魏晋名士在音乐、绘画、诗歌中表现宇宙本体，熊十力也讲到佛教“遮设”式的表意方式。他们所说的这些表达方式，都着眼于“象”，即意象。一种或一组特殊的意象，可以营造一种特殊的意境，它可以在象的联想、想象和暗喻之下，使人获得一种言外之意、象外之旨，从而就可以把握不可思议、不可名状的形上本体或形上意义。③

这再次印证了，兴辞及其所包孕着的“诗—兴”思维，究其本旨，

① 钱穆：《中国学术思想史论丛》（一），第150页。

② 参见傅修延《先秦叙事研究：关于中国叙事传统的形成》，第131页。

③ 刘文英：《中国传统哲学的名象交融》，《哲学研究》1999年第6期。

乃是深植于如何体道的形上关怀。可以说，“兴”所内蕴之“甚深根柢”，作为吾国文明源头处普遍存在的感受世界的基本模式，不断把日常思维导向“诗—兴”思维，参与塑造了吾民族的审美旨趣与精神特质。傅修延指出，“在‘赋’‘比’‘兴’三者中，‘兴’是最具民族特色的国粹”，“是汉民族独特的创造与奉献”。[①] 此论颇为切要。通过“诗—兴”思维与诗性言说，吾民族的思想文化传统展开了“下学而上达”“致广大而尽精微”的观念世界，实现了“远之近”“微之显”，而非将形上与形下判然二分。昔人借此可在凡尘窥见超越，于瞬间瞻望永恒。据此检视后世对兴辞的主流解读——多从“去意义化”的视角出发，将兴辞视为纯粹技术层面的写作技法与艺术技巧，将其作用解为文本的接续或是语辞的叶韵——究其根本，吾人不应将此视为一种学术立场，毋宁说，此立场反映出人所共有的思维方式，肇端于人与生俱来的日常思维的根本局限。后世多从“去意义化”的视角理解兴辞，实际上代表了日常思维对“诗—兴”思维的压制。且自宋以还，此种压制、规训与侵蚀愈加深重。

（二）“比”：“理”随“物”显

在“兴”之外，历代学者对“比”也多有讨论：

> 《说文·比部》云：“比，密也。二人为从，反从为比。”[②]《段注》云：“要‘密’义足以括之。其本义谓相亲密也。余义俌也，及也、次也、校也、例也、类也、频也、择善而从之也、阿党也，皆其所引伸。”[③]
>
> 《孔疏》引郑司农之言曰：“比者，比方于物。”[④]

① 傅修延：《先秦叙事研究：关于中国叙事传统的形成》，第130页。

② （汉）许慎撰，（宋）徐铉校定：《说文解字》，第169页。

③ （汉）许慎撰，（清）段玉裁注：《说文解字注》，第386页。

④ （汉）毛亨传，（汉）郑玄笺，（唐）孔颖达疏，（唐）陆德明音释，朱杰人、李慧玲整理：《毛诗注疏》，第14页。

> 《周礼·春官·大师》郑注云："比，见今之失，不敢斥言，取比类以言之。"①
>
> 《释名·释典艺》云："事类相似谓之比。"②
>
> 朱子曰："比者，以彼物比此物也。"③

关于"比"，诸家反复谈及"密也""类也""事类相似""比方于物"等说法。这说明，"比"同样被视为一个关系型概念，究其实质，也关涉二者（相似之事类）之间的意义相关性。但对此意义相关性的具体内涵，诸家并未作出明示。

清人陈启源将此相关性与"喻"相挂靠，明确将"比"解作"譬喻"："比者，以彼况此，犹文之譬喻，与兴绝不相似也"④，并将"比""兴"之别申明为："比、兴皆喻而体不同。兴者，兴会所至，非即非离，言在此，意在彼，其词微，其指远。比者，一正一喻，两相譬况，其词决，其指显。"⑤ 考诸近世学界，将"比"解作修辞学意义上的比喻、譬喻和打比方，更是具有了压倒性的优势：

> 比，现代修辞学列为比喻和比拟两种辞格。……这就是说：对本质上不同的两种事物，利用它们之间在某一方面的相似点来打比方，或者是用浅显常见的事物来说明抽象的道理和情感，使人易于理解；或者借以描绘和渲染事物的特征，使事物生动、具体、形象地表现出来，给人以鲜明深刻的印象。⑥

---

① （汉）郑玄注，（唐）贾公彦疏，彭林整理：《周礼注疏》，第 880 页。

② （汉）刘熙撰：《释名：附音序、笔画索引》，第 91 页。

③ （宋）朱熹集撰，赵长征点校：《诗集传》，第 7 页。

④ （清）陈启源撰：《毛诗稽古编》，第 849 页。

⑤ （清）陈启源撰：《毛诗稽古编》，第 850 页。

⑥ 夏传才：《诗经语言艺术新编》，第 132 页。

在此语境下，“兴”“比”之异多被释为“兴，乃隐喻之义”[①]，“兴义较为隐晦”[②]，而“比”虽同样“属于譬喻”[③]，但却为譬喻手法中之明白易晓者。综上所论，历代论“比”诸说暗含着一个较为明显的转向，即由“类也”“事类相似”转向了“譬喻”。克实而论，譬喻义并非“比”之本义，也并未涵容在“比”的原初语境之内，而是随着诠释史的层层发展逐步演变的结果。故须在此追问，“事类相似”追求的是怎样的意义相关性？事类之相似，能否直接等同为譬喻和比拟？

《诗》中，以“比”闻名的诗作莫过于《小雅·鹤鸣》。姚际恒《诗经通论》言：“通篇皆比意，章法绝奇。”[④]《鹤鸣》首章所言均为物情，人情并未出现于其中。次章仿此。关于“鹤鸣于九皋，声闻于野”，《毛传》曰：“言身隐而名著也。”《郑笺》以为，《毛传》所言“身隐而名著”乃是意指“贤者”。在此，郑玄采用了一贯的训释方法，把物象与人事的关联解作“喻”：“喻贤者虽隐居，人咸知之。”[⑤]总的来说，以某物喻某人事的解释模式，也延用于《郑笺》对《鹤鸣》余下诗句的阐释。

再看《孔疏》。对于诗首章二句“鱼潜在渊，或在于渚”，《孔疏》以为，此句以“鱼之出没”，喻“贤者之进退”。申言之，该句“以鱼有能潜在渊者，或在于渚者。小鱼不能入渊而在渚，良鱼则能逃处于深渊，以兴人有能深隐者，或出于世者”[⑥]。其诗首章末两句

---

① 林叶连：《中国历代诗经学》，第 131 页。

② 林叶连：《中国历代诗经学》，第 121 页。

③ 林叶连：《中国历代诗经学》，第 122 页。

④ （清）姚际恒撰：《诗经通论》卷十，载顾廷龙主编，《续修四库全书》编纂委员会编《续修四库全书·经部·诗类》第 62 册，上海古籍出版社 2002 年版，第 134 页。

⑤ （汉）毛亨传，（汉）郑玄笺，（唐）孔颖达疏，（唐）陆德明音释，朱杰人、李慧玲整理：《毛诗注疏》，第 957 页。

⑥ （汉）毛亨传，（汉）郑玄笺，（唐）孔颖达疏，（唐）陆德明音释，朱杰人、李慧玲整理：《毛诗注疏》，第 958 页。

曰："爰有树檀，其下维萚。它山之石，可以为错。"据《孔疏》，檀树是一种坚韧而珍贵之木，用以比喻"德善之人"。萚是一种恶木，用以比喻"不贤之人"。而"它山之石"则用以比喻"异国沉滞之贤"。

综观以上注解，《郑笺》《孔疏》均从比喻的角度解读《鹤鸣》一诗陆续出现的物情，并将物的意义限定于有限的人事层面，如"鹤""鱼""檀""它山之石"所喻均为贤人，而"萚"则用以喻小人。且以上训释都立足于求贤的语境和背景。《鹤鸣》变换喻体，反复申述，旨在委婉劝谏在位者求贤若渴、知人善任，哪怕是他国沉滞之贤，也应求而用之，以光大王政。这归本于《小序》对《鹤鸣》之旨的揭示——"教宣王求贤人之未仕者"。

毋庸置疑，《郑笺》《孔疏》的确超越了对《诗》字面义的直接解读，试图寻求《诗》的言外之意。但平心而论，二者对言外之意的寻求并不彻底。其所论以某物喻某人事的解释模式，终究会让此物的意义落入另一重刻板而生硬的限定之中。毕竟以物所喻之人事也是一个有限者。

再看朱子注：

> 盖鹤鸣于九皋，而声闻于野，言诚之不可揜也。鱼潜在渊，而或在于渚，言理之无定在也。园有树檀，而其下维萚，言爱当知其恶也。他山之石，而可以为错，言憎当知其善也。[①]

据引文所示，临到末了，朱子作了一番小结，指出"比"之为"事类相通"，其旨归在于通达此事类之理："由是四者引而伸之，触类而长之，天下之理，其庶几乎？"[②] 这反映出，朱子的四句训解（"诚之不可揜也""理之无定在也""爱当知其恶也""憎当知其善

① （宋）朱熹集撰，赵长征点校：《诗集传》，第189页。

② （宋）朱熹集撰，赵长征点校：《诗集传》，第189页。

也”），所言均为诗所蕴之理。据此可知，“比”之为“引而伸之”与“触类而长之”，究其实质，所“伸”者、所“长”者均在于其理，而非止步于对具象人事的描述。[①]“比”之旨归在于理，此点亦被船山重申：“《小雅·鹤鸣》之诗，全用比体，不道破一句，《三百篇》中创调也。要以俯仰物理，而咏叹之，用见理随物显，唯人所感，皆可类通。”[②]可知，以类相通，其所通之处在于理。比方于物，所导向的同样是理，而非停留于具象人事层面。与之相比，《郑笺》和《孔疏》虽做到了“触类”，但却并未据此实现“长之”和“引而伸之”，而是仍平面地看待“比”与所比之物的关系，未能向内深入，洞察到“这些道理都隐含在一系列具有类比意义的物象中，未予说破”[③]。

综上所述，吾人可以理解，为何刘勰将“比”训为“附”，且申明所“附”者乃是“理”：“比者，附也”，又言“附理者切类以指事”[④]。进一步来说，刘勰区分出以下两个层面，即“比”的具体彰显与“比”的终极旨归。诚然，比法由具象物得以显现，但此物实质上乃是“理之所附”，关键在于由物通达其理：“故金锡以喻明德，珪璋以譬秀民，螟蛉以类教诲，蜩螗以写号呼，澣衣以拟心忧，席卷以方志固，凡斯切象，皆比义也。至如麻衣如雪，两骖如舞，若斯之类，皆比类者也。”[⑤]“金锡以喻明德，珪璋以譬秀民”等文

① 据此，常森反对学界将朱子所言“比”视为比喻的观点：“朱子曾说立六义之目的，在‘使歌者知作诗之法度也’。而作为诗歌创作法度，比有一个重要特点，就是‘不说破’。朱子指出：‘说出那物事来是兴，不说出那物事是比。……兴、比相近，却不同’”，进而指出：“把朱子《诗》学中的比理解为修辞学上的比喻，不仅是对朱子的误读，而且是对他的矮化，就是说，是把他界定的创作法度矮化成了一般的语言表达手段。”常森：《〈诗经〉学误读二题》，载《简帛〈诗论〉〈五行〉疏证》，北京大学出版社2019年版，第302—303页。

② （清）王夫之著，戴鸿森笺注：《姜斋诗话笺注》，第129页。

③ 常森：《〈诗经〉学误读二题》，载《简帛〈诗论〉〈五行〉疏证》，第302—303页。

④ （南朝梁）刘勰著，范文澜注：《文心雕龙注》，第601页。

⑤ （南朝梁）刘勰著，范文澜注：《文心雕龙注》，第601—602页。

辞，看似只是对相通之物类的描写，然其本旨则在于以物类通其理，而非流连于金锡、珪璋等有限物。

（三）"赋"：合虚实之妙

与"比""兴"相较，学界对"赋"的关注度明显要低得多。然而，地位较次的"赋"在《诗》中出现的频次却远在"比""兴"之上。谢榛"尝考之《三百篇》：赋，七百二十；兴，三百七十；比，一百一十"[①]。此聊备一说，兹不赘。程、蒋注本以为："（谢氏的）统计可能有出入，但结合诗篇实际情况来看，赋句确实占多数。"[②] 显然，赋句在《诗》中的广泛应用，与其较低的受关注程度之间或已形成一定反差。究其根本，这与古今学者对"赋"的理解密切相关：

《周礼·春官·大师》郑注云："赋之言铺，直铺陈今之政教善恶。"[③]

钟嵘曰："直书其事，寓言写物，赋也。"[④]

《文镜秘府论》引王昌龄之言曰："赋者，错杂万物，谓之赋也。"[⑤]

《孔疏》云："赋云'铺陈今之政教善恶'，其言通正变、兼美刺也……赋、比、兴如此次者，言事之道，直陈为正。故《诗经》多赋在比、兴之先。"[⑥]

朱子曰："赋者，敷陈其事而直言之者也。"[⑦]

---

① （明）谢榛撰：《四溟诗话》，上海商务印书馆1936年版，第30页。

② 程俊英译注：《诗经译注》，上海古籍出版社2016年版，前言第7页。

③ （汉）郑玄注，（唐）贾公彦疏，彭林整理：《周礼注疏》，第880页。

④ （南朝梁）钟嵘著，陈延杰注：《诗品注》，第2页。

⑤ ［日］遍照金刚撰，卢盛江校考：《文镜秘府论汇校汇考》（修订本），第441页。

⑥ （汉）毛亨传，（汉）郑玄笺，（唐）孔颖达疏，（唐）陆德明音释，朱杰人、李慧玲整理：《毛诗注疏》，第14页。

⑦ （宋）朱熹集撰，赵长征点校：《诗集传》，第4页。

吴鹤林曰：“赋直而比微，比显而兴隐，故毛公不称比赋也。”①

胡朴安曰：“赋之为用，直言其事。”②

潘石禅曰：“赋是据事直书，平铺直叙。”③

叶嘉莹曰：“赋是直陈其事。”④

向熹曰：“赋是直陈，用于铺叙事实，描写景物以及刻画人物形象和行动细节。”⑤

程俊英曰：“比兴之所以和赋不同，因为后者是直接的铺叙，不一定通过具体的形象来表达；而前者是必须通过具体的形象的。”⑥

《诗经》程、蒋注本云：“赋是直述法，诗人将本事或思想感情平铺直叙地表达出来。”⑦

承上所述，“比”“兴”皆回婉曲折，意在言外：“兴”是由此及彼、“启一举体”的神妙一跃，“比”则端赖“引而伸之”“触类而长之”。二者都蕴含求索玩味之妙，而非驻足于文辞本身。而综览诸家论“赋”之说，其一大共同点在于指明赋之“直”。顺此脉络，“赋”作为一种直接性陈说，多被视为与“比”“兴”相对甚或是对立的概念：用“赋”之处，则不用“比”“兴”，反之亦然；“比”“兴”的艺术性较高，而“赋”则近乎白描。毋庸置疑，此种对“赋”的界定与解读，难免影响后人对其的研究热情，即“由于赋比较直截、明显，不像兴那样复杂、隐约，所以后人对它的研究比

① 转引自胡朴安《诗经学》，第29页。

② 胡朴安：《诗经学》，第29页。

③ 林叶连：《中国历代诗经学》，第121页。

④ 叶嘉莹：《叶嘉莹说诗讲稿》，中华书局2008年版，第12页。

⑤ 向熹编著：《诗经词典》（修订本），商务印书馆2014年版，第138页。

⑥ 程俊英：《略谈〈诗经〉兴的发展》，《华东师范大学学报》（自然科学版）1980年第4期。

⑦ 程俊英译注：《诗经译注》，前言第10页。

较少”[①]。清人李东阳有言：

> 诗有三义，赋止居一，而比兴居其二。所谓比与兴者，皆托物寓情而为之者也。盖正言直述，则易于穷尽，而难于感发。惟有所寓托，形容摹写，反复讽咏，以俟人之自得，言有尽而意无穷，则神爽飞动，手舞足蹈而不自觉。此诗之所以贵情思而轻事实也。[②]

引文所谓“正言直述”指的便是“赋”，其弊端为“易于穷尽，而难于感发”。李东阳以为，《诗》“贵情思而轻事实”。“情思”有赖“比”“兴”维系，“事实”则多依靠“赋”之“正言直述”。此论明显流露出贵“比”“兴”而轻“赋”的取向。郭绍虞在解释《邶风·新台》“新台有泚，河水洏洏。燕婉之求，蘧篨不鲜”一句时指出：“前两章直赋其事，便觉直而寡味；末章用比，乃入佳境。所以有些地方根本不需要说明：说明则浅直，说明则坦率，说明则风光狼藉，反不如醖藉出之为耐人寻味。”[③] 此论同样在“比”“赋”之间判定出了高下之分。

然而问题在于，《诗大序》将“赋”“比”“兴”同列为“诗之六义”，并未流露出厚此薄彼的取舍与判断。但综观上述论“赋”之说，“赋”与“比”“兴”的差距不可以道里计。那么，高下悬殊的“赋”“比”“兴”何以作为一整体被《诗大序》谈及？以上论“赋”诸说是否合乎其宜？对此，下文拟结合具体诗篇作一番辨析。

朱子将《魏风·陟岵》通篇都标为“赋”。[④] 有别于《周南·桃

---

① 程俊英译注：《诗经译注》，前言第7页。

② （明）李东阳著，李庆立校释：《怀麓堂诗话校释》，人民文学出版社2009年版，第80页。

③ 郭绍虞：《照隅室语言文字论集》，第148页。

④ 参见（宋）朱熹集撰，赵长征点校《诗集传》，第99—100页。

夭》一诗由物情（“桃之夭夭，灼灼其华”）而及人情（“之子于归，宜其室家”）的兴辞，亦迥异于《小雅·鹤鸣》用明言之物情潜藏未言之人情，进而通乎其理的比法，《陟岵》开首一句“陟彼岵兮，瞻望父兮”即已道出了人情的维度（游子登高念亲）。

细读首章，虽然诗人直言登高念亲，但与上述诸家所论“正言直述”“平铺直叙”似不能全然等同。从“陟彼岵兮，瞻望父兮”到“父曰：嗟!”，诗人切换了叙述视角与言说方式，实现了从游子视角到父亲视角的转换。在首句中，父亲作为游子瞻望思念的对象，转而成为下一句的言说主体，与首句形成了呼应之势。游子行役于外，与家人相隔千里，又如何可能亲闻父亲的叮咛？然而，借助视角的转换，诗句营造出亲人恍在面前的效果。可见，除叙述视角发生转换之外，《诗》同时还由实况转入了虚境。“陟彼岵兮，瞻望父兮”是实写，对父亲音容话语的遥想是虚写。

合虚实于一体的表达，贯穿于《陟岵》余下两章。后两章的叙述视角同样有所迁变，开首始于游子所述，而后场景瞬间切换至远方的亲人，形成双方遥相呼应的态势：不仅是游子“独在异乡为异客”，单向地思念家人而已，同时还回响着亲人对游子的孜孜谆复。方玉润将此评为：“人子行役，登高念亲，人情之常。若从正面直写己之所以念亲，纵千言万语，岂能道得意尽？诗妙从对面设想，思亲所以念己之心，与临行勗己之言，则笔以曲而愈达，情以婉而愈深……其用意尤重在‘上慎旃哉’一语。亲以是祝之子，子以是体夫亲。其能以亲心为己心者，又不仅在思亲之貌与亲之情而已，而可不谓之为贤乎？”① 此遥相呼应的咏叹，使游子以亲人之心为己心的情结跃然纸上。

通过转换叙述视角合虚实之妙，也见于《周南·卷耳》。《诗集传》同样将《卷耳》全篇标为“赋”。此诗首章始于妇人的口吻。首句“采采卷耳，不盈顷筐”与《小雅·采绿》“终朝采绿，不盈

① （清）方玉润撰，李先耕点校：《诗经原始》，第246页。

一匊”如出一辙：既然采撷的行动未曾间断，为何妇人终日竟采不满一小筐？诗人随即对此疑点给出了解释：“不盈顷筐”的一大原因在于“怀人”——“嗟我怀人，寘彼周行”。《孔疏》云：“顷筐易盈之器，而不能满者，由此人志有所念，忧思不在于此故也。”①“嗟我怀人，置彼周行”推动了文脉的发展，遂连缀起余下三章，刘熙载将其申明为：“《周南・卷耳》四章，只‘嗟我怀人’一句是点明主意，余者无非做足此句。”②

《卷耳》后三章的叙述视角虽从妇人转向了征夫，但诗之所言所叙仍出自思妇的遥想，足见其思念之深切悠长：“因采卷耳而动怀人念，故未盈筐而‘寘彼周行’，已有一往深情之概。下三章皆从对面着笔，历想其劳苦之状，强自宽而愈不能宽。末乃极意摹写，有急管繁弦之意。”③很明显，诗人对征夫所行之路、所骑之马以及对主仆状态的摹状，均凸显出行者之疲困劳苦，故戴震将此诗评点为“感念于君子行迈之忧劳而作也”④。

除了感念夫君远行之劳苦，深藏于此番遥想背后的还有夫妻二人的缱绻深情。虽多日未见，妇人仍能把夫君的生活习惯悉数道来。每一细节都刻画得如此清晰到位，连所用酒杯（金罍、兕觥）都未曾遗漏，恍如亲眼所见。若非基于多年感情和对丈夫无微不至的观察，妇人又如何能知晓得这般清楚？诗以遥想之虚景道尽妇人之实情，可见其用情至深。

综上所言，《陟岵》《卷耳》二诗均灵动自如地在“实”“虚”之间进行视角与言说方式的转换。由实写转为虚写，再由虚景突显

---

① （汉）毛亨传，（汉）郑玄笺，（唐）孔颖达疏，（唐）陆德明音释，朱杰人、李慧玲整理：《毛诗注疏》，第47页。

② （清）刘熙载著，叶子卿点校：《艺概》，浙江人民美术出版社2017年版，第102页。

③ （清）方玉润撰，李先耕点校：《诗经原始》，第78页。

④ （清）戴震撰：《杲溪诗经补注》，载台北新文丰出版公司编辑部编《丛书集成新编・文学类》第56册，台北：新文丰出版股份有限公司1985年版，第271页。

实情。由实入虚，合虚实之妙，营造出刘勰所谓“思接千载”“视通万里”① 之效。从广义上言，“虚”也成为昔人论《诗》的一大着眼点：

> 朱子曰：“圣人之言，在《春秋》《易》《书》无一字虚。至于《诗》，则发乎情，不同。”②
>
> 方玉润曰：“夫佳诗不必尽皆征实，自鸣天籁，一片好音，尤足令人低回无限。若实而按之，兴会索然矣。”③

依朱子之见，《春秋》《易》《书》的言说特质在于“无一字虚”，而《诗》则相反，其言说贵在“虚”。既然六经有此不同，那么读经的方式自然要做出相应的调整。以“实”见长的经典可以“征实”，而对于以“虚”见长的《诗》，则不能“实而按之”，否则将无法领会《诗》之巧妙。据此，廖平论《诗》之语可谓颇为切要：

> 《易》《诗》二经，修辞立志，所言名物，半多假托，不如《仪礼》《周礼》征实之学，最为精审，故二经亦当以礼制求之，前人于二经中言礼者是也。夫言礼之书，平实如《仪礼》《周礼》，犹不能明，何况二经之鳞爪偶见，首尾不具者乎？故必知为天学而后可也；若取以为礼家之证据，则万不可。④

对于“以《春秋》之例说《诗》”、取《诗》“以为礼家之证据”等

---

① （南朝梁）刘勰著，范文澜注：《文心雕龙注》，第 493 页。

② （宋）黎靖德编，王星贤点校：《朱子语类》，第 2100 页。

③ （清）方玉润撰，李先耕点校：《诗经原始》，第 85 页。

④ （清）廖平著，蒙默、蒙怀敬编：《廖平卷》，第 303 页。

做法，廖氏均痛斥其弊，可谓颇得读《诗》之法。[①] 正因《诗》“不在文辞”，而以虚见长，故有利于诗人突破常规之法，超越平铺直叙的日常叙述，自如地进行言说方式与视角的转换。

《召南·采蘩》同样通篇为赋。全诗形式至为规整，以问答式一贯而下。前两章用数则问答介绍了采蘩的地点及所派用场，并以备祭流程的先后之序为线索推动文脉的发展。但在最后一章中，《采蘩》转向了与前章迥异的叙述视角——“被之僮僮，夙夜在公”。末章侧重于对与祭者发饰与神色的描写。朱子注云：“被，首饰也，编发为之。僮僮，竦敬也。”[②] 与祭执事人员身着礼服，发饰考究，神色庄重肃静，仪容服饰的每一细节都不敢怠慢。这暗示出祭祀典礼的庄严隆重，凸显出与祭者的齐庄虔敬。

“夙夜”一语表明，从备祭过程到正式参与祭祀，其前后时段跨度之大。从早到晚，未有间断。这既反衬出与祭者“被之僮僮”之不易，同时也为末句遥想祭祀结束之后的情境埋下伏笔。与祭者从早到晚都未有片刻休息，按理说，祭祀结束后应该极为疲惫。但诗人所述情境却出人所料：“被之祁祁，薄言还归。”朱注云：“祁祁，舒迟貌，去事有仪也。《祭义》曰：‘及祭之后，陶陶遂遂，如将复入然。’不欲遽去，爱敬之无已也。”[③] 无论是在祭祀过程中，还是祭祀结束后，与祭者的仪态并无二致。祭祀结束之时，其离场顺序极具章法，步武宽舒安泰，并未显露出疲惫懈怠之态。方玉润对《采蘩》作了如此评点：“首二章事琐，偏重叠咏之。末章事烦，偏

---

① 由此可以理解，为何历代学者会对郑玄《毛诗笺》“以礼笺《诗》”的做法褒贬不一。章如愚认为：“郑氏之学长于《礼》而深于经制，至于训《诗》，乃以经制言之。夫诗性情也。礼制迹也，彼以礼训《诗》，是按迹以求性情也。此其所以繁塞而多失者欤。”又见陈善曰：“诗人之语，要是妙思逸兴所寓，固非绳墨尺度所能束缚，盖自古如此。予观郑康成注《毛诗》，乃一一要合《周礼》……束缚太过。不知诗人本一时之言，不可以一一牵合也。康成盖长于《礼》学，而以《礼》言《诗》，过矣。”二说均转引自向熹《〈诗经〉语文论集》，四川人民出版社 2002 年版，第 403 页。

② （宋）朱熹集撰，赵长征点校：《诗集传》，第 14 页。

③ （宋）朱熹集撰，赵长征点校：《诗集传》，第 14 页。

虚摹之，此文法虚实之妙，与《葛覃》可谓异曲同工。”① 虽是虚写，诗人却能曲尽人情事态之妙，把祭仪之隆重肃穆、人员之庄重虔敬展现得淋漓尽致。

合虚实之妙，在《小雅·出车》末章亦有明显体现：“春日迟迟，卉木萋萋。仓庚喈喈，采蘩祁祁。执讯获丑，薄言还归。赫赫南仲，玁狁于夷。”此章中，妇人春日采蘩与军伍胜利归来，二者被巧妙地合于同一视域。若循常理，妇人如何能与归途中的军队相遇？诚然，上述两个场景难以在现实世界的同一时空下发生，但这却无碍于二者自由呈露于诗性言说所创辟的意义空间之中。这再次说明，读《诗》不可轻忽虚实之辨的维度。实际上，若把《诗》的每一物象和细节都一一坐实，那便是强迫诗境退居至日常世界，诗之美感与妙处难免被扼杀殆尽，正如叶燮所言：“使必以理而实诸事以解之，虽稷下谈天之辩，恐至此亦穷矣！”② 诗人由某一场景遥想至下一场景，继而衍生至另一场景。此番遥想衍生可一直持续，以至于无穷。数个场景浑融于一诗之中，大大丰富了此诗的层次性与延伸性。对此，船山独创了“取影”概念，用以形容诗具有无限的衍生性与延展性：

> “春日迟迟，卉木萋萋。仓庚喈喈，采蘩祁祁。执讯获丑，薄言还归。赫赫南仲，猃狁于夷。”其妙正在此。训诂家不能领悟，谓妇方采蘩而见归师，旨趣索然矣。建旌旗，举矛戟，车马喧阗，凯乐竞奏之下，仓庚何能不惊飞，而尚闻其喈喈？六师在道，虽曰勿扰，采蘩之妇亦何事暴面于三军之侧耶？征人归矣，度其妇方采蘩，而闻归师之凯旋。故迟迟之日，萋萋之草，鸟鸣之和，皆为助喜；而南仲之功，震于闺阁。室家之欣幸，遥想其然，而征人之意得可知矣。乃以此而称“南仲”，又

① （清）方玉润撰，李先耕点校：《诗经原始》，第97页。

② （清）叶燮著，霍松林校注：《原诗》，第30页。

影中取影，曲尽人情之极至者也。[①]

行文至此，不妨对上述论“赋”诸说作一番检视。尽管“赋”不像兴辞般由物情及人情，进而“启一举体”，也不像比法般将理附于物情之中，但也绝不止于平铺直叙的直陈式论述。综观本节所论赋诗，几乎每章都存在灵动自如的视角转化，营造出深广浩博的层次性与空间感。更要者在于，赋诗不仅是在角色、地点等方面进行转换，还在虚实之间自由切换，使虚景和实情互为映衬。

若只以“铺陈”“直言”来界定“赋”，将其视为近乎白描的直陈，未免将“赋”大大矮化。更何况顾随指出：“诗最忌平铺直叙。”[②] 李东阳亦云：“诗贵意，意贵远不贵近，贵淡不贵浓。”[③] 倘若“赋”即为“平铺直叙”与“正言直述”，那么该如何解释“赋”同样能营构深远幽微的意境以及同样具有的巨大感染力？

克实而论，据“赋”的原初语境，如《文心雕龙·诠赋》所言“赋者，铺也”[④]，又如《小尔雅·广诂》所言“赋，布也”[⑤]（训“赋”为“布”，同样见于《广雅·释诂》[⑥]），均未将“赋”与直陈性言说相等同。职是之故，对于把“赋”解作“直陈”的做法，鲁洪生提出了如下反驳：“从文字训诂的角度看：遍考先秦古籍，‘赋’字在当时并没有作为表现方法‘直陈’的含义。……铺陈不等于直陈，不是汉儒所说的与比、兴相对的概念。铺陈既可以用直陈的方法，也可以用‘托事于物’‘比方于物’的方法。至于赋字‘直陈’的含义，那是东汉郑玄为了使赋与比、兴相区

---

① （清）王夫之著，戴鸿森笺注：《姜斋诗话笺注》，第12—13页。

② 顾随讲，叶嘉莹笔记，顾之京整理：《顾随诗词讲记》，第20页。

③ （明）李东阳著，李庆立校释：《怀麓堂诗话校释》，第12页。

④ （南朝梁）刘勰著，范文澜注：《文心雕龙注》，第134页。

⑤ （清）胡承珙撰，石云孙校点：《小尔雅义证》，第3页。

⑥ 参见（清）王念孙撰《广雅疏证》，上海古籍出版社2018年版，第386页。

别才首次提出的。”①

行文至此，反观上述将“赋”解作“直陈”的观点，均标举出赋诗“直言”的维度，据此，“赋”成了与“比”“兴”相对甚至是对立的概念，致使“赋”“比”“兴”三者间日渐筑起森严的壁垒。这具体表现为，赋、比、兴作为彼此独立的写作技法，仅在各自负责的诗句那里发挥作用，如某一段是兴、另一段则是比。如此一来，一首诗的不同部分被三种技法条块割据，吾人难以从三者交融汇通的视域体认诗性言说的独特意义。对于以某诗为赋、某诗为兴的做法，钱穆提出了如下批评：

> 郑氏言比兴，误在于每诗言之。如指某诗为赋，某诗为比是也。……郑氏似不知赋、比、兴之用法，即在诗句中亦随处可见，当逐句说之，不必定举诗之一首而总说之也。②

钱穆以为，将某句诗判定为比，另一句判定为赋的解法过于生硬死板，未能洞悉赋、比、兴往往相伴而至。对此，惠周惕云：“体不可偏举，故兴、比、赋合而后成诗。……毛公传《诗》，独言兴，不言比、赋，以兴兼比、赋也。人之心思，必触于物而后兴，即所兴以为比而赋之。故言兴而比、赋在其中。”③ 进一步来说，在《风》《雅》《颂》中，赋、比、兴亦是交融而至，而非《风》纯任比、兴，而《雅》中只有赋，诚如刘咸炘所言：“《风》多比、兴，而亦有赋，《雅》多赋，而亦有比、兴。”④ 为说明赋、比、兴实则交融为一，钱穆以“昔我往矣，杨柳依依。今我来思，雨雪霏霏”为例，

---

① 鲁洪生：《从赋、比、兴产生的时代背景看其本义》，《中国社会科学》1993年第3期。

② 钱穆：《中国学术思想史论丛》（一），第150页。

③ （清）惠周惕撰：《诗说》卷上，《砚溪先生集》，载顾廷龙主编，《续修四库全书》编纂委员会编《续修四库全书·集部·别集类》第1421册，第124页。

④ 刘咸炘著，黄曙辉编校：《刘咸炘学术论集》文学讲义编，第33页。

来推究三者的汇通之处：

> 杨柳之依依，雨雪之霏霏，则莫非借以比兴征人之心情也。抑且往则杨柳依依，来而雨雪霏霏；一往一来，风景悬隔，时光不留，岁月变异，则亦莫非比兴征人之心情也。若作诗者仅以直铺之赋言之，何不曰：昔我之往，时在初春，今我之来，已届深冬乎。然如此而情味索然矣。故无往而不见有比兴者，诗也。又何可强作三分以为说乎？①

实际上，以上诸多问题，无论是“赋”被视为与“比”“兴”相对（甚或对立）的概念，还是将此三者“强作三分以为说”，究其根本，都源于将其视为写作技法的根本立场，未看到三者均以先秦时期整体性的世界图景与时人理解世界的根本性观念体系为其内在支撑。此类“执于术”而“遗其道”的研究进路多滋生“买椟还珠”之效，轻忽了潜藏于“赋”“比”“兴”原初语境中的思想观念、形上关怀以及对道—物关系的深入致思。实际上，后者才是“赋”“比”“兴”留给后人至为宝贵的礼物。为扭转此局面，单就解“赋”为“直陈”的观点作出检视还远远不够，还须突破以“赋”“比”“兴”为写作技法的思维窠臼。对此，李仲蒙对于三者的阐释颇有借鉴意义：

> 叙物以言情谓之赋，情物尽也。索物以托情谓之比，情附物者也。触物以起情谓之兴，物动情者也。故物有刚柔、缓急、荣悴、得失之不齐，则诗人之情性，亦各有所寓，非先辨乎物，则不足以考情性。②

---

① 钱穆：《中国学术思想史论丛》（一），第151页。

② 转引自（宋）胡寅撰，尹文汉校点《斐然集·崇正辩》，岳麓书社2009年版，第358页。

由引文可知，李氏以物—情关系（用本书的说法就是物情与人情的关系）为出发点，来看待赋、比、兴之异。三者均为关系型概念，展现出物情与人情的不同关系维度及面向。经由赋、比、兴的营构与表达，物情与人情遂有别于日常意识层面孤立而偶然的现象，而是得以在关系整体中实现其内在意义。

总的来说，赋、比、兴承载着诗人对物情与人情的感受与理解。从广义上言，三者均反映出诗人及其所处时代、所置身的文化传统深层的心灵习惯、审美旨趣与精神特质。诗人感受世界的方式灵动不拘、周流无滞，这意味着赋、比、兴必然相伴而生，而非判然相隔。这有助于超越将赋、比、兴“强作三分以为说”的立场，基于三者交融互渗的关系去体认诗性言说对于《诗》的重要意义。

第三节　论意义世界的生成、持存与延伸

承上所述，“赋”“比”“兴”不应视为三种彼此独立的写作技法，而是作为物情与人情不同关系维度的表达方式，彼此交融渗透，承载着文明共同体及其成员历史—文化维度下的在世生存所展开的种种生存经验及其情态，反映出昔人对事物内在意义及世界的整体化关系的融贯理解。鉴于《风》《雅》《颂》整体性意义结构所涵摄的生存经验与存在情态，乃是经由赋、比、兴的诗性言说得以展开。据此，《孔疏》将“赋”“比”“兴”称作“风、雅、颂之辞”：

> 风之所用，以赋、比、兴为之辞，故于风之下，即次赋、比、兴。然后次以雅、颂。雅、颂亦以赋、比、兴为之，既见赋、比、兴于风之下，明雅、颂亦同之。①

① （汉）毛亨传，（汉）郑玄笺，（唐）孔颖达疏，（唐）陆德明音释，朱杰人、李慧玲整理：《毛诗注疏》，第14页。

朱子亦云，“‘三经’是赋、比、兴，是做诗底骨子，无诗不有，才无，则不成诗”①，且把三者视为“作诗之法度”②。尽管二人都道出了“赋”“比”“兴”的重要地位，但其论说较为疏略，未能明示三者之于《风》《雅》《颂》的必要性。也许有人会问，若要讲论生存经验及其情态，非得用赋、比、兴不可吗？舍却赋、比、兴，就别无他法了吗？职是之故，唯有证成三者对于生存经验及其情态的呈现具有无可替代的作用，才算正式回应赋、比、兴之于《风》《雅》《颂》的必然性问题，真正回答缘何独有赋、比、兴才足以成为“《风》《雅》《颂》之辞”。

一　论《诗》的意义世界

（一）意义世界的有无：日常叙述与诗性言说之别

在《美学》一书中，黑格尔曾分析希罗多德在《历史》第七卷所引希腊诗人西蒙尼德斯创作的诗。③该诗纪念的是三百名斯巴达战士为抵抗波斯入侵而战死沙场。若仅就其内容而言，此诗可还原为以下事实叙述，即“三百个斯巴达人在这里与四千敌军誓死抗争”。倘若西蒙尼德斯的初衷在于告诉后人这样一个历史事实，那么他完全可以采取直陈式的日常语言。耐人寻味的是，西蒙尼德斯并没有这样做，他创作了一首诗：“过路人，请传句话给斯巴达人，为了听他们的嘱咐，我们躺在这里。”据此或可追问，诗与日常叙述的区别何在？这是黑格尔在《美学》中思考的关键问题。此追问对《诗》而言也同样成立。

克实而论，每首诗都可以用明畅易晓的直陈式论说将生存经验及其情态说清道明。比如，《庭燎》写的是“天子等候诸侯早朝”④；

---

① （宋）黎靖德编，王星贤点校：《朱子语类》，第2070页。

② （宋）黎靖德编，王星贤点校：《朱子语类》，第2067页。

③ 参见［德］黑格尔《美学》第三卷下册，朱光潜译，第21—22页。

④ 滕志贤注译，叶国良校阅：《新译诗经读本》，台北：三民书局2007年版，第521页。

《斯干》写的是宣王的新宫建成；《无羊》写的是牛羊茁壮成长，畜牧业兴盛；《绵》写的是古公亶父带领族人迁至岐山之下，草创周代基业；《文王》歌颂的是文王之至德（此类叙述恰恰为《小序》所采用）等。如果《诗》的初衷在于把历史事件及其人事要素晓谕读者，大可采用以上陈述，那么，诗人缘何舍直求曲，以赋、比、兴的诗性言说来呈现？这对于生存经验及其情态的呈现有何效果？兹取数篇诗作进行分析与阐释，以回应上述问题。

先来看《周南·葛覃》。《诗序》云：“《葛覃》，后妃之本也。后妃在父母家，则志在于女功之事，躬俭节用，服澣濯之衣，尊敬师傅，则可以归安父母，化天下以妇道也。”① 揆诸其行文脉络，总的来说，《小序》把诗中人物直接揭示出来，而后阐明了人物的行为、动机及其目的，这近似于现实层面的日常叙述。就语法而言，人物作为《小序》的叙述主词，保证了句子结构的完整度。就内容而言，若脱离了诗中之人，《小序》的行文将无从展开。与此不同，《葛覃》一诗始于对葛草生长样态的捕捉与勾勒。综览首章始末，女子都迟迟未现，其诗曰：“葛之覃兮，施于中谷，维叶萋萋。黄鸟于飞，集于灌木，其鸣喈喈。”有意思之处在于，对《小序》而言至为关键的部分，在诗首章却未见踪影。既然《葛覃》写的是王室公族女子嫁往夫家之前，于女师处修习妇功之事，缘何要以“葛之覃兮，施于中谷，维叶萋萋”发语，且对物情的摹状占据了全诗近一半的篇幅？

对于诗首章，毛、郑均标作“兴”，朱子则标为“赋”。很明显，首章所写悉皆物情，但是，葛草蔓延、黄鸟集于灌木等物象并非杂乱地堆砌于一处，而是颇具章法。其中，葛草生长的过程尤为诗人所重。朱子注云：“覃，延。施，移也。”②“覃”和“施”凸

---

① （汉）毛亨传，（汉）郑玄笺，（唐）孔颖达疏，（唐）陆德明音释，朱杰人、李慧玲整理：《毛诗注疏》，第38页。

② （宋）朱熹集撰，赵长征点校：《诗集传》，第4页。

显出葛草在空间上的延伸与覆盖。葛草长势繁盛，蔓延至山谷之中，此过程又离不开“时”的维度。空间上的延展与时序的推移、光阴的悠长之间或可构成一通感联想，亦可视为诗人以葛草在空间层面的蔓延来暗示时间的推移。葛草覆盖面积的扩大，明示出其长势壮盛，遂与后句所言“维叶萋萋”相膺承。从总体上看，诗首章不仅有视觉上的取象（“葛”“萋萋”“黄鸟”“灌木”），还有听觉方面的摹拟（“其鸣喈喈”），可谓声色俱备。

二章首句云：“葛之覃兮，施于中谷，维叶莫莫。”其形式与一章相仿，仅把“萋萋”换作“莫莫”。有学者指出：“此章莫莫与上章萋萋对用，义当有别……此处的莫莫当含有茂盛而成熟貌之义。”[①] 两处虽仅有二字之易，但其差异不容小觑。通过二字的变更，诗人巧妙地将“时”的维度寓于其中。从“萋萋”到“莫莫”，表明葛草经过一段时间的生长，已臻于大成。由此可知，对于诗而言，“时”的维度殊为必要，否则不足以在平面化的字词表述中撑开一种富于伸缩与弹性的意义纵深感。就在诗人以具备纵深感的方式将物情娓娓道来之时，此诗的意义世界也随之敞开，而这无不与葛的生存情态息息相关。

葛，作为在《诗经》中出现频率最高的六种植物之一，共在七首诗中被明确提及。这也反映出葛乃是昔人生存世界的重要部分，其一大用途在于，葛的纤维经提取后，可用以织布、制服、编屦。据《太平御览》卷九百九十五载《周书》之言曰：“君子得其材以为絺绤，以为君子朝廷夏服。”[②] 此外，葛还是先民饮食的一大来源，所谓“小人得其叶以为羹”[③]。《救荒本草》亦载，葛可供救饥、治病之用，“掘取根入土深者，水浸洗净，蒸食之。或以水中揉出

① 程俊英、蒋见元：《诗经注析》，第 7 页。
② （宋）李昉等撰：《太平御览》第 9 册，上海古籍出版社 2008 年版，第 736 页。
③ （宋）李昉等撰：《太平御览》第 9 册，第 736 页。

粉，澄滤成块，蒸煮皆可食。及采花晒干煠食亦可”①。葛羹、葛衣、葛屦等制品表明，先民的衣、食、行，无不与葛密切相关。由此，葛成了先民生活世界与世界图景非常重要的有机部分。

在这个人—物紧密交织的生活世界中，葛也与女子的人生轨迹与伦常日用形影相随。采葛、织布、制衣、编屦，在古代是女子德言容功的重要部分，是王室公族女子出嫁前必须接受的妇功教育，也是嫁往夫家后主要操持的一己职分。这从《魏风·葛屦》和《小雅·大东》均出现“纠纠葛屦，可以履霜”一句可见一斑。清人吴其濬《植物名实图考》引雩娄农之言曰：

> 葛者，上古之衣也，质重不易轻，吴蚕盛而重者贱矣；质韧不易柔，木棉兴而韧者贱矣；质黄不易白，苎麻繁而黄者贱矣。乃治葛者与丝争轻，与棉争软，与苎争洁，一匹之功，十倍于丝与棉、与苎，其直则倍于丝，而五倍棉与苎，于是治葛者能事毕而技尽矣，而受治者力亦尽矣。②

据引文所示，若论使用时的舒适度，葛布远不及后世通用的棉布，从中可看出先民生存条件之艰苦。但即便如此，《葛覃》全诗仍洋溢着质朴而热烈的生存情感，女子对生活世界全身心的投入与热爱是如此的具有感染力。论及轻省、柔软与洁白程度，葛布远不及后世织物，但其制作难度与辛苦程度，却远在其他织物之上，由此可见，织葛是对女子智慧和耐力的极大考验，从中亦可略窥女子之德。围绕着葛草与女功之事，女子在其不同年龄阶段的生活世界得以勾连为一整体图景，其中包孕着丰富的在世维度，如女子如何处理与自我的关系，女子的情感世界如何，她如何协和夫妻关系。此类生活

---

① （明）朱橚著，王锦秀、汤彦承译注：《救荒本草译注》，上海古籍出版社2015年版，第244页。

② （清）吴其濬：《植物名实图考》，中华书局2018年版，第542页。

图景还旁涉着她须履行的家庭职务及宗族责任等。对女子而言，葛草并不是自然界中稀松平常的一物，不是与己身相对的某一对象或客体，也不仅作为满足温饱的食物与衣料，它还是不可或缺的朋友与伙伴。葛草见证了女子卖力劳作时的快乐与满足、持家的辛劳与忧愁、她的希冀与愿景。毋宁说，葛已然与女子的在世生存形成了牢不可破的一体性与同在感。

经由诗人的取象与营构，上述完整的生活世界渐渐呈露在读者面前：葛草的生长、黄鸟的鸣唱、女子割草织布的忙碌身影、勤俭持家的美德、女师的教诲、父母的惦念以及归家的急切心情紧密交织在一起。这也意味着，行文至此，女子虽迟迟未现，但却从未缺席。葛草，作为女子生存经验不可或缺的一部分，正以其一隅之姿折射出女子生活世界的完整图景。只不过在《葛覃》的意义世界中，女子的生活图景不是像米勒的《拾穗人》般，以一种质直的方式在顷刻间呈现，而是迂回而富有美感地透过读者的想象、共情与融入慢慢浮现，正如海德格尔从破旧不堪的农鞋中产生的想象："在这鞋具里，回响着大地无声的召唤，显示着大地对成熟谷物的宁静馈赠，表征着大地在冬闲的荒芜田野里朦胧的冬眠。这器具浸透着对面包的稳靠性无怨无艾的焦虑，以及那战胜了贫困的无言喜悦，隐含着分娩阵痛时的哆嗦，死亡逼近时的战栗。"①

程、蒋注本将《葛覃》一诗评点为："本写归宁父母一事，因归宁而澣衣，因澣衣而及絺绤，因絺绤而念刈濩之劳，因刈濩而追叙山谷蔓生的葛，及集于灌木的喈喈黄鸟所触起的归思。但首章却偏从中谷景物写起，由葛及衣，至末句才点出归宁本意，所以吴闿生《诗义会通》称赞《葛覃》是'文家用逆之至奇者也'。"② 从字面上看，确如程、蒋注本所言，《葛覃》"至末句才点出归宁本意"。

---

① ［德］海德格尔：《林中路》，孙周兴译，上海译文出版社 2004 年版，第 19 页。

② 程俊英、蒋见元：《诗经注析》，第 6 页。

“葛之覃兮，施于中谷，维叶萋萋”，俨然阒若无人的一隅之景，未有只言片语提及女子，更遑论归宁之事。但这无碍于诗的意义世界对女子及其生活图景的贮藏，正如海德格尔从“硬邦邦、沉甸甸的破旧农鞋”里感受到“在一望无际的永远单调的田垄上的步履的坚韧和滞缓”①。物情得以描绘的那一刻，业已预示着女子的登场。而归宁作为女子生活世界的重要部分，也贯穿于全诗之中，只不过在诗的前半部分含而未露，直至末句才被点明罢了。由此可知，从“葛之覃兮，施于中谷，维叶莫莫”到“是刈是濩，为絺为绤”的过渡，乃是自然而然，顺势而下。葛草的生长过程实际上为女子割草制衣作了铺垫，物情与人情由此得以自然而巧妙地融合为一，而非生硬地将物情附加于与之无关的人事之上。

诗二章末句云：“是刈是濩，为絺为绤。”朱子将此句标为“赋”。在此，诗人凭借“刈”和“濩”这两个简单有力的动词，勾勒出织布的繁复过程。独特之处在于，第二章虽只有动词，没有主语，但行动者却并未缺位。在“是刈是濩”如此富有节奏感的陈说中，“刈”和“濩”的动作似乎伴随着女子的哼唱，可见织布过程的艰辛并未掩盖其浓浓的劳作之乐。

由第二章过渡到第三章时，诗的节奏明显加快了：“言告师氏，言告言归。薄污我私，薄浣我衣。害浣害否，归宁父母。”若说在“葛之覃兮，施于中谷，维叶萋萋”一句中，“之”“于”等语助词的使用，使诗句辞气从容舒缓，与葛草生长态势的延伸性正相呼应，或以葛草的“外延为内在世界的象征铺路”，那么到了此处，语助词“言”与“薄”的连用，营造出急切有力的节奏感，“正如山之蛇蜿迤逦而来，至江一峭壁截住”，将女子的归心似箭展露无遗。尽管如此，第三章凭借齐整的结构暗示出，女子虽归家心切，但诸事的进行却仍有条不紊，从容不迫。诚如方玉润所评：“三‘言’字，两‘薄’字，两‘害’字，说得何等从容不迫，的是大家闺范贤

① ［德］海德格尔：《林中路》，孙周兴译，第18页。

媛口吻。"①

总的来说，将《葛覃》一诗与其序文进行比较，不难发现，诗性言说自有一套条理与章法，并不急于把人物、动机、事件与目的等内容直接标举，而是经由"赋"与"兴"将物情与人情逐步呈现于读者面前。物情自身所具"时"的维度，使诗具有了迥异于日常叙述的纵深感。此外，语势的缓急、韵脚的变化及诗句的长短等因素都具有暗示性。这些因素共同构成了诗的内在结构与情节，使诗的意义世界得以生成并敞开。由此或可理解，何以《葛覃》首章虽未出现采葛制衣的女子，但此女子的身影与行迹似乎无处不在：关于人物的种种，早已蕴于诗的意义世界之内，并经由与之相关联的物情，透过语势的缓急与韵脚的变换等因素暗示出来。

与《葛覃》相类，《召南·采蘋》的主人公也姗姗来迟。不同之处在于，《葛覃》通篇"赋""兴"交融，而《采蘋》全篇为"赋"，初看上去较为单调，仅由数则节奏紧凑的问答组成：

> 于以采蘋？南涧之滨。
> 于以采藻？于彼行潦。
> 于以盛之？维筐及筥。
> 于以湘之？维锜及釜。
> 于以奠之？宗室牖下。

若说《葛覃》还有由物情及人情的过渡，那么《采蘋》对人情的述说则直截了当得多。一开篇便介绍了祭品的采摘地，而后逐次介绍了盛装祭品的礼器与祭祀地点，直至末句才提及与祭者："谁其尸之？有齐季女。"尽管如此，诗末句对与祭者的描述也极其简略，仅用"齐""季"二词。朱子注云："齐，敬貌。季，少也。"② 这表

① （清）方玉润撰，李先耕点校：《诗经原始》，第76页。
② （宋）朱熹集撰，赵长征点校：《诗集传》，第15页。

明与祭者是一位满心虔敬的年轻女子，正如《采蘋序》所言：“大夫妻能循法度也。能循法度，则可以承先祖，共祭祀矣。”①

直至《采蘋》末尾，诗人才对此女子略着笔墨。相比之下，该女子作为《采蘋序》的中心内容，贯穿于其行文脉络的终始。至此，我们又遭遇了与《葛覃》一诗相似的追问：为何《小序》的叙述重点，在诗中所占比重竟如此之少？倘若诗人的出发点在于突显女子的虔敬，为何在篇章内容的安排方面如此吝惜对于女子的描写，以至于在末句才稍有提及？

从行文上看，前五句的确并未直接论及此女子。诗人勾勒出从采集、盛装祭物到烹煮、摆放祭品，再到正式祭祀的完整过程。此为“时”的维度在此诗中的彰显。随着备祭流程的展开，诗人不断进行空间上的变换，从祭物所采之地、祭品所盛之器乃至最终的祭祀之地，无不涉及空间的维度。由此，诗人营造出《采蘋》在时空层面的纵深感，使看似平面化的文字变得立体而有深度。“采蘋”“采藻”“盛之”“湘之”“奠之”并非一连串零碎而细琐的行动，而是在时空维度兼备的诗性言说中造就了诗的意义世界。

以上五句诗虽未在字面上提及女子，但在这个敞开的意义世界中，女子从未缺席。可以说，诗人的“未言”营造出远胜“已言”之效。众多细节都暗示出女子内在之德。《采蘋》前五章按照筹办祭祀的正规流程布局谋篇，借此喻示，与祭者全然遵循备祭过程的既定法度。整个流程操持得井井有条，毫无缺漏。“于以采蘋？南涧之滨。于以采藻？于彼行潦……”数则问答一贯而下，句式规整，韵脚整饬，节奏分明。此番干脆利落的行文也反映出女子的行事智慧。每一环节都恰到好处，张弛有度，无拖泥带水之感。而这毫无疏失的行动背后是与祭者的敬畏之心，正如朱子所言：“此足以见其循序

① （汉）毛亨传，（汉）郑玄笺，（唐）孔颖达疏，（唐）陆德明音释，朱杰人、李慧玲整理：《毛诗注疏》，第96页。

有常、严敬整饬之意。”①

与《小序》不同，《采蘋》并未直接点明女子“能循法度”之德，而是经由流程与场景的渐次呈现，将女子之德包孕于诗的意义世界：“前面连用五‘于以’字，奔放迅快，莫可遏御，而末忽接以‘谁其尸之，有齐季女’，如万壑飞流，突然一注。”② 实际上，末二句陡转之笔并非出乎诗的意义世界之外，只是把蕴于此意义世界中的女子点明出来罢了。

与《采蘋》相比，《周南·芣苢》对人物的描写更显粗糙：“采采芣苢，薄言采之。采采芣苢，薄言有之。采采芣苢，薄言掇之。采采芣苢，薄言捋之。采采芣苢，薄言袺之。采采芣苢，薄言襭之。”《采蘋》至少用“齐”“季”两个修饰词描摹人情，而《芣苢》完全缺乏对人物样貌与品格的正面论述。全诗多是对首句的重沓，通篇只变换了六个动词，在此之外了无余蕴，可谓《诗》中最近于“平铺直叙”的篇章。这不免令人疑惑，如此单调的行文也能称其为一首诗？无怪乎袁枚曾有如此讽刺：“今人附会圣经，极力赞叹。章艧斋戏仿云：‘点点蜡烛，薄言点之。点点蜡烛，薄言剪之。’注云：‘剪，剪去其煤也。’闻者绝倒。”③

先来看《芣苢》全篇变换的六个动词。《毛传》云：“采，取也。有，藏之也。掇，拾也。捋，取也。袺，执衽也。襭，扱衽曰襭。”④ 其解释虽简略，但仍可从中窥见，六个动词从不同维度勾勒出妇人采撷的全过程。“采”，即采而未得之时。“有”，即采而已得之时。从未得到已得，涵容着“时”的维度。采撷过程的时间性，

① （宋）朱熹集撰，赵长征点校：《诗集传》，第 15 页。

② （明）戴君恩撰：《读风臆评》，载四库全书存目丛书编纂委员会编《四库全书存目丛书·经部·诗类》第 61 册，齐鲁书社 1997 年版，第 235 页。

③ （清）袁枚撰：《随园诗话》卷三，载顾廷龙主编，《续修四库全书》编纂委员会编《续修四库全书·集部·诗文评类》第 1701 册，上海古籍出版社 2002 年版，第 292 页。

④ （汉）毛亨传，（汉）郑玄笺，（唐）孔颖达疏，（唐）陆德明音释，朱杰人、李慧玲整理：《毛诗注疏》，第 67—68 页。

在朱注中也得以凸显，即“采，始求之也。有，既得之也”[①]。而“捋，取其子也”，则从妇人采撷的微小细节体现出其手法的娴熟。“袺”与“襭”既写出了采撷之物的存放位置，又表明妇人所得芣苢数量之多，若不拿住衣衽，所采芣苢很可能会落到地上。至此，诗末章的“袺”和“襭”，与首章的“采”字构成了前后呼应的关系。“采”描写的是采撷之伊始，“袺”与“襭”描述的是满载而归之时。六个动词精准到位，其先后顺序也极具章法，勾勒出妇人采撷过程的完整性与持续性，经由“时”的维度，营造出诗的内在纵深感，由此构筑起《芣苢》的意义世界。

职是之故，《芣苢》行文虽简，却并未导致意义的单薄；虽缺乏对妇人的正面描写，但诗的意义世界无不涵容着妇人采撷的矫健身姿以及劳作时的欢声笑语，正如方玉润所评：“一片元音，羌无故实。通篇只六字转换，而妇女拾菜情形如画如话。”[②] 又云：“读者试平心静气，涵咏此诗，恍听田家妇女，三三五五，于平原绣野、风和日丽中群歌互答，余音袅袅，若远若近，忽断忽续，不知其情之何以移而神之何以旷。”[③] 薛雪同样注意到《芣苢》变换数词所产生的神妙效果：“（故《诗》）后章与前章略换几句或几字，又是一种咏叹丰神，令人吟绎不厌。后世徒于字句求之，非不工也，特无诗耳。”[④] 沈德潜也指出：“诗有不用浅深、不用变换、略易一二字而其味油然自出者，妙于反覆咏叹也。”[⑤]

《芣苢》仅凭六个动词的变换，便营造出流动不已、推陈出新的意义世界，故而此诗篇幅虽简短，但“这简短是简易，不是简单，简单是事物的粗陋，而简易则是精神的完满纯一。简易是真实的事

① （宋）朱熹集撰，赵长征点校：《诗集传》，第 8 页。
② （清）方玉润撰，李先耕点校：《诗经原始》，第 86 页。
③ （清）方玉润撰，李先耕点校：《诗经原始》，第 85 页。
④ （清）薛雪著，杜维沫校注：《一瓢诗话》，第 96 页。
⑤ （清）沈德潜著，霍松林校注：《说诗晬语》，第 190 页。

物形态。简易在其解释能力方面是无限的"①。这说明，若无文辞，自然无法构筑起诗的意义世界，但意义世界却不完全仰仗于文辞，甚至能超越文辞而存在，此即为"诗却在字句之外"②。就文辞而论，《芣苢》一诗在末句"采采芣苢，薄言襭之"处戛然而止，但这无碍于此诗的意义世界继续敞开与驻持。顾随先生曾用"余味"形容诗绵绵无尽之余蕴，所谓"美酒饮教微醉后，好花看到半开时"③。《诗》的意义世界具有不依赖于文字的持续存在性，这使《诗》之"余味"得以可能。

（二）意义世界的延续：论《诗经》中的组诗

承上所述，从一定程度上讲，诸诗的意义世界不依赖于文字存在。诗之文辞终有完结之时，但这无碍于其意义世界的持存与延续。进一步来说，一首诗的意义世界虽完整而自足，但此意义世界却并非向内封闭，而是极具弹性和伸缩度，彼此间可自由地重组与连缀，遂与其他诗篇构成互为指涉、互相诠释的内在关联。凡此均喻示，诸诗的精神世界可互相配搭、彼此融通。这种自由的关联进一步创生更为宏大而丰富的意义世界。诸诗的创作背景或有不同，各篇浸淫在各有差异的文化与习俗当中，但奇妙的是，这些特殊与不同彼此无伤，而是能浑融为一曲和谐的奏鸣，互相辅翼，各得其宜。诸诗的意义世界均向彼此敞开着，互相交汇融合，在此基础上又生成了新的意义世界。此意义相关性又反过来丰富了诗的内在意蕴，使之愈加广远无穷。

《诗》不同篇目的意义关联已被多位学者所关注。从根本上看，"《诗》中的一切都互相参照、互为确证"④。而此"互相参照、互为确证"的意义交互性，既发生在《风》《雅》《颂》内部，又发生在

---

① 李山：《诗经的文化精神》，第95页。

② （清）薛雪著，杜维沫校注：《一瓢诗话》，第96页。

③ （宋）邵雍：《安乐窝中吟》，载（宋）邵雍著，郭彧整理《邵雍集》，中华书局2010年版，第340页。

④ Haun Saussy, *The Problem of a Chinese Aesthetic*, p. 23.

此三者之间。就前者而言，风诗、雅诗、颂诗内部自成一意义互涉的关联体；就后者而言，《风》《雅》《颂》三部共同汇成一互相指涉的统一体。

对于前一方面，清人廖平曾言，《国风》之中，一国之诗实则“兼见别国事”①，故而风诗“虽以国分篇立名，然不可过于拘泥，如《豳》与《鲁颂》、《周南》合为一，《鄘》与《魏》、《唐》合为一，《诗》不见吴、楚而《桧》、《曹》多详二国事，又《邶》、《齐》皆兼言四方，此必先破拘墟之说、精心推之，而后其例可大明也”②。其中，二《南》的对应关系已被韦绾青留意。他指出，《鹊巢》与《关雎》、《采蘩》《采蘋》与《葛覃》、《草虫》与《卷耳》、《小星》与《樛木》、《江有汜》与《螽斯》、《摽有梅》《羔羊》与《兔罝》、《野有死麕》《行露》与《汉广》、《殷其雷》与《汝坟》、《驺虞》与《麟之趾》均存在相配相应的情况，并将《关雎》与《鹊巢》的相应关系申明为：“《鹊巢》，诸侯求夫人，化于《关雎》之求贤妃，尸鸠平均专一，犹关雎之挚而有别，之子即淑女也，‘百两御之’，即‘钟鼓乐之，琴瑟友之’也。知二诗相应，则可正《郑笺》后妃求淑女佐助之失矣。”③

为说明风诗间的意义关联，近人郭晋稀提出了“组诗”之说。④具体而论，《陈风·衡门》《东门之池》《东门之杨》三篇，《郑风·山有扶苏》《狡童》《褰裳》《溱洧》四篇，《郑风·东门之墠》《出其东门》两篇，均可纳入“组诗”的范畴。⑤从内容上看，上述“组诗”每组所言均为同一件事，只不过是从不同方面对此事加以表

---

① （清）廖平著，蒙默、蒙怀敬编：《廖平卷》，第330页。

② （清）廖平著，蒙默、蒙怀敬编：《廖平卷》，第330页。

③ 韦绾青撰：《二南篇次相配说》，转引自刘咸炘著，黄曙辉编校《刘咸炘学术论集》子学编下，第372—373页。

④ 郭晋稀指出：“民风本来有很多是组诗，由于入选，有所删节，加之入选以后，篇次几经改动，所以后人认为各自成篇，中间并无有机联系。如果仔细推敲，有些组诗是依旧保存了下来。”郭晋稀：《诗经蠡测》，巴蜀书社2006年版，第38页。

⑤ 参见郭晋稀《诗经蠡测》，第38—41页。

现。比如，《陈风·衡门》《东门之池》《东门之杨》三篇所写均为："王室已衰，姬姓诸侯已经微弱，所以当时娶妻，都愿附婚大族，即齐姜宋子；诗中的男方却甘于衰败之族，热爱姬姓之子，所以连篇歌韵，作诗解嘲。"① 由此，诸诗各具特色的叙述视角与方式得以自由地连缀，极大地丰富了诗的意义世界。

兹取《邶风·北门》《北风》二诗为例，以便探讨诸诗间意义世界的延续性。此二诗首章首句均出现了"北"之方名，但此处所论"北"，并非仅作为近世物理学意义上的方向之名，而是侧重于其"背阳向阴"之义，此即喻示着光明受蔽，陷于幽暗。"北"之为"背阳向阴"②，随之而来的晦暗与昏蔽，遂成为《北门》《北风》二诗挥之不去的基调，使之坠入压抑而困乏的整体氛围之中，亦可作为诗人沉郁殷忧之心境的外在表征，故而《北门》首章在"出自北门"之后，缀以"忧心殷殷"一句，且诗人所忧之处在于"终窭且贫，莫知我艰"。尽管诗人"忧心殷殷"，但尚且可通过将内外交困之境（"王事适我，政事一埤益我。我入自外，室人交徧讁我"）归之于天聊以宽慰，其诗曰："已焉哉，天实为之，谓之何哉!"与此相比，在《北风》处，祸患可谓更进一层。《北风》首章曰："北风其凉，雨雪其雱。"诗二章首句又言："北风其喈，雨雪其霏。"若说屡见于风诗之中的"南风"意象具有长养万物的效果，那么北风作为"寒凉之风"，则多与摧折、阻滞与败亡相关，故而方玉润将《北风》一诗评为"气象愁惨"③。此诗一、二章所言"北风""雨雪"，又与三章所言"狐""乌"等不祥之物构成了意义相关性，表征出内外交困、乱象丛生之境，以此喻示"国危之将至"。此时，诗人的辛劳与隐忍并未导向更美好的前景，在全然无望之下，像《北门》那般归之于天的慨叹，已无法再生发出对人心的宽慰，故而诗

---

① 郭晋稀：《诗经蠡测》，第 38 页。

② （汉）毛亨传，（汉）郑玄笺，（唐）孔颖达疏，（唐）陆德明音释，朱杰人、李慧玲整理：《毛诗注疏》，第 231 页。

③ （清）方玉润撰，李先耕点校：《诗经原始》，第 147 页。

人只能与友人另谋逃死之所，其诗曰：“惠而好我，携手同行。”

不仅是风诗内部，《雅》《颂》内部同样存在互为指涉的内在关联，诸诗之意旨常被贯通起来作解。清人惠周惕将《小雅·常棣》《伐木》的意义关联阐释为：“比常棣于兄弟，一本之荣，无偏萎也。兴伐木于友朋，众力之聚，无废功也。故安乐而弃兄弟，是自蹶其本矣；富贵而弃友朋，是自翦其助矣。”① 同样，《大雅·既醉》《凫鹥》的意义相关性也被说《诗》者指出。《诗序》云：“《既醉》，大平也。《凫鹥》，守成也。”《孔疏》将此意义关联申明为：“上篇言‘太平’，此篇言‘守成’，即守此太平之成功也。太师次篇，见有此义，叙者述其次意，故言‘太平之君子’，亦乘上篇而为势也。”② 又如，朱子指出，《小雅·黍苗》“与《大雅·崧高》相表里”③。

进一步来说，“组诗”现象也习见于《雅》《颂》诸诗。这从《雅》《颂》以“什”为单位进行组合可见一斑，如《雅》分为“《鹿鸣》之什”“《鸿雁》之什”“《谷风》之什”“《甫田》之什么”等，而《颂》则分为“《清庙》之什”“《臣工》之什”“《闵予小子》之什”“《駉》之什”等。不过谈到“什”，昔人多从分卷的角度，而非意义关联整体的角度来理解。陆德明言：“什者……至于王者施教，统有四海，歌诗之作，非止一人。篇数极多，故以十篇编为一卷，名之为‘什’。”④ 朱子亦云：“《雅》《颂》无诸国别，故以十篇为一卷，而谓之什，犹军法以十人为什也。”⑤ 以上诸论的

---

① （清）惠周惕撰：《诗说》卷下，《砚溪先生集》，载顾廷龙主编，《续修四库全书》编纂委员会编《续修四库全书·集部·别集类》第1421册，上海古籍出版社2002年版，第134页。

② （汉）毛亨传，（汉）郑玄笺，（唐）孔颖达疏，（唐）陆德明音释，朱杰人、李慧玲整理：《毛诗注疏》，第1582页。

③ （宋）朱熹集撰，赵长征点校：《诗集传》，第263页。

④ （唐）陆德明撰：《毛诗音义》，载（唐）陆德明撰，陈东辉主编《经典释文》，第298页。

⑤ （宋）朱熹集撰，赵长征点校：《诗集传》，第155页。

确可聊备一说，但若单从编卷角度来理解“什”，很可能会掩盖编诗者的深刻用意。对此，家井真提出：“《诗经》中所用‘什’并不像陆德明、朱熹所认为的那样，仅仅是出于方便的考虑，把十篇归为一卷，而是对乐曲、乐章十篇作一总括的意思，因为乐曲、乐章十篇正好可以把某个整体歌咏完毕。”① 田仲一成指出，“什”中诗歌具有一定的关联性。这尤其体现为颂诗之间存在着对话与对歌的模式。② 从广义上讲，此对话模式在《雅》中也同样存在，如《天保》与《鹿鸣》、《行苇》与《既醉》、《蟋蟀》与《山有枢》、《瞻彼洛矣》和《裳裳者华》、《桑扈》和《鸳鸯》、《鱼藻》和《采菽》均构成唱答关系。

兹取《小雅·楚茨》《信南山》《甫田》《大田》四诗来说明此点。《小雅·楚茨》《信南山》归属于“《谷风》之什”，而《小雅·甫田》《大田》归属于“《甫田》之什”。前后两组诗多被说《诗》者视为两两相关的意义统一体。但若打破“《谷风》之什”与“《甫田》之什”的界限，不难发现，从总体上看，以上四诗均围绕“力于农事，以奉方社田祖之祭”③ 来展开叙述，只不过四诗的叙述视角、进路与方式各有差异，如同从八方汇入之活水，共同支撑起“报祭于上，归美于下”的生活世界。具体来说，《甫田》《大田》多言稼穑之农事，而《楚茨》《信南山》则以祭祀之事为主。四者连缀为一完整的意义域，亦即“先从稼穑言起，由垦辟而有收成，由收成而得享祀，由享祀而获福禄”④。《甫田》第三章、《大田》第四章，其诗句均为“曾孙来止，以其妇子，馌彼南亩，田畯至喜”。王者亲耕一坺，与民同劳，可视为对始祖后稷勤于耕稼、遍养下民之功德的发扬，亦为周族世代重视农德农功的体现，既是对“贻我

① ［日］家井真：《〈诗经〉原意研究》，陆越译，第45页。

② 参见［日］田仲一成《中国演剧史》，东京：东京大学出版会1998年版，第28—30页。转引自［日］家井真《〈诗经〉原意研究》，陆越译，第46—47页。

③ （宋）朱熹集撰，赵长征点校：《诗集传》，第241页。

④ （清）方玉润撰，李先耕点校：《诗经原始》，第431页。

来牟，帝命率育”的不断确证，也是对殷商末代“不知稼穑之艰难，不闻小人之劳，惟耽乐之从”的警惕。

申言之，《甫田》将收成的丰饶归功于农人的勤劳与智慧，其本旨在于“归美于下”：“禾易长亩，终善且有。曾孙不怒，农夫克敏。曾孙之稼，如茨如梁。曾孙之庾，如坻如京。乃求千斯仓，乃求万斯箱。黍稷稻粱，农夫之庆。报以介福，万寿无疆。”其中，“禾易长亩，终善且有”“如茨如梁”及“如坻如京”三句，可作为对丰饶年成的具象化叙述，而“农夫克敏”“农夫之庆”则作为获此收成的根本原因。故而全诗以答谢农人，“欲厚报之”作结。总体而言，《甫田》详写天子省察，略写农人耕稼，其实是借天子省察间接道出农人耕稼得力，而《大田》作为对《甫田》的应答，则从农人的视角进行叙述。全诗略写天子省察，详写农人耕稼，一章言择种饬具等备耕之事，二章言去虫之事，三章言农人先耕公田再及私田，以此体现农人先公后私的立场。虽然叙述主体均为农人，但其实是农人借己之口称美于上，故而全诗多处都在暗指天子，如首章末句所言“播厥百谷，既庭且硕，曾孙是若”。朱子《诗集传》引苏氏之言曰：“其耕之也勤，而种之也时，故其生者皆直而大，以顺曾孙之所欲。”① 此处所论“曾孙”即为天子的代称。这喻示，农人之耕稼，其最要者在于“顺天子之意旨”。而对于诗末章末句所言“以享以祀，以介景福”，朱子注云：“以介景福，农夫欲曾孙之受福也。”② 诗首提及天子之意旨，诗末对天子致以美好祝福，故而朱子将此篇大义释作“此诗为农夫之词，以颂美其上。若以答前篇之意也”③。综上所述，将《甫田》与《大田》合观，二诗均深植于君民一体的视角，且以对方作为叙述的落脚点与意义指向：《甫田》通过详写天子省耕之事，体现出农人勤于农事，借此归美于下，而

① （宋）朱熹集撰，赵长征点校：《诗集传》，第243页。
② （宋）朱熹集撰，赵长征点校：《诗集传》，第244页。
③ （宋）朱熹集撰，赵长征点校：《诗集传》，第243页。

《大田》则通过详写农人躬耕之事，体现出天子重视农德农功之意旨。二诗互为酬答，营构出君民协同、上下相亲的关系样态。

若说《甫田》《大田》着眼于“由垦辟而有收成”，那么《楚茨》《信南山》则着眼于“由收成而得享祀，由享祀而获福禄”。报祭之事构成《楚茨》《信南山》的叙述中心。二诗均以言说农事之应时①、农功之卓著②、收成之丰饶③开篇，其叙述脉络乃是“因祭祀而推原粢盛所自出”④。

将《楚茨》与《信南山》合观，《楚茨》全诗共六章，其中与祀事相关的篇幅多达五章，对备祭过程、祭祀环节均作了细致入微的刻画，极力摹写出“威仪之盛”与“物品之丰”。诚如吕伯恭所言：“《楚茨》极言祭祀所以事神受福之节，致详致备，所以推明先王致力于民者尽，则致力于神者详。”⑤ 相比之下，《信南山》全诗虽同为六章，但仅是后三章与祀事相关，且其叙述较《楚茨》为略，不似《楚茨》那般勾勒出祭祀仪式的全过程，而是重点围绕献瓜、祭酒、祭牲三个环节展开叙述。王质《诗总闻》评之曰：“《楚茨》，烝尝之祭也，其仪差详；《信南山》，荐新之祭也，其仪差略。”⑥ 二诗一详一略，互为辅翼，立体地呈现出西周祭祖仪式的丰富面向。在此仪式空间营构的观念世界中，虽多次出现“以介景福”“报以介福”“卜尔百福”等祝祷语，但值得注意的是，四诗更多的时候

① 《小雅·信南山》云：“上天同云，雨雪雰雰。益之以霢霂，既优既渥，既霑既足，生我百谷。”

② 《小雅·楚茨》云：“楚楚者茨，言抽其棘。自昔何为？我蓺黍稷。”《小雅·信南山》云：“我疆我理，南东其亩。”

③ 《小雅·楚茨》云：“我黍与与，我稷翼翼。我仓既盈，我庾维亿。”《小雅·信南山》云：“疆埸翼翼，黍稷彧彧。”

④ （清）方玉润撰，李先耕点校：《诗经原始》，第435页。

⑤ （宋）吕祖谦著，梁运华点校：《吕氏家塾读诗记》，载《吕祖谦全集》第10册，浙江古籍出版社2017年版，第461页。

⑥ （宋）王质撰：《诗总闻》，载（清）纪昀等编《景印文渊阁四库全书·经部·诗类》第72册，台北：台湾商务印书馆1986年版，第632页。

是在言“报”而非言“求”。易言之，诗人固然有“受福无疆”的美好愿景，但这有别于以人之需求为中心、希望神来满足人之需求的意愿。揆诸四诗语境，相比起对先民勤于农事、重视农功的着力刻画，诗人对于求取福禄的叙述仅作为一个弱强调。对此，李山的论述实为切中肯綮：

> 在全面地记述着农事典礼的歌乐中，尽管曾反复言及祭神之事，但我们根本找不到像“神啊，赐我丰收吧”这类的句子或表达这种意象的语言。诗明言“以祈甘雨”，但这只是对祈雨活动的叙述，而不是诗篇本身所直接表达的意思。农政典礼中虽有祭祀神灵的部分，但农事诗并不是僧侣的诗篇。甚至整部《诗经》，根本就找不到直接向神祈祷的篇章。与此相伴，诗篇对表现“侯主侯伯”聚族而耕的劳动，作物在精心管理下蓬勃的生长，以及仓廪的丰盈，由此给生活带来的安宁，却投入了很多热情。这实际上映现出的是一个农耕人群所特有的心态和精神：尽人事而敬天命，只有艰辛的劳动，才是最可信任的。①

由此可知，《楚茨》《信南山》《甫田》《大田》四诗汇通而成的意义域，其所强调的都是敬授天时、勤于人事的在世作为。此为《诗经》农事诗的一大意义面向。

总的来说，上文结合对具体篇章的分析与探讨，从不同角度说明了《风》《雅》《颂》内部存在着意义相关性。从更宽泛的意义上讲，《风》《雅》《颂》之间也多构成互相辅翼、互为指涉的关系。此点亦被近世学者指出。李山认为：“《雅》《颂》部分诗篇存在着这样一种对应关系：《周颂》中的诗篇是各种重大典礼上的歌乐；而大小《雅》中有相当数量的诗篇与这些典礼相关，有的是对典礼中祭祀及所祭人物的述赞，有些是对典礼过程的描绘。《颂》为祭祀献

① 李山：《诗经的文化精神》，第45页。

歌，《雅》为对祭祀的描绘，这是《雅》《颂》的基本分野。”① 而对于上述《雅》《颂》的对应关系，马银琴作了较为细致的举陈：“《周颂·清庙》《维天之命》《维清》祭祀文王，《大雅·文王》歌颂文王受命称王之事；《周颂·思文》祭祀后稷，《大雅·生民》记述其诞生之种种奇异及肇祀之事；《周颂·天作》祀太王、文王，《大雅·绵》记述太王迁岐、文王伐崇之事；《周颂·武》《桓》《酌》等为武王克商后祭祖告功之歌，《大雅·大明》述其伐商经过；《周颂·振鹭》《有客》为二王之后助祭之辞，《大雅·文王》则述文王受天命代殷作周，命殷士‘无念尔祖，聿修厥德’；《周颂·丰年》祭祀祖妣，《大雅·思齐》则述及周室三母及文王之圣”②，并据此得出结论：“《大雅》与《颂》应是配合使用于相应的祭祀仪式的。”③

诚然，可以肯定的是，上述诸论建基于翔实的文献基础与史实，然须留意，此描述性研究其实不足以说明《雅》《颂》呈现出如此关系样态的观念基础，甚或此观念基础已被解构，倘若此论秉持的是“任何精神现象，其原因和原理都是物质的——要从物质角度寻求解释”④ 的还原论立场。实质上，《雅》《颂》（从广义上讲，《诗》之三体）之所以构成互相辅翼、互为指涉的关系，这从根本上源于《风》《雅》《颂》浑然为一的意义结构。这使每首诗虽有其独一性，但此独一性并非向内封闭，而是向外开通，彼此涵容。由此，《诗》呈露的并非一曲乏味的单音，而是经由《风》《雅》《颂》各具特色的叙述方式——《风》《雅》尚且显露出叙述者的痕迹，而颂诗则多是“无我”之言——彼此间的交织互济，不断向吾人传达出如此讯息：丰富多元的叙述视角与切入进路，对于持守《诗》意义世界的完整性而言是重要且必要的。

---

① 李山：《诗经的文化精神》，第48页。

② 马银琴：《两周诗史》，第10页。

③ 马银琴：《两周诗史》，第10页。

④ 马银琴：《两周诗史》，序第6页。

（三）意义世界的消解：《小序》之弊

本章论《诗》，始终围绕“意义世界”的概念，据此不妨反观《小序》的叙述模式，探究其对《诗》的意义世界会产生何种影响。大体上看，《诗序》往往以直陈的方式将人物身份、品质、历史事件、动机、目的及效验等信息一一揭示，如《葛覃序》云：“后妃之本也。后妃在父母家，则志在于女功之事，躬俭节用，服澣濯之衣，尊敬师傅，则可以归安父母，化天下以妇道也。”①《采蘋序》云：“大夫妻能循法度也。能循法度，则可以承先祖，共祭祀矣。”②此直接性的提炼与道陈，的确为解《诗》提供了一条进路，但由于缺乏向《诗》之意义世界的敞开，《小序》代表了一种与“诗—兴”思维及诗性言说异质的感受与思维方式。朱子对《小序》颇有微词，正在于其洞彻《小序》所蕴思维方式对诗性言说及其意义世界的戕害：

> 古人独以为“兴于《诗》”者，诗便有感发人底意思。今读之无所感发者，正是被诸儒解杀了，死着诗义，兴起人善意不得。如《南山有台》序云：“得贤，则能为邦家立太平之基。”盖为见《诗》中有“邦家之基”字，故如此解。此序自是好句，但才如此说定，便局了一诗之意。③

读《诗》，应作为向《诗》的意义世界敞开的动态过程。此过程的结果不可预知，贵在优游涵泳，无所羁绊。若事先被告知《诗》所涉及的人物、行动、事件、时间、地点等信息，读者难免被束缚住，难免拘囿于此。朱子对《小序》存有非议，其原因在于，《小序》

---

① （汉）毛亨传，（汉）郑玄笺，（唐）孔颖达疏，（唐）陆德明音释，朱杰人、李慧玲整理：《毛诗注疏》，第 38 页。

② （汉）毛亨传，（汉）郑玄笺，（唐）孔颖达疏，（唐）陆德明音释，朱杰人、李慧玲整理：《毛诗注疏》，第 96 页。

③ （宋）黎靖德编，王星贤点校：《朱子语类》，第 2084 页。

“死着诗义”，才一开首“便局了一诗之意”。这样一来，感发兴起、从容涵玩的读《诗》过程将难以得到自如的开展。综观《诗序》体例，大多简明扼要地交代该诗的时代背景、与诗相关的人物事件以及诗之措意。例如，《小雅·南山有台序》点明诗旨为“乐得贤也”①。《秦风·车邻序》点明诗旨为“美秦仲也”②。《召南·驺虞序》说明《驺虞》乃是“《鹊巢》之应”③。对此，朱子作了一番评点：“他做《小序》，不会宽说，每篇便求一个实事填塞了。”④ 这意味着，在玩味诗意之前，《诗序》便生硬地给人填塞一先入之见。《驺虞》乃“《鹊巢》之应”，这并非读者反复抽绎、自得于身的体会，而是直接从《小序》处接受而来的定论。

自得于身，强调的是一个“自”字。须经由读者的玩味考索，其所得才能至深至切。这说明，就读《诗》的过程而言，从容涵玩是不可省却的功夫——“读得熟时，道理自见，切忌先自布置立说”⑤。相比之下，直接讲陈义理的做法，其实大大限制了兴发玩味的空间。“布置立说”，省却了兴的功夫，所得之“理”乃是自外铄之，而非自家兴发之所得。此读法只是在读《序》，甚至在用《诗序》的思维方式压制“诗—兴”思维与诗性言说，远未触及《诗》的意义世界。此现象曾被朱子痛斥：“熹尝病今之读《诗》者，知有《序》而不知有《诗》也。”⑥ 对于吾人读《诗》而言，朱子之语至今仍有一定的警示作用。

---

① （汉）毛亨传，（汉）郑玄笺，（唐）孔颖达疏，（唐）陆德明音释，朱杰人、李慧玲整理：《毛诗注疏》，第874页。

② （汉）毛亨传，（汉）郑玄笺，（唐）孔颖达疏，（唐）陆德明音释，朱杰人、李慧玲整理：《毛诗注疏》，第582页。

③ （汉）毛亨传，（汉）郑玄笺，（唐）孔颖达疏，（唐）陆德明音释，朱杰人、李慧玲整理：《毛诗注疏》，第141页。

④ （宋）黎靖德编，王星贤点校：《朱子语类》，第2072页。

⑤ （宋）黎靖德编，王星贤点校：《朱子语类》，第2086页。

⑥ （宋）朱熹撰，朱杰人、严佐之、刘永翔主编：《书临漳所刊四经后·〈诗〉》，载《晦庵先生朱文公文集》卷八十二，《朱子全书》第24册，第3889页。

二 以《诗》言志而志不滞

行文至此，或可尝试回答本章开首处的问题，即诗人以“赋”“比”“兴”的诗性言说持存生存经验及其情态（“情”），呈现出存在于世的诸多关系维度以及对关系总和的整体性愿景（“志”），此进路的独特意义何在？

承上所述，赋、比、兴彼此交融渗透，使物情与人情以纵深性而非平面化的方式得以营构与表达，“在有限的具体事物之中，敞开一种若有若无、可意会而不可以言传的主客合一的无限境界”①，氤氲出“一种仅可感触而不能言诠的气氛”②。而创辟出一无定在、无穷尽的意义世界，这正是“诗—兴”思维与诗性言说独特而可贵之处，也成为《诗》区别于日常叙述之所在，正如海德格尔所说：“作品在自身中突现着，开启出一个世界，并且在运作中永远守持这个世界。”③ 相较于直陈式的日常叙述，《诗》通过生成意义世界的方式，最大限度地让《风》《雅》《颂》的生存经验与美好愿景保持其鲜活性。据此或可对“《诗》言志”有更深入的理解。

《尚书·舜典》云：“《诗》言志。”《左传·襄公二十七年》有一相近论述：“《诗》以言志。”④ 此外，如《荀子·儒效》所论“《诗》言是，其志也”，《庄子·天下》所论“《诗》以道志”，以及《法言·寡见》所论“说志者莫辩乎《诗》”，均着眼于《诗》

① 徐复观：《中国文学精神》，第 33 页。在《人间词话》中，王国维以“境”来说诗，指出“诗之境阔”。同时，他尤其重视对“境”的阐发，并强调境之于诗词的重要性：“然沧浪所谓兴趣，阮亭所谓神韵，犹不过道其面目，不若鄙人拈出‘境界’二字，为探其本也。”王国维著，徐调孚注，王幼安校订：《人间词话》，第 194 页。

② 徐复观：《中国文学精神》，第 49 页。

③ ［德］海德格尔：《林中路》，孙周兴译，第 30 页。

④ （周）左丘明传，（晋）杜预注，（唐）孔颖达正义：《春秋左传正义》，载《十三经注疏》整理委员会整理《十三经注疏》，第 1223 页。

与“志”的关系，而对诗人群体则存而未论。照一般理解，“有诗，必有诗人。于是首先就产生了两个基本要素：诗（poem）与诗人（poet）”①。倘若没有诗人的想象与营构，又怎会有赋、比、兴的诗性言说？而发人深省的是，以上文辞并未把论述重点放在诗人身上，其所言并非“诗人言志”，而是“《诗》言志”，所凸显的均为《诗》本身。劳孝舆《春秋诗话》将此现象申明为：“盖当时只有诗，无诗人。古人所作，今人可援为己诗；彼人之诗，此人可赓为自作，期于言志而止。人无定诗，诗无定指，以故可名不名，不作而作也。”② 若说劳氏是在价值中立的意义上对此现象作出说明，那么在近世学界，对于一味强调《诗》本身而忽略了诗人的现象，学者则颇有微词：“在只有诗而无诗人的时代，除了那些目的明确的仪式乐歌与数量不多的直刺时政的作品之外，作诗之义很少受到人们的重视”③，“诗歌本身的意义如何不是他们着意探求的目的。当时的人们仅从自己的需要出发去使用诗，而很少从诗人之义出发去理解诗”④，故而《诗》之原意未受到应有的重视。这或可作为“《诗》言志”的叙述重心落脚于《诗》而非诗人的一大原因。

行文至此，需要注意的是，在对重视《诗》甚于诗人的往昔语境进行批评之前，吾人须留意下述两组关系的分殊：其一为诗性言说与“志”的关系；其二为诗人与“志”的关系。二者不应混淆为一。“《诗》言志”一说，其所倚重者在于《诗》，恰恰表明，昔人更看重诗性言说与“志”的关系，而非具体时空条件下某个诗人言“志”的个体化行动。此即是说，言“志”的主体与中心并非诗人，而是“诗—兴”思维与诗性言说本身。申言之，经由“赋”“比”“兴”的营构，诗人隐遁了，与此同时，诗的意义世界随之敞开。一

① ［美］厄尔·迈纳：《比较诗学——文学理论的跨文化研究札记》，王宇根、宋伟杰等译，第21页。

② （清）劳孝舆撰，毛庆耆点校：《春秋诗话》，第1页。

③ 马银琴：《周秦时代〈诗〉的传播史》，第189页。

④ 马银琴：《两周诗史》，第61页。

方面，此处所谓诗人的“隐遁”，并非一个具有消极意味的行动。甚至可以说，通过隐遁，诗人实现了另一种意义上的“不朽”。此种不朽并非光耀于世，炫人眼目，而是通过将己身化入诗性言说所创辟的无穷域中得以实现。另一方面，诗人的“隐遁”也就意味着，诗性言说创辟出的意义世界并非与诗人紧密捆绑，而是具有一定的独立性。职是之故，虽然《诗》之作者多不可考，但并不影响诗之意义世界的完整性，也并不妨碍后人在此意义世界中优游涵泳，在广阔的历史人文经验中有所兴发。

进一步来说，《尚书引义》将“《诗》言志”申明为“以《诗》言志而志不滞”[①]，据此，“志不滞”或可视为“《诗》言志”的独特之处，同时也成为《尚书·舜典》独以《诗》作为言“志”进路的缘由。这与《伪孔传》所言“谓《诗》言志以导之”若合符节。《说文·寸部》云：“导，引也。”[②] 在现代语境中，“导”仍有“疏导”之义。而“滞”恰恰处于“导”的对立面，意指“停滞不通”，用以形容生硬僵化的不良状态。若以其他方式言志，很可能让“志”沦为陈旧的已死之物、已逝之迹。唯有《诗》能让《风》《雅》《颂》之志最大限度地持存其鲜活性，哪怕纵跨古今，也仍能让千载之后的读者感受其源源不断的生命力。《诗》能实现“言志而志不滞”的独特效验，在很大程度上有赖于赋、比、兴的诗性言说对《诗》之意义世界的生成与护持。这也印证了赋、比、兴对于《风》《雅》《颂》的必要性，即唯有赋、比、兴才足以成为“《风》《雅》《颂》之辞”，舍此无他。

---

① （明）王夫之撰：《尚书稗疏·尚书引义》，岳麓书社2011年版，第251页。

② （汉）许慎撰，（宋）徐铉校定：《说文解字》，第67页。

兴于《诗》

儒家诗教传统与华夏诗化生存

By *The Book of Songs* that the Mind is Aroused

On the Tradition of Confucian Poetic Teaching and Chinese Poetic Existence

下 册

黄子洵　著

中国社会科学出版社

目　　录

（下　册）

中编　《诗》与教：诗教的生成轨迹、特质及典范

下编 诗教的基本维度与华夏诗化生存的开显

Contents

(Volume 2)

中　编

《诗》与教：诗教的生成轨迹、特质及典范

上编通过考索《诗》之意义结构、内容呈现进路与言说方式，试图厘清《诗》所关注的基本领域、根本问题以及《诗》的意义取向，进而对《诗》之性质作出界定，以证成《诗》内在包含着“教”所关注的基本问题。总体而言，上编拟解决的主要问题在于，“教”的意义面向能否从《诗》中内在地生发出来，通过阐释《诗》之为“教”的内在根据，证明“教”的意义面向乃是由《诗》内在地孕育，而非外铄。以此为基础，中编将进一步探究“诗教”的生发轨迹，即“教”的意义面向如何从《诗》中内在地生发而出，旨在从义理层面探究由《诗》而教的过程如何可能且如何得以实现，该过程由哪些具体环节作为支撑。与此同时，中编还将探究《诗》的性质将如何影响诗教的性质以及如何塑造了诗教的独特性，使得以《诗》为教作为吾国思想文化传统中的重要维度，未曾被其他为教的进路所替代。而诗教的独特性问题又可进一步分为诗教进路之独特与诗教作用之独特，如此才能证明诗教之必要性。建基于其上，中编还将考索何种诗教学说及其实践活动可作为吾国诗教传统的典范。此典范性存在，其超拔之处何在，其特质与影响又何在。总的来说，对诗教传统之典范的探究，也将遵循上述由《诗》而“教”的基本生发进路。并且，正是因为诗教传统之典范，乃是贴合由《诗》而“教”的生成轨迹得以造就，故而此典范性存在并非凭借外缘的产物，而是由《诗》内在地孕育而来。

第四章

以《诗》为教的生发进路及其特质

承上编所述，《诗》涵容着“教”所关注的基本问题，由此，《诗》之为“教”的内在根据得以申明。但这对于证成“诗教”的真实成立而言，仅昭示了一个开端。毕竟仅在学理层面说明《诗》与“教”存在着一贯之处，分享了共同的追求与愿景仍旧不够，吾人还须在义理层面勾勒出《诗》之为“教”的生发进路与生成轨迹，以便考索《诗》之为“教”的内在根据如何落实到现实层面，以及《诗》展开为何种为教进路，诗教的具体样态与效验又是怎样的。这构成了本章拟探究的中心问题。然而，在此探究开始之际，不难发现，横亘在吾人面前的一大障碍在于近世对诗教的质疑与解构。此种否定的声音，不仅使以《诗》为教的现实性难以像在前现代语境中那般不言自明，甚至还使《诗》之为教的可能性与必要性日渐被遮蔽，故而在本章开首之处，对诗教在近世所遭遇的质疑乃至解构作一番回应，便显得十分必要。

第一节　近世对诗教的质疑与解构：以《诗》为教是否可能?

一　时人对《诗》的惯常界定及诗教的边缘化地位

论及《诗》在古代文化传统中的功能与角色，近世风行的一个理解是将其作为一部提升个人道德修养、规范社会生活的教科书。章培恒、骆玉明指出："《诗经》成书以后便成了对贵族培养政治能力和提高文化、道德素养的教材。"① 向熹亦云："春秋时期，《诗三百》几乎成为社会政治生活的教科书。"② 然而，结合上编的探究，如果吾人仍把《诗》视作通常意义上提供道德箴言与准则规范的"教科书"，未免有些名不副实。初看上去，《诗》无非对昔人生活世界各个面向的"记录"，展现出自西周至春秋中叶社会生活的方方面面，如个人的家庭生活和日用伦常、邦国乃至周王室的典礼场合以及宗庙祭祀活动等。在此过程中，众多性格鲜明的人物形象得以塑造，如帝王、公卿诸侯、政府官吏、军事统帅、劳动人民等。无论是体裁还是形式，《诗》都与当下流行的教科书相去甚远。这难免催生一个悬而未决的质诘——"诗教"一名是否成立？张巍将其申明为："诗是否具备教育作用？如是，又应当具备何种教育作用？此种教育作用能否独具一格、非诗莫属而足以成就一门'诗教'？"③

此追问并非肇端于近现代学界，而是古已有之。明人杨慎曾言，《诗》"未尝有道德字也，未尝有道德性情句也。二《南》者……其言'琴瑟''钟鼓''荇菜''芣苡''夭桃''秾李''雀角''鼠

① 章培恒、骆玉明主编：《中国文学史新著》(增订本)，第47页。

② 向熹译注：《诗经》，高等教育出版社2009年版，第5页。

③ 张巍：《希腊古风诗教考论》，前言第1页。

牙'，何尝有修身齐家字耶？"[①] 按寻常理解，直接论及"道德""性情""修身""齐家"的著作才算得上是载道之言。相比之下，《诗》多是对个人遭遇的叙述以及对典礼场合的记录，类似于对往昔生活世界的"实录式呈现"，充其量只能"当一堆极有价值的历史材料去整理"[②]，用以研究上古社会制度或从中辨识出器物之学，而不足以成为载道之言，从义理层面去阐释其深意。因此，"五四"以降，关于《诗》的研究著作多植根于民俗学、人类学、考古学等治学立场，通过《诗》来考察该时期的婚恋观念、王政典仪及民生日用。一个代表性的例子是，吕思勉先生结合《大雅·生民》考证上古农业制度[③]，结合《豳风》考证上古饮食制度[④]。诚然，上述研究可增进对于先秦时期生活世界的了解，但若全然依循此进路，可想见的是，"诗教"难免消解于无形。

二　"诗教"何以被解构：论事—理二分的思维窠臼

克实而论，上文所述近世关于《诗经》与"诗教"的时兴界定，实则深植于今人对《诗》与"教"两个概念及其相互关系的理解与规定。而揆诸前现代语境，昔人对此论题的回应与今人之见大有不同。若往内深究，此古今差异其实关涉一更为根本的问题——古今思维方式与言说进路的差异。故而在进一步探讨"以《诗》为教何以可能"这一问题之前，吾人很有必要先说明此古今之异的维度。

不单单是《诗》，从广义上看，六经诸多篇目呈现义理的方式，与今人惯常以为且容易接受的论理方式有较大不同。申言之，时人往往诉诸直接性的思维方式，对于义理的"直接呈现"怀揣着高度

① （明）杨慎撰，王大厚笺证：《升庵诗话新笺证》，中华书局 2008 年版，第 212 页。

② 傅斯年：《〈诗经〉讲义稿》，第 16 页。

③ 参见吕思勉《中国制度史》，上海教育出版社 2005 年版，第 2 页。

④ 参见吕思勉《中国制度史》，第 101 页。

期待，要求将道理以直陈的方式说清道明。这种对于义理之“直接性”的期待，往往预设义理必然经过一番高度的提纯，且通过命题、概念等纯理论的样态得以呈现。若以此标准反观六经，不难发现，在多数时候，六经的诸多篇目就其叙述形式而言恰恰是非理论化、非概念化的。具体来说，《尚书》《左传》的主要篇幅多由言与事构成。相比之下，《诗》的内容更为博杂，既有对荇菜芣苢、夭桃秾李等自然物象的形容，又有对燕礼、乡饮酒礼、蒐田礼等仪式场合的勾勒，更多的是诗人在某一情境中的喜、怒、哀、乐，以及在此生存情态的作用下对大千世界的感受、经验与理解（此点在本书第二章已有论述，兹不赘）。哪怕整部《诗经》阅毕，都鲜能找到像《礼记·大学》三纲领、八条目那般直接性的义理阐述，无怪乎杨慎曾生发如此慨叹——“（《诗》）未尝有道德字也，未尝有道德性情句也”[①]。

这意味着，在多数时候，六经之义理往往处于引而未发、隐而未显的沉潜状态，即“六经时引而不发，是微言也”[②]。熊十力先生将“不发”释为“不肯广演理论，欲人求自得也”[③]。这表明，六经并非直接演绎出一套细密繁复的理论，而是往往呈现出“引而不发”之微言。那么，六经之“微言”，其“引而不发”的依据何在？即六经凭借什么实现义理的“引而不发”？既然六经之“微言”有别于直陈义理之言，那么此“微言”所言说的又是什么？

章实斋《文史通义·经解》曾论及，夫子述六经，“未尝离事而著理”[④]。此即是说，在六经中，“理”并非以提纯了的形态直接呈现，而是迂回曲折地渗入六经的叙事过程。易言之，在六经的叙述模式中，并不存在事与理的截然二分，并非事归事，理归理，而是事、理浑融为一。这反映出昔人对事与理的特质有着深入的理解。

① （明）杨慎撰，王大厚笺证：《升庵诗话新笺证》，第212页。

② 熊十力：《论六经·中国历史讲话》，第6页。

③ 熊十力：《论六经·中国历史讲话》，第6页。

④ （清）章学诚撰，叶瑛校注：《文史通义校注》，第120页。

章氏曾言："事有实据，而理无定形。"① 此处的"而"字形成了一定的对照维度。事与理，一虚一实。虚理须与实事相结合，而非凌驾于事之上去空谈一番玄理和虚理——否则，此"理"难免沦为"蹈空"之论——应体究理如何从事中内在地生长出来。此之为即物穷理。

孔子之所以笔削《春秋》，通过评述具体人事阐发微言大义，也正是出于这一考虑，所谓"我欲载之空言，不如见之于行事之深切著明也"②。求理时必须见之于行事，方能使理愈加深切著明。那么，为何"见之于行事"才能使理更加深切著明？具体来说，"事"涉及情、时、势、境等因素，申言之，"事"乃是植根于一定的情态、形势与时机之中。凡此均构成"事"所依托的难以复现的存在境况。每一存在境况都是具体而当下的，都融入了一定的特殊性和差异性。因此，对昔人而言，最要者在于，观见普遍之理如何从存在境况的特殊和差异中内在地生发。这意味着，普遍和特殊并非分裂为二，而恰恰是合一的。

章实斋进一步指出，"未尝离事而著理"的讲述方式，其实还涉及道器关系的深层关切，根植于"道不离器"的观念背景。《周易·系辞上》云："形而上者谓之道，形而下者谓之器。"③ 昔人以为，形上之道与形下之器虽有区分，但却不是以二元的关系形态而出现，并非道在彼岸，器在此岸。"西方那种原型与摹本、本质与现象、尘世与彼岸、经验与超越、人与上帝、个体与客体等等名目的二元论对中国人来说是陌生的。天为万物的根本，人道源于天道，道通万物，道通为一，一切经验都是天道发用，天理流行。"④ 这都

① （清）章学诚撰，叶瑛校注：《文史通义校注》，第120页。

② （汉）司马迁撰：《史记》，第3297页。

③ （魏）王弼、（晋）韩康伯注，（唐）孔颖达正义：《周易正义》，载《十三经注疏》整理委员会整理《十三经注疏》，第344页。

④ 张汝伦：《现代中国美学的自我理解及其理论困境》，《中国国家美术》2013年第6期。

指向“即器以求道”的基本进路：“据器而道存，离器而道毁。”①章实斋进一步指出：“夫六艺者，圣人即器而存道。”② 这喻示，六艺（六经）本身，就是昔人“即器而存道”的体现，同时也是此过程的智慧结晶。

独特之处在于，“即器而存道”并不是作为一个直陈性的观点出现在六经的文本内容中。实际上，六经乃是通过自身独特的叙述进路与言说方式回婉间接地展现出何为“即器而存道”。这给吾人的提醒是，在读六经的过程中，不能只关注六经言说了什么（What），其具体内容是什么，还应从广义上考索六经是如何言说的，其言说的渠道和进路是怎样的（How）。可以说，六经的叙述形式本身就渗透并彰显了意义。这也是“圣人即器而存道”的重要依凭。

而在当下，某部著作的形式多被视为价值中立的框架与躯壳。形式归形式，内容归内容。此“去意义化”的视角不可避免地导致形式与内容的二分。这也使时人在研读古代典籍时，往往较少关注古籍的呈现形式，而多关注其文本内容，忽略了整部经典的框架安排与谋篇布局。但在六经那里，形式本身即为其思想内容的一部分。六经常透过其独特的言说形式间接地传递某种观念、思想与意义，且此言说形式往往和它所呈现的道理相得益彰。

综上所言，六经“未尝离事而著理”。在其观念世界中，事、理并非判然二分。同样，六经的言说形式与其思想内容也并非割裂为二，而是寓观念、思想及意义于言说形式当中。这再次说明，六经之义理不是以提纯了的方式呈现出来，而恰恰沉潜于具体而当下、特殊而有差异的时况情境和物态人情之中。职是之故，熊十力将六经视为“引而不发”之“微言”，其义理只微微显露些许端倪，而非直接显白地现于人前。

---

① （明）王夫之：《周易外传》卷二，载船山全书编辑委员会编校《船山全书》第1册，第861页。

② （清）章学诚撰，叶瑛校注：《文史通义校注》，第161页。

进一步来说，此独特的说理方式，又直接影响到六经的研读效果与治学体验。若说“引而不发”阐明的是六经说理方式的特质，那么，熊十力对“引而不发”的申述，则揭示出此说理方式的独特效验：“不发，谓不肯广演理论，欲人求自得也。”[①] 此即是说，“引而不发”的说理方式，其效验在于“欲人求自得也”。在多数情况下，读者并非直接从六经中收获现成的义理。“欲人求自得”强调的是，读者对于六经所形成的义理世界的进入和参与。六经对后人发出了热忱的邀约，邀请读者深入体贴其独特的言说方式与叙述进路，将渗入物态人情中的义理自行提炼与参悟。此过程实现的是义理之“自得于身”。而义理唯有“自得之”，才能“居之安；居之安，则资之深；资之深，则取之左右逢其原”（《孟子·离娄下》）。

更进一步地，六经之所以能产生“欲人求自得”的研读效验，在很大程度上仰仗于六经实现了无我之言的言说境界。揆诸六经的叙述进路，在多数情况下，言说者往往隐匿于幕后，其身影无法被直接捕捉。这意味着，六经乃是“道之管也”，充当的是管道与中介，并非言说者以一己立场割裁万物，而是敞开一无穷域，使道来言说自身。这具体表现为，《周易》爻辞、《春秋》经文、《诗经·大雅》《颂》等文本较少出现第一人称的叙述视角，并非以强势的姿态把道理直接晓谕读者，不是咄咄逼人地对其施以劝说与规训。六经呈现的往往是由时况情境、物态人情所构筑的意义世界，与物俯仰，化人于无形，使读者徜徉于其间而自得于身。伊藤仁斋将《诗》《书》《易》《春秋》评价为“不说义理，而义理自有者”，并将此论申明为：“犹天生之物，不烦雕琢，自然可观……犹直描画天地万物之态，纤悉不遗。”[②] 此“不说义理，而义理自有者”的呈现进路，比义理的直接呈现更耐人寻味、更发人深省。

至此，重返本节开篇的关切。正因六经的论理进路与言说方式

---

① 熊十力：《论六经·中国历史讲话》，第6页。

② 转引自王晓平《日本诗经学史》，第174页。

呈现出上述特质，而这在事与理、形式与内容对立二分的时代语境下逐渐失去了可理解性。这极大地影响着近世对《诗》（乃至六经）之性质与意义的界定，致使诗教长期以来处于近乎隐遁的边缘化状态。在时兴语境下，我们惯于从审美意义和文学角度去理解《诗》。读《诗》，最要者在于对其艺术性与文学性进行鉴赏与评点。此过程与人之成德及教化没有太多关联。此种“为艺术而艺术”的纯审美视角对于“诗教”的消解，不独是《诗》所面对的窘境，无独有偶，被誉为西方精神文明家园的《荷马史诗》也经历着同样的挑战。对于“为艺术而艺术”视角的局限，耶格尔曾作出如此评述，以期唤醒时人对荷马作为一伟大教育者的身份及其现实意义的肯认：

> 希腊人永远认为，诗人是最广泛、最深刻意义上的教育者。荷马只是这种普遍观念的最崇高典范，实际上可以说是古典的典范。如果我们用现代“为艺术而艺术”的信念取代古希腊的这种普遍观念，不认真地对待希腊人的想法，把我们对希腊诗歌的理解局限在诗歌自身之内，那我们就大错特错了。那种“为艺术而艺术”的信念，尽管是某种类型、某个时期的诗歌和纯粹艺术的特征，但它并没有出现在伟大的希腊诗人们中间。因此，我们不能将其应用于希腊诗歌的研究。在早期希腊思想中，并不存在伦理学和美学的区分，这种区分是在相对较晚时期才发生的。①

据引文所示，耶格尔的论述所倚重者在于，后世兴起的“为艺术而艺术”的信念，“并没有出现在伟大的希腊诗人们中间”，故而“不能将其应用于希腊诗歌的研究”。然须留意，这种从发生学的角度来说明“为艺术而艺术”的信念对于研究希腊诗歌的无效性，具有一

---

① ［德］韦尔纳·耶格尔：《教化：古希腊文化的理想》，陈文庆译，第48—49页。

定的理论短板。其可能面对的有力反驳或来自历史相对主义的立场，即一个时代有与其相适应的观念体系与艺术类型，而今时移代隔，身处后现代社会的读者自然可以用时兴的观念模式来理解古希腊时期的诗歌作品。同样，此种反驳也可挪用于《诗经》研究领域，哪怕在前现代语境中，“为文学而文学”和“为艺术而艺术”的研究立场并未突显，但时移世易，围绕《诗》之为“经”的意义面向展开的诗教传统作为已逝之陈迹，早已与往昔时代的社会建制、文化形态一同退出了历史舞台，吾人便可根据当下的观念模式重新建构对于《诗》的解读与研究。职是之故，仅从事实探究的角度说明“为艺术而艺术”的观念在往昔时代并不存在，抑或使昔人论《诗》的本真语境如实呈现，做到此步还远远不够，吾人还须从义理层面考索“诗教”观念的重要性与必要性，进而阐明诗教所具有的恒久意义。尽管在当今世界，以《诗》为教在现实层面的痕迹已消失殆尽，但“诗教”观念及其蕴含着的对世界整体性图景的理解与构造，在当下仍具有重要的现实意义。

第二节　“诗教”的生成轨迹：以《诗》为教何以可能?

承上所述，将诗教研究还原为史实探究的做法，将难以从根本上阐明诗教为何重要且必要。关键之处不在于检视与诗教相关的历史事实，而在于从义理层面考索以《诗》为“教”的生成轨迹、特质及其恒久意义。这正是本节的目的所在。

一　《诗》可以“观”

承上编所述，由《风》到《颂》的纵深性意义结构呈露出历史—文化维度下昔人生存经验的各个可能性维度以及人在现实中的可能性遭遇，甚至可以说，在世生存的种种可能性面向都囊括于其中。那么，值得追问的是，建基于此，《诗》可以生发出“教”的何种意义面向？并且，由《诗》而“教”的轨迹是怎样的？

（一）《诗》何以能“观”？

1. 生存经验的呈现

《诗》将各类人物及其伦常角色展现在吾人面前，在多数情况下反映出现实世界的苦难与不幸。诗中人身处相同的困境，如婚姻破裂、朋友绝交、被谗言所害以致失去国君信任等。同时，他们也对周遭世界怀揣着共同的期望，对家国天下怀抱美好的愿景（“志”），如与亲人团聚、国泰民安等，诚如托尔斯泰所言：“每一个历史时期和每个人类社会，都有一种只有该社会才可能有的对生活意义的崇高的理解，它确定了这个社会所努力争取的崇高的幸福。”① 在《诗》的观念世界中，每个人都试图面对并解决下列问题：在独特的历史文化背景下，诗人们身陷何种困境，有何种难言之隐？在面对这些困境时，他们有着怎样复杂的心路历程？而最为关键的是，他们如何抉择与行动？凡此诸种并非通过一系列理论直接阐明，而是经由昔人的存在情态（“情”）与生存实践来呈现，可以说，《诗经》真实地“保留了古人的内在生活”：

> 经过秦始皇的焚书，幸存下来的《诗经》成了名副其实的“遗物”。每当研读得法时，它们似乎就迫使汉代的注释家们把目光投向失去的周朝社会。《诗经》自身构成一部独特的伦理史，它同由第三者叙述的《史记》不同。《诗经》记载的是远古时代的人在当时的直接反应，它保留了古人的内在生活，犹如青铜器或史官的编年记载保留了他们的外在生活。阅读《诗经》和《毛传》，本身就是在同“遗迹”打交道。②

① ［俄］列夫·托尔斯泰：《什么是艺术》，何永祥译，江苏美术出版社 1990 年版，第192 页。

② ［美］宇文所安：《追忆：中国古典文学中的往事再现》，郑学勤译，第 25 页。

《诗》映照出或圣或俗的人世百态，呈露出文明共同体历史—文化维度下的种种生存经验，见证了吾民族如何在古今变局中尽在世之天命以及伴随此过程生发出何种体验与情怀，可谓揽大运斡旋之博，“尽人情物态之微”[①]。进一步来说，《诗》持存的生存经验并非杂乱无章，而是有机地吸纳并摄入《诗》整体性的意义结构中。此即是说，《风》《雅》《颂》的结构本身，并非一外铄的形式与框架，毋宁说，自有意义与秩序包孕于其间。《风》关注群黎百姓的人伦日用，从《风》到《小雅》，生存经验从夫妇、父子、兄弟、朋友等伦常关系推扩至君臣、邦国乃至夷夏等政事领域。至此可知，《诗》并非以平面化的视角来看待人际、邦国关系的交融与碰撞。宏大的历史—人文格局贯穿于《诗》之终始。众庶苍生的喜怒哀乐、悲欢离合，最终都化入华夏文明绵延不绝的不朽进程与民族记忆之中。《大雅》将文明发展进程中的种种不易娓娓道来：千百年的历史变迁与世事沉浮，沉淀为厚重的民族记忆威临着我们，一如巍峨高峰耸立于前，映照出吾人的渺小与阅历的浅薄。由《大雅》到《颂》，《诗》引人看向文明变迁、王朝更迭、世事流转的幕后。“变”中是否有“常”，此问题推动着《诗》的生存经验往更深处发展，直至吾人发觉太王、文、武、周公的背后屹立着皇天上帝，王朝更迭乃是天命所归。在此，《诗》把我们的目光引向人类社会之上的超越性存在。超越之天看似隐而未显，实则莫不渗入人伦日用的方方面面，正应了那一句“人事之变，不能逃天道”[②]。

从总体上看，据《风》《雅》《颂》的结构安排，昔人的生存经验既有横向上的拓展，又有纵深性的延伸，还有对超越之天的照察，可谓广大悉备。据此，《荀子·劝学》以“博”来称述《诗》，颇为中肯：“《礼》之敬文也，《乐》之中和也，《诗》《书》之博也，

---

① （宋）蔡节撰：《论语集说》卷九，载（清）纪昀等编《景印文渊阁四库全书·经部·四书类》第200册，第692页。

② 刘咸炘著，黄曙辉编校：《刘咸炘学术论集》哲学编上，第47页。

《春秋》之微也，在天地之间者毕矣。”进一步来说，《诗》以《风》为始，继之以《雅》，终之于《颂》的序列，并非出自编诗者的主观营构，而是《诗》所持存的生存经验顺其逻辑脉络依次衍生与展开的结果，从中反映出昔人理解世界的整体性观念体系，同时也与读者理解自我、他人与世界的次第与过程暗合。《诗》使我们超出自身，超越所处时代感受与经验的种种局限，注目于己身之外的宏大天地，看到人伦的复杂与更广阔的历史人文进程，看到人类社会的幕后有着永恒的超越性存在。这是个人生命横向与纵向上的拓展与充实，是在世生存的升华与完成。

2. “诗法”与“世法”

《诗》展现的并非一井然有序的完美世界。在多数时候，《风》《雅》二部所呈现的并不是嘉言懿行，而是充斥着骇人听闻的恶事。君不君、臣不臣、父不父、子不子的世间百态，将吾民族历史进程的至暗时刻一一揭橥。《诗》如实呈露出复杂世界的原貌与真相，把难以为他人言说的苦难悉数道来：“父母不保其赤子，夫妻相弃于匡床”，同胞互残，朋友绝交，君臣异心，室家离散，贤人在野，奸臣当道，小国被灭，大国衰微，王朝覆灭，好人没有好报，恶人福运亨通……若怀着寻求理想世态的初衷去读《诗》，很可能会失望而返。这可以解释，缘何后世会因《诗经》题材内容的“不完美”而心生不满，甚至提出“删《诗》”的诉求，如宋人王柏提倡“悉削之以遵圣人之至戒”①。

克实而论，《诗》并非一部道德理论总集，按照逻辑顺序推衍出

① 王柏把多首风诗归为“淫奔之诗”，并主张删去其辞，其论曰：“圣人‘放郑声’一语终不可磨灭，且又复言其所以放之之意曰‘郑声淫’，又曰‘恶郑声之乱雅乐也’。愚是以敢谓淫奔之诗，圣人之所必削，决不存于雅乐也，审矣！妄意以刺淫乱，如《新台》《墙有茨》之类，凡十篇，犹可以存之惩创人之逸志；若男女自相悦之词，如《桑中》《溱洧》之类，悉削之以遵圣人之至戒，无可疑者。”（宋）王柏撰：《诗疑》卷一，载顾廷龙主编，《续修四库全书》编纂委员会编《续修四库全书·经部·诗类》第57册，上海古籍出版社2002年版，第221页。

抽象的道德观念，亦非一部准则手册，齐备地罗列出各类行为规范，明示哪些该做，哪些不该做。同时，《诗》也不是一部积极正面的榜样案例大全，所收录的均为令人欢欣鼓舞的好人好事，可供效法与拟范。读《诗》时，我们所面对的不是一部工具书，无法从中获得关于嘉言美行的标准答案，而是得亲自面对《诗》中的艰难世事与骇人恶行。《诗》中无止息的杀戮[①]、悖乱[②]、淫佚[③]、离别[④]、谗害[⑤]、流离[⑥]、祸患[⑦]、忧思[⑧]、亡国[⑨]让人掩卷叹息。生灵的血泪与沉浮、怀疑与挣扎打动着我们，使人思及所身处的世界。可见，读《诗》并非一轻松惬意的过程。或许有千万种方式可使读《诗》变得舒服轻巧，但这样一来，或许我们就再难对《诗》进行一番深入追问，自此便与《诗》之真谛渐行渐远。

顾随指出，“诗法”离不开“世法”，“何能只要诗法不要世法？只要琴棋书画，不要柴米油盐，须不是人方可”[⑩]，“凡天地间所有景物皆可融入诗之境界”[⑪]，“世上困苦、艰难、丑陋，甚至卑污，皆是诗”[⑫]，并以鲁迅对阿尔志跋绥夫的作品《幸福》的评点为例：“这一篇，写雪地上沦落的妓女和色情狂的仆人，几乎美丑泯绝。”[⑬]与此相比，“后人将‘世法’排出，单去写诗，只写看花、饮酒、

---

① 如《邶风·二子乘舟》《秦风·黄鸟》等。

② 如《邶风·绿衣》《郑风·叔于田》《大叔于田》《小雅·节南山》《雨无正》《大雅·板》《荡》等。

③ 如《鄘风·墙有茨》《郑风·溱洧》《齐风·南山》《敝笱》等。

④ 如《邶风·燕燕》等。

⑤ 如《王风·采葛》《小雅·巧言》《何人斯》《巷伯》等。

⑥ 如《邶风·雄雉》《卫风·氓》《魏风·陟岵》《唐风·葛生》等。

⑦ 如《桧风·匪风》《小雅·四月》《楚茨》等。

⑧ 如《邶风·泉水》《北门》《卫风·竹竿》《河广》《有狐》《唐风·鸨羽》《秦风·晨风》《小雅·蓼莪》等。

⑨ 如《鄘风·载驰》《王风·黍离》等。

⑩ 顾随讲，叶嘉莹笔记，顾之京整理：《顾随诗词讲记》，第13页。

⑪ 顾随讲，叶嘉莹笔记，顾之京整理：《顾随诗词讲记》，第13页。

⑫ 顾随讲，叶嘉莹笔记，顾之京整理：《顾随诗词讲记》，第22页。

⑬ 顾随讲，叶嘉莹笔记，顾之京整理：《顾随诗词讲记》，第13页。

吟风弄月，人人如此，代代如此，屋上架屋”[①]，“唐以后诗人常以为诗有不可言，所谓才子佳人风花雪月的诗人，所写太狭窄，不是真的诗。……这样不但诗走入歧途，人也走入歧途”[②]。

据此反观《诗》之“世法”。《诗》呈现的是文明共同体及其成员的在世经验。而历史—文化维度下的生存经验必然是复杂且沉重的，毕竟有别于在光鲜亮丽的象牙塔里进行避重就轻的臆想。在世轨迹的曲折多舛，使部分诗作的言辞未能合乎中道，过或不及的情况多有存在（以致船山对此颇有微词）：有的言辞悲观厌世，甚至流露出轻生之念，如《王风·兔爰》所云“我生之后，逢此百罹，尚寐无吪”，“我生之后，逢此百忧，尚寐无觉”；有的言辞满是谩骂和诅咒，如《鄘风·相鼠》所言“人而无仪，不死何为”，“人而无礼，胡不遄死”……然不可否认，此类言辞的存在，并非《诗》之败笔，亦无碍于《诗》之深刻。相反，正因《诗》如海纳百川般容受了真实而复杂的众生相，如实照察现实世界的苦难与晦暗，并不避讳先民在时乖运蹇之际的真实心声，才更能显出此为一部屹立于中国哲学本根时代的伟大常典。

面对好人受苦，坏人亨通，善无善报，恶无恶报，疑惑与冤屈盘旋在诗人心中，不吐不快，以至于向天呼求：既然现实生活频频发生的是无辜的人遭逢不幸，恶人福运亨通，那么世界还能否建立起合理的秩序？正义与公道是否还可能实现？

3.《诗》中的常变问题及其张力

若说秩序问题是《荷马史诗》关注的重中之重，且在“荷马所描写的神话天界中，秩序统辖着一切，每件事情的发生都自然而然，合乎理性”[③]，那么，我们禁不住去追问，《诗》的精神世界是否也存在弥纶于两间的终极秩序？若说对秩序的肯认，的确在《诗》的

① 顾随讲，叶嘉莹笔记，顾之京整理：《顾随诗词讲记》，第22页。
② 顾随讲，叶嘉莹笔记，顾之京整理：《顾随诗词讲记》，第13页。
③ ［波兰］塔塔尔凯维奇：《西方美学史　古代美学》，理然译，第12页。

字里行间呈露——诚如《大雅·烝民》所言“天生烝民，有物有则。民之秉彝，好是懿德”，此处所谓“则”即训为“法”[①] ——那么该如何解释《诗》中频频出现奸佞亨通、苍生失怙的人事流转与世事变迁？既然人类社会之上存有天道，且天道公正不阿，那么，好人何以蒙受不公，以至于《国风》频频出现“控诉着人间不平的诗篇”[②]，好人未必享有福报、恶人未必受到惩罚，这是否意味着对于真实的人生境况而言，天道从根本上来说是缺席的？是否意味着天仅为一个虚词或一种虚设，只是人们自我安慰的甜美谎言，以至于颂诗也只是虚晃一枪般“借天为说”？对于《风》《雅》《颂》在内容方面的差异，张立新曾提出如下质疑：“在颂诗和《大雅》中，几乎随处可见对伟大上帝的赞美，《小雅》中却有俯拾即是的怨言和牢骚，而在《国风》中，所谓上帝的影子，是荡然无存的。”[③]

如上编所述，《风》《雅》《颂》具有内在的意义关联，可勾连为一完整的意义域，然不可否认，风诗所呈现的的确多为世态人事的流转不居。这自然招致以下疑问：《国风》诸诗并未在字面上直陈“上帝”与“天命”，这是否意味着世俗生活与神圣领域的截然二分？是否意味着对上帝与天命的关注与赞美只限于宗庙乐歌，而在凡夫俗子纷纷扰扰的人生百态中，上帝与天命是缺位的？如果《国风》与《小雅》承认上帝与天命的真实存在，缘何又多把叙述重心放在人生境遇与存在情态方面，对上帝与天命鲜有着墨？对此，钱穆先生提供了一种解释：

> 中国人是把“天”与“人”和合起来看。中国人认为“天命”就表露在“人生”上。离开“人生”，也就无从来讲“天命”。离开“天命”，也就无从来讲“人生”。所以中国古人认

① （宋）朱熹集撰，赵长征点校：《诗集传》，第324页。

② 李山：《诗经的文化精神》，第119页。

③ 张立新：《神圣的寓意——〈诗经〉与〈圣经〉比较研究》，云南大学出版社1999年版，第85页。

为“人生”与“天命”最高贵伟大处，便在能把他们两者和合为一。①

钱穆指出，抛开人生，天命将无从谈起。这启发我们思考，《国风》与《小雅》的多数篇章虽未直言上帝与天命，但并非与天命或上帝全然无涉，而是通过呈露芸芸众生的人生境遇与生存情态，迂回间接地展示出天命如何在真实人生中得以彰显。人们如何尽其天命，与天命在生存经验中的彰显，其实是二而一的过程。此即是说，《诗》乃是经由《风》《雅》《颂》这一意义结构中不同部分叙述重点的差异，展现出常变问题的巨大张力。具体来说，人事之变在《诗》中处于显性层面，尤其在《风》《雅》中有着突出体现：在个人层面，人事之变表现为人生际遇变幻无常，吉凶寿夭悉无定准，人际关系脆弱多变（往昔把酒言欢，而今视若寇仇）；在文明共同体层面，“变”表现为王政兴衰废替、王朝覆灭更迭（此处所论古今之变，在“变《雅》”中有着深入揭示）。进一步来说，无论是个人层面，还是文明共同体层面的种种变局，均侧重于指由顺转逆之势，故而又与在世生存的苦难问题息息相关。

《诗》深谙苦难对人产生的强大反噬力：一方面，德福不一致的现实境况，难免在人心中激起疑惑与波澜：既然善无善报，恶无恶报，那么，人是否还要继续为善？由此或可理解，为何《诗》中的人事之变，似乎对天道之常产生了一定程度的挑战甚至消解。这集中体现为，若人事只有变数，没有常道，很可能会助长相对主义的处世态度，为人处世悉随利害转向，而不以常道为皈依，如变《雅》揭示出世衰道微之际孳生的种种恶人恶事。另一方面，诗人洞悉，无辜受恶与主动施恶往往存在一定关联。此即是说，在此前事件中

① 钱穆：《中国传统思想文化对人类未来可有的贡献》，载中华书局编辑部编《中华文化的过去现在和未来——中华书局成立八十周年纪念论文集》，中华书局1992年版，第39—40页。

遭受恶的无辜者，倘若未能抵抗苦难与罪恶对于自身的反噬，很可能会通过主动向他人施恶，以获得心理补偿或发泄心中怨恨。《邶风·新台》与《鄘风·墙有茨》二诗中宣姜形象的巨大转变正反映出此点。据《新台》所示，“齐女本求与伋为燕婉之好，而反得宣公丑恶之人也”①，若说此时的宣姜仍作为一无辜受恶的可怜女子，婚姻不幸，所嫁非人，而在《墙有茨》与《鹑之奔奔》中却摇身一变，成为淫乱公室、谗害世子伋的一大毒妇。其间的巨大反差令人错愕不已，也让人深深为之叹惋。

若说《风》《雅》关注入世过程的生存经验及其情态，而入世所遇之变局、所历之苦难或将导致人的扭曲与沉沦，那么，随之而来的一大问题便是，面对人事之变（尤其是苦难问题），吾人该如何在变中自持，是否有力量能净化所遇之苦难，抵抗变局对自身的反噬？如果有，此种力量又该往何处寻？一言以蔽之，吾人该如何守常以通变，居易以俟命？这并非纯理论层面的问题，而是关涉人的生存境况与实践态度，是成德过程必然生发的追问。据此而论，《国风》《小雅》的多数篇章虽未直言“上帝”与“天命”——诚然，《小雅·正月》“有皇上帝，伊谁云憎”与《小雅·菀柳》“上帝甚蹈，无自暱焉”同样谈及“上帝”。《小雅·十月之交》“天命不彻，我不敢效我友自逸”与《小雅·小宛》“各敬尔仪，天命不又”同样谈及“天命”。但总的来说，《小雅》言及“帝”与“天命”的篇章在数量与规模方面的确无法与《大雅》《颂》相提并论——但昔人的生存困境（如何在变中自持？）的确隐隐呼唤着天道之常的意义面向，因此，天道之常在《国风》与《小雅》中从未缺席。若吾人以一种持续不断的互动来审视《风》《雅》《颂》的关联，那么，《大雅》与《颂》中天道之常的维度，可视为对《国风》《小雅》所出现的追问的回应。诚然，与处于显性层面的人事之变相比，《大雅》与《颂》所言天道之常多处于隐性层面，以迂回而隐晦的方

① （宋）朱熹集撰，赵长征点校：《诗集传》，第40页。

式得以显现，但这无碍于天道之常（处于隐性层面）与人事之变（处于显性层面）在《诗》中形成紧密的内在关联，最终化作众庶黎民的生命轨迹与诗人“守常以通变”的实践态度。此之为天人关系在《诗》中独特的展现进路。申言之，在世过程所遭遇的应然与实然间的巨大反差，并未解构超越之天的权威与神圣，也并未动摇诗人对天道之常的信念。对天道之常的信念，落实于诗人具体而当下的生存情态与实践态度之中，化作以常应变、造次颠沛必于是的动力。《风》《雅》二部不乏诗人面对现实苦难时所萌生的怀疑与挣扎，但同时也涌现出居于乱世不改其道、不变其节的真君子，如《郑风·风雨》所歌咏的“风雨如晦，鸡鸣不已。既见君子，云胡不喜”。

（二）论《诗》之“观”

承上所论，在此不妨对“《诗》可以观”进行一番追问：吾人从《诗》中观见的究竟为何？对此，先秦两汉文献多有采诗观风的历史记载：

《汉书·食货志》云：“孟春之月，群居者将散，行人振木铎徇于路，以采诗，献之大师，比其音律，以闻于天子。”①

《汉书·艺文志》云：“古有采诗之官，王者所以观风俗，知得失，自考正也。”②

《礼记·王制》云：“天子五年一巡守。……命大师陈诗，以观民风；命市纳贾，以观民之所好恶，志淫好辟。”③

《公羊传·宣公十五年》何注云：“男女有所怨恨，相从而歌，饥者歌其食，劳者歌其事。男年六十，女年五十无子者，官衣食之，使之民间求诗，乡移于邑，邑移于国，国以闻于天

① （汉）班固撰，（唐）颜师古注：《汉书》，第1123页。

② （汉）班固撰，（唐）颜师古注：《汉书》，第1708页。

③ （汉）郑玄注，（唐）孔颖达正义，吕友仁整理：《礼记正义》，第488—491页。

子，故王者不出牖户，尽知天下所苦；不下堂，而知四方。”①

《说文·丌部》云：“迈，古之遒人，以木铎记诗言。”②

《孔丛子·巡守》云：“（古者天子）命史采民诗谣，以观其风。”③

据引文所示，往昔文献多将“《诗》可以观”与采诗制度相关联，把所“观”者解作各国之民风民俗，如《孔子诗论》第八章将《邦风》之功用评述为“观人俗焉”“大敛材焉”。且据《荀子·强国》所言，为政不可或缺的基本面向在于“入境，观其风俗”，“入其国，观其士大夫”以及“观其朝廷”。可以说，观《诗》的过程实现了“王者不窥牖户而知天下”④。君王无须入其境、入其国，便可观见邦国风俗之盛衰嬗变。由此，所“观”者在于诸国风俗，遂成为后世解“观”之滥觞：

郑玄曰：“观风俗之盛衰。”⑤

邢昺曰：“‘可以观’者，《诗》有诸国之风俗，盛衰可以观览知之也。”⑥

皮日休云：“乐府，盖古圣王采天下之诗，欲以知国之利病，民之休戚者也。”⑦

顾陶云：“在昔乐官采诗而陈于国者，以察风俗之邪正，

---

① （汉）何休解诂，（唐）徐彦疏，刁小龙整理：《春秋公羊传注疏》，第679页。

② （汉）许慎撰，（宋）徐铉校定：《说文解字》，第99页。

③ 傅亚庶撰：《孔丛子校释》，第152页。

④ （汉）班固撰，（唐）颜师古注：《汉书》，第1123页。

⑤ （魏）何晏注，（宋）邢昺疏：《论语注疏》，载《十三经注疏》整理委员会整理《十三经注疏》，第270页。

⑥ （魏）何晏注，（宋）邢昺疏：《论语注疏》，载《十三经注疏》整理委员会整理《十三经注疏》，第270页。

⑦ （唐）皮日休：《正乐府十篇序》，载《皮子文薮》，上海古籍出版社2017年版，第126页。

以审王化之兴废。得刍荛而上达，萌治乱而先觉，《诗》之义也。”①

由引文可知，正因所“观”者多为“政治之良窳、周代生活之概况”②，故而研究《诗经》的目的在于“认识当时的社会、风俗，体会当时各类人在种种社会环境下的情感”③。据此，《诗经》多被视为昔人生活的镜像反应。朱子以《郑注》《邢疏》为基础向内推进，指出“观”的深层动机在于“考见得失”：“诸侯采之，以贡于天子；天子受之，而列于乐官。于以考其俗尚之美恶，而知其政治之得失焉。”④ 尽管如此，“观”的内容仍被限定于政教领域。毋庸置疑，十五《国风》的确呈现出不同地域下民风民俗的差异及列邦政治的兴衰变迁。从观风俗、知得失的角度来解“观”，其合理性自不待言，但吾人仍可就此进行追问，“《诗》可以观”之意涵是否仅限于此？

“观”这一行动的独特性，同样被《说文》所发掘。这从《说文》训“观”为“谛视”⑤ 可见一斑。对此，《段注》云：“宷谛之视也。”⑥ 而对于“谛视”之“谛”，《说文·言部》又解作“谛，审也”⑦。这说明，“观”在专注与仔细程度等方面也超过了普通的视阅，正所谓“观者，明照精察等义”⑧。进一步来说，“观”之为“谛视”，与所观内容也存在密切关联。《段注》点明了“物多而后可观”的意义维度，其论云：“《小雅·采绿》传曰：‘观，多也。’

① （唐）顾陶撰：《唐诗类选序》，载（清）董诰等编《全唐文》第8册第765卷，中华书局1983年版，第7959页。

② 林耀潾：《先秦儒家诗教研究》，第95页。

③ 韩高年：《〈诗经〉分类辨体》，上海古籍出版社2011年版，序第1页。

④ （宋）朱熹集撰，赵长征点校：《诗集传》，第1页。

⑤ 参见（汉）许慎撰，（宋）徐铉校定《说文解字》，第177页。

⑥ （汉）许慎撰，（清）段玉裁注：《说文解字注》，第408页。

⑦ （汉）许慎撰，（宋）徐铉校定：《说文解字》，第52页。

⑧ 熊十力：《体用论》，第9页。

此亦引申之义。物多而后可观，故曰‘观，多也’。”[①] 据此可知，“观”这一视觉行动，对于所“观”者也有一定的意义规定，即所观之物具有“多”的特质。此之为“物多而后可观”。对此，“看”“视”等普通的视觉行动则难以洞察其深意，唯有仰仗于“谛视”之“观”。

至此，值得追问的是，《郑注》《邢疏》所论“诸国之风俗”“风俗之盛衰”是否足以称为“物”之“多”者？诚然，“风俗之盛衰”确为《诗》之重要内容，但《诗》所呈现的远不止于此，如陈第所言：“《诗》虽三百篇，然牢笼天地，囊括古今，原本物情，讽切治体，总统理性，阐扬道真，廓乎广大，靡不备矣。美乎精微，靡不贯矣。近也寔远，浅也寔深，辞有尽而意无穷。”[②]《诗》持存的生存经验从人伦切近处不断往横向与纵向上延伸拓展，把吾民族历史—文化维度下的古今之变悉数道来，进而引人看向人类社会之上的超越之天。据此，若仅把所观内容限于民风民俗，难免使《诗》与“观《诗》”的行动失于狭隘。黑格尔《美学》中的一段话对于更全面地理解《诗》之“观”颇有启发：

> 诗的首要任务就在于使人认识到精神生活中各种力量，这就是凡是在人类情绪和情感中回旋动荡的或是平静地掠过眼前的那些东西，例如人类思想、事迹、情节和命运的广大领域，尘世中纷纭扰攘的事务以及神在世界中的统治。所以诗过去是，现在仍是，人类的最普遍最博大的教师，因为教与学都是对凡是存在的事物的认识和阅历。[③]

承上编所述，“在人类情绪和情感中回旋动荡的或是平静地掠过眼前

---

① （汉）许慎撰，（清）段玉裁注：《说文解字注》，第408页。

② （明）陈第撰：《读诗拙言》，载台北新文丰出版公司编辑部编《丛书集成新编·语文学类》第40册，台北：新文丰出版股份有限公司1985年版，第247页。

③ ［德］黑格尔：《美学》第三卷下册，朱光潜译，第19—20页。

的那些东西"，其实在《诗》中都有呈现。《风》《雅》《颂》的生存经验，让我们观见人存在于世的各个可能性维度及其构成的关系整体。"观"不是一平面化的行动。所"观"者，不是家国天下某一历史时期的人事境况，而是共同体在历史人文的纵深性视域中展现出的民族记忆与绵延进程。此外，"观"还具备一种超越性的视角，由人转向天，由凡转向圣，使吾人从世俗领域振拔而起，定睛于在此之上的绝对而永恒的存在，此即《大雅》与《颂》中频频出现的皇天上帝。

二　"观"而后"兴"

在上一节中，笔者解释了"观"的内容，但尚未阐释"如何去观"。以下问题仍有待解决：此处所谓"观"，应在何种意义上作解？观的行动是怎样的？从一定程度上讲，观的行动（如何去观），甚至比所观内容更为重要。因为如何去观，将直接影响着所观见的内容，这进一步决定了所观内容对我们的意义和影响。

基于主客对立二分的立场，"观"这一行动很可能被理解为主体（观察者）对客体（被观察者）的观看。这时，作为观察者的主体，外在于他所观察的客体，并且所观之物不会对主体的状态产生任何触动。在此情况下，"观"实现的仅仅是主体对于客体种种情状的冷漠认知，也就是说，我们知道了客体处于何种境况、某人或某物接下来可能面临的遭遇。若沿用此立场，将《诗》的生存经验视为外在于吾人的客体或质料，那么观《诗》的行动同样难以对人的内在生命有所触动。毕竟再复杂多样的生存经验，也不过是远古旧事的断烂朝报罢了，无怪乎《诗》自近世以来的一大用途便是作为研究民俗学和上古史的史料，如此一来又谈何"诗教"？有鉴于此，值得追问的是，"《诗》可以观"之"观"是怎样的一种"观"？《诗》如何防止"观"变为主体对客体的外在之"观"？

（一）《诗》的意义世界对于"观"的影响

在上一章中，笔者对比了《诗》和《小序》在思维方式与表达进路上的差异，借此说明《诗》超越日常叙事之处在于，以赋、比、兴的诗性言说为载体，使物情与人情交融为一，生成了意蕴深远无尽的意义世界。相比起直陈式论说，《诗》所生成的意义世界能够最大限度地持存《风》《雅》《颂》的生存经验与存在情态，使其虽历经时间长河的洗礼，仍不失鲜活性与生命力。那么，《诗》通过生成意义世界的方式持存生存经验及其情态，这对于观《诗》的行动又有何影响？这成为本节的着眼点。

兹取《召南·甘棠》一诗为例。此诗首章云："蔽芾甘棠，勿翦勿伐，召伯所茇。"初读此句，棠梨树枝叶繁茂的画面或将现于眼前。也许，布伯（Martin Buber）所描述的现代人观察一棵树的常见模式在此处颇为适用："我可以想到一幅画：阳光直射，树木岿然，或者温润的蓝天白云底下，一捧绿意。我可以体会运动：黏着的树干，导管里奔流不息。树根汲取，树叶吞吐，与土壤、空气无穷尽地交通——还有那暗处的生长。我可以归类到某一科目，当作样本，考察它的构造、生活方式。我可以忽视它的这个特别的样子，那般刻意地忽视，以至于我会认为它只是体现了某个规律。……我可以把它消解成数字，变成纯粹的数字比例。无论以上何种考察，这棵树都是我的对象，有它的位置、时间期限，有它的方式、性质。"① 诚然，参诸现代语境，棠梨是植物学意义上的一个特定物种，属于双子叶植物纲、蔷薇目、蔷薇科。棠梨树可用于绿化，可用作砧木，可用于烧火取暖，果实可食用，用途颇为广泛。凡此诸种或许构成吾人对于棠梨树的全部经验内容。并且，上述内容构成一个向内封闭的静态集合，致使现代人对棠梨树的理解很大程度上局限于此。

与此相比，诗人对棠梨树的经验与感受是那么不同："蔽芾甘棠，勿翦勿伐"，"蔽芾甘棠，勿翦勿败"，"蔽芾甘棠，勿翦勿拜"。上述诗句仅易三字，未免令人起疑：如此小的变动就足以持存住诗

---

① ［德］马丁·布伯：《我和你》，杨俊杰译，浙江人民出版社 2017 年版，第 8 页。

人的生存经验？朱注云："伐，伐其条榦也。"[①] 条干是棠梨树的主体，若被砍伐，则意味着棠梨树遭到了较大的破坏，严重时甚至会危及整棵树的生命。朱注云："败，折。"[②]"伐"与"败"的行动对象，分别是主干以及从主干中延展开来的枝条。很明显，与"伐"相较，"败"的程度轻了一层。"勿翦勿败"，意指非但不能伐其主干，连折其枝条也不允许。朱注云："勿败，则非特勿伐而已。"[③] 而到了诗末章，所用动词为"拜"。"拜"训为"屈"。[④] 相比起"伐"与"败"，"拜"的程度更轻，意味着棠梨树的主干或枝条并未被摧折，只是迫于外界压力，稍有弯曲罢了。"勿翦勿拜"，意指非但不能折其枝条，连让枝条稍微弯曲也不被允许，足见人们对于棠梨树的珍视。朱注云："勿拜，则非特勿败而已。"[⑤] 从"勿剪勿伐"到"勿剪勿败"，再到"勿剪勿拜"，诗人谆陈反复，"一层轻一层，然以轻而愈见其珍重耳"[⑥]。行文至此，读者或许会心生疑惑：对于如此普通的一棵棠梨树，诗人缘何爱惜至此？诗首章从"蔽芾甘棠，勿翦勿伐"过渡至"召伯所茇"，从甘棠引出了召伯（召公）这一人物。那么，召伯乃何许人，与这棵树又有何关系？

> 召公述职，当桑蚕之时，不欲变民事，故不入邑中，舍于甘棠之下，而听断焉。陕间之人，皆得其所。是故后世思而歌咏之。[⑦]
>
> （召公）当农桑之时，重为所烦劳不舍乡亭，止于棠树之

---

① （宋）朱熹集撰，赵长征点校：《诗集传》，第 15 页。
② （宋）朱熹集撰，赵长征点校：《诗集传》，第 15 页。
③ （宋）朱熹集撰，赵长征点校：《诗集传》，第 15 页。
④ （宋）朱熹集撰，赵长征点校：《诗集传》，第 15 页。
⑤ （宋）朱熹集撰，赵长征点校：《诗集传》，第 15 页。
⑥ （清）方玉润撰，李先耕点校：《诗经原始》，第 102 页。
⑦ （汉）刘向撰，向宗鲁校证：《说苑校证》，第 94 页。

下，听讼决狱，百姓各得其所。寿百九十余乃卒。后人思其德美，爱其树而不敢伐，《诗·甘棠》之所作也。①

召伯循行南国以布文王之政，或舍甘棠之下。其后人思其德，故爱其树，而不忍伤也。②

据引文所示，召伯循行南国之事习见于典籍史册之中。召伯已逝，但曾为他遮阳挡雨的棠梨树仍在这片古老大地上开枝散叶，继续庇护着周人。经由这棵棠梨树，昔时与今日遂得以沟通。由此，诗人在有限的字词中营造出了时间层面的纵深感。《甘棠》广阔的意义世界得以敞开。在此意义世界中，"蔽芾甘棠"所描绘的并不限于生长于自然界、植物学意义上的棠梨树。甘棠不是作为一个中立的认知对象、一个客体出现在我们面前。诗人乃是透过西周的人文历史世界来感受、理解与经验棠梨树。棠梨见证了召伯循行南国的艰辛、惠及下民的恩泽。百姓对棠梨树的呵护昭示着他们对召伯的拥戴、纪念及思慕……这些都是现代人本不具备的生存经验。可以说，诗人对棠梨的感受和理解，大大丰富了读者对其内在意义的体验，使"我在考察这棵树的时候，被带了进去，同它形成了联系，这棵树便不再是'它'。一股'一对一'（Ausschließlichkeit）的力量，把我逮住了"③。棠梨树作为西周历史人文世界中生存经验的承载者，在《甘棠》一诗的意义世界中完美地持存下来。诗人对其生存经验的感受与表达，其所具有的重要意义曾被艾略特所关注：

诗人使得人们更加清楚地知觉到他们已经感受到的东西，因而使得他们知道了某些关于他们自己的知识。……他能使读者有意识地分享他们未曾有过的经验。……（真正的诗人）开

① （汉）应劭撰，王利器校注：《风俗通义校注》，第30页。

② （宋）朱熹集撰，赵长征点校：《诗集传》，第15页。

③ ［德］马丁·布伯：《我和你》，杨俊杰译，第8页。

> 掘别人能够利用的新的感受形式。并且在表达它们的同时，诗人发展和丰富了他所使用的语言。①

艾略特对诗人分享经验的特殊方式予以强调，即透过独特的感受形式与创造性的表达，诗人将读者从未经历过或在所处时代难以生成的经验带给我们。可以说，诗人独特的感受形式与表达方式大大助益于经验本身，使读者可从中获得迥异于阅读日常叙事型文章所产生的体验。

以棠梨为中介，吾人可以体认诗人感受和理解世界的独特方式。诗人的感受与经验，并非处于孤立而封闭的状态，也不单纯是自我内省的产物，而是与他人、与历史—文化维度下的诸多关系向度往来互动的结晶。故而诗人的生存经验并不是主体主义或心理主义层面的概念，而是处于关系整体之中，是一种社会文化性和历史性的存在。在读《诗》过程中，我们得以深入经历诗人持存于此意义世界中的生存经验及其情态。伴随此一过程，吾人得以步入历史文明进程这一纵深性的关系整体。

虽然此诗反复出现的只是"甘棠"的意象，但读诗之所得却不限于棠梨本身，须知事事密切关联，构成一复杂的意义网络。读《甘棠》之诗，其最要者在于透过棠梨上达至更为广阔的意义关联整体。棠梨与召伯循行南国、为民平讼的恩泽相关联。而民众对棠梨的珍视，又折射出他们对召伯的纪念与缅怀。这无不说明了圣贤之德化对于一方百姓的历史影响。对此，朱子作过如下诠释：

> 读《诗》，只是将意思想象去看，不如他书字字要捉缚教定。《诗》意只是叠叠推上去，因一事上有一事，一事上又有一事。如《关雎》形容后妃之德如此；又当知君子之德如此；又

① 《艾略特诗学文集》，王恩衷编译，樊心民校，第243页。

> 当知诗人形容得意味深长如此，必不是以下底人；又当知所以齐家，所以治国，所以平天下，人君则必当如文王，后妃则必当如太姒，其原如此。①

朱子所言“叠叠推上去”与“一事上又有一事”，巧妙地说明了事类之间的紧密关联，可由此及彼，层层推衍，逐渐步入一个更为广阔的关系整体。我们自身也是此关系整体中的内在部分，是以整体之一员的身份来理解这些关系维度。因此，面对并理解诗人的生存经验，并非一个认识论层面的行动，而恰恰是一个生存论层面的行动。诗人对事物的感受和经验，不是与读者相对的客体，不是作为一个认知对象出现在吾人面前，而是作为关系整体的有机部分，将人引向我们也身处其中的那个“大全”。

更进一步地，朱子又用“人入城郭”与“从外面望城”的对比来说明这一道理：“且如人入城郭，须是逐街坊里巷，屋庐台榭，车马人物，一一看过，方是。今公等只是外面望见城是如此，便说我都知得了。”② 同样，通过存在于意义关联整体之中、以整体之一员的身份来理解诗人的生存经验，正如亲自进入城郭、走街串巷那般，而非伫于城外远远眺望。据此可知，“《诗》可以观”之“观”并非深植于主客二分的语境，其所言并不是主体对客体的旁观与静观，而是读者作为《诗》之意义世界的内在成员，自身涵容于此大千世界，由此生发出对此意义世界之“观”，即“‘可以观’的对象并不限于诗篇的材料内容，而是教人透过诗篇领悟到‘意义世界’”③。“观”并非一个对象化的行动，而是一种生存论意义上的行动，即经由《诗》的意义世界，我们得以通达与融入持存于《诗》中的生存经验。我们并非外在于历史人文进程及其经验的旁观者，而是本身

---

① （宋）黎靖德编，王星贤点校：《朱子语类》，第2096页。

② （宋）黎靖德编，王星贤点校：《朱子语类》，第2086页。

③ 王国雨：《早期儒家〈诗〉论及其哲学意义》，第40页。

就处于这一复杂而广阔的经验总和之中。这喻示，如此之“观”，不仅停留于认知层面，即读者知道了某一事实。实际上，所“观”之物必然会对“观”者的在世生存有所触动、有所兴发，由此实现由“观”到“兴”的过渡。张亨先生将“观”称为“一种‘彻悟’或者‘发现’的活动”：“诗本身固然蕴含着意义或呈现出一个世界，但必须由读者去发现，否则不过是一堆语文材料或符号而已。……在这里读者不只是被动的接受，而是主动的去拓展一个新的世界，或者产生出新的意义来。”① 此论颇为中肯。

（二）由“观”而“兴”

诗人的感受与表达不断拓宽读者的视域，使其超越对所处世界的既定认知。读者越是全面而充分地激发出生存论意义上“观”的行动，让自身开向往昔时代的历史—人文经验，也就越有可能冲破现时代的感受方式与经验模式，从而通达历史—文化维度下的意义关联整体。以此迂回曲折的进路来兴发一己生命的可能面向，此过程可表述为由“观”而“兴”。船山曾将“观”与“兴”的内在关联申明为：“于所兴而可观，其兴也深；于所观而可兴，其观也审。”② 由“观”而“兴”的过程表明，《诗》之“观”并非毫无建设性的对象化旁观。读者并不是冷眼相望的看客，而是频频收到《诗》热忱的邀约，得以共赴《诗》所敞开的意义世界，“参与”诗人的遭遇，观见其言说与行为方式，亲临其内心世界，一同经历其内在的挣扎与撕扯。

兹举《魏风·陟岵》说明此点。此诗所言为游子登高远眺，遥望双亲和兄长。若仅把《陟岵》的作用理解为晓谕读者以下事实，即在过去的某个时刻，某一少年因服役而与家人分隔两地，那么，诗人的惆怅似乎与吾人相隔甚远，毕竟有的读者从未与亲人有过如

---

① 张亨：《思文之际论集——儒道思想的现代诠释》，新星出版社 2006 年版，第 62 页，转引自王国雨《早期儒家〈诗〉论及其哲学意义》，第 40 页。

② （清）王夫之著，戴鸿森笺注：《姜斋诗话笺注》，第 4 页。

此长久的别离。

详审《陟岵》的叙述视角，开首始于游子的口吻，而后场景瞬间切换至远方的家人，形成家人与游子遥相呼应的态势。此即是说，不仅是游子单方面地思念家人，诗人还虚写了亲人对游子的牵挂、叮咛与嘱咐。两地呼应的咏叹使《陟岵》渐生感人化人之效。也许读者从未与父母长久分别，却不禁兴起恻隐之心，为诗人久别故里叹惋哀伤，与此同时，还会产生如下思考：诗人为何如此颠沛流离？这是他个人酿成的苦果，还是归咎于他所处的社会？难道让百姓流离失所的统治者能算德配其位？或许这种反思还会进一步延伸至当今社会，即当下是否仍存在骨肉至亲天各一方的悲剧？百姓可以为改善此种境况做出何种努力？

以上追问并未在此诗的行文中直接出现，而是读者经由“观”其遭遇，参与游子的生存世界，有所触动和兴发之后的体会。读者对《诗》的“观见”越深刻，对此诗的“参与”也就越深入。“参与”意味着，在《诗》的意义世界中，读者并非识记了某一事实或现象——知道了在过去的某一时刻，有一个人经历了某一件事，并作出了某种抉择与行动——而是与《诗》中之人建立起某种认同，经历了超越时空的“同其情”。兹取《大雅·绵》为例，来说明此点。

1. 释《大雅·绵》

《绵》篇幅虽长，但却并未将古公亶父在世年辰的所有代表性事件都纳入其中，而是着眼于其迁岐后建设新家园的过程。对于迁岐前的种种过往，诗人一笔带过：“古公亶父，陶复陶穴，未有家室。”相比之下，其他典籍多关注迁岐之前、古公亶父及其族人被狄人驱逐的经过。《孟子·梁惠王下》将此过程叙述为：

昔者大王居邠，狄人侵之。事之以皮币，不得免焉；事之以犬马，不得免焉；事之以珠玉，不得免焉。乃属其耆老而告之曰：“狄人之所欲者，吾土地也。吾闻之也：君子不以其所以养人者害人。二三子何患乎无君？我将去之。”去邠，逾梁山，邑于岐山之下居焉。邠人曰：“仁人也，不可失也。”从之者如归市。

古公亶父宁可迁移都不愿挑起战争，不愿以族人性命为代价来守住世代躬耕的土地。对此，孟子极为赞赏，并借邠人之口将古公亶父称为“仁人”，且以此典范性事例劝导滕文公施行仁政。此外，在《庄子·让王》与《尚书大传·略说》[①] 中，古公亶父同样被作为正面典型加以褒扬。与此相比，诗人讲述古公亶父迁岐一事的方式却呈现出极大的不同。被《孟子》反复称道的典范性事件，在《绵》中未见踪影。同时，《绵》也未像《孟子》《庄子》那般对古公亶父进行直接的价值评判。那么，此种差异说明了什么，这对于理解古公亶父的行为又有何影响？

《绵》以“绵绵瓜瓞”一句开篇。朱注云：“绵绵，不绝貌。大曰瓜，小曰瓞。瓜之近本初生者常小，其蔓不绝，至末而后大也。”[②] 芸瓜人津津乐道的自然是瓤红汁多的大瓜。尽管如此，坐在根部附近的小瓜也不容轻忽。瓜藤绵延生长，缀以一个个小瓜，不断积蓄营养与生命力，默默地为长出大瓜创造条件。

提及周人领袖，最负盛名的莫属文、武二王，而文、武之前的一代代首领，如后稷、公刘、古公亶父等先祖便像靠近根部的小瓜那般易被人轻视。然而，若无先祖草创基业，周族发展至十二世而文王始受天命，十三世而武王遂为天子，又如何可能实现？在后稷、公刘、古公亶父之外的那些名不见经传的先人，他们的在世生存及其作为也并非徒然，正如蔓延开来的瓜藤将小瓜与大瓜相连缀，任何一个小瓜都有其存在的意义，都让瓜藤从这里延续下去。若瓜藤

---

① 参见（清）皮锡瑞撰《尚书大传疏证》卷七，载顾廷龙主编，《续修四库全书》编纂委员会编《续修四库全书·经部·书类》第55册，上海古籍出版社2002年版，第783页。

② （宋）朱熹集撰，赵长征点校：《诗集传》，第274页。

在某一小瓜处断掉，后面的大瓜又如何能够长出？这或许成为《大雅》收录了数篇史诗的原因，即通过对先祖功绩的传唱，使后人铭记“报本反始”之道。“绵绵瓜瓞，民之初生，自土沮漆”，短短数语，道尽周族发展进程之不易。钟惺有言：“只‘绵绵瓜瓞’四字比尽一篇旨意。”[①]

诗首章末句云：“古公亶父，陶复陶穴，未有家室。”关于太王迁岐前的过往，《绵》只此一处有所描述。朱注云：“豳地近西戎而苦寒，故其俗如此。”[②] 诗人凸显出太王在豳地艰苦的生存条件：宿于窑洞中，并无其他像样房屋。初看上去，诗首章末句“陶复陶穴，未有家室”与诗二章首句“古公亶父，来朝走马”之间似乎缺乏过渡，正如黄德海的疑问：“让人略感奇怪的是，诗从第一章的静态转到第二章的动态，都没有提古公亶父‘陶复陶穴，未有家室’和‘来朝走马’的原因，似乎是天经地义的事。要从后世的注里，我们才知道这迁徙的缘由。”[③] 据《孟子·梁惠王下》所载，古公亶父远离故土，是为了躲避狄人侵扰。他选择了不争，把祖辈开拓的沃土拱手交予狄人。这种行为可能被视为软弱与怯懦。且对于整个部族来说，为避狄之乱而离开世代栖居的家园，是一种深重的苦难与耻辱。可以说，古公亶父是以失败者的身份离开的，同时也让周族陷入极为被动的局面。未来去向何方，充满着未知。

但在诗人的笔下，此番因狄人迫逐而进行的迁徙却别有一番风貌：“古公亶父，来朝走马。率西水浒，至于岐下。爰及姜女，聿来胥宇。”该句语气轻快，干脆利落，并未流露被狄人所迫的颓丧之感，反倒意气风发、精神饱满。诗三章首句云：“周原膴膴，堇荼如饴。”在诗人眼中，这片新土地如此丰饶肥美，富饶到连苦菜都带着甘甜，与开头“陶复陶穴，未有家室”形成了鲜明对比。开

---

① 转引自黄德海《诗经消息》，第 111 页。

② （宋）朱熹集撰，赵长征点校：《诗集传》，第 275 页。

③ 黄德海：《诗经消息》，第 113 页。

首凸显出豳地居住条件的艰苦，又怎能与这片富庶的新家园相比？诗人并未表现出对故土的留恋与不舍，而是极力写出对新家园的向往与赞美。或许源于对福祸相倚之道的笃信不疑，诗人此处的态度是否暗示出，古公亶父为躲避狄人之乱迁至岐地，是因祸得福？

然而，对于是否在岐地定居，仅凭人为经验尚无法拿定主意，古公亶父及其族人还要求问神意："爰始爰谋，爰契我龟。曰止曰时，筑室于兹。"果不其然，占卜的结果是吉。这使授田地、作宗庙等政事安排得以可能。既然古公亶父与族人能够安定于此，此时筹划的第一件事便是为百姓划定田界，分配土地，足见民生之事被置于首位。诗人将其述为："乃慰乃止，乃左乃右。乃疆乃理，乃宣乃亩。自西徂东，周爰执事。"在此，诗人用"乃"字连缀了八个动词，显出一系列动作的连贯性，将分田划界的复杂过程一气呵成，表明此过程极为顺利。

授田划界，作为古公亶父为百姓筹谋之事，属于上之待下的范畴。在上者为百姓谋福利，百姓自然心存感恩，竭力回报。故而《绵》第五章至第七章讲述的便是百姓如何回报古公亶父的恩德，即下之报上。上之待下与下之报上相互呼应，这也构成《小雅》主宾酬答之诗的惯用模式（此点在本书首章已作阐释，兹不赘）。

兹取《绵》第五章至第七章作一番分析：

乃召司空，乃召司徒，俾立室家。其绳则直，缩版以载，作庙翼翼。

捄之陾陾，度之薨薨。筑之登登，削屡冯冯。百堵皆兴，鼛鼓弗胜。

乃立皋门，皋门有伉。乃立应门，应门将将。乃立冢土，戎丑攸行。

朱注云："五章言作宗庙，六章言治宫室，七章言作门社。"[①] 宗庙、宫室与门社均为一个国家必不可少的组成部分。"作宗庙""治宫室""作门社"等重大政事的发布者虽是古公亶父，但诸事的开展与达成，则有赖于百姓对首领的服从、响应及辛勤劳作。那么，百姓对政事的响应情况如何？与第四章相类，诗五至七章所述行动也用"乃"字进行连缀。其中，"捄""度""筑""削"四个动词充满了热情、力量与蓬勃不息的志意，与"陾陾""薨薨""登登""冯冯"等象声词相配合，使热火朝天的劳作场面得到了绝佳展示，显出周人建设家园的十足干劲："从那连绵不绝的十三个'乃'，从那陾陾薨薨登登冯冯的声音，从那拉直的绳子、翼翼的庙宇，从那各式各样的门，是不是能够感受到建设者的兴高采烈？"[②] 自豳迁岐，路途虽遥，但全诗未曾流露因长途跋涉而产生的疲惫感，也并未表现出对新环境的不适应或是对豳地的眷恋。周人建设新家园的场面显出欣欣向荣之象。百姓乐意为政事出力，积极投身于宗庙、宫室等大型工程的建设，也间接反映出他们对古公亶父的信服、爱戴与支持。正如文王恩泽下民，百姓心甘情愿为文王修筑灵台那般。尽管物产与土地一再被狄人侵夺，但君民同心的一体性与共在感未曾随之发生动摇，周人对自身文明的认同与热爱也从未磨灭。

据诗七章首句所言"乃立皋门，皋门有伉。乃立应门，应门将将"，宫室的结构布局多种多样，而诗人特意挑选了宫室大门来写。《毛传》云："伉，高貌。将将，严正也。"[③] 由是可知，诗人不只是从建筑学的意义上来看待宫室大门的形制与样式。实际上，宫门的设立具有丰富的人文意涵，是政治共同体威严与荣耀的象征，明示以周族神圣不可侵犯。在描摹宫室大门的庄重威严之后，诗人以"乃立冢土，戎丑攸行"一句，寄托了对周族未来的美好愿景。程、

① （宋）朱熹集撰，赵长征点校：《诗集传》，第 277 页。

② 黄德海：《诗经消息》，第 119 页。

③ （汉）毛亨传，（汉）郑玄笺，（唐）孔颖达疏，（唐）陆德明音释，朱杰人、李慧玲整理：《毛诗注疏》，第 1416 页。

蒋注本将“戎丑”释为“戎狄丑虏”。“戎丑攸行”意为“戎狄丑虏因而遁去”。[①] 诗在开首处并未明言周人迁岐的动因，此处“戎丑攸行”一句对其作了一番暗示。若说此前周人受狄人迫逐，离开故土，那么现今仅凭宫室之宏伟建制就足以震慑戎狄，使其不敢肆意侵扰。

诗八章首句云：“肆不殄厥愠，亦不陨厥问。”朱子点明了此句承上启下的作用：“肆，故今也，犹言遂也，承上起下之辞。”[②] 诗人在前几章多捕捉具体的场景和细节，呈现出周人迁至新地、营建新都的热火朝天的图景。待诗脉过渡至第八章，叙述风格为之一变。至此，“肆不殄厥愠，亦不陨厥问”一句作出了一番总结性陈述，“言大王虽不能殄绝混夷之愠怒，亦不陨坠己之声问”[③]。接着，诗人突然加快了叙述进程：“柞棫拔矣，行道兑矣。”

> 仿如一个跟着时间推进的长镜头，土地先是荒蛮一片，渐渐地树木挺拔，道路开拓，此前横蛮的敌人戎狄气喘吁吁地逃跑了事，战马上的祖父古公，也摇身变成了孙儿文王。怪不得明人孙鑛称美此章：“上面叙迁岐事，历历详备，舒徐有度。至此则如骏马下坂，将近百年事数语收尽。笔力绝雄劲，绝有态，顾盼快意。”[④]

在“柞棫拔矣，行道兑矣”一句中，“柞”与“棫”所指均为带刺的丛生小树，极难彻底拔除。若非随着文明演进，人口增多，聚落扩张，辟林为田，这漫山遍野的柞棫又怎能拔除干净，又怎能修出通衢大道？周族的人文化成之业，并非单凭太王这一代人的力量就可以实现，势必凝结了数代人的心血。诗人的笔触开合自如，从对太王所处时代的遥想转至文王所处的时代——“混夷駾矣，维其喙

① 程俊英、蒋见元：《诗经注析》，第763页。

② （宋）朱熹集撰，赵长征点校：《诗集传》，第276页。

③ （宋）朱熹集撰，赵长征点校：《诗集传》，第276页。

④ 黄德海：《诗经消息》，第123—124页。

矣”。对于此句，朱子注云：“混夷畏之，而奔突窜伏，维其喙息而已。”① 谈到夷狄被周族的威名所震慑而奔走潜逃，诗人充满了自豪感。经过数代人的苦心经营，周已不再是当初那个被狄人追逐的小部落，而是发展成为屹立不倒、让夷狄望而生畏的大邦。

诗末章首句云：“虞芮质厥成，文王蹶厥生。”文王平虞芮之讼，向来是广为人颂之美谈。故事的发展颇有戏剧性。虞、芮两国争地，本来要找文王评理，但尚未见到文王本人，彼此间的龃龉不合便已化解。原因在于周人举手投足都讲究礼让，《史记·周本纪》将此叙为“入界，耕者皆让畔，民俗皆让长”②。周人重礼让的精神风貌并非与生俱来，而是端赖文王的言传身教。耕者让畔、民俗让长的现象恰如一面明镜，映照出文王的行事为人，反映出文王之德的巨大感召力。尽管虞芮之人尚未见到文王本人，但却透过周人重礼让的风俗民情思及文王平日的为人处世之道。此即是说，文王和周地百姓并未给予虞芮之人任何道理层面的训导，而是以其生存情态与相处模式使虞芮之人心生愧疚：“虞、芮之人未见西伯，皆惭，相谓曰：‘吾所争，周人所耻，何往为，祇取辱耳。’遂还，俱让而去。”③

文王以礼让教民，以礼让待下，民众自然全力回报在上位者的恩典，故而诗九章末句云：“予曰有疏附，予曰有先后，予曰有奔奏，予曰有御侮。”朱子对“疏附”“先后”“奔奏”“御侮”分别作了解释：“率下亲上曰疏附，相道前后曰先后，喻德宣誉曰奔奏，武臣折冲曰御侮。”④ 末句以四个“予曰”展开叙述，以富有画面感的方式讲述了官员和百姓紧密团结在文王周围，甘心乐意地为王政效力，实现了《周南·樛木》所期许的上下相通、君民同心的美好愿景。

---

① （宋）朱熹集撰，赵长征点校：《诗集传》，第 276 页。

② （汉）司马迁撰：《史记》，第 117 页。

③ （汉）司马迁撰：《史记》，第 117 页。

④ （宋）朱熹集撰，赵长征点校：《诗集传》，第 277 页。

2. 对比与反思

承上所论，方可进一步考索诗人在讲述古公亶父的事迹时，其独特的表达方式给读者带来的不同感受。古公亶父一生经历事件众多，如迎娶姜女、传位给季历等，但《绵》唯独围绕迁岐展开叙述，足见此事具有深刻意义。

为保全百姓性命，古公亶父宁愿把先祖世代躬耕之基业拱手让人。这不仅作为周族发展进程的重要事件被后人记忆与传讲，更要者在于，古公亶父迁岐的抉择及其体现的重民贵生的理念对后人而言具有恒久的典范性意义。很明显，诗人以古公亶父自豳迁岐为题材来作诗，本身就反映了一定的价值立场，即诗人认同此抉择，承认其具有典范意义与教化作用。如前所述，《诗》述先公之业时，乃是有所择选，而非依循世代传承之谱系，将历代先公之事悉皆收录。据《史记·周本纪》所载，周族绵延十二世而文王始受天命。而在文王之前十一世的周族谱系中，诗人专辟一诗所纪念的先祖只有后稷、公刘与太王三位。其余先祖在《诗》中大多形迹未彰，如不窋、鞠陶、皇仆等。且若论及迁徙之事，除太王迁岐之外，公刘之子庆节也曾“迁陕北泾水流域”①。但《诗》对庆节之徙只字未提，对太王迁岐之事却不吝重墨。在上述如此严格的选择标准下，诗人用完整的一首诗来追忆太王，且《雅》《颂》其余篇章也有诸多诗句与太王的德业相关，由此足见太王对周人的巨大影响。对此，姚小鸥作了一番中肯的评价：

> 周初人的观念中，除文王以外，太王是最重要的一位先王。因为正是太王开始直接奠定了周人克商大业的基础，即《史记·周本纪》所谓的“盖王瑞自大王兴”。其于周人在“西土”的根据地的建立，“翦商”基本方略的确定，接班人的选择（不选长子而选幼子王季及王季之子文王昌为嗣）等，均有正确

① 许倬云：《西周史：增补二版》，第86页。

> 决断与措施。其于周人，功不可没。故周人言克商立国皆自太王写起，以《鲁颂》为例，其二章曰：“后稷之孙，实维太王。居岐之阳，实始翦商。至于文武，缵太王之绪，致天之届，于牧之野。‘无贰无虞，上帝临汝！’敦商之旅，克咸厥功。”诗篇中指出，太王居岐是周人翦商之始，而周人克商则是文武继承太王之志的结果。正因为如此，周人克商后，第一次祭祀先公先王，也自太王祭起。《逸周书·世俘篇》：“辛亥，荐俘殷王鼎。……王烈祖自太王、太伯、王季、虞公、文王、邑考以列升。”这一记载和《史记》《鲁颂》的有关部分正可互相印证。①

一方面，《绵》行文布局的蛛丝马迹，折射出诗人对太王重民贵生之举所具典范性意义的承认；另一方面，正如《通过孔子而思》一书对于“典范”的分析，所谓典范，“不是先在之‘道’的例证，而是新道的产生。……在最根本的意义上，典范是为‘道’添加的新的存在方式”②。据此而论，诗人不断叙述历史事件与人物典范，其一大目的在于，将此作为建构当下经验行为的先导性例证。当诗人迂回婉曲地喻示古公亶父此举的典范性意义时，并非将其作为一固化的静态模板，依葫芦画瓢般照搬到自己所处的情境中，而是在进行一种富有创造性的吸纳，其最要者在于，将古公亶父之道化入己身，并在所处情境中合宜地彰显。此“效仿”的动态过程，既需要对典范致以敬意，又需要持久不已的创造力。易言之，后人“对榜样的模仿不是复制，而毋宁是一种将新意义引入我们周围环境的实践”③。

与此同时，耐人寻味之处还在于，诗人叙述古公亶父所具典范

---

① 姚小鸥：《诗经三颂与先秦礼乐文化》，第107页。

② ［美］郝大维、［美］安乐哲：《通过孔子而思》，何金俐译，北京大学出版社2005年版，第216页。

③ ［美］郝大维、［美］安乐哲：《通过孔子而思》，何金俐译，第217页。

性意义的独特方式：诗人并未着力刻画古公亶父避狄迁岐的良苦用心，也并未从旁观者的视角直接歌颂他爱民贵生的仁心仁德，从始至终只是将太王迁至岐地、草创基业、建设家园的过程娓娓道来。相比之下，《孟子·梁惠王下》等经典多以对话体展开叙述，经由太王与族人的对答将避狄迁岐的深切考虑悉数道出：

> 太王亶父曰："与人之兄居而杀其弟，与人之父居而杀其子，吾不忍也。子皆勉居矣！为吾臣与为狄人臣奚以异！且吾闻之，不以所用养害所养。"（《庄子·让王》）
>
> 太王亶甫曰："社稷所以为民也，不可以所为民亡民也。"耆老对曰："君纵不为社稷，不为宗庙乎？"太王亶甫曰："宗庙，吾私也。不可以私害民。"（《尚书大传·略说》）①

两处引文的脉络有其一致之处，均以古公亶父自陈迁岐缘由为契机，展现其贵民重生之德。在此基础上，此类经典要么借族人之口、要么从叙述者的视角对古公亶父之德进行了称颂，如《孟子·梁惠王下》借邠人之口称太王为"仁人也，不可失也"，又如《庄子·让王》以旁白者的视角将太王评价为："夫大王亶父，可谓能尊生矣。"此外，上述经典均通过刻画族人云行影从的盛景，展现出族人对古公亶父的爱戴与尊崇。《孟子·梁惠王下》云："从之者如归市。"《庄子·让王》云："民相连而从之，遂成国于岐山之下。"《尚书大传·略说》亦云："周人奔而从之者三千乘，一止而成三千户之邑。"② 据此反观《绵》之诗脉，唯独在诗末章论及文王平虞芮之讼时，才隐晦地暗示出文王之道与古公亶父的一贯之处，由此可见周德绵延。敬德保民、爱民重生的传统其来有自。除此之外，我

① （清）皮锡瑞撰：《尚书大传疏证》卷七，载顾廷龙主编，《续修四库全书》编纂委员会编《续修四库全书·经部·书类》第55册，第783页。

② （清）皮锡瑞撰：《尚书大传疏证》卷七，载顾廷龙主编，《续修四库全书》编纂委员会编《续修四库全书·经部·书类》第55册，第783页。

们找不到诗人对古公亶父所作的任何直接评价。古公亶父德行之卓绝和族人对其的爱戴，在《绵》中含而未露。诗人的立场隐而不彰，只有通过读者对字词的推求玩味，深入《绵》的意义世界中才得以标举。诗人不汲汲于将太王行为的典范意义直白明畅地晓谕出来，而是以润物细无声的方式引导读者参与《绵》的意义世界。可预见的是，并非所有读者都会第一时间理解并认可太王在此处境下的决断，而是可能对其行为作出高下不等的评价，同时或许对其迁岐动因也有不解与疑惑。但诗人并不急于纠正读者对古公亶父存有的误解或不认同，更不会以强硬的态度干预我们的感受与判断，以便扭转对古公亶父的初印象。我们面对的不是被高举起来的典范、嘉言美行的既定标准抑或在认知结构与行为表现层面可供拟范的现成榜样，而是一个敞开着的意义世界。诗人任由我们徜徉于其间，去自由地观见其中的生存经验，沉潜涵玩，藏焉，修焉，息焉，游焉，去观见古公亶父在此两难处境下作出了何种抉择，更为重要的是，去思量古公亶父作此抉择的原因，并且设身处地地思考，假设自己是周太王，若处于当时的情境，又该如何抉择？在此思量涵玩的过程中，《诗》之“兴”逐渐萌生了。伴随着“观”的过程，读者有所感发与兴起，进而领会古公亶父所作抉择的深刻意义，由此实现由“观”到“兴”的过渡，正如钱穆所言：“学于《诗》而能观能兴，此《诗》之启发人之性灵者所以为深至。”[①]《诗》能“启发人之性灵”，有赖于由“观”而“兴”的过程。

三　“兴”而后“仁”

（一）“兴”：通达至意义关联整体

承上所述，《诗》通过创辟意义世界的方式持存着昔人的生存经验。尽管时移代隔，《诗》中人物的遭遇和境况并不全然外在于我们。诗所呈露的诸多生命样态，很可能是读者过去、现在或未来所

① 钱穆：《中国学术思想史论丛》（一），第153页。

经历的。故而在观《诗》的过程中，吾人面对的并非与己无关的他者，而是亲临存在于世的众多可能性处境。进一步来说，《诗》的意义世界让我们参与到这些过往的生存经验中，经历一次次真切的操练与实践，进而设身处地地体察诗中之人所面临的境况并对其遭遇感同身受，于己心有戚戚焉，使原先刚硬而冷漠的心变得容易感动，不忍目睹他人的苦难，故马一浮云："诗以感为体。令人感发兴起，必假言说，故一切言语之足以感人者皆诗也。"[①] 从中，我们也能更多地反躬内省：若处于此类场景的人就是自己，那么又该如何处理这些问题，该如何抉择与行动，由此实现了从"观"到"兴"的过渡。这样一来，须继续追问，吾人在观《诗》过程中所兴起的是什么？

每首诗的意义世界得以让读者与诗中人物、与诗人建立起默契与关联，让读者意识到，诗所持存的生存经验乃是人所共享。因着生存经验的共通性，我们与诗中之人分享了相似的生存情态（"情"）以及对于世界的共同盼望与愿景（"志"）。纳斯鲍姆（Martha C. Nussbaum）在《诗性正义》一书中的论述对理解此点颇有帮助：

> 与绝大多数历史著作不同，文学作品的特性在于使其读者处于不同类型的人们的处境之中，并对其经验感同身受。通过与想象中的读者进行对话的这种方式，文学作品传达了如此观念，即角色和读者之间至少在非常普遍层面上存在着联结的可能。一般来说，（作品）建构了一位与其角色共享了某些希望、恐惧和普遍性人类关怀的隐含读者并与其对话。出于这些共同的愿景，这位隐在的读者能够与角色建立了认同与同情的纽带。[②]

---

① 马一浮著，吴光编：《马一浮卷》，第 103 页。

② Martha C. Nussbaum, *Poetic Justice: The Literary Imagination and Public Life*, Boston: Beacon Press, 2004, pp. 5 – 7.

对诗中人物同情之理解，让吾人得以超越日常经验与感受方式的局限，逐渐意识到人的生命并非如原子般封闭而孤立的个体，而是与他者有着千丝万缕的密切联系，哪怕这一“他者”只是存在于《诗》的意义世界中或真实或虚构的某一人物。

在此须留意，每首诗的生存经验虽源于诗人在某时某地的感受与体验，却不意味着此经验是向内封闭、彼此无关的。诸诗的生存经验并非作为分离的、彼此无关的“杂多”呈现在吾人面前。同时，我们对生存经验的观见与参与，也并不停留于此生存经验本身，易言之，读《葛覃》时，吾人并非囿于女子采葛制衣的生存经验；读《甘棠》时，也不限于召伯循行南国之事以及百姓对召伯的缅怀。《黍离》之忧、《菁菁者莪》之乐、《谷风》之悲、《小弁》之怨等生存经验，并非不相干的零碎片段，而是在无限的意义关联整体中融贯为一。

由此可见，从微观层面来说，《诗》让我们深入每首诗的意义世界，去体认自己与诗中人物的关联。从宏观的角度来看，《诗》着眼于“启一举体”（兴），以意义世界中持存着的看似个别而有限的生存经验为切入点，将人引向此生存经验所从属的意义关联整体：从切近处的人伦关系、室家宗族，再到邦国天下、民族纵深性的发展进程乃至天人关系。须知一层上还有一层，一事上还有一事，众多人事并非彼此孤立。在意义关联整体中，任何一个看似微小琐碎的细节都处于紧密关联之中。纷繁复杂之“多”，最终定于“一”。流转不居的万物之上，存在着永恒的天道。

据此，《诗》为我们看待世界提供了不一样的视角：《诗》使吾人立足于意义关联整体这一宏通背景来理解一己生命与世间万物的意义与联系，体认世界的整全性及其局部的内在相关性，而不是像日常经验那般把万事万物视为无甚关联的孤立个体。《说文解字》以“通”训“圣”，所谓“圣，通也”①，其最要者同样在于万有相贯

① （汉）许慎撰，（宋）徐铉校定：《说文解字》，第250页。

为一的彻上彻下之道。《礼记·学记》将“知类通达，强立而不反”视为学业之“大成”，其所强调的也是明辨事类义理间的相通性，而非执于一端，碍于大体。可见，对万有通而为一的强调，乃作为昔人观念世界中的重要部分而存在，这也与诗教之旨归深深契合。

（二）仁者，以天地万物为一体

由“观”而“兴”的过程，意味着我们逐渐突破小我的局限，不断去除一己之私。马一浮看到，正是一己之私，阻碍了人对于天地万有的感通：“人心须是无一毫私系时，斯能感而遂通，无不得其正。……若一有私系，则所感者狭而失其正，触处滞碍，与天地万物皆成睽隔而流为不仁矣。”① 囿于一己之私，人倾向于将天地万物看作与自己不相干的他者，遂难以与物同其情。由此，天地万物为一体的紧密关联被障蔽了，取而代之的是人情与物情的彼此隔绝。船山对麻木昏蔽的常人状态作了如下描述：

> 拖沓委顺当世之然而然，不然而不然，终日劳而不能度越于禄位田宅妻子之中，数米计薪，日以挫其志气，仰视天而不知其高，俯视地而不知其厚，虽觉如梦，虽视如盲，虽勤动其四体而心不灵，惟不兴故也。②

早在程子那里，已对此种“虽觉如梦，虽视如盲”、与物相隔而缺乏感通的状态予以警惕，且引医书“手足痿痹为不仁”为说：

> 医书言手足痿痹为不仁，此言最善名状。仁者，以天地万物为一体，莫非己也。认得为己，何所不至？若不有诸己，自不与己相干。如手足不仁，气已不贯，皆不属己。故“博施济

① 马一浮著，吴光编：《马一浮卷》，第169页。

② （明）王夫之：《俟解》，载船山全书编辑委员会编校《船山全书》第12册，岳麓书社2011年版，第479页。

> 众”，乃圣之功用。仁至难言，故止曰“己欲立而立人，己欲达而达人，能近取譬，可谓仁之方也已。”欲令如是观仁，可以得仁之体。①

须注意，程子和马一浮首先不是从人类社会的伦理道德层面来理解仁，而是把仁视为以天地万物为一体的感通力。马一浮指出：“此心之所以能感者便是仁。”② 二人看到，以天地万物为一体的感通力，是探讨伦理道德意义上的仁心仁德的前提。“仁”，首先着眼于对尔—我关系的感通，这在“仁”的字形构造方面也有所体现。

《说文·人部》云：“仁，亲也，从人从二。”③ 初看上去，“仁者，亲也”是在讲人类社会中的伦理关系。仁意味着人与人之间应相亲相爱。“仁”字，“从人从二”。此处之“二”多被解为人的复数状态，即人数两个或两个以上之群体。“仁”之为“亲”，意指唯有在群体之中，人与人之间的相亲相爱才有可能实现。由此或可推知，“仁者，亲也”的界定，易使“仁”被归入形容人际关系的范畴之中。《礼记·表记》所言“仁，人也”，便是很典型的以“人”言“仁”的进路。郑玄注曰：“人也，谓施以人恩也。”④《孔疏》曰，“言仁恩之道，以人情相爱偶也”，又曰，“仁，谓施以仁恩，言施人以恩，正谓意相爱偶人也”⑤。很明显，此处的《郑注》《孔疏》强调的均是人情相爱相亲的维度。又如，《国语·周语下》云：“言仁必及人。”唐君毅将此申明为：“言仁必及人，即以仁为待人之道。”⑥

---

① （宋）程颢、程颐著，王孝鱼点校：《二程集》，第 15 页。

② 马一浮著，吴光编：《马一浮卷》，第 103 页。

③ （汉）许慎撰，（宋）徐铉校定：《说文解字》，第 161 页。

④ （汉）郑玄注，（唐）孔颖达正义，吕友仁整理：《礼记正义》，第 2058 页。

⑤ （汉）郑玄注，（唐）孔颖达正义，吕友仁整理：《礼记正义》，第 2060 页。

⑥ 唐君毅：《导论下：孔子所承中国人文之道》，载《中国哲学原论·原道篇》，第 40 页。

诚然，“仁者，亲也”虽在人际关系层面适用，但程子与马一浮的上述观点提醒吾人，“仁者，亲也”之内涵，不应拘囿于人际关系层面。所谓一体之仁，首先应从天地万有缔结为一关联整体的层面来理解。这样一来，“从人从二”之“二”便不是对人之数量的说明，而是意指天地万有彼此关联的关系样态。以《中庸》“仁者，人也”句下郑玄注“人也，读如‘相人偶’之人”[①] 为基础，段玉裁遂从关系样态的角度来解释“仁”之从“人”从“二”：“‘人耦’犹言尔我亲密之词。独则无耦，耦则相亲，故其字从人二。”[②] 郑氏将“人”读如“相人偶”之“人”，这喻示，此处所论“人”，其侧重点并不在于指涉人类群体中某个具体的人，而是“相人偶”的关系样态。段氏将此关系样态申述为“尔”与“我”的关系范畴，即“尔”与“我”互为对方之“耦”。“耦”意味着，双方都承认对方与自身的紧密关联，在实现彼此感通的基础上，承认对方是自身得以规定与确立的前提条件。与主客二分的关系模式有所不同，“尔—我”关系模式存在于两个有能动性的主体间。二者的相遇与对话，既可以发生在人与人之间，即人与人“同其情”，也可能存在于人—物之间，即人与物“同其情”。[③] 综上所述，《段注》从相互关系的层面解释“人”与“二”。“仁”作为“从人从二”的会意字，也成为一个关系型概念。“仁”意味着基于相耦的视角，在意义关联整体所呈现的关系一体性中，实现对他人、对万物的感通，进而与天地万物同其情。对万有之内在关联的感通，可作为“仁”的一大基本意义面向。孔门众弟子中，夫子唯独评价颜回为“其心三月不违仁”。而颜回的一大特质便在于“闻一以知十”（《论语·公冶长》），由此亦可印证，知类通达、启一举体的感通力与仁心仁德之间的密切关联。

---

① （汉）郑玄注，（唐）孔颖达正义，吕友仁整理：《礼记正义》，第 2012 页。

② （汉）许慎撰，（清）段玉裁注：《说文解字注》，第 365 页。

③ 关于“尔与我”的关系范畴，马丁·布伯也做过专门探讨，并将其与“我和它”的关系范畴相区分。参见［德］马丁·布伯《我和你》，杨俊杰译，第 3—7 页。

（三）“能近取譬”：诗教过程的操练与实践

然须留意，此一体之仁的境界并非一蹴而就，故而不可躐等而进。《论语·雍也》载孔子之言曰：“夫仁者，己欲立而立人，己欲达而达人。能近取譬，可谓仁之方也已。”对于如何实现“仁”，孔子并非持以好高骛远之论，而是从“能近取譬”的日常工夫说起，以此作为“仁之方”。此点极为切要。在孔子看来，以抽象的演绎与思辨求仁，无异于缘木求鱼。为纠正子贡的偏颇，孔子提醒他毋一味眺望高处，而须反诸切实的生存瞬间，从“能近取譬”的工夫入手。朱子注曰：“譬，喻也……近取诸身，以己所欲譬之他人，知其所欲亦犹是也。然后推其所欲以及于人，则恕之事而仁之术也。”[①]朱子解“譬”为“喻”，此处所谓“喻”，其所指并非文法层面的譬喻，而是指以己絜人、人溺己溺、人饥己饥的感通力，即对他人或他物之疾苦有同情之感，如齐宣王不忍见牛觳觫；路人乍见孺子将入于井，则萌生怵惕恻隐之心，“此能感之心，即是所谓仁，乃心之全德显现于发动处者”[②]。孔子的回答以“能近取譬，仁之方也”作结，恰恰说明，“仁”的实现是由无数个“能近取譬”的日常瞬间积聚而成，渐进而至以天地万物为一体的生命境界。

既然仁的实现，其发首处在于“能近取譬”、以己絜人之感通力的培养，那么，诗教的过程恰恰为此提供了宝贵的契机。《诗》所创辟的意义世界，可供吾人进行“能近取譬”之感通力的操练与实践。

承上所述，吾人不断被诗人的感受方式与诗性言说渐渍熏习，由此得以突破所处时代感受与思维模式的种种局限，融入《诗》所创辟的意义世界。此即是说，读《诗》的过程，吾人并非只是在知识主义的立场上从《诗》中认知某一事实，而是通过观其人事遭遇，参与到诗人的生存世界之中。伴随此过程，《诗》之“兴”逐渐萌生。由此，《诗》看似平面化的文字，得以支撑起立体化的意义世

---

① （宋）朱熹撰：《四书章句集注》，第92页。

② 严寿澂撰：《诗道与文心》，第2—3页。

界，吾人于其间藏焉，修焉，息焉，游焉，从而有可能突破个体之私的屏障，实现与诗中之人、诗中之物的感通。马一浮曾言："《诗》以感为体，令人感发兴起。"① 马氏以"感""兴"来评点读《诗》的效验，可见其深谙《诗》之精髓。若囿于一己之私，绝无可能对自身以外的他者有所感通与兴起，更遑论"近取诸身，以己所欲譬之他人"？如其所言，"人心若无私系，直是活鱍鱍地，拨着便转，触着便行，所谓'感而遂通'，才闻彼，即晓此，何等俊快，此便是兴。若一有私系，便如隔十重障，听人言语，木木然不能晓了，只是心地昧略，决不会兴起，虽圣人亦无如之何。须是如迷忽觉，如梦忽醒，如仆者之起，如病者之苏，方是兴也"②。既然由"观"而"兴"的过程，其一大效验在于一己之私不断得以瓦解与突破，这也喻示着，在《诗》的意义世界中，吾人将展开对于尔—我关系的体贴，就此体认到，他人与他物（从广义上言，作为大全的世界），构成人的在世生存不可或缺的前提，也是自我不断得以规定的条件。据此而论，与他人及他物同其情，进而实践絜矩之道，是重要且必要的，而非处于漠然无感的状态，把他者看作与己无关的客体或对象。这在某种程度上可视为对"能近取譬"的生存行动的模拟、操练与实践，有助于吾人在现实生活中行出"能近取譬"的絜矩之道。

（四）《诗》以识仁

据此可以理解，为何"仁"多被视为学《诗》的效验，诚如马一浮所云："欲识仁，须从学《诗》入。"③ 又云："《诗》教主仁。"④ 总的来说，由"观"而"兴"的过程，意味着个体的一己之私逐渐被瓦解、被突破，进而不断实现对"能近取譬"的模拟、操

① 马一浮著，吴光编：《马一浮卷》，第 103 页。

② 马一浮著，吴光编：《马一浮卷》，第 103 页。

③ 马一浮著，吴光编：《马一浮卷》，第 169 页。

④ 马一浮著，吴光编：《马一浮卷》，第 103 页。

练与实践，由此，我们不仅对诗人的处境实现了同情之理解，领会到《诗》中的生存经验、情态与愿景实际上乃是人所共享，更为重要之处在于，经由一个个看似个别而有限的生存经验，吾人不断被引向此生存经验所从属的意义关联整体。易言之，伴随着从《诗》中感发兴起的过程，我们的在世生存也经历了“启一举体”的跃迁与升华。

《诗》启发我们将自己理解为意义关联整体中的一员，并以此关联整体为背景来看待一己生命与天地万物的内在关联。这种由一己到全体的感通力使人得以超越原先与物相隔的状态，从无感无识、痿痹不仁的昏寐庸惰，复返至以天地万物为一体、灵动活泼的生命光景，即“去除私心的系累，恢复一体之仁”[①]。由此可知，对于读《诗》而言，感发兴起是何等重要。“于此感发兴起，乃可识仁”[②]，而“感通的能力，正是《诗》教的专长”[③]。为凸显“兴”的重要性，马一浮指出“兴”与“仁”的内在关联：“兴便有仁的意思，是天理发动处，其机不容已。《诗》教从此流出。”[④]

综上所言，《诗》使人感发兴起，将人引向《诗》的生存经验所归属的意义关联整体，使人的在世生存经历了“启一举体”的过程，即从“一隅之感”通达至意义关联全体，由此，吾人能以整体中之一员的视角理解己身与世间万有的关联，在此无限域中复归于一体之仁。有鉴于此，马一浮对《诗》尤为看重，并从《诗》以识仁的角度申明以《诗》设教的必要性，且将诗教列为“六艺之教”之首：“故圣人始教，以《诗》为先。”[⑤] 又曰：“六艺之教，莫先于《诗》。”[⑥]

---

① 何益鑫：《成之不已：孔子的成德之学》，复旦大学出版社 2020 年版，第 244 页。

② 马一浮著，吴光编：《马一浮卷》，第 169 页。

③ 何益鑫：《成之不已：孔子的成德之学》，第 244 页。

④ 马一浮著，吴光编：《马一浮卷》，第 103 页。

⑤ 马一浮著，吴光编：《马一浮卷》，第 103 页。

⑥ 马一浮著，吴光编：《马一浮卷》，第 169 页。

第三节 《诗》之“风化”：化民成俗

上一节阐释了由“观”而“兴”、由“兴”而“仁”的读《诗》过程。此之为由《诗》而“教”的生发进路与生成轨迹。对此的理论说明，也可作为本章论证“诗教”一名如何可能成立的尝试。据以上探讨可知，由“观”而“兴”、由“兴”而“仁”的诸多环节都可归本于由《诗》而来的感发与兴起，否则，诗教之效验将无从发生。那么，《诗》缘何如此重视对生命的感发兴起？这又实现为何种独特效验，使此种教育作用“非诗莫属而足以成就一门‘诗教’”①？这构成本节探讨的主要问题。

对于“诗教”之效验，《诗大序》曾提出“教以化之”之说：“《风》，风也，教也。风以动之，教以化之。”② 据此语境，“化”作为“教”的效果被提出。易言之，读《诗》之旨归在于“化”。重视“教”与“化”的内在关联，此立场并不为《诗大序》所独有。《说文·匕部》亦云：“化，教行也。”③“教”与“化”连用的上下文语境，习见于典籍文献中。《礼记·学记》云：“君子如欲化民成俗，其必由学乎！”④ 其后又云：“是故古之王者，建国君民，教学为先。”⑤《古今韵会举要》亦云：“凡以道业诲人谓之教。躬行于上，风动于下，谓之化。”⑥

耐人寻味的是，《诗大序》在谈“教”“化”之时，乃是置于对

---

① 张巍：《希腊古风诗教考论》，前言第1页。

② （汉）毛亨传，（汉）郑玄笺，（唐）孔颖达疏，（唐）陆德明音释，朱杰人、李慧玲整理：《毛诗注疏》，第6页。

③ （汉）许慎撰，（宋）徐铉校定：《说文解字》，第168页。

④ （汉）郑玄注，（唐）孔颖达正义，吕友仁整理：《礼记正义》，第1423页。

⑤ （汉）郑玄注，（唐）孔颖达正义，吕友仁整理：《礼记正义》，第1424页。

⑥ （元）黄公绍、熊忠著，甯忌浮整理：《古今韵会举要》，第379页。

“风”的论述之中，即“风以动之，教以化之”。这构成《诗大序》理解诗教的独特进路。那么，“风”如何与“化”相关？“风以动之”与“教以化之”又构成何种关系？以“风”这一概念作为切入点，为思考诗教的独特效验提供了何种启发？

一　论“风化”：“风”以“化”之

据日常经验，“风”首先指自然界中空气流动的现象。这也成为“风”字之本义。《孔疏》云：“风者，若风之动物。”① 此解便是基于“风”之本义作出的。“风之动物”这一描述富有画面感。“风以动之”之“动”指自然界风吹动万物的场景。据苏源熙考证，“wind”意指自然界之风，这是风的原始义。而英文最接近“化”的语辞是“influence”。② 熟悉英文语境的人或许觉得“wind”和“influence”分属不同的领域与范畴，彼此间缺乏意义上的关联，除非使用比喻的修辞手法，在特定的语境中人为建立起“wind”和“influence”的关联。这似乎使《诗大序》“风以动之，教以化之”的说法失去了可理解性。

值得追问的是，“风”这一意象有何独特之处？风吹动万物，又如何与“教以化之”存在关联？《诗大序》在阐释诗教时以“风”言“化”，是否仅为文学作品所惯用的修辞手法？

《论语·颜渊》载孔子之语云：“君子之德风，小人之德草。草上之风，必偃。”孔子用“风之偃草”形容君子对小人的感化，喻示风拂小草与君子德化民众的过程分享了某种相似性。这有助于理解“化”之内涵以及“风”与“化”的内在关联。据古人观察，风的一大特性是“无所不入”。《周易》之巽卦，其所取之象便为

① （汉）毛亨传，（汉）郑玄笺，（唐）孔颖达疏，（唐）陆德明音释，朱杰人、李慧玲整理：《毛诗注疏》，第16页。

② Haun Saussy, *The Problem of a Chinese Aesthetic*, p. 217.

“风”。《周易·说卦》将“巽”解作“入”。[①]《孔疏》将此申明为：“风行无所不入，故以‘入’为训。”[②] 亦云：“风之所吹，无物不扇，化之所被，无往不沾。故取名焉。”[③]“无所不入”与“无物不扇”二语均喻示，“风之动物”的过程，并非仅仅触及该物的一小部分，而是对其实现了整体性的拂动与润泽，且此过程无形无影，是在润物细无声的静默中得以实现。进一步来说，《周易》巽卦之德为“顺”。《孔疏》释之云：“巽者卑顺之名……然巽之为义，以卑顺为体，以容入为用。”[④]《论语·子罕》载孔子之言曰：“法语之言，能无从乎？改之为贵。巽与之言，能无说乎？绎之为贵。”此处创辟出“巽与之言”的提法，以便与“法语之言”相区分。对此，朱子注曰：“法语者，正言之也。巽言者，婉而导之也。”又曰：“巽言无所乖逆。”[⑤]“巽与之言”的特质在于“婉而导之”“无所乖逆”。这与《孔疏》将“巽”解作“以卑顺为体，以容入为用”或可构成对参互诠的关系。可见，对于“巽”之为婉曲驯顺、不直而犯人，昔人语境可达成一致。巽卦所取之象为“风”，由此可知，在昔人的观念世界中，“风”与“卑顺”“容入”之间存在一定程度的意义关联，意即“风之动物”，不是以外铄的强势态度去干预并掌控草的生长，而是通过温润的照拂与濡养，逐渐引导草的生长方向，正如《老子》第六十四章所言“以辅万物之自然，而不敢为”。“风之动物”的过程，实现了“辅万物之自然”。那么，风之偃草、风之动物的种种特质，对于理解“化”而言又有何启发？

---

① （魏）王弼、（晋）韩康伯注，（唐）孔颖达正义：《周易正义》，载《十三经注疏》整理委员会整理《十三经注疏》，第387页。

② （魏）王弼、（晋）韩康伯注，（唐）孔颖达正义：《周易正义》，载《十三经注疏》整理委员会整理《十三经注疏》，第271页。

③ （汉）毛亨传，（汉）郑玄笺，（唐）孔颖达疏，（唐）陆德明音释，朱杰人、李慧玲整理：《毛诗注疏》，第6页。

④ （魏）王弼、（晋）韩康伯注，（唐）孔颖达正义：《周易正义》，载《十三经注疏》整理委员会整理《十三经注疏》，第271—272页。

⑤ （宋）朱熹撰：《四书章句集注》，第115页。

论及“化”，通常指人的生命由内及外全方位地更新与化育，而非迫于外力在言行层面作出的某一改变。“化”带来的是从内心流露出仁心仁德的成熟生命。嘉言美行、善言善举，均为此成熟生命的自然表现。诗人如此看重生命由内而外的化育，或许在于，若心念尚未实现充分而完备的感发兴起，便被强行灌输一系列规范和教条，此施教过程是毫无意义的，同时也收效甚微。

或许《左传·隐公元年》所载颍考叔劝谏郑庄公之事有助于思考此问题。听闻郑庄公与母亲的隔阂，颍考叔并未对庄公进行一番批评或说教，其做法颇为独特：

> 颍考叔为颍谷封人，闻之，有献于公。公赐之食。食舍肉。公问之。对曰：“小人有母，皆尝小人之食也，未尝君之羹，请以遗之。”①

揆诸“闻之”一语，可知“有献于公”之举实乃颍考叔有意为之。借此，颍考叔争取到与庄公对话的机会，并趁机表露以美食孝敬母亲的心愿。身为人子，理应将所得美食献给年迈的母亲享用。此人伦之常情，难免使庄公思及与生母断交的处境：

> 公曰：“尔有母遗，繄我独无！”颍考叔曰：“敢问何谓也？”公语之故，且告之悔。②

颍考叔深谙引导劝掖之道。若开门见山，直接劝庄公与母亲和好，不仅无法使庄公回心转意，可能还会身陷触其逆鳞之祸。颍考叔借孝顺母亲的情境，巧妙地调动起庄公对母亲的思念。在《古文观止》

---

① （周）左丘明传，（晋）杜预注，（唐）孔颖达正义：《春秋左传正义》，载《十三经注疏》整理委员会整理《十三经注疏》，第63—64页。

② （周）左丘明传，（晋）杜预注，（唐）孔颖达正义：《春秋左传正义》，载《十三经注疏》整理委员会整理《十三经注疏》，第64页。

中，吴楚材、吴调侯将其释为“善于诱君，使之自然心动情发”①。此解十分到位。“心动情发”，是庄公在行为层面发生改变的必要前提，由此才可能出现后续的种种现象——“公语之故，且告之悔”。庄公心生悔意，并非出于外力所迫，而是兴起对母亲的思念后自然而然的产物。接着，颍考叔顺势而为，把话题转至如何解决母子“不及黄泉，无相见也”的难题：

> 对曰：“君何患焉？若阙地及泉，隧而相见，其谁曰不然？”公从之。公入而赋：“大隧之中，其乐也融融！”姜出而赋：“大隧之外，其乐也泄泄！”遂为母子如初。②

如引文所示，母子最终和好如初，结局皆大欢喜。总的来说，颍考叔劝谏庄公的过程可谓一次成功的教导案例。尽管从始至终，颍考叔并未以“教导者”的身份出现，只是营造机会向庄公提及“以君之羹遗母”的心愿。这份孝心触动了庄公，使其与母亲的芥蒂涣然冰释。无论是《左传·隐公元年》的经文，还是《杜注》和《孔疏》，均把落脚点放在颍考叔的孝心对庄公的感化上：

> 君子曰：“颍考叔，纯孝也。爱其母，施及庄公。《诗》曰：‘孝子不匮，永锡尔类。’其是之谓乎？”《杜注》云：“庄公虽失之于初，孝心不忘，考叔感而通之。”《孔疏》云：“言行孝之至，能延及旁人。”③

“施及”和“延及”二词，均用以形容颍考叔的孝心对庄公的潜移

① （清）吴楚材、吴调侯选：《古文观止》，中华书局1959年版，第4页。

② （周）左丘明传，（晋）杜预注，（唐）孔颖达正义：《春秋左传正义》，载《十三经注疏》整理委员会整理《十三经注疏》，第64页。

③ （周）左丘明传，（晋）杜预注，（唐）孔颖达正义：《春秋左传正义》，载《十三经注疏》整理委员会整理《十三经注疏》，第64—65页。

默化：并非将某一规范或训导生硬地灌输给庄公，而是“感而通之”。颍考叔真实无伪的孝心使庄公深受触动，其行为表现也随之转变，遂与母亲冰释前嫌，和好如初。

从行为结果上看，庄公对颍考叔有所拟范。此“效法”行动之所以可能，原因在于庄公被触动、被感化。若缺乏此内在维度的支撑，庄公的行为不可能发生如此彻底的逆转，或者此种转变难以在真实无伪的状态下呈现，其结局很可能如《孟子·公孙丑上》所论宋人揠苗助长那般，“非徒无益，而又害之”。对于禾苗而言，宋人的做法是外在的干预，不顾禾苗现阶段的生长态势，以外力强行介入作物的生长，最终致其枯萎。禾苗的生长尚且如此，更何况是对某个人、某一群体的导养与化育。这又导向“风之偃草”与“风之动物”的另一特质。“风之偃草”是持续性的过程。孔子以“风之偃草”形容君子对小人之“化”。这意味着，“化”也应从“时”的维度来理解。杨倞注《荀子·不苟》“神则能化矣”一句曰：“化，谓迁善也。”[①]“迁”突显出过程的渐进性，即迁善不可能一蹴而就，而须经历长期的耳濡目染、渐渍熏习，甚至是数代人的积习熏陶才能实现。

综上所述，孔子择取“风”的意象来形容“化”，的确匠心独运，以极具画面感的方式切入对“化”这一抽象概念的理解。君子德化民众的过程正如微风拂草那般，虽静默无声，但却以由内流露的仁德仁心和难以名状的生命气象氤氲浸润着他人，具有令人心悦诚服的震撼力。[②] 就此而言，“风”并非外在于“化”的一个譬喻。

---

① （清）王先谦撰，沈啸寰、王星贤点校：《荀子集解》，第46页。

② 《孟子·公孙丑上》用“以德服人”形容此过程，并将其与“以力服人”相区分。为说明百姓对圣人君子的渴慕，《孟子·梁惠王上》还以禾苗作喻：“七八月之间旱，则苗槁矣。天油然作云，沛然下雨，则苗浡然兴之矣。”百姓盼望圣王的到来，正如枯苗期盼甘霖那般。圣人以德服人的过程，亦即民众被圣人所化的过程。民众不是被灌输了一系列行为规范，而是被圣人的仁德仁心所影响和感化，“中心悦而诚服，如七十子之服孔子也”。在此过程中，民众的生命也自内而外发生了迁变与更新。

孔子以“风”解“化”，并不是在运用文学意义上的修辞手法，而是基于“风”与“化”的内在关联，凭借风之偃草、风之动物等富于感受力的具象化言说，直击“化”这一概念的内核。有鉴于此，“风”与“化”属于意义上的同构关系，而非修辞学层面的譬喻关系。

反观“风以动之，教以化之”之说，《诗大序》同样留意到“风”与“化”的意义同构性，并以“风之动物”来形容《诗》兴发、感化读者的过程。这启发吾人思考，化育人的生命与外在地改变其认知结构与行为模式，二者究竟有何不同。仅从认知层面输入道德箴言、教条规章或案例典范，并不足以带来内心深处的兴发与感化。而后者恰恰最为《诗》与诗教所看重。

在《诗》的观念世界中，“化”乃是“教”的理想方式及其效验所在。顾随有言：“《诗》根本不是教训人的，只是在感动人，是‘推’是‘化’。”[①]《诗》将内在的兴发与感化置于首位，而非急于把教条化的立场与结论生硬地灌输给读者。为实现读者内在的兴发与感化，诗人通过“诗—兴”思维与赋、比、兴的诗性言说创辟出无定在、无穷尽的意义世界，使人在此无穷域中涵玩求索，自得于身，经由《诗》的生存经验“启一举体”，最终得以进入无限的意义关联整体。

也许出于对诗教此一特质的心领神会而自然生发的默契，“风”与“化”的意义同构性也习见于后世论诗教的语境。这表现为，“风”与“化”常被关联起来，甚至组成了一常用词汇——“风化”：

> 范仲淹曰：“至于通《易》之神明，得《诗》之风化，洞《春秋》褒贬之法，达礼乐制作之情，善言二帝三王之书，博涉

① 顾随讲，叶嘉莹笔记，顾之京整理：《顾随诗词讲记》，第 4 页。

> 九流百家之说者，盖互有人焉。”①
>
> 何乔新曰：“夫《诗》者，人之性情也……读者因其辞索其理，而反之身心焉，则可兴、可观、可群、可怨，而有裨于风化者。”②

引文拈出“风化”之名，以说明诗教之独特所在。此外，昔人也辟出“风教”二字合用的语境。史迁有言：“余尝西至空桐，北过涿鹿，东渐于海，南浮江淮矣，至长老皆各往往称黄帝、尧、舜之处，风教固殊焉。”③“风教”一词也见于徐祯卿《谈艺录》一书：“诗理宏渊，谈何容易……盖以之可以格天地，感鬼神，畅风教，通庶情。”④ 此外，单用一“风”字指涉诗教特质，亦见载于典籍，如《史记·太史公自序》所云“《诗》长于风”⑤，《淮南子·泰族训》所云“温惠柔良者，《诗》之风也”⑥。显然，“《诗》长于风”与“《诗》之风”，其所言“风”仍侧重于“风化”“风教”义。细审“风化”一名，并非在修辞学层面以“风”喻“化”，而是深植于“风”与“化”的意义同构关系，体认到“风化”义实则涵摄于“风”所包蕴及展开的观念体系中。但若稽考英文语境，“wind”和“influence”二词恍若胡越之隔，其间往往缺乏意义层面的关联，除非在特定语境中借助修辞手法建立起意义相关性。与此相比，在吾国往昔语境中，如此不同的含义居然均收摄于“风”这一概念之中，

---

① （宋）范仲淹撰：《南京书院题名记》，《范文正公文集》卷八，载顾廷龙主编，《续修四库全书》编纂委员会编《续修四库全书·集部·别集类》第1313册，上海古籍出版社2002年版，第299页。

② （明）何乔新撰：《唐律群玉序》，《椒邱文集》卷九，载（清）纪昀等编《景印文渊阁四库全书·集部·别集类》第1249册，第144页。

③ （汉）司马迁撰：《史记》，第46页。

④ （明）徐祯卿撰：《谈艺录》，载（清）纪昀等编《景印文渊阁四库全书·集部·别集类》第1268册，第777页。

⑤ （汉）司马迁撰：《史记》，第3297页。

⑥ 何宁撰：《淮南子集释》，第1392页。

足证其内蕴之巨大张力与丰富层次。

揆诸往昔语境，“风”之内涵至少可以厘定出如下层次，分别为自然界之风、一方之水土物情（风土）、某一邦国地域的民众所呈现的精神风貌（民风、风俗）、自上而下的政教（风化、风教）以及自下而上的讽劝（讽喻）。张西堂梳理出历代说《诗》者关于“风”的十二种解释，如“风风说”（《伪毛序》：“风，风也。”）、“风教说”、“风动说”、“风化说”、“风刺说”、“风俗说”、“风土说”、“风者风雨之风”、“风者民俗歌谣之辞”、“风讽说”、“风气说”、“风为声调说”。[①] 据此而论，当“风土”“风气”“风俗”“风化”“风教”等意义维度被单独使用时，其实都无法涵盖前现代语境中“风”的完整内涵。毋宁说，“风”将上述意义维度悉皆囊括于己身，作为一个极具弹性的复合型概念而存在，其诸多意义维度构筑起一个外延广泛、内涵稳定而丰富的观念结构。对此，陈启源提出了“风兼三意”说，即“风”包孕着“风教之风”“风刺之风”以及“风俗之风”，并将三者之关联申明为：“必有风教而后风俗成，有风俗而后风刺兴，合此三者，《国风》之义始备。”[②] 近人陈子展也指出：“《诗大序》从‘风’字本义引申为教化的意义，风化或风刺的意义，还有风土、风俗、地方色彩的意义。”[③]

综上所言，“风”与“化”的意义同构关系，为理解“化”提供了一形象化进路。更要者在于，“风土”“风气”“风俗”“风化”“风教”等日常语境中看似无关的多重含义，竟能收摄于“风”这一概念之中。这有助于吾人超越日常思维，从意义一体性的角度思考上述含义的内在关联，同时，这对理解诗教的特质也具有重要的启发作用。

---

① 参见张西堂《诗经六论》，第106—107页。

② （清）陈启源撰：《毛诗稽古编》，第847—848页。

③ 陈子展：《关于〈诗经〉（代序）》，载陈子展著，徐志啸编《诗经直解》，第20页。

二　所“化”在“俗”

那么，“风以动之，教以化之”的对象与受众是谁？长期以来，对诗教有一种流行的看法，即从心性之学的角度入手，将诗教理解为对性情的导养，目的在于人格的提升与完成。诚然，后人读《诗》的心得感悟的确习见于史籍书册。兹取史籍所载两则人事为例：

> 周磐字坚伯……居贫养母，俭薄不充。尝诵《诗》至《汝坟》之卒章，慨然而叹，乃解韦带，就孝廉之举。①
>
> 裴骏，字神驹……年七八岁就师，讲《诗》至《鹿鸣》篇，语兄云：“禽兽得食相呼，而况人也？”自此之后，未尝独食。②

毋庸置疑，“慨然而叹”与“未尝独食”，的确是古人被《诗》熏陶感化之后呈现出的生存经验及其实感，但吾人不应据此便将读《诗》的效验归结为个体层面的兴发与感悟。揆诸原初的思想文化语境，诗教的根本意旨不仅关涉个人品德的完善。究其缘由，这涉及一颇为重要的问题域——《诗》对“个人”概念之前提条件的理解。在《风》《雅》《颂》所持存的生存经验中，“个人”并非一内在封闭、独立的概念，而是被其所置身的关系共同体规定。相比之下，现代社会倾向于将“个人”理解为相对于外界而言的封闭性个体：

> 有些人认为，他们的自身、他们的自我和他们“自己”……是与其他的人和其他的事物，与一切“外部”的东西隔绝的，是独立存在的。……对于他们来说，很难想象个人只是相对的，而不是绝对自主的；只是相对地而不是绝对独立的……他们的

---

① （南朝宋）范晔撰，（唐）李贤等注：《后汉书》，第1310—1311页。

② （宋）李昉等撰：《太平御览》第6册，第625页。

> 自我认识便成了天经地义，成了一种永久地处于状态中的人类的特征，成了所有人通常的、自然的共同经验。个人是一个封闭的人，一个自成一体的小世界，一个完全独立地存在于大千世界之外的小世界，个人完全是由这种观念来确定的。①

在此语境下，“个人”多被看作与其他人相脱离、相隔绝的、完全独立自主的人，拥有完全独立的封闭的个性。同时，这种“个人”并不是在历史—文化维度下具体存在着的人，而是被抽象为一般意识和自我意识。据此而论，仅把诗教归结为私德之完善，此解读或隐或显地沾染了当下个体主义的浓墨重彩，甚至可称为主体性原则下封闭的“个人”观念的直接产物。此“以今度古”的思维倾向，对于领会《诗》的精神世界将形成较大阻碍。若身处碎片化的世界图景，难免使解读经典的视角也陷入支离散漫的破碎状态。在此孤立而封闭的生命状态下，吾人创发的论《诗》之说自然也失于汗漫而难得要旨。倘若不对此封闭的“个人”观念进行反思，吾人将难以跳脱当下的研究范式与话语系统，亦难真正进入《诗》宏大而深邃的精神世界。

据本书上编《原〈诗〉》首章所述，无论是就孕育《诗经》的周代礼乐文明，还是就《诗》无边际、无穷尽的精神世界而言，这种封闭的“个人”观念都并不存在。在《诗》的观念世界中，“个人”与“自我”必须在深宏广阔的关系总体中才能实现规定和理解。兴于《诗》，是由意义关联整体还返至自身的迂回过程。可以说，诗人总是在各类关系中理解自身存在的意义，从近处来说，有夫妻、父子、长幼、朋友、君臣之伦……推而广之，又有宗族、国家、夷夏、历史文明等关系领域，乃至神人、天人关系。在《风》《雅》《颂》的整体性意义结构中，上述关系维度并非呈现为平面铺

---

① ［德］诺贝特·埃利亚斯：《文明的进程：文明的社会起源和心理起源的研究》，王佩莉、袁志英译，序言第27页。

开的状态。具体来说，人的穷通显达、室家的聚散离合，常被置于王政兴衰的框架之中，而王政兴衰又被纳入共同体绵延不息的纵深性历史进程。而文明进程又被放在天人、神人关系的宏阔背景中来考索。看似无足轻重的细民琐事，都以或直接或回婉的方式，与宏大的意义关联整体建立起紧密的内在联系。诗人的喜怒哀乐，并非仅仅源于个人层面的得失，而是系于意义关联整体诸多关系样态的顺逆泰否。诗人的希冀与愿景，也不纯然系于对个人利益的考量，而是对此关联整体的每一重维度都寄予了美好的期许。

诗人洞悉，在世关系的总和，作为“个人”与“自我”得以真实建立的前提条件，源源不断地对身处其间的每一个体进行意义层面的深入规定。据此可知，个人的完善，实则与社会的完善、与人类文明的完善息息相关。个人完善的前提是文明共同体的完善。个人的完善，作为冰山一角，指向整个文明共同体趋向完善的恒久进程。因此，若论及诗教的最终效验，《诗》之风化不仅关乎某一个人或某一代人的成德，还放眼于整个文明共同体，其本旨在于整个群体的伦常秩序、整个文明的存续迁善。《诗》之风化，其对象不是个别的人，而是“民”，是作为整体的群黎众庶。由此，诗教所达成的人格理想，“不是一个存在于时空之外，空洞而抽象的样式”，而是从文明共同体的土壤中“自本自根地生长出来的活的理想，它与种族的前途命运共呼吸、共沉浮”①。

昔人深谙，“生而知之”是可望不可即的理想愿景。触目可见的情形是，学而知之，困而知之，甚至困而不学。常人进行判断与行动的依据往往是个体层面的好恶、激情与利益。因此，对于成德而言，教化不可缺少，否则不足以明是非，别善恶，晓禽兽之别。诚如张栻所说：“惟民之生，厥有常性，而不能以自达，故有赖于圣贤

---

① ［德］韦尔纳·耶格尔：《导言：希腊人在教育史上的地位》，载《教化：古希腊文化的理想》，陈文庆译，第12—13页。

者出而开之。是以二帝三王之政，莫不以教学为先务。”①《诗经》诸多篇目都论及圣贤德化百姓之事。一个典型例子是，《甘棠》持存着召公以德化民、百姓感念其德泽的生存经验。无论是七十子之服孔子，还是百姓之服文王、周、召，无不如此。百姓“引领而望之”，这并非勉力而为的结果，而是源于百姓全身心被往圣先贤的生命气象所引导、所感化，从而生发出由内而外的变迁。据此而论，“化”的过程可谓一个生命对另一生命的深入影响，而不是一则教条或规范对某一个体的规训。

《诗》之风化，着眼于作为整体的百姓以及文明共同体的存续与改善。这与吾国文明源头处对教化的理解实出一揆。《尚书·舜典》载舜帝之言曰：“契：百姓不亲，五品不逊，汝作司徒，敬敷五教，在宽。”② 发人深省之处在于，帝命契作司徒的原因是“百姓不亲，五品不逊”。《孔疏》亦云：“往者天下百姓不相亲睦，家内尊卑五品不能和顺。”③“敬敷五教”，旨在改善这一状况，使“百姓亲，五品逊”。《孔疏》将此申明为：“汝作司徒之官，谨敬布五常之教，务在于宽，故使五典克从，是汝之功。”④

舜不是在提升私德的层面来谈论教的必要性与重要性。舜帝所言并不是“世间均为无德之人，因此，须立契作司徒”。他也并没有说，人们的言行举止不够完善，所以需要受教。在舜帝看来，教并非以个人为本位的规范性行动，而是指向百姓这一人伦关系的总体，着眼于“群”这一概念，而非止步于个人之私德。舜关注的现实困境是“百姓不亲”。此处所用语辞为“亲”，而非“百姓无德”“百姓不善”或“百姓不孝”。“亲”不是对个人品德或行为的描述，而是作为一个关系型概念，描述了人与人的相互关系，即在交互关系中，人与人彼此关联，由此缔结为相亲相爱、具有凝聚力的共同体。

① （宋）张栻著，杨世文点校：《张栻集》，中华书局2015年版，第900页。
② （汉）孔安国传，（唐）孔颖达正义，黄怀信整理：《尚书正义》，第100页。
③ （汉）孔安国传，（唐）孔颖达正义，黄怀信整理：《尚书正义》，第100页。
④ （汉）孔安国传，（唐）孔颖达正义，黄怀信整理：《尚书正义》，第100页。

而舜帝所忧虑的现状（“百姓不亲，五品不逊”）恰恰处于与此相反的光景，即文明共同体并未形成应有的伦理秩序。可见，舜帝乃是从共同体伦常秩序的高度来看待教的必要性及其根本目的。

这再次说明，教化所着眼的并非个人层面的成德，而是关乎人类文明的完善（并以此为背景来理解共同体成员的成德进程），对各个民族乃至作为类存在的人类整体而言具有重要意义。通过教，人类不仅可以将凝结了先人心血与智慧的文明成果代代相传，更要者在于，“教”是文明共同体不断检视与完善自身的基本且必要的进路，如此才能补偏救弊、迁善去恶。

诚如前述，既然风化的受众是作为整体的百姓（治人者也包含在内），那么，风化的成果便不仅通过个别人士的言行举止而彰显，更落实于邦国地域的风俗民情层面，凝结为此共同体的精神风貌。易言之，风化之所造就者，不仅在于个人层面之德，还从根本上关涉群体层面之“俗”。这有助于理解，为何“风”在“风化”之义外，还兼有“风俗”之义，诚如应劭所言：“风，土地风俗也。”[①]进一步来说，“风”之“风化”义与“风俗”义并非机械拼凑于一处，而是具有意义层面的内在关联，即由“风化”以成其“风俗”，恰如陈启源所言：“必有风教而后风俗成。”[②]

成其风俗，意指“父子有亲，夫妇有别，君臣有义，长幼有序，朋友有信”等伦常秩序，并不是作为道理与规范存在于受众的认知结构之中，而是深入民众对于世界的基本理解之中，化作其生活世界的有机部分，也就是说，百姓并不是把“父子有亲”“夫妇有别”等伦常秩序作为道理、规范或教条来认知，而是以此作为理解自我与世界的基本方式，更是以此作为参与到世界当中、开展其在世生

① 《汉书·五行志》“夫天子省风以作乐”句下应劭注曰：“风，土地风俗也。省中和之风以作乐，然后可移恶风易恶俗也。”（汉）班固撰，（唐）颜师古注：《汉书》，第1448页。

② （清）陈启源撰：《毛诗稽古编》，第848页。

存的基本进路，如此方可称为移风易俗。[1]

三　“风化”之旨归：“温柔敦厚，《诗》教也”

承上文对“化民成俗”的分析，本节拟从对《礼记·经解》相关文本的阐释入手，探究诗教所成之“俗”的确切内涵，以便加深对诗教独特意义的理解。

《礼记·经解》载孔子之言曰：“入其国，其教可知也。”对于此句文本，文王平虞芮之讼的典故可作为其绝妙的注脚。据《史记·周本纪》所载，虞、芮之人入周之界，触目所见均为耕者让畔，民俗让长。来访者尚未与文王会面，甚至尚未与周民交谈。然而，对虞、芮之人来说，耕者让畔的民风民俗业已具有无可比拟的震撼力，从中足以观见周民受礼让熏陶之深，由此反衬出自身之狭隘。可见，教化之效并非局限于一时一地，而是如春风化雨，润物无声，浸入生民伦常日用的方方面面，塑造了文明共同体整体性的民族气质与精神风貌。与此同时，小到百姓的言谈举止与生活细节，大到共同体的整体氛围与风俗民情，无不作为一面明镜，反映出此共同体的受教状态与精神面貌，如郑玄所言：“观其风俗，则知其所以教。”[2] 据此，且再看《礼记·经解》的下一句文本：“其为人也，温柔敦厚，《诗》教也。”[3] 此处所谓“其为人也”指的不是某一个别之人，而是民众之全体。“温柔敦厚”也并不是就某一人的品性德行而言，而是对民众整体的精神风貌、共同体整体的风俗民情所作的总评。“温柔敦厚”之性情，并非民众与生俱来便能具备，而是由诗教熏陶而成的理想状态。

---

① 关于对《诗》移风易俗的进一步阐释，详见本书下编第七章“《诗》以理群”。

② （汉）郑玄注，（唐）孔颖达正义，吕友仁整理：《礼记正义》，第 1903 页。

③ 与此类似的说法也见于《白虎通德论·五经》，其论曰：“《礼经解》曰：‘温柔宽厚，《诗》教也。’”（清）陈立撰，吴则虞点校：《白虎通疏证》，第 448 页。

那么，“温柔敦厚”意指怎样的状态？《孔疏》将其申明为：“温，谓颜色温润。柔，谓情性和柔。《诗》依违讽谏，不指切事情，故云温柔敦厚是诗教也。”[①]《孔疏》从仪态、性情两方面解释了“温”与“柔”，并将“温柔敦厚”归结为“依违讽谏”，即臣子谏言之时，往往采用委婉迂回的方式。这与《毛诗大序》所言“主文而谲谏”一脉相承。徐复观先生对此提出了反驳，指出《孔疏》是“长期专制淫威下形成的苟全心理所逼出的无可奈何的解释”[②]，认为应基于《诗》的感情特质来理解“温柔敦厚”：“‘温柔敦厚’都是指诗人流注于诗中的感情来说的。”[③] 具体来说，“温”是“不远不近的适当时间距离的感情”，是“不太冷、也不太热”的感情，是创作诗的“基盘感情”。“温”直接导向“柔”，即“由温而柔，本是自成一套的”。“温柔”同时又导向了“敦厚”。“敦厚”与“浅薄”相对，意指“富有深度、富有远意的感情，也可以说是有多层次，乃至是有无限层次的感情”[④]。徐氏将“温柔敦厚”划归为感情的范畴，较符合“五四”以来“以文说《诗》”的立场。此派学者多将“发乎情”之“情”解为“感情”，并主张《诗》创生于人的情感。

林叶连先生同样认为《孔疏》值得商榷：“《孔疏》只有解释温、柔两字，并且只持‘依违讽谏’一个比较狭隘的观点来作为答案，不见得可以通解古人‘温柔敦厚，《诗》教也’泛指的大道理。”[⑤] 接着，林氏对“温柔敦厚”作了语义学层面的训释，将其解释为“颜色温润、性情柔和、为人厚道”：“只有温柔敦厚，才能有健全的人格；也唯有人人温柔敦厚，而后有和谐安乐的社

---

① （汉）郑玄注，（唐）孔颖达正义，吕友仁整理：《礼记正义》，第1904页。

② 徐复观：《中国文学精神》，第35页。

③ 徐复观：《中国文学精神》，第36页。

④ 徐复观：《中国文学精神》，第36页。

⑤ 林叶连：《“温柔敦厚，〈诗〉教也”意涵探析》，载中国诗经学会、河北师范大学合办《诗经研究丛刊》（第二十九辑），学苑出版社2018年版，第98页。

会和国家。”[①] 此解质实平顺，从人的神色、性情、性格特征等方面揭示了“温柔敦厚”之意。

然须留意，对“温柔敦厚”的训释，不应停留于文字训诂层面，而应围绕诗教的内在精神及宗旨来进行。揆诸昔人语境，“温柔”“敦厚”两词习见于先秦两汉典籍，且二者的使用语境多与仁德相关。一个常见的情境是，孔子向来被弟子视为“智”“仁”“勇”三达德兼备的圣人。《论语》中收录了多则对孔子仪态和气象的描写。《论语·学而》载子贡之言曰：“夫子温、良、恭、俭、让以得之。”《论语·述而》云：“子温而厉，威而不猛，恭而安。”两处文本均以“温”形容孔子气象。此做法也延续至后世。《中庸》第三十一章从“聪明睿知”“宽裕温柔”“发强刚毅”“齐庄中正”四方面展现出圣人的博大气象：“唯天下至圣，为能聪明睿知，足以有临也；宽裕温柔，足以有容也。”朱子将“宽裕温柔”释为“仁之德”。[②]《淮南子·氾论训》亦用“温”形容圣人之道：“故圣人之道，宽而栗，严而温，柔而直，猛而仁。”[③] 与“温柔”相同，“敦厚”一词在先秦两汉语境中也多与仁德相关，并且也多用于形容圣人、仁人之气象。《春秋繁露·深察名号》云：“循三纲五纪，通八端之理，忠信而博爱，敦厚而好礼，乃可谓善。此圣人之善也。”[④] 由此可见，“温柔”“敦厚”不单是指言辞的委婉和顺，更是形容内中存养、发见于外的仁者气象。此气象不仅通过言语辞气展现，还渗入仪态神色、动作举止及处世态度等方面。

《论语》中有两人以其在世生存展现出何为真正意义上的“温柔敦厚”。一位是夫子本人，另一位是颜回。当孔子无故遭逢“丧家犬”的侮辱时，他并未表现出激动或愤怒，也并未用激烈的言辞反

---

① 林叶连：《“温柔敦厚，〈诗〉教也”意涵探析》，载中国诗经学会、河北师范大学合办《诗经研究丛刊》（第二十九辑），第99页。

② （宋）朱熹撰：《四书章句集注》，第38页。

③ 何宁撰：《淮南子集释》，第934页。

④ （清）苏舆撰，钟哲点校：《春秋繁露义证》，第303—304页。

击与他为敌之人，而是泰然处之，一笑而过。就连厄于陈蔡之时，孔子也并未怨天尤人，而是仍旧弦歌讽诵，不绝于耳。相比之下，子路却因遭遇此等变故而暴躁不安，这恰恰反映出他内心的软弱，而非刚强。可见，孔子乃是以真实而鲜活的生存样态向吾人展现出何为真正的仁者。据此而论，弟子问仁与孔子论仁虽构成孔门教学的重要维度，但从根本上而言，孔子并不满足于对“仁”的概念进行理论层面的辨析和演绎，而是以言行举止与生命实践将“仁”躬行于人伦日用之间。在无道之世，面对无故加于己身的祸患，孔子始终用温柔、平静与和顺来回应。仁德仁心存于中，以天地万物为一体，自然发见为温柔敦厚的气象，自然“布乎四体，形乎动静”。顺此理路，若基于“温柔敦厚”与仁德的内在关联，将其解作“布乎四体，形乎动静”的仁者气象，那么，“温柔敦厚”可称为“《诗》以识仁”的效验在民风民俗层面的体现。

至此，可将本节之意总结为，读《诗》的过程，贵在从《诗》中感发兴起，提升至一体之“仁”的境界，进而化育出内中充盈、发见于外的仁者气象。此仁者气象的效验不拘囿于一时一地，而是在更广远的意义上对整体性的风俗民情生发着影响，最终凝结为此文明共同体的民族气质，化作温柔敦厚的民族精神。

第五章

孔门诗教：儒家诗教传统的典范

承上所述，“诗教”观念及其历史实践活动，均可从“诗”之概念中自然生发出来，而非由外铄。随着观《诗》过程的深入，《诗》的生存经验循其整体性意义结构及其内在脉络逐渐呈现，由此，读者得以经历由“观”而“兴”、由“兴”而“仁”的更新与迁变。此之为由《诗》而“教”的生成轨迹。若说上一章侧重于在义理层面对诗教的生发进路作一番说明与讲论，那么本章则着眼于探讨，读《诗》与受教此二而一的过程如何在历史—文化维度下得以切实地展开，如何落实为昔人真实的读《诗》体验。在此，很有必要对吾国诗教传统作一番回溯，以便深入考索以《诗》为教的实践活动。

若论及吾国诗教传统，自然无法绕开对孔门诗教的探究。对孔子而言，《诗》与诗教的重要性不言而喻。孔子乐于读《诗》，且乐于与门人弟子谈《诗》、品《诗》。关于孔子对诗教的重视，后世也多有提及。史迁云：“孔子以《诗》、书、礼、乐教，弟子盖三千焉，身通六艺者七十有二人。”① 《孔丛子·杂训》云：“夫子之教，必始于《诗》《书》，而终于礼乐，杂说不与焉。”② 《大戴礼记》载

---

① （汉）司马迁撰：《史记》，第 1938 页。

② 傅亚庶撰：《孔丛子校释》，第 111 页。

卫将军文子之言曰："吾闻夫子之施教也，先以《诗》世。"[①] 清人廖平《知圣篇》亦云："经学四教，以《诗》为宗。孔子先作《诗》，故《诗》统群经。孔子教人亦重《诗》。"[②] 据洪湛侯统计："《论语》中涉及《尚书》者三处，涉及《易经》者两处，涉及《诗经》者有二十条，为最多。"[③] 数量上的悬殊也反映出孔子对《诗》的重视。那么须追问，孔子为何如此看重《诗》与诗教？孔子又是如何以《诗》为教的？更进一步地，诗教在孔子的教学活动中占据何种重要位置，孔门诗教在吾国诗教传统中又具有何种意义？

第一节　论孔子的诗化生存

论及孔子对《诗》所持的态度，一种通行的解释是，孔子将《诗》视为教导门人的教科书。[④] 而此种对《诗》的重视，则源于他对西周礼乐文明的推崇。"儒家既然推崇西周的政治文化，想要推广发扬，当然就会重视西周的《诗》《书》和礼乐。"[⑤] 此复周礼的观念背景，成为郭绍虞论孔子诗教的基本立场："孔丘的诗教，是从维护周礼（周初文化）出发的，他教人学诗，不是就诗论诗，而是教人进一步学礼"[⑥]，进而将学《诗》与学礼判分为"尚文"与"尚用"，并将二者之异申明为："尚文只是表面，尚用则是实质；尚文只是手段，尚用才是目的。诗和礼的轻重关系就是在这种关系上加

---

① （北周）卢辩注，（清）孔广森补注：《大戴礼记补注》，商务印书馆 1939 年版，第 70 页。

② （清）廖平著，蒙默、蒙怀敬编：《廖平卷》，第 86 页。

③ 洪湛侯：《诗经学史》，第 69 页。

④ "孔子曾用《诗三百》作为教育弟子的教材。"洪湛侯：《诗经学史》，第 70 页。"（儒家）把《诗经》当作社会伦理教科书，又当作文学和语言课本。"夏传才：《诗经语言艺术新编》，第 1 页。

⑤ 杨宽：《西周史》，第 6 页。

⑥ 郭绍虞：《照隅室古典文学论集》，第 393 页。

以区分的。"[①] 由此形成了如下的诠释立场：诗是手段，礼是目的。《诗》轻而礼重。问题在于，上述观点是否如实道出了《诗》在孔子生命中的位置？兹从孔子厄于陈蔡的故事说起。

一 "匪兕匪虎，率彼旷野"：厄于陈蔡的生命绝唱

孔子厄于陈蔡，见载于《史记·孔子世家》[②] 与《孔子家语·在厄》。此故事聚焦于如下境况，即"（陈蔡大夫）相与发徒役围孔子于野"。史迁用"不得行，绝粮"突显出形势的危急。《孔子家语·在厄》也对事态的紧迫作了强调："孔子不得行，绝粮七日，外无所通，黎羹不充。"[③] 这时，孔子身边随行之人纷纷为此绝境担忧焦虑。《论语·卫灵公》与《史记·孔子世家》均将此苦况叙述为"从者病，莫能兴"。《孔子家语·在厄》则写作"从者皆病"[④]。在一片潦倒颓靡中，不少得意门生都出现了较为激烈的情绪反应。子路"愠"，子贡"色作"。而孔子依然"讲诵弦歌不衰"，与平素并无二致。在性命攸关之际，孔子并未抱怨生不逢时，也并未控诉他人对自己的迫害，甚至也不像《小雅·雨无正》那般呼天怨之，而是脱口而出了一句诗——"匪兕匪虎，率彼旷野"。

此句诗出自《小雅·何草不黄》。该篇位列《小雅》之末。在兵革不息的乱世，征夫的性命如同草芥。风餐露宿，不得安息。终年劳苦疲敝，尚不得保全性命，故而全诗出现了多处质诘："何草不黄？""何日不行？""何人不将？""何草不玄？""何人不矜？"征夫是在向谁诘问：是统治者，是同伴，是自己，还是悠悠苍天？对于

---

① 郭绍虞：《照隅室古典文学论集》，第394页。

② "孔子迁于蔡三岁，吴伐陈。楚救陈，军于城父。闻孔子在陈蔡之间，楚使人聘孔子。孔子将往拜礼，陈蔡大夫谋曰：'孔子贤者，所刺讥皆中诸侯之疾。今者久留陈蔡之间，诸大夫所设行皆非仲尼之意。今楚，大国也，来聘孔子。孔子用于楚，则陈蔡用事大夫危矣。'于是乃相与发徒役围孔子于野。不得行，绝粮。从者病，莫能兴。孔子讲诵弦歌不衰。"（汉）司马迁撰：《史记》，第1930页。

③ （清）陈士珂辑，崔涛点校：《孔子家语疏证》，第147页。

④ （清）陈士珂辑，崔涛点校：《孔子家语疏证》，第147页。

征夫的反诘，又有谁能给出一个圆满的回答？也许征夫已失望到不期待任何回答。全篇由一系列诘问贯串首尾，但其实很难有人能给出令人满意的回答，征夫的悲惨遭遇也难以得到实质性的改善。这番明知毫无答案的追诘，不过是征夫的自哀自叹罢了。朱子注“匪兕匪虎，率彼旷野”一句云：“言征夫非兕非虎，何为使之循旷野，而朝夕不得闲暇也？”① 兕虎终日循行于旷野，尚且有落脚之地，而劳苦终生的征夫却不得安顿之所。

身逢绝境之时，孔子首先想到的便是这句诗。兴许是因为他与征夫具有相似的处境：未行不义却困于旷野，血肉之躯被暴风骤雨摧折，就在这毫无遮拦的天地间。职是之故，对于孔子而言，“匪兕匪虎，率彼旷野”一诗，并非一个外于己身的对象。当孔子将其脱口而出时，也并不是在机械地背诵一句诗文而已。毋宁说，这句诗实乃孔子心境的真实写照，活泼泼地从其心底流淌而出，并非出于外在目的生硬缴绕而来。从广义上看，“匪兕匪虎，率彼旷野”所持存的生存经验，并非尘封于久远的世代，与读者的真实人生毫不相干。易言之，诗中的生存经验并非处于已完成的静止状态，而是持续向今人敞开着。更确切地说，我们自身便处于这无限的生存经验之中。因此，读《诗》的过程，并不是和外于己身的某一客体在打交道，而是今人的在世生存切实展开的过程，即经由《诗》的生存经验迂回婉曲地体认存在于世的各种可能性维度。

接下来上演的便是孔子与三位得意门生的对答。孔子的发问一致，三位弟子的回答却高下各异：

> 孔子知弟子有愠心，乃召子路而问曰：“《诗》云‘匪兕匪虎，率彼旷野’。吾道非邪？吾何为于此？”子路曰：“意者吾未仁邪？人之不我信也。意者吾未知邪？人之不我行也。”②

---

① （宋）朱熹集撰，赵长征点校：《诗集传》，第268页。

② （汉）司马迁撰：《史记》，第1931页。

“吾道非邪？吾何为于此？”一句，初读上去，孔子似乎对所守之道心生怀疑。试问，对于所行之道对错与否，孔子当真不知吗，抑或他只是虚晃一枪，借此检验弟子是否对此真知笃信？很遗憾，子路落入了孔子的圈套，其作答完全顺应了孔子提问的语势，对所守之道心生动摇，进而萌生了退缩之念。子路以为，深陷如此困苦的局面，很可能是咎由自取。正因所作所为不合仁义，才会酿成如此悲剧。孔子随即对此观点作出了反驳：“有是乎！由，譬使仁者而必信，安有伯夷、叔齐？使知者而必行，安有王子比干？”[①] 伯夷、叔齐、王子比干同属仁义之士，但其结局都不尽如人意。人生的顺逆得失、他人对自己的评价，未必能与自己的所作所为完全相称。德福不一致的情况的确在现实层面频频发生，否则《风》《雅》二部也不会涌现出诸多“控诉着人间不平的诗篇”。

下面出场的弟子是子贡：

> 子路出，子贡入见。孔子曰：“赐，《诗》云‘匪兕匪虎，率彼旷野’。吾道非邪？吾何为于此？”子贡曰：“夫子之道至大也，故天下莫能容夫子。夫子盖少贬焉？”（《史记·孔子世家》）

平日里对夫子之道拳拳服膺的子贡，在“率彼旷野”这一困境的冲击下，难免还是左右摇摆，由守道转为求容于世。对此，孔子进行了一番言辞激烈的批评，程度远在对子路的批评之上：“赐，良农能稼而不能为穑，良工能巧而不能为顺。君子能修其道，纲而纪之，统而理之，而不能为容。今尔不修尔道而求为容。赐，而志不远矣！”[②] 可见，在相安无事时，切磋学理并非难事，而在性命攸关之际的抉择与行动才真正反映出人的修为和境界。平素子贡孜孜以求，

① （汉）司马迁撰：《史记》，第1931页。
② （汉）司马迁撰：《史记》，第1931页。

但在生死攸关之际，却未能“咬定青山不放松”，恰如《论语·子罕》所载孔子之言曰：“岁寒，然后知松柏之后凋也。”

压轴登场的弟子是颜回：

> 子贡出，颜回入见。孔子曰：“回，《诗》云‘匪兕匪虎，率彼旷野’。吾道非邪？吾何为于此？”颜回曰：“夫子之道至大，故天下莫能容。虽然，夫子推而行之，不容何病，不容然后见君子！夫道之不修也，是吾丑也。夫道既已大修而不用，是有国者之丑也。不容何病，不容然后见君子！”（《史记·孔子世家》）

颜回说的第一句话与子贡类似——“夫子之道至大，故天下莫能容”。可见，颜回同样对夫子之道持全然肯定的态度。不同之处在于，子贡更看重身家性命。相比起见容于世，求道的重要性退居其次，故而劝夫子放低姿态，降低原则。而颜回则主张直道而行，就算不见容于世，又有何妨？孔子自我怀疑的语气并未“迷惑”颜回。一向温和谦恭的颜子，在此时竟发出一番力压千钧的壮语：“不容何病，不容然后见君子！”“不容何病”，并非仅是一句说辞而已。当日，孔子一行人被困于荒野，断绝了一切补给。敢于在朝不保夕之时道出“不容何病”，需要何等的勇气和决心。其规模和气魄，与孔子所言“朝闻道，夕死可矣”可相比拟，足见颜子温柔敦厚的气象中亦有刚健果决、勇猛精进在。诚如朱子所言：“如今人多将颜子做个柔善底人看。殊不知颜子乃是大勇，反是他刚果得来细密，不发露。如个有大气力底人，都不使出，只是无人抵得他。”① 颜回的对答可谓道出了孔子的心声，因此，“孔子欣然而笑曰：‘有是哉颜氏之子！使尔多财，吾为尔宰’”。孔子在生命受到威胁之时，尚能举重若轻，谈笑风生，可见其胸襟与气象。绝粮之苦况，遂在师生谈

---

① （宋）黎靖德编，王星贤点校：《朱子语类》，第1244页。

笑中随风而逝。孔颜二人的对答也成了一段千古绝唱。苏轼评之曰："见孔子厄于陈、蔡之间，而弦歌之声不绝，颜渊、仲由之徒相与问答……夫天下虽不能容，而其徒自足以相乐如此。乃今知周公之富贵，有不如夫子之贫贱。……而夫子之所与共贫贱者，皆天下之贤才，则亦足与以乐乎此矣。"①

厄于陈蔡的危险处境，并未对孔子有丝毫的搅扰。他仍旧弦歌讽诵不绝，优游涵泳于《诗》之中，脱口而出的便是"匪兕匪虎，率彼旷野"。可见，不管身处何种境况，《诗》都能经由孔子之口对他身边之人有所兴发、感召与劝勉，哪怕是在"从者病，莫能兴"的情势下，仍能生发出循循然善诱人的效验。若说门人弟子志意颓靡，可谓"莫能兴"的体现，那么夫子凭借"匪兕匪虎，率彼旷野"的歌吟，则实现了风雨不动安如山的生命境界，这何尝不能说是"兴于《诗》"的彰显？似乎有条纽带把孔子与《诗》紧密相连。也许这样说更为恰当，《诗》化入了孔子的在世历程，并透过其诗化生存照亮了晦暗的山河大地。

据此，或可对本节开篇的问题作一番回应。近世学界对"诗教"的探讨，惯于把《诗》界定为一部教科书——一部培养贵族政治能力、提高道德文化素养的教材。如此一来，《诗》就被视为一个外在的对象和客体。孔子以《诗》设教，相当于引导学生从《诗》这部教材、这个对象中习得一些东西。然而，若揆诸孔子厄于陈蔡、仍诵《诗》不绝的生命样态，或许有助于检视上述对孔门诗教的惯常理解。

《尸子》载孔子之言曰："诵《诗》读《书》，与古人居。"②"居"这一概念颇有深意。从时间层面来看，无论是暂住几宿还是频繁搬迁，都不能称作"居"。"居"在时间层面带有长期性甚至永久

① （宋）苏轼：《上梅直讲书》，载舒大刚、曾枣庄主编《苏东坡全集》第4册，第1784—1785页。

② （清）汪继培辑，魏代富疏证：《尸子疏证》，凤凰出版社2018年版，第143页。

性的意味。此即是说，“居”指长久地住，而非暂时性的短住。与此同时，古人还有“安其居”之说，表明“居”涵容着安定的意味。此处所论“安定”，并非仅指稳定于一处，不再漂泊，更蕴含着对所居者内在状态的规定，即心安于此。综上所述，“居”指安于此处，并自得其乐，而非彷徨不定、朝三暮四。

揆诸昔人语境，“居”也用于讲论大学之教。《礼记·学记》云：“大学之教也时，教必有正业，退息必有居。”① 以“居”论为学为教，与孔子用“与古人居”来形容诵《诗》过程，在义理层面或存有一贯之处。在孔子看来，《诗》并非一外在对象，以供主体习得某些知识。读昔人之诗，须“想见其为人”。孔子透过《诗》，看向共同体历史—文化维度下广阔的生存经验，观见了古人浩瀚博大的精神世界。一个民族、一个文明共同体原初的生存经验富有无限的延展性与包容性，不断将后人的在世生存涵摄于其中，生发出与原初经验血脉相连的亲切感。“与古人居”意味着，孔子不是在静观《诗》的精神世界，而是全身心融入其中，将此生存经验及其情态化入己身，去感受、经验与体悟此古今共通的历史人文世界，于其中“藏”“修”“息”“游”，最终实现为开向无限、开向永恒的诗化生存。《礼记·学记》所言“故君子之于学也，藏焉，修焉，息焉，游焉”②，其此之谓与？

二　触处评点，无非《诗》也

上节以孔子厄于陈蔡为线索展开论述，旨在说明孔子并不是把《诗》视为一部教材、一个外在对象。读《诗》的过程，是孔子在世历程的切实展开，是其生存情态的真实流露，使其最终实现了本真的诗化生存。以此为基础，本节拟结合孔子师徒论《诗》的诸多案例，申明《诗》渗入孔子在世过程的诸多环节，以此证成《诗》

① （汉）郑玄注，（唐）孔颖达正义，吕友仁整理：《礼记正义》，第1432页。
② （汉）郑玄注，（唐）孔颖达正义，吕友仁整理：《礼记正义》，第1432页。

为孔子的诗化生存得以自由开显提供了无穷的场域。

> 孔子之郯，遭程子于涂，倾盖而语终日，甚相亲。顾谓子路曰："取束帛以赠先生。"子路屑然对曰："由闻之，士不中间见，女嫁无媒，君子不以交，礼也。"有间，又顾谓子路，子路又对如初。孔子曰："由，《诗》不云乎？'有美一人，清扬宛兮。邂逅相遇，适我愿兮。'今程子天下贤士也，于斯不赠，则终身弗能见也。小子行之。"①

孔子与程子不期而遇，二人相谈甚欢，遂让子路取束帛赠予程子。子路多次拒绝，这时，孔子脱口而出了《郑风·野有蔓草》中的诗句："有美一人，清扬婉兮。邂逅相遇，适我愿兮。"此句本写"男女相遇于野田草露之间"②，其欢悦之情难以言表。孔子途中所遇虽非佳偶，但得遇一知己，"倾盖而语终日，甚相亲"，自然同为人生一大乐事，其振奋愉怿的程度大抵与《野有蔓草》相仿。

孔子引《诗》与子路对谈的情境，同样见载于《论语·子罕》。子曰："衣敝缊袍，与衣狐貉者立，而不耻者，其由也与？'不忮不求，何用不臧？'"就常人而言，衣敝缊袍，难免自惭形秽，尤其是与衣着雍容华贵者并肩而立之时。但子路却能做到衣敝缊袍，与衣狐貉者立，而毫无愧色，足以看出其一心求道，不被外物牵绊。这也反映出，孔子所言"士志于道，而耻恶衣恶食者，未足与议也"对子路影响之深。接着，孔子用"不忮不求，何用不臧"来劝勉子路。此句出自《邶风·雄雉》。"忮"训为"害"，"求"训为"贪"，但凡不忮害，不贪求，则所行无不为善。听闻夫子以"衣敝缊袍，与衣狐貉者立，而不耻"称赞自己，子路并未沾沾自喜、故步自封，而是从夫子所引之诗参悟其良苦用心，并"终身诵之"，可

---

① （清）陈士珂辑，崔涛点校：《孔子家语疏证》，第55—56页。

② （宋）朱熹集撰，赵长征点校：《诗集传》，第86页。

见子路终其一生都在践行夫子的教诲。

再看下一段文本：

> 卫将军文子问于子贡曰："吾闻夫子之施教也，先以《诗》世，道者孝悌，说之以义而观诸体，成之以文德。盖入室升堂七十有余人，闻之孰为贤也？"①

为回应卫文子对孔门弟子情况的询问，子贡转述了孔子对颜回、冉庸、子路、南宫绦等得意门生的评价。老师评价学生，自然无可厚非。但对话的独特之处在于，孔子分别借用了《诗经》中的五处诗句。孔门人才济济，而孔子独称颜回为"好学"，可见颜子品行卓异，深受夫子赏识。在与卫文子的对话中，子贡首先提及的便是孔子对颜回的评语：

> 子贡对曰："夙兴夜寐，讽诵崇礼，行不贰过，称言不苟，是颜渊之行也。孔子说之以《诗》，《诗》云：'媚兹一人，应侯顺德。永言孝思，孝思惟则。'故国一逢有德之君，世受显命，不失厥名，以御于天子以申之。"②

不难发现，此处引文与《论语·颜渊》所载孔颜对话构成了互诠的关系。孔子晓告颜回"克己复礼为仁"，并将其条目申明为"非礼勿视，非礼勿听，非礼勿言，非礼勿动"。此处所论"夙兴夜寐，讽诵崇礼"，恰恰说明颜回将非礼勿视、听、言、动的教诲践行于伦常日用之中，无时无刻不在"克己复礼"，可见颜回勤于自修，对夫子之道拳拳服膺。这也成为颜回"行不贰过，称言不苟"的直接原因。

接着，孔子引述了《大雅·下武》，其诗曰："永言孝思，孝思

---

① （北周）卢辩注，（清）孔广森补注：《大戴礼记补注》，第 70 页。

② （清）王聘珍撰，王文锦点校：《大戴礼记解诂》，第 108 页。

维则。媚兹一人，应侯顺德。”此句的原初语境本在称颂武王，即“言天下之人皆爱戴武王，以为天子，而所以应之，维以顺德。是武王能长言孝思，而明哉其嗣先王之事也”①。显然，据引文所示，孔子所称赞者乃是颜回，而非如原诗语境那般颂赞武王。王聘珍注“媚兹一人，应侯顺德”一句曰：“媚兹一人，谓御于天子而蒙宠爱。应侯顺德，逢国君能成其德。”② 即便所指人物不同，孔子引此诗句也未显突兀。颜回德行昭著，不论是辅佐国君，还是辅弼天子，都能尽其职守，劝掖君主完善己德。孔子借此诗句评价颜回，与颜回之德正相契合。孔子接下来所言“故国一逢有德之君，世受显命，不失厥名，以御于天子以申之”一句，是在所引诗句的基础上，申明颜回可在王政方面发挥大用。如果只是辅佐国君，未免大材小用，唯有成为天子之臣，才能真正发挥其经世之才，故而孔子以“以御于天子以申之”作结。

孔子评价的下一位学生是冉雍：

> 在贫如客，使其臣如藉，不迁怒，不探怨，不录旧罪，是冉雍之行也。孔子曰：“有土君子，有众使也，有刑用也，然后怒；匹夫之怒，惟以亡其身。”《诗》云：“靡不有初，鲜克有终”，以告之。③

王聘珍注曰：“在贫，谓处约也。如客，读曰‘而客’，敬也。”④ 这与《论语·雍也》所载冉雍“居敬而行简”辞异而义同。不论是“在贫如客”，还是“居敬而行简”，所关涉的不仅是人与自我的关系，还涉及自我与他人的关系。朱子也是以后者为落脚点展开训释：“言自处以敬，则中有主而自治严，如是而行简以临民，则事不烦而

① （宋）朱熹集撰，赵长征点校：《诗集传》，第287页。
② （清）王聘珍撰，王文锦点校：《大戴礼记解诂》，第108页。
③ （清）王聘珍撰，王文锦点校：《大戴礼记解诂》，第108页。
④ （清）王聘珍撰，王文锦点校：《大戴礼记解诂》，第108页。

民不扰。”[①] 由此，孔子对冉雍的评语，实现了从“在贫如客”到“使其臣如藉”的过渡。此处所言“臣”作为“男子贱称”[②]，意指地位不如自己的民众。“藉，借也，如借力然也。”[③]“借”与“还”（偿报）相对。既然在位者借了百姓之力，那么事成之后须体恤民众，对其所出之力有一定偿报，而非视百姓出力为理所当然，甚或以盘剥民众劳力为代价来满足一己之需。

进一步来说，“在贫如客”与“使其臣如藉”构成了逻辑层面的内在关联。冉雍能做到“使其臣如藉”，恰恰在于以“在贫如客”检视己身。这也构成他“不迁怒，不探怨，不录旧罪”的直接原因。孔子接下来的评语便是承接“不迁怒”而作出的，即“有土君子，有众使也，有刑用也，然后怒；匹夫之怒，惟以亡其身”。在此，孔子区分出“君子之怒”和“匹夫之怒”。所谓“有众”与“有土”，旨在说明君子责任重大，肩负一方百姓的民生日用，故而不应肆意妄为，更不应随意发怒。君子之怒，并非系于个人的利害得失，而是生发于社稷民生遭逢侵害之际。“有刑用也，然后怒”一语，意味着君子乃是为维护天下苍生的福祉而怒。最后，孔子以《大雅·荡》的名句作结：“靡不有初，鲜克有终。”该句的原初语境是在慨叹坚守天命之善道甚难：“盖其降命之初，无有不善，而人少能以善道自终，是以致此大乱，使天命亦罔克终，如疾威而多僻也。”[④] 同样，将不迁怒、不妄怒持续终身，亦非易事。可见，孔子乃是以此诗告诫冉雍应终始如一。

接着，子贡转述了孔子对子路的评价。子路好勇，故而孔子对其的评价多围绕好勇之利弊而发：

不畏强御，不侮矜寡，其言曰性，都其富哉，任其戎，是

① （宋）朱熹撰：《四书章句集注》，第83页。

② （清）王聘珍撰，王文锦点校：《大戴礼记解诂》，第108页。

③ （清）王聘珍撰，王文锦点校：《大戴礼记解诂》，第108页。

④ （宋）朱熹集撰，赵长征点校：《诗集传》，第309页。

仲由之行也。夫子未知以文也。《诗》云："受小共大共，为下国恂蒙。何天之宠，傅奏其勇。"夫强乎武哉，文不胜其质。[①]

平心而论，做到"不畏强御，不侮矜寡"并不容易。面对力量远强于自己的恶势力，子路不会畏惧怯懦，同时也不会故意欺侮力量弱小的矜寡之人。可见子路虽好勇，但其所崇尚者并非霸道，所追求的也非以力服人，而是惟义所在。若对方所言所行不合道义，哪怕力量胜于自己千万倍，子路也会勇往直前；若对方合乎道义，哪怕力量再弱小，也值得尊重与爱护。这与《孟子·公孙丑上》所论"大勇"不谋而合。[②]

对于"其言曰性"，卢注曰："其言惟陈其性，不苟虚妄。"[③] 此即是说，在言谈方面，子路真诚坦率，如实相告，不言虚妄之辞。正因子路具有以上诸多美德，孔子认为，子路可以"任其戎"，即可为国君管理兵赋之事。这在《论语·公冶长》中也有反映，其言曰："由也，千乘之国，可使治其赋也，不知其仁也。"

在肯定子路长处的同时，孔子也指出其不足所在，即"夫子未知以文也"。对此，王聘珍注曰："未知，未许也。"[④] 此即是说，子路好勇尚质，但就"文"这一方面而言，尚有较大的提升空间。接着，孔子引述了《商颂·长发》中的诗句，原诗写作"受小共大共，为下国骏厖，何天之龙，敷奏其勇"。该句歌颂商汤替天行道、翦除夏桀之勇。孔子借"何天之宠，傅奏其勇"（"何天之龙，敷奏其勇"）来称赞子路之勇，但遗憾的是，子路质有余而文不足，难免陷入"强乎武哉，文不胜其质"之弊。

接着，子贡转述了孔子对南宫缘（縚）的评价："独居思仁，

① （清）王聘珍撰，王文锦点校：《大戴礼记解诂》，第108—109页。

② 昔者曾子谓子襄曰："子好勇乎？吾尝闻大勇于夫子矣：自反而不缩，虽褐宽博，吾不惴焉；自反而缩，虽千万人，吾往矣。"（《孟子·公孙丑上》）

③ （清）王聘珍撰，王文锦点校：《大戴礼记解诂》，第109页。

④ （清）王聘珍撰，王文锦点校：《大戴礼记解诂》，第109页。

公言言义；其闻之《诗》也，一日三复白圭之玷，是南宫縚之行也。夫子信其仁，以为异姓。”① 对于该弟子最具代表性的事迹（“其闻之《诗》也，一日三复白圭之玷”），《论语·先进》记载为“南容三复白圭，孔子以其兄之子妻之”。初看上去，此语较令人费解：“三复白圭”何以成为孔子“以其兄之子妻之”的条件？与此同时，“三复白圭”又能提供关于南容为人处世的何种线索？《诗》篇章众多，南容何以只吟诵“白圭”之诗，且为何反复吟诵？

“白圭”之诗，意指《大雅·抑》所云“白圭之玷，尚可磨也。斯言之玷，不可为也”。此句意指，玉之污点，尚且可磨除，而言语之失，则无可挽回。南容一再吟诵《白圭》，旨在以慎言自省自戒。从南容“三复白圭”的行动中，孔子也读出了其戒慎自警之心，对其品行有了更深的了解，而后才放心把兄长的女儿托付给他。

综上所言，《诗》渗入了孔子生活的方方面面。在日常践履的每一环节，孔子都能恰到好处地引《诗》作答，甚至在应对不经意间的遭遇时（如途遇程子），孔子都能将《诗》脱口而出。此之为《孟子·离娄下》所言“自得之，则居之安；居之安，则资之深；资之深，则取之左右逢其原”。这再次印证，孔子读《诗》的过程，是其在世生存的展开，实现为“自然而得之于己”② 的“为己”之学。正因孔子自得于《诗》，故能取之不尽，用之不竭，触处点评，无非《诗》也。“诗的生活化”与“生活的诗化”，是闻一多先生对唐朝诗人的评价③，其实此番评点对孔子而言也同样适用。

也许是深受夫子的影响，孔门弟子言谈之际也常征引诗句。《论语·泰伯》载曾子之言曰：“启予足！启予手！《诗》云‘战战兢兢，如临深渊，如履薄冰。’而今而后，吾知免夫！小子！”曾子在

---

① （清）王聘珍撰，王文锦点校：《大戴礼记解诂》，第111页。

② （宋）朱熹撰：《四书章句集注》，第292页。

③ 参见闻一多著，蒙木编《闻一多说唐诗》，第105页。

弥留之际苦心谆复之言不是别的，而是《小雅·小旻》的“战战兢兢，如临深渊，如履薄冰”。这句诗原本用以劝勉乱世之民策励自警，正因亡家丧国之祸其来有自。曾子以“孝”著称。身体发肤，受之父母，不敢毁伤，这在其所处时代被认作是孝的一大表现。但人生路漫漫，在各种境遇中保全身体发肤不受折损，又谈何容易？朱注曰：“曾子以其所保之全示门人，而言其所以保之之难如此；至于将死，而后知其得免于毁伤也。”①

揆诸孔、曾二人所处情境，无论是厄于陈蔡，还是危卧病榻，均为生命受到威胁、朝不保夕之时。当人逼近死亡边缘，往往会冲破一切伪装，这时，生命的本真面貌将暴露无遗。而正是在此命悬一线、死亡随时可能降临之际，孔子和曾子吐露的不是别的，而是《诗》。若把二人的引《诗》用《诗》等同于润色辞藻、增添文采的一般性行动，这是否在于吾人未能深入观照二人所置身的绝境，未能意识到这两句诗乃是他们濒临死亡时所道出，以至于诗句所承载着的无尽厚重感被吾人所忽略？倘若吾人对具体情境的危急有更深的体认——这两句诗很可能是他们留在世界上的最后的话语——或许能更严肃、更真诚地看待孔子与曾子引《诗》的做法：《诗》应被视为二人存在情态最真实的流露，从中绽放出二人诗化生存的不朽华章。

申言之，《诗》之所以能在孔子和曾子那里生发出亲密无间的认同感，恰恰在于《诗》之生存经验并非处于封闭而静止的状态，而是富有无穷的意义伸展性、生长性与包容性。读《诗》用《诗》的过程，亦即不断开向前人的生存经验，并使其融入自身在世生存的过程。孔子和曾子的引《诗》之举，可视为二人与前人的生存经验浑融合一的一大表现。唯有沉潜于《诗》的精神世界，体认到自身与古人的生存经验实则同出一源，并全然地对其感同身受，才有可能让《诗》化入言说对答中。若吾人仅从修饰文采的角度理解引

① （宋）朱熹撰：《四书章句集注》，第103页。

《诗》之举，那么在很大程度上仍把《诗》看作一外铄之文本。实际上，对于孔子和曾子来说，前人的生存经验并非外于己身的客观对象，而是共同体纵深性历史生命的展开，与现时代的众庶苍生血脉相连。

三　《诗大序》的影响：作为政教的诗教？

承上所述，孔子不仅勤于读《诗》、善于读《诗》，同时还乐于读《诗》，优柔厌饫于《诗》之精神世界，并将在世生存的点滴过程融入其中。可以说，读《诗》的过程，便是孔子在世生存的展开，如此才能做到触处评点，无非《诗》也。唯有自己受《诗》沾溉，被《诗》所化，而后才能让《诗》的力量透过己身泽被门人。据此而论，在与弟子涵玩诗意之时，孔子并非以旁观者的身份来审视弟子如何受教，而是全身心参与到此过程之中。孔子自身便是读《诗》过程的受教者，而非仅仅作为施教人。可见，孔门诗教建立于“为己”之学的根本向度之上。

《论语·子张》载子夏之言曰：“切问而近思。”此处所论“切”与“近”很值得玩味，点明了昔人论学的一贯立场：为学应始于对伦常日用的切实思考，进而落实为对一己生命的濡养。由上推知，“切问而近思”一语所根植的观念背景，或可视为孔子诵《诗》论《诗》之时所秉持的基本理念。故须追问，在诵《诗》论《诗》的过程中，一己之德可能生发出何种迁变？吾人可与《诗》建立起何种内在关联？鉴于与《诗》发生关联的首先是自己，而非他人，故而诗教先须立己、达己，而后方能“立人”“达人”。由是可知，孔子创发的一系列论《诗》概念（如“兴”“观”“群”“怨”），并非纯然系于抽象思辨的结果，而是孔子对《诗》熟读深思，自得于身，有所体认后的智慧结晶，正如朱子所言：“若是常人言，只道一个‘思无邪’便了，便略了那‘《诗》三百’。圣人须是从《诗》三百逐一篇理会了，然后理会‘思无邪'，此所谓下学而上达也。"①

与此相比，在后世的通行语境中，对"诗教"的考索逐渐沦为纸面之学。学者惯于对"诗教"进行抽象的分析与讲论，多满足于把某家某派的诗教理论解释清楚或是解决诗经学史上的争论。如此之"诗教"少了"为己"之学的意义面向，难免失于生硬与空洞，未能像孔子那般让《诗》化入自身的在世生存，故而未能实现"诵《诗》，读《书》，与古人居"的诗化生存。就此而论，把孔门诗教称为诗教传统的典范一点也不为过。遗憾的是，很多时候，孔门诗教的作用多被解读为"《诗经》为提升修养与道德提供了指导、记录了远古遗迹，同时也是雅言之宝库"②。这与《诗》在孔子心目中的真实地位并不相符，与孔门诗教的重要意义也并不相称。

鉴于《论语》的论《诗》条目颇为零散，有学者认为，与后世的诗学理论（如《诗大序》）相比，孔子的诗教缺乏系统性，尚未形成完整的诗学理论体系。孔子诗教仅被视作诗教理论的发展阶段，而《诗大序》则多被誉为诗教思想的成熟产物，"比较全面地阐说了有关诗歌的性质、内容、体裁、表现手法和作用等问题，可说是汉以前儒家经学家诗论的总结"③，亦被称为"儒家诗教思想的一篇纲领性文献，它宣告儒家诗教思想体系的最后生成"④。揆诸近世学界，也有学者以《诗大序》为基础，从"政教"角度来理解诗教，即"诗歌肩负起以美刺方式讽谏政治、移风易俗的重大使命"。对此，张巍亦云："诗的教化作用最终归结为政治和社会功用……其手段可为由上自下的劝善惩恶，从统治者的观点强调诗有助于修政，亦可为由下而上的讽谏、批评和抗议，从臣民的观点强调诗有助于辅政。这类孔门'诗教'的观念，在后世成为正统，深入人心到了

① （宋）黎靖德编，王星贤点校：《朱子语类》，第538页。

② Haun Saussy, *The Problem of a Chinese Aesthetic*, p. 50.

③ 郭绍虞：《照隅室古典文学论集》，第357页。

④ 陈桐生：《礼化诗学：诗教理论的生成轨迹》，第18页。

不言自明、习焉不察的地步。”①

> 《诗大序》云：“先王以是经夫妇，成孝敬，厚人伦，美教化，移风俗。……上以《风》化下，下以《风》刺上，主文而谲谏，言之者无罪，闻之者足以戒。”②

据引文，诚如近人所论，《诗大序》确实着眼于先王用《诗》化民的意义维度。在此，“诗教”之“教”作为自上而下推行的活动，目标群体是在下者，旨在“美教化，移风俗”。“上以《风》化下”句，作为对“先王以是经夫妇”句的有力补充，既强调在上者应用《诗》教化在下者，也强调在下者应用《诗》讽谏在上者。这里涉及“治人者”与“治于人者”的往来关系。无论是“化下”，还是“刺上”，指向的都是他者。而《诗》成为此过程所仰仗的工具。此外，在诠释《风》《雅》《颂》的先后顺序时，《诗大序》也多以政教观为其基本立场，正如《孔疏》所论：“风、雅、颂者，皆是施政之名也。……人君以政化下，臣下感政作诗，故还取政教之名，以为作诗之目。”③

诚然，化民成俗确为诗教的重要面向，但这并不意味着化民成俗的过程完全由在上者来主导与推行。同时，《诗》也不应视为统治者为达到教化目的而使用的工具或手段。百姓被《诗》所化，必然落实为反求诸己的过程。民众从《诗》中有所感发，实现自化，这是“上以《风》化下”的前提。同时，化民成俗的政教活动，对治人者的德行也有较高要求，即治人者必须是有德之人。《论语·雍也》载孔子之言曰：“己欲立而立人，己欲达而达人。”唯有先立

① 张巍：《希腊古风诗教考论》，前言第1页。

② （汉）毛亨传，（汉）郑玄笺，（唐）孔颖达疏，（唐）陆德明音释，朱杰人、李慧玲整理：《毛诗注疏》，第12—16页。

③ （汉）毛亨传，（汉）郑玄笺，（唐）孔颖达疏，（唐）陆德明音释，朱杰人、李慧玲整理：《毛诗注疏》，第14页。

己，而后才有可能立人。倘若轻忽了反求诸己的“立己”维度，“立人”难免沦为空疏之言。同样，《诗》的讽谏功能，也须建立在读《诗》者自身为《诗》所化的基础上。若自己尚未被《诗》感化，又如何可能用《诗》来讽谏他人？据此而论，若缺乏“为己”之学的向度，《诗》的讽谏功能终将丧失其生命力。可见，《诗大序》直接从“立人”的政教维度来理解“诗教”，在义理上稍欠圆融周备。这说明，在“诗教”的观念系统中区分出“立己”与“立人”的本末之序殊为关键，否则可能将孔子诗说与《诗大序》归为一类，难以分辨二者的差异。

问题在于，后世多将孔子诗教与《诗大序》笼统归入儒家诗说之列，未能明辨其分殊。并且，《诗大序》所言“诗教—政教观”对后世的影响，远胜过孔子诗说。① 这表现为，后人倾向于用《诗大序》的“正变说”和“美刺说”来解读与《诗》相关的典籍文本。例如，《孔疏》将《礼记·经解》所言“温柔敦厚，《诗》教也”解读为：“《诗》依违讽谏，不指切事情，故云温柔敦厚，是诗教也。”凡此均与《诗大序》的“美刺说”一脉相承。又如，后世多从统治者的为政需求与政教功用等角度解释“观”“群”“怨”等概念，使其意涵多被限定在政事领域，并带上了实用主义色彩。②

据此而论，对“诗教—政教观”作一番检视很有必要。在此方面，孔子的诗教观将起到很好的启导作用。从根本上看，诗教不应与政教简单等同。以《诗》为教，并非治人者自上而下推行的教化活动，而涉及反求诸己的意义向度。《诗》与诗教是向所有人敞开的

---

① 从总体上看，哪怕是对《诗大序》持反对意见的学者，实际上仍未跳脱前人解读《诗经》的范式，仍旧依赖《诗大序》提出的概念与发问方式来进行思考与阐发。

② 傅道彬指出：“只有通过‘可以观’的艺术观赏形式，才能实现‘可以兴’‘可以群’‘可以怨’的社会政治目的。”傅道彬：《诗可以观：礼乐文化与周代诗学精神》，中华书局2010年版，第24页。可见，傅道彬是从社会政治目的的角度来理解“兴”“群”和“怨”。

（治人者同样位列其中），应落实为一种“为己”之学，关涉如何面对与完成自身生命、如何开展在世生存的根本问题。①

第二节　孔门诗教的神髓：“兴于《诗》”

在孔子那里，《诗》并非外于己身的对象化存在。读《诗》的过程应是在世生存的展开，应化作“与古人居”的诗化生存。由此可知，“为己”之学作为孔门诗教的根本向度，使其有别于治人者自上而下推行的政教。建基于如上探讨，本节将深入考索孔子读《诗》、以《诗》育人的实践活动，钩稽孔子及其弟子读《诗》论《诗》的每一环节，看《诗》在师生互动的过程中发挥何种作用，以期深入理解孔门诗教的独特意义。

一　孔子论《诗》的两种进路

（一）对“素以为绚兮”章的再诠释

孔子对《诗》之本质的理解，并非仅以理论的形态直陈而出，在很多时候，往往通过读《诗》、以《诗》育人的实践活动来彰显。兹取“素以为绚兮”章作一番分析：

> 子夏问曰：“‘巧笑倩兮，美目盼兮，素以为绚兮。’何谓也？”子曰：“绘事后素。”曰：“礼后乎？”子曰：“起予者商也！始可与言《诗》已矣。”（《论语·八佾》）

① 在初步辨明“诗教”之“教”与“政教”之“教”的差异之后，我们有必要展开如下追问：《诗大序》在哪些方面延续了孔子的《诗》说，同时又在此基础上发生了何种变化？既然诗教不同于政教，那么诗教的目标何在？唯有对上述问题作出探究与解答，我们才能辨明“诗教”与“政教”的差异，从而认识《诗经》政教观的片面之处。

"巧笑倩兮，美目盼兮"出自《卫风·硕人》。此诗叙述了庄姜嫁到卫国的盛况，以数则比喻写出了庄姜的美貌。诗句字面义很平实。凭子夏的才思，理解此句的文意并不是问题，但他还是提出了"何谓也"的发问。孔子的作答也颇为独特——"绘事后素"。此答语初看上去与诗句关系甚微。据原诗语境，"素"指女子天生丽质，"绚"指后天修饰的妆容。女子拥有与生俱来的姣好容貌，辅之以精致妆容，才会更加光彩照人。孔子的回答——"绘事后素"——并不是针对此诗的字面义作出的，也并未停留于对女子妆容的进一步探讨。孔子的目光穿透了"素以为绚兮"所涵容的特殊人事，直击此具体人事内蕴的普遍之理，即质的重要性。只不过在"素以为绚兮"的语境中，质的重要性表现为姣好的五官之于妆容的意义。相比之下，孔子所论"绘事后素"，则以不受限于原初语境的纯粹方式将质的重要性提点而出。这使孔子在义理层面作出一番推进得以可能。易言之，若说"素"与"绚"二词仍依附于女子妆容的特殊语境来谈质的重要性，那么，孔子以"绘事后素"作答，则实现了对此特殊性的超越，得以在更广阔深远的层面切入对文质关系的思考。

"绘"意指绘画之事，可引申为人为之纹饰、对材质施加的形式。"素"意指作画所依托的质料，可引申为自然之质。"绘事后素"之"后"，并非时间意义上的先后，而是指"绘"构成"素"的前提。在孔子所处的时代，人们多重外而轻内，文饰有余而质实不足。内外不一的状况比比皆是。此现象到了战国时期更甚。宇文所安指出："在上古世界里，一个人的本性总是呈现在表面上的。但是在战国时代，一个人的本性却深藏于表层之下。这种隐藏的……另一种可能性是欺骗：表面是一回事，内里又是一回事。在战国的文本里面我们常常会看到外表与内在意向的分裂，但是这分裂通常是一种手段，用欺骗和操纵来达到某一目的。"① 为矫正表里不一、

① ［美］宇文所安：《他山的石头记——宇文所安自选集》，田晓菲译，江苏人民出版社 2003 年版，第 59 页。

内外割裂的时弊，孔子势必要申明质的重要性，说明质先于文。“绘事后素”可视为孔子对时代弊病所作的一番回应。

孔子与子夏论《诗》的对话，并不是在孔子作答之后就宣告结束。“绘事后素”一语只是较为宽泛地谈及文质关系，尚未将此议题落实于某一具体事物进行阐发。既然“绘事”存在基础与前提，那么其他事物呢？就此，子夏联想到了礼，把对话又推进了一步——“礼后乎？”（礼是否存在前提和条件？）

孔子对子夏的追问高度赞赏，正因为此追问涉及礼的内在基础和外在表现的关系问题。孔子重视对文质关系的探讨，而文质关系落实到礼上，也就化作礼之文与礼之质的内在关联问题。礼之文，即与礼相关的种种规矩、仪节与器物等。礼之质（礼之本），指行礼之人的仁德仁心。重文轻质反映在礼的问题上，表现为人们过于重视与礼相关的仪式建制，而轻忽了行礼所应具备的内在基础，即仁心仁德。

初看上去，“素以为绚兮”与文质关系、礼—仁关系等问题毫无关联。但随着对话的推进，孔子与子夏就此诗句往复演绎、玩味求索。于是，“素以为绚兮”所蕴藏着的意义世界逐渐得以开启。

（二）两种进路：依从原意式与引申触类式

在现当代学界，对于孔子上述论《诗》的进路，有学者予以了积极的肯定。孟庆楠指出：“孔子与儒家开始以一种前所未有的自由和独立的姿态习《诗》、论《诗》、用《诗》。在这样一种新的《诗》学形态下，儒家为《诗》赋予了新的精神和意义。这种新义的塑造并不是要完全舍弃春秋时人对《诗》的理解，而是要在总结旧说的基础上，发掘、利用《诗》所固有的思想要素及其特质，表达儒家对生活世界的认知与理解。”①

但与此同时，这种论《诗》方式与诗教活动也蒙受了不少诟病。侯思孟（Donald Holzman）认为，孔子对《诗经》的引用有别于

---

① 孟庆楠：《哲学史视域下的先秦儒家〈诗〉学研究》，第 89 页。

“一种学术的、感同身受的、严肃的阅读”，而是一种“毫无顾忌的误解”。[①] 孔子不顾《诗》之原意，生硬地在“素以为绚兮”与“绘事后素”之间建立起关联，把一套道德学说附加于《诗》之上，使其服务于儒家理论的需要，“其实质是把《诗经》之诗作为道德、政治的工具来看待。……感情既要受‘礼义’的束缚，其所作也就不可能是‘自然而然地从心中流露的东西’了”[②]。

研究者进一步将孔子论《诗》和先秦时期的赋《诗》传统相联系，并对其一概拒斥。[③] 洪湛侯指出：“《论语》中记载的这种引申、附会、引诗证言、断章取义的说诗方式，自不足取，应该说这是受了春秋时代‘赋诗断章’风气的影响。”[④] 葛兰言则将春秋时代“赋诗断章”的传统评价为：“在外交场合上习惯性地引《诗》是对其真实性的一次损害。”[⑤] 揆诸近世学界对孔子论《诗》的评价，“牵强附会”可谓一个高频词。此解读立场预设了孔子论《诗》与《诗》之原意的二分。孔子对《诗》的诠释完全是个人层面的主观发挥，其诗教活动均背离了《诗》之原意。

然而事实上，据传世文献所载，遵从原意的论《诗》方式在孔子那里也曾多次出现。孔子诗教其实具备相当程度的丰富性和多样性。先从《荀子·大略》中的相关文本开始分析：

> 子贡问于孔子曰：“赐倦于学矣，愿息事君。”孔子曰：“《诗》云：‘温恭朝夕，执事有恪。’事君难，事君焉可息哉！”“然则，赐愿息事亲。”孔子曰：“《诗》云：‘孝子不匮，永锡尔类。’事亲难，事亲焉可息哉！”“然则赐愿息于妻子。”孔子

---

① 参见 Donald Holzman, *Confucius and Ancient Chinese Literary Criticism*，转引自 Haun Saussy, *The Problem of a Chinese Aesthetic*, p. 62.

② 章培恒、骆玉明主编：《中国文学史新著》（增订本），第 33—34 页。

③ 对先秦时期赋引之风的探究与诠释，详见本书第七章。

④ 洪湛侯：《诗经学史》，第 75 页。

⑤ 转引自 Haun Saussy, *The Problem of a Chinese Aesthetic*, p. 74.

曰："《诗》云：'刑于寡妻，至于兄弟，以御于家邦。'妻子难，妻子焉可息哉！""然则赐愿息于朋友。"孔子曰："《诗》云：'朋友攸摄，摄以威仪。'朋友难，朋友焉可息哉！""然则赐愿息耕。"孔子曰："《诗》云：'昼尔于茅，宵尔索绹，亟其乘屋，其始播百谷。'耕难，耕焉可息哉！""然则赐无息者乎？"孔子曰："望其圹，皋如也，嵮如也，鬲如也，此则知所息矣。"子贡曰："大哉死乎！君子息焉，小人休焉。"①

对于日复一日地学习，子贡厌倦不堪，希望能换种生活方式，转而侍奉君主。接着，孔子分别征引了五处诗句来说明，无论是事君、事亲，还是与妻子、朋友相处抑或是耕种稼穑，都并非易事，都不能懈怠片刻。

在讲事君不易时，孔子所引之诗出自《商颂·那》："温恭朝夕，执事有恪。"此句意指，前人朝见君主时恭敬有礼，执行王事时小心谨慎，不敢有丝毫怠慢。孔子引《诗》之后所作的阐发，完全顺应原诗语境来进行——"事君难，事君焉可息哉！"不论阴晴寒暑，朝见君王都不得有片刻延误；不管执行何种事务，都应如临深渊，如履薄冰。如此还不足以说明事君之难吗？以此类推，"孝子不匮，永锡尔类"，"刑于寡妻，至于兄弟，以御于家邦"，"朋友攸摄，摄以威仪"，以及"昼尔于茅，宵尔索绹，亟其乘屋，其始播百谷"，四诗的原初语境分别与事亲、事妻、事友及农耕之道相关。孔子引《诗》之后所作的论述，同样也据原诗语境来进行。

又如《孔丛子·记义》所载：

孔子读《诗》，及《小雅》，喟然而叹曰："吾于《周南》《召南》，见周道之所以盛也。于《柏舟》，见匹夫执志之不可

---

① 此故事亦见于《孔子家语·困誓》。参见（清）陈士珂辑，崔涛点校《孔子家语疏证》，第160页。

> 易也。于《淇澳》，见学之可以为君子也。于《考槃》，见遁世之士而不闷也。于《木瓜》，见苞苴之礼行也。于《缁衣》，见好贤之心至也……”①

引文通篇以孔子自陈的形式来论《诗》。其中，“吾于……，见……”的句式贯串了全篇。综观孔子读《诗》的所见所得，其实与原诗语境并无太大出入。“（孔子）于《周南》《召南》，见周道之所以盛也。于《柏舟》，见匹夫执志之不可易也。于《淇澳》，见学之可以为君子也。于《考槃》，见遁世之士而不闷也”等叙述，大致也围绕每首诗所涉具体人事展开。

据此而论，《荀子·大略》与《孔丛子·记义》呈现出孔子论《诗》的另一进路，与“素以为绚兮”章抽绎玩味式的读诗方法迥然不同，为吾人理解孔子论《诗》及其诗教活动提供了更为整全的视角：孔子用《诗》教导弟子时，其实也存在依从原文语境的情况。这意味着，孔子对《诗》之原意及具体语境的理解相当纯熟，正如张丰乾指出的，孔子“编诗、教诗，不可能不诠释诗的‘本文’”②。因此，“素以为绚兮”章未依从原诗语境来论《诗》的情况，就不应解为由于孔子不通原意不得已而为之的做法，而是另有其深刻用意。从总体上看，孔子以《诗》设教的方式丰富多样，既有沉潜涵玩、往复抽绎式的解读，也有依从原语境的解读。可见，孔子往往依据不同情况灵活调整其论《诗》方式。

这样一来，问题进一步变为，既然孔子师徒已具备对《诗》之原意的基本理解，为何他们不止步于此？为何除开遵从原意的论《诗》方式，还需要一种引申触类、往复抽绎式的解读？引申触类式解《诗》进路的特质何在，其合理性与必要性又何在？此外还需追问，在孔子以《诗》设教的丰富形态中，为何弟子偏偏将“素以为

---

① 傅亚庶撰：《孔丛子校释》，第54页。

② 张丰乾：《〈诗经〉与先秦哲学》，第91页。

绚兮”章收录于《论语》中，而不选取那些依从原诗语境来解《诗》的对话？这是否意味着，在孔子及其弟子看来，不同类型的论诗活动也存在高下之分。相比起《荀子·大略》中的对话，师生对“素以为绚兮”章的解读才更值得推崇？对此，高培华指出：“《论语》记录孔子言行，是有所侧重而非有闻必录，大致遵循了真实性、典型性、精练性。”① 这意味着，“凡《论语》中所记载的孔子言行，都具有浓郁的提示和象征作用”②。“素以为绚兮”章收录于《论语》中，这并非随机偶然之举，而是以此“提示着早期儒家《诗》学的诠释方向与孔门诗教的重心”③。

（三）引申触类式的论《诗》进路：从《诗》之已言通贯至《诗》之未言

与“素以为绚兮”章类似的论《诗》情境还见于《论语·学而》：

> 子贡曰：“贫而无谄，富而无骄，何如？”子曰：“可也。未若贫而乐，富而好礼者也。”子贡曰：“《诗》云：‘如切如磋，如琢如磨。’其斯之谓与？”子曰：“赐也，始可与言《诗》已矣！告诸往而知来者。”

据引文所示，子贡问的是贫者与富者立身行事的态度问题。贫者不卑屈，富者不骄矜，这是否已足够？在孔子看来，达到这一步固然不错，但还可更进一层，以“贫而乐，富而好礼”为其目标。朱注云：“无谄无骄，则知自守矣，而未能超乎贫富之外也。”④ 可见，“贫而无谄”与“富而无骄”，二者仍受限于自身的贫富状态，未能

---

① 高培华：《第一部私学经典的诞生——〈论语〉编纂新探》，《河南大学学报》（社会科学版）2011年第5期。

② 王国雨：《早期儒家〈诗〉论及其哲学意义》，第102页。

③ 王国雨：《早期儒家〈诗〉论及其哲学意义》，第125页。

④ （宋）朱熹撰：《四书章句集注》，第52页。

在此之外有所寄托。或许到这里，对话便应结束。但子贡又引入了一个新的问题：“《诗》云：‘如切如磋，如琢如磨。’其斯之谓与?”师徒俩就义理反复推敲的过程，使子贡思及一句诗——“如切如磋，如琢如磨”。这句诗出自《卫风·淇奥》。据《小序》，《淇奥》旨在“美武公之德”①。“如切如磋，如琢如磨”，用以形容武公勤于自修，无有止境。朱注曰：“治骨角者，既切以刀斧，而复磋以鑢钖。治玉石者，既琢以椎凿，而复磨以沙石。言其德之修饬，有进而无已也。”②

子贡本以为自己的所思所想已造乎极致，听闻夫子之言，才明白原先的想法仍有局限：“贫而无谄，富而无骄”的状态并未臻于完善，仍旧存在精进的空间，仍须日日新，又日新。此番反思作为一个契机，使子贡思及《淇奥》的“如切如磋，如琢如磨”，故而生发出新的追问——“《诗》云：‘如切如磋，如琢如磨。’其斯之谓与?”对于子贡的再次发问，孔子给予了高度的评价：“赐也，始可与言《诗》已矣！告诸往而知来者。”这与“素以为绚兮”章孔子对子夏的称赞颇为相近。原来孔子竟使用了同一句评语——“始可与言《诗》已矣”。

> 子曰：“起予者商也！<u>始可与言《诗》已矣</u>。”（《论语·八佾》）
>
> 子曰：“赐也，<u>始可与言《诗》已矣！</u>告诸往而知来者。”（《论语·学而》）

昔人著书不乱下一字，面对“书之重，辞之复”，连孔子都感叹“不可不察”③。“素以为绚兮”章与“如切如磋”章，是《论语》

① （汉）毛亨传，（汉）郑玄笺，（唐）孔颖达疏，（唐）陆德明音释，朱杰人、李慧玲整理：《毛诗注疏》，第293页。

② （宋）朱熹集撰，赵长征点校：《诗集传》，第53页。

③ 《春秋繁露·祭义》载孔子之言曰：“书之重，辞之复。呜呼！不可不察也。其中必有美者焉。”（清）苏舆撰，钟哲点校：《春秋繁露义证》，第442页。

中为数不多的师生相与论《诗》的两则对话，其中，孔子反复用“始可与言《诗》已矣”评价所欣赏的弟子，究竟富有何种深意？

“始可与言《诗》已矣”，虽短短七字，却包含着数个值得推敲的重要概念，即“始”与“言”。首先，在孔子看来，并不是与《诗》相关的任何行动，都有资格称作“言《诗》”。这说明，“言《诗》”的行为有相当严格的界定。其次，尽管子贡和子夏悟性超群，但两人“言《诗》”的水平也只是“始可与言《诗》已矣”。“始”字意味着，对于言《诗》的智慧与奥秘，两位弟子才略微入一点门径，开了点窍罢了。这仅是一个好的开端，尚待进一步的求索，离登峰造极还有相当的距离。这再次印证了，孔子对于“言《诗》”的要求极其严格，故而陈衍有言：“工诗难，言诗尤不易。在孔门惟赐予商可与言《诗》，而文学之子游不与焉。”[①] 那么，在孔子那里，究竟怎样的行动才能与“言《诗》”之名相称？

诚然，《论语》并未收录孔子关于“言《诗》”门径的直接性陈说与界定，但此种“不言”并未中断吾人探求“言《诗》”之法的一切线索。唐文治指出：“学《诗》之方，更详于《论语》。”[②] 初读此言，不禁令人疑惑，“学《诗》之方”，为何会“详于《论语》”？实际上，孔子的深刻之处恰恰在于，乃是经由师生论《诗》的生存样态，迂回曲折地晓谕出何为真正意义上的言《诗》。揆诸孔子对子夏的称赞（“起予者商也”），其中，“起”这个动词至为关键，应成为理解言《诗》要领的枢纽。朱注云，“起，犹发也”，并引杨氏之言曰：“若夫玩心于章句之末，则其为《诗》也固而已矣。所谓起予，则亦相长之义也。”[③] 言《诗》的过程，贵在有所起、有所发。那么，“起”的具体内容是怎样的？

---

① 陈衍撰：《石遗室诗话》，载张寅彭主编《民国诗话丛编》第 1 册，上海书店出版社 2002 年版，第 47 页。

② 唐文治著，邓国光辑释，欧阳艳华、何洁莹辑校：《唐文治经学论著集》，第 86 页。

③ （宋）朱熹撰：《四书章句集注》，第 63 页。

若联系孔子与子贡论《诗》的文本，“告诸往而知来者”一语，既可视为孔子对子贡读《诗》过程的评点，又可看作孔子对言《诗》要领的暗示。据此，我们不妨将“告诸往而知来者”看作孔子对“起”的进一步阐释。朱子将“往者”与“来者”分别解作“其所已言者”和“其所未言者”。[①] 单就“如切如磋”章而言，“如切如磋，如琢如磨”所指涉的治玉石的繁复过程，相当于“已言者”。从中生发出的对义理无穷尽、求索无止境的体认，则是“未言者”。子贡之所以深得孔子赞许，正在于其实现了从“已言者”到“未言者”的一跃。

探讨至此，不妨回顾本节开首处所提的问题：孔子论《诗》和以《诗》设教的形态丰富多样，为何《论语》编撰者偏偏遴选出“素以为绚兮”章与“如切如磋”章收录于《论语》之中？是否因为这两则对话中夫子、子夏或子贡从《诗》中所悟之道理（“绘事后素”“礼后乎”）更为高妙，远胜过《孔丛子》所云“于《裳裳者华》，见古之贤者世保其禄也。于《采菽》，见古之明王所以敬诸侯也”？[②] 倘若如此，那么两则对话的目的是否在于，让读者将孔子师徒的绝佳领悟当作一范本接受下来。比如，读者被告知应从“绘事后素”的角度理解“素以为绚兮”，在此基础上还应生发出“礼后乎”的追问？

毋庸置疑，两则对话中师生的感发起悟的确精妙，但或许师生就某句诗斟酌抽绎、发明其义的动态过程，才是孔子最为珍视的，也是《论语》的编撰者所看重的。这暗示出，言《诗》是一个富有无尽开放性的过程。读《诗》，不应受限于《诗》之“已言者”，而应不断实现从“已言者”到“未言者”的一跃。申言之，“素以为绚兮”章的深刻之处，不在于晓谕礼有其内在基础与前提。同样，“如切如磋”章的目的也不在于说明“贫而乐，富而好礼”为何优

---

① （宋）朱熹撰：《四书章句集注》，第53页。

② 傅亚庶撰：《孔丛子校释》，第54页。

于“贫而无谄，富而无骄”。甚至可以说，这则对话的旨归也不在于让人将子贡的体认——义理无穷尽，求索无止境——作为一既定结论接受下来，而在于让人体察子贡如何实现从“已言者”到“未言者”的那一跃。这不可复制、不可固化的灵动一跃，使人扪心自问，从每首诗的“已言者”可以体会出何种“未言者”？此问题的答案无法由他人给出，同时也不应由他人给出。反之，倘若读罢“如切如磋”章，吾人仅把子贡对此诗的体会烂熟于心，知道“如切如磋，如琢如磨”应从义理无穷尽、求索无止境的角度作解，那么很遗憾，我们又将陷入新的执滞，就此便与孔子理想中的“言《诗》”背道而驰了。

进一步来说，从“已言者”到“未言者”的一跃，不仅作为子夏和子贡论《诗》过程的所感所得，同时还贯穿于孔子论《诗》之终始。正因孔子自身能实现从“已言”到“未言”的一跃，其以《诗》设教的过程才能引导学生不断超越《诗》之“已言”，就诗句反复抽绎，推衍其未尽之义。子夏与子贡论《诗》时能与孔子保持相当程度的默契，或许是深受孔子影响的结果。

那么，孔子自身如何实现从《诗》之“已言”到《诗》之“未言”的一跃？兹取《礼记·大学》中孔子论《诗》的条目为例，对此作一番说明。《诗》云：“缗蛮黄鸟，止于丘隅。”子曰：“于止，知其所止，可以人而不如鸟乎！”“缗蛮黄鸟，止于丘隅”一句极富画面感。“止”既可作动词解，即黄鸟在山丘之隅稍作停歇的动作，又可理解为对其状态的描述，即黄鸟停歇于丘隅的持续性状态。细审“于止，知其所止”，“止”对于孔子而言，不仅限于小鸟停歇于丘隅的行动和状态，还关涉“知止”之理。可见，孔子乃是立足于存在境况的高度来解《诗》，据此洞察在世生存的普遍困境：常人不知该止于何处，也不知当止于何时，故而孔子生发出“可以人而不如鸟乎”的慨叹。对于此种说《诗》进路，马一浮先生评价为：“圣人说《诗》皆是引申触类，活鱍鱍地。其言之感人深者，固莫非《诗》也。"[①] 马氏用"引申触类"来评点孔子言《诗》的要领，即孔子论《诗》并不限于诗人所取之象，而在于超越具象，体贴浑融于其间的普遍之理。[②] 孔子对子夏的评语（"起予者商也"）只提及"起"的概念，未能进一步解释"起"的内涵，那么此处所论"引申触类"则在很大程度上助益于吾人对"起"的理解。"起"的一大表现便在于"引申触类"。其所"引申"者、"触类"所通达者都在于理，而非某一具象人事。

再看《礼记·孔子闲居》载孔子之言曰："其在《诗》曰：'嵩高惟岳，峻极于天。惟岳降神，生甫及申。惟申及甫，惟周之翰。四国于蕃，四方于宣。'此文、武之德也。"[③] 马一浮指出："此引《诗》证成'气志如神'则大用繁兴之义，别叹文、武无私之德。'维岳降神'，犹'山川出云'也。虎啸而风生，龙兴而云起，物理感应，自然之符，故圣主必得贤臣，犹大山必生良木，主德昭明，则众才自附也。《诗·大雅·崧高》之首章、末章，明言'吉甫作诵''以赠申伯'，本宣王时诗，而引以叹文、武之德。"[④] 马氏看到，《崧高》所取之象、所言人情与物情，其本旨均在于使人有所感发，而非拘执于具象物本身，故而据此申明，圣人论《诗》"贵取其义足以相发而其事乃在所略"[⑤]。略去其事而发明其义，考验的正是读者"引申触类"的工夫。

综上所言，无论是孔子独自论《诗》还是和弟子相与谈《诗》，在多数情况下都重视感发起悟，借具象化的言说领悟普遍之理。据此而论，《中庸》末章子思论《诗》，可谓颇得孔子说《诗》的

---

① 马一浮著，吴光编：《马一浮卷》，第 104 页。

② 《孟子·离娄上》收录了一则孔子论《诗》的文本："有孺子歌曰：'沧浪之水清兮，可以濯我缨；沧浪之水浊兮，可以濯我足。'孔子曰：'小子听之！清斯濯缨，浊斯濯足矣，自取之也。'"综观此则关于孔子解《诗》的记载，仍着眼于"引申触类"，从《诗》之"已言"推究其未尽之理。

③ （汉）郑玄注，（唐）孔颖达正义，吕友仁整理：《礼记正义》，第 1947 页。

④ 马一浮著，吴光编：《马一浮卷》，第 185 页。

⑤ 马一浮著，吴光编：《马一浮卷》，第 185 页。

真谛：

> 《诗》曰："衣锦尚絅"，恶其文之著也。故君子之道，暗然而日章；小人之道，的然而日亡。君子之道：淡而不厌，简而文，温而理，知远之近，知风之自，知微之显，可与入德矣。《诗》云："潜虽伏矣，亦孔之昭！"故君子内省不疚，无恶于志。君子之所不可及者，其唯人之所不见乎。《诗》云："相在尔室，尚不愧于屋漏。"故君子不动而敬，不言而信。[①]

以上文本分为三个层次。子思每引一句诗，便会附上一句精练的评说。"衣锦尚絅"脱胎于《卫风·硕人》，原句是"衣锦褧衣"。此句本指庄姜的服饰搭配。朱注曰："锦，文衣也。褧，禅也。锦衣而加褧焉，为其文之太著也。"[②] 而子思在引诗的同时，超越了此句与服饰搭配相关的字面义，洞悉了更深层的义理，即君子更重视内在德性，而非务饰于外，以求悦人耳目。相比之下，小人则金玉其外，败絮其中。之所以呈现出如此反差，究其根本在于"为己"与"为人"之别。君子立志为学的旨归在于"为己"，在于变化气质，而非在他人处博得美名和赞誉。

由此，诗脉过渡至第二层。"潜虽伏矣，亦孔之炤"[③] 出自《小雅·正月》，意指哪怕鱼在池沼中藏得再深，也昭然若揭，无法逃离被捕捉的命运。此句本用以形容乱世之人难逃祸乱。"潜，深藏"[④]，其所谓"深"，本是就物理空间而言，在此却引发了子思对意念之幽深隐秘处的思考。千思万虑，层层堆叠，意念的深渊又如何可能丈量？对于常人而言，意念隐秘处的善恶端倪的确难以察见。唯有反求诸己的君子，才能在众人所不能及之处洞悉善恶之几。

① （宋）朱熹撰：《四书章句集注》，第 39 页。

② （宋）朱熹集撰，赵长征点校：《诗集传》，第 55 页。

③ 《中庸》末章引用该句时，将"炤"字写作"昭"。

④ 程俊英、蒋见元：《诗经注析》，第 571 页。

接着，诗脉过渡至第三层。《诗》云：“相在尔室，尚不愧于屋漏。”这句诗出自《大雅·抑》。“屋漏”，指房屋的西北角，“意谓在屋内隐蔽之处”①。之所以称为“屋漏”，是因为白天有日光从天窗漏入。尽管如此，屋室的西北隅仍偏于昏暗。在此，诗人借光线的昏暗来表征心灵的晦暗与恶念的萌生。在诗人看来，人在公共场合的言行举止，未必能反映其德行之本相。真正考验其德行的情境是，独处晦暗之室时，能否提防恶念的萌芽，能否“不愧于屋漏”？若说在诗脉的第二层，子思引《诗》的目的在于说明君子善于内省，能够洞察意念幽微处的些许恶念。那么，到了第三层，子思则更进一步，强调在恶念未萌之时，便应提撕警醒，哪怕是在独处暗室、人所不知之时，也不能轻忽。由此，子思基于“相在尔室，尚不愧于屋漏”一句，作出了如下的义理阐发，即“故君子不动而敬，不言而信”。朱子将二、三层的相承关系点明为：“承上文又言君子之戒慎恐惧，无时不然，不待言动而后敬信，则其为己之功益加密矣。”② 到了第三层，君子已由照察隐秘处的恶念，提升至靖乱于未发，扼恶于未萌。可见，君子自省的工夫已更进一步。综上所述，在《中庸》末章，子思每引一句诗便会作一番阐发。与孔子相同，子思对《诗》的阐发，并非出于穿凿附会，而是从《诗》广阔的意义域中生发而出，是其引申触类所通之理。有鉴于此，唐文治提出，“学《诗》家法，创自孔子，传于曾子、子思、孟子”：

> 孔子赞《鸱鸮》之诗曰：“为此诗者，其知道乎！能治其国家，谁敢侮之。”赞《烝民》之诗曰：“为此诗者，其知道乎！故有物必有则，民之秉彝也，故‘好是懿德’。”皆用一二字点缀咏叹，而意义跃如。曾子得其传，作《大学》，于“邦畿千里，维民所止”“桃之夭夭，其叶蓁蓁”“乐只君子，民之

① 程俊英、蒋见元：《诗经注析》，第862页。

② （宋）朱熹撰：《四书章句集注》，第40页。

> 父母”数节，皆不拘本文，断章取义，自言其所心得。子思子得其传，作《中庸》，于“衣锦尚絅”数节，精探道蕴，引人入胜；而于“予怀明德”一节，三引《诗》文，有左右逢原之妙，尤为千古说《诗》之祖。①

据唐氏之见，孔门学《诗》家法的传承并非止步于子思，而是发展至孟子处，尤显出“说《诗》之要领”：“孟子得其传，作‘七篇’，章末每引《诗》语作结，实开‘外传’之先河。而‘以意逆志’数言，尤为说《诗》之要领。”② 总的来说，在唐氏所言孔门论《诗》之法的传承谱系中，与曾子和子思相较，历代说《诗》者对孟子《诗》学的关注度与评价明显更高，如横渠曾言：“古之能知《诗》者，惟《孟子》为以意逆志也。”③

鉴于《孟子》一书对《诗》的重视，史迁尤其强调孟子“序《诗》《书》”的维度：“（孟子）退而与万章之徒，序《诗》《书》，述仲尼之意。”④ 据马银琴统计，《孟子》一书引《诗》、说《诗》达39次，除“迹熄《诗》亡”及“读其书，颂其诗”的总论以及一则相传为《徵招》《角招》之诗的“畜君何尤”之外，其余36次引《诗》、说《诗》，涉及诗作30篇⑤，足见《诗》对于孟子的重要意义。此外，昔人就《孟子》“长于《诗》”或已形成公论。赵岐《孟子题辞》云：“（孟子）治儒述之道，通五经，尤长于《诗》《书》。”⑥ 苏轼亦云：“若孟子，可谓深于《诗》而长于《春

---

① 唐文治著，邓国光辑释，欧阳艳华、何洁莹辑校：《唐文治经学论著集》，第84页。

② 唐文治著，邓国光辑释，欧阳艳华、何洁莹辑校：《唐文治经学论著集》，第84页。

③ （宋）张载著，章锡琛点校：《张载集》，第256页。

④ （汉）司马迁撰：《史记》，第2343页。

⑤ 参见马银琴《周秦时代〈诗〉的传播史》，第212页。

⑥ （汉）赵岐注，（宋）孙奭疏：《孟子注疏》，载《十三经注疏》整理委员会整理《十三经注疏》，北京大学出版社2000年版，第5—6页。

秋》者矣。”[1] 承上文所论，孔子善于并乐于读《诗》论《诗》，且《诗》在孔门之教中同样占据了重要地位。诸多相仿之处，使研究者惯于将孔、孟论《诗》视为承袭相因的关系。洪湛侯指出：“《孟子》书中记载孟子弟子引《诗》问难的例子不少，可见孟子亦用《诗》教育弟子，与孔子一样。……孟子论《诗》的观点，大体上继承孔子，惟‘以意逆志’‘知人论世’之说，是孟子的新发明。”[2] 那么，孔、孟论《诗》，是否真如此处所说构成承袭相因的关系？这构成下文的探究重点。

(四) 孔孟说《诗》之异

与《论语》所载孔子师徒就《诗》对答相仿，《孟子》也多次出现师生相与论《诗》的对话。在本节开篇，兹取如下对话作一番考索：

> 公孙丑曰：“《诗》曰‘不素餐兮’，君子之不耕而食，何也？”孟子曰：“君子居是国也，其君用之，则安富尊荣；其子弟从之，则孝弟忠信。‘不素餐兮’，孰大于是？”（《孟子·尽心上》）

初看上去，公孙丑的提问与“素以为绚兮”章子夏的发问颇为接近，都针对某一句诗而发：

> 公孙丑曰：“《诗》曰‘不素餐兮’，君子之不耕而食，何也？”（《孟子·尽心上》）
>
> 子夏问曰：“‘巧笑倩兮，美目盼兮，素以为绚兮。’何谓也？”（《论语·八佾》）

---

① （宋）苏轼：《孟子论》，载舒大刚、曾枣庄主编《苏东坡全集》第5册，第2578页。

② 洪湛侯：《诗经学史》，第78—79页。

但若抛开上述问句形式上的相类，而细审其内涵，不难发现二者之异：先看公孙丑的提问。提及“不素餐兮”后，公孙丑还附上一句“君子之不耕而食”，接着才问道“何也”。这提醒我们，在问出“何也”之前，公孙丑已对诗句“不素餐兮”作出解读。“君子之不耕而食”，便是他读诗所得。这说明，公孙丑把“不素餐兮”等同于对“君子之不耕而食”这一社会现象的如实记录。

由是可知，公孙丑“何也”的发问，针对的并非“不素餐兮”的诗句本身，而是“君子不耕而食”的历史事实。易言之，公孙丑关心的是，君子缘何不耕而食，即“君子不耕而食”的动因。对此，孟子的回答是：“君子居是国也，其君用之，则安富尊荣；其子弟从之，则孝弟忠信。‘不素餐兮’，孰大于是!”此番作答着眼的也是“君子不耕而食”的社会现象，并从两方面回答君子不耕而食的合理性与正当性，即国君任用君子，国家安富尊荣；弟子从其授业，则能培养孝悌忠信的美德。这样一来，君子当然无须耕种，便可享受他人供养。经过此番问答，孟子师徒的对话便结束了。究其原因，很可能在于老师的回答解决了公孙丑的疑惑，使其知晓了“君子不耕而食”的缘由。初看上去，这则对话以弟子对“不素餐兮”的提问作为发端，但实质上则始于对“君子不耕而食”这一社会现象的追问，同时也终止于孟子对此现象的解释，而对“不素餐兮”可能敞开的意义世界，却并未作出探究。

相比之下，“素以为绚兮”章师生问答的全过程可谓沉潜往复，转相发明。与公孙丑不同，当问出“何谓也”时，子夏并未预先将“素以为绚兮”等同于对某一人事或社会现象的记录。子夏问的并不是“《诗》曰：‘巧笑倩兮，美目盼兮，素以为绚兮’，庄姜之美也，何也?”可见，从对话的发端就能看出，子夏的目的不在于求索“素以为绚兮”的具体内容。同样，孔子的作答也超越了对诗句所涉人事的讲论。“绘事后素”这一答语，是孔子就此句所潜藏的义理进行推衍抽绎之后给出的。然而，对话并未止步于此，紧接着，子夏又提出“礼后乎”的追问。对于整则对话的完整性而言，子夏的再次追问绝非可有可无，而是作为点睛之笔，喻示师徒论《诗》的诸多环节内蕴着巨大的生命力与无限的生发性。经由子夏“礼后乎”的追问，孔门诗教之妙处有了绝佳的展现：子夏在与夫子对答的过程中有所感发，在“绘事后素”的启示下得以往深处推进。由此，师生间的对话，有别于纯知识层面的单向传授，而是把义理周流无滞的神妙之处，鲜活地呈现在吾人面前。

马银琴根据《孟子》所涉三十篇诗作皆见于《毛诗》，且孟子对相关诗篇诗旨的解释也多与《毛诗》吻合，推断出此现象是因孟子“师出子思之门，所传之《诗》与出自子夏的《毛诗》祖本相同所致”，并且“孟子本身与子夏学派之间也存在着较多的联系”①。但综上所述，孟子论《诗》的侧重点与子夏论《诗》存在一定差异，此点不可不辨。兹举孟子与弟子论《诗》的另一文本为例，以说明此点：

> 咸丘蒙曰：“舜之不臣尧，则吾既得闻命矣。《诗》云：‘普天之下，莫非王土；率土之滨，莫非王臣。’而舜既为天子矣，敢问瞽瞍之非臣，如何？”曰：“是诗也，非是之谓也；劳于王事，而不得养父母也。曰：‘此莫非王事，我独贤劳也。’故说《诗》者，不以文害辞，不以辞害志。以意逆志，是为得之。如以辞而已矣，《云汉》之诗曰：‘周余黎民，靡有孑遗。’信斯言也，是周无遗民也。”（《孟子·万章上》）

咸丘蒙的困惑，源自所述之诗的后半句，即“率土之滨，莫非王臣”，若将此诗当作对于历史事实的陈述接受下来，那么据诗中所说，除天子之外，天下之人均为天子的臣民，连天子的父亲也不例外。这时，咸丘蒙思及舜与瞽叟的关系。舜尊为天子，而瞽叟是舜的父亲。若《诗》所言为真，那就说明舜同样把他的父亲当作臣子

---

① 马银琴：《周秦时代〈诗〉的传播史》，第212页。

来对待。然考诸史实，瞽叟的身份并非舜之臣子，即“瞽瞍之非臣”。这样一来，诗中所载，便与历史事实不相吻合。

孟子认为，咸丘蒙如此读《诗》，正是犯了“以文害辞”“以辞害志”的错误。易言之，咸丘蒙过于拘泥《诗》之字面义，未能体贴诗人的真实用心，竟把诗人艺术化的表达坐实来解。“溥天之下，莫非王土。率土之滨，莫非王臣”出自《小雅·北山》。原诗的完整语境是“溥天之下，莫非王土。率土之滨，莫非王臣。大夫不均，我从事独贤”。“我从事独贤”的悲叹，贯穿于《北山》之终始。特权人士终日闲适，坐享其成，而诗人劳苦终年，竟连赡养双亲都力所不逮。“率土之滨，莫非王臣”，凸显出王臣之“多”与己身之“独”的鲜明对比。虽说“普天之下，莫非王臣”，王臣多则多矣，但克己奉公的唯有诗人一人。显然，此种夸张的叙述，专门用于慨叹己之“独贤”，不应做实来解。

为说明读《诗》贵在体贴诗人之意旨，孟子又以《大雅·云汉》所言“周余黎民，靡有孑遗”为例。据诗之字面义所示，周民全部遇难，未有一人幸免。这显然与历史事实不符。那么，诗人缘何采取如此夸张的叙述？据《小序》，诗人以旱灾为背景创作了此诗。全诗“旱既大甚”一句重现了六次，仿若一曲不断重复的旋律贯穿了此诗首尾，足见西周末年旱情之严重。“周余黎民，靡有孑遗”，旨在强调旱灾的严峻程度，致使无数百姓丧生，朱子将其申明为：“作诗者之志在于忧旱，而非真无遗民也。”①

由是可知，“不以文害辞，不以辞害志，以意逆志”既是孟子对咸丘蒙的提点，又是孟子对读《诗》要领的总结。克实而论，孟子的确教导弟子毋拘泥于《诗》之字面义，毋脱离完整语境将诗句直接作解。单论此点，孔孟所持立场似乎相同，实则不然。孟子多从言意之辨的角度看待《诗》之字面义的局限，易言之，对诗句字面义的直接解读，未必能通达诗人的真实意图，甚至有碍诗之真意的

① （宋）朱熹撰：《四书章句集注》，第307页。

彰显。“言说诗之法，不可以一字而害一句之义，不可以一句而害设辞之志，当以己意迎取作者之志，乃可得之。”① 孟子强调对《诗》之字面义的超越，其目的在于更圆融周备地解读诗人之志。而诗人之志，是其身处某一历史情境时的感发与愿景。例如，《北山》之志在于“忧劳”。《云汉》之志在于“忧旱”。据此可知，“以意逆志”说，间接反映出孟子对《诗》之本质的理解，即在一定程度上，孟子将《诗》视为对历史人事的承载与记录。诗人身处具体的时代背景，在经历某一特殊事件后有所感发，不言难平。对字面义的超越，终究以体贴诗之志为其旨归，而志则被视为隶属于诗人的特殊而个别的东西。“以意逆志”，是为了实现对此特殊之“志”的周备理解，如读《北山》，知诗人忧劳之志；读《云汉》，知诗人忧旱之志等。

此立场也直接导向了孟子的另一代表性见解——“知人论世”：

> 孟子谓万章曰：“以友天下之善士为未足，又尚论古之人。颂其诗，读其书，不知其人，可乎？是以论其世也。是尚友也。”（《孟子·万章下》）

在孟子看来，读《诗》之要义在于突破对《诗》字面义的执滞，圆融周备地体贴诗人之志。既然诗人无法脱离历史情境而独存，那么，理解诗人之志，势必无法离开对其所处历史时期的综观以及对诗人生平与为人的深入了解。朱子将此点申明为：“论其世，论其当世行事之迹也。言既观其言，则不可以不知其为人之实，是以又考其行也。”② 由此可见，“知人论世”的必要性，是从“以意逆志”处推导而得。

据此揆诸《诗序》与毛、郑诗学，三者同样倾向于以“实证”

---

①（宋）朱熹撰：《四书章句集注》，第 306 页。

②（宋）朱熹撰：《四书章句集注》，第 324 页。

视角解《诗》，从中亦可发掘《孟子》“知人论世”说的影子。《诗》的历史背景与诗人的创作意图，不仅为《孟子》所重视，同时还是《诗序》的关注点。就内容而言，《诗序》多点明该诗涉及的历史情境或事件、诗由谁而作以及作诗的用意与目的。例如，《郑风·遵大路序》云：“思君子也。庄公失道，君子去之，国人思望焉。”[①]《卫风·氓序》云：“刺时也。宣公之时，礼义消亡，淫风大行，男女无别，遂相奔诱。华落色衰，复相弃背，或乃困而自悔，丧其妃耦，故序其事以风焉。美反正，刺淫泆也。”[②] 苏源熙将《诗序》的此种特征申明为：“在提及一首诗的意义时，总要还返至（假想的）成《诗》时的情境。”[③] 同时，也有学者认为，这是《诗序》深受《孟子》“知人论世”说的影响。[④] 不独《诗序》如此，对历史情境的重视同样体现在毛郑诗学中。这表现为，《毛传》常在《小序》的基础上进行增补与拓展，点明一诗的时代背景与写作缘由。与此同时，《毛传》也多采用《左传》的历史资料，将诗还原到具体的历史语境中，“差不多为《诗经》的每一首诗在古代周朝伦理史的某一特殊时刻里，找到了它的位置”[⑤]。而此治《诗》取向，实则深植于该时期的“时代兴趣”，即“到了西汉，人们越来越把这些较为一般的道德方面的涵义同具体的历史事例联系在一起”[⑥]。

同样，据《诗谱序》所示，郑玄将时代背景与王者政教视为影响《诗》之“正变”的关键因素。胡朴安指出：“按郑玄此序而观，

---

① （汉）毛亨传，（汉）郑玄笺，（唐）孔颖达疏，（唐）陆德明音释，朱杰人、李慧玲整理：《毛诗注疏》，第405页。

② （汉）毛亨传，（汉）郑玄笺，（唐）孔颖达疏，（唐）陆德明音释，朱杰人、李慧玲整理：《毛诗注疏》，第310页。

③ Haun Saussy，*The Problem of a Chinese Aesthetic*，p. 56.

④ 后世学者重视文学家之生平、传记年谱、时代背景，皆是“知人论世”之实践。参见林叶连《中国历代诗经学》，第38页。

⑤ ［美］宇文所安：《追忆：中国古典文学中的往事再现》，郑学勤译，第25页。

⑥ ［美］宇文所安：《追忆：中国古典文学中的往事再现》，郑学勤译，第25页。

则《诗谱》与《诗》实有密切之关系。三百篇之诗，皆一时之风俗，见之于吟咏之余。魏有俭啬之俗，唐有杀礼之风，齐有太公之化，卫有康叔之泽，见之于《诗》者，必须征之于《谱》。按世以求，而得失自见。”① 并且，在《毛诗谱》中，郑玄为《风》《雅》《颂》“论时代，定地理”，以《诗》的编次顺序考订作诗的先后时序，并将《左传》《国语》等典籍史册所载与诗篇相关的信息，均作为诗的历史背景。这体现出郑玄对《诗》之作者及其所处时代二者关系的看法。洪湛侯将此申明为：“人是社会的产物，人与社会交互影响，要了解人，必须先了解他的时代背景，这样对人的认识，才可望得出一个比较完整的概念。”② 既然《诗》之功用在于“论功颂德，所以将顺其美；刺过讥失，所以匡救其恶。各于其党，则为法者彰显，为戒者著明”③，而“论功”“刺过”之举，若离开历史语境与具体人事则寸步难行，故而郑玄花费大量功夫考订诗篇的作者、所处时代及其所褒贬的人物事件，并频频征引《左传》《国语》所载史实资料。此做法不独见于《诗谱》，还融入郑玄笺《诗》的全过程。可见，《小序》、毛郑诗学与《孟子》在读《诗》方法上实则有共通之处，从中亦可窥见孟子论《诗》对后世影响之深远。除了“知人论世”说，“以意逆志”说也颇受后人推崇。方玉润云：“诗辞多隐约微婉，不肯明言，或寄托以寓意，或甚言而惊人，皆非其志之所在。若徒泥辞以求，鲜有不害志者。孟子斯言，可谓善读《诗》矣。”④ 而在以《诗》之原意为导向的近世学界，“以意逆志”说更合乎其论《诗》取向。洪湛侯认为：“（孟子）解诗，能得诗旨者亦多。”⑤ 马银琴也指出：“如果说孔子的诗学是建立在功利价值

---

① 胡朴安：《诗经学》，第 48 页。

② 洪湛侯：《诗经学史》，第 82 页。

③ （汉）毛亨传，（汉）郑玄笺，（唐）孔颖达疏，（唐）陆德明音释，朱杰人、李慧玲整理：《毛诗注疏·诗谱序》，第 4 页。

④ （清）方玉润撰，李先耕点校：《诗经原始》，第 44—45 页。

⑤ 洪湛侯：《诗经学史》，第 79 页。

论基础上的政教化诗歌理论，突出了诗歌的社会功能与政教目的，那么，孟子则通过具体的‘说诗’实践，总结和建立起了一套指向诗歌本体意义的说诗理论，在‘断章取义’的说诗风气下，表现了一种回归诗本义的努力。”① 此论将孔、孟诗学置于比较的视域中，且以《诗》之原意为准的衡量二者短长。正因孟子诗学“指向诗歌本体意义”，在“回归诗本义”的方面颇有助益，故而马银琴对其多持正面评价。

但据上文所论，就孟子论《诗》而言，无论是“以意逆志”说，还是“知人论世”说，多受限于《诗》题材内容的特殊性，把《诗》界定为对于历史人事的“实录式呈现”。这也与“公孙丑问诗”章反映出来的解诗观暗合。公孙丑从诗句“不素餐兮”提取出“君子不耕而食”的社会现象，进而追问此现象的原因。孟子默认了此提问方式的正当性，并对“君子不耕而食”的动因作了回应。实际上，对于公孙丑的这一解读，还存在诸多发问空间：“不素餐兮”一句，其作用是否只在于晓谕“君子不耕而食”的历史事实与社会现象？

反观“素以为绚兮”章，诗句题材与内容的特殊性是孔子在论《诗》之伊始便要超越与扬弃的。更确切地说，孔子并非执着于诗句的内容本身，把这些具象的质料看作彼此无关的零星片段，而要将具体人事所蕴之理点明出来，让弟子看到，看似不相关的特殊片段，无不由其所蕴之理贯通为一，由此实现引申而触类，触类而相通。申言之，“绘事后素”并不构成对“素以为绚兮”所包含的特殊内容的消解与否定，而是点明了蕴于其中的普遍之理。诗句基于某一人事写成，的确具有一定程度的实在性。但在孔子看来，特殊人事的实在性，应让步于普遍之理所具之实在性②，故而孔子并未在

① 马银琴：《周秦时代〈诗〉的传播史》，第213页。

② 古代经典中出现过以“实”形容“理”的文本。如明儒张次仲引归熙甫之言曰：“《易》有实理而无实事，故谓之‘象’。”须辨明的是，“实理”之“实”并不是就实体（substance）的意义而言。参见（明）张次仲撰《周易玩辞困学记》卷十三，载（清）纪昀等编《景印文渊阁四库全书·经部·易类》第36册，台北：台湾商务印书馆1986年版，第778页。

“素以为绚兮”的具体内容上作过多停留，而是对其所寓之理进行了提纯。

经此对比可知，虽然孟子提醒学生毋拘泥于《诗》之字面义，但其落脚点却与孔子有着根本的不同。《孟子》全篇引《诗》之处不在少数，细察其引《诗》语境，多把《诗》视为对某一人事的如实记录，在引述史实的层面将所引之诗作为传讲圣王仁政的有力证明。兹取《孟子·梁惠王上》的一则对话为例：

> 王立于沼上，顾鸿雁麋鹿，曰：“贤者亦乐此乎？”孟子对曰：“贤者而后乐此，不贤者虽有此，不乐也。《诗》云：‘经始灵台，经之营之，庶民攻之，不日成之。经始勿亟，庶民子来。王在灵囿，麀鹿攸伏，麀鹿濯濯，白鸟鹤鹤。王在灵沼，於牣鱼跃。’”

在回答梁惠王的问题时，孟子引用了《大雅·灵台》的诗句。此诗勾勒了百姓建造灵台的过程，以及在灵台建成后，文王在灵沼、灵囿安泰宽舒的生活样态。引《诗》后，孟子说明了百姓为文王修筑灵台的缘由：

> 文王以民力为台为沼。而民欢乐之，谓其台曰灵台，谓其沼曰灵沼，乐其有麋鹿鱼鳖。古之人与民偕乐，故能乐也。（《孟子·梁惠王上》）

文王爱护百姓，与民同乐。百姓感念其德泽，自然也乐见文王之乐，故而愿意为灵台的修筑工事贡献己力。文王作为仁爱百姓的典范，成为孟子劝谏梁惠王施行仁政的参照标准。而与文王密切相关的《灵台》一诗，则为孟子提供了文王关爱百姓、与民同乐的事实例证。并且，孟子引《诗》之后所作的义理发挥，也多基于《诗》作为历史事实之载体的功用。从总体上看，孟子引《诗》的多数对话，都发生在孟子与国君之间。孟子多以《诗》所载圣王事迹为典范劝谏国君[①]，如以《大雅·皇矣》所载文王之勇劝谏齐宣王行大勇之举。

有研究者对孟子引《诗》评价颇高。洪湛侯认为："孟子在说解或评论这些诗句时，又作了更加深至的阐发，诗文与说解，互相印证，从而使论题更加明确，结论更加圆熟。……与后世那种单纯的'引诗为证'或将引诗用作套语者，迥不相侔。"[②] 孟子引《诗》之后，的确进行了思想层面的阐释，但就其引《诗》之举与所作的思想阐释之间的关系而言，《诗》的功能多在于为其思想主张提供事实例证。《诗》所载人事（公刘、古公亶父、文王、武王等典范性人物及其生平事件）作为理想型，为孟子阐释仁政思想提供了参照点。这从根本上有别于孔子扬弃《诗》的题材内容，而引申触类以通其理的读《诗》法。

上述孟子以《诗》设教的具体样态与过程，实则源于孟子对《诗》之性质的理解。孟子把《诗》视为对于历史事实的记录。这与当下解《诗》的主流进路较为合拍。据宇文所安之见："中国传统中，诗被认为是诗人对其所处历史时刻与情景的真实描写。传统的中国读者秉承着如此的信念，即诗是对历史经验的如实呈现。在这样的假定下，诗人们进行着创作，读者进行着阅读。人们从诗中建构起诗人的生平年表，或是将诗用作探究文化史的直接资源。"[③] 从总体上看，《孟子》引《诗》的情况多于论《诗》[④]，且不管是孟

---

① 又如《孟子·梁惠王下》分别以《公刘》《绵》所载公刘和古公亶父的事件来劝说齐宣王爱民如己。

② 为说明此点，洪湛侯举了几个例子，比如，《孟子·离娄上》引"不愆不忘，率由旧章"阐释"法先王"的思想，《孟子·梁惠王下》引"哿矣富人，哀此茕独"阐释"施仁政"的主张等。参见洪湛侯《诗经学史》，第84—85页。

③ Stephen Owen, *Traditional Chinese Poetry and Poetics*: *Omen of the World*, Madison: The University of Wisconsin Press, 1985, p. 57.

④ 据洪湛侯统计，《论语》中涉及《诗经》的文本共二十处，其中"记载孔子论诗的竟占有十条之多"。相比之下，《孟子》中涉及《诗经》的文本共三十九处，"可归入论《诗》范围"的只有四例。参见洪湛侯《诗经学史》，第78页。

子用《诗》劝谏国君，还是与弟子相与谈《诗》，对话基本上由孟子一人主导。常见情况是，在孟子对《诗》之人事作出解释，或用《诗》所载典范性人物劝谏国君之后，对话便终止了，双方均未基于论《诗》过程有所感发。与之相比，“孔子说《诗》贵触类引申，能发新义，子贡告诸往而知来者，孔子许其可以与言《诗》”①。在“素以为绚兮”章，师生往复抽绎、互为感发的环节如此鲜活、如此灵动。

二　“兴”：存在论视域下“启一举体”的生存行动

在对孔孟论《诗》之异作出说明后，或可对孔门诗教的特质作出更为明晰的界定。《论语》“素以为绚兮”章与“如切如磋”章，以对话的形式将孔子及其弟子相与论《诗》的过程完整呈现。师徒引申触类，辗转发明，引人体悟何为真正意义上的“言《诗》”，该如何从《诗》之“已言者”通贯至《诗》之“未言者”。在上述两章，孔子并未直言论《诗》要领，而是借师徒论《诗》的生命样态迂回曲折地标举出“言《诗》”的真谛。而在《论语·泰伯》《阳货》中，孔子则将诗教的特质一语道明：

> 子曰：“兴于《诗》。”（《论语·泰伯》）
> 子曰：“《诗》可以兴。”（《论语·阳货》）

以“兴”论《诗》，在《论语》中出现了两次，足证“兴”对于《诗》及诗教的重要意义。经由对孔子师徒论《诗》过程的阐释可知，“兴于《诗》”和“《诗》可以兴”不应看作孔子对诗教所作的理论说明，而应视为孔子生命样态的注脚。“兴于《诗》”熔铸于孔子的在世历程，成为其诗化生存的重要意义面向。若说存在对“兴

① 缪钺：《中国文学史讲演录（唐以前）》，载缪元朗、景蜀慧编校《缪钺全集》第六卷，第28页。

于《诗》”最好的说明，那莫过于孔子读《诗》及其与弟子谈《诗》的实践活动，莫过于孔子开向无限的诗化生存。就此而言，相比起《荀子·大略》与《孔丛子·记义》所载依从原意论《诗》的文本，“素以为绚兮”章与“如切如磋”章才称得上“兴于《诗》”的绝妙示范，可与孔子以“兴”论《诗》的文本对参互诠。降及后世，“兴”之于诗教的重要意义，同样被船山所关注：“故曰‘《诗》言志，歌咏言’，非志即为诗，言即为歌也。或可以兴，或不可以兴，其枢机在此。”① 在此句中，船山以“兴”作为《诗》之“枢机”。“枢机”这一提法正体现出“兴”的关键地位。

承前所述，相较于遵从原意式的论《诗》进路，引申触类式的论《诗》进路，其特质在于“告诸往而知来者”，在于实现从《诗》之“已言者”到“未言者”的一跃。这与孔子以“兴”论《诗》的立场相契合。那么，接下来需追问，“兴于《诗》”缘何必要？引申触类式的论《诗》进路，其必要性与重要性何在？若停留于《诗》之原意，将使诗教陷入何种瓶颈？本节将结合古代文献论“兴”的原初语境，对上述问题作一番探究。

（一）存在论层面的关怀：“一”通乎“体”

> 《说文·舁部》云：“兴者，起也。”②
> 《论语注疏》引包咸说曰：“兴，起也，言修身当先学《诗》。”③
> 《释名》云：“起，启也。启一举体也。”④

据引文所示，包咸与许慎均训“兴”为“起”。“起”也出现在孔子

---

① （明）王夫之：《唐诗评选》卷一，载船山全书编辑委员会编校《船山全书》第14册，第897页。

② （汉）许慎撰，（宋）徐铉校定：《说文解字》，第59页。

③ （魏）何晏注，（宋）邢昺疏：《论语注疏》，载《十三经注疏》整理委员会整理《十三经注疏》，第115页。

④ （汉）刘熙撰：《释名：附音序、笔画索引》，第53页。

对子夏的称赞（“起予者商也”）中。《释名》训“起”为“启”，并将其解为“启一举体”①，点明了“起”所着眼的根本目标，即“举体”。“举体”作为“起”的本旨，为其提供了根本性的导向。尽管“起”这一行动在发端处并未预设最终的结果，但“起”的过程并非毫无原则与导向，而是有所本，目的在于“举体”，即由一隅兴起全体。只有着眼于“举体”，“起”的行动才有其意义可言。

据“兴”训为“启一举体”可知，“兴”作为一个关系型概念，着眼于“一”与“体”的关系。但微妙之处在于，此处的“一”与“体”并非相同性质与类别之物。二者并不对等。

其一，“启一举体”之“体”所指并非某个有限者（外在于“一”的某一他者），而是作为万物意义之终极根据的“大全”。因此，“体”并不是与某一主体相对的对象性存在，而是作为存在之整全，其大无外，处于绝对的无待状态；其二，“一”本身就在“体”之中，作为“体”之局部，其意义被作为绝对与整体的“大全”所规定。故而在“体”这一意义关联整体之中，诸多个别之“一”并非彼此无关的孤立片段，而是在有差异而又持存了同一性的意义结构中被关联为一。

由上推断，“启一举体”的行动，并不是在两个彼此外在的事物之间人为地建立起某种关联，也不是从某一有限者类推至另一有限者的平面化行动，而是超越了对于个别而特殊之“一”的执滞，经由“体”中之“一”迂回婉曲地见“体”，以实现对于“体”（大全）的通贯性理解。此过程发生了由“一”（有限）到“体”（无

① 在解释作为《诗》之六义的“兴”（“赋”“比”“兴”之“兴”）时，笔者借鉴了《说文》“兴者，起也”和《释名》“起者，启也，启一举体”之训，在此基础上阐释了“兴”的重要意义。在笔者看来，“启一举体”对于解释“兴于《诗》”之“兴”也同样适用。“赋”“比”“兴”之“兴”与“兴于《诗》”之“兴”并非全然不同的两个概念。实际上，二者均作为有差异的内在环节涵摄于“兴”这一概念之中，使其概念内部具有了丰富的层次，而“启一举体”的意义面向则渗透于“兴”这一概念的始终。

限）的层次上的突破与跳跃。具体来说，诗人所取之象、《诗》中的物态人情、“赋”“比”“兴”的诗性言说①、某一句诗、某一首诗均可作为“举体”之“一”。从广义上看，不论是《诗》中诸多的“举体”之“一”，还是面对《诗》的我们，其实都涵摄于其大无外的“体”（存在之全体）之内。

据此而论，兴于《诗》的过程，本身就发生在“体”（存在之整全）的意义结构内部。因此，“兴于《诗》”并不是作为主体的人外在地与作为客体的《诗》建立起关联的过程，不应解读为，认知主体凭借行之有效的认识手段去趋近某个外在于主体的对象，审美主体实现了某一审美体验，抑或道德主体凭着某种途径习得了道德规范。毋宁说，经由“兴”这一“启一举体”的行动，个人得以从主体主义语境下孤立的“主体”状态中抽身，不断被摄入作为“大全”的无限当中，意识到唯有在意义关联整体中才能实现自身的独特意义，觉察到天地万物一体共在，才是生活世界最本真的关系样态。由此，“兴”的存在论意蕴得以揭示。若仅把“兴”视为伦理道德或审美体验层面的概念，难免使其内涵大大矮化。可想见的一个后果便是，消解了“兴于《诗》”的存在论意义。

近人缪钺虽看到“孔子说诗贵触类引申，能发新义”，但仍把所发之“新义”归结为“诗中之道德意义”②，并以《论语》所言“兴观群怨”“事父事君”以及“《诗》三百，一言以蔽之，曰‘思无邪’”等文辞为例。实质上，孔子以“兴”论《诗》，以《诗》设教，在很大程度上源于深谙日常思维对本真生存状态的压制。这意味着，以“兴”为导向的诗教，首先着眼的便是对生存之“日常性”的突破。“天下熙熙，皆为利来”的世俗洪流，惯于将存在和发生着的事物离析为零星而孤立的个别现象，驱动人们从实用性视

① “启一举体”的效验，不独为“赋”“比”“兴”之“兴”所具有，“赋”与“比”也同样具备。

② 缪钺：《中国文学史讲演录（唐以前）》，载缪元朗、景蜀慧编校《缪钺全集》第六卷，第28页。

角出发，聚焦于单一的事物本身，并将此物与他物视为外在的关系。这样一来，我们惯于将整体的诸多环节视为支离破碎的断片，用静态、孤立和割裂的视角来看待它们。于是，世界图景的内在统一性，在此抽象的分离中日渐被破坏，“对世界及其各种关系融贯一致的理解就被对一些并列杂陈无关轻重的事物的浮面认识所代替”①。我们难以将世界作为整全而通贯的全体来理解与把握。此种困境在今人的生存样态中体现得尤为明显：“他的存在整体已经破裂。他觉得自己像一堆被随意黏合的凌乱无章的碎片。一个粉碎的形象，尽管挂满了各类标签，却不能表现他自身真实的个性。……用雷吉斯·德伯雷的话说：人们已经不知道怎样‘集零散为整体’。”②

而此“集零散为整体”的整合力、对义理之一贯性与世界整体性图景的把握，是孔门之教殊为关键的维度。孔子对门人弟子进行提点时，多次论及“一以贯之”，如《论语·里仁》所载“吾道一以贯之”和《论语·卫灵公》所载“予一以贯之”：

> 子曰：“赐也，女以予为多学而识之者与？”对曰：“然，非与？”曰：“非也，予<u>一以贯之</u>。”（《论语·卫灵公》）

孔子用“非也”这一斩钉截铁的语气，否定了子贡对其所作的“多学而识之”的评价，并申明了自己的为学立场——“予一以贯之”。这也点明了“多学而识之”的为学立场，实则与“一以贯之”背道而驰。也许此时子贡正热衷于把“多学而识之”作为理想的为学境界，并以此为导向发奋治学。子贡之学以“多而能识”为特质，此点也被朱子指出：“子贡之学，多而能识矣。”③ 在孔子看来，“多而能识”并不足取。毕竟在此状态下，为学之人止步于对耳闻目见的

---

① ［德］黑格尔：《美学》第三卷下册，朱光潜译，第 23 页。

② ［法］程抱一：《说灵魂：致友人的七封信》，［法］裴程译，商务印书馆 2021 年版，第 7—8 页。

③ （宋）朱熹撰：《四书章句集注》，第 161 页。

杂陈堆砌。闻见所得，处于零星而孤立的一盘散沙状。要么无暇体贴义理和义理、事物和事物间的关联，要么认为其关联仅为外在而肤浅的关系，缺乏对义理间、事物间内在关系融贯一致的理解。闻识虽多，却碍而不通，终究有损于为学之道。

夫子用“一以贯之”提点子贡，究其用心，正是为了防止门人落入自设悬隔的思维窠臼，埋首于细琐支离的义理“断片”，格局日益卑狭固陋，丧失对道本一贯、道通为一的体认与关怀。朱子将此良苦用心解释为：“夫子欲其知所本也，故问以发之。”①“知所本”之“本”，并不是对某一对象性存在的指称。“知所本”不是指掌握某个具有终极意义的认知对象（比如“本原”），而是指明白为学的本旨在于不断趋近对存在之整全的理解。闻见之所得不应视作零星而孤立的个别物，而应作为存在之整全的有机部分，在圆融周备的义理整体中贯而为一。《论语·里仁》载孔子之言曰：“参乎！吾道一以贯之。”曾子曰：“唯。”朱子为此句作解时，多次用了“浑然一理”与“一理浑然”的说法，如“圣人之心，浑然一理”②，又如“夫子之一理浑然而泛应曲当”③，正是为了说明夫子对圆融而周备、通贯而为一的义理整体的重视。

行文至此，其实《论语·卫灵公》所载孔子与子贡的对话，和“如切如磋”章在相当程度上存有义理层面的交涉性。“告诸往而知来者”之所以可能，恰恰在于，“往者”与“来者”、“《诗》之已言”与“《诗》之未言”之间存在着一贯之处。夫子以引申触类式的诗教活动启导门人，其实也可视为对“吾道一以贯之”这一理念的践行。令人警醒之处在于，在《论语·学而》被夫子称赞为“告诸往而知来者”的子贡，却在《卫灵公》的对话中仍不免将夫子之学认作“多学而识之”，可见真正领会并实现“一以贯之”的境界

① （宋）朱熹撰：《四书章句集注》，第161页。
② （宋）朱熹撰：《四书章句集注》，第72页。
③ （宋）朱熹撰：《四书章句集注》，第72页。

何其难哉！更何况夫子指出，《诗》的一大作用在于“多识于鸟兽草木之名”。此处也论及了“多识”。诚然，“《诗》记山川、溪谷、禽兽、草木、牝牡、雌雄”，靡所不包。但若缺乏知其所本的关怀，学《诗》难免沦为单纯的博闻多识之学。这并非空穴来风。降及后世，“《诗》之鸟兽草木”的确日益流为博物之学，廖平对此批判道：

> 近来学人最好言此，一事数说，迄无折中，苟欲研精，虽数月求通一说，亦有不能，破碎支离，最为大害，近今经学少深入之士，皆浮沉于此之误，此当先急其大者，而小者自不能外，若专说琐细，必失宏纲，而小者亦不能通矣。[①]

反观孔子所重，多在点拨读《诗》之要领与诗教之本旨，言之谆谆，诲人不倦，其用心良苦昭然可见。从根本上而言，“兴于《诗》”着眼于“启一举体”。诗教，究其实质，应是一种知其所本之学、知其所本之教，不断将人导向对于存在之整全的体认。

有鉴于此，“兴”之为“启一举体”，便不应局限于审美体验或道德情感的感发等层面，而是首先伴随着存在论层面的关怀，所着眼的也是人存在于世的根本问题，即如何整全而通贯地理解作为全体的存在，如何把“大全”作为一个统一的存在去把握。[②] 唯有把世界理解为一个意义关联整体，世界才能显示出对于我们的绝对性。这构成在世生存的基本条件，也成为人的生命与存在意义得以展开的前提。“兴于《诗》”的过程使吾人有可能超越“日常意识对于琐屑的偶然现象的顽强执着”[③]，体认到在日常经验中看似不相关的特

① （清）廖平著，蒙默、蒙怀敬编：《廖平卷》，第222页。

② 张汝伦师指出，“作为存在之整全或大全之有（我们不妨中国化地称之为‘万有’或‘大全’）”，“是只有哲学才处理的问题，是哲学的‘对象’”。张汝伦：《作为哲学问题的“哲学”》，《哲学研究》2021年第11期。

③ ［德］黑格尔：《美学》第三卷下册，朱光潜译，第25页。

殊片段，经由引申触类可通达至普遍之理，并在普遍之理的层面关联为一。由此，吾人得以从“大全”的高度思考每一环节、每一事物的意义。世间万有并非处于原子般的孤立状态，而是在复杂的意义系统中与其他部分紧密相连。同样，我们也存在于作为大全的“体”中，并在此动态的意义系统中互为依存。人存在于世的过程，便是与庶物苍生的内在关联得以澄明与开显的过程。

（二）论“兴于《诗》”过程的无止境

上文已述，“体”作为大全，其大无外，不复有另一个“体”与其构成并列关系。作为大全的“体”，其内涵必然是无限的。“体”这一意义关联整体潜藏着的丰富意蕴，可辗转抽绎，以至于无穷。

关于义理之无穷尽，阳明作了很到位的阐释：“义理无定在，无穷尽，吾与子言，不可以少有所得，而遂谓止此也，再言之十年、二十年、五十年，未有止也。”① 阳明用“无穷尽”形容义理，旨在点明义理整体在深度与广度上的无限性。“义理无穷尽”，此之为具有否定意味的判断，其效验在于，把义理整体“溥博渊泉，而时出之”般的无限可能呈现在吾人面前。相比起以肯定的方式来陈述某一义理的特质，此否定的言说方式能产生更为积极的效果，能激发人生命的内驱力，使之不安于小成，不以真理在握自居。这意味着，“兴”之为“启一举体”，虽着眼于“举体”，但实质上“兴于《诗》”的每一次行动均无法穷尽“体”的全部内涵。因此，“兴于《诗》”的诗教活动也是无止境的。

在“如切如磋”章中，孔子对子贡的评价是“告诸往而知来者”。若说往者（《诗》之已言者）相当于“启一举体”之“一”，那么，由“往者”所知之“来者”（《诗》之“未言”者）便不应等同于“启一举体”之“体”，而同样也仅仅是“体”中之“一”

① （明）王阳明撰，邓艾民注：《传习录注疏》，上海古籍出版社 2012 年版，第 27 页。

而已，因为任何一个“未言者”都无法穷尽“体”的无限内涵。从“往者”到“来者”、从《诗》之“已言”到《诗》之“未言”的一次次跳跃，也并未直接实现为对“体”之知，而是“启一举体”这一无止境的过程的动态展开，使看似零星而孤立的局部无不由其引申触类之理相通为一，使人觉知事上还有一事，理上还有一理，以至于“无端崖”“无穷尽”。

朱子指出，《诗》意之所以“叠叠推上去”，正在于诗人深谙“一事上有一事，一事上又有一事”：

> 读《诗》，只是将意思想象去看，不如他书字字要捉缚教定。《诗》意只是叠叠推上去，因一事上有一事，一事上又有一事。如《关雎》形容后妃之德如此；又当知君子之德如此；又当知诗人形容得意味深长如此，必不是以下底人；又当知所以齐家，所以治国，所以平天下，人君则必当如文王，后妃则必当如太姒，其原如此。①

朱子所言“一事上有一事，一事上又有一事”，巧妙地说明了事类间的紧密关联，可由此及彼，层层推衍，步入一广阔的意义关联整体。其实，我们也身处此关联整体，并以整体之一员的身份与周遭世界打交道。因此，面对并理解诗意，并非认识论层面的行动（主体面对外于己身的对象性存在），而是一存在论层面的行动。具象人事并不是与我们相对的客体或对象（作为一个认知对象出现在我面前），而是作为关联整体的一个片段，将人引入那个我们也置身其中的“大全”。

“一事上有一事”意味着，对《诗》的推究与兴发是一个无法被穷尽的过程。虽然“素以为绚兮”章以孔子对子夏的赞词作结，但师徒二人就义理转相发明的诸多环节均暗示出，这则对话其实可

① （宋）黎靖德编，王星贤点校：《朱子语类》，第2096页。

以无止境地进行下去。师生切磋问学，不应止步于关于义理的某一终极答案，而须沉潜涵玩，往复抽绎。从广义上看，不独论《诗》如此，细究夫子平日对学生的教诲，均在于引导门人弟子体会理与理、事与事之间的相通性，如夫子提出“举一隅不以三隅反，则不复也”（《论语·述而》）。且孔子心目中最好学的弟子颜回，其一大特质便是“闻一以知十”。这反映出，触类旁通、知类通达，可作为“好学”的一大表征。而触类旁通、知类通达作为内在环节，支撑起“启一举体”的无尽过程。尽管“启一举体”永无止境，人作为有限者，无法穷尽作为大全之“体”，但这并未减损此过程应有之意义。毋宁说，“启一举体”的可贵，正在于这不断兴发的过程本身。学子的生命，在这持续不断的追问与求索中“日日新，又日新”。

（三）《诗》无达诂：“兴”对受教者具体而当下的存在境况的观照

承前所述，《说文·舁部》训“兴”为“起”。“起”的概念也出现在孔子对子夏的赞词中——“起予者商也”。“起”这一概念的另一独特性在于，读者所明确的仅仅是于何处发端。“起”所达到的结果并未被预先设定，而是取决于读《诗》的情境与契机、读者的学养和悟性，取决于读者具体而当下、周流无滞的存在状态。“‘兴于《诗》’是开放的、流动的，随着‘兴于《诗》’者的知识结构、问题视域、理解领悟力、当下情境等的不同而有不同的开显。”① 这喻示，“起”的结果无法被预先设定（否则难免陷入固化之窠臼），而是向无限的可能性敞开。易言之，“兴于《诗》”的过程使人经历无限丰富的诠释可能。伴随着就《诗》往复抽绎的过程，师徒二人都经历了性灵的开启和思悟的兴发，这说明“兴于《诗》”开启了意味无尽的意义空间与思想境界。

仍以“素以为绚兮”章为例。孔子用“绘事后素”作答后，子

① 王国雨：《早期儒家〈诗〉论及其哲学意义》，第105页。

夏进一步问出“礼后乎”。实际上，“礼后乎”很可能并未预先存在于子夏的脑海中。在受到孔子所言“绘事后素”的启发之前，子夏很可能尚未实现对于“素以为绚兮”的感发兴起。这时，“礼后乎”的追问，还包孕于“素以为绚兮”有待开启的意义世界之中。随着对话的推进，师生切磋琢磨的诸环节潜藏着的生命力与生成性逐渐发动。子夏在相与论《诗》的过程中有所感发，在“绘事后素”的提点下又往深处推进了一步。这使子夏“兴于《诗》”得以可能。而“礼后乎”的追问，便是子夏“兴于《诗》”的一大表现，从中折射出诗教过程内蕴之生命力与生发性。此之为孔门诗教导人入于佳境的一大体现。

需要注意的是，对“素以为绚兮”的追问，并不必然导向“礼后乎”的感发。易言之，“素以为绚兮”与“礼后乎”的对应关系，并不像板上钉钉那样确定，而是与子夏的生命状态与领悟程度有关，是从其具体而当下的存在情态活泼泼地生发出来。我们完全可以设想，如果“素以为绚兮”章的对话重新来过，师徒论《诗》的情境与契机有所变化，子夏很可能会兴发出迥异于“礼后乎”的追问。可见，兴于《诗》的过程及其结果均富有极大的灵动性，并无成规可循。此过程对受教者个别与特殊的存在情态有着高度的尊重与体贴，并以此为基点启发思悟。《诗》实则作为“一种触发生命感悟的媒介”，“《诗》的吟咏，成了一个机缘，它触动了人生体悟的跃迁与喷发”。①

《春秋繁露·精华》云：“《诗》无达诂，《易》无达占，《春秋》无达辞。”② 与“《诗》无达诂”相似的表述，还见于《说苑·奉使》所言“《诗》无通故”③。对于“《诗》无达诂”，有研究者将其归结为在实用主义的驱使下、牵合诗意以就己意的断章取义。实

---

① 何益鑫：《成之不已：孔子的成德之学》，第 235 页。

② （清）苏舆撰，钟哲点校：《春秋繁露义证》，第 95 页。

③ “明抄本‘故’作‘诂’。”（汉）刘向撰，向宗鲁校证：《说苑校证》，第 293 页。

质上，“《诗》无达诂”与此处所言“兴于《诗》”的存在论意蕴，可构成义理层面的互诠关系。《诗》之所以“无达诂”，首先取决于《诗》之特质。《诗》之物态人情虽是日常生活世界中的有限物，但赋、比、兴的诗性言说能够最大程度地超越对于有限物的执滞，使无限丰富的意义世界得以敞开，“贵乎神解，其味无穷”①。若解《诗》时滞于一隅或试图求一定解，即锚定《诗》之“达诂”，难免会扼杀《诗》无穷的诠释可能。

其次，《诗》之所以“无达诂”，还在于由《诗》而来的启悟乃是依托于读者具体而当下的存在境况。人的生存处境、生命感悟与文化积淀不同，同一句诗对其开启的意义世界就各不相同。“素以为绚兮”引发了孔子对“绘事后素”的思考，而“绘事后素”进一步引发了子夏对于“礼后乎”的追问。尽管孔子与子夏的对话持续了数个回合，但二人的兴发和体悟远未穷尽“素以为绚兮”潜藏着的全部意蕴。“绘事后素”与“礼后乎”均不能称为《诗》之“达诂”，充其量只是对“素以为绚兮”的一种可能性诠释罢了。②

从总体上看，“《诗》无达诂”以否定的提法创生了积极的意义。甚至可以说，“《诗》无达诂”所开启的无限可能正是孔子所看重的。孔子并不是以居高临下的姿态单向地传授某一教条或理论。他并不是“传递真理的中介人”，而是“启发人们探索真理的

---

① 马一浮著，吴光编：《马一浮卷》，第104页。

② 张汝伦师指出，孔子与子夏相与论《诗》的过程采用的是以“象”为主的话语方式。这为我们理解“素以为绚兮”章提供了新的视角。其论曰：“《八佾篇》中子夏与孔子关于‘绘事后素’的著名问答，更是完全用象来进行。子夏引《诗经·硕人》中的三句问孔子自然不是因为读不懂这三句诗，这三句诗的字面意思即便对于现代读者来说也是不难懂的，子夏显然是将此三句诗设为一象来问孔子，孔子也以象答，孔子用‘绘事后素’并非陈述一个事实，而是意欲以此象显明一个哲理，故当子夏答以‘礼后乎’，孔子赞曰：‘起予者商也！始可以言《诗》已矣。’解象才需要举一反三，举一知十。”张汝伦：《〈中庸〉研究（第1卷）：〈中庸〉前传》，上海人民出版社2023年版，第415页。

引领者”。[①] 诗教的过程不是某一有知者充当真理的传声筒，将关于真理的定见转告给无知者，而是师生切磋琢磨，彼此劝掖，“携手走向自我，唤醒神圣的潜能，从而使真理向他们敞开”[②]。为人师者须体贴门人弟子具体而当下的存在境况，将其作为个别而独特的性灵启导与化育。

《论语·述而》载孔子之言曰：“不愤不启，不悱不发”。朱注云：“启，谓开其意。发，谓达其辞。”[③]“开其意”与“达其辞”的过程，充分调动了人的想象与觉悟。此过程还有赖于时机之合宜，须待以“愤”与“悱”，即“愤者，心求通而未得之意。悱者，口欲言而未能之貌”[④]。子夏思考“素以为绚兮”而未得其解，正是“心求通而未得”之时。在此情况下，孔子并不是把一己之思作为标准答案灌输给学生，而是借子夏思考“素以为绚兮”的契机，启导弟子超越有限的语辞，引申触类，领会义理之“无定在，无穷尽”。这与“《诗》无达诂”的精神正相吻合。

（四）对近世学界论“兴”立场的反思

承上文对兴于《诗》和诗教活动存在论意蕴的探讨，方可进一步检视近世学界论“兴于《诗》”的主要立场。其中较具代表性的观点是，将“兴”归为《诗》的艺术功能与读《诗》的审美体验。

叶朗先生提出：“孔子提出的‘兴’‘观’‘群’‘怨’这组范畴，对于诗歌欣赏（作为一种美感活动）的心理特点作了深刻的分析。孔子这里说的‘兴’，和后来战国时期出现的‘赋’‘比’‘兴’那组概念中的‘兴’不是一个概念。‘赋’‘比’‘兴’中的‘兴’，是就诗的创作而言的，而孔子这里说的‘兴’是就诗的欣赏而言的。”[⑤] 尽管陈桐生对叶朗割裂两个“兴”的做法提出了异议，

---

① ［德］卡尔·雅斯贝尔斯：《什么是教育》，童可依译，第9页。

② ［德］卡尔·雅斯贝尔斯：《什么是教育》，童可依译，第9—11页。

③ （宋）朱熹撰：《四书章句集注》，第95页。

④ （宋）朱熹撰：《四书章句集注》，第95页。

⑤ 叶朗：《中国美学史大纲》，上海人民出版社2005年版，第50—51页。

认为“诗歌创作与欣赏是诗歌艺术活动的前后两个阶段，两者都离不开艺术感性”①，但他仍把“兴”视为艺术活动引发的审美体验。又如，成复旺指出，孔子所说的“兴”意指“兴起人的情志”，是“一种文艺功能”②。

也有学者提出，审美体验与伦理道德境界相通。艺术鉴赏最终通向伦理道德领域。就此，“兴于《诗》”的道德意涵也被研究者所强调。张巍指出：“所谓‘兴于《诗》’旨在把非道德的情感转化为道德意向和情怀。”③ 陈桐生也认为：“正是这种艺术感性给受众心灵所带来的伦理感悟，使人的性情、品质、思想发生潜移默化的转变，进而促进人生境界的提升。”④

问题在于，由于深受主体主义、心理主义影响，审美活动多被解作“主客体所建立的审美关系中审美主体的能动活动”⑤，且此“能动活动”多被限定为审美主体心理层面的意识活动。经过如此解读，“兴”就此具有审美心理学的意义，意指审美主体进行诗歌欣赏后在心理或意识层面萌生的体验与感受。

相比之下，彭锋先生虽同样把“兴于《诗》”视为审美活动，但他关注并揭示出审美活动实则根植于“存在论基础”，进而从生存论角度理解“兴”之为审美活动的终极意义：艺术、审美“是对原初的生活世界的无遮蔽的显示”，“是人生在世的本然状态的昭示，

---

① 陈桐生：《礼化诗学：诗教理论的生成轨迹》，第 115 页。

② 成复旺同样对“赋”“比”“兴”之“兴”与孔子所说之“兴”作了区分：“这两组概念中的两个‘兴’，读音不同，前者读去声，后者读平声；含义也不同，前者为托物起词，后者为兴起人的情志；甚至词性也不同，前者作为一种修辞方式，是名词，后者作为一种文艺功能，是动词。”成复旺撰：《艺文理论志》，上海人民出版社 1998 年版，第 339 页。与叶朗不同之处在于，成复旺并未割裂这两个“兴”的关系：“但细按其义，托物起词与兴起情志又含有某种微妙的联系。”成复旺撰：《艺文理论志》，第 339 页。

③ 张巍：《希腊古风诗教考论》，前言第 1 页。

④ 陈桐生：《礼化诗学：诗教理论的生成轨迹》，第 114 页。

⑤ 胡经之：《文艺美学及文化美学》，复旦大学出版社 2016 年版，第 31 页。

是人与世界的本源关系的显现”[①]，进而提出“由兴达到的是本然的生存状态，由兴展开的是基本的生活世界”[②]，“可以帮助我们从‘智识底知识’的世界中超越出来，达到万物一体、物我两忘的神秘境界”[③]。

综上所论，首先，若仅把“兴”等同于主体进行审美活动时的心理现象与意识活动，只是“从自下而上的心理学角度（而非自上而下的哲学观点）出发，去研究艺术中审美主体的心理结构”[④]，其后果在于，“兴”只是作为主体内部的审美体验而存在。因缺乏形上观照，“兴”的存在论意义难免被消解。其次，由于受到主体主义的影响，“兴”被归为审美主体心理意识层面的主观体验。此立场的落脚点收归于主体自身，探索重心在于审美主体的“心理诸要素（感知、想象、体验、理解）、思维运动诸方式（直观、直觉、新感性、思维向度）、心理流程初级美感（悦耳悦目）、中级美感（悦心悦意）、高级美感（悦志悦神）”[⑤]。实际上，这与“兴于《诗》”的旨归恰有扞格之处。

“兴于《诗》”的过程，其效验恰恰在于主体的消解，在于一己之私的隐遁，追求的是，人在存在之整全中的“去主体化”。“兴”之为“启一举体”意味着，“兴”的旨归在于“举体”，即揭示并通达作为存在的整全。读《诗》者所面对的，并不是与主体相对的某一客体，抑或与主体对等的某个有限者，而是作为“大全”的无限。这一“大全”不断把现代语境中以主体自居的个人涵摄于其内，使

① 彭锋：《诗可以兴：古代宗教、伦理、哲学与艺术的美学阐释》，安徽教育出版社2003年版，第42页。

② 彭锋：《诗可以兴：古代宗教、伦理、哲学与艺术的美学阐释》，第42页。

③ 彭锋：《诗可以兴：古代宗教、伦理、哲学与艺术的美学阐释》，第246页。

④ 胡经之：《文艺美学及文化美学》，第38页。

⑤ 胡经之：《文艺美学及文化美学》，第37—38页。胡经之把“味”“悟”“兴会”“意象”“神思”“虚静”“气”等概念都归结为审美主体心理构成的范畴。胡经之：《文艺美学及文化美学》，第38页。

人自觉到唯有身处意义关联整体之中，己身才能实现其独特意义。① 这并不是主体自身的确立，而恰恰意味着主体的瓦解。申言之，“兴于《诗》”并非某个审美主体与作为客体的《诗》建立起来的审美关系，而是生命在“大全”中的深入体验与展开，是“大全”中的一员与“大全”的相遇。此处所论“相遇”，并非主—客体或主体间的相遇，而是生命隐而未彰的存在面向得以唤醒与兴发。在兴于《诗》的过程中，我们以作为“大全”的世界为中介还返自身，由此，在世生存的各个可能性面向得以激发。这并不是主体不断巩固和确立自身的过程，而恰恰意味着“去主体化”的实现。唯有如此，人之成德才得以可能，正如洪堡（Wilhelm von Humboldt）所说：“赋予人性的概念尽可能丰富的内容。这个任务只有通过我们自己和世界的融合达到最普遍的、最活跃的和最自由的交互作用而得到解决。”②

综上所述，孔子论《诗》与孔门诗教的形式丰富多样，既有《荀子·大略》与《孔丛子·记义》中遵从原意式的征引与解读，也有《论语》“素以为绚兮”章与“如切如磋”章中引申触类、往复抽绎式的解读。二者的差别在于，前者停留于《诗》之“已言”，紧扣诗句具体而个别的题材内容，后者则重在“告诸往而知来者”，实现从《诗》之“已言”到《诗》之“未言”的灵动一跃。引申触类、往复抽绎式的解读之所以必要，并不是基于审美体验、道德情感之感发等层面的考虑，而是首先伴随着存在论层面的关怀。

以知解力见长的日常思维，惯于将整体中的诸多环节视作彼此孤立甚或互斥的片段，抹杀了作为整体的世界内在具有的统一性。“兴于《诗》”的过程，旨在超越日常思维对于零碎的特殊物的执

---

① 狄尔泰：“每个生命都有一个独特意义，它位于意义关联之中，在此关联内每个可记忆的现在都有一个独特价值，同时在记忆关联之中也有对整体意义的关系。个体此在之意义是完全独一无二的。”［德］狄尔泰：《历史理性批判手稿》，陈锋译，译文出版社2012年版，第12页。

② ［德］安德烈亚斯·弗利特纳编著：《洪堡人类学和教育理论文集》，胡嘉荔、崔延强译，重庆大学出版社2013年版，第25页。

着，克服“一”归“一”、“体”归“体”的二分，领会到“一”通乎“体”。由此，日常经验层面看似不相关的特殊片段，经由引申触类可通达至普遍之理，并在普遍之理的层面贯通为一，实现天地万物为一体的境界。进一步来说，此种引申触类式的论《诗》进路，也与孔子诗教的成德之旨相契合。孔子将门人视为有待启发思悟的性灵来提点，而非不顾弟子的个体差异，清一色地灌输以教条。此成德之教，要求为师者最大限度地体贴受教者具体而当下的存在境况。受教者不是被要求趋近一个作为客体的定解或“达诂”，而是以当下的生存境况与生命感悟为基点，在《诗》中开启周流无滞、灵动鲜活的意义空间与精神世界。

三　“思无邪”：论诗教“开向无限”的成德进路

上节以“兴”为枢纽来探讨孔门诗教的特质，提出：“兴于《诗》”并不仅仅作为孔子对诗教的理论说明。其最要者在于，“兴于《诗》”渗入孔子读《诗》、与弟子论《诗》的在世过程。“兴”，贵在扬弃《诗》之具体内容，引申触类，洞察特殊人事在普遍之理的层面相通为一。然而，探究并未止步于此。问题进一步变为，“兴于《诗》”何以可能？孔子缘何不言兴于《书》，兴于《春秋》，而是独言“兴于《诗》”？在孔子看来，《诗》具有何种特质，使“兴”这一生存行动得以实现？在本节中，笔者拟将“兴于《诗》”置于孔子思想的整体框架中，来探究孔子对《诗》的理解如何助益于其“兴于《诗》”的实践活动与诗化生存。

《论语·为政》载孔子之言曰：“《诗》三百，一言以蔽之，曰‘思无邪’。”孔子借“思无邪”一语，对《诗》的性质、意义及作用进行了基本界定。后世也多据此文本来阐释《诗》与诗教。如此一来，“思无邪”一语，或可成为考索孔门诗教的一大线索，为吾人探究“兴于《诗》”的前提条件提供了些许启导。本节的目的，便在于厘清前人对“思无邪”的多重阐释，进而思考“思无邪”与“兴于《诗》”的内在关联。

（一）论"思无邪"的两种解释进路

"思无邪"出自《鲁颂·駉》。《駉》通篇形式规整。"思无邪"位于《駉》诗末章的末句，与前章的"思无疆""思无期""思无斁"一一对应。关于"思无邪"，以往学界主要存在两种代表性解释：其一是将"思无邪"解作"思虑纯正无邪"。"思"作为实词，意指思想、思虑。据此，"邪"也就顺理成章地解作"邪恶""不正"之意。郑玄①、包咸②、皇侃③、邢昺④、王先谦⑤、杨伯峻⑥、黄怀信⑦等学者均持此见。"思无邪"之为"思虑纯正无邪"，也成了后世的通行解读；其二是将"思无邪"解作"无边际、无穷尽"，即无限义。宋人项安世、清人陈奂、俞樾、廖平及今人高亨、袁梅、常森等学者均持此见。申言之，此语境下的"思"字应解作无实义的语助词。⑧ 在

---

① 《郑笺》云："僖公之思遵伯禽之法，反复思之，无有竟已，乃至于思马斯善，多其所及广博。"（汉）毛亨传，（汉）郑玄笺，（唐）孔颖达疏，（唐）陆德明音释，朱杰人、李慧玲整理：《毛诗注疏》，第 2048 页。

② 包咸："归于正。"转引自（魏）何晏注，（宋）邢昺疏《论语注疏》，载《十三经注疏》整理委员会整理《十三经注疏》，第 15 页。

③ 皇侃："唯思于无邪，无邪则归于正也。"（南朝梁）皇侃撰，高尚榘校点：《论语义疏》，第 23 页。

④ 邢昺疏曰："《诗》之为体，论功颂德，止僻防邪，大抵皆归于正，故此一句可以当之也。"（魏）何晏注，（宋）邢昺疏：《论语注疏》，载《十三经注疏》整理委员会整理《十三经注疏》，第 16 页。

⑤ 王先谦："'思无邪'者，（言僖公）思之真正，无有邪曲。"（清）王先谦撰，吴格点校：《诗三家义集疏》，第 1065 页。

⑥ 杨伯峻将"思无邪"解为"思想纯正"。参见杨伯峻译注《论语译注》，中华书局 2009 年版，第 11 页。

⑦ 黄怀信："邪谓歪邪、不正。"思无邪意指"思想没有邪念"。参见黄怀信校释，庞素琴通检《论语新校释》（附通检），三秦出版社 2006 年版，第 22 页。

⑧ 宋人项安世指出："'思'，语辞也。用之句末，如'不可求思''不可泳思''不可度思''天惟显思'，用之句首，如'思齐大任''思媚周姜''思文后稷''思乐泮水'，皆语辞也。说者必欲以为'思虑'之'思'，则过矣。"对此，清人俞樾的评论是："此说是也，惜其未及'思无邪'句。按：《駉》篇首章'思无疆，思马斯臧'，次章'思无期，思马斯才'，三章'思无斁，思马斯作'，四章'思无邪，思马斯徂'，八'思'字并语辞。"陈奂持论与项氏相类，其解释"思无疆，思马斯臧"二句为："'思'皆为语助。……解者俱以'思'为'思虑'之'思'，失之。"转引自常森《"思无邪"作为〈诗经〉学话语及其意义转换》，载《简帛〈诗论〉〈五行〉疏证》，第 304—305 页。

推敲“邪”字之意时，鉴于“无邪”与《駉》前章的“无疆”“无期”“无斁”严格对应，陈奂将“无邪”和“无斁”当作义相仿佛之词。廖平将“无邪”读作“无涯”。① 高亨将“斁”解作“厌也”。② 因“无邪”与“无斁”义相仿佛，袁梅将“无邪”解为“‘无邪’犹云‘不满足’，与‘无斁’义近”③。常森在此基础上得出“无邪”之为“无边际”“无穷尽”义。

单从训诂的角度看，两解均立足于充分的文献依据，且都依托于《駉》诗的内在脉络证成己说。具体来说，持第二种解读的常森从《駉》各章严格的对应关系入手，从“《駉》诗采取重章叠句之表达方式，其第四章之‘无邪’，与前数章之‘无疆’‘无期’‘无斁’处于相同的功能位置”，推导出“（‘无邪’）其意指与前三者一致，即同样是形容空间之无边际”④。接着，常森把此解带入《駉》诗的原语境进行了一番验证：

> 首章之“臧”同“藏”；——垧野无边际，形形色色的马儿藏于其林丛薮泽之间。次章之“才”通“在”，文献中屡见；——垧野无尽头，形形色色的马儿无所不在。三章之“作”指起，末章之“徂”指往；——垧野无终了，形形色色的马儿卧起往来于其间，亦无终了。这样理解文从字顺，义理圆通，故《駉》诗自身实可证明“无邪”本指无边际、无穷尽。⑤

由是可知，常森通过把“思无邪”置于《駉》诗前后相承的内在脉

---

① 参见（清）廖平著，蒙默、蒙怀敬编《廖平卷》，第565页。

② 参见高亨注《诗经今注》，上海古籍出版社2018年版，第563页。

③ 袁梅译注：《诗经译注》，中州古籍出版社2019年版，第900页。

④ 常森：《“思无邪”作为〈诗经〉学话语及其意义转换》，载《简帛〈诗论〉〈五行〉疏证》，第306页。

⑤ 常森：《“思无邪”作为〈诗经〉学话语及其意义转换》，载《简帛〈诗论〉〈五行〉疏证》，第308页。

络，推断出“无邪”意指“无边际、无穷尽”。

与常森立场有所不同，清人王先谦主张“思无邪”之为“思虑纯正无邪”义。对于《駉》诗内在脉络的重视，同样见于王氏的训释。然而吊诡之处在于，对《駉》前后诗句的推敲，却使王氏得出了“思无邪”之为“思之真正，无有邪曲”的结论。《駉》首章云：“駉駉牡马，在坰之野。薄言駉者，有驈有皇，有骊有黄，以车彭彭。思无疆，思马斯臧。”诗首章的前半部分（从“駉駉牡马”至“以车彭彭”）描绘的场面是，毛色各异的马三五成群，栖息在一望无垠的原野上，身姿矫健，神骏非凡。若依常森之见——“思无疆，思马斯臧”两处“思”字均作语辞——那么，“思无疆”所描述的对象便与诗的前半部分保持一致，即“无疆”仍用以形容马群。由此，“思无疆，思马斯臧”一句，便能与诗的前半部分构成不言自明的承接关系。

但若将“思无疆”之“思”解作“思虑”，这意味着，《駉》各章前后部分的主语势必要进行一番转换。仍以《駉》诗首章为例，前半部分（从“駉駉牡马”到“以车彭彭”）写马群的盛况，后半部分“思无疆，思马斯臧”转而描写鲁僖公。以此类推，二章“思无期，思马斯才”、三章“思无斁，思马斯作”及四章“思无邪，思马斯徂”所描写的均为僖公本人，而不再是马群。王先谦《集疏》正是把《駉》各章后半部分的主语设定为鲁僖公：

> “思无疆”者，言僖公思虑深微，无有疆畔。即牧马之法亦皆尽善，致斯蕃庶。①
>
> “思无期”者，（言僖公）思虑远长，无有期限，即马亦多成材也。②

---

① （清）王先谦撰，吴格点校：《诗三家义集疏》，第 1065 页。

② （清）王先谦撰，吴格点校：《诗三家义集疏》，第 1066 页。

"思无斁"者，（言僖公）思之详审，无有厌倦。①

"思无邪"者，（言僖公）思之真正，无有邪曲。②

据王氏之说，如果"思无疆"的主语是僖公，那么，注文需要解决的便是"思无疆"与"思马斯臧"的一贯性问题，亦即"思马斯臧"之"思"究竟该作何解？从描写鲁僖公"思虑深微无有疆畔"的"思无疆"，是如何过渡到"思马斯臧"的？毕竟如果两"思"字均为"思虑"之"思"，那么，从"思无疆"突然转至鲁僖公思虑"马斯臧"较为突兀。对此，王氏的回答是，前一"思"字作"思虑"解，后一"思"字仍作句首语助词，无实意，以此解释"思无疆"与"思马斯臧"的语意接续与过渡。

综上所言，"思无邪"的两种解释进路，均深植于《駉》前后相承的语境与内在脉络自圆其说。这表明，若仅从训诂及语义的角度分析，上述两解将各据其理，不分轩轾。但问题在于，吾人可否满足于此，承认两解各有其理而不往前更进一步？需要注意的是，此处所论"往前更进一步"，并不是以一种解释进路否定另一进路，使二者形成互相倾轧的对立关系，而是由表及里，考索二者依托的观念背景与基础。这又可细析为下列问题：训释进路作为冰山一角，反映出训释者对《诗》之意义与精神的何种理解？"思无邪"的两种训释方式，将对吾人理解《诗》与诗教产生何种不同的影响？如此一来，训释过程便不再是一番价值中立的陈述，而是对《诗》之概念与诗教观念进行积极的建构。

有鉴于此，本节对"思无邪"两种解释进路的探究，其最要者便不在于从训诂的角度评判二者的高下，而是以《诗》整体性的内容框架、诗性言说的特质与效验为准绳，去考索二解能否如实呈现出《诗》之所是，进而考察此二者如何影响吾人对《诗》的定位、

① （清）王先谦撰，吴格点校：《诗三家义集疏》，第1066页。

② （清）王先谦撰，吴格点校：《诗三家义集疏》，第1067页。

如何塑造吾人对孔子诗教（乃至广义上的诗教观念）的意义与价值的理解。

1. “思无邪”之为“无边际、无穷尽”

按照俞樾、常森等学者之见，“思无邪”应解作“无边际”“无穷尽”。这又可区分出不同的意涵指向。首先，“无边际”“无穷尽”是就《诗》的内容而言，即《诗》内容方面涵盖甚广，无所不包。本书第一章已论，从《风》到《颂》，动态地展开了一个完整而连贯的意义域，从切近处的人伦日用拓展到君臣、宗族、夷夏等领域，再到文明共同体纵向的历史进程，乃至神人、天人关系，以纵深性的意义结构承载着共同体及其成员在世关系的总和，可谓广大悉备。此意义结构辐射到共同体在世生存的各个维度，这不应理解为经验事实层面编诗者的主观安排所致，而是生存经验在存在论层面必然以此方式展开其自身，如此才能实现共同体生存结构的整全性。这意味着，《诗》不是与主体相对的某一客体抑或与主体对等的某个有限者，而是无限之“大全”。

> 欧阳修曰：“盖《诗》述商、周，自《生民》《玄鸟》，上陈稷、契，下迄陈灵公，千五六百岁之间，旁及列国、君臣世次，国地、山川、封域图牒，鸟兽、草木、鱼虫之名，与其风俗善恶，方言训故，盛衰治乱美刺之由，无所不载。”①
>
> 李光地曰：“其实他经说道理学问，至世事人情，容有搜求未尽者，惟《诗》穷尽事物曲折，情伪变幻，无有遗余，故曰‘思无邪’也。”②
>
> 荻生徂徕曰：“大抵《诗》之所言，上自庙堂，下至委巷，

---

①（宋）欧阳修著，洪本健校笺：《诗谱补亡后序》，载《欧阳修诗文集校笺》，第1057页。

②（清）李光地撰，陈祖武点校：《榕村语录·诗》卷十三，载《榕村语录　榕村续语录》，第307页。

以及诸侯之邦，贵贱男女，贤愚美丑，何非所有。世变邦俗，人情物态，可得观之。”①

陈子展曰：“《诗经》全部作品从各种不同的角度广阔地交错地反映了那时的社会生活。”②

引文所言“无所不载”“无有遗余”“何非所有”等提法，均凸显出《诗》作为“大全”的靡所不包。而“思无邪”之为“无边际”“无穷尽”义，揭橥的正是“大全”本身的无限性。这说明，将“思无邪”解作“无边际、无穷尽”，的确贴合《诗》内容方面的特质。不过须注意的是，“无边际”“无穷尽”的意涵，不仅限于描述《诗》之内容的广博程度，还在强调诗性言说能够开启深远而博大的意义世界，可供玩味抽绎，以至于无穷。就此而言，孔子与子夏围绕“素以为绚兮”切磋涵玩便是一个很好的例子（上文已述，兹不赘）。

毋庸置疑，《诗》的确以某一人物、事件、场景、仪式或物象为题材。此类题材具体而特殊，形象鲜活，依附于一定的历史情境，局限于特定的时空范围。而交代诗的历史背景与所涉人事，正是《小序》的着眼点。相比之下，《诗》的高明与深刻恰恰在于，“并不企图从视觉角度表现这样的场面或这样的经验，而毋宁说是超越它们的个性以向广阔无限的世界展开”③。由此，具体而有限的事物得以提升到现实之上，并从各自的受限中，从各自的特殊性中挣脱出来，在“诗—兴”思维和诗性言说创辟的意义世界中变得自由。伴随此一过程，“精神摆脱我们在其中坚持感情的困境，与视觉角度的片面分离：精神最大限度地漫游，到达神思的高度，与此同时进

① ［日］获生徂徕撰：《辨道》，转引自王晓平《日本诗经学史》，第153页。

② 陈子展：《关于〈诗经〉（代序）》，载陈子展著，徐志啸编《诗经直解》，第21页。

③ ［法］弗朗索瓦·于连：《迂回与进入》，杜小真译，第159页。

人全面而明澈的静思，得以深入到万物深处，参与万物的飞跃高潮，拥抱整个宇宙”①。

这意味着，诗人言说的是具有恒久意义的普遍性存在，是在“神思的高度”开向无限与永恒，正如席勒指出，诗应当以无限作为描述内容，诗之所以为诗，其奥秘就在于此：“即使雄伟庄严的罗马，除非想象力使它变得崇高，也只是一个有限的伟大，因而也不配作诗的题材，因为诗被提高到现实的一切之上，只应当悲叹无限的东西。”② 若《诗》局限于题材本身，说一是一，说二是二，在此之外了无余蕴，仅作为“历史经验的如实呈现”③，那么《诗》难免在对有限物的执着中僵化。

兹取《秦风·蒹葭》为例说明此点。诗首章云：“蒹葭苍苍，白露为霜。所谓伊人，在水一方。”“在水一方”，虽未点明所寻之人的确切位置，但以肯定的语气凸显出伊人在此的确定性。“在水一方”营造出视觉上的临近感——“其下‘所谓伊人，在水一方’，是虚点其地，似乎近在眼前”④。诗首章继之以如下叙述：“溯洄从之，道阻且长。溯游从之，宛在水中央。”溯洄，逆流而上也；溯游，顺流而下也。二者穷尽了河水流向的所有可能。但上苍似乎与诗中人开了个玩笑。虽委致其身，办法用尽，此番寻求仍无果而终。看似“在水一方”，近在咫尺，实则“道阻且长”“道阻且跻”“道阻且右”。“长”用以形容路途遥远，“跻”与“右”则用以形容路况不佳。⑤ 路途的遥远崎岖，加剧了求而不得的困境。

只能遥望而不可企及的境况，亦见于《周南·汉广》。只不过

---

① ［法］弗朗索瓦·于连：《迂回与进入》，杜小真译，第159页。

② ［德］席勒：《论素朴的诗与感伤的诗》，曹葆华译，载刘小枫选编《德语诗学文选》上卷，华东师范大学出版社2006年版，第131页。

③ “传统的中国读者秉承着如此的信念，即诗是对历史经验的如实呈现。”Stephen Owen，*Traditional Chinese Poetry and Poetics*：*Omen of the World*，p. 57.

④ 程俊英、蒋见元：《诗经注析》，第345页。

⑤ “跻”为“登高”之意。“右”即道路弯曲之意。参见程俊英、蒋见元《诗经注析》，第347—348页。

《蒹葭》重在刻画求而不得的怅惘和求之不已的执着，《汉广》则以另一态度来面对求而不得的困境。据余冠英的题解，“（《汉广》）是男子求偶失望的诗”。[①] 历代注解基本上与此相仿，只不过昔人还交代了求偶未得的具体原因，如朱子将原因归为文王之化：“文王之化，自近而远，先及于江汉之间，而有以变其淫乱之俗，故其出游之女，人望见之，而知其端庄静一，非复前日之可求矣。”[②] 以上解释均围绕诗所涉人事而展开。

相比之下，《孔子诗论》的诠释颇为不同，其用“智（知）”来评点《汉广》，所谓“《汉广》之智（知）”[③]。令人疑惑的是，《汉广》从头到尾均未出现“智”字。此外，诗中之事平平无奇，似乎也称不上“智”。对此，《诗论》作了一番解释：“《汉广》之智（知），则知不可得也。”在孔子看来，能够明辨什么可得、什么不可得，也是一种智。李学勤亦云：“简文认为不作非分之想，不去强求不可得的对象，硬做不能成的事情，可谓知足守常，是智慧的表现。”[④] 考诸诗文，“不可”一词复现了八次，如“不可求思”“不可泳思”“不可方思”。“不可”的复现，可视为诗中人对自身的提醒：须明辨可求与不可求的界限。对于可求之物，应竭力求取；对于不可求之物，则不妄求。

“《汉广》之智，则知不可得也”表明，孔子并未定睛于求偶未得的具体人事，而是对“不可得”之理进行了阐发。其深刻之处在于，洞悉“不可得”是在世生存所面临的普遍问题，进而思考人应如何面对求而不得的困境，如何在此困境中与自己和解。“知不可得”成其为“智”，其原因在于，人最难面对的便是自身的有限性，

① 余冠英选注：《诗经选》，第 11 页。

② （宋）朱熹集撰，赵长征点校：《诗集传》，第 9 页。

③ 李学勤：《上海博物馆藏竹书〈诗论〉分章释文》，转引自刘信芳《孔子诗论述学》，第 183 页。

④ 李学勤：《〈诗论〉说〈关雎〉等七篇释义》，《齐鲁学刊》2002 年第 2 期，转引自刘信芳《孔子诗论述学》，第 183 页。

承认存在超出自己掌控的对象。而唯有洞彻一己之有限，才能“知不可得”，且安于不可得。实际上，“知不可得”并非全然消极的断言。“可”与“不可”互为规定，只有明白什么是不可得之物，才能明白什么是可得之物与应求之物。

据此反观《蒹葭》的主人公，似乎尚未具备“知不可得”的智慧。诗中，“溯洄从之”句与“溯游从之”句回环往复，前后重沓了三次，足见诗人锲而不舍的决心。若全诗发展到“溯洄从之，道阻且长”“道阻且跻”“道阻且右”便结束了，也就是说，《蒹葭》删改为如下形式：

> 蒹葭苍苍，白露为霜。所谓伊人，在水一方。溯洄从之，道阻且长。
>
> 蒹葭萋萋，白露未晞。所谓伊人，在水之湄。溯洄从之，道阻且跻。
>
> 蒹葭采采，白露未已。所谓伊人，在水之涘。溯洄从之，道阻且右。

那么可以说，伊人未得，在很大程度上归咎于路途遥远曲折。尽管如此，这（“道阻且长”“道阻且跻”“道阻且右”）并未消解“所谓伊人，在水一方”的确定性。意中人仍在那个地方，只不过长路漫漫，诗人暂未到达罢了。在此情况下，仍存在寻得伊人的可能性。但《蒹葭》并未止步于此，而是继之以如下叙述：“溯游从之，宛在水中央”，“溯游从之，宛在水中坻”，“溯游从之，宛在水中沚”。诗人由逆流而上转为顺流而下。此做法看似简单轻省（至此，读者可能早就松了口气，既然逆流而上行不通，顺流而下总该可以寻见了吧），但令人始料未及的是，溯游从之的结果并不理想——意中人竟“宛在水中央”“宛在水中坻”“宛在水中沚”。

相比起逆流而上的种种难处（“道阻且长”），“溯洄从之”将诗人推向了无解的困境——“在水之中央，言近而不可至也”①。朱子用“近而不可至”解释“宛在水中央”。初看上去，“近而不可至”这一表述矛盾重重。据日常经验，“近”便意味着“可至”，那么，朱子在何种意义上提出“近而不可至”？“水中央”，本为近而可至之所。但若附上一个“宛”字，便把“水中央”虚化了，如程、蒋注本所言：“一个‘宛’字，又将实在的处所一笔拎空。”② 易言之，“宛在水中央”看似近在眼前，实质上却消解了“在水一方”的确定性。相比之下，逆流而上虽“道阻且跻”，但至少承认“在水一方”的确定性，让诗人尚有目标可寻，只不过暂未到达这一目标罢了。

在描写诗人艰苦卓绝的追寻之后，《蒹葭》以“宛在水中央”作结，似乎平添了一种荒谬感。若伊人“在水一方”本是虚幻的，是不真实的，那么诗人穷尽一切所追寻的又是什么，是虚无吗？诗人的求索到头来是否落为一场空？可见，《蒹葭》超越了求偶未得的日常经验，在言说生存困境的层面开启了无穷的诠释空间。章培恒、骆玉明指出：“人生中本不乏这样的现象：对自己设定的某种目标的追求，无论怎样地努力，总是不能达到；永远可望而不可即。以致每一想及，即无限怅惘，而这也许是人生永远无法克服的。”③ 在此须注意，如果“溯洄从之，道阻且跻”言说的是求取目标之难，那么到了“溯游从之，宛在水中央”，《诗》更深入了一层。“宛”字的使用，意味着对“伊人”在水一方之确定性的消解。很明显，临到末了，诗人也已意识到“伊人”位置的虚幻，由原先抱定目标、不假思索地追寻，转变为开始反思起初的目标——我们真的知道，自己穷尽一生所追求的究竟是什么吗？

再来看《诗》中另一独特主题——“思归”。《邶风·泉水》《卫风·竹竿》《豳风·东山》与《小雅·采薇》均可归入其类。

① （宋）朱熹集撰，赵长征点校：《诗集传》，第117页。

② 程俊英、蒋见元：《诗经注析》，第346页。

③ 章培恒、骆玉明主编：《中国文学史新著》（增订本），第68页。

《泉水》《竹竿》之《序》直截点明了其“思归”之意，如“卫女思归也。嫁于诸侯，父母终，思归宁而不得，故作是诗以自见也”① 与“卫女思归也。适异国而不见答，思而能以礼者也”②。从总体上看，以上数诗的创作年代各不相同，思归之缘由与所归之地也各有差异。《泉水》《竹竿》的主人公均为远嫁异国、婚姻不幸的女子，均“思归宁而不得”。《东山》和《采薇》的主人公是久征在外的士兵，祈盼能早日还乡。就历史事实层面而言，诸诗可谓八竿子打不着。但实际上，诗篇对人在异乡或人在归途的描述只是一个触发点，从中折射出更具普遍性的问题，即人生在世，其安身立命之处何在？《豳风·东山》以“我徂东山，慆慆不归。我来自东，零雨其濛”发语，且此句在诗中复现了四次。《采薇》连言三次“曰归曰归”，六个“归”字形成了强烈的语势，呈现出对归处与归期的迫切追寻。不论是《东山》的“不归”，还是《采薇》的“曰归”，此语境下对归乡的咏叹，所针对的不只是征夫迟迟不得还乡的悲惨遭遇，更是直指在世生存的根本困境——生命的意义难以安顿，终其一生都在寻求立命之所。因此，“归”的意义不仅限于返回某一地点的行动，其最要者在于，指涉人对生命赖以维系的终极归属的追寻。

由上推知，《诗》的意义域何其广阔，往往能从有限人事上达至对生存的根本问题与困境的揭示，引人无尽遐思。《关雎》之《孔疏》曾言：“《诗》理深广。”③ 正因《诗》言有尽而意蕴无穷，从《诗》中有所兴发才得以可能。不管对哪一时代的读者而言，每次翻开《诗经》，都昭示着一段崭新的历程。《诗》的意义世界无边无垠，可供优游涵泳，沉潜玩味。可见，将“思无邪”解作无边无际，

① （汉）毛亨传，（汉）郑玄笺，（唐）孔颖达疏，（唐）陆德明音释，朱杰人、李慧玲整理：《毛诗注疏》，第 225 页。

② （汉）毛亨传，（汉）郑玄笺，（唐）孔颖达疏，（唐）陆德明音释，朱杰人、李慧玲整理：《毛诗注疏》，第 320 页。

③ （汉）毛亨传，（汉）郑玄笺，（唐）孔颖达疏，（唐）陆德明音释，朱杰人、李慧玲整理：《毛诗注疏》，第 5 页。

与“兴于《诗》”形成了互诠的关系，对理解孔子论《诗》的其他条目也颇有裨益。

在孔子之后，自由驰骋于《诗》之意义域的鸿儒大哲莫过于船山。船山为其说《诗》著作取名为《诗广传》，也颇有深意可寻。此处，“广”字用得极妙，既在描述性层面对《诗》的特质进行了评点，即《诗》广大悉备，意蕴广远无穷，又在规范性层面对读《诗》之法作了一番提示，即读《诗》须广其未尽之义。凡此面向均体现出他对《诗》之性质的理解：“陶冶性情，别有风旨，不可以典册、简牍、训诂之学与焉也。”① 若《诗》只是历史经验的“实录式呈现”，那么根本就不存在广其未尽之义的空间。

综观《诗广传》，“广其义”贯彻于船山对每首诗的讲论之中。以其对《周南·葛覃》的阐释为例。船山提出了“有余”“无余”这一组“对概念”，将“无余”界定为“无余者，沾滞之情也”，并将其申明为：“沾滞之情，生夫愁苦；愁苦之情，生夫劬倦；劬倦者，不自理者也，生夫愒佚；乍愒佚而甘之，生夫傲侈。力趋以供傲侈之为，心注之，力营之，弗恤道矣。”② 其实，“有余”与“无余”，并未明见于《葛覃》的字里行间，也与该诗所涉人事无直接关联，甚至历代说《诗》者也并未从该角度进行解读。毋宁说，“有余”和“无余”是船山对《诗》引申触类后所通之理。此解读方式贯穿了《诗广传》之终始，故而王孝鱼先生对此书的评价是：“对《诗经》各篇加以引申发挥，所以叫做‘广传’。”③《葛覃》启发船山思考，何者阻碍了世人体道？

> 《葛覃》，劳事也。黄鸟之飞鸣集止，初终寓目而不遗，俯仰以乐天物，无沾滞焉，则刈濩絺绤之劳，亦天物也，无殊乎

---

① （清）王夫之著，戴鸿森笺注：《姜斋诗话笺注》，第 1 页。

② （明）王夫之撰：《诗经稗疏·诗广传》，第 301 页。

③ 王孝鱼撰：《〈诗经稗疏·诗广传〉中华本点校说明》，载（明）王夫之撰《诗经稗疏·诗广传》，第 517 页。

> 黄鸟之寓目也。以絺以绤而有余力，“害浣害否”而有余心，“归宁父母”而有余道。故《诗》者，所以荡涤沾滞而安天下于有余者也。“正墙面而立”者，其无余之谓乎！①

以上遐思，毋宁说是船山“兴于《诗》”之所得。这再次印证，《诗》的意义域无边际、无穷尽，这使“兴于《诗》”得以可能。易言之，“思无邪”构成“兴于《诗》”的前提条件。

至此，吾人可就上述论说作一番总结。孔子论《诗》，以“兴”为本，着眼于在义理层面转相发明、往复抽绎，以至于无穷，而非拘囿于《诗》之具象人事，这恰恰是由《诗》本身的特质直接决定的，非此不能彰显《诗》无限丰富的诠释可能。据此而论，孔子的诗教实践与诗化生存，其实质乃是与《诗》寓普遍于特殊、变有限为无限的特质相契合，其根据在于，“诗—兴”思维与诗性言说足以开启无穷的意义世界。马一浮论圣人说《诗》之法，也始于对《诗》之特质的分析：“诗人感物起兴，言在此而意在彼，故贵乎神解，其味无穷。圣人说《诗》皆是引申触类，活鱍鱍地。其言之感人深者，固莫非《诗》也。”② 易言之，从《诗》之特质过渡到圣人如此论《诗》，恰如水到渠成般自然而然。圣人论《诗》之见，并非私意造作之论，而是从《诗》之意义域中自然生发而出。职是之故，吾人可得出以下结论：将“思无邪”释为“无边际、无穷尽”，的确与《诗》之特质相贴合，同时也与“兴于《诗》”形成了互诠关系。

2. “思无邪”之为“思虑中正无邪僻”

再来看“思无邪”的另一训释，即“思无邪”之为“思虑纯正无邪”。克实而论，此解由来已久，史迁③、包咸、皇侃等已从此解，但大力阐释“思无邪”之为“思虑中正无邪僻”的是宋儒。初

---

① （明）王夫之撰：《诗经稗疏·诗广传》，第301—302页。

② 马一浮著，吴光编：《马一浮卷》，第104页。

③ “《诗》三百篇，大抵贤圣发愤之所为作也。此人皆意有所郁结，不得通其道也，故述往事，思来者。”（汉）司马迁撰：《史记》，第3300页。

读上去，“思无邪”一语的描述对象可指《诗》或诗人，即《诗》的内容或诗人的心思意念中正无邪。吕祖谦①、张栻②、戴溪③、陈祥道等人多持此见。然而，朱子却看到此解与《诗》的实际情况颇有抵牾。如果“思无邪”指《诗》或诗人的动机意念，那么该如何解释《桑中》《溱洧》等淫诗的存在？

> 旧人说似不通。中间如许多淫乱之风，如何要“思无邪”得！如“止乎礼义”，中间许多不正诗，如何会止乎礼义？④
>
> 若以为作诗者“思无邪”，则《桑中》《溱洧》之诗，果无邪耶？⑤

对此，朱子提出，“思无邪”所指并非《诗经》内容本身或是诗人的动机与初衷，而是指《诗》的功用与读《诗》的效验。此即是说，读《诗》能使人“思无邪”，尽管《诗》本身未尝“思无邪”。

（1）朱子的质疑：《诗》未尝“思无邪”

《诗》未尝“思无邪”，这在朱子所处时代可谓离经叛道的观点。《诗》位列六经，具有不可撼动的神圣性与权威性。宋人陈祥道指出：“《诗》之为书，其事则王道之迹，其词则法度之言。”⑥ 小山

---

① “伯恭以为三百篇皆正诗，皆好人所作。”（宋）黎靖德编，王星贤点校：《朱子语类》，第539页。

② “《诗》三百篇美恶怨刺虽有不同，而其言之发皆出于恻怛之公心，而非有他也。故“思无邪”一语可以蔽之。”（宋）张栻撰：《癸巳论语解》卷一，载（清）纪昀等编《景印文渊阁四库全书·经部·四书类》第199册，第196页。

③ “此一章是圣人论删《诗》本旨。盖《诗》有三千余篇，今圣人删去十，只存一。……只是他发心处元无邪僻。咏歌、嗟叹、讥刺、讽谏，本只是美意，故录之。”（宋）戴溪撰：《石鼓论语答问》卷上，载（清）纪昀等编《景印文渊阁四库全书·经部·四书类》第199册，第7—8页。

④ （宋）黎靖德编，王星贤点校：《朱子语类》，第540页。

⑤ （宋）黎靖德编，王星贤点校：《朱子语类》，第539页。

⑥ （宋）陈祥道撰：《论语全解》卷七，载（清）纪昀等编《景印文渊阁四库全书·经部·四书类》第196册，台北：台湾商务印书馆1986年版，第167页。

爱司在其著作《诗经研究》每卷之扉页题曰："修身齐家之圣典""经世安民之圣训"[①]。诸如"圣典""圣训""王道之迹"等措辞，均反映出《诗经》的崇高地位。《诗》位列经部的神圣性与权威性，使任何对其内容的指摘都显得不合理且不正当。既然列入六经，《诗》又如何会"思有邪"？早在西周初期，《诗》已然在国子教育中扮演着重要角色。倘若《诗》"思有邪"，又如何可能导人归于正途，诚如《论语集注述要》所言："故知《论语》所谓学《诗》，所谓兴于《诗》，必除诸淫诗外指其正者而言。其诸淫诗，当如天子采录，备以知其美恶得失，非即以其宣淫之语，端人正士所不乐闻者，令诸学者朝夕讽诵，嘄聒于先生长者之前也。……初学知识初开，血气未定，导以淫诗，直如教猱升水，劝之云耳，何惩之有？"[②] 鉴于《诗》之为"经"的权威与神圣已然成为长期存在的经验事实，无怪乎当朱子指出《诗》之篇章"有正有邪"时，此观点一时难以被全然接受。

然而，根据朱子及其门人的读诗体会，《诗》中之事未必尽合王道，其词也并非全是"法度之言"，一个代表性体现便是《国风》中的"淫奔"诗。风诗不少篇目的合法性曾在师生中引起了广泛讨论。变《风》中淫诗分布之广[③]，曾被多次指出。《蝃蝀》《溱洧》等诗过于直白地表现男女亲昵之情，伤风败俗，有失风化。淫情在诗歌中的表现，被视为人道失坠的表征。此外，不独是郑卫之风，

① 参见［日］小山爱司《诗经之研究》，中央学会昭和十二年版，转引自刘毓庆《百年来〈诗经〉研究的偏失》，载中国诗经学会、河北师范大学合办《诗经研究丛刊》（第三十辑），学苑出版社 2018 年版，第 318 页。

② 转引自程树德撰，程俊英、蒋见元点校《论语集释》，中华书局 2014 年版，第 683 页。

③ 朱子曰："若变《风》，又多是淫乱之诗，故班固言'男女相与歌咏以言其伤'，是也。"（宋）黎靖德编，王星贤点校：《朱子语类》，第 2067 页。朱子曰："某今看得《郑诗》自《叔于田》等诗之外，如《狡童》《子衿》等篇，皆淫乱之诗。而说《诗》者误以为刺昭公，刺学校废耳。《卫诗》尚可，犹是男子戏妇人。《郑诗》则不然，多是妇人戏男子，所以圣人尤恶郑声也。"（宋）黎靖德编，王星贤点校：《朱子语类》，第 2068 页。

就连被称作“正始之道，王化之基”的《召南》也收录了淫奔之诗，如《野有死麕》。除内容涉及淫情之外，《诗经》不少篇目也因言辞有失中正而颇受质疑。比如，门人曾询问《摽有梅》《何彼秾矣》等诗为何会位列正《风》？既然位列正《风》，《摽有梅》的言辞缘何如此急迫？①

与朱子立场相近，船山对《草虫》《木瓜》等诗也多有微词。《草虫》云：“未见君子，忧心忡忡。亦既见止，亦既觏止，我心则降。”船山以为，君子应不以物喜，不以己悲。而此诗的哀乐均系于所见之人，可见其志不远，体道不深。孔子对《周南》《召南》评价甚高。这表明，二《南》理应收录具有典范性意义的诗歌，为何竟将《草虫》也收录其中？船山遂提出了如此疑问：“《草虫》无当于道与？何居乎《召南》之录也？”② 船山的发问其实是在质疑《草虫》位列《召南》的合法性。

然而，若反观《诗大序》所云“变《风》发乎情，止乎礼义”，在此语境下，连讥刺时政的变《风》都能“止乎礼义”，更遑论正《风》、正《雅》及《颂》。吕祖谦便是此立场的坚定拥护者，诚如朱子所言：“伯恭以为三百篇皆正诗，皆好人所作。”③ 又言：“伯恭直以谓《诗》皆贤人所作，皆可歌之宗庙，用之宾客。”④ 但如前所述，朱子及其门人读《诗》的真实感受却是多篇诗作并未“止乎礼义”：“且如‘止乎礼义’，果能止礼义否？《桑中》之诗，礼义在何处？”⑤ 部分诗作未能“止乎礼义”，这加深了朱子对前人诗说的质疑：“盖所谓《序》者，类多世儒之误，不解诗人本意处甚多。”⑥

---

① 问：“《摽有梅》之诗固出于正，只是如此急迫，何耶？”（宋）黎靖德编，王星贤点校：《朱子语类》，第 2101 页。

② （明）王夫之撰：《诗经稗疏·诗广传》，第 309 页。

③ （宋）黎靖德编，王星贤点校：《朱子语类》，第 539 页。

④ （宋）黎靖德编，王星贤点校：《朱子语类》，第 2090 页。

⑤ （宋）黎靖德编，王星贤点校：《朱子语类》，第 2068 页。

⑥ （宋）黎靖德编，王星贤点校：《朱子语类》，第 2068 页。

据此，朱子认为，《诗序》未必能够如实反映《诗》的真实面貌，而是与其内容存在诸多出入。这也构成朱子批评《诗序》的一大原因。[①]

（2）“淫诗说”引发的争论

被尊为“修身齐家之圣典”的《诗经》居然收录了不少“淫诗”，这让许多儒者难得其解。对于《诗》的神圣性与权威性而言，淫诗的存在可谓难以启齿的污点，同时，这也对“思无邪”之为“思虑中正无邪僻”的训释起到了相当程度的冲击。如何应对此理论难题，使“思无邪”解作“思虑中正无邪僻”仍旧自洽，便成为时人必须直面的问题。

对此，一个常见的处理方式是，基于训诂、音韵、考证等多重研究进路，否认“淫诗说”，仍旧坚持《诗》是正典。[②] 有学者认为，“诗”与“声”是不同的范畴。陈启源《毛诗稽古编》指出：“声者，乐音也，非诗词也。”[③] 因此，从“郑声淫”不能推导出“郑诗淫”。与此同时，陈氏还详考先秦语境中“淫”的定义，指出

---

① 先秦学者多对《诗》持积极正面的评价。季札观乐，对所闻之乐赞不绝口，而《郑风》《卫风》诸诗均在季札所观之列。《荀子·劝学》也指出：“诗者，中声之所止也。”然自唐以来，学者逐渐指出《诗》中存在诸多轻薄之辞，尤以郑卫之音为代表。对于此类不合礼义的诗作，宋儒更是进行了激烈的批判。值得追问的是，此种解《诗》态度的不一致究竟该如何理解？是唐代以前的学者读《诗》不够仔细深入，未能发现“淫诗”的存在，还是宋人的看法太过偏激，抑或是二者论《诗》的视角与发问方式有所不同？扬汉抑宋或扬宋抑汉，均不可取。或许应透过不同时期学者论《诗》态度的不一致，思考背后的根源。

② 陈祥道认为：“《诗》之为书，其事则王道之迹，其词则法度之言。”（宋）陈祥道撰：《论语全解》卷七，载（清）纪昀等编《景印文渊阁四库全书·经部·四书类》第196册，第167页。在现当代学者中，否定淫乱说的立场同样存在。章培恒认为：“《诗经》毕竟不是一部单纯的诗集，它既是周王朝的一项文化积累，又是贵族日常诵习的对象。所以，虽然其中收录了不少民间歌谣，但恐怕不可能包含正面地、直接地与社会公认的政治与道德原则相冲突的内容。”又言：“按照孔子的意见（理应也是当时社会上层一般人的意见），《诗》三百，一言以蔽之，曰‘思无邪’。意思就是，《诗经》中的作品，全部（或至少在总体上）是符合于当时社会公认道德原则的。否则不可能用以‘教化’。”章培恒、骆玉明主编：《中国文学史》，复旦大学出版社2004年版，第84页。

③ （清）陈启源撰：《毛诗稽古编》，第170页。

“郑声淫”之“淫”指的不是淫乱，而是过度：“淫者，过也，非专指男女之欲也。……乐之五音十二律，长短高下皆有节焉。郑声靡曼幻眇，无中正和平之致，使闻之者导欲增悲，沉溺而忘返，故曰淫也”①，借此申明以“淫乱”说《诗》，纯属后人的误判。又如，姚际恒考诸春秋时期的赋《诗》现象，发现春秋时人亦多援引被后世视为“淫诗”的篇章：“春秋诸大夫燕享，赋诗赠答，多《集传》所目为淫诗者，受者善之，不闻不乐，岂其甘居于淫佚也!”②

然究其实质，以上诸论并未对朱子及其门人对《诗》的种种质疑作出根本回应。朱子及其门人列举出《诗》中不合礼义的种种现象，就此进行了诸多发问与探究。这并不是一句“无一不是善言”就能轻易搪塞过去的。可见，第一种回应方式并不彻底，乃是以悬置问题代替了对问题的直面与解决。与之相比，更为可取的做法或在于，正视读《诗》过程中的种种困惑与不解。这非但不会成为读《诗》的障碍，反而为解《诗》开启了更为广阔的问题域。就此而言，熊十力先生的读《诗》态度可谓良鉴：“《诗经》难读，非有大智慧，虽读之，与不读等。……愿思之终身，无妄谓易解。夫惟知圣言不易索解也，而后可求真解，而后可与言《诗》。”③

第二种回应是，此类“淫诗”本不属于《诗》之原典，乃是后世乱入。阳明在与弟子徐爱的对答中便持此见：

> 爱又问：“恶可为戒者，存其戒而削其事以杜奸。何独于《诗》而不删郑卫？先儒谓‘恶者可以惩创人之逸志’，然否?”
>
> 先生曰：“《诗》非孔门之旧本矣。孔子云：‘放郑声，郑声淫。’又曰：‘恶郑声之乱雅乐也。’‘郑卫之音，亡国之音也。’此是孔门家法。孔子所定三百篇，皆所谓雅乐，皆可奏之

---

① （清）陈启源撰：《毛诗稽古编》，第170页。

② （清）姚际恒撰：《诗经通论·论旨》，载顾廷龙主编，《续修四库全书》编纂委员会编《续修四库全书·经部·诗类》第62册，第10页。

③ 熊十力：《读经示要》，第387页。

> 郊庙，奏之乡党，皆所以宣畅和平，涵泳德性，移风易俗，安得有此！是长淫导奸矣！此必秦火之后，世儒附会，以足三百篇之数。盖淫泆之词，世俗多所喜传，如今闾巷皆然。恶者可以惩创人之逸志，是求其说而不得，从而为之辞。”①

徐爱的提问很有代表性。既然《诗》被尊为正典，笔触理应雄深雅健，题材理应合乎礼义，缘何竟收录了如此多的淫诗？这与《诗》之为“经”如何相称？对此，阳明以为，孔子原先所定之《诗》的确篇篇均为雅乐，均能“宣畅和平，涵泳德性，移风易俗”。淫诗的出现，是由于秦火之后，《诗》篇章不全，世儒为凑足篇数，将喜闻乐见的淫佚之辞增补于其间所致。②

第三种回应进路，是从诗教的角度来解释“淫诗”的意义与价值。圣人收录了内容不尽美善的诗，旨在“见风俗如此不好。至于做出此诗来，使读者有所愧耻而以为戒耳”③。内容不正之诗，同样具有教化作用，这是朱子的创见：“思无邪”并非就《诗》本身或诗人的动机而言，而是指《诗》的功用和读《诗》的效验。尽管《诗》本身未尝“思无邪”，读《诗》仍旧能使人“思无邪”。就此而言，将“思无邪”解作“思虑中正无邪僻”仍旧自洽。

（3）朱子的创发：善可为劝，恶可为戒

如此一来，便产生了一个新的问题，为何淫邪之诗也具有教化作用？朱子以为：“善者可以感发人之善心，恶者可以惩创人之逸志。”④“恶为可戒”意指，淫邪之诗可使人“见不贤而内自省”，具体表现为：“只看《伐檀》诗，便见得他一个清高底意思；看《硕鼠》诗，便见他一个暴敛底意思。好底意思是如此，不好底是如彼。好底意思，

---

① （明）王阳明撰，邓艾民注：《传习录注疏》，第23页。

② 此论发展至极致，便形成了删《诗》的主张。唯有将“淫诗”悉皆删除，才能恢复《诗》内容之纯正。

③ （宋）黎靖德编，王星贤点校：《朱子语类》，第539页。

④ （宋）朱熹撰：《四书章句集注》，第53页。

令自家善意油然感动而兴起。看他不好底，自家心下如着枪相似。如此看，方得《诗》意。”① 对此，朱子亦言：“《诗》三百篇，其说好底，也要教人‘思无邪’；说不好底，也要教人‘思无邪’。”②

若细析之，“恶可为戒”具有诸多层次，既可指在言行举止层面存戒，又可指在心思意念层面引以为戒。朱子尤其重视后一情况。诗教之效验深切悠远，正在于其能使人在心思意念上存戒。“思无邪”的关键词在于“思”。孔子之所以说“思无邪”，而非“言无邪”“行无邪”或“事无邪”，或在于洞悉，心思意念是人最隐秘幽微的维度。“思在人最深，思主心上。”③ 人的心思意念如何，只有自己心知肚明，旁人则不可见，不可知，也难以用明确的标准判断其中正与否。相比之下，言行是人的外在表现，旁人可以观察到，也可用礼法加以约束和规范。

朱子认为，“思无邪”与“言无邪”“行无邪”“事无邪”处在不同层面。唯有“思无邪”涉及“里”和“实”，触及在世生存最真实的光景，其余则处于浮光掠影的表层。言行举止、为人处世中正无邪，未必说明此人心思意念中正无邪。朱子指出：“若只就事上无邪，未见得实如何。惟是‘思无邪’，方得。”④ 常见的情况是，出于种种原因，即便存有邪僻之念，也不得不“外显”为中正无邪的言行。对此，朱子尤其指出，唯有表里如一，才可算作“诚”。表里不一，则是虚伪：

> “思无邪”，表里皆诚也。若外为善，而所思有不善，则不诚矣。为善而不终，今日为之，而明日废忘，则不诚矣。中间微有些核子消化不破，则不诚矣。⑤

---

① （宋）黎靖德编，王星贤点校：《朱子语类》第 2082 页。
② （宋）黎靖德编，王星贤点校：《朱子语类》第 540 页。
③ （宋）黎靖德编，王星贤点校：《朱子语类》第 538 页。
④ （宋）黎靖德编，王星贤点校：《朱子语类》，第 538 页。
⑤ （宋）黎靖德编，王星贤点校：《朱子语类》，第 544 页。

进一步来说，“思无邪”虽只提及“思”，实则暗含对“言无邪”与“行无邪”的确证。朱子曰：“思在言与行之先。思无邪，则所言所行，皆无邪矣。”① 此处所谓“先”，并非时间上的先后关系，而是逻辑层面的先后之序，意即“思”构成言行的前提条件。只有实现了“思无邪”，人的所言所行才有可能中正无邪。但困难之处在于，单从外在表现看，我们无从判断一个人是否表里如一。这在很大程度上有赖于人的反思与内省。吾人须反求诸己，时时察验心思意念是否真实无伪。这再次反映出朱子对内在维度的重视。常人往往驰逐于外，以可量化的静态标准来看待成德过程。但实质上，内在的心思意念无法用量化了的种种标准来衡量与评判。在此点上，朱子可谓与孔子一脉相承：

> 孔子之称“思无邪”也，以为《诗》三百篇劝善惩恶，虽其要归无不出于正，然未有若此言之约且尽者耳。非以作诗之人所思皆无邪也。今必曰彼以无邪之思铺陈淫乱之事，而闵惜惩创之意自见于言外，则曷若曰彼虽以有邪之思作之，而我以无邪之思读之，则彼之自状其丑者乃所以为吾警惕惩创之资耶？而况曲为训说而求其无邪于彼，不若反而得之于我之易也。巧为辨数而归其无邪于彼，不若反而责之于我之切也。②

朱子提出，读《诗》，善者可以为法，恶者可以为戒。但据此提法，诗教的独特之处尚未被点明。毕竟《尚书》《春秋》等经书，同样体现了“善可为法，恶可为戒”的旨要。那么，诗教的特质体现于何处？

> 古人独以为“兴于《诗》”者，《诗》便有感发人底意思。

① （宋）黎靖德编，王星贤点校：《朱子语类》，第543页。

② （宋）朱熹撰：《读吕氏诗记桑中篇》，载（宋）朱熹撰，朱杰人、严佐之、刘永翔主编《朱子全书》第23册，第3371—3372页。

> 今读之无所感发者，正是被诸儒解杀了，死着《诗》义，兴起人善意不得。①
>
> 古人说“《诗》可以兴”，须是读了有兴起处，方是读《诗》。若不能兴起，便不是读《诗》。②

朱子认为，诗教的独特性在于触及生命的内在维度，可实现由内而外的兴起与感发。“可以为法”与“可以为戒”，均通过内在的感发兴起而实现。而讽诵涵泳的过程，对感发兴起颇有助益：

> 《诗》，如今恁地注解了，自是分晓，易理会。但须是沉潜讽诵，玩味义理，咀嚼滋味，方有所益。若是草草看过一部《诗》，只两三日可了。但不得滋味，也记不得，全不济事。③

朱子在讲解读《诗》法时，尤其重视“讽诵”和“涵泳”：“训诂以纪之，讽咏以昌之，涵濡以体之，察之情性隐微之间，审之言行枢机之始，则修身及家、平均天下之道，其亦不待他求而得之于此矣。”④ 沈德潜将朱子的“涵泳”说申明为：“诗以声为用者也，其微妙在抑扬抗坠之间。读者静气按节，密咏恬吟，觉前人声中难写、响外别传之妙，一齐俱出。朱子云：‘讽咏以昌之，涵濡以体之。’真得读诗趣味。”⑤

综上所述，朱子从诗教的角度来理解“思无邪”，巧妙地回应了“淫诗说”所产生的理论难题，使其不致对诗教进行解构。《诗》的内容有邪有正，但这无碍于诗教实现劝善惩恶的作用，使受众“思虑中正无邪僻”。在此情况下，将“思无邪”解作“思虑中正无邪

---

① （宋）黎靖德编，王星贤点校：《朱子语类》，第 2084 页。
② （宋）黎靖德编，王星贤点校：《朱子语类》，第 2086 页。
③ （宋）黎靖德编，王星贤点校：《朱子语类》，第 2086 页。
④ （宋）朱熹集撰，赵长征点校：《诗集传序》，载《诗集传》，第 2—3 页。
⑤ （清）沈德潜著，霍松林校注：《说诗晬语》，第 187 页。

僻”同样自洽。而诗教劝善惩恶之效验的枢纽仍在于《诗》之“兴”，这喻示，使“思虑中正无邪僻”的诗教过程，同样与“兴于《诗》”构成了互诠关系。

（二）对“思无邪”两种解法的反思

承上所述，不论是“思无邪”之“无边际、无穷尽”义，还是“思虑中正无邪僻”义，都能与“兴于《诗》”构成逻辑上的承接关系。那么，这是否意味着上述二解具有同等效力，所以吾人对二者的分疏毫无必要？

为回应此问题，在本节中，笔者拟将两种释义置于“思无邪”的意义发展脉络这一观念背景中，考索二者如何影响吾人对孔门诗教的理解。申言之，如何解释“思无邪”一语，将影响吾人对孔门诗教性质的界定，而对孔门诗教的界定，又将反作用于吾人对“思无邪”的解读。若仅把上述两解视为不同时代、不同学术背景的学者在语义学层面基于考释字词得出的不同结论，那么追问很可能将止步于此。或许应该深入两种解释进路的背后，去探究其植根的观念基础及其反映出的诗教观的差异，进而思考看似迥异的解释进路如何在义理层面“定于一”，否则难免陷入“彼亦一是非，此亦一是非”的局面。

1. 以“正人性情”论诗教：观念背景及其局限

宋人把“思无邪”之“邪”解作“正邪”之“邪”，由此，“思无邪”一语多被释为“思虑中正无邪僻”。这也反过来影响到宋人对《诗》之功用的界定——正人之性情。张栻云：“学者学夫《诗》，则有以识夫性情之正矣。”[①] 朱子云：“愚谓此言为此诗者，得其性情之正，声气之和也。”[②] 而蔡节则侧重于“情性之正”的维度：“三百篇之《诗》，虽有美刺之不同，然皆出乎情性之正也。”[③]

---

① （宋）张栻撰：《癸巳论语解》卷一，载（清）纪昀等编《景印文渊阁四库全书·经部·四书类》第199册，第196页。

② （宋）朱熹集撰，赵长征点校：《诗集传》，第3页。

③ （宋）蔡节撰：《论语集说》卷一，载（清）纪昀等编《景印文渊阁四库全书·经部·四书类》第200册，第564页。

“情性之正”一语，朱子也有提及：“古之圣人作为《六经》，以教后世。《易》以通幽明之故，《书》以纪政事之实，《诗》以导情性之正，《春秋》以示法戒之严，《礼》以正行，《乐》以和心。”① 须注意的是，此处所言“情性”，并非意指在“性情”之外，另有一“情性”存在。如前所述，“性情之正”与“情性之正”，所指并非两种异质之物。只不过前者侧重于“性”由“情”显，后者侧重于由“情”以达“性”。二者只在具体进路方面存在差异，故而“情性之正”这一提法并未解构“性情之正”的有效性。究其实质，《诗》导人“情性之正”，与《诗》导人“性情之正”同出一辙。

尽管宋儒就诗教可“导性情之正”（“情性之正”）达成了一致，但在诗教的具体发生进路上却持不同看法。第一种观点来自那些否认“淫诗说”的学者。他们认为，《诗》出于“性情中正”的诗人之手，故能兴起读者中正之性情。第二种观点由朱子所创。他指出，《诗》之内容虽有邪有正，但善可为劝，恶可为戒，故《诗》同样可以导情性于正途。

上述观点都建基于“思无邪”之为“思虑中正无邪僻”义。对于“思无邪”的指涉对象，两者所持立场虽有不同，但却同样致力于辨明《诗经》篇章题材的贞淫正邪。总的来说，宋儒对“淫诗”的接纳度普遍较低，或基于训诂、音韵、史实考证等进路论证《诗经》其实并无“淫诗”，或认为“淫诗”本不属于《诗经》原典，纯属后世杂入甚或提出删《诗》的主张。这种强烈的排斥态度表明，《诗经》中美恶正邪掺杂的现象，在后世逐渐失去了可理解性。多数儒者仅能肯认中正之诗的合理性及其意义，而“淫诗”的合理性则殊为难解。朱子对“淫诗”的接纳度明显高于同时代人，并且还将“淫诗”纳入诗教的大范围内，但他仍将“淫诗”的功用归结为儆戒。

问题在于，儆戒能否完全涵盖“淫诗”在《诗》整体性内容框

---

① （宋）朱熹撰：《建宁府建阳县学藏书记》，载（宋）朱熹撰，朱杰人、严佐之、刘永翔主编《朱子全书》第24册，第3745页。

架中的作用？“淫诗”可能具有的教化意义是否仅限于儆戒？毋庸置疑，正邪贞淫的确是在世生存所面对的重要问题，也确实处在《诗》与诗教所关注的大范围内。但实质上，宇宙大化与人类社会所关涉的存在维度与根本问题，就其深度、广度与复杂性而言，远非正邪二分的价值评判模式所能穷尽。某一人事是正还是邪、某一现象非正即邪，这种非此即彼的致思与发问方式，其实不足以应对在世之根本问题及其困境。毕竟有的现象往往正邪兼具或亦正亦邪。可以说，一种超越正邪的视域，对于理解人类文明生存经验的复杂性而言是重要且必要的，相比之下，正邪二分、非正即邪的视角毕竟太苍白、太有限。若只以正邪贞淫为标准，将“淫诗”视为《诗》之污点横加拒斥，或仅就正人性情的角度来谈论诗教，难免使《诗》与诗教的丰富意涵大大受限。

尽管朱子同样把读《诗》的特质与效验归结为“兴”（这与孔子诗教以“兴”为本相吻合），且同样训“兴”为“起”，但在解释所“兴起”的具体内容时，朱子多聚焦于“好善恶恶之心”：

> 兴，起也。《诗》本性情，有邪有正，其为言既易知，而吟咏之间，抑扬反覆，其感人又易入。故学者之初，所以兴起其好善恶恶之心，而不能自已者，必于此而得之。①

以此反观孔子师徒的读《诗》过程，无论是《论语·八佾》中孔子从“素以为绚兮”生发出“绘事后素”的义理体认，由此又引发了子夏“礼后乎”的进一步追问，还是《论语·学而》中子贡从“未若贫而乐，富而好礼者也”思及“如切如磋，如琢如磨”，“兴”的对象并未限定于“好善恶恶之心”，其效验也不仅仅在于“正其性情”。“兴”之为“起”，其最要者在于，由《诗》之“已言”启瘖《诗》之“未言”，实现从“已言”到“未言”的神妙一跃，兴起

① （宋）朱熹撰：《四书章句集注》，第104—105页。

对圆融无尽之义理整体的体贴。如此之“兴”，其视野更为开阔，形式与展开过程也更灵动自由，可谓沉潜往复，转相发明，将无定在、无穷尽的义理“大全”神妙鲜活地呈现在吾人面前。

至此，以历史性的眼光来看待宋人以“性情之正”论诗教，显得尤为必要。吾人不应仅把“思无邪”之为“思虑中正无邪僻”作为既定的训诂事实接受下来，而应看到此解也是在观念演进的过程中逐步生成的，本身便处于古今观念差异的大背景中，从中折射出后世对《诗》与诗教性质的界定与理解，同时也反映出后人与孔子在思想方式与格局气象上的差异。

不管是平日闲居时的讲论，还是厄于陈蔡仍弦歌讽诵不绝，《诗》均内驻于孔子的日常践履，以至于夫子对答慨叹，无非《诗》也。可以说，《诗》成了孔子的生存方式。诗教的观念及其实践活动非由外铄，而是从孔子的“诗—兴”思维、诗性言说与诗化生存中内在地孕育而来。孔子论《诗》，贵在“兴”与“起”，重在“告诸往而知来者”。而在宋儒那里，“诗教”在多数情况下仅作为口头谈论的对象。同时，诗教的意义也多被限于“性情之正”（“情性之正”）的领域，成为在学理层面探究的理论问题。然而，据已知文本，孔子论《诗》之时，并未过多关注《诗》具体题材的正邪善恶，而这在后世却成为论《诗》的主流，以致倘若尚未对题材之贞淫作出辨析，进一步地论《诗》与读《诗》便不再可能。

对此，更有意义的追问或在于，以上转向揭示出何种问题？孔子与宋人论《诗》时关注点的不同，反映出二者在深层的思想境界与格局气象上的何种差异？思考上述问题，将为评析“思无邪”两种解释进路的高下提供可能。

对于“淫诗”的提法，苏源熙作过如下区分，即“分辨一首描写淫荡的诗与一首本身就是淫荡的诗”①。易言之，《诗》的题材内

① Haun Saussy, *The Problem of a Chinese Aesthetic*, p. 99. 苏源熙提醒我们注意，即使是描写淫行的诗，其本身也未必就是淫诗。如此取材与摹状，可能是出于更为深远的考虑。

容涉及污秽淫邪的物象人事，并不必然表明这首诗本身是淫邪的。对此，一个很典型的例子是，1995 年诺贝尔文学奖获得者爱尔兰诗人谢默斯·希尼，其作品写的是“满是汗渍痕纹的马颈圈”“爬满蜘蛛网的旧缰绳”“草垫子的尿臊味”、牲畜的交配、潮湿黝黑的泥炭地、挖薯挖泥的尘世劳作、沼泽中淹死的女尸以及抬棺送葬者的静默，但其作品受到的评价却是“他的诗歌充满抒情的优美和道德的深度，使日常的奇迹和活生生的往事得到了升华”①。

如前所述，尽管《诗》以人情与物情作为具体内容，但这并不意味着《诗》等同于人情物态的“实录式呈现”。《诗》（从广义上而言，艺术作品）具有一定的独立性，能够超越以之为题材的有限人事，从中创生无限的意义世界。这是日常言说难以企及的高度。诚如黑格尔所言：“每一件真正的诗的艺术作品都是一个本身无限的（独立自由的）有机体。”② 若只埋首于《诗》涉及的某一人事，将其认作《诗》带来的全部，那么《诗》之为诗的真正意义难免被遮蔽。综观孔子说《诗》及其与弟子论《诗》的诸多文本，其中的确不乏立足于原诗语境的征引与评述，但收录于《论语》中被孔子称赞为“始可与言《诗》已矣”的论《诗》过程，无不实现了对题材之有限性的超越。以此为前提，孔子才有可能与弟子就某句诗辗转抽绎，通于无穷。

对于诗把有限者提升至无限域的运作力量，昔人多有论及，甚至将其视为诗之为诗的神髓。席勒将其阐释为：“诗人对于题材的处理的确就在于这样使有限的东西变成一种无限的东西。因此，外界题材本身是无关紧要的，因为诗决不能按照它本来的样子加以运用，而是必须按照处理它的方式来赋予它以诗的品格。”③ 洪堡也曾指出：“艺术作品超越自身，变有限为无限。用谢林晚期的话来说，艺

---

① 陈超：《当代外国诗歌佳作导读》上，河北教育出版社 2002 年版，第 358 页。

② ［德］黑格尔：《美学》第三卷下册，朱光潜译，第 51 页。

③ ［德］席勒：《论素朴的诗与感伤的诗》，曹葆华译，载刘小枫选编《德语诗学文选》上卷，第 131 页。

术作品‘好像含有无尽的意图，能够得以无尽的解释’。”① 在此种将有限者提升至无限域的能力的运作下，诗之人事题材得以在“无定在、无穷尽”的诠释导向中开掘其无尽之义。格罗塞（Ernst Grosse）认为，诗的本质特性在于，“无限制地支配着无限制的材料”②。材料之所以“无限制”，恰恰在于“诗—兴”思维与诗性言说将有限者提升至无限域的能力。萧驰指出，诗性言说“突出地具有一个抽象层次或超越参指性的层次”③。对于诗性言说所具有的“抽象层次”，高友工作了进一步的阐明：如果说“色彩和几何图形具有超越描写事物的意义”，那么“唐代近体诗和马蒂斯、塞尚一样，更多的是强调艺术材料的内在性质而不是这种材料所表现的内容”。④ 揆诸近世海外学界对唐诗的整体研究态势，多强调诗性言说的意象具有某种“指涉的一般性”，即“没有真实的时空指向”而具有“明确的非现实感”。⑤ 从广义上言，此种对唐诗的评述，对《诗经》来说也同样成立。在真实的时空指向下具有明确现实感的人事题材，在“诗—兴”思维与诗性言说的运作下可创辟出一“无穷域”，由此，人事题材可以打破时空指向与现实感的束缚与限制，游乎此无穷之境，实现形下层面与形上意蕴的勾连与汇通。此点或可视为诗性言说的一大共通之处。

进一步来说，经由此“变有限为无限”的过程，无论是《诗》所容纳的世俗物态，还是吟《诗》之人，都通过“诗—兴”思维与诗性言说实现了某种程度的净化与救赎，由此得以分享神性的光辉。

---

① ［德］缇尔曼·波尔舍：《洪堡哲学思想评述》，赵劲、陈嵘译，同济大学出版社 2017 年版，第 122 页。

② ［德］格罗塞：《艺术的起源》，蔡慕晖译，商务印书馆 1984 年版，第 205 页。

③ 萧驰：《中国思想与抒情传统 第一卷 玄智与诗兴》，第 111 页。

④ 高友工：《唐诗的魅力》，上海古籍出版社 1990 年版，第 51 页，转引自萧驰《中国思想与抒情传统 第一卷 玄智与诗兴》，第 111 页。

⑤ 参见萧驰《中国思想与抒情传统 第一卷 玄智与诗兴》，第 112 页。

这恰恰说明，真正意义上的诗，绝不能只是拥抱日光之下的美盛之景，而必须向黑暗污秽之渊敞开，并将其包孕于内，诚如苏联诗人乌沙科夫所言“诗歌应当把水变成酒”，“现实生活中粗俗的东西必须进入诗歌，‘用诗歌来净化’”[①]，以此光照六幽，洗涤世间恶浊，并让这一隙之明永远留存于天地间与人心中。

相比之下，部分宋儒试图剔除“淫诗”，以保证《诗》在内容方面的纯正性。这反映出，宋儒其实并未留意《诗》在“开向无限”的过程中实现的“净化”功能，在很大程度上还是将《诗》视为社会人事的实录，只不过《诗》为人事的呈现提供了独特的言说形式，如朗朗上口的韵律、四言的诗体、齐整的节奏等。在此语境下，诗教是具有正面意义的题材内容对读者产生的直接影响，即好人好事带来的榜样力量，如《论语集注述要》所言：“《诗》之教孝者可以兴于孝，教贞者可以兴于贞。”[②]

克实而论，如此作解恰恰意味着《诗》的运作力量是缺席的：《诗》并未真正作为“诗”来解读，或者说，《诗》被等同于《诗》以之为题材的那些质料。实际上，物态人情等种种有限者作为《诗》起跳的起点，也是《诗》终将超越的东西。鸢飞鱼跃，悉皆“寓言寓意，寄想遥深。不可拘迹象以求之。故全《诗》无真男女涉想淫秽者”[③]。这喻示，与男女淫奔相关的内容不应一一坐实来解。廖平将此申明为：“《诗》无方体，变动不拘。《论语》‘小子学《诗》’，所以立初学之根柢；‘切磋’‘素绚’，譬喻又极玄微。浅者极浅，深者极深。”[④] 由此，《诗》被廖氏称作“神游学”：“如仙家之婴儿炼魂，神去形留，不能白日飞升，脱此躯壳。《诗》

---

① 上海外国语学院俄罗斯苏联文学教研组译：《苏联当代诗选》，上海译文出版社1981年版，第2页。

② 程树德撰，程俊英、蒋见元点校：《论语集释》，第683页。

③ （清）廖平著，蒙默、蒙怀敬编：《廖平卷》，第198页。

④ （清）廖平著，蒙默、蒙怀敬编：《廖平卷》，第198页。

故专言梦境”，即“托之梦游，以明真理”。[①] 兴于《诗》，贵在入此“神游之境”：以看似浅近显白之物象人事为起点，神游于虚灵之境。

而以物象人事为起点的“神游”，其本旨在于“启一举体”。若缺乏对于“体”的观照，众多的“一”便又还返于日常经验层面分而无统的杂多状态，而非“‘通过依赖于其他事物’或者作为一个‘有组织的整体’的一部分而存在”[②]。如此一来，我们所面对的《诗》不过是日常经验的“翻版”罢了。

据此而论，“思无邪”的两种解释进路，不应仅仅视为不同时期的学者在语义学层面对“思无邪”作出的不同训释。事实上，两种解释进路各有一套整体性的观念体系为其支撑。二者的差异，不仅体现在对“思无邪”字词句法的理解方面，更体现在对《诗》之为诗的根本特质及诗教的根本性质等问题的看法上。

宋儒论《诗》的一大焦点在于，辨明《诗》题材内容的贞淫善恶，唯恐内容的不正会妨碍《诗》之教化。从根本上看，这反映出，宋儒把《诗》理解为承载具体人事的独特言说形式，而诗教则是此具体人事对读者产生的直接影响。这样一来，“诗—兴”思维与诗性言说把有限者提升至无限域的运作力被抹杀了。而这恰恰是“告诸往而知来者”得以可能的前提。据此而论，把“思无邪”解为“无边无际”，更能体现《诗》之为诗的根本精神，同时也与孔子以“兴”论《诗》、以“告诸往而知来者”作为读《诗》之要义相契合。

2. 论“淫诗”的意义与价值

上文以《诗》将有限者提升至无限域的特质作为切入点，试图论证内容涉及淫邪之诗本身并不必然是淫邪的，以此说明，纯然以内容之贞淫正邪来论《诗》的局限所在。建基于此，上文试图解释，将“思无邪”训为“无边无际”，为何比训为“思虑中正无邪僻”

---

① （清）廖平著，蒙默、蒙怀敬编：《廖平卷》，第 196 页。

② ［德］缇尔曼·波尔舍：《洪堡哲学思想评述》，赵劲、陈嵘译，第 122 页。

要高明。

尽管如此，这对于“淫诗”存在的合理性而言仅仅是一个较弱的辩护。反对者完全可以提出如下驳斥，既然《诗》以具象的物态人情作为跃迁的起点，对此起点的具体内容其实并无特殊要求，也就是说，并不执滞于某一具体人事，那么《诗》之题材缘何一定要涉及淫邪的人事？若其题材内容均为正面积极的事例，《诗》不也同样可以实现“变有限为无限”的一跃？这样一来，宋人标举的“删《诗》”之说似乎仍在可接受的范围内。

如前所述，《诗》如实呈现出在世生存的各种可能性维度，涵盖了在世经验的绝大多数面向，毫不回避生存经验中黑暗、悖谬和罪恶的成分。不论是人伦切近处的夫妻、父子、长幼、朋友关系，还是君臣、同僚、朝野关系，抑或在更广阔的层面关涉共同体的存续和民族文明的绵延；不论是私人生活的维度，还是群体生活的公共向度，《诗》并非聚焦于那些光鲜美好的部分，而是把种种不尽如人意，甚至丑陋不堪的面向揭橥出来——男女关系的不正、人际往来的复杂与困境、政治共同体的分崩离析以及人们在各类极端处境下呈现出来的种种生存情态，如狂喜、哀怨、自怜、愤懑、幽独、郁结、谩骂、控诉、诅咒等——诚如袁枚所说：“三百篇中，贞淫正变，无所不包。”①

由此，《诗》使读者超出有限的日常经验，在共同体广阔而全面的生存经验中去直面其复杂性，而不是把人局限在过滤了一切负面信息的美好却虚假的狭小天地里，去构建一个与现实相脱节的乌托邦。敢于并有能力将在世生存的全面性和复杂性，最大限度地持存并呈现在吾人面前，此为《诗》深刻而卓绝之处，诚如顾随所言：“世上困苦、艰难、丑陋，甚至卑污，皆是诗。”② 对于困苦、艰难、

---

① （清）袁枚撰：《随园诗话》卷十四，载顾廷龙主编，《续修四库全书》编纂委员会编《续修四库全书·集部·诗文评类》第1701册，第456页。

② 顾随讲，叶嘉莹笔记，顾之京整理：《顾随诗词讲记》，第22页。

丑陋和卑污所具有的激发广义上的道德意涵的作用，尼采作了一番深入的分析："诸君在考察优秀绝伦、成就卓然的民族之时，会不由自主地发问：一棵傲然向上生长的大树能否免受暴风雨的侵袭呢？能否避免来自外部的不利因素和阻力呢？能否将形形色色的憎恨、嫉妒、偏见、猜忌、残酷、贪婪和暴力——没有这些东西，道德领域的大发展几乎是不可能的——排除在有利的生长环境之外呢？"① 《诗》在题材的甄选方面极尽人生之全面与真实、穷尽了性情的复杂、细腻与多变，这可视为《诗》对于上述发问默然无声却坚定有力的回答。对于《诗》三百篇"贞淫正变，无所不包"，孔子表示的是理解、尊重与肯认，而宋儒却予以激烈的质疑，巴不得删之而后快，唯恐污人眼目，败坏视听。就连一代大儒朱子也不得不以迂回曲折的进路来阐明"淫诗"存在的合理性和正当性——"恶者可以惩创人之逸志"。值得深思的是，在对此问题的态度上，孔子与宋儒表现出如此大的反差，这意味着什么？

对于在"淫诗"问题上持开明态度（与主张删《诗》的学者相比）的朱子，熊十力同样持保留态度，认为朱子仅从"善可为劝，邪可为戒"的角度理解"思无邪"，未免失于"拘促"：

> 三百篇，蔽以"思无邪"一言。此是何等见地，而作是言。若就每首诗看去，焉得曰皆无邪耶？后儒以善者足劝，恶者可戒为言。虽于义无失，但圣意或不如斯拘促。须知，圣人此语，通论全经，即彻会文学之全面。文学元是表现人生。光明黑暗，虽复重重，然通会之，则其启人哀黑暗向光明之幽思，自有不知所以然者。故曰"思无邪"也。非于人生领悟极深，何堪语此？呜呼！难言矣。②

---

① ［德］弗里德里希·尼采：《快乐的知识》，黄明嘉译，中央编译出版社 2007 年版，第 18 页。

② 熊十力：《读经示要》，第 388 页。

熊氏以“拘促”一词，指出朱子在格局气象上与孔子的差距。这直接导致朱子未能在更高的层面领会《诗》在题材内容方面如此营构的深意，不得不煞费苦心，采用如此曲折的进路来解释《诗》有“淫诗”的缘由。

横渠曾感叹：“《尚书》难看，盖难得胸臆如此之大，只欲解义则无难也。”① 此番评点对《诗》而言也同样适用。读者能在多大程度上领会《诗》之深意，取决于其自身的胸襟与格局。正如宋人黎立武论《诗》曰：“少读箕子《麦秀歌》，怒焉流涕。稍长读《郑风·狡童》诗，淫心生焉。怪而自省，一则生忠心，一则生淫心，何欤？解《诗》者之故也。”②《麦秀歌》与《郑风·狡童》，措辞相差无几，但却在黎氏那里生发出高下迥异的阅读体验，这恰恰取决于其不同人生阶段的气象与心境。关于此点，伊藤仁斋也作过中肯的阐释，指出读者品性格调的高低直接影响着他对《诗》的理解：“盖《诗》之情，千汇万态，愈出愈无穷，高者见之，则为之高，卑者见之，则为之卑。为圆为方，随其所遇，或大或小，从其所见。《棠棣》之诗，淫奔之辞也，夫子取之，以明道之甚迩；《旱麓》之诗，以咏歌文王之德也，子思引之，以明道之无所不在……学者观此，可以悟读《诗》之法。”③

3. 近世学界对孔门诗教的主要评价

如上所述，本书并不是将宋儒以“性情之正”论诗教、质疑“淫诗”存在的合理性等现象作为既定事实接受下来，而是通过对比孔子与宋儒对同一问题的不同态度与看法，进一步考索他们在格局气象与思想境界上的差异。而这也在二者论《诗》的进路与风格方面有着直接体现。如此一来，“思无邪”两解的差异，就不应归为语义学层面训诂结果的不同，而是反映出二者对《诗》的定位以及对

---

① （宋）张载著，章锡琛点校：《张载集》，第256页。

② （宋）黎立武撰：《经论》，转引自（清）廖平著，蒙默、蒙怀敬编《廖平卷》，第199页。

③ ［日］伊藤仁斋撰：《语孟字义》，转引自王晓平《日本诗经学史》，第178页。

诗教旨归的不同理解。

将“思无邪”解作“无边际、无穷尽”，较为贴合《诗》整体性内容框架的特质与诗性言说的效验，即《诗》存在经验的整全性与诗性言说缔造的意义世界的无止境性。这构成“兴于《诗》”的前提。孔子诗教以“兴”为本，重在义理层面往复抽绎，通乎无穷。这与《诗》寓普遍于特殊，变有限为无限的特质相契合。这种诗教观，旨在由“诗—兴”思维与诗性言说创辟出“启一举体”的意义世界，而非拘执于《诗》之具体人事。相比之下，汲汲于辨明题材之正邪曲直，则源于宋人把《诗》看作历史人事的实录式呈现，将诗教理解为《诗》个别而具体的内容题材对受众的直接影响。而在孔子那里，以《诗》之题材为起点，实现从有限到无限的一跃，进而体贴“义理无定在、无止境”的诗教，则如此鲜活而生动地存在着。从总体上看，就论《诗》而言，宋人的格局与胸襟不及孔子，因而未能领会《诗》存在经验的整全性与意义世界的无边无际，降而以“正邪善恶”论《诗》，以“思虑中正无邪僻”作为诗教的本旨。

“五四”以来，从“思虑中正无邪僻”的进路解读“思无邪”占据了主流。然而，虽同样是论思虑、性情之正，古今立场的转向却是必须留意的。若说在宋人那里，“性情之正”尚且以由天命下达至性情（“天命之谓性”）这一天人关系的理论背景为依托，使宋人虽着眼于从“性情之正”的角度来谈诗教，但仍不失天人之学的观念基础。降及后世，有研究者将“性情”从天人之学的大框架中抽离出来，以之为纯然由道德主体内部所生。读《诗》以正性情的过程，完全归结为道德主体的内修。① 由此，诗教多被限定在人类社会的伦理道德领域，被界定为道德情感的激发与道德品质的完善。这成为近世评价孔门诗教的主流立场。不论是对诗教传统持反对还是

① 刘若愚认为，兴于《诗》，立于礼，成于乐“整句话显然是在描述自我修养的程序”。参见［美］刘若愚《中国文学理论》，杜国清译，江苏教育出版社2006年版，第164页。

赞成立场的学者，综观其对孔子解《诗》与孔门诗教的评点，出现的一个高频词是“道德”。两派对孔门诗教所持态度有所不同，但就从伦理道德层面评价孔门诗教这一点而言，则可达成一致。

反对孔门诗教的学者认为，从伦理道德的角度解《诗》，继而用《诗》激发道德情感，完善道德品质，这是以孔子为代表的儒家学派生硬附加于《诗》上的观念。此做法背离了《诗》之原意，使其屈从于外在的实用目的。在刘若愚看来，孔子用“思无邪”评价《诗》，“显然表示对《诗》的道德内容和影响在实用方面的关切”①。相比之下，孟子强调对诗人之志的体贴，倒是更接近《诗》之原意。

在赞同孔门诗教的学者当中，张巍的观点很具有代表性：“在我国，‘诗教’一说源自孔门……孔子以诗为教，来改善人伦关系和社会状况，但‘诗教’的根基在于个人道德品格的完善，这个自我修养的过程被概括为‘兴于诗，立于礼，成于乐’，所谓‘兴于《诗》’旨在把非道德的情感转化为道德意向和情怀，也就是‘涵养性情’，诗于是成为陶冶受众性情的工具，而诗的教化作用最终归结为政治和社会功用。”② 洪湛侯也指出：“诗是感情的兴发，诵诗可以培养纯正的感情，所以德性方面的修养，宜先诵习《诗经》。……孔子用《诗》教育弟子的目的，大致可以归纳为三个方面，一是用《诗》培养品德、情操。”③

揆诸以上论述，研究者多把孔门诗教的意义限定在伦理道德领域，也就是说，仅在道德规范的意义上将其理解为道德主体涵养道德品质的内修过程。这也反过来塑造了近人对《诗》之性质的界定，即《诗》多被视为一部道德教科书，由此便形成了习见于当下的诗教观：孔门诗教着眼于个人内在的道德修养，而《诗》是在此过程中发挥作用的教材与工具。实际上，以如此方式界定

---

① ［美］刘若愚：《中国文学理论》，杜国清译，第 164 页。

② 张巍：《希腊古风诗教考论》，前言第 1 页。

③ 据洪湛侯的解读，孔子用《诗》教育弟子的其他目的分别是“用《诗》训练交际应对能力”和“注重《诗》的文学功能”。参见洪湛侯《诗经学史》，第 70—71 页。

《诗》与评价孔门诗教，并非自古已然，而是后人在对相关文本不断进行诠释的过程中逐渐建构而来。有鉴于此，本节旨在厘清近世学界对孔门诗教的惯常理解是如何历史地形成的，进而阐明此解实则与孔子诗教的原初面貌存在一定差距，其结果在于，将对在世生存具有规范性意义的诗教降至伦理道德层面，未能如其所是地呈现孔门诗教的丰富面向与深刻内涵。既然孔门诗教有别于治人者自上而下推行的政教，也迥异于导养道德情感、规范心思意念的伦理道德之教，那么孔门诗教的终极旨归何在？且带着此问题开始如下的探讨。

第三节　《诗》与礼乐之教

《论语·泰伯》载孔子之言曰："兴于《诗》，立于礼，成于乐。"据此可知，孔子并非孤立地看待"兴于《诗》"的过程，而是将其置于"兴于《诗》，立于礼，成于乐"的完整序列中。这启发吾人，既要入乎其内，深入"兴于《诗》"的过程去发掘其特质所在，又要出乎其外，基于"兴于《诗》，立于礼，成于乐"的整体视域反观"兴于《诗》"的意义。如此一来，本节面对的问题便是，"兴于《诗》"与"立于礼""成于乐"缔结为何种关系，且孔子基于何种意义将《诗》、礼、乐三教视为一个整体？此完整序列对思考"兴于《诗》"的终极旨归又有何种启发？

一　回顾与反思：发生学层面的解释进路及其局限

综观历代注释，不乏学者从义理层面对"兴于《诗》，立于礼，成于乐"进行解读。兹取朱子之说为例：

> 《诗》本性情，有邪有正，其为言既易知，而吟咏之间，抑扬反覆，其感人又易入。故学者之初，所以兴起其好善恶恶

> 之心，而不能自已者，必于此而得之。礼以恭敬辞逊为本，而有节文度数之详，可以固人肌肤之会，筋骸之束。故学者之中，所以能卓然自立，而不为事物之所摇夺者，必于此而得之。乐有五声十二律，更唱迭和，以为歌舞八音之节，可以养人之性情，而荡涤其邪秽，消融其查滓。故学者之终，所以至于义精仁熟，而自和顺于道德者，必于此而得之，是学之成也。①

据引文所示，朱子以“学者之初”“学者之中”“学者之终”为线索，来组织对诗教、礼教、乐教之特质的义理阐发：把学《诗》、习礼、学乐分别与“学者之初”“中”“终”三个阶段相对应。学者首先应读《诗》，继而习礼，最终习乐。尽管此论关注了《诗》、礼、乐各自的为教特质，惜乎尚未对三者逻辑层面的内在关联作出探究，也尚未论及三教合一的整体性旨归。据此而论，以上阐释究其实质乃是依附于“学者之初”“学者之中”“学者之终”这一发生学的先后顺序而展开，而非从《诗》、礼、乐的内在逻辑自然生发而至。关于《诗》、礼、乐各自的特质如何助益于“教”的终极旨归，朱子也并未交代。

若说朱子所言“学者之初”“学者之中”“学者之终”，不仅在于指涉为学阶段的不同，更侧重于据时间的先后顺序区分出为学境界的高下，相比之下，刘宝楠的解释则具有更强烈的发生学意味。他指出，“学《诗》之后即学礼，继乃学乐”②，并引《礼记·内则》为证：“十有三年，学乐诵《诗》，舞《勺》。成童，舞《象》，学射御。二十而冠，始学礼，可以衣裘帛，舞《大夏》。”③ 如此一来，《诗》在“礼”前，多被视为诗教的出场顺序在礼教之前。诚

① （宋）朱熹撰：《四书章句集注》，第104—105页。

② （清）刘宝楠撰，高流水点校：《论语正义：全二册》，第298页。

③ （汉）郑玄注，（唐）孔颖达正义，吕友仁整理：《礼记正义》，第1170页。

然，《诗》、礼、乐确为西周王公胄子在不同年龄阶段研习的不同内容。年幼时学《诗》，待年纪稍长，再学礼乐，这的确合乎历史事实。然须辨明，即使从发生学的角度看待“兴于《诗》，立于礼，成于乐”是成立的，这也不能说明孔子仅是在发生学的层面作出此断言，否则“兴于《诗》，立于礼，成于乐”一语便止步于对国子教育不同阶段的描述性陈述。

进一步来说，若仅将此三者视为前后相继的阶段，对全过程缺乏整体观照，难免见分而不见合。实际上，孤立地理解“兴于《诗》”，与将其置于“兴于《诗》，立于礼，成于乐”的完整序列中来理解，二者的结果很可能是不同的。毕竟一个环节的意义，需要它所置身的整体来赋予。此外，发生学的解读进路还将导致的一大后果在于，将学《诗》、习礼、学乐看作由低级升至高级的过程。孩童心智未开，理解能力稍显低下，无法接受难度较高的礼教和乐教，只能以最低级的诗教为嚆矢，如此循序渐进，才能更好地实现教化的目的。依此理路，《诗》与诗教遂被贴上“初级教学内容”的标签，远逊于礼教和乐教。

虽谦称“述而不作，信而好古”，但孔子苑囿经籍，对六经的体究不可谓不深，故史迁有言：“中国言六艺者折中于夫子，可谓至圣矣！”① 夫子屡屡将《诗》、礼、乐并提。《礼记·仲尼燕居》载孔子之言曰：“不能《诗》，于礼缪；不能乐，于礼素。”②《礼记·孔子闲居》亦云：“《诗》之所至，礼亦至焉；礼之所至，乐亦至焉。”③ 若将以上文本理解为对国子教育不同阶段的描述性陈述，是否贴合孔子将《诗》、礼、乐合言的本义？此问题又可表述为，诗教、礼教与乐教是否具有内在关联？是否存在一终极旨归将此三者通贯为一？

---

① （汉）司马迁撰：《史记》，第 1947 页。

② （汉）郑玄注，（唐）孔颖达正义，吕友仁整理：《礼记正义》，第 1935 页。

③ （汉）郑玄注，（唐）孔颖达正义，吕友仁整理：《礼记正义》，第 1940 页。

二　《诗》之“兴”与礼之“立”的逻辑关联与持久张力

（一）从《诗》之“兴”到礼之“立”

至此，或许应将以下两者区分开来，即时间顺序上的在先与逻辑意义上的在先。若“兴于《诗》，立于礼，成于乐”在发生学意义上的先后关系得以成立，那么为其提供依据的，也应是三者逻辑层面的先后关系。因此，若从义理层面探究《诗》与礼乐的内在关联，先须追问，此三者何以缔结为逻辑层面的先后关系。三者之中，“兴于《诗》”处于发首处。这暗示出，“兴于《诗》”构成“立于礼，成于乐”的前提。那么，“兴于《诗》”何以成为后两者的逻辑前提，以及提供了怎样的逻辑前提？倘若缺失了“兴于《诗》”的维度，“立于礼，成于乐”的过程会有怎样的减损？如前所述，既然“兴于《诗》”着眼于内在的感发与兴起，那么问题便进一步变为，内在的感发兴起，对于“立于礼，成于乐”而言，为何如此必要？以感发兴起为特质的诗教，如何内在构成了“立于礼，成于乐”的逻辑前提？

1. “于女安乎”：论礼之内外

先来看以下文本：

> 宰我问：“三年之丧，期已久矣。君子三年不为礼，礼必坏；三年不为乐，乐必崩。旧谷既没，新谷既升，钻燧改火，期可已矣。”（《论语·阳货》）

据引文所示，宰我从守三年之丧的消极效果来论证此礼已不合时宜。对此，一个常见的回应是，论证守三年之丧的积极效果（不守三年之丧，确有一时之利；守三年之丧，则功在长远），抑或说明废除三年之丧的潜在危机。《韩诗外传》卷三所言明显采取了此种思路：“传曰：丧祭之礼废，则臣子之恩薄。臣子之恩薄，则背死亡生者众。"[①] 但孔子并未如此论证。他并未诉诸三年之丧的权威性与正确性（比如，三年之丧是古昔圣人所制，天经地义，不容侵犯，故后世仍须遵循），也未从三年之丧的社会效用论证其必要性（如亲子之伦在五伦关系中尤为重要。守三年之丧，有助于弘扬孝道，敦厚人伦）。毕竟在通常情况下，礼之起源的神圣性和礼的社会效用，是再常见不过的论据。

孔子诉诸守礼之人心"安"与否：

> 子曰："食夫稻，衣夫锦，于女安乎？"曰："安。""女安则为之！夫君子之居丧，食旨不甘，闻乐不乐，居处不安，故不为也。今女安，则为之！"宰我出。子曰："予之不仁也！子生三年，然后免于父母之怀。夫三年之丧，天下之通丧也。予也有三年之爱于其父母乎？"（《论语·阳货》）

值得追问的是，为何孔子首要关注行礼之人心"安"与否？为何"安"如此重要？《论语·为政》载孔子之言曰："视其所以，观其所由，察其所安。人焉廋哉？人焉廋哉？""视其所以""观其所由""察其所安"，三者层层递进。朱子对三者作了细致区分："以，为也。为善者为君子，为恶者为小人。事虽为善，而意之所从来者有未善焉，则亦不得为君子矣。察，则又加详矣。安，所乐也。所由虽善，而心之所乐者不在于是，则亦伪耳，岂能久而不变哉？"[②]

"视其所以"是从外在的行为表现而言，"观其所由"是从行为的动机层面而言，而"察其所安"则落脚于心所安之处。若论三者的亲疏远近，"视其所以"偏重于外在维度，"观其所由"和"察其

① （汉）韩婴撰，许维遹校释：《韩诗外传集释》，第 88 页。
② （宋）朱熹撰：《四书章句集注》，第 56 页。

所安”均涉及内在维度。可见，孔子非常重视内外之辨[1]（在此须

---

① 实际上，内外之辨的维度，广泛地渗入孔子对于“孝”“仁”等诸多问题的探讨之中。据《论语·为政》所载，“子夏问孝。子曰：‘色难。有事弟子服其劳，有酒食先生馔，曾是以为孝乎？’”此处孔子的答语包含以下两个层面的意涵。其一，孔子认为，为亲人服劳奉养与对亲人和颜悦色，这二者存在着高下之分。与前者相比，对亲人和颜悦色才可以算作“孝”的真正体现。其二，为亲人服劳奉养与对亲人和颜悦色，二者的性质并不相同，分属两个层面。服劳奉养是对个人行为表现的陈述，而对亲人和颜悦色却不能简单地从行为层面来理解。孔子的反诘“曾是以为孝乎”，恰恰表明在多数情况下，人们惯于将服劳奉养等同于“孝”本身。根据一个人对待亲人的行为表现判断此人孝顺与否，这是再常见不过的思路。而孔子却认为，哪怕有周到的孝行，也不足以说明此为真正意义上的“孝”。对此，孔子提出了事亲之际的神色这一维度，即“色难”。朱注曰：“色难，谓事亲之际，惟色为难也。”（宋）朱熹撰：《四书章句集注》，第56页。那么，与服劳奉养相比，为何“色难”？这里的“色难”应从何种意义上来理解？朱子将此释为，“盖孝子之有深爱者，必有和气；有和气者，必有愉色；有愉色者，必有婉容；故事亲之际，惟色为难耳，服劳奉养未足为孝也”。（宋）朱熹撰：《四书章句集注》，第56页。可见，朱子把关键点归为“深爱”，即反诸人的内在维度：对亲人真实无伪的尊重与敬爱，是“和气”“愉色”“婉容”的前提。“深爱”之为“婉容”的根基，此点也被阳明论及，其论曰：“此心若无人欲，纯是天理，是个诚于孝亲的心，冬时自然思量父母的寒，便自要去求个温的道理……这都是那诚孝的心发出来的条件。却是须有这诚孝的心，然后有这条件发出来。……须是有个深爱做根，便自然如此。”（明）王阳明撰，邓艾民注：《传习录注疏》，第8页。那么，为何“色”才可以检验出一个人是否真正孝顺，而不是别的因素？单从遵循外在行为规范而言，做到“有事弟子服其劳，有酒食先生馔”并不难。服劳奉养，我们可以勉强而为之，即便心中缺乏对亲人的尊重和敬爱。哪怕是在缺乏对规范的理解与认同之时，我们仍旧可以勉力而从之。相比之下，对亲人真实无伪的深爱是规范所教导不来的，也是勉强不来的。无深爱，便不可能对亲人和颜悦色。孔子深知，也许不少人能行出令人惊叹的孝行，但往往很少有人能够从内心深处涌动出对亲人真实无伪的爱与敬。礼仪规范制定得再细致周备，都不必然导向子女对于亲人的尊重与敬爱。而在孔子看来，重要的恰恰在于后者。改变一个人的知识结构，通过遵循礼仪规范让人习得孝行，与让人由内而外涌动出对亲人的尊重与敬爱，培育起孝心，两者的过程有所不同。可见，在“孝”的问题上，孔子也十分重视“内”“外”两个维度的区分，并多次表露过对内在维度的重视。内外之辨，在孔子论“仁”的问题上也有所体现。《论语·子罕》载孔子之言曰：“仁者不忧。”孔子论仁，并非依据外在的行为表现或事功，而是首先诉诸此人的内在状态。而在多数情况下，人们往往倾向于从外在的行为和功绩去界定仁。据《论语·雍也》所载，子贡曰：“如有博施于民而能济众，何如？可谓仁乎？”在子贡看来，既然仁是常人难以实现的理想状态，那么唯有世界上最伟大的功绩才能与“仁”之名相称，因此，子贡特地用“博施于民而能济众”来询问孔子。不独子贡如此，子张问“仁”之时，所倚重的也是在常人看来近似于仁的嘉言懿行。据《论语·公冶长》所载，子张问曰：“令尹子文三仕为令尹，无喜色；三已之，无愠色。旧令尹之政，必以告新令尹。何如？”子曰：“忠矣。”曰：“仁矣乎？”子曰：“未知，焉得仁？”“崔子弑齐君，陈文子有马十乘，弃而违之。至于他邦，则曰：‘犹吾大夫崔子也。’违之。之一邦，则又曰：‘犹吾大夫崔子也。’违之。何如？”子曰：“清矣。”曰：“仁矣乎？”曰：“未知。焉得仁？”当子张询问令尹子文与陈文子是否称得上“仁”之时，所举陈的均为二人的美行。对此，孔子的答语均为“未知，焉得仁”。可见，对孔子来说，为“仁”与否，首先关涉的并非个人外在的行为表现。

说明，孔子虽论及内外之辨，且对内在维度予以重视，但这并未导向内、外的割裂二分。内与外实则处于一体共在的关联)。进一步来说，尽管“观其所由”“察其所安”均涉及人的内在维度，但二者的分殊不容小觑。毕竟在某一动机的驱使下做出一行动，未必都会有所安、有所乐。此行为可能是迫于外力不得已而为之的结果。

三者中，孔子将“察其所安”视为识人的关键进路。安而行之，利而行之，勉强而行之，催逼而行之，在某些情况下，四者的行为表现很可能并无二致，但若从内里看，四者之异不容混淆。从根本上而言，“安而行之”之行，是与行动者在世生存的本相最相称的行为，是基于心之所安处、自然发见于外的行为表现。毕竟心之所安，无法伪装，也无法勉强。

据《论语·为政》所示，孔子自道古稀之年方能“从心所欲，不逾矩”。朱注云：“随其心之所欲，而自不过于法度，安而行之，不勉而中也。”① 朱注将“从心所欲不逾矩”与“安而行之”贯通起来理解，甚为高明。单就行为表现来看，做到“不逾矩”并不难。这可能出于利益的算计与考量，也可能为情势或强权所迫。而“从心所欲，不逾矩”强调的是，既“从心所欲”，同时又“不逾矩”。孔子自称“吾十有五而志于学”，尚且到古稀之年才能“从心所欲，不逾矩”。这再次说明“从心所欲不逾矩”之难。在现实情况下，若“从心所欲”，则难免“逾矩”。常人往往用“应该”或“不应该”制服心之所欲，未能“安而行之”。对此，以下文本进行了至为生动的描述：

闵子骞始见于夫子，有菜色，后有刍豢之色。子贡问曰：“子始有菜色，今有刍豢之色，何也?”闵子曰：“吾出蒹葭之中，入夫子之门。夫子内切瑳以孝，外为之陈王法，心窃乐之。出见羽盖龙旗，旃裘相随，心又乐之。二者相攻胸中而不能任，

① （宋）朱熹撰：《四书章句集注》，第54页。

> 是以有菜色也。今被夫子之教寖深，又赖二三子切瑳而进之，内明于去就之义，出见羽盖龙旗，旃裘相随，视之如壇土矣，是以有刍豢之色。”①

求学初期，闵子虽渴慕夫子之道，但也难忘羽盖龙旗之美。此摇摆不定的心境，不能说明闵子的求道之心虚假不实。只不过在现阶段，闵子未能“安”于夫子之道罢了。若乐于羽盖龙旗，于夫子之道便有亏欠；若勉强自己不看羽盖龙旗，则难压抑对其的渴慕。“二者相攻胸中”，逼真地再现了闵子内心的挣扎与不安。关于“二者相攻胸中”，《韩非子·喻老》有一处类似的记载：

> 子夏见曾子，曾子曰：“何肥也？”对曰：“战胜，故肥也。”曾子曰：“何谓也？”子夏曰：“吾入见先王之义则荣之，出见富贵之乐又荣之，两者战于胸中，未知胜负，故臞。今先王之义胜，故肥。”②

引文所言“两者战于胸中”，可谓求学之人极为真实的内心写照。对常人来说，在日用践履每一环节都“不逾矩”，并非易事。多数情况下，循规蹈矩而行，往往与心之所欲相违背。此种“不逾矩”乃出于勉强，并非心之所愿。而违心的一个必然结果就是不安。

2. 何以能“安”？

据此反诸孔子论“三年之丧”的条目。孔子认为，在守三年之丧的过程中，不食稻，不衣锦，才能心安。值得思考的是，心安的原因何在？是因为遵循了“不食稻，不衣锦”的礼仪规范，由此有了“不食稻，不衣锦”的行为表现，还是因为我们成了能守丧礼的君子？

---

① （汉）韩婴撰，许维遹校释：《韩诗外传集释》，第 34 页。

② （清）王先慎撰，钟哲点校：《韩非子集解》，第 169—170 页。

从表面上看，“不食稻，不衣锦”似乎只着眼于外在行为。若仅把此类规范看作孤立的行为准则，那么我们很可能会认为，设立此规范的目的就在于让守礼者实践出“不食稻，不衣锦”的行为。似乎把言行举止做到位，便已足够。但若吾人不止步于此，而是继续追问，服丧期间种种规范的目的，是否仅限于使人实践出“不食稻，不衣锦”的行为表现，这时，或许规范背后的深层用意将向我们开启。

克实而论，“不食稻，不衣锦”的终极意义是在环环相扣的意义关联整体中被规定的。从此关联整体出发去看待每一规范，不难发现，圣人设立丧礼的初衷，并不仅仅在于约束与规定人在服丧期间的言行举止，更是借此提醒亲子之伦的重要性。此伦常关系并不因双亲在世生存的结束而终结。据此而论，重要的并不是完成了“不食稻，不衣锦”的行动，而在于由此实现了行礼之人的内在之“兴”，即子女应从内心生发出对已故亲人的缅怀与敬重。若对“不食稻，不衣锦”的实践，并未将人导向此规范根植的意义关联整体，并未增进行礼之人对此规范所承载的伦常关系的体察，以致虽在行为表现层面符合“不食稻，不衣锦”的礼制规范，但内心麻木无感，并未萌生对亲人的深爱与怀念，那么此行为便是徒然了。

由此可对“不食稻，不衣锦，方能心安”的原因作进一步的探究。在孔子看来，人之所以“心安”，究其根本，并不在于遵循了“不食稻，不衣锦”的礼仪规范（否则，人们就还只是在处理自我与规范的关系，仍把礼仪规范视为目的本身。这样一来，哪怕守了三年之丧，也是枉然。因为此类规范仪则并未将人带入更深层的意义关联整体）。

如前所述，丧礼所涉及的不仅是守丧者与礼仪规范的关系。守丧者关注的不应仅是丧礼本身，也不应仅以遵循礼仪规范为目标，而应借助三年之丧深入理解自身与已故亲人的关系。礼仪规范相当于中介和载体，指向行礼之人身处的伦常关系，而此伦常关系以更广阔的意义关联整体为依托。

亲人虽故去，但亲子之伦并未就此丧失，为人子女的角色与生存维度并未就此消失。三年之丧作为亲子关系的合宜寄托，使其在双亲亡故之时，仍能恰如其分地履行为人子女的应尽之责，故而行礼之人可心安于此。此处所谓“安”，不应从主体主义或心理主义的层面作解，不应释为某人一时一地的情绪体验或情感状态，而指向深层的生存情态，是在关联整体中锚定所居之位，并实现对自身意义的理解之后才能萌生的状态。“安”的前提在于，自身在意义关联整体中的位置与意义不断得以确证，且自身与他者在此整体中的相互关系不断得以维系。这里的“关系”指的并不是守礼者与应守之礼的关系，而是在更深层的意义上，涉及子女与已故亲人的关系，关涉至为重要的亲子之伦。

3. 论意义关联整体的重要性

如前所述，三年之丧是子女与已故亲人相互关系的合宜寄托。“不食稻，不衣锦”的目的，不仅在于约束子女服丧期间的行为表现，更在于把人引向其所承载的伦常秩序。而此伦常秩序又以宏大的意义关联整体为依托。遗憾的是，常人往往用静态的眼光看待礼仪规范，关注如何遵循与实践“礼之仪”，如何让言行举止“不逾矩”，而轻忽了礼仪规范本是要将人导向此规范根植的意义关联整体，并在此整体中理解自我与他人、与世界、与天地万有的关系。

吊诡之处在于，从外在表现上看，一个人很可能行为举止无可指摘，但究其内心，其实尚未真正理解所行之规范。不论是规范背后的用意，还是此规范与在世生存的关联，抑或此规范深植的意义关联整体，人们对此很可能全然无知。《爱弥儿》中有一则发人深省的对话，如实呈现出常人对业已遵循的规范，实则处于“无知”状态。对话发生在老师和孩子之间。卢梭指出，向孩子们进行的或可能进行的种种道德教育，大体上可归纳为如下对答：

老师：那件事情不应该做。

孩子：为什么？

老师：因为那样做不对。

孩子：哪里不对了？

老师：你那样做，别人会反对的。

孩子：我做了别人反对的事情就代表不好吗？

老师：你不按别人说的做，就会受到别人的惩罚。①

在孩子步步紧逼的诘问下，老师难以自圆其说，最终的回答竟是"就会受到别人的惩罚"。这并不能算作正当的理由。老师的窘境反映出，其实对于"为何应该遵守这条准则"，"为何不应该做那一件事"等问题，很难从根本上给出圆满答案。如果遇到爱打破砂锅问到底的孩子，估计很少有人能从终极根据的层面把"应该怎样"或"不能怎样"解释清楚。如此一来，大部分人的答语也许会与这位老师相似。可见，常人对道德训诫的"忠诚"是经不起追问的。在潜意识中，畏罚是善行义举的正当动机。

初看上去，孩子似乎在故意捣乱，试图挑战老师的权威。但仔细想来，孩子的反应再真实不过。对年幼的孩童来说，面对众多的"不该做"，言行举止难免处处受限，无法随心所欲。孩子的发问是真诚的，如实揭示出他的不解、困惑与挣扎。他很真实地面对种种心绪，与老师的传授、规范的束缚进行"真诚的对峙"。相比起虚伪而违心的屈从，此种"真诚的对峙"是可贵的。进一步来说，对"为什么"的追问，说明孩子不满足于把"不应该"当作教条，不满足于机械地服从规范本身，而是通过追问"为什么"来寻求此规范植根的意义关联整体，进而实现对此规范的消化和理解。只有通达其所扎根的整体性世界图景，孩子才有可能真正领会此规范之要义。这是求学之人非常迫切的需求。

遗憾的是，老师并未给出令人满意的回答。从一系列答语（比

① ［法］让－雅克·卢梭：《爱弥儿》，孟繁之译，上海三联书店2017年版，第81页。

如，“因为那样做是很不好的”“因为别人不许你那样做”“你不听话，别人就要处罚你”）可看出，老师是在非常狭隘的层面理解这一规范，以至于最终不得不归结于畏罚的心理动机。甚至可以说，老师未能真正理解此规范，因为他对此规范所扎根的意义整体全然无知。

也许这位老师是合格的社会公民，单从行为上看，他很可能为人处世中规中矩，从未做过“不应该做的事情”。然而吊诡的是，老师其实并未真正理解规范本身，但这无碍于他依葫芦画瓢，记住并遵循规范，同时还以长者的身份规训晚辈。这真切地反映出现实生活的教育状况。也许当这位老师年幼时，所面对的也是行为规范的说教与灌输，他也曾进行一番“真诚的对峙”，试图追问“为什么”，却同样没有得到满意的回答。这样一套教育模式陈陈相因，代代相传。

从总体上看，老师对孩子的教导（即“不应该做那件事”），着眼于外在的行为表现。可见，通行的教育模式倚重的往往是规范本身，对规范所扎根的意义关联整体却鲜有触及。尽管这位老师无法从规范所建基的根据层面来解释为何“应该”做某事，为何“不应该”做某事，但他很可能为人处世中规中矩，行事无可指摘。毋庸置疑，从外在效果上看，此套教育模式仍能培养出遵循规范的公民，但究其根本，此模式对于增进父子之亲、夫妇之别、朋友之信而言却收效甚微，同时也无益于恰如其分地处理在世生存的诸多关系面向。

此现象的成因，很可能在于，人们的关注点往往放在如何习得礼仪规范的种种细目以及如何遵循条文仪则上，却未能反思此礼仪规范之根本。据此反观昔人的文化语境，从根本上看，守礼本身并不构成在世生存的根本目的，也并非圣人制礼的根本用意所在。礼之初衷并不在于培养循规蹈矩的守礼者，而在于以贴合情性的方式让人复归在世关系所构筑的意义关联整体，并在此关联整体中加深对自我生命的理解与认识，进而能恰如其分地处理与回应各种关系并开展其在世生存。

至此，不妨对本节开始处的问题作出回应，即“兴于《诗》”在何种意义上构成“立于礼”的逻辑前提？如前所述，伴随着读《诗》而生发的由“观”而“兴”、由“兴”而“仁”的过程，其中一以贯之的是由《诗》而来的感发兴起。这使人能够超越所处时代感受方式与经验模式的局限，经由“诗—兴”思维与“赋”“比”“兴”的诗性言说沉潜于《诗》的意义世界。进一步来说，随着《诗》中生存经验的流动与展开，《诗》将人的视域从切近处的伦常日用延伸至宗族、朝野、夷夏，再拓展至共同体绵延不息的历史生命，乃至天人、神人关系，由此将人导向上述各环节构成的意义关联整体。《诗》启发吾人将自身理解为关联整体中的一员，并基于此整体性世界图景理解自身与天地万物、与社会人事的内在关联。这种由一己到全体的感通力，使吾人得以超越与物相隔的状态，实现以天地万物为一体的在世生存。

总体而言，《诗》以由内而外的感发兴起为进路，旨在将人导向所身处的意义关联整体。而此关联整体其实也作为吾人理解礼仪规范并“安而行之”的前提条件。若从孤立的视域看待规范仪则，将其从自我与他人、与家国天下、与天地万有、与超越性存在的关系等观念背景中抽离出来，仅在行为表现层面遵循规范，却缺乏由内而外的感发，如此一来，我们要么只是生硬地依从规范行事，成为虽循规蹈矩，但内心却麻木无感的人，要么便像闵子般时常经历“二者相攻胸中”的挣扎，不断用“应该”与“不应该”规训“心之所欲”，对于道理规范，大多勉强而行之，未能达至“安而行之”的境界。克实而论，“安而行之”并不源自对规范的认知与遵循，而是源于对规范所承载的相互关系及其根植的关联整体的深入理解：在天地万有贯而为一的整体化生存结构中，他人与他物皆与自身相关。由此或可实现“能近取譬”，对他者的忧乐疾苦感同身受，而非漠然视之。这再次说明，对于人的在世生存而言，通达意义关联整体是重要且必要的。“兴于《诗》”能成为“立于礼”的前提，正在于“兴于《诗》”为理解意义关联整体提供了一独特进路，引导吾人以整体之一员的视角看待人与自我、与他人、与世界乃至与超越性存在的紧密关系，并在《诗》的意义世界中经历“能近取譬”的模拟与操练，进而复归于一体之仁。

进一步来说，“兴于《诗》”为“立于礼”提供了逻辑前提，这其实也与“兴”的特质息息相关。“兴”的终极旨归在于“举体”，将吾人引向所置身的意义关联整体，并启发吾人以整体之一员的视角理解自我与他人、与天地万物的内在关联，由此通达天地万物无不属己的境界。此境界又被程子和马一浮称作“仁”。故马一浮云：“欲识仁，须从学《诗》入。”[①] 在此，“仁”不是在道德品质的层面被谈论，而是指以天地万物为一体的存在状态。而这与孔子论“礼—仁”关系的思想背景恰恰构成互为参指的关系。孔子在谈论“礼—仁”关系之时，也并非局限于伦理道德领域，而是在存在论的层面来进行。来看《孔子家语·论礼》的一段文本：

> 子贡退，言游进曰：“敢问礼也，领恶而全好者与？”子曰：“然。”“然则何如？”子曰：“郊社之礼，所以仁鬼神也。禘尝之礼，所以仁昭穆也。馈奠之礼，所以仁死丧也。射飨之礼，所以仁乡党也。食飨之礼，所以仁宾客也。明乎郊社之礼、禘尝之礼，治国其如指诸掌而已。”[②]

引文所论之礼涵盖了传统五礼的四个方面。具体来说，郊社之礼、禘尝之礼属于吉礼；馈奠之礼属于凶礼；射飨之礼属于嘉礼；食飨之礼属于宾礼。耐人寻味的是，在谈论此四礼之时，孔子一以贯之的是“仁……”的说法，如“仁鬼神”“仁昭穆”“仁死丧”“仁乡党”以及“仁宾客”。显然，孔子并不是在道德规范的意义上论

---

① 马一浮著，吴光编：《马一浮卷》，第169页。

② （清）陈士珂辑，崔涛点校：《孔子家语疏证》，第193页。

“仁”。此处，“仁”同样用作一个关系型概念。

相对而言，“仁乡党”和“仁宾客”的说法更易于理解。毕竟二者均涉及自我与他人的关系，且自我与他人均处于同一时空背景之中。到了“仁死丧”，孔子把关系范围推扩开来，由同一时空背景下人的相互关系，延伸至生者与逝者的关系。而到了“仁昭穆”，关系范围又进行了更具纵深性的拓展。禘尝之礼把行礼之人引向共同体古今一贯的历史进程，使自身与先祖的紧密关联不断得以确证。而到了“仁鬼神”的阶段，祭礼所涉及的关系维度则突破了人际关系层面，而是提升至人与超越性存在的关系面向。随着关系范围一步步延伸开去，吾人身处的意义关联整体也逐渐被揭示。这说明，孔子论礼之时，其实也以渐次推扩开来的关系维度为其观念基础，不禁使人思及《风》《雅》《颂》由近及远、由人而天的动态意义结构。据此可知，读《诗》与习礼实则共享了相同的旨归，即引人“开向无限”，使人不断领会在世生存的基本事实与本真样态：自身并非如原子般孤立而封闭的个体，而是深植于天地万有贯而为一的意义关联整体之中。

（二）《诗》之“兴”与礼之“立”的持久张力

承上所述，“兴于《诗》”为“立于礼”提供了内在的逻辑前提，这构成“兴于《诗》”先于“立于礼”的重要缘由。职是之故，学《诗》之后继而学礼，此先后之序虽在发生学层面同样成立，但诗教逻辑序列在先，使《诗》、礼二者并未因时间顺序的先后而显出优劣高下之分。此即是说，并非因为诗教略为初级、礼教更为高级，才呈现出诗教在先、礼教在后的格局。只不过是二者的侧重点、特质与分工存在差异罢了。总的来说，两种为教进路具有一致的愿景，均将人导向所身处的意义关联整体，在开向无限的过程中，去观见天地万物一体共在的整体性世界图景。

诚然，《诗》与礼、诗教与礼教在逻辑层面一脉相承，且二者具有共同的愿景，但吾人也须留意二者间的持久张力。牟宗三先生曾论及《诗》、礼之短长："自人生言，诗书可以兴发，而不足语于坚成。"[①] 承前所述，《诗》之长处在于兴发，使人"趋向鼓舞，中心喜悦，则其进自不能已"，然不可否认，只注重诗教之兴发，而不与礼教相配合，难免灵动发越有余，而凝定稳健不足。更有甚者，若一味放纵此漂浮不定、怦然而动的发越趋向，或难达至强立不反、强聒不舍的立身姿态，亦难在日用践履中凝结为操作之准绳定矩。《礼记·学记》曰："九年，知类通达，强立而不反，谓之大成。"[②] 此处将"强立而不反"标举而出，且将其视为学者之"大成"，可见"立"对于为学过程的重要性。昔人有"择善而固执之""守死善道"等提法，或可视为"立"在其生存样态中的切实显现。而夫子以"立"作为礼教特质，以此强调礼导人入于"强立而不反"的生存姿态，择善固执而不随外界移易。

从总体上看，"兴"而未能"立"，只重诗教而轻忽礼教，其弊端被昔人所留意；同样，只重礼教而忽视诗教，关注"立"而未能以"兴"为其前提，其弊端亦不可低估。牟氏将此申明为："诚朴笃实之人常用智而重理，喜秩序，爱稳定，厚重少文，刚强而义，而悱恻之感，超脱之悟，则不足。"[③] 进一步来说，礼之秩序经法，虽同样缘人情而制，依人性而定，所谓"礼自情出"，但在"尽人情物态之微"的方面，礼则逊于《诗》。因此，礼虽贴合人情而制，但若凝定有余，其末流则不免陷入固化，沦为教条，甚或酿成"以礼杀人"的悲剧。

职是之故，诗教与礼教实则相须并进，不可偏废。由此或可理解，阳明为何以歌《诗》与习礼并重："故凡诱之歌《诗》者，非但发其志意而已，亦所以泄其跳号呼啸于咏歌，宣其幽抑结滞于音节也。导之习礼者，非但肃其威仪而已，亦所以周旋揖让而动荡其

① 牟宗三：《名家与荀子》，吉林出版集团有限责任公司2015年版，第130页。

② （汉）郑玄注，（唐）孔颖达正义，吕友仁整理：《礼记正义》，第1426页。

③ 牟宗三：《名家与荀子》，第132页。

血脉，拜起屈伸而固束其筋骸也。”[①] 至此，对于《诗》与礼的复杂关系，吾人可试表述为：一方面，昔人看到，《诗》与礼同为缘人情而生，“‘礼自情出’，而《诗》者，‘情动于中而形于言’者也，与‘礼’可谓同出一脉”[②]。进一步来说，诗教之“兴”与礼教之“立”，不仅限于发生学层面的时间先后之序，更要者在于，诗教之“兴”导人开向无限，引人入于一体之仁的意义关联整体。这构成“立于礼”得以可能的逻辑前提；但另一方面，昔人同样看到，现实生活中，从“兴于《诗》”到“立于礼”的内在关联并非自然而然便可达至。多数情况下，在诗教与礼教之间，人们往往执于一端，难以对二者兼顾该贯。这意味着，“兴于《诗》”与“立于礼”未能处于和谐共生的关系，恰恰是在重视《诗》之“兴”的同时，容易轻忽礼之“立”，抑或在重视礼之“立”的同时，忽视了《诗》之“兴”，故而诗教与礼教易陷入持久的张力状态。这在思想史层面主要表现为孟学与荀学气象之差别与张力。

前文虽论及孔孟诗学高下境界之差异，尽管如此，在对孟子重《诗》这一点上，历代学者多能达成一致。相关文本前已举陈，今不赘述。孟子既重视《诗》，自然受《诗》影响颇深。《诗》以道志，而孟学尤重立志。面对王子垫“士何事”的发问，孟子答曰：“尚志。”（《孟子·尽心上》）对于如何“尚志”，孟子进一步论曰：“夫志，气之帅也；气，体之充也。夫志至焉，气次焉。故曰：‘持其志，无暴其气。’”（《孟子·公孙丑上》）诗教以感通兴发见长，使人中心憯怛，能近取譬，与他人之疾苦有悲悯共情之感；而在孟学的义理间架中，“不忍人之心”“恻隐之心”作为“四端”之首，作为“仁之端”，尤被孟子所看重：“是心足以王矣”，关键在于“言举斯心加诸彼而已。故推恩足以保四海，不推恩无以保妻子”

① （明）王守仁撰，吴光、钱明、董平、姚延福编校：《训蒙大意示教读刘伯颂等》，载《王阳明全集》，第99页。

② 萧驰：《中国思想与抒情传统　第一卷　玄智与诗兴》，第iv页。

（《孟子·梁惠王上》）。故而兴发推扩也作为孟学的一大着力面向，其论修身工夫，则多言“充实”，多言“塞”，如《孟子·尽心下》所言：“充实之谓美，充实而有光辉之谓大。”又曰：“其为气也，至大至刚，以直养而无害，则塞于天地之间。”（《孟子·公孙丑上》）诸如“充实”与“塞”等提法，均与兴发相关，或可视为孟子受诗教之兴的启发而生，故而朱子评价孟学为“读《孟子》，以观其发越”，并将其申明为“《孟子》有感激兴发人心处”[①]。诗教对孟子气象、孟学气质的影响，还表现为孟子提出以权济礼的主张，以应对礼制可能面临的在世困境。比如，当“男女授受不亲”的礼制难以应对流动不居的复杂局势（如“嫂溺”）之时，应果断行“嫂溺援之以手”之权。

总体而论，孟子多受诗教之“兴”的沾溉，但却重于兴发而略于收敛与凝定、养晦与贮藏。一味地充实发越，臻于极致，难免落入“尽发于外”的偏颇之中，甚或可能以凛然之英气逼人、犯人。宋儒在评点孔、颜、孟三人境界之高下时，屡屡言及孟子在气象之温柔敦厚、温润含蓄等方面逊于孔颜二人。程子提出：“仲尼，元气也；颜子，春生也；孟子，并秋杀尽见。”[②] 又言：“仲尼，天地也；颜子，和风庆云也；孟子，泰山岩岩之气象也。”[③] 若细析孟子不及孔颜之处，则在于“（孟子）中间有些英气。才有英气，便有圭角。英气甚害事”[④]，其失在于“攘臂扼腕，尽发于外”，“其迹尽见”[⑤]，不及孔子之“浑然无迹”与颜子之“微有迹”。

与“长于《诗》《书》”的《孟子》相较，《荀子》则多言礼与礼教。诚然，《荀子》多次论及《诗》《书》，亦多引《诗》《书》以证其言，且诸如“《书》者，政事之纪也；《诗》者，中声之所止

---

① （宋）黎靖德编，王星贤点校：《朱子语类》，第 249 页。

② （宋）程颢、程颐著，王孝鱼点校：《二程集》，第 76 页。

③ （宋）程颢、程颐著，王孝鱼点校：《二程集》，第 76 页。

④ （宋）程颢、程颐著，王孝鱼点校：《二程集》，第 197 页。

⑤ （宋）黎靖德编，王星贤点校：《朱子语类》，第 1244 页。

也”，“故《风》之所以为不逐者，取是以节之也；《小雅》之所以为《小雅》者，取是而文之也；《大雅》之所以为《大雅》者，取是而光之也；《颂》之所以为至者，取是而通之也”等精妙评点，均喻示《荀子》在《诗》《书》上亦多用力，然不可否认，在对《诗》、礼二者的重视程度方面，《荀子》的确将礼置于更为优先且关键的位置。正如《孟子》虽重视《诗》《书》，但也并非对礼全然陌生或漠视，而是如赵岐所言“（孟子）治儒述之道，通五经，尤长于《诗》《书》”[①]，可知《孟子》乃是在“通五经”的基础上“长于《诗》《书》”。

《荀子·劝学》云：“《诗》《书》之博也。”以“博”论《诗》《书》，可谓一积极评价，但《荀子》此论的落脚点在于，若一味专于《诗》《书》，难免失于博杂汗漫，琐碎支离。《荀子·非十二子》将此批评为：“略法先王而不知其统，然而犹材剧志大，闻见杂博。”此偏颇被《荀子·劝学》称作“学杂识志，顺《诗》《书》而已耳，则末世穷年，不免为陋儒而已”。据此而论，在《荀子》看来，只推崇诗教，非但无法达至为学之理想状态，甚或可能误入歧途，故《劝学》将为学之完整序列标举为“其数则始乎诵经，终乎读礼”。据杨倞注“经，谓《诗》《书》；礼，谓典礼之属也”[②]可知，《诗》《书》均被归入所诵之“经”的范畴，而这充其量只是为学之“始”。“始乎诵经”与“终乎读礼”，构成从低到高的为学阶段。这也从“其义则始乎为士，终乎为圣人”（《荀子·劝学》）的提法中体现出来。两相比照，与“诵经”对应的是士，而礼则是圣人之学的必由之路。此即是说，诗教必须凭借礼教补偏救弊，才能入圣学之堂奥。礼之于《诗》《书》，其不可取代的作用在于，《诗》《书》之博须“诵数以贯之，思索以通之”（《荀子·劝学》），方能免于杂

---

① （汉）赵岐注，（宋）孙奭疏：《孟子注疏》，载《十三经注疏》整理委员会整理《十三经注疏》，第5—6页。

② （清）王先谦撰，沈啸寰、王星贤点校：《荀子集解》，第11页。

博汗漫之弊。此种“通”“贯”作用，非礼无以胜任。以礼“通”“贯”《诗》《书》之博，其旨归在于实现“全”而“粹”之境界。牟宗三指出：“诵数以贯之，全也。思索以通之，粹也。全而粹，则伦类通，仁义一矣。”① “全”与“粹”向来为《荀子》所重视：“天见其明，地见其光，君子贵其全也。”又言：“君子知夫不全不粹之不足以为美也。”（《荀子·劝学》）职是之故，《荀子》尤其重视“隆礼义而杀《诗》《书》”，旨在纠正博而无统、支离而不通贯之弊。“不道礼宪”，纯任《诗》《书》的做法，尤在其批判之列。

综上所述，《孟》《荀》虽通观《诗》礼，但因其为学取向与气质之异，对于《诗》、礼则各有倚重。《孟子》所重者，在于《诗》与诗教，而《荀子》则主于礼与礼教。诗教之“兴”与礼教之“立”，二者的持久张力也在孟子和荀子的气象和格局上有所反映：

> 诚朴笃实之人常用智而重理，喜秩序，爱稳定，厚重少文，刚强而义，而悱恻之感，超脱之悟，则不足。其隆礼义而杀《诗》《书》，有以也夫。而孟子则相反。孟子善《诗》《书》。《诗》言情，书记事，皆具体者也。就《诗》《书》之为《诗》《书》自身言，自不如礼义之整齐而有统，崇高庄严而为道之极。然《诗》可以兴，《书》可以鉴。止于《诗》《书》之具体而不能有所悟，则凡人也，不足以入圣学之堂奥。然志力专精，耳目爽朗之人，则正由《诗》《书》之具体者而起悱恻之感，超脱之悟，因而直至达道之本，大化之原。孟子由四端之心而悟良知良能，而主仁义内在，正由具体的悱恻之情而深悟天心天理之为宇宙人生之大本也。故孟子敦《诗》《书》而立性善，正是向深处悟，向高处提，荀子隆礼义而杀《诗》《书》，正是向广处转，向外面推。一在内圣，一在外王。然而荀子不解孟子，亦正其无可奈何处。以其高明

① 牟宗三：《名家与荀子》，第131页。

不足故也。①

据此反观《论语·季氏》所载过庭之训，所谓“不学《诗》，无以言”与“不学礼，无以立”，孔子兼言《诗》礼，并未偏于一端，并非以《诗》为主导，以《诗》辖制礼；亦非以礼为主导，以礼辖制《诗》。毋宁说，《诗》与礼、诗教之“兴”与礼教之“立”，二者经由“成于乐”的过程调和互济，缔结为圆融和谐的统一体。

三　成于乐：《诗》之“兴”与礼之“立”的调和互济

承上所论，有别于孟、荀各执《诗》、礼之一偏，遂使《诗》、礼之差异处于持久的张力之中。在孔子那里，《诗》与礼、诗教与礼教乃是作为一和谐的整体存在。具体来说，《诗》与礼、诗教与礼教的特质与差异，并未呈现出对峙的紧张态势。彼此间的张力也并未形成互相压制、此消彼长的关系。相反，在往来互动、彼此辅翼的

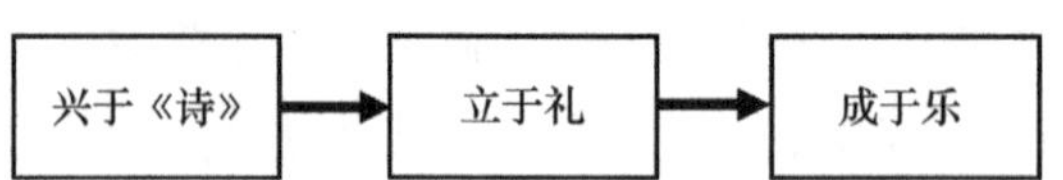

图1　从“兴于《诗》”到“立于礼”的线性进程图

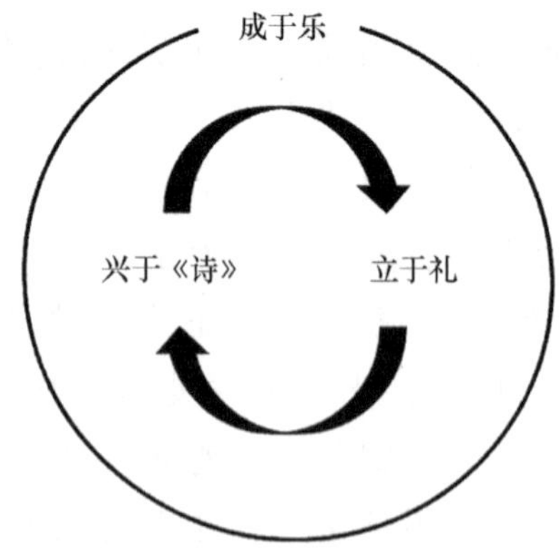

图2　“兴于《诗》”与“立于礼”始卒若环的共生关系图

① 牟宗三：《名家与荀子》，第132—133页。

关系形态中，《诗》与礼、诗教与礼教实现了以彼之长济己之短。据此而论，孔子所言“兴于《诗》，立于礼”，便不应在发生学层面解作由低到高单方向的推进过程，不应如图 1 所示呈现为单向的线性发展。《诗》与礼的调和共济，与“成于乐”息息相关。毋宁说，“成于乐”的过程，协调了诗教与礼教两种进路及其异质力量，使二者如图 2 所示呈现出始卒若环的关系样态，在生生不已的往来互动中，缔结为虽有差异但调和共济的共同体。

从广义上讲，以“成”论“乐”，并非孔子的独创，而是昔人言“乐”一习见之术语，如《左传·昭公二十年》载晏子之言曰：“声亦如味。一气，二体，三类，四物，五声，六律，七音，八风，九歌，以相成也。”[①] 在王国维《周大武乐章考》的研究基础上[②]，姚小鸥指出：“‘成’本是先秦时代一个有关‘乐’的术语，它指某一完整的‘乐’的组合的演出完成。将该组‘乐’演出一遍，称为‘一成’，数遍即数成。”[③] 进一步来说，“作为乐的术语，‘成’字在先秦旧籍中出现得并不少”[④]，如《论语·八佾》所载，“子语鲁大师乐。曰：‘乐其可知也：始作，翕如也；从之，纯如也，皦如也，绎如也，以成”，《尚书·益稷》所言“箫《韶》九成，凤皇来仪”，《吕氏春秋·古乐》所言“于是命皋陶作为《夏籥》九成”[⑤]。并且，“作为一个完整的乐的组合的‘成’即‘备乐’的完成也单称‘备’，所以在某些情况下‘备’和‘成’可以互训”[⑥]，如《仪礼·燕礼》郑注云：“正歌者，升歌及笙各三终、间歌三终、合乐三

---

① （周）左丘明传，（晋）杜预注，（唐）孔颖达正义：《春秋左传正义》，载《十三经注疏》整理委员会整理《十三经注疏》，第 1614—1619 页。

② 参见王国维《周大武乐章考》，《观堂集林》卷二，载谢维扬、房鑫亮主编《王国维全集》第 8 卷，第 54—57 页。

③ 姚小鸥：《诗经三颂与先秦礼乐文化》，第 48 页。

④ 姚小鸥：《诗经三颂与先秦礼乐文化》，第 49 页。

⑤ 许维遹撰，梁运华整理：《吕氏春秋集释》，第 126 页。

⑥ 姚小鸥：《诗经三颂与先秦礼乐文化》，第 50 页。

终为一备，备亦成也。”① 可见，“成”与“备”具有一定程度的意义相关性。

然须留意，在昔人语境中，“成”与“备”虽同为言“乐”之术语，但其意义却不止步于普通的形容词。在寓抽象于具象的思维方式的运作下，“成”与“备”从形容奏乐过程的具象指称升华为一抽象的思想概念。对此，一个显见的例子便是“备”在《庄子·天下》中的应用。究其语境，“备”乃作为一思想概念而出现：“古之人其备乎！”古人之“备”具体表现为：“配神明，醇天地，育万物，和天下，泽及百姓，明于本数，系于末度，六通四辟，小大精粗，其运无乎不在。”此“无乎不在”的完备性，在《天下》篇中又被称作“道术”：“古之所谓道术者，果恶乎在？曰：‘无乎不在。’”进一步来说，《天下》篇以“备”指称古人与古之道术，与之相对的是今人与今之方术。“道术”与“方术”虽一字之差，但其区别不可小觑。“道术者全体，方术者一部分也。方术亦在道中，特局于一方，不可以道名耳。”② 同样，古人之“备”与今人之偏狭，也形成了鲜明对比。《天下》篇将今世之人称作“一曲之士”，并将“一曲之士”的特质申明为“不该不徧”“一察焉以自好”。王念孙指出，“一察，谓察其一端而不知其全体”③，由此凸显出“道术”（见其全体）与“方术”（守于一隅）的差异。《庄子》面对的是百家殊方的世界。世人日益拘执于支离破碎的细琐术目，而未曾见体。由此可知，《庄子》以“备”论古人，其所谓“备”并非作为一普通的形容词而出现，而是作为一抽象概念来言说存在之整全（“大全”）。

---

① （汉）郑玄注，（唐）贾公彦疏，王辉整理：《仪礼注疏》，上海古籍出版社2008年版，第432页。

② 高亨笺证：《〈庄子·天下篇〉笺证》，载张丰乾编《〈庄子·天下篇〉注疏四种》，华夏出版社2016年版，第173页。

③ （清）王念孙撰，虞万里主编，徐炜君、樊波成、虞思徵、张靖伟等校点：《读书杂志》，上海古籍出版社2017年版，第2606页。

既然昔人语境中“成”与“备”可互通，由此或可推知，孔子所言“成于乐”之“成”，其实有别于往昔语境中以“成”言“乐”的常见意涵（即“某一完整的‘乐’的组合的演出完成”[①]），而是以“乐”之“成”表征其大无外的整全性与圆融和谐的完满性。在此语境下，所谓“成”并不只是作为某一具象术语或指称（演奏一遍为一成），而是升华为一抽象的思想概念，表征的是绝对的圆满性。“‘成’即是圆融。”[②] 故而《礼记·乐记》云：“夫乐者，象成者也。”[③] 此处所言“象”很耐人寻味。正因“成”在此语境下意指绝对的圆满性，而不是某一次奏乐组合的圆满完成，故而“乐”仅能“拟象”此绝对的圆满性，而不能与之简单等同。

以上述对“乐”之“成”的阐释为基础，吾人可尝试提出：从根本上看，对于“兴于《诗》，立于礼”而言，“成于乐”实为不可或缺的重要环节。从中也可看出，完备性与完满性向来为孔子所重视。这不禁使人思及上文所言《荀子·劝学》对于“全”的重视，即“天见其明，地见其光，君子贵其全也”，又言“君子知夫不全不粹之不足以为美也”。然须辨明，在如何导向完满性这一问题上，孔、荀之进路实有不同。如前所述，荀子仰仗于礼的主导作用。《诗》与诗教的偏颇，“必待乎礼之条贯以通之”[④]，故为学进路以诵经（《诗》《书》）为始，以读礼为终。在荀子看来，学至乎礼，便已臻于极致。据此反观孔子所言“兴于《诗》，立于礼，成于乐”，“立于礼”并不是为学过程的终点。这意味着，《诗》与礼、诗教与礼教之间，并不是礼单向地对《诗》进行引导与纠正。孔子看到，《诗》与礼、诗教与礼教，二者各有其特质与偏重。各有所长，就自然喻示各有所短，诚如《礼记·经解》云，“故《诗》之失，愚”，“《礼》之失，烦”。此即是说，不论是《诗》还是礼，都并非处于

① 姚小鸥：《诗经三颂与先秦礼乐文化》，第48页。

② 徐复观：《中国艺术精神·石涛之一研究》，九州出版社2014年版，第42页。

③ （汉）郑玄注，（唐）孔颖达正义，吕友仁整理：《礼记正义》，第1540页。

④ 牟宗三：《名家与荀子》，第130页。

自足的状态，其本身尚未臻于完满。进一步来说，《诗》与礼、诗教与礼教，唯有经由双向的交互规定，才能实现对于双方而言都具有积极意义的促进作用。

由此或可理解，何以孔子在兼言《诗》、礼之后，须落脚至“成于乐”。正因为对于《诗》、礼而言，乐有统而包之之效，如此才可化解《诗》、礼之差异与张力，使二者达至融洽调和之境。李光地将此申明为：“乐内即包《诗》、礼，声音以养其耳，《诗》也；采色以养其目，舞蹈以养其血脉，礼也。兴《诗》，止举其辞而已；立礼，只习其数而已；至乐，则融通浃洽到熟的地位。”① 揆诸昔人语境，“乐”往往作为“和”的一大征象而出现。《礼记·乐记》云：“大乐与天地同和。”② 又曰：“乐者，天地之和也。”③ 乐“自然地体象宇宙和谐这一观念”④，使昔人论乐，其一大意义面向在于突显乐德之“和”。《周礼·春官·大司乐》便将“和”视为“乐德”，其言曰：“以乐德教国子：中、和、祗、庸、孝、友。”⑤ 乐德之“和”，不仅作为一个静态的描述，更作为一种动态的力量在发挥作用，就“其可能发生的影响言，在消极方面，是各种互相对立性质的东西的解消；在积极方面，是各种异质的东西的谐和统一”⑥。“乐”，对互为对立或彼此异质的双方所产生的影响，在《礼记·乐记》中被表述为“乐者，通伦理者也”。对此，郑玄注曰：“伦，犹类也。理，分也。”⑦ 可见，乐被视为一种沟通伦类之差异、调和秩序之位分的行动。进一步来说，万事万物虽有差异，所谓“夫物之不齐，物之情也”，然而，论及伦类之差异，究其根本，则莫过于两

① （清）李光地撰，陈祖武点校：《榕村语录》卷三，载《榕村语录 榕村续语录》，第53页。

② （汉）郑玄注，（唐）孔颖达正义，吕友仁整理：《礼记正义》，第1474页。

③ （汉）郑玄注，（唐）孔颖达正义，吕友仁整理：《礼记正义》，第1477页。

④ 萧驰：《中国思想与抒情传统 第一卷 玄智与诗兴》，第102页。

⑤ （汉）郑玄注，（唐）贾公彦疏，彭林整理：《周礼注疏》，第833页。

⑥ 徐复观：《中国艺术精神·石涛之一研究》，第31页。

⑦ （汉）郑玄注，（唐）孔颖达正义，吕友仁整理：《礼记正义》，第1540页。

端（A与非A）之异，即伴随着“太极生两仪”此“一生二”的过程，生发出阴阳两仪之异；而秩序之位分，则莫过于天人之分（神人之分）。因此，从根本上而言，乐作为“通伦理者”，其所沟通的伦类之差异，首先便着眼于阴阳之异，而其旨归则在于实现“阴阳之和”，如《庄子·天运》所言“帝张《咸池》之乐于洞庭之野”，其一大面向便是“奏之以阴阳之和”；其所调和的秩序之位分，首先便着眼于天人之分（神人之分），旨在实现天人之和（神人之和），如《尚书·舜典》所言“八音克谐，无相夺伦，神人以和”。若就人作为类存在的群体内部而言，伦类之差异则体现为男女、夫妇、父子、长幼等人伦身份与角色的差异，而秩序之位分则体现为人类社会等级秩序的上下之分，如君臣之分。在此语境中，乐作为“通伦理者”，则侧重于沟通人伦角色之异，调和君臣上下之分。对此，《白虎通德论·礼乐》作了很精到的评点：

> 子曰：“乐在宗庙之中，君臣上下同听之，则莫不和敬。在族长乡里之中，长幼同听之，则莫不和顺。在闺门之内，父子兄弟同听之，则莫不和亲。故乐者，所以崇和顺，比物饰节，节奏合以成文，所以和合父子君臣，附亲万民也。是先王立乐之方也。”①

若着眼于个人层面，乐作为“通伦理者”，其作用在于调和自然状态下“血气心知之性”的种种偏失，“荡涤其邪秽，消融其查滓”②，使正直者毋失于太严，宽宏者毋失于缓慢，刚强者毋入于苛虐，简易者毋入于傲慢，以期实现性情之中正圆融，不偏不倚。此点若落实于“兴于《诗》，立于礼，成于乐”的为教进路中，便在于以中和之乐德燮理《诗》与礼、诗教与礼教的差异与张力，使二者“无

① （清）陈立撰，吴则虞点校：《白虎通疏证》，第94页。
② （宋）朱熹撰：《四书章句集注》，第105页。

相夺伦”，如此才能达至为教进路的完满周备，而不致失于一偏，此为“教”之大成。

四　学以成人：“兴于《诗》，立于礼，成于乐”之旨归

承上所述，在孔子那里，诗教与礼教的特质虽被强调，但二者间的差异与张力最终经由“成于乐”的过程实现了燮理与调和，故而诗教与礼教始终作为一和谐的整体而存在，而非像孟、荀那般陷入各执《诗》、礼的对峙态势。据此而论，孔子所言“兴于《诗》，立于礼，成于乐”并非一单向的线性发展过程，而是呈现为始卒若环、三教合一的整体性格局。此整体主义的教化观，深植于夫子“吾道一以贯之”的整体性世界图景与“君子不器”的教化愿景之中。

诚然，降及后世，《诗》与礼的持久张力从一定程度上讲仍在吾国思想进程中有所延续。但吾人也须看到，夫子将《诗》、礼、乐视为一个整体，调和《诗》、礼张力的做法，其影响亦不可小觑。《诗》、礼、乐三教合一的教化格局，同样作为一通乎古今的共识，存在于吾民族的文化传统之中。对此，清人钱澄之的看法颇有启发意义：“先王以六经垂教，惟《诗》、礼、乐之用最切。《诗》、礼、乐虽分三者，其用则一。”[①] 从“先王以六经垂教”的表述可看出，钱氏是在以六经为一整体的大背景下来谈六经之教。这与《礼记·经解》所论一脉相承：

> 其为人也，温柔敦厚，《诗》教也；疏通知远，《书》教也；广博易良，《乐》教也；洁静精微，《易》教也；恭俭庄敬，《礼》教也；属辞比事，《春秋》教也。[②]

---

① （清）钱澄之撰，朱一清校点：《钱澄之全集·田间诗学·诗总论》，第11页。

② （汉）郑玄注，（唐）孔颖达正义，吕友仁整理：《礼记正义》，第1903页。

此处引文所谓“教”，不应解为当今语境中的“教学”，而是对生命的导养与教化。以六经垂教，并非把《诗》《书》《礼》《乐》《易》《春秋》当作客观知识来讲授。吟《诗》、习礼、读《易》的目的，也不在于显示自己博闻强识或是谋求一门具体的技能，而是将六经尊为安身立命之本。“温柔敦厚”“疏通知远”“广博易良”等语辞，所指均为研习六经之后实现的理想人格及熏陶而出的理想气质。从广义上言，这也成为以六经为其思想根柢的文明共同体所应展现的精神风貌，正如成中英先生指出的：“《经解》所述的是一个整体的道在整体的儒学的教化中所发生的移风易俗的效果。”①

而在六经这一整体之中，钱澄之又拈出了《诗》、礼、乐三者：“先王以六经垂教，惟《诗》、礼、乐之用最切。”② 可见，在“六经”内部，《诗》、礼、乐因其共通性，又可被视为一个新的整体。钱氏对此作了一番申明，即“《诗》、礼、乐虽分三者，其用则一”③，并将三者之“用”的特质归结为“切”。那么，此处所谓“切”该如何作解？对于教而言，为何“切”如此重要？

> 门人有问姚义：“孔庭之法，曰《诗》曰礼，不及四经，何也？”……或曰：“然则《诗》礼何为而先也？”义曰：“夫教之以《诗》，则出辞气，斯远暴慢矣；约之以礼，则动容貌，斯立威严矣……若骤而语《春秋》，则荡志轻义；骤而语《乐》，则喧德败度；骤而语《书》，则狎法；骤而语《易》，则玩神。是以圣人知其必然，故立之以宗，列之以次。先成诸己，然后备诸物；先济乎近，然后形乎远。”④

---

① 成中英：《论传统经学（体系）的哲学意涵与现代重建：儒学、经学与国学——兼评“经典诠释”的概念与方法问题》，载蔡方鹿主编《经学与中国哲学》，华东师范大学出版社 2009 年版，第 2 页。

② （清）钱澄之撰，朱一清校点：《钱澄之全集·田间诗学·诗总论》，第 11 页。

③ （清）钱澄之撰，朱一清校点：《钱澄之全集·田间诗学·诗总论》，第 11 页。

④ 张沛撰：《中说校注》，第 232—233 页。

据引文所示，学《诗》关乎人的辞气，习礼关乎人的容貌举止。辞气、容貌、举止，均为人存在于世最基本而切近的维度。为学不可躐等而进，而须循序渐进，“先成诸己”。若连切己的维度都尚未顾全，便开始研习高深抽象的义理，很可能会适得其反。

古人看到，人是诸灵之长，与生俱来伴随着目之明，耳之聪，口舌之辞令言语。人有视听食息等诸多官能，耳目口鼻难免成为外邪入侵的通道，以致心念摇曳不定，暴慢易生，威严难立。《荀子·乐论》对此已洞若观火，故其论曰：“姚冶之容，郑、卫之音，使人之心淫。”《礼记·乐记》亦云：“外貌斯须不庄不敬，而易慢之心入之矣。”① 此处所言“外貌”，其涵摄范围甚广：服饰穿着、形容声色、动作周旋、辞令仪态无不纳入其中。有鉴于此，真正意义上的教应该与生命的每一环节与细处相契合，必定要落实于目之所视、耳之所闻、口之所言、四体之动作周旋之中。故而《论语·泰伯》载曾子之言曰：“君子所贵乎道者三：动容貌，斯远暴慢矣；正颜色，斯近信矣；出辞气，斯远鄙倍矣。”进一步来说，“动容貌”“正颜色”“出辞气”的过程，首先便表现为规避“淫色”“淫声”及“恶言”。此点也习见于昔人语境之中，如《礼记·乐记》所言：“奸声乱色不留聪明，淫乐慝礼不接心术，惰慢邪辟之气不设于身体，使耳目、鼻口、心知、百体皆由顺正以行其义。”② 除规避淫声乱色而外，还应积极接受雅言、雅乐的正向引导，即诵雅言于口，听雅乐于耳，躬行礼仪于日用践履之间。凡此诸种，皆在于营造涵养情性的雅正氛围，使人渐渍于其间，日渐迁善而不知。

那么，钱氏所言“惟《诗》、礼、乐之用最切”，其所谓“切”，又如何体现在诗教、礼教与乐教之中？具体来说，读《诗》、诵《诗》必须宣之于口，此过程离不开言说活动；行礼之时，人的行为举止、仪态神色都将得到一系列的引导和规范。而乐教的过程，则

① （汉）郑玄注，（唐）孔颖达正义，吕友仁整理：《礼记正义》，第1553页。
② （汉）郑玄注，（唐）孔颖达正义，吕友仁整理：《礼记正义》，第1506页。

有赖于对听觉与审美能力的调动。在西周的国子教育中，乐还与舞相配合。听乐的同时，须配以舞容，这更需要全身心的投入和参与。

初看上去，诗教、礼教、乐教三种进路，单论数量似乎不多（仅仅是三种而已），但实质上，三者均涵摄了人最为基本且重要的官能。视听言动、神色仪态，都被涵盖于其中。这恰恰是人与外界打交道的基本渠道。可见，《诗》、礼、乐三种为教进路的开展颇有讲究。虽然三者着眼的官能各有其针对性，看似分门别类，彼此间缺乏关联，但实际上，视听言动、神色仪态均为人的在世生存不可或缺的有机部分。据此而论，三种进路并非各自为政、互不相干，而恰恰彼此配合，互为支撑，对在世过程的各个面向实现了全方位的覆盖，着眼于对完整生命各个环节的滋养与呵护。此处所谓“覆盖”，并不是像蜻蜓点水般浅尝辄止，而是指《诗》、礼、乐渗入视听食息、言行举止的每一环节，与生命活动的每一瞬间深深契合。

古人看到，完整的生活世界乃是由多个维度与层面构成，其复杂性与多样性不言而喻。这意味着，人存在于世必定置身于多重关系之中。从切近处说起，有人与自我、与他人的维度，从远处说，有自我与宗族、与社会的维度。从更广泛的意义上看，还有人与政治共同体、与历史文化的维度，乃至与超越性存在的关系维度。这喻示，个体生命乃是置身于诸多关系维度交织而成的复杂网络之中。上述各类关系维度并非呈一盘散沙状，而是有其整全性可言。如何妥善合宜地应对与处理在世关系，这并不是与生俱来的能力与智慧，而须仰仗后天的教化过程。这也成为人从生物学意义上的人成长为社会学意义上的人，进而成为真正意义上的“完全”之人的必经过程。

更进一步地，反观人自身，其实每一独特的生命个体本身也存在着整全性。人的生命是知、情、意的统一体。此统一体中的各个部分都非常重要，缺一不可。唯有知、情、意和谐统一，三者在教化进程中都不断得以完善，理想人格的培养与造就才有可能实现。

因此，教化应对人生命的整体性给予充分的尊重，而非仅仅着眼于生命的某一维度。若放大某一维度，而抹杀了另一维度，必然导致人格化育的失调。从总体上看，诗教、礼教、乐教三种进路多管齐下，各有侧重而又相互配合，并不是片面地择取人的某一官能来重点培养，也不是以摧残某一能力为代价来发展另一种能力，而是全面而充分地调动与激发人的各种官能，视听言动、神色仪态等面向都被涵容于内，情感、审美、理智、想象等内在维度也未曾被遗漏。进一步来说，在诗教、礼教、乐教的开展过程中，人的各个官能、各种能力并不是以自身为中心、自顾自地往更高的阶段发展，以致陷入分化严重、关系失调的状态。不管处于何种成长阶段，每一能力都与其他官能与能力处于协调而均衡的稳定关系之中。各个部分成长的节奏与步伐都与生命化育的整体进程相适应，共同促成了生命自身的和谐与完满。由此可见，孔子将《诗》、礼、乐视为一个整体，这不仅基于对在世关系的整全性理解，同时还基于对个体生命内部应具之整全性的观照。个体生命的整全性与在世关系的整全性，构成了二而一的一体化关系。

这意味着，唯有个体生命的内在部分实现了全面而均衡的发展，才能从生物学意义上的人成长为一个真正意义上的完整的人①，而只有真正意义上的“完全之人物”，才能更全面地观照在世生存的各个维度，并妥善合宜地处理在世关系。这再次说明，人成长与成熟的过程，也是在世生存各个层面的关系维度逐渐得以澄明与展开的过程。

至此，不妨对《诗》、礼、乐三教合一的旨归作一番总结。三种进路互为配合，乃是基于一整全性的视域来理解与引导人的成长与

---

①　王国维曾指出，教育之宗旨“在使人为完全之人物而已”。“完全之人物”意指“人之能力无不发达且调和”，具体表现为：“精神与身体必不可不为调和之发达。而精神之中又分为三部：知力、感情及意志是也。对此三者而有真美善之理想。……完全之人物不可不备真美善之三德，欲达此理想，于是教育之事起。”王国维：《论教育之宗旨》，载清华大学国学研究院主编，方麟选编《王国维文存》，第45页。

化育。此处所言“整全性”意味着，三教合一的过程，不仅观照在世关系的整全性，同时还关注个体生命内部的整全性，并且还看到，上述两个面向勾连为二而一的“一体”关系，其本旨在于“成人”，即生命内部各要素处于完满和谐状态的真正意义上的“完全”之人。

下　编

诗教的基本维度与华夏诗化生存的开显

儒家诗教传统以孔门诗教为其典范。总的来说，孔门诗教有别于《诗大序》所论自上而下推行的政教，也不同于一般意义上的伦理道德之教，而是以“成人”为其旨归，对人的在世生存予以全面而充分的观照，使人成为生命内部各要素处于和谐完满状态的真正意义上的“完全”之人。此过程兼顾了在世关系诸维度的整全性与个体生命内部的整全性。由此，孔门诗教贯穿了“德行”“言语”“政事”与“文学”四科之终始。此诗教实践所深植的观念基础在于，人成长和成熟的过程，也是在世生存的各个关系维度逐渐得以展开的过程。一个真正意义上的“完全”之人，必定对人与自我、与他人、与社会、与文明共同体，乃至与超越性存在的相互关系都有着充分的体认，并以此关联整体为依托来理解一己生命的意义。据此而论，意欲证成诗教对“成人”过程的启导与助益，一个不可或缺的步骤便在于探究诗教与在世关系各个维度之间的深层关联。由此，本书从中编过渡到了下编。

若说上编与中编大多基于对《诗》之内容与内在结构的分析，从义理层面解释“诗教”之名的合理性以及以《诗》为教如何成立，并经由对孔门诗教特质与本旨的阐释来探讨其典范性意义，借此说明孔子的诗化生存如何照亮其所身处的晦暗时代，如何感染其门人弟子，那么，下编则是对上述内容的深入和展开，拟在义理分析的基础上，结合《诗》在昔人在世生存与民族历史进程中的种种存在样态，进一步探讨诗教如何落实于化己、理群、通古今之变、究天人之际四个意义向度。诗教将共同体及其成员导向所置身的意义关联整体以及天地万有一体共在的立体化生存结构。由此，华夏文明共同体的诗化生存得以开显。从总体上看，化己、理群、通古今之变以及究天人之际，此四者构成了“兴于《诗》”的基本意义维度，同时也成为昔人诗化生存的四大意义面向。

第六章

《诗》以化己：论诗化生存的“为己”面向

综观在世生存的诸多关系维度，人与自我的关系是最切近的一环，也是其他关系维度得以展开的起点。那么，诗教如何协调人与自我的关系，如何实现对个体生命之化？

第一节　“不学《诗》，无以言”：言之法度与声闻之学

承上所述，《诗》、礼、乐作为“成人”之学的不同进路，三者的侧重点与针对性各有差异。既然吟《诗》、诵《诗》的过程必须宣之于口，无法脱离言说活动而独存，那么，论及诗教，必然绕不开言说的维度。

《诗》与“言”的关系被孔子阐述为：“不学《诗》，无以言。”（《论语·季氏》）此文本使用了“不……，无以……”的句式结构。此结构屡见于《论语》之中，如“不学礼，无以立”“不知命，无以为君子也”“不知言，无以知人也”等。金克木先生曾通过分析此类文本的语言风格，来探究孔子阐释其思想的独特方式：“‘无

以’就是无法，没办法。不知 X 就无法达到 A。这是唯一的方法、途径。……这三句话是用‘不怎么样就没法子达到怎么样’的格式来表达出这是唯一途径的意思。”① 可见，孔子在句式与措辞方面甚为讲究。相比起“学《诗》以言”的表达，“不学《诗》，无以言”更能凸显出《诗》与言的密切关联。

言说是人在世生存的基本活动，也是每日生活的必备面向，同时，人与自我、与他人的关系很大程度上均靠言说来承载，由此足见言说活动的重要性。但据通常理解，言说又是再平常、再简单不过的事。但凡智力正常、声带功能健全的人几乎都能言说。因此，若基于日常言说的层面理解这句话，那么“不学《诗》，无以言”并不成立。毕竟没有学过《诗》，却照常说话交谈的人不计其数。可见，孔子在陈述“无以言”之时，其对“言”的理解有别于日常经验中的言说活动。在孔子看来，由声带振动发出声音、说出话来，或是凭此实现了信息的获取和交流，都不能称为真正意义上的“言”。

如果“无以言”之“言”所指并非日常经验层面的言说活动，那么又会是什么？近世学界倾向于对“言”所针对的场合作出界定，认为“无以言”之“言”特指在典礼邦交场合的正式发言，并将此文本与先秦“外交赋诗”的现象相联系。林叶连指出：“春秋时代，各国使节聘问宴享、交涉专对之时，若赋诗得体，不仅令人尊敬，甚至能建立外交功劳。……故在此人人赋诗言志之社会中，必须人人熟习诗篇，以免贻笑大方，或招致灾祸；孔子曰：‘不学诗，无以言’，其此之谓乎！”② 周振甫也持相同观点：“当时的外交官，都用念《诗》来表达自己的意思。所以不念《诗》，在外交上不能说话，念《诗》可以供外交上发言之用。”③ 以上立场将《诗》与“言”的逻辑关系理解为，人从《诗》中习得言说的内容，以便在公共场

① 金克木著，严晓星编：《大家国学 · 金克木》，天津人民出版社 2008 年版，第 63—64 页。

② 林叶连：《中国历代诗经学》，第 23—24 页。

③ 周振甫：《周振甫讲古代诗词》，江苏教育出版社 2005 年版，第 72—73 页。

合措辞雅致，对答如流，也就是说，读《诗》被视作获取言说内容的必备进路。

除此之外，也有研究者从言说形式的方面来论学《诗》的功效，并将其与讽谏说相结合。关于《风》的言说特点，《诗大序》评为“主文而谲谏”。焦循认为，“不质直言之”不单单是《风》的言说特质，也同样为《雅》《颂》所具备，其总论《诗》曰：“夫《诗》，温柔敦厚者也，不质直言之。”①《诗》多数篇章均迂回婉约，“依违讽谏，不指切事情，故云温柔敦厚是诗教也”②。由此或可理解，为何《孔疏》将“温柔敦厚”归结为“依违讽谏”，即臣子进谏之时，往往采用委婉迂回的言说方式。

综上所述，若从习得言说内容及其形式两方面来看待《诗》之功效，似乎在字面义上也说得通，但这是否足以解释《诗》与“言”的内在逻辑关联？“无以”强调的是“学《诗》”作为“言”的唯一途径。倘若学《诗》获得的只是言说的内容或形式，似乎与“不学《诗》，无以言”所暗含的唯一性并不相称，毕竟言说的内容与形式也可通过其他渠道获得。

本书以为，在探讨《诗》与“言”的逻辑关系之前，先须厘清的问题在于，孔子是在何种意义上使用“言”这一概念？这构成理解“不学《诗》，无以言”的前提。因此，本节的探究始于对言说本质的追问，即言说活动对人的在世生存而言意味着什么？言说的具体方式将如何影响人与自我关系的处理？凡此问题都包孕于“德”与“言”的内在关联之中。

一 “德”与“言”的内在关联

在阐释“德”与“言”的辩证关系时，孔子连用了两个“必”

① （清）焦循撰：《毛诗补疏叙》，载顾廷龙主编，《续修四库全书》编纂委员会编《续修四库全书·经部·诗类》第65册，第395页。

② （汉）郑玄注，（唐）孔颖达正义，吕友仁整理：《礼记正义》，第1904页。

字，所谓“有德者必有言，有言者不必有德”（《论语・宪问》）。细审“必”字的语气，含有相当程度的断言意味：不只是作了一番平实的陈述，而是下了一则辞气坚决的断言，申明“立德”乃是“立言”的绝对条件。朱子在诠释此则文本时，便申明了先立德而后立言的逻辑顺序，即“有德者，和顺积中，英华发外”①。凡此说明，孔子并不是从技艺、技法等层面来界定言说活动。“言”不应单纯归入言说术的范畴，而是承载着言说之道。而言说之道又端赖言说者之“德”来维系。《鄘风・定之方中》之《郑笺》云：“建邦能命龟，田能施命，作器能铭，使能造命，升高能赋，师旅能誓，山川能说，丧纪能诔，祭祀能语，君子能得此九者，可谓有德音，可以为大夫。”② 细审文义，“命”“铭”“赋”“誓”“说”“诔”“语”等言说形态无不为君子之“德音”在不同场合的体现。此处所谓“德音”又可理解为“有德之言”。可见，“德”与“德音”（德言），一者偏向内，一者偏向外。于内有德，向外才能生发出有德之言。以“德”作为“言”的内在依据，为考索“不学《诗》，无以言”提供了些许线索。从中可知，孔子并不是基于实用目的来看待学《诗》的过程。学《诗》，并不是为了积累谈资或锤炼辞令，而在于参悟言说之道。“不学《诗》，无以言”一句，旨在强调学《诗》对言说活动所起到的深度规定，其最要者在于，让内在之德有所迁变，进而生发出言说内容及方式的改变。

据此或可追问，学《诗》如何改变人的内在之德？这一进路是怎样的？参诸《诗大序》所论“情动于中而形于言”，其中，“形于言”作为其论述重点，说明《诗》本身通过“言”的方式得以呈现。据此，吾人或可把探究的着眼点放在《诗》之言说本身。也就是说，《诗》之言说如何影响人的内在之德？为何《诗》之言说具

---

① （宋）朱熹撰：《四书章句集注》，第149页。

② （汉）毛亨传，（汉）郑玄笺，（唐）孔颖达疏，（唐）陆德明音释，朱杰人、李慧玲整理：《毛诗注疏》，第271—272页。

备如此效用，而日常言说则不具备？为回答这一问题，首先须追问，《诗》之言说与日常言说有何不同？

二 言之法度

据《说文》所示，“诗”字属于“言”部，“从言，寺声”①。此处，“寺”并非仅有表音功能，还有其意义指向。《说文·寸部》将“寺”解为“廷也，有法度者也”②。可见，“寺”字包含“法度”“规正”之义，故而从“寺”之字，其意义也多与“规正”“法度”等义相关，如“时”“持”“等”“畤”等字。③ 就字形构成而言，“诗”字亦以“寺”字参与其构造。这暗示出，“诗”本身也涵容着“法度”之义，正所谓“‘诗’字的造字之义应为规正人行、使之有法度的言辞”④。《诗》之“言”，以“法度”为其基本意义面向。此点亦被胡应麟申明：“《诗》三百五篇，有一字不文者乎，有一字无法者乎？……皆文义蔚然，为万世法。”⑤ 既然《诗》无一字无法，那么其言说法度体现于何处？

（一）韵律

论及《诗》之言说法度，自然不能绕开其音律，诚如钱澄之所论：“《诗》之为诗，不于辞句而于音律明矣。《序》曰：‘动天地，感鬼神，莫近于诗。’非声音之道，乌足以感动乎？……古之诗，音为主，而辞以叶之。”⑥ 钱氏对音律的重视，可与方回所言“文之精者为诗，诗之精者为律也”⑦ 互为确证。近人唐文治亦云：“诗者，

---

① （汉）许慎撰，（宋）徐铉校定：《说文解字》，第 51 页。

② （汉）许慎撰，（宋）徐铉校定：《说文解字》，第 67 页。

③ 马银琴：《两周诗史》，第 12 页。

④ 马银琴：《两周诗史》，第 12 页。

⑤ （明）胡应麟撰：《诗薮·内编》卷一，载顾廷龙主编，《续修四库全书》编纂委员会编《续修四库全书·集部·诗文评类》第 1696 册，第 59 页。

⑥ （清）钱澄之撰，朱一清校点：《钱澄之全集·田间诗学·诗总论》，第 11 页。

⑦ （元）方回撰：《瀛奎律髓序》，《桐江续集》卷三十二，载（清）纪昀等编《景印文渊阁四库全书·集部·别集类》第 1193 册，台北：台湾商务印书馆 1986 年版，第 656 页。

音而已矣。"① 而《诗》之音律又集中体现于其韵法。据统计，《诗》之用韵达数十种之多。顾炎武将其归为"首句次句连用韵，隔第三句于第四句用韵""隔句用韵""自首至末句，句句用韵"三种情况。② 以此为基础，夏传才将《诗》之韵法总结为"偶句韵""首字入韵的偶句韵""句句韵"三种基本韵式，加之以"富韵、换韵、交韵、抱韵、遥韵"等韵法，且"不忌重韵"，以"韵密"与"韵式韵法多种多样"为其特点。③ 郭绍虞对《诗经》中双声叠韵的现象作过深入研究。④ 他指出，《诗经》中"连语句，多用双声叠韵字"，而"非连语，使用双声叠韵"的情况亦屡现，包括单句间用例⑤、复句间用例⑥、累句整用例⑦、隔章连用双声例⑧、隔章连用叠韵例⑨等。若说后世诗韵难免显出刻意之效，那么，《诗经》韵法虽多种多样，却并非矫揉造作而成，而是"动乎天机，不废雕刻"⑩，"莫非出于自然，非有意而为之"⑪。

尽管近世学界研究《诗经》韵法的著作蔚然大观，但从根本上

---

① 唐文治著，邓国光辑释，欧阳艳华、何洁莹辑校：《唐文治经学论著集》，第85页。

② （清）顾炎武撰：《日知录》，载（清）顾炎武撰，黄珅、严佐之、刘永翔主编，华东师范大学古籍研究所整理《顾炎武全集》，上海古籍出版社2011年版，第805页。

③ 夏传才：《诗经语言艺术新编》，第83—84页。

④ 参见郭绍虞《照隅室语言文字论集》，第37—40页。

⑤ 如"倒之颠之""颉之颃之""挑兮达兮""如切如磋"。

⑥ 如"何草不黄，何日不行？何人不将，经营四方？何草不玄，何人不矜？"，"隰桑有阿，其叶有难"。

⑦ 如"伊威在室，蠨蛸在户。町疃鹿场，熠燿宵行"。

⑧ 如"无田甫田，维莠骄骄。无思远人，劳心忉忉"，"羔裘豹祛，自我人居居。岂无他人？维子之故。羔裘豹褎，自我人究究"。

⑨ 如"月出皎兮，佼人僚兮。舒窈纠兮，劳心悄兮"。

⑩ （明）陈第撰：《读诗拙言》，载台北新文丰出版公司编辑部编《丛书集成新编·语文学类》第40册，第247页。

⑪ （清）顾炎武撰：《日知录》，载（清）顾炎武撰，黄珅、严佐之、刘永翔主编，华东师范大学古籍研究所整理《顾炎武全集》，第805页。

看多停留于对《诗》韵所作的描述性研究，专注于归纳和梳理《诗》之韵法现象。且最要者在于，韵法多被视为一种语言现象，仅从语言艺术的层面加以探讨。日本江户时期学者东条弘指出，韵只是单纯的语言现象。转韵（换韵）现象只有音韵学层面的意义。故而对韵的研究，只是在写作技法的层面研究其用法与规则，而不应将其视为意义的载体：“古诗叠章者，所以反复咏叹也。叠章则比换韵。换韵者，未必有异义焉。特其辞，时有浅深、轻重耳，然亦偶尔也。”① 据此，韵法的观念基础与背景等关键问题多存而未论，韵律对人的影响和意义亦被轻忽。实质上，《诗》之韵法“其背后亦存在一超越技术的观念形态”，“此一观念形态又应与特定的社会历史和思想环境相关”②，甚或体现着“一种对于宇宙人生的至深的、潜意识中的信念”③。

《文心雕龙·声律》云：“同声相应谓之韵。”④ 而“同声相应”一语，可追溯至《周易·乾·文言》所论：“同声相应，同气相求。水流湿，火就燥，云从龙，风从虎，圣人作而万物睹，本乎天者亲上，本乎地者亲下，则各从其类也。”⑤ 此处所谓“同声相应”，指涉出一种宇宙论的意义面向。在万物一体的整体性世界图景中，天地万有以“同声相应，同气相求”为其基本存在情态。毋宁说，《诗》之用韵，乃是凭借同韵之字“产生一种声音回环的和谐感觉”⑥，以体象宇宙大化“同声相应”的和谐秩序。

《诗》韵之“同声相应”，并不是由同一单音的无限重复而生发

① ［日］东条弘撰：《诗经标识》，东京：原三七 1963 年版，第 31 页，转引自王晓平《日本诗经学史》，第 129 页。

② 萧驰：《中国思想与抒情传统 第一卷 玄智与诗兴》，第 85 页。

③ 萧驰：《中国思想与抒情传统 第一卷 玄智与诗兴》，第 85 页。

④ （南朝梁）刘勰著，范文澜注：《文心雕龙注》，第 553 页。

⑤ （魏）王弼、（晋）韩康伯注，（唐）孔颖达正义：《周易正义》，载《十三经注疏》整理委员会整理《十三经注疏》，第 20 页。

⑥ 陈向春：《吟诵与诗教》，第 135 页。

出一种直接性的自我同一，而是诸多韵脚参差错落，通过相同或相似的音质在一定位置的复现，使彼此间构成一种有差异的同一关系。李重华《贞一斋诗说》云：“叠韵如两玉相扣，取其铿锵。”[①]“两玉相扣”一语，以具象化的论辞喻示同一韵部不同韵脚间彼此呼应的关联。因其相扣相应，韵脚间并非互为他者的外在关系，而是处于分享了某种同一性的整体之中；与此同时，鉴于韵脚并非完全重音，此同一关系又可在内在的差异化秩序中展开为彼此间“尔—我”对话的生动模式。职是之故，诗句经由韵之回环复沓不断拓展向外，借此又不断深入自身，在此内外一体的整全视域中，通过开向外界反诸己身，使自身得到更丰富且充分的意义规定。

在通常情况下，无韵之文往往线性地展开其叙述脉络，相比之下，韵诗的独特性在于，突破了单向而平直的叙述进程，并非如射线般从某一端点单向度地延伸开去，而是经由同一韵部诸多韵脚的相应，创生“转向自己的运动”，形成不断回环而富有层次的内在结构。在此过程中既“回返”于自身（“turns upon itself”），又将自己开向无限（“opens it to the infinite”），由此“呈现出一个入乎其内同时又超乎其外的追逐游戏，既在时间之中又超乎时间之外。诗的这一空间结构以两句间的交互肯定为基础而创生，这允许诗人在一定程度上打破线性的约束”[②]。此“追逐游戏”带来的阅读体验，自然与线性阅读的过程有所不同：

> 通过同韵复现，韵把我们带回到我们自己的内心世界。……让心灵和耳朵注意到一些相同或相似的音质及其意味的往复回旋，主体从这种往复回旋中意识到他自己，意识到自己在进行

---

① （清）李重华撰：《贞一斋诗说》，载顾廷龙主编，《续修四库全书》编纂委员会编《续修四库全书·集部·诗文评类》第1701册，上海古籍出版社2002年版，第185页。

② François Cheng, *Chinese Poetic Writing*, Translated from the French by Donald A. Riggs and Jerome P. Seaton, Bloomington: Indiana University Press, 1982, p. 57.

既发出声音而同时又在倾听这种声音的活动，并且感到满足。[①]

职是之故，韵不应仅在语言学、文章学的层面作为一静态的语言现象被探讨，而是首先应被视为人的精神运动的基本形式。相比起日常言说，韵能让精神以更为自由的方式活动。这成为藤原浜成对韵之根本意义的规定：“韵者，所以异于风俗之言语，长于游乐之精神者也。”[②] 此立场让诗韵恢复了活力与生机：韵不是作为静态的语言规则，而是实现了精神之“游”，在其活泼泼的动态过程中彰显其内在意义，即“多种不同的韵有规律地交错和配合，或合或离，或前后呼应……时而直接相遇，时而互相逃避，时而互相追寻”[③]。韵丰富多彩的动态活动呈现出精神运动的轨迹。具体来说，异韵转换、同韵复现的频率反映出精神活动的快慢节奏，决定着诗内在进程的缓急。由此，吾人被带入每首诗独特的时间进程之中。

与日常言说相比，诗人对诗性言说内在的时间标准有着更为敏锐的体察与捕捉。时间并非无待于万事万物的宇宙框架，而是精神呈现自身的内在尺度。对于把日常生活的时间观强加给诗人的做法，赫尔德进行了一番嘲讽：“一个人如果看完了一场戏，就要看看他的怀表，考虑这一场的情节能否在这样一段时间之内发生，他的深心喜悦的主要因素是：诗人果然连一瞬间都没有骗他，在舞台上演出的，只是恰恰和他在他那以蜗牛的步伐前进的生活当中看到的那样多。”[④] 实际上，诗人有权决定其作品时间进程的快慢，并将其“形见”于诗的节奏、韵律、语势以及各章衔接过渡的样态（连贯或跳跃）之中。金克木先生将此阐发为：“（诗）可能是将长故事的时间

① ［德］黑格尔：《美学》第三卷下册，朱光潜译，第83—89页。

② ［日］藤原浜成撰：《歌经标式序》，转引自王晓平《日本诗经学史》，第161页。

③ ［德］黑格尔：《美学》第三卷下册，朱光潜译，第91页。

④ ［德］赫尔德：《莎士比亚》，田德望译，载刘小枫选编《德语诗学文选》上卷，第108页。

压缩了，又将过去回忆和未来希望织在一起。说是虚拟不是记实，也许更好。这样，诗中便不是普通生活的叙述语言，而是艺术语言，表现了变化的情节和心情。”① 由此，在《诗》独特的时间标准中，精神实现了自由的活动，并自由地意识到自身的这一活动。

兹取《周南·卷耳》的韵法为例：

采采卷耳，不盈顷筐。
嗟我怀人，置彼周行。（一章）
陟彼崔嵬，我马虺隤。
我姑酌彼金罍，维以不永怀。（二章）
陟彼高冈，我马玄黄。
我姑酌彼兕觥，维以不永伤。（三章）
陟彼砠矣，我马瘏矣。
我仆痡矣，云何吁矣。（四章）

此诗首章隔句用韵。“筐”“行”属“阳”部韵，均出现在偶句。语势尚且从容和缓。到了第二、三章，韵明显变得更为细密，从隔句用韵变成了句句用韵。二章的“嵬”“隤”“罍”“怀”属“脂”部韵。三章的“冈”“黄”“觥”“伤”属“阳”部韵。② 相比起第一章，二、三章的节奏加快了许多，更显出情势的急迫和严峻。就其内容而言，二、三章所述均为思妇遥想征夫之劳苦。方玉润评曰：“下三章皆从对面着笔，历想其劳苦之状，强自宽而愈不能宽。”③ 妇人“强自宽而愈不能宽”，这在《诗》的音律方面得到了绝佳的展现。因心“不能宽”，故而诗越向前推进，变韵之频次越来越高，

① 金克木著，周锡山编：《文化卮言》，中国人民大学出版社 2006 年版，第 118 页。

② 此处所论各章之韵部，均借鉴了程俊英、蒋见元《诗经注析》的研究成果。详见程俊英、蒋见元《诗经注析》，第 10—11 页。

③ （清）方玉润撰，李先耕点校：《诗经原始》，第 78 页。

韵脚也愈加细密，由此更显出语势之急迫。除句句用韵（“砠”“瘏”“痡”“吁”属“鱼”部韵[①]）之外，末章各韵脚之后还附上了语气词“矣”，如“砠矣”“瘏矣”“痡矣”“吁矣”。末章以四言句式一贯而下，似叹似泣。其中，“矣”字重沓了四次，不仅使句式更为齐整，且诚如宋人陈骙《文则》所言：“文有数句用一类字，所以壮文势，广文义也”[②]，故而与前章相比，末章更显铿锵有力，似有“有集管繁弦之意”[③]。

（二）节奏

据朱光潜之见，韵律功用之最要者在于形成节奏：“中国诗的节奏有赖于韵。”[④] 因此，若要细审《诗》之言说法度，还须对其节奏作一番探究，所谓“盖节奏实诗与文之所以异，故其关系于诗，至重且大；苟一紊乱，便失诗之所以为诗”[⑤]。《诗》绝大多数篇章均由四言句构成，在四言中时而夹杂着一言至八言句。就四言句而言，“每句四个音节，由两个音步组成，每个音步是一个双音节构成的单顿”[⑥]。也就是说，四言体的节奏是两个二拍子的组合，即二二节奏。兹以《齐风·敝笱》为例：

> 敝笱/在梁，其鱼/鲂鳏。
> 齐子/归止，其从/如云。

《诗》以二拍为主的节奏已引起学界的关注。对于《诗》之节奏以二拍为主，惯常的解释是，诗多由劳动时的呼声演变而来，而劳动呼声又多伴随动作的节奏，即由一来一往两个行动合成，如打夯动

---

① 参见程俊英、蒋见元：《诗经注析》，第 12 页。
② （宋）陈骙著，王利器校点：《文则》，第 30 页。
③ （清）方玉润撰，李先耕点校：《诗经原始》，第 78 页。
④ 朱光潜：《诗论》，第 149 页。
⑤ 闻一多著，蒙木编：《闻一多说唐诗》，第 179 页。
⑥ 夏传才：《诗经语言艺术新编》，第 84 页。

作是一起一落，伐木动作是一斫一扬，拉锯动作是一进一退。由于“原始劳动诗歌也必须配合由两个行动合成的劳动动作，从而形成由两个节拍合成的四言诗句，如‘伐木/丁丁，鸟鸣/嘤嘤’（《诗经·小雅·伐木》）”①。此解多将诗歌节奏与生产劳动相关联，究其实质，乃是深植于诗歌创作起源于生产劳动，同时又反哺于生产劳动的观念，一言以蔽之，即精神文化活动归本于物质生产劳动的根本立场。此外，也有学者以文化心理（而非物质生产）为本位，基于广义上文化心理学的视角，认为《诗》中的二二节奏实则反映出“中华先民崇双尚偶的文化心理和观念”②：

> 四言体的节奏是两个二拍子的组合，其观念基础就是由仰观俯察而形成的崇双尚偶的天、人同构心理。早期中国人所具有的这种近乎先验的崇双尚偶的心理，促使他们在开口言说或吟唱歌诵之时，便近乎无意识地以四言的节奏形式脱口而出。③

据引文所示，此种“崇双尚偶的心理”又被称作“天人同构心理”。这喻示，二二节奏又具有“天”“人”两个意义面向。二二节奏作为“在天者”，主要表现为，节奏乃是作为“宇宙中自然现象的一个基本原则”④ 而存在，且此论多深植于近世物理学意义上的节奏观念：“所谓节奏，广义的解释指的是运动的节律。节奏运动是一种客观存在的物理现象。”⑤ 此物理现象广布于宇宙之中，“本来宇宙间的事物没有一样是没有节奏的：譬如寒往则暑来，暑往则寒来，寒暑相推，四时代序，这便是时令上的节奏；又譬如高而为山陵、

---

① 杨公骥：《〈诗经〉、〈楚辞〉对后世文学形式的影响》，《东北师大学报》（哲学社会科学版）1986 年第 5 期。

② 韩高年：《〈诗经〉分类辨体》，第 17 页。

③ 韩高年：《〈诗经〉分类辨体》，第 18 页。

④ 朱光潜：《诗论》，第 96 页。

⑤ 陈向春：《吟诵与诗教》，第 178 页。

低而为溪谷，陵谷相间，岭脉蜿蜒，这便是地壳上的节奏。宇宙内的东西没有一样是死的，就因为都有一种节奏（可以说就是生命）在里面流贯着的”①。

若说作为物理现象的自然节奏可称作外在的“节奏感”，那么这对应到人的心理层面，便产生了内在的“节奏感”，由此实现了二二节奏作为“在天者”到作为“在人者”的过渡：《诗》之节奏，是对宇宙自然节奏“仰观俯察”的结果，是“诗人对自然之运行节奏的有意模仿”②。据此而论，近人以“天人同构心理”论《诗》之二二节奏的创生，乃是将宇宙自然之节奏视为根据，作为诗之节奏的摹仿对象。闻一多也表露过类似的观点：“原来人类底种种意象——观念——盖即自然底种种现象中所悟出来的。”③

然须注意，在阐述“自然之运行节奏”时，近世学界往往立足于经验事实层面，把节奏视为宇宙运行的基本现象：“节奏是宇宙中自然现象的一个基本原则。自然现象彼此不能全同，亦不能全异。全同全异不能有节奏，节奏生于同异相承续，相错综，相呼应。寒暑昼夜的来往，新陈的代谢，雌雄的匹偶，风波的起伏，山川的交错，数量的乘除消长，以至于玄理方面反正的对称，历史方面兴亡隆替的循环，都有一个节奏的道理在里面。”④ 也就是说，四言诗的二二节奏，作为人对宇宙运行节奏在经验事实层面的模仿与再现，遂带上了心理主义的“情感—表现”色彩：

> 音节之作用，即在根据心理学上之律动定律，给吾人以一种音乐美的快感。在这种音乐美的快感中间，始能充分地表现他自己——表现他的想象与情绪。盖诗情之流露，诗的真精神之表现，往往须利用整齐而有规律的语言。一方面情感愈深刻

① 郭沫若：《论节奏》，载《文艺论集》，人民文学出版社1979年版，第229页。
② 韩高年：《〈诗经〉分类辨体》，第18页。
③ 闻一多著，蒙木编：《闻一多说唐诗》，第193页。
④ 朱光潜：《诗论》，第96页。

> 则音乐的特性愈多，一方面音乐的特性愈多，则所表现的情感也愈以深刻。所以说："言之不足，故嗟叹之；嗟叹之不足，故永歌之；永歌之不足，不知手之舞之，足之蹈之也。"①

据引文所示，郭绍虞对诗之节奏采取的便是心理主义的解释，关注节奏在心理层面激发的快感。据此反观上文所述以"天人同构心理"解读《诗》之二二节奏的立场，多为由物理主义与心理主义混合而成的诠释结果：二二节奏作为"在天者"，多蒙上了物理主义的解读倾向，而其作为"在人者"，则带上了心理主义的价值色彩。关于此二二节奏如何由"在天"过渡至"在人"，韩高年引用了一系列典籍文本，借此说明"尚偶"如何作为宇宙自然节奏的经验事实而存在，又如何影响到身处其中的人类的思维习惯与心理特征：

> 《周易·系辞下》云："日往则月来，月往则日来，日月相推而明生焉。寒往则暑来，暑往则寒来，寒暑相推而岁成焉。"②
>
> 《周易·系辞上》云："天尊地卑，乾坤定矣。卑高以陈，贵贱位矣。动静有常，刚柔断矣。方以类聚，物以群分，吉凶生矣。在天成象，在地成形，变化见矣。是故刚柔相摩，八卦相荡。鼓之以雷霆，润之以风雨。日月运行，一寒一暑。"③

单看字面义，上述文本似乎如实描述了昼夜更替、四季更迭的自然现象。日月、寒暑等相配成对的事物更嬗重沓。初看上去，这似乎为韩氏的观点提供了文献依据。对此，吾人需要追问，《系

① 郭绍虞：《照隅室语言文字论集》，第29—30页。

② （魏）王弼、（晋）韩康伯注，（唐）孔颖达正义：《周易正义》，载《十三经注疏》整理委员会整理《十三经注疏》，第358页。

③ （魏）王弼、（晋）韩康伯注，（唐）孔颖达正义：《周易正义》，载《十三经注疏》整理委员会整理《十三经注疏》，第302—304页。

辞》所论日月、寒暑、刚柔等相偶之物，是否仅停留于对经验现象的描述性陈述？叶燮在《原诗》中的所思所论，对思考此问题颇有启发：

> 对待之义，自太极生两仪以后，无事无物不然：日月、寒暑、昼夜、以及人事之万有——生死、贵贱、贫富、高卑、上下、长短、远近、新旧、大小、香臭、深浅、明暗，种种两端，不可枚举。①

依叶氏之见，“日月”“寒暑”“昼夜”等指称，并非对自然现象的客观描述，而恰恰是以具象化的言说意指相待而生的“对概念”。“人事之万有”，同样也可归入相配相待的“对概念”之中，如“生死”“贵贱”“上下”等。由此可知，《系辞》所论“日月”“寒暑”等措辞，实质上是借形象化的言说进路来思考高度抽象的问题，即有限者以“对待”作为其必然的存在方式。进一步来说，“对待之义，自太极生两仪以后，无事无物不然”等文辞，并非叶氏对自然现象进行深入观察之后归纳总结所得。易言之，上述诸论并不是对自然界经验事实的描述。毋宁说，“无事无物不然”强调的是，互为对待的关系模式乃作为有限之物在世生存之必然。正如释皎然《诗式·对句不对句》所言：“夫对者，如天尊地卑、君臣父子，盖天地自然之数。”② 此论同样把“对”（对待而生）作为天地万有必然身处的存在样态来看待。

相比之下，只有太极以绝对的无待姿态为其存在方式。太极其大无外，并不存在某一他者对其施以规定。相反，万事万物都依赖太极为自身的存在提供终极根据，因而都处于太极的意义系统之内。

---

① （清）叶燮著，霍松林校注：《原诗》，第44页。

② （唐）皎然著，李壮鹰校注：《诗式校注》，人民文学出版社2003年版，第57页。

就此而言，太极是具有整全性的“一”。“诸子立言，率好以‘一’代‘道’之名”[①]，以“一”来指称“道”，正是为了强调道之整全与无待。

进一步来说，“生死”“贵贱”“贫富”“尊卑”“上下”等语辞，作为对于“两端”的具体描述，并不是昔人对日常经验现象的归纳概括，而是以“象”的方式表征出太极作为整全之“一”，其内在所具的各个环节与要素。太极之“一”，并不是高度同质化的直接同一，而是由彼此区分与对待的诸多环节构成。耐人寻味之处在于，两端互为对待的关系，并未使对方在对立排斥的紧张态势中被消解，毋宁说，双方经由对其对立面的否定，使自身具有了更进一步的规定。由此，互为对待的两端形成了更为紧密的内在关联。

具体来说，身处与对立面的互斥关系，此方遂孕育出“不是彼方”的内在环节。“不是彼方”之“此方”，作为此方的另一维度，与此方保持着微妙的“同构”关系。可以说，它既是“此方”，又不是“此方”。因此，对于此方而言，“不是彼方”的意义环节，既是它自身，又是它的对象。此种既是自身，又是自身对象的复杂视域，使某一有限者的内在环节，长久保持着差异性与同一性兼备的状态。自身与“作为对象的自身”之间的差异，使有限者的自我否定得以可能。进一步来说，这种差异，既是自身与其对象之间的差异，同时又是自身与它自己的差异。更确切地说，某物先以其对立面（彼方）作为对象，随后又以自身“不是彼方”的意义维度作为对象，来实现对前一逻辑环节的否定。由此可见，互为对待的两端，非但不会使自身被其对立面消解，反而为双方更为深入的自我规定创造了更为充分的条件。

据此，或可对《文心雕龙·丽辞》有更进一步的思考：

---

①　张舜徽：《周秦道论发微　史学三书平议》，华中师范大学出版社 2005 年版，第 34 页。

> 造化赋形，支体必双；神理为用，事不孤立。夫心生文辞，运裁百虑，高下相须，自然成对……体植必两，辞动有配。①

在此，刘勰连用两“必”字，即“支体必双”和“体植必两”。“必”字的语势与辞气颇为强烈，带有绝对、必然的意味。此处所谓“双”和“两”也不应看作对数量的描述，而是意指万有互为对待的关系模式。有限之物均以相对相待作为其存在的必然样态。此对待的关系样态，使有限者更为深入的自我规定得以可能。《文镜秘府论》指出，“对属”之辞，构成文章与俗言的重要区分，而文章中成“对”之论辞，究其根本，正在于体象万有互为对待的关系模式，其论曰：“在于文章，皆须对属。其不对者，止得一处二处有之。若以不对为常，则非复文章（若常不对，则与俗之言无异）。”② 又曰：“凡为文章，皆须对属；诚以事不孤立，必有配疋而成。至若上与下，尊与卑，有与无，同与异，去与来，虚与实，出与入，是与非，贤与愚，悲与乐，明与暗，浊与清，存与亡，进与退。如此等状，名为反对者也（事义各相反，故以名焉）。”③ 此论同样深入观念基础的层面来理解文章之“对属”所蕴之深意，而不是将“对属”归结为文法层面的普通现象。

以上述探讨为前提，方可对《诗》之二二节奏进行阐释。《诗》之二二节奏可归为节奏层面之“对属”，究其根本，也源于对万有互为对待的关系模式的体象。相比起日常言说，《诗》敏锐地把捉到，天地万有的在世过程无法脱离“对待”这一基本的存在模式。二二节奏则是《诗》将对待的关系模式“形见”于言说活动的一大体现。若仅将《诗》以二拍为主的节奏视为诗人在经验事实层面对宇

---

① （南朝梁）刘勰著，范文澜注：《文心雕龙注》，第588—590页。

② ［日］遍照金刚撰，卢盛江校考：《文镜秘府论汇校汇考》（修订本），第1594页。

③ ［日］遍照金刚撰，卢盛江校考：《文镜秘府论汇校汇考》（修订本），第1583页。

宙运行节奏的模仿，或是出于遣词造句的需要所进行的主观营构，远不能切中问题的核心与实质。二二节奏作为《诗》之言说法度，指的并不是文章写作层面的技艺之法，而是有其深层的观念背景与基础。故而在探究《诗》之节奏时，也不应停留于“术”的层面，而应对其进行形上层面的观照。此即是说，应深入节奏的观念基础与昔人整体性的世界图景之中去作一番察究。从根本上而言，节奏所表征的问题域，乃在于天人如何汇通：一方面在于如何由天道而及人道，另一方面在于人道如何回应与取法天道。由天道之翕张而及人道之音节，始终是以天人关系作为其根本的观念背景。

> 这些先民，都是地地道道的诗人。他是用“诗性智慧”的概念回答了“不单纯”的审美感觉究竟存在于何处。相对于文明人来说，原始人的审美感是基于本能或本性。此时“人”的存在与宇宙自然保持着最深刻的联系，人在物质操作中所积累的形式感受和形式力量，与宇宙自然尚处于直接相关的状态，因此，原始诗歌的审美元素如身体动作的节奏、语言声音的节奏等，都只是一种相对单纯的“天籁”状态。①

据此而论，天人同构的二二节奏，反映出宇宙大化与身处其间的人类血浓于水的紧密联结，是“‘人’的存在与宇宙自然保持着最深刻的联系”在语言节奏方面的自然流溢。尽管在一些情况下，四言句表达的意思尚未完整，不足以在语法上构成圆满的表达结构，如《齐风·甫田》所云“无田甫田”，《大雅·皇矣》所云“是类是禡”等，但不应据此将其视为残缺的片段。毕竟在二二节奏中，哪怕是两个音步的四言句型也已经涵容了对待相生这一最为基本的交互关系。一个个音步排列在一起，并不依循严格意义上的文法程式，但音步与音步之间已自发地缔结为内在的有机关联，并自由地进行

① 陈向春：《吟诵与诗教》，第45页。

互动与往来。闻一多对此作了很到位的阐释：“好像新印象派的画家，把颜色一点一点地摆在布上，他的工作完了。画家让颜色和颜色自己去互相融洽，互相辉映——诗人也让字和字自己去互相融洽、互相辉映。”①

三　音闻与声教：言之法度的生效进路

承上所述，本书并非从文章学、语言学的角度来探究《诗》之韵法与节奏的语言艺术，而是着眼于此言说法度背后的观念基础。音韵并非静态的语言规则与现象，而是在“同声相应”的观念背景下实现为精神自由活动的轨迹。同样，《诗》以二拍为主的节奏，不应视为在经验事实层面对自然节奏的模仿，而是“对待”作为天地万有必然的存在情态，形见于《诗》之言说的结果，由此反映出“‘人’的存在与宇宙自然保持着最深刻的联系”②。因此，《诗》之言说法度，不应在术的层面视为遣词造句的言说技巧，而是具有存在论层面的意义。进一步来说，《诗》之言说法度并非通过书面之“视阅”与人发生关联，而是有赖于声闻之途。昔人对声音维度的重视，使言之法度的生效进路可归为一种广义上的“声教”。故而在考索《诗》之言说法度的同时，应将其声音维度一并纳入探究的范围。

（一）“声诗”：系诸唇吻，口耳相传

《诗》之言，多从声音之道入。对于此点的阐释习见于典籍文献：

> 刘濂《乐经元义序》云：“六经缺《乐经》，古今有是论矣。愚谓《乐经》不缺，三百篇者《乐经》也，世儒未之深考耳。夫诗者声音之道也。昔夫子删诗，取《风》《雅》《颂》一

---

① 闻一多著，蒙木编：《闻一多说唐诗》，第 75 页。

② 陈向春：《吟诵与诗教》，第 45 页。

一弦歌之，得《诗》得声者三百篇，余皆放逸，可见《诗》在圣门辞与音并存矣。”①

姚鼐《与陈硕士书》云：“诗、古文各要从声音证入；不知声音，总为门外汉耳。”②

郑玄《六艺论·诗论》云：“《诗》者，弦歌讽喻之声也。”③

沈德潜曰：“诗以声为用者也，其微妙在抑扬抗坠之间。”④

鉴于《诗》与声音之道的重要关联，昔人语境中存有“声诗”之名，如《礼记·乐记》所云“乐师辨乎声诗，故北面而弦”⑤。早在周人立朝初期，“目无所见，于音声审也”⑥ 的瞽矇，已在礼乐场合承担着歌诗的重要职责，如《周颂·有瞽》所言“有瞽有瞽，在周之庭”。尽管“《诗》乐二家，春秋之季已自分途”，自此“乐家传其声”，“《诗》家习其义”⑦，但事实上，即便是在后世“《诗》《书》，义之府也”的语境中，以重视诗义为本位的诗教路线，也并非与“声音之道”完全脱离而成为默识心通的视阅之学。诗教之为义教，以及“诗家习其义”的过程，同样与“声教”密切相关。只不过此处所谓“声”，在诗乐相分的时代大势下，不再是王室诸侯典礼场合以《诗》配乐之乐声，而多指学人口耳相传之讽诵声与弦歌

① （明）刘濂撰：《乐经元义》，载顾廷龙主编，《续修四库全书》编纂委员会编《续修四库全书·经部·乐类》第113册，上海古籍出版社2002年版，第583页。

② （清）姚鼐撰，周中明校点：《与陈硕士书》，《惜抱轩尺牍》卷七，载《姚鼐诗文集》，黄山书社2021年版，第372页。

③ （清）皮锡瑞撰：《六艺论疏证》，载顾廷龙主编，《续修四库全书》编纂委员会编《续修四库全书·经部·群经总义类》第171册，上海古籍出版社2002年版，第280页。

④ （清）沈德潜著，霍松林校注：《说诗晬语》，第187页。

⑤ （汉）郑玄注，（唐）孔颖达正义，吕友仁整理：《礼记正义》，第1516页。

⑥ （汉）毛亨传，（汉）郑玄笺，（唐）孔颖达疏，（唐）陆德明音释，朱杰人、李慧玲整理：《毛诗注疏》，第1956页。

⑦ 王国维：《汉以后所传周乐考》，《观堂集林》卷二，载谢维扬、房鑫亮主编《王国维全集》第8卷，第66页。

声，故而对于《诗》，孔子皆“弦歌之，以求合《韶》《武》《雅》《颂》之音”①。从广义上讲，与现代社会较为倚重目视来接受外界信息有所不同，古人与周遭世界打交道的过程，声闻渠道备受重视。揆诸孔子在齐闻韶“三月不知肉味”，晋平公为闻《清徵》《清角》，一再请求师旷弹奏，魏文侯曾就古乐新乐的差异问题，向子夏请教，可见古人“好音”程度之深。这也反映出“古人的‘音乐之耳’是何等的灵敏、精巧和细腻”②。职是之故，论及“诗家习其义”，其最要之渠道亦在于闻与诵。闻者即“辞靡于耳”，诵者即“声转于吻”。闻诵相资，使《诗》在流传过程中呈现为口耳相传、系诸唇吻的声教，而非停留于静默状态下的“视阅”，亦即“当古老的诗教文明酝酿之际，诗还不是一种文字的存在，而是开口即来、众口相合、口耳相传的声音的存在”③。且昔人对于声音之道有极为细致的分疏。除《周礼·春官·大司乐》所论“讽”“诵”（“以乐语教国子：兴、道、讽、诵、言、语”④）之外，还有“歌”“咏”“唱”“吟”“念”“啸”等关于“声读”方式的诸多指称。凡此诸名均囊括于广义上“读”的范畴之内。《说文·言部》训“读”为“诵书也”⑤。据此语境，“读”偏重于“诵”，强调的是出声之“读”。与此相较，今人语境之“读”，则偏重于“看”而非出声之“读”，是处于静默状态下的视觉之“阅”。

从总体上看，在昔日那个重视“声闻”“声教”和“声诗”的生活世界中，与《诗》相配搭的动词多为“诵”与“讽”。这再次印证，《诗》的传习途径多与声音有关。系诸唇吻是《诗经》流传的重要方式，也是昔人诗化生存得以展开的基本进路。兹举如下文本为证：

---

① （汉）司马迁撰：《史记》，第1936页。

② 傅修延：《先秦叙事研究：关于中国叙事传统的形成》，第97页。

③ 陈向春：《吟诵与诗教》，第17—18页。

④ （汉）郑玄注，（唐）贾公彦疏，彭林整理：《周礼注疏》，第833页。

⑤ （汉）许慎撰，（宋）徐铉校定：《说文解字》，第51页。

《论语·子路》载孔子之言曰："诵《诗》三百，授之以政，不达；使于四方，不能专对；虽多，亦奚以为？"

《论语·子罕》载孔子之言曰："衣敝缊袍，与衣狐貉者立，而不耻者，其由也与？'不忮不求，何用不臧？'"子路终身诵之。

《墨子·公孟》云："诵《诗》三百，弦《诗》三百，歌《诗》三百，舞《诗》三百。"句下孙诒让引《毛传》曰："古者教以诗乐，诵之歌之，弦之舞之。"①

《荀子·劝学》云："学恶乎始？恶乎终？曰：其数则始乎诵经，终乎读礼；其义则始乎为士，终乎为圣人。"

《荀子·大略》云："少不讽，壮不论议，虽可，未成也。"杨倞注曰："讽，谓就学讽《诗》《书》也。"②

《孟子·万章下》云："颂其诗，读其书，不知其人，可乎？"

《礼记·内则》云："十有三年，学乐诵《诗》，舞《勺》。"③

《礼记·文王世子》云："春诵夏弦，大师诏之。"孙希旦《礼记集解》云："诵，谓诵《诗》也。弦，以丝播其《诗》也。"④

《文心雕龙·宗经》云："摛风裁兴，藻辞谲喻，温柔在诵，故最附深衷矣。"⑤

《旧唐书·郭山恽传》云："山恽独奏曰：'臣无所解，请诵古诗两篇。'帝从之，于是诵《鹿鸣》《蟋蟀》之诗。"⑥

---

① （清）孙诒让撰，孙启治点校：《墨子间诂》，中华书局2001年版，第455页。

② （清）王先谦撰，沈啸寰、王星贤点校：《荀子集解》，第509页。

③ （汉）郑玄注，（唐）孔颖达正义，吕友仁整理：《礼记正义》，第1170页。

④ （清）孙希旦撰，沈啸寰、王星贤点校：《礼记集解》，中华书局1989年版，第557页。

⑤ （南朝梁）刘勰著，范文澜注：《文心雕龙注》，第22页。

⑥ （后晋）刘昫等撰：《旧唐书》，中华书局2011年版，第4970—4971页。

《说文·言部》训“诵”为“讽”，又训“讽”为“诵”。[①] 二字互训喻示，“讽”“诵”之间具有某种意义相关性。尽管贾公彦将“讽”“诵”之别阐发为“讽是直言之，无吟咏，诵则非背直文，又为吟咏以声节之为异”[②]，孙诒让《周礼正义》引徐养原之言，将“讽”“诵”之别申明为“讽如小儿背书声，无回曲；诵则有抑扬顿挫之致”[③]，这也并未从根本上逆转昔人多将“讽”“诵”合言的倾向。且“讽诵”多被视作为教与为学的重要方式：

> 《周礼·春官·瞽矇》云：“讽诵《诗》，世奠系，鼓琴瑟。”郑玄注云：“讽诵《诗》，谓闇读之，不依咏也。”[④]
>
> 《大戴礼记·卫将军文子》载子贡之言曰：“夙兴夜寐，讽诵崇礼，行不贰过，称言不苟，是颜渊之行也。”[⑤]
>
> 《吕氏春秋·博志》云：“盖闻孔丘、墨翟，昼日讽诵习业。”[⑥]
>
> 《汉书·艺文志》云：“凡三百五篇，遭秦而全者，以其讽诵，不独在竹帛故也。”[⑦]

从广义上讲，“讽诵”又与“弦歌”相为表里。除“诵《诗》”之外，昔人还有“歌《诗》”[⑧] 之说。两种提法屡见于《诗经》之中。

---

① 参见（汉）许慎撰，（宋）徐铉校定《说文解字》，第 51 页。

② （汉）郑玄注，（唐）贾公彦疏，彭林整理：《周礼注疏》，第 833 页。

③ （清）孙诒让撰，王文锦、陈玉霞点校：《周礼正义》，中华书局 1987 年版，第 1725 页。

④ （汉）郑玄注，（唐）贾公彦疏，彭林整理：《周礼注疏》，第 892 页。

⑤ （清）王聘珍撰，王文锦点校：《大戴礼记解诂》，第 108 页。

⑥ 许维遹撰，梁运华整理：《吕氏春秋集释》，第 653 页。

⑦ （汉）班固撰，（唐）颜师古注：《汉书》，第 1708 页。

⑧ 关于歌《诗》之记载，亦见于《庄子·让王》：“曾子居卫，缊袍无表，颜色肿哙，手足胼胝。三日不举火，十年不制衣，正冠而缨绝，捉衿而肘见，纳屦而踵决。曳縰而歌《商颂》，声满天地，若出金石。”

据朱自清统计："《诗经》中十二次说到作诗，六次用‘歌’字，三次用‘诵’字，只三次用‘诗’字，那或是因为‘诗以声为用’的原故。"① 进一步来说，对于诵读实践的重视，不独限于先秦时期，依据《史记》《汉书》的大量记载，柯马丁（Martin Kern）指出，整个西汉时期和先秦时期一样，均非常重视"诵"的实践活动："‘经’都得以口头‘论’‘言’‘习’‘说’‘讲’和‘诵’；最后一种方式表现了他们的‘治’，亦即精习。"② 直至南朝，谢惠连《雪赋》仍言："王迺歌《北风》于卫诗，咏《南山》于周雅。"③ 此处所谓《南山》即指《小雅·信南山》。这表明，降及后世，声音之道仍旧是昔人与《诗》建立关联的重要途径，《诗》之为声闻之学的意义面向仍未消退。同样，讽诵歌吟依然作为昔人诗化生存得以开显的基本进路而存在。

（二）《诗》之为声闻之学的观念基础及其所寓理念

昔人语境中的诗教，其独特进路在于"声教"与"音闻"，故而有别于时兴语境中以视觉为主导的、只看不诵的阅读活动。诗教作为声闻之学，而非以视阅为主，这并不只是一个留存于吾国文明传统之中、视而可察的文化现象，同时也并非囿于物质条件的限制，才孳生"古人以简册传事者少，以口舌传事者多，以目治事者少，以口耳治事者多"④ 的交流习惯。正如古希腊人在观念层面发掘出声音的教化力量，提出"可以塑造灵魂的唯一真实力量是语言和声音，以及——就它们通过语言或声音或二者起作用而言——节奏与和谐；因为一切教育（paideia）的决定性因素是充满活力的能量，

① 朱自清：《诗言志辨　经典常谈》，第20页。

② ［美］柯马丁著，郭西安编：《表演与阐释：早期中国诗学研究》，杨治宜等译，第116页。

③ （南朝宋）谢惠连撰：《雪赋》，载（南朝梁）萧统编，（唐）李善注《文选》第2册，第592页。

④ （清）阮元撰：《文言说》，《揅经室三集》卷二，载《清代诗文集汇编》编纂委员会编《清代诗文集汇编》第477册，上海古籍出版社2010年版，第361页。

这种能量在精神文化中甚至比在锻炼身体的力量和敏捷性的赛会（agon）中更加重要”①。佛氏亦云：“此方真教体，清净在音闻。欲取三摩提，实以闻中入。”② 昔人以声闻之学来看待《诗》与诗教，此举同样根植于一定的观念基础，与其对声音之道的深入体察息息相关。

与近世基于机械主义自然观，把声音解作由物体振动产生的声波不同，在古人的观念世界中，“声”是天地苍生、群黎众庶存在于世的基本维度与方式，所谓“声转于吻，玲玲如振玉；辞靡于耳，累累如贯珠矣”③。在天地万物为一体的整体性世界图景中，“声”向来被视为众生与周遭世界建立关系不可或缺的重要渠道——“同声相应，同气相求”。此文本还喻示，“声”与“气”之间也构成了交相通贯的内在关联，这又可细析为“声”与“血气”以及“声”与“神气”两个关系维度。

1. “声”“气”关联

揆诸往昔语境，“声”与“人之血气”“文之神气”的内在关联备受关注：

> 《文心雕龙·声律》云：“夫音律所始，本于人声者也。声含宫商，肇自血气，先王因之，以制乐歌。故知器写人声，声非学器者也。”④
>
> 刘大櫆云：“盖音节者，神气之迹也；字句者，音节之矩也。神气不可见，于音节见之；音节无可准，以字句准之。音节高则神气必高，音节下则神气必下，故音节为神气之迹。”⑤

---

① ［德］韦尔纳·耶格尔：《导言：希腊人在教育史上的地位》，载《教化：古希腊文化的理想》，陈文庆译，第16页。

② 赖永海主编，刘鹿鸣译注：《楞严经》，中华书局2012年版，第267页。

③ （南朝梁）刘勰著，范文澜注：《文心雕龙注》，第553页。

④ （南朝梁）刘勰著，范文澜注：《文心雕龙注》，第552页。

⑤ （清）刘大櫆著，舒芜校点：《论文偶记》，人民文学出版社1959年版，第6页。

鉴于声与人之血气的相通性，昔人指出，声出于血气，故而能反过来影响人之血气。《荀子·乐论》言："凡奸声感人而逆气应之，逆气成象而乱生焉；正声感人而顺气应之，顺气成象而治生焉。"严羽《沧浪诗话·诗辨》亦云："叫噪怒张，殊乖忠厚之风。"① 因此，导养血气还须由声音之道入手。"奸声乱色，不留聪明"，此为由声治心、由外治内的修身进路。廖平将其申明为："惟声音之道由心而发，既闻声可以知治乱忧喜之原，可由声以却乎惰慢陵乱之病，感应之机甚速，和平之效最宏，由此治心，庶为古法，《乐记》由外治内之说甚备。"② 进一步来说，论及由声治心、由外治内的效验，依《荀子·劝学》之言便是"入乎耳，箸乎心，布乎四体，形乎动静"。究其根本，此论乃是源于内外一体、身心一体的整全性观念。

鉴于声与文之神气的相通性，昔人提出"因声以求气"的见解："因声以求气，得其气则意与辞往往因之而并显，而法不外是矣。"③ 学《诗》的过程，不应停留于书面的视阅活动，而是必须化作声读，即"合而读之，音节见矣；歌而咏之，神气出矣"④。唯有"合而读之"，"文之神气"才得以宣发与显露。

2. "音""意"关联

除了"声""气"关联，"音"与"意"的关联也处在昔人的观照之列。

刘师培《原字音篇》提出了"音以象意"的观点："盖人声精者为言，既为斯意，即象斯意，制斯音，而人意所宣之音，即为字音之所本。"⑤ 申言之，"音"为"意"之具象显现，即"意"可

---

① （宋）严羽著，郭绍虞校释：《沧浪诗话校释》，第26页。

② （清）廖平著，蒙默、蒙怀敬编：《廖平卷》，第372页。

③ （清）张裕钊撰：《答吴挚甫书》，载黄霖、蒋凡主编《中国历代文论选新编》晚清卷，上海教育出版社2008年版，第51页。

④ （清）刘大櫆著，舒芜校点：《论文偶记》，第6页。

⑤ 刘师培撰：《原字音篇上》，《左盦集》卷四，载《清代诗文集汇编》编纂委员会编《清代诗文集汇编》第797册，上海古籍出版社2010年版，第72页。

“形见”于“音”。（这或可进一步推导出“音”以象“理”的维度。鉴于“音”可象“理”，而昔人“比音而乐之，及干、戚、羽、旄，谓之乐”[①]，故而“乐”亦可象“亲疏、贵贱、长幼、男女之理”，正如《礼记·乐记》所云“律小大之称，比终始之序，以象事行，使亲疏、贵贱、长幼、男女之理皆形见于乐”[②]。）

“音”“意”关系亦被近世所留意，即汉字的发音本身就具有表意性。郭绍虞将“音”“意”关系表述为“声象”“义象”互有关联：“如‘赳赳’，于声象中即有雄武之意；如‘慌慌’，于声象中也有乱攘之意。”[③] 这尤其体现为汉字中多出现摹声词和拟态词。此二者也多见于《诗》之中。“伐木丁丁，鸟鸣嘤嘤”一句，以“丁丁”“嘤嘤”摹拟伐木、鸟鸣之声；“仓庚喈喈”“鸡鸣喈喈”二句，均以“喈喈”摹拟仓庚、鸡鸣之声；“卉木萋萋”“维叶萋萋”二句，均以“萋萋”形容草木繁盛之态；“有狐绥绥”一句，以“绥绥”形容狐行之情貌；“燕燕于飞，差池其羽”一句，以“差池”摹拟燕飞之态；“昔我往矣，杨柳依依，今我来思，雨雪霏霏”一句，分别以“依依”“霏霏”拟象杨柳、雨雪之态。

从广义上看，以音象意的迂回进路，又使《诗》之音闻极具暗示性和象征性：“形容马跑时多用铿锵疾促的声词，形容流水多用圆滑轻快的字音。表示哀感时多用阴沉低暗的声词，表示兴奋感受时多用响亮清脆的字音。”[④] 愉怿轻快、阴沉晦暗的意蕴氛围，又多经由音韵暗示与传达，如带元音 a 的韵部因张口度大，发音时共鸣更为充分，自然响度更大，因此更能表现宏阔、雄浑、豪迈、欢快等气氛。《卫风·硕人》云：“河水洋洋，北流活活，施罛濊濊，鳣鲔发发，葭菼揭揭，庶姜孽孽，庶士有朅。”此句中的“洋洋”“发发”均为带 a 音的韵脚，均有助于表现黄河之水雄伟奔腾的气势、

① （汉）郑玄注，（唐）孔颖达正义，吕友仁整理：《礼记正义》，第 1456 页。

② （汉）郑玄注，（唐）孔颖达正义，吕友仁整理：《礼记正义》，第 1502 页。

③ 郭绍虞：《照隅室语言文字论集》，第 135 页。

④ 陈向春：《吟诵与诗教》，第 211 页。

鱣鲔蓬勃繁盛的生长姿态。又如《周南·桃夭》“桃之夭夭，灼灼其华”一句，“夭夭”也为带a音的韵脚，响度大，音色饱满，与此诗欢快欣喜的氛围相得益彰。此情况同样见于《王风·君子阳阳》一诗，其言曰：“君子阳阳，左执簧，右招我由房。其乐只且！君子陶陶，左执翿，右招我由敖。其乐只且!”此句中，“阳”“簧”“房”“陶”“翿”“敖”均为带a音的韵脚。a音的复现，同样有助于表现全诗欢喜洋溢之情态。又如《周颂·载见》所云：“载见辟王，曰求厥章。龙旂阳阳，和铃央央。鞗革有鶬，休有烈光。”“王”“章”“阳”“央”“鶬”“光”作为带a音的韵脚，其饱满宏通之音域则用于渲染雄壮昂扬之威仪。李东阳有言：“诗贵意，意贵远不贵近，贵淡不贵浓。浓而近者易识，淡而远者难知。”①正因《诗》并非直陈其意，而是多用暗示性、象征性的语辞以音象意，使意“形见”于音，故而能营造出幽微深远、其味无穷之意境。

综上所述，《诗》在声音中蕴有神思，且擅于用声音表现神思。这再次印证，在昔人语境中，《诗》与诗教多以声为用，乃属于声闻之学的范畴。然而，此声闻之学绝不仅停留于声音层面，还深入声音所导之血气与神气、声音所象之意旨与所蕴之神思当中。故而古人学《诗》，须落实为闻《诗》于耳，诵《诗》于口，在口耳相传的过程中，血气与神气都得到了充分的调动与合宜的导养，形、神、意等维度都囊括其中，可谓全身心的浸润。闻《诗》于耳、诵《诗》于口的诗教进路所产生的体验，与以视觉为主导的书面阅读活动所生发的效验殊为不同。具体来说，伴随着闻《诗》于耳的过程，对方的吟诵是在时间之流中缓缓向听众呈露。聆听者通过体贴对方的语势和辞气、响度和缓急，能较为真切地照察吟诵者的生存情态与存在实感，并与之实现交通与冥契，此即为与他人同其情的过程，而诵《诗》于口的过程，能畅己之血气，达《诗》之神气，品

① （明）李东阳著，李庆立校释：《怀麓堂诗话校释》，第12页。

《诗》之意蕴，所谓“先之以高声朗诵，以昌其气；继之以密咏恬吟，以玩其味。二者并进，使古人之声调，拂拂然若与我之喉舌相习”①。职是之故，昔人的诗教活动与诗化生存，从此声闻中入，亦从此辞气谈吐之中出，可谓“说者、闻者同时俱感于此”②。声闻与辞气构成诗教的过程，也成为诗教效验的直接体现与诗化生存的开显进路。陈向春将此申明为：“传统吟诵的本相，就在此‘音闻’之中，以‘声教’来实现兴发感动。……在古人的观念里，吟咏、吟诵、歌唱与《诗》教也从来都是一体不分。歌唱、吟诵原本就是《诗》教之法。”③ 此论颇为中肯。

第二节 诵《诗》：通过持人辞气来持其情性

承上所述，诗教落实于人的言说活动，且《诗》作为一种有法度之言，其言说法度并非一套静态的文辞规范。昔人学《诗》，并非停留于静默状态下的视觉之“阅”，而是经由“辞靡于耳”“声转于吻”的“声闻”与“讽诵”，让人全身心浸渍于其中。进一步来说，诗教之为声闻之学，乃是根植于昔人对于声气关系、音意关联的深入理解。行文至此，问题推进为，《诗》之言说法度发挥着何种作用，使诗教得以成为真正意义上的成人成德之学？且在成人成德的过程中，此言说法度如何通过音闻和声教发挥作用？

一 “诗”之为“持”：持人情性

揆诸昔人语境，除用“志”界定《诗》之外，训“诗”为

① （清）曾国藩等：《曾文正公家训》（往来版），线装书局2019年版，第9页。
② 马一浮著，吴光编：《马一浮卷》，第103页。
③ 陈向春：《吟诵与诗教》，第23页。

“持”也颇为常见：

> 《毛诗指说》引《诗纬·含神雾》云：“诗者，持也。”[①]
>
> 郑玄《诗谱序》“然则《诗》之道放于此乎”句下《孔疏》云：“然则诗有三训：承也、志也、持也。”[②]
>
> 范罕云：“诗者，志也，持也。此音训也，即子夏‘在心谓志’之谓。‘志’必赖于诗，故又可训为‘持’。”[③]

有意思的是，“诗”与“持”在字形结构上都有同一组成部分——“寺”。前文已述，据《说文·寸部》所示，“寺”有“法度”之意。周春健亦云：“‘寺’字包含‘规正’‘法度’之义。”[④] 职是之故，当“寺”参与了“诗”与“持”的字形构造，便意味着“寺”之“法度”义，已作为内在环节渗入“诗”与“持”的内涵之中。对于《诗》而言，“寺”所蕴之“法度”义，首先意味着《诗》作为一种有法度之言（韵律、节奏），得以与日常言说相区分。若说“诗”作为一个名词，其词性偏向于静态的意涵，致使《诗》之言说法度也容易被视为一系列静态的规则，那么，与之相比，作为动词的“持”，则昭示着动态的规范性行动，意指法度对某一对象产生了稳定、持久且深入的规范作用。这表明，“诗”与“持”虽然都与“寺”之“法度”义存在一定程度的意义关联，但“寺”之“法度”义在二者那里的生效方式并不相同。据此而论，训“诗”为“持”不失为一个富有想象力的释义行动，打破了“诗”与“持”

---

① （唐）成伯玙撰：《毛诗指说》，载（清）纪昀等编《景印文渊阁四库全书·经部·诗类》第70册，第171页。

② （汉）毛亨传，（汉）郑玄笺，（唐）孔颖达疏，（唐）陆德明音释，朱杰人、李慧玲整理：《毛诗注疏》，第3页。

③ 范罕撰：《蜗牛舍说诗新语》，载张寅彭主编《民国诗话丛编》第2册，上海书店出版社2002年版，第561页。

④ 周春健：《诗经讲义稿》，第21页。

之间一静一动的词性隔阂，将“诗”字的意义域进一步拓展开来，喻示着《诗》之言说法度具有“持”的作用。训《诗》为“持”表明，《诗》之言说法度，并不单纯作为一语言现象而存在，也并非一系列静态的语言规则，而是具有持久的规范效力的行动。

进一步来说，细审“持”之语义，其意涵本身便已包含对规范性行动种种特质的暗示与说明：一方面，若某一行动的规范力不够，过于松弛放逸，则不足以称作“持”；另一方面，若某一行动的规范力过度，发力过猛，收之过紧，甚或滋生生硬规训之效，自然也无法称作“持”。可见，“持”之语义指向无过无不及的中道。由此可知，《诗》之为“持”的规范性行动，应张弛有度，合乎中道。此外，“持”这一行动对于时间长短和稳定程度均有要求。倘若规范性行动持续时间过短，则不能称作“持”。同时，倘若规范性行动的状态极不稳定，骤有骤无，骤起骤停，变化无常，自然也不能称作“持”。可见，“持”意味着，此规范性行动必然持续了较长时段，甚至可以说发挥着长久而稳定的作用。

接下来的问题是，《诗》之言说法度，所“持”者为何？此种“持”的规范性力量着眼于什么方面？

> 陆龟蒙曰：“诗者，持也，谓持其情性，使不暴去。”①
>
> 《文心雕龙·明诗》云：“诗者，持也，持人情性；三百之蔽，义归无邪。”②

据引文所示，《诗》之所“持”者在于“情”与“性”。并且，两处引文均将“情”置于“性”之前，标举出《诗》所持者在于人之“情性”（“性情”与“情性”，二者内涵的差异，在本书第二章已作

① （唐）陆龟蒙撰：《自遣诗三十首序》，《甫里集》卷十一，载（清）纪昀等编《景印文渊阁四库全书·集部·别集类》第1083册，台北：台湾商务印书馆1986年版，第346页。

② （南朝梁）刘勰著，范文澜注：《文心雕龙注》，第21页。

交代，此处不赘）。尽管在昔人语境中，的确存在“性情”与“情性”之名的差异，但究其实质，这并非两个异质之物，只是从不同的切入点呈现“性—情”关系的结果。具体来说，“性情”一名，“性”在“情”先，强调的是“性”由“情”显；“情性”一名，“情”在“性”前，强调的是由“情”以达“性”。实质上，“性情”与“情性”构成二而一的整体。因此，从根本上而言，“持人情性”仍旧是在“性—情”关联的背景中看待《诗》之为“持”，只不过偏重于由“情”以达“性”的进路。

在当下语境中，《诗》“持人情性”，常被解作《诗》用于调适人在经验生活中被激起的种种情感和情绪。境遇悉无定准，福祸难料，情感的抒发难免存在偏失，情绪波动甚至失控的情况在日常生活中比比皆是。《诗》之为“持”，意味着《诗》能够平复较为激烈的情感与情绪状态，使其不致失去分寸、趋于极端。依此理路，对于孔子所言“《关雎》，乐而不淫，哀而不伤”，陈桐生将其阐释为：“《关雎》音乐在情感表达方面提供了一个范本，它无论表现欢乐之意，还是抒发哀伤之情，都将情感的抒发控制在一定的尺度之内，这是一种有节制的抒情，一种符合礼义的情感表达。”① 据此可知，“不淫”与“不哀”分别构成对“乐”与“哀”在其抒发程度与分寸方面的规定。对此，杨伯峻亦云：“《关雎》这诗，快乐而不放荡，悲哀而不痛苦。”② 总的来说，在此语境下，“情”多被理解为经验生活中的情感与情绪，即主体受外界触动，在意识或心理体验方面呈现出的情绪、情感活动。

然而，据本书第二章所述，与近世在主体主义、心理主义的语境下将“情”归为人的心理活动、情感意识等范畴有所不同，昔人论“情”，首先着眼于芸芸众生在天地间的生存情态，其观念背景在于“性—情”的内在关联。“性”由“情”显，故能实现为“本性

① 陈桐生：《礼化诗学：诗教理论的生成轨迹》，第 111 页。

② 杨伯峻译注：《论语译注》，第 30 页。

以称情”与“由情以达性”之间的往来互动。据此可知，《诗》“持人情性”之说，乃是基于对“性—情”关联的照察，进而发掘《诗》对人生存情态的影响，而非仅将《诗》的作用视为对人心理活动和内心体验的调试与节制。

进一步来说，在昔人的观念世界中，“性”并非一悬空之名，而是落实于群黎苍生在世瞬间的生存情态，故而“天生民而立之君，使司牧之，勿使失性”①与“率性之谓道，修道之谓教”的过程并非流于清谈，蹈于空言，而须观照每一时刻的生存情态，在此生存情态中体究“性”如何由“情”而显，如何由“情”以达“性”。存在情态的特殊性与差异性，是人实现自知的必要进路，也是理解他人、他物乃至理解世界的必经渠道，可谓成人与成德的必要环节。孔子在谈成人与成德之时，便十分重视存在情态的意义维度。《论语·学而》载孔子之言曰：“君子不重则不威，学则不固。”君子是“孔子理想中一圆满人格之表现”②。此处，孔子以“重”“威”来评价君子人格。据《说文》所训“重，厚也”③可知，君子人格的一大面向在于其性情之敦厚，“唯有敦厚之性情者，其言行有威仪，其学问能坚固，轻惰则失之矣，则孔子论君子，亦首重性情”④。正因看到性情对人之成德而言如此重要，故而“孔子论学，亦以性情为主”⑤。

与此同时，昔人深谙，敦厚中正是常人之情难以企及的状态。梨洲用“情随事转”“若败梗飞絮”“俄顷销亡”⑥等论辞来描述常人之情的特征，颇为贴切。对此，船山提出的“浮情”概念又可将

---

① （周）左丘明传，（晋）杜预注，（唐）孔颖达正义：《春秋左传正义》，载《十三经注疏》整理委员会整理《十三经注疏》，第1063页。

② 钱穆：《四书释义》，九州出版社2010年版，第82页。

③ （汉）许慎撰，（宋）徐铉校定：《说文解字》，第169页。

④ 钱穆：《四书释义》，第83页。

⑤ 钱穆：《四书释义》，第88页。

⑥ （清）黄宗羲：《黄孚先诗序》，载陈乃乾编《黄梨洲文集》，第343页。

上述论辞统而言之。“浮”形象地摹拟出常人之情的不稳定性与即时性。“浮”即“不重”，即失于轻佻浮薄，未能以敦厚自处。关于“浮情”的种种表现，《孔子家语·六本》有进一步的说明：“中人之情也，有余则侈，不足则俭，无禁则淫，无度则逸，从欲则败。”[①] 据其语境推知，“中人”意指“常人”。“侈”“俭”“淫”“逸”“败”则是“浮情”的各种呈现样态。“有余则侈，不足则俭”表明，在多数情况下，常人之情处于或有余或不足的偏颇之中。“无禁则淫，无度则逸”意味着，倘若常人之情未经后天的教化而实现充分的规定与意义的导向，或有余或不足的偏颇将日益加剧。相比起“有余”，“淫”的过分程度更甚，意指过分以致失当，所谓“古人凡过分以至于到失当的地步叫淫”[②]。若“情”在“侈”“俭”“淫”“逸”“败”等偏颇状态中泥足深陷，“性”又如何可能通过“情”来彰显？这可以解释，为何在实际生活中，由“情”显“性”的渠道往往处于壅滞阻塞的状态。“性”不但无法通过“情”来显现，反而还受到重重遮蔽。这也从侧面反映出“持人情性”的必要性与重要性。

古人训“诗”为“持”，且所持者在于人之情性。这意味着，《诗》之言说法度具有某种超越语言技法层面的规范性力量，旨在对情性产生一稳定而恒久的护持作用。读《诗》，相当于让此种普遍的规定性力量化入己身，并作用于己之情性，勿放失，勿暴去。进一步来说，“持”并非落于空言，而是必然贯彻于伦常日用的一言一行之中。有鉴于此，《孔疏》还申明了《诗》“持人之行”的维度：“为诗所以持人之行，使不失坠。”[③]《诗》与“人之行”的关联也被现代学者指出。周春健认为：“‘诗’字当指规正人行、使有法度

① （清）陈士珂辑，崔涛点校：《孔子家语疏证》，第118页。

② 杨伯峻译注：《论语译注》，第30页。

③ （汉）毛亨传，（汉）郑玄笺，（唐）孔颖达疏，（唐）陆德明音释，朱杰人、李慧玲整理：《毛诗注疏》，第3页。

的言辞。”[①] 马银琴亦云，“诗”字的造字本义是指能够规正人的行为的言辞。[②] 凡此诸论均强调《诗》对“人之行”的规范性作用。这可以解释，为何《毛诗正义序》以“止僻防邪之训”来界定《诗》：“夫《诗》者，论功颂德之歌，止僻防邪之训。”[③]“僻”与“邪”均为情性放失的不良后果。《诗》持人情性，规正人行，“止僻防邪”遂得以可能。

二 以辞气持情性：“持人情性”何以可能？

承上所述，《诗》之言说法度通过作用于人之情性，实现为真正意义上的成德之学，此为诗教的重要意义面向。那么，接下来的问题在于，《诗》作为一种有法度之言，何以能“持人情性”，以至于能“持人之行”？这又可表述为，《诗》之言说法度如何“持人情性”？且诚如上节所论，言之法度恰恰依托音闻与声教发挥作用，那么，音闻和声教又如何作用于人之情性，从而实现“持人情性”之效？这构成下文探究的主要内容。

（一）《诗》之辞气：缓急相协，从容温厚

《诗》之言说法度多体现为由韵律所形成的节奏，往细处说，则是经由双声叠韵、重言以及语助词的搭配使用，形成《诗》的合宜节奏。这不应归为写作技艺层面的范畴。毋宁说，《诗》的节奏提供了一宝贵契机，可供吾人细玩《诗》之辞气，诚如郭绍虞所言：“应当细玩诗人之语气，应当体会现时口语的神情。”[④]

揆诸《诗》之语境，诗人多在单音词词头缀以虚词以构成双音语词。此前缀之虚词仅起发声之效而无实际意义，故而不能以实义解之。此类发语词在《诗》中屡屡见载，以发声之音缀，形成缓开

① 周春健：《诗经讲义稿》，第 21 页。

② 参见马银琴《周秦时代〈诗〉的传播史》，第 183 页。

③ （汉）毛亨传，（汉）郑玄笺，（唐）孔颖达疏，（唐）陆德明音释，朱杰人、李慧玲整理：《毛诗注疏》，第 1 页。

④ 郭绍虞：《照隅室语言文字论集》，第 103 页。

徐起之语势，如《周南·葛覃》“言告师氏”之“言”，《周南·芣苢》“薄言采之”之“薄”，《邶风·日月》“逝不古处”之“逝”，《小雅·杕杜》“有杕之杜”之“有”，以及《周颂·思文》“思文后稷”之“思”。“言”“薄”“逝”“有”“思”均为有声无意之语辞，其作用在于“以发声足句”。

若说《诗经》诸篇多以句首发语词足句，较为贴合“大抵古语多以发声足句”① 的言说惯例，那么《诗》各章句末则较少出现语尾助词：

> 《邶风·匏有苦叶》云：“济盈不濡轨。”（并非“济盈不濡轨乎？”）
>
> 《郑风·风雨》云：“云胡不喜。”（并非“云胡不喜乎？”）
>
> 《小雅·常棣》云：“鄂不韡韡。”（并非“鄂不韡韡乎？”）
>
> 《小雅·车攻》云：“徒御不惊，大庖不盈。”（并非“徒御不惊乎？大庖不盈乎？”）

试将“鄂不韡韡”与“鄂不韡韡乎”作一番比较。与“鄂不韡韡”相比，“鄂不韡韡乎”并非仅减一字之异，“乎”字的增减足以影响整句的辞气。据引文所示，“济盈不濡轨”“云胡不喜”等诗句，均为以反问语气表示强调，“济盈不濡轨”即为“济盈濡轨”，故而在句末去掉语尾助词，更能显明果断坚决、斩钉截铁的辞气，干脆利落，不拖沓，不赘余，与此处用反问表示强调的语势正相契合。

综上所述，《诗》句首多使用发语词，句末则较少出现语尾助词，就辞气而言呈现出徐起而疾落、缓开而急收之效果。徐起之效验在于，“情之起”遂无生硬奇崛之感，使诗人虽“发乎情”而不致猛然跃迁，猝然惊人；疾落的效验在于，所发之情不致泛滥漫溢，而是有节有止，正对应了《诗大序》所言“发乎情，止乎礼义”。

① 郭绍虞：《照隅室语言文字论集》，第84页。

欧阳修云：“古者《诗三百篇》，其言无所不有，惟其肆而不放，乐而不流，以卒归乎正，此所以为贵也。”① 从广义上看，“肆而不放，乐而不流，以卒归乎正”，不仅通过《诗》的字面内容呈现，还经由缓急相协之辞气得以维系。二者相须并用，情之起落方能收放自如，不放失，亦不暴去，《诗》“持人情性”遂得以可能。

除了章句首尾之辞气，《诗》还多次出现重言现象，如《邶风·燕燕》云“燕燕于飞”，《郑风·子衿》云“青青子衿”，《小雅·采薇》云“行道迟迟”，《小雅·蓼萧》云“哀哀父母”，《大雅·公刘》云“于时言言，于时语语”，《周颂·有客》云“有客宿宿，有客信信”，以及《周颂·臣工》云“嗟嗟臣工”，等等。与此同时，《诗》还多次通过复衍连语构成复合重言，如《召南·羔羊》云“委蛇委蛇，退食自公”，《鄘风·君子偕老》云“委委佗佗，如山如河”，以及《小雅·信南山》云“苾苾芬芬，祀事孔明”等例。

上述语例中，“燕燕”“青青”“言言”“语语”“宿宿”等文辞均为重言，其意与“言”“语”“宿”“信”并无二致。同样，“委蛇委蛇”“委委佗佗”实际上即为“委蛇”“委佗”。以上两种重言模式，均只用于足句而与意义无关，如刘师培《正名隅论》所言：“所谓重语者，亦仅发音时延长之语耳。”② 尽管如此，重言在辞气方面所起的作用不可小觑。大抵古人看到“如盛气直述，更无余味，则感人也浅”③，遂在吐辞时经由重言使发音延长，故能起到延缓节奏、舒缓辞气之作用，借此营造出“长言”与“嗟叹”之效。

---

① （宋）欧阳修著，洪本健校笺：《礼部唱和诗序》，载《欧阳修诗文集校笺》，第1107页。

② 刘师培撰：《正名隅论》，《左盦外集》卷六，载《清代诗文集汇编》编纂委员会编《清代诗文集汇编》第797册，上海古籍出版社2010年版，第257页。

③ （清）梁章钜撰：《学诗一》，《退庵随笔》卷二十，载顾廷龙主编，《续修四库全书》编纂委员会编《续修四库全书·子部·杂家类》第1197册，上海古籍出版社2002年版，第424页。

> 《毛诗序》云："言之不足，故嗟叹之。嗟叹之不足，故永歌之。永歌之不足，不知手之舞之，足之蹈之也。"①
>
> 《礼记·乐记》云："说之，故言之；言之不足，故长言之；长言之不足，故嗟叹之；嗟叹之不足，故不知手之舞之，足之蹈之也。"②
>
> 程廷祚《论语说》引李塨语云："说之，故言之而长，长言之不足，至形于嗟叹舞蹈。"③

据引文可知，昔人看到，单凭一般状态下的言说还不足以畅人之辞气，故而须济之以"长言""嗟叹"及"永歌"。此三者并非理论层面的设想，亦非蹈空之言，而是切实化作诗人的辞气，并在《诗》中得以彰显。

除开使用重言以达至"长言"与"嗟叹"之效，《诗》还多使用虚词。这对调节辞气也颇有助益。缪钺将此申明为："各国《风》诗虽仍多用四言，然已有杂言，句调变化，且多间以虚字，如'兮''只'等。"④《邶风·绿衣》云"绿兮衣兮""絺兮绤兮"，《小雅·南山有台》云"乐只君子"等，均为《诗》善用虚词的表现。若细析之，《诗》在使用助词方面尤为灵活多样。具体来说，大致包括用助词分用重言，如《鄘风·君子偕老》云"玼兮玼兮，其之翟也"；用助词分开并行连语，如《小雅·菁菁者莪》云"载沉载浮"；复衍连语以成一四言句，如《召南·羔羊》云"委蛇委蛇"。从总体上看，通过助词来分用重言和并行连语，都能使发音延长，有助于

① （汉）毛亨传，（汉）郑玄笺，（唐）孔颖达疏，（唐）陆德明音释，朱杰人、李慧玲整理：《毛诗注疏》，第7页。

② （汉）郑玄注，（唐）孔颖达正义，吕友仁整理：《礼记正义》，第1564页。

③ （清）程廷祚撰：《论语说》，转引自（清）刘宝楠撰，高流水点校《论语正义：全二册》，第298页。

④ 缪钺：《中国文学史讲演录（唐以前）》，载缪元朗、景蜀慧编校《缪钺全集》第六卷，第31页。

实现音节舒长、从容和缓、其情款款之效。同时，《诗》亦有句末使用叹词之语例，如《邶风·旄丘》云“旄丘之葛兮，何诞之节兮？叔兮伯兮，何多日也”，《鄘风·墙有茨》云“墙有茨，不可埽也。中冓之言，不可道也”，以及《魏风·伐檀》云“彼君子兮，不素餐兮”等。与“鄂不韡韡”因缺省语尾词而营构出斩钉截铁的辞气不同，“叔兮伯兮，何多日也”的句式并非以反问表强调，其本身就富有呼吟嗟叹的意蕴，故而能与句末叹词（“兮”“也”）的使用相得益彰。对于虚词在声调、辞气等方面所起的调节作用，马一浮曾作过一番精辟论述：

> 读《三百篇》，须是味其温厚之旨，虚字尤须着眼，如“庶几夙夜”之“庶几”字，“尚慎旃哉”之“尚”字，意味均甚深长。又如“大夫夙退，无使君劳”“缁衣之宜兮”云云，其言皆亲切恳挚，爱人如己，“道之云远，曷云能来”亦复同此意味。孔子说《诗》，但加一二虚字，如“有物必有则”，“民之秉彝也，故好是懿德”便自意味深长。①

据此可知，《诗》之辞气对于“持人情性”而言殊为关键。“情性”并非一架空之名，而是落实于人的辞气。情性有宽柔缓急之分，若反映在辞气方面，便有急切迫促与宽舒从容之分。参诸《论语》，其中不乏对夫子辞气的诸多描述，如《论语·学而》载孔子之言云：“巧言令色，鲜矣仁。”朱子还专门对夫子的辞气作了一番说明：“圣人辞不迫切，专言鲜，则绝无可知，学者所当深戒也。”② 可见，孔子平素辞气多温婉可亲，无凛然犯人之感。对此，李光地论之甚详，并将孔子之辞气与后儒作了一番对比：

---

① 马一浮：《蠲戏斋诗话》，北方文艺出版社 2021 年版，第 20 页。

② （宋）朱熹撰：《四书章句集注》，第 48 页。

> 观孔子言语，与他贤不同处全在此。孔子论学曰："不亦说乎"，"不亦乐乎"，"不亦君子乎"。巧言令色何有于仁？而尚曰："鲜矣。"……极其刺讥，而曰"何如其智也"，曰"再斯可矣"。人而不仁，尚曰"如礼乎"、"如乐乎"。极其痛诋，而曰"是可忍也，孰不可忍也"，曰"奚取于三家之堂"。如此等处，不可胜数，真是得力于诗。以类求之，无不如是。虽诗如"苏公"、"暴公"、"寺人孟子"，亦直截尽露。夫子如骂宰予昼寝"朽木"、"粪土"，其言切直似之，下截却又以听言观行说宽些。如骂子路"野哉，由也"，峭直极矣，下却以君子正之，详论名正言顺道理，到头来令人意销。至孟子"泰山岩岩"，语气如排山倒海，兼带有战国风气。伊川被人请吃茶看画，则发怒云："予从来不好吃茶，从来不识画。"朱子与人语，反复倾倒，不尽不休。比之孔子犹远。①

《论语》不吝重墨，将孔子辞气的点滴细节悉皆收录于内，从中既可观见圣人敦厚从容之气象，又可看出其平日绵绵不断的存省工夫。这再次印证了辞气对"持人情性"的重要意义："情性"必然透过人的声闻辞气展现出来。言语作为人与世界打交道的基本方式，无时无刻不浸润于一定的辞气之中。即便是同样的言谈内容，若配以不同的辞气，其效果很可能大为不同。孔子辞气宽和，不衿于人，不傲于物，正体现出其"深有得于温柔敦厚的诗教，其人格气象，宽博易谅，和祥安乐，如《乐记》所谓'流而不息，合同而化'，绝无偏狭格局"②，千载之下，无人出乎其右。因辞气与情性有着深入关联，持人情性，自然可从持人辞气入手。因此，诗教的一大进路便在于持人辞气，透过平易和缓、徐疾有秩、不紊不乱之辞气来

---

① （清）李光地撰，陈祖武点校：《榕村续语录》卷二十，载《榕村语录　榕村续语录》，第1109—1110页。

② 严寿澂撰：《诗道与文心》，第17页。

持人情性。

（二）“吟咏情性，以声节之”：《诗》持人情性的重要进路

鉴于《诗》之辞气乃是在讽诵吟咏的过程中吐露发显，欲以平和中正之辞气“持人情性”，亦不可脱离《诗》之吟诵。这可以解释，为何昔人论情性之教时，其语境多与讽诵吟咏相关，甚至直接将“吟咏”“情性”二词相连。这印证出，“情性”须“吟咏”，而后方能达至“持之”之效：

> 《诗大序》云：“吟咏情性，以风其上。达于事变，而怀其旧俗者也。”①
>
> 《文心雕龙·情采》云：“盖《风》《雅》之兴，志思蓄愤，而吟咏情性，以讽其上，此为情而造文也。”②
>
> 伊藤仁斋曰：“惟《诗》出于古人吟咏情性之言。”③
>
> 李东阳曰：“非惟格调有限，亦无以发人之情性。若往复讽咏，久而自有所得。得于心而发之乎声，则虽千变万化，如珠之走盘，自不越乎法度之外矣。”④

《孔疏》将“吟”“咏”申明为“动声曰吟，长言曰咏。作诗必歌”⑤，虽明示出“吟”“咏”都与声读相关，但对二者的分殊语焉不详。《广韵·下平声卷第二》云“吟，叹也”⑥，与《诗大序》所

---

①（汉）毛亨传，（汉）郑玄笺，（唐）孔颖达疏，（唐）陆德明音释，朱杰人、李慧玲整理：《毛诗注疏》，第18—19页。

②（南朝梁）刘勰著，范文澜注：《文心雕龙注》，第538页。

③［日］伊藤仁斋撰：《诗说》，转引自王晓平《日本诗经学史》，第175页。

④（明）李东阳著，李庆立校释：《怀麓堂诗话校释》，第21页。

⑤（汉）毛亨传，（汉）郑玄笺，（唐）孔颖达疏，（唐）陆德明音释，朱杰人、李慧玲整理：《毛诗注疏》，第19页。

⑥ 蔡梦麟校释：《广韵校释》，中华书局2021年版，第526页。

云“言之不足，故嗟叹之”之“嗟叹”意味相近，而“咏”则与“嗟叹之不足，故永歌之”之“永”同义而异形。这暗示出，“吟”“咏”与《诗大序》所言“叹”“永”实则构成对参互诠的关系。四者均为超越了“言”与“长言”的声读之法。其中，“咏”（永）比“吟”（叹）更进一步，毕竟“嗟叹之不足”而后，才须“永歌”。在此须追问，《诗大序》所论“言之不足，故嗟叹之，嗟叹之不足，故永歌之”，两句所谓“不足”指的究竟为何？古人虽承认“情动于中而形于言”，但在多数情况下，“言”之辞气（尤其是日常言说）尚不足以尽其情。生存情态的丰富向度尚未得以穷尽，以致无法由“情”以达“性”，故而须在辞气上着力，须由“言”发展为“嗟叹”，再由“嗟叹”发展为“永歌”。此即是说，《诗》之言须“嗟叹”“永歌”而后能成。刘师培云：“况诗以调律，乐以播音，嗟叹永歌，引宫刻羽，用之邦国，被之管弦，审音之精，此其证矣。”[①] 进一步来说，在古人语境中，“嗟叹”和“永歌”（二名可合称为“吟咏”）又可归入广义上“诵”的范畴。据贾公彦对“讽”“诵”的界定（“讽是直言之，无吟咏，诵则非背直文，又为吟咏以声节之为异”[②]）可知，是否“吟咏”，构成“讽”与“诵”两种声读之法的根本差异。而吟咏的特质即在于“以声节之”，即在诵《诗》过程中，通过以声节人之辞气来“持人情性”。此为诗教落实于声教的具体过程。

揆诸昔人对诵《诗》过程的论述，多关注对辞气的体贴与玩味。因辞气之“微妙在抑扬抗坠之间”，故读者须“静气按节，密咏恬吟”[③]，在吟咏的过程中，通过玩味《诗》之辞气持人情性。这再次与昔人语境中的“声诗”一名构成观念层面的呼应关系。《诗》作为一声闻之学，其成德过程亦无法脱离“声教”维度。诗教之为声

① 刘师培：《文说》，载《刘申叔遗书》，江苏古籍出版社 1997 年版，第 703 页。

② （汉）郑玄注，（唐）贾公彦疏，彭林整理：《周礼注疏》，第 833 页。

③ （清）沈德潜著，霍松林校注：《说诗晬语》，第 187 页。

教，与声音之道、与辞气紧密相关，彰显为鲜活灵动的吐纳过程。此之为诗教成德进路的独特性所在，从中亦可观见吟咏对诗教过程的重要意义。进一步来说，诵《诗》过程无既定章程可循，其最要者在于，让此刻的吟咏全然贴合自身的生存情态，并充分领会《诗》之神韵。据此而论，吟咏作为一自得其乐的过程，始终以“为己”之学为其根本的意义向度。此过程与吟咏者的当下情态与存在实感相契合，而非遵循既定的模式或套路，甚或“就是同一个人念两次也不能工尺全同”①，可以说，全过程“即兴并自然，专注文字的声音，体现为一种内省、体验式的‘读’”②。在以“内省”与“体验”为主导的诵《诗》过程中，“诗音在长吟、长言当中，不断地实现瞬间的‘停留’”③，徘徊于同声相应的韵脚之间，盘桓于仅用于足句而无实意的虚词重言之中，其效验为“吟哦之际，行腔使调，至为舒缓，其抑扬顿挫之间，极尽委婉旋绕之能事”④。

论及吟咏过程的效验，诸家多用“勃然而不自已”“振奋”“黾勉”“油然作矣”等生动传神的方式进行叙述，并将其归结为“兴”：

> 船山云：“教学之道，《诗》、礼、乐三者备之矣。教之以《诗》、而使咏歌焉者，何也？以学者之兴，兴于《诗》也。善之可为，恶之必去，人心固有此不昧之理。乃理自理而情自情，不能动也。于《诗》而咏叹焉，淫佚焉，觉天下之理皆吾心之情，而自不善以迁善，自善以益进于善者，皆勃然而不自已，则《诗》实有以兴之也。”⑤

① 赵元任：《〈新诗歌集〉序》，载人民音乐出版社编辑部编《赵元任歌曲选集〔附钢琴伴奏〕》，人民音乐出版社1981年版，第41页。

② 陈向春：《吟诵与诗教》，第16页。

③ 陈向春：《吟诵与诗教》，第238页。

④ 黄仲苏：《朗读法》，开明书店1936年版，绪论第126页。

⑤ （明）王夫之：《四书训义》，载船山全书编辑委员会编校《船山全书》第7册，第540页。

> 程廷祚《论语说》引李塨语云：“说之，故言之而长，长言之不足，至形于嗟叹舞蹈，则振奋之心，黾勉之行，油然作矣，《诗》之所以主于兴也。”①

据引文可知，“勃然而不自已”“振奋”“黾勉”以及“油然作矣”，均可视为《诗》之“兴”的形象化描述。职是之故，“兴于《诗》”的过程，并非处于纯然的“默视”状态，并不是指经由沉默状态下的视阅，人对诗意有所开悟。《诗》之“兴”，恰恰发生于《诗》作为声闻之学的吟咏过程中，有赖于“长言”“嗟叹”“永歌”诸环节为其支撑，乃是系诸唇吻，形于辞气，而非仅仅流于视阅，诚如郑樵《通志》所言：“夫《诗》之本在声，而声之本在兴。”② 此论也申明了“兴于《诗》”实则与声音之道息息相关。诗教“以‘声教’为先，即以歌声、诵声、乐音先将人心感了，化了”③。若说日常生活充斥着“视而不见，听而不闻，食而不知其味”的暗昧不兴，那么，长言吟咏的过程，则让人从“虽觉如梦，虽视如盲，虽勤动其四体而心不灵”的状态中振奋而起、超拔而出，“觉天下之理皆吾心之情”。“天下之理”与“吾心之情”借此得以通达浑融，而非处于“情”“理”悬隔的窠臼之中。由此，人之情（生存情态）不再拘囿于岿然不动、无感无兴的昏惰状态，而是经由吟哦咏叹有所起、有所发。这构成《诗》持人情性的必要条件。毕竟，“持人情性”得以可能，恰恰以“有”情为其前提，而非梨洲所感叹的“今人亦何情之有”的“无”情。人之“无”情，亦即船山所言“拖沓委顺当世之然而然，不然而不然，终日劳而不能度越于禄位田宅妻子之中，

① （清）程廷祚撰：《论语说》，转引自（清）刘宝楠撰，高流水点校《论语正义：全二册》，第298页。

② （宋）郑樵撰：《昆虫草木略序》，《通志》卷七十五，载世界书局编辑部编《景印摛藻堂四库全书荟要·史部·别史类》第215册，第59页。

③ 陈向春：《吟诵与诗教》，第23页。

数米计薪，日以挫其志气，仰视天而不知其高，俯视地而不知其厚，虽觉如梦，虽视如盲，虽勤动其四体而心不灵”[①]。

伴随着长言吟咏的过程，人之“情”有所起、有所“发”。此过程也有助于“志”之发动。刘勰注意到“吟咏”对于“志”的唤发作用。《文心雕龙·原道》云：“元首载歌，既发吟咏之志。”[②]《文心雕龙·物色》云：“吟咏所发，志惟深远；体物为妙，功在密附。”[③] 而阳明则明确道出“诱之歌诗”的一大效验在于“发其志意”。由是可知，昔人论吟咏、嗟叹之效，其涵摄范围甚广，人之情性、志意均在其列。经由此一过程，“情”与“志”均有所兴、有所发。但须留意，昔人语境并非一味强调“情”“志”之兴发。仅重视兴发而缺乏凝定，难免使“情”“志”陷入淫佚无节的失调状态：乐而无节，则失于淫；哀而无节，则失于伤。因此，在昔人的观念中，吟咏不仅有兴发“情”“志”之效，还有持人“情”“志”之效。两个维度缺一不可。倘若发而不持，则失于放荡漫溢。若说发其情性、发其志意的意义维度，偏重于使人从“今人何情之有？”“何志之有？”的昏昧状态中振拔而起，那么，在“有”情、“有”志之后，如何持此“情”、持此“志”，则作为一长久的工夫和考验降临在吾人面前：

> 诗之言志也，持也。志之所至，言以持之。诗者，君子之所以持其志也。善作诗者，以先务求其志，持其志以养其气。志至焉，气次焉。气志俱至焉，而后五性诚，固而不反。外物至，无所动于其心。虽时有感触，忧悲、愉怿、舞蹈、咏叹之来，必处于五者之间，无所不得正，夫然后可以求为诗也。[④]

---

① （明）王夫之：《俟解》，载船山全书编辑委员会编校《船山全书》第12册，第479页。

② （南朝梁）刘勰著，范文澜注：《文心雕龙注》，第2页。

③ （南朝梁）刘勰著，范文澜注：《文心雕龙注》，第694页。

④ （宋）陈襄撰，（宋）陈绍夫编：《古灵集》，载（清）纪昀等编《景印文渊阁四库全书·集部·别集类》第1093册，台北：台湾商务印书馆1986年版，第648页。

引文把《诗》之“持”落实为“持其志”的意义指向。而“持”字暗含着收放自如、张弛有度的“守中”之义。由此推知，“持其情”“持其志”的功夫，具体彰显为，在“情”“志”过度之时，须节之，不及之时，须宣之；在“情”“志”恣肆驰荡之时，须泄之，沉郁淤滞之时，则须疏之、畅之：

> 大抵童子之情，乐嬉游而惮拘检，如草木之始萌芽，舒畅之则条达，摧挠之则衰痿。今教童子，必使其趋向鼓舞，中心喜悦，则其进自不能已。譬之时雨春风，沾被卉木，莫不萌动发越，自然日长月化；若冰霜剥落，则生意萧索，日就枯槁矣。故凡诱之歌诗者，非但发其志意而已，亦所以泄其跳号呼啸于咏歌，宣其幽抑结滞于音节也。①

引文提出“歌诗”旨在“发其志意”，随后又细析出“泄其跳号呼啸”与“宣其幽抑结滞”两个维度，其目的在于，提醒吾人在“发其志意”之后，须“持其志”：“持”并非凭借外铄之规训一味地施以压制，使“情”和“志”在高压的震慑下勉强维持于稳定状态。昔人深谙，“情”“志”的特质恰恰在于“舒畅之则条达，摧挠之则衰痿”，故而玩味辞气的吟咏过程，须“舒畅之”，而非“摧挠之”，经由“舒之”“畅之”的过程持人情性、持人志意。

第三节　《诗》持人情性、持人志意的实现过程

吟咏辞气的过程，最终落脚于持人情性、持人志意，而“持”

① （明）王守仁撰，吴光、钱明、董平、姚延福编校：《训蒙大意示教读刘伯颂等》，载《王阳明全集》，第99页。

的作用又具体表现为“泄其跳号呼啸”与“宣其幽抑结滞”。那么，“泄”与“宣”的功能如何在系诸唇吻、形于声闻的吟咏过程中得以实现？在此方面，《诗》之言说法度又发挥着何种作用，使吟咏过程足以“泄其跳号呼啸”“宣其幽抑结滞”。这构成本节的探究要点。

一 论生存情态的流动性呈现：从《摽有梅》诸诗谈起

关于上述问题，本节兹取《召南·摽有梅》作一番考索：

> 摽有梅，其实七兮。求我庶士，迨其吉兮。
> 摽有梅，其实三兮。求我庶士，迨其今兮。
> 摽有梅，顷筐塈之。求我庶士，迨其谓之。

此诗共三章，每章的奇句与偶句都交互押韵，易言之，奇句与奇句押韵，偶句与偶句押韵。相比起奇句（每章的“梅”和“士”都属“之”部韵），偶句的韵法更为复杂。一章的“七”和“吉”、三章的“塈”和“谓”属“脂”部韵；二章的“三”和“今”属“侵”部韵。[①] 从第一章到第三章，偶句韵脚由“七”和“吉”变为“三”和“今”，再变为“塈”和“谓”。此现象称为转韵（又称换韵）。若只将转韵视为音韵层面的变化现象，很可能会错失诗人借转韵传达而出的重要信息。对于“其实七兮”“其实三兮”及“顷筐塈之”，朱子分别释为“梅落而在树者少”，“梅在树者三，则落者又多矣”及“顷筐取之，则落之尽矣”。[②] 三句共同勾勒出梅花由盛而衰的存在情态（物之情）。此过程必然伴随着时间的流逝。从梅花渐落到落尽，并非朝夕可至，而是经历了一渐进过程。梅花由盛而衰之情态的描绘，离不开三章前半部分“七”“三”“塈”三处韵脚的

---

① 参见程俊英、蒋见元《诗经注析》，第48页。

② （宋）朱熹集撰，赵长征点校：《诗集传》，第17页。

转换。可见，转韵实际上参与了《诗》内在意义的建构，是在“以声音表现意义”①，而不纯粹是一音韵学层面的现象。对此，日本江户时期学者东条弘指出：“晦庵说《诗》，必欲使其义一章重一章，乃过求义理之病也。”② 此论其实轻忽了韵律与内在意义之间的关联与同构。

独特之处在于，《诗》并未明确呈现出从“其实七兮”到“其实三兮”的过渡。单从字面上看，其营构颇具跳跃性。从“摽有梅，其实七兮”到“其实三兮”，再到“顷筐塈之”，其间缺乏连贯之处，甚至可以说，如此叙述并未映现出梅花凋零过程的渐进性，似乎只是定格于“其实七兮”“其实三兮”“顷筐塈之”这三个代表性阶段。

在此，须对流俗意义上的时间标准与《诗》内在的时间标准作一番区分。对《诗》而言，时间并非无待于事物的独立而齐一的宇宙框架，而是与诗人具体而当下的生存情态密切相关。毋庸置疑，对常人（尚未对诗人的生存情态感同身受的人）来说，梅花的凋零的确经历了一漫长过程，但诗人此时的生存情态决定了他（她）如何去看待与理解周遭的人事物态及其变化。从“其实七兮”一跃而至“其实三兮”，再至“顷筐塈之”，是由诗人独特的生存情态萌发而出的对时间的独特体认（似乎从“其实七兮”转至“其实三兮”，只是一刹那的工夫而已。上一秒仍旧是“梅在树者七”，到了下一秒就变成了“梅在树者三”）。诗人的生存情态为此诗设定了内在的时间标准，使时间以此“特殊”的方式流逝。

《摽有梅》将从“其实七兮”到“其实三兮”的过程体验为一瞬。这一内在的时间标准也启导我们去思考诗人独特的生存情态（人之情）：何种生存情态才会生发出如此的体验与观感？

摽有梅，其实七兮。求我庶士，迨其吉兮。

---

① 顾随讲，叶嘉莹笔记，顾之京整理：《顾随诗词讲记》，第56页。

② ［日］东条弘撰：《诗经标识》，东京：原三七1963年版，第31页，转引自王晓平《日本诗经学史》，第129页。

摽有梅，其实三兮。求我庶士，迨其今兮。
摽有梅，顷筐塈之。求我庶士，迨其谓之。

综观该诗三章的后半部分，仅是“吉”“今”“谓”三字发生了变化。三字作为偶句的韵脚，其间同样存在着转韵（换韵）现象——由“吉”换为“今”，再换为“谓”。在转韵的基础上，每章前后部分的韵脚还互为照应：“吉”与“七”相应，同属“脂”部；“今”与“三”相应，同属“侵”部；“谓”与“塈”相应，同属“脂”部；“士”与“梅”相应，同属“之”部。前后韵读的“同声相应”，并不只是音韵学意义上配合相应、共感共振的关系，而是借此暗示出《诗》前后部分内在意义的一贯，诚如皆川愿所论：“周诗三百篇用韵之法，乃亦皆同声相应之法。盖每遇其同声之字，辄其意必前后贯应。”① 如前所述，诗三章前半部分的押韵字由“七”换为“三”，再换为“塈”，程度逐渐加深，描绘了物情由盛而衰的过程。“吉”“今”“谓”分别与“七”“三”“塈”相应，此呼应现象对诗人的生存情态而言意味着什么？

首章末句为“求我庶士，迨其吉兮”。“吉”属于“脂”部韵，意指“吉日”。男女成婚，在日期上必须慎重选择。对于婚期的择定，首句尚且从容不迫。到了第二章末句“求我庶士，迨其今兮”。“今”属于“侵”部韵，意指“今日”。朱子释之曰：“今日也。盖不待吉矣。”② 男女年纪渐长，唯恐错过适婚年龄。此时已无暇等候

① ［日］中村幸彦、冈田武彦校注：《近世后期儒家集》，东京：岩波书店 1972 年版，第 364 页，转引自王晓平《日本诗经学史》，第 124 页。皆川愿以《周颂·臣工》为例来说明《诗》“同声相应”的章法：“譬如《周颂·臣工》之诗，正是以东韵宫、庚韵变宫、鱼韵变微、尤韵角、佳灰韵微、真先韵商，凡六部之音，相错用成一章者。‘王釐尔成’，乃与‘将受厥明’相应；‘来咨来茹’，乃与‘如何新畬’相应；‘嗟嗟保介’，乃与‘庤乃钱镈’‘奄观铚艾’相应……”［日］中村幸彦、冈田武彦校注：《近世后期儒家集》，东京：岩波书店 1972 年版，第 364 页，转引自王晓平《日本诗经学史》，第 124—125 页。

② （宋）朱熹集撰，赵长征点校：《诗集传》，第 17 页。

吉日的到来，惟愿尽早完婚。到了三章末句“求我庶士，迨其谓之”，“谓”属于“脂”部韵，“谓之，则但相告语而约可定矣”①。“吉”与“今”仍是就时间层面而言，“谓”则是就行为表现而言，即适婚男女口头定下婚约的行动。此行动并不必然限定在某一时段之内。也就是说，口头订婚的行动完全抛开了日期方面的考量，只要两情相悦，立下婚约即可。可见，到了诗末章，订婚的条件又放宽了，足以看出情势的紧迫与诗人的焦急。此种迫促的生存情态，使诗人内在的时间标准有别于流俗意义上的时间标准，只觉时光飞逝，须臾间便从“其实七兮”跃至“顷筐塈之”。

耐人寻味的是，诗人并非在刹那间展现出其焦急之情的极致状态与最大强度，并不是使此迫促之情突崛而起，并在一瞬间展露无遗，而是使其在《诗》的内在时间中渐次地、富有层次且有节制地呈现而出：并不是一开始就说“求我庶士，迨其谓之”，而是以“迨其吉兮”导其先路，再到“迨其今兮”，终至“迨其谓之”。诗三章层层递进的关系已被说《诗》者注意。② 方玉润云：“一层紧一层。”③ 程、蒋注本亦云，“诗分三章，每章一层紧逼一层”④，并将后章紧逼前章的语势申明为：“首章‘迨其吉兮’，尚有从容相待之意；次章‘迨其今兮’，已见焦急之情；至末章‘迨其谓之’，可谓

① （宋）朱熹集撰，赵长征点校：《诗集传》，第17页。

② 有研究者基于重章叠唱过程的灵活性与自主性，否定了诗各章间的逻辑关系。李辉指出：“抽离出具体的仪式，也使乐官在把握仪式歌唱的内容和形式时，有更大的自由度和自主性，这一点在雅诗燕饮歌唱中兴起的重章叠唱曲式上体现得尤为明显。……重章反映了歌诗文本的流动性、反映了乐官在歌唱时的自主性。……歌唱时重章的章次也可能前后调换。如今本《螽斯》的二、三章，安徽大学藏战国竹简《诗经·螽斯》是三、二章的顺序，这种章次的调换在安大简《诗经》中十分常见。无一例外，这些诗篇都是重章的结构，它们的章次为什么能够前后调换？因为在歌词大意、乐章形式都相似的情况下，调换章次并不会影响诗义的表达和听众的接受，因此后代经学或者文学的阐释若要给诗歌的章次附上递进或者什么样的逻辑，就显得十分穿凿了。”李辉、林甸甸、马银琴：《仪式与文本之间：论〈诗经〉的经典化及相关问题》，《温州大学学报》（社会科学版）2020年第1期。

③ （清）方玉润撰，李先耕点校：《诗经原始》，第110页。

④ 程俊英、蒋见元：《诗经注析》，第47页。

迫不及待了。”[①] 而这“一层紧一层”的营构有赖于“吉”“今”“谓”三处韵脚的转换。这再次说明，三章末句的转韵现象，不仅具有音韵学层面的意义，还参与了《摽有梅》内在意义的构成。皆川愿云：“声音之于道，其所关系甚大。”[②] 此观念落实于《诗》的层面，其最要者在于，考索《诗》之用韵如何体现其内在意义，换韵过程如何切实地展现诗人生存情态的深入与推进。诗人的迫促之情，并非是在刹那间迸发出最大强度。经由换韵的层次性与渐进性，诗人能够以纵深性的视角理解自身的生存情态，了悟其内在环节的流动性——由“从容相待”转至“初见焦急”，再到“迫不及待”。诸多环节勾勒出诗人生存情态运动变化的轨迹。

进一步来说，每首诗的换韵现象并非毫无章法可言。如前所述，每一章前后部分的押韵字还存在“同声相应”的关系。在音韵上，后半部分的“士”“吉”“今”“谓”，分别与前半部分的“梅”“七”“三”“塈”相应。一方面，前后部分“同声相应”之所以可能，其前提在于二者之间存在差异。若无差异，则音与音之间则是纯粹的同一关系（毫无创生性的直接的自身同一），相应的情况不可能产生，正如自我重复的单音无法在自身内部汇成一曲跌宕起伏、荡气回肠的交响乐。但另一方面，韵脚彼此间的差异又处于同一性的观照之中。这使有差异的两者仍能以彼此协同的状态持存于一个整体之中。

值得注意的是，《说文·口部》便以“相应”[③] 来解释“和”。这暗示出，《诗》韵之“相应”，究其实质，乃是作为“和”的表征。不同位置的韵脚虽在读音上有些许差异，但彼此间却能形成配合相应的协同关系，在一和谐的整体内各安其位，各司其职。可见，《诗》的特质在于，并不是对“和”的概念作一番抽象的理论探讨，

---

① 程俊英、蒋见元：《诗经注析》，第 47 页。

② ［日］中村幸彦、冈田武彦校注：《近世后期儒家集》，第 364 页，转引自王晓平《日本诗经学史》，第 125 页。

③ 参见（汉）许慎撰，（宋）徐铉校定《说文解字》，第 32 页。

而是将“和”熔铸并“形见”于音韵的配合相应之中。尽管《诗》字里行间并未明确出现关于“和”的直接论述，但“和”实已化入《诗》之音韵，成为其言说法度的旨归。这再次印证出，音韵作为《诗》之言说法度的基本形式，其意义并不局限于语言学、文章学层面。生存情态经由内里和谐的言说结构与法度呈现自身的过程，其实已是在对自身进行规范。此过程可表述为，即呈现即规范。生存情态的呈现与规范处于同构而共在的关系。而此规范性作用的效验在于，《诗》通过“取其声之和”来实现情性之和：

> 《诗》在六经中，别是一教，盖六艺中之乐也。乐始于诗，终于律。人声和则乐声和。又取其声之和者，以陶写情性，感发志意，动荡血脉，流通精神。①

《诗》以“声之和”来实现情性之和，在上述引文中也得以揭示。尽管诗一层紧逼一层，但其音韵始终处于彼此相应的和谐状态。在以“和”作为根本特征的言说法度之中，诗人之“情”通过言说之“和”，得以有章法、有节制地宣发与呈现，并未陷入肆意奔涌、放弛无度的状态，而是达至“泄其跳号呼啸”与“宣其幽抑结滞”之效。

再看《王风·中谷有蓷》：

> 中谷有蓷，暵其干矣。（一章）
> 中谷有蓷，暵其修矣。（二章）
> 中谷有蓷，暵其湿矣。（三章）

综观诗三章的前半部分，“干”“修”“湿”三个押韵字分别属于

---

① （明）李东阳著，李庆立校释：《怀麓堂诗话校释》，第1页。

“元”部、“幽”部和“缉”部。[①] 由“干”转为“修”，再转为“湿”，不纯粹是音韵学层面的换韵现象，而是同样涉及意义的推进。姚际恒《诗经通论》云，“‘干’‘修’‘湿’，由浅及深”[②]，最终至于“暵其湿矣”。朱注曰：“暵湿者，旱甚，则草之生于湿者亦不免也。”[③] 旱灾日益严峻，益母草的生长情态每况愈下。物情日渐凋敝，此点通过诗句的换字转韵得以渐次呈现。进一步来说，人情与物情实则具有相同的处境，处于一体共在的关系。与益母草枯萎凋零的情态相仿，女子遇人不淑，生计艰难。物情与人情的一贯性，遂经由音韵的前后相应得以体现：

> 中谷有蓷，暵其干矣。有女仳离，嘅其叹矣。嘅其叹矣，遇人之艰难矣！
>
> 中谷有蓷，暵其修矣。有女仳离，条其啸矣。条其啸矣，遇人之不淑矣！
>
> 中谷有蓷，暵其湿矣。有女仳离，啜其泣矣。啜其泣矣，何嗟及矣！

诗三章的后半部分同样存在转韵现象，且每章韵脚均与前半部分构成同声相应的态势。“干”“叹”“难”同属“元”部韵（一章）；“修”“啸”“淑”属于“幽”部韵（二章）；“湿”“泣”“及”属于“缉”部韵（三章）。[④] 鉴于同声相应之处，“其意必前后贯应”，故而“叹”“啸”“泣”三者之间，也存在着由浅及深的递进关系。第一章末，诗人所用动词为“叹”。第二章变“叹”为“啸”。相比起“叹”，“啸”的悲愁意味更甚，正与从“遇人之艰难”到“遇人

---

① 参见程俊英、蒋见元《诗经注析》，第205—206页。

② （清）姚际恒撰：《诗经通论》卷五，载顾廷龙主编，《续修四库全书》编纂委员会编《续修四库全书·经部·诗类》第62册，第73页。

③ （宋）朱熹集撰，赵长征点校：《诗集传》，第70页。

④ 参见程俊英、蒋见元《诗经注析》，第205—206页。

之不淑”的递进相吻合。对此，黄淬伯指出：“‘不淑’为古之成语，多用为遭际不幸之专称。”① 由此可知，“遇人之不淑”比“遇人之艰难”要更为恶劣。

对于“叹”与“啸”在感情色彩上的区分，朱子申明为：“啸，蹙口出声也。悲恨之深，不止于叹也。”② 程、蒋注本亦云：“人在心情郁闷到无法排解的时候，经常会独自长啸来宣泄胸中的块垒。”③ 变“叹”为“啸”，意味着女子的怨恨与愁苦更深了一层，痛苦到连叹息都不足以排解苦楚，唯有通过条条然长啸来疏导情之淤滞。到了第三章，“条其啸矣”变为“啜其泣矣”。女子为自身的遭遇失声痛哭，啜泣不止。直至末句，语势又急转直下：“啜其泣矣，何嗟及矣。”至此，女子自知悲剧即已酿成，一切无可挽回。综上所述，《中谷有蓷》各章的转韵与章内的叶韵，同样使女子的生存情态得以纵深性地宣发与呈现，使人观见悲与怨的内在环节如何流动地展开，如何一层深过一层。谢枋得将此阐发为：“此诗三章，始暵其干，中暵其修，终暵其湿。言物之暵，一节紧一节……民之怨恨，一节深一节。始曰‘遇人之艰难’，怜其穷苦也。中曰‘遇人之不淑’，怜其遭凶祸也。终曰‘何嗟及矣’。夫妇既已离别，虽怨嗟，亦无及也。”④

再来看《鄘风·相鼠》：

相鼠有皮，人而无仪。（一章）
相鼠有齿，人而无止。（二章）

① 黄淬伯著，周远富、范建华、丁富生整理：《诗经覈诂》，中华书局2012年版，第13页。

② （宋）朱熹集撰，赵长征点校：《诗集传》，第70页。

③ 程俊英、蒋见元：《诗经注析》，第205页。

④ （宋）谢枋得撰：《诗传注疏》卷上，载顾廷龙主编，《续修四库全书》编纂委员会编《续修四库全书·经部·诗类》第57册，上海古籍出版社2002年版，第239页。

相鼠有体，人而无礼。（三章）

诗首章的“皮”“仪”属“歌”部韵；二章的“齿”“止”属“之”部韵；三章的“体”“礼”属“脂”部韵。① 三章同样以转韵作为其意义推进的依托。前两章所言“皮”和“齿”，均是就鼠身的某一局部而言。到了第三章，诗人的着眼点由鼠之“皮”“齿”，推扩至鼠之全体。对此，王先谦指出：“首二章皮、齿指一端，此举全体言之。”② 在《相鼠》一诗中，同声相应的现象，在奇偶句之间也同样存在，且仍以叶韵寄寓意义的内在关联。“皮”与“仪”、“齿”与“止”、“体”与“礼”，在音韵上均前后相应。基于同声相应，奇句与偶句的意义也实现了连贯相通。由此，“相鼠有皮”和“人而无仪”之间呈现出一一对应的语势。从前两章过渡至第三章，诗人的叙述遂由鼠身的某一局部扩展至其全体。此范围层面的推扩关系，也与从“人而无仪”到“人而无止”再到“人而无礼”的递进关系对应。

《郑笺》将“仪”“止”分别训为“威仪”“容止”。③ 二者均就礼所涵容的具体内容而言。直至末章“人而无礼”，诗人以“礼”来总言之。由此可知，“人而无仪”“人而无止”二句，均指此人在某些方面不合礼（这暗示出，此人尚且还有合礼之言行）。相比之下，末句“人而无礼”表明，诗人对此人持全面而彻底的否定态度，即此人无一处合礼。正因此人违礼程度过甚，诗人对其的厌恶也逐渐加深：

相鼠有皮，人而无仪。人而无仪，不死何为！
相鼠有齿，人而无止。人而无止，不死何俟！
相鼠有体，人而无礼。人而无礼，胡不遄死！

---

① 参见程俊英、蒋见元《诗经注析》，第144—145页。

② （清）王先谦撰，吴格点校：《诗三家义集疏》，第248—249页。

③ 参见（汉）毛亨传，（汉）郑玄笺，（唐）孔颖达疏，（唐）陆德明音释，朱杰人、李慧玲整理《毛诗注疏》，第281页。

诗三章的后半部分均为诗人对此违礼之人的诅咒。从“不死何为”到“不死何俟”，再到“胡不遄死”，随着韵脚的转换，诗人诅咒的程度也在逐渐加深。这从“遄，速也”的词义中也得以体现。前两章只是在诅咒此人死亡，并未提及死期的早晚。相比之下，末章还多了一重盼其速死的意味，“夫人也而禽兽之不若，则何以自立于天地之间？固不如速死之为愈耳”①，足见诗人对违礼之人痛恨到了极致。

再来看《鄘风·干旄》：

孑孑干旄，在浚之郊。素丝纰之，良马四之。彼姝者子，何以畀之？

孑孑干旟，在浚之都。素丝组之，良马五之。彼姝者子，何以予之？

孑孑干旌，在浚之城。素丝祝之，良马六之。彼姝者子，何以告之？

此诗首章中，“旄”“郊”为“宵”部韵，“纰”“四”“畀”为“脂”部韵；二章中，“旟”“都”“组”“五”“予”均为“鱼”部韵；三章中，“旌”“城”为“耕”部韵，“祝”“六”“告”为“幽”部韵。② 章内叶韵、章间换韵的现象，同样出现在此诗中。先看诗三章的前半部分：

孑孑干旄，在浚之郊。（一章）
孑孑干旟，在浚之都。（二章）
孑孑干旌，在浚之城。（三章）

① （清）方玉润撰，李先耕点校：《诗经原始》，第167页。

② 参见程俊英、蒋见元《诗经注析》，第147—148页。

干旄、干旟和干旌均用于招致贤士。“郊”“都”“城”作为三章首句的押韵字，分别意指邑外、下邑及都城。可见，从首章到三章的换韵（从“郊”到“都”，再到“城”）不只具有音韵层面的意义，还使《诗》在空间上实现了由远及近的推进。招致贤士的人马从邑外抵达下邑，最终到达目的地（都城）。随着地点的推进，《干旄》一诗的生存情态也得以流动地展开。由此，诗从三章的前半部分过渡至后半部分：

素丝纰之，良马四之。彼姝者子，何以畀之？
素丝组之，良马五之。彼姝者子，何以予之？
素丝祝之，良马六之。彼姝者子，何以告之？

后半部分各章之间的换韵现象，同样生发出内在意义的深入与递进。“四”“五”“六”三个押韵字均为对“良马”的修饰词。而良马作为大夫聘请贤者的礼物，其数量从“良马四之”增至“良马五之”，再增至“良马六之”，如孔广森所言：“‘四之’‘五之’‘六之’，又不当以辔为解。乃谓聘贤者，用马为礼，三章转益，见其多庶。”① 马匹数量逐渐增益，正体现出求贤之诚意与日俱增。同时，三章转韵叠唱的形式，使诗人求贤若渴的生存情态得以流动地展开与呈现，并在差异性与同一性兼备的诸环节中大大丰富了自身：“三章反复述说的也只是一层求贤的意思。但这样重章叠唱，一而再、再而三地向‘彼姝者子’求教，一种思贤若渴的心情随着章节的反覆便越来越强烈地反映出来，真有所谓‘三顾臣于草庐之中’的味道。”②

---

① （清）孔广森撰，杨新勋校注：《经学卮言》，华东师范大学出版社 2010 年版，第 64 页。

② 程俊英、蒋见元：《诗经注析》，第 146 页。

再来看《小雅·青蝇》：

> 营营青蝇，止于樊。岂弟君子，无信谗言。
> 营营青蝇，止于棘。谗人罔极，交乱四国。
> 营营青蝇，止于榛。谗人罔极，构我二人。

此诗首章中，“樊”“言”为“元”部韵；二章中，“棘”“极”“国”为“之”部韵；三章中，“榛”“人”为“真”部韵。[①] 章间的转韵现象同样参与营构了此诗的内在意义。这通过“樊”“棘”“榛”三个韵脚所承载的意义及其内在关联得以实现。樊，藩也，即篱笆。棘和榛分别为酸枣树和栗子树。三者的关系在于，“棘”和“榛”是制作“樊”的材料。申言之，樊，藩也。而棘和榛，则是“所以为藩也”。从“藩”到“所以为藩”者，实现了逻辑层面的向内推进。由此，诗三章的前半部分形成了层层递进的态势。此递进关系在诗三章的后半部分也同样存在：

> 岂弟君子，无信谗言。（一章）
> 谗人罔极，交乱四国。（二章）
> 谗人罔极，构我二人。（三章）

诗三章后半部分的递进关系表现为，从“无信谗言”到“交乱四国”，再到“构我二人”，谗言的危害日益加剧，诗人对谗言的憎恶与恐惧也逐渐加深。罗愿《尔雅翼》将其阐释为：“君子之于谗也，初盖易之。至于乱之又生，而后君子信谗。此《诗》亦然。故首章但云‘毋信谗言’。至其二章，则已交乱在外之四国。至其三章，则虽同心如我二人者，亦不能以相有。其始轻之而不忌，皆如此蝇

① 参见程俊英、蒋见元《诗经注析》，第694页。

矣。”[1] 可见，罗氏之论也着眼于三章间意义层面的递进关系。

再来看《小雅·隰桑》：

> 隰桑有阿，其叶有难。既见君子，其乐如何。
> 隰桑有阿，其叶有沃。既见君子，云何不乐。
> 隰桑有阿，其叶有幽。既见君子，德音孔胶。
> 心乎爱矣，遐不谓矣。中心藏之，何日忘之？

此诗一章中，“阿”“难”“何”为“歌”部韵；二章中，“沃”“乐”为“宵”部韵；三章中，“幽”“胶”为“幽”部韵；四章中，“爱”“谓”为“脂”部韵，“藏”“忘”为“阳”部韵。[2] 诗三章前半部分从“难”到“沃”再到“幽”的转韵现象，同样伴随着意义层面的深入和推进。“难”用以形容桑树枝叶繁茂。朱子云：“难，盛貌。”[3] 程、蒋注本亦云：“有难，即难难。枝叶茂盛貌。”[4] 从“其叶有难”到“其叶有沃”的过渡，表明桑树的生长情态更进一层。朱子云：“沃，光泽貌。”[5] 程、蒋注本亦云：“沃，柔润貌。”[6]“沃”字意指，桑树不只是叶子多而已，且叶面柔润而有光泽。毕竟叶子数量多，并不必然意味着其长势良好。从“其叶有沃”到“其叶有幽”，意义又更进了一层。“幽”乃是“黝”之假借，意指“叶之肥者呈墨绿色”。[7] 这更显出桑树水分与养料的充足。总体而言，三章的前半部分在写桑树的生长情态（物之情），并呈现出层层推进的态势：先言桑树非但枝叶繁茂，且叶片柔润而有光泽；再

① （宋）罗愿撰，石云孙点校：《尔雅翼》，黄山书社 1991 年版，第 279 页。

② 参见程俊英、蒋见元《诗经注析》，第 728—729 页。

③ （宋）朱熹集撰，赵长征点校：《诗集传》，第 263 页。

④ 程俊英、蒋见元：《诗经注析》，第 728 页。

⑤ （宋）朱熹集撰，赵长征点校：《诗集传》，第 264 页。

⑥ 程俊英、蒋见元：《诗经注析》，第 728 页。

⑦ 程俊英、蒋见元：《诗经注析》，第 728 页。

言桑叶非但有光泽而已，且叶片肥厚饱满、黝黑油亮。伴随着桑树生长情态的有序呈现，诗人的生存情态也得以渐次展开，其诗曰，“既见君子，其乐如何”，“既见君子，云何不乐”，“既见君子，德音孔胶”。此诗所言“既见君子”之乐，并非蓦然凸显，一步到位，而是如桑树的生长情态般，在时间之流中渐次而有序地呈露出来。

诗末章曰：“心乎爱矣，遐不谓矣。中心藏之，何日忘之？”相比起前三章，《隰桑》末句用韵更为细密紧凑。具体来说，前三章只是句末用韵，且每章内部通过句末韵脚实现“同声相应”，语势尚且和缓从容。到了末章，每句诗的前后分句都分别用韵，使诗句内部便已出现“同声相应”的现象。两相比较，在诗的前三章中，每章均有二至三个押韵字，而诗末章则出现“爱”“谓”“藏”“忘”四个押韵字。押韵字出现的频次增加，使诗的节奏更为急切短促。不仅如此，细审“爱矣”“谓矣”“藏之”“忘之”等文辞，助词“矣”和“之”各重沓了两次。一字在不同位置的复现，强化了末章齐整的节奏，使其语势更为强烈，足见诗人急于将敬重与爱戴之意晓告君子：“言我中心诚爱君子，而既见之，则何不遂以告之？”①

再来看《小雅·苕之华》：

> 苕之华，芸其黄矣。心之忧矣，维其伤矣。
> 苕之华，其叶青青。知我如此，不如无生。
> 牂羊坟首，三星在罶。人可以食，鲜可以饱。

此诗一章中，“黄”“伤”为“阳”部韵；二章中，“青”“生”为“耕”部韵；三章中，“首”“罶”“饱”为“幽”部韵。② 伴随着章间转韵之法，“黄”“青”两个押韵字也同样参与了此诗内在意义的

① （宋）朱熹集撰，赵长征点校：《诗集传》，第 264 页。

② 参见程俊英、蒋见元：《诗经注析》，第 741—742 页。

构成与推进。据《毛传》所言“将落则黄”“华落，叶青青然”[①]可知，“将落则黄”与“叶青青然”分别勾勒出凌霄将落未落与繁花落尽时的光景。从“芸其黄矣”到“其叶青青”的转变，喻示花的存在情态（物之情）每况愈下，从绚烂于枝头变为“零落成泥碾作尘”。

进一步来说，诗人的生存情态（人之情）与凌霄的生长情态（物之情），都面对着日益衰颓的困境。其诗曰，“心之忧矣，维其伤矣”，“知我如此，不如无生”。朱子把诗人之忧交代为：“自以身逢周室之衰，如苕附物而生，虽荣不久，故以为比，而自言其心之忧伤也。”[②] 行文至此，诗人虽道出己之忧伤，但并未就此否定了生存的全部意义。然而，到了二章所言“知我如此，不如无生”，诗人之“忧”愈加深重，已使其丧失了对于生活的热情与信心，频频感叹“己之生不如不生也”[③]。对此，王照圆评曰：“尝读《诗》至《苕之华》‘知我如此，不如无生’，二语极为深痛。盖与‘尚寐无吪’‘尚寐无觉’之句，同其悲悼也。”[④]

至此，也许有人会把诗人轻生的念头归咎为他（她）内心过于脆弱，但若读至末章，不难发现，“不如无生”之论并非悲观厌世所致，而是诗人的确迫近百无聊赖、无以为生的绝境。诗末章将此绝境叙述为：“牂羊坟首，三星在罶。人可以食，鲜可以饱。”诗末章描绘出如此之惨况：万物凋敝，苍生失怙。羊因过度饥饿而肢体瘦削，头部显得很大。鱼皆饿死，连池水都显得异常死寂。王照圆把“人可以食”解作“食人也”。[⑤] 这表明，饥馑使百姓拔刀相向，唯

① （汉）毛亨传，（汉）郑玄笺，（唐）孔颖达疏，（唐）陆德明音释，朱杰人、李慧玲整理：《毛诗注疏》，第1354—1355页。

② （宋）朱熹集撰，赵长征点校：《诗集传》，第267页。

③ （汉）毛亨传，（汉）郑玄笺，（唐）孔颖达疏，（唐）陆德明音释，朱杰人、李慧玲整理：《毛诗注疏》，第1355页。

④ （清）王照圆撰：《诗说》，转引自程俊英、蒋见元《诗经注析》，第741页。

⑤ 参见（清）王照圆撰《诗说》，转引自程俊英、蒋见元《诗经注析》，第742页。

有互相残杀，以人肉果腹，才能勉强维生。尽管如此，人们仍难以吃饱，仍因长期饥饿而瘦骨嶙峋。从首章到末章，诗人的生存情态从开篇的忧伤发展为“轻生”的念头，终至末章“人可以食，鲜可以饱”的绝望。程、蒋注本评曰：“首章只说心中忧伤，次章已感到‘不如无生’的悲哀，末章更写出即使欲生，也无以为生的绝望。”[①]可见，诗人之情并非静态而固化，而是呈现为一个个流动的环节，并由前一环节自然推进至下一环节。

二　《诗》以“白情”

综观上述分析，诸诗的一大共性在于，重视“情”的流动性呈现，营造出“不疾不徐却又绵绵不绝的情感流溢”[②]。诗人的生存情态处于流动而非沉郁压抑的淤滞状态。喜、怒、哀、乐、爱、恶、欲，均得以合宜地发舒与畅达。此种发舒与畅达并非猝然而起，迸发怒张，以一蹴而就的方式宣泄殆尽，而是在纵深性的视角中渐次而有序地展开为诸多内在环节。在此和缓渐进的过程中，情得以流动而有序地发舒，这在很大程度上得益于《诗》之言说法度。

此处所论“言说法度”，并非就“术”的层面而言，而是着眼于言之法度的内在意义与观念基础。其一，章间换韵的效用并不限于修饰音声（使《诗》朗朗上口，易于讽诵），而是参与了《诗》内在意义的建构。换韵的行动，内在迸发出将存在情态由前一环节推进至下一环节的动力。其二，就每章内部而言，各押韵字并非处于各自为政的孤立状态，而是在章内形成“同声相应”的协同关系，使有差异的诸多音节在同一性的观照下构成一和谐的共同体。总体上看，章间转韵，营构出层层深入的递进关系，喻示着积微之渐；章内韵脚“同声相应”，喻示着异声之“和”。“渐”与“和”在《诗》中化于无形，均渗透并“形见”于《诗》之言说法度（韵法

① 程俊英、蒋见元：《诗经注析》，第741页。

② 傅修延：《先秦叙事研究：关于中国叙事传统的形成》，第118页。

与节奏)，融贯为《诗》温厚和缓、从容舒泰之辞气。这表明，生存情态“形于言”的过程，本身就在经受“和”之观念的影响与规范。此即为以言说法度之“和”持人情性的过程，故能实现“泄其跳号呼啸”与“宣其幽抑结滞”之效。

进一步来说，此过程迥异于日常生活层面情绪的直接宣泄，而是着眼于以言之法度“白情”。在船山那里，“白情”作为一个别具一格的概念提出。此处所谓“白”，可作为形容词修饰“情”字，如“周衰道弛，人无白情”① 和“上下相匿以不白之情”②。而在本节语境中，“白”则作为一动词使用：“是故文者，白也，圣人之以自白而白天下也。”③ 一般情况下，“白”用作动词时，包含“说”的意思。但很明显，船山所言“白情”，并非指一般意义上的言说与倾诉，而是特指以《诗》之言说法度“白情”。作为动词之“白”，其对立面是“匿”。这暗示出，若生存情态未能有所“白”，难免陷入“匿”的状态。

船山将“匿情”的负面后果阐释为：“匿其哀，哀隐而结；匿其乐，乐幽而耽。耽乐结哀，势不能久，而必于旁流。旁流之哀，懰慄惨澹以终乎怨；怨之不恤，以旁流于乐，迁心移性而不自知。”④ 据此界定，“匿”又有“沾滞”之意。“隐而结”与“幽而耽”，均为对“沾滞”的进一步描述。在理想状况下，“情”是“性”得以呈现的管道。“性”经由“情”而显现，由此，“性”的内在面向得到充分地展开与澄明。此过程本身便意味着“情”之真实无伪。反之，当“情”有伪之时，自然无法真切地显出“性”来。船山洞悉，当情处于沾滞状态时，非但不能展现性，反而会成为性的重负。易言之，情顽固地“封锁”了性，使性被“遮蔽”。由此可以解释，为何“匿”字在“沾滞”之义外，又有矫饰、刻意

① （明）王夫之撰：《诗经稗疏・诗广传》，第 299 页。
② （明）王夫之撰：《诗经稗疏・诗广传》，第 299 页。
③ （明）王夫之撰：《诗经稗疏・诗广传》，第 299 页。
④ （明）王夫之撰：《诗经稗疏・诗广传》，第 299 页。

伪装等语意。船山所言“匿情”（即“沾滞之情”），意即刻意矫饰之伪情。此“情”已丧失其本真状态，无法实现对性的显现，其负面效果在于“迁心移性”。与此同时，情之“沾滞”，又意味着情之“无余”。船山云：“无余者，沾滞之情也。”[①] 情无余裕，其原因往往在于“奚事一束其心力，画于所事之中”[②]。在此情况下，《诗》之言说法度便显出其重要性与必要性来，正所谓“《诗》者，所以荡涤沾滞而安天下于有余者也”[③]。

将《诗》的效验视为“荡涤沾滞”，不独为船山一人所论。阳明有言：“泄其跳号呼啸于咏歌，宣其幽抑结滞于音节。”张岱曰：“诗歌之道，宣郁导滞，是节宣人情第一事。盖人情若水，无所以疏瀹之则怀山襄陵，无所不至。”[④] 以上诸论均强调，《诗》在宣发疏导“沾滞之情”方面着力尤深。李东阳言：“人声和则乐声和。又取其声之和者，以陶写情性，感发志意，动荡血脉，流通精神，有至于手舞足蹈而不自觉者。”[⑤] 此处所论“流通”，也强调《诗》可使“情”免于“沾滞”状态。显然，“泄”“宣”“导”“流通”等动词都处于“匿”的对立面，均表明以《诗》“白情”，可防止情陷入幽抑结滞的状态。这再次印证了以《诗》“白情”的必要性。据此反观《周南·关雎》以言之法度“白情”的过程，诗人以“悠哉悠哉，辗转反侧”写哀，故能“不匿其哀”；以“琴瑟友之”“钟鼓乐之”写乐，故能“不匿其乐”。[⑥] 伴随着转韵的过程，《关雎》之哀乐展开为一系列具备纵深感的内在环节，并于其间呈现出一定的流动性，层层深入，由弱到强，而非执滞于某一环节或某一强度。

---

① （明）王夫之撰：《诗经稗疏·诗广传》，第 301 页。

② （明）王夫之撰：《诗经稗疏·诗广传》，第 301 页。

③ （明）王夫之撰：《诗经稗疏·诗广传》，第 302 页。

④ （明）张岱著，朱宏达点校：《四书遇》，浙江古籍出版社 2017 年版，第 74—75 页。

⑤ （明）李东阳著，李庆立校释：《怀麓堂诗话校释》，第 1 页。

⑥ （明）王夫之撰：《诗经稗疏·诗广传》，第 299 页。

凡此均有助于哀乐之情的宣畅和疏导。

与此同时须注意，以《诗》“白情”之“白”并非只强调“情”之宣发。此宣发过程实则包蕴着内在的规范性与意义的导向性。进一步来说，“白情”导向的是“和其情”。《中说·立命》载姚义之言曰：“夫教之以《诗》，则出辞气，斯远暴慢矣。”① 姚氏将“远暴慢”作为“出辞气”的效验。“暴慢”一名，将“情”的两种极端状态都涵摄于内。“暴”为过度，而“慢”作为“暴”的对立面，意指不及。昔人将“暴”“慢”合为一词，恰恰以情之两端统称一切不合中道之情。在多数情况下，人的生存情态难免处于过或不及的偏颇状态。以《诗》“白情”，可使生存情态“纳之以就矩范，以挫其暴气，磨其棱角，齐其节奏，然后始急而中度，流而不滞，快感油然生矣”②，故能达至“远暴慢”之效。据此可以理解，为何陈第用“平情”指称《诗》之效验：“故是《诗》也，辞可歌，意可绎，可以平情，可以畜德，孔门所以言《诗》独详也。”③“平情”之“平”喻示，此之为富有规范性作用的行动。“平其情”的过程，恰恰在于使“情”归于勿暴勿慢的中正状态。

职是之故，以《诗》“白情”，一方面能实现情之流通畅达，防止其“沾滞幽抑”而无余裕，另一方面，畅达其情的过程，本身即具有规范性的意义取向，旨在使情有序而不迫，合宜而中节。据此，《诗》“持人情性”才得以可能。反观“持”字的内涵，其实已然收摄了上述两方面的意义指向。“持”，用顾随的话来说，就是“提得起，放得下，弄得转，把得牢”④。若单方面强调畅达其情，未顾及“情”应具备的内在规范性，则是“纵情”，即为任马由缰而非六辔在手，这样就放不下、把不牢；相反，若单方面强调内在的规范性，

① 张沛撰：《中说校注》，第233页。

② 闻一多著，蒙木编：《闻一多说唐诗》，第189页。

③ （明）陈第撰：《读诗拙言》，载台北新文丰出版公司编辑部编《丛书集成新编·语文学类》第40册，第247页。

④ 叶嘉莹、刘在昭笔记，高献红、顾之京整理：《顾随讲〈诗经〉》，第2页。

而忽略了畅达其情的维度，又会陷入提不起、弄不转的僵局。可见，上述两个意义面向对于“持”的完整性而言同样重要，不可偏废其一。

至此，可对上述内容作一番小结。放眼现代语境，《诗》的言说法度（如节奏的齐整、音韵的和谐）多被归入音乐美学、艺术鉴赏的范畴，体现的是古人的审美经验，而“性情”则被归入修身成人的领域。与之相比，在昔人的观念中，《诗》之言说法度，其本旨恰恰在于“持人情性”。这意味着，古人早已洞悉，审美经验富有广义上的道德意味。并且，审美经验与道德意味的相关性，往往经由声诗、声闻与声教而缔结，端赖与血气、神气相通的声音之道来维系，并在口耳相传、系诸唇吻的吟咏讽诵中得到实现。诚如上文所论，“声”是古人与《诗》建立关系的重要方式，是诗教得以展开的重要进路，也作为昔人诗化生存得以开显的基本渠道。声转于口，化作可感可味之辞气。鉴于辞气与人之情性、志意存在一定程度的相通性，古人又将辞气视为“吟咏情性”“发其志意”的枢纽，强调须以持人辞气来持人情性、持人志意。

据此而论，“持人情性”与“持人志意”，并非沉默状态下的内省之学，而须落实为出其辞气的声教过程，须切实地从正其辞气开始做起。《孟子·公孙丑上》所言“持其志，无暴其气”，恰恰基于“志”与“气”的内在关联而提出。这表明，对于通过“无暴其气”来“持其志”的修身进路，孟子已了然于心。进一步来说，诵《诗》的过程，其最要者在于通过言说法度之“和”来宣发情志，使之和缓从容、温厚舒泰。凡此种种均与声音之道息息相关，故而《诗》“持人情性”的成德进路，不能脱离声闻之学与吟咏之功而独存。与此相比，近世学《诗》日益丧失声闻之学的维度，大多只看不诵。在此静默状态下学《诗》，只调动了单一的视觉维度。龚鹏程先生将其评点为：“仅求诸文字，以背诵和记忆为主，甚或视为唯一内容……今既不习礼，又不吟唱。无诗情与乐悦浚发于其间，徒事记诵，颇嫌桎梏性灵。”[①] 这难免使人与《诗》的关系浮于浅表，非但不能发舒情志，感人化人，反而极大地戕害了人的活力与才情。

第四节 “持”之效验：性情之中和

上文已述，《诗》以言之法度“白情”的过程，有助于实现“持人情性”之效。那么，《诗》所持之情性，其理想样态是怎样的？

一 和：乐而不淫，哀而不伤

揆诸昔人语境，多将“和”作为诵《诗》的最终效验：

> 朱子曰：“读《诗》之法，只是熟读涵味，自然和气从胸中流出，其妙处不可得而言。”[②]
>
> 胡居仁曰：“《诗》之所以能兴起人心之善者，以人情事理所在，又有音韵以便人之歌咏吟哦。吟咏之久，人之心自然歆动和畅。”[③]
>
> 沈德潜曰：“心平气和，涵泳浸渍，则意味自出。”[④]

引文所言“和气”“歆动和畅”“心平气和”诸论，大抵可视为《诗》“持人情性”所呈现的种种效验。论辞各异，但指向的无非是情性之“和”。那么，情性之“和”该如何作解，其具体表现如何？也许孔子对《周南·关雎》的评价能为思考此问题提供更多的线索。

---

① 转引自于文华演唱，李年制作《国学唱歌集——中国节日之记忆》，中国唱片总公司 2015 年版，序第 3—4 页。

② （宋）黎靖德编，王星贤点校：《朱子语类》，第 2086 页。

③ （明）胡居仁撰：《居业录》卷八，载（清）纪昀等编《景印文渊阁四库全书·子部·儒家类》第 714 册，台北：台湾商务印书馆 1986 年版，第 103—104 页。

④ （清）沈德潜选注：《唐诗别裁集》，上海古籍出版社 2013 年版，凡例第 1 页。

《论语·八佾》载孔子之言曰："《关雎》，乐而不淫，哀而不伤。""淫"与"伤"均为过甚之意。值得思考的是，在《关雎》中，"乐而不淫，哀而不伤"如何体现？既然"哀""乐"之情在《诗》中多有表现，孔子缘何仅将《关雎》评点为"乐而不淫，哀而不伤"，缘何以"不淫""不伤"评点此诗之"乐"与"哀"。在此，不妨将《关雎》之哀乐与他诗之哀乐作一番对比：

> 《召南·草虫》："未见君子，忧心忡忡。亦既见止，亦既觏止，我心则降。"
>
> 《卫风·氓》："不见复关，泣涕涟涟。既见复关，载笑载言。"

对于《草虫》，船山的评价是"忧乐也疾矣"①。此番评点对于《卫风·氓》而言也同样成立。综观上述两诗，其生存情态往往在上下句之间发生了一番突变。似乎上一秒还沉浸在忧伤之中，下一秒便喜笑颜开，其间没有任何的铺垫与过渡，更强化了此番突变的戏剧性。船山用"疾"来评点《草虫》的情态，旨在指出此情的不稳定性——"合离贸于一旦，而忧乐即迁"②。生存情态不够沉着深厚，其表现自然浮荡，哀则忧心忡忡，泣涕涟涟，乐则手舞足蹈，载笑载言，诚如宋翔凤所说："人情易流。"③"易流"一词，用于评价《草虫》和《氓》也殊为贴切。从广义上言，"易流"之情也可归入"浮情"之列。这恰恰是《诗》"持人情性"的过程需要对治的。

相比之下，《关雎》之哀乐的呈现，则有序而不迫，深沉而厚重。求而未得，诗中之人寤寐思服，辗转反侧；求而已得，则"琴瑟友之""钟鼓乐之"。哀之极处，不过"寤寐思服""辗转反侧"。

---

① （明）王夫之撰：《诗经稗疏·诗广传》，第309页。

② （明）王夫之撰：《诗经稗疏·诗广传》，第309页。

③ （清）宋翔凤著，杨希校注：《论语说义》，华夏出版社2018年版，第16页。

乐之极处，则止于“琴瑟友之”“钟鼓乐之”，正如顾随指出的：“‘琴瑟友之’‘钟鼓乐之’，即最大乐。”① 需要注意的是，诗人乃是以“琴瑟”与“钟鼓”来乐之。在先秦社会，琴瑟与钟鼓都属于演奏雅乐的乐器。《玉篇·隹部》云：“雅，正也。”② 又见《尔雅序》题下疏云：“雅，正也。”③ 雅乐即正乐。琴、瑟、钟、鼓四者之中，“琴之言禁也，君子守以自禁也。……八音广博，琴德最优”④，可以“御邪僻，防心淫，以修身理性，反其天真也”⑤。诗人以琴瑟与钟鼓乐之，可见《关雎》之“乐”具有规范性的意义指向。对此，钱穆指出：“凡人富于情感者，每每一往直前，有逾越规范之虑；而其谨守规辙者，则又摹拟依仿，转失真情。”⑥ 可见，在常人那里，情感与规范之调和往往难以实现。而《关雎》之哀乐，一方面不失其真情，另一方面又内在地具有规范性的意义导向，实现了“情”“理”之调和互融。这也成为《关雎》之哀乐超越常人哀乐之处。

反观诸家评“乐而不淫，哀而不伤”一语，其着眼点多在点明其“和”：

> 《论语注疏》引孔安国语云：“乐不至淫，哀不至伤，言其和也。”⑦

---

① 叶嘉莹、刘在昭笔记，高献红、顾之京整理：《顾随讲〈诗经〉》，第 80 页。

② （南朝梁）顾野王：《大广益会玉篇》，第 115 页。

③ （晋）郭璞注，（宋）邢昺疏，王世伟整理：《尔雅注疏》，第 3 页。

④ （汉）桓谭撰，朱谦之校辑：《新辑本桓谭新论》，中华书局 2009 年版，第 64 页。

⑤ （汉）蔡邕：《琴操》，载陈文新译注《雅趣四书》，崇文书局 2010 年版，第 16 页。

⑥ 钱穆：《四书释义》，第 46 页。

⑦ （魏）何晏注，（宋）邢昺疏：《论语注疏》，载《十三经注疏》整理委员会整理《十三经注疏》，第 45 页。

> 朱子曰："愚谓此言为此诗者，得其性情之正，声气之和也。"①
>
> 熊十力曰："《关雎》古今人谁不读，孰有体会到乐不淫，哀不伤者。情不失其中和，仁体全显也。"②

据引文所示，以"和"来评点"乐而不淫，哀而不伤"，表明说《诗》者已深入在世生存之根基处来探讨此句文本的内涵与意义。古人看到，乐与哀，均有其存在论层面的根据。《性自命出》云："喜怒哀悲之气，性也。"③《大戴礼记·文王官人》亦云："民有五性，喜、怒、欲、惧、忧也。"④ 参诸上述文本，喜、怒、哀、乐、悲、惧、忧，均在"性"的层面被谈论。而性之喜怒哀乐，均从超越之天那里领受。《春秋繁露·王道通三》将此点申明为："天有寒有暑。夫喜怒哀乐之发，与清暖寒暑，其实一贯也。"⑤ 人之性，为天之所命。鉴于天人之间有意义层面的同构关系，"乐而不淫，哀而不伤"所探讨的并非主体内部如何使情不失其度的问题，而须置于天人关系的视域之中，将其视为"中和"问题在性情关系上的体现。

《中庸》首章将"和"与"中"并提："喜怒哀乐之未发，谓之中；发而皆中节，谓之和。"此论乃将"中"与"和"视为具有存在论意义的概念。"和"作为"中"的效验与显现，而"中"则作为"和"的根据。倘若未能得其"中"，便不可能有"发而皆中节"之"和"。由此可以明了，《诗》"持人情性"，从根本上而言，关涉的并不是日常生活层面个人感情抒发合宜的问题，而是中和问题落

---

① （宋）朱熹集撰，赵长征点校：《诗集传》，第3页。

② 熊十力：《读经示要》，第388页。

③ 荆门市博物馆编：《郭店楚墓竹简·性自命出》，文物出版社2003年版，第68页。

④ （清）王聘珍撰，王文锦点校：《大戴礼记解诂》，第191页。

⑤ （清）苏舆撰：《春秋繁露义证》，第330页。

实于“性—情”关联层面的体现。

如前所述，“性”的本字是“生”。以“生”论“性”习见于先秦语境，如《左传·成公十三年》载刘子之言曰：“吾闻之：民受天地之中以生，所谓命也。”① 此处所论“生”，并非生物学意义上因细胞分化而创生一个生命体，而是指规范性的赋予与意义的澄明。“天地之中”是“性”得以“生”的根据。有鉴于此，古人多以“中”言“性”之本然，以性“不失中”作为成德工夫之旨归。《尚书·召诰》载召公曰：“节性惟日其迈。”《孔传》所论“和比殷、周之臣，时节其性，令不失中，则道化惟日其行”②，便以“不失中”来论“性”。据此反观“乐而不淫，哀而不伤”一语，并不是平面地来谈“情”之和，而是在纵深性的维度中由“情”而及“性”、由“情”以达“性”，通过“和其情”来使性“不失中”。进一步来说，使乐不至于淫、哀不至于伤的规范化行动，并不是人（作为道德主体）在其自身内部涵养情性而已，而是处于天人关系的视域中，以取法于天为其根本导向，其目的在于持守天所命予人之“中”。

“中”必然意味着“正”。这可以解释，为何《论语·述而》将《诗》称作“雅言”：“子所雅言，《诗》《书》、执礼，皆雅言也。”孔安国将“雅言”训为“正言”。③ 朱子在言《诗》之“和”的同时，也多言其“正”：“惟《周南》《召南》，亲被文王之化以成德，而人皆有以得其性情之正。故其发于言者，乐而不过于淫，哀而不及于伤。”④ 又曰：“孔子曰：‘《关雎》乐而不淫，哀而不伤。’愚谓此言为此诗者，得其性情之正，声气之和也……至于寤寐反侧，琴瑟钟鼓，极其哀乐而皆不过其则焉，则诗人性情之正，又可以见

---

① （周）左丘明传，（晋）杜预注，（唐）孔颖达正义：《春秋左传正义》，载《十三经注疏》整理委员会整理《十三经注疏》，第866页。

② （汉）孔安国传，（唐）孔颖达正义，黄怀信整理：《尚书正义》，第585页。

③ （魏）何晏注，（宋）邢昺疏：《论语注疏》，载《十三经注疏》整理委员会整理《十三经注疏》，第101页。

④ （宋）朱熹集撰，赵长征点校：《诗集传序》，载《诗集传》，第2页。

其全体也。独其声气之和，有不可得而闻者。”① 此处所言“正”应为“大中至正”之“正”，而不仅作为与“邪”相对之“正”。据此，《诗》以言之法度“持人情性”，又可表述为，《诗》以中正之雅言将人之情性导于中和、中正的理想状态。

二 性情之中和的具体面向

进一步来说，性情之中和并非在抽象的层面被谈论，而应彰显于在世生存的每一环节。承本书第五章所言，孔子并不是把《诗》视为某一客体和对象。伴随着读《诗》、诵《诗》的过程，孔子让《诗》化入己身，熔铸为无可比拟的诗化生存。随之而来的一大效验是，言说之“和”形见于孔子的言语辞令，情性之中和也落实为孔子的生命气象。上述维度均成为孔子诗化生存的重要面向。此之为孔子诗教作为儒家诗教传统不可逾越之典范的重要原因。据此而论，相比起对《诗》所作的理论阐释，孔子和风庆云般的中和气象，才是诗教化入其在世生存最美好、最真切的体现。

由此或能明白，何以《论语》不仅收录了展现孔子思想的相关论述，还保留了诸多呈露孔子生存情态的文本。后者为理解《诗》之化已提供了重要的线索。《论语·述而》云：“子之燕居，申申如也，夭夭如也。”其中，“申申”指庄敬貌，“夭夭”指宽舒貌。就常人而言，若庄敬，则失于拘谨；若宽舒，则失于散漫。唯有孔子实现了“申申”与“夭夭”的调和互济。庄敬而不拘谨，宽舒而不散漫，而是“从容中道”，无过无不及。在解释“申申”和“夭夭”时，学者也多着眼于圣人气象之中和。程子云：“严厉时著此四字不得，怠惰放肆时亦著此四字不得，惟圣人便自有中和之气。”② 钱穆有言：“‘申申’指整饬之貌，言其敬。‘夭夭’指的是和舒之貌，

① （宋）朱熹集撰，赵长征点校：《诗集传》，第3—4页。

② （宋）朱熹撰：《四书章句集注》，第94页。

言其和。”[①] “申申”“夭夭”所喻示的中和之性情，在《论语》中也有其他文本予以申明。《论语·学而》载子贡之言曰：“夫子温、良、恭、俭、让以得之。”朱子将此五者称为夫子之“德容”。[②] 此德容的呈现，其原因在于“孔子于德性之修养，既臻于圆满，故其平常之蕴于中而发于外”[③]。故而子贡评述夫子的德容气象，首先提及的便是“温”。朱注云：“温，和厚也。”[④] 用“温”评价孔子，亦见于《论语·述而》所云“子温而厉”。值得注意的是，《尚书·舜典》论及理想人格性情之完满时，首先谈到的也是“温”，其言曰：“直而温。”以“温”形容人之性情，也习见于《诗》之语境，如《小雅·小宛》所云“温温恭人，如集于木”，《大雅·抑》所云“温温恭人，维德之基”。而《礼记·经解》遂以“温柔敦厚”作为诗教的效验：“温柔敦厚，《诗》教也。”

或许是受《经解》影响，历代学者多用“温柔敦厚”归纳诗教之旨归。虞集云：“圣贤之于《诗》，将以变化其气质，涵养其德性，优游厌饫，咏叹淫泆，使有得焉。则所谓温柔敦厚之教，习与性成，庶几学《诗》之道也。”[⑤] 方玉润云：“（‘温柔敦厚’）四字亦括尽《诗》旨、《诗》教。自古至今，诗体千变万化，其能外此四字否耶?”[⑥] 廖平亦云：“至于涵泳讽诵，使人不急迫有温柔敦厚之德，则乐之余意也。”[⑦] 但在对“温柔敦厚”一语的理解方面，以往研究者多将其释为《诗》的言说方式尽委婉迂曲之能事。

综上所言，门人弟子在与夫子朝夕相处，对其在世生存的本真

---

① 钱穆：《四书释义》，第 42 页。

② 参见（宋）朱熹撰《四书章句集注》，第 51 页。

③ 钱穆：《四书释义》，第 42 页。

④ （宋）朱熹撰：《四书章句集注》，第 51 页。

⑤ （元）虞集撰，龙德寿校点：《郑氏毛诗序》，《道园学古录》卷三十一，载北京大学《儒藏》编纂与研究中心编《儒藏·精华编·集部》第 247 册，北京大学出版社 2022 年版，第 668 页。

⑥ （清）方玉润撰，李先耕点校：《诗经原始》，第 42 页。

⑦ （清）廖平著，蒙默、蒙怀敬编：《廖平卷》，第 308 页。

情态目击亲炙之后，才将其德容气象评点为“温”。以此为参照，若仅把“温柔敦厚”理解为言说的具体方式（出言委婉，不凛然犯人），难免失于狭隘。由此或可推想，“温柔敦厚”乃是就人整体性的德容气象而言，而非仅限于其言说方式。而“温柔敦厚”的德容气象之所以可能，其前提在于德性臻于圆满、性情趋于中和。

子贡看到，性情之中和并非高度抽象的、符号化了的状态，而是有着丰盈而饱满的内涵。往昔语境虽多用“温”来形容中和之性情，但单凭一个“温”字，自然无法涵盖性情之中和的所有面向。因此，子贡进一步从“良”“恭”“俭”“让”等方面阐明“中和”的具体内涵。朱子将其释为：“良，易直也。恭，庄敬也。俭，节制也。让，谦逊也。”① 从总体上看，“温”“良”“恭”“俭”“让”，五者从不同角度呈现出孔子中和之性情的具体面向，使其变得立体而生动、充实而圆满。

初看上去，子贡用上述五词形容夫子的德容气象，似乎已臻于完满，实则不然。“温”“良”“恭”等语辞的确是对个人气象的正面评价，但若单向度地强调此五者，其论说仍未周备。毕竟在一般情况下，温则难厉，恭则难安。若单方面强调“温”与“恭”，甚至将其推向极致，难免陷入发而难以中节的局面。从广义上言，发而难以中节，其实是一切生存情态所共同面临的困境，如《孔疏》所言“正直者失于太严”，“宽弘者失于缓慢”，“刚强之失，入于苛虐”，“简易之失，入于傲慢”。② 有鉴于此，在子贡所云“夫子温、良、恭、俭、让以得之”而外，还须《论语·述而》所云“子温而厉，威而不猛，恭而安”对此进行补充性说明。此举并非赘余，而是非此不足以体现孔子之性情已臻于圆融、完满、合宜之极致。两相比较，《论语·学而》中子贡所言侧重于阐释孔子性情的具体面

① （宋）朱熹撰：《四书章句集注》，第51页。

② （汉）孔安国传，（唐）孔颖达正义，黄怀信整理：《尚书正义》，第107页。

向，“温”“良”“恭”“俭”“让”五者覆盖面甚广，可谓广大周备，而《论语·述而》所载“子温而厉”一语，则侧重于强调孔子性情“从容中道”，无过亦无不及。

进一步来说，“子温而厉”一句的结构，与《尚书·舜典》“直而温，宽而栗，刚而无虐，简而无傲”颇为相类。《孔疏》云：“直、宽、刚、简，即皋陶所谋之九德也。”① 这确为一正面评价，但古人同样看到，在未受教化之时，“直、宽、刚、简”之德未免仍有偏失。正直则难温和，宽宏则难庄敬，刚则易虐，简则易傲，故而正直者须教之以温和，宽宏者须教之以庄栗，刚强者须谨防苛虐，简易者须谨防傲慢，如此方能使直、宽、刚、简合于中道，臻于完满。显然，此句文本不应视为对某一经验个体的存在情态所作的描述性陈述，而是对人格之理想型所作的规定性判断。

综上所述，吾人可将本节结论阐明为，就人与自我的关系而言，诗教以成就一人文意义上之“完全人”为其本旨。这首先表现为性情之中和圆满，故而诗教须在性情方面下功夫。《诗》以化己，以实现性情之中和圆满为其愿景。这并非主体内部的自我提升，而是具有拟范于天的意义取向，目的在于不失天所命予人之“中”。

第五节 中和之乐：《诗经》中的君子形象

承上所述，性情之中和完满，作为《诗》以化己的愿景，也在《诗》的篇章内容中频频得以体现。只不过《诗》并非以理论讲陈的方式对其加以说明，而是将其寓于《诗》中的“君子”形象。

《诗》尽人情物态之微，除了多以草、木、虫、鱼、鸟、兽起

① （汉）孔安国传，（唐）孔颖达正义，黄怀信整理：《尚书正义》，第107页。

兴，还广泛呈露出征夫、思妇、游子、将士、国君、君夫人、天子等身份角色的生存情态。在这纷繁多样的众生相中，有一类形象在《诗》中最为常见，那便是君子。《诗》论及君子的篇目不胜枚举，其涵盖范围遍及《风》《雅》《颂》。揆诸《诗》对君子的叙述，不难发现可供探究的重要线索。其中，有四首诗均以“乐”言君子，分别是《周南·樛木》《小雅·南山有台》《桑扈》《采菽》：

> 《周南·樛木》：“南有樛木，葛藟累之。乐只君子，福履绥之。”
>
> 《小雅·南山有台》：“南山有台，北山有莱。乐只君子，邦家之基。乐只君子，万寿无期。”
>
> 《小雅·桑扈》：“交交桑扈，有莺其羽。君子乐胥，受天之祜。”
>
> 《小雅·采菽》：“乐只君子，天子命之。乐只君子，福禄申之。”

值得思考的是，可用于形容君子的词汇非常丰富，而上述四诗唯独以“乐”言君子，其措意何在？进一步来说，“乐只君子”之“乐”又是就何种意义而言的？且带着上述问题综观四诗的上下文语境。

《周南·樛木》篇幅较为短小，共由三章构成。后两章的形式与一章“南有樛木，葛藟累之。乐只君子，福履绥之”相仿，只有数个字发生变更。“南有樛木，葛藟累之”作为兴辞，并未提供关于君子之乐相关原因的说明。除此之外，《樛木》一诗也未有多余文本论及引发君子之乐的具体事件。《南山有台》的叙述与此相类。在“南山有台，北山有莱”这一兴辞之后，紧接着的便是“乐只君子，邦家之基。乐只君子，万寿无期”。同样，“南山有台，北山有莱”也并不构成引发君子之乐的具体原因。再看《小雅·采菽》。该诗前半部分描绘了天子迎接诸侯来朝的盛大场面：

采菽采菽，筐之筥之。君子来朝，何锡予之？
虽无予之，路车乘马。又何予之？玄衮及黼。
觱沸槛泉，言采其芹。君子来朝，言观其旂。
其旂淠淠，鸾声嘒嘒。载骖载驷，君子所届。
赤芾在股，邪幅在下。彼交匪纾，天子所予。

在“彼交匪纾，天子所予”之后，紧接着的便是陈述君子之乐的诗句：

乐只君子，天子命之。
乐只君子，福禄申之。
维柞之枝，其叶蓬蓬。
乐只君子，殿天子之邦。
乐只君子，万福攸同。

行文至此，读者或许认为，对君子之乐的一种可能的解释在于，诸侯来朝之时，人君致礼，并赐予贵重的礼物，故而诸侯心生欢喜。不过综观《采菽》一诗的语境，并未强调人君致礼或赏赐礼物与“乐只君子”之间的因果关系。从总体上看，上述四诗的行文语境，并未对君子之乐的原因进行明确陈述。这与其他言“乐”之诗作至为不同。其他诗篇多突出“乐”的情境性，即在某一场合或事件中所生发之乐。兹举《小雅·鹿鸣》《常棣》《鱼藻》三诗为例：

呦呦鹿鸣，食野之芩。我有嘉宾，鼓瑟鼓琴。

鼓瑟鼓琴，和乐且湛。我有旨酒，以燕乐嘉宾之心。（《小雅·鹿鸣》）

傧尔笾豆，饮酒之饫。兄弟既具，和乐且孺。（《小雅·常棣》）

鱼在在藻，有颁其首。王在在镐，岂乐饮酒。（《小雅·

鱼藻》)

《鹿鸣》所言为天子燕群臣嘉宾，《鱼藻》所言为周王在镐京与群臣饮酒作乐，而《常棣》一诗的引文则与兄弟相聚共饮相关。三首诗均提及“乐”，且三诗所言之“乐”，专指典礼场合人伦之和乐。再看《郑风·溱洧》与《唐风·扬之水》二诗：

> 溱与洧，浏其清矣。士与女，殷其盈兮。
> 女曰观乎？士曰既且。且往观乎？洧之外，洵訏且乐。
> 维士与女，伊其将谑，赠之以勺药。(《郑风·溱洧》)
> 扬之水，白石凿凿。素衣朱襮，从子于沃。
> 既见君子，云何不乐？(《唐风·扬之水》)

《溱洧》所言为男女相约游玩之事。“洧之外，洵訏且乐”一句，相当于诗人对“乐”之缘由所作的说明，即此乐源于男女相约共游这一具体行为。同样，《扬之水》一诗也解释了诗人之乐的原因，即“既见君子，云何不乐”。与君子相逢于乱世，使诗人心生欢喜。可见，上述两诗之乐都基于某一具体人事而发。

由是可知，不管是前一组诗（《小雅·鹿鸣》《常棣》《鱼藻》)，还是后一组诗（《郑风·溱洧》与《唐风·扬之水》)，均把诗人之乐的背景与缘由交代得颇为清楚，与《樛木》《南山有台》《桑扈》《采菽》对“乐”的描述形成了鲜明对比。据此反观《樛木》四诗，既未论及君子之乐的情境性因素，如君子置身的环境或近期所遇人事，也未点明君子之乐的时段性。比如，君子之乐究竟是发生在过去的某个时段，还是一种现时之乐，抑或在未来某个时刻会乐？凡此均未提及。相比之下，“乐”的情境性因素在《诗》的其他篇章中或多或少都得以强调。

将上述几组诗交互参照，便会发现很有意思的一点。诸诗关于“乐”的不同阐释进路，其实暗示出“乐”的不同层次与维度。《樛木》《南山有台》《桑扈》《采菽》四诗，之所以对“乐”的情境性与时间性避而不谈，并不是作者的疏失，毋宁说是有意为之的结果。申言之，四诗并不是在经验层面谈论君子之乐。实际上，“乐只君子”之“乐”是对君子生存情态的根本性说明。在通常情况下，经验层面之乐，往往取决于是否发生了令人高兴的事。某件喜事的发生，常使人沉浸在身心的愉悦感当中，正如《小雅·鹿鸣》《唐风·扬之水》等诗所描绘之乐。这是一种依附于具体人事情境的愉悦感。对此，《诗》当然不会否认。但《诗》也提醒吾人注意，肇端并依附于具体情境之乐，并不构成君子之乐的所有面向。《樛木》《南山有台》《桑扈》《采菽》四诗，并未论及君子之乐的情境性与时间性。诗人借此独特营构，喻示还存在一超越情境之乐：君子和乐的生命情实与存在情态，不依赖于情境之顺逆与个人之得失。究其实质，此乐并非日常经验层面之乐，而是“情实”层面之乐。此“乐”乃生命之情实，反映了仁者的和乐气象，诚如唐甄所言：“顺乎自然，无强制之劳，有安获之益，吾之所谓悦者，盖如是也。”①

据此反观孔颜之乐，其可贵之处恰恰在于，此乐乃是深植于生命之情实，而非系于日常境遇之顺逆。与《樛木》《南山有台》《桑扈》《采菽》四诗所言“乐只君子”之乐相同，孔颜之乐乃是作为生命情实之乐。这构成孔、颜二人在世生存的基调，不论是相安无事，还是厄于陈蔡、朝不保夕之时。据《论语·述而》所载，孔子曾以“乐”自称：“饭疏食饮水，曲肱而枕之，乐亦在其中矣。不义而富且贵，于我如浮云。”实际上，此句可与“一箪食，一瓢饮，在陋巷。人不堪其忧，回也不改其乐”对参互诠。孔子欣赏颜回在陋巷之乐，并发出由衷的赞叹，乃是因为颜子之乐与孔子自身的生存情态深深契合，孔子本人也呈现出如此之乐。此外，孔子还以“乐以忘忧”评价自己。据《论语·述而》所示，叶公问孔子于子路，子路不对。子曰：“女奚不曰，其为人也，发愤忘食，乐以忘忧，不知老之

---

① （清）唐甄著，吴泽民编校：《潜书》，中华书局1963年版，第32页。

将至云尔。”从根本上而言，孔颜之“乐”不应与下述英文单词直接等同，如“happy”“cheerful”“delightful”“joyful”。毕竟孔颜之“乐”有别于经验层面作为感觉（“feeling”）而存在的某种愉悦感。此“乐”也不仅仅关涉情感层面（“emotion”）。究其本旨，孔颜之乐，深植于二人生命之情实，乃是作为“情实”之乐而存在，即君子由内而外呈现出的和乐气象。此为其在世过程最根本的生存情态。

孔子自称“乐以忘忧”。在此语境下，“乐”与“忧”的涵义并不处于同一层面。“忧”指的是一种心理状态，即为某一人事而忧，但“乐”却并非就经验层面而言，并不是因某件人事的发生随之而来的愉悦感。如果“乐以忘忧”之“乐”仍停留于经验层面，伴随着某一喜事的发生产生的，那么这种乐便是有条件的，因而是不稳固的，一言以蔽之，是他在他为的。这意味着，“乐以忘忧”很可能继之以“忧以忘乐”。据此而论，“乐以忘忧”之“乐”同样是作为“情实”之乐存在的，而非仅仅作为“情绪”或“情感”之乐。此乐是君子生存情态的本真展现。因此，“乐以忘忧”并不是指，突然发生了某件令人愉快的事，孔子能以一种快乐的心理状态、一种高兴的情绪来代替忧愁的情绪，而是意指在世过程的任何忧愁都无法撼动君子和乐的生存情态。在此由内而外呈现出来的和乐气象中，忧自然而然隐遁了。因为与“忧”相较，“乐”处于更深的层面，乃是根植于君子生命之情实。

行文至此，吾人可作出一番小结。《诗》以化己，其效验在于成就中和之性情。而中和之性情，在生存情态层面的一大表征便是君子之乐。这可以解释，为何孔子频频以“乐”自称，并且此乐不为任何在世困境所移易，而孔子同时也作为性情臻于中和圆满的典范而存在。鉴于君子性情之中和与君子之乐的内在关联，吾人不妨作出一番推想：《诗》以化己，既然以达至中和之性情为旨归，那么，诗教对人生存情态的一大影响便是将其导向生命情实之和乐。因此，说《诗》者多以“悦乐而入道”来评点诗教之功效。严寿澂指出：

“以悦入道的最佳之方，非诗教莫属。”① 此论进一步被申明为：“诗教之用，正在以‘婉而导之’的‘巽与之言’使人悦乐而入道……其中关捩，端在一‘悦’字，如张宗子所说，‘无从悦，引不出改绎来’。李光地亦曰：‘读书全要有喜意。《易传》先云“说诸心”，然后云“研诸虑”，不喜欢则思路无从入。’宋儒所谓寻孔、颜乐处，正是从悦乐而入道之象。”②

① 严寿澂撰：《诗道与文心》，第 12 页。

② 严寿澂撰：《诗道与文心》，第 11 页。

第七章

《诗》以理群：论诗化生存的公共性面向

上章探讨的是，《诗》以言说法度“持人情性”，使人更深入地理解与面对自身特殊而具体的存在情态。这成为人处理自我关系、实现自知的必要进路。在此，亟须辨明的是，诗教虽以“为己”之学为其基本意义向度，使“为己”（而非“务饰于外”）构成昔人诗化生存不可或缺的面向，但这并不意味着，诗教传统与诗化生存只涉及人与自我的关系而已。从广义上看，《诗》往往是将人与自我的关系置于人作为类存在的公共生活之中，并且承认公共生活是人在世生存的重要维度。个人的生命并非一个孤立的已完成事件，而是向公共生活敞开，并与他者存在千丝万缕联系的待完成事件。社会性是人之为人的基本规定，由此，社会性的维度也应成为人完善自身、成就人文意义上的完满人格的必要前提。在《诗》的观念世界中，社会关系以五伦为基点延伸开来。而言说则是处理这些关系的基本途径。因此，《诗》并不是把言说视为个人性的行为与活动，而是将其置于公共生活与群体关系的层面来看待，即“诗不是孤立的个人的行为”①。据此而论，仅从人与自我的关系层面来理解诗教的

---

① 金克木著，周锡山编：《文化卮言》，第114页。

意义与诗化生存的面向还远远不够，我们还应从群己关系的角度对《诗》之言说进行思考。而探究《诗》对群体言说的影响以及此影响如何作用于共同体的伦常秩序，由此又开显出共同体怎样的诗化生存，这正是本章的关注点所在。

第一节 《诗》、言说习惯与公共生活

金克木先生曾言："诗在相当长的时期内主要不是个人对个人的通讯，而是一种群体的通讯活动。不论一首诗的作者是否原本是一个人，诗中说的是否只是一个人自己要说的话，这诗在进入通讯过程以后，就会变成群体的一种通讯。诗的意义会超出甚至脱离原来作者想传达的信息，而另外被传播者、解说者给予了意义。因此分析诗要把一个群体考虑在内，不能只管诗的作者和诗本身。对于了解诗，往往诗的解说者（包括接收者和传播者）比创作者更重要。诗越古，越是这样。古时的人对于诗的个人作品不像后来的人那么重视。他们所重视的是诗的通讯作用或说社会功能，这也就是群体生活的实际。"[①] 金氏用"通讯"概念来界定《诗》的功能，此点仍值得商榷。不过在上述引文中，金氏申明了《诗》的公共性维度及其对公共生活的重要意义，认为"分析《诗》要把一个群体考虑在内"，这对本章而言颇具借鉴意义。

基于对《诗》之公共性维度的发掘，有学者多将《诗》归入"表现的诗"的范畴，其特质在于"对听众传达讯息"，并与"反省的诗"相区分，而后者则以"内在化和象征化为其主要内容，并未顾及其公共功能"。[②] 进一步来看，若说"中国诗自公众性表演到书

---

① 金克木著，周锡山编：《文化卮言》，第 114 页。

② Yu-Kung Kao, "The Nineteen Old Poems and Aesthetics of Self-Reflection", *The Power of Culture: Studies in Chinese Cultural History*, Edited by Willard J. Peterson, Andrew H. Plaks, and Ying-Shih Yü, Hong Kong: The Chinese University Press, 1994, p. 82.

写个人反省之转变，可以说真正完成于阮籍”，而《古诗十九首》“兼具言语表达和书写体验性质、兼为耳朵聆听和眼睛阅读”，那么《诗》则多被视为“公共场合的表现和群体活动的传统”的代表。细审上述对“反省的诗”与“表现的诗”的区分，往往潜伏着将“内在化和象征化”与“公共功能”独立开来的二分态势。实际上，此种面向自我的内在化维度与面对他人的公共性维度，在《诗》中恰恰融贯为一。

诚然，向他人诉说的口吻、作为“群体通讯”的意义面向，在《诗》中屡见不鲜，尤其显见于《风》《雅》二部。本书首章已述，《诗》诸多篇章均呈露出“尔—我”对话的格局，并借此自陈己情。诗人的对话者可以是明确道出的“子”“予”“尔”或“君子”。当然，《诗》也存在尚未明确道出、甚或多用“人”来泛指对话者的情况。无论此对话者显明于字里行间，还是潜伏于幕后，此种尔—我对话的格局始终都在。然须注意，此种对他人诉说的口吻并非全然向外，而是同时暗含着反诸己身、与己对话的维度。此即是说，公共性的向度、尔—我对话的格局作为一个契机，使诗人得以更深入地剖析与检视自身。据此而论，一种“时时面对自我的倾向”在《诗》中也同样存在，诸如“知我者，谓我心忧，不知我者，谓我何求”，“静言思之，躬自悼也”等颇具自语特质的诗句，其实无碍于《诗》之言说的公共性的实现。毋宁说，在《诗》的观念世界中，内与外、尔与我缔结为一个交融结合的整体，向外推扩与向内探索是二而一的过程。这意味着，我们不应用主—客分离的视角来看待《诗》作为“表现的诗”的意义向度。诗人并非只是讯息的发出者与传达者，更确切地说，诗人自身便经验与遭遇着这一讯息。诗人面向他人的言说，同时也使诗人自身“受用”。据此而论，诗人自身既是言说的传达者，同时也作为自身言说的接收者。在向他人言说的同时，诗人也在对自己言说。向外与向内的两个维度同时进行，且二者交互影响、彼此辅翼。

若说“为己”之学的意义向度，使《诗》不失为一种“立己”

“达己”之言，那么内—外、尔—我二而一的一贯格局，则意味着《诗》在“立己”“达己”的同时又能由内及外，实现为“立人”“达人”之言，由此达至《论语·雍也》所云“己欲立而立人，己欲达而达人”的效验。就《诗》来说，“立己”“达己”与“立人”“达人”并非判然两分。二者实则同时发显，在很大程度上具有一体性与共在感。这喻示，在《诗》的观念世界中，人与自我、与他人形成了互为规定的协同关系，故而从“《诗》以化己”过渡到“《诗》以理群”乃水到渠成。二者具有一以贯之的内在脉络，即《诗》化己而后化人，立己而后立人。《诗》“用于己，用于群，虽内外有别，但合一相通”①，不论是私下里着眼于持己之情性的吟咏讽诵，还是在公共场合面向他人的赋引之风，都离不开系诸唇吻的声音之道。温柔安舒之辞气，对“持人情性”有所帮助，对于处理自我与他人的关系而言亦有裨益。可见，《诗》能实现化己而后化人、立己而后立人之效，与《诗》之辞气均有密切关联。

一 “断章取义”的两种类型：赋《诗》言志和引《诗》证言

论及《诗》在先秦时期的公共生活中扮演的重要角色，自然无法绕开春秋时期赋《诗》言志的现象。据学者统计，《左传》与卿大夫赋《诗》相关的记载多达三十一处。②《汉书·艺文志》云：“古者诸侯卿大夫交接邻国，以微言相感，当揖让之时，必称《诗》以谕其志，盖以别贤不肖而观盛衰焉。”③ 如果赋《诗》言志的现象，可作为此论在事实层面的例证，那么《论语·季氏》所载“不学《诗》，无以言”和《论语·子路》所载“诵《诗》三百，授之以政，不达；使于四方，不能专对；虽多，亦奚以为”，则多被视为对此历史事实的理论说明。依此理路，近世多将这两则文本与赋引

---

① 陈向春：《吟诵与诗教》，第55页。

② 参见夏承焘《采诗和赋诗》，载江矶编《诗经学论丛》，第62页，转引自林叶连《中国历代诗经学》，第23页。

③ （汉）班固撰，（唐）颜师古注：《汉书》，第1755—1756页。

风气相关联。林叶连指出："在此人人赋诗言志之社会中，必须人人熟习诗篇，以免贻笑大方，或招致灾祸；孔子曰：'不学《诗》，无以言'，其此之谓乎！"[①] 周勋初亦云："孔子授徒之目的本在于谋求从政。因此，他在讲授《诗》时也照'赋诗言志'的路子进行训练，不注重钻研诗的本意，而着重诗义的引申。"[②] 据此，"不学《诗》，无以言"之"言"，多被限定为政事外交场合的应对接洽之言，其目的在于"授之以政，以达，使于四方，可以专对"。也就是说，从广义上看，妥善合宜地处理政治外交关系，被视为学《诗》之本旨。陈成国将此申明为："《诗》学好了，可以从政；可以当好外交官。"[③]

诚然，政治外交、朝聘会盟确实是春秋时期公共生活的重要面向，但这无法涵盖一个相当成熟的共同体所展开的生活世界的所有维度。同样，外交场合的赋《诗》言志也无法代表公共生活的一切言说活动。据此，若仅把《诗》对群体的影响局限于外交场合的交际应对，难免使其真实意义失于狭隘。此外，将《诗》视为应对外交活动的手段，可能导致的负面影响还在于，使诗教在吾国思想文化传统中的意义蒙上了实用主义的色彩。[④] 这也反作用于近人对赋《诗》言志的解读与评价。赋《诗》行动是否合乎《诗》之原意，成为近世学界关注的中心问题。"符合论"的真理观遂成为评价赋引风

---

① 林叶连：《中国历代诗经学》，第 24 页。

② 周勋初：《"兴、观、群、怨"古解》，《上海师范大学学报》（哲学社会科学版）2008 年第 1 期。

③ 陈成国：《诗经刍议》，第 121 页。

④ 刘若愚认为，"诵诗三百，授之以政"章"指的是，孔子那个时代常见的一种风气，亦即引用《诗经》的句子，时常断章取义，以间接暗示一个人在外交或国事场合所抱持的意图。这段所含的极端实用的态度是毋待证明的"。［美］刘若愚：《中国文学理论》，杜国清译，第 165 页。朱东润指出："孔子论《诗》，亦主应用，盖春秋之时，朝聘盟会，赋诗言志，《诗》三百五篇，在当时固有其实用上之意义。"朱东润撰，陈尚君整理：《中国文学批评史大纲》（校补本），上海古籍出版社 2016 年版，第 5 页。

气的唯一标准，而“断章取义”则成为对先秦赋引之风的常见指称。

实际上，若追溯用“断章取义”指称赋《诗》现象的原初语境，则来自《左传·襄公二十八年》所载卢蒲癸的自述。面对庆舍之士的质疑，卢蒲癸答曰：“赋《诗》断章，余取所求焉，恶识宗？”① 其中，“断章”二字多被解作“断章取义”。揆诸文本语境，庆舍之士与卢蒲癸的对答总体上与《诗》无关。卢蒲癸是在解释“不辟宗”之时，用赋《诗》情况作了一番类比。“赋《诗》断章，余取所求焉，恶识宗”，是偏向于以主观意愿取用《诗经》的做法。据其原初语境，按一己之需取用诗句，比追溯诗句之宗更为重要。很明显，卢蒲癸将“余取所求”与“识宗”置于非此即彼的视角中来看待，但卢蒲癸的此番言论、此种立场，其实只是对他自身引《诗》习惯的说明，在原语境中只足以代表他平日的引《诗》态度，并不是对春秋赋引风气客观而公正的总评。

然而，后人常援引卢蒲癸所言“赋诗断章”作为对春秋赋《诗》现象的总述，进而把“赋诗断章”等同于“断章取义”。据此，“断章取义”遂成为概述春秋赋《诗》现象的一个代表性词汇。皮锡瑞指出：“（《左传》）载当时君臣之赋诗，皆是断章取义，故《杜注》皆云取某句。”② 皮氏虽以“断章取义”评述《左传》所载赋引现象，但对此尚且持较为中立的态度，并未对“断章取义”冠以负面评价。同样，清人姚文田虽言“春秋时，列国大夫赋《诗》见志，其所取往往非作者之意。余尝考《有女同车》《山有扶苏》《萚兮》‘子惠思我’诸诗，《小序》皆以为刺君，后儒则举而归之淫乱，乃当日其国之卿，方并歌以为宾荣”③，但此评述同样立足于

---

① （周）左丘明传，（晋）杜预注，（唐）孔颖达正义：《春秋左传正义》，载《十三经注疏》整理委员会整理《十三经注疏》，第1239页。

② （清）皮锡瑞：《经学通论·诗经》，中华书局1954年版，第3页。

③ （清）姚文田撰：《读诗论》，《邃雅堂集》卷一，载顾廷龙主编，《续修四库全书》编纂委员会编《续修四库全书·集部·别集类》第1482册，上海古籍出版社2002年版，第363页。

客观中立的视角，且其着眼点在于，“古人之读《诗》也通；今人之读《诗》也执。古人之于《诗》也，左右推暨而无不得其用；今人之于《诗》也，泥章句，守训诂，其究不免为耳食肤受”[①]。相比之下，近人在用“断章取义”评述春秋赋引现象时，则难免带上了否定意味。此古今立场的转向不可不辨。可以说，近世学者多就以下观点达成共识：外交赋诗有别于以严肃阅读的态度来关注《诗》是什么，而是不惜牺牲《诗》之原意、从自身处境和需求出发对《诗》进行随意的解读。对此，刘若愚、侯思孟[②]、葛兰言[③]等学者均持批判态度。

在众多批评质疑声中，也涌现出对赋《诗》言志持肯定态度的学者。有学者提倡，应从其历史语境及背景出发来理解春秋时期的赋引风气。合乎《诗》之原意，是以原意为研究取向的近世学界的要求，而不是赋《诗》活动所处的历史语境的必然要求。事实上，在春秋时期，赋诗“可不计采诗之世”，“不必问作诗之事”，“与诗人之意可以违反乖刺”，“不必用作诗之本意”[④]。甚至可以说，不与《诗》之原意尽相吻合，才是时人“善用《诗》”的体现。[⑤] 周春健

---

① （清）姚文田撰：《读诗论》，《邃雅堂集》卷一，载顾廷龙主编，《续修四库全书》编纂委员会编《续修四库全书·集部·别集类》第1482册，第363页。

② 在侯思孟看来，“《诗经》是什么”与“用《诗经》来干什么”分属两个范畴。“应用”是一种只顾及读者自身需求的反面类型，这与一种学术的、感同身受的、严肃的阅读相悖。参见 Donald Holzman, *Confucius and Ancient Chinese Literary Criticism*, 转引自 Haun Saussy, *The Problem of a Chinese Aesthetic*, pp. 61－62.

③ 葛兰言认为，外交场合习以为常的引《诗》风气是对《诗》之真实性的第一次侵害。参见［法］葛兰言《古代中国的节庆与歌谣》，转引自 Haun Saussy, *The Problem of a Chinese Aesthetic*, p. 62.

④ （清）魏源撰：《毛诗义例篇中》，《诗古微》上编之二，载顾廷龙主编，《续修四库全书》编纂委员会编《续修四库全书·经部·诗类》第77册，第42—43页。

⑤ 吕祖谦指出：“盖尝观春秋之时，列国朝聘，皆赋《诗》以相命。《诗》因于事，不迁事而就《诗》；事寓于《诗》，不迁《诗》而就事。意传于肯綮毫厘之中，迹异于牝牡骊黄之外。断章取义，可以神遇而不可言求。区区陋儒之义例训诂，至是皆败。春秋之时，善用《诗》盖如此。”（宋）吕祖谦撰：《左氏博议》卷十三，载（清）纪昀等编《景印文渊阁四库全书·经部·春秋类》第152册，台北：台湾商务印书馆1986年版，第442页。

指出："（赋诗断章）既与《诗》之传播形态有关，又与当时人对《诗》篇原意理解方式有关。"[①] 也有学者试图论证，赋《诗》活动其实并不违背《诗》之原意，而是在合乎原意的基础上进行诗意的引申与发挥。王国雨提出，以"断章取义"评价春秋时人"赋诗言志"，此做法过于简单且不符合实情。春秋贵族深于礼乐之教，他们对"诗本义"的引申，不完全是"断章取义"之用。即使是"断章取义"，也确如戴震所云："考古人赋诗，断章必依于义可交通，未有尽失其义，误读其文者。使断取一句而并其字不顾，是乱经也。"[②] 尽管赋《诗》断章凸显出《诗》之为诗灵动的一面，但此创造性转化"均无法脱离作为其基础的西周以降所逐渐形成的对《诗》本事本义的理解"[③]。

上述外交赋《诗》之风，仅是先秦时人用《诗》的一个方面。此外，更为常见的情况是，在言语之间引用某一诗句，借此阐发己见。这多被名为"以《诗》证言"或"引《诗》证言"。此言说体例所涉经典范围甚广。《荀子》《墨子》《吕氏春秋》《淮南子》《春秋繁露》《说苑》《新序》《韩诗外传》等文献均不同程度地采取了"以《诗》证言"的进路。下面以《韩诗外传》为例，对此体例作一番说明。具体而言，《韩诗外传》记叙某一人事之时，往往会引用《诗经》原文对此人事进行评述。"……之谓也"的书法，在《韩诗外传》中比比皆是，如"《诗》曰：'羔裘如濡，恂直且侯。彼己之子，舍命不偷。'晏子之谓也"[④] 与"《诗》曰：'彼己之子，邦之司直。'石先生之谓也"[⑤]。两处诗句都出自《郑风·羔裘》[⑥]，本用

---

① 周春健：《诗经讲义稿》，第40页。

② （清）戴震撰：《毛郑诗考证》，转引自王国雨《早期儒家〈诗〉论及其哲学意义》，第30页。

③ 王国雨：《早期儒家〈诗〉论及其哲学意义》，第30页。

④ （汉）韩婴撰，许维遹校释：《韩诗外传集释》，第45页。

⑤ （汉）韩婴撰，许维遹校释：《韩诗外传集释》，第46页。

⑥ 只不过原诗文辞略有不同，写作"羔裘如濡，洵直且侯。彼其之子，舍命不渝。羔裘豹饰，孔武有力。彼其之子，邦之司直"。

于称赞郑大夫德行卓著、正直廉洁，在《韩诗外传》中则转而用以赞美晏婴和石奢，而晏、石二人与《羔裘》所涉人事并无直接关联。

据《汉书·儒林传》所云“韩婴推诗人之意，而作内、外《传》数万言”①，在班固看来，《韩诗外传》数万言乃是韩氏“推诗人之意”而作。这表明，班氏仍承认，《韩诗外传》其实与诗人之意存在一定关联。然而，此处所谓“韩婴推诗人之意”的论辞，在以《诗》之原意为导向的近世学界却并未得到认同。近人多以为，《韩诗外传》将诗句从原初语境中抽离，将其比附于某一历史人事。而此人事与《诗》本身毫无联系。此牵合诗意以就己意的做法，乃是以乖悖《诗》之原意为代价。据此，“不合《诗》之原意”，遂成为学界对《韩诗外传》的代表性评价。而《韩诗外传》“以《诗》证言”的言说体例也常被归入“断章取义”之列。依章实斋之见，此书“杂记春秋时事，与诗意相去甚远，盖为比兴六义，博其趣也”②。黄淬伯亦云：“观其说诗，诚所谓‘或取春秋杂说’，不合《诗》之本义也。”③ 考虑到《韩诗外传》“只不过利用诗句，申明己见而已”，洪湛侯认为：“从《诗经》研究角度看，这些引诗，实在谈不到有什么学术价值。”④ 由此，《韩诗外传》多被排除在正统的《诗经》研究行列之外。尽管有学者从诗教的角度为其辩护——“‘断章取义’是《韩诗外传》为了弘扬孔门诗教，对《诗经》文本

① （汉）班固撰，（唐）颜师古注：《汉书》，第3613页。

② （清）章学诚撰，叶瑛校注：《校雠通义校注》，载《文史通义校注》，第1193页。

③ 黄淬伯著，周远富、范建华、丁富生整理：《诗经覈诂》，第10页。

④ 洪湛侯将此观点申明为：“自《春秋繁露》《韩诗外传》《淮南子》，直到《说苑》《新序》《列女传》等书，大都如此。一般是先讲一个故事，然后引诗为证，或者发一通议论，然后证之以诗。这些，都是从荀子‘引诗证言’发展而来的。这种情况曾引起明清学者的注意。《四库全书总目》曾称赞‘王世贞称《外传》引《诗》以证事，非引事以明《诗》，其说至确’。因此这类引诗方式，决不是对《诗经》的研究，只不过利用诗句，申明己见而已。这样说来，《荀子》书中引《诗》虽多，阐述诗义的却很少。”洪湛侯：《诗经学史》，第96页。

采取的一种灵活阐释的模式"① ——但在"诗教"被边缘化的时代语境下，从诗教角度为《韩诗外传》正名的做法也欠缺说服力。毕竟诗教观念的正当性，已不像在往昔那般不证自明。

综上所述，《韩诗外传》是用《诗》中的某一章来评述某一历史人物，而赋《诗》之风则是引《诗》来完成某一场合中的对答。在近世学界看来，尽管其用《诗》情境有所不同，但二者均未贴合《诗》之原意，是以重功利的实用主义立场代替了遵循《诗》之原意的读《诗》进路。

二 对"断章取义"提法的检视

本书以为，"断章取义"的提法虽为赋《诗》言志和以《诗》证言提供了一种可能的解释，然不可否认，此解忽略了一个至关重要的问题，即"断章取义"的做法缘何具有可理解性？

从严格意义上讲，断章取义的行动，取决于用《诗》者对《诗》高度主观化的理解与运用。所取之义乃是个人理解之义。倘若用《诗》者只是根据主观意愿曲为之说，从《诗》中择取某一诗句润饰言辞或申明己意，这种脱离原诗语境、高度主观化的用诗行为，很可能在听众那里不具备可理解性。但据《左传》《国语》所载外交赋诗活动，赋诗双方多对答如流。这表明，脱离了原诗语境所赋之诗在对答的双方那里，甚至在第三方那里都可以被理解，其前提在于"赋诗之双方都需有良好的诗学修养与基本相同的理解趋向"②。一方面，这源于赋诗者"所取义以易晓为主，偶或深曲，即须由赋诗者加以说明，如昭公元年穆叔又赋《采蘩》，恐赵孟不能立解其义，又加说明曰：'小国为蘩，大国省穑而用之，其何实非命'"③；另一方面，这也喻示，此断章所取之"义"，并非高度个人

① 罗立军：《从诗教看〈韩诗外传〉》，暨南大学出版社 2008 年版，第 62 页。

② 马银琴：《周秦时代〈诗〉的传播史》，第 45 页。

③ 缪钺：《中国文学史讲演录（唐以前）》，载缪元朗、景蜀慧编校《缪钺全集》第六卷，第 28 页。

化之私义，而是业已在群体范围内达成了一定共识，属于一通行之公义，“故会盟宴飨之际，赋诗者举其辞以见志，而闻之者即知其意而答之也”①。

除了在外交场合与燕飨典礼上赋诗，春秋士大夫平日的言语也多以《诗》为证。陈来先生指出：“《左传》中的人物在引用‘闻之曰’之后，往往同时复引‘《诗》曰’为进一步的论证，其实独立的引证‘诗曰’和‘书曰’也是这个时代所常见的。”② 此种把《诗》“作为某种终极性的权威文献，在春秋已经开始。而且成为后来儒家文献的特征，早期儒家文献如《孝经》《缁衣》《大学》《中庸》等，都是以大量频繁地引证‘诗曰’为其文献特色”③。由此可见时人在《诗》中浸渍之深，亦可借此观见“春秋时代文化之高，及其时士大夫修养之美”④。缪钺先生将此言《诗》风气及其缘由申明为：“盖西周时政教合一，学术集于王朝，各侯国除极少数之特例如宋、鲁之外，尚颇简陋，东迁以后，王官散之四方，学术流于侯国，各国文化渐高，士大夫修养亦日进。……春秋为诗教盛世，其时士大夫，不但于言语之际赋诗引诗，其言语亦受诗之影响，委折入情，微婉善讽，辞令之美，冠绝百代。”⑤

若将赋《诗》言志与引《诗》证言在时序断代层面作一番考量，可发现，赋《诗》之风在春秋中期成、襄、昭三世最为繁盛，下逮定、哀之世，雍容赋《诗》之风日渐式微，未能久延，尽管如

① 缪钺：《中国文学史讲演录（唐以前）》，载缪元朗、景蜀慧编校《缪钺全集》第六卷，第 29 页。

② 陈来：《古代思想文化的世界：春秋时代的宗教、伦理与社会思想》，北京大学出版社 2017 年版，第 207 页。

③ 陈来：《古代思想文化的世界：春秋时代的宗教、伦理与社会思想》，第 207 页。

④ 缪钺：《中国文学史讲演录（唐以前）》，载缪元朗、景蜀慧编校《缪钺全集》第六卷，第 29 页。

⑤ 缪钺：《中国文学史讲演录（唐以前）》，载缪元朗、景蜀慧编校《缪钺全集》第六卷，第 29—30 页。

此，与“聘问歌咏不行于列国，学《诗》之士逸在布衣”① 的战国之世相较，春秋时人受《诗》浸染程度之深，的确远超后世，诚如顾炎武所论：“春秋时犹宴会赋诗，而七国则不闻矣。”② 值得注意的是，在典礼赋《诗》之风日渐消弭之时，引《诗》证言之风却能历经时移代隔，在文教衰微、风俗无恒之际，经由典籍书卷的流传存其一脉馨香。故而引《诗》证言之风，就其时间而论，不独局限于春秋战国时期，就其所涉经典而论，引《诗》现象亦不独拘囿于《孟子》《荀子》《说苑》《新序》《春秋繁露》《韩诗外传》等儒家经典，而是习见于《墨子》《吕氏春秋》《淮南子》《列女传》等各家各派的典籍之列。这再次说明，引《诗》证言，并非某一高度私人化的言说取向，毋宁说是共同体内部在相当长的历史时段内达成默契的表达习惯。

据此而论，无论是外交场合的赋诗言志，抑或是口头交谈与书面著述时的以《诗》证言，不难发现，《诗》在极其广阔深远的层面渗入昔人生活世界的多个方面。而这都以“断章”所取之义的可理解性为前提。如果此种“取义”的做法能够在大范围的群体层面实现可理解性，那么吾人有必要对“断章取义”这一提法的合理性以及已有的探究进路进行反思（毕竟“断章取义”的提法难以解释“取义”行为的可理解性）。如上所述，赋《诗》言志和以《诗》证言，早已超越了个体化表达偏好的范畴，而是共同体在漫长的历史时期以《诗》作为基本交流方式的体现。进一步来说，表达习惯乃是与一整套观念体系相适应，反映的是整个民族对言说智慧与艺术的理解。因此，相比起用“断章取义”“实用主义”等标签终结了赋引行动的意义，更具启发性的做法在于，应深植于民族言说习惯和精神特质的层面来理解此类活动。陈来先生对春秋赋《诗》现象

---

① （汉）班固撰，（唐）颜师古注：《汉书》，第1756页。

② （清）顾炎武撰：《日知录》，载（清）顾炎武撰，黄珅、严佐之、刘永翔主编，华东师范大学古籍研究所整理《顾炎武全集》，第522页。

的评价颇为中肯："'诗'是春秋时代文化交往和语言交往的基本方式和手段，至少是贵族礼仪交往所必须的修辞手段。……'诗'的掌握对当时诸侯国之间的交往活动犹为重要，它既代表本国的文化水平，又是礼仪文化共同体内表达要求、意愿的共同方式。"[①] 赋引现象作为"礼仪文化共同体内表达要求、意愿的共同方式"，对此，共同体内部业已达至相当程度的默契与共识。更进一步地，赋引行动并非毫无章法与规则可言。事实上，对于赋引行动该如何展开，"社会上存在一套约定俗成的表意与译解规则，以便于大家在这种活动中共同遵守"[②]。在此文化氛围中，"歌诗必类"成为赋诗者所应具备的基本素养及教养。故而引《诗》的行动，有别于赋诗者在一套语码系统中肆意驰骋，而必须遵从"歌诗必类"的章法与规则，否则难免落得个"同讨不庭"的下场。[③]

从广义上看，《诗》对时人的深入影响，除赋引风气而外，还普遍外显为诗化的言说习惯。此诗化之言说屡屡见载于《国语》与《左传》，如《晋语三》所载舆人之诵[④]、《左传》所载鲁人之诵臧纥、郑人之诵子产、南蒯乡人之歌，又如《论语·微子》所载楚狂接舆歌曰："凤兮！凤兮！何德之衰？往者不可谏，来者犹可追。已而，已而！今之从政者殆而！"据董治安统计，《左传》《国语》《论语》《荀子》《墨子》《晏子春秋》《管子》《吕氏春秋》《战国策》乃至《礼记》《大戴礼》所引诗中皆有"逸诗"。[⑤] 且出土楚简中亦

---

① 陈来：《古代思想文化的世界：春秋时代的宗教、伦理与社会思想》，第218页。

② 傅修延：《先秦叙事研究：关于中国叙事传统的形成》，第90页。

③ "歌诗不类"的负面结果见载于《左传·襄公十六年》："齐高厚之诗不类。荀偃怒，且曰：'诸侯有异志矣。'使诸大夫盟高厚，高厚逃归。于是叔孙豹、晋荀偃、宋向戌、卫甯殖，郑公孙虿、小邾之大夫，盟曰：'同讨不庭。'"

④ 惠公入而背外内之赂。舆人诵之曰："佞之见佞，果丧其田。诈之见诈，果丧其赂。得国而狃，终逢其咎。丧田不惩，祸乱其兴。"徐元诰撰，王树民、沈长云点校：《国语集解》（修订本），第303页。

⑤ 参见董治安《战国文献论〈诗〉、引〈诗〉综录》，载《先秦文献与先秦文学》，齐鲁书社1994年版。

出现了相当数量的“逸诗”，如《多薪》《交交鸣》《乐乐旨酒》《輶乘》《殹殹》《明明上帝》等。[①] 凡此均喻示，围绕着《诗经》与诗教传统，昔人的诗化言说与诗化生存得以徐徐展开。这可谓《诗》“事实上能对整个社会发生作用”[②]，能对华夏文明共同体的生存样态“发生作用”的一大表征。进一步来说，诗对共同体所发生的作用，并非一种普世性的泛化作用，而是富有鲜明的民族特性，即“（诗）对和诗人同族以及使用相同语言的人们具有一种价值，而对其他种族的人们则没有这一价值。……诗比任何别的艺术都更顽固地具有民族性”[③]。《诗》作为“雅言”，其所具之民族性也被柯马丁所发掘：“‘雅言’可理解为某种语言理想：一种优雅而标准的习语，将其使用者与庶众及华夏文明区域以外的人区别开来。”[④] 从总体上看，就《诗》与华夏文明共同体的关系而言，“诗—兴”思维内化到民族心灵深处，成为昔人理解、体验和表达自我与他人、与世界的相互关系的重要途径。可以说，《诗》教会了吾民族言说。《诗》参与了民族表达习惯的塑造，使吾民族的公共生活基于此言说习惯而呈现出有别于其他文明共同体的独特样态。

三 《诗》：共同体言说习惯的塑造

上文已述，《诗》对共同体言说习惯的塑造，不应仅在言说技艺（术）的层面来理解。实际上，《诗》以塑造言说习惯为出发点，最终濡养了整个共同体的内在气质与精神风貌。由此推知，《诗》所代表的“乐语”和“雅言”，其效验不仅限于上章所述“持人情性”，使之归于中正平和，还须在共同体的公共生活层面有所体现。用“乐

---

① 参见胡宁《楚简逸诗——〈上博简〉〈清华简〉诗篇辑注》，上海古籍出版社2018年版。

② 《艾略特诗学文集》，王恩衷编译，樊心民校，第241页。

③ 《艾略特诗学文集》，王恩衷编译，樊心民校，第241—242页。

④ ［美］柯马丁著，郭西安编：《表演与阐释：早期中国诗学研究》，杨治宜等译，第126页。

语”“雅言”引导公共生活的言说活动，向来被视为春秋时人的基本素养与教养。同时，此点也深植于西周礼乐造士的教化观念之中。

（一）“乐语”与“雅言”：春秋时人的基本素养

“乐语”之教，是西周时期国子之教的重要组成部分。据《周礼·春官·大司乐》所载：“以乐语教国子：兴、道、讽、诵、言、语。”① 孙诒让将此处所谓“乐语”申明为“言语应答，比于诗乐”②。而“乐语”之教的重要环节便是学《诗》。对此，马银琴指出：“乐语与《诗》之间有着密不可分的天然联系，不学《诗》，便不会具备‘兴、道、讽、诵、言、语’的乐语能力。……大司乐对国子的乐语之教，是在教《诗》《书》、习礼乐的过程中实现的。”③ 从根本上看，“乐语”之教的一大目的在于“正辞气”“远鄙倍”。此即孙氏所言“通意恉、远鄙倍”④。据此而论，通过声教与辞气“持人情性”的过程，不应等同为拘囿于个人层面的成德实践，而是放眼于文明共同体的整体层面。辞气之正，并非限于个体性的言说，而应被视为共同体的言说习惯与表达方式所产生的效验。

据“政者，正也”之训，在昔人的观念世界中，政事，向来被视为举直错诸枉、以正纠不正的规范性行动。故而政事的各个环节，无论大小，都须以“正”为其准的，这自然也包括与政事场合相关的言说活动。由此或可理解，为何昔人对“雅言”颇为重视。《荀子·荣辱》云：“越人安越，楚人安楚，君子安雅。”此处所谓“雅”即指“雅言”。孔安国将“雅言”训为“正言”，所谓“雅言，正言也”⑤。“君子安雅”，从广义上看，意指君子在“出纳王

---

① （汉）郑玄注，（唐）贾公彦疏，彭林整理：《周礼注疏》，第 833 页。

② （清）孙诒让撰，王文锦、陈玉霞点校：《周礼正义》，第 1724 页。

③ 马银琴：《周秦时代〈诗〉的传播史》，第 28—29 页。

④ （清）孙诒让撰，王文锦、陈玉霞点校：《周礼正义》，第 1724 页。

⑤ （魏）何晏注，（宋）邢昺疏：《论语注疏》，载《十三经注疏》整理委员会整理《十三经注疏》，第 101 页。

命”、赋政专对、聘问交接之时，都应使用中正之雅言，都应持守中正之辞气，如《大雅·烝民》所言：“出纳王命，王之喉舌。赋政于外，四方爰发。”王命之出纳，具有相当程度的意义规定性，不可信口开河，随意妄言。对此，《郑笺》云：“出王命者，王口所自言，承而施之也。纳王命者，时之所宜，复于王也。其行之也，皆奉顺其意，如王口喉舌亲所言也。以布政于畿外天下，诸侯于是莫不发应。”[①] 故而古时专设“纳言”之官，以确保王命出纳过程不失其中正之道。《尚书·舜典》载舜帝之言曰：“龙：命汝作纳言，夙夜出纳朕命，惟允。”[②]《伪孔传》云：“纳言，喉舌之官，听下言纳于上、受上言宣于下，必以信。”[③] 其中，“必以信”申明的便是纳言之官的基本素养。可见，王政的顺利开展，对言说活动有很高的要求，即与王事相关的言说应是德言、信言与雅言。正其言语、正其辞气，本就是吾国文化传统中为政的一大意义面向，也是“政者，正也”的为政理念对共同体成员的基本要求。据此而论，乐语与雅言，对入仕之人的重要性不言而喻。

对于王政的顺利开展，《诗》的一大作用在于，使公共生活的言说活动受“乐语”与“雅言”的沾溉，在潜移默化中发而得其中正。《诗》具备如此功效，其一大原因在于《诗》本身即为“雅言”。缪钺指出：“《诗》三百篇，以时论，上下五百年，以地言，纵横十余国，且当时作诗，皆本唇吻自然之音，非若后世之有韵书，而在一千六百五十四处用韵之中，异部合韵者仅约九十条，其余均在同部，可见当时必有一种标准语，即所谓‘雅言’，为诗人所据，故虽绝国殊乡，用韵乃不谋而合。其能普及各国，历久不变，则周

---

① （汉）毛亨传，（汉）郑玄笺，（唐）孔颖达疏，（唐）陆德明音释，朱杰人、李慧玲整理：《毛诗注疏》，第1786页。

② （汉）孔安国传，（唐）孔颖达正义，黄怀信整理：《尚书正义》，第108—109页。

③ （汉）孔安国传，（唐）孔颖达正义，黄怀信整理：《尚书正义》，第109页。

代推行雅言之效也。”①

《诗》用韵齐整，多流溢出端庄典正之余韵，正为周代“雅言”的体现。因此，读《诗》引《诗》的过程，相当于用《诗》之“雅言”规正己身之言语音辞。揆诸昔人语境，“雅”既可作为形容词来修饰“言”（在此语境下，“雅言”属于偏正结构之短语，其义即为“正言”），又可作为动词使用（在此语境下，“雅言”属于动宾短语，意指规正其言的行动），如《论语·述而》所载：“《诗》《书》、执礼，皆雅言也。”历代注释者多将此句所谓“雅言”解作“正言其音”。郑玄注云：“读先王典法，必正言其音，然后义全，故不可有所讳。”② 清人刘台拱《论语骈枝》曰：“夫子生长于鲁，不能不鲁语。惟诵《诗》、读《书》、执礼必正言其音，所以重先王之训典，谨末学之流失。”③ 读《诗》作为“正言其音”的行动，乃是一个具有规范性意义的过程。己身受“雅言”之浸染熏陶，口之所宣故能为中正之“雅言”。

据此而论，外交场合与宴飨典礼的赋引之风可视为“雅言”盛行的一大表征，亦即“乐语”与“雅言”化入时人生活世界的切实体现。此为诗教的效验，同时也是昔人诗化生存得以开显的一大标志。正所谓“《诗》《书》、礼、乐为周代教育之具，而诗教所被尤广，入人尤深”，故而“春秋列国士大夫朝聘会盟之际，赋诗见志，成为风气”④。西周时期诸夏各国所通行之雅言与诗教的深入关联，亦被缪钺指出：

---

① 缪钺：《周代之“雅言”》，《冰茧庵古典文学论集》，载缪元朗、景蜀慧编校《缪钺全集》第二卷，河北教育出版社2004年版，第22页。

② （魏）何晏注，（宋）邢昺疏：《论语注疏》，载《十三经注疏》整理委员会整理《十三经注疏》，第101页。

③ （清）刘台拱撰：《论语骈枝》，转引自（清）刘宝楠撰，高流水点校《论语正义：全二册》，第269页。

④ 缪钺：《中国文学史讲演录（唐以前）》，载缪元朗、景蜀慧编校《缪钺全集》第六卷，第28页。

> 所谓诸夏者，皆渐渍于一种共同之文化，故其时言语，于各地方言之外，尚有一种普通话，以宗周丰镐之音为准，当时谓之“雅言”，如今人所谓“官话”或“国语”，绝国殊乡之人，藉以通情达意。受教育之贵族，皆能操雅言。……春秋之际，国交频繁，当时士大夫不但能操雅言，且深于诗教，朝聘会盟之际，辞令之美，为后世所艳称。至于时人写诸简册，则多本雅言，如今人作白话文必用国语，取其易于共晓也。①

然而，近世一个值得注意的现象是，对《论语·述而》所论“子所雅言，《诗》《书》、执礼，皆雅言也”与《论语·子罕》所载“吾自卫反鲁，然后乐正，《雅》《颂》各得其所”这两处文本，部分学者往往予以重视，并对此处所论“雅言”持积极的评价，但与此同时，却未能留意春秋时期的赋引之风，实际上便是“雅言”化作昔人在世生存、落实于其现实生活层面的真切体现。此即为昔人言“雅言”的生存行动，亦为诗教融入时人生活世界、熔铸为其诗化生存的彰显。

据此而论，上文所述将赋引之风一概视为“断章取义”，进而冠以“实用主义”“功利主义”等标签的做法，其实未能深入西周时期国子教育的传统之中，未看到“雅言”和“乐语”作为国子之教礼乐造士的重要内容，其一大意义面向便在于将公共言说导向“乐语”与“雅言”。这恰恰是“政者，正也”的理念对公共言说活动的规定和要求。与此同时，此论多以静态的视角来看待赋《诗》现象，未留意到此现象实则处于动态流变之中，其盛衰消长乃是与礼乐秩序之崩坏相关联。据《左传》所载，典礼赋诗之风从僖公二十三年渐兴，至襄、昭之世达至顶峰，而在定公四年秦哀公赋《无衣》后有回落趋势，列国间的宴会赋诗就此逐渐归于沉寂。若从地域范

---

① 缪钺：《六朝人之言谈》，《冰茧庵读史存稿》，载缪元朗、景蜀慧编校《缪钺全集》第一卷下，第 331 页。

围分析，据马银琴考证，绝大多数赋诗活动乃是以晋、鲁、郑三国为中心辐射开来，赋诗的主体亦由晋人、鲁人、郑人构成，齐、宋、卫等国发挥的大多是协助作用。[①] 晋、鲁两国作为诸夏文明圈的重要成员，受圣人遗化时日已久，赋诗风气以两国为主导，使诗教之流风余韵得以传承与发扬，自然处于情理之中。然而，还有另一值得注意的现象，即在中原诸国赋引之风经历盛衰消长的同时，楚、秦两国也一度掀起赋引之风潮。

据《国语·楚语上》所载“庄王使士亹傅太子”，而后士亹向申叔时请益，自此便创发了流传后世的名篇《楚大夫申叔时论“教”》，其中呈露出《诗》、礼、乐相须并进的教化格局：“教之《诗》，而为之导广显德，以耀明其志；教之礼，使知上下之则；教之乐，以疏其秽而镇其浮。”[②] 由此可见，《诗》乃是楚太子所受教育的重要内容，亦可见《诗》在楚庄王时代受重视程度之深。哪怕在后世以三晋法家为主导的秦国，早在秦穆公时代，也并非将《诗》《书》《礼》《乐》视为“六虱”。相反，《诗》在当时的秦国受到极大的推崇（这从穆公接待晋公子重耳时以赋《诗》进行宾主对问可见一斑）。《史记·秦本纪》载穆公之问曰：“中国以《诗》《书》《礼》《乐》、法度为政，然尚时乱，今戎夷无此，何以为治，不亦难乎？”[③] 从中可知，“以《诗》《书》《礼》《乐》、法度为政”的施政格局，业已被秦穆公所重视。《秦风》中的部分诗作便创制于这一时代。据此而论，秦楚两国盛于一时的赋引风气，实则是深受华夏礼乐文明熏陶浸渍所致，亦可视为“夷狄进于诸夏”的一大表征。

与赋《诗》现象的盛衰消长多发生于春秋时期相比，引《诗》证言的时代跨度则要广得多。与《左传》所载典礼赋《诗》发轫于春秋初年有所不同，言语引《诗》可上溯至西周时代，哪怕遭遇从

---

① 参见马银琴《周秦时代〈诗〉的传播史》，第53页。

② 徐元诰撰，王树民、沈长云点校：《国语集解》（修订本），第485页。

③ （汉）司马迁撰：《史记》，第192页。

春秋到战国的世态变局，朝聘赋歌的现象逐渐消失，但就在这王化衰微、礼乐不行于世的时代大势下，诗教与昔人的诗化生存并未就此被全然解构，乐语与雅言也并未全然销声匿迹，而是经由口耳相传、书于竹帛的引《诗》之风得以绵延。如前所述，揆诸战国诸子著述，引《诗》证言的现象亦多见，可见“乐语”与“雅言”对后世来说仍有一定的规范性效力。尽管如此，我们仍须看到，降及战国之世，在整个文明共同体的大范围内，“乐语”与“雅言”在公共政事领域的影响力的确不及先前。

实斋曾言“纵横之学，本于古者行人之官”①，这或许延续了《汉书·艺文志》“纵横家者流，盖出于行人之官”② 之论。然而，对《诗》的重视，似乎并未在从“行人之官”到“纵横之学”的流传迁变中得以膺承。与《左传》《国语》频频可见引《诗》称《诗》之例有所不同，《战国策》引《诗》条目寥寥无几，大约仅有十则，且据《战国策》所载，纵横家对春秋时代“繁称文辞”的现象多有批判，如苏秦所言“繁称文辞，天下不治”。据此可知，“说辞”与“德言”逐渐判若两途。说辞逐渐沦为纯以一己利害、时机顺逆为转向的言说“术”，而无须以“德”为皈依，此即为“有言者不必有德”。若说“有言者不必有德”在孔子那里，尚且蒙上了负面色彩，那么在战国时期则被视为天经地义，无可厚非，由此生发出“言”与“德”的分离，且此分离多为世人所默许。时人之言不再以“乐语”与“雅言”为导向，而是以求荣逐利、趋时见用作为言说之本旨。

综上所述，春秋时期虽已出现“王者之迹熄而《诗》亡”的变局，且春秋末年，乐人四散，《论语·微子》将此变局表述为：“大师挚适齐，亚饭干适楚，三饭缭适蔡，四饭缺适秦。鼓方叔入于河，播鼗武入于汉，少师阳、击磬襄入于海。”但从总体上看，春秋时代

① （清）章学诚撰，叶瑛校注：《文史通义校注》，第 72 页。

② （汉）班固撰，（唐）颜师古注：《汉书》，第 1740 页。

赋引之风仍旧存在。“使于四方”之专对作为士大夫生活世界的一部分，也作为政治外交的基本方式，渗入春秋时期整体性的世界图景之中。赋引风气，作为时人深受“乐语”“雅言”沾溉的体现，可谓昔人诗化政事、诗化生存的彰显。下逮战国，《诗》之行迹多被圈限于儒墨学派内部，较少传诵于各国君侯、谋士之口，甚或出现了纵横家对《诗》的鄙夷，足见世风又为之一变。尽管仍有少数有识之谋士申明《诗》之重要性，如《战国策·赵策二》所载公子成谏曰：“臣闻之：中国者，聪明睿知之所居也，万物财用之所聚也，贤圣之所教也，仁义之所施也，《诗》《书》《礼》《乐》之所用也，异敏技艺之所试也，远方之所观赴也，蛮夷之所义行也。今王释此而袭远方之服，变古之教，易古之道，逆人之心，畔学者，离中国，臣愿大王图之。”① 然而，这终究未能挽救《诗》从政治邦交中逐渐隐遁的命运。而诗教之“乐语”“雅言”，最终仍在诸子著述的引《诗》风气中存其未竭之元气、未断之命脉。虽然引《诗》在儒家经典中频频出现，但这并不意味着诵《诗》传《诗》仅是儒生的专属行动，也并不表明对《诗》之意义的肯认只拘囿于儒家学派内部。综观《墨子》《吕氏春秋》等文献引《诗》论《诗》的诸多条目，均反映出《诗》对儒家学派以外的人士同样具有相当程度的权威性，尽管他们并不以传《诗》为业。这也体现出先秦时期学派之间并非壁垒森严，党同伐异，而是分享了共同的思想资源，其中《诗》就位列一席。

对于邦交赋《诗》与著述引《诗》的差异，马银琴从发生学的层面进行了论述。大致来说，赋《诗》言志在战国时期日渐式微，伴随着礼崩乐坏的大势退出了历史舞台，但引《诗》风气“却在经历了鲁定公时代的低谷期后，能够在哀公时代重新出现于《左传》记载中，并最终在诸子著述中得到了持久的延续”。更进一步地，邦交赋《诗》与著述引《诗》，二者之消长被归为“两种用诗方式不

① 何建章注释：《战国策注释》，第738页。

同的特点”所致：“赋诗言志仍旧是一种仪式性与音乐性都比较浓厚的行为，它对礼乐仪式的依赖决定了它随同崩溃的礼乐制度一起消亡的命运。而言语引诗从一开始就是一种立足于歌辞，完全脱离了礼乐仪式的限制，从而具有最大自由度，可以在任何场合出现的用诗方式。”① 引诗行为作为“周人思维方式中征引习惯的一种表现”，不会随着“社会秩序的变革”而发生根本性的改变，“这应是引诗行为没有因为礼崩乐坏而走向沉寂的根本原因”。②

马氏把赋《诗》与引《诗》归为“经过千百年的进化发展形成的思维方式与言语习惯”，只不过赋《诗》对礼乐仪式的依赖性较强，而言语引《诗》的依附性较弱。在此，马氏虽触及赋引风气“作为一种思维习惯的语言表达方式”的意义面向，其论曰：“西周时代以诗文本用于国子之教的乐语之教，是盛行于春秋时代的引诗、赋诗以言其志之风形成的渊薮，最终则发展成为中华民族思维方式中一个十分显明而突出的特点——引经据典”③，但对此思维习惯的观念基础及其背景仍存而未论，故其论述多停留于对赋引现象的描述性陈述，尚未触及其观念基础。

（二）论赋引习惯的观念基础

若要沉潜至赋引风气的观念基础层面，那么亟须追问的是，在外交应答或著书立说之时，昔人为何不直接用自己的话语表达，而要辗转借用前人诗句？这是不是缺乏创造力的体现？对此，徐复观先生提供了一种解释。他以《韩诗外传》为例，阐释了以《诗》证言的体例所展现的思想表达方式：“（这一方式）属于《春秋》的系统。把自己的思想，主要用古人的言行表达出来；通过古人的言行，作自己思想得以成立的根据”④，并通过对比“载之空言”与“见之

① 马银琴：《周秦时代〈诗〉的传播史》，第60页。

② 马银琴：《周秦时代〈诗〉的传播史》，第60页。

③ 马银琴：《两周诗史》，第187页。

④ 徐复观：《〈韩诗外传〉的研究》，载《两汉思想史》第三卷，九州出版社2014年版，第1—2页。

于行事”的差异，将此思想表达方式的特质申明为：

> 载之“空言”，是把自己的思想，诉之于概念性、抽象性的语言。用近代的术语，这是哲学家的语言。“见之于行事”，是把自己的思想，通过具体的前言往行的重现，使读者由此种重现以反省其意义与是非得失。用近代术语说，这是史学家的语言。哲学家的语言，是把自己的思想，凭抽象的概念，构成一种理论，直接加之于读者的身上；读者须通过自己的思考能力，始可与哲学家的理论相应。而相应以后，由理论落实到行为上，还有一段距离。历史家的语言，则是凭具体的历史故事，以说向具体的人。此时读者不是直接听取作者的理论，而是具体的人与具体的人直接接触，读者可凭直感而不须凭思考之力，即可加以领受。并且，此时的领受，是由“历史人”的言行，直接与“现存人”的言行，两相照应，对读者可当下发生直接作用。也可以说，这是由古人行为的成效以显示人类行为的规范，不须要有很高的文化水准，便可以领受得到的。①

由引文可知，与“载之空言”相比，“见之于行事”，即“把自己的思想，通过具体的前言往行的重现”来呈现，其特质在于较为浅显直白，即“可凭直感而不须凭思考之力”“不须要有很高的文化水准，便可以领受得到”。由此推知，徐氏仍将“直感”与“思考”视为非此即彼的对立关系，此为问题之一；其二，对前言往行何以成为表达自己思想的依托，易言之，对于“把自己的思想，通过具体的前言往行的重现”来呈现，此做法得以成立的根据，徐氏语焉未详。而这恰恰是探讨的关键所在。

克实而论，对于赋引之风，不管是以“古已有之”作为论证其正当性的依据，还是源自提升文采、加强议事说服力等方面的考量，

---

① 徐复观：《〈韩诗外传〉的研究》，载《两汉思想史》第三卷，第1—2页。

都深植于把《诗》视为客体或对象的预设。言说者作为主体，根据不同场合的一己之需使用作为客体的《诗》，引《诗》赋《诗》之风遂应运而生。然而，在昔人的观念中，《诗》并不是这样的一个对象，一个中立的、与生活世界和文化传统相隔绝的静态而闭合的文本。承上编所述，《诗》持存着前人的生存经验与存在情态，且最大限度地保持其鲜活性。此生存经验及其情态虽发轫于往昔时代，却不局限于过往，而是具有一定的普遍性，建构了一个民族共同的生存经验，使得在《诗经》中，一个民族得以历史地开启它的精神世界。

进一步来说，前人的生存经验并非处于向内封闭的静止状态，而是具有意义的伸展性与生长性。伴随着读《诗》用《诗》的过程，这个世界不断向我们敞开。由此，我们不仅是在认知层面知晓了古人的生存经验，更重要之处在于，我们借此实现了与古人生存经验的内在关系的界定。

个人的生存经验与自我规定，形成于与他者持续不断的互动之中。这是由他者还返自身、以他者规定自我的过程。《诗》中的生存经验及其情态，也可称为具备如此效验的“他者”。这喻示，引《诗》和用《诗》便是一种与“他者”的深入互动。在此过程中，我们不断对《诗》的生存经验作出回应，同时，这一“他者”也持续影响着我们的在世生存。可以说，《诗》的生存经验与吾人现世的生存经验灵犀相通，浑融为一，应成为吾人理解与完善自身不可或缺的前提条件。《周易·大畜·象》曰：“君子以多识前言往行，以畜其德。”① 按照现代人的观念体系和认知结构，古人的前言往行充其量只能算作史料。对史料的积累，或许能从知识层面丰富后人的见闻，但难以影响主体自身的生命状态。但据《大畜·象》所示，“多识前言往行”的效验及目的在于“畜其德”。《孔疏》将此阐释

① （魏）王弼、（晋）韩康伯注，（唐）孔颖达正义：《周易正义》，载《十三经注疏》整理委员会整理《十三经注疏》，第141页。

为："多记识前代之言，往贤之行，使多闻多见，以畜积己德。"[①]又云："物之可畜于怀，令其道德不有弃散者，唯贮藏'前言往行'于怀，可以令德不散也。"[②]

《大畜·象》有助于检视从知识主义的角度来看待"前言往行"的立场，标举出古今之异世在生存经验方面的同源性。不同时代的生存经验，实则分享着一体性与共在感，是共同体纵深性历史生命的展开。伴随着"多识前言往行"的过程，昔人的生存经验不断被纳入读者的在世生存，参与建构了现时代人们的在世经验，使其在世过程的未知面向不断被激发与兴起。若将此观念落实于《诗》的层面。《诗》中的"前言往行"也并非外在于读者的客观对象。读者的在世生存不断向《诗》中的"前言往行"敞开着。由此，《诗》把一代代读者摄入民族"大我"这一生存经验的整体之中。可以说，昔人的前言往行从未远去，而是通过化入后人的诗性言说得以世代相传，并对后人的生命状态产生了持久的影响。这意味着，《诗》这一"古奥而具有诠释开放性的文本"，可作为"与现实持续相关的历史范例的资源库"，"给当下的社会实践提供一种衡量和指导的最终标准"[③]，进而塑造了吾民族深层的心灵习惯与精神特质。进一步来说，若吾人看到《诗》"与现实持续相关"，那么此"相关性"必然会在后人的表达习惯方面有所体现，即以《诗》作为当今生活世界的话语基础。这是先秦时人自觉到己身与古人生存经验的密切关联之后的必然表现。唯有沉潜于《诗》的精神世界，对其生存经验与情态感同身受，体认到古今异世实则同出一源、亲密无间，才有可能让《诗》化入自己的言说、对答乃至著述之中。

---

① （魏）王弼、（晋）韩康伯注，（唐）孔颖达正义：《周易正义》，载《十三经注疏》整理委员会整理《十三经注疏》，第 141 页。

② （魏）王弼、（晋）韩康伯注，（唐）孔颖达正义：《周易正义》，载《十三经注疏》整理委员会整理《十三经注疏》，第 141 页。

③ ［美］柯马丁著，郭西安编：《表演与阐释：早期中国诗学研究》，杨治宜等译，第 116—117 页。

兹取《国语·鲁语下》所载叔向与叔孙穆子的对答，来说明此点：

> 诸侯伐秦，及泾莫济。晋叔向见叔孙穆子曰："诸侯谓秦不恭而讨之，及泾而止，于秦何益？"穆子曰："豹之业，及《匏有苦叶》矣，不知其他。"叔向退，召舟虞与司马，曰："夫苦匏不材于人，共济而已。鲁叔孙赋《匏有苦叶》，必将涉矣。具舟除隧，不共有法。"是行也，鲁人以莒人先济，诸侯从之。①

面对叔向"于秦何益"的追问，叔孙穆子并未直接作答，而是把话题转向了《邶风·匏有苦叶》一诗："豹之业，及《匏有苦叶》矣，不知其他。"初看上去，叔孙穆子之答与叔向之问并不构成对应关系。奇妙的是，此回婉迂曲的作答方式在叔向那里实现了可理解性。叔向在第一时间领会了其内蕴之措意，即"夫苦匏不材于人，共济而已。鲁叔孙赋《匏有苦叶》，必将涉矣"。据《小序》，《匏有苦叶》本为刺卫宣公淫乱之诗。叔孙穆子作答时，虽论及《匏有苦叶》，但其语境与"刺宣公"无关，而主要围绕此诗首章之意来展开，即"匏有苦叶，济有深涉。深则厉，浅则揭"。此句的字面意为，匏之苦叶虽不可食，但却可"佩以渡水"。对于是否渡河，叔孙穆子虽未直接表态，但却将渡河的决心暗含在赋诗过程中，借助《匏有苦叶》首章之意迂回地表达出"必将涉矣"的决心，最终化解了诸侯"及泾莫济"的僵局。此做法之所以具备可理解性，其原因在于，渡河作为古今共存的生存经验，使诗人所言"匏有苦叶，济有深涉。深则厉，浅则揭"成为一共通的言说模式，可将叔孙穆子面临类似情境时的言说活动涵容于内。

正因《诗》承载的生存经验及其情态具有无限的涵容性，可使后人生发出血浓于水的亲切感、认同感与归属感，故而《诗》不仅

① 徐元诰撰，王树民、沈长云点校：《国语集解》（修订本），第183页。

以直接或间接的方式广泛渗入后人的言谈之中，还作为一无形力量滋养了后世文人的创作过程，甚至化入其作品内部。王逸《楚辞章句》明确论及“屈原履忠被谮，忧悲愁思，独依诗人之义而作《离骚》。上以讽谏，下以自慰”①。就屈子的写作进路而言，也多“依《诗》取兴，引类譬谕：故善鸟香草以配忠贞，恶禽臭物以比谗佞，灵修美人以媲于君，宓妃佚女以譬贤臣，虬龙鸾凤以托君子，飘风云霓以为小人”②。屈子“独依诗人之义而作《离骚》”，究其缘由，或在于他与《诗》的作者群体分享了相同的生存困境，故而诗人所言，无不与屈子心有戚戚焉。诚如史迁所论：“《诗》三百篇，大抵贤圣发愤之所为作也。此人皆意有所郁结，不得通其道也，故述往事，思来者。”③ 屈子与《诗》的无名作者们虽身处不同时空，却因“意有所郁结，不得通其道”的共通性境遇而凝结为心志冥契的共同体。此冥契之心志遂化作“独依诗人之义而作《离骚》”的创造性行动。与此相比，宋玉的诗作则出现了直接化用《诗经》的情况，如《九辩》所云“窃慕诗人之遗风兮，愿讬志乎素餐”便化用了《魏风 · 伐檀》中的“彼君子兮，不素餐兮”。又如《登徒子好色赋》不但直接称引了《郑风 · 遵大路》的诗句，还把《郑风 · 溱洧》《豳风 · 七月》《小雅 · 苕之华》等篇的语句化为己用，最后以“扬《诗》守礼，终不过差”作结。

综上所述，在面对赋《诗》言志与以《诗》证言的文化现象时，吾人应探入此诗化的言说习惯背后的观念基础，看到古今生存经验的一体性对后世表达方式的塑造与影响。据此而论，进行一番视角的翻转显得尤为必要，即须从以言说主体为中心的解读模式，转变为以《诗》为本位的解读模式。具体来说，古人引《诗》用《诗》的诸多行动，并非以自我这一主体为中心，把《诗》作为提

---

① （汉）王逸撰，黄灵庚点校：《楚辞章句》，上海古籍出版社 2017 年版，第 38 页。

② （汉）王逸撰，黄灵庚点校：《楚辞章句》，第 2 页。

③ （汉）司马迁撰：《史记》，第 3300 页。

供言说素材、提升言说技巧的工具，去实现言说者的私人目的，而是《诗》作为“一个历史性民族的原语言（Ursprache）”，其所承载的民族整体性生存经验及其塑造的民族自我意识，在共同体公共生活表达习惯上的反映。

埃利亚斯指出，特殊的民族传统与经验，对塑造民族的自我意识具有重要作用。民族的自我意识形成的过程，离不开“特殊的历史积淀”，同时也“被一种感情的、传统的氛围所环绕”①：“对于知情者来说这种语言内涵丰富，而对于局外人来说却意义甚少。这是因为这些概念是在共同经历的基础上形成的，是同使用它们的群体一起成长、一起演变的，这些群体的状况和历史就反映在这些概念之中。对于那些没有这种经验或没有同样的传统、经历的人们来说，这些概念是苍白的，而不是生动的。”② 从某种程度上看，现今时代的我们，或已成为埃利亚斯所说的“局外人”。对于古人从《诗》中体贴到的默契和温情，我们漠然无感。而对置身于此言说传统中的人们而言，由《诗》而来的亲切感如此真切地存在着。并不是人作为言说主体去利用《诗》，而是《诗》保证了人作为民族性的人和历史性的人而存在的可能性，教会了共同体及其成员如何思考与表达，从而塑造了富有民族性的表达习惯。可见，《诗》发挥着为民族言说奠基的本原性作用，彰显出垂范千古的启发性意义，并由此开显出华夏文明富有民族性的公共生活与诗化生存。

第二节 《诗》可以群

上节论及，围绕着《诗》与诗教传统，吾民族诗化的表达习惯

① ［德］诺贝特·埃利亚斯：《文明的进程：文明的社会起源和心理起源的研究》，王佩莉、袁志英译，第4页。

② ［德］诺贝特·埃利亚斯：《文明的进程：文明的社会起源和心理起源的研究》，王佩莉、袁志英译，第4页。

逐渐被塑造。先秦时期的赋引之风，可视为此诗化言说的具体表现，亦可作为昔人诗化生存的一大表征。进一步来说，民族表达习惯的塑造又会影响该民族深层的心灵特质与精神习惯。后者得以在更为深远的层面建立起文明共同体的自我认同，使群体内部的凝聚与存续得以可能。《诗》对共同体所具有的重要意义，早已被孔子所认识。《论语·阳货》载孔子之言曰："《诗》可以群。"在孔子那里，成员数量达到一定的数值，或成员间的物理距离缩短至聚集成群，都不足以称作"群"。"群"所指并非自然意义上的聚落，而是具有伦常秩序与章法规范的人文意义上的文明共同体。

在孔子看来，《诗》有助于"群"这一状态的实现。这也从侧面反映出，人与生俱来并不直接具备"群"的现实性。在自然状态下，人多以满足一己之欲作为行动的出发点。这对"群"之章法与秩序构成了威胁。对此，《荀子·礼论》洞若观火："人生而有欲，欲而不得，则不能无求；求而无度量分界，则不能不争；争则乱，乱则穷。"荀子看到，每个人都在最大限度地满足自身的欲求，甚至不惜剥夺他人满足欲求的机会。问题在于，周遭资源有限，而人的欲求却永无止境。这难免引发冲突与争端。人与人之间遂陷入矛盾与敌对的状态。如此一来，人之"群"又如何可能实现？

但与此同时，《汉书·刑法志》又指出在世生存的另一基本事实：尽管群黎众庶难免存在纵欲而争的本能倾向，但这并不会在现实层面导向一种高度个人化的生活。毕竟断绝相互补给、缺乏分工协作的个体化生存，终究无法维系。"群"乃是在世生存最基本且必要的方式与进路：

> 夫人宵天地之貌，怀五常之性，聪明精粹，有生之最灵者也。爪牙不足以供耆欲，趋走不足以避利害，无毛羽以御寒暑，必将役物以为养，任智而不恃力，此其所以为贵也。故不仁爱则不能群，不能群则不胜物，不胜物则养不足。群而不足，争

心将作。①

既然人与生俱来并未具备“群”的现实性，而人存在于世又不得不“群”，那么，如何克服纵欲而争的倾向，实现“群”之伦常秩序便显得殊为关键。“《诗》可以群”，是言说习惯与精神特质高度诗化的民族对此问题所作的回应。这样一来，需要追问的是，通过《诗》，人如何由难以群变得“可以群”？此过程如何得以实现？

一 《诗》“可以怨”与《诗》“可以群”的逻辑关联

（一）怨之必然与以《诗》抒怨之必要

群而生怨，是人类社会随处可见的经验事实。在多数情况下，古代社会的人伦关系往往存在着尊卑、上下之分。对于文明共同体的稳定运行而言，上下之分确有其合理性，这意味着秩序与章法的确立。但毋庸置疑，在社会秩序得以建立与维系的同时，也容易导致“治人者”与“治于人者”之间的隔阂，即“上下之情则多隔而不通矣”②，甚至使双方处于对立互斥、剑拔弩张的紧张关系。这将给共同体的统一性与稳定性埋下隐患。对于上下不通的后果，船山有言：

> 上不知下，下怨其上；下不知上，上怒其下。怒以报怨，怨以益怒，始于不相知，而上下之交绝矣。……如其不相知也，则怨不知所怨，怒不知所怒，无已而被之以恶名。下恶死耳，下怨劳耳，而上名之曰奸；上恶危耳，上恶亡耳，而下名之曰私。奸私之名，显于相谪，则民日死而不见死，国日危而不见危。③

① （汉）班固撰，（唐）颜师古注：《汉书》，第1079页。

② （清）方玉润撰，李先耕点校：《诗经原始》，第328页。

③ （明）王夫之撰：《诗经稗疏·诗广传》，第341—342页。

据引文所示，船山把“上下之交绝矣”的局面归咎于在上位者。“上不知下”，致使“下怨其上”，进而加剧民众对上级的误解。这进一步导致“上怒其下”。“下怨其上”与“上怒其下”，由此形成了一个恶性循环。鉴于双方权力与地位的不对等，在上下之情隔而不通的情况下，在上位者若“放于利而行”，往往使在下位者承受无故加之的不义，自身权利被侵夺，难免导致“其情冤滞，而不得畅其性”[①]。这在君臣关系、君民关系中体现得尤为明显。在此境况下，怨的产生遂不可避免。而民怨对共同体的负面影响，宋人陈傅良已作出阐发：

> 天下之祸，骄生于有所恃，而怨生于有所忌，故公、卿、大夫、士之势易骄，而民之势易怨。呜呼！骄之祸，其发速而小，怨之祸，其发迟而大。溃血之痈，不如腹心之隐疾。穴隙之盗，不如臣仆之窃伺。天下之患，惟夫伏于所不敢而决裂于一旦之敢者，不可为也。夫民之祸，始于利害之敢竭，而成于是非之不敢议。[②]

厉王弭谤，国人道路以目，可谓陈氏所言“是非之不敢议”的具体表现。可见，在下位者遭逢不义、民情郁滞之时，在上位者应及时疏导民情。如若不然，长此以往，若民情之郁滞冲破了临界点，臻至无法忍受的地步，在下位者将颠覆已有的上下之分，共同体的内在统一性难免土崩瓦解。

面对如此境况，一种合宜的抒怨方式显得尤为重要且必要。揆诸古昔思想文化语境，《诗》恰恰被视为疏导民怨、宣之使言的一大进路，所谓在上位者“以诗补察时政”[③]，在下位者“以歌泄导

① 熊十力：《读经示要》，第35页。

② 转引自（宋）段昌武撰《段氏毛诗集解》卷首，载（清）纪昀等编《景印文渊阁四库全书·经部·诗类》第74册，台北：台湾商务印书馆1986年版，第424页。

③ （唐）白居易：《与元九书》，载谢思炜校注《白居易文集校注》，第322页。

人情”①。对于以《诗》作为疏导民怨的基本进路，《公羊传·宣公十五年》何休注作了一番阐释：“男女有所怨恨，相从而歌，饥者歌其食，劳者歌其事。男年六十，女年五十无子者，官衣食之，使之民间求诗。”② 对此，《论语·阳货》则有一句更为精炼的表述，即“《诗》可以怨”。诚然，“怨”的确在《诗》中有着直接的呈现。《诗》展现的并不是井然有序的黄金盛世，而是多反映了世态的不幸与困境。挣扎、愤懑与冤屈盘旋在诗人心中，郁结难解，无处可表，以至于常呼天而懟之。

《孔子诗论》第十章指出，风诗中多有怨辞的存在：“诗其犹平门与？戋民而裕之，其用心将何如？曰：《邦风》是也。民之有戚患也，上下之不和者，其用心也将何如？”③ 上下不和、百姓疲敝至极，其用心在风诗中均有反映。宋人陈傅良将此申明为：“尝观于《诗》，刑政之苛，赋役之重，天子、诸侯、朝廷之严，后妃、夫人、衽席之秘，匹夫匹妇皆得以肆言之。圣人为《诗》，而使天下之匹夫匹妇皆得以言其上。”④ 例如，在《邶风·北门》中，诗人自陈其内外交困的窘迫局面：“王事适我，政事一埤益我。我入自外，室人交徧讁我。已焉哉，天实为之，谓之何哉！”又如，在《卫风·氓》中，妇人自陈持家之艰辛：“三岁为妇，靡室劳矣。夙兴夜寐，靡有朝矣。言既遂矣，至于暴矣。兄弟不知，咥其笑矣。静言思之，躬自悼矣。”实际上，怨辞并不限于风诗内部。《诗论》第四章指出，雅诗中亦多有怨辞出现：“《黄鸟》则困而欲反其故也，多耻者其病之乎？”又云：“《十月》善諀（譬）言。《雨无正》《节南山》皆言上之衰也，王公耻之。《小旻》多疑矣，言不中志者也。《小宛》其

① （唐）白居易：《与元九书》，载谢思炜校注《白居易文集校注》，第322页。

② （汉）何休解诂，（唐）徐彦疏，刁小龙整理：《春秋公羊传注疏》，第679页。

③ 李学勤：《上海博物馆藏竹书〈诗论〉分章释文》，转引自刘信芳《孔子诗论述学》，第280页。

④ （宋）段昌武撰：《段氏毛诗集解》卷首，载（清）纪昀等编《景印文渊阁四库全书·经部·诗类》第74册，第424—425页。

言不恶，少有仁焉。《小弁》《巧言》则言谗人之害也。”① 从总体上看，《诗》多怨辞的现象，恰恰反映出“在先秦时代，人们对于诗乐所具有的释憾抒怨、宣泄情感的功能已经有了相当深刻的认识”②。

值得注意的是，日常生活的抒怨方式多种多样，而孔子唯独提出“《诗》可以怨”。“可以”二字，凸显出以《诗》抒怨的合宜性与正当性。如此一来，应追问的是，以《诗》所抒之怨，是一种怎样的“怨”？《诗》之怨与日常生活中形形色色的埋怨、抱怨有何不同，使孔子独称“《诗》可以怨”？

在此，亟须面对的问题是，一方面，孔子提出“《诗》可以怨”，但另一方面，《论语》也多次出现关于“不怨”的教导，如《论语·里仁》载孔子之言曰：“事父母几谏。见志不从，又敬不违，劳而不怨。”《论语·尧曰》载孔子之言曰：“君子惠而不费，劳而不怨，欲而不贪，泰而不骄，威而不猛。”此外，《论语·述而》还出现了“何怨”的反问：“求仁而得仁，又何怨？”初看上去，上述“不怨”“何怨”之论似乎对“怨”的行为持否定态度。那么，此种看似对“怨”的否定，是否与“《诗》可以怨”的提法相冲突？

需要辨明的是，孔子所言“不怨”，不应坐实为否定所有情境中的抒怨行动，否则又该如何解释孔子自身并非从无怨怼之辞。试以孔子的生命气象言之，《论语·学而》以“温、良、恭、俭、让”评述孔子，《论语·述而》又将孔子之气象表述为“温而厉，威而不猛，恭而安”，二者相互配搭，可谓极尽完满中正。但从根本上看，孔子温柔敦厚的气象，与其对周遭人事存有怨辞，二者并不抵牾。据此反观郭绍虞所言“首先一个‘怨’字就与温柔敦厚相矛

① 李学勤：《上海博物馆藏竹书〈诗论〉分章释文》，转引自刘信芳《孔子诗论述学》，第279页。

② 马银琴：《周秦时代〈诗〉的传播史》，第196页。

盾”①，此论犹有可商榷之处。

据《史记·孔子世家》所载，孔子曾以《去鲁歌》委婉抒怨：

> 孔子遂行，宿乎屯。而师己送，曰：“夫子则非罪。”孔子曰：“吾歌可夫？”歌曰：“彼妇之口，可以出走；彼妇之谒，可以死败。盖优哉游哉，维以卒岁！”师己反，桓子曰：“孔子亦何言？”师己以实告。桓子喟然叹曰：“夫子罪我以群婢故也夫！”②

据引文所示，孔子以一番诗性言说表达了对鲁君淫于女乐、荒于朝政的不满。此外，在《论语》中，孔子也多次直陈较为严厉的斥责之语。例如，《八佾》载孔子之言曰：“八佾舞于庭，是可忍也，孰不可忍也。”《先进》载孔子怒斥冉有之言曰：“非吾徒也。小子鸣鼓而攻之，可也。”对于不思进取的宰我，孔子亦有怨辞：“朽木不可雕也，粪土之墙不可杇也。”当宰我质疑三年之丧的合理性时，孔子痛斥其为“不仁”。可见，《论语》呈现的恰恰是“一个爱憎情感都表现得相当鲜明的孔子”③。

据此反观孔子所言“不怨”，并不是对“怨”一概否定。综观上述文本，对于“怨”，孔子实际上持复杂且辩证的态度：是否怨，如何怨，都应根据具体的场合、情境与人事而定，当怨则怨，不当怨则不怨。具体来说，不当怨之时，应反求诸己，居易俟命，努力做到不怨。孔子所言“劳而不怨”“贫而无怨”，《中庸》所言“正己而不求于人则无怨。上不怨天，下不尤人”，都是在此语境中说的。据此推知，孔子反对的，其实是不当怨而怨与当怨而不怨两种情况，即怨不得其时，不怨亦不得其时。无是无非、一团和气的好

① 郭绍虞：《照隅室古典文学论集》，第391页。

② （汉）司马迁撰：《史记》，第1918页。

③ 马银琴：《周秦时代〈诗〉的传播史》，第195页。

好先生从来不会有怨辞，但此“乡愿”最为孔子所轻视，被斥为“德之贼”。除了“乡愿”之人的“无怨”和“不怨”，另一种类型的“不怨”也被孔子拒斥，即“匿怨”。《论语·公冶长》载其言曰：“匿怨而友其人，左丘明耻之，丘亦耻之。”进一步来说，“匿怨”的情况又可细析为以下两种：其一为当怨之时，心中有怨却未抒发，而是将此怨匿于心中；其二为不当怨之时，心中有怨，但同样匿于心中。从表面上看，这两种情况同为“无怨”，但实则都属于“由于‘匿怨’所造成的‘无怨’的假象”①。在孔子看来，真正意义上的“无怨”和“不怨”有别于忍气吞声、逆来顺受。也就是说，无怨与不怨，并非通过“匿怨”实现，否则难免导致表里不一。此即为“伪”。船山在此点上与孔子态度一致。本书第六章在探讨“《诗》以白情”之时，已论述船山对“匿情”的反对，并主张以“白情”代替“匿情”，兹不赘。

承上所言，吾人可将孔子对“怨”的复杂态度细析为如下面向。首先，须考虑“怨”的正当性与合理性，即遭逢如此场合、情境与人事，“怨”是否为应然之举。这时，应做到怨所当怨，即当怨则怨，不当怨则不怨，如此才是怨得其宜。其次，还须考虑“怨”的呈现方式，即吾人是将“怨”宣发而出，还是藏匿于心？对此，孔子的基本态度是反对“匿怨”，无论此怨是当怨之时，有怨未发，还是不当怨之时，亦生其怨，却同样有怨未发。两相比较，在不当怨之时，亦生其怨，固然不及不当怨则不怨，但此时倘若匿怨，则会雪上加霜。由此衍生的问题是，如果匿怨并不可行，而应宣发其怨，此怨又该如何宣发？至此，吾人所关注的问题脉络，便自然过渡至孔子所言“《诗》可以怨”。

据此可知，《论语》虽多次出现“无怨”“不怨”的教导，但这与“《诗》可以怨”的提法并不矛盾。二者并非此消彼长的对立关系。相反，在孔子所言“无怨”“不怨”与“《诗》可以怨”之间

① 马银琴：《周秦时代〈诗〉的传播史》，第 195 页。

其实有一以贯之的脉络，蕴含着孔子对“怨”自洽而圆融的态度与立场。具体来说，“《诗》可以怨”侧重于论述抒怨的具体进路。《诗》作为行之有效的抒怨方式，使以《诗》所抒之怨，远胜于日常生活的抱怨与“匿怨”。

（二）以《诗》抒怨的特质

1.《诗》之怨：“怨而不怒”

对于“《诗》可以怨”，朱子解作“怨而不怒”①。蔡节亦云：“优游不迫，虽怨而不怒也。”②“怨而不怒”有两种可能的理解进路。其一，《诗》中只有怨，没有怒，即《诗》之怨是一种无怒之怨。这意味着，还存在某种含怒之“怨”，如平日里触目可见的埋怨、抱怨。此即为《诗》之怨区别于其他类型之怨的可贵之处。其二，“怨而不怒”中的“不怒”，并不是指诗人一开始就没有怒，而是《诗》使此怒得以升华。也就是说，《诗》之怨最终化解了怒。

顾随对第一种解释提出了反驳：若将《诗》之怨视为全然无怒之怨，明显与《诗》的真实情况不符。顾随以为，“《诗》中亦有怒”，“‘人而无仪，不死何为’二句，恨极之言，何尝不怒”③，并对怒与怨的关系做了进一步阐发，即“怒与哀而怨生矣”④。不可否认，《诗》中部分篇章的确存在过激的怒斥之辞。最典型的是《鄘风·相鼠》和《小雅·巷伯》。二诗均被程、蒋注本归为“直吐怒骂之作”⑤。诗人愤怒的程度如此之深，甚至对所痛恨者施以诅咒。若采取上述第一种解释进路，将“怨而不怒”解为全然无怒之怨，那么这两首诗激烈的措辞给人留下的印象将是怒气太甚，难免与《诗》之怨（作为无怒之怨）的理想状态相去甚远。这同时也将引

---

① （宋）朱熹撰：《四书章句集注》，第 178 页。

② （宋）蔡节撰：《论语集说》卷九，载（清）纪昀等编《景印文渊阁四库全书·经部·四书类》第 199 册，第 692 页。

③ 叶嘉莹、刘在昭笔记，高献红、顾之京整理：《顾随讲〈诗经〉》，第 20 页。

④ 叶嘉莹、刘在昭笔记，高献红、顾之京整理：《顾随讲〈诗经〉》，第 21 页。

⑤ 程俊英、蒋见元：《诗经注析》，第 143 页。

发如下追问：《诗》既以“温柔敦厚”为成德之本旨，缘何会收录措辞如此激烈的诗作？“《风》则有‘胡不遄死’‘人之无良’等语，《雅》则有‘投畀豺虎’‘相尔矛矣’等语”①，这是否与温柔敦厚的诗教互为扞格？诗教之温柔敦厚，是否将导向一种全然无怒的状态？凡此诸论均深植于将温柔敦厚与怒意视为对立互斥的立场：温柔敦厚即为全然无怒。一有怒意，便与温柔敦厚相悖。

由此，本节所关涉的问题进一步变为，将“怨而不怒”解作全然无怒之怨是否合宜，能否真实反映《诗》之怨的特质？不难想见，此进路暗含的立场在于，承认“怨而不怒”与“怨而怒”存在高下之分。无怒之怨，优于含怒之怨。“怒”在相当程度上被拒斥，其原因很可能在于，“怒”已预先被视为一种负面的情绪状态和生存情态。人发怒时，往往血气跌宕、难以自已。《大学》云：“身有所忿懥，则不得其正。”“忿懥”意指怒的状态。朱子注曰：“然一有之而不能察，则欲动情胜，而其用之所行，或不能不失其正矣。”② 怒而不得其正，违背了“温柔敦厚，《诗》教也”的成德目标，难免妨碍性情之中和的实现。

问题在于，倘若直接把怒视为一种负面状态并加以拒斥，如此之怒脱离了具体情境，只作为可憎的标签而存在，难免失于空洞。更有意义的做法在于，将怒还原到所处的具体情境中，并据此区分出怒的不同类型。

若将《相鼠》《巷伯》合观，二诗之怒并非源于诗人对私利的计较，而是出于对恶人恶事的愤慨，是目睹公道沦丧、正义被践踏后的痛心疾首。对此，张栻曾言：“其言之发，皆出于恻怛之公心，而非有他也。”③ 熊十力亦云：“怨诗发于好恶之公……此怨非私也，

① 陈衍撰：《石遗室诗话续编》，载张寅彭主编《民国诗话丛编》第1册，上海书店出版社2002年版，第661页。

② （宋）朱熹撰：《四书章句集注》，第8页。

③ （宋）张栻撰：《癸巳论语解》卷一，载（清）纪昀等编《景印文渊阁四库全书·经部·四书类》第199册，第196页。

乃与天下贫苦众庶同此怨也。"[①] 这表明，诗人好恶的根据，乃在于至公之天理。诗人以人所应行之道为参照点，反观君臣父子的言行举止。如此之怒，可谓怒其当怒。据此而论，相比起对怒一概拒斥，更合宜的做法或在于，察验此怒是否怒所当怒。当喜则喜，当怒则怒，才是得其宜，才是"时中"。由此可见，《诗》中有怒，本无可厚非，诚如《淮南子·本经训》所论："人之性，有侵犯则怒，怒则血充，血充则气激，气激则发怒，发怒则有所释憾矣。"[②] 关键在于，诗人之怒出于天理之公，而非个人之私，因而是一种"时中"之怒，与日常生活中的血气之怒不可同日而语。

同时，《诗》的另一可贵之处在于怒的呈现形式，即"怒而怨"。顾随指出，怒而怨是得其直："怒与哀而怨生矣，而'怨'都是直。'怒''怨'，在乎诚、在乎忠、在乎恕、在乎仁、在乎义，当然可以怒，可以怨。"[③] 顾随承认怒，也看到以直道来呈现怒的合理性。怒而怨，才是直，如此才可以不迁怒。顾随对"不迁怒"的强调与孔子的思想一脉相承。"夫子承认怒，惟不许'迁怒'；许人怒，但要得其直。"[④] 诗人怒而后怨，并不是停留于日常经验层面的抱怨、埋怨，而是以《诗》抒怨，如此才是得其直。

> 《管子·内业》云："止怒莫若《诗》，去忧莫若乐。"[⑤]
>
> 《毛诗补疏叙》云："诗发于思，思以胜怒，以思相感，则情深而气平矣。此《诗》之所以为教与？"[⑥]

---

① 熊十力：《论六经·中国历史讲话》，第 87 页。

② 何宁撰：《淮南子集释》，第 599 页。

③ 叶嘉莹、刘在昭笔记，高献红、顾之京整理：《顾随讲〈诗经〉》，第 21—22 页。

④ 叶嘉莹、刘在昭笔记，高献红、顾之京整理：《顾随讲〈诗经〉》，第 20 页。

⑤ 黎翔凤撰，梁运华整理：《管子校注》全三册，第 947 页。

⑥ （清）焦循撰：《毛诗补疏叙》，载顾廷龙主编，《续修四库全书》编纂委员会编《续修四库全书·经部·诗类》第 65 册，第 395 页。

引文论及“止怒”“胜怒”二语。若细析之，“止怒”与“胜怒”并不等同于原本无怒，否则又谈何“止怒”和“胜怒”？唯有怒而怨，且以《诗》抒怨，如此才是得其直、尽其诚，方能达至“止怒”“胜怒”之效。这再次说明，在对“怨而不怒”作解时，不应把“怨而不怒”等同于全然无怒之怨，而应解读为，《诗》之怨实现了对“怒”的超越与升华。以《诗》抒怨的过程，能使此怒得其正，亦得其直，从而产生“止怒”与“胜怒”之效。①

据此反观将“温柔敦厚”与怒意对立二分的立场，难免有偏颇失当之处。对此，梨洲作了一番辨正：“彼以为温柔敦厚之诗教，必委蛇颓堕，有怀而不吐，将相趋于厌厌无气而后已。若是，则四时之发敛寒暑，必发敛乃为温柔敦厚，寒暑则非矣。人之喜怒哀乐，必喜乐乃为温柔敦厚，怒哀则非矣。……然吾观夫子所删，非无《考槃》《丘中》之什厝乎其间，而讽之令人低徊而不能去者，必于变《风》、变《雅》归焉。盖其疾恶思古，指事陈情，不异薰风之南来，履冰之中骨，怒则掣电流虹，哀则凄楚蕴结，激扬以抵和平，方可谓之温柔敦厚也。”② 由此可知，《诗》虽以“温柔敦厚”作为成德之本旨，但却并非全然排斥怒意，关键在于，察验此怒是否怒所当怒，是否怒得其正，怒得其宜，诚如申涵光所言：“然则愤而不失其正，固无妨于温柔敦厚也欤？”③

2. 调和人伦：《诗》之怨的根本目标

承上文所述，《诗》之怨的一大特质在于“止怒”和“胜怒”，

---

① 本节以朱注“怨而不怒”为切入点来分析“《诗》可以怨”，以期揭示以《诗》抒怨的特质。但需要辨明的是，朱子此处关注的是起源于怒、与怒相伴之怨。在此特定语境中，朱注“怨而不怒”将《诗》的功效界定为，使怨以合乎其宜的方式抒发而不致落入偏激极端之域。但实际上，《诗》之怨并不局限于根源于怒之怨，因此，除了以朱子所言“怨而不怒”为切入点，笔者后续还将更广泛地探讨《诗》中其他类型之怨。

② （清）黄宗羲：《万贞一诗序》，载陈乃乾编《黄梨洲文集》，第362—363页。

③ （清）申涵光撰：《贾黄公诗引》，《聪山集》卷二，载《清代诗文集汇编》编纂委员会编《清代诗文集汇编》第70册，上海古籍出版社2010年版，第91页。

从而有别于日常生活层面加剧怒气的抱怨与埋怨。若探究止步于此，那么还不足以说明为何《诗》之怨具有“以其怨者而群，群乃益挚”的积极意义。《诗》之怨可以止怒、胜怒，这至多使破裂的人伦关系不再因怒气的存在恶化，但却不足以修复人伦之嫌隙。很明显，船山所言“以其怨者而群，群乃益挚”，侧重于指《诗》之怨在敦厚人伦方面所具有的积极意义。那么，以《诗》抒怨，对于调和人伦所具之积极作用何在？

（1）必要的区分：“亲之过大者”与“亲之过小者”

先来看《孟子·告子下》的一段对话：

> 公孙丑问曰：“高子曰：‘《小弁》，小人之诗也。’”孟子曰：“何以言之？”曰：“怨。”

因《小雅·小弁》存有怨辞，高子便将其视为“小人之诗”。孟子以为，高子所持之论，其症结在于仍外在地来看待怨，执滞于“怨”的形式，而未深究其理。因此，孟子用“固”来评价高子：“固哉，高叟之为诗也！”“固”，即“执滞不通”[①] 之意。接着，孟子将《小弁》之怨与《凯风》之怨作了对比。尽管二诗的人事背景有相同之处（亲人犯了过错，导致亲子关系出现裂痕），但若细究其具体境况，则可以区分出“亲之过小”和“亲之过大”两种情形。《小弁》一诗中，亲人之过属于“亲之过大”者，即周幽王宠爱褒姒，废申后及太子宜臼，另立褒姒为后，立伯服为太子。与此相比，《凯风》所言母亲改嫁[②]，则属于“亲之过小”者。

同样是亲人有过，诗人的应对方式并不是清一色的，而是与所处的具体情境相适应，故而以《诗》抒怨的进路也各有差异：《小

---

① （宋）朱熹撰：《四书章句集注》，第340页。

② 《凯风序》将其过失申明为：“虽有七子之母，犹不能安其室。”（汉）毛亨传，（汉）郑玄笺，（唐）孔颖达疏，（唐）陆德明音释，朱杰人、李慧玲整理：《毛诗注疏》，第183页。

弁》有怨辞，《凯风》则不怨。对于前者有怨、后者不怨的差别，《孟子》作了进一步的说明：

> 曰："《小弁》之怨，亲亲也。亲亲，仁也。固矣夫，高叟之为诗也！"曰："《凯风》何以不怨？"曰："《凯风》，亲之过小者也；《小弁》，亲之过大者也。亲之过大而不怨，是愈疏也；亲之过小而怨，是不可矶也。愈疏，不孝也；不可矶，亦不孝也。"（《孟子·告子下》）

孟子认为，"亲之过大"时，怨显得合理且必要。"《小弁》之人无罪而逐于父，故怨望之意生"①，如此才是怨所当怨，怨得其宜。孟子看到，怨这一行动的积极意义在于，抒怨者仍旧重视这段关系，并对关系的改善仍抱有希望。以上均构成怨之前提。倘若亲之过大，受害者却没有半句怨言，反而有违情理。这只有一种可能——"疏"。易言之，受害者与亲人隔阂已深，对关系全然失望甚或绝望。此时的"不怨"，实则是以表面的风平浪静掩盖了内在的问题——人伦关系的断绝。从"《小弁》之怨，亲亲也"可知，诗人并不是单纯地为怨而怨，而是着眼于"亲亲"，其旨归在于修复与维系伦常关系。

与《小弁》直言亲人之过相比，《凯风》通篇均为自责之辞。朱子将此申明为："于是乃若微指其事，而痛自刻责，以感动其母心也。母以淫风流行，不能自守，而诸子自责，但以不能事母，使母劳苦为词。婉词几谏，不显其亲之恶，可谓孝矣。"② 据此，问题进一步变为，既然母亲有过，为何《凯风》却无怨辞？诗人洞悉，人伦之情理高于某一事理的对错是非。事理之对错固然不能置若罔闻，但诗人不会偏执于事理之过失而自鸣理直，而是尽量体贴对方的立场、

---

① 马银琴：《两周诗史》，第253页。

②（宋）朱熹集撰，赵长征点校：《诗集传》，第30页。

用心和苦衷，唯恐伤及人伦之情，其旨归实质上也落脚于“亲亲”。

对于《凯风》之不怨，孟子亦持赞同态度。亲人犯小过时，若一直斤斤计较，往往会加剧双方关系的破裂。此时，恕道才最为合宜，否则便是“不可矶”。《孟子》云：“亲之过小而怨，是不可矶也。”朱注云：“不可矶，言微激之而遽怒也。”[①] 过小而怨，其原因在于气量褊狭，对亲人之过缺乏包容心。

综上所言，孟子论“怨”，之所以区分出“亲之过大”与“亲之过小”两种情况，首先在于说明诗人是根据所处情境判断是否当怨，并对怨的分寸进行拿捏，如此才能实现怨得其宜，怨得其中。其次，《小弁》之怨与《凯风》之不怨，其落脚点都不在于怨或不怨的行为本身，而在于弥合与修复伦常关系的嫌隙与破裂。

（2）怨：与他者“同其情”的一种尝试

承上所述，《诗》之怨并非停留于“怨”的行为本身。以《诗》抒怨，其本旨在于维系伦常关系。初看上去，此判断似乎有违常理。毕竟在一般情况下，怨的产生，其直接原因在于双方关系不和。据通常理解，若关系出现裂痕，怨的行为只会加剧关系的恶化，又如何能够调和人伦？因此，若说《诗》之“怨”有助于实现“《诗》可以群”，这似与常理不符。故而还需追问，《诗》之怨具备何种特质，使其能够弥合关系的裂痕，最终助益于“《诗》可以群”的实现？兹取《说苑·复恩》的一段文本来探讨此点：

> 晋文公出亡，周流天下，舟之侨去虞而从焉。文公反国。择可爵而爵之，择可禄而禄之，舟之侨独不与焉。文公酌诸大夫酒，酒酣，文公曰：“二三子盍为寡人赋乎？”舟之侨进曰：“君子为赋，小人请陈其辞，辞曰：‘有龙矫矫，顷失其所。一蛇从之，周流天下。龙反其渊，安宁其处。一蛇耆干，独不得

① （宋）朱熹撰：《四书章句集注》，第340页。

其所'。"①

据引文所示，在晋文公落魄出亡之时，舟之侨誓死追随，而文公重新得势、奖赏功臣之时，却把舟之侨抛在脑后。满腔忠诚的舟之侨遭逢如此冷遇，心中不可能毫无波澜，否则也不会在宴会上自陈其辞："有龙矫矫，顷失其所；一蛇从之，周流天下。龙反其渊，安宁其处；一蛇耆干，独不得其所。"究其形式，这番自陈也以高度诗化的方式来呈现，与《左传》《国语》所载赋《诗》言志现象颇为相似。对于晋文公的薄情与健忘，舟之侨并未进行直接的怨刺，而是以龙喻文公，以蛇喻自己，以是否"得其所"作为叙述主线，追忆文公从失势到得势的前后过程。在高度诗化的营构与言说中，龙与蛇前后遭遇的戏剧性突变得以凸显。

龙失其所，蛇与其同甘共苦。反差在于，龙重返其所，蛇却无处可归。在此，舟之侨凸显出自身处境之"独"。这经由"一蛇从之""一蛇耆干""独不得其所"三处语境来体现。"一"与"独"互为映衬，流露出无尽的心酸。与日常生活中的种种怨辞有所不同，舟之侨并不是作为咄咄逼人的控诉者，将矛头直指晋文公，而是自陈己情，让文公自行反思先前的做法应当与否。值得深思之处在于，当文公意识到自己亏待了舟之侨，并应允他高爵丰禄之时，舟之侨却拒绝并离开了：

> 文公瞿然曰："子欲爵耶？请待旦日之期。子欲禄邪？请今命廪人。"舟之侨曰："请而得其赏，廉者不受也。言尽而名至，仁者不为也。今天油然作云，沛然下雨，则苗草兴起，莫之能御。今为一人言施一人，犹为一块土下雨也，土亦不生之矣。"遂历阶而去。文公求之不得，终身诵《甫田》之诗。②

① （汉）刘向撰，向宗鲁校证：《说苑校证》，第122页。

② （汉）刘向撰，向宗鲁校证：《说苑校证》，第122—123页。

可见，舟之侨看重的并非爵禄本身。爵禄作为一个标志，代表着国君对臣下忠心的纪念。文公以为，舟之侨自陈其辞为的只是爵禄。这再次表明文公对舟之侨的“不知”。在文公失势之时，舟之侨誓死相从，难道为的只是日后的荣华富贵？文公的不知，很可能是舟之侨一去不复返的直接原因。

面对舟之侨的离开，晋文公的反应是“求之不得，终身诵《甫田》之诗”。至此，故事戛然而止。对于晋文公的态度及行为，《说苑》描写得十分简略，只提及“终身诵《甫田》之诗”。

《甫田》出自《小雅》，此诗描写了田祖之祭的一系列过程，其中一重要环节便是在上位者答谢辛勤劳作的农人。朱注云：“凡此黍稷稻粱，皆赖农夫之庆而得之，是宜报以大福，使之万寿无疆也。其归美于下，而欲厚报之如此。”①《甫田》详写天子省耕之事，旨在“归美于下”，答谢农人。此诗所言“报以介福”，乃是以君王对民众的体恤与爱护为其内核，以上下相亲为其前提，如此之赏赐才能真正慰藉人心。

相比起直接描写晋文公的心理活动，刘向以“晋文公终身诵《甫田》之诗”作结，更显意味深长。“诵《甫田》之诗”，暗示着文公的观念已然发生转变：倘若缺乏对臣民的尊重与体恤，缺乏对其忠心发自内心的纪念，赐予再多的赏赐也无实质意义。在这里，“终身”一词十分关键，表明悔意和愧疚伴随着文公的后半生。为避免重蹈覆辙，文公时刻用《甫田》策励自省。

行文至此，需要追问的是，舟之侨并未直接埋怨或控诉晋文公的过错，只是以诗化的方式自陈其辞，为何会对晋文公产生如此大的影响，使其“终身诵《甫田》之诗”？且带着这一问题来看以下文本：

> 其后箕子朝周，过故殷虚，伤宫室毁坏，生禾黍，箕子伤

① （宋）朱熹集撰，赵长征点校：《诗集传》，第242页。

> 之，欲哭则不可，欲泣为其近妇人，乃作《麦秀之诗》以歌咏之。其诗曰："麦秀渐渐兮，禾黍油油。彼狡僮兮，不与我好兮！"所谓狡童者，纣也。殷民闻之，皆为流涕。①

据《麦秀之诗》所示，箕子把君王称为"狡僮"。此用法也见于《郑风·狡童》所言"彼狡童兮，不与我言兮"和《郑风·山有扶苏》所言"不见子充，乃见狡童"。可见，《麦秀之诗》与《诗三百》在言说方式上存在着相似之处。朱注云："狡童，狡狯之小儿也。"② 箕子把"君"称作"狡僮"，暗含着他对君王的评价——君不行君道，因此不配称为"君"。君不行君道，臣仍旧苦守臣道，其后果只可能是臣不见答于君。闻一多在《风诗类钞乙》目录中将《狡童》归为"女词"③，解为"恨不见答也"④。其实，"恨不见答"一语对于君臣关系也同样适用。不论是《郑风·狡童》的"彼狡童兮，不与我言兮"，还是《麦秀之诗》的"彼狡僮兮，不与我好兮"，都流露出"恨不见答"的哀伤怨叹与无可奈何。

史迁以殷民听闻《麦秀之诗》的反应作结——"殷民闻之，皆为流涕"——这并非一个可有可无的结尾，而是对吾人思考以《诗》抒怨的特质有着重要启发。听闻《麦秀之诗》，殷民无不垂涕。倘若不是深受感动，情难自已，不可能会有如此反应。《麦秀之诗》感人化人的力量如此之深，以至于生于千载之后的宋人黎立武都如此追忆年少时的读诗体会："少读箕子《麦秀歌》，怒焉流涕。"⑤ 可见，感人、动人是《麦秀之诗》所抒之怨的效验。由此反

① （汉）司马迁撰：《史记》，第1620—1621页。

② （宋）朱熹集撰，赵长征点校：《诗集传》，第82页。

③ 闻一多：《风诗类钞》，载朱自清、郭沫若、吴晗、叶圣陶编《闻一多全集》第5册，第37页。

④ 闻一多：《风诗类钞》，载朱自清、郭沫若、吴晗、叶圣陶编《闻一多全集》第5册，第48页。

⑤ （宋）黎立武撰：《经论》，转引自（清）廖平著，蒙默、蒙怀敬编《廖平卷》，第199页。

观上一故事，晋文公之所以“终身诵《甫田》之诗”，很可能也在于深受舟之侨的感化。若非受感化程度如此之深，将难以催生终身诵读《甫田》而不辍的行动力。由此可知，相比起日常生活中毫无建设性、满是苦毒的抱怨，《诗》之怨的可贵之处在于，诗人并非站在道德制高点控诉对方过失，而是试图与之“同其情”，故能“情深而气平”①，所谓“情得，则两相感而不疑。故示之于民，则民从；施之于僚友，则僚友协；诵之于君父，则君父怡然释。不以理胜，不以气矜，而上下相安于正”②，如此才能实现感人、动人之效，才能成就“王子击好《晨风》，而慈父感悟”③ 的美谈。

在多数情况下，变《风》中不见谩骂揭短之辞，而是动之以情。《邶风·北门》刺君不恤臣，其诗不过哀叹己之颠沛窘迫；《王风·葛藟》刺平王不念宗族之恩，其诗不过伤己惸独，无人亲厚；《郑风·子衿》刺学校废坏，学人荒怠，其诗不过形容老师思念诸生而已。即使在直陈君过的变《雅》，诗人之情也并非执滞于某个单一层面，绝非简单地发泄怨怼与愤恨而已。《节南山》所言“赫赫师尹，民具尔瞻”，明期望至重；《十月之交》所言“日月告凶，不用其行”，恐天命之凶兆；《雨无正》所言“周宗既灭，靡所止戾”，伤国运维艰，积重难返；《小宛》所言“明发不寐，有怀二人”，念先王德泽，哀后嗣难续。究其本旨，变《雅》的目的不在于揭示君王的短处，以发泄一己之怨怼，而在于使君王改过自新，复归于君君、臣臣的伦常秩序。因此，变《雅》言辞虽直，却有别于逞其血气、以理胜人的斥责与谩骂，“非强谏争于庭，怨忿诟于道，怒邻骂坐之为也”④，而是

① （清）焦循撰：《毛诗补疏叙》，载顾廷龙主编，《续修四库全书》编纂委员会编《续修四库全书·经部·诗类》第65册，第395页。

② （清）焦循撰：《毛诗补疏叙》，载顾廷龙主编，《续修四库全书》编纂委员会编《续修四库全书·经部·诗类》第65册，第395页。

③ （清）沈德潜著，霍松林校注：《说诗晬语》，第186页。

④ （宋）黄庭坚：《书王知载朐山杂咏后》，载刘琳、李勇先、王蓉贵点校《黄庭坚全集》，第600页。

诚如焦循所言："不务胜人，而务感人。"① 因此，雅诗中虽多出现怨辞，但却如《史记·屈原列传》所论"《小雅》怨诽而不乱"②，其着眼点在于"不乱"二字。

进一步来说，焦循看到，后世之所以"戾于事君父之道"，究其缘由，除不得诗教之要领外，与"情""理"二分的思维窠臼不无关联。后世之怨，其出发点往往在于自鸣已直，以理凌人，而非感人、动人和化人。若以如此方式抒怨，非但不能与对方"同其情"，反而还会加剧双方关系的紧张：

> 自理道之说起，人各挟其是非，以逞其血气，激浊扬清。本非谬戾，而言不本于性情，则听者厌倦。至于倾轧之不已，而忿毒之相寻，以同为党，即以比为争，甚而假宫闱、庙祀、储贰之名，动辄千万人哭于朝门，自鸣忠孝，以激其君之怒。害及其身，祸于其国，全戾乎事君父之道。③

综上所述，共同体内部由于上下分而不和，在下位者其情郁滞不畅，怨的产生在所难免。此时，以《诗》抒怨，则具有疏导民众郁滞之情的作用。陈桐生将《孔子诗论》"戋民而裕之"一句读为"与贱民而逸之"，并将其意解作"《诗》有泄导人情的功能"，其效验在于"使贫贱易安，幽居靡闷，能够使贱民从怨愤心态超越出来"。④下道其情，上能知下，上下之情遂得以交互往来，即上与下"同其情"，如此便有助于共同体内部凝聚力的存续。可见，以《诗》抒怨，对于维系共同体的统一关系具有较为积极的作用："是故汤武之兴，其民怨而不敢先；周之衰，其民哀而不敢离。盖其湮郁不平之

① （清）焦循撰：《毛诗补疏叙》，载顾廷龙主编，《续修四库全书》编纂委员会编《续修四库全书·经部·诗类》第65册，第395页。

② （汉）司马迁撰：《史记》，第2482页。

③ （清）焦循撰：《毛诗补疏叙》，载顾廷龙主编，《续修四库全书》编纂委员会编《续修四库全书·经部·诗类》第65册，第395页。

④ 陈桐生：《〈孔子诗论〉研究》，中华书局2004年版，第259页。

气舒焉，而亡聊之气不蓄也。呜呼！《诗》不作，天下之怨极矣！……故春秋之亡，以礼废；秦之亡，以《诗》废。吾固知公、卿、大夫、士之祸速而小，民之祸迟而大，而《诗》之所以维持君臣之道之功深也。"① 究其根本，与他者"同其情"，构成以《诗》抒怨的根本特质。在大多数时候，诗人并非将矛头直指对方，而是以畅明己情为主，以己情动人、化人，从而使他者与己身"同其情"，其旨归在于"上下求通"②：

> 凡人对于时政之不满，及己心之不平，借诗表达，在位者读之，可明舆情而知所警惕，以改善政治，盖诗情贵温厚，而辞贵委婉，胜于直陈，故能"言之者无罪，而闻之者足以戒"，此实一种"抒下情而通讽谕"之微妙作用。③

据此而论，《诗》之怨不会令双方更为疏远，而是有助于打破情滞而不通的僵局。由此，《诗》"可以怨"与《诗》"可以群"的内在关联得以澄明。船山将其申明为："以其群者而怨，怨愈不忘；以其怨者而群，群乃益挚。"④ 群体内部难免生怨，而以《诗》抒怨，使双方"同其情"得以可能，这为"群"之统一创造了更为充分的前提条件。

二 以《诗》理群如何实现？

承上所述，以《诗》抒怨，其着眼点在于"上下求通"。这使《诗》之怨有别于日常经验层面加剧关系破裂的抱怨，对上下之情隔

---

① 转引自（宋）段昌武撰《段氏毛诗集解》卷首，载（清）纪昀等编《景印文渊阁四库全书·经部·诗类》第74册，第425页。

② 柯小刚：《诗之为诗：〈诗经〉大义发微》卷一，第35页。

③ 缪钺：《中国文学史讲演录（唐以前）》，载缪元朗、景蜀慧编校《缪钺全集》第六卷，第20页。

④ （清）王夫之著，戴鸿森笺注：《姜斋诗话笺注》，第4页。

而不通的困境有一定的缓解作用。就此而论，以《诗》抒怨，对实现“群”之和睦统一具有一定的积极意义。然须注意，对于理解《诗》“可以怨”与《诗》“可以群”的内在关联而言，仅是泛泛而论尚且不够。我们还须深入考察，在历史—文化维度下，以《诗》抒怨的进路如何落实于具体的人伦关系，如何实现对此伦常关系的协调与改善。

在总论“《诗》可以群，可以怨”之后，孔子将“迩之事父，远之事君”作为其落实进路，明示了可供依循的切入点。在此，夫子特别标举出“父”与“君”两种人伦关系，足见二者对伦常关系的重要性。对此，《孟子·滕文公下》亦云：“无父无君，是禽兽也。”此句分别以“父”与“君”统领个人对内与对外的人伦关系。依据朱注“人伦之道，《诗》无不备，二者举重而言”可知，在前现代语境中，父子、君臣之伦在人伦关系中最具代表性，是人实现自我理解的重要进路。《诗》“迩之事父，远之事君”，并不是孔子对学《诗》效验所作的理论假设，而是《诗》在吾国文化传统中真实的存在样态与意义呈现。那么，《诗》之怨如何切实地对古人事父事君的境况有所助益？这构成下文的探究要点。

（一）迩之事父

古人的一大生存困境在于“事父”。见载于《史记》的父子悲剧，最著名的便是晋国太子申生的故事：申生受骊姬陷害，日渐失去了晋献公的信任和器重，以致晋献公最终竟对申生起了杀心。申生宁愿赴死，也不愿让真相大白于世，唯恐违逆父亲宠爱骊姬的心愿——“君安骊姬，是我伤公之心也”①。另一悲剧人物是卫太子伋。卫宣公宠爱宣姜及宣姜之子朔，布下陷阱伏击太子伋。太子伋在知晓此阴谋后，仍选择慨然赴死，其理由是“君命也。不可以逃”②。

---

① （汉）郑玄注，（唐）孔颖达正义，吕友仁整理：《礼记正义》，第242页。

② （宋）朱熹集撰，赵长征点校：《诗集传》，第41页。

这两个悲剧人物的共同之处在于：若论品行，二人都忠孝正直；若论出身，二人均为君位的合法继承人；若论因缘际遇，二人都因宠姬谗害而蒙冤受辱，明明有机会求生，却都慨然赴死。这说明在二人的观念中，事父的伦理要求比生命的存续更为重要。对此，史迁的评论颇为中肯："余读世家言，至于宣公之太子以妇见诛，弟寿争死以相让，此与晋太子申生不敢明骊姬之过同，俱恶伤父之志。然卒死亡，何其悲也！或父子相杀，兄弟相灭，亦独何哉?"[①] 只不过申生看重的是父子之恩（"君安骊姬，是我伤公之心也"），而卫伋更看重君命的无上权威（伋曰："君命也。不可以逃"）。"恩"与"威"，构成事父困境的两大因素。在古代社会，父恩与父威对人子的双重压力，在以上两则悲剧中得到了充分的体现。

《论语·颜渊》载孔子之言曰："君君，臣臣，父父，子子。"从中可知，孔子从双向性伦理的角度来看待父子君臣关系。在父子关系中，父亲这一角色占据先导地位。父亲须尽为父之道，才能以人子之责要求孩子。从理论层面阐释此点不难，但要在现实生活中实现父子关系的双向性伦理要求，则并非易事。

首先，父子关系包含养育之恩的维度。若为人父者未尽为父之道，人子不能全然责之以理，否则会伤及亲亲之恩。其次，古代文化传统赋予了父相当程度的权威。这在"父"字的字形中亦有所体现。"父"字的甲骨文字形，象右手持棒之形。据《说文·又部》，"父，矩也。家长率教者。从又，举杖"[②]。鉴于诸多复杂的维度与张力，在现实生活中，如何在不伤及父子之恩、不侵犯父亲权威的情况下实现父子双向性的伦理关系，保全子道不受压迫，需要极高的实践智慧。

父子关系的疏离也发生在魏文侯和太子击之间。魏文侯封太子击于中山，三年间双方均无往来，可谓父不父，子不子。为化解此

① （汉）司马迁撰：《史记》，第 1605 页。

② （汉）许慎撰，（宋）徐铉校定：《说文解字》，第 64 页。

僵局，舍人赵仓唐奉使献礼于文侯：

> （魏文侯）召仓唐而见之，曰："击无恙乎？"仓唐曰："唯，唯！"如是者三，乃曰："君出太子而封之国，君名之，非礼也。"文侯怵然为之变容，问曰："子之君无恙乎？"仓唐曰："臣来时拜送书于庭。"……文侯曰："子之君何业？"仓唐曰："业《诗》。"文侯曰："于《诗》何好？"仓唐曰："好《晨风》《黍离》。"文侯自读《晨风》曰："鴥彼晨风，郁彼北林，未见君子，忧心钦钦。如何如何，忘我实多。"文侯曰："子之君以我忘之乎？"仓唐曰："不敢，时思耳！"文侯复读《黍离》曰："彼黍离离，彼稷之苗，行迈靡靡，中心摇摇。知我者，谓我心忧，不知我者，谓我何求。悠悠苍天，此何人哉！"文侯曰："子之君怨乎？"仓唐曰："不敢，时思耳！"①

面对魏文侯"子之君何业？"的发问，仓唐只提及了《诗》。且《诗》有三百余篇，仓唐偏偏选中了《秦风·晨风》和《王风·黍离》。可见，仓唐并非简单作答而已，而是话中有话。

据《毛传》所示，《晨风》是未受重用的贤臣所写的叹息之诗。此诗共三章，每章都以"如何如何，忘我实多"作结。"被遗忘"作为太子击与诗人生存经验的共同点，使其能从《晨风》中获得一种共通感，进而与此诗同其情。"如何如何，忘我实多"并不是外在于太子击的一句诗，毋宁说，这就是其生存情态最真切的流露。三年未见，魏文侯父子之情已相当疏离。奇妙之处在于，透过《晨风》，文侯却在第一时间触及了太子击的心声，以至于读罢的第一反应便是"子之君以我忘之乎"。可以说，文侯不仅仅是在读一首诗，更是通过读诗聆听孩子对父亲的发问——"如何如何，忘我实多"。

紧接着，仓唐提及《黍离》一诗。与《晨风》结构相类，《黍

① （汉）刘向撰，向宗鲁校证：《说苑校证》，第296—297页。

离》同样分为三章，每章都以“知我者，谓我心忧，不知我者，谓我何求。悠悠苍天，此何人哉”作结。从表面上看，《黍离》通篇都在言说诗人途经旧都废墟之忧，并无一句怨言，但文侯却从中读出了怨——“子之君怨乎？”诗人之忧浓重到无法排遣，唯有向天怨诉，正所谓“人穷则反本，故劳苦倦极，未尝不呼天也”①。《黍离》看似无怨，实则是一种无言之怨。

故事的发展很有戏剧性。若说仓唐晓谕文侯的方式是高度诗化的，那么文侯的回应也颇为独特，并不是让仓唐带回一纸书令，而是“遣仓唐赐太子衣一袭”，且须在鸡鸣时分到达太子处所：

> 太子迎拜受赐。发箧，视衣，尽颠倒。太子曰：“趣早驾，君侯召击也。”仓唐曰：“臣来时不受命。”太子曰：“君侯赐击衣，不以为寒也。欲召击，无谁与谋，故敕子以鸡鸣时至。《诗》曰：‘东方未明，颠倒衣裳，颠之倒之，自公召之。’”遂西至谒文侯。②

行文至此，故事又呈现出人物之间的对比。在事父方面缺乏勇谋的太子击，居然在刹那间读懂了魏文侯的用意——“君侯召击”。而一向以睿智著称的仓唐反而如坐云雾，只道出了一句“臣来时不受命”。这反映出，仓唐仍用惯常的外交方式来看待魏文侯的做法，尚未领会文侯的回应同样是高度诗化的。若说仓唐在言语层面借《诗》晓谕太子之志，那么文侯则通过再现《齐风·东方未明》的情境来表示对太子击的接纳。就此而言，太子击与文侯保持着相当程度的默契。《东方未明》云：“东方未明，颠倒衣裳。颠之倒之，自公召之。”文侯所赐衣物正是颠倒着摆放的。此精心布置的细节把太子击带入此诗的情境。“颠倒衣裳”喻示着“自公

① （汉）司马迁撰：《史记》，第2482页。

② （汉）刘向撰，向宗鲁校证：《说苑校证》，第297—298页。

召之”。

故事的结局皆大欢喜：

> （文侯）大喜，乃置酒而称曰：“夫远贤而近所爱，非社稷之长策也。”乃出少子挚，封中山，而复太子击。①

刘向把仓唐看作圆满结局的缔造者，其言曰：“赵仓唐一使，而文侯为慈父，而击为孝子。”而《诗》在此过程中发挥的重要作用则被忽略了。实际上，故事的精彩之处不仅在于使者的才干与智慧，更在于往来过程展现出高度诗化的特质。以仓唐作为中间人，文侯与太子击进行了一次极富艺术感与审美感的“交流”。这喻示，《诗》化入昔人生活世界的每一环节，使其一言一行无不渗透着诗性之美，无不开显为诗化生存之妙。三年来，父子之间并未打过照面，也未向对方有过任何言语上的表达，却以《晨风》《黍离》和《东方未明》为纽带实现了心灵的互通，化解了多年的隔阂，可谓“《诗》迩之事父”的典范。

（二）远之事君

除了事父，如何以正道事君，对古人而言也不啻一大难题。历数《诗》中的生存困境，很大一部分源于君臣关系的紧张甚或破裂。以《诗》事君，是思维方式与生活世界高度诗化的民族，在面对事君困境时所作的回应，其中最常见的表现形式便是用《诗》规谏。

据《诗谱序》“然则《诗》之道放于此乎”句下《孔疏》记载，以《诗》谏君，早在舜时已然：“《益稷》称舜云：‘工以纳言，时而飏之，格则承之庸之，否则威之。’彼说舜诫群臣，使之用诗，是用诗规谏，舜时已然。”② 此外，传世文献也多出现对先秦时期献

---

① （汉）刘向撰，向宗鲁校证：《说苑校证》，第 298 页。

② （汉）毛亨传，（汉）郑玄笺，（唐）孔颖达疏，（唐）陆德明音释，朱杰人、李慧玲整理：《毛诗注疏》，第 3 页。

《诗》现象的陈说与论述：

> 《国语·周语上》云："故天子听政，使公卿至于列士献诗，瞽献曲，史献书，师箴，瞍赋，矇诵，百工谏，庶人传语，近臣尽规，亲戚补察，瞽史教诲，耆艾修之，而后王斟酌焉，是以事行而不悖。"①
>
> 《国语·晋语六》载文子之言曰："而今可以戒矣。夫贤者宠至而益戒，不足者为宠骄。故兴王赏谏臣，逸王罚之。吾闻古之王者，政德既成，又听于民，于是乎使工诵谏于朝，在列者献诗，使勿兜，风听胪言于市，辨袄祥于谣，考百事于朝，问谤誉于路，有邪而正之，尽戒之术也。先王疾是骄也。"②
>
> 《左传·襄公十四年》云："自王以下，各有父兄子弟，以补察其政。史为书，瞽为诗，工诵箴谏，大夫规诲，士传言，庶人谤，商旅于市，百工献艺。故《夏书》曰：'遒人以木铎徇于路，官师相规，工执艺事以谏。'"③

可见，以《诗》献君、谏君，并非停留于理论层面的设想，而是习见于先秦的为政传统之中。降及后世，以《诗》谏君的传统仍在延续。"独以《诗经》为训故以教"④ 的申公培和"以《诗》三百五篇朝夕授王"⑤ 的王式，可谓此传统坚定不移的践行者。到了唐代，

---

① 徐元诰撰，王树民、沈长云点校：《国语集解》（修订本），第11—12页。

② 徐元诰撰，王树民、沈长云点校：《国语集解》（修订本），第387—388页。

③ （周）左丘明传，（晋）杜预注，（唐）孔颖达正义：《春秋左传正义》，载《十三经注疏》整理委员会整理《十三经注疏》，第1064—1066页。

④ 详见（汉）班固撰，（唐）颜师古注《汉书》，第3608页。

⑤ 王式为昌邑王师，专授《诗》。后昌邑王嗣立，不久便因荒淫无度被废，王式受此牵连而被捕入狱，罪状"亡谏书"。王式自陈其缘由为："臣以《诗》三百五篇朝夕授王，至于忠臣孝子之篇，未尝不为王反复诵之也；至于危亡失道之君，未尝不流涕为王深陈之也。臣以三百五篇谏，是以亡谏书。"（汉）班固撰，（唐）颜师古注：《汉书》，第3610页。

以《诗》谏君的做法仍未消泯。一个颇具代表性的故事是，郭山恽通过吟诵《小雅·鹿鸣》《唐风·蟋蟀》二诗来讽谏唐中宗：

> 时中宗数引近臣及修文学士，与之宴集，尝令各效伎艺，以为笑乐。工部尚书张锡为《谈容娘舞》，将作大匠宗晋卿舞《浑脱》，左卫将军张洽舞《黄麞》，左金吾卫将军杜元琰诵《婆罗门咒》，给事中李行言唱《驾车西河》，中书舍人卢藏用效道士上章。①

君臣相见，本为严肃庄重的场合，应该严守君臣之礼。但据引文所示，中宗却下令让朝中大臣“各效伎艺，以为笑乐”。这不仅是在变相侮辱大臣的人格，更是在践踏君臣之礼，败坏朝野风气。

对于中宗之令，众大臣都不敢违逆。引文所述很有讽刺意味，在描写大臣“各效伎艺”的同时，还专门附上各自的身份头衔，以示其位高权重，如“工部尚书”“将作大匠”“左卫将军”“左金吾卫将军”等。就连股肱之臣都如此荒谬自轻，难以想见朝廷的风气衰败到了何种地步。这时，只有郭山恽一人敢于违抗君命：

> 山恽独奏曰：“臣无所解，请诵古诗两篇。”帝从之，于是诵《鹿鸣》《蟋蟀》之诗。奏未毕，中书令李峤以其词有“好乐无荒”之语，颇涉规讽，怒为忤旨，遽止之。翌日，帝嘉山恽之意。②

“山恽独奏”的“独”字喻示此人的胆量和器识。郭山恽吟诵了《小雅·鹿鸣》和《唐风·蟋蟀》。显然，郭氏此举所针对的是此次

① （后晋）刘昫等撰：《旧唐书》，第4970页。
② （后晋）刘昫等撰：《旧唐书》，第4970—4971页。

不合君臣之礼的宴会形式。《鹿鸣》位于《小雅》之首，通篇落脚点都在于天子应以礼对待群臣嘉宾。《鹿鸣》称“臣”为“宾”，正是为了体现君对臣的尊重，须待群臣如待大宾。诗中所言“我有嘉宾，鼓瑟鼓琴”，琴与瑟均属雅乐。《荀子·乐论》云：“君子以钟鼓道志，以琴瑟乐心。”这也反映出，天子对群臣的体恤与尊重乃是源于将群臣视为志同道合之人。

若说《鹿鸣》是从正面树立了典范，那么《蟋蟀》所言“好乐无荒，良士瞿瞿”则以直白的言辞对君臣耽于享乐、奢靡无度的乱象作了一番批判。郭山恽以《蟋蟀》刺中宗的意图可谓十分明显。中书令李峤也从“好乐无荒”中听出了郭山恽的讽刺之意，勒令他即刻停止吟诵，可见当时君尊臣卑到何等地步。所幸的是，对于郭山恽以《诗》讽谏的行为，中宗甚为赞赏，否则这个故事难免以悲剧收场。

郭山恽用《蟋蟀》讥刺中宗，此举之所以易被他人认出，在于此讽谏进路具有某种直接性，正如诸多以《诗》规谏的先例，大多数均为谏君于有形。相比之下，更为高明的做法在于以《诗》规谏于无形。对此，《孔子家语·正论解》收录了一则代表性案例：

> 楚灵王汰侈，右尹子革侍坐，左史倚相趋而过，王曰：“是良史也，子善视之。是能读《三坟》《五典》《八索》《九丘》。”对曰：“夫良史者，记君之过，扬君之善，而此子以润辞为官，不可为良史。”又曰：“臣乃尝问焉，昔周穆王欲肆其心，将过行天下，使皆有车辙并马迹焉。祭公谋父作《祈昭》，以止王心，王是以获殁于文宫。臣问其诗焉而弗知，若问远焉，其焉能知？”王曰：“子能乎？”对曰：“能。其诗曰：‘祈昭之愔愔乎，式昭德音。思我王度，式如玉，式如金。刑民之力，

而无有醉饱之心。'"①

灵王以学识的多寡来判断史官的优劣，把能读《三坟》《五典》《八索》《九丘》的左史评价为良史。右尹子革对此并不认同。这时，他首先要做的是指出左史的局限，晓谕灵王何为真正的"良史"。但困难之处在于，若直接指出灵王的无知与短视，并纠正他对史官的看法，很可能会生出逆鳞之祸。这时，右尹子革展现出了高超的事君智慧。既然灵王看重学识的渊博，何不先投其所好？

右尹子革在提问左史时，便以博闻强识作为考核的标准。遗憾的是，左史对右尹子革出的"怪题"一无所知。这样一来，在看重知识积累的灵王眼里，左史自然没有资格称作"良史"了。从表面上看，右尹子革的做法似乎完全顺从了灵王的心意，给读者的观感或许是，世上又多了一个不敢对君王说"不"的大臣。但值得注意的是，文史知识浩如烟海，为何右尹子革提问的偏偏是祭公谋父进谏穆王时所作之诗？这暗示出，右尹子革的目的绝不限于指出左史学识上的盲区。

很明显，此诗引起了灵王的兴趣。区区一首诗居然能把读书破万卷的左史难倒，这究竟是怎样的一首诗？王曰："子能乎？"接着，灵王把注意力转向了右尹子革。既然左史都被难倒了，那么，你知道这首诗吗？

① （清）陈士珂辑，崔涛点校：《孔子家语疏证》，第271—272页。此则故事亦见载于《左传·昭公十二年》。王出，复语。左史倚相趋过。王曰："是良史也，子善视之。是能读《三坟》《五典》《八索》《九丘》。"对曰："臣尝问焉。昔穆王欲肆其心，周行天下，将皆必有车辙马迹焉。祭公谋父作《祈招》之诗，以止王心。王是以获没于祇宫。臣问其诗而不知也。若问远焉，其焉能知之？"王曰："子能乎？"对曰："能。其《诗》曰：'祈招之愔愔，式昭德音。思我王度，式如玉，式如金。形民之力，而无醉饱之心。'"王揖而入，馈不食，寝不寐，数日。不能自克，以及于难。（周）左丘明传，（晋）杜预注，（唐）孔颖达正义：《春秋左传正义》，载《十三经注疏》整理委员会整理《十三经注疏》，第1504—1506页。

就这样，右尹子革一步步把灵王引入预设的对话之中。初看上去，右尹子革在接受灵王的考验，把超出左史学识范围的内容展示了一遍，但两人的角色实则进行了一番戏剧性的翻转。看似是灵王在考验右尹子革，实际上，右尹子革念《祈昭》之诗时，其矛头对准的却是灵王。灵王不仅是《祈昭》之诗的听众，更成为此诗真正意义上的言说对象。

右尹子革步步为营，再现了祭公谋父用《祈昭》之诗劝谏周穆王的情境。只不过祭公谋父采用开门见山的方式，直接向穆王表明以《诗》进谏的措意，而右尹子革的方式却如此回婉曲折，先以考验左史为契机，让灵王知晓了《祈昭》一诗的存在。等到灵王的好奇心被激起之后，再把《祈昭》之诗正式引出。右尹子革看似是在评点左史之短长，实则是以不谏为谏。依故事的发展脉络，灵王的确深受此诗震撼，以至于“馈不食，寝不寐，数日，则固不能自胜其情，以及于难”①。

相比起郭山恽直接显白的进谏方式，右尹子革的做法更为高妙。在上述对话中，《祈昭》之诗在多重层面上被应用。作为一则考题，《祈昭》暴露出左史学识的局限。借此机会，右尹子革再现了祭公谋父用《祈昭》劝谏周穆王的情境，使诗直击灵王内心，使其反求诸己，以至于废寝忘食。右尹子革用《祈昭》谏君于无形，收效甚佳。无怪乎孔子对其称赞不已：“子革之非左史，所以风也。称《诗》以谏，顺哉！”②

（三）多识于鸟兽草木之名

行文至此，需要注意的是，孔子所论“《诗》迩之事父，远之事君”，虽然只论及“事父”“事君”两个关系维度，却不意味着《诗》仅仅关乎父子、君臣之伦，其实质在于，以“‘事父’‘事

① （清）陈士珂辑，崔涛点校：《孔子家语疏证》，第 272 页。

② （清）陈士珂辑，崔涛点校：《孔子家语疏证》，第 272 页。

君'，代表一切向外之事，如交友、处世，喂猫、饲狗，皆在其中"①。我们不应执滞于"迩之事父，远之事君"的字面义，把《诗》对共同体的意义限定在这两个环节。实际上，父与君作为提挈之纲维，代表了共同体内部的一切关系维度。在此基础上，"多识于鸟兽草木之名"一语则把《诗》"可以群"的内涵，从人类社会内部推扩至整个宇宙大化。这说明，"《诗》可以群"不只是就人类社会而言，其落脚点乃在于宇宙大化这一整体。人类社会所置身的宇宙大化，乃是意义更为宏大广远之"群"。

据此或可追问，"多识于鸟兽草木之名"的提法，对人与天地万物的关系寄予了何种期许？顾随看到，"识"与"名"两个概念很有讲究："识其名则感觉亲切，能识其名则对于天地万物特别有忠、恕、仁、义之感，如此才有慈悲、有爱，才可以成为诗人。"②

《诗》包罗万象，不仅囊括了不同时期的人情百态，还记录了天地万物灵动鲜活的存在情态（物之情）。据学者统计，"《诗经》三百余首诗，写到动植物二百七十三种，其中动物一百三十六种（鸟四十三，兽四十，虫三十七，鱼十六），植物一百三十七种（蔬菜三十八，谷物二十四，药物十七，花果十五，草木四十三）"③。可见，孔子所说《诗》"多识于鸟兽草木之名"与《孔子诗论》所言"《邦风》，其内（纳）物也博"，非虚言也！诗人不惜重墨，为草、木、虫、鱼、鸟、兽创辟出如此多的书写空间，凡此均为苍生庶物在天地间的存在意义得到充分尊重的体现。这表明，诗人并非以人类为中心的主宰者姿态凌驾于万物之上，并不是以知识主义的立场来"认识"作为客体的物，或是抱着实用主义的态度去利用物，而是实现了与草木鸟兽"同其情"，进而畅明万物之性，使万物各得其宜，各安其所。

① 叶嘉莹、刘在昭笔记，高献红、顾之京整理：《顾随讲〈诗经〉》，第22页。

② 叶嘉莹、刘在昭笔记，高献红、顾之京整理：《顾随讲〈诗经〉》，第22—23页。

③ 黄荣华：《诗自远方来：〈诗经〉二十六讲》，第148页。

《诗》“迩之事父，远之事君，多识于鸟兽草木之名”。三句文本的侧重点各有不同，但就对相互关系的强调而言，则存在共通之处。这意味着，《诗》从相互关系的角度来理解每一个体，看到个体的意义端赖所处的相互关系来进行深度规定。不论是共同体内部的人伦关系，还是人与天地万物的关系，都不是彼此孤立的，而是紧密交织在一起，均作为意义关联整体的内在环节而存在。由此，《诗》让每一个体觉知自身作为共同体之一员的真实身份，以及自身对共同体应尽的义务与责任。“事父”“事君”之“事”与“多识于鸟兽草木之名”之“识”，则是此义务与责任的体现。在共同体中尽其本分的过程，也是每一个体的意义得以充分实现的过程。

第三节 移风易俗：以《诗》理群的终极旨归

承上所述，《诗》使人超越以自我为中心的个体性，从相互关系的层面（进一步来说，基于意义关联整体这一背景）理解生命的意义，使人觉知，自身是以整体中的一员这一身份来开展其在世生存。而作为共同体之一员的身份，也要求并规定着个体对所从属的整体应尽的本分。“事父”“事君”以及“多识于鸟兽草木之名”，可视为个人对共同体应尽之分的具体表现。但“《诗》可以群”的意义不应就此解读为：《诗》在个体层面使人认识到伦常关系的重要性，并明确自身对共同体应尽之本分，最终提升其应对人伦关系、处理公共事务的能力。究到极处，《诗》关注的乃是共同体整体性的精神面貌与行为方式。诗教旨在从根本上移易风俗。

《说文·人部》训“俗”为“习”。[①]“习矣而不察焉”一语，

① 参见（汉）许慎撰，（宋）徐铉校定《说文解字》，第165页。

见载于《孟子·尽心上》，这是孟子批判的常人状态。常人满足于浑浑噩噩地活着，对约定俗成的观念和行为方式缺乏检视。本节之所以提及“习矣而不察焉”，并不在于阐释孟子对常人状态的批判，而在于指出，孟子看到“不察”与“习”之间的内在关联，这对理解“习”与“俗”的内涵颇有助益。

对于个人而言，其脑海中存有根深蒂固的思维窠臼或行为模式，使此人不假思索便下意识地如此行事，这还不能称作“习”。“习”，并非高度个人化的思维方式与行为模式。必须再附加一个条件，即共同体绝大多数成员共享了此观念与行为方式，并就此达成彼此间的理解、接纳与认同。基于具有公共效力的观念与行为方式，成员不断确证作为共同体之一员的身份认同。《说文》训“俗”为“习”，意味着“俗”很大程度上分享了“习”之特质，即共同体在一定范围内具有公共效力的观念与行为模式，使其成员往往下意识地如此行事，并将其视为理所当然。此过程不断确证共同体成员的身份认同。

《诗》“迩之事父，远之事君”，并非意指《诗》在行为表现层面提升了某一个体处理人际关系的能力，解决了某一人伦困境，而是意指《诗》在更深远的意义上将与“事父”“事君”相适应的一整套观念体系及行为方式，从根本上内化到民族整体性的意识层面。这意味着，“夫妇有别”“父子有亲”“君臣有义”“长幼有序”“朋友有信”“万物一体”等观念，并非作为道德训诫或行为规范留存于人们的脑海中，而是已被摄入其基本观念结构之内核，成为共同体生活世界的底色以及群体一切事类得以开展的基础。在共同体的成员看来，如此思考与行事乃是理所当然，非由外铄。甚或可以说，如此思考与行事是共同体公共生活的常态。唯有如此，成员间才能达成相互的理解与接纳，才能不断实现作为共同体成员的身份认同。

据《史记·周本纪》对周俗的描写：“入界，耕者皆让畔，民俗皆让长。”① 史迁连用了两个“皆”字，旨在强调，“让”并非周族内部某一成员个人化的行为方式，而是具有普遍性和公共性。可以说，群体内部已就“让”达成一致，即耕者让畔、民俗让长，被周人视为理所当然。据此或可推想，“让”甚至成为周人身份认同的来源与依据。唯有行出“让”，才有资格作为周族之一员。与此同时，对于周人而言，“让”并非以理论规范的形态存在于书面或口头上，而是化入其生活世界，成为周人在世生存的基本样态。也就是说，“让畔”“让长”的行为，并非周人勉力而为的结果，而是从周遭亲切的生活世界内在迸发的自觉化行为。这业已超越反思的阶段，在很大程度上作为一种下意识的举动呈现，如《庄子·天地》对至德之世淳朴风俗的描绘：“端正而不知以为义，相爱而不知以为仁，实而不知以为忠，当而不知以为信，蠢动而相使，不以为赐。”

当周人把“让”理解为所处生活世界自然本具的内在环节之时，他们不会把行出礼让自诩为在做好事（进而把自己视为谦谦君子）。对周人而言，此行为方式是共同体生活世界的常态，是自己作为共同体成员的分内之事。但凡是群体中的成员都应如此行事，没什么值得夸耀的。进一步来说，也只有当“让”以“俗”的方式存在之时，当民众下意识地“让畔”“让长”之时，“让”才得到最真实最纯粹的呈现。对此，阿伦特提出了一个深刻的见解：“有些东西需要隐藏，另外一些东西需要公开展示，否则他们都无法存在。”② 她以善的活动为例：“善功一旦为人所知，变成了公开的，就失去了它作为善的特征，失去了它仅仅为着善自身的性质。……只有在善不被人察觉，甚至不被行善的人自己察觉的情况下，善才能存在。”③

---

① （汉）司马迁撰：《史记》，第117页。

② ［美］汉娜·阿伦特：《人的境况》，王寅丽译，上海人民出版社2009年版，第48页。

③ ［美］汉娜·阿伦特：《人的境况》，王寅丽译，第49页。

由此可以理解，何以移风易俗才成为《诗》对于文明共同体的重大意义所在。《诗》并不是在个体层面改变受众的思想观念与行为模式，满足于为其提供维系人伦的规范准则，而是把视域推扩至文明共同体的整体层面，并探入其整体性生活世界的内核，从根本上影响着共同体理解世界的观念结构，进而改变民众与世界打交道的基本方式。

第八章

《诗》以通古今之变：论诗化生存的历史性面向

《诗》并不是平面而孤立地看待共同体某一时期的人事境况，而是将人类社会之“群”置于纵深性的历史进程之中。学者发现，《诗经》中有不少篇章把目光投向了往昔时代，着眼于周文明的开端、先公先王的作为及其历史功绩。由此，《诗》之为“史”的意义面向再度受到学界关注。在此，值得追问的是，《诗》在关心现实世界与当下政事的同时，缘何还要纪念那些已逝的古老世代？那些久远的世代又与当下处于何种关系？《诗》之为史的意义面向，对于诗教的意义与作用以及昔人的诗化生存而言又有何种影响？

第一节　对“《诗》之为史”的检视与厘清

一　对《诗经》史诗问题的讨论

“五四”以来，从人类学、民俗学等理论视域研究《诗经》成为学界一通行进路。在面对《诗》之为“史”的问题上，随之而来的一大争论便是《诗经》有无“史诗”的问题。由此，学界涌现出一系列关于《诗经》"史诗"问题的研究成果。① 章培恒、骆玉明指出，"'史诗'（epic）本是由西方引进的译名"，《诗经》中歌颂周始祖的诗"无论在内容或形式上都与西方的'史诗'属于不同的性质"②。与此相对，钱穆③、郭晋稀④、杨宽、陆侃如⑤、马银琴⑥、黄德海⑦等学者均指出，《诗》中的部分篇章具有周民族史诗的性质，以此回应长期以来流行的"中国没有史诗"的看法。

除了《诗经》有无"史诗"的问题，另一备受关注的领域则是厘定《诗经》中"史诗"的篇目与范围。尽管学者所判定的"史

---

① 如马银琴《〈诗经〉史诗与周民族的历史建构》（载中国诗经学会、河北师范大学合办《诗经研究丛刊》第三十辑，学苑出版社 2018 年版）、刘冬颖《诗化的历史——〈诗经〉中的周民族史诗》（《社会科学战线》2002 年第 1 期）、陈虎《试论〈诗经〉的史学价值和意义》（《南京社会科学》2002 年第 10 期）、冯文开《20 世纪〈诗经〉"史诗问题"的论争与反思》[《内蒙古大学学报》（哲学社会科学版）2011 年第 6 期]、刘五一《谈谈〈诗经〉的史诗价值》（载中国诗经学会、河北师范大学合办《诗经研究丛刊》第二十五辑，学苑出版社 2013 年版）、汪铿《〈尚书〉和〈诗经〉的史学价值》（《史学史研究》1988 年第 2 期）等。

② 章培恒、骆玉明主编：《中国文学史新著》（增订本），第 55 页。

③ 钱穆指出："《诗》之初兴，惟有《雅》《颂》，体本近史；自今言之，此即中国古代一种史诗也。欲知西周一代之史迹，惟有求之西周一代之诗篇，《诗》即史也。"钱穆：《中国学术思想史论丛》（一），第 149 页。

④ 郭晋稀认为："《诗》在我国典籍中为最早文献之一，不独文学之先河，亦史实之所本，六经皆史之说，良有以也。"郭晋稀：《诗经蠡测》，第 131 页。

⑤ 陆侃如、冯沅君指出："把这几篇合起来，可成一部虽不很长而亦极堪注意的'周的史诗'。"陆侃如、冯沅君：《中国诗史》，百花文艺出版社 2008 年版，第 27 页。

⑥ 马银琴认为："《诗经·大雅》中有五首诗，被 20 世纪以来的学者称为周民族史诗性质的作品。依据所记历史人物的先后顺序，这五首诗分别是《生民》《公刘》《绵》《皇矣》和《大明》。"马银琴：《〈诗经〉史诗与周民族的历史建构》，载中国诗经学会、河北师范大学合办《诗经研究丛刊》（第三十辑），学苑出版社 2018 年版，第 226 页。

⑦ 黄德海认为，《诗经》中存在民族史诗："《大雅》中的《生民》美周始祖后稷，《公刘》叙公刘迁豳，《绵》述古公迁岐，《文王》颂文王图商，《皇矣》赞文王伐密伐崇，《大明》写武王伐纣——这后来被称为周族史诗的连番述作，已然勾勒出一个民族完整的发展路线和他们的历史决断时刻——既有历史的偶然，又必然是人为的创制，不正是黑格尔所谓'一件于一个民族和一个时代的本身完整的世界密切相关的意义深远的事迹'？"黄德海：《诗经消息》，第 109 页。

诗”篇目涵盖范围有狭有广，但学者至少就以下观点达成了基本共识，即《大雅·生民》《公刘》《绵》《皇矣》《大明》（后文简述为“《生民》五诗”）是歌颂周族始祖和先公先王的诗，述说了周人从始祖后稷创业垂统至武王翦商的历史，其论曰：“周之史诗，详于《大雅》。有完整的后稷传说……又有公刘开荒拓土之传说，是周人入豳之始。更有古公亶父始迁岐周、以创周业之传说，是为周之太王。”① 从广义上讲，《生民》五诗之外的诸多篇章，其实也被归入探讨“史诗”问题的范围。例如，洪湛侯将《大雅·江汉》《常武》和《小雅·出车》《六月》《采芑》一并归入史诗之列，认为此类诗篇讲述了宣王时期民族战争的历史。杨宽归入史诗的篇数更多。《大雅·生民》《绵》《公刘》《皇矣》《文王》《文王有声》《大明》《思齐》《荡》与《周颂·我将》《武》《酌》《桓》《赉》《般》等篇均被纳入史诗的范围。其理由在于，上述诗篇均在“歌颂周人早期历史和文王、武王的开国历史”②。

随着史诗问题的风行，《诗》之为“史”的意义面向大行于世。然而，似乎成也萧何，败也萧何。在理解《诗》之为“史”的问题上，出现了一种拘囿于“史诗”框架的研究倾向。人们的关注点多在于，《诗》中是否存在西方史学意义上的史诗，如若存在，“史诗”所涵盖的范围与篇目究竟如何？由此产生的治学进路是，将《诗》（尤其是《生民》五诗）作为佐证上古史的文献依据。这表明，《生民》五诗多被视为历史人事的“实录式呈现”与历史事实的集合。

然须注意，仅将《诗》之为“史”的意义面向局限于史诗问题，未免失于狭隘，以致难以揭橥《诗》之为“史”的意义深度。从篇目范围上看，其实不独是学界划定的或广或狭的“史诗”篇目，《诗》三百篇无一不属于《诗》之为“史”的范畴。

---

① 郭晋稀：《诗经蠡测》，第129页。

② 杨宽：《西周史》，第9页。

二　《诗》之为“史”：论《诗》中的古今之变

从总体上言，《诗》的篇章最早创作于西周初期，见于《周颂》与《雅》（以《大雅》为主）。据此而论，《雅》《颂》可视为“一代之史”的重要见证，诚如钱穆所言：“当西周时，不仅列国无诗，即王室亦不见有史。周之有史，殆在宣王之后。其先则《雅》《颂》即一代之史也。”① 而《诗经》中的其他部分陆续成于后世，最晚创制于春秋中期或末期。前后持续时间约五百年。就此而论，《诗》纵跨近五百年的编次成书过程，本身就是一桩纵贯历史长河的宏大事件，单凭此点就足以彰显共同体的历史时间，呈现出华夏文明的历史此在不断敞开的过程。可以说，《诗》见证并勾勒出周人从初兴到发展、强盛、变动，而后盛极转衰、中兴、衰亡的轨迹。

柯马丁提出《诗》作为吾国文化记忆的意义面向：“若论能够体现早期中国文化记忆的文集，《诗经》可谓首当其选”，又曰：“最近发布的郭店一号墓楚简表明，在公元前四世纪晚期，《诗》和《书》皆是作为文化记忆的资源库而存在。”② 李山也指出：“《诗经》三百篇是一部周人五百年心灵史。三百篇不仅记录着周人意义深远的文化创建历程，而且记录着周人在面临困难时，在其社会现行制度崩溃时，他们摆脱困境、克服危机的精神努力，以及在没落的世界，他们内心的痛苦和思想的挣扎。周人的历史品位、社会性格、文化理想，都在这些表现他们精神努力的诗篇中呈现出来，保存下来。”③ 民族心灵与精神气象的显现过程，也伴随着周人五百年古今人事之变局。对此，《诗》潜藏着诸多线索与暗示，勾勒出周文明兴衰继替的轨迹与由盛而衰的剪影，从中亦可窥见诗人对古今变迁之大势的看法与评价。故而刘咸炘有言：“《诗》虽言情，而意在

---

① 钱穆：《中国学术思想史论丛》（一），第134页。

② ［美］柯马丁著，郭西安编：《表演与阐释：早期中国诗学研究》，杨治宜等译，第58页。

③ 李山：《诗经的文化精神》，第230页。

观风俗，其用皆与史同。”[①]

傅斯年曾将《尚书·顾命》与《周颂·闵予小子》《访落》《敬之》三诗进行比较。[②] 在此基础上，夏含夷指出，《顾命》“是有关周康王即位的精彩而详细的描述”[③]。与此相较，《闵予小子》三诗“是穆王登基大典中使用的仪式乐歌”[④]。从二王登基典礼之气象与氛围的差异，可窥见康穆之际西周形势的巨大反差。据《顾命》对康王登基大典的记述，群臣诸侯均恭敬待命，其氛围之庄重威严不言而喻：“太史秉书，由宾阶隮，御王册命。曰：‘皇后凭玉几，道扬末命，命汝嗣训，临君周邦，率循大卞，燮和天下，用答扬文、武之光训。’王再拜，兴，答曰：‘眇眇予末小子，其能而乱四方，以敬忌天威？’”[⑤] 相比之下，《闵予小子》一诗所云“於乎皇考，永世克孝。念兹皇祖，陟降庭止”，据马银琴分析，此句中“念”与“陟降”为并列关系，而“陟降”一词，多用于言鬼神上下之意。因此，“念兹皇祖，陟降庭止”一句的主语应为前文之“皇考”。全句义为呼唤先父亡灵，言其生时至孝，请其亡灵念及皇祖而归止庭内。[⑥] 在登基典礼上呼唤先父亡灵陟降于庭，可谓一个非“常规”的环节，这在《尚书·顾命》所述康王的登基仪式中并不存在。而在康穆二王登基仪式的反差中，隐藏着周人难以为他人道来的伤痛——“昭王之时，王道微缺。昭王南巡狩不返，卒于江上”[⑦]。穆王乃是在昭王意外崩逝的危急局势中，以如此独特的仪典完成了登

① 刘咸炘：《治四部第二》，载《推十书·丁辑》第1册，上海科学技术文献出版社2009年版，第4页。

② 参见傅斯年《〈诗经〉讲义稿》，第35—38页。

③ 夏含夷：《从西周礼制改革看〈诗经·周颂〉的演变》，《河北师院学报》（社会科学版）1996年第3期。

④ 马银琴：《两周诗史》，第155页。

⑤ （汉）孔安国传，（唐）孔颖达正义，黄怀信整理：《尚书正义》，第737—740页。

⑥ 参见马银琴《两周诗史》，第156页。

⑦ （汉）司马迁撰：《史记》，第134页。

基过程。《闵予小子》《访落》《敬之》诸诗所云“闵予小子，遭家不造，嬛嬛在疚”“朕未有艾”“维予小子，未堪家多难”等诗句，均突显出穆王无人在侧、周王室边患不绝的紧张情势。

这也暗示出，为何在穆王时期，夷夏关系始终处于紧张状态。周王室力量不足以安抚四夷，遂逐渐转攻为守，戎祸较前世而言更为严峻，以至于千载之后的顾炎武仍生发出如此感慨：“吾读《竹书纪年》而知周之世有戎祸也，盖始于穆王之征犬戎。”[①] 夷夏关系的紧张，至宣王之世仍在延续，由此或可理解，何以宣王时期之诗多与征伐戍役相关，如《小雅·采薇》《出车》《杕杜》诸篇。这与《左传》《国语》《史记》所载宣王作为征伐之君的形象若合符节。在此，不妨将其与昔人语境对文王武功的叙述进行对比。《大雅·文王有声》云：“文王受命，有此武功。”约括而言，文王之武功，主要表现为《大雅·皇矣》所载文王曾伐密，《尚书·西伯戡黎》所载西伯曾灭黎，《尚书大传》所载文王曾伐于，《大雅·皇矣》《文王有声》所载文王曾伐崇[②]，且文王伐崇亦见载于《左传·襄公三十一年》[③]。但从根本上看，《大雅·皇矣》等文献对文王伐密、伐崇、伐于的叙述，其旨归不在于凸显文王之武功，亦不在于强调暴力征伐的合理性，而在于说明文王之文德最终落实为使夷狄进于诸夏，变夷为夏的进程。相比之下，在穆王、宣王之世，周人在夷夏关系中逐渐转攻为守，也从侧面反映出周文废退之迹，甚或面临“夏变为夷”的危机。

揆诸《诗》的叙述线索，穆、宣之世遭遇如此变局，与籍田礼

① （清）顾炎武撰：《日知录》，载（清）顾炎武撰，黄珅、严佐之、刘永翔主编，华东师范大学古籍研究所整理《顾炎武全集》，第 146 页。

② 参见屈万里《西周史事概述》，载中华书局编辑部编《“中研院”历史语言研究所集刊论文类编·历史编·先秦卷》第 2 册，第 1231 页。

③ “文王伐崇，再驾而降为臣，蛮夷帅服，可谓畏之。”（周）左丘明传，（晋）杜预注，（唐）孔颖达正义：《春秋左传正义》，载《十三经注疏》整理委员会整理《十三经注疏》，第 1305—1306 页。

的废除存在一定的关联。从主题内容方面而言，《周颂·丰年》《臣工》《噫嘻》《载芟》《良耜》五诗都可归为农事诗。郭沫若先生在《由周代农事诗论到周代社会》一文中对其有详尽探讨，兹不赘。《周颂》之诗共31篇，其中农事诗多达5首，占据了近六分之一的篇幅，可见诗人对农事的重视。但若细析此五诗，亦可窥见些许端倪与所藏深意。

据李山、马银琴考释，《周颂·丰年》作于成王之世，而《臣工》《噫嘻》则作于康王之世。三诗均为西周初期的作品。具体来说，《臣工》所云“命我众人，庤乃钱鎛，奄观銍艾”与《噫嘻》所云“率时农夫，播厥百谷。骏发尔私，终三十里。亦服尔耕，十千维耦”，两处均侧重于写耕作仪式；《丰年》所云“丰年多黍多稌，亦有高廪，万亿及秭。为酒为醴，烝畀祖妣。以洽百礼，降福孔皆”，则侧重于写祭祀礼仪。三诗合观，呈现出籍田礼从耕作典礼至祭祀仪式等完整过程的剪影。此籍田礼乃由周王亲率，上至公卿大夫、下至庶人均参与其中，由此反映出西周初期对籍田之礼的尊崇。据《尚书·无逸》所言“文王卑服，即康功田功”，文王曾亲耕陇亩之中，以此典礼的象征性意义喻示农事之重要。对籍田礼的重视，直至成康之世仍在延续。既然“夫民之大事在农”，那么，若王政勤于农事，无形中自然体现出王者对民生与民业的重视。由此可以理解，为何关于康王的记载多以“息民”为主，如《左传·昭公二十六年》所载“康王息民，并建母弟，以蕃屏周”①。然而令人惋惜的是，纵使前王百般警醒，以重农务本为念，警惕殷商好逸之祸，勿重蹈其覆辙，后人还是难免跌入前朝弊病之中。

与《丰年》《臣工》《噫嘻》三诗作于西周初期不同，《周颂·载芟》《良耜》均作于宣王之世。两诗多有线索与迹象表明，籍田礼在相当长的历史时期内曾遭废弛。除了用较多篇幅叙述耕作仪式

① （周）左丘明传，（晋）杜预注，（唐）孔颖达正义：《春秋左传正义》，载《十三经注疏》整理委员会整理《十三经注疏》，第1695页。

与祭祀之礼，两诗末章均以因承先人之统的叮咛告诫作结。《载芟》云："匪且有且，匪今斯今，振古如兹。"《良耜》云："以似以续，续古之人。"可见，两诗的末句都基于通古今之变的视域，在迫切地寻找着现今时代的身份认同。诗人急于表明，当今所行之礼均为承袭先人而来，当今仪制均为古已有之。对籍田礼古已有之的强调，也成为朱子解释两诗时的着眼点。《载芟》之朱注云："言非独此处有此稼穑之事，非独今时有今丰年之庆，盖自极古以来已如此矣。"①《良耜》之朱注云："续，谓续先祖以奉祭祀。"② 以承续先人传统的迫切感为基调，诗人"将正在举行着的典礼活动作为一种反思的对象加以观照、理解和表达"③。这也从侧面表明，籍田礼曾在一段历史时期内遭遇废弛，故而当今所行籍田之礼就时间层面而言去古已远，诚如李山所言："《载芟》篇结尾处'匪且有且，匪今斯今，振古如兹'，《良耜》'以似以续，续古之人'的句子则分明是在强调现在所行之礼是承续着渊源古老的传统。这种'振古'与'斯今'的对举，未尝不可以视作去古较远的证据。"④

揆诸典籍文献，籍田之礼曾遭废弃，亦见于《国语·周语上》所述"宣王即位，不籍千亩"的相关记载。虢文公劝谏宣王之时，在讲述农事的重要性之后，便追溯了先王行籍田礼的过程，继而点明，宣王"不籍千亩"的做法乃是"欲修先王之绪而弃其大功，匮神乏祀而困民之财"：

> 宣王即位，不籍千亩。虢文公谏曰："不可。夫民之大事在农，上帝之粢盛于是乎出，民之蕃庶于是乎生，事之供给于是乎在，和协辑睦于是乎兴，财用蕃殖于是乎始，敦庬纯固于是乎成，是故稷为大官……王乃使司徒咸戒公卿、百吏、庶民，

① （宋）朱熹集撰，赵长征点校：《诗集传》，第355页。

② （宋）朱熹集撰，赵长征点校：《诗集传》，第356页。

③ 李山：《诗经的文化精神》，第49页。

④ 李山：《诗经的文化精神》，第47页。

司空除坛于籍，命农大夫咸戒农用。先时五日，瞽告有协风至。王即斋宫，百官御事各即其斋三日，王乃淳濯飨醴。及期，郁人荐鬯，牺人荐醴，王祼鬯，飨醴乃行，百吏、庶民毕从。及籍，后稷监之，膳夫、农正陈籍礼，太史赞王，王敬从之。王耕一墢，班三之，庶民终于千亩。其后稷省功，太史监之。司徒省民，太师监之。毕，宰夫陈飨，膳宰监之。膳夫赞王，王歆大牢，班尝之，庶人终食。①

虢文公所述籍田礼的诸多环节，与《诗》中农事诗所载（如《周颂·噫嘻》《丰年》《良耜》与《小雅·楚茨》《信南山》《甫田》《大田》）若合符节。由此足见，在周代农事的相关问题上，《诗》与史籍所载可互为表里。对此，姚小鸥言："《诗经·周颂》中的农事诗所记载的古代史绩多可与史传互证。它们所记载的周代农事中最重要的礼典——籍礼，与《国语·周语》的有关记述几乎完全一致。"② 可惜对于虢文公的劝谏，宣王并未采纳。《国语·周语》以"王不听"一语表明了宣王的态度。随后继之以宣王败于夷狄的记述，即"三十九年，战于千亩，王师败绩于姜氏之戎"③。耐人寻味的是，虢文公劝谏宣王一事与宣王败绩于姜氏之戎，在时间序列上，二者并未相继发生（并非在虢文公进谏之后，宣王旋即败绩），但《周语》却将此二事连缀于一处，究其实质，乃是借此叙述方式寄寓对二事之内在关联的思考。

既然如虢文公所论，"夫民之大事在农，上帝之粢盛于是乎出，民之蕃庶于是乎生，事之供给于是乎在，和协辑睦于是乎兴，财用蕃殖于是乎始，敦庬纯固于是乎成"，一言以蔽之，农事为王政之本，而宣王却舍本逐末，荒废王政，其一大后果必然是中无存主，

① 徐元诰撰，王树民、沈长云点校：《国语集解》（修订本），第15—19页。

② 姚小鸥：《诗经三颂与先秦礼乐文化》，第155页。

③ 徐元诰撰，王树民、沈长云点校：《国语集解》（修订本），第21页。

难御外敌。揆诸《诗经》语境，与宣王相关之诗所言多为征伐戍役之事。例如，《大雅·江汉》所言为宣王命召伯虎征伐淮夷之事；《常武》所言为宣王命南仲率六师征伐徐方之事；《小雅·采芑》所言为宣王命方叔南伐蛮荆之事；《小雅·六月》《出车》《采薇》所言均为宣王命将帅北伐玁狁之事。此类征伐诗虽也有对宣王之威严与将帅之勇武的描写，如《出车》所言“天子命我，城彼朔方。赫赫南仲，玁狁于襄”，但与《大雅·皇矣》歌颂文王有文德，亦有武功有所不同。从总体上看，与宣王相关的征伐诗，其整体基调偏向于叙述边事告急之难与戎狄侵扰之忧，如《小雅·四牡》《杕杜》《采薇》多次道出“王事靡盬”，又如《出车》所言“王事多难，维其棘矣”。这是《大雅·皇矣》在歌颂文王伐密伐崇之时并未出现的。从“王事靡盬”“王事多难”等言辞中，可观见诗人见微知著的洞察力及其对天下大势的清醒判断。诗人并未因宣王前期征伐屡获胜利便一味地欢欣振奋，《小雅·采薇》《出车》《杕杜》《六月》等诗所呈露的均为对局势的深重忧虑。论此严峻形势，究其根本，乃是废弛内务、轻视农政所致，而非仅仅源于“玁狁孔炽，我是用急”的外患。由此可以理解，为何《国语·周语上》将虢文公谏宣王不籍千亩与宣王败于姜氏之戎缀于一处叙述。这或构成诗人与史家共同的立场与态度：籍田礼废弛，农事荒殆，务于征伐之事，乃是舍本逐末之举。

揆诸《诗序》对宣王的态度与评价，其实也颇为复杂，既有对宣王之“美”，如《小雅·吉日序》所言“美宣王田也”①，《鸿雁》《庭燎》二诗之序所言“美宣王也”，又有对宣王之“规”“诲”与“刺”，如《沔水序》所言“规宣王”②，《鹤鸣序》所言

---

① （汉）毛亨传，（汉）郑玄笺，（唐）孔颖达疏，（唐）陆德明音释，朱杰人、李慧玲整理：《毛诗注疏》，第936页。

② （汉）毛亨传，（汉）郑玄笺，（唐）孔颖达疏，（唐）陆德明音释，朱杰人、李慧玲整理：《毛诗注疏》，第1549页。

“诲宣王”①，《祈父》《黄鸟》《我行其野》三诗之《序》所言“刺宣王也”，以及《白驹序》所言“大夫刺宣王也”②。从总体上看，《诗序》并未因宣王前期征伐屡屡获捷，便一味对其进行褒扬。《诗序》对宣王时期天下大势的总评，透过《六月序》所言“四夷交侵，中国微矣”③ 可观其大略。而宣王后期在征伐之事上多有败绩，或许也印证了诗人与《诗序》对总体局势的忧虑。宣王三十六年伐条戎、奔戎，王师败绩；三十九年，与姜氏之戎战于千亩而败，最终“丧南国之师，料民于太原”。凡此败绩之事虽未有相关诗篇收录于《诗》之中，但其局势发展至此，其缘由早已涵容于雅诗所言“王事靡盬”之中。宣王之世虽多以“中兴”相称，但《诗经》的种种迹象均暗示出，此历史时期实为西周王朝末日前的黄昏。诚如顾炎武所论：“宣王之世，虽号中兴，三十三年，王师伐太原之戎，不克；三十八年，伐条戎、奔戎，王师败逋；三十九年，伐姜戎，战于千亩，王师败逋；四十年，料民于太原，其与后汉西羌之叛，大略相似。幽王六年，命伯士帅师伐六济之戎，王师败绩。于是关中之地，戎得以整居其间，而陕东之申侯，至与之结盟而入寇。盖宣王之世，其患如汉之安帝也。”④

行文至此，不妨作一番小结。《诗》之为“史”的意义面向，不单单与被归为“史诗”的篇章相关，也不限于近世学界所关注的“史诗”问题。实质上，《诗》跨越五百年的成书历程，纵贯武、成、康、昭、穆、厉、宣、幽、平等世，下逮春秋中期，使

① （汉）毛亨传，（汉）郑玄笺，（唐）孔颖达疏，（唐）陆德明音释，朱杰人、李慧玲整理：《毛诗注疏》，第 1549 页。

② （汉）毛亨传，（汉）郑玄笺，（唐）孔颖达疏，（唐）陆德明音释，朱杰人、李慧玲整理：《毛诗注疏》，第 1549 页。

③ （汉）毛亨传，（汉）郑玄笺，（唐）孔颖达疏，（唐）陆德明音释，朱杰人、李慧玲整理：《毛诗注疏》，第 1549 页。

④ （清）顾炎武撰：《日知录》，载（清）顾炎武撰，黄珅、严佐之、刘永翔主编，华东师范大学古籍研究所整理《顾炎武全集》，第 146 页。

《诗》本身如世纪老人般见证了周人兴衰继替的种种变局，可以说，《诗》三百篇勾连为一个呈现古今之变的宏阔意义域。上文基于对穆、宣之世诸多诗篇的分析，试图说明《诗》以迂回婉曲的方式呈露出籍田礼曾遭荒废、夷夏关系的变化等问题，凡此均可视为周人所遇古今变局的缩影。尽管《诗》所关涉的史事可与史籍典册（如《尚书》《左传》《国语》等）对参互证，但《诗》呈现古今之变的独特之处在于，并非通过直陈的方式将其一一道来，而是将兴衰更迭之变局，寓于《诗》前后篇章的对话与呼应、对比与张力之中，寓于诸诗字里行间的暗示与线索之中。

三 《诗》之为"史"与《诗》之为"经"：论《诗》之为"史"的观念基础

（一）"瞽""史"并提的语境与诗史关系

鉴于《诗》所关涉的史事多可与史册文献（如《尚书》《左传》《国语》等）对参互证，近世多有学者从"瞽""史"并提的往昔语境发掘瞽矇与史官的密切关联，以此说明诗与史的紧密依存性。叶舒宪先生提出了"诗史同源"一说：

> 第一，诗史同源的根本原因，若从赋诗者或记事者的主体方面去看，应当落实到瞽矇这一类盲目的原始神职人员身上。换句话说，最初的仪式唱诵者由盲乐师担任，他们既是诗的传人，又是史的传人。他们之所以身兼此二任，主要由于卓越的听觉感受和记忆能力。因为在前文字阶段，信息传递和记述主要依靠口和耳。第二，史的观念从诗的母胎中孕育而出，最终获得独立发展，这一演变的契机乃是文字的普遍应用。也只有当诉诸视觉的文字符号取代了原来的听觉语音符号而成为"记忆"的新载体时，史官才会在盲乐师团体之外获得职务上的自立。古书中之所以常见"瞽史"连言之例，一方面表明了二者的发生学关联，另一方面也无声地暗示出了瞽在先史在

后的发生学顺序。①

引文所论“瞽”“史”连言之例，多见载于《国语》《周礼》，如《国语·周语上》所云“瞽史教诲”②，《晋语四》所云“《瞽史之纪》”③ 与“《瞽史记》”④，《国语·楚语上》所云“临事有瞽史之导，宴居有师工之诵。史不失书，矇不失诵，以训御之”⑤，《周礼·秋官·大行人》所云“王之所以抚邦国诸侯者，岁徧存……九岁属瞽史，谕书名，听声音”⑥，以及《国语·周语下》所云“吾非瞽史，焉知天道”一句（据韦昭注，“瞽”“史”分别为“大师”与“大史”，二者“皆知天道”⑦）。而阎步克先生提醒我们注意，在《周礼》一书中，诸史与乐师同属“春官”。这暗示出瞽、史（师、史）“两列而并称”的关系。⑧

在上文所述“瞽”“史”并提的文献之外，昔人对瞽矇之职的叙述，与对史官之职的叙述多有重合之处。据《周礼·春官·瞽矇》所载，瞽矇之职在于“讽诵《诗》，世奠系”。对此，郑玄注曰：“讽诵《诗》，谓闇读之，不依咏也……世奠系，谓帝系，诸侯卿大夫世本之属是也。小史主次序先王之世，昭穆之系，述其德行。瞽矇主诵诗，并诵世系，以戒劝人君也。故《国语》曰‘教之世，为之昭明德而废幽昏焉，以怵惧其动’。”⑨“次序先王之世，昭穆之系”本为小史之职，但从广义上看，这也属于瞽矇之职的范围。

尽管后人对“讽诵《诗》，世奠系”一语的句读提出了异议，

---

① 叶舒宪：《诗经的文化阐释》，陕西人民出版社 2020 年版，第 251 页。
② 徐元诰撰，王树民、沈长云点校：《国语集解》（修订本），第 12 页。
③ 徐元诰撰，王树民、沈长云点校：《国语集解》（修订本），第 325 页。
④ 徐元诰撰，王树民、沈长云点校：《国语集解》（修订本），第 345 页。
⑤ 徐元诰撰，王树民、沈长云点校：《国语集解》（修订本），第 501 页。
⑥ （汉）郑玄注，（唐）贾公彦疏，彭林整理：《周礼注疏》，第 1455 页。
⑦ 徐元诰撰，王树民、沈长云点校：《国语集解》（修订本），第 83 页。
⑧ 参见阎步克《乐师与史官：传统政治文化与政治制度论集》，第 84—85 页。
⑨ （汉）郑玄注，（唐）贾公彦疏，彭林整理：《周礼注疏》，第 892 页。

如孙诒让《周礼正义》论及清人郑锷之说，认为此句当读“讽诵《诗》世”为句、“奠系”为句[1]，并征引昔人语境中“诗”“世”连言之例说明此读法的合理性：

> 讽诵诗世，即后杜注所谓主诵诗并诵世系也。《大戴礼记·卫将军文子篇》云：“卫将军文子问于子贡曰：‘吾闻夫子之施教也，先之以诗世。’”此“诗”“世”连文之证。《楚语》申叔时语，亦以“教之世”与“教之诗”并举，世谓若后世之史书，与《诗》二者皆讽诵之也……述其德行，谓纪述于书，以授瞽矇，使讽诵之，故《国语·鲁语》云“工史书世”。韦注云：“工诵其德，史书其言。”彼工即谓乐工，明与史官为官联也。[2]

总的来说，从“瞽”“史”并提，再到“诗”“世”连言，均可看出《诗》与史具有一定的意义关联。据此，马银琴指出：“瞽矇乐官和史官的职责曾经是相互交叉甚至重合的。或者说，在一定的历史阶段上，传史记事是史官的职责，同时也是瞽矇的事业。”[3] 阎步克认为，“考之史实，乐人在传承史事上的贡献不容遗略或低估”[4]，尤其是在口诵传史作为一重要途径的历史时期，“乐师中的‘瞽矇’之官以口口相传的形式，传承着往古的世系及相应的史迹”，并引吕思勉所言“窃疑《大戴记》之《帝系姓》乃古《系》《世》之遗，《五帝德》则瞽矇所讽诵者也”[5]，且“诵‘世’并以之教人，此前也是乐工之责”[6] 为证。更进一步地，《国语·鲁语上》“工史书世”

---

① 参见（清）孙诒让撰，王文锦、陈玉霞点校《周礼正义》，第 1867 页。

② （清）孙诒让撰，王文锦、陈玉霞点校：《周礼正义》，第 1867 页。

③ 马银琴：《周秦时代〈诗〉的传播史》，第 21 页。

④ 阎步克：《乐师与史官：传统政治文化与政治制度论集》，第 90 页。

⑤ 阎步克：《乐师与史官：传统政治文化与政治制度论集》，第 90 页。

⑥ 阎步克：《乐师与史官：传统政治文化与政治制度论集》，第 86 页。

句下韦昭注云“工诵其德，史书其言”①，这也说明了瞽矇与史官在传授史事世系方面的通力配合。且“在中华民族的信息传播史中，声音传事的历史远比文字记事的历史长久”，在如此倚重听觉信息，对来自声音渠道的信号如此敏感的时代语境下，“矇不失诵”的重要性或许不下于“史不失书”。也就是说，瞽矇诉诸口耳的诵记，构成昔人叙事的重要组成部分。从更远处说，揆诸各民族的古史传说，中西叙事之初的“箭垛式人物”几乎均为盲人②，如中国的左丘明与希腊的荷马。这不可不谓值得深究的一个文明现象。

然须留意，不论是从赋诗者即为记事者的角度，还是通过举陈往昔语境“瞽”“史”并提的相关文本来说明诗史关系，就其研究方法而言，均为对往昔文化现象的描述性说明。由于尚未触及诗史同源的观念基础，难免停留于对诗史关系的外在化说明。而对诗—史内在关联的发掘，有赖于对诗史同源之观念基础的考索。这是下文的关注点所在。

（二）论诗史同源的观念基础

《说文·史部》基于事—史关联对“史”作出训释：“史，记事者也。从又持中。中，正也。”③ 由此衍生“记实事者皆史也”④ 与“泛记国事者，皆以史名”⑤ 诸论。然昔人语境所论之“事”，并非作为客体的历史事实与素材，并非如后世所讥刺的断烂朝报那般，故而“记事”的行动，自然有别于在知识主义的层面爬梳并记录干瘪的史实材料。揆诸其观念世界，既然所求之义理不应“载之空言”，而须“见之于行事”方能深切著明。这便导向一种不离事而

① 徐元诰撰，王树民、沈长云点校：《国语集解》（修订本），第165页。

② 中西叙事之初的重要人物多为盲人，对其原因，傅修延作了一番阐释，此不赘。参见傅修延《先秦叙事研究：关于中国叙事传统的形成》，第99—100页。

③ （汉）许慎撰，（宋）徐铉校定：《说文解字》，第65页。

④ 刘咸炘：《治四部第二》，载《推十书·丁辑》第1册，上海科学技术文献出版社2009年版，第5页。

⑤ 章太炎：《太炎文录初编》，载上海人民出版社编《章太炎全集》八，上海人民出版社2018年版，第91页。

言理、不离事而求义的治学取向。据此，史之为“记事”，其最要者在于，以“事”显明其义理，诚如程子所言：“凡读史，不徒要记事迹，须要识治乱安危兴废存亡之理。”① 故而古人治史，亦可归入广义上义理之学的范畴，这从《四库全书总目·史部·正史类》叙文所言“盖正史体尊，义与经配”② 可见一斑。此提法以“义”言“史”，且认为“史”之“义”可与“经”相配。这再次说明，昔人治史，其本旨在于以史显“义”、以史明“理”，由此形成“经”“史”相资的学术格局。对于经、史、子、集四部如何展开为遵循先后本末之序的学术格局，前人多有论及，此处不赘。而在四部中，前人尤为关注“经”“史”的重要意义及其内在关联。钱基博言：“中国之书，总以四部，四部之学，经史为大。”③ 因此，古之学者既须“尊经”，又须“广史”。④“经”“史”二部并非各自为政，而是实现为彼此辅翼的共生关系，故《四库全书总目·子部》叙文云：“夫学者研理于经，可以正天下之是非；征事于史，可以明古今之成败。余皆杂学也。”⑤ 钟泰亦言：“义理之原在经，其征在史；若夫诸子之书，百家之集，则皆经史之发挥，而义理之绌绪也。”⑥

承上所言，以史显“义”，以史明“理”，作为昔人对“史”之旨归的界定，构成了“史”的基本意义面向。史迁所言“究天人之际，通古今之变，成一家之言”，也深植于此观念基础来理解作为史官的责任与使命。而在“究天人之际”“通古今之变”二者之间，“究天人之际”又作为“通古今之变”的根本旨归。这喻示，天人

① （宋）程颐、程颢著，王孝鱼点校：《二程集》，第232页。

② （清）永瑢等撰：《正史类一》，载《四库全书总目》卷四十五，第397页。

③ 钱基博：《〈文史通义〉解题及其读法》，载《国学要籍》，当代世界出版社2017年版，第176页。

④ 此论详见刘咸炘所言“治之云何？一曰尊经，二曰广史，三曰狭子，四曰卑集”。参见刘咸炘《治四部第二》，载《推十书·丁辑》第1册，上海科学技术文献出版社2009年版，第5页。

⑤ （清）永瑢等撰：《子部总叙》，载《四库全书总目》卷九十一，第769页。

⑥ 钟泰：《国学概论》，中华书局1936年版，序第1页。

之学，亦构成史家“通古今之变”的本旨所在。因此，“史”在以“记事”为其基本形式，以期呈现古今人事之变的同时，对于所记之事的内容及其用意均有严格规定。据此或可理解，为何“史”的字形结构乃是“从又，持中”。“中”参与了“史”字的字形构成，并以此方式使“中，正也”作为“史”的根本意义规定，对治史之人有着长久提醒。这意味着，以正纠不正、将不正之事导入正途，是史官记事的一大本旨。“史”作为“记事”的行动，究其根本，乃富有用应然规正实然的规范性力量。此点在《汉书・艺文志》中也有体现：“古之王者世有史官，君举必书，所以慎言行，昭法式也。”① “法式”一词，意指具有典范意义的应然标准。史官所昭明者在于“法式”。这喻示，记史的行动，其最要者在于以应然规范实然，将实然导入正途。这也表明，史官具有一定程度的威慑力，其权柄在于，用“君举必书”的行动提醒在位者谨言慎行，须考虑所言所行能否与君道相称。由此可以理解，何以“周代本有‘以史为师’之旧法：正月大史布宪，百官习法于君主之前”②。这再次印证，在昔人语境中，史职昭示着对当今生活的规范性力量，而不仅作为历史事实的记录者而存在。

基于上文所述昔人论“史”的观念基础，《诗》之为“史”所具之深意逐渐得以揭示。申言之，《诗》呈现古今之变的言说行动，其旨归在于“通古今之变”（此句之关键在于这一“通”字），而不在于记录种种变动不居之人事。据此而论，《诗》并非停留于对古今之变的描述（客观中立的镜像复现），而是在“通古今之变”的关切中以事明其义，于变中求其常。这表明，《诗》之为“史”，究其根本乃在于考索古今共通之常道，并以此规范当下之变。《诗》多次强调对先王之道的效法，如《大雅・文王》所云“宜鉴于殷，骏命不易”，“仪刑文王，万邦作孚”，《周颂・烈文》所云“不显维德，

① （汉）班固撰，（唐）颜师古注：《汉书》，第1715页。

② 阎步克：《乐师与史官：传统政治文化与政治制度论集》，第79页。

百辟其刑之。於乎，前王不忘”等。其中，“鉴”“刑”等动词都带有取法、效法等规范性意味，强调的均是往圣先王之道的典范作用。

进一步来说，《诗》之为“史”所具之规范性意味，也使昔人围绕《诗》之为“史”展开的“道古”行动，有别于对历史事实的复述，而具有了以古鉴今、守常通变的意味。据《周礼·春官·大司乐》所载“兴、道、讽、诵、言、语”，其中，“道”尤其值得注意。郑注云：“道，读曰导。导者，言古以剀今也。”① 此训释点明，“导”包含勾连古今、以古鉴今的意义维度。而“导”向来被视为瞽史的职责所在，如《国语·楚语上》所云“临事有瞽史之导”②。反观往昔语境，不论是“瞽”“史”并提，还是单论瞽矇，在多数情况下，其所述活动均带有“言古以剀今”的规范性意义。据《周礼·春官·瞽矇》所载瞽矇之职为“讽诵《诗》，世奠系，鼓琴瑟”③。瞽矇诵《诗》，并诵世系，其目的也在于“言古以剀今”。此点在郑注中亦有体现：“瞽矇主诵《诗》，并诵世系，以戒劝人君也。”④ 故而据《国语·楚语上》所载，《诗》与“世”均被视为重要的为教进路，所谓“教之世，而为之昭明德而废幽昏焉，以休惧其动；教之《诗》，而为之导广显德，以耀明其志”⑤。《诗》与“世”均可为教，此亦深植于诗史同源的观念基础，即承认古今之变中有其共通之常道。以常通变是可能的，也是极为必要的。

鉴于《诗》之为“史”的意义面向，且此面向之最要者在于以古鉴今、守常通变，故而《诗》深受秦政敌视，以致首当其冲被归入烬毁之列。《史记·秦始皇本纪》载李斯之言曰：“天下敢有藏《诗》《书》、百家语者，悉诣守、尉杂烧之。有敢偶语《诗》《书》

① （汉）郑玄注，（唐）贾公彦疏，彭林整理：《周礼注疏》，第833页。
② 徐元诰撰，王树民、沈长云点校：《国语集解》（修订本），第501页。
③ （汉）郑玄注，（唐）贾公彦疏，彭林整理：《周礼注疏》，第892页。
④ （汉）郑玄注，（唐）贾公彦疏，彭林整理：《周礼注疏》，第892页。
⑤ 徐元诰撰，王树民、沈长云点校：《国语集解》（修订本），第485页。

者弃市。以古非今者族。”[①] 须留意的是，上述引文将藏《诗》、语《诗》的行动置于“以古非今”的语境中来看待。在《史记·李斯列传》中，“以古非今”又被称作“道古以害今”：“是以诸侯并作，语皆道古以害今，饰虚言以乱实，人善其所私学，以非上所建立。”[②] 出于秦政对“道古以害今”“以古非今”之风气的抵制，《诗》也难逃焚毁的厄运。这再次印证了，《诗》是时人“言古以剀今”的重要依凭。马银琴指出：“《诗》《书》不仅是儒家的经典，它们也承载着人们对周代礼乐文明的记忆。焚《诗》《书》的目的与焚史书一样，就是要割断民间对历史的记忆。”[③]《诗》所持存的“对历史的记忆”，并不是仅将“史”作为某一识记的客体或对象，而在于以古鉴今，以古今共通之常道规范当今时局。

（三）从《诗》之为“史”到《诗》之为“经”

《诗》之为“史”的意义面向，所倚重者并非在历史事实的层面持存古今人事之变，而在于从“变”中求“常”，进而守“常”以通“变”。因此，在前现代语境中，《诗》之为“史”最终通向的是《诗》之为“经”。更确切地说，在相当长的历史时期内，言说常道之“经”向来被视为《诗》最为根本的意义规定：《诗》不是在当下所谓的史学意义层面作为对历史事实的记录而被归入史部，而是在言说常道的意义上被归入“经”的范畴。尽管《诗》之为“史”常被昔人论及——《中说·王道篇》云：“昔圣人述史三焉。”[④] 此处所言“史”将《书》《诗》《春秋》均纳入其中：“此三者，同出于史而不可杂也，故圣人分焉……其述《诗》也，兴衰之由显，故究焉而皆得。”[⑤] ——但昔人对《诗》之为“史”的说明，并未撼动《诗》作为言说常道之“经”的根本定位。相反，《诗》

① （汉）司马迁撰：《史记》，第 255 页。

② （汉）司马迁撰：《史记》，第 2546 页。

③ 马银琴：《周秦时代〈诗〉的传播史》，第 180 页。

④ 张沛撰：《中说校注》，第 8 页。

⑤ 张沛撰：《中说校注》，第 9 页。

之为“史”的意义维度，实质上对《诗》之为“经”的意义面向起到了支持与辅翼的作用。

反观近世语境，《诗》之为“经”与《诗》之为“史”，二者不再包容共生，而是互为割裂甚至处于对立态势。随着《诗》的史诗问题在近世受到重视，《诗》的史学价值与意义日益进入人们的视野，由此，《诗》之为“史”的意义面向不断得以凸显。不过也应注意到，在近现代语境中，昔人论“史”的观念基础与背景不断被解构，加上以实证为导向的视角大行其道，凡此均使当今语境中《诗》之为“史”的意义面向与昔人所论大为不同。在经验事实的层面提供史料，而非在呈露古今之变的基础上探究如何守常以通变，成为时人对《诗》之为“史”这一身份的主要规定。《诗》之为“史”，其“言古以剀今”的规范性意味日渐丧失，进而导致《诗》之为“史”与《诗》之为“经”二者间的断裂。此即是说，《诗》之为“史”不断得以凸显的同时，随之而来的却是《诗》之为“经”的意义面向不断被解构。《诗》之为“经”不再像前现代语境中那么不言自明，甚或隐晦难彰。还有声音提出，唯有从《诗》之“经”义的束缚中挣脱出来，《诗》之为“史”的身份才能昭然于世。然不可否认，在前现代语境中，尽管多有对《诗》之为“史”的肯认，但《诗》并非就此被归入史部，更不是在纯粹识记事实素材的层面被视为史料，而是在言说常道的意义上被尊为“经”。读《诗》向来被视为探究古今共通之常道的重要进路。此古今立场的转向不可不辨。

第二节　“通古今之变”：论《诗》之为“经”的意义面向

承上所述，《诗》之所以成为“经”，并不在于呈现古今兴衰继替之变局，而在于追问如何守常以通变。《诗》对“通古今之变”

的重视，早已潜藏于《生民》五诗的叙述脉络中。

一 守常以通变：论《生民》五诗的内在脉络

（一）释《生民》

1.《生民》一诗的叙述脉络

《生民》的主人公是作为周始祖的后稷。全诗共八章。前三章讲述后稷的出身与成长过程。诗首章云："厥初生民，时维姜嫄。生民如何？克禋克祀，以弗无子。履帝武敏歆，攸介攸止，载震载夙。载生载育，时维后稷。"在此，诗人追溯了后稷的出身。后稷作为周始祖，单从其身世看，便具有迥异于常人的超卓之处。《生民》着力描写姜嫄祭祀上帝后怀孕得子的种种细节，正是为了凸显后稷的神圣性来源——由天降下。首章虽未过多论及皇天上帝，但毋庸置疑，超越之天隐藏于人事的幕后，主导了后稷的降生。由此，姜嫄独身怀孕这一超乎常理的现象具备了可理解性。

后稷神圣的出身也为该诗的后续部分作了铺垫。诗二章曰："诞弥厥月，先生如达。不拆不副，无菑无害。以赫厥灵。上帝不宁，不康禋祀，居然生子。"后稷是天意经由母体而生，既有别于凡夫俗妇结合而生，其分娩过程自然也与寻常婴孩不同，首胎便异常顺利。朱注云："凡人之生，必坼副灾害其母，而首生之子尤难。今姜嫄首生后稷，如羊子之易，无坼副灾害之苦，是显其灵异也。"①

诗三章云："诞寘之隘巷，牛羊腓字之。诞寘之平林，会伐平林。诞寘之寒冰，鸟覆翼之。鸟乃去矣，后稷呱矣。"遗憾的是，姜嫄起初尚未领会天意，未从独身怀孕、首生顺利等细节体会到此胎的奇特，反而视之为不祥和耻辱。诗三章上演了极具戏剧性的一幕：姜嫄对亲生骨肉暗起杀心。诗人所用动词是"寘"，算是美化了姜嫄的行为。程、蒋注本曰："寘，今作置，弃置。"② 隘巷是人迹罕至

---

① （宋）朱熹集撰，赵长征点校：《诗集传》，第292页。

② 程俊英、蒋见元：《诗经注析》，第802页。

之处。平林更是荒凉无人，多有野兽出没。而在冰天雪地里，甚或连兽迹都消弭于两间。可见，姜嫄之举看似是抛弃，实则并不打算给婴孩留条活路，而是招招致命，一招比一招更残忍。然而，人的计划抵不过天意的安排。后稷受天庇佑，一次次奇迹般地获救，最终化险为夷。若说此前后稷的种种特异之处都不足以打动姜嫄，那么此时姜嫄对婴孩的卓异已生敬畏，最终打消了杀念。

总的来说，《生民》前三章呈现出鲜明对比。后稷由天而降，具有常人无法企及的神圣出身，但一降世却遭逢常人难以想象的苦难——生母将其抛弃，并蓄意置之死地。此番大起大落预示出后稷此生的不凡。

诗四章云：“实覃实訏，厥声载路。诞实匍匐，克岐克嶷。以就口食。蓺之荏菽，荏菽旆旆。禾役穟穟，麻麦幪幪，瓜瓞唪唪。”在蹒跚学步以前，后稷即已展现出惊人的禀赋：熟悉作物的性状，并能分辨不同的食物。逮其年长，所播种的作物无不长势良好。“旆旆”“穟穟”“幪幪”“唪唪”四个叠词的连用描绘出作物茁壮生长的势头。这象征着族群内在的生机与活力，也暗示出，精通稼穑之道是后稷带领部族发展壮大的必要条件。

与第四章相类，《生民》五至六章仍围绕后稷的稼穑本领展开叙述。《生民》总共八章，其中有三章都与稼穑相关，占据了全诗近三分之一的篇幅。值得追问的是，诗人缘何如此看重对农事的叙述，使其成为此诗的重要部分？诗五章云：“诞后稷之穑，有相之道。茀厥丰草，种之黄茂。实方实苞，实种实褎。实发实秀，实坚实好。实颖实栗，即有邰家室。”据黄德海观察：“（周族人所处的）关中毕竟处秦岭以北，雨季集中而短促，冬季则易结冰，庄稼不能一年收两季三季，也并不总是风调雨顺，时不时有‘倬彼云汉，昭回于天’的大旱年岁，免不了‘天降丧乱，饥馑荐臻’的感叹。”① 恶劣的自然条件对作物的生长极为不利。在生产力低下的上古时代，能

① 黄德海：《诗经消息》，第2页。

够掌握耕稼智慧对以农业为主要生产活动的部族而言是何等的幸事。如此一来，土地长出作物就不再是纯自然的事件，而蕴含着人文因素。族人不再单纯地仰仗自然的馈赠，对吃饱或挨饿的无常命运逆来顺受，而可以主动择种栽培。其中，“实方实苞，实种实褎。实发实秀，实坚实好”四个短句紧凑有力，势如破竹，象征着作物的蓬勃长势，从中也可想见诗人如此诉说时的兴奋与激动。

诗六章曰：“诞降嘉种，维秬维秠，维穈维芑。恒之秬秠，是获是亩。恒之穈芑，是任是负。以归肇祀。”后稷并非独享耕种的智慧，只顾及一人或一家的温饱，而是把稼穑之道悉数授予百姓。诗人如此讲述后稷的美德美行——“诞降嘉种”。朱注云：“降，降是种于民也。”[①] 对此，《孔丛子·执节》亦云：“《诗》美后稷，能大教民种嘉穀，以利天下，故《诗》曰‘诞降嘉种’。”[②] 在“维秬维秠，维穈维芑。恒之秬秠，是获是亩。恒之穈芑，是任是负”一句中，诗人所言“秬”“秠”“穈”“芑”均为谷物之名，分别为“黑黍”“黑黍一稃二米者”“赤粱粟”以及“白粱粟”。[③]《诗》一字千钧，而在此短短数句中，“秬”“秠”“穈”“芑”之名一再重沓，似乎与《诗》一贯的凝练风格不符，不禁令人困惑：诗人将此无关紧要的信息反复举陈，岂非失于冗杂？

据钱穆考证，在后稷所处的时代，周族以稷为主要农作物。黍与粱这两种作物比稷要珍贵许多，“是以《生民》之诗，固以黍与粱为嘉种，是在西周时，固已明认黍之为品较贵于稷矣”[④]。《生民》把秬、秠、穈、芑一一道来，叙述中涵容着脉脉温情。也许这四种作物都有不为人知的耕种往事，经历了艰辛的种植过程才得以丰收。如果诗人只将此四者以“黍”“粱”之名概而言之，难免轻忽其特殊之处，使其叙述冰冷、生硬和漠然。由此可见，诗人并

① （宋）朱熹集撰，赵长征点校：《诗集传》，第293页。

② 傅亚庶撰：《孔丛子校释》，第375页。

③ 参见（宋）朱熹集撰，赵长征点校《诗集传》，第293页。

④ 钱穆：《中国学术思想史论丛》（一），第13页。

不仅仅把秬、秠、穈、芑作为填饱肚子的作物。它们滋养了世世代代的周人，早已成为部族生活世界的重要部分。

后稷精通稼穑之道，迎来好收成自然在意料之中。独特之处在于，在丰收时节，后稷带领百姓做的第一件事，不是举行庆功宴或美食节，也不是立即饱餐一顿，而是"以归肇祀"。朱注云："既成则获而栖之于亩，任负而归，以供祭祀也。"① 诗七章详述了后稷祀天的过程："诞我祀如何？或舂或揄，或簸或蹂。释之叟叟，烝之浮浮。载谋载惟。取萧祭脂，取羝以軷，载燔载烈，以兴嗣岁。"整章以"舂""揄""簸""蹂"等动词推进其脉络进展，形成一贯而下的语势。在句式方面，"或舂或揄，或簸或蹂"与诗五章所言"实方实苞，实种实褎"、诗六章所言"维秬维秠，维穈维芑"相同，形式规整，一气呵成，体现出仪式过程的流畅顺利。"叟叟"与"浮浮"② 二词均富有画面感，使人闻其声如临其境，受《诗》之邀约共同见证了祭祀典礼的斋庄神圣。

诗八章云："卬盛于豆，于豆于登。其香始升，上帝居歆，胡臭亶时。"此章具有双重的叙述视角，既介绍了祭者献上祭品的过程，又交代了上帝对此祭品的回应，呈现出天人之间的往来互动。在"其香始升，上帝居歆"一句，"始"字与"居"字十分关键。"始"字凸显出上帝回应的迅速。祭品的香气才刚升腾起来，上帝便已享受于其中。朱注云："其香始升，而上帝已安而飨之，言应之疾也。"③"居，安也"，强调上帝对祭仪的满意。这表明，主祭者的各项工作进行得非常到位，同时也宣告了祭仪之圆满。

诗八章末句为"后稷肇祀，庶无罪悔，以迄于今"。程、蒋注本

---

① （宋）朱熹集撰，赵长征点校：《诗集传》，第 293 页。

② "叟叟，声也。浮浮，气也。"（宋）朱熹集撰，赵长征点校：《诗集传》，第 293 页。"叟叟，淘米声。浮浮，蒸饭时热气腾腾貌。"程俊英、蒋见元：《诗经注析》，第 806 页。

③ （宋）朱熹集撰，赵长征点校：《诗集传》，第 294 页。

将“肇祀”解作“开创祭祀之礼”[1]。“后稷肇祀”意指，祭祀上帝之礼发轫于后稷之手。若说诗句开首处还在远溯祭祀之礼的创立，末尾“以迄于今”则表明，诗人随即从对始祖所处时代的遥想回转到了后世。很明显，《生民》把后稷与周族后裔视为相承相因的整体。后稷开创的祭祀之礼不仅影响了他同时代人，对周部族的子孙后代甚至周文明的发展走向也产生了深远影响。这也成为诸家解说此章的着眼点。《礼记·表记》曾引述孔子对后稷之祀的称赞：“易福也，其辞恭，其欲俭，其禄及子孙。”“其禄及子孙”之意，被《郑笺》表述为“子孙蒙其福，以至于今”[2]。诸论均揭示出“后稷肇祀”具有通乎古今的恒久意义。

2. 论《生民》一诗的叙事“缺陷”

按寻常理解，后稷终其一生必然经历了众多事件，但《生民》不是在编年史的意义上逐一记录后稷生平的所有重要事件，力求客观而全面地展现各个生命阶段的跌宕起伏，而是主要围绕三方面（后稷的身世、精通稼穑以及肇祀上帝）展开论述。若以呈现完整人生为标准，《生民》一诗所展现的至多算作后稷生平的几个剪影。更进一步地，即便在讲论这三方面内容之时，诗人也不是依照完整的叙事线索交代事件的原委始末，而是有着叙述的偏向与侧重，故而有学者将《生民》的叙述特点评价为，此“显然不是基于史实的实录”[3]。此特质并不为《生民》一诗所独具，而是为《生民》五诗所共有。

《生民》五诗在叙事方面的“缺陷”也被章培恒发现。他列举

---

① 程俊英、蒋见元：《诗经注析》，第807页。

② （汉）毛亨传，（汉）郑玄笺，（唐）孔颖达疏，（唐）陆德明音释，朱杰人、李慧玲整理：《毛诗注疏》，第1549页。

③ 马银琴指出：“诗歌着力描述了姜嫄怀孕的不同寻常、后稷诞生的种种神异以及后稷成长过程中特殊的农业才能。这显然不是基于史实的实录。”马银琴：《〈诗经〉史诗与周民族的历史建构》，载中国诗经学会、河北师范大学合办《诗经研究丛刊》（第三十辑），第226页。

了此类诗作在叙事脉络上的空白与缺漏，提出“此诗（历史诗）的目的显然不在叙事，否则不会忽略到连这些重大的、关键性的事情都不予述说”①。章氏的这一观点颇为独特。值得追问的是，被钱穆认为“历史事迹特别多”“这些历史或许比《西周书》里的更重要”的《诗经》，其目的倘若不在于叙事，那又在于什么？此问题原本可为《生民》五诗的探究打开更为深广的视域，但遗憾的是，章氏并未就此进行思想观念层面的追问。在他那里，上述发问以重新判定《生民》五诗的性质宣告结束：《生民》五诗在叙事上的疏略，虽使其不足以称作叙事诗，但这无碍于我们将其视为带有抒情性质的赞美诗。

《诗》叙事上的“缺陷”，常被视为是《诗》之体裁所致。在肯定《诗》之史学意义的同时，刘冬颖指出，《诗》本身的体裁特点使“以《诗》记史必然带有许多笼统、夸张和言过其实的成分。……更由于韵文的字数限制，《诗经》在记载史实时不可能写得具体而细致”②。总的来说，尽管学者注意到《诗》的叙述方式与通常意义上的史学叙事有所不同，但在多数情况下，学者倾向于从较为负面的角度将其认定为《诗》的缺陷。也就是说，《生民》五诗虽留存了部分历史事迹，在一定程度上可作为史料③，可供后世用以探究周民族的发展史，但由于掺杂了过多的文学因素，从根本上看，《生民》五诗毕竟不是史。

---

① 章培恒、骆玉明以《大雅·绵》为例：“此篇常被研究者认为是此类诗中最好的一篇，但如把它作为叙事诗，仍存在不少问题：第一，古公亶父是从什么地方迁到岐下的？为什么要迁？第二，诗中以‘率西水浒’来表明其迁徙的路线，但这条水到底是什么水？第三，据第二章，与他一起到岐下去的就是姜女，因而第三章所写的‘爰始爰谋’也就是与姜女商量而已；但既然只是两个人，第四章所写的‘迺疆迺理’等工作又怎么进行法？……此诗对这些事件并未加以叙述。所以，从这一系列问题来看，此诗的目的显然不在于叙事，否则不会忽略到连这些重大的、关键性的事情都不予述说。”章培恒、骆玉明主编：《中国文学史新著》（增订本），第55—56页。

② 刘冬颖：《诗化的历史——〈诗经〉中的周民族史诗》，《社会科学战线》2002年第1期。

③ 在《西周史》中，杨宽先生便把《周颂》《大雅》《小雅》和《豳风》作为研究西周史的史料来应用。

以此立场界定《生民》五诗的叙述特质，其根本原因在于实证视角的运用。从广义上看，此视角也多见于近世学界对整部《诗》的诠释。对此，宇文所安的评价颇有代表性："中国传统中，诗被认为是诗人对其所处历史时刻与情景的真实描写。传统的中国读者秉承着如此的信念，即诗是对历史经验的如实呈现。在这样的假定下，诗人们进行着创作，读者进行着阅读。人们从诗中建构起诗人的生平年表，或是将诗用作探究文化史的直接资源。"[①] 在此实证视角的主导下，重视《诗》之史学价值的一大表现在于，将《生民》五诗作为史料加以应用。

进一步来说，以实证立场解读《诗》的史学价值与意义，其前提在于，预设了已逝世代由客观中立的历史事件组成。《生民》五诗以重要的历史人物与事件作为叙述对象，其目的在于对客观中立的历史事件进行绝对还原。诗人的叙述是否足够细致、是否顾及每一细节，将决定《诗》能在多大程度上还原客观史实。

但实质上，并不存在不掺杂丝毫观念的"纯"经验事件。在经验或事件被讲述与呈现时，必已涵容一定的解释。这一解释植根于诗人及其所处时代整体性的观念体系与精神世界。这样一来，相比起以所预设的全面客观的重大事件表为标准，来评判《生民》五诗遗漏了什么内容，其叙事存在哪些缺陷，更有意义的追问或在于，《生民》五诗如此选材、组织与营构反映出何种深层的观念。此观念如何塑造了《生民》五诗对周文明兴起与发展的理解。就此而言，吾人不应根据诗人并未完整收录人物生平的代表性事件，或对事件的诸多环节语焉不详，便作出断言，认为诗人的叙事能力不够成熟，而应追问，诗人为何不择取其他事件，而只就这些方面营构《生民》五诗？

3. 天人关系：《生民》叙事脉络的基本框架

《生民》以论述后稷的神圣出身开篇（第1—3章），以后稷肇祀上帝作结（第7—8章），中间用大量篇幅叙述后稷的稼穑本领

---

① Stephen Owen, *Traditional Chinese Poetry and Poetics: Omen of the World*, p. 57.

（第4—6章）。初看上去，此布局谋篇似乎只是把不相干的素材缀于一处而已，但若换一表达方式，或能厘清诗人的叙述线索：《生民》始于后稷由天降下，以后稷肇祀上帝收尾。其在世活动均以精通稼穑之道这一天赋之异禀而展开。这意味着，《生民》始终以天人的持续互动为背景来理解后稷的在世生存。易言之，天人关系是《生民》展开其叙述脉络的根本框架。

至此需要辨明，《生民》并不是把上述内容置于后稷高度个人化的生活世界，去看皇天上帝如何成就了后稷的私德，而是将其置于周部族纵深性的绵延进程中，去观见其对周文明发展历程的影响。这表明，《生民》所述事件不同于一般意义上的普通事件，而是与"一个民族和一个时代的本身完整的世界密切相关的意义深远的事迹"①。也就是说，《生民》所涉及的天人关系，其中的"人"并非仅指后稷其人，而是具有人文、文明的意义向度，即天以后稷的在世活动为中介，引领周文明的兴起与发展。

在《生民》的叙述脉络中，姜嫄独身受孕，后稷被抛弃后化险为夷，长大后擅长稼穑等事件并非出于偶然。后稷德才兼备，是人中翘楚，也不应完全归为其个人能力，而是天意使然。这反映出，在诗人及其所处时代普遍性的观念体系中，存在着上溯于天的思维倾向，往往以超越之天作为解读人事意义的根据。史华兹指出："《诗经》中已经有超越的因素了。"②"超越的因素"，在《生民》对后稷出身的叙述上体现得尤其明显。此种带有神话性质的述说③已

---

① ［德］黑格尔：《美学》第三卷下册，朱光潜译，第107页。

② Benjamin I. Schwartz, *Transcendence in Ancient China*, Daedalus, Vol. 104, No. 2, p. 57，转引自张汝伦《"轴心时代"的概念与中国哲学的诞生》，《哲学动态》2017年第5期。

③ 在理性主义的主导下，《诗经》中带有神话性质的史诗多从可靠的史料之列被剔除出来。对此，日本学者松山寿一指出：把神话思维与理性思维，自然思想与伦理思想简单地截然分开，不外是使其适应划分时期的学科独立的19世纪的思维产物。参见《哲学译丛》1993年第5期，［日］松山寿一《什么是自然哲学》，曲翰章译，中国社会科学出版社。

被杨宽先生指出："周族既然把后稷这个祖先作为稷神来祭祀，当然会有一套稷神的神话。《生民》描写的，就是他们自古相传的后稷神话。诗共八章，前五章讲的是天生后稷的神话。"①

后稷由天而降的神圣出身，从根本上关涉着诗人（从广义上言，整个周部族）对自身所归属的文明共同体之起源的理解。《生民》以神话的方式解释共同体的发端与由来。无论是天生后稷的神话，还是把后稷神化为"稷神"，均为对弃（作为曾经存在的历史人物）有死之肉身、有限之人性的超越。诗人看到，文明共同体的开端，无法由一有限之人来承担。唯有超越性存在，才能真正为文明共同体奠基。同样，后稷肇祀上帝，也是在文明共同体的层面（而非个人或宗族层面）正式建立起通过固定仪式确证与维系天人关系的文化传统，让后人觉知超越性存在的维度对周文明兴起与发展的重要意义。

综上所言，《生民》的叙述脉络凸显出天生后稷与后稷肇祀上帝对共同体之存续所起的关键作用。由此可以理解，为何弃得以从周族群体中脱颖而出，尊享"后稷"之殊荣，并被尊奉为周之始祖。

弃作为在历史上真实存在的人物，其寿命必然是有限的。如果仅就经验生活层面个人短暂的在世年岁而言，那么"始祖"这一称号并无意义。因为"始"这一指称预设着向未来无尽的年岁与时间开放的可能性。而肉身的有死性意味着，对个体生命而言，这种无限的开放性是不存在的。由此可知，诗人对个人的在世时间与共同体的历史时间作出了区分。"始祖"一名也是在后一层面才实现其应尽之意，即诗人并不是在个体有限的在世时间层面，而是基于共同体历史时间的高度来追问后稷在世生存的意义。

从严格意义上讲，后稷并不是周部族的第一人，事实上，"后稷

① 杨宽：《西周史》，第23页。

以前，已有周人之社会”[①]。而《生民》却将后稷尊奉为周始祖。这表明，“始祖”之“始”并非纯粹时间意义上的概念，而是包含人文性的内在规定。也就是说，诗人是在人文历史的层面把后稷视为周之始祖：周人之尊奉后稷，是从人文历史观的立场而言。后稷是周文化之始祖，是对周民族文化历史的创始有大功绩之人。[②] 这与后稷教民稼穑密切相关，“特以后稷教民稼穑，生事所赖，人文大启，乃因而尊奉之，截取以为人类之始祖也。此可谓人文祖”[③]。《生民》不吝重墨，对稼穑之事淋漓铺陈，正是因为躬耕稼穑不仅与周人的衣食住行相关，还维系着族人的身份认同，是“周族借以与他族相区分的界限”[④]。

《国语·郑语》载史伯之言曰：“夫成天地之大功者，其子孙未尝不章，虞、夏、商、周是也。虞幕能听协风，以成物乐生者也。夏禹能单平水土，以品处庶类者也，商契能和合五教，以保于百姓者也，周弃能播殖百谷蔬，以衣食民人者也。”[⑤] 虞、夏、商、周虽同为“成天地之大功者”，但四族成此大功的具体方式各有差异。对于周人而言，“成天地之大功”的进路在于“播殖百谷蔬，以衣食民人”。这端赖后稷精通稼穑，开创先河。借此，周人得以明确自身之所是，从而确证本族之特殊性。“四代始祖‘天地之大功’的不同，实际可视为不同族群‘异德’的显示。……不同地域、不同经历的人群，当其在一定的历史时期发生联系后，不同文化习性的相互比较，必然会强化族群各自的自我意识。……诗人不仅是在歌颂始祖，更是在以此表现自己族群不同于他族的德性。由此注重农耕

① 钱穆：《中国学术思想史论丛》（一），第103页。

② 钱穆区分出了宗教意义上的历史观、科学意义上的历史观及“中国传统文化之人文历史观”。参见钱穆《中国学术思想史论丛》（一），第103—104页。

③ 钱穆：《中国学术思想史论丛》（一），第121页。

④ 李山：《诗经的文化精神》，第31页。

⑤ 徐元诰撰，王树民、沈长云点校：《国语集解》（修订本），第466页。

稼穑，就与保持周族本色及其天祚命运息息相关。”① 从中，周人不断明确其身份认同，建立起对于“我是谁”的确证，遂成为“以农德自重”的文明共同体。农事诗习见于《诗》，且周公制礼作乐，对籍田礼尤为重视，通过天子与百姓并耕的仪式，申明务本重农之道。凡此均体现农德与农事对于周文明的重要意义。

进一步来说，虽然后稷播种百谷蔬菜，使稼穑作为周族之“异德”昭明于世，但此“异德”的确立并非仅着眼于一家一姓之温饱抑或周部族的繁衍生息，而是富有沾溉众生、恩泽各族的普世关怀。兹取《周颂·思文》为说：“思文后稷，克配彼天。立我烝民，莫匪尔极。贻我来牟，帝命率育。”此处“烝民”乃是“天生烝民”之意，并不限于周族内部的百姓，而是遍言普天之下的群黎众庶。朱注云：“且其贻我民以来牟之种，乃上帝之命，以此遍养下民者。”② 朱注所论“遍养”殊为关键，表明稼穑之养应实现为普世之恩泽。躬耕所获并非为一家一姓所独享，而应福泽苍生，正如上苍之惠然朗照，不遗一人，不遗一物。以此细审《国语·郑语》所云“周弃能播殖百谷蔬，以衣食民人者也”，此处所言“民人”不独指周人，而是泛指不受血缘与族群所限的天下苍生。后稷解决了耕种稼穑的生计难题，不仅大有功于周族，更是沾溉苍生，借此与天道之仁有分，与造化之恩同功。

综上所述，后稷自天降下并精通稼穑，乃是深植于天人关系的观念背景之中，其一大表现在于，超越之天以后稷作为天人之中介，通过后稷的在世作为，引领周文明的兴起与发展，其着眼点在于共同体的整体性福祉。钱穆把后稷教民稼穑解读为“创始人文历史一大事”。然须留意，在《生民》的观念世界中，此人文社会并非脱离自然而存在，并不是与自然处于对立状态，而是本身即内在于自然之中，与自然保持着有差异的同一关系。这又可引出《生民》历

① 李山：《诗经的文化精神》，第 31 页。
② （宋）朱熹集撰，赵长征点校：《诗集传》，第 344 页。

史观念的另一重要面向，钱穆将其表述为“人类文化之大原，亦一本于天心”：

> 人文亦本出于自然。……自中国传统文化之人文历史观之立场言，则人类文化之大原，亦一本于天心。惟天不亲教民以稼穑，而必假手于圣人焉。故人类社会而有圣人之降生，此皆由于天意。换言之，人文必不能逃离于自然，人文社会之有杰出人物所谓圣人者之诞生，其事亦自然所赐予。①

综上所述，《生民》有别于对历史进程的实录式呈现，并不是以还原客观中立的历史事件为目的，而是主动建构周之历史的尝试。马银琴指出：“从根本上而言，周民族的历史记忆，存在着一个建构的过程，《诗经》中的五首史诗性作品，是这个建构过程中阶段性的成果与体现。”② 这必然使诗所关涉的历史事件不可能面面俱到，而是有所选择。

选材与表达的过程，实则反映出深层的思想观念。此观念可以说是诗人及其所处时代、所来自的生活世界普遍持有的历史观念的集中体现。欧克肖特（Michael Oakeshott）指出：“蒙森没有参与罗马共和国的缔造，但说他跻身于罗马共和国历史的创造者之列则无妨。”③ 同样，诗人并不是后稷的同时代人，也并未参与或见证周始祖创业垂统的具体过程。然而，基于诗人对个体的有限年辰与共同体的历史时间所作的区分，并从历史时间的高度理解始祖在世作为的意义，我们可以说，诗人是源始地建立民族的历史此在的人。从广义上言，通过《诗》，一个民族得以建立关于自身的历史——一个

① 钱穆：《中国学术思想史论丛》（一），第104页。

② 马银琴：《〈诗经〉史诗与周民族的历史建构》，载中国诗经学会、河北师范大学合办《诗经研究丛刊》（第三十辑），第246页。

③ Michael Oakeshott, *On History and Other Essays*, Oxford: B. Blackwell, 1983, p. 2.

民族的此在的历史。进一步来说，此过程通过《诗》持存着“一个历史性民族的原语言（Ursprache）”① 而实现。

（二）释《公刘》

除以《生民》赞颂始祖后稷之外，诗人还专以《公刘》一诗来纪念先祖公刘。然而，若严格按照《史记》十五王世系表，在弃之后，担任周族首领的依次是不窋和鞠陶，而后才是公刘。《诗经》却直接跳过中间两世，在史诗的撰写上从《生民》一跃而至《公刘》。初看上去，此处似乎发生着世代上的断裂，与严肃的历史叙事与史学探究相去甚远，所呈现的是对周族世系不连贯的断片化叙述。如前所述，《生民》在天人关系的意义框架中理解周文明的兴起与发展，通过将文明的终极根据上溯于天，来表明周文明发端的合法性与正当性。那么，值得追问的是，从《生民》到《公刘》看似存在世代断裂的不连贯叙述，其间是否具有一以贯之的叙事脉络？

据丁山统计，周族共进行过十余次迁移。② 这对从事农业生产的部族而言殊非幸事。远离世代耕作的基业，在新土地上另起炉灶，面对着一切未知的因素，可谓不小的挑战。《公刘》一诗便以周人由邰迁豳为背景展开叙述。③

《公刘》共分六章。每章均以“笃公刘”作为开头。据《毛传》，“笃”训为“厚”。程、蒋注本将其释为“忠诚厚道”④。此训与《毛传》有相通之处。在此之外，张立新还阐释了“笃”的其他意涵：“《公刘》诗中反复赞叹的一个‘笃’字，是对公刘性格特点

---

① ［德］海德格尔：《荷尔德林诗的阐释》，孙周兴译，商务印书馆 2000 年版，第 47 页。锡德尼看到：“诗是最古老、最源始的人类学问。其他学问都造端于此。它具有如此之普遍性，以至于没有一个有学识的民族曾蔑视它，没有一个野蛮民族没有它。” Philip Sidney, *The Defence of Poesie*, *Political Discourses*, *Correspondence and Translations*, Edited by Albert Feuillerat, Cambridg: Cambridg University Press, 2011, p. 25.

② 参见丁山《古代神话与民族》，商务印书馆 2015 年版，第 51—67 页。

③ 杨宽指出：“《毛传》说公刘原来居邰，是从邰迁到豳的。此说应有依据。看来从后稷到公刘之间没有迁移过。” 杨宽：《西周史》，第 31 页。

④ 程俊英、蒋见元：《诗经注析》，第 824 页。

的高度概括。笃者，厚也。厚，在汉语中有很丰富深广的内涵：忠诚、宽容、稳健、刚烈，坚韧不拔的毅力、磐石般的决心……”① 以上诸论多从公刘的性情品德入手来解释“笃”，而《公刘序》则提供了另一解读视角：“召康公戒成王也。成王将涖政，戒以民事，美公刘之厚于民而献是诗也。”② 不同之处在于，《诗序》是基于公刘对待百姓的态度来理解“笃”，即公刘“厚于民”。“厚于民”成为《公刘》各章一以贯之的线索。

诗首章云：“笃公刘，匪居匪康。乃埸乃疆，乃积乃仓。乃裹餱粮，于橐于囊，思辑用光。弓矢斯张，干戈戚扬，爰方启行。”其中，“乃埸乃疆，乃积乃仓。乃裹餱粮，于橐于囊”的表述，类似于《生民》所言“实方实苞，实种实褎。实发实秀，实坚实好”，体现出《诗》在叙事方面的一贯风格：常以精准有力的动词一贯而下，借此推进诗脉的发展，节奏井然，毫不拖沓。

诗首章写的是，在迁移开始前，公刘带领族人储蓄粮食、筹备武器。“乃裹餱粮，于橐于囊。思辑用光。弓矢斯张，干戈戚扬，爰方启行”数句，语气坚定而沉稳，显示出临行前的准备工作有条不紊。未知旅途的种种不确定性并未让族人心生不安，这很大程度上有赖于缜密的迁徙计划及安排。而这又与公刘的作为密切相关。若缺乏对族人的责任与关爱，公刘必然不能考虑得如此细致周全。这是公刘“厚于民”的体现。

依杨宽之论，《公刘》第二章讲述公刘考察和选定肥美平原的情景。地势平坦、土地肥沃是发展农业生产的先决条件，是稳定国计民生的前提。诗二章云：“笃公刘，于胥斯原。既庶既繁，既顺乃宣，而无永叹。陟则在巘，复降在原。何以舟之？维玉及瑶，鞞琫容刀。”公刘察视原野，从平地跋涉至山顶，而后又降至平原，从多

① 张立新：《神圣的寓意——〈诗经〉与〈圣经〉比较研究》，第16—17页。

② （汉）毛亨传，（汉）郑玄笺，（唐）孔颖达疏，（唐）陆德明音释，朱杰人、李慧玲整理：《毛诗注疏》，第1607页。

个角度勘察，避免出现任何疏漏。这都源于对百姓负责到底的爱民之心。《郑笺》将其申明为："公刘之相此原地也，由原而升巘，复下在原，言反覆之，重居民也。"① 二章后半部分随即把叙述视角转到公刘腰间的佩饰："何以舟之？维玉及瑶，鞞琫容刀。"公刘腰带上镶嵌着美玉宝石，连刀鞘上都有华美的装饰，凡此佩饰均表明其身份的尊贵。初看上去，诗二章前后部分似乎缺乏联系，不免让人疑惑，诗人在叙述公刘勘探地形地貌时，为何还要提及他腰间的佩饰？对此，吕祖谦的回应颇为中肯："以如是之佩服，而亲如是之劳苦，斯其所以为厚于民也欤！"② 考定族人栖居的平原之后，公刘的勘察工作远未结束，还须择定合宜之地建造京师。京师是共同体政治尊严的象征，在位置的择选上须慎之又慎。于是诗脉实现了从第二章到第三章的过渡。

诗三章云："笃公刘，逝彼百泉，瞻彼溥原。乃陟南冈，乃觏于京。京师之野，于时处处，于时庐旅，于时言言，于时语语。"经过公刘细致的勘察，建造京师的地点最终选定。族人"为之居室""庐其宾旅"，着手新家园的建设。朱子把"言言""语语"分别解作"言其所言""语其所语"。③ 周人安居于此，呈现出一派祥和安泰之景。诗人对此细微处的捕捉喻示周族"民情之洽"。而公刘厚待百姓，尽心履行首领之责，是民情得以融洽的前提。

定下京师之后，下一步便是行君臣之礼，犒劳群臣嘉宾，明尊卑之序，通上下之情。这成为诗四章的主要内容："笃公刘，于京斯依，跄跄济济，俾筵俾几。既登乃依，乃造其曹。执豕于牢，酌之用匏。食之饮之，君之宗之。"朱注云："跄跄济济，君臣有威仪

---

① （汉）毛亨传，（汉）郑玄笺，（唐）孔颖达疏，（唐）陆德明音释，朱杰人、李慧玲整理：《毛诗注疏》，第1612页。

② （宋）吕祖谦：《吕氏家塾读诗记》，载梁运华点校《吕祖谦全集》第10册，第612页。

③ 参见（宋）朱熹集撰，赵长征点校《诗集传》，第300页。

貌。"[①] 从大臣的举止仪态可想见其精神风貌。连参加宴飨时都如此一丝不苟，平日里尽忠职守自不待言。族人顺利迁移、京师圆满择定，凡此均与公刘励精图治、仁爱百姓密切相关，同时也离不开臣子的忠于职事。

"酌之用匏。食之饮之，君之宗之。"匏由葫芦一剖为二便能制成。与后世成熟的礼制相比，君臣行燕飨之礼时使用匏爵，可谓极为朴素质实。草创之际，礼器均无华饰，但典礼的整体氛围丝毫不失恭敬肃穆。物质条件虽贫乏，但君臣仍郑重其事，克己复礼，如此岂不更能彰显其赤诚之心？"食之饮之"的"之"，意指群臣，而"君之宗之"的"之"意指公刘。二者互为呼应。君使臣以礼，尊其为嘉宾，臣子自然竭尽忠心，不仅将公刘视为豳地的君主，更视其为周人的宗主。君臣上下之情相通无碍的美好愿景，在《公刘》中得到了充分体现。

紧接着，《公刘》五至六章大致交代了公刘选定军队营地、开垦田地、建设房舍居所的过程。终其全篇，公刘都以为基业奔走劳碌的形象出现。全诗除"笃"字以外，并未对公刘进行直接的赞美与歌颂，但不难发现，诗人对公刘的敬爱早已渗入对其草创基业种种细节的刻画当中。从筹备迁徙直至新家园落定建成，其间的每一环节公刘都不敢轻忽。这都源于他爱民如子的仁心仁德。《小序》用"厚于民"评价公刘，的确颇为到位。

上文论及，学者在阐释公刘之"笃"时，多从公刘之德及其对民众的态度着手。与此相较，《史记·周本纪》则为理解公刘之"笃"提供了更具启发性的视角："公刘虽在戎狄之间，复修后稷之业，务耕种，行地宜。"[②] 史迁乃是立足于纵深性的历史维度，以后稷与公刘的承续关系为背景来看待公刘的种种作为。公刘"厚于民"，固然离不开自身的美德与修为，但这却有别于纯粹个体层面的

---

① （宋）朱熹集撰，赵长征点校：《诗集传》，第 301 页。

② （汉）司马迁撰：《史记》，第 112 页。

内修，而是以对后稷之业的“复修”为其依据。易言之，公刘“复修后稷之业”，故能“笃”，故能“厚于民”。

如前所述，据《周本纪》十五王世系表可知，周始祖后稷与第四代首领公刘所处时代不可能存在时序上的重合。这意味着，史迁是在超越时空的意义上来理解公刘对后稷之业的“复修”。后稷作为周始祖，其德业具有超越时空的恒久价值，对身处后世的公刘仍具有导向意义与规范作用。

（三）天人关系框架下的代代相承：从《公刘》到《大明》的叙述脉络

从世代继替的角度来看，《生民》与《公刘》之间存在着一定程度的时代“断裂”，但这并不妨碍吾人考索其中一以贯之的纽带，即公刘对后稷之业的持守。正因公刘能“复修后稷之业”，才使周族在面临前所未有之变局时并未走向衰落，反而日渐壮大兴旺。

若说《生民》《公刘》二诗均通篇聚焦于一位先祖的作为与功绩，先后相承的纵深性视域并未见载于字里行间。到了《绵》那里，尽管其主要叙述对象是古公亶父，但末两章则从对古公亶父的遥想转至文王所处的时代——“虞芮质厥成，文王蹶厥生”。值得深思的是，既然《绵》的主人公是古公亶父，为何诗人却以文王平虞芮之讼以及周人重礼让的美德作结？也许诗人启发我们从历史纵深性的视域来看待文王平虞芮之讼的事件以及文王与古公亶父在德行气象上的一贯之处。周人重礼让，这并非肇端于文王之化。周族能成为“耕者皆让畔，民俗皆让长”的共同体，也并不完全是文王个人的功绩。早在古公亶父所处的时代，面对狄人的挑衅与逼迫，古公亶父选择了让与不争。此番抉择是以重民贵生、仁民爱物之德为其内在支撑。古公亶父深知，“君子不以其所以养人者害人”，不忍看到百姓因争地之战流血丧生。

遥想当年古公亶父把土地拱手交予蛮夷之人，甘愿前往未知之地重新开始。这一选择很可能会蒙受不少误解与攻讦，也许会被嘲笑为首领的懦弱、周人的耻辱，甚至会被视为辱没社稷、令先祖蒙羞。但古公亶父的让与不争，所反映出的重民贵生、仁民爱物之德却教导了一代代后嗣，在百余年后成就了文王平虞芮之讼的千古美谈。可见，诗人并不是把古公亶父之德业视为一桩个人性事件，而是将其置于周族绵延不绝的历史生命与历史时间之中去看待与评价。同样，《小序》也基于纵深性文明进程的角度，来看待古公亶父的抉择对文王以及文王之政的影响："《绵》，文王之兴，本由大王也。"古公亶父的"让"与"不争"及其所蕴含的重民贵生之德教导了整个民族，使保民、贵生、礼让成为周人甚为看重的美德，一再被后世传唱并发扬。

若说前后相承的视角在《绵》中初见端倪，那么在《皇矣》和《大明》中则有着更为透彻的体现。在此二诗中，前后相承的视角成为贯穿全诗的主线，将周文明发展进程中具有里程碑意义的历史人物连缀于同一首诗中。

据杨宽先生之见，《大雅・皇矣》主要讲述文王的开国历史。他在考证文王进军中原的过程时，主要依据的文献资料便是《皇矣》。[①] 此诗共八章，其中与文王直接相关的只有后四章。诗的前四章回婉曲折地从太王迁岐开始讲起，再到王季如何敬其兄长，亲其宗族，最后才谈到文王伐密伐崇的功业。同样，《大雅・大明》虽以武王膺承天命、伐纣翦商作为其主要叙述事件，但全诗八章，谈及武王的只有六至八章。该诗多数篇幅都在讲述王季与大任、文王与大姒的婚配与结合。对此内容安排，方玉润解释为："次章至六章，皆历叙文、武生有圣德，并非偶然。盖'天作之合'，故父子夫妇之间皆有盛德以相配偶，而生圣嗣。"[②] 朱子的观点与此相近："将言文王之圣，而追本其所从来者如此。盖曰自其父母而已然矣。"[③] 可见，《皇矣》《大明》二诗的主人公姗姗来迟，并非诗人拙于谋篇布

① 参见杨宽《西周史》，第79—85页。

② （清）方玉润撰，李先耕点校：《诗经原始》，第478页。

③ （宋）朱熹集撰，赵长征点校：《诗集传》，第272页。

局、叙述不得要领所致，毋宁说这正是解读诗人用意的重要线索。诗人并非孤立地看待文王、武王的功绩。申言之，文王三分天下而有其二，武王伐纣克商，此二者并非机缘巧合，也不应仅归功于个人的才德。诗人洞悉，此不朽功业是以先公先王积德累善、积行累功作为支撑。

从总体上看，《生民》五诗的作者、创作背景、写作时间可能各不相同，所讲述的历史事件与人物也各有侧重，但此经验层面的差异并不妨碍《小序》在共同体历史时间的高度，基于代代相承的纵深性视角将五诗相关联，把后稷、公刘、古公亶父、文王、武王及其带领的族群视为超越时空的德业统一体：

《生民序》："《生民》，尊祖也。后稷生于姜嫄，文、武之功起于后稷，故推以配天焉。"①

《公刘序》："《公刘》，召康公戒成王也。成王将涖政，戒以民事，美公刘之厚于民而献是诗也。"②

《绵序》，"《绵》，文王之兴，本由大王也。"③

《皇矣序》："《皇矣》，美周也。天监代殷，莫若周。周世世修德，莫若文王。"④

《大明序》："《大明》，文王有明德，故天复命武王也。"⑤

① （汉）毛亨传，（汉）郑玄笺，（唐）孔颖达疏，（唐）陆德明音释，朱杰人、李慧玲整理：《毛诗注疏》，第 1522 页。

② （汉）毛亨传，（汉）郑玄笺，（唐）孔颖达疏，（唐）陆德明音释，朱杰人、李慧玲整理：《毛诗注疏》，第 1607 页。

③ （汉）毛亨传，（汉）郑玄笺，（唐）孔颖达疏，（唐）陆德明音释，朱杰人、李慧玲整理：《毛诗注疏》，第 1404 页。

④ （汉）毛亨传，（汉）郑玄笺，（唐）孔颖达疏，（唐）陆德明音释，朱杰人、李慧玲整理：《毛诗注疏》，第 1464 页。

⑤ （汉）毛亨传，（汉）郑玄笺，（唐）孔颖达疏，（唐）陆德明音释，朱杰人、李慧玲整理：《毛诗注疏》，第 1388 页。

据引文所示，除《公刘序》之外，其余四诗之《序》都明确论及先祖与后世当政者的关系，且基于前后相承的视角将不同世代融贯为一。① 只不过《生民》和《绵》是用逆推的方式，从后世追溯至先祖之世，指出文王之兴肇端于后稷、太王。而《大明》则是顺着世系发展之序，从文王之明德论及武王之功业。

揆诸《小序》行文，其采用的并非“赋”“比”“兴”的诗性言说，而是用直陈式的论说揭橥潜伏于《诗》中的历史观念，点明诗人将共同体各时期的政事格局视为一整体。尽管《小序》多蒙后人诟病——被认为多有牵强附会的曲解，以先入之见左右了对《诗》的解读——但若单就从历史性维度来理解共同体之兴衰继替而言，《小序》所论与《诗》是高度一致的。

诗人看到，现世的个体生命在历史长河中不过须臾一瞬，顷刻间化为一抔黄土。但当他们将目光从短暂的岁月流年中抽离出来，定睛于共同体的历史性此在，便实现了从个人有限的在世时间向共同体历史时间的过渡。诗人发现，共同体成员通过代代繁衍可使族群获得血脉的绵延，先祖之基业通过代代相承可在纵深性的历史维度中实现不朽。先祖的肉体生命虽然终结了，但其在世过程与他人缔结的关系并未就此被斩断，其在世生存对民族乃至文明共同体的影响，并不会因其肉体生命的结束而消泯。先祖与子孙后代，仍处于不可分割的紧密关联。子孙后嗣的在世过程，不仅是先祖血脉的延续，更关系到先祖基业的传承与文明传统的存续。共同体内部的教化活动，其一大意义面向在于，把先人所立之德、所创之业、所建之统传承下去，使其在共同体的历史时间内持存着永恒的生机与活力。就此而言，先祖与后嗣不仅是在血缘关系层面，更是在文明

① 此纵深性视角在《诗序》中很常见。哪怕是那些未被界定为“史诗”的雅诗，其《小序》的叙述也渗透着浓重的历史感。例如，《旱麓序》云：“《旱麓》，受祖也。周之先祖，世修后稷、公刘之业。大王、王季，申以百福，干禄焉。”《下武序》云：“《下武》，继文也。武王有圣德，复受天命，能昭先人之功焉。”《文王有声序》云：“《文王有声》，继伐也。武王能广文王之声，卒其伐功也。”

传统薪尽火传的意义上成为一个统一体。

有鉴于此，《诗》并非平面地看待某一代人的在世生存以及某一历史时期的政治境况，而要把视域提升至共同体历史时间的高度。对历史性维度的观照，在《大雅》中有着突出体现，其所收录的诗篇折射出如此观念：文明共同体的格局与规模“并不是一下子得来的，也不只是从现在的基础上生长起来的，而是本质上原来就具有的一种遗产，确切点说，乃是一种工作的成果，——人类所有过去各时代工作的成果”①，是先公先王心血与智慧的结晶。

同为雅诗，《大雅》与《小雅》自然分享了相当程度的同一性。然不可否认，对历史性维度的注目，使《大雅》置身于更为宏大深远的格局之中。这也使其在与《小雅》的同一关系中脱颖而出，被视为《雅》之“大”者。可见，《雅》之“小”“大”并非一空头名号，而是涉及深层而内在的意义规定。对于小、大《雅》之别，《诗大序》解作“政有小大，故有《小雅》焉，有《大雅》焉”，朱子释为“《小雅》是所系者小，《大雅》是所系者大”②，二者均从意义的角度辨析小、大《雅》之异。与《小雅》相比，《大雅》对共同体的历史此在予以了高度重视，且往往立足于历史—文化维度下的文明进程来检视当下的政治境况，思考未来的走向以及反思后人对共同体历史此在所肩负的责任。此为《大雅》“所系者大”的体现。

诗人看到，先公先王终其一生所创立的基业，并非处于向内封闭的已完成状态，而是不断向当下与未来敞开，与当今的生活世界具有千丝万缕的联系。一方面，《大雅》诗篇（尤其是《生民》五诗），非常重视世代“积善”的维度，诚如《周易·坤·文言》所论：“积善之家，必有余庆。”③ 唐文治先生曾言，其从周家之诗读

① ［德］黑格尔：《哲学史讲演录》第一卷，贺麟、王太庆译，第8页。

② （宋）黎靖德编，王星贤点校：《朱子语类》，第2068页。

③ （魏）王弼、（晋）韩康伯注，（唐）孔颖达正义：《周易正义》，载《十三经注疏》整理委员会整理《十三经注疏》，第36页。

出了忠厚渊懿之意，而这多源于先祖养民而“后世食其报”的“积善”效验：“若《大明》《绵》、若《皇矣》、若《公刘》诸篇，其忠厚渊懿之意，洋溢乎纸上。……后稷教民稼穑，树艺五谷，历十余世而生文王、武王、周公，盖稷始创养民之政者也。养民者，后世食其报，故周诗之音特闳。……积善愈深以厚，则其音愈和以平。”① 而另一方面，吾人也须看到，先祖之基业在某种程度上仍处于待完成、待实现的状态。后人须通过对先祖之业的“复修”，参与这代代相承的“志业”。这意味着，后人的在场及参与，对于完成先祖的“志业”具有重要意义。《史记·周本纪》在论述先公先王的相互关系时，十分强调后人对先祖之业的“复修”：

> 公刘虽在戎狄之间，复修后稷之业。②
>
> 古公亶父复修后稷、公刘之业，积德行义，国人皆戴之。③
>
> 公季修古公遗道，笃于行义，诸侯顺之。④
>
> 西伯曰文王，遵后稷、公刘之业，则古公、公季之法，笃仁，敬老，慈少。⑤

复修先祖之业，此之为大孝。揆诸昔人语境，“孝”不仅意指子女对骨肉至亲的赡养与敬重，更是在共同体历史时间的层面，意指后代对先祖之志业的延续与传承，诚如《中庸》所言：“夫孝者：善继人之志，善述人之事者也。”公刘、古公亶父、文王均“复修”先祖之业，究其用心，此番“复修”的行动不仅关涉个人层面的成德，更是着眼于整个文明共同体的移风易俗与迁善去恶。“以天下之大

① 唐文治著，邓国光辑释，欧阳艳华、何洁莹辑校：《唐文治经学论著集》，第85—86页。

② （汉）司马迁撰：《史记》，第112页。

③ （汉）司马迁撰：《史记》，第113页。

④ （汉）司马迁撰：《史记》，第116页。

⑤ （汉）司马迁撰：《史记》，第116页。

圣，行天下之大事”①，所护持的是共同体在历史时间层面的千秋大业。

二 共同体历史时间的古—今关联

据此可尝试回答本节开首之问题。时移世易，既然文明共同体的形态与建制早已更革，诗人缘何还要一再重申先祖的历史？《诗》不吝笔墨，以诸多篇目讲述周部族的兴起与先公先王的作为，其意义何在？

（一）以古、今为一体

在诗人看来，古今虽异世，但不同的世代并非判然两分。那些已逝的年代不是固定的、已完成了的过去，而是以润物细无声的方式渗入当今世代的各个方面，并对其产生持久的规定与影响，使当下以此种而非别样的方式得以呈现，由此一个文明共同体得以历史地形成现今生活世界复杂而独特的观念结构与行为模式。据此而论，过去参与了对当下的塑造，并作为内在环节久久地留存于当下。《诗》正是基于此整体性的视角来看待古—今之内在关联，即“把历史跟生活的关系看作一种统一的关系；当然不是一种抽象意义的同一，而是一种综合意义的统一，它既含有两个词的区别，也含有两个词的统一”②。进一步来说，古—今之统一体，并不是截止到当今世代而已，而是不断延伸向未来，并将未来也摄入这层层累积的整体之中。古与今、往与来作为共同体历史时间这一整体的内在环节，彼此间存在着一定程度的互通性。

鉴于古与今、往与来的内在关联，对共同体的存续和发展来说，“史”绝非可有可无的点缀。“凡一国之历史，其对于民族思想之指

① （宋）朱熹撰：《四书章句集注》，第14页。

② ［意］贝奈戴托·克罗齐：《历史学的理论和实际》，［英］道格拉斯·安斯利英译，傅任敢译，商务印书馆2009年版，第3—4页。

示，与民族力量之启发，恒于不知不觉之间，隐操大柄。”① 对历史的探究，理应成为理解当下必不可少的前提条件，是共同体实现自知并不断完善自身的必然进路。由此可以解释，缘何《诗》竟不惜重墨，对过往世代淋漓铺陈。《诗》对已逝世代的追忆，究其本旨，乃是在共同体历史时间的层面“通古今之变”，基于对过去的探索得以更深入地理解当下，进而看清文明未来的走向，正如《春秋繁露·精华》所言：“不知来，视诸往。”② 此种“道往而明来”的作用，《诗》同样具备。

这种对史的重视，并不是极个别的诗人高度私人化的思想观念，毋宁说，是渗透在诗人所处时代、所置身的文化传统中的普遍的观念模式。甚至可以说，对史的重视、将古与今视为有差异的同一关系的历史观念，在如此久远的年代即已成为吾民族的意识基础，作为全民族的身份认同与原始精神的重要组成部分，从根本上塑造着后人的观念结构与思维习惯，使历史性维度与浓重的历史感成为华夏文明共同体理解自身及其生活世界的基本出发点。

（二）世序谱系：昔人对历史时间的整体性把握

昔人对历史性维度的重视，凝结为通乎千载的谱录传统。论及对周之世序谱系的整体把握，则无法绕开郑玄《诗谱》一书。周之世序变迁，构成了《诗谱》的主要叙述内容。林叶连将其评述为：“（郑玄）列述三百篇之国土、世次、风物，制为诗谱。”③ 具体来说，《周南召南谱》和《小雅大雅谱》交代了历代先公先王的作为与功绩，使人从中观见，周部族如何一步步从幼小发展壮大，最终纲纪天下，“纳上下于道德，而合天子、诸侯、卿、大夫、士、庶民以成一道德之团体”④。对于各国风诗，郑玄也为其各作谱录，以影

---

① 熊十力：《论六经·中国历史讲话》，第153页。

② （清）苏舆撰，钟哲点校：《春秋繁露义证》，第96页。

③ 林叶连：《中国历代诗经学》，第141页。

④ 王国维：《殷周制度论》，《观堂集林》卷十，载谢维扬、房鑫亮主编《王国维全集》第8卷，第303页。

响该国历史进程的重大事件为线索，梳理出其历史沿革的大致脉络。从广义上言，对世序谱系的重视，并非为郑玄一人所独有。朱子《诗集传》在对一国之风诗作出训释之前，都会简要介绍该国的世系传承[①]，说明该国历史发端于何时，其兴起与发展的大致情况如何。这通乎千载的谱录传统，或许源于华夏民族心灵习性中深沉而隽永的历史感。早在春秋时期，世序谱系已然成为贵族教育的重要内容。据《国语·楚语上》所载，楚大夫申叔时在谈论楚国太子的教育之道时，曾论及《春秋》《世》《诗》、礼、乐、《令》《语》《故志》和《训典》等为教进路，所谓"教之《世》，而为之昭明德而废幽昏焉，以休惧其动"。据韦昭注，此处所论"《世》"意指"先王之世系"[②]。

在现代语境中，冗长无趣的世序谱系颇显赘余。论及《诗谱》的价值，近世学界多将其释为在史料学层面"提供历史资料，帮助读者了解诗文产生的地理条件和时代背景"[③]。相比之下，刘勰则关注"谱"所具有的思想意涵："是以总领黎庶，则有谱籍薄录。……故谓谱者，普也。注序世统，事资周普，郑氏谱《诗》，盖取乎此。"[④] 这对深入理解《诗谱》的意义颇具启发作用。郑玄考订周王室及诸侯国的世次，梳理其政治谱系，其用意绝不限于在史料

---

① 从广义上看，谱系不仅受到注《诗》者的重视，还作为史家著史的重要面向存在。《史记》的本纪与世家部分，均对君主的政治谱系予以重视。史迁还在每一世家的末尾附上一段点评，对此谱系的兴衰继替作一番简介。兹举《管蔡世家》为例："管叔鲜、蔡叔度者，周文王子而武王弟也。武王同母兄弟十人。母曰太姒，文王正妃也。其长子曰伯邑考，次曰武王发，次曰管叔鲜，次曰周公旦，次曰蔡叔度，次曰曹叔振铎，次曰成叔武，次曰霍叔处，次曰康叔封，次曰冄季载……伯邑考，其后不知所封。武王发，其后为周，有本纪言。管叔鲜作乱诛死，无后。周公旦，其后为鲁，有世家言。蔡叔度，其后为蔡，有世家言。曹叔振铎，其后为曹，有世家言。成叔武，其后世无所见。霍叔处，其后晋献公时灭霍。康叔封，其后为卫，有世家言。冄季载，其后世无所见。"（汉）司马迁撰：《史记》，第1563—1570页。

② 徐元诰撰，王树民、沈长云点校：《国语集解》（修订本），第485页。

③ 洪湛侯：《诗经学史》，第201页。

④ （南朝梁）刘勰著，范文澜注：《文心雕龙注》，第457页。

学层面排列世序，比辑事件，以便增进后人对诗篇创作背景的了解，还在于对共同体的历史时间进行整体的把握。后者乃是共同体及其成员建立身份认同的重要依据。

1. 历史时间与身份认同

共同体的历史时间与其成员有限的在世时间，前者赋予后者以意义规定，成为每一成员建立身份认同的必要前提。下文所述基奥瓦阿帕切族印第安人的故事，便展示出共同体成员如何通过本民族的历史来发现自己的身份：

> 一天，天刚拂晓，父亲把他带到了一位年老的基奥瓦妇女家里。……一整天，那个老妇人都在给这个少年讲述基奥瓦人民的故事。她告诉他，他们在黄石河边的起源以及后来是如何迁徙到南方来的。她讲述了他们面临的诸多艰辛——同其他土著美洲民族的战争以及冬季平原上的暴风雪。……这位演讲者告诉我们，就在那天天黑之前，他父亲返回来就接走了他。他宣布："当我离开那间房子时，我成了一个基奥瓦人。"他已经了解了他的民族的故事。他知道了他的民族经历了些什么，以及忍受了些什么。在他知道自己的家族史之前，他只是一个名义上的基奥瓦人；而现在他则成为了一个真正的基奥瓦人。①

据引文所示，这位演讲者区分了"名义上的基奥瓦人"和"真正的基奥瓦人"。这一区分（名义上的成员与真正的成员）对于其他文明共同体的成员而言同样适用。只是在名义上作为某一共同体的成员，这样的"身份"有名无实，其内涵空洞而抽象。申言之，个人有限的生命时间与共同体的历史时间仍处于割裂二分的状态。每一成员只是根据高度个体化的经验生活和建基于其上的相互关系，来

---

① ［英］阿利斯特·麦格拉斯：《福音派与基督教的未来》，董江阳译，中央编译出版社 2004 年版，第 2—3 页。

回答“我是谁”以及理解在世生存的意义。短短数十年的在世活动，成为人们寻觅自我认同、规定自身身份的所有依凭。如此得来的“身份认同”，必然是高度私人化与平面化的，其内涵不仅十分狭隘，同时还可能极不稳定。这样的群体，充其量只是个体原子般的聚集罢了。

与此相比，当一个人自称为共同体真正意义上的成员时，他有限的生命时间，已经和共同体的历史时间建立起了有机的关联。历史时间成为他理解自身生命的重要根据，并赋予其在世活动以超越个体层面的意义。共同体的历史时间，不仅可以使生活在同一时期的不同个体，超越其年龄、地域、性格、习惯等经验层面的差异，还使处于不同历史时期的成员，得以突破历史相对主义的立场和所处时代特殊的社会背景，以统一而牢固的民族身份认同为纽带，结合成一个真正的“群”、真正意义上具有内在凝聚力的文明共同体。

无论是诗人对先祖事迹的追忆、先秦士人对关乎华夏文明走向的《大雅》的深入研习，还是郑玄、朱子释《诗》时对世序谱系的重视，凡此种种都不应解读为，出于知识主义的立场去研究与自身无关的历史材料，整个过程无需生命的投入与情感的交融，并不是像韦伯所说的那般，把“确定事实、确定逻辑和数学关系或文化价值的内在结构”与“对于在文化共同体和政治社团中应当如何行动这些文化价值的个别内容问题做出回答”区分为两回事。① 与此同时，也不应将其解读为“披着历史外衣的功利主义”——“所谓过去，仅仅是一堆例证而已，把它们搜集在一起，是为了让读者从中得到启示，弄清楚在今天怎么做才最有利”②。从根本上而言，上述行动关系到每一个体的完善，是共同体成员寻求民族认同，明确自身身份的必然进路。

---

① 参见［德］马克斯·韦伯《学术与政治：韦伯的两篇演说》，冯克利译，生活·读书·新知三联书店 1998 年版，第 37 页。

② ［美］宇文所安：《追忆：中国古典文学中的往事再现》，郑学勤译，第 18 页。

综上所论，或可对“兴于《诗》”之“兴”生发出更为深入的理解。《诗》承载着文明共同体历史—文化维度下的生存经验。《诗》之为“史”的意义面向表明，“兴于《诗》”的过程，必然也包孕着历史性的维度。“兴”并不是主体自身的内修，而是通过共同体的历史时间实现对自身的深入规定。个体有限的在世时间，经由与共同体历史时间的有机结合而萌生更为丰富的意义。由此，“人作为历史性的人而存在的可能性”① 被激发出来。兴于《诗》的过程，所兴起的是人历史性的存在面向，使人得以历史地展开其在世生存。此为“兴于《诗》”不可轻忽的一大效验。

2. 历史时间与政治生活

上文已述，就共同体内部成员而言，伴随着个体生命向共同体历史时间的敞开，人们得以从民族整体性的身份认同中建立起自我认同，并历史地展开其在世生存。若把视野提升至群体政治生活的层面，那么，共同体的历史时间喻示：绵延至今的政统如何兴起、如何传承，如何一步步发展出当下的格局与规模？这意味着，共同体的历史时间不仅是个人建立身份认同的依据，还是理解政统的由来与传承的必要前提。因此，《诗》对史的重视、注《诗》者对世序谱系的梳理，其意义并不限于在个体层面确立身份认同，还应被视为基于民族的历史理解政统的一种尝试。

这喻示，在《诗》看来，政统是由共同体的历史此在内在孕育的。历史进程的兴衰荣辱、先公先王对所处时代根本问题的看法及其对政治之本质与使命的理解，都应成为现世反思政治局势、追问未来出路的借鉴。有鉴于此，在评点国势兴衰之时，朱子关注的往往不是末代国君，而是追溯至开国国君，甚至该国始祖那里：

> 《诗集传·秦风》云：“秦，国名。……初伯益佐禹治水有

---

① “语言不是一个可支配的工具，而是那种拥有人之存在的最高可能性的居有事件。”［德］海德格尔：《荷尔德林诗的阐释》，孙周兴译，第41页。

> 功，赐姓嬴氏。其后中潏居西戎，以保西垂。六世孙大骆生成及非子。非子事周孝王，养马于汧、渭之间，马大繁息。孝王封为附庸，而邑之秦。至宣王时，犬戎灭成之族。宣王遂命非子曾孙秦仲为大夫，诛西戎，不克，见杀。及幽王为西戎、犬戎所杀，平王东迁，秦仲孙襄公以兵送之。王封襄公为诸侯。”①
>
> 《诗集传·齐风》云：“齐，国名。……周武王以封太公望。……太公，姜姓，本四岳之后，既封于齐，通工商之业，便鱼盐之利，民多归之，故为大国。”②

据引文所示，在评点秦、齐两国的政治境况时，朱子首先介绍了对两国的发展起着奠基性作用的先公——伯益和姜太公。可以说，开国者的境界与格局在很大程度上影响着此共同体日后所能达到的高度。先公已逝，但其风范德化及其成就的民风民俗却并未随之消失。为强调此点，郑玄和朱子反复使用了“遗风”的概念：

> 《诗谱·曹谱》云：“舜渔于雷泽，民俗始化，其遗风重厚，多君子，务稼穑，薄衣食以致畜积。”③
>
> 《诗集传·魏风》云：“魏，国名。本舜、禹故都……其地陿隘，而民贫俗俭，盖有圣贤之遗风焉。周初以封同姓，后为晋献公所灭而取其地。”④
>
> 《诗集传·唐风》云：“唐，国名。本帝尧旧都……周成王以封弟叔虞为唐侯。南有晋水。至子燮乃改国号曰晋。后徙曲

---

① （宋）朱熹集撰，赵长征点校：《诗集传》，第112页。

② （宋）朱熹集撰，赵长征点校：《诗集传》，第89页。

③ （汉）毛亨传，（汉）郑玄笺，（唐）孔颖达疏，（唐）陆德明音释，朱杰人、李慧玲整理：《毛诗注疏》，第674页。

④ （宋）朱熹集撰，赵长征点校：《诗集传》，第97页。

沃，又徙居绛。其地土瘠民贫，勤俭质朴，忧深思远，有尧之遗风。”①

“遗风”之“遗”字殊为关键，其所蕴含的历史纵深感暗示出，共同体现今时代的政事成果并不是孤立的存在物，而是生长在已逝时代的根基之上。先祖昔日的作为，无形中仍指引着共同体未来的发展，并为其提供规定与导向。用“遗”来形容先公先王对后世的影响，这在典籍文献中颇为常见，由此创辟出“遗俗”“遗民”“遗道”“遗烈”“遗化”等语辞，如《孟子·公孙丑上》所言“故家遗俗，流风善政”，《左传·襄公二十九年》所言“犹有先王之遗民焉”②，《春秋繁露·楚庄王》所言“先王之遗道”③，《史记》所论“法文、武、成、康之遗风”④、“禹之遗烈”⑤，《风俗通义·皇霸》所论“盛德之遗烈”⑥，郑玄《毛诗笺》所言“风，言贤圣治道之遗化也”⑦，等等。

若往深处看去，“遗风”这一概念还预设着古今之别与古今之变。时移代隔，风气已变。“遗风”与时兴风气之间存在着巨大差

---

① （宋）朱熹集撰，赵长征点校：《诗集传》，第103页。

② （周）左丘明传，（晋）杜预注，（唐）孔颖达正义：《春秋左传正义》，载《十三经注疏》整理委员会整理《十三经注疏》，第1266页。

③ （清）苏舆撰，钟哲点校：《春秋繁露义证》，第14页。

④ （汉）司马迁撰：《史记》，第144页。

⑤ 越君勾践之所以能振兴国家，“盖有禹之遗烈焉”。太史公曰：“禹之功大矣，渐九川，定九州，至于今诸夏艾安。及苗裔勾践，苦身焦思，终灭强吴，北观兵中国，以尊周室，号称霸王。勾践可不谓贤哉！盖有禹之遗烈焉。范蠡三迁皆有荣名，名垂后世。臣主若此，欲毋显得乎！”（汉）司马迁撰：《史记》，第1756页。

⑥ “燕召公奭，与周同姓；武王灭纣，封召公于燕；成王时，入据三公，出为二伯，自陕以西，召公主之……九世称侯，八世称公，十世称王。到王喜，为秦所灭。燕外迫蛮、貊，内筦齐、晋，崎岖强国之间，最为弱小，几灭者数矣；然社稷血食者八九百载，于姬姓独后亡：非盛德之遗烈，岂其然乎！”（汉）应劭撰，王利器校注：《风俗通义校注》，第30页。

⑦ （汉）郑玄注，（唐）贾公彦疏，彭林整理：《周礼注疏》，第880页。

异。同时，“遗风”还暗示出，现今时代的新风气处于主导地位，而“遗风”则日渐式微。这揭示出一个令人怅惘的残酷事实。先人之遗风并不必然能够代代相传，历史地建立起来的政统对后世的影响力未必会一直延续下去。文明内部的成就，或者说“已经做成的事仍然是脆弱的，如果不是经常主动关心它，它还是会被抹掉的”，除非业已“得到不断传递下去的许诺”。[①] 这表明，共同体的历史此在并不必然处于敞开与澄明的状态。倘若后人变为钱穆笔下“缺乏国史智识”[②] 的国民，否认共同体历史时间的存在，并拒绝从历史时间的高度赋予当下与未来以应有的意义，那么，共同体的历史此在很可能将被遮蔽。随之而来的一个结果是，人们从历史时间层面寻求身份认同与自我规定的可能性愈加渺茫。无怪乎近世会出现闻一多先生的深切呼唤——“请告诉我谁是中国人，启示我，如何把记忆抱紧；请告诉我这民族的伟大，轻轻的告诉我，不要喧哗!”[③]

第三节 “思古”“好古”与“法古”：论昔人诗化生存的历史性维度

承上所述，共同体的历史此在能否继续向当今的生活世界敞开，遗风在当今时代仍否具有持久而广泛的影响力，这在很大程度上依赖于后人的持守与维系。面对先人之遗风，后人并不是被动的承受者，而是必须以积极的态度与行动对此作出回应，否则遗风难免式微，直至消失殆尽。共同体的历史此在将遭到彻底的漠视甚或是永

① ［美］宇文所安：《追忆：中国古典文学中的往事再现》，郑学勤译，第23页。

② 钱穆曾感叹：“然中国最近，乃为其国民最缺乏国史智识之国家。”钱穆：《国史大纲》（修订本），商务印书馆1996年版，第1页。

③ 闻一多：《祈祷》，载朱自清、郭沫若、吴晗、叶圣陶编《闻一多全集》第4册，第30页。

久的遗忘。

《诗》多次出现对往昔生活世界的渴慕与追怀，这正是诗人对先祖“遗风”的积极回应，也是后世与共同体的历史此在建立内在关联的进路。具体来说，《生民》五诗持存着先公先王带领族人缔造的“黄金时代”以及周族昔日里美好而和谐的生活世界。后世之诗反复出现对此“黄金时代”的眷恋，以及对先公先王的追忆、纪念与缅怀，如《周颂·维天之命》所云“於乎不显，文王之德之纯”，《周颂·执竞》所云“不显成康，上帝是皇”①。与此同时，“我思古人”“念昔先人”之辞在《风》《雅》二部频频出现：

> 《邶风·绿衣》：“我思古人，俾无訧兮。”朱注云：“我思古人有尝遭此而善处之者以自厉焉，使不至于有过而已。”②
>
> 《邶风·绿衣》：“我思古人，实获我心。”朱注云：“故思古人之善处此者，真能先得我心之所求也。”③
>
> 《邶风·日月》：“乃如之人兮，逝不古处。”朱注云：“古处，未详。或云，以古道相处也。”④
>
> 《小雅·小宛》：“我心忧伤，念昔先人。”《孔疏》云：“追念在昔之先人文王、武王也。”⑤ 程、蒋注本云：“先人，祖先。”⑥

可见，《诗》的不同篇章实现为前后呼应、往来互动的内在关联。究其原因，或在于《诗》纵跨数百年的漫长成书过程本身就彰显了共同体的历史时间，呈露出周民族历史此在的敞开过程。对于文明的

---

① 《诗集传》以“成康”指成王、康王，故以为“此祭武王、成王、康王之诗”。

② （宋）朱熹集撰，赵长征点校：《诗集传》，第25页。

③ （宋）朱熹集撰，赵长征点校：《诗集传》，第25页。

④ （宋）朱熹集撰，赵长征点校：《诗集传》，第26页。

⑤ （汉）毛亨传，（汉）郑玄笺，（唐）孔颖达疏，（唐）陆德明音释，朱杰人、李慧玲整理：《毛诗注疏》，第1068—1069页。

⑥ 程俊英、蒋见元：《诗经注析》，第595页。

记忆与情结，仿若一条无形的纽带，将不同世代联结为牢不可破的共同体。由此，创生于不同时期的诗作也相应缔结为积极的互动关系，使不同时代的诗人在其心灵深处生发出超越时空的对话与共鸣。

郭店《语丛一》将此表述为："《诗》所以会古今之恃也者。"① 裘锡圭先生认为："'恃'疑读为'志'或'诗'。"② 近世学界在读"恃"为"志"上达成了一致。孟庆楠指出，此句意指"《诗》是用以会聚'古今之志'的"③。对于训"恃"为"志"，柯马丁提出，这"明显反映了《诗》把当前与奠基性的过去相联系的观念"④。《诗》的经典化过程纵贯数百年的历史长河，其所录之诗的创作时代有先有后，但时代的差异并未使诗篇之间产生隔阂。不管所处世序在先还是在后，诗人们在面对生活世界之应然样态这一根本问题时，往往都分享着共同的愿景。这使《诗》"会古今之志"得以可能。后世之诗浓郁的思古情怀，是《诗》"会古今之志"的体现。

一　思古

此浓厚的思古情结亦被《诗序》所捕捉：

> 《楚茨序》："刺幽王也。政烦赋重，田莱多荒，饥馑降丧，民卒流亡，祭祀不飨，故君子思古焉。"⑤
>
> 《信南山序》："刺幽王也。不能修成王之业，疆理天下，

---

① 荆门市博物馆：《郭店楚墓竹简·语丛一》，文物出版社 2016 年版，第 19—20 页。

② 荆门市博物馆：《郭店楚墓竹简》，第 200 页注 6，转引自孟庆楠《哲学史视域下的先秦儒家〈诗〉学研究》，第 98 页。

③ 孟庆楠：《哲学史视域下的先秦儒家〈诗〉学研究》，第 98 页。

④ ［美］柯马丁著，郭西安编：《表演与阐释：早期中国诗学研究》，杨治宜等译，第 58 页。

⑤ （汉）毛亨传，（汉）郑玄笺，（唐）孔颖达疏，（唐）陆德明音释，朱杰人、李慧玲整理：《毛诗注疏》，第 1164 页。

以奉禹功，故君子思古焉。”①

《采菽序》：“刺幽王也。侮慢诸侯。诸侯来朝，不能锡命以礼，数征会之，而无信义。君子见微而思古焉。”②

《楚茨》三诗均作于西周末年的衰微之世。在点明“刺幽王”的基本态度后，《诗序》历数幽王的种种恶行（这成为“刺”的缘由），最终以“思古”作结。值得追问的是，诗人“思古”的根据何在？换言之，“古”缘何值得后世诗人思慕？从字面义上看，“古”意指时间上的久远，泛指那些远去了的已逝世代。但仔细想来，某一世代在时序上的古老久远，并不能成为后人思古的根据。可见，“思古”之“古”所具有的不仅是时间层面的意涵。究其实质，诗人是以“古”来表征超越时空的恒久典范。进一步来说，诗人所“思”者虽在于“古”，但“思古”这一行动却不仅仅指涉过去，同时还指向当下与未来。“思古”的行动，实际上把此时同彼时、同遥远的过去联结为一，激活了古—今之内在关联。无名的诗人们通过“思古”，并且让“思古”化为其诗化生存的重要面向，使共同体的历史此在持续不断地向当下敞开。

更进一步地，据上述《诗序》所论，《楚茨》三诗对幽王之“刺”并不是单纯地为刺而刺，其落脚点均在于“思古”。这比单纯点出“刺幽王”要更深入一层。再来看《节南山》四诗之《序》：

《节南山序》：“家父刺幽王也。”③

① （汉）毛亨传，（汉）郑玄笺，（唐）孔颖达疏，（唐）陆德明音释，朱杰人、李慧玲整理：《毛诗注疏》，第1182页。

② （汉）毛亨传，（汉）郑玄笺，（唐）孔颖达疏，（唐）陆德明音释，朱杰人、李慧玲整理：《毛诗注疏》，第1281页。

③ （汉）毛亨传，（汉）郑玄笺，（唐）孔颖达疏，（唐）陆德明音释，朱杰人、李慧玲整理：《毛诗注疏》，第1001页。

《鼓钟序》："刺幽王也。"[①]
《正月序》："大夫刺幽王也。"[②]
《十月之交序》："大夫刺幽王也。"[③]

相比起《楚茨》三诗之《序》，《节南山》四诗之《序》在内容方面略显单薄，仅指出"刺幽王"的意义维度。在此需要辨明，"刺某王"与"刺今而思古"，二者的意义域有所不同。前者可能处于抽离了历史时间的时代语境。这种"刺"只是在单纯地宣泄不满而已，并未指明出路何在，充其量只是一种消极的解构。而后者基于纵深性的历史维度，本身带有积极的导向性与规范性。由是可知，"刺"并不是诗人的最终目的。诗人的本旨在于，通过"刺"将当今局势导入正途。"刺今而思古"的行动，相当于用《诗》"为一个共同体的生活方式奠定基础，或用来整顿人们灵魂的秩序"，"即为一个共同体谨慎地立法"[④] ——"故事、诗由此成了城邦政治教育的更好甚至最好的方式。当故事'口头相传'地'流传下去'，当'子孙后代迟早相信了故事'，一种习俗或宗法就可能依此被塑造或建立起来"[⑤]。

《都人士》《瓠叶》之《序》进一步谈及"思古"的具体内容：

① （汉）毛亨传，（汉）郑玄笺，（唐）孔颖达疏，（唐）陆德明音释，朱杰人、李慧玲整理：《毛诗注疏》，第 1159 页。

② （汉）毛亨传，（汉）郑玄笺，（唐）孔颖达疏，（唐）陆德明音释，朱杰人、李慧玲整理：《毛诗注疏》，第 1014 页。

③ （汉）毛亨传，（汉）郑玄笺，（唐）孔颖达疏，（唐）陆德明音释，朱杰人、李慧玲整理：《毛诗注疏》，第 1033 页。

④ 黄德海：《诗经消息》，第 90 页。正因诗的一大作用在于"为一个共同体谨慎地立法"，故而诗人又常被称作"立法者"，正如雪莱所言："在较古的时代，诗人都被称为立法者或先知；一位诗人本质上就包含并且综合这两种特性。"［英］雪莱：《为诗辩护》，载刘若端编《十九世纪英国诗人论诗》，曹葆华、刘若端、缪灵珠译，第 122 页。

⑤ 转引自黄德海《诗经消息》，第 90 页。

《都人士序》：“周人刺衣服无常也。古者长民，衣服不贰，从容有常，以齐其民，则民德归壹。伤今不复见古人也。”①

《瓠叶序》：“大夫刺幽王也。上弃礼而不能行，虽有牲牢饔饩，不肯用也。故思古之人，不以微薄废礼焉。”②

据引文所示，“思古”的落脚点在于“思古之人”，而非往昔的种种社会建制。细论“思古之人”的内涵，诗人所思者并不是某一个具体的古人，也不是古人的衣食住行。引文所言“古者长民，衣服不贰，从容有常，以齐其民”和“不以微薄废礼”，其所着眼的均为昔人整体性生活世界的观念与行为模式。在此基础上，昔人在世生存的种种关系维度得以展开，伦常秩序得以建立，近至室家宗族层面的夫妻、父子、长幼之伦，再到政事领域的君臣、君民关系，乃至人与天地万物、与历史文化、与超越之天的关系。凡此诸种都作为古昔生活世界之“俗”的基本面向而存在。

由此可知，诗人“思古”，乃是经由“思古之人”，最终触及往昔生活世界之“俗”。在对此问题的看法上，《小序》与《大序》存在着呼应之处。《诗大序》云：“国史明乎得失之迹，伤人伦之废，哀刑政之苛，吟咏情性，以风其上。达于事变，而怀其旧俗者也。”③ 可见，《诗大序》把作诗的一大原因归为对“旧俗”的追怀。对“俗”的重视，在朱子《诗集传序》中亦有体现：“至于《雅》之变者，亦皆一时贤人君子闵时病俗之所为，而圣人取之。”④

从中或可推想，对诗人而言，这些“旧俗”、这些往昔时代生存

① （汉）毛亨传，（汉）郑玄笺，（唐）孔颖达疏，（唐）陆德明音释，朱杰人、李慧玲整理：《毛诗注疏》，第1307页。

② （汉）毛亨传，（汉）郑玄笺，（唐）孔颖达疏，（唐）陆德明音释，朱杰人、李慧玲整理：《毛诗注疏》，第1340—1341页。

③ （汉）毛亨传，（汉）郑玄笺，（唐）孔颖达疏，（唐）陆德明音释，朱杰人、李慧玲整理：《毛诗注疏》，第18—19页。

④ （宋）朱熹集撰，赵长征点校：《诗集传》，第2页。

关系的维度与样态，并不是无关乎当下、无关乎己身的他者，毋宁说，这些“已经被诗意地和修辞地强化、转移和修饰的人类关系，它们在长时间使用后，对一个民族来说俨然已经成为固定的、信条化的和有约束力的”[①]。对此，宇文所安指出，在《诗经》中“可以发现朝后回顾的目光。……《大雅》和《颂》赞誉祖先，称颂古时的胜利。到处都把注意力集中在先人和沿袭的习俗上……在初民社会里，几乎每个民族都要拿旧时习俗作为标准，仔细衡量一件事是否有意义，是否值得去做”[②]。这喻示，已故的先祖与沿袭的习俗并非已逝之陈迹，而是时刻威临着现今的生活世界。

从广义上言，此浓重的“思古”情结不仅在《诗》中有所体现，也并不为诗人所独有，而是在长时期内普遍存在的思想倾向与思维习惯。在《论语》中，孔子也反复谈及对“古”的追怀[③]：

> 子曰：“述而不作，信而好古，窃比于我老彭。”（《论语·述而》）
>
> 子曰：“我非生而知之者，好古，敏以求之者也。”（《论语·述而》）

在此，我们不妨将“思古”与“好古”作一番比较。“思古”情结的触发，很可能源于诗人对时局的不满与感伤。因此，《小序》关于“思古”的另一常见论辞是“伤今而思古”，如“《甫田》，刺幽王

---

① ［德］F. W. 尼采：《真理和谎言之非道德论》，载《哲学与真理 尼采 1872—1876 年笔记选》，田立年译，上海社会科学院出版社 1993 年版，第 106 页。

② ［美］宇文所安：《追忆：中国古典文学中的往事再现》，郑学勤译，第 10 页。

③ 《孔子家语·困誓》也谈到孔子“述先王好古法”。孔子之宋，匡人简子以甲士围之。子路怒，奋戟将与战。孔子止之曰：“恶有修仁义而不免世俗之恶者乎？夫《诗》《书》之不讲，礼乐之不习，是丘之过也。若以述先王好古法而为咎者，则非丘之罪也。命也夫！由，歌，予和汝。”子路弹琴而歌，孔子和之，曲三终，匡人解甲而罢。参见（清）陈士珂辑，崔涛点校《孔子家语疏证》，第 165 页。

也。君子伤今而思古焉”①。这说明，“伤今”在很大程度上促成了“思古”的实现。可以说，诗人“思古”的诗化生存，其内在涌动着对时局的深切忧虑。诚然，在变《风》和变《雅》中，“忧”的确成为诗人屡屡言及的生存情态。在此“伤今而思古”的取向中，“思古”很可能出于以古为鉴、古为今用的目的。《史记·高祖功臣侯者年表》将其表述为：“居今之世，志古之道，所以自镜也，未必尽同。……观所以得尊宠及所以废辱，亦当世得失之林也。”② 若说“伤今而思古”凸显的是对时局之忧，那么，孔子的“好古”则流露出“乐以忘忧”的意味。这也引发了更进一步的思考，对于文明共同体及其成员而言，“好古”意味着什么？

二　好古：作为事实之古抑或作为理念之古？

论及“好古”的原因，从表面上看，先公先王积德累善，化成天下，缔造了美好和睦的生活世界：从近处而言，实现了夫妻、父子、兄弟、朋友之伦的和谐；从远处而言，实现了君臣、夷夏、朝野关系的安定有序；此外还上达天人、神人关系之合一。这是乱世之民所憧憬的大同之治。昔日的盛世映衬出时下的错谬悖乱，乱世之民自然会萌生“好古”之情。

很明显，以上阐释仍在经验事实的层面理解“古”与“好古”，即“好古”针对于曾经存在的历史经验。这也成为近世解读《论语·述而》两段文本的主流立场。钱穆指出：“孔子之学，主人文通义，主历史经验。”③ 又言：“孔子之学，特重人文，尤必从古史经验前言往行中得之，故以好古自述己学。”④ 依此理路，既然《诗》具有“史”的意义面向，收录了不少关于文明共同体早期历史进程

① （汉）毛亨传，（汉）郑玄笺，（唐）孔颖达疏，（唐）陆德明音释，朱杰人、李慧玲整理：《毛诗注疏》，第1197页。

② （汉）司马迁撰：《史记》，第878页。

③ 钱穆：《论语新解》，九州出版社2011年版，第187页。

④ 钱穆：《论语新解》，第206页。

与重大事件的诗篇，可作为后人了解历史经验与先王至治的可靠进路，自然备受好古之士的青睐。因此，古史研究者多将《诗》归入史料范畴，如杨宽把《周颂》《大雅》《小雅》《豳风》作为研究西周历史的史料。郭晋稀也看到："（《诗》）不独文学之先河，亦史实之所本，六经皆史之说，良有以也。"①《诗》所载历史事迹的价值，同样被钱穆指出：

> 古诗三百首，其中历史事迹特别多。远溯周代开始，后稷公刘一路到文王，在《诗经》的《大雅》里……详细描述，反复歌诵，这些都是历史。从另一个角度看，这些历史，或许比《西周书》里的更重要。《西周书》里仅是几批档案与文件，而《诗经·大雅》把西周开国前后历史原原本本，从头诉说。今若说，那时更接近历史记载的是《诗》不是《书》，此话也不为过。②

诚然，《诗》持存着后稷耕稿、公刘迁岐、太王迁豳、文王伐崇、武王伐纣等历史经验，并反复歌颂先公先王的作为与功绩。然须辨明，诗人此番叙述的目的，其最要者并不在于记录历史事实本身，也不在于仅从经验事实的层面确立上述事件的权威性，并予以至高的殊荣。

事实上，"诗—兴"思维与诗性言说"变有限为无限"的特质，早已使诗人所好之"古"从事实层面升华至观念层面。诗人寓观念于具体人事之中，经由对历史事迹的叙述和对历史人物的歌颂，旨在从具象人事照察古今共通之道。由此，先公先王及其德业功绩，不仅作为经验层面的人事被记录下来，同时还被《诗》升华为了象，乃是作为《诗》之象而呈现。此即是说，"当诗人向我们歌唱一去

① 郭晋稀：《诗经蠡测》，第131页。
② 钱穆：《中国史学名著》，生活·读书·新知三联书店2005年版，第18页。

不复返的岁月和完全消逝了的英雄，他的想象力早已把那些过去的景象变成了理想”[①]。在“诗—兴”思维与诗性言说的运作下，先公先王及其缔造的黄金盛世，均被提纯为无比崇高的理想型，作为超拔于现实之上的不可逾越的典范，为当今时代提供了意义导向。

据《国语·楚语上》所示，楚大夫申叔时在谈论教育之道时，还提出了“教之《诗》”，其作用在于“为之导广显德，以耀明其志”。韦昭注曰：“显德，谓若成汤、文、武、周、邵、僖公之属，《诗》所美者。”[②] 结合本节论述可知，当《诗》在歌颂往圣先贤之“显德”时，很可能业已超越了对历史经验层面种种嘉言美行的称颂，而是上升到赞颂理想型的高度。申叔时主张“教之《诗》”，所看重的也不仅是先圣之德在历史经验的意义上对于后世的榜样作用，同时还着眼于此不可逾越的理想型所生发的积极影响，即王政之应然对实然的引导与规范。

对《诗》而言，无论是后稷、公刘，还是太王、文王，都不单纯作为存活在某一历史时期的个人，而是业已成为王政典范的化身。《诗》对先公先王在世作为的叙述，其目的不在于单纯地记载影响文明进程的重大事件，而是建构起超拔于现实之上的典范，并让此典范照亮现实。《诗》所讴歌的不只是某个英雄人物曾经缔造的大同之治，“不只是反映了周王朝的辉煌时代，还反映了那种被看做是逐渐偏离虚构出来的早期理想格局的时代”[③]，是作为理想型而存在的至善至美的盛世。否则，纵使先公先王天赋异禀、德才超群，也仍是有死的个人，其所缔造的太平之世虽然盛极一时，也终究抵不过沧海桑田的流转更迭，最终断送在不肖子孙的手中（哀悼王朝的覆灭，

---

① ［德］席勒：《论素朴的诗与感伤的诗》，曹葆华译，载刘小枫选编《德语诗学文选》上卷，第131页。

② 徐元诰撰，王树民、沈长云点校：《国语集解》（修订本），第485页。

③ “虚构出来的早期理想格局的时代”这一说法表明，史华兹看到，《诗》中的黄金盛世其实是一个具有虚构意味的典范性存在。［美］本杰明·史华兹：《古代中国的思想世界》，程钢译，第54页。

这在《王风·黍离》与箕子所作的《麦秀之诗》中均得以体现），因而仍是可朽的，仍是一种“有限的伟大”。

由是而论，虽然“好古”的确可以理解为后人对已逝时代的景仰与渴慕，但究其根本，“好古”的行动包孕着超越经验的意义指向，即现实世界对美好愿景的仰望与趋向。这表明，诗人在流动不居的现实世界与永恒的理想愿景之间建立了内在关联。二者处在持续的互动之中。这具体表现为，永恒的理想愿景对当今世界产生着持久的规范力与导向性。这种规范力并不直接彰显为对现实层面具体政治措施的规范与引导，而是意指在当今的生活世界之上永远悬置着一个理想型、一个无法企及的高峰。

这进一步暗示出，“理想型”这一概念内在预设了一种不可到达性，正如《理想国》第九卷格劳康所慨叹的那般：“你的意思是说在那个我们在讨论和叙述时所建立的城邦里，在那个存在于我们的理念中的城邦里，因为在地面上，我想，它是在任何地方都不存在的。”[①] 然而，值得深思的是，对古人而言，理想型的不可企及，却未曾消解其存在的意义与必要。毋宁说，正是因为此种不可企及性，理想型对于现实世界而言才具有不可替代的关键意义。或许此时，吾人的耳畔会回响着苏格拉底的低语——“无须乎去问究竟它在地上是存在的呢还是尚有待于存在”[②]。昔人洞悉，永恒与当下互为规定，唯有以永恒的理想型为导向，文明共同体才会源源不断地涌现出完善与修正自身的内驱力。后起的每一世代，都必须经历与此理想型的比照，并以此为准绳来要求与完善自身。

寓理念于具象人事，并以此理想型来规范现实政事，此做法不独见于《诗》。据罗维《初民社会》的观察与记录：“非洲通加人的国王，有位负有特殊责任的传令官，‘他的职责是在每日早晨站在王宫大门前，高声赞颂国王先祖的伟业，而继之以责骂现任国王的无

① ［古希腊］柏拉图：《理想国》，顾寿观译，吴天岳校注，第453页。
② ［古希腊］柏拉图：《理想国》，顾寿观译，吴天岳校注，第453页。

能失德'。"[①] 或许对这个传令官而言，称颂先祖伟业的行动，其最要者在于，昭示先祖伟业作为超越现实之典范所具有的恒久意义，进而用"言辞中的城邦对照现实"："这个看起来姿态奇特的传令官，颇有些像《诗经》隐含的写作者，不管是美是刺，仿佛都领受着天边的第一缕晨光，对着世界说出那言辞中的城邦。人们可以用此城邦对照现实，小心翼翼地去完善那些不足的地方。"[②] 此种"对照"，不是将处于经验事实层面的两个时代相比照，不是用比较好的历史经验规范当下的经验，而是根据寓于具象之愿景（应然）来引导并规范现实（实然）。

三 法古

进一步来说，倘若吾人承认，理想型对现实世界的感召与规范行之有效，那么，诗人树立的美好愿景，必然会使现实生活不断产生趋近此典范的行动。这意味着，"好古"的情结自然会导向"法古"的行动。在《诗》中，"法古"的确作为常见的生存情态出现。带有效法之意的动词，如"似""则""效"等，也成为《诗》的常见语辞。例如，《小雅·裳裳者华》云："左之左之，君子宜之。右之右之，君子有之。维其有之，是以似之。"《郑笺》曰："虽我先人，有是二德，故先王使之世禄，子孙嗣之。"[③] 又如，《周颂·良耜》云："以似以续，续古之人。"《毛传》曰："以似以续，嗣前岁，续往事也。"[④] 再如，《小雅·鹿鸣》云："我有嘉宾，德音孔昭。视民不恌，君子是则是效。"《毛传》曰："是则是效，言可法

---

① ［美］R. H. 罗维：《初民社会》，吕叔湘译，上海社会科学出版社 2016 年版，转引自黄德海《诗经消息》，第 2 页。

② 黄德海：《诗经消息》，第 2 页。

③ （汉）毛亨传，（汉）郑玄笺，（唐）孔颖达疏，（唐）陆德明音释，朱杰人、李慧玲整理：《毛诗注疏》，第 1233 页。

④ （汉）毛亨传，（汉）郑玄笺，（唐）孔颖达疏，（唐）陆德明音释，朱杰人、李慧玲整理：《毛诗注疏》，第 2010 页。

效也。”《郑笺》曰：“嘉宾之语先王德教甚明，可以示天下之民，使之不愉于礼仪。是乃君子所法效，言其贤也。”①

关于“法古”行动最有代表性的诗句，则是《小雅·小旻》所言“哀哉为犹，匪先民是程，匪大犹是经。维迩言是听，维迩言是争”。《毛传》和朱子均训“程”为“法”。《毛传》云：“古曰在昔，昔曰先民。程，法。”② 朱子亦云：“先民，古之圣贤也。程，法。”③《小旻》以君王徒听浅陋之言为反例，以说明法古的重要性。朱注云：“犹，道。经，常。言哀哉今之为谋，不以先民为法，不以大道为常，其所听而争者，皆浅末之言。”④ 在此，“程”与“法”均作动词用，即“取法”“效法”之意。而在《尔雅》中，“法”还作为名词使用，且训为“常”。《尔雅》云：“典、彝、法、则，常也。”⑤“常”与“取法”，这两个意义维度均被摄入“法”这一概念之中。这表明，古人对所取法的对象有严格的限定。取法乎常道的行为才能称为“法”，而一般意义上对经验人事（有限之物）的仿效尚不足以称为“法”。据此，或可对“匪先民是程”一语有更深入的理解。《小旻》对“法古”的强调，所针对的并不是古人具体的执政方法、制度措施抑或某一政治事件，而是着眼于古圣先贤之道。由此，《小旻》也实现了从“匪先民是程”到“匪大犹是经”的过渡。《毛传》与朱子均训“犹”为“道”，即“犹，道。经，常”⑥。这再次印证，“法古”的行动，所法者在于常道，而不在具体的术，并不是将往昔世代的政治措施机械而教条地挪用于当下，而是循先圣之常道。道之为“常”，意味着其具有古今一致性、

① （汉）毛亨传，（汉）郑玄笺，（唐）孔颖达疏，（唐）陆德明音释，朱杰人、李慧玲整理：《毛诗注疏》，第794页。

② （汉）毛亨传，（汉）郑玄笺，（唐）孔颖达疏，（唐）陆德明音释，朱杰人、李慧玲整理：《毛诗注疏》，第1059页。

③ （宋）朱熹集撰，赵长征点校：《诗集传》，第214页。

④ （宋）朱熹集撰，赵长征点校：《诗集传》，第214页。

⑤ （晋）郭璞注，（宋）邢昺疏，王世伟整理：《尔雅注疏》，第21页。

⑥ （宋）朱熹集撰，赵长征点校：《诗集传》，第214页。

古今共通性。这成为后世法古之道的前提。

行文至此，不妨再次申明《诗》之为“史”这一意义面向的本旨。《诗》诉说了先祖创业垂统的历史事迹与功绩，但其目的却不限于对事之叙述、对史之记录，而是以事明其理，通过具象之人事昭示古圣先贤之常道。据此而论，《诗》并不是在纯粹言“事”的层面被归入史籍之列，而是在言说常道并以“常”通“变”的意义上被尊为“经”。因此，读《诗》应被视为以“常”御“变”的重要进路，而非仅仅在经验事实层面获知史实材料。若仅将与先祖史事相关的诗篇，定位为记录历史经验的史诗、叙事诗抑或歌颂先祖伟业的抒情诗，并认为其作用在于提供史料，难免遮蔽其应有之深意。

从总体上看，《诗》诉说了西周开国前后的历史，使后人通过读《诗》得以了解共同体的由来与发展，并基于历史时间的高度建立起自我规定与身份认同，这是显性的层面。而隐性的层面则在于，《诗》寓观念于具象，通过历史经验来言说古圣先贤之常道。哪怕时移世异，常道的古今共通性使《诗》对于后世而言仍具有永久的借鉴意义。由此可知，《诗》不仅在某一特定的历史时期起到化民成俗的作用，塑造了一个民族整体的思维特性和精神风貌，同时还具有超越时空的规范性力量。诗教不仅着眼于某一代人的“成俗”，还基于历史时间的高度，关注文明共同体历史生命的展开、“文化性格的形成”、民族心灵的迁善去恶以及人文化成之业的存续更新。为此恢宏愿景提供支持与动力的是生生不已之常道。

李山指出，西周在文明史上的一大关键意义在于“文化性格的形成”。西周之所以能实现此历史意义，《诗经》可谓功不可没：“每一时代的人均有其情感，但并非都能传至后代并引发共鸣。三代之中，夏朝还未有文字证据发现，甚至存在与否都仍存争议。商朝虽有甲骨文，但记载的占卜、物候提供的更多是‘信息’，考古出土的青铜器和人殉等，总使今人有隔阂之感。真正让我们从情感上开始接近的，还是西周，忠实记录那一时代的《诗经》功不可没。”①这启发吾人思考，《诗》之为“史”的意义面向，所昭示的并不是“准人类学意义上的历史”，而是“一种真实的起作用的精神亲缘关系的历史……只有在此种类型的历史中，获得对一个民族或一个时代的内在本性的真正理解，以及观察者和被观察者之间的一种创造性的接触，才是可能的”②。这种“真实的起作用的精神亲缘关系的历史”，塑造了一种更为深层的历史观——关注此文明神圣的起源与不竭的理想，并从此起源与理想中不断实现对民族自我认同的确证与肯认。这足以唤醒沉睡在后世子民血液中的归属与认同，使其被超越时限的亲切感与强烈的呼召所包围与环绕。不论时移代隔，沧海桑田，《诗》中贮藏着的作为恒久典范的先王盛世，永远涌动着“溥博渊泉，而时出之”般的元气与活力，构筑起为后人提供精神滋养与心灵归属的永恒家园。与此同时，“思古”“好古”与“法古”，作为一种生存论意义上的行动以及昔人诗化生存的重要面向，使其不论身处何种时代，面临何种境遇，都能基于共同体历史时间的古—今关联，通过不断重温作为理想型的《诗经》之“古”，而获得返本开新的勇气与动力。

---

① 转引自丘濂等《诗经地理》（修订本），第122页。

② ［德］韦尔纳·耶格尔：《导言：希腊人在教育史上的地位》，载《教化：古希腊文化的理想》，陈文庆译，第4页。

第九章

《诗》以究天人之际：论诗化生存的超越性面向

若将《雅》《颂》二部合观，便可发现，与先祖有关的诗不仅见载于《雅》（尤其是《大雅》），还多习见于《颂》。只不过《雅》《颂》呈现的先祖形象颇为不同。前者多在文明传统薪尽火传的意义上把先公先王所立基业与当下的王政境况视为一个整体，而在《颂》中，后稷、古公亶父、文王和武王则作为祭祀对象出现，在仪式空间中化作洁净精微的神祇。历代说《诗》者多把《颂》定位为宗庙祭祀乐歌，这说明《颂》的语境即已超越了王政的范畴，而涉及神人关系。只不过此处所谓“神”并非宗教意义层面“神”（God）的观念，并非“宗教或神话中超自然的具有人格和意志的力量”[①]。从总体上看，《诗经》语境中的“神”，其所指仍是周人所祭祀的先祖。对此，蒋文结合西周金文与《诗经》篇目作了一番阐述：

> 从西周金文来看，先人就可以被称作“神”。西周金文多言作器以祭祀贤人并向他们祈福，祭享的对象往往是祖妣考母，但是也有相当多例的享祀对象是“文神”“文神人”“皇神”

① 向熹编著：《诗经词典》（修订本），第443页。

> “先神”“大神”“百神”等。金文中“×神”常与“文考”“皇考”“文祖”“祖考”等前后呼应或并列出现，皆可证“神”确指已经故去的先人。“文神”“文神人”犹言“前文人”；“皇神”“大神”意义相近，“皇”“大”和“文”一样，都是用于赞美先人的修饰词；“先神”的“先”即“先王”之“先”；“百神”即器主一族的众多先人。这样看来，《诗经》中的很多“神”，如《大雅·旱麓》“神所劳矣”、《大雅·思齐》“神罔时怨，神罔时恫”、《大雅·卷阿》“百神尔主矣”、《小雅·伐木》“神之听之”、《小雅·天保》“神之吊矣”、《小雅·楚茨》“神嗜饮食”“神具醉止”等，似乎都可以理解成故去的先人，而不是广泛意义上的神灵。另《小雅·楚茨》“神保是飨”“神保是格”“神保聿归”的“神保”，王国维已指出此即祖先之异名。[①]

马银琴进一步指出，颂诗作为宗庙乐歌，其实不仅与祭祀先祖相关。祭天的意义维度，对于颂诗而言殊为关键：“《周颂》并不单纯只是祭祀乐歌，它更多得是和祭天仪式相关联的。……祭祀祖先的乐歌，只有和祭天礼仪关联在一起时才能成为《颂》。”[②] 西周早期的祭祖礼涵容“配天而祭”的维度，“能够配天而祭的，只有周康王之前的几位周王”[③]。这说明《颂》并非一般性的祭祀乐歌，所纪念的也并非周人所有的先祖，而是那些足以与天相配的作为神祇的先祖。由此可知，《颂》所关注的不仅是神人关系，还涉及天人关系。且《颂》中的神人、天人关系并非互不相涉的两条支线，而是紧密交融，即作为神祇的先祖与天相配。神人关系与天人关系，都可归入

---

① 蒋文：《先秦秦汉出土文献与〈诗经〉文本的校勘和解读》，第156页。

② 李辉、林甸甸、马银琴：《仪式与文本之间：论〈诗经〉的经典化及相关问题》，《温州大学学报》（社会科学版）2020年第1期。

③ 李辉、林甸甸、马银琴：《仪式与文本之间：论〈诗经〉的经典化及相关问题》，《温州大学学报》（社会科学版）2020年第1期。

人与超越性存在的关系范畴。可见，对于《诗》完整的精神世界而言，人与超越性存在的关系维度不可或缺。这也理应成为《诗》之为“教”的重要意义面向。

据此反观近世对《诗》与“诗教”的界定，多把《诗》限定在以人为本位的人文领域，认为诗学归根结底仅作为“人学”而存在。例如，陈向春指出：“文学即人学，对于中国的诗歌文学来说，还可以进一步说即‘心学’”[①]，并引清人金圣叹之论“诗者，人之心头忽然之一声耳”[②]为证。由此，诗教也被归入“人学”的范畴，即“实质上，诗教是针对人的‘情性’根本而形成的人文教化学问和实践体系”[③]。在此立场的主导下，诗的创生与传唱，多被冠以人类需求中心论的解读模式。马林诺夫斯基（Bronislaw Malinowski）指出，音乐、舞蹈、装饰、雕刻、建筑、诗歌与戏剧等艺术门类，其创生“原是一种基本的需要，从这方面看，可以说人类有机体根本有这种需求，而艺术的基本功能，就在于满足这种需求”[④]。从根本上而言，此论又多植入了近世人类学、民俗学的立场，多以人的实用需求为中心及导向，而未看到，人作为有限者，其与超越性存在的关系，实则构成人理解自身与世界的重要进路。

实际上，人与超越性存在的关系维度，作为古代文明语境的基本面向，使昔人论《诗》从未脱离天人相合、神人相通的根本性语境，而非仅仅把《诗》归入“人学”之列。清人廖平多次申明“天学”与“天道”在《诗》中的重要位置：“盖《诗》主‘天学’。”[⑤]又言：“《诗》言天道。”[⑥]清人屈大均亦云：“诗至于天，

---

① 陈向春：《吟诵与诗教》，第 47 页。

② （清）金圣叹：《圣叹尺牍》，载《金圣叹选批唐诗》，浙江古籍出版社 1985 年版，第 502 页。

③ 陈向春：《代序文：浅说“大诗教”》，载《吟诵与诗教》，第 1 页。

④ ［英］马林诺夫斯基：《文化论》，费孝通等译，中国民间文艺出版社 1987 年版，第 86 页。

⑤ （清）廖平著，蒙默、蒙怀敬编：《廖平卷》，第 196 页。

⑥ （清）廖平著，蒙默、蒙怀敬编：《廖平卷》，第 196 页。

呜呼至矣。”① 直至近世，萧驰仍强调：“在中国的语境里，诗是祭祀、礼乐活动中以无上景仰之心面向昊天和祖先神的乐歌。”② 不独是《诗》，从广义上讲，在相当长的历史时期内，“乐”也被视作通乎神人的重要进路，其功能在于燮理阴阳，达至“神人以和”之效。而据昔人语境，通乎幽明、沟通神人，也被视为《诗》的一大效验。凡此均涉及人与超越性存在之关系的回应与处理。

揆诸其他文明共同体对诗之功能的看法，在古希腊人的观念中，诗的涵义比一般的艺术要广，且与宗教和崇拜仪式有着密不可分的关联。诗还往往同游行、祭祀和庆典相结合③，究其根本，乃因诗的构思与创作深植于死生关系、神人关系的问题域。提及古希腊神话中的诗人形象，自然不可绕开最杰出的代表——俄耳甫斯（Orpheus）。俄耳甫斯经历了出生入死的种种磨砺，“给世间带回了新的知识和力量，那就是联系生和死，在可见事物之外去洞察永恒的、往返于生死之间的对应关系”④。这喻示着，在古希腊人的观念世界中，诗人具有沟通生死、连接此在与永恒的奇妙力量。此死生相连、神人相通的神启维度，使古希腊人认为，诗是灵感的结晶，而非个人技能的产物。诗的创作，仰仗于神力所赋之灵感，其过程依从的是神的召唤与驱遣，故而只可意会而难以习得，由此，诗有别于一般意义上的艺术门类与手艺技能。进一步来说，此神—人相通的论诗维度又使得在古希腊人那里，诗与预言往往处于同源共生的关系。诗人与预言家常常相提并论，甚或两种身份角色可融合为一。诗人吟唱的是过去和未来，诉说的是“神和人的命运”⑤。诗人虽身在此岸，却拥有开向无限、开

---

① （清）屈大均撰：《广东新语》，第348页。

② 萧驰：《中国思想与抒情传统　第一卷　玄智与诗兴》，第iv页。

③ ［波兰］塔塔尔凯维奇：《西方美学史　古代美学》，理然译，第13页。

④ ［法］马德莱娜·贝尔多，［法］裴程：《美是相遇：阅读程抱一的中西对话》，《跨文化对话》2011年第28期，转引自［法］程抱一《说灵魂：致友人的七封信》，［法］裴程译，译者序第ii页。

⑤ ［波兰］塔塔尔凯维奇：《西方美学史　古代美学》，理然译，第31页。

向超越的可能，虽活在此时此刻，却能从每一刻中发掘开向永恒的契机。而在古希伯来语境中，人与超越性存在（上帝）的关系，向来是诗所关注的根本问题。诗性言说在《圣经》中占据了相当大的比重。《旧约·约伯记》《诗篇》《箴言》《雅歌》及《先知书》中的诸多篇章（如《以赛亚书》《耶利米哀歌》《俄巴底亚书》《弥迦书》《哈巴谷书》等篇章）均以诗的方式写就，其关注的中心问题乃是神人关系。

综上可知，在古代文明的语境中，诗的创生与流传，不仅是作为个体的人抑或作为类存在的人类社会内部所发生的事件，还往往关涉人与在人之上的超越性存在二者的关系问题。因此，若只把诗界定为“人学”，消解掉昔人论诗时对超越性维度的关切，难免使诗之意涵大大窄化。若《诗》“被人为地剥离了与天道的关联”，随之而来的一大效验在于，《诗》“被剥夺了教化功用和立法含义，被矮化为一堆史料，而且是备受歧视的不够真实的史料”①。据此而论，基于尊重并回归昔人的原初语境，对诗所承载的更为本真的观念世界进行一番发掘与开启，即“重建《诗》与天道的关联”②，便显得尤为必要。

对于吾民族的文化语境而言，值得追问的是，透过诗性言说，《诗》对天人、神人关系进行了何种思考？倘若二者并非彼此独立的支线，那么神人、天人关系的交融，在《诗》中如何内在地体现？进一步来说，这两大关系维度对于《诗》之为“教”的意义面向与昔人的诗化生存又有何种影响？

第一节 天人关系与神人关系：《颂》的两大关系维度

一 《诗》中的天人关系

《风》《雅》《颂》都多次出现与“天”相关的语辞。可见，天

① 柯小刚：《诗之为诗：〈诗经〉大义发微》卷一，第2页。

② 柯小刚：《诗之为诗：〈诗经〉大义发微》卷一，第2页。

之在场贯穿于《诗》之终始。由此可以理解，《诗纬·含神雾》缘何提出"《诗》者，天地之心"①，廖平缘何以"《诗》为天学"②。有意思之处在于，诗人对"天"的指称并非千篇一律，而往往具有丰富的意义向度。

（一）"天"之诸名所寓之形上意涵与生存情态

1. 苍天、昊天、旻天、皇天、上天：诸名寓抽象于具象的言说方式

《孔疏》将《诗》中"天"的称法评点为"天有多名"③。"天"之多名，主要通过"天"之前缀得以体现，如"苍天"④、"昊天"⑤、"旻天"⑥、"皇天"⑦、"上天"⑧。"苍""昊""旻"等修饰词在一定程度上具有意义相关性。据朱子之见，"昊，亦广大之意"⑨，"旻，幽远之意"⑩。以"苍"言"天"，亦见载于《庄子·逍遥游》："天之苍苍，其正色邪？其远而无所至极邪？"朱子亦云：

---

① （清）陈乔枞撰：《诗纬集证》卷三，载顾廷龙主编，《续修四库全书》编纂委员会编《续修四库全书·经部·诗类》第77册，上海古籍出版社2002年版，第797页。

② "《诗》为天学，与《易》《乐》合为三经，与人学之《春秋》《尚书》《礼》不同。"（清）廖平著，潘林校注：《诗说》，华东师范大学出版社2017年版，第82页。

③ （汉）孔安国传，（唐）孔颖达正义，黄怀信整理：《尚书正义》，第619页。

④ 《王风·黍离》："悠悠苍天，此何人哉！"《唐风·鸨羽》："悠悠苍天，曷其有极！"《小雅·巷伯》："苍天苍天，视彼骄人，矜此劳人。"

⑤ 《小雅·节南山》："不吊昊天，不宜空我师。"《小雅·雨无正》："浩浩昊天，不骏其德。"《小雅·巧言》："悠悠昊天，曰父母且。无罪无辜，乱如此幠。"《小雅·蓼莪》："欲报之德，昊天罔极。"《大雅·板》："昊天曰明，及尔出王。昊天曰旦，及尔游衍。"《大雅·抑》："昊天孔昭，我生靡乐。"

⑥ 《小雅·小旻》："旻天疾威，敷于下土。"《大雅·召旻》："旻天疾威，天笃降丧。"

⑦ 《大雅·抑》："肆皇天弗尚，如彼泉流，无沦胥以亡。"《周颂·雍》："燕及皇天，克昌厥后。"

⑧ 《小雅·小明》："明明上天，照临下土。"《小雅·信南山》："上天同云，雨雪雰雰。"《大雅·文王》："上天之载，无声无臭。"

⑨ （宋）朱熹集撰，赵长征点校：《诗集传》，第208页。

⑩ （宋）朱熹集撰，赵长征点校：《诗集传》，第213页。

“苍苍之谓天。运转周流不已，便是那个。”[①] 又曰：“苍天者，据远而视之，苍苍然也。”[②] 天之苍者，实际上指天“远而无所至极”。单从字面义看，“苍”“昊”“旻”强调天在空间上的广、大、远、深。凡此语辞均已穷尽物理空间之极致。尽管如此，也许诗人觉得“苍天”“昊天”“旻天”等名还不足以与天之至大至远相称，便又在诸名之前附加了“悠悠”“浩浩”等修饰词，如《唐风·鸨羽》所言“悠悠苍天”，《小雅·雨无正》所言“浩浩昊天”，《小雅·巧言》所言“悠悠昊天”。朱注云：“悠悠，远意。”[③] 亦云：“悠悠，远大之貌。”[④] 又云：“浩浩，广大也。”[⑤] 除用“悠悠”“浩浩”“旻”“苍”等具象词来言说天之广大深远、寥朗无涯，《诗》还以“汉”言“天”。“天汉”“云汉”等说法也习见于《诗》，如《小雅·大东》所言“维天有汉，监亦有光”，《大雅·云汉》所言“倬彼云汉，昭回于天”。此类语境同样借“汉”之浩大无尽意，来言说天其大无外，无物不覆。可见，诗人极尽各种方式来言说天之无穷无尽。

此外，《诗》还多用“上”这一抽象兼具象的指事词来指称“天”，如《大雅·大明》云：“明明在下，赫赫在上。天难忱斯，不易维王。天位殷适，使不挟四方。”《周颂·敬之》云：“无曰高高在上，陟降厥士，日监在兹。”据《说文》，“上”训为“高”。[⑥] 初看上去，诗人对天的诸多描述都聚焦于天的物理性质。这确与经验层面触目所见之天相吻合，即天无边无际、高不可及。据此，一常见做法是，将诗人对天的种种印象与描述归诸其朴素的生存经验：

> 晋陕甘黄土高原上……虽有起伏的塬梁峁沟，但颇少高耸

① （宋）黎靖德编，王星贤点校：《朱子语类》，第5页。
② （宋）朱熹集撰，赵长征点校：《诗集传》，第66页。
③ （宋）朱熹集撰，赵长征点校：《诗集传》，第66页。
④ （宋）朱熹集撰，赵长征点校：《诗集传》，第219页。
⑤ （宋）朱熹集撰，赵长征点校：《诗集传》，第208页。
⑥ 参见（汉）许慎撰，（宋）徐铉校定《说文解字》，第7页。

> 挺拔的大山。因此周人日日看到的是经常晴朗、笼罩四野、直垂落到视线尽头的一片长空，这样完整而灿烂的天空，当能予人以被压服的感觉。由于苍天的无所不在，到处举目四瞩，尽是同样的苍穹，默默地高悬在上，因此天地就具备了无所不在、高高监临的最高神特性。①

但若只在日常经验的层面理解《诗》对天所作的“质朴”描述，未免忽略了《诗》寓抽象于具象的言说特质。实际上，“悠悠苍天”“浩浩昊天”“明明上天”作为《诗》所取之象，究其本旨，乃是“无限”“超越”与“绝对”等形上观念“形见”于诗性言说的体现。此即是说，《诗》对“体”（存在之整全）的思考，乃是寓于“悠悠”“浩浩”等具象言辞之中。此寓抽象于具象的言说方式，其实不独见载于《诗》，在《庄子·逍遥游》所言“天之苍苍”中亦有体现。郭象为此句作注时，便着眼于此具象词所寓之抽象意味：“今观天之苍苍，竟未知便是天之正色邪，天之为远而无极邪。”②由是可知，“天之苍苍”，不应坐实为头顶青天可凭目见之色，而是意指“天之为远而无极”。在此，“无极”作为一哲思意味浓郁的形上概念，而非仅在物理空间的层面形容距离遥远。由此可以理解，为何《诗》虽用“悠悠”“浩浩”等具象语辞描述天，但与此同时又频频申述天之无形无象，难度难测，如《大雅·文王》曰：“上天之载，无声无臭。”《郑笺》将此申明为：“天之道难知也，耳不闻声音，鼻不闻香臭。”③ 朱注亦云：“然上天之事，无声无臭，不可得而度也。”④ 二解均强调天之不测，无法在经验事实层面通过耳目口鼻诸官能察知。此种拒绝将“天”经验化、具象化的倾向，也

---

① 许倬云：《西周史：增补二版》，第120—121页。

② （清）郭庆藩撰，王孝鱼点校：《庄子集释》，第6页。

③ （汉）毛亨传，（汉）郑玄笺，（唐）孔颖达疏，（唐）陆德明音释，朱杰人、李慧玲整理：《毛诗注疏》，第1382页。

④ （宋）朱熹集撰，赵长征点校：《诗集传》，第271页。

喻示《诗》所言之“天”并非日常经验层面目力所及之天。实质上，诗人在用与“天”相关的具象言辞来言说不测之天道。

进一步来说，《诗》以“上”指“天”，并非在陈述肉眼可见的经验现象——就物理空间而言，天位于人之上且高不可及——而是在形而上的层面确立天不容置疑的权威。此处所谓“上”并不是就相对意义而言，所指并非与“下”相对之“上”，而是在价值根据层面意指绝对的至上。同样，诗人以“苍”“旻”“昊”等前缀词来言说“天”之大、广、远，也均是在形而上的层面来言说“体”之无穷。对于此种以具象语辞来言说抽象概念，进而在形而上的意义层面确立“天”之根据性地位的做法，近世学者作了如此评述：“‘天’是无边无际的物象……它的‘居高’性是自然而然的，因此也是必然的。这种自然而必然性的空间特征，经由人经验意识的过滤和反思，自然时空关系中的‘高’，变成了天人关系中的‘镇’（正）之‘理’，而这样居高而‘镇’的‘理’，即是天命之理，是人道的终极根据。”① 此言颇为中肯。

2. “天”“帝”合言：以“一”统“多”的尝试

除了以“苍天”“昊天”“旻天”“皇天”诸名承载寓抽象于具象的观念模式，《诗》还出现了将“天”与“上帝”合言的诗句，如《大雅·云汉》曰：“昊天上帝，则不我遗”，“昊天上帝，宁俾我遯”，以及“昊天上帝，则我不虞”。同时，《诗》中亦多出现单独言“帝”或“上帝”的诗句：

《小雅·正月》：“有皇上帝，伊谁云憎？”
《大雅·大明》：“昭事上帝，聿怀多福。”
《大雅·板》：“上帝板板，下民卒瘅。”
《大雅·荡》：“荡荡上帝，下民之辟。疾威上帝，其命

① 复旦大学哲学系中国哲学教研室编：《中国古代哲学史》，复旦大学出版社2006年版，第198—199页。

多辟。”

《周颂·执竞》：“不显成康，上帝是皇。”

《周颂·臣工》：“明昭上帝，迄用康年。”

《鲁颂·閟宫》：“上帝是依，无灾无害。”

据引文所示，“帝”与“上帝”之名在《诗》中已多次出现。此语境中的“帝”或“上帝”，往往相当于“天”之意，即诗人称“天”为“帝”或“上帝”。且须留意，“以‘天’称‘上帝’始于周，殷人无之”①。在殷人的观念中，“帝”虽同样存在，但以帝为代表的天神，仅位列殷代诸神之一，而非具有绝对的统摄性与独一性。对此，晁福林在《论殷代神权》一文中有言：“殷代神权基本呈现出三足鼎立之势，即：以列祖列宗、先妣先母为主的祖先神，以社、河、岳为主的自然神，以帝为代表的天神。三者各自独立，互不统属。过去那种以‘帝’为殷代最高神的传统认识，是错误地估价了它在殷人心目中的实际地位。”由此，他得出结论：“帝只是殷代诸神之一，而不是诸神之长。……整个有殷一代，并未存在过一个统一的、至高无上的神灵。”②

对于帝在殷代诸神中的位置，缪钺提出了不同的看法，认为在殷人的观念中，帝之“至上性”已然存在。他指出，“据殷墟卜辞，知殷人已有至上天神之观念，称此天神曰‘帝’，或曰‘上’，或曰‘上子’，或曰‘上帝’”，且此种“至上性”表现为“上帝神权至高无上，人世一切祸福，均由上帝主之”③。与此同时，缪钺也看到，在殷人那里，对上帝神权“至上性”的承认，并未导向祭祀仪

① 缪钺：《中国文学史讲演录（唐以前）》，载缪元朗、景蜀慧编校《缪钺全集》第六卷，第15页。

② 晁福林：《论殷代神权》，《中国社会科学》1990年第1期。

③ 缪钺：《中国文学史讲演录（唐以前）》，载缪元朗、景蜀慧编校《缪钺全集》第六卷，第15页。

式的专一性与独享性，即“殷人除敬上帝之外，星、月、风、云、虹霓皆视为神祇而祭祀之”①。据殷墟卜辞所示，殷人之“禘”所应用的神灵范围较广，四方神、自然神均包含于其中。而在祭祀仪式方面专一性与独享性的缺乏，是否也在某种程度上意味着对上帝神权“至上性”的削弱与减损？据此反观周人的祭祀仪式，“惟重上帝之信仰，对殷人所祭星月诸神，不复理会”②，可见，唯有具备专一性与独享性的祭祀仪式，才能真正体现对上帝的尊崇，才能将对上帝神权之“至上性”的确证落到实处。

进一步来说，包括“帝”在内的殷代诸神，乃拘囿于殷人较强的氏族观念之中。诸神的效力与福祉并非遍及群黎众庶，而是对本族才具有庇护作用。对此，徐旭生有言：“商人的神是族群专有的守护者，而不是对所有族群一视同仁的超氏族神。”③ 李宗侗与伊藤道治同样认为，商人的神是“一个极具族群独占的守护神，而不是普遍的裁判者”④。与此相比，在周人的观念中，沾溉苍生、遍养下民，已成为“帝”之形象的重要面向。周始祖后稷具有天赋之异禀，其稼穑功劳被《周颂·思文》表述为：“立我烝民，莫匪尔极。贻我来牟，帝命率育。”此处所言“烝民”，其内涵并不限于周族百姓，而是泛指普天下之群黎众庶。朱注云：“且其贻我民以来牟之种，乃上帝之命，以此遍养下民者。”⑤ 朱注所论“遍养”，同样表明稼穑之养应实现普世之福祉，“无有远近彼此之殊”⑥，而非限于周族内部。此种“遍养下民”的耕稼之业，乃是后稷领受“上帝之

① 缪钺：《中国文学史讲演录（唐以前）》，载缪元朗、景蜀慧编校《缪钺全集》第六卷，第16页。

② 缪钺：《中国文学史讲演录（唐以前）》，载缪元朗、景蜀慧编校《缪钺全集》第六卷，第16页。

③ 徐旭生：《中国古史的传说时代》，科学出版社1960年版，第199—201页，转引自许倬云《西周史：增补二版》，第116页。

④ 关于二人的观点，参见许倬云《西周史：增补二版》，第116页。

⑤ （宋）朱熹集撰，赵长征点校：《诗集传》，第344页。

⑥ （宋）朱熹集撰，赵长征点校：《诗集传》，第344页。

命”而得以践行。这反映出，在周人的观念中，上帝对所有族群一视同仁，而非专庇一族。

以上所论殷周之际在“上帝”观念方面的诸多差异，不应简单归为人类学、社会学层面的现象与事实，而是在思想史的意义上喻示一重要转向——周人已形成对以“一”统“多”之终极根据的肯认与确证。上帝（天）作为超越性存在，具有为人事奠定终极根据的统摄性、完满性与独一性，在其之上不复有另一更高层面的存在来规定它。“天”“帝”与“上帝”之名习见于《诗》中，或可视为“绝对”观念在《诗》中的“形见”与彰显。缪钺由此推断：“周人宗教观念盖本于殷商而又加以损益，可谓之一种一神教，或有等级之多神教。”① 缪氏所言“一神教”之名固然存在值得商榷之处，但从其强调“一”所具之统一性意涵而言，则无可厚非。毕竟这构成了以“一”统“多”的前提条件。

3. 从“天”之诸名看天人无间的生存情态

上文论述的是“天”之诸名所寓之形上意蕴，本节则过渡至论述“天”之诸名所寓之生存情态。具体来说，《诗》并不是单就天自身来论说其至大、至远、至高。诗人对“天”之诸名的论述，均在天人关系的视域中来进行。此即是说，《诗》往往以天之至大与无穷映照出人的渺小与有限，而天之至远至高，则凸显出天人之间无可弥合的距离。此处所言“距离”，并不是就物理空间的意义而言，而是在存在结构的层面意指不可弥合的天人之分。进一步来说，对天、人根本分别的强调，指向的是天之超越。唯有确立起天作为完全的超越性存在的地位，才能确保天人不杂，即“天”作为绝对的超越者的地位，不容人的僭越，如船山所言：“天道自天也，人道自人也。……圣贤之教，下以别人于物，而上不欲人之躐等于天。”②

① 缪钺：《中国文学史讲演录（唐以前）》，载缪元朗、景蜀慧编校《缪钺全集》第六卷，第15页。

② （清）王夫之：《读四书大全说》，中华书局1975年版，第754页。

《诗》用诸多具象化的表达凸显出天的至高至远，强调天人之间遥不可及的距离。这一距离感曾被说《诗》者点出：“《黍离》《鸨羽》的‘悠悠苍天’，用‘悠悠’形容天的遥远，以增加作品中的人对其唯一的依靠者‘天’的距离感；而《黄鸟》中的‘彼苍者天，歼我良人’……特地加一‘彼’字，说明这里的‘天’与他们的距离并不遥远，但却不是与他们站在一起的。”①

按常理来说，二者间难以企及的距离容易导致双方关系的隔膜与疏离。但有意思的是，恰恰是天这一距离上的至远者，最终成为《诗》中各阶层人士疾痛惨怛时反复呼求的对象。不论是身份卑微的劳苦大众、无名小吏，还是地位显赫的公卿贵族，都曾向天呼求，如《王风·黍离》所云“悠悠苍天，此何人哉”，《秦风·黄鸟》所云“彼苍者天，歼我良人”，《邶风·北门》所云“已焉哉，天实为之，谓之何哉”，以及《小雅·巷伯》所云“苍天苍天，视彼骄人，矜此劳人”。据此反观史迁所言“劳苦倦极，未尝不呼天也”②，这并非一句“借天为说”的叹语。“呼天”的行动，的确出现在《诗》的诸多篇章之中。一般而言，在人备感无助之时，其本能反应便是向最亲密、最依赖的深度关系倾诉与求助。《诗》频频出现与天对话、呼天愬之、求天开解的需求与愿景，恰恰反映出先民在其观念结构深处对天的深度依赖。进一步来说，这种依赖并非冰冷的认知行为，并不是以抽象的认知进路来喻示，而是存在于昔人具体而当下的在世时刻，表现为鲜活、真挚而强烈的生存情态，同时也在百姓日用而不知的言说习惯中得以彰显，其中一较为突出的表现便是在言说时缀以“天地”的语言习惯。郭绍虞注意到“欢天喜地”“翻天覆地”“天公地道”等语例，但他只把缀以“天地”的言说习惯解读为加强语气的作用：“如‘欢天喜地’只是欢喜，‘翻天覆地’只是翻覆，都是加强形容之意。至如‘天公地道’一语，把

① 章培恒、骆玉明主编：《中国文学史新著》（增订本），第75页。

② （汉）司马迁撰：《史记》，第2482页。

‘公道’二字拆开，觉得根本不词，可知冠以‘天地’二字，只是加强的作用而已。”[①] 此论难免轻忽了此言说习惯背后的观念基础。实际上，此言说习惯乃是天人之间更为本源性的联结在日常语汇中的反映。而使此天人关联得以澄明与显现的一大契机，则在于人事之变与世间苦难。揆诸《诗经》语境，人伦关系的脆弱与缺憾、人事际遇的曲折多舛，加之世衰道微，苍生失怙，往往使诗人处于百无聊赖、孤绝幽独的境地，并于患难中生忍耐，于忍耐生老练，于老练生盼望。此种不幸的确令人扼腕叹息，但也不失为一宝贵契机，使天人间更为本源性的联结得以显现，所谓“人穷则反本”[②]。若说《风》《雅》二部的人事之变可视为“人穷”一语的“感性显现”，那么诗人呼天而愬的行动，或可视为“反本”的尝试。对于《小雅·巧言》开首二句“悠悠昊天，曰父母且。无罪无辜，乱如此幠”，朱子注云：“大夫伤于谗，无所控告，而诉之于天。”[③] 朱注点明了诗人“伤于谗，无所控告”的困窘局势，这或构成诗人“呼天”的直接原因。进一步来说，在劳苦倦极之时，诗人的第一反应不是向现实中的人伦关系（如父母、爱人、朋友）呼求，而是向天倾诉。可见，对古人而言，超越之天的至高至远，并未影响人们对其的亲近，恰如《周颂·敬之》所言：“无曰高高在上，陟降厥士，日监在兹。”“日监在兹”意味着，天实际上参与到人的在世生存之中。天作为不可企及的绝对的超越者，虽至远至高，却又至近至亲，从未在诗人整体性的生活世界中缺席，而是一直在场。据此可知，开向超越之天的意义面向，是昔人的诗化生存不可或缺的重要维度。

在《诗》的观念世界中，不独个人如此，整个文明共同体均对超越之天有着深度的依赖。诗人看到，人类社会并非一独立运行的自足系统，而是处于宏大广阔的天地秩序之中，有赖于人类群体之

① 郭绍虞：《照隅室语言文字论集》，第 117 页。

② （汉）司马迁撰：《史记》，第 2482 页。

③ （宋）朱熹集撰，赵长征点校：《诗集传》，第 219 页。

外的存在才得以维系。这种依存关系不仅体现为人类社会需要源源不断地从外界获得物质供给，更体现为人类必须在超越的领域寻求文明的根据。这成为共同体理解自身、规范与完善自身的前提。需注意的是，此处所论以超越性存在为根据，并非停留于理论分析层面，并不是纯粹的理智认知活动，而是渗入昔人的生存情态中。从广义上看，以终极之天作为人事之根据，业已化作共同体生活世界之"俗"，是先民理解世界的整体性观念结构的基石。这可以解释，为何典籍文献会出现"夫天者，人之始也"① 的提法。这里的"人"，既可以指个别的人，也可以在广义上指人作为类存在之全体。同时，此处所谓"始"，并非时间意义上的发端，亦非肉体生命的诞生，而是意指，超越之天为在世生存的整体性意义系统奠基。由此，昔人生活世界整体性的意义结构才得以开启。

（二）天道至教

如前所述，在《诗》的观念世界中，天人关系为存在于世的一切关系维度赋予了意义，是一切在世活动得以展开的前提。这揭示出超越之天对人事所具有的意义规定性与导向性。从根本上看，这都从属于广义上"教"的范畴。揆诸昔人语境，天的诸多活动与现象多被划入"教"的范围。《礼记·礼器》云："天道至教，圣人至德。"②《礼记·孔子闲居》亦云："天有四时，春秋冬夏，风雨霜露，无非教也。地载神气，神气风霆，风霆流形，庶物露生，无非教也。"③ 在现代语境中，四时变迁、节气更迭、云行雨施多被视为客观的自然现象，但在《礼记》中却被视为"教"的内容。可见，在古人看来，"教"的意义面向涵盖范围甚广，以至于天地大化这一动态过程中的每一环节均被摄入其中，而不仅作为人类社会内部独有的一种活动。阳明《传习录》对此也有阐释，提出"修道之谓教"的

① （汉）司马迁撰：《史记》，第2482页。

② （汉）郑玄注，（唐）孔颖达正义，吕友仁整理：《礼记正义》，第1005页。

③ （汉）郑玄注，（唐）孔颖达正义，吕友仁整理：《礼记正义》，第1946页。

“教”与“天道至教”的“教”属于同一概念：“修道则贤知者不得而过，愚不肖者不得而不及，都要循着这个道，则道便是个教。此‘教’字与‘天道至教’‘风雨霜露，无非教也’之‘教’同。”①

超越之“天”的在场，构成昔人论“教”的重要维度，也构成《诗》之为“教”的必要前提，所谓“诗教在人，诗之所以教却在天”②。超越之天为人类社会的种种活动提供了取法和依循的根据，既确保了教的具体内容不会以君王的个人偏好或意愿为转移，同时又对君王的想法与行为起到了规范和制约的作用。以上述探讨为基础，方可考索《说文》将“教”解作“上所施下所效”所蕴之要义。

1. “教”之为“效”

《说文》训“教”之时，引入了“效”的概念，所谓“教，上所施下所效也”③。训“教”为“效”，亦习见于典籍文献，如《广雅·释诂三》云：“教，效也。”④《释名》亦云：“教，效也，下所法效也。”⑤ 又如，刘咸炘有言：“教，效也。”⑥“教”之为“效”的古训，可剖析出两个维度，分别是所效法者和效法者。所效法者的存在，构成效法行动得以可能的前提，否则，效的行为便因缺失参照标准而不再可能。同时，效之所以可能，还在于所效法者与效法者地位上的不对等。前者高于后者，并为后者提供了规范。并且，这一规范因着所效法者的至高权威而不容拒斥。如若不然，“效”的行动将缺乏驱动力。据此可知，“教者，效也”，意味着教是不断用典范来引导自己，使自身趋近典范的规范性行动。有意思的是，“教”之观念对于“典范”的强调，不仅为吾国思想文化传统所独有，也同样包孕于古希腊的“教化”（paideia）观念中。依耶格尔

---

① （明）王阳明撰，邓艾民注：《传习录注疏》，第 86 页。

② 柯小刚：《诗之为诗：〈诗经〉大义发微》卷一，第 6 页。

③ （汉）许慎撰，（宋）徐铉校定：《说文解字》，第 69 页。

④ （清）王念孙撰：《广雅疏证》，第 399 页。

⑤ （汉）刘熙撰：《释名：附音序、笔画索引》，第 52 页。

⑥ 刘咸炘著，黄曙辉编校：《刘咸炘学术论集》哲学编上，第 25 页。

之见，“‘paideia’一词最主要的含义是按照某种理想的范型或典范（这一理想的范型或典范来自文学、文化和传统）来塑造——或用柏拉图的词来说，是陶铸——希腊人的品格”①。德国早期的“Bildung”概念里便包含了“原型”“范本”的意义维度②，可谓直承古希腊“教化（paideia）”观念的精髓。

那么，值得效法的“理想的范型”究竟是什么？《说文》所言“教，上所施下所效也”一语，虽提及“上”“下”两个关键概念，却未明示二者的具体内涵。揆诸往昔语境，一个常见的解读是，“上”与“下”分别指为政者与普通民众。《礼记·缁衣》言：“下之事上也，不从其所令，从其所行。上好是物，下必有甚者矣。故上之所好恶，不可不慎也，是民之表也。”③《缁衣》将“上”“下”对举，并将“下”称为“民”。这说明，“上”是与民相对的为政者。对“上”“下”的此种解释，其意涵拘囿于人类社会内部，专指阶层地位的上下之分。在此语境下，“教”一般被视为执政者由上推行至下的政教，如《孔疏》把“修道之谓教”阐释为“人君在上，修行此道，以教于下”④。《白虎通·三教》亦云：“上为之，下效之。民有质朴，不教而成”⑤，并引《孝经》所言“先王见教之可以化民”为证。上述引文，大义相类。尽管其所言的确符合圣王施以五教的责任与身份要求，但若将“教”的内涵局限于此单一面向，

① ［德］韦尔纳·耶格尔：《教化：古希腊文化的理想》，陈文庆译，卷首语译注第1页。

② 鲍永玲指出，此观点植根于一定的神学语境：“‘与神的同象性’即‘人的肖神性’，点出了‘Bildung’至关重要的神学语境。……在《圣经·创世记》里，‘人’是按照他的创造者即上帝的形象做成的。……《杰里迈亚书》写上帝差先知去陶匠家，从陶匠和陶土的关系来思考人与上帝之关联。”鲍永玲：《德国早期教化观念史研究》，第8页。人是按神的形象所造，这说明对于人而言，神的形象具有典范性意义。进一步来说，陶匠与陶土的比喻还暗示出人存在于世的基本态度，即顺服。

③ （汉）郑玄注，（唐）孔颖达正义，吕友仁整理：《礼记正义》，第2105页。

④ （汉）郑玄注，（唐）孔颖达正义，吕友仁整理：《礼记正义》，第1988页。

⑤ （清）陈立撰，吴则虞点校：《白虎通疏证》，第371页。

则远未穷尽“教”之深意。

实际上，若考察古人理解世界的基本观念结构，不难发现，“上”“下”之分，首先指的并不是人类社会内部为政者与民众的等级之分，而是超越之天与有限之人的区分，即天人之分。这样一来，教作为“上所施下所效”，其首要揭橥的应是超越与此在的关系。这意味着，“教”是以天人关系这一根本性的意义面向为出发点，意指有限之人从超越性存在处受教。所拟范者不是某一有限的存在者，而是超越之天。

2. 所效在天

《大雅·烝民》云：“天生烝民，有物有则。”《尔雅》训“则”为“法”。胡承珙点明其所法者在于天：“‘有物’指天，‘有则’指人之法天。”[1] 这喻示，“教”以天人关系为其前提，而后才有可能实现为共同体内部由人发起的各类教化活动，如圣人教化万民，协和家邦。更进一步地，圣王之所以有资格为教，并被后世广为取法，究其原因也在于，圣王作为有限之人，业已从超越之天处受教。圣王取法于天，而后才有资格向民众施教。[2] 假郑玄之说，即“人君在上修行此道”，而后才能“教于下”。申言之，圣王所教，并非以个体层面的意愿或偏好为转移，毋宁说，是不测之天道以圣王为中介呈现自身。正因圣王所教，并非基于纯粹个体层面的智慧，而是基于超越之天的领受，圣王之教才能历久不废。

综上所言，“教”这一概念可梳理出诸多意义面向：首先，基于天人关系的格局，“教”意指天施教于人，人从超越之天那里受教；

① （清）胡承珙撰，郭全芝校点：《毛诗后笺》，第 1445 页。

② 在对传说中的帝王进行描写时，史迁都把“顺天”作为首要维度来描写。处理天人关系成为史家心目中王者的重要维度。如《五帝本纪》讲述历代王者时，也突出其“顺天”“法天”的维度，如轩辕“顺天地之纪，幽明之占，死生之说，存亡之难”，又见帝颛顼高阳“养材以任地，载时以象天，依鬼神以制义，治气以教化，絜诚以祭祀”，又见高辛“顺天之义，知民之急”，又见帝尧“乃命羲、和，敬顺昊天，数法日月星辰，敬授民时”，又见“于是帝尧老，命舜摄行天子之政，以观天命”。（汉）司马迁撰：《史记》，第 6—24 页。

其次，从共同体历史时间的角度看，“教”可理解为先王为后世立法，后世效法先祖；最后，从君民关系的层面看，“教”可理解为君王自上而下推行的政教。上述意义面向在《诗》中均有体现，且数个面向在《诗》中并非彼此独立、互不关涉，而是以圣王为枢纽（如文王）融贯为一。这具体表现为，圣王取法于天，受命并尽命，引领共同体的兴起与发展，进而施教于民。后王奉天法古，以先王之道为典范规范时局。

若说圣王为后世立法、后世好古与法古等行动，侧重于体现“教”的历史性维度（本书第八章对此已有论述，兹不赘），那么，祭祀诗则往更深处看去，试图从天人相与之际，探寻“教”的历史性维度得以成立的根据，思考古圣先贤的典范性作用如何得以建立，为何对后世具有恒久的规范性？由此可以解释，为何《雅》（尤其是《大雅》）与《颂》的诸多篇幅多在讲述天与圣王之间的互动。双方互动的持久过程及其内在环节都围绕着天命展开。这既体现为天（上帝）的授命，又体现为圣王的受命、配命与尽命。孟庆楠指出：“在《诗经》中，天影响人伦秩序与价值的方式之一，是通过天命这一观念。”① 这意味着，“天命”作为贯穿《大雅》和《颂》的关键概念，应成为理解《诗经》天人关系与神人关系的重要线索，诚如史华兹所论：“（天命）这一宏伟观念的蕴涵，在《诗经》中占有显著的地位。”② 而对于天命在《诗》中的重要位置，早在程子那里已被表述为“《诗》言天命”③。船山亦云：“故《诗》之言天，善言命也。”④

---

① 孟庆楠：《天道与人性——从早期〈诗〉学的线索看天道秩序的内在化》，《道德与文明》2019 年第 4 期。

② ［美］本杰明·史华兹：《古代中国的思想世界》，程钢译，第 47 页。

③ （宋）程颢、程颐著，王孝鱼点校：《二程集》，第 79 页。

④ （明）王夫之撰：《诗经稗疏·诗广传》，第 453 页。

（三）“命”：天人相与之际

在《大雅》和《颂》中，“命”这一概念具有不同的提法，如“命”①、“天命”② 及“帝命”③。据《毛传》《郑笺》和朱注，“命”“天命”“帝命”三者间均可互训。综观“命”的词性，既可作名词用，如《昊天有成命》所言“昊天有成命，二后受之”，又可作动词用，如《大明》所言“命此文王，于周于京”。

《说文·口部》训“命”为“使”④，对理解“命”的内涵颇有启发意义。“命”之为“使”，强调“命”由具有绝对权威的一方所授。申言之，此处所言“授”并非关系对等的双方之间的授受行为，而是在纵向性的等级关系中由在上者授予在下者。在上者拥有的至高权柄，意味着受众对此命不得有丝毫违抗，只能安然受之并顺从此命。由此可见，“命”内在蕴含着“顺命”的意义维度。这正是朱子释“命”时的着眼点。“朱子曰：‘命如朝廷差除。’又曰：‘命犹诰勅’”⑤，强调的正是命所具有的绝对权威。

进一步来说，揆诸《诗经》语境，“命”首先是由天（上帝）这一超越性存在所赋予，而不仅仅发生在共同体内部的上下级之间。因此，天人关系应作为探究“命”这一概念的根本语境。唐君毅指出：“中国哲学之言命，则所以言天人之际与天人相与之事，以见天人之关系者。”⑥ 此论颇为切要。

1. “命”的两个意义面向：天之所授与人之所受

天之所命的绝对权威以及天在授命过程中占据的主导地位，在《大雅·皇矣》中有着突出体现。上帝授命这一积极行动，

---

① 《大雅·文王》：“周虽旧邦，其命维新。”《大雅·文王有声》：“文王受命，有此武功。”

② 《大雅·文王》：“假哉天命，有商孙子”“侯服于周，天命靡常。”

③ 《大雅·文王》：“有周不显，帝命不时。”

④ （汉）许慎撰，（宋）徐铉校定：《说文解字》，第 32 页。

⑤ （清）王夫之：《读四书大全说》，第 64 页。

⑥ 唐君毅：《中国哲学原论·导论篇》，中国社会科学出版社 2005 年版，第 322 页。

推动着《皇矣》诗脉的进展。诗共八章，其中，多章都以帝之所命开篇：

> 《皇矣》节选
>
> 皇矣上帝，临下有赫。（一章）
>
> 帝迁明德，串夷载路。天立厥配，受命既固。（二章）
>
> 帝省其山，柞棫斯拔，松柏斯兑。（三章）
>
> 维此王季，帝度其心。（四章）
>
> 帝谓文王：无然畔援，无然歆羡，诞先登于岸。（五章）
>
> 帝谓文王：予怀明德，不大声以色，不长夏以革，不识不知，顺帝之则。（七章）

朱子讲解诗意时，也强调超越之天（上帝）对人事所具有的绝对权柄："一章、二章言天命大王，三章、四章言天命王季，五章、六章言天命文王伐密，七章、八章言天命文王伐崇。"[①] 耐人寻味的是，《诗》一方面以天（上帝）为本位来讲天之所命，凸显出天命的绝对权威与上帝授命的主动权；另一方面，《诗》又从圣王的角度出发，来观其如何受命：

> 《周颂·昊天有成命》云："二后受之。"《毛传》："二后，文、武也。"[②]
>
> 《大雅·文王有声》云："文王受命，有此武功。"

上述诗句强调的均为文王、武王对于天命之"受"。这与"有命自天，命此文王"的侧重点有根本的不同。同样，《孔子诗论》第七

---

① （宋）朱熹集撰，赵长征点校：《诗集传》，第285页。

② （汉）毛亨传，（汉）郑玄笺，（唐）孔颖达疏，（唐）陆德明音释，朱杰人、李慧玲整理：《毛诗注疏》，第1911页。

章所言“文王受命矣”①，也着眼于文王对于天命的膺受。对“文王受命”的强调，在《文王序》中亦有体现：“《文王》，文王受命作周也。”② 又如，《灵台序》曰：“《灵台》，民始附也。文王受命，而民乐其有灵德，以及鸟兽昆虫焉。”③ 据一般理解，天之授命与人之受命是二而一的过程。既然二者涵盖的内容并无二致，只需从其中一个方面作出陈述即可，缘何要在天人之间辗转往复，既讲天之所授，又强调人之所受？

若说“有命自天”申明的是天命不容干预的绝对性与无条件性，那么人之所受则体现出圣王完全的顺服。更要者在于，人之受命并非纯粹被动的承受，亦非逆来顺受。“文王受命”与“二后受之”，彰显的均为受命者对天之所命采取的积极态度与行动。这意味着，“受”作为一种积极的回应，在很大程度上具有主动意味。

进一步来说，《诗》对人之“受命”的强调，实则揭示出，天所授之命与天之所命的行动紧密贴合受命者具体而当下的存在境况，因而在很大程度上具有特殊性。这必然意味着，天之所命，无法预先事无巨细地作出规定，受命者只需依葫芦画瓢、照章办事即可。相反，“命”为人的主动作为留有相当大的空间。更确切地说，人之“受命”，对受命者审时度势的判断与实践有着高度的要求。据此或可解释，何以在《诗》中，文王、武王虽同样以受命者的形象出现，但其所受之命与尽命的具体方式却极为不同，均依据各自所处的独特情境为转移。在文王那里，天之所命体现为伐密伐崇，三分天下有其二；而在武王那里，天之所命则表现为伐纣翦商与“定天保”。例如，在《逸周书·商誓解》中，武王将伐商之举归结于“予来致

① 李学勤：《上海博物馆藏竹书〈诗论〉分章释文》，转引自刘信芳《孔子诗论述学》，第 280 页。

② （汉）毛亨传，（汉）郑玄笺，（唐）孔颖达疏，（唐）陆德明音释，朱杰人、李慧玲整理：《毛诗注疏》，第 1363 页。

③ （汉）毛亨传，（汉）郑玄笺，（唐）孔颖达疏，（唐）陆德明音释，朱杰人、李慧玲整理：《毛诗注疏》，第 1495 页。

上帝之威命明罚"[①]，而在《度邑解》中，武王则作为"具明不寝"的忧患者出现，虽与《商誓解》中昂扬奋进的形象有所不同，但其共同之处均在于心系天之所命。只不过在伐商之后，武王所受之天命转变为"定天保"。《度邑解》载武王之言曰："予克致天之明命，定天保，依天室。志我共恶，俾从殷王纣。西方赤宜未定我于西土。我维显服及德之方明。"[②] 此处所谓"天保"，意指"顺从天意的国都"[③]。这意味着，不论是翦商，还是营建国都，都并非仅仅出自武王个人的意愿，也不限于周部族的集体意愿，而首先是"天之明命"所在，即"明命，即天之所以与我，而我之所以为德者也"[④]。

更进一步地，人之"受命"，并非一个宣之于口的信条或誓言，也并非一个暂时的行动，一朝受之即能完成，而是落实于受命者在世生存的全过程。更确切地说，"受命"关涉着受命者在世生存的展开，落实为无数个在世瞬间的抉择与行动，是受命者终其一生的承诺。所受之命，须受命者终其一生来兑现。据此而论，在昔人看来，在世生存的首要目标便在于委致其身，尽天之所命，此之为在世之本分。回应"天之明命"与积极地展开在世生存，乃是二而一的一体性过程。此即为"形而上的'天命'与形而下的人事努力的内在关联"[⑤]。与此同时，"受命"之"受"，并非一个被动的接受行动，而是需要全身心的调动及参与。天命与人事实则处于积极往来的互动关系。这再次印证，天命之授受是二而一的过程。一方面，"授受"之名以"授"在前，强调"命"具有自天所授的不可移易性与权威性；另一方面，"授"字之后缀以"受"字，凸显出人的在世生存是

---

① 黄怀信、张懋镕、田旭东撰，黄怀信修订，李学勤审定：《逸周书汇校集注》（修订本），第452页。

② 黄怀信、张懋镕、田旭东撰，黄怀信修订，李学勤审定：《逸周书汇校集注》（修订本），第472—473页。

③ 杨宽：《论〈逸周书〉》，载《西周史》，第920页。

④ 黄怀信、张懋镕、田旭东撰，黄怀信修订，李学勤审定：《逸周书汇校集注》（修订本），第472页。

⑤ 李山：《诗经的文化精神》，第12页。

对天命的积极回应。这最终落实为受命者终其一生的实践活动。有鉴于此，《诗》在屡言“受命”之外，还多出现“配命”的提法：

> 《大雅·文王》云：“永言配命，自求多福。”
> 《大雅·下武》云：“永言配命，成王之孚。”

《诗》对“配命”的强调表明，人之“受命”并不是一个“瞬时性”的行动，其影响和效力并非局限在人生的某个时刻或阶段，而是从根本上关涉着受命者在世生存的展开。后者喻示受命者如何“长配天命而行”，如何尽命。凡此诸种都立体地支撑起“受命”的全过程。由此可推知，“受命”与“长配天命而行”，此即为受命者完整人生的体现。据此而论，“‘天命’‘人生’和合为一”，二者“同归一贯”。[①] 钱穆指出：“人生之所以异于万物者，即在其能独近于天命，能与天命最相合一，所以说‘天人合一’。……人生最大目标、最高宗旨，即在能发明天命。”[②] 他以孔子为例：“即如孔子的一生，便全由天命……孔子的人生即是天命，天命即是人生，双方意义价值无穷。换言之，亦可说，人生离去了天命，便全无意义价值可言。”[③] 综观《诗》中的受命者形象，可以说，文王的人生即是天命，天命即是人生。文王同样可称为“发明天命”“长配天命而行”的典范。

---

① 钱穆：《中国传统思想文化对人类未来可有的贡献》，载中华书局编辑部编《中华文化的过去现在和未来——中华书局成立八十周年纪念论文集》，第40页。

② 钱穆：《中国传统思想文化对人类未来可有的贡献》，载中华书局编辑部编《中华文化的过去现在和未来——中华书局成立八十周年纪念论文集》，第40页。

③ 钱穆指出：“细读《论语》便知。子曰：‘吾五十而知天命’‘天生德于予。’又曰：‘知我者，其天乎！’‘获罪于天，无所祷也。’倘孔子一生全可由孔子自己一人作主宰，不关天命，则孔子的天命和他的人生便分为二。离开天命，专论孔子个人的私生活，则孔子一生的意义与价值就减少了。”钱穆：《中国传统思想文化对人类未来可有的贡献》，载中华书局编辑部编《中华文化的过去现在和未来——中华书局成立八十周年纪念论文集》，第40页。

2. 天命与人文化成

需要注意的是，以上所论“天命”与“人生”和合为一，其所受之命的效验与影响并非拘囿于高度个体化的语境，并非仅仅关涉受命者的个人生活与利害得失（比如，天命如何引导文王成为在私德方面无可指摘的君子，自此迎来了幸福美好的人生）。据《文王序》所言“文王受命作周也”①，可知“文王受命”之旨归在于“作周”，而非仅仅着眼于个人福祉的实现。这意味着，天之所命，乃是以受命者为中介，带领整个文明共同体的兴起与发展，并引领人文化成。换言之，天命相授受，所标志的并非受命者个体层面在世生活的展开，而是共同体文明进程的开启。这意味着，在《诗》看来，文明的兴起与发展不应理解为人脱离了天的掌控，实现了人性自觉后的成果。也就是说，《诗》不是基于天人对立的视角来看待人文化成。相反，共同体的文明走向自始至终伴随着天命的引领。文明的成果是天命的实现与完成。此之为天命之“成”，亦即古人所言“成命”。人文化成是“受命”的目标，也是天命得尽之后的效验。人文化成，此为《颂》所言之“成功”②，正如钱穆所言：“中国古人，认为一切人文演进都顺从天道来。违背了天命，即无人文可言。”③

进一步来说，文明化成是天之授命与人之受命二者通力配合的成果。此处所谓人之受命，不仅是指某个人或某代人的受命，还着眼于共同体的世世代代作为一个纵向性统一体的受命。人文化成的进程，必然伴随着共同体历史生命的展开，有赖于先公先王积善集义、积德累功。由此可知，天命是历史地展开的，具有在世之历史性的意义面向，并不是天所予一个人之命或一代人之命，而是世世代代都膺受天命。这表明，天人关系应成为吾人思考共同体历史性

① （汉）毛亨传，（汉）郑玄笺，（唐）孔颖达疏，（唐）陆德明音释，朱杰人、李慧玲整理：《毛诗注疏》，第1363页。

② 据《诗大序》，“《颂》者，美盛德之形容，以其成功，告于神明者也”。

③ 钱穆：《中国传统思想文化对人类未来可有的贡献》，载中华书局编辑部编《中华文化的过去现在和未来——中华书局成立八十周年纪念论文集》，第40页。

维度的大背景。共同体的历史时间与历史生命，是在天人相与授受的持久关系中展开的。这可以解释，何以《颂》多次强调天命之无间断、无止息，正如《周颂·维天之命》所言“维天之命，於穆不已”。天命之永恒，支撑着共同体历史生命的绵延。

若以天命为视角反观本书第八章所述——《诗》从世代继替的角度把先公先王所立之基业与后世政局视为一个统一体——便能发现，此种世代继替不应简单地等同为人本主义的传承，而是伴随着天命之神圣旨意的引领。天命是王政兴起与发展的幕后推手。诚然，本书第八章论及公刘复修后稷之业、太王复修公刘之业等。实际上，若从天人关系的层面看，以上论述应表达为天命太王，再命文王，复命武王等。这也构成朱子解释《大雅·皇矣》的着眼点：“一章、二章言天命大王，三章、四章言天命王季，五章、六章言天命文王伐密，七章、八章言天命文王伐崇。”[①] 可见，“古今之变”与“天人之际”息息相关。“天人之际”实则寓于“古今之变”当中，并经由“古今之变”显现自身。这喻示，不应空谈“天人之际”，而应通过“古今之变”看天命如何历史地展开，应从文明的走向、文化传统的绵延更革中，窥觇天命展开自身的宏大进程。由此或可理解，为何史迁会将“究天人之际”“通古今之变”置于一处谈论，所谓“究天人之际，通古今之变，成一家之言”。诚如刘咸炘所追问的，“迁自言‘究天人之际’，而全书中言天人者殊少，究竟何为天人之际，岂果徒作门面语邪”，而实质上“迁所谓天人之际即是古今之变耳”[②]。天命之永恒与超越，构成“通古今之变”的前提条件，“天命在其‘眷命用懋’中，以一种强大的力量，带动着人世兴衰与变迁”[③]。天命历史地在世展开，此即为代代圣王受命、“长配天命而行”的过程。可见，人文大启、人文化成，是天之作为与人之

① （宋）朱熹集撰，赵长征点校：《诗集传》，第285页。

② 刘咸炘著，黄曙辉编校：《刘咸炘学术论集》哲学编上，第47页。

③ 李山：《诗经的文化精神》，第235页。

作为协同而成的结晶——“‘天’只有通过好的统治者作为中介，才能使规范性的秩序得到实现”[①]。圣人与天“同其功”，其效验是圣人得以配天。《大雅·文王》云：“文王陟降，在帝左右。”朱注曰：“盖以文王之神在天，一升一降，无时不在上帝之左右。”[②] 此处文本强调的正是圣王与天相配的维度。

3. “配天”：天—人之合

由上可知，《诗》并非单方面地强调天人之分，并非一味地突显出天命具有不容违抗的绝对权威，同时也揭示出天人“相合”的可能性。后者通过“配”的概念得以体现：

> 《大雅·文王》云：“殷之未丧师，克配上帝。”朱注云：“殷未失天下之时，其德足以配乎上帝矣。”[③]
>
> 《大雅·下武》云：“三后在天，王配于京。”
>
> 《周颂·思文》云：“思文后稷，克配彼天。”

论及对“配”的训释，《尔雅》云：“妃、合、会，对也。妃，媲也。”[④]《玉篇·酉部》亦云：“配，匹也，媲也，对也，当也，合也。”[⑤] 清人金鹗指出，“配字古与妃通”[⑥]，进而申明“配”具有严格的条件限制与意义界定，即“然则配享之人必相对相匹而后可。至于以人神配享天地，盖以天地人参为三才，圣人与天地合其德，故可以配之也”[⑦]。须注意的是，此处“配”所指涉的“相对相匹”，

---

① ［美］本杰明·史华兹：《古代中国的思想世界》，程钢译，第53页。

② （宋）朱熹集撰，赵长征点校：《诗集传》，第269页。

③ （宋）朱熹集撰，赵长征点校：《诗集传》，第271页。

④ （晋）郭璞注，（宋）邢昺疏，王世伟整理：《尔雅注疏》，第26页。

⑤ （南朝梁）顾野王：《大广益会玉篇》，第135页。

⑥ （清）金鹗撰：《禘祭考》，《求古录礼说》卷七，载顾廷龙主编，《续修四库全书》编纂委员会编《续修四库全书·经部·礼类》第110册，上海古籍出版社2002年版，第282页。

⑦ （清）金鹗撰：《禘祭考》，《求古录礼说》卷七，载顾廷龙主编，《续修四库全书》编纂委员会编《续修四库全书·经部·礼类》第110册，第282页。

并不意味着二者之间的“完全”同一。许倬云先生指出：“后稷参加郊祀只是配天，迥异于商代以帝祭普施先王先公的情形。于是‘文王陟降，在帝左右’，于是‘文王监在上’，于是‘三后在天’，都只能‘在’，而不能与天或帝合一。”① 此即是说，“配天”的提法并不意味着后稷和文王本身即为天、即为帝，而是“在帝左右”。由此可知，“配天”虽以“天人相合”为其意义导向，但此提法仍是以承认天人之异、天人之分为其前提。

那么，圣王缘何可以与天相配？历代说《诗》者多把文王配天的落脚点归结于文王之德，即文王“与天合德”，如方玉润云：“文王之德与天合一。”② 结合上文关于“受命”的论述可知，“与天合德”并不是一句口号或一个标签，而是落实为文王终其一生的受命、“长配天命而行”③ 等在世活动，是文王一生的志业与承诺。这意味着，“与天合德”处于天人关系的根本框架中，与文王“受命”“配命”的过程相关，而后者又离不开效天、法天、顺天的意义维度。因此，文王与天相配之德，并非出自人本主义的语境④，并不是在主

---

① 许倬云：《西周史：增补二版》，第 122 页。

② （清）方玉润撰，李先耕点校：《诗经原始》，第 475 页。

③ 此句为《大雅·文王》“永言配命”句下《毛传》。参见（汉）毛亨传，（汉）郑玄笺，（唐）孔颖达疏，（唐）陆德明音释，朱杰人、李慧玲整理《毛诗注疏》，第 1380 页。

④ 近世学界在谈论德以配天的相关问题时，多基于人本主义的视角，认为周人对德的重视与人性的自觉相关，进而将“德”解读为现代语境中的“道德”。例如，唐君毅先生把“德”解释为“道德精神”：“通观《周书》中之周公召公之训诰，与《诗经》中之《周颂》之称太王、王季、文、武，《鲁颂》之颂周公之德，则见此中确有一伟大之政治精神，其本则为一道德精神”，又曰：“周之国运能至于八百年，为世界之历史中所未有。此不能事出偶然，而当由文武周公之道德精神，以立此开创之功。”唐君毅：《导论下：孔子所承中国人文之道》，载《中国哲学原论·原道篇》，第 38—39 页。又如，吴小锋指出：“殷周政制转变的核心在于，建构政制的要件从‘天命’变成了‘德’，‘德’的观念贯穿西周时期的制度与义理，成了政制秩序的基础。之所以说中国政制与文化的变革，莫过于殷周之际，原因就在于周人将国家政制的根基从天上拉回了人世（但显然并未隔断天人之间的关系），为人间政治的好坏，保留了人自身的努力空间。周人大力提倡‘德’的背后，隐藏的可能恰恰是对人性的重要认识。‘观人文’，最终落脚于对‘人性’的体察，体察人性的目的在于最终厘定何为真正的德性标准。”吴小锋：《古典诗教中的文质说探源》，华东师范大学出版社 2016 年版，第 28—29 页。

体自身道德可能性的基础上，结合后天的修为所形成的道德品质，而是处于“天人相与”的根本语境之中①，所谓“德者，得也”，究其根本，乃是得之于天。文王通过“受命”“长配天命而行”，直至尽命，最终实现与天合德。

二　《诗》中的神人关系

承上所述，《诗》虽多次出现对太王及文、武二王的叙述，但在不同的语境中，《诗》的侧重点与旨归并不相同。具体来说，《诗》所收录的史诗将先公先王及其带领的文明共同体视作超越时空的德业统一体。后人通过对先公先王之业的“复修”，在很大程度上延续了共同体的历史生命。而祭祀诗已超越了历史文化的维度，是基于“天人相与授受”的高度来理解共同体的代际传承与王政兴衰。周部族从兴起到壮大，再到三分天下而有其二，终至伐纣翦商，并非个体层面的人力所为，也不应仅归功于先祖集体智慧的结晶，而是天命的达成与实现，其过程自始至终都伴随着超越之天的在场及作为。朱注云：“天又笃厚之，使生武王，保之、助之、命之，而使之顺天命以伐商也。”②“笃厚”“保”“助”等动词强调的均为天的参与。在天人相与授受的视域中，历代圣王不仅作为历史—文化维度下人文基业的膺承者，更是因其顺天与效天、“受命”与“配命”实现了与天合德，与天相配。

祭祀诗对历代圣王进行歌颂时，也着眼于其“克配上帝”的维度。这表明，祭祀诗并不是把后稷、文王、武王作为一般意义上的先祖，而是鉴于其与天相配的意义面向，将其提纯为在世人之上的

① 有研究者在论“德”之时，多将其视为外在于“天命”的一个概念，即“在‘天命’中引入‘德’的观念。‘德’的观念不仅是对‘天命’观念的重要补充，而且它几乎取‘天命’代之而成为周王朝意识形态的核心；它不仅成为周部族推翻商人统治的理论依据，而且可以说它同时就是周朝维护统治的思想基础的理论基础”。王长安：《〈诗经〉学论稿》，人民出版社2019年版，第18—19页。

② （宋）朱熹集撰，赵长征点校：《诗集传》，第273页。

神祇。这意味着先祖并不是作为伟大的人被赞颂与纪念。颂诗所讴歌的，也不是具有有限性的肉身与人性，但却立下不朽德业与功业的王者。毋宁说，“神和祖先都在人的头脑里，只是，他们不再受现实时空的宰制，而是化为一个个洁净精微的形象，所谓‘上下变通，形化象成，是之谓颂’”①。正因先祖以德配天，已提升为超越性的存在，在祭祀诗中，先祖与后人的关系便不再是人与人（生者与已逝之祖先）的关系，而是升华为神人关系。

需要注意的是，此处所论神人关系，并非独立于天人关系之外。二者作为《颂》关注的中心问题，并非互不干涉的两条支线。一方面，神人关系，究其根本乃是基于天人关系得以建立；另一方面，天人关系亦以神人关系为中介得以显现。据此而论，二者的关联，不仅在经验事实层面表现为祭祀祖先的乐歌“可以和祭天礼仪关联在一起”，还在义理层面表现为，神人关系与天人关系彼此涵摄，互相交融。缪钺结合《思文》《清庙》《昊天有成命》三诗，申明祖先神可“配天而祭”，以此说明《诗经》中天人关系与神人关系的相互渗透性：

> 其祭上帝也，仍以祖宗神灵为媒介，故《周颂》中有祭后稷，太王、文、武、成、康之诗，而无直祭上帝之诗，祭祖恒称其配天（《思文》《清庙》），称其受天命（《昊天有成命》），周人视其族乃代表上帝意旨而统治此世，下界之王朝即上帝之代表，故不直祭上帝而祭其先公先王之神灵，将宗教范围于政治与伦理之内，此点后遂酿为中国文化之一特色。周人敬仰一至尊无二高高在上之上帝，而视其先公先王生时为上帝之代表，殁后复归于帝所，故其敬神祀祖之态度，至为庄严肃穆，其祭歌之风格亦然。②

① 黄德海：《诗经消息》，第213页。

② 缪钺：《中国文学史讲演录（唐以前）》，载缪元朗、景蜀慧编校《缪钺全集》第六卷，第16页。

《昊天有成命》一诗的内在脉络——祖先膺受天命，夙夜匪懈，故而受到后世隆重的祭奠——也被李山关注，并用于说明《诗》中的神人关系乃是依据天人关系得以确立：

> 诗言成王“不敢”康宁安逸，“不敢”之言，一则表成王对其先人的恭敬，再则是表“二后”即文王、武王膺承天命的不易，所以成王才“不敢”康宁。……此诗作于成王作古之后。也就是说，诗篇中的“二后”及“成王”，都属于周人的祖灵。据此，对此诗所显示的宗教意识，我们可以得到如下确定的认识：作为授予“成命”的“昊天”，不同而且高于祭祀者的祖灵。也就是说，周人认为他们的先王神灵之所以应该受到隆重的祭奠，乃是由于他们恭顺勤恳地执行了上帝的意志，这是《雅》《颂》有关祭祖诗篇的一个一以贯之的固定思路。[①]

据此可知，诗人清楚地意识到，把祖先当作死去的个人来纪念与把祖先作为神祇来纪念，二者有根本的分别。祭祀诗多次强调祖先以德配天，由此升华为超越性存在，正是为了将上述两个层面区分开来，凸显出祖先作为神祇的意义面向，如《大雅·文王》所云“文王在上，於昭于天”，“文王陟降，在帝左右”。这也与铜器铭文所载“其严在上”暗合，如戬狄钟“先王其严（俨）在帝左右”[②]、㝬钟“先王其严在上”[③]。徐中舒、白川静、刘源均认为，“严”描摹的是先祖上陟于天之庄矜威严状。先王“其严在天”被着力刻画，其根据均在于其承膺天命，德可配天。这再次表明，对《诗》中神人关系的考索无法绕开天人关系的根本框架。

---

① 李山：《诗经的文化精神》，第233—234页。

② 中国社会科学院考古研究所编：《殷周金文集成》第1册，中华书局2007年版，第40页。（集成00049，西周中晚期）

③ 中国社会科学院考古研究所编：《殷周金文集成》第1册，第304页。（集成00260，厉王）

反观近世学界，有学者基于对先王之德所作的人本主义解读，片面抬高了神人关系，并以此消解了天人关系的根据性地位，实则与昔人语境存在一定出入。骆玉明看到，“以《诗经》的描述，人类在精神上依赖的对象，有两种力量：一是祖先（尤其是周的开国君王文王）之灵，一是上帝（或谓‘天’）”①，并指出：“‘上帝’的观念源于殷商文化，但在周文化中它已经开始淡化，最后逐渐消退成若有若无的影子。由此形成中国文化的一个显著的特点，就是宗教气息比较淡薄。而这一趋向，在《诗经》中已经表现得很清楚。”② 他以《大雅·文王》“文王陟降，在帝左右”为据，指出“先公先王的亡灵与天帝共处，俨然有平起平坐的地位”，由此得出结论：“周人真正崇敬的对象，其实是祖先。……‘天’的意志多少被虚化了，而先王之德成为佑护国家的真实力量。周人在敬天与敬祖之间，貌似平列而实际更注重后者，意味着将人的因素和德性的因素置于优先地位。”③

实际上，文王“上陟于天”“在帝左右”之所以可能，究其根本，正在于其以德配天的维度。其中，“配天”作为对于文王之德的内在规定，意味着天仍旧处于为人事奠基的根据性地位。可见，神人关系实则依附于天人关系而成立。天（而非先祖），作为王政合法性的最高来源，亦被史华兹强调：“‘天命’（Heavenly Mandate）的观念必将在周代初年的宗教意识形态史上占据着显著的中心地位，而在整个观念的核心部分，天占据有中心地位。神的超越能力不会永不分离地与任何谱系的要求连接在一起。因而，假如说商代后期代表了一种‘世俗化’的趋势，那么周王朝的创建则见证了这样的过程：对于神在宗教上的中心地位作了再次肯定，或者对这种地位作了前所未有的赞扬。在也许可以称为国家宗教的领域内，不论天

① 骆玉明：《文学与情感》，复旦大学出版社 2010 年版，第 3 页。

② 骆玉明：《文学与情感》，第 3 页。

③ 骆玉明：《文学与情感》，第 3—4 页。

的概念会在中国思想史中经历什么样的转变，对于帝国官位的占据者来说，是天而不是祖先一直成为合法性的最高来源。”①

（一）神的在场

史华兹言称，“（周人）对于神圣仪式本身的重视”给他留下了深刻印象②，即“在上层阶级的严肃的祭祖仪式上，人们仍然指望他们的祖先赐给他们活着的后代以幸福与长寿，指望鬼神们共同支持天的长远目标”③。宗教意味浓重的神人关系得以确信与建立，并非依凭一系列抽象的信条，而须经由具体的祭祀仪式来维系。与丧葬之礼相比，祭礼的一个特点在于，丧葬之礼只需举办一次，而祭礼则须不断重复。

苏源熙看到，对祭礼的重复性的强调，在《诗序》中已有体现。他指出，《小序》在论《风》与论《颂》之时，所采用的形式颇为不同。《国风》之《序》多采用“讽寓”的模式，而《诗》中最为古老的《商颂》与《周颂》“并不是告诉读者这首诗去赞美或讥刺某个人或某一现象，而是晓谕读者吟唱该诗的典礼”④。这暗示出，两种模式很可能反映了不同的问题意识，折射出不同的判断。苏源熙将二者之异辨析为，说某一首诗关于某一统治者或某种情境而作，与说某首诗是为某个特定仪式而作完全不同。某个特定事件具有独一性，而仪式则意味着重复。⑤ 定期举行的常祀，的确作为周人生活世界的重要事件。揆诸《诗经》所言“孝享”一名，其中，“享”即为周人所行之常祀，如《小雅·天保》所言“吉蠲为饎，是用孝享”，《大雅·旱麓》所言“以享以祀”。除了定期参与常祀，周代

---

① ［美］本杰明·史华兹：《古代中国的思想世界》，程钢译，第37页。

② ［美］本杰明·史华兹：《古代中国的思想世界》，程钢译，第50页。

③ ［美］本杰明·史华兹：《古代中国的思想世界》，程钢译，第49页。

④ Haun Saussy, *The Problem of a Chinese Aesthetic*, p. 66. 颂诗之《序》均对祭祀仪式予以强调。例如，“《清庙》，祀文王也。周公既成洛邑，朝诸侯，率以祀文王焉”，“《维清》，奏象舞也”，“《天作》，祀先王先公也”，“《昊天有成命》，郊祀天地也”，“《我将》，祀文王于明堂也”，以及“《那》，祀成汤也”。

⑤ 参见 Haun Saussy, *The Problem of a Chinese Aesthetic*, p. 66.

贵族在举行婚礼、军事、政治活动以及遭遇灾祸之时，均须进行临时祭告先祖的仪式，其一大目的便在于借此牢记神人关系，进而“帅刑祖考之德”。综观颂诗语境，其反复强调对作为神祇的先王的“不忘”，如《周颂·烈文》云：“於乎，前王不忘！”《周颂·闵予小子》亦云：“於乎皇王，继序思不忘。”对前王的“不忘”，通过常祀与临时告祭得以强化，即《颂》中不断重复着的祭祀活动无时无刻不在提醒着人们“被奉为神祇的祖先就在我们四周”①。《周颂·有瞽》云：“喤喤厥声，肃雍和鸣，先祖是听。”“先祖是听”意味着，作为神祇的祖先“并没有真正消逝，而是可能经由祭祀重新活在社会文化生活共同体当中”②，具有广泛而深入地参与当今生活世界的在场性。既然周人承认神祇的在场，那么，神人关系作为其在世生存不可或缺的关系维度，便成为周人整体性世界图景的重要组成部分。神人之间的联结与互动，也成为颂诗关注的一大焦点。

值得留意的是，在商人的观念中，先祖的“在场”虽同样被承认，即“祖先或者其他死者常活动在生者周围，真实存在如同生前”③，但由于商人对祖先所持的观念与周人大为不同，故而所导向的神人关系亦迥异于周。刘源根据对殷墟卜辞的研究指出，“商代后期前段的人们对作为死者的祖先基本上持一种惧怕的心理，梦到祖先会不安，担心他们作祟”④，故而需要“准备酒食恭敬地祭祀作祟者，让它满意以至喜悦，取消所降之祸害”⑤。而“可怕甚于可敬，为祸甚于降福”⑥，并不作为周人看待祖先神的既定印象，故而在周人的观念中，神人互动的基本模式便呈现出极大的不同。

---

① ［美］宇文所安：《追忆：中国古典文学中的往事再现》，郑学勤译，第10页。

② 郑开：《祭与神圣感》，《世界宗教研究》2019年第2期。

③ 刘源：《商周祭祖礼研究》，第249页。

④ 刘源：《商周祭祖礼研究》，第249页。

⑤ 刘源：《商周祭祖礼研究》，第248页。

⑥ 刘源：《商周祭祖礼研究》，第249页。

（二）神人互动的基本模式

据《诗》所示，周人承认，作为神祇的先祖是在场的，并对今人的在世生存有着深远的影响。但周人观念中的神人互动，却不同于商人所认为的那般，即后人必须通过祭祀献牲取悦先祖，才能防止其作祟为祸。

1. “容告神明”：以其成功，告于神明

《诗大序》云：“《颂》者，美盛德之形容，以其成功，告于神明者也。”《文心雕龙·颂赞》云：“容告神明谓之颂。”① 二者均把“颂”与告诸神明的行动相关联。据此推知，在周人的观念中，神人互动的一大进路便在于“告”的行动，即后人“告于神明”，且为“以其成功，告于神明”。《颂》的部分篇目，其创制本身就是周王“以其成功，告于神明”的体现，如《周颂·天作》。据学者考证，《天作》一诗，乃是武王翦商后所作的郊庙祭祀之歌，专门用于祭祀先祖的典礼，诚如《周颂·天作序》所言：“祀先王先公也。”② 而武王在克商之后祭祀先祖一事，在《逸周书·世俘解》亦有记载：“王烈祖自太王、太伯、王季、虞公、文王、邑考以列升，维告殷罪。”③ 此处所引《世俘解》文本，同样点明了武王“告”于先王的行动，这与颂诗的语境有相合之处。同样，对“告于神明”的重视也见于《诗序》，所谓“《维天之命》，大平告文王也”④。至此，值得追问的是，后人告于神明的内容是什么？对于文明共同体而言，“告于神明”这一行动的意义何在？

上文已述，据《诗大序》所示，“告于神明”的内容不是其他，

---

① （南朝梁）刘勰著，范文澜注：《文心雕龙注》，第 157 页。

② （汉）毛亨传，（汉）郑玄笺，（唐）孔颖达疏，（唐）陆德明音释，朱杰人、李慧玲整理：《毛诗注疏》，第 1899 页。

③ 黄怀信、张懋镕、田旭东撰，黄怀信修订，李学勤审定：《逸周书汇校集注》（修订本），第 424 页。

④ （汉）毛亨传，（汉）郑玄笺，（唐）孔颖达疏，（唐）陆德明音释，朱杰人、李慧玲整理：《毛诗注疏》，第 1886 页。

而是“成功”。《文镜秘府论》引王昌龄之言曰：“颂者，赞也。赞叹其功，谓之颂也。”[①] 此论同样点明，《颂》的内容在于“赞叹其功”。陈桐生将其释为：“（《颂》）一方面歌颂先祖功德，另一方面又要把现实政治中的成功禀告祖宗神。”[②] 然须留意，此处所谓“功”，并非一般意义上开疆辟土、富国强兵之类的事功，而是人文大启、人文化成之功。《周颂谱》云：“《周颂》者，周室成功致太平德洽之诗。”[③]《孔疏》以为，此处所论“致太平德洽”即“成功之事”[④]，二者辞异而义同。由此，《孔疏》将“成功”解为：“‘成功’者，营造之功毕也。天之所营，在于命圣。圣之所营，在于任贤。贤之所营，在于养民。民安而财丰，众和而事节，如是则司牧之功毕矣。”[⑤] 对于“司牧”之职守，《左传·襄公十四年》作了一番申明：“天生民而立之君，使司牧之，勿使失性。有君而为之贰，使师保之，勿使过度。”[⑥] 此处所言“勿使失性”，不是就个人层面，而是就共同体层面而言。“性”源于天之所命，正所谓“天命之谓性”。司牧之职守在于，使共同体复归于天命予人之“中”，如此可谓“司牧之功毕矣”。综上所论，“成功”这一概念也处于“天人相与授受”的根本语境之中，与“天命”缔结为内在的意义关联。这意味着，“成功”并非人本主义语境中纯粹系于人类作为的事功，而是成“天之明命”“成天地之大功”。这又可进一步表述为成就“勿

① ［日］遍照金刚撰，卢盛江校考：《文镜秘府论汇校汇考》（修订本），第449页。

② 陈桐生：《〈孔子诗论〉研究》，第259页。

③ （汉）毛亨传，（汉）郑玄笺，（唐）孔颖达疏，（唐）陆德明音释，朱杰人、李慧玲整理：《毛诗注疏》，第1870页。

④ （汉）毛亨传，（汉）郑玄笺，（唐）孔颖达疏，（唐）陆德明音释，朱杰人、李慧玲整理：《毛诗注疏》，第1870页。

⑤ （汉）毛亨传，（汉）郑玄笺，（唐）孔颖达疏，（唐）陆德明音释，朱杰人、李慧玲整理：《毛诗注疏》，第23页。

⑥ （周）左丘明传，（晋）杜预注，（唐）孔颖达正义：《春秋左传正义》，载《十三经注疏》整理委员会整理《十三经注疏》，第1063页。

使失性”的人文化成之功。

如前所述，天命须历史地展开其自身。从周之受命再到天命之落成与实现，单凭某一个人或某一代人的努力难以达成，而须端赖数个世代甚至世世代代积行累功。因此，天命之成，乃是世代共享之志业、共同成就之功。“成天地之大功”的提法，见于《国语·郑语》所载史伯之言：“夫成天地之大功者，其子孙未尝不章，虞、夏、商、周是也。虞幕能听协风，以成物乐生者也。夏禹能单平水土，以品处庶类者也，商契能和合五教，以保于百姓者也，周弃能播殖百谷蔬，以衣食民人者也。”① 在史伯看来，历史发展的总体进程，虽呈现出夏代虞、商代夏、周代商等前后继替的样态，但究其根本，虞、夏、商、周四者并非异类相斥、各自为政，其族群的文化形态虽有不同，但在“成天地之大功”方面却具有一致之处。且“成天地之大功”并不局限于虞幕、夏禹、商契、周弃等始祖处，而是在其子孙后代那里不断得以延续。可见，“成天地之大功”有其历史性维度在。

“功”的历史性面向，在《诗》的整体语境中亦有体现。《周颂·武》云：“於皇武王，无竞维烈。允文文王，克开厥后。嗣武受之，胜殷遏刘，耆定尔功。”朱注曰：“言武王无竞之功，实文王开之。”②《武》乃是将武王之功置于与文王之功的一体化关系中来展开叙述。武王受命与尽命，不仅出于个人建功立业的雄心壮志，也不仅出于为百姓负责的考虑，还出于与先祖“同其功”的志业与使命。唯有尽其所受之天命，才能实现对作为神祇的祖先许下的无可推诿的承诺，使世代共享之功得以达成。

《武》关注的是武王如何与文王“同其功”，而《昊天有成命》则关注成王如何继文武所受之定命，最终成就文武之功：“昊天有成命，二后受之。成王不敢康，夙夜基命宥密。”朱注云：“言天祚周

① 徐元诰撰，王树民、沈长云点校：《国语集解》（修订本），第466页。

② （宋）朱熹集撰，赵长征点校：《诗集传》，第351页。

以天下，既有定命，而文武受之矣。成王继之，又能不敢康宁，而其夙夜积德以承藉天命者，又宏深而静密。是能继续光明文武之业，而尽其心。故今能安静天下，而保其所受之命也。"① 朱子揭示出，成王的在世作为，与文、武所受之命具有内在关联，即成王"继"文、武所受之命。与此相比，贾谊则侧重于阐释成王成就了文、武未尽之功。文、武二王虽受命并尽命，但终其一生尚未成就人文化成之功。《新书·礼容语下》云："文王有大德而功未就，武王有大功而治未成。"于是，如何"成功"的重责大任，便落到了成王的肩头："及成王承嗣，仁以临民，故称'昊天'焉。不敢怠安，蚤兴夜寐，以继文王之业。布文陈纪，经制度，设牺牲，使四海之内，懿然葆德，各遵其道，故曰有成。"② 据此而论，"成王"之"成"，虽可理解为周朝开国大业之完成，但其最要者在于指涉昊天"成命"的完成、文武之功的达成。周朝的开国大业，不单是人类社会王政更迭的一个政治事件，更是昊天"成命"的重要彰显。从根本上来说，"成其功"乃是天命得以"成"。

此处须辨明的是，所谓"成先祖之功""成昊天之命"，并非在成王这里便宣告终结。此"功"、此"命"仍需历史地展开其自身，仍需后世子孙"配命"而行。因此，除了讲述成王成其功，《诗》还多从后世子孙的视角出发，强调子孙应"保"前王之功：

> 《周颂·维天之命》云："骏惠我文王，曾孙笃之。"
> 《周颂·烈文》云："惠我无疆，子孙保之。"
> 《周颂·我将》云："我其夙夜，畏天之威，于时保之。"
> 《周颂·时迈》云："我求懿德，肆于时夏。允王保之。"

护持前王之功，向来被视为子孙后代应尽的责任与使命。正因后

① （宋）朱熹集撰，赵长征点校：《诗集传》，第 341 页。
② （汉）贾谊撰，阎振益、钟夏校注：《新书校注》，第 379 页。

人与作为神祇的先祖“同其功”，倘若功得以成，便宣告着后人对神明的承诺与责任已尽，这必然指向“以其成功，告于神明”的行动。

2. “以介景福”：对德福一致的希冀

除了“以其成功，告于神明”的文辞，求福、降福的祝祷也常见于祭祀诗中，如《周颂·丰年》所言“降福孔皆”，《周颂·载见》所言“率见昭考，以孝以享。以介眉寿，永言保之，思皇多祜。烈文辟公，绥以多福，俾缉熙于纯嘏”，《小雅·天保》所言“君曰卜尔，万寿无疆”，以及《小雅·信南山》所言“报以介福，万寿无疆”。并且，“以享以祀，以介景福”之语，同时出现于《小雅·大田》《大雅·旱麓》与《周颂·潜》中。揆诸《诗经》语境，诗人所期许者往往在于“寿”“福”“祜”等。杜正胜指出：“周代金文的祝嘏之辞不外‘寿考’‘永令’‘灵终’，而以‘寿考’最普遍，和《诗》篇反映的情形吻合。”[①] 然须留意，此种对“寿”“福”“祜”的希冀，并非是在被动地等待先祖庇佑，而是始终以积极开展在世生存为其前提。这可以解释，为何《诗》中虽然不乏求福、降福的祝祷，但诗人的叙述重心却是今人的在世作为（尤其是对先祖德业的传承）。

承本书第八章所述，先祖与后嗣之间俨然缔结为一个祖德与己德、先祖之业与今人之业相贯通的共同体，即“祖德与己德的连系，祖考职守和自己权位的传承，二者既并行，且为一体”[②]。对先祖德业的膺承，不独出现于周王室的嬗代序列之中，还为周朝贵族普遍持有。诸如“帅型祖考之德”的铜器铭文时所常见，即“西周彝铭经常会发现子孙赞扬祖考之德，用作仿效的典型，他们的祖考既以

① 杜正胜：《从眉寿到长生——中国古代生命观念的转变》，载中华书局编辑部编《“中研院”历史语言研究所集刊论文类编·历史编·先秦卷》第2册，中华书局2009年版，第2623页。

② 杜正胜：《从眉寿到长生——中国古代生命观念的转变》，载中华书局编辑部编《“中研院”历史语言研究所集刊论文类编·历史编·先秦卷》第2册，第2650页。

其德辅佐周之先王，他们也以继承祖德奔走今王自任”①。由此可见，“德”传递于贵族祖孙、父子之间，其一大意义面向在于像先祖辅弼先王那般为今王效力，如“师望之父宄公明心哲德辅助先王，师望以其父为楷模，也奔走效力于今王”②。在多数情况下，先祖之德业俨然构成对子孙在世生存的黾勉与敦促。对于那些将先祖之德业践行终身而不懈怠的后嗣，理应有福禄相随，这深植于昔人德福一致的观念。《诗》反复出现“以介眉寿”“以介景福”诸语，或可视为对德福一致的期许，诚如《中庸》所言：“故大德必得其位，必得其禄，必得其名，必得其寿。”德福一致的美好愿景，究其根本，均建立于后嗣积极立德的基础之上，而不同于后人舍去立德立业，被动地等待祖先的庇佑。

第二节 《诗》与祭

如前所述，天人、神人关系构成《颂》的中心问题。而颂诗多以宗庙祭祀乐歌的形式展现。据统计，“《诗经》中的祭祀诗，绝大部分集中在《周颂》里面”③，“《周颂》三十一首诗中，内容明显与祭祀有关的、至少有二十多首”④。在此，值得追问的是，探讨天人、神人关系有很多切入点，《颂》缘何多关注祭祀活动？祭祀在《诗》的精神世界中具有何种重要意义，对诗人理解天人、神人关系又有何助益？进一步来说，对于《诗》之为“教”的意涵，祭又将产生何种影响？

---

① 杜正胜：《从眉寿到长生——中国古代生命观念的转变》，载中华书局编辑部编《“中研院”历史语言研究所集刊论文类编·历史编·先秦卷》第2册，第2650页。

② 刘源：《商周祭祖礼研究》，第288页。

③ 洪湛侯：《诗经学史》，第657页。

④ 洪湛侯：《诗经学史》，第660页。

一 《诗》言祭

据《说文·示部》所言，“祭，祭祀也。从示，以手持肉。”① 祭“合三字会意”②，其中，“以手持肉”的行动涵容着两个基本要素，即肉和以手持肉之人。从广义上讲，也可以说是物与以手持物之人。一言以蔽之，人与物是祭仪不可或缺的两大要素，由此，人情与物情也成为颂诗的主要内容。李辉指出，根据周颂诗篇的仪式属性，大致可分为四类，其中一类是“关于仪式内容的描述性歌唱，铺陈描述典礼上的仪注、礼物、人物威仪等仪式内容”③。此语也点明，人与物构成《周颂》所述仪式内容的主要部分。

（一）祭：物情与人情兼备

《周颂》多出现对祭仪之物情的描写：

> 《周颂·我将》云：“我将我享，维羊维牛，维天其右之。”
>
> 《周颂·丰年》云：“丰年多黍多稌，亦有高廪，万亿及秭。为酒为醴，烝畀祖妣。以洽百礼，降福孔皆。”
>
> 《周颂·潜》云：“猗与漆沮，潜有多鱼。有鳣有鲔，鲦鲿鰋鲤。”

以上诗篇通过对谷物、鱼类、牛羊之情状的勾勒，反映出祭物品类齐全，量多质美，如此方可体现祭仪已“尽物”。《礼记·祭统》云：“凡天之所生，地之所长，苟可荐者，莫不咸在，示尽物也。”④“尽物”意指，备祭之时，应穷尽天地间所生长之物。此过程势必需

---

① （汉）许慎撰，（宋）徐铉校定：《说文解字》，第8页。

② （汉）许慎撰，（清）段玉裁注：《说文解字注》，第3页。

③ 李辉：《仪式歌唱情境下〈诗经〉赋、比、兴的兴起与诗乐功能》，载中国诗经学会、河北师范大学合办《诗经研究丛刊》（第二十八辑），学苑出版社2015年版，第44页。

④ （汉）郑玄注，（唐）孔颖达正义，吕友仁整理：《礼记正义》，第1868页。

要花费时间与心血，故而可反映与祭者的内在态度。也就是说，凭借“尽物”，可由外观其内，察验祭祀者是否心怀虔敬，所谓“外则尽物，内则尽志”①。《采蘩》《采蘋》二诗用大量篇幅讲述备祭流程，实际上也是通过观其“尽物”，观其虔敬之心。

除了对物情的关注，颂诗还多次出现对人情的描写。这说明，对于完成祭仪而言，做到“尽物”还远远不够。最要者在于，与祭者必须整肃其貌，齐庄其心。同时，与祭执事之人还须各司其职，通力配合。《周颂》出现了形形色色的人物，在祭祀仪式中担任不同职务，如瞽工、舞者等。诗人从不同角度呈现出与祭者的存在情态：“《有瞽》写瞽工摆设、演奏乐器。《振鹭》写舞者振鹭，舞姿翩飞。”② 此外，《周颂》还论及一个重要的角色——助祭者。

> 《周颂·清庙》云：“於穆清庙，肃雍显相。”朱注云：“相，助也，谓助祭之公卿诸侯也。”③
>
> 《周颂·雍》云：“相维辟公，天子穆穆。”朱注云：“相，助祭也。”④

“助祭”也作为颂诗之《序》的高频词出现，如“《烈文》，成王即政，诸侯助祭也”⑤，又如“《臣工》，诸侯助祭遣于庙也”⑥ 及“《振鹭》，二王之后来助祭也”⑦。

---

① （汉）郑玄注，（唐）孔颖达正义，吕友仁整理：《礼记正义》，第1868页。

② 李辉：《仪式歌唱情境下〈诗经〉赋、比、兴的兴起与诗乐功能》，第45页。

③ （宋）朱熹集撰，赵长征点校：《诗集传》，第338页。

④ （宋）朱熹集撰，赵长征点校：《诗集传》，第349页。

⑤ （汉）毛亨传，（汉）郑玄笺，（唐）孔颖达疏，（唐）陆德明音释，朱杰人、李慧玲整理：《毛诗注疏》，第1894页。

⑥ （汉）毛亨传，（汉）郑玄笺，（唐）孔颖达疏，（唐）陆德明音释，朱杰人、李慧玲整理：《毛诗注疏》，第1929页。

⑦ （汉）毛亨传，（汉）郑玄笺，（唐）孔颖达疏，（唐）陆德明音释，朱杰人、李慧玲整理：《毛诗注疏》，第1950页。

颂诗从不同角度刻画助祭者的与祭过程。“《有客》写客人骑着白马莅临，助祭观礼；《清庙》写助祭者骏奔走在庙。”[①] 助祭者的存在情态与精神面貌成为诗人描写的重点。《雍》云：“有来雍雍，至止肃肃。相维辟公，天子穆穆。”《郑笺》把“雍雍”解作“和”，把“肃肃”解作“敬”。[②] 朱注云：“言诸侯之来，皆和且敬，以助我之祭事，而天子有穆穆之容也。”[③] 以“肃”“雍”形容助祭者，亦见于《清庙》所言“於穆清庙，肃雍显相”。可见，“敬”与“和”是与祭者最具代表性的存在情态。

值得注意的是，“肃雍”不仅用于形容助祭者的精神面貌，还用于形容宗庙之乐音。《有瞽》曰：“喤喤厥声，肃雍和鸣，先祖是听。”“肃雍和鸣，先祖是听”被《礼记·乐记》所引，句下郑注曰：“言古乐敬且和，故无事而不用。”[④] 程、蒋注本将“肃雍”解作“乐声肃穆和顺”[⑤]。对宗庙乐音之特质的描写，也见于《孔子诗论》第八章：“颂，平德也，多言后，其乐安而迟，其歌绅而葛，其思深而远，至矣！”[⑥] 肃穆和顺的乐音充满了整个仪式空间，使祭仪的整体氛围更显庄重神圣。可见，“肃穆”一词并不限于对乐音的描述，而是泛指祭仪的整体氛围。

进一步来说，祭祀仪式有赖于但却不拘囿于物理空间，而是能在这有形有限的物理空间中敞开无限的意义空间与精神世界。而从物理空间向意义空间的过渡，与祭仪环节的设置息息相关。祭仪的每一环节并非凭空而设，而是蕴含丰富的意义指向。具体来说，“铺

---

① 李辉：《仪式歌唱情境下〈诗经〉赋、比、兴的兴起与诗乐功能》，第 45 页。

② （汉）毛亨传，（汉）郑玄笺，（唐）孔颖达疏，（唐）陆德明音释，朱杰人、李慧玲整理：《毛诗注疏》，第 1964 页。

③ （宋）朱熹集撰，赵长征点校：《诗集传》，第 349 页。

④ （汉）郑玄注，（唐）孔颖达正义，吕友仁整理：《礼记正义》，第 1528 页。

⑤ 程俊英、蒋见元：《诗经注析》，第 962 页。

⑥ 李学勤：《上海博物馆藏竹书〈诗论〉分章释文》，转引自刘信芳《孔子诗论述学》，第 280 页。

筵设同几”，“诏祝于室，而出于祊”①，以此见交神明有道；君不亲至庙外迎尸，而是“受屈庙中，以臣、子自处”②，以此见君臣有义；按祭之常法，王父之尸应由王父之孙担当。其父为尽孝心，“北面而事子行之尸”，以此见父子有亲；行酳尸之礼时，按照卿、大夫、士及群有司的顺序献酒，“尊者先献之，卑者后献之”③，以此见尊卑有等；祭祀时，“群昭穆咸在”，“父南面，子北面，亲者近，疏者远”④，各有次序，不失伦类，以此见亲疏有杀；一献之后，君封爵施赏于有德、有功之臣。卿、大夫“既受策书，归还而释奠于家庙，告以受君之命”⑤，以此见爵赏有施；夫妇交相致爵之时，不能执对方已执之处。主人受主妇之酢，必更换其爵，以此见夫妇有别；凡助祭者，人君必赐之俎，以示恩惠。贵者不恃贵而多得，贱者不因位卑而不得，以此见政事之均；祭祀旅酬时，昭列与穆列各自相旅，“尊者在前，卑者在后。若同班列，则长者在前，少者在后”⑥，以此见长幼有序。

综上所言，祭祀的仪式空间凝结了伦常关系的精微与和美。所行仪则无不包孕着人伦日用应尽之理。伴随着践行仪则的过程，仪则所蕴之意义指向逐渐内化至与祭者的观念结构深处，长此以往，潜移默化，实现了与祭执事之人由内到外的净化与更新。职是之故，在颂诗语境中，“肃雍”一词，既用于形容宗庙之乐与祭祀的整体氛围（物之情），又用以指称祭祀者的存在情态与精神面貌（人之情）。这暗示出，仪式空间“肃雍”的整体氛围可使人涤其旧染，澡雪精神，塑造其肃雍和顺的生存情态与精神面貌。

---

① （汉）郑玄注，（唐）孔颖达正义，吕友仁整理：《礼记正义》，第1879页。
② （汉）郑玄注，（唐）孔颖达正义，吕友仁整理：《礼记正义》，第1881页。
③ （清）孙希旦撰，沈啸寰、王星贤点校：《礼记集解》，第1245页。
④ （汉）郑玄注，（唐）孔颖达正义，吕友仁整理：《礼记正义》，第1883页。
⑤ （汉）郑玄注，（唐）孔颖达正义，吕友仁整理：《礼记正义》，第1884页。
⑥ （汉）郑玄注，（唐）孔颖达正义，吕友仁整理：《礼记正义》，第1887页。

（二）祭，“教之本”

承上节所论，祭仪所创辟的意义空间对人的生存情态与精神面貌具有塑造作用。据此，祭富有广义上的教化意涵。在《孔子家语·哀公问政》中，“祭”被称为“教之至”[①]。与之相类，《礼记·祭统》将“祭”尊为“教之本”[②]，并分疏出“外教”与“内教”两个维度。二者针对的祭祀对象有所不同，所谓“外教，谓郊天。内教，谓孝于亲，祭宗庙”[③]。

耐人寻味的是，作为“外教”的郊天仪式与作为“内教”的祭宗庙仪式，与二者相关的祭祀乐歌恰好构成祭祀诗的主要部分。《诗》如此收录并非随意为之，而是有其根本的意义指向。这意味着，祭祀诗不单纯是在经验事实层面记录与叙述祭祀活动，而是以“郊天”与“祭宗庙”分别统领了“外教”与“内教”。需要注意的是，尽管因祭祀对象的不同区分出了“外教”与“内教”，但这并不意味着二者是从不同的基点延伸开来的独立支线。前文已述，作为神祇的先祖因与天合德，故可配天而祭。这表明，神人关系的成立，其根本依据仍在于天。处理神人关系的“内教”，实则可归本于处理天人关系的“外教”。

1. 敬：致敬于超越性存在

上节论及，“肃雍”的仪式空间对祭祀者的存在情态起到了塑造作用，使其呈现出“肃雍”的精神面貌。因此，祭具有广义上的教化意涵。至此须追问，“肃雍”的精神面貌，如何从“肃雍”的仪式空间中生发？朱子释“肃”为“敬”，释“雍”为“和”。[④] 程、

---

① 《孔子家语·哀公问政》载孔子之言曰：“合鬼与神而享之，教之至也。”“合鬼与神而享之”之所以为“教之至”，其原因在于“教民反古复始，不敢忘其所由生也”，“是以致其敬，发其情，竭力从事，不敢不自尽也。此之谓大教”。（清）陈士珂辑，崔涛点校：《孔子家语疏证》，第131—132页。

② 参见（汉）郑玄注，（唐）孔颖达正义，吕友仁整理《礼记正义》，第1878页。

③ （汉）郑玄注，（唐）孔颖达正义，吕友仁整理：《礼记正义》，第1878页。

④ 参见（宋）朱熹集撰，赵长征点校《诗集传》，第338页。

蒋注本亦云："肃肃，严肃恭敬貌。雍雍，和睦貌。"[①]《礼记·乐记》将"肃"（敬）与"雍"（和）的逻辑关联表述为"敬以和"[②]。此表述暗示出，"敬"进一步构成"和"的前提。因此先须探究，在祭祀仪式中，"敬"如何得以可能？

据通常理解，"敬"并非发生于平辈之间，也不是上对下的相处方式，而是下之待上的关系样态，即下"敬"上。然须注意，《诗》所论之"敬"，首先着眼的并不是人际关系层面的下敬上，而是特指人对超越性存在（天与作为神祇的先祖）的"敬"：

> 《周颂·敬之》云："敬之敬之，天维显思，命不易哉！"
>
> 《周颂·闵予小子》云："念兹皇祖，陟降庭止。维予小子，夙夜敬止。"

据引文所示，人们所敬者在于天以及作为神祇的先祖。《国语·周语下》曰："言敬必及天。"唐君毅先生将此申明为："言敬必及天，即以敬为对天之道。"[③] 然须留意，昔人语境并非只是单向度地强调天之至上权威。并不是说，因天具有绝对的权威，故而人须匍匐叩首，示之以敬。《礼记·祭义》"天下之礼，致反始也"句下《孔疏》曰"人始于天"，由此可知，祭天的过程相当于"反报初始"[④]。此处所谓"始"并非时间意义上的起始，而是作为根据之始。"人始于天"的提法表明，在生存结构处，天与人实则构成一体的关系。

---

① 程俊英、蒋见元：《诗经注析》，第965页。

② （汉）郑玄注，（唐）孔颖达正义，吕友仁整理：《礼记正义》，第1528页。

③ 唐君毅：《导论下：孔子所承中国人文之道》，载《中国哲学原论·原道篇》，第40页。

④ 《礼记·祭义》："天下之礼，致反始也，致鬼神也……致反始，以厚其本也。致鬼神，以尊上也。"对此，郑注曰："至于反始，谓报天之属也。至于鬼神，谓祭宗庙之属也。"《孔疏》曰："言礼之至极，于天反报初始。言人始于天，反而报之。言礼之至极，至于鬼神。谓祭宗庙之等。"（汉）郑玄注，（唐）孔颖达正义，吕友仁整理：《礼记正义》，第1831页。

更为重要的是，昔人洞悉，人在生存结构上具有无法弥合的有限性。无论是在个体层面，还是在作为整体的人类文明层面，都并非自在自为，而是必须在超越的领域寻求理解自身的根据，即对于自己为何存在以及自身的存在具有何种意义，须仰仗在自身之上的超越者来赋予。

祭重在“返始”，其效验在于“厚其本”。这表明，祭祀活动一再提醒世人这样一个容易被遗忘的事实——此事实被繁盛的物质文明日益掩盖——那便是，肉身之有死与存在之有限是在世生存的本相。祭祀一再突显人之有限，进而认为，吾人应回溯至存在的源头与根据处（“人之始”），看到超越之天与有限之人在生存结构层面的紧密关联。

据此可以理解，何以昔人将“祭”视为“教之本”。“本”字表明，祭之为教，实则揭示出“教”最为根本且最具奠基性地位的意义面向，即对人之有限的强调，以及对天（作为“人之始”）与人在生存结构层面的紧密关联的强调。对人之有限的认识，必然会萌生内在动力，使人复归于与超越之天的密切关联。此之为“报本反始”的生存行动。这意味着，在昔人看来，对自身有限性的认识，是人类自我理解的最为重要的环节。这构成“教”的前提与基础，也是“教”最为根本的意义面向。

据此推知，“敬”能从祭祀的仪式空间中生发而出，正在于“敬”以人对自身有限性的承认为其前提。承认自身具有生存结构层面的缺陷，即人并不是自在自为的，这自然会导向承认存在一个在己之上的绝对者。并且，人必须从作为绝对者的超越性存在中获得对自身的规定。职是之故，在颂诗中，“敬”首先表现为有限之人对超越性存在的“敬”，而不是共同体内部在下位者对在上位者之“敬”。其次，“敬”的上述面向并非彼此割裂，而是可从致敬于天、致敬于鬼神推扩至致敬于人。唐君毅指出：“赞颂鬼神之诗乐，初与祭礼俱行。主祭者为宗子国君，而与祭者则依其亲疏尊卑之序，以就列而成礼。于是礼初为人之致敬于鬼神者，亦皆渐转而为致敬于人者。”① 这表明，“致敬于人”，乃是对“致敬于天”“致敬于鬼神”的仿效与衍生。从广义上讲，不独“致敬于人”如此，泛论伦常日用中与“敬”相关的一切行为，如孔子所言“敬事而信”、程子所言“吾作字甚敬”等，无不以有限之人致敬于超越性存在为其根基。

2. “敬以和”如何可能？

那么，从“敬”如何过渡到“和”？“敬以和”如何得以可能？

不论身处高位还是低位，上至天子，下至公卿诸侯及普通的与祭执事之人，在祭仪所营造的意义空间中，都共同面对着超越性存在——天与作为神祇的先祖。在天人、神人这两种具有绝对意味的上下之分的映照下，共同体内部的尊卑上下之分在一定程度上被弥合了。哪怕尊贵如天子，在天与作为神祇的先祖面前，仍旧只是一个有限者、一个有死的个体，都需要在超越性存在处寻找理解自身的根据。这意味着，共同体的每一成员在祭祀的意义空间中其实拥有着共同的身份，即从超越性存在处领受安身立命之本的有限之人。这使君臣、君民“同其情”得以可能。

庄重肃穆的乐音回荡着。自天子至士人，无不齐明盛服，按照应尽之职参与祭祀，向同一对象表达心中的敬意。《中庸》云：“洋洋乎！如在其上，如在其左右。”与祭执事之人身份各异，但此时都身处同一集体，共同致敬于天，致敬于鬼神。开向超越的仪式空间弱化了彼此身份与地位的差异，甚至可以说，不同身份角色间的隔阂向一种强烈的统一性让步了。这种统一性启导着人们“报本返始”，并在此过程中获得了一致的身份认同。

在祭祀的仪式空间中，敬天与敬先祖并不是个体性的行动，而是发生在群体层面。这表明，祭祀的圆满完成有赖于群体成员的协作。祭仪不断重复，使如下观念不断被强化：致敬于天，致敬于鬼

① 唐君毅：《导论下：孔子所承中国人文之道》，载《中国哲学原论·原道篇》，第40页。

神，乃是一个集体的使命，并且，唯有在全体成员如手足腹心般通力配合之时才能实现。每一成员在此过程中都同样重要。进一步来说，这个集体不是由单一的身份角色构成，而是涵容着身份的多元性。《孟子·滕文公上》云："夫物之不齐，物之情也。"角色、身份与地位的不齐，也是社会人情之常态。仪式空间对此"不齐"予以了充分的尊重。祭祀的顺利开展，其前提在于，与祭者虽意识到彼此身份的差异，但仍能互相配合，齐心协作。由此，仪式空间无形中传递出"和而不同"的精神理念，使人看到，在文明共同体内部，个体的身份地位虽有差异，但彼此间密不可分，并且能和谐共处。

综上所言，"肃雍"（"敬"与"和"）乃是建基于人对自身有限性的认识与承认。祭祀活动之所以能对人的精神面貌具有塑造作用，使"肃雍"成为祭祀者存在情态中最为根本的面向，恰恰在于祭仪凸显出有限之人在生存结构层面不可弥合的缺陷，进而将有限之人导向与超越之天的紧密关联。就此而言，"祭"富有广义上的教化意涵，且被视为"教之本"。

（三）圣与俗①

行文至此，不难发现，颂诗"肃雍"的祭祀氛围，与变《风》、变《雅》中的世俗百态形成了巨大反差。后者充斥着不敬不和的悖乱之事，不禁让读者诧异，对比如此鲜明的两极竟会出现在同一部书中?！在世生存深重的黑暗与苦难，竟能与光明圣洁的颂声德容共存，这似乎总显得不那么协调。若基于非此即彼的视角，要么会加重对现实人生的否定与拒斥，萌生对于出世的强烈渴望，要么会以世俗生活的卑污丑陋为由，消解神圣秩序的真实性，并对超越之天报以嘲讽。与此相比，较为冷静的态度或许源于神圣归神圣、世俗归世俗的二元化视角，认为仪式空间"肃雍"的精神氛围与庸碌烦

① 需要说明的是，此处所谓"俗"，并非前文语境中的"风俗"之意，而是意指"世俗"。

扰的世俗生活彼此独立，互不相涉。

值得追问的是，《诗》把这两部分内容放在一起，是否只是为了彰显二者此消彼长的对立态势，抑或在二元视角中使其截然两分，各安其位？简言之，圣与俗在《诗》中是否彼此独立？

1. 圣—俗二分的视角及其问题

李辉发现，《颂》的部分诗篇“与献神的颂赞之词相差甚远”[①]，不再直接颂扬祖先的功德，而是“具有明显的人间生活气息”[②]。他以《载芟》为例，指出此诗虽为“尝新礼上的祭祖诗，但却从春耕写起，写主伯亚旅等王公大臣们的亲耕，写农夫农妇们的劳作、馌食，写百谷从播种、耕耘、苗秀、结实到收获的全过程，最后‘为酒为醴，烝畀祖妣，以洽百礼’，才点出诗歌的仪式主题……颂赞、祈祷神灵的主旨反而变得稀薄，人们转而关注当下在场的仪式内容和人世秩序”[③]。

很明显，相比起《清庙》《昊天有成命》等更为“纯粹”的祭祀诗，《载芟》对农事生产的描写以及对人世秩序的关注，使其在颂诗中显得不那么纯正。尽管如此，此诗至少在末尾点出了祭祀仪式。相比之下，《周颂·臣工》只字未提祭祀，故而方玉润用“无祭事”一语评点此诗。[④] 陈子展也指出，“（《臣工》）诗里不曾说及宗庙祭祀”[⑤]，乃是“王者春省耕（视察耕种）之诗”[⑥]。

既然《颂》的关注点在于天人、神人关系，而二者又与宗庙祭祀乐歌直接相关，那么，《载芟》《臣工》等“具有明显的人间生活气息”的农事诗，为何会被归入颂诗之列？对此，学者殊为不解。

---

① 李辉：《仪式歌唱情境下〈诗经〉赋、比、兴的兴起与诗乐功能》，第46页。
② 李辉：《仪式歌唱情境下〈诗经〉赋、比、兴的兴起与诗乐功能》，第46页。
③ 李辉：《仪式歌唱情境下〈诗经〉赋、比、兴的兴起与诗乐功能》，第46页。
④ 参见（清）方玉润撰，李先耕点校《诗经原始》，第596页。
⑤ 陈子展撰述：《诗三百解题》，复旦大学出版社2001年版，第1146页。
⑥ 陈子展撰述：《诗三百解题》，第1145页。

郝敬曾追问："戒农官何与于《颂》？"① 接着，郝氏提出了一种解释，试图说明农事诗置于《颂》中的合理性，即"诸侯守土，民事为先。祭归而申饬王章，稼穑其首务也。周先王力农开国，故告于庙，以祖德训之，所以为《颂》"②。与郝敬的立场颇为不同，朱子提出，应重新界定《思文》《臣工》《噫嘻》《丰年》《载芟》等诗的归属："或疑《思文》《臣工》《噫嘻》《丰年》《载芟》《良耜》等篇，即所谓《豳颂》者。其详见于《豳风》及《大田》篇之末。"③ 何楷将其表述为"朱子以为六戒农官之辞，则此诗宜在《雅》，不在《颂》"④。由此可见，朱子也认为祭祀诗与非祭祀诗应各归其所，各安其位。

诚然，就其文辞内容而言，《臣工》《载芟》等诗并非直接与天人、神人关系相关。这些诗并非应用于祭祀仪式的祝嘏辞，其中也并未出现呼神而歌、颂赞神灵的内容，同时也未涉及对祭祀过程的描写，然吾人可否遽下定论，认为这些"具有明显的人间生活气息"的诗与天人、神人关系无关，因而将其从《颂》中剔除？此问题又可表述为，不直接与天人、神人关系相关，是否意味着与天人、神人关系全然无关？如果吾人在上述二者之间画上等号，那么，不独是"混迹"于《颂》中的农事诗，人间气息更为浓重的《风》《雅》二部更是会被看作与天人、神人关系无关？这样岂不是又回到了本节开篇所说的将神圣秩序与世俗生活相分离的二元立场？

2. 在世生存：有限之人的在世作为

实际上，揆诸《载芟》的内在脉络，播种耕耘等农事环节与祭祀仪式并非截然二分，而是形成了完美的接续。以此反观颂诗的布局谋篇——在与天人、神人关系直接相关的祭祀诗中夹杂着"关注

---

① （明）郝敬撰：《毛诗原解》，转引自陈子展撰述《诗三百解题》，第1146页。

② （明）郝敬撰：《毛诗原解》，转引自陈子展撰述《诗三百解题》，第1146页。

③ （宋）朱熹集撰，赵长征点校：《诗集传》，第356页。

④ （明）何楷撰：《诗经世本古义》，转引自陈子展撰述《诗三百解题》，第1148页。

人间秩序”的农事诗——或许吾人不应将此安排视为编集雅化者的失误。毋宁说，《诗》正是以此布局打破圣—俗二分的思维窠臼。天人、神人关系并非宗庙祭祀乐歌的专属对象，其意义域所涵盖的范围也不限于祭祀仪式。实际上，天人、神人关系作为一切在世活动得以开展的基本框架，弥纶仪式之外广阔的生活世界，对群黎众庶具体而当下的在世生存产生着切实的影响。以《载芟》为例。天人、神人关系的根本框架为农事的各个环节赋予了意义。在诗人的观念中，并不存在一个与神圣秩序相脱离的日常世界，可谓寻常世界，常涵神圣。

进一步来说，超越圣—俗二分的既定视角，有助于深入理解祭祀诗与非祭祀诗、祭仪与仪式之外的生活世界的关系。实际上，仪式空间的神圣秩序不断向伦常日用领域延伸，并以一种独特的方式确保了日常生活世界的伦理秩序。《礼记·祭统》所言对理解此点颇有助益：

> 夫祭有十伦焉：见事鬼神之道焉，见君臣之义焉，见父子之伦焉，见贵贱之等焉，见亲疏之杀焉，见爵赏之施焉，见夫妇之别焉，见政事之均焉，见长幼之序焉，见上下之际焉。此之谓十伦。①

据引文所示，初看上去，与祭祀直接相关的是“事鬼神之道”。其余九伦（“君臣之义”“父子之伦”“贵贱之等”“亲疏之杀”“爵赏之施”“夫妇之别”“政事之均”“长幼之序”“上下之际”），涵盖了人伦日用的诸多关系维度，均属于现实世界的伦常秩序，是昔人对整体性生活世界所怀抱的美好愿景。耐人寻味的是，《祭统》并不是把“事鬼神之道”与其余九伦视为彼此孤立的两个部分，而是着眼于阐发二者间的一贯脉络，即其余九伦都建基于“事鬼神之道”，并

① （汉）郑玄注，（唐）孔颖达正义，吕友仁整理：《礼记正义》，第1879页。

从中内在地生发出来。

如前所述，祭祀以“事鬼神之道”为中心，凸显出人以及作为类存在的人类群体生存结构层面的根本局限，强调作为“人之始”的超越之天与有限之人在生存结构层面的紧密关联。需要注意的是，祭祀活动虽以明其有限性为出发点来立教，但究其用心，却并非让人止步于有限性的层面而无所作为。《祭统》所述“祭有十伦”，其中与伦常日用相关的多达九伦。以此九伦为基点，共同体整全性的生活世界得以徐徐展开。这表明，祭祀活动与世俗生活并非截然二分，而是作为二而一的整体，具有一以贯之的内在关联。人的在世生存，同样处于祭祀活动关切的大范围内。

进一步来说，在《祭统》中，凸显人之有限的“事鬼神之道”被视为逻辑起点，从中生长出“君臣之义”“父子之伦”“夫妇之别”等伦常秩序，后者保证了在世活动的有序进行。这意味着，对古人来说，承认人之有限与开展人的在世作为，二者并非处于此消彼长的紧张关系。也就是说，人的在世作为，并不是通过回避甚至否定人之有限、张扬人的主体性而实现。恰恰相反，昔人看到，应以对有限性的承认为前提去生存，去建立在世的一切伦常关系与伦理秩序，并在这复杂的关系网络中开展在世活动。人之有限，并不构成对其在世作为的否认与消解，甚至可以说，唯有承认其有限性，人才能更好地去存在、去作为。人的在世活动与作为，始终是渗透着有限性的种种作为。对有限性的承认，意味着人的在世作为始终向超越之天敞开，由此生发出天人之间的持续互动。此种互动渗入在世生存的全过程，而非局限于祭祀的仪式空间内部。

据此而论，世俗气息浓重的《风》《雅》二部，与看似远离人间烟火的颂诗并非悬隔二分，而是在整全性的生活世界中融贯为一。天人、神人关系作为宇宙万事得以开展的根本框架，对人类社会的在世秩序进行着深度的规定。进一步来说，超越之天与有限之人在生存结构层面的密切联结，是《风》《雅》所述人事之变与世间百态的前提。在《诗》的观念世界中，此点还迂回婉曲地透过“夙夜”一词的用法得以体现。

3. 以“夙夜”言敬：从祭祀之敬到人事之敬

“夙夜”一词不独习见于《诗》，还多出现于金文、《尚书》《论语》《国语》《仪礼》《逸周书》等典籍文献。“夙夜”字面义指“早晚”或“早起夜寐”，“看似文意显豁，其实内涵隐藏很深”①。姚小鸥指出，“夙夜”一词其实属于王国维所言《诗》之“成语”：“古人颇用成语，其成语之意义与其中单语分别之意义又不同。”②因此，“夙夜”一词不能循其字面义平平读过，并非“夙”之为“早”与“夜”之为“晚”的组合而已，“‘夙夜’的核心是言其‘敬’”③。家井真考诸金文、《尚书》《论语》《国语》《仪礼》《逸周书》中的相关语例，其所言“夙夜”多用作“踧踖”的假借字，作“恭敬”“谨慎”“诚惶诚恐”之意使用。④ 家井真指出，“夙夜”假借为“踧踖”的情况，在《诗》中也大量存在。尽管姚小鸥与家井真的论说进路有所不同，但二人均认为，《诗》中“夙夜”一词含有“敬”意，而不应仅按照其字面义作解。此论与古注所言颇为一致。《召南·采蘩》“被之僮僮，夙夜在公”一句之《毛传》曰：“僮僮，竦敬也。夙，早也。”《郑笺》云：“公，事也。早夜在事，谓视濯溉饎爨之事。”⑤ 在解释“夙夜”时，毛、郑虽以时间早晚为切入点，但二人的落脚点均在于，从“早夜在事”观见与祭者委致其身，不肯有一丝懈怠，由此见其敬意。

进一步来说，“夙夜”一词所寓之敬意，可细分为不同的面向，其所敬者既有祭祀之事（如上文所引《召南·采蘩》“被之僮僮，

---

① 姚小鸥：《诗经三颂与先秦礼乐文化》，第 191 页。

② 王国维：《与友人论〈诗〉〈书〉中成语书》，《观堂集林》卷一，载谢维扬、房鑫亮主编《王国维全集》第 8 卷，第 30 页。

③ 姚小鸥：《诗经三颂与先秦礼乐文化》，第 194 页。

④ 参见［日］家井真《〈诗经〉原意研究》，陆越译，第 278—293 页。

⑤ （汉）毛亨传，（汉）郑玄笺，（唐）孔颖达疏，（唐）陆德明音释，朱杰人、李慧玲整理：《毛诗注疏》，第 87 页。

夙夜在公”），又有伦常日用中的王政人事。有意思的是，后一情况，即以“夙夜”体现对王政人事之敬，在《诗》中所占比重居多，可谓遍及《风》《雅》《颂》三部：

《召南·小星》：“肃肃宵征，夙夜在公。寔命不同。”

《魏风·陟岵》：“父曰：‘嗟！予子行役，夙夜无已。’”“母曰：‘嗟！予季行役，夙夜无寐。’”“兄曰：‘嗟！予弟行役，夙夜必偕。’”

《小雅·雨无正》：“三事大夫，莫肯夙夜。”

《大雅·烝民》：“夙夜匪解，以事一人。”

《大雅·韩奕》：“夙夜匪解，虔共尔位。”

《周颂·昊天有成命》：“成王不敢康，夙夜基命宥密。”

据引文所示，在以“夙夜”一词体现对王政人事之敬时，所涉及的行动者范围甚广，小到役夫游子，大到出征将领、三事大夫、诸侯、天子等，均须敬其职事。至此，《诗》经由“夙夜”之敬，提示了一个重要线索：在《诗》的观念世界中，祭祀场合与世俗领域并非割裂二分。“敬”作为下之待上的关系样态（下敬上），其首要维度并非就人际关系而言，而是指人对超越性存在（天与作为神祇的先祖）的态度。有限之人致敬于天，致敬于神祇，这在祭祀场合得到了最为集中的表达，故而《礼记·表记》有言：“祭极敬。”《孔疏》云：“祭祀极尽于敬。”① 揆诸《诗》以“夙夜”所寓之敬意，既包含在祭祀场合敬其祀事，“斋戒以事鬼神”②，同时也强调须在人伦日用中敬己之职分。其或隐或显的脉络在于，须由在祭祀场合致敬于超越性存在，延伸至在伦常日用中致敬于人事。这喻示，“敬”的对象，不独限于天、地、神祇等超越性存在，亦不限于祭祀场合，

① （汉）郑玄注，（唐）孔颖达正义，吕友仁整理：《礼记正义》，第2055页。

② （汉）郑玄注，（唐）孔颖达正义，吕友仁整理：《礼记正义》，第2055页。

而须推扩至日用践履层面。无事不须用敬，无论职分是大是小，无论身份角色是庶民还是天子，都须敬己之职分，诚如《论语·学而》所言“敬事而信”。甚至可以说，在《诗》的观念世界中，“敬”应作为人所共有的基本生存态度：持敬以存于世，无时无刻不须用敬。这作为昔人诗化生存的重要面向久久地留存于《诗》中。

《诗》不乏直接言“敬”的篇章，如《小雅·雨无正》所言“凡百君子，各敬尔身”，《小雅·小宛》所言“各敬尔仪，天命不又”，《小雅·巷伯》所言“凡百君子，敬而听之”，《大雅·文王》所言“穆穆文王，於缉熙敬止”，《大雅·民劳》所言“敬慎威仪，以近有德”，《大雅·板》所言“敬天之怒，无敢戏豫。敬天之渝，无敢驰驱”，以及《周颂·闵予小子》所言“维予小子，夙夜敬止”。此外，《周颂·敬之》一诗还直接以“敬”命名。以上篇目对“敬”的直陈可视为直白显豁的表达，与之相较，《诗》以“夙夜”寄寓敬意，可谓一迂回婉曲的进路。《诗》凭借昔人“夙夜在公”“夙夜匪解”的诗化生存，持存了“敬”的种种感性显现。这既说明，对于“敬”的重视，实则贯穿于《风》《雅》《颂》之终始，又再次印证圣—俗二分的视角对《诗》而言并不适用。凡、圣须统而为一，而“敬”的生存情态可视为连通二者的枢纽。

二 “《诗》者，幽明之际者也”

如前所述，《周颂》相当一部分篇章是祭祀诗，从中可分析出两大意义面向。一方面，从内容上看，《诗》言说的是祭祀活动；另一方面，诗人对祭祀过程的描述以及祭仪所用的祝嘏辞采取的均为诗性言说，而非其他言说方式。马银琴指出：“《周颂》中有很多作品就是祝嘏辞本身，它没有记录这首诗的使用场合以及使用过程，只是献祭歌辞本身……这样的颂辞，都是直接呼神而歌的形式。”① 问

---

① 李辉、林甸甸、马银琴：《仪式与文本之间：论〈诗经〉的经典化及相关问题》，《温州大学学报》（社会科学版）2020 年第 1 期。

题在于，仅认清《周颂》多以祝嘏辞为其诗篇性质，并对此作一番描述性研究仍旧不够，还需追问，关于祭仪的呈现进路多种多样，为何不论是仪式过程的描述，还是应用于祭仪中的祝嘏辞，采用的均为诗性言说？若将其换作直陈式论说，其效验将有何不同？以《诗》言“祭”有何种独特意义，为其他言说方式所不及？

（一）通乎幽明，何以可能？

《孝经·士章》疏曰：“‘祭’者，际也，人神相接，故曰际也。”① 在“人神相接”的提法中，“相接”以承认神人之分为前提。因此，此处所谓“人神相接”，是以承认神人之分为基础来阐明神人关系的建立。显然，“人神相接”的过程，与人在现实生活中处理与他人、与万物的关系极为不同。后者发生在感官经验层面，而前者则超越了感官经验。古代文献多论及“人神相接”过程的独特性：

> 《中庸》云：“（鬼神）视之而弗见，听之而弗闻。”
>
> 《淮南子·泰族训》云：“夫鬼神视之无形，听之无声。”②
>
> 卫湜撰《礼记集说》引长乐刘氏之语云：“（鬼神）无形可得以瞻也，无声可得而听也。”③

以上诸说对超越性存在无形无相、无声无状的特性有着一致的肯认。神不可睹、不可闻，无法用感官经验把握。而人的一大有限性便在于，日常关系的建立很大程度上有赖于视听言动。而祭祀却要求我们“于无形之中视有所见，无声之中听有所闻”。因此，“与神明相

---

① （唐）李隆基注，（宋）邢昺疏，金良年整理：《孝经注疏》，第21页。

② 何宁撰：《淮南子集释》，第1378页。

③ 卫湜《礼记集说·祭义》“天下之礼，致反始也，致鬼神也，致义也，致让也”句下引长乐刘氏之语云：“二曰致鬼神者，天地有神，以司其化育也。宗庙有鬼，以基其治平也。然而无形可得以瞻也，无声可得而听也。”（宋）卫湜撰：《礼记集说》，载世界书局编辑部编《景印摛藻堂四库全书荟要·经部·礼类》第55册，台北：世界书局1988年版，第646页。

接”，对有限之人而言无疑是极大的挑战。从严格意义上讲（仅着眼于人的有限性这一角度），“与神明相接”是不可能的事。问题在于，个人以及作为类存在的人类群体在生存结构层面的根本缺陷，必然要求人从存在根源处寻求理解自身的根据。这便陷入了一个困境：人因其有限性必然导致其与超越性存在建立关系的强烈需求，但人又因有限性而难以建立这一关系。这似乎是个难解的悖论。

严陵方氏把“与神明交”阐释为“神人之道，幽明之际”①。按日常经验，“幽”与“明”是一组对立的概念。此点也体现在昔人对二者的训释之中。《尔雅》云：“幽，微也。”②《小尔雅·广诂》云：“幽，冥也。”③《说文》亦云：“幽，隐也。”④ 与此相对，《说文》把“明”训为“照”。⑤ 可见，“明”即非幽，反之亦然。若将二者与神人关系相对应，那么神为“幽”，人为“明”。初看上去，二者之间横亘着难以逾越的鸿沟。

而在船山“《诗》者，幽明之际者也”⑥ 的提法中，《诗》却成为联结神人、贯通幽明的枢纽。这有助于理解，船山缘何会作出“《诗》言际”⑦ 的断言。船山独以《诗》言“际”，而未提及其他进路，其不可忽视的一大原因，很可能在于其他言说方式难以具备通乎幽明的特质。此即是说，唯独《诗》能通“幽明之际”。船山

---

① 卫湜《礼记集说·祭义》“夫何慌惚之有乎”句下引严陵方氏云：“慌焉若无，惚焉若有，神人之道，幽明之际，以诚心交之，其状如此。”（宋）卫湜撰：《礼记集说》，载世界书局编辑部编《景印摛藻堂四库全书荟要·经部·礼类》第 55 册，第625 页。

② （晋）郭璞注，（宋）邢昺疏，王世伟整理：《尔雅注疏》，第 59 页。

③ （清）胡承珙撰，石云孙校点：《小尔雅义证》，第 18 页。

④ （汉）许慎撰，（宋）徐铉校定：《说文解字》，第 84 页。

⑤ 参见（汉）许慎撰，（宋）徐铉校定《说文解字》，第 141 页。

⑥ （明）王夫之撰：《诗经稗疏·诗广传》，第 485 页。

⑦ 此处所谓“际”，不仅包括“幽明之际”，还涵盖“寒暑之际”“治乱之际”等意义面向。对此，船山论曰：“《易》有变，《春秋》有时，《诗》有际。善言《诗》者，言其际也。寒暑之际，风以候之；治乱之际，《诗》以占之。”（明）王夫之撰：《诗经稗疏·诗广传》，第 458 页。

创造性地提出“幽其明”和“明其幽”的说法，具体表现为：“入幽而不惭，出明而不叛，幽其明而明不倚器，明其幽而幽不栖鬼，此《诗》与乐之无尽藏者也。”① 其实，《诗》“明其幽”的特质，早已被钟嵘揭示：“灵祇待之以致飨，幽微藉之以昭告，动天地，感鬼神，莫近于诗。”② 正因《诗》既能“入幽”，又能“出明”，以《诗》言祭，故能通乎幽明，使神人得以相接，即“神人之际既相谕矣，故放其慌惚有无之间。人可以与神交于幽，神可以与人交于明也”③。接下来的问题在于，《诗》“通乎幽明”何以可能？《周易·系辞上》“是故知幽明之故”句下注曰：“幽明者，有形无形之象。”④ 此文本论及两个重要概念，即“形”与“象”。若说有形与无形的区分，取决于某物是否有物质形体（故而可被人的感官所经验），那么“象”则实现了对此的超越。有形者可象，无形者亦可象。“象”既非有形，又非无形，既不像有形者那般可被人直接察知，又不像无形者那般完全无法与人建立关联，所谓“万事万物，当其自静而动，形迹未彰而象见矣。故道不可见，人求道而恍若有见者，皆其象也”⑤。据此而论，“象”成为幽明可以相通、神人得以相接的可能性进路。

那么，《诗》如何以“象”的方式通乎幽明？《诗大序》如此论《颂》：“颂者，美盛德之形容，以其成功，告于神明者也。”“形容”这一概念亦见于《周易·系辞上》：“圣人有以见天下之赜，而拟诸其形容，象其物宜，是故谓之象。”⑥《孔疏》将此释为：“赜谓幽深

---

① （明）王夫之撰：《诗经稗疏·诗广传》，第486页。

② （南朝梁）钟嵘著，陈延杰注：《诗品注》，第1页。

③ （宋）卫湜撰：《礼记集说》，载世界书局编辑部编《景印摛藻堂四库全书荟要·经部·礼类》第55册，第627页。

④ （魏）王弼、（晋）韩康伯注，（唐）孔颖达正义：《周易正义》，载《十三经注疏》整理委员会整理《十三经注疏》，第313页。

⑤ （清）章学诚撰，叶瑛校注：《文史通义校注》，第22页。

⑥ （魏）王弼、（晋）韩康伯注，（唐）孔颖达正义：《周易正义》，载《十三经注疏》整理委员会整理《十三经注疏》，第323页。

难见，圣人有其神妙，以能见天下深赜之至理也。以此深赜之理，拟度诸物形容也。"[①] 可见，幽深难见者（幽）如何得以显明（明），也是圣人面对的一大难题。而"拟诸其形容"则成为引幽入明、使微得显的进路，即"象"的方式。在"美盛德之形容"的提法中，"盛德"便是上述语境中的"幽深难见者"。"盛德"视而不可见，听而不可闻，而盛德之"形容"则介于有形与无形之间，是为"象"。在"美盛德之形容"的动态过程中，实现了"幽"与"明"、"微"与"显"的辩证统一，由此，"幽"得以"明"，"微"得以"显"。

需要注意的是，此处所言"盛德"指的并不是个人层面的私德，也不是人本主义语境下的"道德"概念。如前所述，颂诗中的圣王形象已不再作为有死的肉身和有限的个人而存在，同时也不仅仅是立下丰功伟绩的典范人物（这仍旧处于人的层面）。圣王已被"诗—兴"思维和诗性言说提纯为洁净精微之象，作为与天相配的神祇出现在《颂》中。据此而论，此处所谓"盛德"，意指鬼神之盛德，强调祖先作为"德以配天"之神祇的维度。"盛德"之所以为"盛"，其根据在于德可配天。常森指出，"美盛德之形容"的诠释史曾出现如此转向："《颂》何以称为'颂'，孔子、子夏、郑玄等学者的解释，重点均在于美盛德，而后人的理解，重点则在于'舞容'。"[②] 不仅如此，哪怕以"美盛德"作为解释的重点，《诗经》诠释史也存在从人本主义的立场来论"盛德"的现象。郑玄认为，"盛德"意指"天子之德"："颂之言容。天子之德，光被四表，格于上下，无不覆焘，无不持载，此之谓容。于是和乐兴焉，颂声乃作。"[③] 然揆诸颂诗语境，所美者是作为神祇的先祖所具之德，强

---

① （魏）王弼、（晋）韩康伯注，（唐）孔颖达正义：《周易正义》，载《十三经注疏》整理委员会整理《十三经注疏》，第 323 页。

② 常森：《〈诗经〉学误读二题》，载《简帛〈诗论〉〈五行〉疏证》，第 296 页。

③ （汉）毛亨传，（汉）郑玄笺，（唐）孔颖达疏，（唐）陆德明音释，朱杰人、李慧玲整理：《毛诗注疏》，第 1872 页。

调德以配天的意义指向，而非现实层面某一统治者之德。将“盛德”解释为统治者之德，其结果在于，遮蔽了“美盛德之形容”一语潜在的天人关系的思想背景。

实际上，“美盛德之形容”所关涉的根本问题在于，既然鬼神之“盛德”幽深难见，那么对其的理解是否可能以及如何可能？“美盛德之形容”可谓《诗》对此问题的回应。《诗》对“幽”与“明”、“微”与“显”的张力有着高度的关切，思考的是如何“明”其“幽”、如何“显”其“微”。可见，“盛德”与“形容”两个概念缺一不可。若一味强调“盛德”而轻忽了“形容”，那么，“美盛德之形容”所揭示的“幽”与“明”的张力将被遮蔽，与此同时，以“形容”来“明”其“幽”、“显”其“微”的内在脉络也将被破坏。

（二）“兼费隐”：《诗》“美盛德之形容”

下一个问题是，《诗》通过何种方式“美盛德之形容”？若说有形者视之可见，听之可闻，无形者视之不可见，听之不可闻，那么，与此相比，无形者之“象”，则视之不可见而又“可见”，听之不可闻而又“可闻”。这种超越日常经验的提法见于《诗广传》中：“耳所不闻，有闻者焉；目所不见，有见者焉。闻之，如耳闻之；见之，如目见之矣。”① “如”字明示出前后二者的根本差异，即“目所不见”之“有见者”与“目见”是两码事。同样，“耳所不闻”之“有闻者”，也有别于真正意义上的“耳闻”。船山进一步申明了此观点：“我是以知为此诗者之果有以见之，果有以闻之也；我是以知见之也不以目，闻之也不以耳也；我是以知无声而有其可闻，无色而有其可见，不聆而固闻之，不睬而固见之也。”② 将船山前后两语对参，“耳所不闻”之“有闻者”，乃是“闻之也不以耳”；“目所不见”之“有见者”，乃是“见之也不以目”。有学者将此过程归结为

---

① （明）王夫之撰：《诗经稗疏・诗广传》，第437页。

② （明）王夫之撰：《诗经稗疏・诗广传》，第437页。

诗人凭借特异功能对“盛德”的神秘体验：“诗人非常人，他们有着特异功能，耳能闻无声之声，目能见无色之色，能使‘幽’者显。”① 如此一来，“美盛德之形容”的过程，乃是诉诸诗人对“盛德”的直接体验。

但若结合《中庸》第十六章的内在脉络，不难发现，“鬼神之盛德”由幽入明、从微入显，并非诗人的直观体验所致。《中庸》云：“鬼神之为德，其盛矣乎！视之而弗见，听之而弗闻，体物而不可遗。”此章用“盛”来称赞“鬼神之德”，接着解释了“鬼神之德”之所以称为“盛”，其原因在于“视之而弗见，听之而弗闻，体物而不可遗”。鬼神之德“视之而弗见，听之而弗闻”，这并不难理解。上文已述，鬼神无形无状，属于“幽”者，自然无法被人的感官所察知。

耐人寻味的是，《中庸》笔锋一转，从论述鬼神之德“视之而弗见，听之而弗闻”，过渡至论述“体物而不可遗”。初看上去，前后二者似乎不相连属。从超验的鬼神层面顷刻转至世间万物。对此，朱子的解释是：“鬼神无形与声，然物之终始，莫非阴阳合散之所为，是其为物之体，而物所不能遗也。”② 这意味着，鬼神之德全方位地渗入芸芸众生的在世过程，弥纶整体性生活世界的方方面面，近自“夫妇之愚，可以与知焉”③ 的居室日用之事，“远而至于圣人天地之所不能尽”④。《中庸》第十六章用“洋洋乎”申明此点。朱注云：“洋洋，流动充满之意。”⑤ 这再次强调，鬼神之德无所不在，充塞宇内，发育万物。

“视之而弗见，听之而弗闻”，阐释的是盛德之“幽”的面向，

① 纳秀艳：《王夫之〈诗经〉学研究》，中国社会科学出版社 2016 年版，第 164 页。

② （宋）朱熹撰：《四书章句集注》，第 25 页。

③ （宋）朱熹撰：《四书章句集注》，第 22 页。

④ （宋）朱熹撰：《四书章句集注》，第 22 页。

⑤ （宋）朱熹撰：《四书章句集注》，第 25 页。

所谓“不见不闻，隐也”①；“体物而不可遗”，阐释的是盛德之“明”的面向，所谓“体物如在，则亦费矣”②。正因鬼神之德“兼费隐，包大小”，故为“盛”。在这里，“幽”与“明”、“隐”与“费”并不是非此即彼的对立关系，而是二而一的统一体，此之为“鬼神之情状”。由此可见，鬼神之德与物共在，其存在情态自身便具有“微之显”的特质。这表明，鬼神之盛德从“幽”到“明”的过程，并非诗人凭借某种直接性的神秘体验所实现，而是鬼神之情态本身具备“幽其明”的可能。

鉴于鬼神之盛德“兼费隐”，且“费”与“隐”在其意义结构中形成了有差异的同一关系，故而《诗》“美盛德之形容”的动态过程，便不是对鬼神之德（隐的层面）的直接照察，而是必然以“用之广也”（费的层面）为中介。也就是说，《颂》之所以能“美盛德之形容”，并非端赖诗人的神秘体验或直接觉知，而是必然以“体物”为中介，需要诗人扎根于整体性的生活世界，拥抱弥纶于两间的芸芸众生，“仰则观象于天，俯则观法于地，观鸟兽之文，与地之宜，近取诸身，远取诸物”。凡此均构成诗人“拟诸”鬼神盛德之“形容”的必要进路。

据此可进一步思考，缘何在以“美盛德之形容”为主旨的《颂》中，会出现与鬼神之德并无质直关系、反而“具有明显的人间生活气息”的农事诗。由此或可推断，春种秋收整个过程的人情物态，恰恰是鬼神之盛德流动充满、体物而不可遗的效验。诗人在具体而当下的农事劳作中体物、观物并取象，以此拟诸鬼神盛德之形容。哪怕是与鬼神之德直接相关的祭祀诗，其实也以较多篇幅描摹仪式氛围、人物威仪及祭品物态，体现出祭品的齐备、礼器的整饬、乐音的和美以及与祭执事之人的庄重肃穆。以《周颂·清庙》为例。除首句“於穆清庙”与文王之庙直接相关，该诗的其余部分

① （宋）朱熹撰：《四书章句集注》，第25页。
② （宋）朱熹撰：《四书章句集注》，第25页。

均以人情物态为中介间接地呈现文王之德。对此，胡一桂评曰："此诗只第一句说文王之庙，余皆就祀文王者身上说。虽未尝明颂文王之德，自有隐然见于辞意之表者。何则？文王往矣，今助祭之公侯执事之人所对越者，已不见其有显然之迹；所奔走者，亦不见其有可承之实。而人心之敬恭严事者无厌射乃如此。于此可以见盛德至善，沦肌浃髓，没世自有不能忘者矣。"[①] 与此相比，方玉润则从写作技法的角度评价《清庙》一诗，认为正面描写难尽其意，故而转从"祀文王者"入手，间接彰显文王之德："愚谓此正善于形容文王之德也，使从正面描写，虽千言万语何能穷尽？文章虚实之妙，不于此可悟哉？"[②]

实际上，对于缘何以祭祀者为中介来呈现文王之德，《清庙》末句作了回应——"不显不承，无射于人斯"。朱注云："而其执事之人，又无不执行文王之德，既对越其在天之神，而又骏奔走其在庙之主。如此则是文王之德岂不显乎？岂不承乎？信乎其无有厌斁于人也。"[③] 可知，文王之德虽不可见、不可闻，但"体物而不可遗"，乃是以人情物态为中介而显明。奔走在庙的祭祀者作为诗人所取之象，可用以"拟诸"文王盛德之形容。据此而论，文王之德并不是与我们相对的某一对象，而是作为规定人情物态，乃至整体性生活世界的内在环节而存在，并通过成为万物内在环节的方式体物不遗，与物同在。

从广义上看，不独《颂》中的祭祀诗与农事诗，《风》《雅》二部所呈露的芸芸众生与世间百态，看似虽与鬼神之盛德无甚关联，但实质上何尝不能视为鬼神之盛德的彰显。既然鬼神之盛德体物不遗、与物同在，那么其作用范围就不限于与宗庙祭仪相关的场合，而是包举宇内，遍布整个生活世界。这意味着，诗人须深入大千世界，"尽人情物态之微"，以"赋""比""兴"的诗性言说"启一

① 转引自（清）方玉润撰，李先耕点校《诗经原始》，第576—577页。

② （清）方玉润撰，李先耕点校：《诗经原始》，第577页。

③ （宋）朱熹集撰，赵长征点校：《诗集传》，第338页。

举体”，从有限的人情物态中“拟诸”鬼神盛德之形容。这再次印证，祭仪神圣的意义空间与庸碌的世俗百态的二分，在《诗》中并不存在。毋宁说，“凡”与“圣”统而为一的过程，通过《诗》由近及远、由人而天的整体性意义结构而实现。在此“即凡而圣”的整体性世界图景中，天人、神人关系并非诉诸诗人的神秘体验而建立。此即是说，《诗》呈露的天人、神人关系并不是直接性的天人合一与神人冥契。昔人诗化生存中的超越性面向也并非以隔绝人世、拒斥凡尘的方式显现。诚然，齐庄中正的祭祀场合，可谓昔人处理天人、神人关系的重要场域。但从广义上看，天与作为神祇的先祖的“在场”，不独限于祭祀仪式内部，而是“日监在兹”，遍照昔人整体性的生活世界，迂回婉曲地渗入其在世生存的方方面面，构成人与自我、与他人、与万物、与历史文化等关系维度的底幕。从大处来说，天人、神人之际寓于共同体的古今之变中，通过文明进程的兴衰更迭得以历史地展现，从细处来说，鬼神之盛德体物不遗，与物同在，乃是寓于具体而当下的人情物态之中，并未脱离群黎众庶的伦常日用而独存。

余　论

本书的主体部分至此便已结束。在此，吾人很有必要回溯至问题所由来处。这有助于认清此番探究的旨归。

从根本上而言，本书的写作源于这样一个问题：揆诸前现代思想文化语境，《诗》何以在言说常道的意义上被视为一部经。从经学史或是广义上经学文化学的角度，梳理总结出各家各派的诗学理论，抑或是对《诗》的经典化过程及其社会影响作一番描述性研究，这对于解释言说常道之“经”何以成为《诗》最为根本的意义规定而言并不充分。因为后者要求我们深入《诗》与“经”这两个概念之内核进行义理层面的探究。本书以“诗教”为切入点来回应这一问题，正在于古人用“常道”理解“经”，用“修道”理解“教”。“经”与“教”在概念层面互相涵摄，在交互关系中规定了彼此。所以，诗教在一定程度上能对《诗》之为“经”提供解释。

综观当下对《诗》与诗教的种种见解，无论是对《诗》之成书的看法、“诗教”一名的建立，还是对诗教具体发生过程及历史呈现样态的阐释，都处在一种主体化的话语体系及研究范式之中，具体表现为：编集雅化者在礼乐造士的文化背景下，把礼义的相关规定外在地赋予彼此独立的305首诗；统治者出于维系纲常的政教目的，把《诗》作为一部教科书来使用，由此，《诗》在漫长的经学时代中被尊为“圣典”；受教者在读《诗》过程中兴发了道德志意与情感，以《诗》作为修身养性的必备进路……凡此诸种，均是在经验事实层面把人与《诗》的关系理解为主体（编纂者、施教者与受教者）与作为客体的《诗》所建立的外在关系。主体始终置身于《诗》之外。《诗》的意义由不同的主体而定，其意义内核由于缺乏整全而稳定的观照而变得破碎不堪。

有鉴于此，诗教研究的当务之急，是在“去主体化”的研究视域中回到《诗》本身[①]，探究“教”的意义面向如何从《诗》中内在地生发，而非凭借外缘的产物，即《诗》自身是否蕴含“教”的可能性，又如何展开“教”的实践活动。

从《风》到《颂》，是从切近处的人伦日用拓展到君臣、宗族、夷夏等领域，再到共同体纵向的历史进程，乃至神人、天人关系，以纵深性的意义结构承载着文明共同体及其成员在世关系的总和，所谓“人事浃于下，天道备于上，而无一理之不具也”[②]。此由近及远、由人而天的意义结构，全方位地覆盖了文明共同体在世生存的各个维度。这不应理解为经验事实层面编诗者的主观安排所致，而是生存经验必然以此内在脉络展开其自身，如此才能真正实现生存结构的整全性。据此而言，《诗》持存的是“大全”，是作为意义关联整体的世界。

这意味着，《诗》不是与读者相对的某一客体、某一有限者，而是作为“大全”的无限，不断把现代语境中“绝对自主的封闭的个人”涵摄于其间，丰富并充实其在世生存的动态过程，使每个生命自觉到唯有在意义关联之中才能实现自身的独特意义。与此过程相伴而生的，不是某一孤立的主体对于自身的确证，而恰恰喻示着个体与外界的隔阂逐渐消融。由此，个人得以在“去主体化”的视域中，通过向其他的独特性敞开并寻求其他的独特性，来不断确证自身的独特意义，即“一切真正的独特性都寻求其他

---

① 此表述易产生误导，使读者认为本书意欲探求《诗》之原意。实际上，笔者并非是在《诗》之原意的层面来论“《诗》本身”。这在本书第一章已有论述，兹不赘。

② （宋）朱熹集撰，赵长征点校：《诗集传》，第2页。

的独特性；它只有在与其他独特性的交往中才能获得自我独特性的充分发展”①。因此，生命个体的独特性，并不是自我封闭的，而恰恰是具备开放性的——向外开通，并且“开向无限”。向其他独特性开放，是每一生命实现自身独特性的基本形式。此过程无法脱离天地万有相互交错、彼此规定的意义关联整体。《诗》恰恰持存着这样的意义关联整体，呈露出生命彼此间的支持与规定。人与自我、与他人、与共同体、与天地万物、与历史文化、与超越性存在的关系维度交织互渗，共同参与构成了《诗》中潜藏着的整体性世界图景。

据此而论，《诗》并不是外在于一己生命的他者。诗人所在的世界，也是吾人所身处的世界，是《诗》所持存的意义关联整体在历史—文化维度下的展开与显现。职是之故，与《诗》相关的种种活动，并非读者（作为主体）外在地与作为客体的《诗》建立关联的过程，而是与生命在“大全”中的深入体验同步，其本身即为“个体生命与宏大文化的遭遇”②，即为世界中的一员与世界的邂逅。此处所论“相遇”，并非某一主体与客体的相遇或主体间的相遇，而是隐而未彰的在世生存得以兴发与开显，此之谓“兴于《诗》”。

由是可知，“兴”并非主体自身的内修，而是以他者规定自身的中介性过程。这一“他者”是我们身处其中的整体性生活世界以及在世关系的总和。经由“兴于《诗》”的过程，我们以作为“大全”的世界为中介还返至自身，存在于世的各个可能性面向由此被激发、被唤醒。此过程意味着“去主体化”的实现。既然成人的过程发生在世界之中，是在世界中的成人，这便说明，诗教视域下的成人必

① ［法］程抱一：《美的五次沉思》，朱静、牛竞凡译，第16页。

② “生命内在的可塑性……不是一种现实性，它需要与世界遭遇。……‘教化’的历程主要表现在个体生命与宏大文化的遭遇。生命的内在发展，是在与文化洪流的遭遇中形成的。文化的洪流塑造生命，生命又发展融汇进入文化。”鲍永玲：《德国早期教化观念史研究》，第23页。

然有别于人本主义和个人主义层面的成人，而是以历史—文化维度下文明共同体的迁善去恶、移风易俗（成俗）为其背景。共同体之成俗又被置于天人、神人关系的根本框架之中。[①]

正因“兴于《诗》”的成人过程，是以作为意义关联整体的世界来兴发自身，这决定了“兴”不只具有单一的意义维度，而是内在地支撑起丰富而立体的意义面向，弥纶生存于世的基本关系。[②] 由此，“诗教”应被视为一个多维度且立体化的意义系统[③]：不应以某一思想家为本位，将诗教观念视为他的附属物（个人思想的成果），而应以“诗教”概念为本位，即回到诗教本身，让“诗教”概念顺着由《诗》而“教”的生发进路与生成轨迹自由而充分地展开自身。昔人对诗教的理论阐发与历史—文化维度下的诗教实践，并非外在于《诗》的主观臆断，而是作为诗教丰富而立体的意义系统的内在环节，是“诗教”概念历史地展开自身的结果。这表明，“诗教”这一意义系统并不是静态的，而恰恰是一个自发地、历史地展开自身的动态过程。其所涵摄的人与自我、与他人、与共同体、与历史文化、与超越性存在的关系维度，并不处于静止而凝固的状态，而是经由“诗—兴”思维与诗性言说的运作，最大限度地持存了共同体内部生存经验及其情态的鲜活性与生命力，近则化己，远则理群，再到通古今之变，究天人之际。这其实和《风》《雅》《颂》的

① 历史—文化维度和天人关系维度分别构成《大雅》和《颂》的中心问题。遗憾的是，自“五四”以来，在《大雅》和《颂》的受关注程度远不及《国风》的情况下，上述两个维度一直未能得到应有的重视。但实际上，历史文化与天人关系这两大维度，构成了《诗经》精神世界的基石，也成为本书论述的重中之重。就文本顺序而言，与这两个维度直接相关的内容（第八章和第九章）列在最后，但就逻辑顺序而言，这两章内容其实构成本书下编第六章和第七章的前提。

② 现有的从心性之学、政治哲学、接受美学、审美心理学等角度对“兴于《诗》”所作的种种解释，多把“兴”限定在单一的意义面向，对发明“兴于《诗》”丰富的意涵而言仍有缺憾。

③ 对此，我们需要以概念思维而非外在反思的方式把关于诗教的种种文本综合起来分析与切入，使诗教概念展开其自身一以贯之的逻辑脉络，让典籍文献中看似彼此无关的诗教理论以及对诗教实践活动的叙述结合为一个有机的意义关联整体。

意义结构流动地展开在世关系各维度的过程相照应——从人伦切近处出发，由近及远，由人而天。这是生存经验自身的展开与完成，也与我们从《诗》中感发兴起的过程相契合。这再次说明，《诗》意义结构的展开，就是人在世生存的深入与展开，是人不断成人、文明不断移风易俗的过程。与此同时，这也印证出，诗教的效验应落实于人的诗化生存。可以说，昔人围绕诗教传统展开的诗化生存，是诗教的意义系统在历史—文化维度下的展开，同时也是诗教的实现与完成。

诗教使有限且有死的个人，实现了“开向无限”的可能，使人走出了主体主义语境下的个体化生存狭隘而幽暗的光景，在每一时刻都步入一个更为宏阔的生命历程。伴随着“兴于《诗》”的过程，人被导向“情—理”相融、“人—物”同其情的观念模式，被导向“诗—兴”思维与诗性言说创辟出的“无边际、无穷尽”的意义世界，被导向天地万物为一体、互相扶持的内在关联。在此意义关联整体中，每一个独特的生命向其他生命的开放得以可能。由此，《诗》将每个独一的生命和宇宙大化的不朽历程紧密相连，使每一个有限的生命通过导向宇宙大化的永恒历程而成为一个永恒的瞬间。更为重要的是，这一“开向无限”的诗教过程，对于人的在世生存而言，无形中实现了一定程度的“净化”作用。“诗—兴”思维与诗性言说对苦难与黑暗的洗涤，为无名的诗人们提供了莫大的安慰与支持，甚至可以说是医治与救赎，使这些与世沉浮的灵魂得以在相刃相靡的人世间开显出纵心皓然的诗化生存。

耐人寻味之处在于，诗教如此宏大而深远的愿景、如此体贴身心的抚慰，却是以“百姓日用而不知”、最易被人轻视的言说活动为基点展开。《诗》扎根于广阔的生活世界，尽人情物态之微，以这些日常经验中看似有限而孤立、局部而细琐的个别物为起点，启一举体，“兼费隐，包小大”，实现了“远之近”“微之显”，可谓“致广大而尽精微”。在《诗》的精神世界中，“广大”与“精微”并非悬隔二分。《诗》从遍及经验生活的言说活动入手，以人皆有之的喜怒哀乐、妇孺皆知的人事物态为题材，实现了“开向无限”的灵动一跃，借此超越了个别而有限的日常经验，探入意义关联整体之内核，洞悉有限之人与超越之天在生存结构之本源处的紧密联合。超越与此在的持久互动，为在世活动赋予了根本的意义规定——“人事之变，不能逃天道”①。

《诗》持存着理解世界的整全性视角，同时又观照存在境况的具体和差异，入乎其内，又超乎其外，不是在对特殊性的执滞中僵化，而是通过诗性言说从特殊上升到普遍，实现了对人性与世界的整全而通贯的理解。对于诗性言说沟通特殊与普遍、联结有限与无限的能力，西方学者也早有阐释。② 只不过这是以对诗与真理的关系（作品与世界的关系）的观照为其前提，而非仅仅把诗作为主体自身情感与体验的表达。这意味着，诗性言说作为人类共通的、中西文明都予以高度重视的一种能力，为思考与言说真理（常道）提供了可能。据此而论，诗与哲学很大程度上分享了一致的目标与追求。在此，我们或许可以超越现代学术分科体系的重重壁垒，对诗与哲学的关系进行一番反思与展望。这意味着，本书虽已接近尾声，但此“尾声”却并未宣告研究的结束，而恰恰作为一个起点，昭示着新的开始。

就吾国思想文化传统而言，对诗与哲学之关系的考察，并非一外铄之课题。毋宁说，“古代中国文化中诗与‘哲学’之间复杂的相互作用的事实”③，为吾人更真切地观照华夏文明源头处思想文化真实而复杂的面向提供了宝贵的契机：“古代中国文化中诗和所谓‘哲学’或思想，竟然是在同一时间和同一渊源中发生的。推究中国

---

① 刘咸炘著，黄曙辉编校：《刘咸炘学术论集》哲学编上，第 47 页。

② 席勒指出：“诗人对于题材的处理的确就在于这样使有限的东西变成一种无限的东西。因此，外界题材本身是无关紧要的，因为诗决不能按照它本来的样子加以运用，而是必须按照处理它的方式来赋予它以诗的品格。”［德］席勒：《论素朴的诗与感伤的诗》，曹葆华译，载刘小枫选编《德语诗学文选》上卷，第 131 页。

③ 萧驰：《中国思想与抒情传统　第一卷　玄智与诗兴》，第 viii 页。

思想主流儒家之道德人文精神与人文史观的发生，必以《康诰》中‘天畏棐忱，民情大可见’‘惟命不于常’，《酒诰》中‘今惟殷坠厥命，我其可不大监抚于时’和《召诰》中‘惟不敬厥德，乃早坠厥命’观念为滥觞；追溯儒家本伦理孝道以建政治制度的渊源，则必以周初宗祀文王以为开国始祖一事为始俑。为孔子梦魂终生萦绕的周公，因而被今人誉为‘一个真正的克里斯玛人物和中国历史上第一个思想家’。而同一个周公，也应同时拥有《诗经》中最早的作品《颂》和《大雅》部分诗篇的著作权。《诗》与中国思想同时发轫于西周之初、周公旦之手，也就无怪乎可以自《雅》《颂》中‘天命匪解’‘维天之命，於穆不已，於乎不显，文王之德之纯’‘宜鉴于殷，骏命不易’……诗句印证周初甚至周公的思想观念了。所谓中国思想和见于文字的中国诗，其实皆为自殷商以祭祀为主导的文化，于周初向以礼乐为主导的文化转变中的成果。”①

进一步来说，此种对诗与哲学关系的探索并不是所谓的“跨学科”探究。诗与哲学并不是两个独立的门类，毋宁说，诗作为哲思得以开展的独特进路，是诗人对“事难显陈，理难言罄”的根本困境及直接性论说的局限有着深入洞察之后，对“以事类推，以理义求”的日常言说的超越，如此才能消弭常识思维在情与理、具象与抽象、特殊与普遍、局部与整体、平常与高明之间所设之悬隔，更贴近真理跳动的脉搏。

可见，诗人与哲人实则分享了对于根本问题的共同追求。在“情—理”合一的理想境况下，这两个身份应完美地融于一身，即寓哲理于诗情，使“名言所绝”之至理，得以在“诗—兴”思维与诗性言说构筑的无穷域中自由地彰显自身：“把自己运用熟练、富于情感的想象力指向一切事物的秩序，或指向整个世界之光的诗人，此时就是哲学家。……对于每位哲学诗人来说，人的全部世界都聚为

① 萧驰：《中国思想与抒情传统　第一卷　玄智与诗兴》，第 ii—iii 页。

一体。他一声呐喊，召来了宇宙中与他互相共鸣、赞颂他的最终命运的所有一切，这时，他比任何时候都更是诗人。理解生活就是生活的顶点。而诗的顶点便是说出众神的语言。”①

---

① ［美］乔治·桑塔亚那：《诗与哲学：三位哲学诗人卢克莱修、但丁及歌德》，华明译，广西师范大学出版社 2002 年版，第 6—9 页。

参考文献

一 《诗经》注释

（汉）韩婴撰，许维遹校释：《韩诗外传集释》，中华书局 2020 年版。

（汉）毛亨传，（汉）郑玄笺，（唐）孔颖达疏，（唐）陆德明音释，朱杰人、李慧玲整理：《毛诗注疏》，上海古籍出版社 2013 年版。

（唐）成伯玙撰：《毛诗指说》，载（清）纪昀等编《景印文渊阁四库全书·经部·诗类》第 70 册，台北：台湾商务印书馆 1986 年版。

（宋）段昌武撰：《段氏毛诗集解》，载（清）纪昀等编《景印文渊阁四库全书·经部·诗类》第 74 册，台北：台湾商务印书馆 1986 年版。

（宋）吕祖谦著，梁运华点校：《吕氏家塾读诗记》，载《吕祖谦全集》，浙江古籍出版社 2017 年版。

（宋）王柏撰：《诗疑》，载顾廷龙主编，《续修四库全书》编纂委员会编《续修四库全书·经部·诗类》第 57 册，上海古籍出版社 2002 年版。

（宋）王质撰：《诗总闻》，载（清）纪昀等编《景印文渊阁四库全书·经部·诗类》第 72 册，台北：台湾商务印书馆 1986 年版。

（宋）谢枋得撰：《诗传注疏》，载顾廷龙主编，《续修四库全书》编纂委员会编《续修四库全书·经部·诗类》第 57 册，上海古籍出版社 2002 年版。

（宋）严粲撰：《诗缉》，载（清）纪昀等编《景印文渊阁四库全书·经部·诗类》第75册，台北：台湾商务印书馆1986年版。

（宋）朱熹集撰，赵长征点校：《诗集传》，中华书局2017年版。

（明）戴君恩撰：《读风臆评》，载四库全书存目丛书编纂委员会编《四库全书存目丛书·经部·诗类》第61册，齐鲁书社1997年版。

（明）王夫之撰：《诗经稗疏·诗广传》，岳麓书社2011年版。

（清）陈澧撰：《陈东塾先生读诗日录》，载上海书店出版社编《丛书集成续编·经部》第7册，上海书店出版社1994年版。

（清）陈启源撰：《毛诗稽古编》，山东友谊书社1991年版。

（清）陈乔枞撰：《诗纬集证》，载顾廷龙主编，《续修四库全书》编纂委员会编《续修四库全书·经部·诗类》第77册，上海古籍出版社2002年版。

（清）崔述撰：《读风偶识》，载顾廷龙主编，《续修四库全书》编纂委员会编《续修四库全书·经部·诗类》第64册，上海古籍出版社2002年版。

（清）戴震撰：《杲溪诗经补注》，载台北新文丰出版公司编辑部编《丛书集成新编·文学类》第56册，台北：新文丰出版股份有限公司1985年版。

（清）方玉润撰，李先耕点校：《诗经原始》，中华书局1986年版。

（清）龚橙撰：《诗本谊》，载顾廷龙主编，《续修四库全书》编纂委员会编《续修四库全书·经部·诗类》第73册，上海古籍出版社2002年版。

（清）胡承珙撰，郭全芝校点：《毛诗后笺》，黄山书社1999年版。

（清）惠周惕撰：《砚溪先生集》，载顾廷龙主编，《续修四库全书》编纂委员会编《续修四库全书·集部·别集类》第1421册，上海古籍出版社2002年版。

（清）焦循撰：《毛诗补疏》，载顾廷龙主编，《续修四库全书》编纂委员会编《续修四库全书·经部·诗类》第65册，上海古籍出版社2002年版。

（清）金圣叹著，陆林辑校整理：《金圣叹全集》，凤凰出版社 2016 年版。

（清）廖平著，潘林校注：《诗说》，华东师范大学出版社 2017 年版。

（清）马瑞辰撰，陈金生点校：《毛诗传笺通释》，中华书局 1989 年版。

（清）钱澄之撰，朱一清校点：《钱澄之全集 · 田间诗学》，黄山书社 2005 年版。

（清）王先谦撰，吴格点校：《诗三家义集疏》，中华书局 1987 年版。

（清）魏源撰：《诗古微》，载顾廷龙主编，《续修四库全书》编纂委员会编《续修四库全书 · 经部 · 诗类》第 77 册，上海古籍出版社 2002 年版。

（清）姚际恒撰：《诗经通论》，载顾廷龙主编，《续修四库全书》编纂委员会编《续修四库全书 · 经部 · 诗类》第 62 册，上海古籍出版社 2002 年版。

陈子展著，徐志啸编：《诗经直解》，复旦大学出版社 2015 年版。

陈子展撰述：《诗三百解题》，复旦大学出版社 2001 年版。

程俊英、蒋见元：《诗经注析》，中华书局 1991 年版。

程俊英译注：《诗经译注》，上海古籍出版社 2016 年版。

高亨注：《诗经今注》，上海古籍出版社 2018 年版。

黄淬伯著，周远富、范建华、丁富生整理：《诗经覈诂》，中华书局 2012 年版。

李山主编：《诗传通释》，北京师范大学出版社 2013 年版。

刘毓庆、李蹊译注：《诗经》，中华书局 2011 年版。

滕志贤注译，叶国良校阅：《新译诗经读本》，台北：三民书局 2007 年版。

向熹编著：《诗经词典》（修订本），商务印书馆 2014 年版。

向熹译注：《诗经》，高等教育出版社 2009 年版。

余冠英选注：《诗经选》，中华书局 2012 年版。

袁梅译注:《诗经译注》，中州古籍出版社 2019 年版。
张西堂:《诗经六论》，上海商务印书馆 1957 年版。

二　文论、诗话、诗文集

（汉）王逸撰，黄灵庚点校:《楚辞章句》，上海古籍出版社 2017 年版。
（南朝宋）范晔撰，（唐）李贤等注:《后汉书》，中华书局 1965 年版。
（南朝梁）刘勰著，范文澜注:《文心雕龙注》，人民文学出版社 1958 年版。
（南朝梁）萧统编，（唐）李善注:《文选》，上海古籍出版社 1986 年版。
（南朝梁）钟嵘著，陈延杰注:《诗品注》，人民文学出版社 1961 年版。
（唐）白居易著，谢思炜校注:《白居易文集校注》，中华书局 2011 年版。
（唐）顾陶撰:《唐诗类选序》，载（清）董诰等编《全唐文》第 8 册，中华书局 1983 年版。
（唐）皎然著，李壮鹰校注:《诗式校注》，人民文学出版社 2003 年版。
（唐）李冶撰:《李冶诗集》，载（清）纪昀等编《景印文渊阁四库全书 · 集部 · 总集类》第 1332 册，台北: 台湾商务印书馆 1986 年版。
（唐）皮日休著，萧涤非、郑庆笃整理:《皮子文薮》，上海古籍出版社 2017 年版。
（宋）陈骙著，王利器校点:《文则》，人民文学出版社 1960 年版。
（宋）范晞文撰:《对床夜语》，载（清）纪昀等编《景印文渊阁四库全书 · 集部 · 诗文评类》第 1481 册，台北: 台湾商务印书馆 1986 年版。

（宋）黄庭坚著，刘琳、李勇先、王蓉贵点校：《黄庭坚全集》，中华书局 2021 年版。

（宋）姜夔撰：《白石道人诗说》，载徐中玉主编《传世藏书·集库·文艺论评》第 1 册，海南国际新闻出版中心 1996 年版。

（宋）欧阳修著，洪本健校笺：《欧阳修诗文集校笺》，上海古籍出版社 2009 年版。

（宋）严羽著，郭绍虞校释：《沧浪诗话校释》，人民文学出版社 1983 年版。

（明）陈第撰：《读诗拙言》，载台北新文丰出版公司编辑部编《丛书集成新编·语文学类》第 40 册，台北：新文丰出版股份有限公司 1985 年版。

（明）何乔新撰：《椒邱文集》，载（清）纪昀等编《景印文渊阁四库全书·集部·别集类》第 1249 册，台北：台湾商务印书馆 1986 年版。

（明）胡应麟撰：《诗薮》，载顾廷龙主编，《续修四库全书》编纂委员会编《续修四库全书·集部·诗文评类》第 1696 册，上海古籍出版社 2002 年版。

（明）李东阳著，李庆立校释：《怀麓堂诗话校释》，人民文学出版社 2009 年版。

（明）谢榛撰：《四溟诗话》，上海商务印书馆 1936 年版。

（明）徐渭撰：《青藤书屋文集》，载台北新文丰出版公司编辑部编《丛书集成新编·文学类》第 68 册，台北：新文丰出版股份有限公司 1985 年版。

（明）杨慎撰，王大厚笺证：《升庵诗话新笺证》，中华书局 2008 年版。

（清）金圣叹：《金圣叹选批唐诗》，浙江古籍出版社 1985 年版。

（清）况周颐著，王幼安校订：《蕙风词话》，人民文学出版社 1960 年版。

（清）李振裕撰：《白石山房文稿》，载《清代诗文集汇编》编纂委员会编《清代诗文集汇编》第 159 册，上海古籍出版社 2010 年版。

（清）李重华撰：《贞一斋诗说》，载顾廷龙主编，《续修四库全书》编纂委员会编《续修四库全书·集部·诗文评类》第 1701 册，上海古籍出版社 2002 年版。

（清）刘大櫆著，舒芜校点：《论文偶记》，人民文学出版社 1959 年版。

（清）刘熙载著，叶子卿点校：《艺概》，浙江人民美术出版社 2017 年版。

（清）彭定求等编：《全唐诗》，中华书局 1960 年版。

（清）钱澄之撰，彭君华校点，何庆善审订：《钱澄之全集·田间文集》，黄山书社 1998 年版。

（清）申涵光撰：《聪山集》，载《清代诗文集汇编》编纂委员会编《清代诗文集汇编》第 70 册，上海古籍出版社 2010 年版。

（清）沈德潜选注：《唐诗别裁集》，上海古籍出版社 2013 年版。

（清）沈德潜著，霍松林校注：《说诗晬语》，人民文学出版社 1979 年版。

（清）王夫之著，戴鸿森笺注：《姜斋诗话笺注》，上海古籍出版社 2012 年版。

（清）薛雪著，杜维沫校注：《一瓢诗话》，人民文学出版社 1979 年版。

（清）叶燮著，霍松林校注：《原诗》，人民文学出版社 1979 年版。

（清）袁枚撰：《随园诗话》，载顾廷龙主编，《续修四库全书》编纂委员会编《续修四库全书·集部·诗文评类》第 1701 册，上海古籍出版社 2002 年版。

陈衍撰：《石遗室诗话》，载张寅彭主编《民国诗话丛编》第 1 册，上海书店出版社 2002 年版。

陈衍撰：《石遗室诗话续编》，载张寅彭主编《民国诗话丛编》第 1 册，上海书店出版社 2002 年版。

陈应鸾：《岁寒堂诗话校笺》，巴蜀书社 2000 年版。

范罕撰：《蜗牛舍说诗新语》，载张寅彭主编《民国诗话丛编》第 2 册，上海书店出版社 2002 年版。

顾随讲，叶嘉莹笔记，顾之京整理：《顾随诗词讲记》，中国人民大学出版社 2006 年版。

黄侃著，吴方点校：《文心雕龙札记》，中国人民大学出版社 2004 年版。

黄霖、蒋凡主编：《中国历代文论选新编》晚清卷，上海教育出版社 2008 年版。

马一浮：《蠲戏斋诗话》，北方文艺出版社 2021 年版。

孙昌武选注：《韩愈选集》，上海古籍出版社 2013 年版。

王国维著，徐调孚注，王幼安校订：《人间词话》，人民文学出版社 1960 年版。

叶嘉莹、刘在昭笔记，高献红、顾之京整理：《顾随讲〈诗经〉》，河北教育出版社 2018 年版。

三　其他古籍

（周）左丘明传，（晋）杜预注，（唐）孔颖达正义：《春秋左传正义》，载《十三经注疏》整理委员会整理《十三经注疏》，北京大学出版社 2000 年版。

（汉）班固撰，（唐）颜师古注：《汉书》，中华书局 1962 年版。

（汉）蔡邕：《琴操》，载陈文新译注《雅趣四书》，崇文书局 2010 年版。

（汉）何休解诂，（唐）徐彦疏，刁小龙整理：《春秋公羊传注疏》，上海古籍出版社 2014 年版。

（汉）桓谭撰，朱谦之校辑：《新辑本桓谭新论》，中华书局 2009 年版。

（汉）贾谊撰，阎振益、钟夏校注：《新书校注》，中华书局 2000 年版。

（汉）焦延寿著，（元）无名氏注，马新钦点校：《易林》，凤凰出版社 2017 年版。

（汉）孔安国传，（唐）孔颖达正义，黄怀信整理：《尚书正义》，上海古籍出版社 2007 年版。

（汉）刘熙撰：《释名：附音序、笔画索引》，中华书局 2016 年版。

（汉）刘向著，绿净译注：《古列女传译注》，北京联合出版公司 2015 年版。

（汉）刘向撰，向宗鲁校证：《说苑校证》，中华书局 1987 年版。

（汉）司马迁撰：《史记》，中华书局 1982 年版。

（汉）王符著，（清）汪继培笺，彭铎校正：《潜夫论笺校正》，中华书局 2014 年版。

（汉）许慎撰，（宋）徐铉校定：《说文解字》，中华书局 1963 年版。

（汉）许慎撰，（清）段玉裁注：《说文解字注》，上海古籍出版社 1988 年版。

（汉）应劭撰，王利器校注：《风俗通义校注》，中华书局 2010 年版。

（汉）赵岐注，（宋）孙奭疏：《孟子注疏》，载《十三经注疏》整理委员会整理《十三经注疏》，北京大学出版社 2000 年版。

（汉）赵晔撰，周生春辑校汇考：《吴越春秋辑校汇考》，中华书局 2019 年版。

（汉）郑玄注，（唐）贾公彦疏，王辉整理：《仪礼注疏》，上海古籍出版社 2008 年版。

（汉）郑玄注，（唐）贾公彦疏，彭林整理：《周礼注疏》，上海古籍出版社 2010 年版。

（汉）郑玄注，（唐）孔颖达正义，吕友仁整理：《礼记正义》，上海古籍出版社 2008 年版。

（魏）何晏注，（宋）邢昺疏：《论语注疏》，载《十三经注疏》整理委员会整理《十三经注疏》，北京大学出版社 2000 年版。

（魏）阮籍著，陈伯君校注：《阮籍集校注》，中华书局 2012 年版。

（魏）王弼、（晋）韩康伯注，（唐）孔颖达正义：《周易正义》，载《十三经注疏》整理委员会整理《十三经注疏》，北京大学出版社2000年版。
（魏）王弼注，楼宇烈校释：《老子道德经注校释》，中华书局2008年版。
（晋）范甯集解，（唐）杨士勋疏：《春秋穀梁传注疏》，载《十三经注疏》整理委员会整理《十三经注疏》，北京大学出版社2000年版。
（晋）郭璞注，（宋）邢昺疏，王世伟整理：《尔雅注疏》，上海古籍出版社2010年版。
（南朝梁）顾野王：《大广益会玉篇》，中华书局1987年版。
（南朝梁）皇侃撰，高尚榘校点：《论语义疏》，中华书局2013年版。
（北周）卢辩注，（清）孔广森补注：《大戴礼记补注》，商务印书馆1939年版。
（唐）房玄龄等撰：《晋书》，中华书局2011年版。
（唐）李隆基注，（宋）邢昺疏，金良年整理：《孝经注疏》，上海古籍出版社2009年版。
（唐）陆德明撰：《毛诗音义》，载（唐）陆德明撰，陈东辉主编《经典释文》，浙江大学出版社2022年版。
（唐）陆龟蒙撰：《甫里集》，载（清）纪昀等编《景印文渊阁四库全书·集部·别集类》第1083册，台北：台湾商务印书馆1986年版。
（唐）徐坚等辑，韩放主校点：《初学记》，京华出版社2000年版。
（后晋）刘昫等撰：《旧唐书》，中华书局2011年版。
（宋）蔡节撰：《论语集说》，载（清）纪昀等编《景印文渊阁四库全书·经部·四书类》第200册，台北：台湾商务印书馆1986年版。
（宋）陈亮：《陈亮集》，中华书局1974年版。
（宋）陈祥道撰：《论语全解》，载（清）纪昀等编《景印文渊阁四库全书·经部·四书类》第196册，台北：台湾商务印书馆1986年版。

（宋）陈襄撰，（宋）陈绍夫编：《古灵集》，载（清）纪昀等编《景印文渊阁四库全书·集部·别集类》第1093册，台北：台湾商务印书馆1986年版。

（宋）程颢、程颐著，王孝鱼点校：《二程集》，中华书局2004年版。

（宋）戴溪撰：《石鼓论语答问》，载（清）纪昀等编《景印文渊阁四库全书·经部·四书类》第199册，台北：台湾商务印书馆1986年版。

（宋）范仲淹撰：《范文正公文集》，载顾廷龙主编，《续修四库全书》编纂委员会编《续修四库全书·集部·别集类》第1313册，上海古籍出版社2002年版。

（宋）胡寅撰，尹文汉校点：《斐然集·崇正辩》，岳麓书社2009年版。

（宋）黄震撰：《黄氏日抄》，载（清）纪昀等编《景印文渊阁四库全书·子部·儒家类》第708册，台北：台湾商务印书馆1986年版。

（宋）黎靖德编，王星贤点校：《朱子语类》，中华书局1986年版。

（宋）李昉等撰：《太平御览》，上海古籍出版社2008年版。

（宋）吕祖谦撰：《左氏博议》，载（清）纪昀等编《景印文渊阁四库全书·经部·春秋类》第152册，台北：台湾商务印书馆1986年版。

（宋）罗勉道撰，李波点校：《南华真经循本》，中华书局2016年版。

（宋）罗愿撰，石云孙点校：《尔雅翼》，黄山书社1991年版。

（宋）欧阳修著，李逸安点校：《欧阳修全集》，中华书局2001年版。

（宋）邵雍著，郭彧整理：《邵雍集》，中华书局2010年版。

（宋）释契嵩著，林仲湘、邱小毛校注：《镡津文集校注》，巴蜀书社2014年版。

（宋）王安石撰，王水照主编：《王安石全集》，复旦大学出版社2017年版。

（宋）卫湜撰：《礼记集说》，载世界书局编辑部编《景印摛藻堂四库全书荟要·经部·礼类》第55册，台北：世界书局1988年版。

（宋）魏了翁撰，张全明校点：《鹤山先生大全文集》，载北京大学《儒藏》编纂与研究中心编《儒藏·精华编·集部》第242册，北京大学出版社2022年版。

（宋）叶适著，刘公纯、王孝鱼、李哲夫点校：《叶适集》，中华书局1961年版。

（宋）张栻著，杨世文点校：《张栻集》，中华书局2015年版。

（宋）张栻撰：《癸巳论语解》，载（清）纪昀等编《景印文渊阁四库全书·经部·四书类》第199册，台北：台湾商务印书馆1986年版。

（宋）张载著，章锡琛点校：《张载集》，中华书局1978年版。

（宋）郑樵撰：《六经奥论》，载（清）纪昀等编《景印文渊阁四库全书·经部·五经总义类》第184册，台北：台湾商务印书馆1986年版。

（宋）郑樵撰：《通志》，载世界书局编辑部编《景印摛藻堂四库全书荟要·史部·别史类》第215册，台北：世界书局1988年版。

（宋）朱熹撰，朱杰人、严佐之、刘永翔主编：《朱子全书》，上海古籍出版社、安徽教育出版社2010年版。

（宋）朱熹撰：《四书章句集注》，中华书局1983年版。

（元）方回撰：《桐江续集》，载（清）纪昀等编《景印文渊阁四库全书·集部·别集类》第1193册，台北：台湾商务印书馆1986年版。

（元）黄公绍、熊忠著，甯忌浮整理：《古今韵会举要》，中华书局2000年版。

（元）马端临撰：《文献通考》，中华书局1986年版。

（元）虞集撰，龙德寿校点：《道园学古录》，载北京大学《儒藏》

编纂与研究中心编《儒藏 · 精华编 · 集部》第 247 册，北京大学出版社 2022 年版。

（明）陈献章撰，黎业明编校：《陈献章全集》，上海古籍出版社 2019 年版。

（明）胡居仁撰：《居业录》，载（清）纪昀等编《景印文渊阁四库全书 · 子部 · 儒家类》第 714 册，台北：台湾商务印书馆 1986 年版。

（明）刘濂撰：《乐经元义》，载顾廷龙主编，《续修四库全书》编纂委员会编《续修四库全书 · 经部 · 乐类》第 113 册，上海古籍出版社 2002 年版。

（明）王夫之撰：《尚书稗疏 · 尚书引义》，岳麓书社 2011 年版。

（明）王夫之著，船山全书编辑委员会编校：《船山全书》，岳麓书社 2011 年版。

（明）王守仁撰，吴光、钱明、董平、姚延福编校：《王阳明全集》，上海古籍出版社 2011 年版。

（明）王阳明撰，邓艾民注：《传习录注疏》，上海古籍出版社 2012 年版。

（明）徐祯卿撰：《谈艺录》，载（清）纪昀等编《景印文渊阁四库全书 · 集部 · 别集类》第 1268 册，台北：台湾商务印书馆 1986 年版。

（明）湛若水撰，黄明同主编：《湛若水全集》，上海古籍出版社 2020 年版。

（明）张次仲撰：《周易玩辞困学记》，载（清）纪昀等编《景印文渊阁四库全书 · 经部 · 易类》第 36 册，台北：台湾商务印书馆 1986 年版。

（明）张岱著，朱宏达点校：《四书遇》，浙江古籍出版社 2017 年版。

（明）朱橚著，王锦秀、汤彦承译注：《救荒本草译注》，上海古籍出版社 2015 年版。

（清）陈澧著，钱锺书主编，朱维铮执行主编，杨志刚编校：《东塾读书记（外一种）》，生活·读书·新知三联书店 1998 年版。

（清）陈立撰，吴则虞点校：《白虎通疏证》，中华书局 1994 年版。

（清）陈士珂辑，崔涛点校：《孔子家语疏证》，凤凰出版社 2017 年版。

（清）戴震著，何文光整理：《孟子字义疏证》，中华书局 1982 年版。

（清）顾炎武撰，黄珅、严佐之、刘永翔主编，华东师范大学古籍研究所整理：《顾炎武全集》，上海古籍出版社 2011 年版。

（清）郭庆藩撰，王孝鱼点校：《庄子集释》，中华书局 1961 年版。

（清）胡承珙撰，石云孙校点：《小尔雅义证》，黄山书社 2011 年版。

（清）黄宗羲著，陈乃乾编：《黄梨洲文集》，中华书局 2009 年版。

（清）金鹗撰：《求古录礼说》，载顾廷龙主编，《续修四库全书》编纂委员会编《续修四库全书·经部·礼类》第 110 册，上海古籍出版社 2002 年版。

（清）孔广森撰，杨新勋校注：《经学卮言》，华东师范大学出版社 2010 年版。

（清）劳孝舆撰，毛庆耆点校：《春秋诗话》，广东高等教育出版社 1996 年版。

（清）李光地撰，陈祖武点校：《榕村语录　榕村续语录》，福建人民出版社 2021 年版。

（清）梁章钜撰：《退庵随笔》，载顾廷龙主编，《续修四库全书》编纂委员会编《续修四库全书·子部·杂家类》第 1197 册，上海古籍出版社 2002 年版。

（清）刘宝楠撰，高流水点校：《论语正义：全二册》，中华书局 1990 年版。

（清）刘开撰：《刘孟涂集》，载顾廷龙主编，《续修四库全书》编纂委员会编《续修四库全书·集部·别集类》第 1510 册，上海古籍出版社 2002 年版。

（清）皮锡瑞：《经学通论》，中华书局 1954 年版。

（清）皮锡瑞著，周予同注释：《经学历史》，中华书局 2008 年版。
（清）皮锡瑞撰，吴仰湘点校：《孝经郑注疏》，中华书局 2016 年版。
（清）皮锡瑞撰：《六艺论疏证》，载顾廷龙主编，《续修四库全书》编纂委员会编《续修四库全书·经部·群经总义类》第 171 册，上海古籍出版社 2002 年版。
（清）皮锡瑞撰：《尚书大传疏证》，载顾廷龙主编，《续修四库全书》编纂委员会编《续修四库全书·经部·书类》第 55 册，上海古籍出版社 2002 年版。
（清）钱谦益著，（清）钱曾笺注，钱仲联标校：《牧斋有学集》，上海古籍出版社 1996 年版。
（清）屈大均撰：《广东新语》，中华书局 1985 年版。
（清）阮元撰：《揅经室三集》，载《清代诗文集汇编》编纂委员会编《清代诗文集汇编》第 477 册，上海古籍出版社 2010 年版。
（清）宋翔凤著，杨希校注：《论语说义》，华夏出版社 2018 年版。
（清）苏舆撰，钟哲点校：《春秋繁露义证》，中华书局 1992 年版。
（清）孙希旦撰，沈啸寰、王星贤点校：《礼记集解》，中华书局 1989 年版。
（清）孙诒让撰，王文锦、陈玉霞点校：《周礼正义》，中华书局 1987 年版。
（清）孙诒让撰，孙启治点校：《墨子间诂》，中华书局 2001 年版。
（清）唐甄著，吴泽民编校：《潜书》，中华书局 1963 年版。
（清）汪继培辑，魏代富疏证：《尸子疏证》，凤凰出版社 2018 年版。
（清）王念孙撰，虞万里主编，徐炜君、樊波成、虞思徵、张靖伟等校点：《读书杂志》，上海古籍出版社 2017 年版。
（清）王夫之：《读四书大全说》，中华书局 1975 年版。
（清）王夫之：《张子正蒙注》，中华书局 1975 年版。
（清）王夫之著，王孝鱼点校：《老子衍　庄子通　庄子解》，中华书局2009年版。
（清）王念孙撰：《广雅疏证》，上海古籍出版社2018年版。
（清）王聘珍撰，王文锦点校：《大戴礼记解诂》，中华书局1983年版。
（清）王先谦撰，沈啸寰、王星贤点校：《荀子集解》，中华书局1988年版。
（清）王先慎撰，钟哲点校：《韩非子集解》，中华书局1998年版。
（清）王引之撰，虞思徵、马涛、徐炜君校点：《经义述闻》，上海古籍出版社2018年版。
（清）吴楚材、吴调侯选：《古文观止》，中华书局1959年版。
（清）吴其濬：《植物名实图考》，中华书局2018年版。
（清）严可均校辑：《全上古三代秦汉三国六朝文》，中华书局1958年版。
（清）姚鼐撰，周中明校点：《姚鼐诗文集》，黄山书社2021年版。
（清）姚文田撰：《邃雅堂集》，载顾廷龙主编，《续修四库全书》编纂委员会编《续修四库全书·集部·别集类》第1482册，上海古籍出版社2002年版。
（清）永瑢等撰：《四库全书总目》，中华书局1965年版。
（清）曾国藩等：《曾文正公家训》（往来版），线装书局2019年版。
（清）章学诚撰，叶瑛校注：《文史通义校注》，中华书局2014年版。
蔡梦麟校释：《广韵校释》，中华书局2021年版。
程树德撰，程俊英、蒋见元点校：《论语集释》，中华书局2014年版。
傅亚庶撰：《孔丛子校释》，中华书局2011年版。
何建章注释：《战国策注释》，中华书局2019年版。
何宁撰：《淮南子集释》，中华书局1998年版。
黄怀信、张懋镕、田旭东撰，黄怀信修订，李学勤审定：《逸周书汇校集注》（修订本），上海古籍出版社2007年版。
黄怀信撰：《鹖冠子校注》，中华书局2014年版。
荆门市博物馆编：《郭店楚墓竹简·六德》，文物出版社2003年版。

荆门市博物馆编：《郭店楚墓竹简·穷达以时、忠信之道》，文物出版社2002年版。
荆门市博物馆编：《郭店楚墓竹简·性自命出》，文物出版社2002年版。
荆门市博物馆编：《郭店楚墓竹简·语丛一》，文物出版社2003年版。
黎翔凤撰，梁运华整理：《管子校注》全三册，中华书局2004年版。
赖永海主编，刘鹿鸣译注：《楞严经》，中华书局2012年版。
蒙默、蒙怀敬编：《廖平卷》，中国人民大学出版社2015年版。
舒大刚、曾枣庄主编：《苏东坡全集》，中华书局2021年版。
汪荣宝撰，陈仲夫点校：《法言义疏》，中华书局1987年版。
王利器撰：《文子疏义》，中华书局2009年版。
徐元诰撰，王树民、沈长云点校：《国语集解》（修订本），中华书局2002年版。
许维遹撰，梁运华整理：《吕氏春秋集释》，中华书局2009年版。
张沛撰：《中说校注》，中华书局2013年版。

四 近现代研究著作

鲍永玲：《德国早期教化观念史研究》，上海人民出版社2018年版。
常森：《简帛〈诗论〉〈五行〉疏证》，北京大学出版社2019年版。
陈来：《古代思想文化的世界：春秋时代的宗教、伦理与社会思想》，北京大学出版社2017年版。
陈明恩：《诠释与建构：董仲舒春秋学的形成与开展》，台北：秀威资讯科技股份有限公司2011年版。
陈戍国：《诗经刍议》，岳麓书社1997年版。
陈桐生：《〈孔子诗论〉研究》，中华书局2004年版。
陈桐生：《礼化诗学：诗教理论的生成轨迹》，学苑出版社2009年版。
陈向春：《吟诵与诗教》，东北师范大学出版社2015年版。

陈寅恪:《金明馆丛稿二编》，台北：里仁书局 1981 年版。
成复旺撰:《艺文理论志》，上海人民出版社 1998 年版。
丁山:《古代神话与民族》，商务印书馆 2015 年版。
董治安:《先秦文献与先秦文学》，齐鲁书社 1994 年版。
付建舟、黄念然、刘再华:《近现代中国文论的转型》，上海古籍出版社 2015 年版。
复旦大学哲学系中国哲学教研室编:《中国古代哲学史》，复旦大学出版社 2006 年版。
傅道彬:《诗可以观：礼乐文化与周代诗学精神》，中华书局 2010 年版。
傅庚生:《中国文学欣赏举隅》，生活·读书·新知三联书店 2018 年版。
傅斯年:《〈诗经〉讲义稿》，上海古籍出版社 2012 年版。
傅修延:《先秦叙事研究：关于中国叙事传统的形成》，东方出版社 1999 年版。
高亨:《〈庄子·天下篇〉笺证》，载张丰乾编《〈庄子·天下篇〉注疏四种》，华夏出版社 2016 年版。
顾颉刚:《古史辨自序》，河北教育出版社 2003 年版。
顾颉刚编著:《古史辨》，上海书店 1931 年版。
郭晋稀:《诗经蠡测》，巴蜀书社 2006 年版。
郭沫若:《郭沫若古典文学论文集》，上海古籍出版社 1985 年版。
郭沫若:《文艺论集》，人民文学出版社 1979 年版。
郭绍虞:《照隅室古典文学论集》，上海古籍出版社 2009 年版。
郭绍虞:《照隅室语言文字论集》，上海古籍出版社 2009 年版。
韩高年:《〈诗经〉分类辨体》，上海古籍出版社 2011 年版。
何益鑫:《成之不已：孔子的成德之学》，复旦大学出版社 2020 年版。
贺卫东:《先秦儒家“诗教”美育思想研究》，科学出版社 2017 年版。

洪湛侯：《诗经学史》，中华书局 2002 年版。
胡经之：《文艺美学及文化美学》，复旦大学出版社 2016 年版。
胡宁：《楚简逸诗——〈上博简〉〈清华简〉诗篇辑注》，上海古籍出版社 2018 年版。
胡朴安：《诗经学》，岳麓书社 2010 年版。
胡晓明：《中国诗学之精神》，江西人民出版社 2001 年版。
黄德海：《诗经消息》，作家出版社 2018 年版。
黄怀信校释，庞素琴通检：《论语新校释》（附通检），三秦出版社 2006 年版。
黄霖著，王运熙、顾易生主编：《中国文学批评通史——近代卷》，上海古籍出版社 1996 年版。
黄人著，杨旭辉点校：《中国文学史》，苏州大学出版社 2015 年版。
黄荣华：《诗自远方来：〈诗经〉二十六讲》，广西师范大学出版社 2018 年版。
黄松毅：《仪式与歌诗：〈诗经·大雅〉研究》，中国传媒大学出版社 2010 年版。
黄仲苏：《朗读法》，开明书店 1936 年版。
季旭昇：《〈诗经〉吉礼研究》，台北：花木兰文化出版社 2010 年版。
姜广辉主讲，肖永贵、唐陈鹏录音整理：《新经学讲演录》，中国社会科学出版社 2020 年版。
蒋天枢撰：《论学杂著》，中州古籍出版社 1985 年版。
蒋文：《先秦秦汉出土文献与〈诗经〉文本的校勘和解读》，中西书局 2019 年版。
金克木著，周锡山编：《文化卮言》，中国人民大学出版社 2006 年版。
金克木著，严晓星编：《大家国学·金克木》，天津人民出版社 2008 年版。
康晓城：《先秦儒家诗教思想研究》，台北：文史哲出版社 1988 年版。

柯小刚：《诗之为诗：〈诗经〉大义发微》卷一，华夏出版社 2020 年版。
龙扬志编：《黄遵宪集》，广东人民出版社 2018 年版。
李方：《诗词曲格律新释》，中国社会科学出版社 2009 年版。
李零：《茫茫禹迹：中国的两次大一统》，载《我们的中国》，生活·读书·新知三联书店 2016 年版。
李零：《上博楚简三篇校读记》，中国人民大学出版社 2007 年版。
李若晖：《中国哲学与古典政制》，商务印书馆 2020 年版。
李山：《诗经的文化精神》，安徽教育出版社 2016 年版。
李世萍：《郑玄〈毛诗笺〉研究》，知识产权出版社 2010 年版。
梁启超著，夏晓虹、陆胤校：《新史学》，商务印书馆 2014 年版。
林思妤：《〈诗经〉、〈诗序〉、〈左传〉关联问题研究》，台北：花木兰文化出版社 2011 年版。
林耀潾：《先秦儒家诗教研究》，台北：花木兰文化出版社 2008 年版。
林叶连：《中国历代诗经学》，台北：台湾学生书局 1993 年版。
刘伯骥：《六艺通论》，台北：中华书局 2017 年版。
刘宁：《唐宋诗学与诗教》，中国社会科学出版社 2012 年版。
刘师培：《刘申叔遗书》，江苏古籍出版社 1997 年版。
刘师培撰：《左盦集》，载《清代诗文集汇编》编纂委员会编《清代诗文集汇编》第 797 册，上海古籍出版社 2010 年版。
刘师培撰：《左盦外集》，载《清代诗文集汇编》编纂委员会编《清代诗文集汇编》第 797 册，上海古籍出版社 2010 年版。
刘咸炘：《推十书》，上海科学技术文献出版社 2009 年版。
刘咸炘著，黄曙辉编校：《刘咸炘学术论集》文学讲义编，广西师范大学出版社 2007 年版。
刘咸炘著，黄曙辉编校：《刘咸炘学术论集》哲学编上，广西师范大学出版社 2010 年版。
刘咸炘著，黄曙辉编校：《刘咸炘学术论集》子学编下，广西师范大学出版社 2007 年版。
刘信芳：《孔子诗论述学》，安徽大学出版社 2003 年版。
刘毓庆：《诗经二南汇通》，中华书局 2017 年版。
刘毓庆、郭万金：《从文学到经学——先秦两汉诗经学史论》，华东师范大学出版社 2009 年版。
刘源：《商周祭祖礼研究》，商务印书馆 2004 年版。
陆侃如、冯沅君：《中国诗史》，百花文艺出版社 2008 年版。
陆晓光：《中国政教文学之起源：先秦诗说论考》，华东师范大学出版社 1994 年版。
吕思勉：《中国制度史》，上海教育出版社 2005 年版。
罗立军：《从诗教看〈韩诗外传〉》，暨南大学出版社 2008 年版。
骆玉明：《文学与情感》，复旦大学出版社 2010 年版。
马银琴：《两周诗史》，社会科学文献出版社 2006 年版。
马银琴：《周秦时代〈诗〉的传播史》，社会科学文献出版社 2011 年版。
孟庆楠：《哲学史视域下的先秦儒家〈诗〉学研究》，北京大学出版社 2019 年版。
缪钺著，缪元朗、景蜀慧编校：《缪钺全集》，河北教育出版社 2004 年版。
牟宗三：《名家与荀子》，吉林出版集团有限责任公司 2015 年版。
纳秀艳：《王夫之〈诗经〉学研究》，中国社会科学出版社 2016 年版。
南京中医药大学编著：《黄帝内经素问译释》，上海科学技术出版社 2009 年版。
欧阳祯人：《先秦儒家性情思想研究》，武汉大学出版社 2005 年版。
彭锋：《诗可以兴：古代宗教、伦理、哲学与艺术的美学阐释》，安徽教育出版社 2003 年版。
彭维杰：《汉代诗教思想探微》，台北：花木兰文化出版社 2010 年版。

彭维杰：《朱子诗教思想研究》，台北：花木兰文化出版社 2009 年版。
清华大学国学研究院主编，方麟选编：《王国维文存》，江苏人民出版社 2014 年版。
钱谷融：《论“文学是人学”——钱谷融文艺论文选》，山东文艺出版社 2021 年版。
钱基博：《国学要籍》，当代世界出版社 2017 年版。
钱穆：《国史大纲》（修订本），商务印书馆 1996 年版。
钱穆：《论语新解》，九州出版社 2011 年版。
钱穆：《四书释义》，九州出版社 2010 年版。
钱穆：《中国史学名著》，生活·读书·新知三联书店 2005 年版。
钱穆：《中国学术思想史论丛》（一），生活·读书·新知三联书店 2009 年版。
钱穆：《中国学术思想史论丛》（二），生活·读书·新知三联书店 2009 年版。
钱锺书：《钱锺书集：管锥编》（一），生活·读书·新知三联书店 2011 年版。
丘濂等：《诗经地理》（修订本），生活·读书·新知三联书店 2022 年版。
裘锡圭：《文字学概要》，商务印书馆 1988 年版。
苏文菁：《华兹华斯诗学》，社会科学文献出版社 2000 年版。
谭德兴：《汉代〈诗〉学研究》，贵州人民出版社 2003 年版。
唐君毅：《中国哲学原论·导论篇》，中国社会科学出版社 2005 年版。
唐君毅：《中国哲学原论·原道篇》，中国社会科学出版社 2006 年版。
唐君毅：《中国哲学原论·原教篇》，中国社会科学出版社 2006 年版。
唐文治著，邓国光辑释，欧阳艳华、何洁莹辑校：《唐文治经学论著集》，上海古籍出版社 2019 年版。
王葆玹：《黄老与老庄》，中国人民大学出版社 2012 年版。
王博：《庄子哲学》，北京大学出版社 2004 年版。
王长华：《〈诗经〉学论稿》，人民出版社 2019 年版。
王国维撰，黄永年校点：《今本竹书纪年疏证》，辽宁教育出版社 1997 年版。
王国雨：《早期儒家〈诗〉论及其哲学意义》，人民出版社 2017 年版。
王靖献：《钟与鼓——〈诗经〉的套语及其创作方式》，谢濂译，四川人民出版社 1990 年版。
王倩：《朱熹诗教思想研究》，北京大学出版社 2009 年版。
王叔岷撰：《庄学管窥》，中华书局 2007 年版。
王晓平：《日本诗经学史》，学苑出版社 2009 年版。
闻一多著，蒙木编：《闻一多说唐诗》，北京出版社 2015 年版。
吴光编：《马一浮卷》，中国人民大学出版社 2015 年版。
吴小锋：《古典诗教中的文质说探源》，华东师范大学出版社 2016 年版。
夏传才：《诗经研究史概要》（增注本），清华大学出版社 2007 年版。
夏传才：《诗经语言艺术新编》，语文出版社 1998 年版。
向熹：《〈诗经〉语文论集》，四川民族出版社 2002 年版。
萧兵：《孔子诗论的文化推绎》，湖北人民出版社 2006 年版。
萧驰：《诗与它的山河：中古山水美感的生长》，生活·读书·新知三联书店 2018 年版。
萧驰：《中国思想与抒情传统　第一卷　玄智与诗兴》，台北：联经出版事业股份有限公司 2011 年版。
谢维扬、房鑫亮主编：《王国维全集》，浙江教育出版社 2010 年版。
熊十力：《读经示要》，中国人民大学出版社 2006 年版。
熊十力：《论六经·中国历史讲话》，中国人民大学出版社 2006

年版。
熊十力:《十力语要》，上海书店出版社 2007 年版。
熊十力:《十力语要初续》，上海书店出版社 2007 年版。
熊十力:《体用论》，上海书店出版社 2009 年版。
徐复观:《两汉思想史》，九州出版社 2014 年版。
徐复观:《中国文学精神》，上海书店出版社 2004 年版。
徐复观:《中国艺术精神・石涛之一研究》，九州出版社 2014 年版。
徐培根注译:《太公六韬今注今译》，台北：台湾商务印书馆 1984 年版。
许倬云:《西周史：增补二版》，生活・读书・新知三联书店 2018 年版。
严寿澂撰:《诗道与文心》，华东师范大学出版社 2009 年版。
阎步克:《乐师与史官：传统政治文化与政治制度论集》，生活・读书・新知三联书店 2001 年版。
杨伯峻译注:《论语译注》，中华书局 2009 年版。
杨宽:《西周史》，上海人民出版社 2016 年版。
姚小鸥:《诗经三颂与先秦礼乐文化》，北京广播学院出版社 2000 年版。
叶嘉莹:《好诗共欣赏：陶渊明、杜甫、李商隐三家诗讲录》，生活・读书・新知三联书店 2016 年版。
叶嘉莹:《叶嘉莹说诗讲稿》，中华书局 2008 年版。
叶嘉莹口述，张候萍撰写:《红蕖留梦：叶嘉莹谈诗忆往》，生活・读书・新知三联书店 2013 年版。
叶朗:《中国美学史大纲》，上海人民出版社 2005 年版。
叶舒宪:《诗经的文化阐释》，陕西人民出版社 2020 年版。
于文华演唱，李年制作:《国学唱歌集——中国节日之记忆》，中国唱片总公司 2015 年版。
俞志慧:《君子儒与诗教：先秦儒家文学思想考论》，生活・读书・新知三联书店 2005 年版。

袁进：《中国文学的近代变革》，广西师范大学出版社 2006 年版。

曾勤良：《左传引诗赋诗之诗教研究》，台北：文津出版社 1993 年版。

曾守仁：《王夫之诗学理论重构：思文/幽明/天人之际的儒门诗教观》，台北：台湾大学出版中心 2011 年版。

张丰乾：《〈诗经〉与先秦哲学》，北京大学出版社 2009 年版。

张丰乾：《可与言〈诗〉：中国哲学的本根时代》，商务印书馆 2020 年版。

张立新：《神圣的寓意——〈诗经〉与〈圣经〉比较研究》，云南大学出版社 1999 年版。

张启成、付星星：《诗经研究史论稿新编》，贵州人民出版社 2011 年版。

张汝伦：《〈中庸〉研究（第 1 卷）：〈中庸〉前传》，上海人民出版社 2023 年版。

张汝伦：《〈存在与时间〉释义》，上海人民出版社 2012 年版。

张汝伦：《二十世纪德国哲学》，人民出版社 2008 年版。

张舜徽：《周秦道论发微　史学三书平议》，华中师范大学出版社 2005 年版。

张素卿：《左传称诗研究》，台北：台湾大学出版中心 1991 年版。

张巍：《希腊古风诗教考论》，北京大学出版社 2018 年版。

章培恒、骆玉明主编：《中国文学史》，复旦大学出版社 2004 年版。

章培恒、骆玉明主编：《中国文学史新著》（增订本），复旦大学出版社 2011 年版。

章太炎讲演，诸祖耿、王謇、王乘六等记录：《章太炎国学讲演录》，中华书局 2013 年版。

章太炎：《太炎文录初编》，载上海人民出版社编《章太炎全集》八，上海人民出版社 2018 年版。

章太炎撰，庞俊、郭诚永疏证：《国故论衡疏证》，中华书局 2018 年版。

人民音乐出版社编辑部编：《赵元任歌曲选集〔附钢琴伴奏〕》，人民音乐出版社 1981 年版。
中国社会科学院考古研究所编：《殷周金文集成》（修订增补本），中华书局 2007 年版。
钟泰：《国学概论》，中华书局 1936 年版。
周春健：《诗经讲义稿》，中国社会科学出版社 2019 年版。
周振甫：《周振甫讲古代诗词》，江苏教育出版社 2005 年版。
周作人：《中国新文学的源流》，华东师范大学出版社 1995 年版。
朱维铮编校：《周予同经学史论》，上海人民出版社 2010 年版。
朱东润：《诗三百篇探故》，云南人民出版社 2007 年版。
朱东润撰，陈尚君整理：《中国文学批评史大纲》（校补本），上海古籍出版社 2016 年版。
朱光潜：《诗论》，广西师范大学出版社 2021 年版。
朱自清：《诗言志辨　经典常谈》，商务印书馆 2011 年版。
朱自清、郭沫若、吴晗、叶圣陶编：《闻一多全集》，上海人民出版社 2020 年版。

五　外国文献及其研究著作

陈超：《当代外国诗歌佳作导读》，河北教育出版社 2002 年版。
刘若端编：《十九世纪英国诗人论诗》，曹葆华、刘若端、缪灵珠译，人民文学出版社 1984 年版。
刘小枫选编：《德语诗学文选》，华东师范大学出版社 2006 年版。
上海外国语学院俄罗斯苏联文学教研组译：《苏联当代诗选》，上海译文出版社 1981 年版。
［波兰］塔塔尔凯维奇：《西方美学史　古代美学》，理然译，广西人民出版社 1990 年版。
［波兰］瓦迪斯瓦夫·塔塔尔凯维奇：《西方六大美学观念史》，刘文潭译，上海译文出版社 2013 年版。
［德］安德烈亚斯·弗利特纳编著：《洪堡人类学和教育理论文集》，

胡嘉荔、崔延强译，重庆大学出版社 2013 年版。

［德］奥斯瓦尔德 · 斯宾格勒：《西方的没落》第 1 卷，吴琼译，四川人民出版社 2020 年版。

［德］狄尔泰：《历史理性批判手稿》，陈锋译，译文出版社 2012 年版。

［德］格罗塞：《艺术的起源》，蔡慕晖译，商务印书馆 1984 年版。

［德］海德格尔：《存在与时间》（修订译本），陈嘉映、王庆节译，生活 · 读书 · 新知三联书店 2012 年版。

［德］海德格尔：《荷尔德林诗的阐释》，孙周兴译，商务印书馆 2000 年版。

［德］海德格尔：《林中路》，孙周兴译，上海译文出版社 2004 年版。

［德］海德格尔：《形而上学导论》，熊伟、王庆节译，商务印书馆 1996 年版。

［德］黑格尔：《精神现象学》上卷，贺麟、王玖兴译，商务印书馆 1979 年版。

［德］黑格尔：《美学》第三卷下册，朱光潜译，商务印书馆 1981 年版。

［德］黑格尔：《哲学史讲演录》第一卷，贺麟、王太庆译，商务印书馆 1959 年版。

［德］卡尔 · 雅斯贝尔斯：《什么是教育》，童可依译，生活 · 读书 · 新知三联书店 2021 年版。

［德］马丁 · 布伯：《我和你》，杨俊杰译，浙江人民出版社 2017 年版。

［德］马克斯 · 韦伯：《学术与政治：韦伯的两篇演说》，冯克利译，生活 · 读书 · 新知三联书店 1998 年版。

［德］尼采：《查拉图斯特拉如是说》（译注本），钱春绮译，生活 · 读书 · 新知三联书店 2014 年版。

［德］弗里德里希 · 尼采：《快乐的知识》，黄明嘉译，中央编译出版社 2007 年版。

［德］F. W. 尼采：《哲学与真理　尼采 1872—1876 年笔记选》，田立年译，上海社会科学院出版社 1993 年版。

［德］诺贝特·埃利亚斯：《文明的进程：文明的社会起源和心理起源的研究》，王佩莉、袁志英译，译文出版社 2009 年版。

［德］缇尔曼·波尔舍：《洪堡哲学思想评述》，赵劲、陈嵘译，同济大学出版社 2017 年版。

［德］韦尔纳·耶格尔：《教化：古希腊文化的理想》，陈文庆译，华东师范大学出版社 2021 年版。

［俄］列夫·托尔斯泰：《什么是艺术》，何永祥译，江苏美术出版社 1990 年版。

［法］程抱一：《美的五次沉思》，朱静、牛竞凡译，人民文学出版社 2012 年版。

［法］程抱一：《说灵魂：致友人的七封信》，［法］裴程译，商务印书馆 2021 年版。

［法］程抱一：《天一言》，杨年熙译，人民文学出版社 2009 年版。

［法］弗朗索瓦·于连：《迂回与进入》，杜小真译，生活·读书·新知三联书店 1998 年版。

［法］葛兰言：《古代中国的节庆与歌谣》，赵丙祥、张宏明译，广西师范大学出版社 2005 年版。

［法］罗曼·罗兰：《名人传》，傅雷译，长江文艺出版社 2018 年版。

［法］罗曼·罗兰：《约翰·克利斯朵夫》，傅雷译，天津人民出版社 2017 年版。

［法］让-雅克·卢梭：《爱弥儿》，孟繁之译，上海三联书店 2017 年版。

［法］雨果：《悲惨世界》，李丹、方于译，人民文学出版社 2003 年版。

［古希腊］柏拉图：《柏拉图对话集》，王太庆译，商务印书馆 2004 年版。

［古希腊］柏拉图：《理想国》，顾寿观译，吴天岳校注，岳麓书社 2010 年版。

［美］艾兰：《水之道与德之端：中国早期哲学思想的本喻》，张海晏译，上海人民出版社 2002 年版。

［美］本杰明·史华兹：《古代中国的思想世界》，程钢译，江苏人民出版社 2004 年版。

［美］厄尔·迈纳：《比较诗学——文学理论的跨文化研究札记》，王宇根、宋伟杰等译，中央编译出版社 1998 年版。

［美］弗罗姆：《爱的艺术》，赵正国译，国际文化出版公司 2004 年版。

［美］汉娜·阿伦特：《人的境况》，王寅丽译，上海人民出版社 2009 年版。

［美］郝大维、［美］安乐哲：《通过孔子而思》，何金俐译，北京大学出版社 2005 年版。

［美］柯马丁著，郭西安编：《表演与阐释：早期中国诗学研究》，杨治宜等译，生活·读书·新知三联书店 2023 年版。

［美］刘若愚：《中国文学理论》，杜国清译，江苏教育出版社 2006 年版。

［美］罗伯特·所罗门：《大问题：简明哲学导论》，张卜天译，广西师范大学出版社 2004 年版。

［美］乔治·桑塔亚那：《诗与哲学：三位哲学诗人卢克莱修、但丁及歌德》，华明译，广西师范大学出版社 2002 年版。

［美］宇文所安：《他山的石头记——宇文所安自选集》，田晓菲译，江苏人民出版社 2003 年版。

［美］宇文所安：《追忆：中国古典文学中的往事再现》，郑学勤译，生活·读书·新知三联书店 2014 年版。

［日］白川静：《诗经的世界》，黄铮译，四川人民出版社 2019 年版。

［日］遍照金刚撰，卢盛江校考：《文镜秘府论汇校汇考》（修订

本)，中华书局 2015 年版。

［日］川合康三：《中国的恋歌：从〈诗经〉到李商隐》，郭晏如译，复旦大学出版社 2017 年版。

［日］吉川幸次郎：《中国诗史》，章培恒、骆玉明等译，复旦大学出版社 2012 年版。

［日］家井真：《〈诗经〉原意研究》，陆越译，江苏人民出版社 2012 年版。

［日］武内义雄：《中国思想简史》，汪馥泉译，北京联合出版公司 2018 年版。

［日］中村元氏：《中国人之思维方法》，徐复观译，九州出版社 2014 年版。

［苏］季莫菲耶夫：《苏联文学史》，水夫译，作家出版社 1956 年版。

［意］贝奈戴托·克罗齐：《历史学的理论和实际》，［英］道格拉斯·安斯利英译，傅任敢译，商务印书馆 2009 年版。

［意］维柯：《新科学》(上下册)，朱光潜译，商务印书馆 1989 年版。

［英］基托：《希腊人》，徐卫翔、黄韬译，上海人民出版社 2006 年版。

［英］阿利斯特·麦格拉斯：《福音派与基督教的未来》，董江阳译，中央编译出版社 2004 年版。

［英］托·斯·艾略特：《艾略特文学论文集》，李赋宁译，百花洲文艺出版社 2010 年版。

［英］查尔斯·狄更斯：《艰难时世》(英汉对照)，盛世教育西方名著翻译委员会译，上海世界图书出版公司 2012 年版。

［英］拉曼·塞尔登编：《文学批评理论——从柏拉图到现在》，刘象愚、陈永国等译，北京大学出版社 2000 年版。

［英］马林诺夫斯基：《文化论》，费孝通等译，中国民间文艺出版社 1987 年版。

《艾略特诗学文集》，王恩衷编译，樊心民校，国际文化出版公司 1989 年版。

François Cheng, *Chinese Poetic Writing*, Translated from the French by Donald A. Riggs and Jerome P. Seaton, Bloomington: Indiana University Press, 1982.

Hans-Georg Gadamer, "The Beginning and the End of Philosophy", Edited with an Introduction by Christopher Macann, *Martin Heidegger: Critical Assessments*, London and New York: Routledge, 1992.

Haun Saussy, *The Problem of a Chinese Aesthetic*, Stanford: Stanford University Press, 1993.

Martha C. Nussbaum, *Poetic Justice: The Literary Imagination and Public Life*, Boston: Beacon Press, 2004.

Michael Oakeshott, *On History and Other Essays*, Oxford: B. Blackwell, 1983.

Philip Sidney, *The Defence of Poesie, Political Discourses, Correspondence and Translations*, Edited by Albert Feuillerat, Cambridg: Cambridg University Press, 2011.

Raman Selden, *The Theory of Criticism from Plato to the Present*, New York: Longman, 1988.

Stephen Owen, *Traditional Chinese Poetry and Poetics: Omen of the World*, Madison: The University of Wisconsin Press, 1985.

Steven Shankman, Stephen Durrant, *The Siren and the Sage: Knowledge and Wisdom in Ancient Greece and China*, London and New York: Cassell, 2000.

Yu-Kung Kao, "The Nineteen Old Poems and Aesthetics of Self-Reflection", *The Power of Culture: Studies in Chinese Cultural History*, Edited by Willard J. Peterson, Andrew H. Plaks, and Ying-Shih Yü, Hong Kong: The Chinese University Press, 1994.

六 期刊论文

晁福林：《论殷代神权》，《中国社会科学》1990 年第 1 期。

陈虎：《试论〈诗经〉的史学价值和意义》，《南京社会科学》2002 年第 10 期。

陈桐生：《上博简〈孔子诗论〉对诗教学说的理论贡献》，《陕西师范大学学报》（哲学社会科学版）2006 年第 4 期。

陈霞：《〈论语〉“思无邪”与孔子的诗教思想》，《管子学刊》2005 年第 4 期。

成中英：《论传统经学（体系）的哲学意涵与现代重建：儒学、经学与国学——兼评“经典诠释”的概念与方法问题》，载蔡方鹿主编《经学与中国哲学》，华东师范大学出版社 2009 年版。

程俊英：《略谈〈诗经〉兴的发展》，《华东师范大学学报》（自然科学版）1980 年第 4 期。

杜正胜：《从眉寿到长生——中国古代生命观念的转变》，载中华书局编辑部编《“中研院”历史语言研究所集刊论文类编·历史编·先秦卷》，中华书局 2009 年版。

冯文开：《20 世纪〈诗经〉“史诗问题”的论争与反思》，《内蒙古大学学报》（哲学社会科学版）2011 年第 6 期。

高秉江：《诗与象》，《杭州师范大学学报》（社会科学版）2008 年第 5 期。

高培华：《第一部私学经典的诞生——〈论语〉编纂新探》，《河南大学学报》（社会科学版）2011 年第 5 期。

黄克剑：《孔子“诗教”论略》，《哲学动态》2013 年第 8 期。

李阿慧：《礼防与王化——论〈汉广〉〈汝坟〉诗教之旨》，《孔子研究》2017 年第 3 期。

李虎群：《马一浮的儒家诗教思想发微》，《中国文化研究》2012 年第 2 期。

李辉：《仪式歌唱情境下〈诗经〉赋、比、兴的兴起与诗乐功能》，载中国诗经学会、河北师范大学合办《诗经研究丛刊》（第二十八辑），学苑出版社 2015 年版。

李辉、林甸甸、马银琴：《仪式与文本之间——论〈诗经〉的经典化及相关问题，《温州大学学报》（社会科学版）2020 年第 1 期。

李振纲、芦莎莎：《孔子诗教与礼乐观发凡》，《现代哲学》2016 年第 5 期。

李旭：《君子之道的仁义抱负与文教起点——试论介于质教与文教之间的儒家诗教》，《海南大学学报》（人文社会科学版）2015 年第 1 期。

林叶连：《“温柔敦厚，〈诗〉教也”意涵探析》，载中国诗经学会、河北师范大学合办《诗经研究丛刊》（第二十九辑），学苑出版社 2018 年版。

刘冬颖：《诗化的历史——〈诗经〉中的周民族史诗》，《社会科学战线》2002 年第 1 期。

刘季冬：《孔子“多识于鸟兽草木之名”的文化意涵——兼论〈论语 · 阳货〉篇孔子诗教的思想旨归》，《现代哲学》2010 年第 6 期。

刘文英：《中国传统哲学的名象交融》，《哲学研究》1999 年第 6 期。

刘五一：《谈谈〈诗经〉的史诗价值》，载中国诗经学会、河北师范大学合办《诗经研究丛刊》（第二十五辑），学苑出版社 2013 年版。

刘毓庆：《百年来〈诗经〉研究的偏失》，载中国诗经学会、河北师范大学合办《诗经研究丛刊》（第三十辑），学苑出版社 2018 年版。

鲁洪生：《从赋、比、兴产生的时代背景看其本义》，《中国社会科学》1993 年第 3 期。

马银琴：《〈诗经〉史诗与周民族的历史建构》，载中国诗经学会、河北师范大学合办《诗经研究丛刊》（第三十辑），学苑出版社 2018 年版。

孟庆楠：《天道与人性——从早期〈诗〉学的线索看天道秩序的内在化》，《道德与文明》2019 年第 4 期。

彭维杰：《孔子与朱子的诗教思想比较——兼及对现代诗歌教育的启示》，载《朱子诗教思想研究》，台北：花木兰文化出版社 2009 年版。

钱穆：《中国传统思想文化对人类未来可有的贡献》，载中华书局编辑部编《中华文化的过去现在和未来——中华书局成立八十周年纪念论文集》，中华书局 1992 年版。

屈万里：《西周史事概述》，载中华书局编辑部编《“中研院”历史语言研究所集刊论文类编・历史编・先秦卷》，中华书局 2009 年版。

汪铿：《〈尚书〉和〈诗经〉的史学价值》，《史学史研究》1988 年第 2 期。

王博：《〈中庸〉与荀学、〈诗〉学之关系》，载袁行霈主编《国学研究》（第三卷），北京大学出版社 1995 年版。

王长华：《六十年来〈诗经〉研究的反思与展望》，载中国诗经学会、河北师范大学合办《诗经研究丛刊》（第二十八辑），学苑出版社 2015 年版。

王倩：《朱熹“〈诗〉教”思想的发展历程》，《教育学报》2007 年第 1 期。

王秀臣：《“三礼”的文学价值及其文学史意义》，《文学评论》2006 年第 6 期。

夏含夷：《从西周礼制改革看〈诗经・周颂〉的演变》，《河北师院学报》（社会科学版）1996 年第 3 期。

杨公骥：《〈诗经〉、〈楚辞〉对后世文学形式的影响》，《东北师大学报》（哲学社会科学版）1986 年第 5 期。

张国庆：《论儒家诗教的思想性质》，《思想战线》1992 年第 5 期。

张海珊：《中华民族是善于形象思维的民族——诗国奥秘之一》，《天津师范大学学报》（社会科学版）1989 年第 6 期。

张汝伦:《绝地天通与天人合一》,《河北学刊》2019 年第 6 期。

张汝伦:《作为哲学问题的“哲学”》,《哲学研究》2021 年第 11 期。

郑开:《祭与神圣感》,《世界宗教研究》2019 年第 2 期。

周恩荣:《〈孔子诗论〉的思维方式与孔子诗教的政治伦理功能》,《河南大学学报》(社会科学版)2004 年第 2 期。

周勋初:《“兴、观、群、怨”古解》,《上海师范大学学报》(哲学社会科学版)2008 年第 1 期。

[日]吉川幸次郎:《推移的悲伤——古诗十九首的主题(上)》,郑清茂译,《中外文学》1977 年第 4 期。

索　引

K

L

M

Q

R

S

T

W

X

Y

Z

后　记

离乡求学十余载，多可喜，亦多可悲。天地转，光阴迫，捎走了我在复旦度过的十二个春秋冬夏。在剪下这段光阴藏入行囊之际，袭人的栀子花香，似乎又将思绪带回到十余年前那个草长莺飞的春夏之交，回到了张汝伦老师在2010年开办的“读书与人生”讲座。那是我的哲学探索之旅开始的地方。

（一）

在那次讲座上，我第一次领略到张老师的风采。当时我去迟了。讲堂早已被挤得水泄不通，我只能立在不足锥尖的角落翘首而望。距讲台实在太远，我没能看清老师的容貌与神情，但他铿锵有力、义气凛然的声音直入我心。张老师讲述了中外文明史上的不朽人物以及他们的思想，其中很多我都闻所未闻，只觉这些道理美妙无比。仿若一道撩目的强光驱散了笼罩已久的阴霾，我由眩晕到颤抖，再到惊叹与折服，内心深处升腾起从未有过的欢愉，觉得这才是我在最宝贵的年华里最应追求的。就这样，我转专业到了哲学学院，成为2010级国学班的一员。

于我而言，国学班不单单是学院设立的一个专业。它满载着师长的殷殷期盼。师辈历经诸般不易，才在森严固化的学科体制中创设出这样一个以汇通文史哲为其教育愿景的国学班，以求培养些“读书种子”。依稀记得，刚入班不久，我在课上听闻熊十力先生的《论六经》一书，便借来一读。熊先生命途多舛，却始终振作志意，

"没有一日不讲学，没有一日不修改他的《新唯识论》，从不灰心丧气。休息时还常常对着山谷高声呼喊，四面回响，似催人奋进，总是给人一种勇猛精进、自强不息的精神状态"①。初读此处，我已潸然泪下，日后每次温书亦百感交集。熊先生在其著作中反复默念："吾衰矣，有志三代之英，恨未登乎大道"②，并寄希望于后辈："天下后世读是书者，其有怜余之志，而补吾所不逮者乎？"③ 似乎总有个声音在我耳边黾勉敦促，要珍惜当下的求学机会，惜时发奋，日新日进。

那时的我终日沉浸在对梦想的渴求中，如痴如醉，丝毫未觉察生离死别的残酷渐已逼近。万万没有想到，最亲爱的外婆竟会罹患肝癌。因多次注射杜冷丁、吗啡来镇痛，老人的神经遭到了严重破坏，以至于再难合拢眼皮，也无法吐露完整的言辞，只能发出模糊的咿呀声。那发紫的嘴唇、痉挛的四肢、冷汗直冒的额头、恐惧无助的眼神至今仍历历在目。老人饱受癌痛折磨数日，连发出凄厉的哀嚎都再无气力，唯剩一具不成人样的残躯抽搐不止，直至心跳曲线归于平直。这位我情感上的双亲、世界上最爱我的人，以这样的方式永远离开了我。守护在侧的二十余天里，我似乎也经历了一番死生，性情为之一变，自此更少言语，喜清静，好独处。上苍的天秤倾斜了吗？一个被抽去灵魂的笨拙瓦匠顺着坡度滑落到地上，四处流浪。世间多了个埋首于废墟残垣中的身影，搜寻抔土碎石来修补生命的空缺，用泪与汗将忙碌、麻木和成泥浆黏合裂缝。在丧亲之痛与死生之大限的映衬下，声色犬马和利禄功名是否都太苍白、太虚妄？百年之后，贤愚同归尘土。有什么可以超越死亡？如何才能不枉此生？我常辗转反侧，思索至夜半，在这样的困惑与迷茫中挣扎摸索，我度过了本科四年。

---

① 熊十力：《论六经·中国历史讲话》，第3页。

② 熊十力：《读经示要》，自序第8页。

③ 熊十力：《读经示要》，自序第8页。

在这四年里，我修读了一系列完整且系统的原典精读课程，所涉原典遍及经、史、子、集四部，想来真是非常幸运的事。郭晓东老师开设的“儒家思想”与“《大学》与《中庸》”是我的国学启蒙课。在平日的学习中，郭老师像父辈一般给予我们关心和帮助。郭老师在经学、先秦两汉思想、宋明理学等领域均有建树，在公羊学方面造诣甚深。我虽未登堂入室，但受其熏陶，对公羊学萌生了浓厚的兴趣。才清华老师是2010届国学班的指导老师，平日里与我们交流颇多。她像姐姐一般亲切，为我们答疑释惑，不辞劳苦。才老师精于老庄与魏晋玄学，让醉心于原儒之学的我领略到道家思想的博大与精微。初读《庄子》，苦于难入，诚如王叔岷先生所言：“性情与庄子近，则展卷一读，如获我心；性情与庄子不近，虽诵之终生，亦扞格不入。”[①] 才老师开设的“《老》《庄》精读”课程为我指明了求学门径。我虽非李若晖老师门下，但有幸蒙其亲炙，选修其开设的“《诗经》导读”“小学基础”“战国思想研究”等课程，受益颇深。其中，“《诗经》导读”是我的《诗经》启蒙课。自此，对《诗》之精神世界的好奇与向往便深植于我心中。

让我久久不能忘怀的，还有杨泽波老师的“《孟子》导读”课与林宏星老师的“《荀子》导读”课。杨老师让我见识到了儒者的铮铮铁骨。他多次以自身的求学经历劝勉我们：大丈夫立于天地间，应笃善好学，俯仰无愧。林老师直率耿介，洋溢着孩童般的纯真。他对真理的执着与坚守将长存我心。结课之时，林老师慨然所书之寄语——“唯真理之所求，缠绵固结，强聒不舍，志存高远，广节而疏目，旨高而韵远，气正而行方”——将永远鞭策我前行。吴震老师开设的“宋明理学史”和“《传习录》精读”、陈居渊老师开设的“校雠目录学”和“《文选》导读”、刘康德老师开设的“《周易》导读”和“魏晋玄学专题”、徐洪兴老师开设的“《二程集》精读”课程极大地开拓了我的学术视野。老师们的教学过程各有特色，

① 王叔岷撰：《庄学管窥》，中华书局2007年版，第1页。

但都能用深入浅出的方式，将潜心探索之所得晓谕我们并启人思悟。

我还有幸旁听了历史系邓志峰老师开设的“中国经学史”课程。课堂上，邓老师面前摊着将近二十厘米厚的手写讲稿。他时而皱眉凝思，时而伫立远望，旋即写下一列列竖排繁体的板书，似乎比听讲的学生更为专注。先生谦逊温和的外表下潜藏着的赤子之心坚如磐石，让人动容。我还多次选修历史系吴晓群老师的课程，并惠蒙其悉心指点。吴老师告诫我，读书是件急不来的事，要寻觅读书之乐，并享受这一过程。当读书成为一个人的生活方式之时，学问及人生的修养自会精进。每每忆及，言犹在耳，恍若昨昔。课余时分，我们常相聚于何益鑫老师举办的读书会。何老师或论学理，或谈人生。三五学子围坐桌前，其乐融融，如沐春风。这都是我至为宝贵的回忆。

蒙张老师不弃，收我入其门下。一直以来，张汝伦师对我的治学取向起到了根本性的影响。老师中西兼通，对德国古典哲学更是如数家珍，由此，我领略到了西方哲学的魅力与伟大。若非受其影响，我可能会成为一个原教旨主义者，很可能早已放弃学习外语，更别提拜读康德与黑格尔的著作了。老师总能从我的应答中照察我想法的浅薄与错谬，并明示以问题所在。“孔之乐天，庄之放达，勿忘于心，此中国哲学修养之最高境界也！是所望焉！”此苦心谆复之言一直悬于我书房的案桌之上。它一次次点燃了我的心火。

让我深感幸运的是，能够在博士阶段的最后一年修读张汝伦师开设的“《中庸》精读”课程。那时疫情渐趋平稳，滞留他地近半年的我刚获批返校。论文写作进度严重耽搁，身心状态也欠佳。就在这茫然无措之时，“《中庸》精读”课程对我恢复学习与写作状态有极大的启发和帮助。坦白来说，我从出生到现在都没有听过如此风格的课。若说在之前的课上，张老师会把深思熟虑的观点直接呈现，那么，“《中庸》精读”课程则从研读基本的文献开始，一步步教我们发现文献中蕴藏的奥秘，教我们如何思考，进而回应近世学界的各类思潮。伴随此一过程，张老师致思的环节得以逐一展开，实在妙不可言。若以烹饪菜肴为喻，这门课相当于张老师提上菜篮带领我们去集市挑选食材。一路上，我们能听到他对各类食材的评鉴。有的是神品，有的是上品，有的是中品。有的根叶茁壮，惜乎花果萎蔫，所以并不值得收入囊中。有的色泽灼烁，实则败絮其中，妄自食用，恐损筋伤髓。然后，张老师再教导我们食材之间应该如何搭配，如何调味，如何控制火候，并且亲自掌勺，运斤成风。在我们看得目瞪口呆、啧啧称奇之时，美味佳肴早已在腾腾热气中出锅落盘。整个过程非常有趣！

奇妙的是，张汝伦师的课程与他的文章往往展现出他人格的不同维度，令其形象变得丰富无比。老师虽年近古稀，但他似乎比我们更有朝气。课上，他慷慨激昂，针砭时弊。兴之所至，来几句对中西哲学的评点，让人如闻天籁，忽的戛然而止，不复其所踪。我能很真切地感受到，张老师的精气神充溢于课堂这个精神空间与意义空间的每一角落，使我受益无穷的不仅是所听闻、所观见的内容，更是这周流无滞、灵动鲜活的过程本身，是老师的生命光景与精神气象对我的感召。而观其文章，文笔老辣考究，风格健朗疏俊。厚重深沉的情感并非直接宣发于外，而是沉潜于细致的说理中。情理融浑，若即若离，读罢不禁让人拍案。

回溯从本科到博士阶段的学习历程，张汝伦师对我的要求一直非常严格，在我身上倾注了许多心血。这都是我数算不尽的。可以说，张老师早已成为我生命中尤为重要的人。当时的我一无所有，只能用追随其治学之道的这十余年，来回报恩师在外婆刚离开我之时，为我照亮的一段前路。张汝伦师常提醒我，为学须考镜源流，正其本，尊其源，在求学阶段不应满足于专治某一哲人或是某一流派的思想，而应对从先秦哲学到新儒家思想的发展进程都有所涉猎，力求厘清与把握中国哲学史的源流与演变。于我而言，要深入理解吾国思想文化传统，无论如何都绕不开对先秦儒道思想的探究。因此，在本硕阶段，我把主要精力放在对先秦儒道思想及其关联的探索上。而在此过程中，我渐渐意识到，六经与诸子在深层的义理处关系尤大。六经是诸子共同的思想资源。诸子化“经”于无形，将其熔铸于自身的思想建构之中。欲通诸子，不可不明六经。虽然我本硕阶段学位论文的选题多围绕先秦儒道思想及其关联来展开，并未与某一部经或经学直接相关，但我对经的研究兴趣与研读计划从未停止。

六经之中，《诗》最能引发我的探索热情。但在不同的时代语境下，人们对《诗》之意义、作用与功能的界定迥然有别，这尤其令人困惑。《诗》之为“经”，从前现代语境中的不言自明到备受近世学界质疑与解构，具体表现为，由主体主义、人类中心主义、“情感—表现”主义等思潮杂糅而成的“以文（纯文学）说《诗》”立场，基于历史相对主义的视角，认为《诗》之为“经”的历史事实在新时代已不具备有效性，遂提倡采取与当今的观念体系相匹配的新的研究范式与概念体系来治《诗》。然而，据我粗浅的读经体会以及对先秦“经权”问题的初步探究所得，尽管先秦时人尚未在经验事实层面明确创发出“六经”之名，将六经“立于学官”的建制在此时期也尚未确立，但“经”作为一个重要的思想概念，早已存在于先秦思想文化传统中。“经者，常也”这一训释所折射的观念背景，暗示出昔人对于“常—变”问题已有深入思考，由此展开对道之“常”的种种特质的探究以及对“守常以通变”的形上阐释，并落实为与之相适应的生存活动与实践态度。职是之故，进行下述区分殊为必要，即从经验事实层面描述《诗》成为“经”的历史过程和从义理层面考索《诗》成为“经”的内在根据。后者为前者提供了《诗》之为“经”的义理根基。《诗》如何能在言说常道的意义上作为一部“经”屹立于华夏哲学的本根时代，这构成本人博士阶段的根本关切。我深知，博士阶段的探究只是一个起点，未来之路还很漫长。愿我能继续保持探索的热情与求学的诚心，义无反顾地走下去。

回首往昔岁月，师长亲友们的鼓励与支持给了我很大的力量。剑青师兄、益鑫师兄、陈松师兄、高桦师兄、尹洁师姐、妮伶师姐、洪义师兄、李彬师兄、亚东师兄、少鹏师弟、燕婷师妹、伟晟师弟待我甚善，平日里对我多加照拂，在此向他们表示深深的感谢。同时，我还要把感谢献给志宇、小洁、小柯、小璇、京丽、元洁、昕姐、缤心、丽娟和可桐。他们与我并肩走过那些风雨飘摇的日子，让我深深体会到友情之可贵。我还想感谢我的先生武杰。他为人如和风庆云，处世之道较我更胜一筹，足为我师。我们同窗十余载，由同学变为好友，再变为恋人，而后结为夫妻。他的温和耐心与悉心陪伴让我心中暖意融融。

家乡离沪遥远。求学在外，回乡时间寥寥，未能时常伴在双亲与妹妹们的左右。最让我不能释怀的是，未能陪伴外婆度过她人生的最后一个生日。这是我此生永远无法赎回之罪愆：

“徂年既流，业不增旧。我之怀矣，怛焉内疚。”

如今，距外婆离世已整整十年。在这十年里，我对她的思念从未消散。外婆没读过书，不识字，是个再质朴不过的老人。不过在我心中，她却是带着孙女编织美梦的魔法师。还有老人手中的那柄大蒲扇，它是我童年的卫士。这蒲扇里蕴着一股说不清道不明的力量：扇羽薄如蝉翼，却能挡住暴风骤雨，隔开孩童对于未知的惶恐和忧虑；扇羽无缝无隙，却能让微风与雨丝透过，让阳光倾泻而下，让孙女梦想的触角延伸到未来。蒲扇就这样轻拂着，幼年的我常靠在外婆的膝头听故事。似乎老人掌心的每一道皱纹里，都藏着令人唏嘘不已的往事，就连那快被皱褶填平的酒窝里，也盛满了可悲可叹的际遇：关于被生父卖到地主家抵债，关于毒打下人的地主婆、颐指气使的小少爷，关于干不完的农活，关于在寒冬腊月里，如何用长满冻疮的手剥树皮拾马粪，关于难以下咽的红薯“饭”，关于鬼子进村，关于饥荒、抗战和逃亡，关于刘清浩，那个给还是少女的她带来过甜蜜和希望的男人（她娇羞到不敢正眼看他，只能在无人的夜低着头抿着嘴偷笑着，直到他俩喜结连理），关于大出血，关于过继而来的一双儿女，关于外公的早逝，关于二十余岁便成为寡妇的她如何带着年幼的儿女艰难度日……若有谁用单薄瘦弱的血肉之躯，承载了种种难以为他人道来的苦楚，让吾民族近代以来的兴衰绵延，透过其生命历程在我心中留下了不灭的痕迹，那个人便是我的外婆。这总让我一次次想起《诗》中那些身份卑微的无名氏，那些寂寂无闻的兵卒、小吏、农夫、妇人……他们没有立下丰功伟业，并未青史留名，只是在黄土地上肩担日月、耕耘隐忍、忧劳叹息，然不可否认，他们都曾认真而诚挚地存在过，生活过，在世上素位而行，尽己之本分，因而同样令人尊敬。

博论最后的写作阶段可谓倍感煎熬。因疫情暴发，交通管制，我滞留他地近半年，身边资料全无。而后公公罹患肺癌，先生和我在被病毒啃噬的晦暗大地寻医问药，黾勉同心以护老人周全。我未曾料想到，求学阶段的始末节点，均伴随以亲人身患恶疾，而在这最为煎熬的日子里，对外婆的感念，竟能化作支撑我咬紧牙关、铆足劲头冲闯到底的一大力量。因为这些年来，我一直怀揣着一个心愿，想用一部书来纪念这位饱经苦难、却始终待世界以善意与温柔的可敬老人。卧立行停，俯仰顾盼，念兹在兹。如今论文基本完成，虽然文章各方面仍有疏略，但至少夙愿已遂，几无憾事。

青松何挺立，执此岁寒心

辛丑年三月廿三日书于复旦北区弗已斋

（二）

从为人弟子到忝为人师，等站上讲台的那一刻，我才真正理解了师长当初苦口婆心劝我的种种。如今，身侧已不复有睿智的长者拨乱解惑。裹好行囊，换了片立身之地，充满晃动感的异乡漂泊再度降临。兜兜转转，仓皇中似乎又归回十余年前的起点，而我已不再年青，步子也不似起初那般轻快。日光之下无新鲜事。关于此点，最好的例证莫过于，不管处于怎样的人生阶段，似乎永远躲不开命运大手的抛掷，生活的想象力远比人所意料的要丰富，而在或内卷或躺平的喧嚣深处，实则隐匿着黑云压城般的沉闷与死寂——一种本时代几乎无人能幸免的“拔根”和“失语”。

立于人影寥落的通幽曲径，蓦然回首，这条道路，远比我起初想象的要艰难和孤独。我常回想，为何我会走上这一条路，误打误撞，抑或命中注定？我不止一次动摇过，也不止一次在动摇之时，思及初次见到四库全书时的那种震撼感。相逢那一刹那的感觉，着实难以名状。规模如此庞大的丛书，我见所未见。十六开，一千五百册，满满当当填齐了十余个书架。每一册书都嵌着一双深情的眼，向我这个知返的游子投来炽热的目光——“你终于来了！我们可是久等了！”是的，它们在温柔地轻唤。无尽的羞赧升腾而起，我如芒在背，暗暗自责道：我真是个不肖子孙，竟然直到二十出头，才知晓它们的存在，才懂得它们的可贵。从小到大习惯了印刷体的我，还是头一次知道有抄书与影印一事。我拿出一本，细细翻看着，目光所及之处，没有一个别字。卷卷字迹工整，堪称书法精品。每卷书的字迹千秋各异，或刚健遒劲，或清逸俊秀……我试着从中猜测抄书人的性格，深觉手中捧着的不是一册书，而是一个民族赤诚的心。那一声叮咛——“善自护持，无令断绝”——让人心酸。兴许是这次相逢唤醒了沉睡已久的文化基因。民族绵延千载的呼唤与血液的脉流交相跌宕，蛰居在灵魂深处的关于民族的深层记忆与情结将我紧紧包裹，立于书架间的我竟暗自啜泣。

我还记得，在那段青葱岁月里，冥冥中总有个声音启导着我去读《诗经》，总有种力量不断将我引向这一部处于中国哲学本根时代的伟大元典。我隐约有种直觉，这部经典不可平平读过，而是大有深意，但却说不出所以然，唯有将此神往之意默默地藏于心间。人生不过百年，世事沧桑更迭，似乎一切都如此脆弱，悬于一线，而这三百余首诗凭借口耳相传，系诸唇吻，竟逃过了秦火与战乱，辗转千载，流传至今。这不得不说是一个奇迹。围绕着《诗》展开的诗教传统与诗化生存，虽然陨落了，但不应被遗忘，更不应被亵渎。

它的璀璨与绚烂，一如飙风电火、霓虹流光，早已在宇宙大化的不朽历程中刻下了不可磨灭的光辉轨迹。

时光流转，当初的我何曾料到多年后的自己将客居金陵。一片土地所蕴藏的神奇力量，或许永远都不应小觑。在五胡乱华的至暗时刻，作为华夏文明休养生息、存其命脉之地，这里见证了文明历程浩荡大势的雄浑苍莽。六朝古都的荣耀辉煌，与近世三十余万子民血染大地的骇人苦难，二者间的巨大张力，不免使人在这片古老大地上每踏出一步，似乎都能从地心深处感受到文明源头对她子民的呼召，不管双方相隔有多远，也不管时间长河流逝了多久。这种奔腾在血液中的感应力量都是无与伦比的，终将点燃伏于心底的热情与渴望。凡此诸种，使得此时此刻的我在重温经典之时，心境自不同于以往。或许前路仍孤影阑珊，友人天各一方，在遥远的异乡辗转复流浪。青灯黄卷点亮了人性隐秘处的萤萤心火，借此在暗夜里寄托着思古与伤逝的情怀，遥想着那些或许曾经存在、或许是昔人建构而来的永远不会降临的黄金盛世。所幸之处在于，正是由于足下土地给人的承托、温度与力量，使路途中孤往的行者，所感受到的或许只是孤单，而非孤独。

也正是在这段日子里，让我甚为感激的是，上苍赐予了我特别宝贵的两件礼物：一是课堂，二是我深深体验到文字书写的乐趣。二者都为我创造了重要的意义空间。原来人真的可以凭借口头言说与书面文字，在重重受限的时空秩序与生存境遇中，构筑起无穷的意义域，并徜徉于其间。这是“神游”维度的发掘与开启。

关于课堂，很神奇的一件事是，站上讲台后，这样一个问题愈来愈盘桓于心间——课堂教学对我生命的意义是什么？我该如何面对它？以前不是没有想过这个问题，只不过此前种种多半可归为浮于浅表的无感之“思”。而今，浅薄之思虽仍难以避免，但课堂的真实意义这一问题，的确因着荆棘丛生的重重困惑在我生命中真正降临。我常想，若我如旋转木马般在固定的场所、沿着固化的轨迹、在不变的背景音乐下重复着机械的圆周循环，例行公事般送往迎来，往复摆渡，那么对三五年后的我来说，上一堂课是否会像街头醉汉借个火、点根烟般稀松庸常、平淡无奇，再难激起心魂的波澜？

我深知，自己无法成为一个崇高而伟大的人、一个光明磊落的君子。我须时刻与自身卑劣的情操搏斗与对抗，稍有松懈就会被这个巨大的黑洞所吞噬，似乎有千万种声音让我往下坠落。一个梦境不断重复着：黑色大地上，罪恶发酵着，任何一点火星落入其中，都会于顷刻间熄灭；上了发条，不知狂飙向何处的失控列车；昼夜不息的霓虹光影；工厂里飞烟滚滚的隆隆齿轮；猩红色的味蕾永不餍足，张着可怖的獠牙恣肆地膨胀。恶之眼在暗夜里伺机而伏、蠢蠢欲动。生存关系的一切维度，似乎都可能沦为清一色的控制与被控制、规训与被规训，以爱之名施暴，以正义之名犯罪……我虽想逃离，却已泥足深陷；我既是受害者，是死者本人，又是同伙和帮凶，是那个代大匠斫的血淋淋的刽子手。为此，这个梦中人时常经历内在的矛盾与冲突、对立和撕扯，在破碎的世界图景中化作片片飞絮。这个梦中人，便是我吗？或许也常因此疲惫而叹息，像泄了气的皮球那般，但怎奈逝者如斯，不舍昼夜，我无法驻足，哪怕只是抽刀断水般奋争出可供喘息的片刻。一路向前，是的，唯有一路向前。我不得不在可笑的、捉襟见肘的窘迫中重整旗鼓，在炫目的晃动感中一次次寻觅新的起点，丈量并踩实足底苍茫而广袤的古老大地。迄今为止，我所有的努力（如果我真的曾努力过），都只是力图使自己免于在沉默中灭亡、在平凡中溃烂。

如果有什么可以作为争取自由与生存的尝试，那么无疑是课堂这个无可取代的精神空间与意义空间。的确，它如此短暂，但却正是通过徜徉于这看似无足称道的瞬间，我才发觉自己并不只是一具任由消化与排泄主宰的生物体。我的精神有可能摆脱惯性程式向上提撕振拔，实现自由之驰骋，于当下瞥见永恒，于现实遭遇超越。这一个个美妙的瞬间让我沉醉流连，从心底升腾起无声的惊异与颂赞——“Verweile doch，du bist so schön！”过去、现在和将来的每一次课堂都是我短暂生命的重要仪式，是我须委致己身所赴之约，是对开向无限、永恒与超越的人类精神曾经实现的高度与巅峰的崇高礼赞。甚至可以说，我比讲台下任何一位听众都更需要它。脉搏每一次有力的跳动、血液在每一道湾回的奔涌都在拼尽全力呼唤它，渴慕与它紧紧相拥，永不分离。或许我这只冲动而笨拙的蜗牛只能就这么慢慢往前爬，可能到头来只是以潦倒的失败者的姿态趋近而非到达所认定的终点，但这又有何妨？纵使骤雨穿林打叶，何妨一路高歌向前，或许如此便可无愧于心，亦不负岁月流年。

除了课堂，另一个令我珍视的意义空间，有赖书写而创造。深夜展卷，灯火可亲。当我端坐桌前，写下随笔和日记，或是吟诵《诗经》修改书稿之时，深觉那时的我才是最真实的自己，那时的我才真正地活着。这样的时刻，在我短暂的一生中不过弹指须臾，但它对我的意义却是无比巨大的。这些随笔与日记，文辞稚拙，也没有读者和听众。当然，这些并不重要。或许我是为了自己，为了能更认真、更真实地活着而写。那就让这些文字静静地待在天地间的某个角落，像一只蜗牛蜕下的壳久久地留存于摇曳的草叶间，好似生命最源初而深层的力量和律动在某一刹那得以驻持与定格，我可以更真切地观照与理解它们，和它们对话，由此更深入地检视内心——那些不安、恐惧与撕扯，我所恐惧的是什么，我真正想要的生活是怎样的，在有限的年辰里我到底该如何生存。在这样的时刻，我不必强颜欢笑，不必进行言不由衷的痴人呓语，纵使污泥满身，仍可任由笔尖在纸面谱下一首首心灵的圆舞曲，借此超越形躯之限，恍若在冰山之巅吸风饮露、奔走跳跃，抑或化作林间清风，离形去骸，无所不在。

或许书和笔是最好的伙伴。它们不问过去，也不虑来事，使得每一刻的你都有可能是崭新的，只要你愿意！书和笔，不会把人分成三六九等，不会以貌取人，不会喜新厌旧，踩低捧高，而是无条件地尊重并信任你，听你诉说，与你对话，伴你同行。或许真正的苦闷与困惑，须凭借不断尝试的创造性行动才能予以化解和突破，而就在这一个个用创造去突破与化解痛苦的同时，人才能一次次迎来新生，也才能明白光明与重生的真实含义，同时也深深感激与铭记行走在黑暗中的日子与意义。可能也唯有如此，才能真正唤醒蛰居在灵魂深处、封存已久的神的形象和样式，并一次又一次地体会何为“天命之谓性”。

两年多来，在课堂教学与书写活动所构筑的意义空间里，我所思所想、所感所悟的诸多轨迹，悉皆化作这部书稿的点滴片段。我试着走进《诗经》宏大的精神世界。无名的诗人们，用诗性言说洗涤和净化苦难的能力，让我惊叹不已。他们用血肉之躯，连通着星空之灼烁与深渊之幽暗，在开向超越与永恒的不朽历程中，让真光照亮当下，让无限内驻于每一生存瞬间，在相刃相靡、其行尽如驰的人间世，活出了俯仰无怍的生命境界。这仿若从窄缝中照进的一隙之明，使我得以在天地间奋争出可供喘息的逼仄一隅，并于此由衷地体会到，开向无限的诗性言说，对于与世沉浮的灵魂而言，何尝不是一种洗涤与净化、医治与救赎？我时常想起诗人“政事一埤遗我”“室人交徧谪我”的无奈、“我生之后，逢此百忧”的伤怀、“乐土乐土，爰得我所”的呼求……多么希望自己有朝一日能像无名的诗人那般成为刚毅而隐忍的人，能坐得了冷板凳，受得了胯下之辱，经得住作为丧家犬可能面对的质疑、蔑视和哂笑，而与此同时仍能用孩童般的纯真、慈祥老人般的温柔和善意来回报这个世界，“不再在这片土地上乞求”，而是去“做一个能容纳一切的人，把所目睹和经历的一切深藏在心底，让在你身上寻求安慰的人有勇气继续生存下去”；我多么希望能像诗人那般，用虽被岁月磨出茧褶，但或许仍旧火热、仍旧富有血性的心魂，凝结成更富性灵的文字，来纪念生于斯长于斯的故土和在这片土地上背负青天、劳苦叹息、居易俟命的子民，书写他们所经受的鞭挞与苦难，仰望那经纬天地、震古烁今的理想，赞美那参乎天地、亘古不灭的荣光，去歌颂如天地之馈赠般出现在我短暂生命中一切美好的人、物与事，去高吟那个看得见的世界和用肉眼看不见的世界，并为之发出持久的惊叹。

这部书稿寄托了我的梦想，兑现了十年前我对《诗经》立下的承诺，承载着我对已故的外婆无尽的思念和缅怀，以及在一个个寂静之夜对未来的畅想与渴望。字字句句，点点滴滴，伴随着离乡求学十余载蹒跚前行的曲折轨迹，点亮了执教两年多来忙碌而艰难的岁月。于我而言，这部书稿并非一个客体、一个对象，抑或一个项目的完结。毋宁说，它是亲人，是伴侣，是挚友，不离不弃，风雨相随；是心血所凝、志意所化，是从缄默无声的可朽皮囊里濬发而出的呐喊与咆哮。修改时间较为紧迫，平日里百务堆叠，分身乏术，不得不一再腾挪和挤占休息时间，形躯疲乏、内心苦闷之时，唯有长啸高呼，振奋志意，聊以宽慰。我常觉得，人是靠腔子里一股不灭的精气神活着，而不是别的。行走在毫无遮拦的天地间，自当勇猛精进、乾健不息。

我祈盼着，天地万有的一体性与共在感不断降临己身，以此驱散在世间辗转飘零的孤单寥落；我等候着生命彼此间的承诺，以澄清强加给每一生灵的谎言，击溃大疫三年之后笼罩在世人周遭的无意义感；我渴求着从内心深处不断涌动而出的激情，如此才能与高度固化的生活轨迹相抗衡，而非任由自己被光阴之轮碾压，在岁月结成的厚茧中冰封与石化；我呼唤着真切地去生存的感受，渴望拥有一股不撞南墙誓不还返的劲头。行于天地间，且放手一搏，何必患得患失，畏首畏尾？暴风骤雨般的摧折，或许会苦人心志，劳人筋骨，空乏其身，甚或让人形容枯槁，久已习惯沉默着负重而行，但此外铄之苦楚，永远不会磨灭血脉中对于永恒与超越的信念。这种力量能使心灵不死、心火不灭，哪怕只是如残烛般的些许余光，也足以在一个个清冷的暗夜照亮无人之景、一方之隅——年辰太短，毋因未来而忧虑，毋因过去而感伤。因缘际会，谁又能参透？三五好友，或在近处，或在远方；爱你的和你爱的人，或在心上，或在身旁。结庐于尘嚣之外，与花草书卷为伴，或许如此便已足够，或许真如纪德所言："我们不得不独自前进，直到在神的面前聚首。"而如何辨明宽门阔路与窄门狭道，将是我一生的功课。

最后，在书稿即将付梓之际，请允许我向长期以来给予我支持与帮助的师长们表示感谢。论文答辩期间，贡华南老师、陈赟老师、郭晓东老师、林宏星老师、何俊老师、丁耘老师、邓志峰老师、才清华老师、何益鑫老师提出了非常宝贵的修改建议，对于完善本书大有裨益，于此谨致谢忱。同时，衷心感谢国家社科基金对于本书出版的支持、五位匿名评审专家提供的宝贵建议以及郝玉明老师细致周到的编辑工作。

在此，我还要深深感激恩师张汝伦先生十余年来的苦心谆陈。自我读本科以来，张汝伦师一直告诫我要静得下心，沉得住气，务正学以言，无曲学以阿世。多年过去了，此番叮咛犹在耳畔，深夜静思，猛然在背，不敢懈怠。同时，我还想把感激献给我的家人和师友。感谢他们一直以来对我的关心与支持，感谢心志冥契的学生带给我的感动，感谢一路上遇到的所有善意和温暖，感谢一切降临在我生命中的美好的人、物、事，是你们给了我力量，使我走到现在。

王国维先生曾言："《诗》《书》为人人诵习之书，然于六艺中最难读。"① 王氏为20世纪中国学术之巨擘，尚且坦言"于《书》所不能解者殆十之五，于《诗》亦十之一二"。而我以区区博士阶段之学识，就想一探《诗》与诗教之究竟，何尝不能算是以指测河，以戈舂黍，以锥餐壶？毕业两年来，书稿虽经过大幅度修改与增补，但囿于学养、精力与时间之限，诸多章节仍未完备，恐贻笑大方。阙略疏失之处，唯有留待以后。夜正长，路也正长，愿我能坚定地走下去。

花间逢一醉，至上是清欢
癸卯年夏至书于金陵南山小筑

---

① 王国维：《与友人论〈诗〉〈书〉中成语书》，《观堂集林》卷一，载谢维扬、房鑫亮主编《王国维全集》第8卷，第30页。